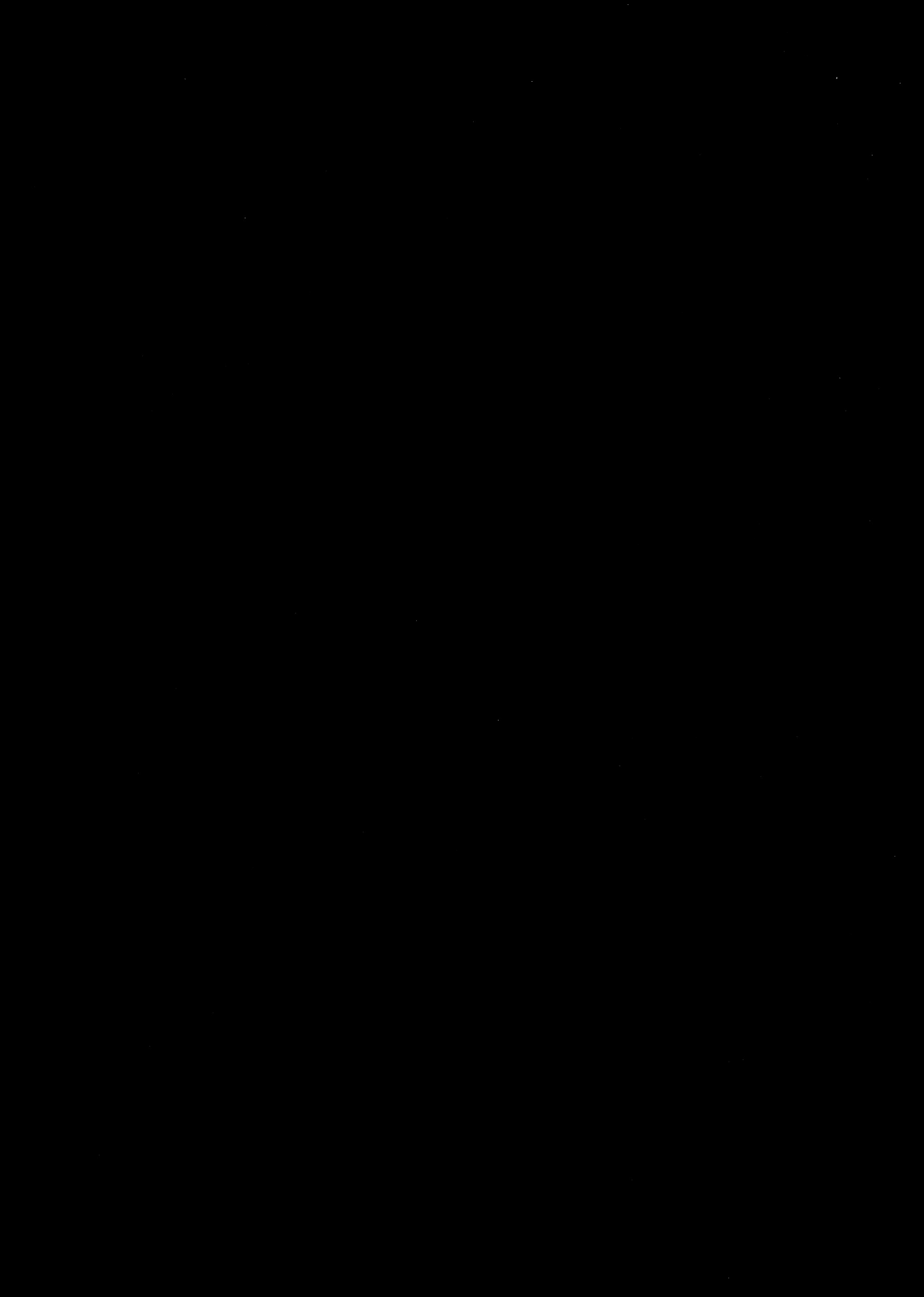

大明王朝

1566

上

刘和平
——作品——

花城出版社

中国·广州

图书在版编目（CIP）数据

大明王朝1566：全2册 / 刘和平著. -- 广州：花城出版社，2016.7（2025.7重印）
ISBN 978-7-5360-7911-3

Ⅰ. ①大… Ⅱ. ①刘… Ⅲ. ①长篇历史小说－中国－当代 Ⅳ. ①I247.5

中国版本图书馆CIP数据核字(2016)第154541号

出 版 人：张　懿
策划编辑：张　懿　陈宾杰
责任编辑：杨淳子　黄依妮
技术编辑：凌春梅
封面设计：拼棘设计

书　　名	大明王朝1566 DAMING WANGCHAO 1566
出版发行	花城出版社 （广州市环市东路水荫路11号）
经　　销	全国新华书店
印　　刷	佛山市浩文彩色印刷有限公司 （广东省佛山市南海区狮山科技工业园A区）
开　　本	787毫米×1092毫米　16开
印　　张	53.25　4插页
字　　数	950,000字
版　　次	2016年7月第1版　2025年7月第22次印刷
定　　价	128.00元（全2册）

如发现印装质量问题，请直接与印刷厂联系调换。
购书热线：020-37604658　37602954
花城出版社网站：http://www.fcph.com.cn

有人问我是如何了解明朝的。我是在给父亲入殓时穿上七层明朝的衬衣，戴上一顶明朝的巾帽时看见了明朝。

序

历史命运 如椽之笔

我在看《大明王朝1566》的小说和电视剧时都被深深震撼，叹服作者刘和平在文学创作方面的天才。尤为可贵的是，刘和平对历史精神的理解和把握，显示了他在史学方面，也具有很深的学养和悟性。我作为一个多年从事中国古代政治思想史研究的学人，想从中国传统政治文化的角度，对该作品发表一点看法。

中国传统政治文化的"质"是什么？这是我多年来一直在关注和探讨的问题，刘和平的作品也在探讨这个问题。我们得出了一个共同的结论，那就是"王权主义"。作品一开头，就以天象示警，就在朝廷上打板子，几板子打下去，就打出了君臣关系的本质——"王权主义"。由此可见，作者的艺术思维，不仅能以其戏剧性引人入胜，而且有着理论思维的深度，能启人深思。本剧对宦官的描写，真绝！将"王权主义"写到他们骨头里去了。

影响中国古代历史发展的核心力量是什么？是王权，王权支配经济！本剧对此作了深入的揭示。无论严嵩父子怎样巧立名目大搞土地兼并，还是嘉靖皇帝以无为而治的名义，躲在深宫指挥宦官算账竭尽敛财之能事，这样的故事情节，就其本质而言，都是王权支配经济的反映。在王权支配经济的大前提下，朝廷两手抓，一手抓重农抑商，一手抓官督商办，一重一抑，一督一办，自上而下夹击之，这样就决定了中国商业的命运。在此宿命中，商场依附于官场，商人几乎无不投入官僚的怀抱，以至于官商勾结，而酿出沈一石式的悲剧。对这样的商人，作者充满了理解的同情。这种理解之同情，与其说是在考问为富不仁还是为权不仁，不如说是在深究农业文明的背景下手工业作坊经济和商业经济的宿命。

看得出来，刘和平的创作，并不仅仅满足于写那些扣人心弦、催人泪下的故事，而是要在这些故事里面展示命运的逻辑。因为，唯有在命运的逻辑里，艺术形象和历史精神才能达成内在的统一，在这样的统一里，掌握故事进程的仿佛已不再是作者本人了，而是行云流水般的命运；不是作者在驱使人物的命运，而是人物的命运进入了作者的灵魂。用作者的话来说，那叫作命运附体。毫无疑问，他被命运附体了，成了命运之笔。

该书人物中，有两个最具命运感的人物，一个是海瑞，一个是嘉靖帝，他们在命运的催化下复活。这俩人，一个是清官，一个是昏君，这是传统看法，形象早已定了。作者的思绪，却被命运牵引，穿透传统观念，有了新的发现！如果说"清"的正面是"忠"，"忠"之极则"愚"，是"愚忠"，而他在幕后却看到了反面——"智"。"智"之大也"愚"，正所谓"大智若愚"。可作者几乎没有写人们想当然的海瑞的正面——"忠"，却以大手笔来写他的反面——"智"，从反贪官到骂皇帝，海瑞都闯过来了，靠的就是"智"！他的"忠"是君本位的，可他的"智"却以民为本，此乃大"智"，有几人知？

海瑞是中国式的组合思维方式，即君本、民本理论性格的复合，大智包含大忠，是"第二种忠诚"，忧其民，奋而匡正朝廷得失，却并不对朝廷构成威胁，因而得到了士林的拥护。明人何良俊说："海刚峰之意无非为民。为民，为朝廷也。"

嘉靖帝以"昏"著名，数十年不上朝，实在"昏"得厉害，可作者却从这"昏"的幕后，看到了"无为而治"。用常人的眼光来看，人"昏"到极点才会"无为"，"无为"就是无用，就是什么都不做，什么也做不了，却不懂得从"无为"向后一转就变成"无不为"了。"无不为"是什么都可以用，什么都可以做，这在政治上叫作"霸王道杂用之"。作品中，嘉靖帝临死前，以长江水清、黄河水浊来比喻"无为而治"，说治国之道应当清浊并举，如长江、黄河并行于大地，不可因长江之水清而畅其流、黄河之水浊而禁其行。水清也好，浊也罢，都要用，它们都有自己的流域，都要灌溉一方土地，养育一方人民，这样的"霸王道杂之"才是最彻底的民本主义。天恩人祸，随物赋形，都要面对。

海瑞闻之默然不语。中国传统政治文化中的两种反智主义的智慧——"用愚"和"用昏"在这里过招，朝臣无不为之骇然，因为对于这种智慧的理解，完全超出了他们所能理解的"智慧的格局"，反智主义的"用愚"和"用昏"竟然更接近智慧的最高峰。他们一个站在峰顶，一个站在山脚，对方同样渺小，同样孤独。这两个孤独者，一个是最高道德境界上的孤独者，一个是最高权威境界上的孤独者，他们在内心深处是最能相互理解的。海瑞骂皇帝，突如其来，如晴空之霹雳，落在嘉靖帝的头上，作为皇帝，本能的反应就是，把他宰了！一怒之下，先将海瑞打入监狱，细读奏折，方知海瑞呕心沥血的苦心，因而有了临死前那一番长江、黄河的煌煌大论，并出人意料地以天命的名义赦免了海瑞的死刑。

真是神来之笔！作者用一部可歌可泣的好作品，揭示了中国传统政治中儒道互补的运作规律，嘉靖深知"无为而治"，也要以"天行健，君子以自强不息"为根底。他赦免了海瑞，自己就死了，还背走了"昏君"的恶名。海瑞终于也理解了皇帝，听说皇帝死了，他如丧考妣，恸哭不止。嘉靖究竟是"昏君"，还是"明君"？可以将他与后来的崇祯帝做一下比较，他是"用昏"而明，而崇祯则"用明"而昏；一个"不治"而治，一个图治而亡；一个能留海瑞，一个难容袁崇焕。相比之下，令人感慨。

能把历史写到这种程度，我总觉得是个奇迹。和平很有抱负，总想为我们的民族，为我们这个时代写点新东西。我认为，在这部作品中他做到了，他确实为我们的民族与历史争得了一份荣誉。

刘泽华

南开大学历史系原主任、著名中国政治思想史专家

| 目 录 |

楔子 ·· 1
第一章 ·· 3
第二章 ·· 28
第三章 ·· 50
第四章 ·· 70
第五章 ·· 91
第六章 ·· 110
第七章 ·· 136
第八章 ·· 159
第九章 ·· 177
第十章 ·· 197
第十一章 ·· 218
第十二章 ·· 247
第十三章 ·· 269
第十四章 ·· 289
第十五章 ·· 315
第十六章 ·· 338
第十七章 ·· 359
第十八章 ·· 382
第十九章 ·· 403
第二十章 ·· 421

第二十一章	438
第二十二章	457
第二十三章	475
第二十四章	497
第二十五章	523
第二十六章	541
第二十七章	570
第二十八章	593
第二十九章	615
第三十章	634
第三十一章	657
第三十二章	681
第三十三章	700
第三十四章	722
第三十五章	745
第三十六章	766
第三十七章	786
第三十八章	806
第三十九章	821
后记　无中生有写大明	837

楔 子

　　已经腊月二十九了，嘉靖三十九年入冬以来京师地面和邻近数省便没有下过一场雪。一冬无雪，明岁准定是虫蝗大作，饥馑临头，老天爷要收人了。人心于是惶惶，民间传言如风：大明朝自太祖高皇帝以来历经十帝，从来就没有遭过这样的天谴！天怒者谁？今年国库亏空到连北京各部衙的京官都已经好几个月没有发俸禄银子了，民间疾苦可知。掌枢内阁近二十年的首辅严嵩和他那个被公然称作小阁老的儿子严世蕃以及众多严党立刻成了民怨沸腾的渊薮。农历十一月，西苑一场大火又突然将嘉靖帝日夜练道修玄的万寿宫烧了。于是朝野的浮言又悄悄漫向了皇上。一场由天象引起的政潮已经暗流汹涌。

　　明日便是除夕，京师是冬日高照。而邻近数省的最后一批奏报在今天辰时急递进宫更让人绝望：依然还是山东无雪，山西无雪，北直隶无雪！

　　做了好几坛罗天大醮祈雪的嘉靖帝终于坐不住了，从来只信方士而不听钦天监天象分析的他，在巳时将钦天监监正周云逸急召进了西苑玉熙宫。他想要钦天监找出一个三代以来盛世无雪的例证来证明今冬无雪与人事无关。可君臣一番天象问对，周云逸的回话让嘉靖帝震怒得将手中那根和田玉杵摔得粉碎。周云逸立刻被东厂提刑太监押到了午门，冠带都被夺了。正当午时，他兀立在午门中轴的跸道上仰首望着天空那颗"异象"的太阳，等着受使有明一代所有官员都闻之心寒的廷杖。

　　"奉旨，最后问你一次。"一个声音从周云逸身后午门方向传来，"今年入冬以来为什么不下雪？"

　　"我已经说了。宫内开支无度，阁衙上下贪墨，国库空虚，民不聊生，这是上天示警！"周云逸的眼仍然只望着天空那颗"异象"的太阳。

　　"唉！"他身后问话那太监失望地发出了一声叹息，声虽不大，却透着恐怖。周云逸身边四名东厂行刑太监的四根廷杖立刻动了，前两根从他的腋下穿过架起上身，后两根同时向后腿弯处击去。周云逸跪下了。前两根架他的廷杖往后又一抽，他的身躯便趴在了午门的砖地上，四只脚立刻踩在他的两只手背和两个后脚踝上，周云逸呈大字形被紧紧地踩住了。接着，四个东厂太监的目光都望向了午门方向那个问话的太监。

奉旨问话的是东厂提督太监冯保。他犹疑了片刻，还是没有下命行刑。他踱到周云逸的身边，慢慢蹲了下去，贴在他的耳边，声音透着悲悯："明天就是大年三十了，你的家人都在等你过年哪。你就不能改个说法？"

周云逸的头紧贴着砖石地面，闭上了两眼，也闭上了嘴，只有两滴泪珠从眼角冒了出来。冯保失望了，倏地站了起来："我再问你一句，这些话是谁教你对皇上说的？"周云逸仍然闭着眼："我是大明朝观天象的官员，传天意于天子，除了上天，没有谁能教我！"冯保退后了一步，不再看他，两只呈外八字站着的脚尖突然向内一转，站成了内八字："廷杖吧。"

这是死杖的信号！四个太监的目光一碰，然后四双眼睛都闭上了，四根廷杖轮番猛击向周云逸后背腰间肾脏的部位。

每一杖下去都没有声音，也没有血渍从袍服上渗出来，击碎的都是内脏，鲜血立刻从周云逸的嘴鼻间喷了出来。

二十杖片刻便打完了，前两根廷杖贴着地面从周云逸的两腋下穿了过去，把他的上半身往上一抬。周云逸的头软软地垂着，上半身也软软地垂着。冯保又蹲了下去，捧起了他的头，扯下他的一根头发伸到他的鼻孔前。那根头发纹丝未动。

冯保叹了一声，站了起来："通知他的家人收尸吧。"

太阳依然白白地悬在紫禁城瓦蓝的上空，冷冷地普照着从嘉靖二十一年以来就已经没有皇上居住的这九千余间宫室的每个屋顶。

第一章

　　被大火烧了万寿宫而迁居到玉熙宫的嘉靖帝,把自己关在宫内那间自名为"谨身精舍"的丹房里,只好向天下臣民颁罪己诏了。大意是:皆因朕躬敬天不诚,上天才不降瑞雪,万方有罪,罪在朕躬一人。从嘉靖四十年正月初一至正月十五朕将独自在西苑玉熙宫斋戒祈雪。上天念朕一点诚心,自当降瑞雪佑我大明,佑我臣民。

　　内阁自首辅严嵩以降、司礼监自掌印太监吕芳以降随之纷纷表态:天不降雪,罪在内阁,罪在司礼监,罪在臣工。所有在京官员年节间概不许升烟食荤,以分君父之忧。内阁和司礼监联署的告示就贴在午门的墙上。至于各人的深宅后院内是否依然在偷偷地传杯递盏浅斟低唱,这个年过得毕竟太过尴尬,有些忐忑,担心的是正月十五日前皇上还祈不下雪来,天子一怒,大火烧到谁的头上,实在是风向难测。

　　竟这般快,转眼就到了正月十五的寅时。这几日天上倒是有了阴云,此时西苑上空虽黑沉沉的不见星光,却仍然看不出有降雪的迹象。而天明后,大明朝最让人头疼的今年年度财务会议照例要在御前召开。斋戒了十五天的嘉靖帝到这时竟还是未能祈下一片雪来。天颜如何面对,与会的内阁五大阁员和司礼监五大秉笔太监这一关先就过不去。一场谁该承担罪责的御前争吵很可能立刻引发严党和清流派的短兵相接。而这场短兵相接不知又要牵涉到多少人的身家性命。

　　除夕的爆竹、元宵的灯火。雪没下,灯笼照旧要点。宫里的规矩比民间早一天点灯,这天所有的太监宫女都要在丑时末起床,寅时初点灯。人影幢幢,西苑各处殿宇的屋檐下一盏盏灯笼次第点亮了,渐渐粘连成一片片的红。远远看去,那一片片的红映衬着天空无边的黑,一座座巨大的殿宇檐顶就像飘浮在下红上黑的半空中。

　　一个太监抱起另一个太监的双腿在点又一盏灯笼,被抱的太监大约是由于手冻得有些麻木，那火绒擦了几下仍没点燃："鬼老天，又不下雪，还贼冷贼冷的。"抱他的太监一惊："闭上你的臭嘴。让人听见了，今天再不下雪，招打的人里少不了你我。"

点灯的太监终于擦燃了火绒，点亮了这盏灯笼，刚要把红纱罩套上去，突然，他的手僵住了，眼也僵住了，死死地盯住灯笼的纱罩。

红红的灯笼纱罩的左上方赫然粘着一片鹅毛般的雪！

接着又是一片！

接着又是一片！

"雪！"太监的嗓子本来就尖，他这一声又是扯着喊出来的，立刻便传遍了大内空荡荡的夜空。

无边的黑空，悄然无迹的雪花在与灯笼红光交会时才显出了纷纷扬扬，一片片白又映着一点点红！

"下雪了！"几声惊喜的尖音在不同的几处几乎同时响起。

"谁在叫！"一个严厉的声音立刻使四处又都寂静了下来。一盏大红灯笼的偏殿宫檐下，站着冯保，站着几个他的东厂随从太监。

冯保一边伸出一只手掌接着纷纷飘下的雪花，望着上空，两眼闪着光："降祥瑞了，老天终于降祥瑞了！我这就去给皇上报喜，然后去司礼监。你们把刚才瞎叫的几个人拉到敬事房去。在我报祥瑞之前，有谁敢再吭一声，立马打死！"

"是。"那几个精壮的东厂随从太监立刻四散奔了开去。

冯保立刻大步向玉熙宫方向奔去。

与此同时，玉熙宫相反方向的司礼监值房里，被堆满了寸长银炭的两个白云铜大火盆烧得红彤彤的，与屋梁上吊下来的几盏红灯笼上下辉映，暖红成一片。可挨着北墙一溜五把黄花梨木圈椅上坐着的五大太监心情既不红也不暖，一个个都沉默着，跪在脚前的小太监们也都屏着呼吸在给他们脱下暖鞋换上上朝的靴子，站在身后的小太监们在给他们的脖子上轻轻围上白狐皮围脖。

突然厚厚的门帘掀进来一阵寒风，一个在外院当值的太监喘着气兴奋得满脸通红几乎是跌撞着闯了进来。

那太监一进屋，就对坐在正中的那个大太监扑通跪了下来："恭喜老祖宗！恭喜各位祖宗！下雪了，老天爷下瑞雪了！好大的瑞雪！"

几乎是同时，五大太监同时站了起来。

两边的四大太监都是急着想出门看雪的样子，却都没举步，把目光全望向正中那个

第一章

太监。

站在正中的便是被外朝称为内相，内廷称为老祖宗的司礼监掌印太监吕芳，目光中掠过的喜色显出他也十分兴奋，但沉着气，像是有意不急着出去，只是把目光望向门帘，那双深邃的眼好像透过帘子也能看见屋外的大雪。

"皇上有德呀！"在任何时候，吕芳说出来的话都透着大内十万总管的身份，"看看去。"说完这两句话他才率先向门帘走去。

屋外，在一片灯笼的红光中雪下得比刚才还大了，好一番祥瑞！

"皇上这时应该正在精舍打坐吧？"吕芳向右侧的秉笔太监黄锦问道。

"应该是。"黄锦接道。

吕芳点了点头，对几个秉笔太监："议事的时辰也快到了，我们几个一起去给万岁爷报祥瑞吧。"

"老祖宗。"刚才那个前来报喜的当值太监凑到吕芳的身后，"奴婢听说冯公公压着大家伙儿不许吭声，自己已抢先给皇上报祥瑞去了！"

"有这回事？"吕芳长长的眉毛不经意地抖动了一下。

"好嘛。"站在吕芳左侧的首席秉笔太监陈洪声音又细又冷，"抢着报了这个喜，皇上一高兴，保不准就让他冯保取代咱们几个了。"

吕芳接道："那咱们就再等等，等他给皇上报了喜，也该上咱们这儿来装装样子了。"

话刚落音，大雪中一个小太监打着灯笼领着冯保从院子的月门里进来了。

"哟！干爹和各位师兄都知道了！"冯保说着就在吕芳面前的台阶下冒着雪跪了下来，"儿子给干爹贺喜了，给各位师兄贺喜了。有了这场雪，皇上高兴，干爹和师兄们的差事便办得更好了。"磕了个头，他便站了起来，满脸恭顺地望着吕芳。

吕芳脸上堆着笑："降瑞雪的事皇上都知道了？"

冯保连忙答道："回干爹的话，儿子已经替干爹向皇上报了祥瑞了。"

吕芳又追问了一句："皇上听了喜讯说什么了？"

冯保默了一下，答道："儿子是跪在殿门外报的喜，皇上的面也没见着。只听见里边的铜磬响了一声，这也就是说皇上他老人家已经知道……"

"我还以为皇上一高兴就赏你进了司礼监呢。"吕芳打断了他的话，脸上仍然笑着。

一直没有吭声的司礼监四大秉笔太监的目光一下子全望向了冯保。

冯保一愣，僵在那里。

原来就说冯保坏话的那个陈洪紧接着说道："是呀，我们这些人也是该挪挪位置

了。"

冯保脸色陡变，对着吕芳和四大秉笔太监扑通跪了下去，扬起两只手掌在自己的两边脸颊上狠劲地抽了起来："儿子该死！儿子该死！儿子原只想替干爹和各位师兄早点向皇上报个喜信，死了也没有别的心思。"

吕芳不再看他，对站在两侧的四个秉笔太监："内阁那几个人也该快到了，我们走吧。"

披风和白狐皮袖筒是早就拿在手里的，他们身后的几个太监立刻给五个人披系上披风，套上狐皮袖筒。紧接着院子里五顶盖着油布的抬舆上的油布也掀开了。吕芳和四大秉笔太监走下台阶坐上抬舆，各自的太监又把一块出锋的皮毡盖在他们的膝上。

四人一抬的抬舆冒着大雪抬出了司礼监的院门。

本应仍在这里当值的太监们都不敢在这里待了，全都一个个走了出去。司礼监值房空荡荡的大院内，只剩下冯保一个人跪在雪地上。

一行舆从走出司礼监院门天已经蒙蒙亮了，到处张挂着的灯笼仍然点着，由于雪大，不到半个时辰，地上已是白茫茫的一片。本来是"天大"的喜事，因冯保打了招呼，到处都是死一般的沉寂，只是有些太监已经在各条通道上扫雪了。

望着司礼监五乘抬舆迤逦而来，最近的那条路上几个扫雪的太监立刻在雪地上跪了下来，紧接着远远近近正在当差的所有太监和宫女都跪了下来。

雪地上，台阶上，走廊上，黑压压的到处跪满了太监、宫女。

抬舆上的吕芳扫视了一眼远近到处跪着的那些人，对身边扶着轿杆的一名太监："看冯保把这些孩子吓得……告诉他们，这雪是我大明朝的祥瑞，叫他们不要扫了。让大家伙儿都起来，报祥瑞，声音越大越好。"

"是。"那名太监扯开了嗓子，"老祖宗有话，这雪是我大明朝的祥瑞，不许扫。大家都起来，报祥瑞，声音越大越好！"

开始还是瞬间的寂静，紧接着就有个太监发泄般站了起来，将手中的竹帚一扔，扯开了嗓子："下雪了！"

"下雪了！"立刻便是许多人的欢呼。

"老天爷降瑞雪了！"

"老天爷给咱大明朝降瑞雪了！"

欢呼声中，吕芳满脸漾着慈爱的笑，一行的抬舆就在这些欢呼的太监、宫女中前行，玉熙宫就在前方了。吕芳突然叫停了自己的抬舆。一行抬舆也都随着停住了，循着吕芳的

第一章

目光，众人隐隐约约望见对面月门中一乘抬舆和几个穿着披风的人影也向着玉熙宫宫门方向来了。

"他们到了。迎一迎吧。"吕芳下了抬舆，另外四个秉笔太监也下了抬舆。

吕芳带头，四个秉笔太监随后，徒步向迎面的那乘抬舆走去。

虽然在飘着大雪，天仍是渐渐亮了。对面的那行人也能渐渐看清了，头上的毛皮暖耳冬帽虽是白的，身上的官服连同肩背上的披风却一色的大红，这可是一二品大员才能用的服色——吕芳指的"他们"，便是大明朝内阁当时的全体阁员，首辅严嵩，次辅徐阶，阁员严世蕃、李春芳，还有在去年腊月突然被皇上指名列席内阁事务的户部堂官高拱和兵部堂官张居正。皇上在天象示警民怨沸腾的时候叫严党这两个异己做了内阁的准阁员，今天他们又名正言顺地来参加大明朝最重要的年度财务会议，天心难测。严嵩一直没有流露任何态度，倒是严世蕃心里早有了提防，自己兼着工部和吏部两个堂官的差使，去年的亏空多数是在自己手里花出去的。皇上或许是叫这两个人来制衡自己父子，抑或是有意测一测代表清流的这两个人是不是几个月来暗中非议朝廷那些人的代表？好在有了这场雪，这两个人如果敢在今天的会议上发难，他便会立刻亮出那把屡试屡验的刀，将他们定为周云逸的后台，定为暗中攻击皇上的主谋，将他们"立斩"御前。

严嵩独自乘坐的那乘抬舆停了。须眉皆白的严嵩已看清了迎过来的是吕芳等人，连忙吩咐紧跟在抬舆旁的严世蕃："快，扶我下来。"严世蕃立刻搀着父亲下了抬舆。严氏父子在前，几个阁员和高拱、张居正若即若离地跟在后面，一行人也向迎面走来的吕芳等人迎去。

"大喜呀！"远远的，吕芳就拱起了手。

"大喜！大喜！"对面的严嵩见吕芳时永远是满脸菊花般的笑。

"阁老！阁老！"吕芳自然也是满脸堆笑地迎上去搀住了严嵩的另一条手臂，"这场雪下来后，你老去年八十，今年该是七十九了。"

"吕公公这是嫌我老喽。"严嵩故意收了笑，提高了那一口永远带着江西乡音的声调，"雪是好雪，要是下的都是银子，我也就不再操这份心，可以向皇上告老还乡了。"

"可别。"吕芳搀着他向玉熙宫台阶走去，"皇上万岁，阁老百岁。您老还得伺候皇上二十年呢。"

"真还干二十年，有些人就会恨死我们了。"搀着严嵩左臂的严世蕃冷冷地摔出了这句话。虽然也五十出头了，但在京里待了二十多年，他已改掉了江西老家的乡音，京腔已说得十分地道。

"不会吧？"吕芳笑望向跟在严嵩身后的那几个阁员。

那几个人像是什么都没有听见，各自把目光望向了地面。

"同舟共济，同舟共济。"吕芳仍然笑着。

说话间一行人都登上了台阶，"玉熙宫"几个苍劲浑圆的楷书大字和匾额左侧下方"臣严嵩敬书"五个工楷的小字都能看清楚了，一行人都噤声不语了。殿门外当值的太监纷纷替司礼监几大太监和阁员们解披风，扫落雪，动作不只是快捷，而且十分轻敏，似乎都怕弄出了声响。

这时的吕芳也已换上了一副肃穆谨敬的面容，慢慢扫望向大家："腊月二十九周云逸的事大家都知道。从初一到今儿，皇上一直就在这里清修祈雪。今天虽然降了祥瑞，可皇上的心情也保不准能好到哪儿去。亏空上的事，能过去我们就尽量过去，今年再想别的办法。我还是那句话，天大的事情，端赖我们同舟共济。"

严嵩当然深表赞同地点了点头，严世蕃却把目光望向身后几个阁员，那几个阁员却依然以目视地。

两个太监去开门了，不是推，而是先用双手各自使着暗劲将各自的那扇门慢慢抬起一点儿，然后慢慢往里移——两扇门一点儿声响都没有被慢慢移开了。

左边是司礼监的几大太监，右边是内阁的几名阁员、准阁员，雁行般进了殿门。

这里面大确实大，却不像"殿"。

房子的正中设的不是须弥座，而是一把简简单单圈着扶手的紫檀木座椅。

座椅后摆着一尊偌大的三足加盖的铜香炉，炉盖上按八卦图像镂着空，这时镂空处不断向外氤氲出淡淡的香烟。铜香炉正上方的北墙中央挂着一幅装裱得十分素白的中堂，上面写着几行瘦金楷书大字："吾有三德 曰慈 曰俭 曰不敢为天下先"；中堂的左下方落款是"嘉靖四十年正月元日朱厚熜敬录太上道君老子真言"；落款的底下是一方大红朱印，上镌"忠孝帝君"四个篆字。

两侧的四根大柱呈正方等距约有两丈，左边两柱间摆着一条紫檀木长案，右边两柱间也摆着一条紫檀木长案。两案上都堆满了账册文书、八行空笺和笔砚。奇怪的是两条长案后都没有座椅，唯有右边长案的上首有一个绣墩。

还有一点不同，左边长案上铜砚盒内是朱墨，右边长案上铜砚盒内是黑墨。

四根大柱稍靠后一点还有四尊大白云铜的炉子，每座铜炉前竟然都站着一名木偶般的太监，各人的眼睛都盯着炉子，因为那炉子里面烧的不是香，而是寸长的银炭，那火红里透着青，没有一丝烟，所以温暖如春。那时宫里用的这种法子虽然简单却十分管用。

吕芳引着四大太监排成一行在左边站定，严嵩引着几大阁员和高拱、张居正排成一行

第一章

在右边站定，两行人面对正中那把空着的座椅跪了下去。三拜以后，吕芳引着四大太监走向左边的长案后站定，次辅徐阶引着与会的阁员四人走到右边的长案后站定。严嵩一人这才慢慢走到靠近御座右侧绣墩上坐下。

——大明朝嘉靖四十年的御前财政会议在空着皇上的御座前召开了。

所有人都屏息着，先是吕芳将目光望向了大殿东侧挽着重重纱幔的那条通道，接着所有人的目光都慢慢望向那条通道。

通道南面便是玉熙宫外墙，槅窗都开着，北面便是嘉靖帝幽闭自己的那间谨身精舍，精舍正中的槅门这时也大开着，宫外的风时或挟着几片雪花穿过槅窗又穿过槅门飘进精舍。蛰伏在里面的嘉靖帝显然不畏寒冷，也显然喜欢这片片飘进的雪花。又过了少顷，精舍里传来了一记清脆悠扬的铜磬声。

这便是开始议事的信号，吕芳立刻宣布："议事吧。"

刚才还木偶般站在白云铜火炉边的四个太监立刻轻轻地把搁在炉边的四个镂空铜盖各自盖在火炉上，接着行步如猫般轻轻地从两侧的小门退了出去。

"还是老规矩。"照例是吕芳主持会议，"内阁把去年各项开支按各部和两京一十三省的实际用度报上来，哪些该结，哪些不该结，今天都得有个说法。今年有哪几宗大的开支，各部提出来，户部综算一下，内阁拟了票，我们能批红的就把红给批了。阁老，您说呢？"

"仰赖皇上如天之德和大家实心用事，最艰难的日子总算过去了。"严嵩不紧不慢地开始给会议定调子，"去年两个省的大旱，三个省的大水，北边和东南几次大的战事，再加上宫里一场大火。说实话，我都不知道是怎么过来的。皇上宵衣旰食，大家累点全都应该。凑巧，去年入冬好几个省又没有下雪，有人就借着这个攻讦朝廷。要是今天再没下雪，我们这些人恐怕都得请罪辞职了。这都不要紧，要紧的是我大明朝今年的年成。可今天下雪了，纷纷扬扬的大雪。大家都知道，从初一到现在，皇上就一个人在这里斋戒敬天。这场雪是皇上敬下来的，是皇上一片诚心感动了上天。上天庇佑，只要我们做臣子的实心用事，我大明朝依然如日中天！"说到这里他停了下来，等的并不是与会众人的认同，而是隔壁精舍里皇上的咀嚼。

明知严嵩说的是谀词，认可不认可，两条案前所有的人都是一片肃穆的表情。

如果穿过东边那条通道，走进北面那间精舍，第一眼便能看到正墙神坛上供着的三清牌位，三清牌位下是一座铺有明黄蒲团坐垫的八卦形坐台。这时坐台上并没有人，因此坐台旁紫檀木架子上那只铜磬和斜搁在铜磬里的那根铜磬杵便十分显眼。让人立刻联想到刚才那一记清脆的铜磬声便是从这里敲响的。

紧连大殿的那面墙前，显出整面墙一排高大的紫檀木书橱。书橱前兀然徜徉着一个身形高瘦、穿着轻绸宽袍、束着道髻、乌须飘飘五十开外的人。要不是在这里，谁也看不出他就是大明朝当今的嘉靖皇帝朱厚熜。

自去年十一月搬来，这里便布置成了他平时练道修玄的丹房，兼作他览阅奏章起居下旨的住室，非常之处，需有非常之名，为示自省，他将这里名为"谨身精舍"。"谨身"二字，其实警示的是外面大殿那些人，还有大明朝两京一十三省数万官员。

由于这场大雪，嘉靖帝这时显然已轻松了下来。十五天的斋戒打坐，他依然不见疲怠，慢慢徜徉到贴着"户部"标签的那架书橱前站了下来，抽出一摞账册，却不翻开，仍然微侧着头——原来被抽出账册的那格书橱背面竟是空的，站在这里比坐在蒲团上更能听清大殿那边所有人说话。严嵩刚才那段话他听进去了，现在在等着听他下面的话语。

二十年的君臣默契，大殿里的严嵩甚至知道里面的嘉靖现在站在哪个方位等听他接下来的话。他把握好了节奏，这才又接着说道："这一个多月来大家都很辛苦，总算把去年各项开支都算清楚了。内阁这几天把票也都拟好了，司礼监批了红，去年的账也就算结了。然后我们再议今年的开支。徐阁老。"说到这里严嵩望向了他身边的次辅徐阶："你和肃卿管户部，内阁的票拟在你们那儿，你们说一下，然后呈交吕公公他们批红吧。"

"内阁的票拟是昨天由世蕃兄交给我们户部的。"内阁次辅兼户部尚书徐阶说话也和严嵩一般的慢，只是没有严嵩那种笼盖四野的气势。他看了严世蕃下首的准内阁阁员兼户部侍郎高拱一眼，"我和肃卿昨夜核对了一个晚上，核完之后，有些票拟我们签了字，有些票拟我们没敢签字。"

"什么？"首先立刻做出反应的是严世蕃，"有些票拟你们没签字？哪些票拟没签？"

吕芳和司礼监几个太监也有些吃惊，把目光都望向了徐阶。

徐阶仍然慢声答道："兵部的开支账单我们签了字，吏部和工部的开支账单超支太大，我们没敢签字。"

"我们吏部和工部的账单你们户部没签字？"严世蕃虽有些心理准备，但这番话从一向谨慎顺从的徐阶嘴里说出来，还是使他惊愕地睁大了双眼。

所有的人都有些吃惊，整个大殿的空气一下凝固了。

谨身精舍里，嘉靖帝的头也猛地抬起了，两眼望着上方。

一个声音，是周云逸的声音，好像很远，又好像很近，在他耳边响了起来："内廷开支无度……这是上天示警……上天示警……"

第一章

他的目光阴沉地落在了手中那本账册的封面上。

——账册的封面上赫然标着"户部 大明嘉靖三十九年总账册"！

大殿里，徐阶说完了那几句话已习惯地闭上了双眼。严世蕃的目光转而紧盯向高拱，声音虽然压着，但仍然近乎吼叫："各部的开支内阁拟票的时候你们都在场，现在却签一个部不签一个部，你们户部到底要干什么？"

严世蕃这一声低吼把一个本来十分安静的大殿震得回声四起。

高拱不得不说话了。他将面前案几上的一堆账本往前推了推，先是咳了一声，声音不大却也毫不掩饰他的气盛："小阁老，户部是大明的户部，不是什么'我们'的户部；吏部工部也是大明的吏部、工部，而不是你们的吏部、工部。如果你分管的吏部、工部所有一切户部都要照办，那干脆户部这个差使都让你兼起来，我们当然也就不用前来议这个事了。"

所有人的目光都越发紧张起来，望向了高拱，接着又望向严世蕃。

果然发难了！严世蕃开始也被高拱的话说得一愣，但很快反应了过来，更加激怒："你们一个是户部尚书，一个是户部侍郎，待在这个位子上称你们户部有什么错？吏部和工部当然不是我严世蕃的衙门，但两部的开支都是内阁拟的票！干不了或是不愿意干可以说，这样子以不签字要挟朝廷，耽误朝廷的大事，你们知道是什么后果！"

"无非是罢官撤职。"高拱今天竟然毫不相让，"昨天看了你送来的票拟，我和徐阁老都已经有了这个念头，户部这个差使我们干不了了，你小阁老认为谁干合适，就让谁来干得了。"

"高肃卿！"严世蕃抬起了手竟欲向条案上拍去。

"严世蕃。"没等他的手掌拍到条案，严嵩一声轻喝，"这是御前会议。"

精舍里，嘉靖翻着账册的手又停住了，两眼斜望着书橱那边。

"爹！"外面传来严世蕃带着委屈的声音。

"这里没有什么'爹'，只有我大明的臣子。"接着传来的是严嵩的声音，"御前议事，要让人说话。肃卿，户部为什么不在内阁的票拟上签字，你们有什么难处，都说出来。"

嘉靖继续关注地听着。

"我也提个醒。"接着是吕芳的声音，"议事就议事，不要动不动就扯到什么罢官撤职。谁该干什么，不该干什么，这杆秤在皇上的手里。希望大家心里明白。"

嘉靖还在听着。

"好。那我就说数字吧。"这是高拱的声音。

嘉靖的目光回到了账册上，翻开了第一页。

大殿里，高拱也捧起了一本账册。那本账册竟和内室中嘉靖帝拿着的账册一模一样，封面上写着"户部 大明嘉靖三十九年总账册"。

高拱翻开了账册："去年两京一十三省全年的税银共为四千五百三十六万七千两，去年年初各项开支预算为三千九百八十万两。可是，昨天各部报来的账单共耗银五千三百八十万两。收支两抵，去年一年亏空竟达八百四十三万三千两！"

精舍书橱前，嘉靖帝眼睛望着账册，耳朵却在听着外面的声音。

高拱的声音从外间传来："如果和去年年初的开支预算核对，去年一年的超支则在一千四百万两以上！"

嘉靖帝把手中的账册合上了，轻轻往面前那张紫檀木案几上一扔，然后走到香炉前的蒲团上盘腿坐下，轻轻闭上了双眼。

大殿里的高拱接着说道："这些超支里面，兵部占了三百万两。其余一千一百万两都是工部和吏部的超支。可我们为什么在兵部的账单上签了字？原因是兵部超支的这三百万两，也是让工部用了。一句话，去年超支的一千四百万两，全是工部和吏部的超支！"说到这里，高拱抽出了一张内阁票拟的账单："先说记在兵部头上这三百万两亏空吧！这三百万两兵部并未开支，却拟了票叫我们签字。小阁老，你说这个字叫我们怎么签！"

听到外殿高拱这番话，坐在蒲团上的嘉靖帝长长的眉毛又抖了一下，两眼依然闭着。

大殿里所有人的目光这时都望向了严世蕃。严世蕃有些气急败坏了："拟票的时候你们户部两个堂官都在，当时你们都见过这张票拟，那个时候有话不说，现在却把账记在工部头上！老徐，你们到底想干什么？"他不再和高拱正面交锋，转而盯向了徐阶。

徐阶接道："看过不等于核实过。昨天晚间，我们找兵部一核实，才发现这笔开支有出入。这个事，太岳。"他望向了站在末位最年轻的内阁准阁员张居正："你来说吧。"

"是。"张居正应声答道，"兵部去年的开支在腊月二十七就核实完毕送交了户部。当时我们的开支完全是按年初的预算，并未超支。但昨天户部通知我去核实票拟，称兵部超支了三百万两。我去看了，这三百万两是记在兵部造战船三十艘的账上。而且明确记载是造来让戚继光、俞大猷在东南海面同倭寇作战用的。实际上我兵部从未见到过一艘战船。"

张居正一口气说完这番话，许多双不知内情的目光开始互相碰撞打量了。

精舍里，嘉靖帝这时似乎完全入定了，坐在蒲团上一动不动。从嘉靖二十一年"壬寅宫变"他搬离了紫禁城迁居西苑到今年整整二十年了。二十年来他不再上朝，也不再集体召见甚至是内阁的阁员，每日更多的时间都在练道修玄，美其名曰无为而治。有几人知

第一章

道，他已经悟到了"太极"政治的真谛——政不由己出，都交给下面的人去办、去争。做对了，他便认可；做错了，责任永远是下面的。万稳万当，不如一默。任何一句话，你不说出来便是那句话的主人，你说了出来，便是那句话的奴隶。让内阁说去，让司礼监说去，让他们揣摩着自己的圣意去说。因此，像这样的年度财务会议，自己必须清楚，每一条决定最后还得按照自己的意愿去施行。亏他能想，也不出面，只在隔壁用敲磬声来默认哪一项能够批红，哪一项不能批红——过后即使错了，也是内阁的错，司礼监的错。

这时更是这样，外面争吵得越厉害，他入定得越沉静。让他们吵，听他们吵。

凡这时，嘉靖不显身，纷争陷入僵局，每次代隔壁皇上问话的照例都是吕芳："这个事怎么说？"他问的这句话显然是接着张居正刚才那个话题，但问话时目光没有看任何人，而是望向面前案几上的朱墨盒。

"这件事你们发不了难！"严世蕃先盯了一眼高拱和张居正，然后面对吕芳，"回司礼监的话，去年确实有三十艘战船，耗资也是三百万两，是在浙江和福建两个工场同时建造的。本来这三十艘船当时是为兵部造了以备海上作战用的。后来为修宫中几个大殿运送木料调用了十艘，其余二十艘暂时让宫里管的市舶司借用了。这件事市舶司应该向宫里有禀报。"

"有这回事吗？"吕芳把目光望向了下首的几个司礼监秉笔太监。

这当然是明知故问。几个秉笔太监碰了一下目光。

"是有这么回事。"吕芳下首的陈洪答道，"当时市舶司是为了运送丝绸、茶叶和瓷器出往波斯、印度等地，换来白银，由于船只不够，借用了二十艘船。后来因为海面上倭寇闹大了，也没有足够的兵船护运，这批货就转道京杭运河运到京里来了。"

吕芳吁了口气，说道："这就说清楚了。十艘船是为了修宫里的大殿运送木料，二十艘船是市舶司为了给朝廷调运货物，账虽然算在兵部头上，钱却还是用在正途。现在宫里遭火灾的大殿已修好了几处，另几处可以慢慢修。严大人，你们工部把那十艘船还给兵部。市舶司这边我也打个招呼，缺船可以另造，不要占用兵部的战船。三十艘船都还给了兵部，这三百万两的开支记在兵部账上也就名正言顺了。"

所有的人都不吭声了。

高拱手里拿着那张三百万两的票拟也僵在那里。

大家都在等着，等隔壁精舍里的击磬声。磬声一响，这三百万两就可以报销了。

精舍里，坐在蒲团上的嘉靖仍然闭着眼睛，双手依然搁在膝上捏着法指，又过了好一阵子，他的手终于慢慢抬起了，伸向了铜磬，握住了铜磬中那根磬杵，又犹豫了片刻，终于拿起磬杵向铜磬敲去。

清脆的铜磬声向大殿这边响亮地传来！

"这三百万两的票拟户部可以签字了。"吕芳提高声调大声宣布。

首先是严世蕃，长长吐了口气，然后把目光斜瞟了一眼高拱。

所有的人都知道，这个回合高拱他们是输了。

高拱显然心气不平，拿着那张票拟仍僵在那里。

"签字吧。"徐阶主动从高拱手里拿过那张票拟，恭恭敬敬地签上了自己的名字，然后递给高拱，在高拱接那张票拟的时候，徐阶的手有意停了一下。

高拱知道这是在提醒自己，因此竭力调匀心态，可签字时手仍有些颤抖，以致"拱"字的最后一点还是点得有些过于粗黑。

吕芳提高了声调大声宣布："批红！"

站在司礼监这张大案末尾的那个秉笔太监立刻走到高拱案前，拿着那张票拟折了回来，双手递给吕芳。

吕芳拿起案上的朱笔在票拟上工整地批了"照准"两个朱红大字。

"还有哪几张票拟你们户部没签字？"吕芳批了红再问这句话时，声音里已经透出一丝肃冷。

"一笔是应天浙江的修河公款。"高拱丝毫不掩饰他心中的不平，"修应天的白茆河吴淞江工部年初报的是二百万两，这回结账是三百五十万两。修浙江的新安江工部年初报的是一百万两，这回结账是二百万两。超支的亏空共达二百五十万两。"

严世蕃："江浙是朝廷赋税重地，修河多出的公款，河道衙门有详细账目可查，而且河道监管都是宫里派去的中官，你们不签字，不只是对着我们工部来的吧！"

"还有哪些没签字？"吕芳不再容高拱回话，接着问道。

高拱："还有宫里修殿宇的木料货款。年初工部的预算是三百万两，这次结账高达七百万两。亏空四百万两！"

"我就知道你们算来算去就为算到皇上头上！"严世蕃说这话时已经亮出了手里那把无形的刀。

果然，精舍里坐在蒲团上的嘉靖眼睛虽仍闭着，握着磬杵的手却是一紧。

大殿里，高拱知道不能不奋起反击了："我说的是工部亏空了四百万两，没说不该给宫里修殿宇。小阁老，你要杀人，干脆直接动手就是。用不着这样子欲加之罪！"

"高肃卿！"这回是徐阶严厉地打断了高拱的话，"这是公议，谁也没给你加罪，皇上更没给你加罪。户部提出疑问，工部能说清楚就行，何罪之有？小阁老，照例结算的账单和预算的单子不合，户部可以提出，用不着生气。"

第一章

　　徐阶就这些地方厉害，几句话既轻轻地化解了严世蕃的杀气，又不落痕迹地保护了高拱。而这几句话确实不容驳回，严世蕃想不出适当回击的话，只好忍着气望向了严嵩。

　　严嵩一直就微微闭着眼睛，这时依然毫无表情。严世蕃只好把目光又望向了吕芳。

　　吕芳竟并没明里向着他，而是顺着徐阶的话说道："徐阁老说得对。严大人就把这笔开支说说吧。"

　　严世蕃忍着气只好答道："都知道的事情有什么可说的？年初的开支是说到云贵山里运木料，一勘查，山高林密，没有路，大料运不下来，这才改成从南洋海面运来木料。一年的工期，突然增加这么大的难处，工部日夜赶办，大船都翻了几艘，还是抢在年底前将宫里的几处殿宇修好了。为了皇上，什么样的苦我们都可以受，多花的这些钱，你们为什么总要揪住不放！"

　　"如果是这样，这几笔开支，户部似乎应该签字。"吕芳替严世蕃定调子了。

　　所有的目光又望向了徐阶、高拱。徐阶沉默着。高拱也沉默着。

　　精舍里的嘉靖帝已经不在蒲团上了，而是在那里来回踱着步，大袖飘飘。他喜欢大殿外的争吵，也喜欢大殿外这样的沉默，阴极而阳动，沉默之后，该打的雷便会打出来，该下的雨也会下下来。

　　"徐阁老和高大人不好说，我来说几句吧。"打破沉默的竟是站在末位的张居正。

　　吕芳立刻说道："可以。"

　　"我只说兵部。"张居正的嗓音清亮简洁，"去年一年的军费多数用在北边的防务上，由于增加了兵力和开支，俺答的几次进犯都挡住了。据宣府的军报，俺答部今年还将有更大的进犯，兵员要增，而连接西北和东北一带多处的长城今年也必须重修。仅这一项开支就得比去年增加二百万两以上。还有东南沿海的防务，如闽浙两地，去年全靠戚继光、俞大猷两部不足两万的兵力抵御倭寇在陆上的骚乱，可是我们的商船，我们的丝绸、茶叶、瓷器竟不能出海，光这一项损失一年至少在千万两以上。要保证东南海面货船畅通，闽浙和广东募兵今年也势在必行，这一项又得比去年增加开支二百万两以上。要是都像去年那样，一年就把户部库存的银子全用光了，今年朝廷就得给百姓加征赋税。来之前听说有些省份已经把赋税征到了嘉靖四十五年！这样下去，户部这个家怎么当？我以为这不是徐阁老和高大人所能承担的事。"

　　"你的意思叫谁承担？"严世蕃立刻盯住张居正。

　　"我没有说叫谁承担。"张居正还是朗朗而言，"凡事预则立，不预则废。如果还像去年那样不按预算开支，寅吃卯粮，则卯粮吃完以后，真不知道我大明朝还有什么可吃！"

严世蕃立刻顶了过去："你的意思是去年为江浙修河堤、为皇上修宫室已经把我大明修得山穷水尽了！"

张居正一凛："我没有这样说。"

严世蕃咄咄逼人地追问道："那你刚才话中的意思是什么？"

"那小阁老的意思，是不是今年还要像去年那样亏空！"高拱接言了。

"吕公公，奸臣自己跳出来了！"严世蕃感觉到今天的争议已经要你死我活才能解决了，"高拱是一个！还有张居正！"

雷终于响了，嘉靖回到了蒲团前，却不坐下，而是站在那里，静静地等着大殿那边的暴雨下来。

生死已悬于一线，高拱这时不但显示出了硬气，也显示出了智慧，居然说道："'姦'字怎么写？是三个'女'字。我高拱现在还是一个糟糠之妻，小阁老，就在昨天你才娶了第九房姨太太。这个'姦'字，恐怕加不到我高拱身上。"

"不要东拉西扯！"严世蕃再也忍不住了，一掌拍在案上，"我看你，还有一些人就是去年腊月二十九周云逸诽谤朝廷的后台！周云逸一个钦天监管天象的官员，在诽谤朝廷时，为什么把朝廷去年的用度说得那么清楚？当时我们就纳闷。现在明白了，就是我们在座的有些人把详情事先都告诉了他！是谁教唆他的？怎么，敢做不敢认！"

这就是要置人死地了！

高拱没有接言。张居正没有接言。

其他的人也都沉默着，就连吕芳，这回也不能代皇上问话说话了，将目光望向大殿东侧纱幔间那条通道，许多人的目光都下意识地望向了那条通道。大殿里陷入了死一般的沉寂，时间仿佛在此刻停滞了。

终于，重重纱幔的通道里传出了声音，是嘉靖吟诗的声音："练得身形似鹤形……"在通道连接大殿的第二重纱幔间，嘉靖帝大袖飘飘地显身了。

所有的人都立刻静静地跪了下来，没有即刻山呼万岁，在等着嘉靖将后面的几句诗吟完。

嘉靖向中间的御座走去，接着吟道："千株松下两函经。我来问道无余说，云在青天水在瓶。"念完，他已经走到了御座边，没有坐下，只是用一只手扶着御座一侧的一个扶手，漠漠地望着跪在地上的人。

知道他念完了，严嵩这时才带头山呼："臣等恭祝皇上——"

"万岁！万岁！万万岁！"所有的人整齐地跟着磕头。

嘉靖的目光望向了严嵩："严阁老，严世蕃说诽谤朝廷的那个周云逸有后台，而且后

第一章

台就在你的内阁里。你说谁是周云逸的后台？"

严嵩答道："回皇上，这里没有周云逸的后台。"

嘉靖又问："那周云逸为什么能把去年朝廷的用度说得那么清楚？"

严嵩答道："朝廷无私账。比方去年应天修白茆河、吴淞江，浙江修新安江，河南、陕西大旱，都是明发上谕拨的银子。"

嘉靖提高了问话的声调："宫里修几座殿宇的费用他怎么也知道？"

严嵩答得仍然十分从容："这说明工部用的钱都是走的明账。"

所有的人都没想到严嵩会在一场政潮即将发生的时候如此回话，理解不理解，许多人紧张的面容都慢慢松弛了下来，有些人跪在那里开始偷偷地看嘉靖的脸色。

嘉靖的脸也舒展了，坐了下去，露出了笑："起来，都起来，接着把架吵完。"

所有的人又都磕了个头，接着站了起来。只有严世蕃有些怅然若失，委屈地望向了严嵩。

"不要这样看着你爹。"嘉靖的目光转望向严世蕃，"要好好学着。"

"是。"严世蕃一凛，连忙垂下了双眼。

嘉靖笑道："朕刚才念的是唐朝李翱的《问道诗》。朕最喜欢就是最后一句'云在青天水在瓶'。你们这些人有些是云，有些是水，所做的事情不同而已。都是忠臣，没有奸臣。"

严世蕃似乎鼓起了勇气，望向嘉靖："回皇上，高拱和张居正刚才的言论和腊月二十九周云逸的言论如出一辙，叫臣等不得不怀疑。"

"如出一辙也没有什么不好。"嘉靖这句话又让所有人屏住了呼吸。

嘉靖轻叹了口气："周云逸被打死的事，朕现在想起来也有些惋惜。他也没有私念，只是他的话有扰朝政。朕也就叫打他二十廷杖，没想到他就……吕芳。"

"奴才在。"吕芳连忙答道。

嘉靖声调转冷："东厂的人你也该管管了。查一下，腊月二十九打死周云逸是谁掌的刑。"

吕芳露出应有的惶恐，低声答道："是。奴才下去就查。"

嘉靖声转轻柔："周云逸的家里听说有一大堆孩子，还有老母在，要安抚，拨点银子，从大内拿。"

吕芳立刻应道："是。奴才下去就办。"

"国难当，家也难当，国和家是一个道理。"嘉靖感叹着，突然又把目光转向了严世蕃，"严世蕃，刚才高拱说你昨天娶了第九房夫人是怎么回事？"

严世蕃有些失惊了，跪了下去："臣回去后就将几房小妻送回娘家。"

"好汉才娶九妻嘛！"嘉靖一笑，"送回去人家怎么办？还是留下，只要多把心思用在朝廷的事上就行。起来吧。"

"是。"严世蕃的声音小得几乎只有自己才能听见。

"去年过去了，今年怎么办？该吵还得吵。阁老，你是首揆，内阁的当家人，有什么打算？"一番乱石铺街以后，嘉靖把话引入了正题。

"当家无非是节流开源两途。"严嵩说得十分诚恳，"比方说去年，哪一笔开支都是正当的，可非要用这么多吗？张居正刚才说得对，'凡事预则立，不预则废'。比方工部为宫里修殿宇，为什么不在云贵取木材，非要通过海面那么远从南洋运木材来？是因为云贵山里的木材运不出来。记得嘉靖三十六年朝廷就议过，叫云贵修路，既便于官府管理山里的土司，也便于山民把山货运下来。这件事当时若是落实了，去年宫里多花的三百多万两木料钱就能省下来了。"

嘉靖由衷地点了点头，接着又望向严世蕃。

"这件事工部有责任，臣有责任。"严世蕃不得不接言引咎。

嘉靖的面色更好看了，又点了点头。

严嵩接着上面的话题说道："今年所有的开支都要从这些上面着眼，接下来内阁要好好议。"

"张居正。"嘉靖突然点张居正的名。

张居正立刻应答："臣在。"

嘉靖紧接着问："你刚才说'凡事预则立，不预则废'，是阁老说的这个意思吗？"

张居正肃颜答道："是这个意思，但阁老说得更透彻些。"

嘉靖立刻显出赏识的神态："朕刚才在里面听你算账也算得很透彻嘛。你说只要海面的商路畅通，我大明的商船能把货物运到波斯印度一带，每年就可以开源一千万两以上的白银。朕想听你说说这个思路。"

"是。"张居正显然有些激动，但尽力平静心态，"其实这也不是臣的思路。大明永乐三年开始，太宗文皇帝就命郑和率船队远下西洋，前后七次，商货远通。直至嘉靖十几年，海上通商依然频繁。后来因为倭寇骚乱，海面不靖，商运受阻。臣在兵部，也是从兵部着眼，想着似乎应该给闽浙增加军饷，让戚继光、俞大猷部募充军队，建造战船，然后主动出击，剿灭倭寇，重新打通海面货商之路。"

"这个想法张居正和臣商议过。"严嵩立刻把话接了过去。

徐阶、高拱也立刻下意识地望向了张居正。张居正开始是一愕，接着像是向徐阶、高

第一章

拱表白般轻轻摇了摇头，以示自己并未和严嵩有过什么商议。

严嵩轻轻使了一枪，徐徐接道："只要海面货商之路畅通，接下来就是运什么。比方江浙的丝绸。一匹上等的丝绸，在内地能卖到六两白银，如果销到西洋诸国则能卖到十两白银以上。现在应天是一万张织机，浙江是八千张织机，能不能增加织机，多产丝绸？"

"当然能。"这回轮到嘉靖抢着说话了，"关键是蚕丝。如何增加桑田，多产蚕丝？"

严嵩立刻接道："皇上圣明。历来就是应天的丝绸也多靠浙江供应蚕丝，气候使然，浙江适合栽桑产蚕。内阁的意思，干脆让浙江现有的农田再拨一半改为桑田，一年便可多产蚕丝一千万两以上，也就是说可以多产丝绸二十万匹。"

嘉靖又问："农田都改了桑田，浙江百姓吃粮呢？"

严嵩紧答："从外省调拨。以往每年外省就要给浙江调拨一百多万石粮食，增加了桑田再增调粮食就是。"

嘉靖接着问："外省调来的粮一定比自己产的贵，浙江的桑农是否愿意？"

严嵩接着答："每亩桑田产的丝比每亩农田产的粮收成要高。"

嘉靖不再问了，终于说出了下面这句应该由自己说的话："再加一条，改的桑田仍按农田征税，不许增加税赋。"

"圣明天纵无过皇上！"这回是严世蕃抢着颂圣了，"这样一来，浙江的百姓定然会踊跃种桑。有了丝源，浙江和应天各增几千张织机不成问题。"

"好！好！"嘉靖竟然从座位上下来了，一边轻轻鼓着掌，一边顾自踱了起来，"吵架好。一吵就吵出了好办法。这件事就让司礼监和工部去办，当然还有户部，多赚的钱都要在户部入账。如何入手，内阁这就回去详细议个方略出来，然后给胡宗宪下急递。这事还得靠胡宗宪去办。"

严嵩和吕芳几乎同时大声答道："是。"

嘉靖似乎十分兴奋，踱到了殿门边竟自己伸手要去开殿门，司礼监两个太监慌忙奔了过去，将殿门打开。

一阵雪风吹了进来，嘉靖的宽袍大袖立刻向后飘了起来。

"哎哟！我的主子，当心着凉！"吕芳连忙奔过去，就要关门。

"朕不像你们，没有那么娇嫩。"嘉靖手一扬，阻住了吕芳。

殿门外大雪飘飘，而满挂的灯笼又在雪幕里点点红亮，一片祥瑞景象。

突然，嘉靖发现就在玉熙宫台阶前面的雪地里跪着几个太监。

大雪飘落在他们的头上和身上，最前面那个太监手里高举着一个托盘，虽然飘了雪，还能看出托盘里金黄色的缎面上摆着一只大大的玉璋！

嘉靖的眼睛一亮："是裕王妃诞子了吗？"

那个举着托盘的太监大声回道："皇上大喜！老天爷给我大明朝喜降了皇孙！"

吕芳大步走了过去，接过那个托盘，又大步回到嘉靖面前跪了下来，高举着托盘："主子大喜！"

另外四个司礼监大太监紧接着跪了下来："主子大喜！"

严嵩和所有的内阁阁员们也相继跪了下来："臣等恭贺皇上！"

无论是真心欢喜还是装出欢喜，毕竟这是嘉靖帝添的第一个孙子，是大明朝第一大喜事，平时不敢正视嘉靖目光的所有的眼睛这时都迎望向嘉靖，此名之为"迎喜"。

嘉靖的脸上也报之以喜，不是那种惊喜，好像早已胜算在心的那种得意之喜："吕芳，把托盘举高些。"

"是呢。"吕芳将跪捧的托盘双手高举。

嘉靖的右手伸进了左手的袍袖中，竟从袍袖里抓出一把数个婴儿拳头般大的冬枣放在托盘上，所有的目光都露出惊异之色！

嘉靖又把左手伸进了右手的袍袖中，从袍袖里抓出一把数个也有婴儿拳头般大的栗子又放在托盘上。所有的目光更露出惊异之色！

嘉靖望着那一双双惊异的眼，笑着问道："朕预备的这两样东西，民间是怎么个说法？"

吕芳双手高举着托盘见不着托盘里的东西，这就该首席秉笔太监陈洪回话了："回主子，百姓家称作'早立子'。奴才们服了，主子万岁爷怎么就知道今天会有这么个天大的喜事。"

所有跪着的人都知道在这个时候须接着这个话茬颂圣了，却又知道这时候任何语言都不足以颂圣，包括耄耋之年的严嵩，全露出又惊又喜的目光只是望着嘉靖。

嘉靖淡淡笑着："家事国事天下事，朕不敢不知啊。"

所有的人全趴了下去："皇上天纵圣明！"

嘉靖过了这把神出鬼没的瘾，收了笑容，望向跪在面前的吕芳："吕芳。"

吕芳答道："奴婢在。"

嘉靖答："这冬枣栗子是上天赐给朕，朕赐给孙子的。照祖制，添了皇孙宫里该怎么赏赐？"

吕芳回道："回主子，这是主子第一个皇孙，宫里除了照例要赏赐喜庆宝物之外，还要调派二十名太监二十名宫女过去伺候。"

第一章

　　嘉靖道："那就立刻去办。"

　　"是！"吕芳这一声应得十分响亮！

　　嘉靖转望向徐阶、高拱、张居正："徐阶、高拱、张居正。"

　　徐阶、高拱、张居正："微臣在。"

　　嘉靖的声音这时透着慈祥："你们都是裕王的师傅和侍读，有了这个喜事，朕就不留你们吃元宵了。你们都去裕王那儿贺个喜吧。"

　　"是。"徐阶、高拱和张居正这一声回得也十分响亮。

　　两拨人都叩了头，起身分别奔了出去。

　　这里只剩下了严嵩和严世蕃还跪在那里。

　　嘉靖望着大雪中逐渐消失的徐阶、高拱、张居正的背影，像是问自己，又像是问严嵩和严世蕃："家事国事天下事，朕也不是全知呀……严阁老，现在就剩你们父子在了，你们说，周云逸到底有没有后台？"

　　严世蕃倏地抬起了头，严嵩制止的目光立刻望向了他。

　　嘉靖慢慢转过头，望向跪在地上的严氏父子："今天是元宵节，你们就在这里陪朕吃个元宵吧。"

　　"是！"严世蕃这一声回答中充满了激动，似乎又透着些许委屈。

　　离开的两拨人，裕王府远，司礼监近，吕芳在前，四大太监在后，随侍太监随着，这一大帮子人很快回到了司礼监值房。

　　值房门外两个当值的太监立刻跪了下来。

　　还没走到值房的台阶，吕芳站住了。

　　后面的人都跟着停住了。

　　所有的目光都望向了台阶下面雪地上一个跪着的"雪人"。

　　"谁？"吕芳问那两个当值太监。

　　跪在台阶左边的当值太监："回老祖宗的话，是冯公公。"

　　吕芳眼中掠过一道复杂的光，又望向了跪在地上成了雪人的冯保。

　　四大秉笔太监的目光也互相碰了一下。

　　吕芳转头对四大秉笔太监："今儿元宵，你们也各自回去过个节吧。"

　　陈洪显然明白了吕芳的用意，知他是想支开众人，暗中从轻发落冯保，心有不甘，可也不敢明里说出来，绕着问道："那当值呢？"

　　吕芳："我来吧。"

其他三大秉笔太监也看出了些端倪，望着吕芳："干爹……"

吕芳手一扬："去吧。"

"是。"四大秉笔太监只好回转身，慢慢走出了月门。

还有一帮随侍太监站在院中。

吕芳对他们："两个当值的留在这里，你们都吃元宵去。"

"是！"一大帮人都退了出去。

院子里只剩下了吕芳、冯保和那两个跪在门外的当值太监。

吕芳对着冯保："起来吧。"

没有反应。

吕芳又说了一句："起来。"

还是没有反应。

吕芳知道有些不对了，对那两个当值太监："看看。"

两个当值太监连忙站起奔到冯保身边，弯下身来："冯公公，冯公公，老祖宗叫你起来呢。"

一边说，一边就去搀他——竟然搀不起来。

"冯公公冻僵了！"一个太监失惊地叫了出来。

吕芳没有任何表情："抬进去。"

两个当值太监使劲儿将冻僵的冯保抬起，费力地抬进值房，安置在一把圈椅上，脱下冯保的衣服，立马转身出去用铜盆盛了两盆雪进来。

大云铜盆的火旺旺地烧着，过了一阵子，冯保的眼睛虽仍是闭着，牙齿却已经在上下打战。

一个太监捞起一把雪在轻轻地擦着他的手臂，一个太监拿起一把雪在擦着他的腿脚。

吕芳坐在靠窗的那把椅子前微闭着眼睛。

"哎哟。"冯保终于发出了一声呻吟。

吕芳的眼睛睁开了，望向冯保："抬到炕上去，给他喂姜汤。"

两个太监一个抱上身，一个抱下身，把他抬到炕上。几口姜汤灌下去，冯保咳嗽了两声，缓了过来。虽然十分虚弱，但他还是挣扎着在枕上叩了个头："干爹……儿子错了……"说着便呜呜地哭了起来。

吕芳站在炕前："你们都出去。"

两个当值太监："是。"接着退了出去。

吕芳在炕边坐了下来："跟了我这么多年，天天教着，牛教三遍也会撒绳了。瞧你那

第一章

嚣张气,为了急着往上爬,二十九打死了周云逸,今天又抢着去报祥瑞。我不计较你,宫里这么多人不记恨?还有周云逸那么多同僚,还有裕王!要找死,也不是你这个找法。"

冯保一连声地答道:"孩儿知错了,孩儿往后改。"

吕芳也不说话了,只是柔和地盯着冯保看。这目光让冯保心里一阵发毛。

"要改,要好好改。"良久,吕芳开口了,"明天起,你就到裕王府上去当差。"

冯保先是愕然了一会儿,咂摸明白吕芳的话后,哭喊着挣扎从炕上滚了下来,跪在地上抱住吕芳的腿:"干爹!干爹!你老就在这儿把儿子杀了吧!儿子死也不到裕王府去。"

"起来。"吕芳又露出了威严。

"干爹……"冯保哆嗦着攀着炕沿爬了起来。

吕芳道:"我再教你两句话,你记住!"

冯保怔怔地望着吕芳。

吕芳说道:"一句是文官们说的,'做官要三思'!什么叫'三思'?'三思'就是'思危、思退、思变'!知道了危险就能躲开危险,这就叫'思危';躲到人家都不再注意你的地方这就叫'思退';退了下来就有机会,再慢慢看,慢慢想,自己以前哪儿错了,往后该怎么做,这就叫'思变'!"

冯保声调发着颤音:"干爹教导得对……可叫儿子到裕王府去当差,那还不是把儿子往绝路上送吗?"

吕芳正颜说道:"我再教你武官们说的那句话——'置之死地而后生'!你打死了周云逸,不只是裕王,还有很多人都恨你,这不错。可你要怎样让他们明白周云逸不是你打死的。留在宫中你就没有这个机会。看我大明的气数,这皇位迟早会是裕王的,到了那一天,你才真是个死呢!听我的,我现在以皇上的名义派你到裕王府做皇孙的大伴,你要夹着尾巴,真正让裕王和他府里的人重新看待你。如果真有裕王入主大内的那一天,干爹这条老命还要靠你。"

说到这里,吕芳的眼中竟然闪出了泪花。

冯保一下跪趴了下去,号啕大哭起来,也不知道他究竟有没有明白吕芳的一番用心。

从寅时到现在,短短的几个时辰,裕王朱载坖却像过了几十年般漫长。玉熙宫御前会议的抗争,在前一天晚上高拱和张居正就告诉了他。偏就在寅时末侧妃李氏突然临产了,近两个时辰只听见李妃难产的号叫。寝宫外殿的裕王由王府詹事谭纶陪着,绕室彷徨。一面忧急李妃的生产,一面忐忑着徐阶、高拱、张居正他们的安危。现在,世子平安诞生,待看到徐阶、高拱、张居正冒着雪也安然来到,而且是奉旨前来贺喜,裕王那颗极度紧张的心一放下来，身子也仿佛一下子虚脱了，坐在寝宫外殿正中的椅子上想站起来给师傅们还个半礼，竟没能站起来，只好欠了欠身子，虚伸着手："请起，师傅们都请起，能回来就好……"

几把椅子圈成一个圆圈，围着中间一个白云铜的火盆，徐阶、高拱起身在裕王的右边坐下了，张居正还有谭纶在裕王的左边坐下了，君臣围炉向火，互相望着，几许感慨此时竟不知从何说起。

"徐阁老和肃卿兄、太岳兄不知道，这几个时辰王爷是怎样过来的。"谭纶挑起话头时眼睛已经有些湿润，"王妃在寅时便开始临产，两个时辰接生嬷嬷都没能接下来，是突然想起府里有李时珍去年留下的催生丹，取了来给王妃灌服下才保住了母子平安。"

徐阶、高拱、张居正这才关注地打量面色依然苍白乏力地坐在中间圈椅上的裕王。

谭纶接道："这边王妃难产，王爷还要惦记着你们，冒着雪到大门外看了几次。真怕这次你们有谁回不来呀。"

"孔曰成仁，孟曰取义。无非像周云逸那样，把这条命献给大明就是。"高拱说这话时一股豪气，"王爷喜诞了世子，我大明朝就中兴有期。我们这些人，死了一个还有一个。坐在这个位子上，此时还不争，倒不如死了好。"

"可大明朝也就你们这些元气了。"裕王似乎恢复了些力气，伸手拿起铜盆上那把铜火钳拨弄了一下炭火，声音由于疲惫仍然细弱，"要是朝廷连你们几个都没有了，我真不知道还有谁能辅佐皇上匡正时弊。"

"皇上还是圣明的。"徐阶接言了，"不至于会出现那样的后果。"

高拱道："可今天这个结果也没好到哪里去。王爷，说出来让人灰心，去年那些烂账全都报了。"

"今年总算有了一个好的开头。"徐阶又接着说道，"开支控制了，没有再给百姓加赋税。但愿浙江改农田为桑田的事能办好。"

"办不好的。"张居正一开口便十分明确。

裕王和谭纶都望向了他。

张居正向裕王解释："在御前，严嵩提了个方略，要将浙江百姓一半的农田改成桑田，说是只要今年江浙能多产二十万匹丝绸，就能弥补国库的亏空。当时我们就想到，他们这是又想出了一个名头借机兼并浙农的田地。利令智昏，全不想一个省一半的百姓失去田地，又是倭寇闹事的地方，不出数月大乱将至。"

"你们当时为何不向皇上陈奏？"裕王一听便又急了。

高拱答道："严嵩的话一落音，皇上立刻便准了旨。同时恩旨农田改成桑田以后不得

第一章

加征赋税。皇上怎么也就不想一想，这个方略一旦推行，严党在浙江的那些心腹立刻便会勾结富商巨贾不要命地争买百姓的田地。"

"高大人、张大人所虑极是。"谭纶接话了，"农田改成桑田以后且不加税，一亩桑田比一亩农田的收成便要高出五成以上。这些桑田如果都在浙江那些官商手里，从种桑养蚕到织成绸缎中间便又能省去了买丝的环节，利润可想而知。"

张居正："子理说得透彻，严嵩提这个方略一多半是为了弥补他们造成的国库亏空，不一定有这些算计。可严世蕃他们怂恿严嵩提这个方略前事先准定已有了详细的图谋。"

"不能让他们得逞！"高拱站了起来，"当时没能奏阻，下边我们也得想法子补救，不能让这个弊政在浙江施行。"

"怎么能阻止他们？从朝廷到浙江都是他们的人。徐师傅，你老怎么想？"裕王望向了一直没有吭声的徐阶。

徐阶只向裕王欠了欠身子，却将目光望向了张居正："太岳有没有具细的想法？"

张居正没有立刻接言，而是想了想才答道："浙江也不是铁板一块，严党的人里也不是没有心存良知的人。要撕开一个口子，有个人我看可以争取。"

"谁？"高拱立刻问道。

张居正接道："当然得是能担大局的人。"

"你说的是胡宗宪？"高拱紧接着又问道。

"正是此人。"张居正笃定地答道，"他是浙直总督，又兼着浙江巡抚，不只严嵩，皇上也十分信任他。我们要是有人能说动他，让他向严嵩和皇上剖陈利害，这个弊政就有可能无疾而终。"

"太岳，书生之见。"高拱立刻不以为然了，"他这个浙直总督可是从知府任上在严嵩手里一步一步拔擢上来的。不是说哪棵树都不能挪，胡宗宪这棵树的根可是深埋在严嵩府里，你想挪他也挪不过来。"

裕王这时竟将目光望向了谭纶。

"我看太岳的这个想法可以深谈。"谭纶接道，"王爷知道，几位大人都知道，胡宗宪曾经和我有深交，他这个人在大事上还是有见解的。从他当浙直总督这几年来看，虽然台面上都顺着严嵩和严世蕃，但牵涉到朝廷大局他总能稳住。"

高拱不以为然："就算这样，谁去争取他？疏不间亲，他会听我们的？"

张居正接道："当然不能直接让他听我们的，但可以派个人到他身边让他明白利害得失。"

"派哪个人去？"裕王本是望着张居正，见张居正的目光一直望着谭纶，立刻便明白了，也转身望向了谭纶。

谭纶只好接言了："这就不用问了。要去当然是我去。可总得有个职分，让我名正言顺地待在胡宗宪身边，才有机会向他进言。"

所有的人都一振，互相交换着目光。

"我看这步棋可以一试，有谭子理在胡宗宪身边，争一分是一分。"话说到这样的实处徐阶谨慎表态了。

"那就让子理先到胡宗宪身边去。"裕王撑着圈椅的扶手站了起来，"只要能唤起胡宗宪心中那点儿良知，大局或不至于不可收拾。"

"不能够只为了收拾破局。"张居正激昂起来，望向谭纶，"子理，你这一去，还想不想回来？"

谭纶一怔，反问道："什么叫想不想回来？"

张居正回道："想回来就一定要在浙江烧起一把大火，然后将这把火从浙江烧到京师，烧到严嵩、严世蕃他们身上来。如若不能，你也无颜回来见王爷，或者自己就倒在了浙江。想清楚了，你去还是不去？"

"太岳这话问得好！"高拱立刻拍膝站了起来，"要么不去，要去就不是什么争一分是一分！"

裕王被二人的话说得立时紧张起来，又望向了徐阶。徐阶倒不在意两个后进在裕王面前否定了自己，但毕竟自己才是这几个人甚至全大明朝清流的定盘星，远忧近虑自己都得把着："切记住，浙江管丝绸的可是司礼监下辖的江南织造局。"

"师傅虑的是。"裕王立刻被提醒了，目光虚望着前方，"倘若牵涉到织造局，便牵涉到宫里，牵涉到皇上。谭子理还是不要去了。"

张居正、高拱二人的激将，谭纶在意料中，虽事关自己的生死，他倒也并不看重，大丈夫要真能如此轰轰烈烈干他一场，马革裹尸本是应有的归宿。但徐阁老一句江南织造局引出裕王的惊怵，却使谭纶从心底处冒出一丝酸楚——裕王说这话时显然不是担心自己的生死，而是深惧司礼监，深惧皇上。

这一点剜心的酸楚反倒激起了谭纶的去志，他目光深望着裕王："王爷放心，臣这一去绝不会牵涉到宫里，更不会牵连到王爷和诸位。只要吏部能给我一纸浙直总督署参军的任命，明天我就启程。"

裕王本是极敏感的人，徐阶、高拱、张居正又何尝听不出看不出谭纶说这番话时心底的潮涌。一时，大家都有些尴尬，全黯在那里。

谭纶反而笑了一声："王爷，今天可是正月十五，赏我一碗元宵吧。"

第一章

　　这就有些"今日别燕丹"的味道了。不只裕王，徐阶、高拱、张居正都不禁心中五味杂陈，一齐望着谭纶。

　　恰在这时，一个宫女从里间出来了："王爷，王妃说，都午时末了，是不是该给各位大人上元宵了？"

　　"上元宵……立刻上元宵……"裕王的声音有些沙哑，沙哑中难掩几分哽咽。

　　"再上坛酒吧。"高拱大声说道，"我们陪谭子理喝！"

　　——他竟忘了，自己一行人是奉旨来恭贺世子喜诞的。

第二章

在浙江，经过一个冬季的枯水季节，桃花汛也过了，农历四月，新安江水便到了水量最为充沛，慷慨地从它流经的各个堰口浇灌两岸无边稻田青苗的时节。江水是如此澄澈平静，不禁使人联想到《道德经》上那句"上善若水"的箴言，顿生无穷的感恩之思。

可今年所有的堰口都被堵住了，上天恩赐的新安江水被两岸的大堤夹着白白地向下奔流。张居正等人的预见全被言中，朝廷改稻田为桑田的国策一开始推行，就给浙江的百姓带来了灾难。淳安县境内的新安江大堤上，这时竟站满了挎刀执枪的士兵和衙役，杭州知府马宁远带着属下的淳安知县常伯熙、建德知县张知良正在强制推行改稻为桑的国策。

大堤上，一眼望不到头跪着的全是百姓，个个脸上全是绝望。大堤下的稻田旁，是一列整齐的战马，马上都是身穿嵌钉铠甲的士兵。

"踏苗！"马宁远一声吼。

马队驱动了，无数只翻盏般的马蹄排山倒海般掠去。不是战场，也没有敌兵，马蹄下是干裂的农田，是已经长有数寸高的青苗。杂沓的马蹄声中，无数人的哭声接踵而起。马队踏过一丘苗田，又排山倒海般踏向另一丘苗田。

"插牌！"这一句吼声是马宁远身边的常伯熙和张知良发出的。

几个衙役扛着木牌奔向已被踏过的苗田。木牌被一个衙役向苗田的正中一戳，另一个衙役抡起铁锤把木牌钉了进去。木牌上赫然写着"桑田"两个大字！

哭声更大了，马队仍在排山倒海般向前面的苗田踏去！

"爹！"突然，一个女人惊恐的叫声在众多的哭声中响起！

许多人惊恐的目光中，一位老人拼命地跑向苗田，跑向马队即将踏来的那丘苗田！

马队仍在向前奔进。那位老人跑到苗田正中扑地趴了下来，脸紧紧地贴在几株青苗之间的田地上，张开的两条手臂微微向内围成一个圆形，像是要护住自己的孩子，护着那些

第二章

已经有些枯黄的禾苗。马队离那老人越来越近了。

"反正是死！"一个青壮汉子一声怒吼，"拼了吧！"吼着，他腾身一跃，飞也似的奔向老人趴着的那丘苗田。紧接着，一群青壮的农民跃身跟着奔向了苗田。

马队仍在向前奔进，他们的前面，趴在地上那老汉的身前列起了一道人墙。马上的士兵们都紧张了，许多目光都望向马队正中那个军官。那军官开始下意识地往回拉手里的缰绳，许多兵士也开始拉手里的缰绳。可奔马的惯性仍在向人墙奔去。马队中那军官脸上流汗了，手里的缰绳开始紧往后拉。所有的兵士都把缰绳拼命往后紧拉。相距也就不到一丈，马队愣生生地停下了！许多马在狂躁地喷着马鼻，许多只马蹄在狂躁地刨着地面。

"刁民！"建德知县张知良跺了一下脚，接着望向他身边的马宁远。

"是反民！"淳安知县常伯熙厉声接道，"刚才就有人公然说'反了'！"

"是谁说'反了'？"马宁远的脸青了。

"卑职看清楚了。"常伯熙将手一指，"是那个人！"

"抓起来！"马宁远一声低吼。

一群衙役拿着铁链和戒尺奔了过去。不一会儿，那个带头挡马的汉子已经被铁链拉了过来，还有十几个汉子也被铁链拉了过来。

原来都还跪着的百姓都站起了，开始骚动，骑兵和步兵军士的刀和枪组成了阵势，挡住了那些哭喊着的人。

几个汉子被铁链套着，拉到了那几个官员面前。一直面色铁青的马宁远："刚才说'反了'的人是谁！"

"是我。"带头的那个汉子竟然立刻答道。常伯熙和张知良都是一怔，接着对望了一眼。

"好！敢说敢认就好。"马宁远望了一眼那汉子，又把眼望向了一边，接着问道，"叫什么名字？"

那汉子："齐大柱。"

马宁远："干什么营生？"

那汉子："本地桑农。"

"桑农？"马宁远又转过头来审视那汉子，"桑农为什么要来带着稻农闹事？"

那汉子默了一下，答道："心里不平。"

"好，好。是条汉子！"马宁远一边点着头，突然加重了语气，"你在王直那儿当什么头目？"

"王直？"那个带头汉子一愣，"哪个王直？"

马宁远："倭寇头子王直！"

那带头汉子一怔，紧接着大声答道："不认识。"

"到时候你就会说认识了。"马宁远的脸又铁青了。说完这句，他面对黑压压的百姓，大声说道："改稻田为桑田，上利国家，下利你们！这么天大的好事，就是推行不下去！今天居然还聚众对抗！现在明白了，原来是有倭寇在煽动造反！"

这可是天大的罪名。马宁远几句话一说，刚才还骚乱哭喊的人群一下子死一般的沉寂了。

马宁远接着大声令道："继续踏苗！敢阻挠的有一个抓一个，和这几个一同押往杭州！"

常伯熙和张知良又同声向苗田的骑军大声吼道："踏！"

马队又向前面的苗田踏去，马蹄过处是一片片倒伏零乱的青苗！

突然，骑军中那个领头的军官目光中露出了惊色，开始勒身下的坐骑。他望见大堤上一行五骑向大堤这边飞驰而来。渐驰渐近，许多人都看清了领头的骑者头盔上斗大的红缨和肩背后那袭外黑内红的披风在疾驰中向后翻飞。

"是总镇大人！"那军官失口叫道，勒住了缰绳。他认出了这个身着三品铠甲的人便是自己这群官军的顶头上司，现任浙江台州镇总兵戚继光。

苗田里的马队都齐刷刷地停下了。

五骑奔马越来越近了。堤上的步军士兵立刻向前跑去，在大堤上列成了整齐的两行。

马上的戚继光却在离那两行步军还有数丈远的地方猛地一勒缰绳，五骑马倏地整齐地停住了。

戚继光的目光望向了苗田中的骑军，那队骑军这时已驱着马跑向大堤。很快，骑军马队都登上了大堤，在步军的前面都下了马，也分成两行排成队列。

戚继光这才策着马慢慢走到两行骑军的中间，目光先是望了望堤上的人群，接着又望向堤下干裂和青苗杂沓的农田。他的目光是那样的冷，冷得列在那里的步骑官军一片沉寂，连马都一动不动。

军队的突然躁动，直到这时才让马宁远和常伯熙、张知良明白是戚继光来了！

常伯熙："他来干什么？"

张知良："不会是来把兵调走的吧？"

"兵是部院调给我的，他调不走。"马宁远说着，大步向戚继光走去。常伯熙和张知良也紧跟着走去。

"调兵的时候你恰好不在。"马宁远大声地走近戚继光，"部院的调兵令我可给你留

| 第二章 |

下了。"

　　戚继光这时竟不理他,而是把目光狠狠地盯向他面前那个骑军军官:"这些青苗是你带人踏的?"

　　那军官一凛:"是属下……"

　　"啪"的一声,戚继光手里的马鞭闪电般在那军官的脸上闪过,那军官的脸上立刻显出一条鲜红的血印!那军官被重重地抽了一鞭之后反而站得更直了。

　　戚继光紧接着厉声问道:"还有谁踏了青苗,都站出来!"

　　那些踏过青苗的兵士从马侧向马头跨了一步,依然是整齐的两行。戚继光策着马从站着的这两行兵士中间行去,手上的马鞭左右飞舞,一鞭一道血印,每个被抽的士兵都反而挺直了身子。马还在穿行,鞭还在飞舞。

　　常伯熙和张知良蒙了,衙役们蒙了,远远的那些百姓也蒙了,马宁远的脸却越来越青了。

　　戚继光手中的马鞭停了,接着向那些官兵大声说道:"又是断水,又是踏苗!当兵吃粮,你们吃的谁的粮!"

　　"当然是皇粮!"马宁远这时还有什么不明白?当下大声接道。

　　戚继光这时也不能不理他了,望向了马宁远:"皇粮又是哪儿来的?"

　　"普天之下,莫非王土!"马宁远声音更大了,"皇粮当然是皇上的!"

　　"说得好!"戚继光的目光犀望着马宁远,"那你们断的就是皇上的水!踏的就是皇上的苗!"

　　这话立时把马宁远顶在那里,那张脸憋得铁青。

　　戚继光又不再理他了,坐直了身子,望向他的那些士兵:"知道断皇上的水,踏皇上的苗是什么罪吗?"

　　"死罪!"所有的士兵居然都大声回答,显然他们都知道自己将军问话的用意。

　　"明白就好!"戚继光大声令道,"集队!回兵营!"

　　所有的兵士都开始跑向他的面前集队。

　　百姓们明白过来了,开始有人喊叫:"他们还抓了人,戚将军,叫他们放了我们的人吧!"

　　"放人!"

　　"放人!"

　　许多声音响了起来!

　　戚继光却不再看百姓一眼,继续望着自己的士兵集队。

"这、这到底是和我们对着干，还是和朝廷对着干！"常伯熙气急败坏。

"府台大人，不能让戚继光把官兵带走。"张知良也慌了，急忙向马宁远说道。

马宁远冲向戚继光大声嚷道："戚继光，你的官兵可是部院调给我的，你没有权力带走！"

戚继光声音冷冷的，却十分坚定："我的兵要去打倭寇。"

马宁远："有调令吗？！"

戚继光："当然有。"

马宁远："谁的调令？"

"有调令也用不着给你看。"戚继光冷笑道，"想知道，去上面问。"

"我知道你的来头。"马宁远瞪圆了眼睛，"是不是那个谭纶下的调令？"

戚继光默了一下，不再理他，继续看着官兵集队。

马宁远站到了戚继光的马头前："戚继光，你是部堂的人，我也是部堂的人，想反水，没有好下场！"

戚继光望着他这张脸，冷冷一笑，将头低了下来，低声道："你既是部堂的人，我就劝你一句，把抓的这些人都放了。要不然我的兵马一走，保不准他们就会把你扔到河里去。"说完这句，他猛地一勒缰绳，大声命令道："走！"

那匹马扬蹄奔去。

整齐的蹄声和步声，所有的官兵掠过孤零零地站在那儿的马宁远，紧跟着戚继光的那匹马奔去。

百姓人群开始涌动了，黑压压地向大堤上马宁远他们的三乘轿子和十几个衙役锁住的那几个人拥来。

"放人！"

"把人放了！"

百姓中又起了吼声。

常伯熙和张知良首先恐慌了，同时靠向马宁远。常伯熙神色慌张地请示道："府台大人，放人吧。回到杭州……"马宁远凶狠的目光瞪向了常伯熙和张知良："怕死了？怕死就把纱帽留下，你们走。"

常伯熙和张知良怔在那里。

马宁远转对那些也已经惊慌的衙役："不许放人！"紧接着他一个人向拥来的百姓人群迎了过去。

百姓们站住了。马宁远厉声地说道："本府台现在就一个人站在这里！敢造反的就过

第二章

来，把我扔到这河里去！"

涌动的人群竟然被他的气势镇住了，整个大堤上是死一般的沉寂。

马宁远依然面对百姓："改稻田为桑田是朝廷的国策，你们要么自己改，要么卖给别人改，死一千个人、一万个人，全浙江的人死绝了也得改！戚继光把兵带走了，朝廷还有百万官兵！聚众对抗，本府台这条命陪着你们！"说到这里，他大声吼道："先把这几个倭贼押回杭州！"

常伯熙缓过神来了，大声对衙役们说道："押着人，走！"常伯熙、张知良和衙役们押着那几个人开始向前走了。

这时的马宁远才慢慢转过身，向前走去。

百姓们竟是如此的善良，又是如此没有退路，所有的人都不再骚乱，也没有散去，都跟着马宁远一行人走去。

"这么多人，真跟到杭州，事情就闹大了。"常伯熙脸上流着汗，跟到马宁远身边说道。

"事情已经大了！"马宁远大步走去，"到了杭州，见到部堂大人再说！"

新安江水还是那样平静地流着，就像它身旁大堤上平静蠕动的人群。

被马宁远他们称为部堂大人的浙直总督兼浙江巡抚胡宗宪，这时正无奈地被江南织造局兼浙江市舶司总管太监杨金水拉着在织造局大厅里和一群西洋商人看丝绸花样。

一记一记的堂鼓，不是一声一声敲动人的耳鼓，而是一下一下在敲动人的心旌！这样的堂鼓声只有到了大明朝的嘉靖年间才能达到这种不带烟火气的境地。伴着堂鼓声而起的是那种也只有到了大明朝的嘉靖年间才有的曲笛声，这笛声明明就是眼前坐在那儿的笛师吹出的，却让人感觉到它是从偌大的厅堂上方那遥远的天空传来的。

这是中国历史上最伟大的艺术形式之一——昆曲刚刚成熟的时候，这时在这里演奏的是从苏州请来的天下昆曲第一班。

伴着昆曲的演奏，像是一片云，又像是一溪流水，一匹偌长的丝绸拂着大堂正中那条扶手栏杆中间长长的楼梯向上流去。拂过楼梯的丝绸像是有颜色，又像是没有颜色；有图案，又像是没有图案；一丈，两丈，三丈，四丈、五丈。长长的丝绸的那端披在一个苗条女子的肩上。堂鼓声和曲笛声所演奏的这只曲牌拿捏得竟是如此天衣无缝，那披着丝绸的女子刚走到了二楼梯级的尽头，回眸一笑，曲牌也终了。

地面大厅堂的北边，也就是那一座长长的楼梯的对面响起了拊掌声。

坐在一长排椅子上的人都含笑站起了。正中间那人便是胡宗宪，紧挨在他左侧的是今天掌盘子的杨金水，站在他右边的是浙江布政使郑泌昌和浙江按察使何茂才。再两边便是五个衣着华丽的富商。这几个富商一眼就能看出"非我族类"，其中两个高鼻深目，另三个皮肤特别黝黑，刚才的掌声就是他们拍出来的。

"掌烛！"杨金水带着笑尖声命道。

立刻便有两行随从一人手里擎着一个点燃的烛台从大厅两侧的两道门中走了过来。杨金水和郑泌昌、何茂才还有那几个异域富商每人从一个随从手里接过一支烛火。唯有胡宗宪的手没有伸向烛台，郑泌昌、何茂才立刻向他询望过去。

胡宗宪清癯的脸上露出一丝疲惫的笑："杨公公和你们领着看吧。"

杨金水笑着接道："部堂大人这一向也着实累了，可我们也不敢让您走。您还得在这儿坐着歇歇，待会儿能卖出多少丝绸运往西洋，派多少兵船护送，都得您拍板呢。"

说到这里，他笑对着身旁的郑泌昌、何茂才和那几个异域商人："来，来，咱们去看货。"

说着，他擎着烛台在前，向仍然拂在楼梯上的那匹丝绸走去，一边走一边又尖声说道："灭灯！"

是早就准备好的，原来高挂在二楼回廊上的每盏灯笼旁站着的人立刻挑灭了那些灯笼。高大的厅堂立刻暗了下来，只有那几个人手里擎着的烛火在厅堂中央浮出一团光圈。

在手中烛光的照射下，杨金水的面容更明晰了，那是一张典型的太监的脸。他擎着烛率先向正中的楼梯走去。商人们便跟在他们的后面，一行人举着烛火走近了楼梯，走近了那匹丝绸。

胡宗宪一个人在那一排空椅子中间又坐下了，慢慢闭上了眼睛。站在大厅门口的总督署亲兵队长手臂上挽着一件披风立刻轻步走了过来，将那件披风轻轻地盖在胡宗宪身上，又轻步退了回去。

杨金水、郑泌昌、何茂才领着那几个商人沿着丝绸两侧登上了前几级楼梯，立刻便有两个随从在楼梯的下端一人一角扯起了丝绸，那匹丝绸前端一丈多被抻离了梯级。

"请看。"杨金水把手中的烛光照了过去，其他几个人也把手中烛光照了过去：

——蝴蝶的翅，蜜蜂的翼，都像是能从翼翅的这边透看见翼翅的那边，更难得的是每只蝴蝶、每只蜜蜂身上的花纹颜色细看都有不同，而且每一片翅、每一片翼飞张的幅度都不一样，却又都是实实在在在飞，绕着一朵朵尚未绽开的花蕾在飞！

几个商人报以回笑，但仍保留着矜持。

"请往上看。"杨金水领着一行人又登上了第二段梯级。

楼下的两个随从扯着丝绸的两角往后退了一步，丝绸的第二段又被抻离了梯级。

第二章

几盏烛光同时照了过去：

——还是那些蝴蝶，还是那些蜜蜂，还是那些花，蝴蝶和蜜蜂也还是在绕着一朵朵花飞。

几个商人互望了一眼，虽然仍带着笑，却露出了些不以为然。

杨金水却不笑了，将女人般白皙柔软的手指向了中间的一朵花："先看这朵花，仔细看看。"

烛光和人头都凑近了丝绸。

须细看，还须是行家，才能看出这朵花较前一段的花蕾确实有些不同——花瓣已经微微张开！

"开了！"这是那个面色黝黑的商人脱口说出的，显然这个人经常到大明朝来做生意，会说中国话，但带着拗口的吴音。

"在行！"杨金水笑着夸了一句，"前面那一段按你们西洋钟的说法是早上七点穿的，花还是朵子，因此蝴蝶蜜蜂只是绕着飞。"说到这里杨金水望着那个说中国话的商人。那个商人立刻用另一种语言向其他几个商人翻译杨金水刚才那段话。那几个商人立刻会意地点头。

杨金水接着说道："这一段呢，是你们西洋钟上午十点穿的，花刚刚开，蝴蝶和蜜蜂准备吃花粉儿了。"

那个会说中国话的商人立刻翻译了过去。

"哦！"几个商人这时忘了矜持，同声发出惊叹。

郑泌昌和何茂才脸上都浮起了得意的笑容，对望了一眼，又望向杨金水。

"请再往上看！"杨金水这时才又笑了，不只是得意，更多的是矜持，举着烛台领着一行人又往上面登去。都是软底靴，又踩在厚厚的毡毯上，大厅里这时突然间只能听见胡宗宪发出的轻微鼾声。

织造局的门口却被一阵急促传来的马蹄声惊动了。

这里本来就是江浙最高的宦官衙门所在，平时规制就十分森严，今天由于一省最高的几个官员都在里面，总督、布政使、按察使的亲兵队都在外面戒备着，就显得更加森严。这时居然有马队往这条街面闯，一队亲兵立刻向马蹄声方向跑去。

几匹马出现了，那队亲兵认出了最前方马上坐着的是马宁远，拦是不拦还在犹豫间，马宁远驰着马已然直奔到了织造局衙门大门口才勒缰停下。

总督署那亲兵队长也看出了是马宁远，显然极熟，从大门的台阶上迎了下去。

马宁远翻身下马,将马鞭向身后的人一扔,便迎着那亲兵队长大声问道:"部堂大人在里面吗?"

"在。"那亲兵队长接道,"这么急,怎么回事?"

马宁远:"造反了!有倭贼煽动上千的刁民,都闹到总督衙门了!"一边说一边向大门走去。

那亲兵队长急忙领着他走进大门。

从大门往里面走才知道织造局这座衙门堂庑有多深,马宁远由亲兵队长领着,也不知穿过了多少道由重兵把守的门,才望见了大厅堂那道门。这里反而没有兵了,只有两个太监站在大厅堂的门外。

马宁远这时已将亲兵队长甩在了身后,径直走向厅堂大门便要进去。

"哎!我说马大人,什么时候?你就愣往里闯?"两个把门的太监身子一并,把他挡住了,声音虽然很低,口气却是很硬。

一路气盛的马宁远到了这里也不得不伏小了,强赔着笑:"有急事,我得立刻见部堂大人和另外几个大人。"

"再急的事现在也不能进去。你看看。"其中一个太监低声向厅堂里一指。

马宁远向里面望去——偌大的厅堂四周都影影绰绰,只有楼梯上一片烛光,杨金水和郑泌昌、何茂才就像浮在半空中正陪那几个商人笑看着绸缎。

马宁远咽了一口唾沫,也压低了声音:"是造反了!得立刻禀报。"

"造反了?"两个太监对望了一眼,立刻露出了紧张。

一个太监:"在哪儿?有多少人马?"

马宁远:"人马现在还扯不上,上千的刁民他妈都拥到总督衙门门口了。"

两个太监刚才还提在嗓子眼儿里那口气立刻又松了,对望了一眼。

其中一个太监:"我们还以为有兵马打到这儿了呢。那就还是等等,也就一会儿。"

那亲兵队长接言了:"二位公公,部堂大人这会儿没看丝绸,我先领他去见部堂吧。"

马宁远连忙接道:"对。我也不打扰杨公公他们看花样,只去禀报一下部堂大人。"

两个太监犹豫了一下,又对望了一眼。

显然是不好阻挡胡宗宪的亲兵队长,一个太监望着他:"有事可是你的?"

亲兵队长:"放心,不会有事。"

另一个太监:"那就悄悄儿的,杨公公的脾气你们知道。"

马宁远急忙答道:"知道。"

| 第二章 |

一个太监:"去吧。"

亲兵队长领着马宁远轻步走向胡宗宪,离他还有数步,亲兵队长又伸手拦住了马宁远。

烛的余光中,他们看见胡宗宪盖着那件披风坐在那里,身子依然保持着正坐的姿态,但已经发出了轻微的鼾声。

那亲兵队长望着胡宗宪瘦削的脸犹豫了,望向了马宁远。马宁远也犹豫了,停站在那里,从他的神态可以看出,不是不敢,而是不忍叫他,只好把焦急的目光转望向楼梯上照着杨金水他们的那片烛光。

楼梯上,杨金水已经领着一行人登到了接近那女子的梯级。

站在楼梯下的两个随从又向后退了一步,五丈长的这匹长绸整个被绷直了。

几盏烛光同时照向最后那一段绸面:

——像是还有蝴蝶,像是还有蜜蜂,却已经不是蝴蝶和蜜蜂,而是纷纷飘零的花瓣!

杨金水:"这是晚上穿的,照你们西洋的习惯,也就是晚会穿的。"

那个会说中国话的商人把他这句话又翻译了过去。所有的商人这时都由衷地面露激赏,其中一人叽里咕噜地问了几句。

那个会说中国话的商人立刻向杨金水翻译道:"他不明白,为什么同样的花纹图案要设计出这种变化。"

杨金水笑得更矜持了:"真正的贵人换了衣服是不愿意让人家一眼看出的。仔细看才知道一天换了四次衣服,这才是贵人。"

这句话刚被翻译过去,几个商人纷纷向那个会说中国话的商人说了起来。

那个商人立刻对杨金水笑道:"他们说,这样的丝绸,他们那里的贵人一定喜欢。他们,还有我,这次都各要十万匹。问天朝有没有这么多货。"

杨金水稍犹疑了一下,接着说:"有!有!要多少都有。"说到这里,他提高了声调:"照天光!"

大厅渐渐亮堂了——原来二楼的每个窗户上盖得严严实实的窗帘都被慢慢拉开了,窗外的日光这时照了进来,居然带着彩色!

原来每个窗户上都还挂着一翼各种颜色图案的丝绸,日光是透过这些丝绸照进来的!

这时堂鼓声,曲笛声,又加上了琴、瑟和云锣都轻轻地响了起来。

胡宗宪的眼睛倏地睁开了,他看见杨金水一行人兴奋地笑着从梯级上下来了。

那亲兵队长连忙轻轻揭开了他身上的披风,胡宗宪慢慢站起的时候,发现了旁边的马宁远。马宁远和胡宗宪的关系显然已到了"不拘礼"的程度，这时也来不及行礼，立刻贴近他的耳边急忙说着。

也不知道是官做到这个位置，"静气"二字已是必然的功夫，还是早已预见到了这种事情迟早要来，胡宗宪这时听着马宁远的禀报并无任何反应，眼睛依然露出疲惫的笑，望着渐渐走近的杨金水一行人。

说笑着，杨金水一行人走近了胡宗宪。

"这一次他们一共就要五十万匹！"杨金水笑着对胡宗宪大声说道，"五十万匹就是七百五十万两白银！部堂大人，全看你的了。"

郑泌昌和何茂才虽然也笑着，但望着胡宗宪的目光中却不敢显出杨金水那种兴奋。因为胡宗宪眼中虽勉强带着疲惫的笑，嘴角却紧紧地闭着。

几个异域商人叽里咕噜地又说了几句。那个会说中国话的商人又对杨金水说道："萨哈里先生他们说，那个披丝绸那样的女人你们这里有多少，能不能连同丝绸一起卖给他们几个。"

杨金水一笑："这个不归我管，要问他们。"说着笑望向胡宗宪和郑泌昌、何茂才。

郑泌昌、何茂才也只是笑着，都望向胡宗宪。

胡宗宪此时眼中那点儿笑容都收了："我天朝有的是丝绸、茶叶、瓷器。但不卖人。"

不用翻译，那些商人从他的脸色已经看出了意思，都跟着收敛了笑容。

"先送几位客商到驿馆歇息吧。"胡宗宪不再说这个话题，望着杨金水。

杨金水和郑泌昌、何茂才这时才发现了站在胡宗宪身旁一脸急迫的马宁远。马宁远急迫的目光这时也正望着他们。杨金水和郑泌昌当然明白一定出了什么事了，目光碰了一下。

杨金水的脸上先是掠过一丝不快，但立刻又转身对那几个商人哈哈一笑："上有天堂，下有苏杭。这个班子可是特意为几位从苏州请来的。已经安排了大船，让几位今天游西湖，听昆曲。生意明天谈。"

这句话一经翻译，那几个商人立刻大喜。

杨金水拍了一下手掌。

立刻有几个太监走了过来，笑领着几个商人走了出去。

"去总督衙门吧。"胡宗宪对杨金水和郑泌昌、何茂才只说了这句话，便率先向大厅门口走去。

杨金水、郑泌昌和何茂才几乎同时盯了一眼马宁远，跟着向大厅门口走去。马宁远这才紧跟着走去。

第二章

总督衙门外的大坪按规制有四亩见方，暗合"朝廷统领四方"之意。平时大坪正中也就高矗着一杆三丈长的带斗旗杆，遥对着大门和石阶两边那两只巨大的石狮，以空阔见威严。

而现在的大坪内连同那条通往大门的铺石官路上都黑压压地跪满了从淳安跟来的百姓，全都是静静地跪着，只有东南风把那杆斗上的旗吹得猎猎发响。

大门石狮两旁的那两面八字墙，每面墙前都站着一排挎刀的亲兵。

穿着参军服饰的谭纶此时一个人静静地站在大门前的石阶上。

跪着的人群仍然沉寂着，挎刀的亲兵也紧张地沉寂着。

远远的，亲兵队护送着胡宗宪一行人的轿马来了。隔街便是衙门大坪黑压压的人群，马和轿都进不了大坪，便在那里停住了。胡宗宪、杨金水、郑泌昌和何茂才都走出了轿门，所有的目光都阴沉地望着那座进不去的总督署，望向了那座大门，望向了站在那儿的谭纶。

谭纶的目光却只望向一双目光——望向胡宗宪的目光，胡宗宪的目光这时也正望向他。两双目光都透着忧郁、沉重，但谭纶的目光中显然充满了期盼，而胡宗宪的目光中只有忧郁、沉重。

其他人都循着谭纶的目光转望向了胡宗宪。胡宗宪这时已将目光移望向衙门屋檐上方的天空。

马宁远疾步凑了过来，伸手一指大门前的谭纶："大人们都看清楚了，就是这个人伙同戚继光干的好事！"

"他们的账后算。"管理一省刑名的按察使何茂才立刻表态了，"先抓人。抓了人再一个一个查。该处置的处置，该上奏朝廷的今天就要上奏疏。"

几个人都等着胡宗宪表态。

胡宗宪："这么多人，抓谁？"

何茂才："这可是总督衙门……"

"拆不了。"胡宗宪打断了他的话，"真拆了，我就革职回乡。从后门进去吧。"说完这句，他不再上轿，转身徒步向街的那边走去。

所有人先都是一怔。郑泌昌和何茂才见他走了，只好跟着走去。

杨金水却不愿意走路，阴沉着脸走向轿门。一个太监连忙打起了轿帘让杨金水钻了进去，这乘轿子也跟着胡宗宪他们的方向走去。

只有马宁远还僵在那里出神，好一会儿才缓过神来，大步跟去时又回头向远处的谭纶瞪去。

谭纶依然兀自静静地站在那里。

从后门进到浙直总督署后堂，所有的人都坐定了，所有的人都沉默着，在等着，等胡宗宪的亲兵队长把谭纶叫来。

谭纶在大门口出现了，也是沉默着，走到大堂右边那张大案下首的空位上坐了下来。

"啪"的一声，谭纶刚刚坐下，坐在他对面的马宁远便把纱帽往面前的案几上一摔："我们在前面卖命，别人在后面拆台！干脆说，朝廷改稻田为桑田的国策还要不要人干？要这样干，我们可干不了！"

所有的目光都望向了胡宗宪。胡宗宪却两眼望着门外，紧闭着嘴。

除了胡宗宪，就属实际管理浙江一省政务的布政使郑泌昌职务最高了，大家便又都望向他。

"怎么会闹出今天这个事来，我也不明白。"郑泌昌当然得说话了，"四个月过去了，朝廷叫我们改种的桑田还不到一成。内阁几天一个急递责问我们，这才叫马知府他们赶着去干。今天织造局谈生意我们都在场，五十万匹丝绸年底前要交齐，我们浙江却产不出这么多丝。这样子闹，到时候恐怕就不会只是内阁责问了。杨公公他们在吕公公那里交不了差，吕公公在皇上那里也交不了差。账一路算下来，我们这些人只怕不是撤差就能了事。"

说到这里郑泌昌望了一眼杨金水。杨金水这时却像是局外人，只带耳朵不带嘴巴，闭着眼坐在那里养神。

"我看是有些人在和朝廷对着干！"何茂才一开口干脆拍着桌子站了起来，目光斜望着坐在他下首的谭纶，"省里调兵给马知府去改桑田，就是为了防着刁民闹事，现在好了，刁民闹到总督衙门了！到底是谁下调令叫戚继光把兵带走的？当着部堂大人，还有杨公公在，自己说清楚！"

这摆明了就是在逼谭纶说话了，几双眼睛都望向了谭纶。

"是我叫戚继光把兵带走的。"接这句话的竟是胡宗宪。

这句话胡宗宪说出来是那样低沉，可在那些人耳里却不啻一声雷，响得郑泌昌、何茂才和马宁远都睁大了眼睛。杨金水闭着的眼睛也倏地睁了一下，又闭上了，还像局外人那样坐在那里。

其他人还只是惊愕，可何茂才已是僵在那里，坐不下去了。

谭纶显然没有想到胡宗宪会在这个时候这么干脆地把担子担了过去。他心中一阵激

第二章

动，想去看一眼胡宗宪，还是忍住了，把目光望向了桌面。

"以官府的名义向米市上的米行借贷一百万石粮，现在借贷了多少？"胡宗宪话锋一转，望向了郑泌昌。

郑泌昌开始怔了一下，接着答道："很少。都说缺粮。"

"外省调的粮呢？"胡宗宪接着问道。

郑泌昌："和往年一样，一粒也不愿意多给。"

"这就清楚了。"说完这句，胡宗宪才瞥了一眼何茂才，"你先坐下。"

何茂才这才坐了下去。

胡宗宪提高了声调，但透着些嘶哑："我是浙直总督，又兼着浙江巡抚，朝廷要降罪，都是我的罪。百姓要骂娘，该骂我的娘。改稻田为桑田是国策，必须办。可桑苗至少要长到秋后才有些嫩叶，一茬中秋蚕，一茬晚秋蚕，产的那点丝当年也换不回口粮。官府不借贷粮食，只叫稻农把稻田改了，秋后便没有饭吃，就要出反民！每年要多产三十万匹丝绸，一匹不能少。可如果为了多产三十万匹丝绸，在我浙江出了三十万个反民，我胡宗宪一颗人头只怕交代不下来！"

话说到这里，他又停住了。后堂上一片沉寂。

胡宗宪的目光望向了马宁远："抓的人立刻放了。新安江各个堰口立刻放水灌溉秧苗。你带着各县知县亲自去办。"

马宁远站了起来，却仍想说什么。

胡宗宪："去。"

"是。"马宁远答的这声也有些嘶哑，拿起桌上那顶纱帽走了出去。

一直闭着眼睛的杨金水这时终于把眼睁开了，望着胡宗宪："部堂大人，你们浙江的事我过问不了，可织造局的差使是我顶着，今天这笔生意我可是替朝廷做的。眼下江南织造局管的杭州织造坊加上南京、苏州那边的织造坊所有库存一共也就十几万匹。照两省现有的桑田赶着织，就算一年内分期付货，到时候还要短二十多万匹。那时候内阁不问你们，宫里可要问我。"

胡宗宪："所有的事我今天就给朝廷上奏疏，请朝廷督促邻省给我们调粮。布政使衙门和按察使衙门现在立刻去向各米行催贷粮食，担心官府不还，我胡宗宪可以在所有的借据上加盖总督衙门的印章！运河上每天都是运粮的船，有借有还，为什么不借？再有睁着眼说没有粮不愿借贷的以囤积居奇问罪！逼他们，总比逼百姓造反好！"

杨金水又闭上了眼睛，众人也不说话了。

大明王朝
—— 1566 ——

连驿急递，胡宗宪的奏疏七天后就到了京，而且一反规制，没有先送通政使司，而是直接送到了西苑的内阁值房。当日在内阁值房当值的是徐阶，他接到奏疏只看了一眼封面便立刻看出了这份奏疏的分量，也看出了这份奏疏可能引起的巨大波动。他不露声色，只是命书办立刻送严府。

自嘉靖三十五年以来，也就是严嵩过了七十五岁以后，他除了每日卯时到玉熙宫觐见嘉靖约半个时辰便都是直接回府，几乎不到内阁值房，内阁的公文便从此都送到严府去，军国大事都由严嵩在家里议好了再以内阁的名义送司礼监呈奏皇上。正如当时外边的传言：内阁不在宫里，而在严府。

到了严府，所有的公文又几乎都是严世蕃先看，看完后再告诉严嵩。这天胡宗宪这道奏疏照例是严世蕃拆看的，看后便咆哮如雷，先是立刻派人去把严嵩和自己视为第一心腹、把持各路奏章的通政使罗龙文叫来，然后才拿着奏疏一同去见严嵩。

严嵩听他们念完了胡宗宪的奏疏也颇感意外，躺在靠椅上一动不动，却看得出是在出神地想着。

"什么'无田则失民，失民则危国'！冠冕堂皇，危言耸听！"严世蕃却耐不住老父这种沉默了，拿着那封奏疏在父亲面前直晃，"我看是他胡宗宪怕失了自己的前程，想给自己留退路！"

"我看也是。"相貌儒雅的通政司通政使罗龙文接言了，"那个谭纶去浙江，我就提过醒。谭纶和胡汝贞有交情，现在又是裕王的心腹。他胡汝贞打量着裕王会接位，阁老又老了，留退路是意料中事。这样的奏疏不送通政使司，却直接送内阁值房，这摆明了就是向徐阶他们示好。"

"直接送内阁徐阶也不敢擅自拆看。胡汝贞这样做只是想摆开你们，直接向我向皇上进谏言罢了。"严嵩还是一动没动，但眼睛已经从远处移望向二人，"别人我不敢说，胡汝贞决不是忘恩的人，只不过有时和你们的想法不同罢了。看人，看事，都得设身处地。换上你，或是你，处在胡宗宪的地步会怎么做？"

两人原以为一把火便能把老爷子烧恼了，没想到老爷子一眼就把两面都看穿了，严世蕃和罗龙文同时一愣，竟被他问住了，两双眼对望着，眼神里都是一个意思：都八十一了，怎么一点也不糊涂？

该装糊涂还得装点儿糊涂，严嵩就像没有看见他们此时的反应，徐徐说道："换上你们，也只能这样做。谭纶不去，他好干；谭纶去了，背后就是裕王，裕王背后就是皇上，替我想，他也不能毫无顾忌。"

"可改稻为桑本身就是皇上的旨意！"严世蕃实在咽不下父亲这种亲疏不分的气，直

第二章

接顶他了。

严嵩："胡宗宪也没说不改。关口是有个谭纶在，他要照你们那种改法就会给人口实。"

"爹！"严世蕃走到躺椅前，将那封奏疏往严嵩旁边的茶几上一摆，"胡宗宪这封奏疏摆明了是讨裕王他们的好，东西都摆到您老眼前了，您老还护他的短？还说他这只是跟我过不去。我是谁？我不是您老的儿子吗？您老都八十一了，怎么就不想想，哪一天您老致仕了，或是百年了，除了您儿子没退路，谁都有退路。"

"那我问你。"严嵩望向了他，"裕王又是谁的儿子？"

严世蕃又被问得一怔。

说完这句，严嵩望向了门外："你们知不知道皇上今天下午要去哪里？"

严世蕃和罗龙文神情都凝重了，一齐望向严嵩。

严嵩在躺椅上坐了起来："去裕王府，看孙子。"

严世蕃和罗龙文都是一愣。

"遇事总无静气。"严嵩瞥了两人一眼，又躺了下去，"站在我面前也晃够了，都坐下吧。"

严世蕃和罗龙文只好在他两边的椅子上坐了下来。

严嵩："因谭纶在浙江，事情他都知道，这封奏疏胡宗宪就是先递给通政使司，你们也瞒不住，到头还得送内阁，送司礼监，呈到皇上手里。皇上看了会怎么想？刚才我一边听就在一边想，觉得胡汝贞奏疏里的话还是老成谋国之言。那么多田，那么多百姓，又是倭寇闹事的地方，真若激起了民变，不是国家之福。要是皇上也这样想，丝绸又还是要增加三十万匹，问起我们，我们应该怎么回话？好好想想胡宗宪奏疏里的话，除了你们说的让丝绸大户买农户的稻田改种桑田的法子，还有没有别的两全之策？"

"除了我们这个改法，我不知道还有哪个改法。"严世蕃一听又急了，"改稻田为桑田是为了多产丝绸，产了丝绸是为了变成银子。丝绸不好，西洋那边就不要。让那些百姓自己去改，产的丝都卖给了小作坊，织的绸便卖不起价。爹，当时就是因为国库空了，宫里的用度又那么大，我们才想这个法子。这个时候要是不咬牙挺住，国库还是空的，不用人家来倒我们，我们自己已经倒了。"

"胡汝贞怎么想的我们可以不猜疑他。"罗龙文知道这时必须顺着严嵩说话了，先荡开了胡宗宪，但必须让严嵩明白他们也是站在他的角度说话，"可小阁老说的是理也是势。治重病用猛药。当初定这个国策就是为了化解危局。浙江的桑田只能让那些丝绸大户改，才能一年多有几百万两银子的进项，去年的亏空、今年的开支也才能对付得过去。改桑的田，百姓卖也得卖，不卖也得卖，不然，就连织造局那边今年的五十万匹生意也做不成。那时候吕公公不会担担子，责任全在内阁，全在阁老。"

这话确实戳到了严嵩的疼处，严嵩又沉默了，怔怔地望着门外。严世蕃和罗龙文定定地望着他。

"这个雷我们不能再顶着。"严嵩终于开口了，拿起几上那封奏疏晃了晃，"世蕃，你这就拿着这封奏疏去司礼监，在皇上去裕王府前想办法递给吕公公。请吕公公到了裕王府再把奏疏当面给皇上，让皇上当时就给旨意。"

严世蕃接过了那道奏疏，却仍然没有十分明白意思，便还是望着严嵩。

罗龙文："阁老这个主意高。当着裕王，皇上无论给什么旨意，我们今后都没有隐患，此其一。裕王要是有其他念头，想让徐阶、高拱、张居正他们掣肘，这时没说，往后便也不敢再说，此其二。阁老，不知属下猜得可对？"

严嵩给了罗龙文一个赏识的眼神："知微知彰者，罗龙文也。"

严世蕃对老父赏识罗龙文倒是一点也没醋意，立刻大声应道："明白了，我这就去司礼监。"

胡宗宪的奏疏急递进京的消息裕王府当然知道了，而且奏疏里的内容也知道了大略，因为谭纶的信在这一刻也到了。

"谭纶是国士！"张居正看完谭纶写来的信，毫不掩饰兴奋地在那信上一拍，"居然能从铁板一块的浙江说动胡宗宪上这道奏疏，大事尚可为！"

"我看未必。"一向容易激动的高拱这时反而没有他那种兴奋，"胡宗宪这次上的奏疏有好几道。现在到底是几道也只有严家的人知道，严家要是只把另几道无关紧要的奏疏呈给皇上，却将他这道奏疏淹了，然后去信叫胡宗宪说并没有这道奏疏，胡宗宪总不会再上一道奏疏来戳穿他的老师。"

高拱的话就像一瓢冷水，立刻把几个人的兴奋情绪浇下去不少，大家都沉默了。

高拱的眼瞟向了徐阶，毫不掩饰心中的不满："当时奏疏都送到了内阁，送到了徐阁老的手里，徐阁老要是直接拿着去见严嵩，严嵩也不能不给徐阁老看。他们也就做不了手脚。徐阁老，不是晚生冒犯，'诸葛一生唯谨慎'，可多少事就坏在'谨慎'二字上。"

徐阶的脸腾地红了，裕王和张居正也不好在这个时候去望他。沉默一时变成了尴尬。就在这时一阵孩子响亮的哭声从内室传来，裕王大声地对内："怎么回事？这么多人连个孩子也哄不好！"

一个宫女从内门急忙出来了，低头答道："皇上下午来，这时正给世子试着戴礼冠，

第二章

一戴上就哭。"

裕王："哭就不戴了吗？还有一个时辰皇上就到了，告诉李妃立刻让世子穿好礼服。府里府外怎么就没有一个人替我分点儿愁！"

"是。奴婢这就去禀告王妃。"那个宫女慌忙又走了进去。

坐在这里的三个师傅当然听出了裕王话中的弦外之音，尤其是徐阶，也不知裕王这话是不是接着高拱刚才那个意思说的，只好站了起来引咎自责了："肃卿刚才责备的是，王爷要是也这样想，臣这就去严府，问一问胡宗宪的奏疏到底说的什么。"

"我并无责怪师傅们的意思。"裕王也感觉到自己刚才那句话说重了，"我只是心烦。说来让人伤情。身为皇子，我还不如你们。记得上次见皇上已是两年前的事了。今天皇上来，我也是沾的孩子的光。江山社稷，我替父皇分不了忧，还有什么理由责怪你们。圣驾快到了，师傅们都回去吧。浙江的事可为不可为都改日再说吧。"说着站了起来。

高拱和张居正也都站了起来。

三人本是想抢在皇上圣驾到来之前商议如何进言的，现在却弄得裕王和徐阁老都心情灰暗，不欢而散，高拱也有些后悔，说道："王爷也不要心烦，阁老也不要见怪，我只是担心而已。严嵩、严世蕃他们会不会把胡宗宪那道奏疏淹了，下午皇上一来，王爷也许就能知道。"

里边，世子的哭声更加响亮了。裕王把三个人送到了门边。

目送着三人的背影远去，裕王转过了身，刚要向内室走去，李妃已经抱着还在大哭的世子走出来了。

一个宫女手里捧着一顶细小的镶珠礼冠跟在后面，满脸的汗。还有一个奶妈、几个宫女都跟了出来，脸上也都流着汗。

裕王望了一眼抱到面前的孩子，又忧急地望了一眼门外的天色："皇上说话就要到了，一顶帽子也戴不好！你们都是干什么的？"

孩子的哭声在李妃的摇哄下小些了，可等那宫女战战兢兢想把帽子给他戴上时，哭声又大了起来，那宫女吓得又把手缩了回来。

李妃望着裕王："这孩子平时就冯大伴哄得住，我想只有叫他来了。"

裕王显然一听这个名字便有些厌恶，想了想，将手一扬："反正下午他也得在场。叫他来吧。"

不一会儿，宫女领着冯保从院中疾步来了。也就几个月，冯保明显像变了个人，一身灰色的粗布长衫，腰间系着一根蓝色的粗布带子，一脸的风尘，一脸的恭谨。

还在门外，冯保就跪下了，重重地磕了个头："奴婢冯保给王爷、王妃磕头了。"

裕王不知什么时候手里已经捧着一本书，这时坐在书案前看着，没有理他。

李妃接过话来："快进来吧，哄哄世子，让他把礼冠戴上。"说着她把孩子递给奶妈，示意奶妈抱过去。

"是。"冯保又磕了个头，这才轻步走了进来。

奶妈抱着世子走近冯保，冯保却又低下了头，对李妃："奴才身上脏，怕……"

李妃："都什么时候了？快抱着哄吧。"

"是。"冯保这才伸出手接过世子，双手捧着，让孩子的脸看向自己的脸，"世子爷，世子爷，是奴婢大伴来了。"

说来也怪，那孩子看见冯保那张笑脸竟立刻收住了哭声，两只小眼睁得大大的，直望着他。

奶妈和宫女们都立刻舒了一口长气，露出了有些疲倦的笑容。

李妃脸上也露出了些笑容，不经意地望向裕王。裕王却头也没抬，仍在看他的书。

李妃又望向冯保："想法子让世子戴上礼冠。"

冯保："是。"

那个宫女立刻捧着那顶镶珠礼冠递了过去。

那孩子像是吓怕了，刚才还好好的，见到那顶礼冠又大声哭了起来。

裕王这时把书往案桌上一摆，十分不耐烦地站了起来。

就在这时，门口一个太监跪下了："禀王爷王妃，皇上御驾已经离宫了。前站的仪仗都到王府门口了。"

孩子还在大声哭着，所有的人都更急了。

裕王甩了一下袖子，大步走了出去。

"快！一定想法子让世子戴上礼冠。"李妃真的急了。

"那奴才就失礼了。"冯保捧着孩子慢慢蹲了下去，然后两腿跪在地上，"喵喵"两声，学着猫叫，接着弯腰把孩子背朝地脸朝天地抱着，一边跪走着，一边叫着。

孩子很快就不哭了，慢慢还露出了笑脸。

冯保对那宫女道："把礼冠给我，想法子戴在我的头上。"

那宫女有些犹豫了，望向李妃。

李妃："去，照着做。"

那宫女这才走了过去，将那顶小礼冠顶在冯保的头顶上。

孩子的礼冠当然小，在他头顶上也就占了小小的一块，好在系带还长，那宫女把系带

第二章

在冯保的下颚上系紧。

冯保又弯下了腰，还是那样抱着孩子，跪走着学着猫叫，又学着狗叫，有意将头顶那顶礼冠摇得唰唰直响。

孩子这时看见那顶礼冠不哭了，被冯保逗得还在笑着。

冯保看着孩子的眼睛，发现孩子的眼睛一动不动直盯着他头上的礼冠。

冯保弯着腰说道："可以给小王爷戴礼冠了。让奶妈来戴。"

李妃使了个眼色，奶妈走了过去，取下冯保头上的礼冠。

冯保一边轻轻摇着世子，一边拉长了声学着猫叫。

奶妈小心翼翼地把礼冠戴到世子头上，一个宫女连忙过去轻轻将系带系上。

冯保还在学着猫叫，世子还在笑着。

"真要命。"李妃出了一口长气，这才在身后的椅子上坐了下去，"赶紧准备，迎驾吧。"

从中门到寝宫六进十二道门都敞开着，纵深看去，一直能看到六进一十二道门外都站满了仪仗人众！

嘉靖还是那个嘉靖，离了宫依然穿着一件宽袍大袖的便服，头上只系着一根道巾，这时已坐在寝宫正中的椅子上，面上浮出难得一见的慈笑。

吕芳也笑着，就站在嘉靖身后的左边。

三跪九拜毕，裕王含笑低着头站在嘉靖身前的左边，李妃也含笑低着头站在嘉靖身前的右边。

寝宫正中跪着冯保，他双手捧着世子面朝着嘉靖。

这世上也许真有"福至心灵"，也就那么几个月大的孩子，这时望着前面那位陌生的老人，不但不哭不闹，而且紧盯着嘉靖的脸直笑。

也就是这么一笑，唤起了嘉靖因修道而淡漠了多年的亲情，这时他居然也拍了一下掌，伸开了双臂。

裕王连忙从冯保手里接过世子，捧给嘉靖。冯保立刻爬起，躬着腰望着地退了出去。

嘉靖笑望着那孩子，那孩子在他手里也还是笑着。

李妃一直低着头，这时也不知道情形如何，一颗颗汗珠便从额间渗了出来。

嘉靖把孩子抱在腿上坐下，这时望向李妃："你有功。朕要赏你。"

李妃也不知嘉靖是在对自己说话，依然低着头。裕王连忙提醒："王妃，父皇是在跟你说话。"

李妃这才连忙跪了下去："这都是列祖列宗之德，是父皇敬天爱民的福报，儿臣妾何敢言功。"

嘉靖的面色更好看了："有功就是有功。朕也不赏你别的，你娘家出身贫寒，朕就给你父亲封个侯吧。"

李妃竟愣在那里。

裕王这时挨着她也跪了下来："儿臣代李妃一门磕谢父皇天恩！"说着磕下头去。

李妃这时也才省过神来，跟着匍匐下去。

裕王磕了头欲站起时见李妃仍然磕在那里，便挽着她站了起来。

嘉靖这才发现，李妃竟在哽咽，满脸是泪。

嘉靖："好事嘛，不要哭。"

李妃强力想收回哽咽："儿臣、儿臣妾失礼了……"

嘉靖这时慈心大发，对身后的吕芳道："今年江浙的丝绸多了，赏十万匹给李妃的家里。"

吕芳立刻答道："是。奴婢回宫就给江南织造局传旨。"

李妃这时又要跪下谢恩，嘉靖连忙说道："不用谢恩了，替朕把皇孙好好带着。"说着抱起了身上的孩子，裕王连忙过去，接过了孩子，递给李妃。

吕芳这时抓住时机在嘉靖耳边说道："大喜的日子奴才再给主子报个小喜，江南织造局这回跟西洋的商人一次就谈好了五十万匹丝绸的生意。"

嘉靖听后神情果然一振："五十万匹卖到西洋是多少钱？"

吕芳："在我大明各省卖是六两银子一匹，运往西洋能卖到十五两银子一匹。每匹多赚九两，五十万匹便能多赚四百五十万两。"

嘉靖："好事。浙江那边产的丝能跟上吗？"

吕芳故意沉吟。

嘉靖："嗯？"

吕芳："胡宗宪有个奏疏，说的就是改稻为桑的事，今早送到内阁，严嵩是刚才离宫时送到奴婢手里的，本想回宫再给主子看。"

嘉靖是何等精明的人，一听便知话中有意："是不是改稻为桑遇到了难处，向朕诉苦？"

吕芳："圣明无过主子。"

嘉靖："诉苦的话朕就不看了。有苦向内阁、向严嵩诉去。"

"是。"吕芳大声答着，有意无意看了一眼裕王。

| 第二章 |

裕王这时面容动了一下，却依然低头站在那里。

嘉靖站了起来："今天的晚膳朕就不回宫吃了，在这里讨一顿斋饭吃吧。"

裕王立刻躬身答道："儿臣等叩天之恩，谨陪父皇进斋。"

胡宗宪的奏疏原封不动又退回了严府，皇上居然看都不看，严嵩试图让皇上当着裕王表态的谋算落空了，但毕竟这道奏疏向皇上呈过，既有旨意让自己办，也只好交给严世蕃，让他们谨慎去办。有了这个来回，严世蕃便甩开膀子干了，哪里还理会什么谨慎不谨慎，连夜将罗龙文又召到了府中。一见面，也不说话，只是兴奋地来回踱步，罗龙文也闹不清胡宗宪奏疏这一趟来回的过程，只好坐在书案前，满脸期待地望着严世蕃。

"你这就再给郑泌昌、何茂才他们去封信。"严世蕃一边走一边说道，"告诉他们不要理胡宗宪，按我们原来议的那个方案放开手去干。死活也就端午汛这一个机会了，决掉新安江那些闸口，先把那九个县淹了，然后让那些丝绸大户准备好粮食买田。买完田立刻给我种上桑苗，我今年就要见蚕丝。"

罗龙文："明白。胡宗宪那道奏疏皇上是怎么回批的？"

"胡宗宪的奏疏皇上没有看，这就叫原疏掷回！正好，内阁给他写个驳回的公文，我亲自来拟。老子得让他明白，他头上只有一片云，这片云就是我们严家！"严世蕃停止了踱步，"咳"的一声，哈出了喉间那口浓痰，一口吐去，好大的劲道，直吐到了一丈多远门外的院地上。

| 第三章 |

和十几天前相比，胡宗宪那张脸更显得消瘦憔悴了，坐在总督署签押房的大案前，静静地望着他的那道没有朱批"原疏掷回"的奏疏和严世蕃写的那封内阁的驳文。

"听说奏疏没有御批？"像一阵风，谭纶迈进门就大声问道。

胡宗宪只抬头望了他一眼："你坐吧。"接着闭上了双眼。

谭纶沉默了少顷，没有去坐，而是凑近案前压低了声音："上面给我来了信，这件事的始末我都知道了。波谲云诡，上面叫我将详情告诉你，你想不想知道？"

胡宗宪还是闭着眼："不想知道。"

谭纶一怔。

胡宗宪睁开了眼，却不再看谭纶，低声地说道："我想，总督署你就不要待了，准备一下走吧。"

"是怕这件事牵连我，还是怕我再待在这里牵连你？"谭纶紧盯着坐在那里的胡宗宪。

胡宗宪眼望着案面，并不接言，面容十分峻肃，峻肃中显然透着对谭纶这句问话之不悦。

谭纶察觉自己失言了："我没有别的意思，只是想真到了朝廷要追究的那天，我谭纶在这里，就没有你胡汝贞的罪。"

"唉！"胡宗宪一声长叹，"都十年过去了，你谭子理还是没有长进呀。我也不知道裕王爷怎么会如此看重你。"

谭纶一怔，接着也不无负气地说道："你是说我还没有学到'为官三思'那一套？"

胡宗宪定定地望着他，良久，才慢慢说道："你说的是'思危、思退、思变'那一

第三章

套？"

谭纶不接言，也是定定地望着他。

胡宗宪依然慢慢说道："那我就告诉你，我胡宗宪没有退路，也没有什么可变。"

谭纶这才接言："那我这次本不该来。"

"是不该来。"胡宗宪这句话几乎是一字一顿说出来的。

谭纶先是一愕，接着脸上显出了一种复杂的失落："看起来，还是他们知人。"

胡宗宪："你说的是裕王身边那几个人？那我就直言吧，他们也不过高谈阔论，书生而已！"

谭纶一股气冒了上来。

"听我说完。"胡宗宪紧接着说道，"这一次你谭纶来，我这样做了；你谭纶不来，我也会这样做；你谭纶明天走了，我胡宗宪还会这样做！因此，用不着你谭纶来劝我怎样做，更谈不上事后要你谭纶来替我顶罪！"

谭纶又愕了，定定地望着胡宗宪，目光中显出了迷惘。

胡宗宪不再看他，自顾自说道："朝野都知道，我是严阁老提携的人。千秋万代以后，史书上我胡宗宪还会是严阁老的人。可你谭纶，还有朝里那些清流为什么还会看重我？就是我胡某在大事上从来是上不误国，下不误民。我的老家给我竖了三座牌坊，我都五十多了，活到七十也就再熬过十几年，我不会让老家人把我的牌坊拆了！"

谭纶震了一下。

胡宗宪："你们都自以为知人，自以为知势！可有几个人真知人、真知势？就说眼下由改稻为桑这个国策引起的大势吧，那么多人想利用这个机会兼并田地，浙江立刻就会有将近一半的人没了田地！那么多没田地的百姓聚在这七山二水一分田的地方，今年不反，明年不反，后年，再后年必反！到时候外有倭寇，内有反民，第一个罪人就会是我胡宗宪，千秋万代我的罪名就会被钉死在浙江！就这一点，你来与不来，我都不会让他们这样干。你来无论是想劝我，还是想帮我，都只有一个后果，把大局搅砸了！"

谭纶蒙在那里，许久才问道："你说明白些。"

胡宗宪："当初你谭纶不来，我还可以向严阁老进言，也可以向皇上上奏疏说明事由，我可以慢慢做，比方把今年一半的稻田改种桑苗的方案，改成分三年做完。事缓则圆，大势尚有转圜的余地。"说到这里，他拿起案上的那个没有朱批的奏本亮了一下："因为你来了，我胡宗宪说的话就是这个结果，因为我成了党争之人！从上到下都把我看成了党争之人，你们想要我做的事我还能做下去吗？那样我要还能做下去，年初朝廷议这个国策的时候，他们早就阻住了，就不会让这个国策落到浙江！"

谭纶沉默了，两眼望着地面。

"现在不只我说的话上面不会听了，我想在浙江做的事只怕也不会让我做了。"胡宗宪这时从大案上又拿起了严世蕃写的内阁那封驳文，"这是内阁驳我这道奏疏的回文，你先看看吧。"

谭纶瞥了一眼胡宗宪，接过那封公文走到南窗前的椅子上坐下，看了起来。

胡宗宪在谭纶看驳文这当间又走到了墙边的案卷橱前，从里面拿出一沓公文和书信。

内阁的驳文本就不长，谭纶又是一目十行，这时已经看完。胡宗宪走到了他的身前，掂着手里那一沓公文和书信："这是年初以来，内阁不断催改稻为桑的公文，还有严阁老、小阁老的书信，你看不看？"

谭纶望了望他手里那沓公文书信，没有去接，深深地转望向胡宗宪。

胡宗宪那双眼也正深深地望着他。

谭纶："我不看了。"

胡宗宪："为什么？"

谭纶："我知道得越多，你干得会更难。"

胡宗宪不说话了，接着慢慢背过身去，那双一直憔悴黯然的眼中这时闪出了泪星："《左传》上说：'君以此兴，必以此亡。'我是严阁老重用的人，终有一天要跟着严阁老同落。哪一天大树倾倒，总算还有个谭纶替我说几句公道话。"

谭纶倏地站了起来，眼中也已经冒出了泪光。

"该说的都说了。"胡宗宪紧接着说道，"你也不要回京，这个时候有你在浙江，他们多少会有点顾忌。裕王爷是以参军的身份推荐你来的，你这就到戚继光军营去。官府乱了，军营不能再乱！"

"我现在就走。"谭纶抹了一把脸，疾步走了出去。

这里也许能算是大明朝当时最大的丝绸织造作坊了。

一眼望去，一丈宽的织机，横着就排了六架，中间还有一条能供两个人并排通行的通道；沿通道走到底，一排排过去竟排着二十行织机！

每架织机都在织着不同颜色的丝帛，机织声此起彼伏。

在这里出现的杨金水、郑泌昌和何茂才却显然心情很好，脸上都挂着微笑。

一个穿着蓝色粗布长褂，脚蹬平底黑色布鞋的商人模样却又透着儒雅的人正微笑着陪着三人在通道中边走边看。

"老沈。"杨金水望向陪着他们的那个商人，"像现在这样织，每天能出多少匹？"

第三章

由于织机声大，他那提高了的嗓门便显得更加尖厉。

那个被称作老沈的便是当下专为江南织造局织供丝绸的江南第一富商沈一石。听杨金水问他，也提高了声调，答道："现在是十二个时辰换两班织。一张机每天能织六尺。"

"天天这样织，一个这样的作坊一年撑死了也就八千匹？"杨金水又尖声问道。

"是。我二十五个作坊，就这样织，每年也到不了二十万匹。"沈一石做着手势引领着三人，"请大人们去客厅谈。"

一行人走进大厅，沈一石拍了一下掌，立刻便有无数的仆人端着茶具从两侧的小门里轻步走到每个茶几后摆设茶具。

这个客厅大概也算当时苏杭一带最大的客厅了。北墙上方隔着一张镶大理石面的紫檀木茶几，两旁各摆着一把紫檀木雕花圈椅，东西两向却一溜各摆着八把配着茶几的紫檀木座椅。最难得的是地面，一色的大理石，每块上面还镶着云石碎星！

沈一石微欠着身子，一伸手："郑大人陪杨公公上座吧。"

郑泌昌："你陪杨公公说话，你们坐上面吧。"说着他已然在左边上首的椅子上坐下了。

何茂才便在右边上首的椅子上坐下了。

杨金水在正中左边的椅子上一坐，接着手一摆："恭敬不如从命。你是主人，就坐这儿吧。"

沈一石笑着又欠了一下身子："好，我好向各位大人说事。"说着也就在正中右边的椅子上坐了下来。

同时出来四个干练的男仆，提着四把铿亮的铜壶，轻步走到各人背后的茶几边，揭开盖碗，铜壶一倾，几条腾着热气的水线同时注进了各人的盖碗里。

一旗一枪碧绿的芽尖慢慢浮上了盖碗水面，都竖着浮在那里。

杨金水的鼻子将茶碗里飘来的茶香深吸了一下："这茶不错！"

沈一石笑着："今年第一茬的狮峰龙井，赶在夜里露芽的时候采的。"

杨金水和郑泌昌、何茂才都端起了茶碗轻轻啜了一口。

"好。"郑泌昌赞道。

"是顶尖的上品。"何茂才跟着赞道。

沈一石歉意地笑笑："产得少，给吕公公和阁老、小阁老各准备了两斤，各位大人委屈点，每人准备了一斤。"

杨金水去端茶碗，却发现沈一石的茶碗里是一碗白水："你自己呢？"

沈一石笑着道："老习惯了，喜欢喝白水。"

"你看是不？都是跟自己过不去的人。"杨金水将茶碗又放向茶几，笑望向沈一石，"二十五座作坊，三千架织机，十几万亩桑田，还有上百家的绸缎行、茶叶行、瓷器行，整天喝白水吃斋，还穿着粗布衣服。你这个穷装给谁看？"

沈一石："卖油的娘子水梳头。我的这些织机绸行可都是为织造局开的。哪一天杨公公瞧着我不顺眼了，一脚踹了我，我照旧能活。"

"别价！"杨金水提高了声调，"我敢踹你，严阁老和吕公公还不把我给杀了？"

沈一石一脸的肃穆："言重，言重。"

杨金水也端正了面容，声音里却透着兴奋："咱们说正题吧。一年要多产三十万匹，上面打了招呼，十万匹让应天那边的作坊干，浙江的二十万匹当然是你来干。照这样算来你至少还要增加三千架织机。盖作坊、造织机也得要日子，你筹划得怎么样了？"

沈一石点了下头，又望了望郑泌昌、何茂才："朝廷交办的事，累死了我也不敢耽误。关口是桑田。没有桑田供不了那么多蚕丝，增了织机也增不了丝绸。"

杨金水把目光望向了郑泌昌和何茂才，示意他们说话。

郑泌昌干咳了一声，说道："桑田最多一个月就能给你，关口是买田的粮食你都备好了没有。"

沈一石："大人们能给我多少田？"

郑泌昌："按今年你要多产二十万匹算，需要多少田？"

沈一石："如果是成年桑树，有二十万亩就行。可等到一个月以后改种，下半年仍是桑苗，况且中秋蚕、晚秋蚕吐的丝也少，不能跟春蚕比，因此至少要五十万亩桑田。"

"好你个沈铁算盘！"何茂才大声接言了，"那多出的三十万亩最多后年也成了成年桑树了，春蚕秋蚕加在一起岂止多产二十万匹？"

沈一石一笑："我刚才说了，再多的织机，再多的绸行都是给织造局和各位大人开的。我就是想吞，没有那么大的口，也没有那么大的胆。"

郑泌昌、何茂才都笑望了望他，又笑望向杨金水。

杨金水却盯着他们问道："马宁远呢？什么时候到？"

何茂才："前天就去信了，从淳安赶来，应该也快到了吧。我已经盼咐下去，让老马到了直接上这儿来。"

"什么事这么心急火燎的，我的何大人？"说曹操曹操到，这几个人话音未落，马宁远的大嗓门已经在客厅门外响起了，接着人一步跨进了客厅。

几个人都是一笑。何茂才立刻站起，迎过去，把马宁远拉到客厅的角上，压低声音说了一阵子，又和马宁远走回来。

第三章

马宁远走到椅子边坐下时已是一脸的惊疑，在那儿出神地想着。

何茂才暗中给郑泌昌与杨金水递过去一个让他们继续给马宁远施加压力的眼神。

几个人的目光立刻齐刷刷地盯向马宁远，等他表态。

"我想不清楚，这么大的事为什么要瞒着部堂！"马宁远瓮声瓮气地开口了。

何茂才："不是我们要瞒着部堂，是阁老、小阁老打的招呼。"

马宁远失声惊道："阁老和小阁老不信任部堂了……"

郑泌昌："也不能说是不信任。那个谭纶在部堂身边，瞒部堂是为了瞒上面那些人。"

马宁远："那还是不信任部堂大人……"

何茂才不耐烦了："认死理，要怎样说你才想得通！"

杨金水立刻用目光止住了何茂才，笑望着马宁远："我问你，你听胡部堂的，胡部堂听谁的？"

马宁远犹豫了一下："当然得听阁老和小阁老的。"

"这不结了？"杨金水又对马宁远，"肯干事，认上司，这都是你的长处。可干事也不能指一指就拜一拜。你认胡部堂，胡部堂认阁老，你按阁老的意思办会错？"

"还有。"郑泌昌接着说道，"阁老叫瞒着胡部堂，用意也是保护胡部堂。免得谭纶他们知道了，捅到裕王那里，第一个问罪的就会是胡部堂。"

马宁远在那里急剧地想着。

几个人都看着他。

"我干！"马宁远终于应口了，是那副豁出去的样子，"关口是那么多县被大水淹了以后不能饿死人。我不能让部堂大人到时下不来台。"

杨金水笑了，何茂才也笑了，望向郑泌昌。

郑泌昌："省里官仓内那点粮你们当然不够，买田的粮沈老板你们要备足了。"

沈一石："放心。买田的粮我一粒也不会少。"

杨金水这时站了起来："现在离端午汛也就不到半个月了。这半个月沿新安江每个堰口都要派兵守着，大水到来之前，不能让任何人接近堰口。毁堰的事要是走漏半点风声，谁也保不了谁！"

郑泌昌、何茂才的面容都凝重起来，一同望向马宁远。

马宁远这时却望向沈一石，突然问了一句："沈老板，你这里还有没有百年的老山参？"

其他几个人都是一怔。

沈一石："不多，还有两支。"

"给我吧。"马宁远说这话时竟透出些"风萧萧兮易水寒"的味道！

几个人都有些诧异，好像又有些会意，都对望了一眼。

郑泌昌："怎么，老母病了？"

马宁远目光转向了门外："不是。我是想给部堂大人送去。"

何茂才："你可别犯愣气，将事情又露给了胡部堂。"

马宁远当下就犯了愣气，瞪向何茂才："不相信我，这个事就交给别人干好不好？"

何茂才被他顶得一愣。

马宁远："事情都瞒着他干，到时候担子还是他担！都累成那样了，我送两支山参你也犯疑！"

"好！"杨金水立刻出来圆场，"又有忠，又有义，这才是干大事的人。沈老板，你这就把山参给马大人吧。"

"应当。应当。"沈一石也笑着附和着杨金水的话，赶紧转身去取山参。

马宁远提着两支山参走进总督衙门签押房，胡宗宪正在案前批阅案卷。

"派人去开堰口放水了吗？"问这句话时胡宗宪依然没有抬头。可过了好一阵子，居然不见回答，胡宗宪抬起了头。

马宁远站在案前，两只手背在背后，见胡宗宪望向他，才从出神中缓过来："去了，都去办了。"

胡宗宪："你背后拿的什么东西？"

马宁远这才犹犹豫豫地将那只装着山参的红木盒拿到胸前："两支山参……部堂大人，我知道你从来不许我们给你送东西……没有别的意思，实在是看着你这一向瘦得太多了……"说到这里，马宁远的嗓音竟有些哽了。

胡宗宪也默看了他一阵，叹了口气，依然低头批卷："好好当差，比送我什么都强。"

马宁远手捧着盒子依然站在那里。

胡宗宪还是没有抬头："放在那里，到各处堰口去看看吧。"

"是。"马宁远把盒子放下的时候，又长长地看了一眼胡宗宪，这才掉头走了出去。

一年一度的端午汛来了，明嘉靖四十年，一场由人祸酿造的天灾正向浙江新安江沿岸的百姓逼来……

| 第三章 |

天已经全黑了，大雨还在连幕下着，从总督衙门檐下的灯笼光和大坪里点点气死风灯的光里可以影影绰绰看到这里已站满了亲兵队，每人身边都牵着马！

大门敞开着，胡宗宪披着油衣疾步走了出来。刚走到大门外，一道闪电从天空朝着总督署大门正中射了下来。

——胡宗宪的身影被那道闪电像是从头脸的正中一直到袍服下的两脚间劈成了两半。闪电消失后，接着是一声巨雷，接着是一连扯的闪电，将总督衙门大坪暴雨中那些亲兵、战马和那顶大轿照得惨白！

亲兵队长举着一把油布大伞走到胡宗宪身后，罩在他的头上。

胡宗宪大声问道："河道监管呢？"

"去布政使衙门、按察使衙门和织造局报险情去了！"那亲兵队长也大声答道。

胡宗宪："险情到底怎样？他是怎么说的？"

亲兵队长又大声答道："好像是说九个县每个县的堰口闸门都裂了口子，沙包扔下去就冲走了，根本堵不住！"

胡宗宪剧烈一震，又一道闪电把他照得浑身惨白！

"天地不仁哪……"胡宗宪这句话很快就被接踵而来的雷声吞没了。

亲兵队长大声地："大人，您说什么？"

胡宗宪："去淳安！"

亲兵队长大声地对大坪里的士兵喊道："快，把轿抬过来！"

"牵马！"胡宗宪吼断了他，紧接着大步走下台阶，向雨中走去。

那亲兵队长慌了，举着伞连忙跟了下去，一边大声喊道："马！快将部堂大人的马牵出来！"

一匹颀长的黑马从大门中牵出来了，紧接着一个亲兵挽着一件油衣奔到伞下胡宗宪的背后，将油衣张开，胡宗宪两臂往下方一伸，那亲兵把油衣腋口对准胡宗宪的双手往上一提，紧接着将油衣的帽子往他头上一罩，转到他身前替他系好胸前的系带。

闪电一道接着一道，雷声中雨下得似乎更大了，那匹大黑马定定地站在雷电和暴雨中一动不动。

亲兵队长扔开了伞，挽着胡宗宪的一条手臂往上一送，胡宗宪跨上了那匹大黑马。

亲兵队长这才领着所有的亲兵都翻身上了马。

暴雨中，胡宗宪坐在马上依然未动，那亲兵队长夹着马靠向了他。

胡宗宪："你带两个人立刻去大营，叫戚总兵和谭参军领一千兵即刻赶到大堤，派兵分驻各个堰口抢险，然后叫他们二位赶赴淳安见我。"

亲兵队长大声答道："是！"接着马头一摆，领着两骑亲兵向雨幕中驰去。

紧接着，胡宗宪两腿一夹，率先向雨幕中驰去。

"干爹！"随着一声像女人般的呼叫，一个人径直推开织造局杨金水的卧室门闯了进来，趔趄着奔到大床边，扑通一下跪倒在杨金水脚前。

杨金水这时里面穿着一套白色的蝉翼睡衫，外面披着一件玄色起暗花的丝袍，正冷冷地坐在床边，望着跪倒在脚前的那人——新安江河道监管李玄。

李玄好不容易把气调匀了些，语调满是惊慌："九个县，九个大堰口，都、都裂了……有人……有人毁堤，这是要害儿子，害干爹……"

"谁毁堤了？谁要害你了？"杨金水的声调出乎李玄意外的平静。

李玄一愣，紧接着说道："整个堤，九个大堰口都是儿子去年监管修建的，固若金汤一般，不可能，不可能会决口，可现在每个堰口都决了口……"

杨金水："天底下哪儿有金汤一般的河堤？哪儿有金汤一般的堰口？"

李玄更愣住了，蒙在那里，怔怔地望着杨金水。

杨金水的声调突然变得柔和了："芸娘，你起来去拿我的衣服给他换上。"

听到这句话，刚才还满眼惊惶的李玄眼睛一下直了，透过杨金水的身侧向大床里边望去。

一个苗条的女人的身影从杨金水背后的大床上懒懒地爬起来了。

——原来就是在织造局大厅堂披着丝绸的那个美人！

这时的芸娘穿着一件竟比杨金水里边的那套睡衫更薄的蝉翼丝衫，飘飘地下了床，也不看他们，径直到一旁的大柜边，打开柜门，拿出了一套杨金水的衣服，往一旁的椅子上一放，又走到床边，懒懒地爬了进去。

李玄也不敢再多看那芸娘，只好低着眼还跪在那里。

杨金水："还不起来，把你那身湿皮剥了。"

那李玄还是跪在那里："干爹，九个县哪！要是淹了，儿子这颗头……"

"死不了你。"杨金水有些厌烦了，"起来，换了衣就待在织造局，哪儿也不要去。"

李玄懵懵懂懂地站了起来，突然像是一下省了过来："这个事干爹知道？"

"知道什么？"杨金水目光一冷。

李玄打了个战："我、我也不知道、知道什么……"

第三章

杨金水："不知道就是你的福！我可告诉你，有些事不上秤没有四两，上了秤一千斤也打不住。我们是宫里的人，只管老祖宗交代下来的事，地方上的事，捅破了天也让他们地方衙门的人自己跟自己踹被窝去。这几天河道衙门你也不要去了，淹田死人，你都在这儿待着。"

李玄这时还有什么不明白，立刻接道："那干爹得赶紧给儿子挪个位子。"

杨金水："已经给老祖宗报上去了，等老祖宗的安排吧。"

"儿子明白。"李玄这一句答得总算有些响亮了，这才爬了起来，到椅子前珍宝般捧起那套衣服，偷偷地深吸了一口气，接着干咽了一口唾沫，却还赖在那里，接着就去解衣襟上的带子。

"这里是你换衣服的地方吗？"杨金水冰冷的声调甩了过来。

"儿子该死。"李玄不敢再解衣带，捧着那套衣服向门边走去，走到门边又停住了，回头看了一眼杨金水，又看了一眼杨金水的背后，说道，"多谢干爹，多谢干娘……"

杨金水："去吧。"

李玄这才迈过门槛，轻轻地将门带上。

农谚云，"狂风不终朝，暴雨不终夕"，而洪水往往涨于暴雨之后。明嘉靖四十年新安江的端午汛就是这样，暴雨铺天盖地下了一天，在半夜时分终于停了。可接下来几天，上游千山万壑的山洪都将倾入新安江河流，水位将不断上涨！

雨停了，涛声更大了。天还是黑沉沉的，无数的火把在淳安境内的新安江大堤上闪烁，在涛声的巨吼中明灭不定，那样的无力，那样的弱小。无数的兵士，还有许多百姓扛着沙包、抬着沙包向着巨大的湍流声方向疾跑！

和着涛声，轰鸣的湍流声是从堰口的闸门发出的。堰口，闸门两侧那两道决口已有五尺来宽，江中的洪水正轰鸣着往这两道决口里冲挤，两道洪流汹涌地冲过决口扑向大堤那方的农田！

几只火把光下，戚继光和谭纶都站在决口边上。

沙包在决口边的大堤上已经垒成了一道墙。

一排士兵站到了垒成墙的沙包边上，还有一些青壮的百姓也站到了沙包墙边上，所有的目光都望向了戚继光。

戚继光："准备下包。"

士兵把长枪的柄端同时插入了最底下的沙包堤面，用肩扛住了枪杆。

一些青壮的百姓也把竹杠插到了沙包的底下，用肩扛住了竹杠的上部。

"下包！"戚继光一声令下。

一面墙似的沙包同时倾入了决口。

无数的目光望向决口。

那么多的沙包，倾入决口却像一把撒进沸锅的盐，立刻被激流冲得无影无踪！

无数双目光立刻黯淡了！

"再扛！"戚继光的脸冷得像一块铁。

那么多士兵、那么多百姓立刻又急跑起来。

这一边，几只火把光下站着总督署的亲兵们，他们的前面，面对大河的堤边，孤独地站着胡宗宪。

谭纶这时悄然走到了胡宗宪的身边。

"堵不住吗？"胡宗宪显然感觉到了走到背后的谭纶，依然望着黑沉沉奔腾汹涌的河流，声音十分低沉。

"事先毫无准备，堵不住是意料中事。"谭纶的情绪却十分激愤，"九个县，九个堰口，我们这里堵不住，那八个堰口更堵不住。他们要的就是这个结果！"

胡宗宪："那天马宁远给我送山参，我就应该想到的。几百万生民，千秋之罪呀……"

"如此伤天害理，遍翻史书，亘古未有！任谁也想不到……"谭纶接道，"看这个样子，得分洪。"

胡宗宪一凛，没有立刻接言。

谭纶："淹九个县，不如淹一个县、两个县。到时候赈灾的粮食也好筹备些。"

胡宗宪："元敬也这么想吗？"

元敬是戚继光的字。谭纶紧接着答道："也这么想。但这个决心要你下。"

胡宗宪又沉默了，良久才说道："对淳安、建德的百姓也不好交代呀。"

谭纶："先尽人事。元敬准备让兵士们跳到决口里去堵一次。能堵上，便九个县都让人去堵。死了人还堵不上，对百姓也是个交代。"

胡宗宪慢慢转过了身子，火把光下那张清癯的脸更显憔悴了："那也得赶紧疏散百姓。"

谭纶："已经安排了，好在四处是山，百姓疏散很快。"

胡宗宪的目光慢慢望向决口方向，就在这时，那边传来了戚继光的下令声："结成人墙！跳下去，再推沙包！"

胡宗宪一凛，谭纶也是一凛。

| 第三章 |

胡宗宪大步向决口走去。

谭纶，还有那些亲兵队紧跟着走去。

决口边，一排垒起的沙包墙上赫然站着一列士兵，手臂挽着手臂，在等待着戚继光下令。

戚继光没有下令，显然在等着胡宗宪最后的决心。这时望着大步走来的胡宗宪，他的目光中也透着悲壮。

胡宗宪走到戚继光面前："这些弟兄的名字都记住了吗？"

戚继光沉重地点了下头。

胡宗宪："如有不测，要重恤他们的家人。"

戚继光又沉重地点了下头。

胡宗宪抬起头面对站在沙墙上那列士兵，双手一拱，大声地："拜托了！"

"是！"那列士兵依然面对决口，从他们的背影上传来齐声的应答。

戚继光那只手举起了，沉重地："下包！"

那排士兵一声大吼，手挽着手齐声跳了下去！

火把光的照耀下，许多人的眼睛睁大了，许多人的眼睛闭上了。

胡宗宪也闭上了眼睛。

紧接着，扛着枪杆准备撬包的士兵都把目光望向了戚继光。

戚继光的目光却紧盯着决口中的士兵。

巨吼的湍流中，士兵们的那排人头转眼沉了下去。

戚继光的心猛地一沉，紧接着他的眼又亮了。

湍流中，人头又浮了上来，手臂紧紧地连着手臂，但整排人很快被激流向后冲击！

"下包呀！"湍流中似是那个领头的队长拼命大喊，可喊声很快便被湍流吞没。

扛着枪杆准备撬包的士兵们又都紧盯着戚继光。

戚继光举着的那只手慢慢放下了："放绳索，救人！"

立刻便有十几个士兵把早已准备的绳索抛入决口。

可那排人头又不见了，沉没在巨大的湍流之中！

整个大堤死一般的沉寂，只有涛声和湍流声。

面对决口，一些百姓跪下去了，接着所有在堤上的百姓都跪下去了。

火把照耀下的戚继光这时也闭上了眼睛，几滴泪珠从眼角渗了出来。

"我们上！"突然在百姓群中一个声音响起，接着那人站了起来，是那个曾被马宁远抓走的齐大柱。

齐大柱对着那些青壮百姓："轮也轮到我们了！是汉子的跟我上！"

说着，齐大柱大步走向沙墙。

十几个青壮汉子紧跟着他走向沙墙。

胡宗宪的目光！

戚继光的目光！

谭纶的目光！

胡宗宪望向了戚继光，向他摇了摇头。

戚继光立刻走到沙墙前面，挡住了齐大柱那十几个人。

齐大柱一条腿跪了下去，跟着他的那十几个人也都跪了下去。

齐大柱："戚将军，那边都是我们的父母和我们的妻儿，要跳也应该我们跳！那天，你把官兵弟兄带走不踏我们的青苗，我们就已经认你了。你就把我们也当你军中的弟兄吧！"

戚继光："你就是那天带头闹事的那个人？"

齐大柱："是。"

戚继光："知不知道那天在总督衙门是谁放了你们？"

齐大柱："知道，是总督大人。"

戚继光："知道就好。那我们就都听总督大人的。总督大人有话要讲，你们先起来，叫父老们都起来。"

"是。"齐大柱大声回应着站了起来，"乡亲们都起来，总督大人有话要对我们说。"

百姓们都站了起来。

火把光的簇拥下，胡宗宪走近了一堆沙包，戚继光伸手搀着他，把他送了上去。

胡宗宪望着眼前的那些满脸泥水的汉子，望着那些明明灭灭的火把，他张口想说什么，但喉咙突然被哽住了……

此时沈一石的大客厅里，一张大圆桌，摆了酒筷，菜也已经上了几道。

几个人却还坐在大厅两侧的座位上，显然在等着谁。

一个长随疾步走了进来，趋到郑泌昌身后低言了几句。郑泌昌眼中掠过一丝不快，可也就是一瞬间，接着站了起来："杨公公不来了，我们给马大人他们三个压惊吧。"

何茂才的不快却立刻发泄了出来："他是掌蠹的，这个时候要决断大事，他倒不来了，这算什么？"

第三章

他的这几句话立刻在马宁远、常伯熙和张知良身上起了反应,三个人脸上都显出了阴郁,闷闷地站在那里。

还有个沈一石,脸上也掠过了一丝犹疑,可也是很快便消失了,还和平常一样,平和地望向郑泌昌和何茂才。

郑泌昌这时必须出面压住阵脚了,先给何茂才递过去一个眼色,接着说道:"那我们先议。议完了再请杨公公拍板。马大人,你是第一功臣,今天你坐上首。"

"什么功臣,天下第一号罪人罢了。"马宁远的声音有些嘶哑,"到时候砍头抄家,各位大人照看一下我的家人就是了。"说着他首先就在打横的那个位子上坐了下来。

听了这话,常伯熙和张知良也是一凛,互相望了一眼,跟着在下首的位子上闷坐了下来。

郑泌昌和何茂才也对望了一眼,两人这才走到上首,同时端起了酒杯。

郑泌昌:"为朝廷干事,功和罪非常人所能论之。只要干好了改稻为桑这件大事,功在国家,利在千秋。田淹了,不饿死人就什么也好说。沈老板,买田的粮食要加紧抢运,饿死了人,那才是罪。"

沈一石也站在打横的位子前端起了酒杯:"各位大人放心,有一分田我就有一分粮,饿死了人,我抵命去。"说完立刻将杯中的酒喝了。

"这下该放心了吧?"郑泌昌举着酒杯望向马宁远。

马宁远端着酒杯站了起来:"到时候该怎么样就怎么样吧,谈不上放心不放心。听说部堂大人已经去了堤上,我要是还在这里喝酒,那便是没了心,也没了肝肺!"说完这句,他一口将酒干了,搁下杯子大步走了出去。

几个人都被他晾在那里,面面相觑。

更使他们不舒服的是:马宁远刚走,一个随从就进来报告了分洪的消息。

出了这么大的事,杨金水不去见郑泌昌他们,他们也就急着找上门来了。

"分洪了!"看见杨金水从里间侧门一走出来,何茂才便急着嚷道,"只淹了淳安一个县和建德半个县!"

杨金水走到半途的脚停住了,站在那里。

郑泌昌、沈一石、何茂才三人的眼睛都巴巴地望着杨金水。

杨金水的腿又慢慢迈动了,走到正中的椅子前坐了下来。

那几个人也都坐了下来。

何茂才:"这样一来沈老板的五十万亩,还有苏州那边的十万亩改桑的田就难买

了。"

沈一石也接言了："当然没淹的县也可以买，但备的粮食恐怕就不够。买淹了的田十石谷子就能买一亩，没淹的田青苗已经长了一半，没有四十石到五十石一亩买不下来。"

杨金水不吭声，默默地听着，这时将目光望向了一直没有说话的郑泌昌。

"都被打乱了。"郑泌昌一开口便显出忧心忡忡，"听说分洪的时候那个谭纶也在场。"

杨金水的脸上这时才不经意地抽动了一下。

郑泌昌："这件事我们是瞒着他干的，可背后却是小阁老的意思，这点胡部堂应该知道。现在他这样做到底怎么想的，我们摸不透。"

"他什么时候回杭州？"杨金水终于开口问话了。

郑泌昌："已经回到总督衙门了。"

"什么？"杨金水倏地站了起来，"回了总督衙门也没有找你们去？"

郑泌昌："我和何大人纳闷就在这里。按理说赈灾调粮也应该找我这个布政使衙门……"

杨金水两眼翻了上去，在那里急剧地想着。

"不怕！"何茂才嚷道，"改稻为桑是朝廷的国策，推不动才是个死。他胡部堂在这个时候要这山望着那山高，阁老还没死，吕公公也还掌着司礼监呢。"

"你不怕我怕。"郑泌昌接言了，"马宁远到现在还不见人，要是把毁堤的事透了出去，我们几颗人头谁也保不住。"

杨金水的目光又盯向了郑泌昌："马宁远找不着人了？"

郑泌昌："是。派了几拨人去找，杭州府衙门和河道衙门的人都不知道他的去向。"

"那就是被胡宗宪找去了。"杨金水的眼睛望向门外。

郑泌昌："我也是这样想。"

杨金水："他不找你们，你们去找他。"

何茂才："见了他怎么说？"

杨金水："不是让你们去怎么说，而是看他怎么说。"

郑泌昌："我们去吧。"

马宁远果然在总督衙门！

这时的他穿着一件蓝色的葛布长衫，静静地坐在大案对面的椅子上，大概也有好些天没有修面了，面颊上本有的络腮胡都长了出来，长短不一，那双平时就很大的眼这时因为

| 第三章 |

面颊瘦了，就显得更大。他把手中的一个包袱轻轻放在案面上。

胡宗宪就坐在他对面的大案前，两眼微闭。两人都不说话，那个鼓鼓囊囊的包袱摆在胡宗宪面前的大案上，便显得更加打眼！

"我对不起部堂。"马宁远还是开口了，声音已经由嘶哑转成喑哑，"但我对部堂这颗心还是忠的。"

胡宗宪还是微闭着眼，脸上也无任何表情。

马宁远："我是个举人出身，拔贡也拔了几年，当时如果没有部堂赏识，我现在顶多也就是个县丞。我，还有我的家人，做梦也没想到我能当到杭州知府。从那年跟着部堂修海塘，我就认准了，我这一生，生是部堂的人，死是部堂的鬼。现在我终于有个报答部堂的机会了……"说到这里他站了起来，伸手去解案上那个包袱的布结。

包袱打开了，里面是一顶四品的官帽和一件四品的官服。

马宁远双手捧起那个敞开的包袱："这个前程是部堂给我的，我现在还给部堂。什么罪都由我顶着，只望部堂在阁老和小阁老那里，还有裕王他们那些人那里能够过关。"

胡宗宪的眼睛慢慢睁开了，接着慢慢站了起来，从案前走了出来，走到签押房的屋中间又站住了，两眼望着门外。

马宁远捧着那个包袱也慢慢转过身来，又慢慢走到胡宗宪面前，将包袱伸了过去。

"啪"的一声，胡宗宪在他脸上狠狠地抽了一掌！

挨了这一掌，马宁远的身子挺得更直了，双手紧紧地抓着那个敞开的包袱，两眼深深地望着胡宗宪。

"自作聪明！"胡宗宪的声音很低沉，但透着愤恨和沉痛，"什么阁老，什么裕王，什么过关？你知道朝廷的水有多深！这么大的事，居然伙同他们瞒住我去干，还说对我这颗心是忠的！"

马宁远："我不想瞒部堂……更不会伙同任何人对不起部堂……天下事有许多本是'知不可为而为之'。"

胡宗宪的两眼茫然地望向马宁远，渐渐地，那目光中满是痛悔，又透着陌生。

"'知不可为而为之'？！"胡宗宪望着马宁远的目光慢慢移开了，接着慢慢地摇着头，目光中浮出的只是沉痛，"平时叫你读《左传》《通鉴》，你不以为然，叫你读一读王阳明的书，你更不以为然。还说什么'半部《论语》可治天下！'现在我问你，孔子说的'知不可为而为之'是什么本意！"

马宁远低着头默默地站在那里。

胡宗宪："孔子是告诉世人，做事时不问可不可能，但问应不应该！毁堤淹田，伤天害理，上误国家，下害百姓，也叫'知不可为而为之'吗！"

马宁远："属下只明白应该为部堂分忧。"

胡宗宪跺了一下脚："九个县，几百万生民，决口淹田，遍翻史书，亘古未见！还说是为我分忧。这个罪，诛了你的九族也顶不了！"说到这里他仰起了头，深长地叹道："都说我胡某知人善任，我怎么就用了你这样的人做杭州知府兼新安江河道总管！"

"我本就不该出来为官！"马宁远跪了下去，"可我的老母、拙荆，还有犬子，部堂大人都知道，全是老实巴交的乡下人。请部堂大人保全他们。"说到这里，他的声音已经哽咽，趴了下去。

胡宗宪："我再问你一次，毁堤的事背后指使的是哪些人？"

马宁远抬起了头："部堂，您不要问了。问下去，我大明朝立时便天下大乱了！部堂担不起这个罪，阁老也会受到牵连。堤不是毁的，是属下们去年没有修好，才酿成了这场大灾。但愿淹了田以后，朝廷改稻为桑的国策能够施行，部堂大人不再夹在里面为难，属下这颗人头赔了也值……"

胡宗宪也黯然了，显然被马宁远这番话触痛了心中最忧患处，一声长叹："你中有我，我中有你，天下事坏就坏在这里……他们拿你的命换银子，拿浙江那么多百姓的身家换钱，你还得死心塌地地保他们，还要说是为了朝廷，是为了国策！什么国策，什么改稻为桑，赚了钱，有几文能进到国库？这一次，他们利用的不只是你，胁迫的也不只是我胡宗宪。我真不愿意看到，阁老八十一岁了，被这些人围着，这时落个身败名裂的下场……"

马宁远一震，愣愣地望着胡宗宪。

亲兵队长走了进来："部堂大人……"

胡宗宪打断了他："是郑大人、何大人来了吗？请！"

亲兵队长答应着走了出去。

胡宗宪瞪了马宁远一眼："你的命这次是保不住了，你的家人我会尽力保全。你先到里边房间待着，听听你保的人肚子里到底是什么肝肺。死，也不要做个糊涂鬼！"

马宁远重重地在砖地上磕了个头，爬了起来，捧起那套官服，脚步踉跄地向里间的侧门走了进去。

郑泌昌与何茂才进来时，胡宗宪又已经闭着眼坐在大案前的椅子上。

两个人站住了，对望了一眼。

郑泌昌轻声唤道："部堂大人……"

胡宗宪仍然闭着眼睛："坐吧。"

第三章

两个人轻轻地走到椅子前坐下，又一齐望向胡宗宪，胡宗宪还是闭着眼睛。

尴尬的沉默。

两人不得要领了，郑泌昌向何茂才使了个眼色。

何茂才轻咳了一声，说道："真没想到，会出这样的事情……"

胡宗宪还是闭着眼坐在那里，没有接言。

郑泌昌不得不说话了："属下听说这个事以后，立刻去了义仓，统算了一下，不足三万石粮。受灾的百姓有四十万之多，全赈了，也就够他们吃上十天半个月。当务之急是买粮，可藩库里的存银也不够了。我们得立刻给朝廷上奏疏报灾情，请朝廷拨粮赈灾。"

"拨什么粮？报什么灾？"胡宗宪还是闭着眼睛。

何茂才："自然是报天灾……"

"是天灾吗？"胡宗宪这时睁开了眼，目光盯向郑泌昌和何茂才。

二人一怔。

郑泌昌："端午汛，一天一夜的暴雨，水位猛涨，本是想不到的……"

见他这个时候还如此厚颜文饰，胡宗宪那双眼不再掩着鄙夷："那这道奏疏就按你说的，由你来草拟？"

郑泌昌连忙接道："属下们可以拟疏，但最后还得由部堂大人领衔上奏。"

胡宗宪："你们拟的疏，自然由你们奏去。我只提醒一句，同样的江河，同样的端午汛，邻省的白茆河、吴淞江和我们都是去年修的堤，我们一条江花了他们两条江的修堤款。他们那里堤固人安，我们这里倒出了这么大的水灾。这个谎，你们得扯圆了！"

郑泌昌和何茂才都变了脸色，互相望着，知道这是逼他们摊牌了！

何茂才："部堂大人既然这样说，属下也不得不斗胆说一句了，小阁老给我们写了信，想必也给部堂写了信，一定要追查，查到我们头上，我们要不要把小阁老的信交给朝廷？部堂要不要再去追查小阁老？那朝廷改稻为桑的旨意是不是也叫皇上收回？请部堂明示！"

"你是说，毁堤淹田的事是小阁老叫你干的！"胡宗宪猛一转头，目光像刀子一样刺向何茂才。

"我、我没有这样说……"何茂才慌了。

胡宗宪："那你刚才说的小阁老写信是怎么回事？还有要追查小阁老又是什么意思？"

何茂才："属下、属下说的是改稻为桑的国策……"

胡宗宪："改稻为桑和九个县的堤堰决口有什么关系？推行国策和水灾又有什么关

系！要有关系，你们不妨也在奏疏里一并陈明！"

何茂才蒙在那里。

郑泌昌不得不接言了："改稻为桑的国策和这次水灾肯定是没有关系……可这次水灾愣要说是端午汛造成的也有点说不过去……属下想，一定是去年修堤的时候没有修好，河道衙门的人在修堤时贪墨修河工款，造成水灾的事，嘉靖三十一年就有过。"

胡宗宪的眼睛望向了他。

何茂才的眼睛也是一亮："有道理！"

胡宗宪不再驳他，也不接言，只是望着他，等他接着说下去。

郑泌昌却转头望向了何茂才，示意他接过话题。

何茂才："就这样上奏吧。至于河道衙门是不是贪墨了修河工款以后可以慢慢查。现在，就凭大堤决了口子这一款，也是大罪。部堂有王命旗牌在，可以将有关人员就地执法！这样，对朝廷也就有了交代。"

胡宗宪慢慢问道："你说的有关人员是哪些人？"

何茂才："当然是河道衙门该管的官员。"

胡宗宪："该管的官员又是哪些人？"

何茂才望向了郑泌昌。

郑泌昌："河道总管自然难逃其咎，按律，协办的两个委员同罪。"

胡宗宪："那就是马宁远，还有淳安知县常伯熙、建德知县张知良？"

郑泌昌声音很低："是。"

胡宗宪："还有吗？"

郑泌昌："牵涉的人是不是不宜太多……"

胡宗宪："那河道监管呢？每一笔钱、每一段河堤都是河道监管李玄核查监管的，这个人要不要追究？"

郑泌昌和何茂才又是一怔，对望了一眼。

郑泌昌："部堂大人知道，河道监管李玄是宫里的人，要治他得杨公公说话，还得上报司礼监的吕公公。"

胡宗宪："那就是说这场水灾还是没有办法上奏朝廷？"

郑泌昌和何茂才又不吭声了。

胡宗宪也不再搭理他们，又坐了下去，喊了一声："来人！"

亲兵队长应声走了进来。

胡宗宪闭上了眼："把马宁远带出来，在总督署就地看管。"

第三章

"是。"亲兵队长应着，向签押房里间走去。

郑泌昌和何茂才一蒙。

很快，马宁远在前，亲兵队长押后，两人从里间走出来了。

郑泌昌、何茂才这才省悟刚才他们的话，都落到胡宗宪的套子里去了，两个人都低着头望着地面。

马宁远走到郑泌昌与何茂才面前停住了，两眼红红地盯着二人，但两个人都不抬头看他。

胡宗宪低吼了一声："带走！"

亲兵队长押着马宁远向门口走去。

马宁远的脚和亲兵队长的脚从郑泌昌和何茂才望地的余光中消失了，二人这才慢慢又抬起了头，慢慢望向胡宗宪。

胡宗宪又闭上了眼睛，坐在那里一动不动。

两人目光好一阵对视。

"去说吧。"郑泌昌下决心地说道，"我们俩一起去找杨公公，看他怎么说。"

"我想也是。"何茂才接道，"如果以河堤失修的罪名上奏，只治我们的人，那个李玄却没事，怎么也说不过去。"

"那你们就去说！"胡宗宪这才睁开了眼，站了起来，"义仓里赈灾的粮要立刻运往淳安和建德！还有，发了这么大的灾，改稻为桑今年碍难施行，这一条，在奏疏里务必写明，请朝廷延缓。写好了杨公公也要署名，你们都署了名，我再领衔上奏！"

说到这里，胡宗宪径自走了出去。

郑泌昌和何茂才又愣了一阵子，才走了出去。如何劝说杨金水献出李玄的人头把眼前这道坎迈过去，杨金水那张脸如何难看姑且不说，得罪了宫里，得罪了司礼监，往后这个账怎么算，二人也顾不得许多了。

第四章

"干爹。"刚跨进门,叫了一声,李玄便有些晕晕乎乎了。

——红的灯笼,红的烛,红的丝帐,连床上的被、椅子上的坐垫一色都是红的,整个卧房一片红晕!

更让李玄惊愕的是,一桌子的酒席边,杨金水坐在那里,芸娘也坐在那里,还穿着一件大红的帔!

李玄便不敢动了。

杨金水却满脸的慈蔼:"来,坐到这边来。"

李玄这才挪动了脚,走到下首,挨着椅子边慢慢要坐下。

"不。"杨金水止住了他,"今天你坐那里。"说着向他和芸娘中间空着的那把椅子一指。

李玄又蒙住了,挤着笑:"干爹,您老知道儿子胆子小,就别吓我了。"

"又胡琢磨了。"杨金水一脸的平和,"让你坐,你就坐。"

李玄还是站在那里:"干爹讲恩德,儿子可不敢不讲规矩。"说这话的时候他心里更加在敲着鼓了,挨着下首的椅子边坐了下来。

杨金水不再劝他:"那芸娘你也坐到这边来。"

那芸娘便端着酒杯走到李玄身边,挨着他坐了下来。

"干爹!"李玄弹簧似的又从椅子上站了起来,声音里已经露出些惊慌,"您老要儿子做什么?"

杨金水:"好心思,不枉我疼你一场。"

李玄那张脸更加惊慌了,定定地望着杨金水。

杨金水转对那个芸娘:"把那盅河豚端给玄儿。"

| 第四章 |

那芸娘便端起一个蓝釉景瓷汤盅放到李玄面前,接着给他揭开了盅上的盖子。

李玄的眼睛直了,望着盅里的汤,就像望见了毒药!

杨金水:"怎么了?像望见毒药一样?"

李玄更蒙了,僵在那里。

杨金水伸手拿过他那盅河豚汤,拿起勺,舀出一勺汤喝了下去,然后放下勺:"这么多儿子里,你算孝顺的。这河豚还是你去年送的?养在池子里,就想着哪天叫你一起来吃。今天,特地请的扬州师傅把它做了,你却不吃。"

李玄立刻举起手在自己脸上抽了一下:"儿子糊涂!我这就吃。"说着伸过手去端起另一个汤盅,揭开盖子,捧起就喝。

"烫!"杨金水喊道,"慢慢喝。"

李玄早已被烫了,这时张开嘴吸着气放下汤盅,挨着椅子边又坐了下来。

"倒酒吧。"杨金水又说道。

那芸娘拿起酒壶又拿起一只偌大的酒盏给李玄倒了满满一杯。

李玄又有些紧张了:"这么大的杯……"

杨金水:"你是个聪明的,刚才你说对了,干爹今天有事跟你说。也就三句话,喝一杯说一句。先把这杯喝了。"

李玄只好端起了酒杯,闷着一口喝了,然后直直地望着杨金水。

杨金水:"第一句话,你几次在背后说,哪天能跟芸娘睡上一觉,死了也值。说过没有?"

李玄这一跳吓得好猛,立刻跳了起来,推开椅子便跪了下去。

杨金水也站了起来:"你看,你看,才说第一句你就这样,后面两句我还怎么说?"

李玄这时已经吓得不能回话,不断在地上磕头。

杨金水使了个眼色,芸娘弯下了腰,去扶李玄,那李玄却像见鬼似的,连忙往旁边一挪。

"起来!"杨金水声调硬了。

那李玄这才又是一怔,扶着椅子站了起来,兀自有些发抖。

杨金水:"扶他坐下。"

芸娘又扶着他的手臂,李玄硬硬地坐了下去。

芸娘又给他那只大盏里倒满了酒。

杨金水:"喝了。"

李玄两只手颤着,端着那盏酒,费好大劲才喝了下去。

杨金水："第二句话，干爹平时待你如何？"

李玄又要站起，却被站在身边的芸娘按住了，只得坐在那里说道："干爹待儿子有天覆地载的恩情……儿子死也报答不了……"

"有良心。"杨金水大声接了一句，"倒酒。"

芸娘又给他那盏里倒满了酒。

这回不待杨金水说，李玄端起酒就喝，却被杨金水伸手按住了："这杯酒等我说完了，你愿意干再喝。"

李玄这时已经不再像刚才那般害怕了，大声答道："我这条命本是干爹的，愿不愿也由不得我，您老就快说吧。"

杨金水："那好，那我就说第三句。今天晚上你就睡在这里，芸娘和你一起睡。"

尽管已经明白，听了这句话李玄还是僵直在那里。

杨金水站起来了："我的三句话都说完了，这杯酒喝不喝你自己看吧。"说完便向门口走去，走出门反手把门带上了。

李玄终于省了过来，突然转过头望着那芸娘，大声吼道："端杯，伺候老子喝！"

大约到寅时了，天还在将亮未亮之际，总督署衙前的大坪上便布满了兵士。外围一圈火把，钉子般站着挂枪的兵；八字墙两侧是两行火把，站着挎刀的兵。

透过敞开的大门，还能看到，两行火把照耀下的兵丁一直排到二堂、三堂！

谁都不发出一点声响。这一夜偏又没有风，连那根偌长的旗杆上的旗也死沉沉地垂着。便更透出瘆人的肃杀！

是要杀人了。大坪的旗杆前，立着四根斩人的柱子，两根柱子上一根绑着常伯熙，一根绑着张知良，另两根还空在那里。

"谁？"突然大坪的外围起了喝问声，一个队官领着两个兵士向几盏灯笼迎去。

"织造局衙门的。"灯笼那边答道。

是四个兵，护着三个人走过来了。

那三个人中间的一个便是李玄，这时显然醉了，被两个太监一左一右地搀着，走了过来。

那队官："是新安江河道监管李玄吗？"

搀着他的一个太监点了下头，那李玄自己却抬起了头，饧着眼，答道："是老子……开刀问斩吧……"

那队官："扶过去吧。"

第四章

一行人走到了大坪的柱子前，看到绑在柱子上的常伯熙、张知良，李玄停住步不走了："你们先来了……"

常伯熙闭着眼，张知良却像见到了救命的稻草："李公公，我们冤哪！你去跟杨公公求个情吧！"

李玄："求……什么情？没出息……来，把老子也绑上。"

那张知良绝望了，竟呜呜地哭了起来。

李玄见他哭，自己倒笑了，突然唱起了昆曲："'晓来谁染霜林醉，总是离人泪……'"唱着，竟推开了扶他的两个太监，醉带着舞姿："'恨相见的迟，怨归去的疾，柳丝长，玉骢难系……'"唱到这里，一个亮相还没摆稳，便一跤醉坐在地上。

两个太监又立刻挽着他的手臂把他拉了起来。

那队官，还有那些兵士都被他弄得有些兀然，互相望了一眼。

李玄："……快、快，给我也绑上……"

那队官："部堂大人有话，李公公是宫里的人，不上刑具。"说到这里，他对着左右两个太监："先扶到门房看着。"

那两个太监搀着李玄，四个兵丁跟着，向大门走去。

几根巨烛熊熊地燃着，杨金水、郑泌昌和何茂才都沉着脸坐在总督署签押房中的椅子上，等着正在看奏疏的胡宗宪。

由于没有风，几个人又都闷坐着，总督署院子里的虫叫声就格外响亮，响亮得让人心烦。

"请朝廷延缓改稻为桑的话为什么还是没写？"胡宗宪将看完的那道奏疏往大案上一放。

郑泌昌和何茂才都望向了杨金水。

杨金水却闭着眼冷冷地坐在那里。

郑泌昌只好回道："我们和杨公公反复议了，改稻为桑是国策，是不是延缓推行实在不是我们该说的。如果朝廷念在我们发了大水，皇上圣明，一道旨叫我们今年不改了，那时我们遵旨就是。"

胡宗宪："要是朝廷没有不改的旨意呢？"

郑泌昌："那我们也只有勉为其难了。"

胡宗宪倏地站了起来："你们勉为其难？你们有什么难？几十万人的田全淹了，许多户百姓现在就断了炊，秋后没有了收成，现在连一斗米都借贷不到，还叫他们改稻为桑，桑苗能够吃吗？"

何茂才："那现在就是不把稻田改成桑田，田已经淹了，许多人没粮还是没粮。"

胡宗宪："由官府请朝廷调粮借贷，叫百姓抓紧赶插秧苗，秋后还能有些收成。借贷的粮食今年还不了，分三年归还。因此，这三年内不能改稻为桑。照这个意思写上去！"说着胡宗宪拿起那道奏疏往案前一摆。

郑泌昌和何茂才沉默了，又都望向杨金水。

"要是这样写，我可不署名。"杨金水终于说话了，眼睛却还闭着。

胡宗宪也不再给他颜色，立刻问道："那杨公公是什么意思？"

"我一个织造局，只管给朝廷织造丝绸，我能有什么意思？"杨金水还是闭着眼。

胡宗宪："为了丝绸，饿死人，逼百姓造反你也不管？"

杨金水睁开了眼："那是你们的事。"

胡宗宪的眼中闪出了光，定定地望着杨金水。

签押房里又是死一般的沉寂，院子里的虫鸣声又响亮了起来。

突然，胡宗宪一掌往大案上拍去："决口淹田也是我的事！"

杨金水开始是一愣，接着缓过神来，也在身旁的茶几上一拍，站了起来："谁决口淹田了？！决了堤，你要杀人，我把李玄也给你送来了，你还想怎样？胡部堂，你们做地方官的可以这山望着那山高。我不行，我头上只有一片云，我这片云在宫里！你可以不买阁老的账，我可是归宫里管！翻了脸，自有吕公公跟皇上说去。"

胡宗宪的眼里冒着火，但不再跟他争吵，说道："用不着请吕公公跟皇上说了。我是浙直总督，我也能进京，也能见皇上。来人，叫马宁远进来！"

郑泌昌和何茂才立刻便是一怔，杨金水也立时没有了刚才的气焰，眼睛中冒出的光这时也慢慢收敛了，三个人都不禁向门边望去。

马宁远还是穿着那身便服，走进来时十分平静。

三个人都望着马宁远，马宁远却不看他们，径直走到胡宗宪面前，从衣襟里掏出一沓供状："怎么毁堤，都有哪些人合谋，罪职都写在这上面。我签了名，常伯熙和张知良都签了名。现在呈给部堂大人。"

胡宗宪深深地望着马宁远："放下吧。"

马宁远双手将供状放在大案上。

胡宗宪："你下去吧。"

马宁远却退后了一步，跪了下去："天一亮卑职就要走了……欠部堂的大恩大德，卑职只有下辈子再报偿了。"说完，给胡宗宪重重地叩了个头，这才站起，也不再看那三个

| 第四章 |

人,大步走了出去。

那三个人这时都蒙在那里。

胡宗宪:"这份供状你们要不要再看看?"

三个人都没有吭声。

胡宗宪:"不想看就不要看了。我胡宗宪也希望这份供状永远不再有第二个人看到。可逼反了浙江的百姓,倭寇趁机酿成大势,我胡宗宪不但要献出这颗人头,千秋万代还要留下骂名!因此,我不能让有些人借着改稻为桑乱了浙江,乱了我大明的天下!我没有退路,你们也不要打量着有退路。我再问一句,这道奏疏你们改不改?"

三个人眼睛望着地上,好一阵沉默。

杨金水开口了:"部堂既然这样说了,真为了我大明朝的天下好,我们还有什么可说的。"

何茂才望向郑泌昌:"照部堂的意思改吧?"

郑泌昌:"好吧。"说完,慢慢向那书案走去。

几天后,那份奏疏与一封郑泌昌、何茂才联名的信先是送到了严世蕃手里,这时又由严世蕃送到了严嵩的手中。

"好、好……"看完奏疏与信,严嵩连说两个"好"字。说话时,他的嘴在颤着,连带着头和须都在抖着,一下子显出了老人中风时的症状。

严世蕃本来像一头困兽在那里来回疾走,见到罗龙文还有刑部侍郎鄢懋卿露出惊慌的神色向严嵩疾步走去,便也停了下来,向父亲望去。

罗龙文两人已经奔到严嵩的身边,扶着他,抚着他的背:"阁老,阁老,不要急,不要急……"

严嵩慢慢停住了颤抖,两眼却还在发直,望着面前书案上的奏疏和信。

"真是人心似水呀!"鄢懋卿一边继续抚着严嵩的背,一边愤慨地说道,"他胡汝贞走到这一步万万让人难以想到。"

"好嘛!"严世蕃咬着牙,"我们可以扶起他,现在还能踩死他!文华,策动御史上奏疏,立刻弹劾!"

"住口!"严嵩缓过气来了,那只枯瘦的老手在面前的奏疏上拍了一掌。

严世蕃不吭声了,两眼却还横着,狠狠地盯着地。

严嵩:"我问你,问你们,毁堤淹田是怎么回事?"

罗龙文和鄢懋卿自然不敢接言,严世蕃也没有接言,两眼依然横着,望着地面。

大明王朝
—— 1566 ——

严嵩："说！"

严世蕃："说就说吧。改稻为桑的国策推不动，他胡宗宪又首鼠两端，不淹田改不动，淹了田就改动了，就这么回事。"

严嵩想说话，那口气又觉着一下提不起来，便停在那里，两眼慢慢闭上了。

罗龙文给严世蕃递过一个眼神，示意他先冷静下来。

严世蕃走到椅子边一屁股坐了下去。

罗龙文轻轻地在严嵩耳边说道："事先没跟阁老请示，是我们的错。本意也是怕阁老忧心，想干完了以后再跟阁老详细禀报。浙江那九个县的田，今年的青苗总是要改成桑苗的，不淹是改，淹了也是改。'民可使由之，不可使知之。'老百姓不体谅朝廷的难处，我们也只能这样干了。本来像这样的事，胡宗宪只要和郑泌昌、何茂才还有杨公公他们一个口径，报个天灾也就过去了。没想到他这次竟如此不可理喻。好在他总算还有些顾忌，只报了个河堤失修。我想，无非是出个难题而已，大事尚未到不可收拾的地步。"

"改稻为桑的国策不能推行大势已经不可收拾！"严世蕃又焦躁起来，"他现在逼着郑泌昌、何茂才还有杨公公联名上了这道疏，公然提出三年不改。国库这个样子，能支撑三年吗？"

鄢懋卿："他说三年不改就三年不改？"

罗龙文："不是他说三年不改就三年不改的事，高拱、张居正那些人有了这个由头一起哄，事情便难办。我担心的是他胡宗宪那里还揣着马宁远的那份供状，吕公公那边有了顾忌就不一定和我们一起硬顶。我想，当务之急是阁老得立刻去见吕公公，然后一起去觐见皇上。只有皇上还决心要改稻为桑，剩下的事都好办。"

严世蕃的脸色慢慢好些了，深以为然地望了一眼罗龙文，又望向严嵩。

严嵩叹了口气："八十一了……这条命也该送在你们手里了……"

罗龙文、鄢懋卿立刻退了一步，跪了下来。

严世蕃满脸的厌烦，却也不得不跪了下来。

严嵩扶着书案站了起来，慢慢拿起那道奏疏："遵你们的旨，我进宫吧。"

那道奏疏此刻正捧在静静站着的吕芳手中。

默然了许久，嘉靖在那尊圆形的明黄垫坐墩上慢慢站起了。严嵩也连忙吃力地在旁边的矮墩上跟着站起。

嘉靖慢慢地踱着，顾自说道："《道德经》第五十八章有云：'其政闷闷，其民淳淳；其政察察，其民缺缺。……人之迷也，其日固久。'是宽亦误，严亦误，岂百姓迷

第四章

哉？朕亦迷也。尔等不迷乎？"

严嵩扶着那个矮墩慢慢跪下去了，吕芳也跟着跪下去了。

严嵩："宽严失误都是臣等的过错。浙江的事自然是胡宗宪最清楚，臣以为是否立刻召胡宗宪进京，一是赈灾，一是改稻为桑，到底还能不能兼顾，臣等同他一起议个妥善的法子。"

嘉靖这时已踱到了那排大书橱前，在贴着"浙江"标签的那个书橱前站住了："神仙下凡问土地。就把土地爷请来吧。"

严嵩："是。"

嘉靖："还有两个人，一起请来。"

跪在地上的严嵩和吕芳都默默地等听下文。

嘉靖："这两个人，一个姓杨名金水，是吕公公的人；一个姓谭名纶字子理，是裕王的人。连同严阁老你那个胡宗宪，三路诸侯，山神土地一起来！"

严嵩不禁一怔，向吕芳望去。

吕芳却淳淳地跪在那里，既不看他，也无表情。

严嵩不得不又答道："是。"

农历五月下午的太阳仍然很高，斜照在北京前门巍峨的城楼上反射出的光还是耀人眼目。

北京的九门在辰时初到申时末虽都有官兵把守，但对所有进出的人都是敞开的。只是遇有皇室仪仗和二品以上大员进出时便会临时禁止其他人出入，待仪仗或官驾过去后才解禁。嘉靖四十年五月二十一的下午未时，前门的官兵开始疏散进出人等，贤良祠的驿丞也已带着四个驿卒和一顶绿呢大轿在这里迎候。按规制，这是总督一级的封疆大吏进京了。

然而在这里迎候的不只是贤良祠的驿丞，还有一名宫里的四品太监领着四个小太监，旁边摆着一顶蓝呢大轿也在这里迎候。

不远处一群马队裹挟着一团烟尘渐驰渐近。胡宗宪的亲兵队长领着四骑在前，接着便是胡宗宪，跟着的是谭纶，再后面便是杨金水，最后面便是胡宗宪另外八个亲兵和杨金水的四个随从。

到了前门，亲兵队长和所有的亲兵还有四个随从都下马了。

胡宗宪和谭纶也下了马，把缰绳一扔，向迎来的贤良祠驿丞等人走去。

只有杨金水还坐在马上，此时仍在喘气，两个随从费了好大劲才把他扶了下来，却依然迈不动腿。在随从的搀扶下，他一瘸一拐地跟了过来。

那驿丞含着笑陪着胡宗宪走到绿呢大轿前,亲自打开了轿帘。胡宗宪低头钻了进去。这座大轿立刻被抬起向城门洞走去。谭纶和亲兵队牵着马紧跟着也走进了城门洞。

那个迎候的四品太监这时也亲自搀着杨金水走到了蓝呢大轿前,替他掀开了轿帘。

杨金水却不上轿,握着他的手腕贴近去,低声问道:"皇上为什么叫我也来?老祖宗那儿有什么话?"

那四品太监摇了摇头:"老祖宗是菩萨。您也知道,漫说是我们,司礼监那几个头儿从他老人家那儿都听不到一星半点的圣意。"

杨金水茫然了,愣在那里兀自不上轿。

那四品太监:"杨公公,老祖宗这时正在司礼监等你呢。"

杨金水才猛地一下清醒了,费劲地贴着那四品太监的手臂钻进了轿子。

一刻钟的时辰,抬着杨金水的轿子就到了司礼监值房的院内。

"干爹!"人还在门口,杨金水便一声贴心贴肺的呼喊,迈进值房门直奔到坐在那里的吕芳面前,跪在地上,端端正正地磕了三个响头。

"起来吧。"吕芳的声音仍然很平和。

杨金水爬了起来,从身旁的茶几上双手捧起那个茶碗送了过去,两眼中露出的那种探询,如同在等候审判。

吕芳静静地坐着,其实过了也不多久,但杨金水端茶碗的手已经开始有些微微发颤。

"你喝了。"吕芳终于说出了这句话。

这句话落在杨金水的耳里却如同纶音!外任太监进京见吕芳通常都是在敬献这一碗茶时便能知道自己的恩宠:茶递过去吕芳倘若不接,这便是等着发落了,是贬是关是杀全在吕芳接下来的话里;茶递过去吕芳倘若接过去喝了,那便是平安大吉,接着回去当差就是;要是吕芳赏敬茶的人喝下自己剩下的这碗茶,这便是当亲儿子看待的礼遇!因此杨金水听吕芳叫自己喝了这半碗茶,两眼立刻闪出光来,揭盖碗时手便止不住地颤抖,神情十分激动,一口将茶喝了。

喝完茶,杨金水挨着吕芳腿边慢慢蹲下,有轻有重地捶了起来,那张脸无限依恋地抬望着吕芳:"干爹……四年了……您又见老了……"说到这里,是真的哭了起来。

吕芳轻叹了一声:"过一天是一天吧。去洗把脸,换身衣裳,我现在就带你去见皇上。"

杨金水吓得一颤:"现、现在就见皇上……"

吕芳:"你什么都没瞒我,我自然什么都不会瞒皇上。毁堤淹田的事皇上都知道了。

第四章

你去，再把详情细细向他老人家说一遍。"

杨金水依然六神无主："那儿子这回的罪过……"

吕芳："你也是为了宫里好。难得是你不隐瞒，这便是最大的忠。一两个县嘛，皇上心里揣的是九州万方。"

杨金水还在迟疑着："干爹……儿子……"

吕芳："什么也别说了，准备见皇上吧。"

名曰见皇上，其实是见不着的，杨金水只能跪在大殿和精舍间那道纱幔外，也许是因为洗了脸换了衣，更是因心里有了底，跪在那里便显得端正而肃定。

"严世蕃那封信你亲眼看见了？"里面传来了嘉靖的问话声。

杨金水："回主子，奴才亲眼看见了。信是写给郑泌昌、何茂才的，叫他们干脆把田给淹了，改稻为桑也就成了。"

"马宁远的那份供状你亲眼见了吗？"里面又传来嘉靖的问话声。

杨金水："回主子，胡宗宪当时叫奴才和郑泌昌、何茂才看，奴才和他们两人都没有看。"

"你觉得胡宗宪这样做是为了什么？"嘉靖的这句问话声明显高了些。

杨金水一凛，不禁望向站在旁边的吕芳。

吕芳："有什么就答什么。"

"是。"杨金水也提高了声调，"回主子，奴才觉得胡宗宪这样做至少有三个心思。"

"哪三个心思？"嘉靖紧接下来的问话声。

杨金水："回主子，第一，胡宗宪肩上的担子重，倭寇闹得厉害，他害怕百姓失了土地再一闹事，内忧加上外患，那个时候他担不起罪过。第二，裕王府那个谭纶在他身边，他应该也受了些影响。第三，他对严阁老感情还是深的，但对小阁老做的事总是不以为然。"

"吕芳。"嘉靖这时在里面唤了一声吕芳。

吕芳连忙掀开纱幔走了进去。

杨金水的头还低着，那两只耳朵却竖了起来。

里面又传来了嘉靖的声音："你用的这个杨金水还是得力的。明里不要赏他，暗里给他奖点什么吧。"

"是。"接着是吕芳的回答声。

杨金水那张脸虽然低着，但那份激动光看背影也能看了出来。

"通知严嵩叫他明天就带胡宗宪进宫。还有,叫裕王一起来。"

嘉靖的声音不高不低地在大殿里盘旋着。

大轿还有亲兵马队在离严嵩府大门还有三十余丈开外便停下了,胡宗宪掀开轿帘走了出来。

也就是戌时初,天也才将黑。胡宗宪连晚饭也没吃,在贤良祠换了一身便服就来到了这里。下轿后,他站住了,远远地望着那座自己曾经多次来过的府第。府门廊檐下那四盏大红灯笼上,"严府"两个颜体大字依然如故。世事沧桑,二十年前刚中进士时严嵩在这里召见自己的情形恍同昨日。可这一次,前面也就三十余丈的路程,他却觉得是那样遥远。他决定一个人徒步走完这段路,即将纷至沓来的责难和难以逆料的谋局,也需要他完成最后的心理准备。

"你们就在这里候着。"说完,他从亲兵队长手里接过一个四方的包袱,一个人向大门走去。

"哟,是胡大人。"门口站着的门房显然也是故人,见到胡宗宪这一声里便能见出久违的亲切,但这种亲切中这一次又明显透着陌生。

胡宗宪当然能感觉到他目光中那种既有久违又有审视的神色,带着笑问道:"阁老还好吧?"

那门房:"还好。"

胡宗宪:"烦请带我去拜见老人家吧。"

那门房沉吟了,好一阵才说:"真不好跟胡大人说这句话,下午阁老就有吩咐,胡大人是皇上召来的,他不宜先见你。"

胡宗宪一怔。一路上,到严府后种种尴尬和难堪的局面他都想象过了,但严嵩竟不见他,这却实在出人意料。他心里突然涌出一种难言的酸楚,沉默了好一阵子,深深地望着那门房说道:"烦请你去禀告阁老,于公于私,我都应该先见他老人家。"

那门房又犹豫了片刻,才勉强说道:"那胡大人就先在这里等等吧。"

其实胡宗宪已经不知道这两年来严府格局的变化。由于年老力衰,严嵩已经失去当年那种左右一切局面的精力,在内阁,实际权势都已经被严世蕃取代,何况家里?阁府上下,所有的人做所有的事,实际上都得听严世蕃的安排,然后才敢去干。不让胡宗宪进府本就是严世蕃的吩咐,那门房这时当然得到严世蕃这里来回话。

他犹犹豫豫地来到书房门口,轻声唤了一声:"小阁老。"

严世蕃正在屋子中间来回走着,一边口述;鄢懋卿则坐在书案前飞快地记录他说

第四章

的话。

　　严世蕃只是白了一眼站在门口的门房，继续口述道："臣既不能上体圣忧，又不能下纾民困。臣之罪已不可以昏聩名之，误国误民，其何堪封疆之任？倘蒙圣恩，准臣革去浙直总督及浙江巡抚之职，则臣不胜感激涕零之至！臣胡宗宪叩首再拜。"说完这句，他才望向那门房："是不是胡宗宪来了？"

　　那门房："回小阁老的话，是胡宗宪来了。"

　　严世蕃："我教你说的那些话，你没跟他说？"

　　门房："小人说了，他说叫我禀报阁老，于公于私，他都应该先来看阁老。"

　　严世蕃拿起鄢懋卿记录的辞呈一边看，一边对门房说："去告诉他，就说阁老说，这里是私邸，要是谈公事明天可以到朝堂上谈，内阁也可以派人到贤良祠跟他谈。要是谈私事，严府跟他胡宗宪无私可言！"

　　那门房有些踌躇，轻声说道："这样说是不是有点太伤他……"

　　"伤你妈的头！"严世蕃近乎咆哮地抓起书案上的砚池便向门房砸去！

　　那门房吓得连忙一躲："小人这就去说……"一边急忙向外面奔去。

　　他这一砸，弄得正在写字的鄢懋卿没了墨汁，幸好平时就经惯了这样的事，不惊慌也不尴尬，喃喃地说道："得重新磨墨了……"

　　严世蕃："叫人来磨不就得了，这也要问？"说着，走了出去。

　　那门房虽躲得快，没被严世蕃的砚池砸着，但也吓得心里怦怦直跳，赶紧回来按原来的说法回了胡宗宪的话。

　　胡宗宪怔怔地站在那里，眼中浮出的满是伤感。

　　那门房也有些心中不忍了，轻轻地说道："反正明天阁老会和胡大人一起去见皇上。有什么心里话，明天见了面也可以说……"

　　胡宗宪慢慢望着他："多承好意……方便的话，就请再禀报阁老一声，有些话等到明天再说恐怕就晚了。"

　　那门房："好。我一定禀告。"

　　"告辞了。"说完这句，胡宗宪大步走出门房。

　　这边严世蕃挡了胡宗宪驾，那边一向笃定守静的严嵩，今天晚上却显然有些心神不属。

　　他躺在书房中间那把躺椅上，平时听读时闭着的那两只眼睛，这时仍然睁着，望着屋顶上的横梁，像是在听耳旁的读书声，又像是在出神地想着什么。

罗龙文坐在他身旁一盏立竿灯笼下，正在读着《道德经》第五十八章："其政闷闷，其民淳淳；其政察察，其民缺缺。祸兮福所倚，福兮祸所伏！孰知其极？其无正邪。正复为奇，善复为妖。人之迷也，其日固久……"

听到这里，严嵩抬了抬手，罗龙文便停下了。

严嵩眼睛仍然望着屋顶："你说，皇上说这段话，是不是在哪里听到了毁堤淹田的风声……"

罗龙文一怔，接着答道："应该不知道。浙江各级衙门都是我们的人，织造局市舶司那边都是吕公公的人。他们自己做的事自己肯定不敢露出半点风声。别的人不知道内情，又没有证据，谁也不敢闻风传事。"

严嵩："那皇上为什么要说这番话呢……"

"皇上要是起疑，也一定是从胡宗宪那条线捅上去的！"一声嚷叫，严世蕃已大步跨了进来，"胡宗宪是跟那个谭纶从淳安回杭州后抓的马宁远。马宁远这份供状谭纶保不准就知道。他知道了也就会告诉裕王，如果皇上真听到什么风声，就是这条线来的！"

严嵩摇了摇头："不会……胡汝贞平生谨慎，就是审马宁远也不会让第二个人在场，更不会把供状给谭纶看。"

严世蕃："都这个时候了，你老还这么相信他。"

严嵩："不管怎么说，胡汝贞是我一手带着他走过来的。他的为人我比你们清楚。再说，皇上真是从裕王那儿知道了这事，高拱、张居正还有那个徐阶，他们不会不知道，也不会没动作。"说到这里他就把着扶手要坐起来。

罗龙文连忙搀着他坐了起来。

"一切等胡汝贞来了以后，我一问也就明白了。"严嵩的目光望向了门外，"他这个时候也该到了。去问问门房，他来了没有？他一到，立刻领他来见我。"

严世蕃："我刚问的门房，没来。爹，事情都昭然若揭了，你老就不要再心存旧念好不好？胡宗宪不会来了。"

严嵩又默了一会儿，接着肯定地说："他一定会来……"

裕王府里。高拱坐在这里，张居正也坐在这里，只有徐阶没来。

裕王这时显然也处于十分不安的状态之中，一个人在屋子中间来回踱着。

"这个时候只能以静观变。"高拱说道，"皇上公然点名叫谭纶一起进京，是已经把账算到我们头上了。在王爷见皇上以前，不能见谭纶。"

"不见正示人以心虚。"张居正立刻反对，"谭纶本是王爷府的詹事，进了京没有

第四章

不见的道理。再说，王爷是朝野皆知的皇储，出了这么大的事，关心国事才是应有的态度。"

高拱："关心也不在今天晚上。今晚见了谭纶，明天皇上问起说了些什么，王爷如何回答？"

"该怎么回答就怎么回答。"李妃的声音在寝宫和卧室那道门里传来。

高拱和张居正一怔，都站了起来。

裕王也站住了，却扬了扬手，示意高拱、张居正坐下。

二人又坐了下去。

李妃在里面接着说道："张居正说的是正论。王爷，今天晚上应该见谭纶。最好让冯保去叫他来。"

裕王，还有高拱和张居正眼睛都是一亮，互相望了望。

李妃在里面继续说道："父子一体，没有什么应该瞒的。"

张居正："惭愧。我们的见识反而不及王妃。"

裕王又望向了高拱，高拱点了点头。

冯保将谭纶领来后正准备退出，裕王唤住了他。

"站着。"

冯保立刻弯腰站在那里。

裕王："今天晚上我放你的假，你回宫一趟吧。"

冯保一怔："主子，奴才回宫干什么？"

裕王："去告诉吕公公，就说今晚我召见谭纶了。"

冯保大惊，扑地又跪了下去："主子！主子！奴才怎敢做这样的事？！"

裕王："怎样的事了？天家无私事。我是皇上的亲生儿子，我的事都是大明的事。叫你去，你就去。"

冯保兀自跪在那里发愣。

裕王跺了一下脚："听到没有？"

冯保："奴才遵旨。"这才爬了起来，满脸愕然地退了出去。

夜已经深了，回到贤良祠，胡宗宪一直没有睡，他在慢慢梳理着思绪，准备坐到寅时直接进宫，以一个诚字去直面难测的天心和朝对。就在这时，房门被猛地推开了，胡宗宪回头，有些吃惊，也有些似在意料之中，走进门来的竟是严世蕃。

"我听说，你手上有一份毁堤淹田的供状？"没等胡宗宪开口，严世蕃已在椅子上坐了下来。

"小阁老，我这里没有这样的供状。"胡宗宪语气平静而执着。

严世蕃两眼瞪得像灯笼，死死地盯着他，好久才说道："好！好！没有就好！有，也不过将我们父子罢官革职坐牢！可不要忘了，自古事二主者都没有好下场！把我们赶了下去，内阁那几把椅子，也轮不到你坐！"

胡宗宪静静地坐在那里，以沉默相抗。

严世蕃被他的沉默激得更恼怒了："你是执意要将那份供状交给裕王作为改换门庭的进见礼了？！"

胡宗宪："世蕃兄，你可以用这个心思度天下人，但不可以用这个心思度我胡宗宪！还有，阁老已经八十一岁了，你可以不念天下苍生，但不应该不念自己的白发老父！"

"你有什么资格训我！"严世蕃咆哮了，接着倏地站了起来，"大明朝两京一十三省，是在我肩上担着，天下苍生几个字还轮不到你来说！我现在只问你一句话，在浙江改稻为桑的国策你还施行不施行？"

胡宗宪："施不施行，我在奏疏里已经说了。"

严世蕃："那就是说你已经铁了心了？"

胡宗宪又沉默了，坐在那里不再接言。

严世蕃气得在那里开始发颤，突然，他举起右手在自己的右脸上掴了一掌："该打！这一掌是代我父亲打的。"

胡宗宪一愣。

严世蕃接着举起左手在自己的左脸上又掴了一掌："这一掌是我自己赏自己的！我们父子俩怎么都瞎了眼，用了你这个人到那么重要的地方做封疆大吏！"

胡宗宪慢慢站了起来，走到门边："这个封疆大吏我也早就不想做了。你们可以上奏皇上，立刻革了我。"

"这可是你自己说的！"严世蕃这一句接着就顶上去了。

胡宗宪："想要我怎样，小阁老就直言吧。"

严世蕃："那好。辞呈我已代你拟好了。你自己照着抄吧。"

说完，严世蕃从怀里掏出那封辞呈往茶几上一拍，径直走了出去。

钟鸣鼎食之家，况是相府，连夜都有报更的。这时报初更的梆声从前院不远处传来了。一直躺在躺椅上的严嵩倏地睁开了眼："是报更了吗？"

| 第四章 |

鄢懋卿："是，初更了。老爷，胡宗宪不会来了。"

严嵩的老眼中终于浮出了难得一见的伤感："真正想不到的……懋卿，你说过人心似什么来着？"

鄢懋卿："人心似水。"

严嵩摇了摇头："水是往下流的，人心总是高了还想高啊……"

罗龙文和鄢懋卿目光一碰。

罗龙文："明天卯时就要进宫，您老还是歇一会儿吧。"

严嵩："不睡了，就在这里，坐更待朝吧。"

揣着严世蕃叫自己抄的那份辞呈，胡宗宪在寅时正就离了贤良祠。卯时初，景阳钟响了，他第一个就来到了西苑禁门朝房，在这里等着严嵩和裕王。

远远地，一顶王轿和一顶抬舆来了！

胡宗宪茫然的两眼这时露出了更加复杂更加痛苦的目光，皇上还没见，这时却要先见不能相见又不得不见的严嵩，还有那个理不清关系的裕王！

裕王的轿停下了，严嵩的抬舆也停下了。

按礼制，必须先叩见亲王。胡宗宪就地跪了下来，目光中看见了裕王那金黄色王袍的下摆和绣着行龙的朝靴，便叩下头去："臣胡宗宪叩见裕王殿下！"

裕王站住了："你辛苦了。"是那种想尽力示出安慰又不能过于亲切的语调。

严嵩也被随从搀着走过来了，胡宗宪就地转了一下身子，向那两双脚的方向也叩了个头："属下胡宗宪叩见阁老。"

严嵩漠漠地望了一眼他，语气十分平淡："不用了。觐见皇上吧。"

胡宗宪凛了一下，少顷才答道："是。"

他站起来时，裕王和严嵩已经进了西苑禁门朝房。

胡宗宪跟着也走进了西苑禁门朝房。

卯时正三人都被当值太监领到了玉熙宫。

裕王是有座位的，按亲王规制，又是皇储，坐在嘉靖下首的东边；严嵩在七十五岁那年也已蒙特旨赏坐矮墩，坐在嘉靖下首的西边；吕芳照例是站在嘉靖身边稍稍靠后的位置。这样一来，偌大的殿中，跪在那里的就是胡宗宪一个人。

嘉靖依然是宽袍大袖的便服，不同的是，冬季穿的那身薄薄的丝绸，到了这夏季反而换成了厚厚的印九龙暗花的淞江棉布。照他自己的说法是因为常年修道打坐练成的正果，其实是常年服用道士们给他特制的冬燥夏凉的丹药在起作用。这一点无人敢说破，反倒成了许多人逢迎的谀词和他自己受用的显耀。

"胡宗宪。"嘉靖开口了。

"臣在。"胡宗宪尽力平静地答道。

嘉靖："一个四品的知府，一个四品的河道监管，两个科甲正途的知县，你举手就杀了。好气魄。"

胡宗宪一凛："回皇上，依《大明律》，主修河道的官员河堤失修酿成灾害等同丢城弃地。臣身为浙直总督挂兵部尚书衔，奉王命旗牌可就地正法。"

嘉靖："可不可以先上奏朝廷然后依律正法？"

胡宗宪一怔："回皇上，当然也可以。"

嘉靖："这就有文章了。朕的记忆里，你是个谨慎的人嘛，这一次不但先斩后奏，而且杀的既有小阁老的人，还有吕公公的人，你就不怕他们给你小鞋穿？"

这话一出，严嵩站起了："回皇上的话，率土之滨，莫非王臣。大明朝所有的官员都是朝廷的人。"

嘉靖："朝廷也就是几座宫殿几座衙门罢了，饭还是分锅吃的。裕王。"

裕王连忙站了起来："儿臣在。"

嘉靖："年初，你跟朕说你府里那个做詹事的谭纶是个人才，想把他放到浙江去历练历练。现在历练得怎么样了？"

裕王自然紧张了，想了一下，才答道："回父皇，谭纶开始去是在胡宗宪总督署做参军，现在在戚继光的营里帮着谋划军事。时日不久，谈不上什么建树。"

嘉靖："有建树也不一定要在阵前斩将夺旗。敢为天下先还不是有建树？"

裕王的目光扫过嘉靖背后墙上那几个大字：吾有三德，曰慈，曰俭，曰不敢为天下先。刹那间，"不敢为天下先"几个大字显得分外夺目！他立刻埋头跪了下去。

其他的人也都屏住了呼吸，整个大殿出奇沉寂。

胡宗宪倏地抬起了头："回皇上！臣本朽木之才，蒙皇上不弃，委以封疆重任。但既任封疆，则臣一切所为，除了听皇上的，听朝廷的，臣绝不会听他人指使，也没有任何人能左右臣的本意。至于此次既未能推行改稻为桑之国策，又在臣之任地出了这么大的水灾，一切罪责，归根结源，皆是臣一人之过，更与他人无关。"说到这里从袖中掏出那份辞呈："这是臣请求革职的辞呈，请皇上圣准。"

这倒有些出人意外，所有的人都是一怔。

嘉靖把胡宗宪好一阵望，也不叫吕芳去接那个辞呈，先转对裕王："听到没有，胡宗

第四章

宪在为谭纶开脱呢。你起来吧。"

"是。"裕王站了起来，低着头又坐了下去。

嘉靖才又把目光望向了胡宗宪，语调渐转严厉："真像你说的那样，河堤失修等同丢城弃地，且扰乱了朝廷改稻为桑的国策，要治你的罪，革职就完了？"

胡宗宪："雷霆雨露莫非天恩！臣听凭皇上发落。"

嘉靖："我再问你，新安江河堤是去年修的，花了朝廷二百五十万两银子，一场大水便堤塌成灾，事前你就一点也没有觉察吗？"

严嵩、裕王包括吕芳这时都真正紧张起来，目光全都望向胡宗宪。

胡宗宪："臣也曾巡视过河堤，未能及时发现隐患，是臣失察之罪。"

嘉靖："只是失察吗？"

所有的目光又都紧张地盯住了胡宗宪。

胡宗宪："回皇上，是不是河堤失修，臣这里有新安江河道总管马宁远和协办委员常伯熙、张知良三人的供状，请皇上圣察！"说着竟从衣襟里掏出了马宁远那份供状！

所有的人都蒙了！

玉熙宫大殿的空气一下子像是凝固了！

嘉靖回头望了一下吕芳，吕芳也望了一下他，只好走了过去，接过那份供状，递给嘉靖。

嘉靖慢慢地展开了供状，两只眼冷沉沉地开始看了起来。

严嵩坐在那里，这时已经闭上了眼睛，但能看出，头和脸已经有些在微微地颤动。

裕王这时竭力调匀心气，两眼望着地面，尽力不露出任何神色。

嘉靖脸上的表情开始变了，先是有些意外，接着显出边看边沉思的状态，等到看完，脸色已经完全平静下来。

"严阁老。"嘉靖突然唤着严嵩。

严嵩还是闭着眼坐在那里，居然没有听见这一声呼唤。

嘉靖脸上浮出的神色甚是复杂，既有一丝悯然，又有一些不然，便不再唤他，转过头问吕芳："你知道这份供状里写的是什么吗？"

吕芳："奴才不知道。"

嘉靖："告诉你吧，这份供状写的全是河堤失修的详情！"

吕芳这时也是一愕，接着毫不掩饰地松了一口长气，会意地望向嘉靖。

嘉靖这时也正望着他，把那份供状一递："你拿过去，给严阁老也看看。"

"是。"吕芳接过供状向严嵩走了过去。

嘉靖的目光不经意地瞟向了裕王，裕王却像从来没有发生过什么事一样，十分安静地坐在那里。

嘉靖把目光收回来了，又转望向严嵩。

"阁老。"吕芳这时已经走到严嵩身边轻声唤道。

"嗯。"严嵩倏地睁开了眼睛，茫茫地望向吕芳。

吕芳："供状皇上已经御览了，写的全是河堤失修的详情。"

严嵩眼睛一亮。

吕芳："皇上叫你也看看。"说着把供状递给了他。

严嵩接过了供状，颤颤地翻开了第一页，也就看了一下，接着抬起了头："皇上，字太小，臣老迈眼花，看不清了。"

嘉靖："那就拿回去，给内阁的人都看一看。"

严嵩："是。"

嘉靖："还有一样，就是胡宗宪的辞呈，他自己提出请朝廷开他的缺。阁老，你认为要不要准如所请？"

严嵩这一回没有立刻回话，沉默了片刻才答道："擢黜之恩皆出自上，非臣等可以置喙。"

嘉靖脸上立刻露出了不快："你这话言不由衷。"

严嵩立刻扶着矮墩站起了。

嘉靖："胡宗宪当兵部尚书，后来放浙直总督兼浙江巡抚都是你向朕举荐的嘛。什么时候用人罢人都是朕一个人说了算了？"

严嵩被嘉靖说得愣在那里。

胡宗宪这时抬起了头："当时阁老举荐臣，皇上重用臣，都是希望臣能上不辜恩，下能安民。现在臣在浙江左支右绌，显然不符封疆之任。恳请皇上革去臣职。"

嘉靖两眼深深地望着他："你这是想撂挑子了？！"

胡宗宪立刻把头伏了下去："臣不敢。"

嘉靖："敢不敢朕也不会让你撂挑子。你这个人有两点朕还是知道的：一是识大体顾大局，二是肯实心用事。浙江和南直隶是朝廷的赋税重地，就冲着那么多倭寇在那儿，没有你眼下也无人镇得住。严阁老。"

严嵩："臣在。"

嘉靖："你以为如何？"

严嵩："圣明无过于皇上。眼下浙直确实还少不了胡宗宪。但他的担子又确实太重了

第四章

些。皇上既然问臣，臣以为让他辞去浙江巡抚的兼职，只任浙直总督一职。这样，让他既能够把握大局，又能够多把心思用在剿倭上。今年海上的商路必须要打通，织造局五十万匹丝绸的生意一定要做成。这些责成胡宗宪尽力去办。"

嘉靖："这才是老成谋国的话。至于浙江赈灾和改稻为桑的事，你们下去后叫胡宗宪和内阁的人一起好好议个法子。两难若能两顾总是好事。"

严嵩："是。"

嘉靖又望向了胡宗宪："胡宗宪，你听到没有？"

胡宗宪抬起头时已是泪流满面："回皇上，臣遵旨……"

"唉。"嘉靖叹了口气，站了起来，"朕知道你们难，朕也难。我们都勉为其难吧。"

裕王和严嵩这时都跪了下去："尽心王事，是臣等之职。"

嘉靖又望向了裕王："还有那个谭纶，该历练还让他在浙江历练。击鼓卖糖，各做各行。你们该干吗都干吗去。"说完，大袖飘飘，向里边精舍走去。

裕王、严嵩和胡宗宪同时伏在地上："吾皇万岁！万岁！万万岁！"

众人退去之后，嘉靖在精舍的蒲团上盘腿坐定，开始他每日打坐前的准备。

吕芳在那座偌大的紫铜香炉里用一块厚厚的帕子包着把手拎出了一把小铜壶，顺手在香炉里添了几块檀木，盖上香炉盖，这才拎着铜壶在一个紫砂杯里倒了一杯温热的水。然后一手端着水杯，一手捧着一个小瓷药罐，走到嘉靖面前，低声说道："主子，该进丹了。"

嘉靖睁开了眼，伸出三根细长的指头从瓷药罐里拈出一颗鲜红的丹药，送进嘴里，又接过水一口吞了下去。

服了丹，嘉靖没有像平时那样入定打坐，而是望着吕芳："你说这个胡宗宪到底是哪路神仙，居然把我们都绕进去了。"

吕芳正颜答道："没有人能把皇上绕进去。胡宗宪是被夹住了，左右为难。"

嘉靖："是啊，他也挺苦啊！"

"苦日子还在后头。"吕芳又拿起那块帕子擦拭着案上的水渍，"严阁老那边肯定不再认他了，以他的为人，也不会再投靠徐阶、高拱、张居正他们。浙江不能乱，改稻为桑的国策还得推行，两头不买他的账，不累死，也得愁死。"

嘉靖："朝廷不可一日无东南，东南不可一日无胡宗宪。剿倭要靠他，抚住百姓不造反也要靠他。不能让他累死，更不能让他愁死。国库没银子，得靠严世蕃他们去弄，八分归国库两分归他们朕也认了，七分归国库三分归他们朕也忍了。他们要是还想多捞，连个胡宗宪都不能容，逼反了东南，朕也就不能再容他们！裕王派到胡宗宪身边那个谭纶要保，看住他们，可人还是少了。暗中传个话给裕王他们，徐阶、高拱、张居正要是还奏请什么人到浙江去，一律批红照准。"

  吕芳："是。"

  嘉靖："还有，告诉杨金水，宫里这边不许再跟胡宗宪为难。"

  吕芳："奴才明白。"

第五章

从一个翰林院的编修一下升任杭州知府,又蒙严世蕃在严府召见,高翰文心中除了些许欣喜之外,更多的还是一些隐隐的忐忑。

严世蕃这时显然为自己找到了一个满意的杭州知府而高兴,因高兴而生喜爱,竟然露出了那种求才若渴、礼贤下士的模样来,而他这种和蔼的态度也拂去了高翰文心中的忐忑,脸上的笑容也比刚走进严府时要松弛了许多。

严世蕃亲手从一个红木大橱里捧出一个盒子,走到高翰文面前。

高翰文连忙站了起来。

"坐,坐。"严世蕃一边亲热地叫高翰文坐下,一边便去开那盒子。

罗龙文和鄢懋卿会意地对望了一眼。

盒子打开了,盒子里还套着四个小盒子。严世蕃先掏出了那个长条形的盒子,轻轻揭开,从里面拈出了一支毛笔。

那毛笔一看便感觉非凡:

笔杆和普通毛笔一般粗细,却是青里透着星星黑点的斑竹;沿着笔杆看下来,那笔套却是晶莹的和田玉镂空磨尖做成的!

严世蕃先将笔杆笔套示给高翰文看:"这支笔杆是成祖爷派郑和下西洋带回的犀牛角做的,之后再没有这么大的犀牛角了。笔套平常些,是和田玉雕的,取个口彩而已。"说着又拔起了笔套,露出了红里透亮的笔毫:"最难得是这笔上的毫!是嘉靖三十年云南的土司套了一条通体红毛的黄鼠狼的尾毫做的。给很多人看了,都说一千年只怕也只有这一支。这支笔不是送给你写字的,世第书香人家,传个代吧。"

那高翰文已经看得眼睛发亮。

严世蕃这才又将笔套上,放回长条盒中:"这一盒共四支,全是一样的。你拿着。"

说着将盒子递给高翰文。

高翰文木木地接过盒子。

严世蕃又一把捧起那个大盒:"还有三样,墨是宋朝的,有米南宫的款;砚也是宋朝的,有黄庭坚的款;这沓纸,是李清照燕子笺。都给你,拿回去自己慢慢看吧。"说着,双手捧过去,见高翰文手里还拿着那个长条盒在发愣,便又说道:"搁进来,搁进来。"

高翰文这才将手里的长条盒放进大盒,却不敢接那大盒:"恩师,这么贵重的东西学生不敢受。"

严世蕃:"我给你的,你就受下。"

那高翰文还在犹豫。

鄢懋卿说话了:"宝剑赠壮士!在我大明朝后进的翰林里,能受用这套文房四宝的人可不多。这是小阁老对你的赏识。还不收下?"

高翰文只得双手接过了那个盒子。

罗龙文这时做戏般叹了一声:"罢了,罢了,我们这些人也都该归隐山林了。这几样东西我向小阁老讨了多少回他不给,现在美人一去再无芳草了。"

高翰文连忙双手将盒子捧向罗龙文:"那罗大人现在拿去。"

罗龙文:"可别,浙江改稻为桑的大事我可干不了。一年之期大功告成,我们还等着你用这四宝写捷奏呢。"

高翰文双手捧着盒子举过头顶:"恩师放心,二位大人放心,学生此去,一年之内倘若不能为朝廷完成改稻为桑的国策,就用这盒子里的笔墨纸写下自己的祭文!"说着跪了下去。

严世蕃双手把他搀起:"好好去,干好了好好回,朝里还有重任等你。"

高翰文重重地点点头,满脸凝重双目闪光……

内阁会议刚完,张居正就到了裕王府。

见到张居正,谭纶马上站了起来,充满期待地问道:"结果怎么样?"

裕王没有表现得谭纶那样急切,但看着张居正的目光也闪烁着探询。

"一切在御前就已成定局,这个会议与不议结果都是一样。"

张居正的话让大家又沉默了。

裕王:"那胡宗宪请求朝廷给浙江拨粮赈灾总该答应他吧?"

张居正摇了摇头。

"总得有个道理吧?"裕王又站了起来,显得有些气愤。

第五章

张居正:"还要什么道理?就是为了让浙直那些丝绸大户就地拿粮食把受灾百姓的田都兼并了去。还美其名曰'以改兼赈,两难自解'。"

裕王:"你们呢,总得说话吧?"

张居正不语。

"徐阁老和高拱呢?"裕王这才发现徐阶和高拱没有一起来。

张居正:"胡宗宪不死心,跟着徐阁老和高拱又去了户部,还是想户部给浙江调些粮去。"

"户部能不能给他调些粮?"裕王望着张居正。

张居正沉默了,也深深地望着裕王。

裕王似乎明白了自己这是多此一问,手一摆,顾自说道:"户部是不能给他调粮的。"

张居正:"王爷,说句您不一定爱听的话,能调,这个时候我们也不会给他调了。"

裕王一怔,问道:"这话什么意思?"

张居正一字一顿地:"干脆,让浙江乱起来!"

裕王的眼睛睁大了。

张居正:"到这个时候了,臣等的意思也该跟王爷说明白了。严党把持朝政二十多年,其实早已是土崩鱼烂。之所以能够维持,全靠逢迎圣意。宫里需求无厌,他们又层层贪剥,才落下这么大的亏空。王爷本知道,他们这一次想在浙江改稻为桑也是为了补亏空想出的法子。但这么大的事,连胡宗宪都知道一年内绝不可施行。可他们等不得,底下的人又认准了是个发财的机会,才竟然干出了毁堤淹田这般伤天害理的事。反正剜的是百姓的肉,其实剜的也就是我大明朝的肉,来补他们的疮!这么明白的事,朝廷上下竟然视若无睹!好不容易出了个胡宗宪苦心孤诣出来说话,其实也是为了他们好,他们都视若仇雠!连一个胡宗宪都容不下,这也是他们的气数尽了。王爷,长痛不如短痛,这一次干脆让浙江乱了,就当作我大明朝身上烂了一块肉!这块肉一烂,严党那个脓疮也就是该挤的时候了!"

真是振聋发聩!裕王被张居正这一番话说得脸上也渐渐现出了潮红,怔怔地站在那里:"徐阁老和高拱都是这么看吗?"

张居正:"这是臣等一致的看法。"

裕王又望向了谭纶:"子理,你怎么想?"

谭纶也站了起来:"是大谋略!只是苦了浙江的百姓。"说到这里,谭纶的目光显然从卧室那道门的方向看见了什么,便停住了话,低下了头。

张居正也看见了，连忙站了起来，低下了头。

两人几乎是同时："王妃。"

裕王这才看见，李妃抱着世子走出来了。

裕王："正议事呢，你又抱着世子出来干什么？"

李妃似乎永远是那副面若春风的样子，但这时眉眼中却显着肃穆，将世子往裕王面前一送："不干什么，就让你抱抱世子。"

裕王显得有些厌烦，又不得不把孩子接了过来："到底是干什么？"

李妃："就想问问王爷，你现在有几个儿子？"

裕王："有什么就直说吧。"

李妃却显得有些固执："臣妾要王爷答我这句话。"

裕王："明知故问，谁不知道我就这一个儿子。"

李妃："臣妾斗胆要说了，王爷这话又对又不对。"

对李妃其人，张居正和谭纶包括这时没来的徐阶、高拱都心存着几分敬重，知道她虽然是个女流，却往往能往大处想，而且见识过人。这时见她这般行为，这几句问话，就知道她又有什么惊人之语了，不觉都抬起了头，望向她。

李妃正颜望着他们："刚才你们说的话我在里面都听到了。大势所然，有些事本不是一时就能办好的，但有一条永远不能忘了，我大明的江山社稷，王爷是皇储，接下来王爷手里抱着的世子是皇储。念在这一条，你们也得往远处想，要给王爷和世子留一个得民心的天下。"

这话一说，不只是张居正和谭纶，就连裕王也肃然起来。

李妃接着说道："我刚才说王爷说得对，指的就是这个。冒昧说王爷说得不对，指的也是这个。王爷是皇储，也就是将来的皇上，大明朝所有的百姓都是你的子民，将来还是世子的子民。哪儿有看着子民受难，君父却袖手旁观的！胡宗宪尚且知道爱惜自己任地的百姓，王爷，还有你们，难道连个胡宗宪也不如吗？"

张居正和谭纶这时都望向了裕王，三个人相视的目光中都同时显出了男人那种特有的惭愧又带些尴尬的神色。

李妃不看他们，继续说道："大明朝不是他们严家的大明朝，更不是他们底下那些贪官豪强的大明朝，他们可以鱼肉百姓，王爷，还有你们这些忠臣，你们不能视若无睹。"

"天地有正气！"张居正激动地接言了，"王妃的正论让臣等惭愧。浙江的大局虽然已经无法挽回，但对那些受灾百姓，臣等确实应该争一分是一分。民心不可失！"

裕王这时把世子递还给李妃，深望了她一眼，接着转问谭纶："子理，你在浙江有些

| 第五章 |

日子了,你想想,怎么样才能帮着胡宗宪,让那些受灾的百姓少点苦难?"

谭纶想了想:"我能帮的也就一条,尽力让官府和那些丝绸大户不要借着灾情把百姓们的土地都贱买了去,但这就必须要有粮食让他们度过灾年。臣在来京的时候曾和胡宗宪商议过,万一朝廷调不出粮食,臣就陪他到应天找赵贞吉借粮。"

"这个法子可行。"裕王立刻肯定,"赵贞吉是应天巡抚,跟胡宗宪有深交,找他借些粮应该能借到。"

谭纶:"可就算能借些粮也不一定能阻止那些人兼并土地。现在胡宗宪不再兼任浙江巡抚了,民事归郑泌昌管,要是新任的杭州知府和淳安建德的知县仍是他们的人,有粮也到不了百姓的手里。"

裕王立刻转问张居正:"新任杭州知府是谁,定了没有?"

张居正:"他们早定了,是严世蕃的门生、翰林院的编修高翰文。"

裕王:"是不是上一科的探花那个以理学后进自居的高翰文?"

张居正:"是这个人。用他,也可见严党那些人费了心思。这个人写了几篇理学的文章,在朝野有些影响,也没有什么贪财的劣迹。这一次'以改兼赈,两难自解'的口号就是他提出来的。内阁议事的时候,严世蕃和他的那些同党把这个人都捧上了天。"

裕王又怔住了:"郑泌昌的巡抚,这个人的杭州知府,浙江这一回不乱也得乱了……"

"淳安和建德知县呢?"李妃抱着孩子又插言了。

张居正:"这两个缺倒是没议。他们的意思还不是让郑泌昌和高翰文去挑人就是。"

李妃:"这两个县可不可以派两个好官去?"

裕王:"巡抚和管淳安建德的知府都是他们的人,争两个知县有用吗?"

"有用。"谭纶接道,"王爷,王妃的话有道理。怎么说,直接管百姓的还是知县。关口是这两个人只是好官恐怕还不够。淳安全县被淹,建德半县被淹,从上到下,那么多双眼睛全盯着贱买这些被淹的田。要救百姓,就要抗上!尤其是淳安这个知县,这个时候去,就得有一条准备,把命舍在那里!"

张居正:"当今之世,这样的人难找啊……"

大家又都沉默了。

"人选我这里倒有一个……"谭纶过了好久才又冒出了这么一句话。

"在哪里?现在把他叫来。"裕王急问。

谭纶:"哪儿有这么现成的人就能叫来。"

裕王:"那你又说?"

谭纶："人虽见不着，我这里倒有他的一篇论抑制豪强反对兼并的文章。王爷、王妃，还有张大人你们想不想知道他怎么说？"

张居正："在哪里？"

"谁带着文章到处走？因为写得好，我通篇都记下了。想听，我现在就背给你们听。"谭纶见裕王点了头，略略想了一下，背诵起来："……'夫母诞一子，必哺育使之活；天生一人，必给食使之活。此天道之存焉，亦人道之存焉。岂有以一二人夺百人千人万人之田地使之饥寒而天道不沦人道不丧者！天道沦，人道丧，则大乱之源起。民失其田，国必失其民，国失其民则未见有不大乱而尚能存者！'"

"慢！"张居正止住了谭纶，"这几句话的意思好像在哪儿见过？"

谭纶："正是。胡宗宪在上一道奏疏里就引用过，只改了一个字。最后两句就是。"说着，他又接着大声背诵起来："'是以失田则无民，无民则亡国！'"

"好！"张居正在腿上猛拍了一掌，站了起来，紧望着谭纶，"写这篇文章的人叫什么，现在在哪里？！"

裕王和李妃也定定地望着谭纶。

谭纶："此人姓海名瑞，字汝贤，号刚峰，在福建南平县任教谕。"

"这就好办！"张居正抑制不住兴奋，"教谕转调知县是顺理成章的事。王爷，此人是把宝剑，有他去淳安，不说救斯民于水火，至少可以和严党那些人拼杀一阵！王爷，跟吏部说一声，立刻调这个海瑞去淳安。"

裕王也重重地点着头："此人是难得的人选，我可以跟吏部去说。"

"事情恐怕没有这么容易。"谭纶却轻轻地泼来一瓢冷水。

裕王和张居正都是一怔，连此时还静静地坐在那里的李妃都望向了谭纶。

张居正："有什么难处？教谕转知县是升职，莫非他还不愿来。"

谭纶："张大人这话在官场说得通，可在海瑞那里未必说得通。这个人我知道，自己愿做的事谁也挡不住，自己不愿做的事升官可引诱不了他。现在这个情形，以他的志向，叫他去淳安他应该会慷慨赴之。但有一个字，他越不过去。"

张居正："哪个字？"

谭纶："孝！"

这个字确实有分量。裕王、张居正和李妃都又怔在那里。

李妃望着谭纶："可不可以说仔细些。"

谭纶："这个海瑞是海南琼州人，四岁便没了父亲，家贫，全靠母亲纺织佣工把他带大。中秀才、中举人，慨然有澄清天下之志，就是科场不顺，中不了进士，那份志气也便

第五章

慢慢淡了。现在把那颗心都用在孝养母亲上。说来你们不信，都四十好几的人了，他一个月倒有二十几个夜间是伺候着老母睡在一室。"

"他没有娶妻吗？"李妃有些好奇，问道。

谭纶："王妃问的正是要紧的地方了。他海门三代单传，怎么能不娶妻？可到现在还只生了一个女儿。因此，要是叫他此时任淳安知县，很有可能便是壮士一去，风萧水寒！无论是奉养老母，还是为海门添嗣续后，'孝'之一道，他便都尽不了了。"

李妃、裕王和张居正都沉默了。

"写封信，连同吏部的调令一起送去，叫他移孝作忠！"张居正铿锵地说道。

裕王和李妃又都深深地望着谭纶。

谭纶出神地想了少顷："信可以写，能不能说动他，我可没底……"

"一起写，我来给你磨墨！"张居正边说着，边开始走到书案旁磨起墨来。

一时间大家都静了。谭纶开始在构思这封信的语句。张居正磨着墨显然也在打着腹稿。少顷，他把墨磨得浓浓的，便退到一边坐下。谭纶走了过来，提起笔一字一句地写着，一盏茶的工夫，信便写好了。他把信双手递给裕王，裕王与李妃一起看完后，相对点了点头，又交给了张居正。

"前半篇写得还行，最后的这段话写得没力，要改改。"张居正飞快地读完，对谭纶道，"这几句我来说，你重新写。"

裕王和李妃都望向了张居正，张居正开始踱起步来，语调铿锵地述道："公夙有澄清天下之志，拯救万民之心。然公四十尚未仕，抱璧向隅，天下果无识和氏者乎？其苍天有意使大器成于今日乎？今淳安数十万生民于水火中望公如大旱之望云霓，如孤儿之望父母！豺虎遍地，公之宝剑尚沉睡于鞘中，抑或宁断于猛兽之颈欤！公果殉国于浙，则公之母实为天下人之母！公之女实为天下人之女！孰云海门无后，公之香火，海门之姓字，必将绵延于庙堂而千秋万代不熄！"

"好！"裕王第一个大声赞了起来！

李妃两眼笑着，目光中却隐隐地显露出一个女人对男人才华的仰慕。

谭纶却已经写得满头大汗，终于写完了最后一个字，搁下笔站了起来："张太岳就是张太岳！你这一段话，和海瑞那道疏，堪称双星并耀。有这封信，我料海公必出！"说到这里又停住了，接着长叹了口气："就怕这把宝剑真断在淳安，我谭纶便也真要多一个母亲了……"

李妃："要真那样，就将他的母亲接到京里来，我们供养。"

素蓝的大裤腿下竟是一双女人的大脚！大脚实实踏着的石板旁边是一眼井台。

那老人紧握着一根麻绳，正在交替用力，将一桶水从深井里往上提。满满的一桶水提到了井口，她用一只手抓紧了绳，空出另一只手抓住了桶把，有些吃力，但依然稳稳地将那桶水从井口提过来，倒进了身旁一只空桶里。

老人又准备将吊桶升到井口去打另一桶水，一只男人的手伸过来，想接过吊桶。

"松开！"老人的声音不大，但显着威严。

那只男人的手慢慢松开了，一个四十开外的中年人温颜地站在那里。这时他手里还拿着一根两端带着铁链钩的扁担，眼神关切地盯着仍在提水的老人。见老人将吊桶里的水倒满了两只挑桶，提着扁担连忙走了过去，拿着铁钩便去钩挑桶上的木把。

"走开。"那老人仍旧低声而威严地说道。

中年男人只好把铁钩慢慢从木把上松了开来，说道："阿母，要责骂您老责骂就是。让儿子挑水吧。"

那老人没接言，她的两只手同时握住两桶水的木把一提，偌大的两桶水竟被她提起！健步向正房的大门走去。

那中年男人也不敢再说什么，只是空手拿着扁担一步步紧跟着老人走去。

蒸笼盖被揭开了，一大片白白的热气在厨房里腾漫开来。蒸笼里是满满的一个一个用荷叶包着蒸好的米粑。

站在灶旁边一个五六岁的小女孩眼睛亮了，张着嘴："阿母，好多粑粑。"

满头大汗的那个中年女人抹了一把脸上的汗，显出了那双透着忧郁的眼，她从蒸笼里拿出一个荷叶米粑在手掌里翻凉了凉，对那女孩："阿囡，阿爹要出远门，这是给阿爹路上吃的。阿囡要吃，明天阿母给你蒸。这一个给阿婆送去。"

那女孩咽了口唾沫，好懂事地点了点头。

女儿双手捧着荷叶米粑穿过院子，远远地看见那中年男人拿着扁担站立在门口，孩子便放慢了脚步，小心翼翼地走过去。

突然，屋内传来了好响的泼水洗地声，接着一片水珠从门口溅了出来。

女儿立刻站住了，怯生生地看着中年男人。

站在门口的中年男人也看见了女儿，立刻给她传来一个眼神，示意女儿过来。

孩子捧着荷叶米粑走过去了。走到门边，中年男人又向屋里示意地摆了下头。

女儿走到门口正中："阿婆，您老吃粑粑！"

屋里开始还是沉默，接着传来那老人的声音："什么粑粑？"

第五章

女儿:"荷叶米粑。阿母蒸了一笼子,说阿爹出远门,路上吃的。"

"谁说阿爹出远门!"那老人声音透着严厉。

孩子蒙住了,好久才小声答道:"阿母说的……"

那老人出现在门口,望着孩子:"阿囡,去告诉你阿母,就说阿婆还没死呢。"

中年男人听到这句话立刻在门口跪了下去。女儿也吓着了,跟着跪了下去。这时天渐渐要黑了。

——吏部的公文和谭纶的信是同时急递到的福建南平,直接交到了海瑞的手上。

从那天起,海母的脸就一直绷得紧紧的,一日内难得说上几句话,洗地的次数也比以前增加了。海瑞算了一下日子,如果要按期去浙江赴任,明天无论如何得启程了,可是……

天全黑了下来,上弦月若有若无地浮在南边的院墙上。墙面上爬着的青藤和墙脚下丛生的乱草中各种虫都鸣叫起来。

床上那块青色的包袱布还平摊开在那里,包袱布上叠着几套衣服几本书和一扎文稿。

豆粒般大的灯火旁,妻子坐在那里出神。

海瑞抱着女儿进来了,妻子连忙站起,接过女儿。

海瑞也不跟她说话,走到墙边那个大木柜前,卷起木柜上的一床印花薄被,又向门口走去。

"明天还走不走?"妻子在背后轻问道。

海瑞在门边也就略停了一下,还是没接言,走了出去。

这里就是海母的卧房。夹着薄被走到门边,海瑞先将鞋脱了,摆在门外,光着脚走了进去。

"嚓"的几点火星,海瑞手里的火绒点亮了小木桌上的油灯。接着他将夹着的薄被放在木桌边的单人睡榻上,然后向大床望去。

粗麻蚊帐依然挂着,海母蜷曲着身子面向里边,也没有盖东西,就那样躺着。

海瑞慢慢走了过去,轻轻拿起床头的薄被单覆盖在母亲身上,却没有盖她的脚,那双光着的老人的大脚依然露在被单外面。

海母依然一动没动。海瑞便在床边的凳子上静静地坐了下来。

院外起了微风,虫鸣声断断续续地传来。灯火前有了蚊虫在忽隐忽现地飞着。

海瑞拿起了蒲扇,便去给母亲的床上扇赶蚊虫,赶完了蚊虫,又去解蚊帐上的铜钩。

"不要放。"海母吭声了，依然面对着床里边。

"是。"海瑞又把帐子挂上了，拿着蒲扇轻轻地在床边扇着。

"我问你。"海母还是那样躺着。

"是。"海瑞答着。

从床里边的方向可以看见，海母两眼大大地睁着，望着帐墙："那封信说的意思，你再跟我说一遍。"

"是。"海瑞从怀中又掏出了那个信封，便要去掏信。

海母："我不听他们那些官话。你只把叫你去的那个地方的事跟我说。"

海瑞："是。阿母，您老知道我们这边的田是卖多少石谷一亩吗？"

海母："丰年五十石，歉年四十石……问这个干什么？"

海瑞："朝廷调儿子去浙江的那个淳安，现在的田只能卖到八石谷一亩了。"

海母："那里的田很多吗？"

海瑞："不是。有句话说浙江，七山二水一分田。指的就是山多水多田少。扯平了最多两个人也才有一亩田。"

海母："那为什么还卖田，卖得这么贱？"

海瑞："被逼的。"

"怎么逼的？"海母坐了起来。

海瑞连忙扶着母亲在床头靠坐好了，才接着说道："官府，还有那里的豪强。"

海母不说话了，两眼先是望着床的那头出神，接着慢慢望向了海瑞。

海瑞："朝廷为了补亏空，要把浙江的田都改种桑苗，好多出丝绸，多卖钱。宫里的织造局和浙江官府还有那里的丝绸大户认准是个发财的机会，就要把百姓的田都买了去，还想贱买。便串通了，趁着端午汛发大水，把河堤毁了，淹了两个县。百姓遭了灾，他们也不贷粮给他们度荒，就为逼着百姓卖田活命。"

海母："这么伤天理的事，朝廷就不管？"

海瑞沉默了。

海母盯着他："说呀。"

海瑞："说出来阿母会更担心了。"

海母："先说。"

海瑞的目光避开了母亲，望着下面："这些事朝廷都知道。"

海母震惊了，过了好久才又问道："是朝廷让他们这样做的？"

海瑞："是朝里掌权的人。说明了，就是严阁老那一党的人，只怕还牵涉着宫里的司

| 第五章 |

礼监。"

海母两眼睁得大大的，坐在那里想着。过了好一阵子，突然伸出一只手，在海瑞坐的床边摸着，像是要找什么东西。

海瑞握着母亲的手："阿母，您老要找什么？"

海母："信！"

海瑞连忙从怀中掏出谭纶的那封信，递给母亲。

海母拿着那封信，盯着封面出神地看着。小木桌上那盏油灯漫过来的光到了床头是那样散暗，她这就显然不像是在认上面的字，而是像要从这封信里面穿透进去，竭力找出那中间自己感觉到了却又不知就里的东西。

海瑞当然明白母亲此时的心情，低声说道："给儿子写信的这些人都是朝里的忠臣。调儿子去淳安当知县就是他们安排的。"

海母的目光仍然望着那封信："安排你去和那些人争？"

海瑞："是。"

"那么多大官不争，叫一个知县去争？"海母的目光从信上转向了海瑞。

海母平平实实的这句话，就像一把锋利的刀，从正中间将一团乱麻倏地劈成了两半，许多头绪立刻从刀锋过处露了出来！可再仔细去想，这一刀下去虽然一下子斩露出许多头绪，那一团乱麻不过是被斩分成了两团乱麻。头绪更多了，乱麻也就更乱了。海瑞不知道怎么回答母亲，默在那里。

海母："回答我。"

海瑞："回阿母，这里面有许多情形儿子现在也不是很清楚。"

"那你还答应他们去？"海母逼着问道。

海瑞："儿子想，正因为这样，几十万百姓才总得有一个人为他们说话，为他们做主！"

海母："他们为什么挑你去？"

海瑞："他们认准了儿子。认准儿子会为了百姓跟那些人争！"

这下轮到海母沉默了。

海瑞也沉默在那里。

门外院子里的虫子这时竟也不叫了，隐隐约约地便传来了侧屋那边海瑞妻子哄女儿睡觉的吟唱声："日头要歇了，歇得吗？歇得的（音di）……月光要歇了，歇得吗？歇得的……阿囝要歇了，歇得吗？歇得的……阿母要歇了，歇得吗？歇不得……"

海母不禁将手慢慢伸了过来，海瑞立刻将自己的手递了过去。母亲的手一下子将儿子的手握紧了。

妻子的吟唱声还在传来，带着淡淡的忧伤："阿母要歇了，日头就不亮了，月光也不亮了……"

"是呀……世上做阿母的几个命不苦啊……"海母失神地望着那盏灯喃喃地说道。

"阿母！"海瑞立刻把母亲的手握紧了。

海母："去，挑担水来。"

海瑞转身出了屋，少顷，挑担水进来。他脱下了身上的长衫，穿着短褂，裤腿也卷了起来，光着脚，用木瓢舀起桶里的水向砖地上细细地泼去。

海母光着那双大脚从床上下来了，走到儿子面前："阿母来泼，你洗。"

海瑞停在那里沉默了片刻，才慢慢把瓢捧给母亲。

海母一瓢一瓢地从桶中舀出水，又一瓢一瓢地向砖地依次泼去。

海瑞拿起了那把用棕叶扎成的扫帚，跟着母亲，扫着地上的泼水。

桌上的灯光，门外洒进来的月光，照着砖地上的水流，照向母亲和儿子那两双光着的脚。

"长这么大了，你知道自己哪里像阿母吗？"海母一边泼着水一边问着。

海瑞："儿子的一切都是阿母给的。"

海母："我问你什么像阿母。"

海瑞不接言了，默默地扫着地上的水流。

"就是这双脚。"海母说道，"郎中说过，冬月天都怕热的脚是火脚，心火旺，脾气不好。这一点你真像阿母。"

海瑞："儿子知道，我们海家的祖先信的就是明教，本就是一团火，烧了自己，热的是别人。"

海母："听说大明朝的太祖皇帝得天下的时候信的也是明教，这才把国号叫作大明，是不是这样？"

海瑞："是这样。"

海母："可现在的皇上怎么就不像太祖呢？"

这话海瑞可无法接言了，只好低着头扫着水。

"可以了。"海母停住了泼水。

海瑞："那您老就上床歇着。儿子收拾完了，再陪阿母在这里睡。"

海母叹了口气："今天把阿囡抱来，阿母带阿囡睡。"

海瑞低下了头，默默地站在那里。

| 第五章 |

海母："老天爷是有眼睛的，应该会给我海家留个后……"

离天亮还有一段时刻，这个时候满天的星星便格外耀眼。
院子里三个人都站着，这一刻谁都没有说话。
海瑞左手提着那个布包袱和一把雨伞，右手提着装满了荷叶米粑的那个竹屉笼，深深地望着母亲。
妻子也默默地站在海母的身边，两眼却望着地。
"阿母，儿子要走了。"海瑞这样说着，却还是站在那里。
海母望着儿子。
妻子这时才抬起了头，望向丈夫。
海瑞这也才望向妻子："孝顺婆母。"
妻子点了点头。
海瑞又沉默了片刻，终于将手里的东西搁在地上，跪了下去，向母亲叩下头去。
妻子也跟着在婆婆身边陪跪了下去。
海瑞深深地拜了三拜，抬起头时，母亲的背影已经走到了正屋的门中。
海瑞愣跪在那里，眼中隐隐闪出了泪光。
妻子这时也还跪在那里，满眼的泪，哽咽道："还看看阿囡吗？"
海瑞摇了摇头，两手拎着行李站了起来，转过身向院子侧面那道小门走去。
"阿爹。"女儿这一声在寂静的夜院里怯生生地传来，就像一个什么东西又突然把走到小门边的海瑞揪住了！
海瑞倏地回过了头，看见女儿弱小的身影在正屋门口出现了。
海瑞又转过了身来，女儿这时向他颠跑着过来。
海瑞立刻放下了手中的行李，蹲了下来，抱住了扑到怀里的女儿。
女儿抽噎着："阿爹来接阿囡……"
"会的。阿爹会来接阿囡。"海瑞轻声说着，一手搂着女儿，一只手揭开了身边的屉笼，拿出了一个荷叶米粑，塞到女儿的手里。
女儿抽泣着："阿爹出远门，阿囡不要……"
"阿爹给的，阿囡要接的。"妻子这时过来了，抱过了女儿。
海瑞又慢慢提起了行李，望了望被妻子紧紧抱着的女儿，毅然转过身，走出了那道小门。

大明王朝
—— 1566 ——

  从北京赴任杭州的高翰文却是另一番光景。前面是四骑护驾的兵，后面也有四骑护驾的兵，马车两旁还有两骑随从，此行便显得十分煊赫！按规制，杭州知府上任用这样的排场，便是僭越。可这是严世蕃的安排，在外人看来也就是内阁的安排，一路上奔越数省，各驿站更换好马，人尚未到浙江，声势已足以宣示朝廷改稻为桑的决心压倒一切！

  马车内的高翰文却是一路心潮汹涌。中进士点翰林不到四年，便膺此重任。平生以孟子王者师学为圭臬，追求的也正是这般驷马风尘、经营八表的快意人生。严世蕃的重用让他有了施展抱负的机会，但严府毕竟不被理学清流所看好，自己此行在清誉上便有了诟病。改稻为桑的国策要推行，几十万灾民要赈抚，如何两全，连一向以干练著称的胡宗宪都一筹莫展，自己这一去能否成此两难之功，心中实是没底。极言之，这一次就算推行了改稻为桑的国策，倘若引起民怨，朝野如何看他，毁誉也实在难料。但翰林院那种清苦毕竟难挨，储才养望本就为了施展，水里火里挣出来便不枉此生。因此一路上更不停留，日夜兼程。其时又正当五月下旬，骄阳高照，他干脆命人把车轿上的顶也卸了，门帘窗帘也取了，以符风餐露宿之意。跑快了有时候还站了起来，凭轼而立。车风扑面，衣袂飘飘，悲壮踌躇，总是千古之感！

  马队就这样跑着，高翰文也好长一段路程一任颠簸神在身外，突然感觉到车慢了下来，衣袂也就不飘了。定神一看，原来是一处驿站到了。

  "歇歇吧。"高翰文吩咐道。

  可前驾的四匹马刚走进这个驿站的大门便都停在了那里。

  这是个县驿，院子本就不大，这时里面已经散落了十几匹马，一些亲兵正在给那些马喂水添料刷洗皮毛，里面也就没有了空地，高翰文的马队挤不进来了。

  "怎么回事？"高翰文的随从走了进来，大声问道。

  先前进来的四骑兵也没搭话，只是示意他看眼前的情形。

  那随从向那些正在忙着的亲兵："京里来的，你们谁接站？"

  那些亲兵该喂水喂料的还在喂水喂料，该刷洗毛皮的还在刷洗毛皮，竟无人理他。

  那随从提高了声调："有人接站吗？"

  高翰文这时也走了进来。

  见到他，马厩里一个驿卒才苦着脸走了过来："见过大人。"

  高翰文的随从："我们是京里来的，去杭州赴任，怎么没人接站？"

  那驿卒一张脸还是苦着："大人们都看到了，前拨到的马我们都没有料喂了，这不，连我们的口粮都拿了喂马了。"

  高翰文一行人朝院子地上的马槽望去，马槽里果然盛着黄豆小米，却又不多，那些马

第五章

正在抢着嚼吃。

那随从却不管这些："我们的马总不成饿着赶路。"

那驿卒："那贵驾就去同他们商量吧，看他们愿不愿让些料。"

高翰文接言了："他们是谁的马队？"

那驿卒显然有些使坏："小人哪敢问，看阵势好像比二品还大些。"

那随从一怔："是不是胡总督的人马？"

那驿卒："大约是吧。"

"我们走。"高翰文说了这句，转身便走。

"请问是不是高府台高大人？"一个声音这时在后面叫住了他。

高翰文停住了，慢慢又回过身来。

胡宗宪的亲兵队长向他走来了。

亲兵队长："请问是不是新任杭州知府高大人？"

高翰文望着他，过了一阵才答道："我就是。"

那亲兵队长："我们大人在这里等高大人有好一阵子了，请高大人随我来。"说着便摆出一副领路的样子。

高翰文本不想见他，可胡宗宪毕竟是浙直总督，现在公然来请了，犹豫了一下，也只好跟着亲兵队长向里面走去。

驿站的正房里，胡宗宪好像是病了，闭着眼靠躺在椅子上，额头上还敷着一块湿手帕。

亲兵队长快步走了过去，轻轻揭开他额上的手帕，轻声禀道："部堂，高大人来了。"

胡宗宪慢慢睁开了眼，望着站在门口的高翰文，点了点头，手一伸："请坐。"

高翰文仍站在那里："请问是不是胡部堂胡大人？"

胡宗宪："鄙人就是。"

高翰文立刻深揖了下去："久仰。属下高翰文。"

胡宗宪："请坐吧。"

高翰文只得走到旁边的椅子上坐了下来。

胡宗宪望向了他："我虽然还是浙直总督，但按规制，你归浙江巡抚直管，我们之间没有差使授派。我今天见你，只是为了浙江，为了朝廷。"

高翰文没有看他，低头接道："部堂大人有话请说。"

胡宗宪这时却望向了亲兵队长："把我们的马料分一些给高府台的马队。"

"是。"亲兵队长走了出去。

胡宗宪这才又转向高翰文："高府台知不知道，淳安和建德一共有多少灾民，到今天为止，浙江官仓里还有多少粮，照每人每天四两发赈，还能发多少天？"

高翰文答道："淳安的灾民是二十九万，建德的灾民是十四万。发灾以前官仓里有二十万石粮。四十三万灾民，每人每天按三两赈灾，每天是七千石。现在二十天过去了，官仓里剩下的粮约有五万石，最多还能发放十天。"

胡宗宪点了点头："你还是有心人。十天以后，你打算怎么办？"

高翰文慢慢抬起了头，望向胡宗宪："部堂大人是在指责属下？"

胡宗宪没有接言，只是望着他。

高翰文："'以改兼赈，两难自解'的奏议是属下提出来的。十天以后当然是让那些有钱有粮的人拿出粮来买灾民的田，灾情解了，改稻为桑的国策再责成那些买了田的大户去完成，于情于理于势，眼下都只有这样做。"

胡宗宪："那么高府台准备让那些有钱有粮的人拿多少粮来买百姓的田？"

高翰文一怔，接着答道："千年田，八百主。买田历来都有公价，这似乎不应该官府过问。"

胡宗宪："十天过后，赈灾粮断了，灾民没有了饭吃，买田的人压低田价，官府过不过问？"

高翰文先是一愣，接着答道："天理国法俱在，真要那样，官府当然要过问！"

胡宗宪："哪个官府？是你杭州知府衙门，还是巡抚衙门、藩臬衙门？"

高翰文慢慢有些明白胡宗宪的话中之意了："部堂大人的意思是浙江官府会纵容买田的大户趁灾情压低田价？"

胡宗宪深深地望着他："要真是这样，你怎么办？"

高翰文沉默了，许久才又抬起了头："属下会据理力争。"

胡宗宪："怎么争？"

高翰文又被问住了，望着胡宗宪。

胡宗宪："那时候，你既不能去抄大户的家把他们的粮食拿给灾民，也不能劝说灾民忍痛把田贱卖出去。两边都不能用兵，灾民要是群起闹事，浙江立刻就乱了。你在朝廷提的那个'以改兼赈，两难自解'的奏议就成了致乱之源！高府台，这恐怕不是你提这个奏议的初衷吧？"

高翰文这才震撼了，问道："我该怎样去争，请部堂明示。"

胡宗宪："'以改兼赈'的方略是你提出来的，你有解释之权。第一，不能让那些大

| 第五章 |

户低于三十石稻谷的价买灾民的田。这样一来，淳安、建德两县百姓的田就不会全被他们买去。譬如一个家三兄弟，有一个人卖了田，就可以把卖田的谷子借给另外两个兄弟度过荒年。到了明年，三分有二的百姓还是有田可耕，淳安和建德就不会乱。"

高翰文深深地点了点头，接着问道："那今年要改三十万匹丝绸的桑田数量便不够。请问部堂，如何解决？"

胡宗宪叹了口气："这条国策本就是剜肉补疮。可现在不施行也很难了。这就是第二，让那些大户分散到没有受灾的县份去买，按五十石稻谷一亩买。几十万亩桑田尽量分到各县去改，浙江也就不会乱。"

高翰文："他们不愿呢？"

胡宗宪："你就可以以钦史的名义上奏！让朝廷拿主意，不要自己拿主意。"

高翰文又怔住了，望着胡宗宪。

胡宗宪："我不会让你一个人去争。你去浙江，我会先去苏州，找应天巡抚赵贞吉借粮。十天以内，我会借来粮食，让你去争田价。还有，新任的淳安知县海瑞和建德知县王用汲，这两个人能够帮你，你要重用他们。"

高翰文此时已是心绪纷纭，望着胡宗宪，许久才吐出一句话："部堂，属下有句话不知当问不当问？"

胡宗宪："请说。"

高翰文："这些事部堂为何不跟皇上明言？"

胡宗宪苦笑了一下："事未经历不知难。有些事以后你会慢慢明白的。"说到这里他望了望门外的天色，扶着躺椅站了起来："现在是午时末，到下一个驿站还有八十里。赶路吧。"

高翰文一改初见时的戒备，退后一步跪了下去，磕了个头："部堂保重。"说完站起，大步走了出去。

目送着高翰文出去，胡宗宪突然觉得眼前一黑，便有些站不稳了，伸手想去扶背后的躺椅却没有扶住，一下便坐在地上。

"部堂！"门外的亲兵队长急忙跑了进来，跪下一条腿搀住他。

"不要动他！"从里间侧门里谭纶现身了，也急忙奔到胡宗宪身边，从另一边搀住胡宗宪。

谭纶对亲兵队长："快去，找郎中！"

亲兵队长："是。"快步奔了出去。

胡宗宪的眼慢慢睁开了，挣扎着便要站起。谭纶费力搀着他站了起来，又扶他到椅子上靠下。

谭纶："到苏州也就三四天的路程了。实在不行，就先在这里歇养两天。"

胡宗宪："十天之内粮食运不到浙江，我今天就白见高翰文了。"

谭纶："你真以为跟高翰文说这些话有用吗？"

胡宗宪望向谭纶："那你们举荐海瑞和王用汲去浙江有用吗？"

谭纶一愣，知道胡宗宪这是在指责自己跟裕王诸人商量派海瑞和王用汲出任淳安和建德知县的事一直瞒着他。

胡宗宪："官场之中无朋友啊。"

"汝贞。"谭纶脸一红，"派海瑞和王用汲到两个县的事不是我有意要瞒你……"

"我当初就说过，你谭纶来与不来我都会这样做。今天还是那句话，你们瞒不瞒我我都会这样做。"说着，胡宗宪撑着扶手又站了起来，"有了我今天跟高翰文这番交谈，你们举荐的那个海瑞和王用汲或许能跟那些人争拼一番。给我找辆马车，走吧。"

湖光山色，风月斯人。傍晚的杭州街上，更是人境如画。牵着那头大青骡走在这样的地方，海瑞便显得有些格格不入。

大青骡的背上驮着包袱竹笼，牵着缰绳的海瑞背上挂着斗笠，溅满了泥土的长衫，一角还掖在腰带上，显眼地露出那双穿着草鞋的光脚。那双脚平实地踏在青石街面上，走骡的四蹄疲累地踏在青石街面上，浙江巡抚衙门的辕门遥遥在望了。

从高大的辕门往里望去，是一根高大的旗杆，再往前，便是偌大的中门。从里面遥遥透出的灯火一直亮到大门外，亮到门楣上那块红底金字的大匾：浙江巡抚署。

巡抚定制为各省最高行政长官，是在明朝宣德以后，品级略低于总督，但一省的实权实际在巡抚手里，因此衙门的规制和总督等。高檐、大门、八字墙、旗杆大坪，都是封疆的气象。今天晚上这里的这种气象更是显耀，中门里外一直到大坪到辕门都站满了军士，大坪里还摆满了四品以上官员的轿子，灯笼火把，一片光明。这是郑泌昌接任浙江巡抚后在这里召开的第一次会议。接到前站滚单来报，新任杭州知府高翰文今天将从北京赶到，郑泌昌立刻通知了有关藩、臬、司、道衙门一律与会。他要连夜部署朝廷"以改兼赈"的方略，在一个月内完成五十万亩田的改稻为桑。

因此从下午申时开始，巡抚衙门前就已经戒严，闲杂人等一律赶开了，这一段时间辕门前一直到那条街都安静异常，店铺关门，无人走动。等着高翰文一到，立即议事。这时，海瑞和他的那头走骡走近辕门便格外打眼。

"站了！"守辕门的队官立刻走了过去，喝住了他，"什么人？没看见这是巡抚辕门

第五章

吗！"

海瑞站住了，从衣襟里掏出吏部的官牒文凭，递了过去。

那队官显然不太识字，却认识官牒上那方朱红的吏部大印，态度便好了些："哪个衙门的？"

海瑞："淳安知县。"

那队官又打量了一下海瑞，接着向大门那边喊问道："你们谁知道，淳安知县今晚通知到会吗？"

大门外一个书办模样的人应道："让他进来吧！"

那队官便把官牒还给了海瑞："进去吧。哎，这头骡子可不能进去。"

海瑞也看了看他，接着把缰绳往他手里一递，大步走了过去。

那队官："哎！你这骡子给我干什么？！"

海瑞已经走进了大门！

——这一年是大明嘉靖四十年，亦即公元1561年，海瑞出任浙江淳安知县。从踏进杭州，步入巡抚衙门报到这一刻起，便开始了他一生向大明朝腐败势力全面宣战的不归之路！

第六章

衙门大了，门房也分左右，虽然都是让候见的人休息的，品级却有区别。海瑞进了大门，便被那书办领进了右边的门房，是一间只有挨墙两排长条凳的房子。

那书办："先在这里坐坐，什么时候上头叫你们进去，我会来通知。"说完便又走了出去。

这间房也有灯，却不甚亮，海瑞从灯火通明的外面进来，坐下后才发现，里边已经坐了一个人。

那人先站起了，端详着海瑞："幸会。在下王用汲，新任建德知县。"

海瑞也连忙站了起来："幸会。在下海瑞，新任淳安知县。"

那王用汲眼睛亮了："久仰！果然是刚峰兄，海笔架！"

海瑞："不敢。王兄台甫？"

王用汲："贱字润莲。谭纶谭子理和我是同科好友。"

海瑞也立刻生出了好感："润莲兄也是谭子理举荐的吧？"

王用汲："什么举荐？我在昆山做知县，怎么说也算是个好缺。谭子理不放过我，把我弄到这里来了。"

海瑞："事先没征问润莲兄？"

王用汲："谭纶那张嘴刚峰兄也知道，一番劝说，由不得你不来。"

海瑞肃然起敬："润莲兄愿意从昆山调任建德，是建德百姓之福。"

王用汲也肃然了："淳安更难。刚峰兄在前面走，我尽力跟吧。"说到这里他才发现海瑞一身的风尘："刚峰兄刚到？"

海瑞："赶了五天，天黑前进的城。"

王用汲："还没吃饭？"

第六章

海瑞点了点头。

"我去问问，能不能弄点儿吃的。"王用汲说着就走。

"这是什么地方？不要找他们。"海瑞止住了他，接着从身上掏出一个已经干了的荷叶米粑，"我带得有。"

王用汲看着他剥开了粑上的荷叶，大口吞咽着已经干了的米粑，眼神中露出了"见面胜似闻名"的神色，就立刻去东墙边的小木桌上提起一把粗瓷壶，给他倒水。

那壶却是空的。

高翰文的马队这时也赶到了。远远的，看见辕门内那番气派，高翰文叫住了马队，从马车上下来，对一行护从："留两个人在这里等着，其他的人都去知府衙门吧。"说着，一人徒步向辕门走去。

把守辕门的那个队官大概已经摸清了今天这个会的路数，因此看见穿着便服走过来的高翰文，便不再喝他，径直问道："哪个县的？"

高翰文掏出一张官牒递给了他，那队官揭开看了一眼方红大印就还给了他："进去吧。"

高翰文也不言语，收好官牒向大门走去。

走进大门，竟无人接待，高翰文又停住了。只见那个书办在右边门房口不耐烦地对拎着空壶的王用汲嚷道："我说了，各人有各人的差。要喝水，待会儿到了大堂议事的时候，茶都有得喝。"

高翰文走了过去："请问……"

"哪个县的？"那书办乜了一眼，打断了他。

高翰文眼中闪过一道厌恶的神色，立刻又忍住了，问道："县里来的都在这儿等吗？"

那书办："是。进去坐着吧。"

高翰文："淳安和建德两县到了吗？"

"这个不是？"那书办望了一眼拎着空壶的王用汲，答着就走。

王用汲望向了高翰文，准备跟他叙礼，高翰文却朝着那书办："劳驾。"

那书办停住了。

高翰文："能不能给打一壶茶？"

那书办白了他一眼："我说你们这些人……"

高翰文一把从腰间扯下了一块玉佩，向他递去。

那书办眼睛停在了那块玉上，接着又望向高翰文，脸色立刻好看了："实在是太忙。"说着先从高翰文手里抓过玉佩，接着从王用汲手里拎过茶壶："稍候吧。"拎着壶捏紧了那块玉佩向里面走去。

王用汲这才向高翰文一拱："在下王用汲，新任建德知县。请问阁下……"

高翰文："里边去叙。"说着先走进了门房。

王用汲跟了进去。

"我是谁无关紧要。"高翰文手一摆，"倒是二位担子重啊。一个县全淹了，一个县淹了一半。不知二位对朝廷'以改兼赈，两难自解'的方略怎么看，准备怎么施行？"

海瑞竟不看他，依然坐在那里一口一口慢慢嚼咽着干了的粑粑。

王用汲看了看高翰文："难。"

高翰文："难在哪里？我想听听。"

王用汲其实也是心里极明白的人，见他这种做派、这般问话，早已猜着此人极可能就是新来的上司高翰文，但他既不愿暴露身份，自己便不好唐突，便把目光望向了海瑞。

海瑞这时接言了："阁下这个话应该去问新任的杭州知府。"

话里有话。高翰文心里震了一下，望向了海瑞。

王用汲也是一怔，盯着海瑞，目光里满是制止的神色。

海瑞并不理会王用汲的意思，把还剩下一半的荷叶米粑往凳上一放，站了起来，接着说道："听说这个'以改兼赈'的方略就是新任杭州知府向朝廷提出的。按这个方略去做，淳安、建德两个县的百姓把田都贱卖了，改稻为桑也就成了。那时候该发财的发了财，该升官的升了官。到了明年，老百姓都没有了田，全都饿死，我们两个知县也就可以走了。不知道新任的知府大人说的'两难自解'指的是不是这个结果？"说到这里海瑞目光一转望向了高翰文。

高翰文又是一怔。

王用汲把目光望向了地面。

高翰文紧紧地盯着海瑞，这个新任的淳安知县是不是认出了自己的身份姑且不说，但对自己提出的方略态度如此激烈，倒有些出他意外，问道："阁下以为'以改兼赈'的方略就会让两个县的百姓都饿死吗？"

海瑞："今年当然不会。那些大户早准备了粮，八石一亩，最多十石一亩，灾民卖了田怎么也能对付个一年半载。"

高翰文："阁下怎么知道官府就会让那些大户用八石十石一亩买灾民的田？"

海瑞："这正是我要阁下去问新任知府大人的地方。'改'字当头，官府不贷粮，锅

第六章

里没有米,如果那位新任的杭州知府大人是灾民,那个时候八石一亩十石一亩他卖还是不卖?"

这话和胡宗宪说的话如出一辙,高翰文望着海瑞不吭声了。

最尴尬的是王用汲,对海瑞此时以如此激烈的言辞冒犯上司十分担心,可这时去给上司叙礼不是,如何插言也不是,只好怔怔地望着二人。

三个人便都僵在那里。

正在这时,那书办拎着一壶茶进来了,也没在意三人都站着,倒挺客气,还带了三个干净的瓷杯,放在桌上,一边倒茶,一边说道:"几位也不要见怪,衙门大了,人都养懒了。你说这么多老爷来了,厨房茶房还在打牌,问茶叶还叫我自己去找。好在我随身带了一包今年新出的龙井,嫩叶雀舌,也算上品了。几位在底下当差也不容易,喝吧。"倒完茶说完话,这才发现三个人依然站在那里,便有些诧异,望了望这个,又望了望那个。

"这茶不干净。"海瑞看也不看他,"我不喝。"说着径自坐了下去,拿起凳上那半个尚未吃完的荷叶米粑又吃了起来。

那书办一愣,当下便把几个人站着的尴尬情形想到了自己身上,立刻瞪着海瑞:"我说你这个人是来当官的还是来找别扭的?看清楚了,这可是巡抚衙门!"

海瑞抬起了头,冷冷地盯着那书办:"巡抚衙门喝杯茶也要行贿受贿吗?"

那书办被他说得一噎:"你……"

高翰文:"他不是找你的别扭,你出去吧。"

这时,一名随员在门口出现了,问那书办:"那个高知府到了没有?"

那书办终于有个台阶可下了,犹自向海瑞嘟哝了一句:"莫名其妙。"立刻转身向门口走去,对那随员:"我现在就去问。"

"不用去问了。"高翰文大声接道,"我就是。"

那书办的脚一下子又被钉住了,僵在那里。

那随员连忙走进门来:"高大人原来早到了,快请,堂上都等着呢。"

高翰文对那随员:"烦请通报堂上,我们马上就到。"

那随员:"好。请快点,等久了。"说着疾步走了出去。

高翰文这才又慢慢转向海瑞和王用汲。

王用汲两手拱到了胸前,高翰文伸手止住了他:"二位知不知道我是谁都无关紧要。倒是海知县刚才说,'以改兼赈'的方略会不会让两个县的百姓难以维持生计,这一点至关重要。只望二位这一点爱民之心到了堂上仍然坚持便好。请吧。"说着大步走了出去。

王用汲望向了海瑞,海瑞也望向了他。

愣在那里的书办这时倒先明白过来了，从衣袖里掏出那块玉佩，连忙跟了出去。

海瑞这才慢慢站了起来。

王用汲："刚峰兄，事情得靠我们去做，但也不要太急。"

海瑞："润莲兄，如果淳安、建德的百姓活不下去，你和我还能活着走出浙江吗？"说完也大步走了出去。

王用汲的脸色立刻凝重了，紧跟着走了出去。

左右两排案桌，巡抚衙门大堂上坐满了红袍紫袍。也是等得太久了，有些人便不耐烦，种种无聊的情状就都露了出来。有两个坐在同案的官员正在把玩着一只官窑细瓷的鸡缸杯；有两个同案的官员更是不可理喻，竟在案上摊开一张新抄来的昆曲谱，用手指在案面上轻敲着板眼，同声哼唱。

郑泌昌坐在正中的大案前，他倒是好耐性，闭着眼不闻不问在那里养神。

"哎！哎！"坐在左边案桌第一位的何茂才焦躁了，眼睛盯向了下首那几个案子前的官员，"你们有点官样好不好？这里可不是唱堂会玩古董的地方！"

那两个唱昆曲的官员停止了敲唱，一人收起了曲谱，另一人也把手从案面上收了回来。

另两位把玩鸡缸杯的官员也收起了杯子。

刚才还很热闹的场景，一下子又死一般的沉寂了。

"真是！"何茂才又甩了一句官腔，接着对下面那几个官员，"听说淳安和建德有些刁民煽动百姓不肯卖田，各户还凑了些蚕丝绢帛四处买粮，这些事你们都管了没有？"

一个刚才还在玩鸡缸杯的官员答道："都安排人手盯住了。好像有十几条船在漕河上等着买粮，正在谈价。明天等他们运粮的时候河道衙门就把粮船扣住。"

"粮市要管住。"郑泌昌睁开了眼，"所有的粮都要用在改稻为桑上面。再有私自买粮卖粮的以扰乱国策罪抓起来。"

那个官员："明白。属下明天就扣粮抓人。"

"这才是正经。"何茂才说了这句，去门外问讯的那名随员匆匆进来了，在何茂才耳边低声禀报。

"到了。翰林大老爷终于到了。"何茂才望向郑泌昌不耐烦地嚷道。

说话间，高翰文走了进来，身后跟着的海瑞和王用汲在门口站住了。

郑泌昌率先站起来，何茂才以下那些官员不得不都懒懒地站了起来。

高翰文也就向郑泌昌一揖："王命下，不俟驾而行。紧赶慢赶还是让各位大人久等

第六章

了。"

郑泌昌笑着:"一个月的路程十五天赶来,高大人的辛苦可想而知。快,请坐。"

他的位子居然安排在何茂才对面的第一位,这就显然是职低位高了。郑泌昌如此安排,用意很明显,一是因为这个人是严世蕃举荐来的,尊他就是尊严世蕃;更重要的是"以改兼赈,两难自解"的方略是他提出的,如何让他认可浙江官府和织造局定下的议案至关重要,笼络好了,一声令下,买田卖田雷厉风行,一个月内事情也就成了。可按官场规矩,高翰文这时便应自己谦让,说些不敢之类的话,然后大家再捧他一下,见面礼一完,让他在定下的议案上签了字,明天开始行事。

可高翰文居然没谦让,而且对何茂才以下那些人不但不行礼,连看也不看一眼,便坦然走到那个位子前坐了下来。何茂才以下的那些官员脸色便有些难看了,但还是都忍着,只要他认定议案,照着去做。

高翰文一坐下,依然站在门内的海瑞和王用汲便真的像笔架叠在那里格外打眼。

高翰文又站了起来,对郑泌昌:"中丞大人,两个知县还没有设座呢。"

何茂才这时不耐烦了:"省里议事从来没有知县与会的先例。定下了让他们干就是。"说到这里径自乜向二人:"你们下去。"

王用汲的腿动了,准备退下去,可是当他不经意望海瑞的时候不禁一惊,便又站住了。

海瑞这时仍然直直地站在那里,两眼直视何茂才。

何茂才也是不经意间看到了海瑞投向自己的那两道目光,不禁一凛——那两道目光在灯笼光的照耀下像点了漆,闪出两点精光,比灯笼光还亮!

今天是怎么回事?等来的一个知府跟省府抗礼,现在一个上不了堂的县令居然也向上司们透出逼人的寒气!这种无形的气势何茂才感觉到了,郑泌昌和其他人也感觉到了。

但毕竟职位在,何况是掌刑名的,何茂才立刻摆出了威煞:"我说的话你们听见没有?"

高翰文立刻又把话接了过去:"淳安全县被淹,建德半县被淹,几十万灾民,还要改稻为桑,事情要他们去做,就该让他们知道怎样去做。属下以为应该让两个知县参与议事。"

何茂才的那口气一下涌到了嗓子眼,转过头要对高翰文发作了,却突然看见了郑泌昌投来的目光。

郑泌昌用目光止住了他,接着向下面大声说道:"给两位知县设座、看茶!"

立刻有随员在门外拿着两条板凳进来了,左边的末座摆一条,右边的末座摆一条。

海瑞在左边坐下了，王用汲在右边坐下。

紧接着，门房那个书办托着一个茶盘进来，快步走到了坐在左边上首的高翰文面前，将茶盘一举——三个茶碗摆得有些意思，朝着高翰文的是一个茶碗，朝着那书办这边的是两个茶碗。

高翰文端起了自己这边那个茶碗，想放到案桌上，可面前那个茶盘依然没有移开，他这才发现，自己端开的那个茶碗下赫然摆着他的那块玉佩！

高翰文嘴角边掠过一丝浅笑，伸出另一只手，顺势拿起那块玉佩，接着双手捧着那只茶碗，拿玉的举动在旁人看来便变成了双手捧碗的姿态。

那书办眼露感激，尴尬一笑，这才又托着茶盘走到海瑞面前，却不再举盘而是直接用手端起茶碗放在他板凳的一端，又走到王用汲面前，端起茶碗放在板凳的一端，退了出去。

高翰文这时才坐了下来。

郑泌昌接着轻咳了一声，说道："议事吧。"

忙乱了一阵的大堂立刻安静了下来。

郑泌昌望向了高翰文："浙江的事高府台在京里都知道了。你给朝廷提的那个'以改兼赈，两难自解'的方略，内阁也早用廷寄通告了我们。自本人以下，浙江的同僚都是好生佩服。根据高府台提的这个方略，我们谋划了好些日子，总算拿出了一个议案。下面你把议案看看，没有别的异议，我们明天就按议案施行。"说到这里对站在身边的书吏："把议案给高府台，还有两位知县过目。"

书吏立刻从郑泌昌的案上拿起三份议案，先走到高翰文面前递了过去。

高翰文接过了议案。

那书吏又走到海瑞面前递过一份议案，接着走过去递给王用汲一份议案。

高翰文、海瑞、王用汲三人都认真看了起来。

郑泌昌凝神正坐，其他官员也都眼望案面凝神正坐。所有的人都在等这一刻，等这个新来的知府认可了议案，便叫两个县当场接令。

所谓议案，其实就是决定，六条二百余字，三个人几乎是同时，很快就看完了。

海瑞第一个站了起来。

所有的目光也就立刻望向了他。

没等海瑞开口，高翰文紧接着站了起来，望向海瑞："海知县，你先坐下。"

海瑞也望向了他，发现高翰文目光中是那种善意劝止的神色，略想了想，便又慢慢坐下了。

| 第六章 |

　　高翰文转过了头，望向了郑泌昌。
　　郑泌昌这时也深望着他："高府台，没有异议吧？"
　　"有！"高翰文声音不大，却使得大堂上所有的人都一怔。
　　所有的目光都望向了他，大堂里十分安静。
　　接着，高翰文几乎是一字一顿："这个议案和朝廷'以改兼赈，两难自解'的方略不符！"
　　郑泌昌的脸色第一个变了。
　　何茂才还有浙江那些官员的脸色都变了。
　　王用汲的眼睛一亮，立刻望向了海瑞。
　　海瑞这时眼中也闪着光，特别的亮。
　　"哪儿不符？！"郑泌昌虽然压着声调，但语气已显出了严厉。
　　高翰文提高了声音："这个议案只有方略的前四个字，没有后四个字。"
　　何茂才已经忍不住了，大声接道："这里不是翰林院，把话说明白些。"
　　"好。那我就说明白些。"高翰文调整了语速，论述了起来，"就在不久前，也有人问过我，提出'以改兼赈，两难自解'这个方略，想没想过稻田改了，今年灾民的荒情也似乎度过了，可到了明年，淳安、建德两县的百姓田土都贱卖了，还要不要活？"说到这里他的目光望向了海瑞。
　　海瑞这时也正深深地望着他。
　　高翰文目光一转："当时我心里也不痛快。千年田，八百主，没有不变的田地，也没有不变的主人。让有钱的人拿出粮来买灾民的田，然后改种桑苗，既推行了国策，又赈济了灾民。国计民生兼则两全，偏则俱废，这就是我提出'以改兼赈，两难自解'的初衷。"说到这里，他声调一转，高亢起来："可看了这个议案，我有些明白了。照这个议案施行，淳安、建德的百姓明年就无以为生！因这个议案通篇说的是如何让丝绸大户赶快把田买了，赶快改种桑苗。至于那些买田的大户会不会趁灾压低田价，那些卖田的百姓卖了田以后能不能过日子，这里是一字无有。请问中丞大人还有诸位大人，倘若真出现了买田大户压低田价，十石一亩，八石一亩，百姓卖还是不卖？官府管还是不管？如果不管，鄙人在朝廷提出的'两难自解'，便只解了国计之难，反添了民生之难！且将酿出新的致乱之源，便不是'两难自解'。"
　　郑泌昌、何茂才以及在座的浙江官员都愣住了。
　　海瑞和王用汲对换了一个兴奋的目光，接着把目光都望向了高翰文，有赞赏，更多的是支持。

高翰文这时却不看他们，对郑泌昌郑重说道："因此，属下认为，这个议案要请中丞大人和诸位大人重新议定！"说到这里他坐了下去。

大堂里一片沉寂。

郑泌昌着实没有想到这个高翰文一上来居然会如此高谈宏论，公然跟自己，其实也就是跟浙江的官场叫板。这样的事本是万万不能容忍的，可偏偏'以改兼赈'的方略是此人向朝廷提出的，如何阐释他说了还真算。况且此人又是小阁老举荐的，何以竟会如此，小阁老又并没有跟自己有明白交代。一时想不明白，只好慢慢把目光望向了何茂才，何茂才也把目光望向了他。两人的目光中都是惊疑。

其实严世蕃之所以在这个时候派高翰文来到浙江，也是和罗龙文、鄢懋卿等心腹有一番深谈权衡。浙江官场虽都是自己的人，但这些人在下面久了，积习疲顽，尾大不掉。表面上处处遵从自己的意思办事，可做起来想自己远比想朝廷多。说穿了，只要有银子，爷娘老子都敢卖了。豆腐掉在了灰堆里，不拍不行，拍重了也不行，头疼也不是一日两日了。现在遇到要推行改稻为桑这样的大国策，再加上一场大灾，靠他们还真不知道会弄成什么样子。想来想去，这才选了高翰文这个既赞成改稻为桑又是理学路子上的人来掺沙子，意思也是让他们不要做得太出格。但高翰文在途中遇到胡宗宪，胡宗宪跟高翰文的一番深谈却是严世蕃等人事先没有料到的。说到底，高翰文一到浙江便这样跟上司较上了劲，是他们事先也没料到的。

虽然没有料到，但现在既出了这个变故，在郑泌昌和何茂才，硬着头皮也得扛住。郑泌昌给了何茂才一个眼神。

何茂才这时也才缓过神来，接过了郑泌昌的眼神，立刻转盯向高翰文："买田卖田是买主卖主的事，这个高府台也要管吗？"

高翰文："倘若是公价买卖，官府当然可以不管。"

何茂才："什么叫公价买卖？"

高翰文："丰年五十石稻谷一亩，歉年四十石稻谷一亩，淳安和建德遭了灾年，也不能低于三十石稻谷一亩。"

何茂才急了，脱口说道："如果三十石一亩，在淳安、在建德便买不了五十万亩改稻为桑的田，今年三十万匹丝绸还要不要增了？！"

高翰文立刻抓住了他的马脚："我不明白，三十万匹丝绸的桑田为什么一定要压在两个灾县去改！还有那么多没有受灾的县份为什么不能买田去改？"

何茂才："那些县份要五十石一亩，谁会去买？"

高翰文："改成桑田，一亩田产丝的收益本就比稻田产粮要多，五十石一亩怎么就不

第六章

肯买？"

何茂才被他顶住了。

这下都明白了，这个高翰文是断人财路来了！郑泌昌、何茂才这些人的脸一下子比死人都难看了。

何茂才哪肯这样就被一个下级把早就谋划好的事情搅了，大声说道："你可以这样定，但现在官仓的赈灾粮已发不了五天，五天后如果那些买主不愿买田，饿死了人是你顶罪，还是谁顶罪？"

高翰文："谁的罪，到时候朝廷自有公论！"

"放肆！"何茂才被顶得有些扛不住了，一掌拍在案上，站了起来，转身望郑泌昌，"中丞大人，一个知府如此目无上宪，搅乱纲常，我大明朝有律例在。你参不参他！"

高翰文："不用参，你们现在就可以免我的职。"

这一句不但把何茂才又顶住了，把郑泌昌也顶住了。

"还有我。"海瑞这时也倏地站了起来，"请你们把我的职也免了。"

王用汲也慢慢站了起来："照这个议案卑职也难以施行。请中丞一并将卑职也免了。"

这是开什么会？吏部新派来的两级三个官员刚到任都要求免职，郑泌昌就是有这个权力也没这个胆子。

又是一阵死一般的沉寂。

所有的目光都望向了郑泌昌，郑泌昌慢慢站了起来。

郑泌昌："既是议案，当然可以再议。高府台还有两个知县，事情要靠他们去做，他们自然要能够做得下去。可你们是新来乍到，浙江许多情形尚不知情。比方说要改多少亩田才能完成织造局今年卖往西洋的五十万匹丝绸？现在漕运的粮市上能运来多少粮？那些丝绸大户到底又能拿出多少钱来买粮？这些都是难题。这样吧，高府台和两个知县明天都了解一下详情。后天上午我们再议。"

"那就散了吧！"何茂才心情早已灰恶得不行，也不等别人说什么，手一挥，第一个离开了案前，向外走去。

半个时辰后郑泌昌和何茂才心急火燎地赶到了沈一石的客厅。听到沈一石不在，何茂才的火气终于找到了一个出口。

"去找！腿跑断了也得把他找着！"何茂才站在沈一石的客厅中大声嚷着，"告诉你们老板，弄得不好就准备三十石稻谷买一亩田吧！"

沈一石的那个管事却仍然垂手站在那里："回何大人，小人们可以去找，可这么晚了，我们老爷也没说去哪里，万一一时片刻找不到，大人们又在这里等着……"

郑泌昌坐在中间的椅子上接言了："我们就在这里等。快去找吧。"

那个管事只得立刻去了。

何茂才这才坐了下来，那股气却还在心里翻腾："你说小阁老还有赵大人、鄢大人他们搞什么名堂？什么人不好派，派个这样的人来搅局？他们到底怎么想的？还有那个杨公公，火烧屁股了还赖在京里不回来！照这样，干脆，改稻为桑也不要改了，每年要增的三十万匹丝绸让他们自己织去！"

郑泌昌这时心里有无数个答案，可哪一个答案都说不清楚，自己是掌舵的，凭空起了风浪，本就心烦，这时见何茂才口无遮拦，还在冲着自己闹腾，也不耐烦了："这个话就说到这里打住！什么不改了？什么让他们织去？真有胆，你就给小阁老写信，把这些话都写上！或者，等杨公公回来，你当面跟他说！"

何茂才那张脸立刻憋得通红，两只眼也睁得大大的，望着郑泌昌。

郑泌昌这时才缓和了些语气："整个浙江，除了我也就是你了，遇了事就这样沉不住气？我告诉你，我这个巡抚，你这个臬台，在浙江是个官。事情闹砸了，到了朝廷，你我和马宁远没有两样！"

何茂才心里好生憋屈，可毕竟是上司，这条船又是他掌舵，挨了训，也只好坐在那里生闷气。但他那个性子如何憋屈得住，也就憋了一会儿，立刻又站起了，冲到客厅门口大声嚷道："你们老板的田到底还想不想买了？人都死绝了，不会多派几个人去找！"

郑泌昌苦着脸坐在那里只好摇头。

其实管事知道，沈一石这时就在他那座旁人所不知道的别院内，只是早有吩咐下来，不准打扰，他也没这个胆子擅自闯入。

轻手轻脚走进第一进院门，那个管事便站住了。由于十分幽静，在这里就能听到庭院深处隐约传来的琴声。

琴声是从别院深处的琴房中传出来的。

在大明朝，在杭州，没有人能想到这个院子里有这么一间房子——进深五丈，宽有九丈，宽阔竟是乾清宫的面积！只高度仅有两丈，也是为了让院墙外的人看不出里面有此违制的建筑。可有一点是乾清宫也无法比拟的，就是房间的四面墙镶的全是一寸厚两尺宽两丈高的整块紫檀。

更奇的是，这么大一间堂庑中间全是空的，只在靠南北西三面紫檀镶壁的墙边列着整

第六章

排的乌木衣架，每一排衣架上都挂着十余件各种颜色各种花纹各种质地的丝绸做成的各种款式的女装。

东头的靠墙边只摆有一张长宽皆是一丈的平面大床，床上摆着一张红木琴几。

沈一石这时就盘腿坐在床上，坐在琴几前。和平时一样，他依然穿着粗布长衫；和平时不一样，他此时连头上的布带也解了，那一头长发披散了下来，古琴旁香炉里袅袅的青烟在面前拂过，脸便显得更加苍白。细长的十指一面按弦，一面弹挑，乐曲声从十指间流了出来。

慢慢地，他左前方一排衣架前一件薄如蝉翼的丝绸长衫飘了起来，蝉翼丝绸上秀长的黑发也飘了起来，飘离了衣架，飘到了案桌前那块空地。

沈一石的眼睛亮了，右手那五根细长的手指便急速抡了起来。

蝉翼长衫因旋转向四周飘张了开来，顾而长兮的女人胴体梦幻般在蝉翼中若隐若现！

秀发也在旋转，那张脸此时如此灵动，竟是芸娘！

琴声戛然而止。沈一石拿起琴旁的玉笛，吹了起来。和刚才的琴声完全不同，这笛声竟是如此忧伤，笛声如鸣如咽，沈一石的两眼也透着忧伤。

芸娘也不再舞了，一任蝉翼长衫轻轻地垂在地上，站在那里唱着："我和你是雁行两两，又结下于飞效凤凰。猛被揭天风浪，打散鸳鸯。苦相思，怎相傍……"

唱到这里，芸娘唱不下去了，望着沈一石，眼中闪着泪星。

沈一石也慢慢放下了那支玉笛，叹了一声。

芸娘慢慢走了过去，爬上了那张大床，坐在沈一石身边，慢慢摸着他的长发。

沈一石开始还让她摸着，不久轻轻抓住了她的手腕慢慢拿开。

芸娘深望着他。

沈一石不看她，问道："那个李玄在临死时说你让他死得值了。你是怎样让他死得值了？"

芸娘那刚才还泛着潮红的脸一下子白了。

沈一石还是不看她："能让一个太监如此销魂，不枉我花二十万两银子买了你。"

芸娘脸色变了，接着眼中慢慢盈出了泪水，没等流出来，她立刻擦了，下了床，脱下了身上的长衫，换上了自己的衣服。

沈一石坐在那里一动不动。

芸娘开始向门外走去。

"哪里去？"沈一石这才开腔了。

芸娘站住了："织造局，回到太监们那里去。"

沈一石："你知不知道杨金水这个织造局的织造只能当一年了？"

"我当然知道。"芸娘慢慢转回了头，"从十七岁你把我送给他，扳着指头，我帮你伺候他已经一千五百天了。一年后他回京了，你如果还让我活着，我也会到姑子庙去。"

沈一石眼中闪出了凶光，声音也像刀子一般的冷："你的母亲你的家人也到姑子庙去吗？"

芸娘颤了一下，站在那里僵住了。

"望着这根弦。"沈一石的声音还是那般冷，却已经没有了像刀子那股杀气。

芸娘只好低着眼不看他的脸，只转望向他双手按着的那张琴。

嘣的一声，沈一石细长的食指将勾着的那根弦猛地一挑。

——那根弦立刻断了！

芸娘身子又微微一颤。

"从这一刻起，我不会再碰你一下。"沈一石也不看她，"可你得将那天晚上如何伺候李玄，做一遍我看。"

"你真要看吗？"芸娘含着泪花，声音也已经像沈一石一般的冷。

沈一石目光望向了上方："你做就是，看不看是我的事。"

芸娘也不看他："我做不了。"

"太贱了，是吗？"沈一石的声调由冷转向鄙夷。

芸娘："是贱。"

沈一石："那就做。"

芸娘："两个人做的事，让我一个人做得出来吗？"

沈一石倏地盯向了她。

芸娘也望向了他："你真要知道怎么贱，就学一回李玄。"

沈一石万没想到芸娘竟敢这样顶话，干柴似的十指倏地抓起了那把琴。

正在这时，门外传来了那个管事怯怯的声音："老爷。"

沈一石猛地将手里抓起的那张琴狠狠地朝地上一摔，可怜那张古琴，此时桐裂弦断。剩下两根没断的弦兀自发出"嗡嗡"的颤音。

门外悄然了。

沈一石厉声地问道："什么事，说！"

门外那声音有些哆嗦了："回、回老爷，郑大人、何大人都在作坊等老爷……说、说是买田的事有些变化……"

"告诉他们，要发财，自己买去！"沈一石吼道，"滚！"

| 第六章 |

门外又悄然无声了。

一阵发泄，沈一石的脸已经白得像一张纸，接着光着那双穿布袜的脚从床上跳了下来，走到芸娘身边："你刚才说什么，让我学李玄？"

沈一石粗重的呼吸几乎喷到了芸娘的脸上，芸娘此时竟前所未有的镇定，眼眶里的泪也没了，轻轻答道："你学不了。"

沈一石笑了，好瘆人："我还真想学呢。怎么做的，告诉我。"

芸娘轻轻摇了摇头："我告诉了你，你还是学不了。李玄把我当成天人，你把我当成贱人，你怎么学他？"

沈一石一怔。

芸娘又不再看他，目光望向上方，那夜的情景仿佛在她的目光中浮现了出来："我坐在床上，他坐在地上，喝了半宿的酒，哭了半宿，竟不敢看我，在地上就睡着了。我去抱住了他，让他的头枕在我怀里，让他睡到了天亮，他还没有醒，是织造局的太监用凉水浇醒了他，拖着就去了刑场。你现在要是愿意喝醉，愿意当着我哭，愿意坐在这地上睡着，我也搂着你的头让你睡到醒来。"

沈一石真的怔了，生冷的目光也渐渐浮出了一片歉意，接着浮出了一片怜意，下意识地伸过手去要拉芸娘的手。

"不要碰我！"芸娘断然将手一缩，"你刚才说的，从今天起不会再碰我一下。"

沈一石何时被人这样凉过，刚刚浮出的那片歉意和怜意被天生的那股傲气连同此时的尴尬将自己钉在地上。

芸娘："我是你花钱买的。我的命还是你的，可我的身子今后你不能再碰。你有花不完的钱，南京、苏州、杭州也有招不完的妓。"

"好……"沈一石好半天才说出这个字来，"说得好！"说着没有去穿鞋，光着袜子便向门边走去。

走到门边，沈一石又站住了，没有回头："我确实还有好些花不完的钱！宫里的、官府的，还有南京、苏州、杭州那些院子里的妓女都等着我去花呢。我现在就得给他们花钱去了。杨公公还要几天才回，既然你的命还是我花钱买的，这几天就给我待在这里。我告诉你，从我把你买来那天起，你就不是什么天人，良人也不是，只是个贱人！"说完，拉开门走了出去。

那门便洞开着，芸娘仍然僵立在那里。

"罪过。"这时的沈一石又回到了平时那个低调的沈一石，向在作坊客厅等了许久的郑泌昌和何茂才拱手走来，"有几十船粮从江西那边过来，在过境的厘卡上卡住了。每船要五十两银子的过卡费，底下人不晓事，要问了我才肯给钱。"

郑泌昌："没有拿浙江赈灾的公文给他们看吗？"

沈一石笑了笑："隔了省，公文还是没有钱管用。"

何茂才："给江西巡抚衙门去函，都养的些什么贪官！"

"算了。"沈一石也坐了下来，"不到一万两银子的事，犯不着伤了两省的和气。"

"那就说大事吧。"郑泌昌望着沈一石，"我们那个议案被新来的杭州知府顶住了。"

沈一石也是一惊："小阁老举荐的那个高翰文？"

郑泌昌："是。"

沈一石沉吟道："应该不至于如此呀。他怎么说？"

何茂才："说低于三十石稻谷一亩田就不能买卖。我和中丞算了一下，真照他说的这样去买，五十万亩田，每亩多二十石，就要多一千万石粮，那就是七百万两银子！"

沈一石怔住了："真要这样，我一时也拿不出这么多钱。"

郑泌昌："这还是明账。真要照三十石一亩买，在淳安和建德就买不了五十万亩田。要是到没遭灾的县份去买，得五十石一亩。把这个算上，不增加一千万两以上的银子，今年五十万亩的改稻为桑田就会泡了汤。"

"那这个人为什么要这样呢？"沈一石望向郑泌昌和何茂才。

"还不是又想当婊子，又要立牌坊！"何茂才说着又来气了，"打一张十万两的银票，我看什么事都没了！"

沈一石："要真是这样，我立刻给他开银票。"

"议事就议事，不要置气！"郑泌昌又斜望了一眼何茂才，然后转对沈一石，"这个人在理学上有些名气，可骨子里功名心比谁都重，小阁老这才选了他，也是为了堵朝里那些清流的嘴。像这样的人明里给他钱不会要。"

沈一石："以二位大人的威权压他不住？"

郑泌昌："一个知府有什么压不住的。这个人是小阁老举荐的，'以改兼赈'的方略也是他提出的，他要不认我们的账，捅到京里去，不要说别人，就连小阁老也不一定都会听我们的。"

"那就让他认我们的账！"沈一石两眼闪着光，"或者让他闭上嘴！"

郑泌昌和何茂才都紧紧地望着他。

"二位大人对这个高翰文还知道多少？"沈一石也紧望着二人。

第六章

何茂才显然并不知道什么，望向了郑泌昌。

郑泌昌想了想："罗大人、鄢大人给我来过信，说此人诗和词都写得不错，对音律也还精通。"

沈一石眼一亮："那个议案能不能晚一天再议？"

何茂才："中丞大人早想到了，决定后天再议。"

沈一石："有一天就行。"

"你有办法了？"何茂才急问。

郑泌昌也紧盯着他。

"没有赚不到的钱，也没有杀不死的人！"沈一石站了起来望着二人，"只要二位大人拿定了主意，我能让他在后天议事的时候改口。"

"能让他改口，我们有什么不愿意！"何茂才一拍腿也站了起来，"有什么法子，你说就是。"

沈一石却又望向了郑泌昌。

郑泌昌的脑子显然比何茂才好用，立刻猜到了沈一石的心思，慢慢站了起来："如果是美人计一类的法子，我看用在这个人身上也不一定管用。"

沈一石笑了："中丞大人就是中丞大人。真要让他中什么美人计当然不一定管用。可是把假的做成真的呢？"

何茂才这回有些明白了："可这个人毕竟是小阁老举荐的，我们出面干这样的事，小阁老那里怕交代不过去。"

沈一石："大人们出面当然不合适。要是让织造局的人出面，让宫里的人出面呢？"

"那行！"郑泌昌立刻肯定了他的想法，接着又盯了一句，"那这个人就交给你去办了。"

沈一石心里好一阵厌恶，脸上却不露声色："但中丞大人总得发句话让他见我。"

郑泌昌："以什么名义叫他见你？"

沈一石："明天以了解织造局丝绸行情的名义叫他来见我，其余的事我来办。"

郑泌昌又想了想："这个我可以叫他。"

"好！"何茂才一掌拍在茶几上，"还有那两个新任的知县，也不是善的。收拾了高翰文，这两个人让我来收拾！"

杭州知府的衙门就设在杭州，因此高翰文到了杭州就有了自己的后宅，当天晚上也就入宅住下了。海瑞和王用汲在这里却还是客身，当晚是在官驿里住着。天也就刚刚见亮，二人便从官驿来到了这里，等着和高翰文一起到漕运码头察看粮市的行情。

海瑞换了一身干净的灰布长衫，王用汲大约是家境甚好，此时穿的虽也是便服却是一件薄绸长衫，两人对坐在客厅里等高翰文出来。

"刚峰兄。"王用汲叫了一声海瑞。

海瑞本坐在那里想着什么，这时抬起了头，望着王用汲。

王用汲见海瑞那副认真的样子，把本想说的话题咽了回去，望着他笑了笑："也置一两套绸衣吧。这个样子我们一起出去，你倒像个长随了。"

海瑞："我就做你的长随。"

王用汲："折我的寿了。论年齿，刚峰兄也大我十几岁呢。要不嫌弃，明天分手时我送你两套。"

海瑞："我只穿布衣。"

王用汲尴尬地一笑："我唐突了。"

海瑞："我没有那个意思。海南虽然天热，但穷乡僻壤，没几个穿得起绸衣，倘若不出门会客，一年四季都光着上身呢，习俗使然。至于说到长随，也没有什么年齿之分。比方说高府台，他要真心为了朝廷，为了百姓，我们就都做他的长随，也无不可。"

见面虽才一天，王用汲已知海瑞是个寡言的人，这时听他一番解释，显然已将自己当成了同道中人，心中温暖："我说的本就是这个意思。"

海瑞："那为什么又扯到衣服上去了？"

王用汲赔笑道："事要做，饭要吃，衣服也还得要穿。"

海瑞难得地也笑了一下："那我就还穿布衣。"

说话间，高翰文也穿着一件薄绸便服从里面出来了。

高翰文："二位久等了，走吧。"

望着高翰文的绸衫背影，海瑞和王用汲相视一笑，接着站了起来，随高翰文向外面走去。三人刚走到前院，便有两个人满脸堆着笑迎了过来。

前面那人显然是知府衙门的公人，趋到高翰文面前便屈一条腿行了个礼，站起来禀道："禀大人，中丞大人派轿子过来了，说是请大人去看看丝绸。"

后面那人也连忙趋过来，弯了弯腰："那边都准备好了，单等大人过去。"

高翰文略想了想："请你回中丞大人，上午我要和两个县里的老爷去看看粮市的行情。丝绸什么时候看都不急。"

接他的那人："这话小人可不好回。因中丞已经通知了织造局，织造局那边在等大人呢。"

| 第六章 |

"织造局"三个字让高翰文怔住了，又想了想，回头对海瑞和王用汲："既然是织造局那边的事，我得去。二位先去粮市吧。"

海瑞看着高翰文渐渐走远，眼里竟露出了一丝担忧……

再矜持，高翰文一进到如此大的作坊，见到如此多的织机在同时织着不同的丝绸，也有些吃惊。

沈一石陪着他慢慢走着，大声说道："宫里每年用的丝绸有一半就是这里织的。嘉靖三十二年前没有海禁，运往西洋的丝绸也有一半是这里出的。"

高翰文点着头。

沈一石："这里太吵，我陪大人先去看看绸样。"

高翰文已经有些"世间之大，所见太少"的感觉了，一边点头一边随他走去。

沈一石竟破天荒将高翰文领到了他那座从来不让旁人知道的别院。

一走进院子，还没到沈一石那间琴房，高翰文便在院子中间站住了，眼中露出了惊诧的神色。

"《广陵散》！"高翰文心里暗叫了一声，琴房里传来的琴声让他越听越惊，一时怔在那里。

沈一石也在他身边站住了，斜望了他一眼，心里便已有了几分把握："大人……"

高翰文惊醒了过来："这是什么地方？绸样在这里看？"

沈一石微笑道："是。以往西洋的客人看绸样都是到这里来看。"

高翰文还是站在那里，审视着沈一石："养个高人在这里弹《广陵散》，让西洋的客人看绸样？"

沈一石故作吃惊："高大人听得出这是《广陵散》？"

高翰文没回他的话，仍然审视着他。

沈一石："琴声绸色，都是天朝风采。跟西洋人做生意，不只为了多卖丝绸，将口碑传到外邦也是织造局的职责。高大人竟也深通音律，职下就更好向大人详细回话了。请吧。"

高翰文那双脚已经不是自己的了，他紧跟着沈一石走向琴声，走进琴房。

即使是白天，琴房里也点着灯笼，灯光将衣架上一排排蝉翼丝绸照得如梦如幻。

高翰文站在那里目光慢慢扫视着，不是看丝绸，而是在寻那琴声所在。

那琴声偏被一帘垂下来的丝翼挡着，也就是东边那张床，被那帘丝翼恰恰挡住。

"高大人请看。"沈一石捧起一件双面绣花的丝绸，"这种丝绸在西洋就很好卖，名字很俗，叫四季花开，他们偏喜欢。"

高翰文不得不装出认真的样子去看那件丝绸，一看，也还是被那段丝绸吸引了——就那么大一件薄薄的绸衫，上面绣的花何止百朵！而且花花不同，错落点缀得又都很到位，颜色搭配也浓淡参差恰到好处。

沈一石放下了那件绸衫，有意领着他向琴声方向走去。高翰文的目光又望向了挡着琴声的绸帘。

沈一石："那就先看这段绸帘吧。"

"好。"高翰文信步跟他走去。

琴声还在响着，高翰文停住了。

沈一石也停住了，望向高翰文。

高翰文摇了摇头，轻轻说道："可惜，可惜。"

"什么可惜？"沈一石故意问道。

高翰文："《广陵散》往往错在这个地方。嵇康本是性情散淡之人，偏又在魏国做了中散大夫，不屑名教，崇任自然，一生研习养生之道，然那颗心捧出来竟无处置放。后来悟得邙山是我华夏生灵之脐，唯有死后魂归邙山方是真正的归宿。故临刑前悲欣交集，手挥五弦，神驰邙山，邙山在五音中位处角音，因此这一段弹的应该是角调。后人不知，音转高亢，翻做宫调，以为其心悲壮，其实大错。"

沈一石眼中也闪出光来，不只是"此人入彀"的那种兴奋，而是真有几分知音恨晚的感觉，那目光看高翰文时便露出了真正的佩服。

沈一石："鄙人有个不情之请，不知高大人可否赏脸？"

高翰文当然也猜到了这"不情之请"是要自己指点弹琴之人，那一分深处的雅气便涌了出来，当即答道："请说。"

沈一石："请大人指点指点鄙处这位琴师，既为了朝廷跟西洋商人的生意，更为了不使《广陵散》谬种流传。"

一种舍我其谁之感油然而生，高翰文立刻答道："切磋吧。"

沈一石："那我先谢过了。"说着便抓住那帘绸翼，轻轻一拉。

那绸翼风一般飘了下来，高翰文的眼睛一瞬间凝固在了这个空间里。

那张大床因铺盖了一张恰合尺寸的红氍毹，俨然成了一张大大的琴台。

一身素白底子点染着浅浅藕荷色的薄绸大衫，跪在琴几前的竟是一位风雅绝俗却又似

| 第六章 |

乎被一片风尘笼罩着的女子！

惊鸿一瞥，高翰文目光慌忙移开时还是瞬间感觉到了那个女子低垂的眉目间轻闭的嘴角处就像《广陵散》，那颗心捧出来无处置放！

"你有福。"沈一石的声音让高翰文又是一愣，面对幻若天人的这个女子，沈一石的声音竟如此冷淡，"得遇高人，好好请教吧。"

那女子，芸娘慢慢升直了上身，两袖交叉在身前一福："我从头弹，请大人指点。"

纤纤十指又轻放到了琴弦上，《广陵散》的乐曲在四壁镶着檀木的空间中又响了起来。

沈一石这时轻步向门边走去，轻轻拉开了一扇门隙，侧身走了出去，又轻轻合上了那扇门。

这里只剩下了怔怔站着的高翰文和十指流动渐入琴境的芸娘。

大明朝到了这个时期，特别在太湖流域一带，手工业作坊经济和商业经济空前发达，市井文化也进入了一个空前的繁盛阶段。这就有形无形作育了一批风流雅士，徘徊于仕途与市井之间，进则理学，退则风月。官绅商贾，皆结妓蓄姬，又调教出了一批色艺超俗的女子，集结在南京、苏州、杭州这几个繁华之地，高烛吟唱。勾栏瓦肆纷起仿效，昆曲评弹，唱说风流，销金烁银，烹油燃火，竞一时之胜！以致当时官场谚云：宁为长江知县，不为黄河太守。民间亦有谚云：宁为苏杭犬，不做塞外人。可见这方乐土成了天下多少人魂牵梦绕的向往。

高翰文本是苏南书香大户，从小骨子里便受了太湖流域富庶书香子弟进则理学、退则风月的熏陶，加之聪明过人，于度曲染墨不只擅长，而且酷爱。只是鱼和熊掌不可兼得，走了仕途，才抑住了这个心思，把那些吟风弄月的才具用到了程朱陆王身上。沈一石也正是凭着对当时这种风气的把握，加上对这个人身世的了解，才把他带到了这里。——雅人或因清高而不合污，却绝不会以清高而拒雅致。

此刻，高翰文的眼睛闭上了，心神却随着芸娘的琴声从这间封闭的琴房里飘到了高山处、流水间。这时乐曲恰好弹到了高翰文进门时听见的那个乐段，芸娘的手停了，波光流转，望着高翰文的胸襟处："刚才大人说这一段应该是角音，我明白了大人说的意思，但所有的曲谱上都没有记载。请大人指教。"

"呦呦鹿鸣，食野之苹。"高翰文心中那头鹿此时怦然大动。一时忘了搭话，忍不住向这女子望去。

恰在这时，芸娘的目光从高翰文的胸襟处往上一望，二人的目光一瞬间碰上了！

高翰文突然觉得头皮触电般一麻，立刻躲开了她的目光，望向旁边，却不见了沈一石!

毕竟十年理学,"良知"便像一根缰绳,时刻在拽住那颗心。明珠在前,背后却是一片黑暗。高翰文心中立刻起了警觉,大声呼道:"沈先生!"

一片寂然。

高翰文快步走到门口,正要去拉那扇门,那门从外面推开了,沈一石一脸正经走了进来:"大人。"

高翰文审视着他。

沈一石:"当年嵇康在临刑前弹《广陵散》,三千太学生围听,竟无一人领会,以致嵇康有那句'《广陵散》从此绝矣'的千古之叹。前几年也曾听一些琴友谈起,《广陵散》只能一个人弹,一个人听,多一人便多了一分杂音。后来我们试过,果然如此。今天真人到了,指点了职下这位琴女后,在下还有好些话要请教。不知职下有没有这份福气。"

听他竟然说出这番话来,高翰文大出意外,那份警觉立刻消释了不少,脸上顿时露出了知音之感:"沈先生,我冒昧问一句。"

沈一石:"大人请说。"

高翰文:"你在织造局当什么差?"

沈一石:"平时和织师们琢磨一些新的花纹图案,主要还是跟外埠商人谈谈生意。"

高翰文:"可惜。"说到这里,他又把目光望了一眼琴台前芸娘的方向,接着询望向沈一石。

"是职下失礼,忘了向大人说明。"沈一石歉然一笑,"她叫芸娘,是我的亲侄女。长兄长嫂早年亡故,我只好把她接过来带在身边,教她乐曲琴艺。心养高了,不愿嫁人。等闲的我也不好委屈她。二十了,竟成了我一块心病。"

"难得。"高翰文脱口说了这两个字立刻便感到失言了,紧接着说道,"野有饿殍,无奈不是雅谈时。沈先生,还是去说说织造局丝绸的事吧。"说完,向门外走去。

沈一石眼中敛着深光,徐步跟出门去,走到门外又突然回头。

芸娘这时正抬起了头两眼怔怔地望着走向门外的两个男人的背影,没想沈一石突然回头,立时又垂了眼。

"好好琢磨高大人的指点。慢慢练吧。"沈一石说这句话时声调中竟显出了一丝苍凉,说完转过头快步跨过了门槛,把门带上了。

大船小船,乌篷白帆,进离停靠皆井然有序,一千多年的营运,京杭大运河的起点,

| 第六章 |

在这里已经磨合得榫卯不差。

海瑞和王用汲这时站在码头的顶端,静静地望着鳞次栉比装货卸货的商船,望着码头上下川流般背货的运工和那些绸摆匆匆的商人。

王用汲:"刚峰兄以前来过江南吗?"

海瑞:"没有。"

王用汲突发感慨:"'东南形胜,三吴都会,钱塘自古繁华。'柳永科甲落第,奉旨填词,游遍东南形胜,反倒是福。"

海瑞:"我宁愿待在乡野。"

王用汲:"繁华也不是不好。天朝大国,若没有了这些市镇,乡民种的桑棉麻,还有油桐棕漆,便没有卖处。光靠田里那几粒稻谷也过不了日子。"

海瑞:"你说的当然有理。我只怕富者愈富,贫者愈贫。"

王用汲:"均贫富是永也做不到的事。我们尽量'损有余,补不足'吧。"

海瑞望向王用汲:"难怪你总要送我绸缎衣裳。"

王用汲笑了:"实不相瞒,我在家乡也有七八百亩田地,比你的家境好。但愿你这个劫富济贫的官不要到我那里去做知县。"

海瑞:"抑豪强也抑不到你这个几百亩的小田主身上。"

王用汲:"那就好。干完淳安这一任,我就跟谭子理去说,让他和上面打个招呼,要吏部把你调到我老家那个县去。为家乡父老请一片青天,我也赚个口碑。"

"你太高看我了。"海瑞说完这句话,又望向了江面,"这一次能不能离开淳安还不知道呢。"

王用汲的兴致被他打断了,也只好转眼向码头,向江面望去。

"粮船什么时候开市?"海瑞又问道。

王用汲:"一般都是辰时末巳时初。快开市了。"

海瑞:"那我们下去吧。"

王用汲:"好。"

二人还未举步,身后突然传来了跑步声。

二人回头望去,一队官军有拿着长枪的,还有提着火铳的,跑了过来。

"走!快点儿!就是靠左边那十几条粮船,围住,不要让他们跑了!"一个挎刀的队官在大声吆喝。

"闪开!"

"抓贼船的!都闪开了!"

那队兵一边呼喝着,一边向码头下跑去,许多运工连人带货被他们纷纷撞倒!

海瑞的脸立刻凝肃了:"看看去!"

二人联袂向码头下疾步走去。

这些兵抓船好狠!一靠近就先把拴船的缆绳控住了,接着十几个提火铳的兵朝着船上的桅杆就开火!

有几条张了帆的船,帆篷被打断了桅绳,立刻飘了下来。

另外几条没有张帆的船,桅杆上的绳也被火铳打断了。

火铳射的都是火药和散弹,在铳管口喷出时还是一团,射到了船上已是一片。有些粮袋被打得炸开一个个蜂窝般的口子,那稻谷便涌流了出来,流到船舷边上,流到河里。

船上有些人便去堵粮袋上的口子。堵住了这个,那个还流。有人便整个身子趴到粮袋上。

"不要动!"

"都出来,跪在舱板上!"

前一队放完铳的兵开始换火药,另一队拿铳的兵又将铳口对准了粮船。

船上那些人好心疼,却不得不松开了堵粮袋的手,离开了堵粮袋的身子,走到舱板上。

那些火铳都对准了他们:"跪下!"

有些人在舱板上跪下了。

提长枪的兵几人一队分别从跳板跑上那些粮船。

有一条船上的人却都还直直地站在那里。

那队官叫了一声:"火铳!"

几条火铳便对准了那条船上直立的人。

那队官站在岸上:"叫你们都跪下,听见没有!"

那条船上有几个人慢慢弯下腿去。

"不要跪!"一条汉子喝止了他们,"我们也没犯法。你们站在这里,我去说。"

那汉子说着便向跳板走去——这人就是齐大柱。

那队官的脸铁青了,对身边举铳的兵:"这是个为头儿的,放倒他。"

便有几杆火铳对准了跳板上的齐大柱。

那齐大柱走到跳板中间却停住了,突然向着码头上和岸上越围越多的人群大声喊道:"各位乡亲,我们是淳安的灾民。遭了大灾,每天都在饿死人。我们集了些钱到杭州来买些粮,为了回去救命!"

第六章

听他说到这里，码头上岸上起了嘈杂声。

那些兵也被他这一番喊话弄得一时愣在那里，那几杆对着他的火铳，便一时也僵在那里。

齐大柱接着大声喊道："官府现在却要抓我们，断我们的救命粮！我们要是被打死了，请各位做个见证！"

那队官终于缓过神了，不敢再叫放铳，吼道："抓了他！"

话刚落音，却听见"砰"的一声，一杆火铳响了！

原来是有个兵因慌张没听清号令，扣动了火铳的扳机。

所有的目光都还来不及看清，便见跳板上的齐大柱跪了下去，两手却紧紧地抓住跳板两侧的边沿。

岸上码头上立刻起了喧闹声！

那些本来准备去抓人的兵都站住了，那个放铳的兵也慌了，连忙将火铳往地上一丢。

那队官走过去踹了他一脚，接着却吼道："丢什么铳？捡起来！"

那个兵慌忙又捡起了地上的铳，对准了那条船。

那个队官大声喊道："打了就打了！抓人！"

几个拿长枪的兵便向那条船的跳板跑去。

船上两个年轻汉子已经跑到跳板上，去扶齐大柱："大哥！"

齐大柱低声喝道："退回去！"

那两人慢慢退了回去。

长枪兵已经跑向了跳板，最前面的两个兵跑到他面前停住了，两根长枪指向了他："站起来！"

齐大柱伸直了上身，右边那条腿露出来了，血在不断地往外流！

那两个兵的目光中也露出了一些惊怜。

齐大柱倏地扯开上衣脱了下来，绕住流血的右腿一扎，这才光着上身慢慢站了起来。

齐大柱望着面前的兵："各位大哥都是浙江的乡亲吧？"

那几个兵互相望了一眼，没有接言。

齐大柱："我们是淳安的灾民，不是贼。你们要扣了我们的船，就有许多乡亲要饿死。"

那些兵站在那里。

岸上那队官见那些兵都愣站在跳板上，又大声吼了起来："怎么不抓人！"

那些兵的枪又都对向了齐大柱。

"太不像话！"紧接着一个声音响起。

许多目光循声望去，是王用汲，这时的他也青了脸，大步向那队官走来。

海瑞开始也是一诧，紧接着，也大步跟了过去。

"你们是哪个衙门的？"王用汲望着那队官。

那队官也望着他，审视了片刻："臬司衙门的，奉命抓贼，贵驾最好不要多管闲事。"

王用汲："他们都已经说了是灾民，买粮自救，你们还要伤人抓人，就不怕有人告了上去？"

那队官："贵驾在哪里供职？"

王用汲："我是新任建德知县。"

那队官立刻放松了下来："这些人是淳安的，我是奉省里的命令办事，你大人还是去管建德的事吧。"说到这里，又转对那些兵："抓人扣船！"

"那就该我管了。"海瑞大声接道，几步走到那队官面前，"你说他们是贼，是什么贼？"

那队官开始还以为海瑞是王用汲的长随，现在见此人透出的威势大大过于刚才那个建德知县，心里便没了底："贵驾是……"

海瑞："不要问我是谁，先回我的话。"

那队官："巡抚衙门有告示，这一段粮市禁止买卖粮食。私贩粮食的都要扣船抓人。"

海瑞："我就是不久前从巡抚衙门出来的，怎么不知道这个禁令？"

那队官一愣："这个在下就不清楚了。我们是奉了臬司衙门的命令来办差的。"

海瑞："那就行了。告诉你，这件事该我管。立刻叫你的兵下船。"

那队官："那恐怕不行。要退兵我们得有臬司衙门的命令。"

海瑞紧盯着他："先放人放船。过后我跟你一起到臬司衙门去说。"说完这句便不再理他，向齐大柱那条船走去。

所经之处，那些兵让开了一条路。

走到了跳板前，海瑞对仍站在跳板上的几个兵："下来！"

那几个兵见自己的队官对此人都甚是礼敬，便都从跳板上退了回来。

海瑞走上了跳板，走到齐大柱面前："你真是淳安的灾民？"

齐大柱："是。我是淳安的桑农，叫齐大柱。"

海瑞："你买的这些粮真是为了回去救人？"

第六章

齐大柱："田价已经被他们压到八石一亩了，我们想自己弄点粮，为明年留条活路。"

海瑞听他说的正是眼下淳安的实情，便点了点头，望着他："民不与官争。你把乡亲和船都带回去。这里的事我来管。"说着望向船上的人："你们把他扶上船去。"

船上两个年轻汉子连忙走过来，在背后扶住了齐大柱。

齐大柱仍然站在那里没动，望着海瑞："我想问一句，大人是谁？"

海瑞压低了声音："我叫海瑞，就是你们淳安的新任知县。"

齐大柱眼中闪出光来，带着伤跪了下来，那两个扶他的人也被他的劲儿带着跪了下来。

海瑞："这里不是见礼的地方。过两天我就到淳安了。你们带着船立刻走吧。"

齐大柱站起来，被那两个青年汉子扶着走上船去。

海瑞仍然站在跳板上，目光转向另外几条船上的兵："你们都退下来！"

那些兵都望向岸上的队官。

那队官还在那里犹豫出神。

站在队官身边的王用汲对他说道："都说了我们和你一起去臬司衙门，还不退兵，你的差到底还想不想当了？"

那队官只得大声喊道："都退下来！"

各条船上的兵纷纷踏上跳板退到了岸上。

海瑞这才从跳板上走到岸上，向那些船大声说道："开船！赶紧把粮运回去！"

一些船工爬上了桅杆，连接被火铳打断的桅绳。

一条条船上的帆篷拉起了！

海瑞对那队官："去臬司衙门吧。"

第七章

在臬司衙门听到那队官的禀报，望着眼前这两个不知死活的知县，何茂才恨不得将二人立刻抓了。可按规制，现任官只有一省的巡抚可以处置，何茂才只得恨恨地将海瑞和王用汲带到了巡抚衙门。命他们在门房待着，自己气冲冲地到后堂去见郑泌昌。

"高翰文那里还没有摆平，两个知县又公然跟任上的刁民联手，跟省里抗命！"何茂才越说越气，"任他们这样搅下去，田还买不买？过了六月，桑苗也不要种了。"

郑泌昌这时坐在茶几旁的椅子上，脸色十分凝重："你说怎么免他们的职？"

何茂才："你是巡抚，给朝廷上奏疏，叫他们停职待参。我立刻回去挂牌，先让两个县的县丞署理知县。"

"免吧。"郑泌昌从茶几旁的椅子上站了起来，向那张书案边慢慢走去，"海瑞、王用汲一起免。要能够，连高翰文也免了。"

"高翰文恐怕还免不了吧……"说完这句，何茂才感觉郑泌昌这话有些不对，便停了下来，望向了他，"是不是老沈那边传消息，高翰文不上套？"

"老沈那边没有消息，京里倒有信来了。唉！"郑泌昌突然长叹了一声，"现在，田还能不能买，改稻为桑还能不能施行，我也不知道了。"

何茂才一怔，听他说出了这样的话，而且语气十分消沉，便知道又有事来了，连忙问道："信在哪里？怎么说？"

郑泌昌顺手拿起案上几封打开的信："有内阁的，也有宫里的，都是刚接到。先看看罗龙文罗大人说的什么吧。"说到这里，拿起上面的一封信递给何茂才。

才看了几行，何茂才便愣住了，抬眼望向郑泌昌："淳安和建德这两个知县，都是裕王给吏部推举的？"

郑泌昌没有接这个话题，又拿起了案上另一封信："杨公公的，你也看看吧。"说着

第七章

又递了过去。

何茂才这才有些忐忑了，也是看了几行，便抬头望向郑泌昌："搁着这么大事等他回来办，他却赖在京里不回，什么意思？"

郑泌昌坐了下来，两眼失神地望着门外："事情已经越来越明显了。一个新任的知府是小阁老举荐的，一到任就跟我们对着干。两个新任的知县是裕王推举的，今天也敢顶着巡抚衙门的告示干。偏在这个时候杨公公也躲着不回来。这说明什么？说明朝廷已经乱了……他们在上面拿着刀斗，却都砍向浙江……老何，你现在要是有办法能把我这个巡抚免了，我让给你做。"

何茂才也有些惊了，想了想，却并不完全认同："中丞，是你过虑了吧？朝廷落下那么大亏空，这才想着在浙江改稻为桑。不改朝廷也过不了关，改成了我们便没有错。胡宗宪正是因为反对这个国策，才丢掉了这个巡抚。一个知府，两个知县不管是谁举荐的，还强得过胡宗宪去？"

郑泌昌："到了现在你还认为胡宗宪吃了亏？"

何茂才诧异地望着他。

郑泌昌："胡宗宪高明呀！原来我们都认为他是官做大了，颠顶了，不识时务。现在看来，你和我连胡宗宪的背影都摸不着啊。"

何茂才："你这话说得我有些糊涂。"

郑泌昌："我也糊涂。回头一想才明白，胡宗宪早看出朝廷在浙江改稻为桑是步死棋，这才用了苦肉计，不惜得罪阁老、小阁老，为的就是金蝉脱壳。现在好了，朝廷上了他的当，把他的浙江巡抚免了。我接了这个巡抚，你升兼了布政使，反倒都傻傻地像捧了个宝贝。现在就是想回头，也回不了了。"

何茂才被他这番话说蒙了，也坐了下去，在那里死想，想了一阵倏地又站了起来："老郑，你能不能把话再说明白些？"

郑泌昌："还要怎么明白？朝廷落了亏空，担子都在阁老和小阁老身上，补了亏空，阁老和小阁老就还能接着干几年；补不了亏空，皇上就会一脚踹了他们！现在裕王，还有他背后那些人就是想着法子要浙江的改稻为桑搞不成，为的就是扳倒阁老和小阁老。那时候最早遭殃的不是别人，是我，还有你。"

何茂才："那阁老和小阁老就应该往死里搞，搞成它！怎么会派个人来掣我们的肘？"

郑泌昌："我原来也是这样想，只要搞成了，给国库里添了银子，一俊遮百丑，阁老、小阁老过了关，我们也过了关。但从昨天高翰文那个态度，我就起了疑。小阁老既要我们搞成这个事,什么人不好派,派个这样的人来?今天我明白了,都是因为背后有裕王那些人的压力,后来又被胡宗宪一搅和,打小阁老那里就开始乱了阵脚。又要我们干剜肉补疮的事,还得派个郎中在边上看着。又要补亏空,面子上还要光烫。说穿了,就是要我们多出血,买了田改了桑老百姓还不闹事,然后赚了钱一分一厘都交上去。又要马儿跑,又要马儿不吃草。"

何茂才:"那就让他们树牌坊,我们当婊子!大不了,我们不在里面分钱就是。"

郑泌昌:"要能当婊子,我也认了。现在只怕婊子也当不了了。我们不分钱,宫里的、朝里的,那些人要不要分钱?还有,真照高翰文和两个知县这样的搞法,三十石一亩,五十石一亩,沈一石也不会愿意拿出那么多钱来买田。每年增三十万匹丝绸的事做不成先不说,今年和西洋的五十万匹生意便泡了汤。都五月末了,再搅和,拖到六月七月,改稻为桑就拖黄了。那时候一追究,毁堤淹田的事也会暴了出来。为了把自己洗干净,小阁老他们,还有织造局都会把事情往我们身上推。等着吧,老何,囚车早给你我准备好了。你和我就等着槛送京师吧。"

何茂才的头皮轰的一下也麻了,那张脸涨得通红,眼睛也冒出光来:"那就都往死里走!他们在朝廷里拿着刀争,我们也不是砧板上的鱼肉。要搅,就把水都搅浑了。到时候想动我们,也得要他们连着骨头带着筋!"

郑泌昌知道这个何茂才性子是急了点,但急狠了往往也就有狠招,望着他问道:"怎么把水搅浑?"

何茂才:"高翰文不是小阁老派来的吗?海瑞和王用汲不是裕王派来的吗?那就让他们派来的人去改,按十石一亩、八石一亩逼着他们去改!"

郑泌昌又有些不信他的话了:"高翰文的态度你昨天都看到了,虽说老沈那儿正在套他,可入不入套都还不知道。海瑞和王用汲是裕王那边的人,更不可能按我们这个意思去做。"

"这就得走一步险棋!"说到这里,何茂才停住了,走到签押房的门口,对外面,"你们都到二堂外去,任何人现在都不让进来。"

门外有人应声走了。

何茂才把门关了,回过头来。

郑泌昌这时正定定地望着他:"什么险棋?你说。"

"通倭!"何茂才嘴里突然冒出这两个字。

"通倭?"郑泌昌的脸立刻白了,"老何,你疯了?通倭可是灭门的罪!"

何茂才:"不是我们通倭,让他们通倭!"

第七章

郑泌昌："他们怎么会通倭？"

何茂才走了过来，在椅子上一坐，把头凑近了郑泌昌："你还记不记得上次马宁远抓的那个人？"

郑泌昌："淳安那个桑民的头儿？"

何茂才："是。那一次踏苗的时候闹事，马宁远就是以通倭的罪名抓的他。后来被胡宗宪放了。听手下人说，今天在码头上海瑞放走的又是这个人。就是他带着淳安的刁民四处买粮，煽动百姓不卖田。这几天他们那伙人一定还会四处买粮，想个法子让他们到倭寇手里去买。连他们带倭寇一起抓住，做成个死局，然后交给那个海瑞去办。"

郑泌昌心动了："说下去。"

何茂才："按律例，通倭要就地正法。让那个海瑞到淳安去干的第一件事就是杀人！杀这些不肯卖田的人！"

郑泌昌："海瑞要是不杀这些人呢？"

何茂才："这些人是海瑞今天放的，不杀，就说明海瑞也有通倭的嫌疑。我们就可以办他！"

郑泌昌："这倒是连得上。"

何茂才："让海瑞杀了这些人，淳安、建德的灾民就没有人再敢买粮，没有粮就只有卖田，海瑞和那个王用汲就不敢再阻止。一是百姓不会再听他们的；饿死了人也都是他们的罪，那时也可以办他！"

郑泌昌："怎么让那些人到倭寇手里买粮？"

何茂才："这件事我去办。你赶紧催老沈。明天上午议事，只要高翰文改了口，同意我们那个议案，剩下两个知县和那些刁民就按这个法子办。关口是要老沈今天晚上无论如何把那个高翰文套住。"

郑泌昌坐在那里又是一阵好想，慢慢才又望向何茂才："通什么的那个事要做干净，千万不要落下什么把柄。"

何茂才站了起来："干了十几年刑名了，这个你就不要担心。"

"也是他们逼的。干吧。"郑泌昌也站了起来，"那个什么海瑞和王用汲现在哪里？"

何茂才："在门房里呢。"

郑泌昌："你打了一天的雷我总得下几滴雨。叫他们进来，我来说几句，把他们先稳住。你抓紧去干你的。"

"好。"何茂才走了两步又停下了，"老沈那儿，你也得抓紧催。"

这是个地牢，火把光照耀下能够清楚地看到，北面是一条宽宽的通道，南面一排粗粗的铁栏杆内便是一间间牢房，墙面地面全是一块块巨大的石头。

何茂才这时便坐在最里端靠北面石墙的椅子上，他身边站满了兵，都拿着长枪，枪尖全对着对面那间牢房的监栏。

那间牢房里赫然坐着一个日本浪人！

那人手上脚上都戴着粗粗的镣铐，身上却穿着干净的丝绸和服，头脸也刮得干干净净，露出了头顶上只有倭寇才有的那束发型！

"我们说话从来是算数的。"何茂才的声音十分温和，"两年了，我们也没杀你，也没再杀你们的弟兄。每天都是要什么便给什么。你还有什么不信的？"

"那是你们不敢不这样。"那个日本人竟然一口流利的吴语，"不要忘了，你的前任就是在牢里杀了我们的人，全家都被我们杀了。"

何茂才被他顶得眉一皱，语气便也硬了："话不像你说的那样。你们既然那么厉害，为什么不去杀胡宗宪的全家，不去杀戚继光的全家？"

那日本人眼中露出了凶光，立刻一掌，将席子上那张矮几击得垮裂成几块："总有一天，胡宗宪、戚继光全家都得死！"

几个兵立刻握紧了枪，挡在何茂才身前。

"让开。"何茂才叫开了那几个兵，"话我都跟你说了，井上十四郎先生，你们东瀛人不是都讲义气吗？以你一个人可以救你们十几个弟兄，还可以得到那么多丝绸。愿意不愿意，本官现在就等你一句话。"

那个井上十四郎调匀了呼吸，盘腿坐在席上，闭上了眼，显然在那里想着。

所有人都屏住了呼吸，只有墙上的火把偶尔发出"噼啪"的爆火声。

"给我弄一条河豚来。"那个井上仍然闭着眼，却说出了这么一句话。

"什么？"何茂才没听清楚，转头问身边的人，"他刚才说什么？"

身边的队官："回大人，他说叫我们给他弄一条河豚。"

何茂才："给他去弄。"

那队官："大人，这么晚了，到哪里弄河豚去？"

何茂才："去河道衙门。告诉他们，死也给我立刻弄一条河豚来！"

别院的账房里。沈一石神情十分严肃地将一摞账册往书案上一摆。

高翰文坐在那里静静地望着他。

| 第七章 |

沈一石："这里没有第三个人，我就斗胆跟大人说了吧。这些账册连浙江巡抚都不能看。"

高翰文站了起来："那我就不看了。"

沈一石依然十分平静："我也没有叫大人看。"

高翰文望着他。

沈一石："只是有些事想让大人知道，是为了大人，也是为了鄙人自己。一点私念而已。这点私念待会儿我会跟大人说，同不同意都在大人。"

高翰文更加紧紧地望住了他。

"这样吧。"沈一石拿起了一本账册，"大人也不要看。我念，只拣这两年当中最紧要的几处念，我呢只当念给我自己听。大人呢只当没听见。"

高翰文神情这才凝肃起来，不禁又坐了下去，等听他念。

沈一石翻开了账册："嘉靖三十九年五月，新丝上市；六月，南京、苏州、江南织造局赶织上等丝绸十万匹，全数解送内廷针工局。嘉靖三十九年七月，应天布政使衙门、浙江布政使衙门遵上谕，以两省税银购买上等丝绸五万匹、中等丝绸十万匹和淞江上等印花棉布十万匹，解送北京工部，以备皇上赏赐藩王官员和外藩使臣。嘉靖三十九年十月，南京、苏州、江南织造局同西域商人商谈二十万匹丝绸贸易，折合现银二百二十万两，悉数解送内廷司钥库。注：无须向户部入账。"

听到这里高翰文惊了，站了起来。

沈一石却依然不看他，又拿起了另外一本账册，声调依然十分平静："嘉靖四十年二月，接司礼监转上谕，该年应天、浙江所产丝绸应贸与西洋诸商，上年所存十二万匹丝绸悉数封存，待今年新产丝绸凑足五十万匹，所货白银着押解户部以补亏空。三月，又接司礼监转上谕，将上年封存之十二万匹丝绸特解十万匹火速押运北京，赏裕王妃李侯家。"

高翰文惊在那里，连呼吸都屏住了。

"就念这些吧。"沈一石将账本轻轻放了回去，"按理说，南京、苏州、杭州，三个织造坊，应天、浙江两省那么多作坊，每年产的丝绸，还有淞江等地的棉布，如果有一半用在国库，也能充我大明全年三分之一的开销。"

高翰文还是屏住呼吸，惊疑地望着沈一石。

沈一石："可丝绵每年产，每年还缺。今年朝廷又提出每年还要增加三十万匹的织量，这才有了改稻为桑的事情。听了这些，大人应该知道怎样才能当好这个差了。"

高翰文深望着他："沈先生，你把这些告诉我为了什么？"

沈一石："刚才说了，一点私念而已。说句高攀的话，我想交大人这个朋友。"

高翰文又不语了，还是望着他。

沈一石："昨夜巡抚衙门通告，叫我今天陪大人了解浙江丝绸的情形，那时我并没有想到要跟大人说这些。一番琴曲之谈，知道了大人就是精解音律的苏南那个高公子，我才动了这个心思。记得当年苏东坡因乌台诗案下狱，仁宗要杀他，宣仁皇太后说了一句话：灭高人不祥！就这一点儿念头，救了苏东坡的命，才为我们这些后人留下多少千古名篇。大人，不是恭维你，我不想像你这样的大才陷到这样的官场旋涡里去，损了我们江南的斯文元气！"

高翰文见他说得如此意调高远，又如此推心置腹，不禁也激动起来："沈先生的意思是要我做什么？"

沈一石："浙江官府有郑大人、何大人，织造局这边有杨公公，这些话原不是该我说的。所谓白头如新，倾盖如故，大人如果认我这个朋友，我就进几句衷言。"

高翰文："请说。"

沈一石："赶紧让淳安和建德的灾民把田卖了，在六月就把桑苗插下去。成了这个事，大人也不要在浙江待了。我请杨公公跟宫里说一声，调大人回京，或是调任外省。"

高翰文立刻凝肃了："沈先生的意思是让我同意巡抚衙门的议案，让灾民十石一亩、八石一亩把田卖了？"

沈一石："箭在弦上，不按这个议案，改稻为桑今年就万难施行。到时候，朝廷第一个追问的就是大人。"

"如果那样，朝廷也不要我来了。"高翰文的态度立刻由激动变成了激昂，"高某在朝廷提出了'以改兼赈，两难自解'的奏议，其意就是为了上解国难，下疏民困。多谢先生担着干系把内情告诉了我，但倘若我知道了内情便一任数十万灾民明年失了生计，则高某把自己的前程也看得太重了。"

沈一石："我说一句话，请大人先行恕罪。"

高翰文："请说。"

沈一石："说轻一点，大人这是不解实情。说重一点，大人这是书生之见。"

高翰文的脸色果然有些难看了："何谓书生之见？"

沈一石："大人只知道百姓卖了田明年便没了生计，为什么不想想，丝绸大户买了那么多田，一年要产那么多丝，靠谁去种？靠谁去织？"

高翰文望着他。

沈一石："就像现在许多无田的百姓，都是靠租大户的田种，哪里就饿死人了？同样，稻田改成了桑田，也要人种，还要人采，更要人去养蚕缫丝，最后还得要许多人去织

第七章

成丝绸。大人想想，今年的灾民把自耕的稻田卖了，明年无非是受雇于大户田主，去种桑养蚕。人不死，粮不断。我大明朝也不会眼睁睁看着子民百姓因没了自己的田就一个个都饿死。"

高翰文沉思了，少顷又抬起了头："照沈先生这样说，明年那些买了田的丝绸大户都会雇用今年卖田的灾民？"

沈一石："大户自己也不会种田，不雇人那么多桑田谁去种？"

高翰文："也会像租种稻田那样跟雇农四六分成？"

这一问把沈一石问住了。

高翰文接着说道："无田的人多了，都争着租田耕种，田主倘若提高租赋，三七、二八、甚至一九，百姓租是不租？种是不种？"

沈一石叹了一声："大人问得如此仔细，在下也就无话可答了。自古就是不动的百姓流水的官。如果大明朝的官都是大人这般心思，这些话我们都不用说了。"

高翰文："不管怎样，有幸结识了沈先生，他日没有了公事牵缠，我倒真愿意与先生推谈琴理。至于刚才先生跟我说的这些宫里的事，我会好好去想，不会告诉任何人。"说到这里便站了起来。

沈一石一笑："照大人这样说我们明天开始也就不能再来往了。现在是酉时，大人能不能为在下耽误半个时辰？"

高翰文似乎明白他要提什么，略想了想，还是问道："沈先生要我做什么？"

沈一石："请大人为舍侄女指点一下《广陵散》中那个错处。"

高翰文眼望沈一石，心里其实已经答应了，却仍有些犹豫。

沈一石："就半个时辰，悟与不悟，是她的缘分了。"

高翰文把目光望向了窗外的天色："高情雅致，沈先生真会难为人哪。"

这便是答应了，沈一石赶紧深深一揖："多谢大人。"

沈一石领着高翰文再次走进琴房，芸娘这时已经不在"琴台"上，而是盈盈地站在屋子的中间，脚下摆着一个绣锦蒲团。

沈一石："也不知是我的面子还是你的福分，拜师吧。"

芸娘在蒲团前慢慢跪下，拜了下去。

高翰文倒有些慌乱了："不敢，快请起来……"

芸娘还是拜完了三拜，这才又轻轻站了起来，低头候在那里。

沈一石这时竟也静默在那里，少顷才说道："只有半个时辰，请大人先弹一遍，然后给你指点错处，你要用心领会。经高大人指点以后，我的那点琴艺便教不了你了。"

弦外之音恩断义绝！在高翰文听来是"琴艺"，在芸娘听来当然是指"情意"，但以沈一石之清高自负，这时竟搬来个让任何才女都可能一见倾心的才子让自己眼睁睁将人家毁了，这份怨毒，局外人如何能够理会？

"知道了。"芸娘那一声轻声应答，喉头竟有些哽咽。

沈一石倏地向她望去。

芸娘的眼也顶着向沈一石望去。

高翰文似乎感觉到了什么，转身望向沈一石。

沈一石的目光立刻柔和了："赶紧吧。我就在门外洗耳聆听。"说着走出门去，把门带上了。

——琴声从琴房那边遥遥传来。

沈一石坐在账房里，两眼睁得好大，眼神却显然不在眼眶里，像是随着传来的琴声天上地下日月星辰八极神游！

琴声弹到了极细处，像是从昊天深处传来的一丝天籁！

沈一石屏住了呼吸，侧耳凝听。突然，他眉头一皱。

门外传来了一阵零碎的脚步声。

看院的管事正轻步带着四个织造局的太监来了！

见账房门关着，琴房那边又传来琴声，那管事好像明白了什么，将一根指头竖在嘴上，示意四个太监不要出声。

太监们可不耐烦，其中一个说话了："叫我们来，又叫我们在门外站着，怎么回事？"

"我的公公！"那管事尽力压低着声音，"就忍一会儿……"

他刚说到这里，门轻轻地开了，沈一石出现在门口。

四个太监见了沈一石还是十分礼敬，同时称道："沈老爷……"

沈一石对他们也还客气，做了个轻声的手势，然后一让，把四个太监让进门去。

四个太监配得倒好，有高的有矮的有胖的也有瘦的，这时一齐在椅子上坐下了。

沈一石信手拿起四张银票，每人一张发了过去："喝杯茶吧。"

四个太监倒不太爱作假，同时拿起银票去看上面的数字。

——每张银票上都写着"凭票即兑库平银壹仟两"。

四个太监都笑了，将银票揿进怀中。

| 第七章 |

那个坐在第一位的胖太监望着沈一石:"现在就……"说到这里做了个抓人的手势。

沈一石浅浅一笑:"不急。"说着自己也坐了下去,闭上眼又听了起来。

那四个太监还是晓事,便都安静了,坐在那里一动不动。

琴声渐转高亢,传了过来。

——高翰文按弦的左手在疾速地移动,就像幻化成几只手在弦上倏忽迭现,但还能看得出手形;疾速抡动的右手五指却已经像雨点般有影无形!

高翰文坐在那里像一座玉山,身上的绸衫随着身段的韵律在飘拂,就像绕着玉山的云!

芸娘就坐跪在琴几前方的左侧,两眼痴痴的,也不像在看琴,也不像在看高翰文。

高翰文这时好像也忘记了身旁这个女子的存在,一阵疾抡之后,双手都浮悬在琴弦约一寸高的上方,停在那里。

芸娘的目光这时慢慢移望向他那两只手。

果然,按弦的左手慢慢按向了角弦,右手的一指接着轻轻地一勾,发出了一声像是在呼唤,又像是在告别的声音。接着,一段带着神往又带着凄苦的乐曲响起了。

——这就是高翰文所说嵇康临刑前向往魂归邙山的那段乐曲!

路漫漫其修远!高翰文的两眼慢慢潮湿了,接着闪出了泪星!

芸娘的泪珠却已经沿着脸颊流了下来!

——四个太监有些诧愕了,都怪怪地望着沈一石。

沈一石坐在那里,两只眼眶中也盈满了泪水!两只手却虚空抬着,左手做按弦状,右手做弹拨状!

四个太监面面相觑。

突然,琴声停了!

沈一石一下子缓过神来,倏地站起。

四个太监也紧跟着站了起来。

为头儿的那个胖太监:"可以抓了?"

沈一石停在那里,少顷又坐了下去:"再等等吧。"

四个太监也只得又坐了回去。

——从乐曲中出来,高翰文回过了神,望向芸娘,不禁心中怦然大动!

芸娘跪坐在那里，深深地望着高翰文，泪流满面。

所谓高山流水，高翰文这时望着她也不再回避目光："你来弹吧。"

芸娘却还是跪坐在那里，深望着高翰文，突然说道："大人，快半个时辰了，你走吧。"

高翰文一怔，心里冒出了一丝不快，但再看芸娘时，见她眼中满是真切，不像有别的意思，便报以一笑："有事也不在耽误这片刻。我答应了你叔父，教你改过那一段。来弹吧。"说着，移坐到一边，空出了琴几前那个位子。

芸娘开始还是跪坐在那里没动，也就一瞬间，她的目光闪出了毅然的神色，像是骤然间做出了一生的选择，深望着高翰文问道："大人，人活百年终是一死，那时候你愿不愿意魂归邙山？"

高翰文被她问得一愣，见她决然肃穆的神态，神情也肃穆起来，郑重答道："吾从嵇康！"

芸娘："那我也从嵇康！"说完这句她移坐到琴几前，一指按在角弦上，另一指勾动琴弦，也发出了高翰文刚才弹出的那样一声！

——神往，凄苦，都酷似高翰文弹出的嵇康临刑前那种神韵；其间却另带有一种一往无前绝不回头的鸣响，似更传出了嵇康当时宁死也不与魏国权贵苟同的心境！

高翰文惊了。

——沈一石似也从琴声中听出了什么，脸色一下子青了，从嘴里迸出两个字："抓吧。"

早就在候着这一刻了，四个太监倏地弹起，像出巢的蜂，向门口涌去。

"慢着！"沈一石又喝住了他们。

四个太监愣生生地刹住了脚步。

沈一石："叫他写下凭据就是，不要伤了他。"

为首的胖太监："晓得。抓去（音：ke）！"

四个太监奔到琴房门口，撞开了琴房的门，涌了出去。

高翰文愕然地看着冲进来的四名太监。

胖太监乜了高翰文一眼："高大人真是多情才子啊！"

瘦太监马上接过来："不仅多情，而且胆大。竟然勾引杨公公的'对食'。"

高太监："这可怎么办？杨公公面前我们可交不了差。"

矮太监："有一个办法，烦劳高大人写下个字据，证明这事与我等无关。高大人大仁

第七章

大德，不会让我们为难的。"

"什么杨公公？什么'对食'？"高翰文这时似乎已经明白自己陷入了一个精心布设的局里，却仍然难以相信，便不看那四个太监，望向芸娘。

芸娘这时依然坐在琴几前，非常平静，望着高翰文："杨公公就是织造局的监正，我是伺候他的人。宫里把我们这样的人叫作'对食'。"

高翰文的脸立时白了，气得声音也有些颤抖了："那个沈先生呢，也不是你的叔父吧？"

芸娘："他是江南织造局最大的丝绸商。就是他花了钱从苏州买了我，送给了杨公公。"

高翰文的胸口像被一个重物砰地狠击了一下，两眼紧紧地盯着芸娘。

芸娘也深深地望着他，那目光毫不掩饰心中还有许多无法言表的诉说。

高翰文："告诉你背后那些主子，我高某不会写下任何东西！"说着，一转身又站住了："还有，以后不要再弹《广陵散》，嵇公在天有灵会雷殛了你们！"

芸娘颤抖了一下，眼中又闪出了泪花。

高翰文这才大步向门口走去。

"哎！"四个太监站成一排挡住了他。

胖太监："你走了，我们怎么办？"

"你们是问我？"高翰文鄙夷地望着那几个太监。

胖太监："是呀。"

高翰文："那我给你们出个主意。"

四个太监有些意外，碰了一下目光：

"说！"

"说呀！"

高翰文："拿出刀来，在这里把我杀了。"

四个太监愣了一下，也就是一瞬间，立刻又都无聊起来：

"他还讹我们？"

"我们好怕。"

"人家是知府嘛，杀人还不是经常的事。"

"好了。"胖太监阻住了他们，对着高翰文，"杀不杀你不是我们的事。杀我们可是杨公公的事！我们四个是杨公公吩咐伺候芸娘的，现在她跑出来偷汉子，杨公公回来我们四个也是个死！高大人，你的命贵，我们的命贱，左右都是死，你要走，就先把我们杀

了。"

说到这里，那个胖太监倏地把衣服扯开了，露出了身前那一堆胖胖的白肉，在高翰文面前跪了下去。

另外三个太监也都把衣服扯开了，敞着上身，一排跪在高翰文面前。

高翰文气得满脸煞白，可被他们堵着又走不了，一时僵在那里……

天渐渐黑了，海瑞与王用汲还静静地坐在知府衙门内，王用汲有些坐不住了，站起来走到堂口，望着天色。

一个随从进来了，擦燃了火绒，点亮了案边的蜡烛。

王用汲又折了回来，问那随从："劳烦再去问问，高大人下午去了哪里。"

那随从："上午是去了织造局作坊，中午过后从织造局作坊出来，便将随去的人都先叫回了。说是织造局有车马送我们家大人回来。因此去了哪里我们也不知道。要不，二位大人先回馆驿。我们家大人一回，我向他禀告？"

王用汲望向了海瑞。

海瑞望向那随从："我们就在这里等。"

那随从："那小人给二位大人弄点吃的？"

王用汲："有劳。"

那随从走了出去。

王用汲又望向了海瑞："刚峰兄，明天上午就要议那个议案了。你说他们对高大人会不会……"

海瑞："再等等。过了戌时不回，我们便去巡抚衙门。"

正在这时，一个随从打着灯笼引着高翰文进来了。

海瑞和王用汲同时站了起来。

"你下去吧。"高翰文的声音有些嘶哑。

那个随从立刻退了出去。

高翰文却仍然站在那里。

海瑞望向了他。

王用汲也望向了他。

高翰文立刻感觉到了自己有些失态，强笑了一下："二位这么晚了还在这里等我？"

海瑞："明天便要再议那个议案了。我们等大人示下。"

高翰文把目光移开了，也不坐下，还是站在那里："上不愧天，下不愧地。明天就请

第七章

二位多为淳安和建德的百姓争条活路吧。"

王用汲有些诧异了,望向了海瑞。

海瑞定定地审视着高翰文,两眼闪出了惊疑的光。

改稻为桑的会议又恢复进行了。但一日之隔,一室之间,气氛已大不相同。

郑泌昌依然坐在正中的大案前,满脸的肃穆,眼睛已不似前日那般半睁半闭,目光炯炯,笼罩着整个大堂,向坐在两侧案前的官员一一扫视过去。

何茂才也一改前日那副拧着劲儿的神态,身子十分放松地斜靠在左排案首的椅子上,一只手搁在案上,几根手指还在轮番轻轻叩着案面。

什么叫官场?一旦为官,出则排场,入则"气场",此谓之官场。浙江那些与会官员虽不知道隔的这一天内发生了什么事情,但一个个都已经感受到大堂上的气场变了!今天的议案能通过?

一双双目光都不禁望向仍坐在右排案首的高翰文。

高翰文还是那个高翰文,身子直直地坐在那里,但稍一细看便能看出,也就一天,他的面容在前日是风尘,在今日却是憔悴。两眼虚望着前上方,也没有了上任时的神采,淡淡地显出茫然。

海瑞和王用汲也还是分别坐在案末的板凳上。

王用汲目光沉重地望着对面的海瑞。

海瑞的目光却沉沉地望着斜对面案首的高翰文。

"议事吧。"郑泌昌开口了,目光却不再看众人,望向前方的堂外。

那些官员也都坐正了身子,眼观鼻,鼻观心,耳朵却都竖了起来。

郑泌昌:"事非经历不知难。高府台昨天去了织造局,两个知县昨天去了粮市,应该都知道'以改兼赈'该怎么改怎么赈了。"说到这里,他对身边的书吏:"把议案发下去吧。"

"是。"那个书吏立刻从案上拿起了那一沓议案,先是何茂才,再是高翰文,呈"之"字形,两边走着,将议案每人一份,放在案上。

到了海瑞面前,由于没有案桌,那书吏便将议案递了过去。

那书吏又走到王用汲面前将议案递了过去。

大堂上一片寂静,只有次第翻页的声音。

都看完了,依然是两页六条二百余字,一字未改!

大堂上更寂静了,一双双会意的目光互相望着,又都望向大堂正中的郑泌昌。

郑泌昌的目光依然望着堂外。

王用汲手里拿着那份议案，望向了海瑞。

海瑞却不知何时已将那份议案放在了身旁的凳子上，闭上了眼睛。

何茂才的目光一直盯着对面的高翰文，他发现高翰文案前那份议案还是那样摆着，他并没有揭开首页去看二页。

何茂才："高府台，你好像还没有看完吧？"

所有人的目光都随着这句问话望向了高翰文。

只有海瑞仍然闭着眼睛坐在那里。

"一字未改，还要看吗？"高翰文倏地抬起了头，目光里终于又闪出了那种不堪屈服的神色，望向了何茂才。

"是，一字未改。"何茂才见他依然倔抗，立刻摆出一副谈笑间灰飞烟灭的气势，身子又往后一靠，"高大人是翰林出身，应该知道，做文章讲究'不着一字，尽得风流'。"说到这里他有意将"尽得风流"四字加重了语气。

高翰文胸口立刻像被撞了一下，两眼却仍然不屈地望着他。

何茂才："我现在把这八个字改一下，叫作'不改一字，两难自解'。"

高翰文一震，两手扶着案沿想站起来，脑子一阵昏眩，终于没有能站起。

郑泌昌却站了起来，目光徐徐扫向底下的官员："昨天，本院和高府台就朝廷改稻为桑的国策还有如何在淳安、建德以改兼赈的事宜做了深谈。官仓里赈灾的粮也就够发放三天了，灾情如火，桑苗也必须在六月赶种下去。我们倘若再议而不决，便上负朝廷，下误百姓！高府台明白了实情，同意了我们这个议案。现在没有了异议，大家都在议案上签字吧。"

笔墨是早就准备在各人的案上，浙江的官员们纷纷拿起笔，在面前的议案上签字。

高翰文却依然坐在那里，并没有去拿案上的笔。

"高府台。"郑泌昌沉沉地望着高翰文。

高翰文似是鼓起了最后一点勇气："一字未改，我不能签字。"

何茂才又准备站起了，郑泌昌的目光立刻向他扫去，接着依然平静地对着高翰文："那你就再想想。"说完这句，向堂下喊了一声："上茶！"

也像是早就准备好了，还是前天上茶那个书办，托着一个装了八个茶碗的茶盘，一溜风走了进来，但走进大堂门便停下了。竟倒着顺序，先在海瑞和王用汲的板凳上放下两碗茶，然后也呈着"之"字形，从下到上在每个官员案桌上放下茶碗。

托盘上只剩下一个茶碗了，那书办走到了高翰文案前，还是带着笑，将茶盘往他面前

第七章

一举。

　　高翰文没有去拿那碗茶，郁郁地：“放下吧。”

　　那书办还是举着茶盘，往他面前一送。

　　高翰文心情灰恶地望向了他。

　　那书办眼中却满是真切，眼珠动了一下，示意高翰文看那茶碗。

　　高翰文的目光不禁向那茶碗望去。

　　——茶碗下摆着一张写了字的八行纸！

　　高翰文的脸唰地白了，人却怔怔地坐在那里，还是没有去端那茶碗。

　　那书办不再强他，一手端起了茶碗放到他面前，另一手将茶盘又向他面前移了移。

　　——茶盘上八行纸上的字赫然现了出来：“我与芸娘之事，和旁人无关。高翰文！”

　　那书办再不停留，高托着茶盘一溜风走了出去。

　　众人的目光都集中在高翰文的身上，只有海瑞依然闭着眼端坐着。

　　高翰文的右手慢慢抬起了，向笔架上那支笔慢慢移去。尽管费力控制着，那只手依然有些微微颤抖地拿起了笔。

　　郑泌昌、何茂才同时放松了下来，向椅背慢慢靠去。

　　"府台大人！"王用汲突然站了起来。

　　高翰文已拿起笔的手又停在那里。

　　郑泌昌、何茂才的目光立刻向王用汲盯去。

　　海瑞的眼也睁开了，望向王用汲。

　　王用汲望着高翰文：“府台大人，卑职有几句话要请大人示下。”

　　“请说。”就像临渊一步，突然被人拉了一下，高翰文立刻又把笔搁回了笔架上。

　　王用汲：“刚才中丞大人说，昨天与大人深谈了，赈灾粮只能发三天，桑苗也必须在六月种下去，这些都是实情。可这些实情在前日议事时就都议过。何以同样的实情，这个议案在前日不能施行，今日又能施行？卑职殊为不解。”

　　“嗵嗵嗵”，何茂才立刻在案上敲了几下：“既然是实情，在前日就应该通过，这有什么不解的！”

　　“请大人容卑职说完。”王用汲向何茂才拱了一下手，转脸深深地望着高翰文，“卑职这次是从昆山调来的。去昆山前，卑职就是在建德任知县，建德的情形卑职知道。建德一县，在籍百姓有二十七万人，入册田亩是四十四万亩。其中有十五万亩是丝绸大户的桑田，二十九万亩是耕农的稻田。每亩一季在丰年可产谷两石五斗，歉年产谷不到两石。所产稻谷摊到每个人丁，全年不足三百斤。脱粒后，每人白米不到二百五十斤。摊到每天，每人不足七两米，老人孩童尚可勉强充饥，壮丁则已远远不够。得亏靠山有水，种些茶叶桑麻，产些桐漆，河里能捞些鱼虾，卖了才能缴纳赋税，倘有剩余便换些油盐购些粗粮勉强度日。民生之苦，已然苦不堪言。"

何茂才："你说的这些布政使衙门都有数字。"

王用汲不看何茂才，仍然望着高翰文："今年建德分洪，有一半百姓的田淹了，约是十四万亩。这些百姓要是把田都卖了，明年便只能租田耕种。倘若还是稻田，按五五交租，则每人每年的稻谷只有一百五十斤，脱粒后，每人每天只有白米三两五钱。倘若改成桑田，田主还不会按五五分租，百姓分得的蚕丝，换成粮食，每天还不定有三两五钱。大人，三两五钱米，你一天够吗？"

高翰文满眼的痛苦，沉默了好久，答道："当然不够。"

王用汲："孟子云：禹思天下有溺者，犹己溺之也；稷思天下有饥者，犹己饥之也。大人，你手上这支笔系着几十万灾民的性命。己溺己饥，请大人慎之！"

这些话才是真正的"实情"。堂上那些官员平时也不是不知，只是麻木日久，好官我自为之。这时听王用汲细细说出，神情且如此沉痛，便都哑然了。

大堂上又出现了一片沉寂。

郑泌昌知道自己必须最后表态了，站了起来："王知县刚才说了建德的实情。本院曾任浙江的布政使，管着一省的钱粮，不要说建德，整个浙江每个县的实情我都知道。一县有一县的实情，一省有一省的实情，可我大明两京一十三省现在的实情是国库亏空！蒙古俺答在北边不断进犯，倭寇就在我们浙江还有福建沿海骚乱，朝廷要用兵，通往西洋的海面要绥靖，要募兵，还要造船。这就是朝廷最大的实情。一个小小的知县，拿一个县的小账来算国家的大账，居然还要挟上司不在推行国策的议案上签字！"接着他提高了声调，语转严厉："朝廷有规制，省里议事没有知县与会的资格。来人，叫两个知县下去（音：ke）！"

送茶的那个书办立刻从大堂外走进来了。

王用汲是站着的，那书办顺手抄起了他那条板凳，又走到海瑞面前："知县老爷，这里没您的座了，请起来吧。"

海瑞慢慢站起了，那书办立刻又抄起了他的那条凳，一手一条，一溜风又走了出去。

海瑞和王用汲便都站在那里。

王用汲和高翰文是斜对面，这时仍然用沉重的目光望着高翰文。

高翰文的目光痛苦地转向郑泌昌："中丞大人……"

"这里到底谁说了算！"何茂才厉声打断了高翰文，转身望向海瑞和王用汲，"中丞

| 第七章 |

大人叫你们下去，听见没有？"

海瑞开口了："但不知叫我们下到哪里去？"

何茂才："该到哪里去就到哪里去！"

海瑞："那我们就该去北京，去吏部，去都察院，最后去午门！"

"什么意思？"何茂才瞪着他。

海瑞："去问问朝廷，叫我们到淳安、建德到底是干什么来了。"

何茂才："你是威胁部院，还是威胁整个浙江的上司衙门？"

海瑞："一天之隔，朝廷钦任的杭州知府兼浙江赈灾使都已经被你们威胁得话也不敢说了，我一个知县能威胁谁？高府台，昨天一早我们约好一起去看粮市，然后去各作坊了解丝绸行情。结果你被巡抚衙门叫走了。中丞大人刚才说，他跟你做了深谈。可一个下午直到深夜，你的随从到巡抚衙门还有织造局四处打听，都不知你的去向。你能不能告诉卑职，巡抚衙门把你叫到哪里去了？中丞大人在哪里跟你做了深谈，做了什么深谈？为什么同样一个议案，没有任何新的理由，你前日严词拒绝，今日会同意签字？"

"反了！"何茂才一掌拍在案上，"来人！"

一个队官带着两个亲兵立刻进来了。

何茂才："给我把这个海、海瑞押出去！"

"谁敢！"海瑞的这一声吼，震得整个大堂回声四起。

那个队官和两个亲兵都站住了。

海瑞的目光直视郑泌昌："大明律例，凡吏部委任的现任官，无有通敌失城贪贿情状，巡抚只有参奏之权，没有羁押之权！郑中丞，叫你的兵下去！"

整个堂上的人都万万没有想到，大明朝的官场居然会有这样的亡命之徒！一个个都惊得面面相觑。

郑泌昌尽管已经气得有些发颤，却知道照何茂才这种做法将海瑞羁押就会变成不了之局，因此尽力调匀气息："好，好……我现在不羁押你。退下去。"

那队官带着两个兵退了出去。

"可本院告诉你！"郑泌昌那份装出来的儒雅这时已经没有了，两眼也露出了凶光，"不羁押你不是本院没有羁押之权，凭你咆哮巡抚衙门扰乱国策我现在就可以把你槛送京师。可本院现在要你到淳安去，立刻以改兼赈，施行国策。赈灾粮只有三天了，三天后淳安要是还没有推行国策，以致饿死了百姓，或者激起了民变，本中丞便请王命旗牌杀你！告诉你，前任杭州知府马宁远，淳安知县常伯熙、建德知县张知良就都是死在王命旗牌之下。"

海瑞的目光转望向了他："马宁远、常伯熙和张知良是死有余辜！这也正是我想说的事情。同样是修河堤，应天的白茆河、吴淞江两条河堤去年花了三百万两今年固若金汤。浙江新安江一条河堤花了二百五十万两，今年却九个县处处决口。中丞，那时你管着藩台衙门，钱都是从你手里花出去的。新安江的河堤到底是怎么决的？卑职今天无法请教中丞，到时候总有人会来请教中丞。被逼分洪，这才淹了建德、淳安，整个浙江从巡抚衙门到藩臬司道，不思抚恤，现在还要把灾情全压在两县的百姓头上。真饿死了百姓，激起了民变，朝廷追究起来，总有案情大白的一天！王命旗牌可以杀我海瑞，可最终也饶不了元凶巨恶！"

郑泌昌的脸白了。

何茂才的脸也白了。

大堂上那些官员一个个大惊失色。

郑泌昌的手颤抖着，抓起惊堂木狠狠地一拍："海瑞！无端捏造，诬陷上司，你知道《大明律》是怎么定罪的吗！"

海瑞："我一个福建南平的教谕，来浙江也才三天，新安江九县决堤是我捏造的吗？去年修堤藩库花了二百五十万两也是我捏造的吗？"说到这里他又转向高翰文："高府台，这个议案只有六条二百余字，可这二百余字后面的事情，将来倘若写成案卷，只怕要堆积如山！不管你昨天遇到什么事情，毕竟是你一人的事情，有冤情终可昭雪，是过错回头有岸。但这件事上系朝廷的国策，下关几十万百姓的生计，其间波谲云诡，深不见底。你才来三天，倘若这样签了字，一步踏空，便会万劫不复！"

整个大堂真像死一般沉寂。

高翰文的目光接上了海瑞闪闪发亮的目光！

高翰文的眼神中有痛苦、有感动，也有了一些力量。

而大堂上坐着的郑泌昌、何茂才还有其他官员一个个脸上都透着肃杀！

一名队官进来了，对着堂上跪下了一条腿："回大人，淳安县有禀文！"

何茂才倏地站了起来，接过禀文，急急看完，凶险的目光扫向了依然站着的海瑞和王用汲："拖延！顶撞！这下好了，淳安的刁民跟倭寇串联造反了！海知县，就是你昨天放走的那个齐大柱，带领淳安的刁民串通倭寇，现在被官兵当场擒获了！"

王用汲当场脸就白了。

海瑞站在那里还是一动没动，目光仍然紧迎着何茂才的目光，在等待他的下文。

何茂才避开了他的目光，转身望向高翰文。

高翰文这时已经脸白如纸。

| 第七章 |

何茂才望着高翰文："高府台，淳安、建德都归你管，你说怎么办吧！"

高翰文提起了最后一股勇气，也站了起来："淳安是不是有百姓通倭，当立刻查处。但海知县是前天才来的浙江，这事应该与他无关……"

"通倭的人就是他昨天放走的，还说与他无关！"何茂才又猛拍了一下案面。

高翰文这时心里什么都明白，但又觉得自己竟是如此的无能为力，一下子感到眼前一黑，立刻闭上了眼。偏在这时，觉着小腹部一阵痉挛绞痛，便咬紧了牙，守住喉头那口气，心里不断地只有一个念头："不要倒下，千万不要倒下……"

也就一瞬间，高翰文直挺挺地像一根立着的柴向后倒下了！

这倒是所有人都没想到的，郑泌昌倏地站起了，所有的官员都倏地站起了。

海瑞和王用汲的目光也惊了。

——高翰文坐的那个地方，赫然只剩下一张空案桌和一把空椅子！

"来人！"郑泌昌也有些失惊了，立刻叫道。

一阵杂沓的脚步，跑进来的是那些兵。

郑泌昌："谁叫你们上来的？下去，下去！"

那些兵又慌忙退了下去。

郑泌昌对身旁的书吏："叫人，把高府台抬到后堂去，赶快请郎中。"

那书吏连忙对堂外嚷道："来两个人！"

那个托茶的书办和另一个书办连忙奔了进来。

那书吏招呼两个书办一起，绕到高翰文的案后。

高翰文这时仍在昏厥中，直挺挺地躺在地上。

那书吏："慢点，平着抬。"

书吏的手从头部抄着高翰文的肩，两个书办一边一个，一手伸到腰背，一手伸到大腿下，三个人把他慢慢抬了起来。

所有的目光都望着，那三个人抬着高翰文慢慢从屏风后进去了。

郑泌昌这时露出了斩伐决断："什么议案不议案都不说了！海知县，淳安刁民通倭之事是否与你无关以后再说。本院现在命你带领臬司衙门的官兵立刻去淳安，将倭贼就地正法，平息叛乱。然后按省里的议案以改兼赈！"

王用汲忧急的目光望向了海瑞。

海瑞还是定定地站在那里。

何茂才对那队官："带上兵，护着海知县立刻去淳安！"

"是！"那队官对着海瑞，"海知县，请。"

海瑞没有被他"请"动，仍然望着郑泌昌："请问中丞，他们跟我去淳安，是我听他们的，还是他们听我的？"

郑泌昌一怔，接着说道："按省里的议案办，他们就听你的。"

海瑞："倘若我按淳安的实情办，他们听不听我的？"

郑泌昌："什么实情？"

海瑞："省里现在说淳安有刁民通倭，究竟是怎样通倭，都有哪些人通倭，这些都必须按实情查处。真有通倭情事，卑职会按《大明律》严惩不贷。倘若并无通倭情事，中丞是不是也要卑职滥杀无辜？"

郑泌昌："海瑞，你是不是到现在还要怂恿刁民抵制国策？！"

海瑞："中丞，卑职问的是要不要滥杀无辜！"

郑泌昌也被他逼得拍了桌子："谁叫你滥杀无辜了？"

海瑞双手一揖："有中丞这句话，卑职就好秉公办事了。"说着，转对那队官："你都听到了。整队，跟我去淳安！"说完大步向堂外走去。

那队官反倒愣在那里，望向何茂才。

何茂才急了："看着我干什么？该怎么干还怎么干。去！"

"是！"那队官大声应着，这才慌忙转身跟着走了出去。

王用汲忧急地越过那队官的身影望向已经走到中门的海瑞。

郑泌昌立刻又把目光望向了王用汲："王知县，建德的事该怎么办你现在也应该知道了。立刻去，以改兼赈！"

王用汲立刻向堂上一揖，转身也大步走了出去。

辕门前，海瑞已经上了马。

那队官和几十个兵都上了马。

"起队！"那队官一声喝令，所有的马簇拥着海瑞的马向辕门外、向右边街面的大路驰去。

王用汲深忧的目光里，海瑞骑在马上的身影依然像一座山，在众多兵骑中忽隐忽现。

马队驰去的方向，夕阳红得像血！

"嚓"的一亮，王用汲的随从点燃了桌上的蜡烛。

王用汲一边坐了下去，揭开墨盒，一边说道："你立刻去准备，连夜给我把信送到苏州，送给谭纶谭大人。"

那随从："那谁伺候大人去建德？"

第七章

王用汲急了:"我还要谁伺候?快去。"

那随从连忙走了出去。

王用汲摊开了纸,拿起笔疾书起来。

有人敲响了房门。王用汲警觉地问道:"谁?"

他的随从在门外答道:"老爷,巡抚衙门来人了。"

王用汲将正在写着的信夹到案上的一本书里:"什么事?"

随从门外的声音:"说是老爷去任上的文书忘记拿了,他们特地送来了。"

王用汲将那本书拿到床边,揭开床席,放了进去。这才走到门边,把门打开了。

是那个送茶的书办,笑着走了进来。

王用汲没有让他坐,只是问道:"文书呢?"

那书办将文书递给了他。

王用汲接过文书:"有劳了,请吧。"

那书办却仍然站在那里没动。

王用汲眉头皱了一下,走到床前,从枕边的包袱里拿出一颗碎银,又转身向那书办走去。

那书办却在这片刻间将门关了。

王用汲再也不掩饰那份厌恶,将碎银一递:"没有别的差使,贵差请回吧。"

那书办却摇了摇头,不接那银。

王用汲:"你到底还要干什么?"

那书办凑近了他,王用汲下意识地一退。

那书办苦笑了一下,轻声地:"我有几句要紧的话,大人一定要记住了。"

王用汲望着他。

那书办又凑近了,低声地:"淳安那个倭寇是臬司衙门放出去的!"

王用汲一震,两眼紧紧地盯着那书办。

那书办:"还有,高府台是中了中丞和何大人还有沈老板的美人计。"

王用汲更震撼了:"你为什么告诉我这些?"

那书办深望着王用汲:"大人,我在巡抚衙门当差已经四年了。"

王用汲还是有些不解,仍然紧望着那书办。

那书办轻跺了一下脚:"前任巡抚是谁?"

王用汲有些明白了,但还是不接言。

那书办只好直说了:"前任巡抚是胡部堂,我是胡部堂的人。"

王用汲这才有些信了，深深地点了点头。

那书办："胡部堂和谭大人现在都在苏州。这两条消息大人得赶快派人报到苏州去。"说完便反身开了门，又回头说了一句："小人走了。"这才闪了出去。

王用汲目送他在门外消失，略想了想，立刻关上了门，走回床边从席下拿出那两张信纸，又走到桌前，将信纸伸向蜡烛上的火苗。

两张信纸很快燃完了，王用汲将纸灰扔在地上，又坐了下来，重新拿出信笺摆好，拿起笔，从头写了起来。

第八章

朱砂红得像血,在首辅严嵩案头的紫金钵盂里轻轻漾着,在次辅徐阶案头的紫金钵盂里轻轻漾着。两支"枢笔",各自伸进各自案头紫金钵盂里蘸了朱砂,两个人都将笔锋在砚台里慢慢探着,一双八十岁老人戴着眼镜的花眼,一双六十多岁老人戴着眼镜的花眼,望着面前用多种纤维掺着树叶捣碎了秘制的青纸,望着都已经写了一多半的鲜红的骈文,琢磨下面的词句。

青的纸,红的字,一流的馆阁体。任他天下大乱,两个宰相这时却在西苑内阁值房内为皇上写青词!

史书记载,嘉靖帝数十年练道修玄,常命大学士严嵩、徐阶等撰写青词,焚祭上苍。二人所撰青词"深惬圣意",时人呼二人"青词宰相"。殊不知,多少军国大事,几许君意臣心,都在这些看似荒诞不经的青词中深埋着伏笔!

"老了。"严嵩写完了最后一个字,搁下笔,又取下眼镜,扶着案沿慢慢站了起来。

徐阶却仍有两句没有写完,这时也不得不搁下了笔,随着站了起来,也取下了眼镜,隔案望着严嵩:"阁老写完了?"

严嵩轻轻捶着后腰:"一百六十九字竟写了一个时辰,不服老不行啊。"

徐阶:"阁老如此说,我就真应该告老了。也是一百六十九字,我还有两句没有想好呢。"

"少湖。"严嵩望着站在侧案后徐阶的身影,这一声叫得十分温情,"你是在等我啊。凭你的才情,凭你的精力,一个时辰不要说一百六十九字,一千六百九十个字也早就写好了。"

"阁老。"徐阶想解释。

"你厚道。"严嵩打断了他继续说道,"就像我伺候皇上,二十年了,熬到了八十,依然无法告老。一个人熬一天不累，熬十天就累了，小心一年不难，一辈子小心就难了。做我的副手，也好些年了，难为你处处让着我。"

"一人之下，万人之上；明君在位，悍臣满朝，阁老最难。"徐阶这句话说得甚是真诚，是否发自内心，在严嵩听来至少不都是虚言。

严嵩有些感动了，无论如何，昨夜想好的那些话现在都是该说的时候了。尽管眼花看不真站在侧边书案后的徐阶面上的表情，他还是望着徐阶的面部："少湖，青词要下晌才呈交皇上，剩下几句你也是一挥而就间事，烦请将椅子搬过来，我有几句话跟你商谈。"

"是。"徐阶尽管也已六十出头，这时身子依然十分硬朗，那把黄花梨太师椅轻轻一端便端了起来，稳步走到严嵩案侧放了下来。

"坐，请坐下谈。"严嵩伸了下手自己先坐下了。

徐阶礼数不废还是躬了躬腰才跟着坐了下来。

"冒昧问一言，少湖你要真心回答我。"坐得近了，严嵩望着满脸谦恭的徐阶。

徐阶："阁老但问就是，属下不会有一句虚言。"

"好。"严嵩赞了一句，接着仍盯着他的脸问道，"你说这世上什么人最亲？"

如此像煞有介事竟问出这样一句话来，徐阶不敢贸然回答，想了想才答道："当然是父子最亲。"

严嵩脸上浮出一丝苦涩，接着轻摇了摇头："未必。"

徐阶更小心了，轻问道："阁老请赐教。"

严嵩："《诗经》云：'哀哀父母，生我劬劳。'按理说，人生在世，难报之恩就是父母之恩。可有几个做儿子的作如是想？十个儿子有九个都想着父母对他好是应该的，于是恩养也就成了当然。少湖，你我都是儿孙满堂的人，你应该也有感受，父子之亲只有父对子亲，几曾见子对父亲？"

这番话岂止推心置腹，简直脾肺酸楚，徐阶那股老人的同感蓦地随着涌上心头，但很快又抑住了。面前这个人毕竟是严嵩，是除了当今皇上掌枢二十年的权相，当此朝局暗涌湍急之际，也明知自己并非他的心腹，这时为什么说这个话？而这些话显然处处又都点在严世蕃身上，这里面有何玄机？

徐阶不敢接言，只是望着他，静静地听他说。

严嵩也正望着他，想他接着自己的话说个一句半句，无奈徐阶默如孩童般，一副洗耳恭听的样子，知道要转换话题了。

"你不好答，我们就说另外一件事吧。"严嵩依然面目和煦，"你说今日皇上叫我们写的青词为什么要突出一个'贞'字？"

| 第八章 |

徐阶："天有四德，'亨利贞元'，这也是题中之意。"

"少湖啊。"严嵩这一声带着叹息，"老夫如此推心置腹，你又何必还这般疑虑重重。你真就不知道皇上叫我们突出这个'贞'字的圣意？"

徐阶岂有不知之理，此时仍然大智若愚："贞者，节也。圣意应该是提醒你我要保持晚节。"

严嵩的脸没有了和煦，换之以凝重，紧盯着徐阶的眼："如何保持晚节？"

徐阶的脸色也凝重了："请阁老赐教。"

严嵩不再绕圈："用好自己的人，撑住危局！"

徐阶："请阁老明示。"

严嵩："那我就明说了吧。胡宗宪是我的学生，他的字叫汝贞；赵贞吉是你的学生，他的名也有个贞字。皇上这是告诉你我，东南的大局要你我用好胡汝贞和赵贞吉！徐阁老以为然否？"

徐阶这就不能不表态了："皇上圣明，阁老睿智，应该有这一层意思在。"

严嵩："这就是我刚才问你这世上什么人最亲的缘故。有时候最亲的并不是父子，是师徒！儿子将父母之恩视为当然，弟子将师傅之恩视为报答。少湖，为了皇上，为了我大明的江山社稷，这一次浙江的改稻为桑一定要推行，一定要推行好。严世蕃他们把事情弄得不可收拾，我这边只有靠胡汝贞去维持，你那边要靠赵贞吉去维持。为了不把浙江的百姓逼反了，应天那边必须立刻借粮给浙江。你要跟赵贞吉说，火速将粮食借给胡宗宪！"

"阁老放心！"徐阶慷慨激昂地接道，"我今天回去就写信，命兵部六百里加急送给赵贞吉，叫他借粮！"

严嵩扶着案沿又站起了。

徐阶跟着站起了。

严嵩伸过手去，握着徐阶的手："我都八十了，内阁首辅这个位子，不会传给严世蕃，只有你才能坐。"

那边是北京内阁值房，这边是苏州应天官驿。

"不要动。"

胡宗宪靠坐在椅子上，手腕正被几根手指按住寸关尺，突见谭纶疾步走了进来，刚想坐起，便被那郎中喝住了，只好又慢慢靠了回去。

谭纶也便站在门口，不敢再动，更不敢说话，静静地望着那个诊脉的郎中。

那郎中四十出头，长髯垂胸，乌黑得显出亮来，两眼微睁着，显出两点精光。他正是一代名医李时珍。

这只手的脉切完了,李时珍:"那只手。"

胡宗宪望着李时珍:"先生,可否让我先听他说几句话?"

李时珍望了望胡宗宪,又望了望站在边上赔着笑的谭纶,轻叹了一声:"你的病好不了了。说吧。"

胡宗宪凝重地望向谭纶。

谭纶:"部堂在驿站跟高翰文说的话管用了。高翰文一到任便否了郑泌昌他们的议案。"

"这是意料中事。"胡宗宪脸上并没有显出欣慰,"赵贞吉到底愿不愿意借粮?"

谭纶沉吟了片刻:"叫苦。面子上到处在张罗,两天了才给我们凑了不到十船粮。"

胡宗宪的面容更凝重了:"再过几天没有粮,高翰文想扛也扛不住了……去找赵贞吉,就说,我也不要他的粮了。叫他立刻来见我。"

谭纶:"我这就去。"说着走了出去。

胡宗宪长叹了一声,靠在椅背上,望着门外怔怔地出神。

李时珍:"把我从那么远叫来,你的病还看不看了?"

胡宗宪这才想起了,歉然苦笑了一下,又把手放到了面前的垫枕上:"失礼了。请先生接着诊脉。"

李时珍望了望他那只手,又望着胡宗宪,却不诊脉。

胡宗宪不解,也望着李时珍。

李时珍:"错了,是那只手。"

像是故意不让李时珍诊完脉一样,刚搭上手,应天巡抚赵贞吉跟在谭纶身后走了进来,胡宗宪连忙欠身相迎。

赵贞吉的目光里含着歉意,但从里面又透着圆滑。他笑了笑,对胡宗宪说道:"你不派子理去找我,我也应该来看你的。部堂,借粮的事我们再谈,病总得看吧?不是你,李太医也不会这么远赶来。让李太医先写了方子,我们再商量,好吗?"

胡宗宪闭上了眼睛。

赵贞吉转对坐在案前的李时珍:"请李太医开方子吧。"

李时珍却坐在那里不动:"我早就不是什么太医了。"

赵贞吉愣了一下,赔着笑:"是我说错了。太医要一千个都有,李时珍在我大明朝却只有一个。"

李时珍虽然仍板着脸,但对他这一捧却也欣然受了,语气便好了些:"真要我开方

第八章

子？"

赵贞吉："看您说的，胡部堂可是我大明朝的栋梁，救了他，是大功德。"

李时珍："那我开了方子，你会照方子捡药？"

赵贞吉："天上飞的，水里游的，只要不是龙肝凤胆，我都派人去捡。"

李时珍："没有那么多名堂。我这药遍地都有。"

赵贞吉："那先生就快开吧，我立刻去捡。"

"这可是你答应的。"说完这句，李时珍在案桌上摊开了处方纸，拿起笔蘸饱了墨，在砚台上探了探，郑重地写了起来。

就在这时，躺在椅子上的胡宗宪又咳嗽起来。

赵贞吉和一直站在旁边的谭纶几乎同时走了过去。

谭纶端起了他身旁茶几上的水："部堂，喝点水。"

胡宗宪还在咳着，摇了摇手。

"开完了，准备捡药吧。"李时珍在案前搁下了笔，拿起那张处方吹了吹。

赵贞吉连忙走了过去。

李时珍："不急。这处方让谭大人先看。"

赵贞吉停在了那里，谭纶连忙走了过去。

李时珍望着谭纶："照方子，大声念一遍。"

谭纶点了下头，从李时珍手里接过了处方，才看了一眼，目光便亮了。

李时珍："念吧。"

赵贞吉望向了谭纶，胡宗宪已不再咳了，静静地躺在那里，显然也在等着听谭纶念处方。

谭纶轻咳了一声，念道："病因：官居一品，职掌两省，上下掣肘，忧谗畏讥！"

赵贞吉一怔。

胡宗宪也睁开了眼。

谭纶提高了声调，接着念道："处方：稻谷一百船，即日运往浙江，外服！"

胡宗宪的眼中有了亮光，望向李时珍，欣慰感激之忱立刻从脸上溢了出来。

谭纶适时将那张处方递给了赵贞吉。赵贞吉接过处方却蒙在那里，慢慢也望向了李时珍，苦笑道："李先生，这个玩笑开大了。"

李时珍十分严肃："李某半生行医，在太医院也好，在市井乡野也好，对皇上、对百姓，都只知治病救人，从来不开玩笑。为的什么，为的救一个人就有一分功德，救十个人就有十分功德。赵大人，你一念之间便能救几十万生民，这份功德，如天之大，怎可视为玩笑？"

"扶我起来。"胡宗宪撑着躺椅的扶手坐了起来。

谭纶连忙过去搀着他站了起来，胡宗宪对着李时珍一揖。

李时珍这时连忙也站了起来，身子侧了一侧，以示谦不敢受。

胡宗宪望向李时珍："胡某有个不情之请。"

李时珍："胡部堂请说。"

胡宗宪："淳安、建德被水淹了以后，不只缺粮，恐怕还有瘟疫流行。教百姓采药避瘟也是件大事。先生可否屈驾一往？"

李时珍立刻应道："什么时候走？"

胡宗宪："能不能借到粮，我今天都得走了。"

李时珍："我随你去。"

胡宗宪："胡某先行谢过了。"说着又要行揖。

"好了好了。"李时珍止住了他，又望向赵贞吉，"赵中丞，你答应我的药还捡不捡了？"

赵贞吉拿着那张处方对李时珍苦笑了一下，又望向了胡宗宪。

胡宗宪这时却已不再看他。

赵贞吉："部堂，我有些话想再跟部堂陈述。部堂可否移步，容我慢慢跟您谈？"

胡宗宪这才又望向了他。

李时珍拿起了药箱："还是我移步吧。"说着向门口走去。

赵贞吉："李太医……"

李时珍："我说了，不要再叫我太医。"说完这句已走了出去。

胡宗宪连忙对谭纶："子理，去陪陪李先生。"

谭纶连忙跟了出去。

屋里只剩下两个人。胡宗宪依然躺在椅子上，赵贞吉坐在他的身侧给他捏着手臂。

"汝贞，我不瞒你，瞒你也瞒不住。"赵贞吉说道，"一百船、两百船粮应天都拿得出，却不能借给浙江。你心里也明白，不是我不借给你，朝局不容我借给你。还有，你好不容易躲了出来，这时候何必又要把自己陷进去。"

"连你也以为我是在躲？"胡宗宪坐直了身子，"给皇上上辞呈，不是我的本意。"

赵贞吉："知道。你在浙江那样做，任谁在内阁当家都会逼你辞职。"

这便是诛心之论了。胡宗宪望着赵贞吉。

赵贞吉："我没有丝毫揶揄你的意思。官场上历来无非进退二字。你我二十年的故

| 第八章 |

交，豁出去我给你交了底。朝廷有人跟我打了招呼，叫我不要借粮给你。"

"谁？"胡宗宪眼中闪着光。

赵贞吉："这你就不要问了。"

胡宗宪单刀直进："是小阁老还是徐阁老他们？"

赵贞吉沉吟了，过了一会儿才说道："你是真不明白，还是愣要把我也拉下水去？"

胡宗宪："我不要你下水，只要你在岸上给我打个招呼。"

赵贞吉："那我就告诉你，两边的人都不希望我借粮给你。"

胡宗宪沉默了，好久才顾自说道："你不说我也能想到。你说了，我胡宗宪总算没有失去你这个知交。"

赵贞吉被他这话说得也有些动情了，十分恳切地："既来之，则安之。你到应天来借粮，上边都知道，浙江那边也知道。粮没借到，你的心到了，这就行了。这不你病了吗？就在应天待着。我给你上个疏，替你告病，在苏州留医。"

胡宗宪："那浙江呢？就让它乱下去？"

赵贞吉有些急了："事情已经洞若观火。浙江不死人，这件事便完不了。天地不仁以万物为刍狗，圣人不仁以百姓为刍狗。逝者如斯，死一万人是个数字，死十万人百万人也是个数字。你和我都挡不住。"

胡宗宪的目光又锐利了，像两把刀审视着赵贞吉。

赵贞吉有些不安了，更确切些说是后悔自己失言了，立刻说道："汝贞，你要听不进去，就当我今天什么都没跟你说。是的，我今天可什么都没说。"

胡宗宪："我胡宗宪不是出卖朋友的人。我现在要跟你说的是粮。我还是浙直总督，以浙江的身份是向你借，以总督的身份是从你这里调。你给也得给，不给也得给。"

"胡部堂！"赵贞吉不再叫他的字，"你虽然管着两省，可没有内阁的廷寄，应天没有给浙江调粮的义务。"

胡宗宪："调军粮呢？"

赵贞吉一怔："要打仗？"

胡宗宪："我告诉你，浙江一乱，倭寇便会立刻举事！戚继光那儿已经有军报，倭寇的船正在浙江沿海一带聚集。你们总以为我在躲退，我躲得了改稻为桑，也躲得了抗倭的军国大事吗？！"

赵贞吉沉吟了："要是军粮，我当然得调。可军粮也要不了这么多。"

胡宗宪的声调有些激愤了："当年跟我谈阳明心学的那个赵贞吉哪儿去了！以调军粮的名义给我多调些粮食，救灾民也就是为了稳定后方，也没你的责任，你还怕什么？"

赵贞吉又沉吟了："好，我尽力去办。但有一条我还得说，改稻为桑的事你能不管就不要再去管。给自己留条退路。"

胡宗宪的声调也低沉了下来："只要我还在当浙直总督，就没有退路。"

太阳落下去了，杭州漕运码头上，一张张白帆却升起来了，随着升起的白帆，桅杆上还升起了一盏盏灯笼。灯笼上通明地映出"织造局"几个醒目的大字。

一条条船上都装满了粮包。

舳舻蔽江，桅灯映岸。

码头上阶梯的两边布满了执枪挎刀和提着火铳的官兵。两顶大轿边站着郑泌昌和何茂才。

"总是这样。到了要命的时候就不见人！"何茂才一开口就急，"船等着开了，你们沈老板到底还来不来？"

沈一石作坊的那个管事赔着笑："找去了，立刻就来。"

何茂才："真是！"

郑泌昌也不耐烦了："派人分头去找！"

立刻有几个人应着，跑了开去。

郑泌昌转对何茂才："不能在这里等了。我得立刻去知府衙门。"

何茂才："沈一石还不见人影，你去知府衙门干什么？"

郑泌昌："高翰文毕竟是小阁老派来的人，把他弄成这样，我们还得安抚。你也得立刻去给小阁老写信，告诉他出了倭情，我们不得已必须立刻买田。"

何茂才想了想："信还是你写合适吧？"

郑泌昌："你写个草稿，我回来照抄还不行？"

何茂才："好吧。"

月亮圆了，白白地照着沈一石这座幽静的别院。

刚走近院门，管事便是一惊，愣在那里。

院子里，沈一石披散着头发，正抱着一张古琴扔了下去。

——院子中间已经堆着几把古琴和大床上那张琴儿！

沈一石又提起了身边一个油桶，往那堆古琴上洒油。

洒完油，沈一石将那只桶向院墙边一扔，掏出火石擦燃了火绒，往那堆古琴上一丢。

嘭的一声，火光大起，那堆琴烧了起来！

第八章

　　沈一石就站在火边，火光将他的脸映得通红，两只眼中映出的光却是冷冷的。

　　管事见状悄悄地退了两步。但见着火越烧越大，那个管事害怕了，往身旁左侧望去。

　　外院的墙边有一个大大的铜水缸。那管事悄悄地往水缸方向移去。

　　"过来。"沈一石早就发现了他，可两眼还是死死地盯着那堆火。

　　那管事只好停住了，屏着呼吸走了过来。

　　沈一石还是盯着那堆火："什么事？"

　　那管事："回、老爷的话，粮船都装好了，巡抚衙门和臬司衙门派人在到处找老爷，等着老爷押粮去淳安和建德。"

　　沈一石像是根本没有听见他说的这些话："去吧。"

　　那管事："请问老爷，要是巡抚衙门的人再来催，小人怎么回话？"

　　沈一石还是盯着那堆火："就说我死了。"

　　那管事一怔，小声地："小人不敢……"

　　"滚！"沈一石终于发火了。

　　那管事连忙退了出去，退到院门外却又不敢离开，远远地望着那堆火，又望向外院那个大大的水缸。

　　沈一石这时拿起了早放在他身旁的一个堂鼓和鼓架，朝琴房走去。

　　见沈一石进了琴房，管事连忙走近水缸，拿起水缸边的桶从水缸里打出一桶水，又折回到院门边，远远地守着那堆火。

　　一阵鼓声从琴房里面传了出来。

　　鼓竟然也能敲出这样的声音！

　　两个鼓槌，一个在鼓面的中心，一个在鼓面的边沿，交替敲着。中心那个鼓槌一记一记慢慢敲着，发出低沉的声音；边沿那个鼓槌却雨点般击着，发出高亢的声音。

　　——低沉声像雄性的呼唤，高亢声像雌性的应和！

　　琴房里大床上的红氍毹被抽走了，琴几和琴也没有了，剩下的只是一张大床了。

　　坐在大床上的芸娘此时没有任何反应，两眼仍怔怔地望着门的方向。

　　两个鼓槌都击向了鼓面中心，越来越快，越来越重，发出愤怒的吼声！

　　芸娘还是静静地坐在那里，目光也还是怔怔地望着门的方向。

　　沈一石刚才还血脉贲张的脸慢慢白了，汗水从披散的发际从额上向面颊流了下来。

　　鼓槌从鼓面的中心都移向了鼓面的边沿，轻轻地敲击着，像是在追诉曾几何时夜半无人的月下低语。

　　芸娘的目光动了，慢慢望向了那面鼓，但也就少顷，她的目光又移向了门的方向。

鼓声越来越弱，发出了渐渐远去的苍凉。

终于，一切都归于沉寂。

沈一石手里还握着鼓槌，两眼却虚望着上方："你走吧。"

芸娘似乎动了一下，却还坐在那里。

沈一石："你欠我的都还清了。走吧。"

芸娘慢慢坐直了身子，慢慢从床上下来，又慢慢向门边走去。

沈一石还是那个姿势，面对着大床，手握着鼓槌，站在那里。

芸娘却停住了，转过身来，慢慢提起了裙裾，面对沈一石跪了下去，拜了一拜，然后站起，拉开了门闩，走了出去。

两滴泪珠从沈一石的眼角流了下来。

映着"织造局"字样的灯笼围着一顶四人大轿飘过来了。

"来了！"沈一石作坊那个管事大声招呼着，"我们沈老爷到了，准备开船！"

站列在码头上和粮船边的官兵都立刻动了起来，按照各自的队形，分别跑向每条粮船。

大轿停下了，那管事连忙跑过去掀开了轿帘，两盏灯笼照着沈一石从轿帘里出来了。

那管事突然惊了一下——一向布衣布鞋的老板今天却穿着一身上等蝉翼的绸衫，头上也系着一根绣着金花的缎带，站在那里，河风一吹，有飘飘欲飞之态！

手里也多了一把洒金的扇子，这时打开扇了扇，又一收，径直向码头阶梯走去。

管事随从立刻簇拥着他跟去。

下阶梯了，沈一石一改往日随遇而安的习惯，竟然轻轻地提起了长衫下摆。

那管事何等晓事？立刻在他身侧弯下腰帮着捧起了他长衫的后幅，以免拂在石阶上。

前面两盏灯笼在前边照着，后面两盏灯笼也跟过来了，在沈一石的身前两侧照着。

随从们都有些失惊，老板今天头梳得亮亮的，脸上还敷了粉，俨然一个世家公子！

惊疑间，一行人前引后拥，把沈一石领到了码头正中那条大船边。

"老爷小心了。"那管事招呼着。

沈一石依然大步如故，登上了那条宽宽的跳板，登上了那条大船。

跳板被收起了，一条条船都在解着缆绳。

沈一石站在大船的船头，望着江面突然说道："你，立刻去钱塘院叫四个姑娘来。"

那管事在他身后一怔："现在？"

沈一石："坐蚱蜢舟，一个时辰后赶上船队。"

| 第八章 |

"是。"那管事慌忙向船边走去,跳板却收起了,他倒好手段,踊身一跳,向岸上跳去。

"扑通"一声,人还是落在浅水里。那管事下身透湿,不管不顾向码头阶梯奔去。

不在这般地方,不知道什么叫月明如昼!

山似碧螺,水如玉带。浩浩荡荡的船帆吃满了风,行在新安江江心,船在动,水在动,山也像在动。

不到一个时辰,钱塘院四个姑娘的蚱蜢舟就赶上了沈一石的大船。同时与蚱蜢舟靠近沈一石乘坐的大船的还有一条乌篷船。

管事立刻走了过去,朝乌篷船上的船工叫道:"把缆绳抛上来!"

乌篷快船上一个船工从船头立刻抛上来一条缆绳,大船船尾的船工接住了缆绳,在船碇上一绕,然后脚蹬着船碇将缆绳一拉,那条快船便靠紧了大船。

乌篷船上的人将几桶装着活鱼的桶递上来了。

管事对大船船工:"跟着我,提到船头去。"

几桶活鱼摆在了船头两边,管事轻声在沈一石身后禀道:"老爷,放生的锦鲤买来了。"

沈一石的目光望向了水桶,红色的锦鲤在水桶中挤游着,一条拍尾,数条齐拍,不堪挤迫。

沈一石弯下了腰,便去捞鱼。

"衣袖,老爷。"那管事叫道。

沈一石浑若未闻,捞出了一条红鲤,两袖已然濡湿,蹲到船边,双手尽量伸向水面,将那条鱼放了。

月照江面,波光粼粼。那鱼在水里一个打挺,跃出水面,又落入水里,这才得水游去。

沈一石蹲在船边看着,脸上露出了怔怔的笑容。

随着那条鱼消失在深水中,沈一石脸上的笑容也消失了,他慢慢站了起来,不再看几只水桶中仍在挤跳着的那些锦鲤,而是又望向了上游远方朦胧的群山。

那管事在他身后怯怯地问道:"老爷,这些鱼还放不放生?"

沈一石仍望着远方的群山:"叫那几个婊子出来,让她们放。"

"明白了。"那管事走到船舱门边向里面叫道,"姑娘们,老爷叫你们出来放生。"

艳红翠绿,四个粉的是胭脂,青的是眉黛,浓妆艳抹的艺妓一窝蜂提着裙裾飘出了船舱，尽管知道沈老爷冷落她们，但笑是她们的行规，一阵咯咯声，四人都碎步拥到了船板的水桶边。

"大官人！"

"沈老爷！"

"阿拉放生了，侬过来看哉！"

"放你们的吧。"沈一石衣袂飘飘依然伫立船头，"多做些功德，下辈子托生做个良人。"

四个艺妓对望了一眼。

为首的那个艺妓还想讨好："这是大官人的功德，阿拉姐妹跟着大官人比做良人还好。"

"贱！"沈一石嘴里迸出来一个字，"抬起桶立刻给我放了！"

四个艺妓不敢再接言，各自撇了下嘴，两人一桶，费了好大的劲将水桶抬到船舷边，已是娇喘吁吁，已无力将水桶提到船舷上，一个个只好又把桶放下了，望向站在一旁的管事。

为首的那个艺妓向管事求援了："管事老哥，帮阿拉姐妹个忙吧。"

"不许帮。"沈一石的背影，"不想做良人，就叫她们四个跳到水里去。钱塘院我拿钱去赔。"

四个艺妓脸都吓白了，全愣在那里。

那管事："还不快倒！"

"倒！阿拉倒！"

沈一石一句话四个人都有了力气，两人一桶，立刻将盛满了水和鱼的水桶提到了船舷上沿。

有两个把住了劲将桶一倾，桶里的鱼和水都倒进了江中。

另两个力气小些，胆子也小些，一失手竟将桶连着鱼和水都掉进了江中。

"扑通！"一声，江面被砸下的桶溅起好大一片浪花。

四个艺妓都吓了好一跳，慌忙望向仍然背立在船头的沈一石。

沈一石："叫她们都过来。"这句话是对管事说的。

"是。老爷叫你们都过去。"那管事连忙招呼四个还愣在那里的艺妓。

四个艺妓怯怯地走到沈一石身后，屏住呼吸站住了。

沈一石仍然没有回头："我用白话念一位古人的几句诗，谁要答得出这是哪个古人的哪首诗里的句子，我就给她赎身。"

| 第八章 |

　　四个艺妓又是一怔，对望了一眼，眼睛都亮了一下，接着紧张起来，全望着沈一石的背影。
　　沈一石船头而立，音调翻作清朗，大声吟诵起来：

　　　　浮过夏水之头而西行兮，
　　　　回首不见故都之门墙。
　　　　怀伊人难诉我心之哀伤兮，
　　　　路漫漫不知归于何方。
　　　　借风波送我于江水之间兮，
　　　　水茫茫天地一流殇！

　　吟诵声很快被江风吹散，剩下的只有风声和船头底部的浪流声。
　　四个艺妓面面相觑，有两个满眼茫然，有两个竟真在想着。
　　"有知道的赶快回答老爷。"那管事急了，催道。
　　"我知道。这是屈原的诗！"为首的那个艺妓兴奋地叫道。
　　"屈原的哪首诗？"沈一石倏地转过身来，两眼闪着光望着那艺妓。
　　那艺妓犹豫了一下答道："是《离骚》？"
　　沈一石的眼又暗了，摇了摇头："可惜，你今生从不了良了。难为你能猜出是屈原的诗，赏她一百两银子吧。"说完又转过身去，一任衣袂飘飘，望着远山上空那一圆明月。

　　月亮在杭州江南织造局后院的院墙上落了下去，天一下子亮了。
　　四个太监，就是在琴房逼高翰文写字的那四个太监，排成一行从二院外走过来了。胖太监手里端着一个盛着热水的赤金脸盆走在最前面。一个太监端着一个也盛着热水的白银脚盆走在他后面。另两个太监一人捧着一块吸水丝麻面巾，一人捧着一块淞江细棉脚帕跟着。
　　仔细一看，才发现端脸盆的手在微微抖着，那水在脸盆里便四周地漾；端脚盆的手也在微微抖着，脚盆里的水也在四周地漾；后面两双捧着面巾和脚帕的手也在抖着。四个太监一个个都是吓得要死的样子。
　　终于走到了门边，四个太监八只眼都可怜兮兮地望着门口那个太监，是那种想从他脸上乞求到消息的眼神。
　　门口那个太监便是贴身随行杨金水的太监，这时还一身的风尘，脸上没露出任何消息能告诉他们，只轻摇了摇头，接着轻轻地把门推开。

四个太监心里更没底了，都愣站在门外，不敢进去。

门口那太监有些急了，瞪着眼下腭一摆。

那四个太监只好哆嗦着走了进去。

坐在卧房正中椅子上的杨金水满面风尘，显然是刚回来，因此身上也依然是沾着尘土的行装，两眼翻着，望着上方，脸冷得像铁。

四个太监站成了横排，费力想控制那不听话的手和脚。可手还是在抖着，脚也还是在抖着。

"都有哪些人知道我回来了？"杨金水的眼望向了门口那随行太监，冷冷地问道。

四个太监一哆嗦。

门口那随行太监连忙进来了："干爹，咱们是从后门进来的，知道的人也就那两三个。"

杨金水："打招呼，有谁露出去说我从北京回了，立刻打死。"

随行太监："是嘞！"答着疾步走了出去。

一番交代，杨金水的眼又翻望向上方。

四个太监又抖了起来。

"好热啊。"杨金水突然轻轻地说了这么一句。

四个太监立刻像听到了观音菩萨说话，立刻拥了过去，放脸盆的放脸盆，放脚盆的放脚盆，抢着给他取帽子，脱鞋。

瘦太监将面巾提着两只角在脸盆里漾了漾，轻轻一绞，递给了胖太监，胖太监接过那团面巾一抖，摊在掌心，便去给杨金水擦额头。

"脏。"杨金水嘴里又迸出一个字。

胖太监的手立刻僵在那里。

脚底下那个正准备捧起杨金水的脚放到脚盆里的太监，手也僵在那里。

四双眼睛一碰，立刻急剧琢磨起来，很快都明白了。

胖太监慢慢地将面巾放回脸盆里，率先从怀里掏出了那张银票。

另外三个太监都从怀里掏出了各自的那张银票。

四个人并排跪了下来。

胖太监："好狗不吃外食。沈老板给的银票儿子们收下都只为做个证据，等着干爹回来。"

"外食是有毒的。"杨金水的眼这时才望向他们，从第一张银票开始扫视过去，"真

第八章

有钱。一赏就是四千两。"

四个太监立刻顺着话风纷纷表态：

"不就有几个臭钱吗？就想收买我们？"

"也不想想，他的钱靠谁赚来的。"

"惹恼了干爹，一脚踹了他……"

"吃了。"杨金水不耐烦了。

四个太监的话截然而止，互相望着。

最小的那个太监最早悟出了这句话："干、干爹赏我们吃银子呢……"

听清了，那三个太监立刻将各自手里的银票塞进嘴里大嚼起来，那个小太监也连忙将银票塞进嘴里嚼了起来。

明朝的银票本就是用掺了麻做的纸印成的，纸质韧硬，便于流通，嚼起来本已十分费劲，吞下去的时候就更难受了。四个太监一个个吞得眼珠子都鼓了出来。

"干净了？"杨金水问道。

"干净了……"四个人银纸还在喉咙里，又不得不抢着回答，那个难受自不用说，答起来便不流利。

"真干净了？"杨金水盯着又问道。

四个太监又怔住了，不敢互望，各自转着眼珠子琢磨。

这回是胖太监最早悟出："回干爹的话，只要还在肚子里便不干净。"

矮太监立刻接言："拉、拉出去才干净……"

"总算明白了。"杨金水语气平和了下来，"叫几个人帮帮你们吧。屁股上打一打容易出来。"

"干爹饶命！"四个太监号了起来。

"号丧！"杨金水怒了。

四个人立刻止了声。

杨金水："那个高翰文沾了芸娘没有？"

"老天爷在上！"那胖太监立刻接言，"手都没挨过。"

杨金水的脸色好看些了："这个主意谁出的？"

胖太监："回干爹的话，应该是沈老板和郑大人、何大人一起商量的。"

杨金水："在粮船上挂着织造局的灯笼去买田是谁的主意？"

四个太监一下子愣住了。

杨金水："说！"

还是那个胖太监:"谁出的主意儿子们确实不知道。不过粮船挂灯笼的时候郑大人、何大人都在场。"

瘦太监:"沈老板出行时轿子前打的也是织造局的灯笼。"

杨金水那张脸青了,两眼又翻了上去:"好,好……脏水开始往皇上的脸上泼了……好,好。"

四个太监吓得脸都僵住了。

随行的那个太监在外面打了招呼回来了:"回干爹,都打招呼了。"

杨金水:"这四个人拉到院子里去,每人赏二十篾片。"

四个人像是缓过神来了,却还没有完全缓过神来,怔怔地跪在那里,望向杨金水。

随行的那个太监:"够开恩了。还不谢赏?"

四人这才全缓过神来,一起磕头:"谢干爹!谢干爹!"

随行太监又向杨金水求告:"干爹,现在也不能兴师动众,就让他们打鸳鸯板子吧?"

杨金水:"太便宜这几个奴才了。"

这就是同意了,随行太监立刻转向四个太监:"开天恩了,打鸳鸯板子,还不快去?"

"谢干爹!谢大师兄。"四个人又磕了个头,这才爬起来,大赦般退了出去。

那随行太监从赤金脸盆里绞出面巾,走到杨金水面前,给他轻轻地擦着脸,一边低声说道:"刚听到的,郑泌昌、何茂才他们摆平了高翰文,现在又叫裕王举荐的那个淳安知县杀灾民去了。一边杀人,一边打着织造局的牌子买田。"

杨金水睁开了眼,对那随行太监:"拖不得了。你立刻去,拿兵部的勘合,用织造局的公函,通知驿站八百里加急直接送到宫里,我有信给老祖宗。"

随行太监:"晓得。"

——篾片打在屁股上十分脆响,被打的人却没有发出呼叫声——两条宽宽的春凳,一左一右摆在院内,左边的凳上趴着胖太监,右边的凳上趴着高太监,两个人嘴里都咬着一根棍子,裤子都褪到了脚踝边,露出了两张白白的屁股。

小太监拿着篾片在左边一下一下拍打着胖太监的屁股。

矮太监拿着篾片在右边一下一下拍打着高太监的屁股。

由于是互相轮着打,胖太监和高太监已经先打了小太监和矮太监,因此小太监和矮太监这时已然是忍着疼强撑着,一只手撑着自己的腰,一只手再打别人,手劲自然也就不强

第八章

了。

明朝的太监遍布天下，规矩却都是宫里定下的，责打有九款八式七十二法，最重的是廷杖杖脊，手毒的，几杖下去便取了性命。最轻的是篾片拍臀，犹如父母责打孩童，让你知痛便了。所谓拍，是相对抽而言。一片下去往后一拖曰抽，一片下去及时抬起曰拍。如果是抽，不到半个时辰屁股便瘀肿起来，呈乌黑色，半个月都得趴着，还下不了床。如果是拍，半个时辰后屁股虽肿却不瘀，最多有些青红，三天便行走正常了。七十二法最留情的责打又数"鸳鸯板"。由于是你打了我，我再打你，鸳打鸯，鸯打鸳，互相留情，便会惜心拿捏手法，雷声大，雨点却小，因此宫中太监便起了这么一个雅名。这也便是四个太监这次受了责还谢恩的缘由。

打得慢，中间空歇时间长，便更不疼些。篾片还在一上一下地拍着，芸娘从外院门中慢慢走过来了。在织造局四年，芸娘也经惯了杨金水打人，但有意让她亲眼看着太监打屁股还是头一回。芸娘知道雷雨终究要来，因此反而十分平静，也不看两边，只慢慢向卧房门走去。

杨金水还坐在椅子上，两脚却已泡在脚盆里，见芸娘进来便笑。

芸娘站在那里竟报以平静的一笑。杨金水反而有些意外，笑容便也休了，直望着她。

芸娘这才慢慢蹲了下去，给他洗脚。

"别价。"杨金水的脚像柱子般踏在脚盆里，"弹琴的手，金贵，千万别弄粗了。"

芸娘便又站了起来，在他身边怔怔地坐下。

杨金水望着她，两只脚轮换地互搓着："沈一石，高翰文，有钱，又有才，风流雅士。跟他们，没有丢我的脸。"

芸娘两眼望着地面，怔怔地坐着。

杨金水提起了湿淋淋的脚踏在脚盆的边沿上："像我这两只脚，踏在脚盆上稳稳的，没事。可要是踏在两条船上就不稳了，就要掉下去。跟我说实话，这两个人，你愿意跟谁？"

芸娘慢慢抬起了目光，望向杨金水。

杨金水的目光中竟泛出慈蔼："你和我，假的。再说我在杭州也最多一年了，也不能把你带到宫里去。伺候我这些年，也该给你个名分了。就做我的女儿吧。"

芸娘微微一震。

杨金水："来，给干爹把脚擦了。"

芸娘又站起，走了过去，拿过脚帕，给杨金水擦脚。

杨金水："我问的话你还没回呢。沈一石和高翰文哪个好？"

芸娘的手又停在那里，人也停在那里。

杨金水低头望去，只见脚盆的水面溅起一滴水珠，又溅起一滴水珠。

原来是泪珠从芸娘的腮边滴了下来。

"是不是两个都舍不得？"杨金水的脸色阴沉了。

芸娘还是愣在那里没动。

"那我就给你挑吧。"杨金水把擦干了的脚又踏进水里，站了起来，"跟沈一石是没有下场的！"

脚一用劲，盆里的水便漾了出来。

| 第九章 |

淳安县有史以来还没有驻过这么多的兵。全是省里调来的，火把照耀下，盔甲行头、刀枪、火铳都闪闪发亮，把一个县衙大坪四周都站满了！

大坪的正中围着旗杆用一根根手臂粗长的劈柴架成了一座柴山，下宽上窄，有一丈多高！

柴山上端的旗杆上背靠背捆着两个人。

——一个是齐大柱。

——一个就是臬司衙门大牢里那个井上十四郎。

绕着柴山约一丈距离，四面都摆满了站笼，每个站笼里都站着一个青壮汉子，站笼上方的圆口卡着他们的脖颈，每个人的手都被铁铐铐在站笼的柱子上。

县衙门前还站着几队兵，全都列在那里。

百姓全来了，虽然都静静的，毕竟万头攒动，又值遭灾的时候，无数双眼睛里都藏着敌意，望着绑在柴堆上的齐大柱和井上十四郎，望着柴堆四周那十几个站笼。

省里调来的兵便十分紧张，圈着刑场的大坪，长枪火铳都对着观刑的百姓。

没过多久，这种平静被打破了，先是北边那条街上起了骚动，大坪四周无数双眼睛都望了过去，人群便涌动起来。

那队官紧张了，大声喝道："省里来人了！挡住！都不许乱动！"

兵们便掉转了长枪，用枪柄那头杵前排的人。

后排的火铳手也高举着火铳，纷纷喝道："后退！后退！"

前排的人便往后退，无奈后面的人更多，人群仍往前拥。

一群衙役过来了，手里捧着碗，碗里装着墨，用好大的笔蘸了墨往后排人群头上洒去。人群这才往后退去。

北街两边的人都被官兵逼压向临街的店面,中间空出了一条通道。

海瑞牵着马在北街的街面上出现了。

他的两侧和身后是那群省里的官兵。

海瑞一行人走进了大坪,人群又涌动起来。

洒墨也不管用了,那些衙役是早准备好的,立时搬过一条条板凳,隔着士兵站了上去,朝前排后面往前拥挤的人,点着头用皮鞭乱抽:

"你!退后!"皮鞭抽向一个人头。

"你!退不退!"皮鞭抽向另一个人头。

"就是你!再挤,就锁了你!"

人群又往后退了些。

海瑞的脸上没有丝毫表情,也不看四周的人,稳步往前走着。

突然,海瑞站住了,目光望向数步外那座一丈余高的柴堆。

一双眼睛在柴堆上闪着光直视着他!

海瑞也直视着这双眼睛,他认出了,就是在杭州漕运码头自己放走的那个齐大柱!

齐大柱的口中这时横着一根口勒,两端有绳绕向脑后紧紧绑着,只有目光中似有无数的话说。

海瑞不再看他,把目光又移向了和齐大柱绑在一起的那个倭寇。

井上十四郎这时面若冷铁,两眼望天。

海瑞徐步往前走去,站笼里一双双眼睛都睁得大大的,望着他。

又是两张见过的面孔,是在漕运码头和齐大柱一起拜见过他的两个桑民,这时口中也横着勒条,目光中闪出求救的欲望。

海瑞的目光却出奇的冷漠,走过一只只站笼,走向衙门。

"哎!抓住!"身后起了喊声。

海瑞停住了,慢慢转过身去。

一个老汉,就是马宁远马踏青苗时趴在田里的那个老汉,刚挤出人群便被人群前围着的兵士扭住了,在那里挣扎着喊道:"冤枉!青天大老爷,我们没有人通倭,全是冤枉!"

海瑞远远地望着他。

这时人群中也有人喊了:"冤枉!都是冤枉!"

紧跟着喊的人越来越多。

镇守的队官急了,大声下令:"放铳!"

第九章

拿着火铳的兵便斜对向人群的头上放铳。

铳声轰鸣,火光四射,人群才又慢慢安静下来。

镇守的队官疾步走到那老汉面前:"这也是个通倭的,关到笼子里去!"

几个兵立刻将那老汉拖到一个空笼前,打开了笼门,关了进去。

那老汉在笼子里望向海瑞依然喊着:"青天大老爷,冤枉!"

海瑞只是看着,脸上没有任何表情。那个队官盼咐抓了人,又折回来向海瑞一拱手:"在下姓徐,臬司衙门的千户长。"

海瑞只乜了他一眼,便转过身,徐步向衙门走去。

那个徐千户一怔,那张脸立刻涨红了。

一个穿着八品服色的小官从衙门台阶步过高与阶平的监斩台快步走过来了,下了台阶,迎着海瑞深深一揖:"属下淳安县丞田有禄恭迎堂尊!"

海瑞也只看着他,并不吭声。

田有禄:"现在才巳时,请堂尊先去换官服,午时三刻监斩。"

海瑞不再看他,徐步登上监斩台,向县衙大门走去。

田有禄也怔了一下,只好紧跟着走去。

那个徐千户气了好一阵子,大步向跟海瑞同来的那个队官走去。

徐千户:"老蒋,这个知县什么鸟人,老子跟他打招呼他理也不理,牛皮烘烘的。"

同来的队官原来姓蒋,也是个千户,刚才海瑞冷落徐千户他都看在眼里,这时给他打招呼了:"正要跟你说,这个人有些来历,在巡抚衙门大堂把中丞和何大人都顶得够呛。上面打了招呼,午时三刻怎么着也得挟着他把这些人处决了。"

徐千户:"知道了。一个鸟知县嘛,连中丞和何大人都敢顶,这口气我们替上面出了。"

那个蒋千户:"不只是出气的事。杀了人,还得让他赶快买田,改稻为桑。我们办差就是,犯不着和他置气。"

徐千户:"我来的时候上头只叫我抓人杀人,买田的事我可不在这里多待。"

蒋千户:"上面说了,午时三刻杀了人就没有你我的事了。买田另外有兵护着沈老板来干。"

徐千户:"那还差不多。"

这时后面的人群中又起了骚乱,那徐千户恶狠狠地回过头去:"谁又在闹事?打!用鞭子打!"

那些衙役又站到了凳子上,拿鞭子向后面一些人抽去。

午时三刻杀人的时辰是天定的。

接近午时，天青如洗，白日高悬。无数双等待观刑的眼这时都冒着刺眼的光仰望着慢慢移动的太阳。

行刑的人从衙门里列着队走出来了。

四个法号手，四个放碗口铳的兵分别走到监斩台前的两侧站好了。吹法号的摆好了法号，放碗口铳的点燃了火把。

由于省里定下的是火刑和囚笼绞刑，十几个穿着红衣的刽子手便都没有扛刀。两个执行火刑的刽子手举着火把提着油桶走到了柴堆前。十个执行绞刑的刽子手各自走到一只囚笼前。

所谓囚笼绞刑就是：囚笼底板是活的，在后部还设有一个环形拉手，只要刽子手将拉手一扯，底板便被抽了出来，囚笼里的人脖颈便会卡在囚笼圆形的套里，活活卡死。

人头攒攒的观刑百姓开始骚动起来，刑场四周的士兵更紧张了，鞭抽杆戳，不断大声呵斥，火铳手也都将铳口对准前排的百姓，弹压喧闹的人群。

那徐千户这时更耐不住了，抬起头看了看太阳，又望向衙门前的监斩台。监斩台案前的椅子还空着，洞开的衙门里也没有动静。海瑞从进去后就一直没有出来。

"都镇住了！"徐千户一边向弹压人群的兵士嚷道，"午时三刻准时行刑！"说着便向监斩台走去，跳上了木台，走近站在门口跟海瑞同来的那个队官。

徐千户："都午时了，还不出来，怎么回事！"

那个蒋千户："叫他出来。"

二人一同向衙门里走去，一路上还气势汹汹，可一踏进大堂，徐蒋二人便同时一怔。

海瑞已换上了官服官帽，端坐在大堂正中的案前，两眼目光内敛，一动不动，静静的，却使得偌大的堂庑生出一股无形的威气。

县丞田有禄坐在他侧旁的案前，显然早已萎了，见两个千户进来，这才立刻站起。

海瑞仍然坐着，也不跟他们打招呼，两个千户便只好站在那里。

大堂上立刻又沉寂了，只有衙门外的骚乱声在一阵阵传来。

明朝取士，沿袭前朝故例，考的不只是文章，还有相貌，所谓牧民者必有官相，无官相则无官威。因此在取士时，有一个附加条件，其实也是必然条件，就是要相貌端正，六宫齐全。譬如面形，第一等的是"国"字脸、"甲"字脸、"申"字脸；次等的也要"田"字脸、"由"字脸。官帽一戴，便有官相。倘若父母不仁，生下一张"乃"字脸，文章再锦绣，必然落榜。

| 第九章 |

海瑞是举人，考过进士，因是大才，便不讲究"破题承题"那些规矩，直言国事，考官自然不喜，在墨卷上便落了榜，因此根本就没能去过那"面相"一关。有无官相，只有穿上官服才能显现出来。在杭州与了两次会，他穿的都是便服，现在到了淳安，第一次穿上了知县的帽服，眉棱高耸，挺鼻凹目，在大堂上一坐，竟凛然生威。

那三人心中忐忑，但也不能就这样站下去，两个千户同时望向了田有禄。

田有禄的眼则望向了摆在大堂正中的滴漏。滴漏壶中的时辰牌露出一大截了。田有禄走了过去，仔细看了看，有了说辞，转身向海瑞一揖："堂尊，午时一刻了，应该去监斩台了。"

两个千户也摆出了"请"的姿态。

海瑞依然坐在那里没动，却突然开口了："拿案卷我看。"这是海瑞进淳安后第一次开口说话，又带着重重的粤东口音。

"什么？"田有禄也许是没听清，更多是没想到，追问了一句。

海瑞："我要看案卷。"

田有禄："没、没有案卷……"

"没有案卷就叫我勾朱杀人！"海瑞突然加重了语气。

田有禄一怔，望向那两个千户，那两个千户也面面相觑。

那蒋千户不得不说话了："海知县，杀人是省里定下的，并没有说还要审阅案卷。"

海瑞乜向了他："在巡抚大堂我就说过，倘若真有通倭情节我会按《大明律》处决人犯，但决不滥杀无辜。"说到这里，他又转身望向田有禄："既然申报杀人，为什么没有案卷？"

田有禄："回堂尊的话，人犯是昨天才抓到的，据《大明律》，凡有通倭情事，就地处决，因此来不及立案卷。"

海瑞的目光犀利起来："问你句话，你要如实回答。"

田有禄怔了一下："堂尊请问。"

海瑞："你刚才说人犯是昨天才抓到的。昨天什么时候抓到的？"

田有禄望向了徐千户。

徐千户："昨天天亮前。怎么了？"

海瑞："在什么地方？"

徐千户："在淳安县城外三十里何家铺码头上。这些海知县也要管吗？"

"这正是我要管的！"海瑞倏地站起，加重了语气也加快了语速，"人犯天亮前抓获，禀报却在昨天上午就送到了巡抚衙门大堂。淳安到杭州二百余里，你们的禀报是插着翅膀飞去的？！"

那徐千户一下子蒙了，这才知道失了言，也才知道这个海瑞的厉害，把目光慢慢移望向那个蒋千户和田有禄。

蒋千户和田有禄也蒙了，哑在那里。

"公然还跟我说《大明律》！《大明律》就在这里。"海瑞拿起了案上一本《大明律》，"《大明律》上哪一条写着凡有通倭情事连案卷都不需要立的？不立案卷，也不问口供，人犯在抓到之前就往上司衙门送禀报，你们要干什么！"

三个人都默着，无言以对。

海瑞："这个案子有天大的漏洞，今天绝不能行刑。"说到这里，他倏地望向两个千户："带着你们的兵，先把一应人犯押到县大牢，严加看管。立刻派出两路急报，蒋千户到杭州向巡抚衙门和臬司衙门呈报，我派人去苏州给胡总督呈报。这个案子必须由总督衙门、巡抚衙门和臬司衙门共同来审！"

徐、蒋两个千户怎敢同意他这种安排，对望了一下眼神，徐千户示意蒋千户说话。

蒋千户望向海瑞："来的时候，省里打了招呼，叫我们来处决人犯就是，并没有说还要审案。海大人，我们可是臬司衙门派来的，只知杀人，不问其他。"

海瑞盯向了他："顶得好。杀错了人，是你抵罪，还是臬司衙门抵罪？"

蒋千户也不示弱："省里定的，当然是何大人还有郑大人担担子。要顶罪也轮不上我。"

海瑞："那你拿何大人、郑大人的亲笔指令来看。"

郑泌昌、何茂才如何会落下亲笔手令？蒋千户又被问住了。

海瑞目光炯炯扫视着二人："告诉你们，这个案子说小，在淳安就可以杀人。说大，臬司衙门、巡抚衙门上面还有总督衙门，总督衙门上面还有朝廷！你们是奉命办差的，现在既然没有上司的亲笔指令，我是淳安的现任官，也是监斩官，按《大明律》，一切必须照我说的去做。我不勾朱，谁敢杀人，朝廷追究起来，上面没有任何人给你们顶罪！"

这话徐、蒋二人倒是都听明白了，一时便又愣在那里。

海瑞："还有。一众人犯在案情审明前都不能放纵瘐毙。走了一人，死了一人，我拉着你们一同顶罪！"

两个千户面面相觑。

"赈灾的粮还能发几天？"海瑞的目光倏地从两个千户身上转望向田有禄。

田有禄一直愣在那里，这时被猛然一问，仓促答道："还、还能发一天了……"

海瑞："你做了哪些准备？"

| 第九章 |

　　这田有禄本是个庸懦贪鄙的人，伺候前任常伯熙只一味地逢迎献计，极尽搜刮，知县得大头，自己得小头，倒也如鱼得水，骤然遇到海瑞这样一位上司，便一下子蒙了，才问了两问，口舌便不利索起来："卑、卑职能做什么准备？"

　　海瑞："那后天你就准备杀头吧。"

　　田有禄急了："堂、堂尊，你这话不对。赈灾的粮一直是省里拨的，凭什么杀我的头？"

　　海瑞："知县空缺，县丞主事，明知只有一天的粮却毫无准备，饿死灾民激起民变，不杀你，杀谁？"

　　田有禄："说好了的，最迟明天买田的粮就会运到……"

　　海瑞："谁跟你担保明天买田的粮就会运到？"

　　田有禄："当、当然是省里。"

　　海瑞："如果明天粮食没有运到呢？是杀你还是杀省里的人？何况现在情形变了。出了冤狱，在案子审明前，不能强行买卖田地。总之，明天没有了赈灾粮，激起民变，第一个拿你问罪。"

　　田有禄："堂尊，这么大的事，你不能压到我头上。"

　　海瑞："我是知县，我来之后所有的事我担。我来之前造成的事必须你顶！你现在就去，跟淳安的大户借粮，也不要你借多了，借足三天的赈灾粮，就没你的事。"

　　田有禄："我、我怎么借？"

　　海瑞："以县衙门的名义借，你去借，我来还。"

　　田有禄好不彷徨："我、我也保不准一定能借到。"

　　海瑞："借不到，你就赶快带着家人逃走吧。"

　　田有禄："这、这是怎么说？"一边说着，一边赶紧向外面走去。刚走到大堂口便吓得一哆嗦——原来就在这时，外面发出了大声的哄闹，午时三刻已经到了！

　　"完了，完了，午时三刻过了。"那田有禄嘟哝着，哪敢再走大门，折向走廊，向侧门走去。

　　徐、蒋两个千户也明白了，目光都慌忙望向了堂中那个滴漏。

　　滴漏的木牌上露出了"午时三刻"！

　　海瑞："午时三刻已经过了。先把一干人犯押到县衙大牢，然后立刻向上司衙门送禀报！"

　　这一下，田有禄等人可真没得说的了。

粮食借到了，胡宗宪稍稍松了口气。加上一路顺风而行，他的气色显然要比在应天时好了许多。

"你这次见了皇上，他的眼睛怎么样？仔细想想。"李时珍坐在大船客舱矮几右侧的船板坐垫上，紧紧地望着胡宗宪。

胡宗宪在冥神想着："眼睛还是有光，没有昏眊的症状。"

李时珍："眼珠上红不红？"

胡宗宪想着："好像眼白有些红。"

李时珍神情肃穆了："眼袋，眼珠下面的眼袋呈不呈青色？"

胡宗宪又想了想："有些青。"

李时珍的目光望向了舱外："都是水银中毒的症状啊……"

"要不要紧？"胡宗宪关切之情立见。

李时珍："要是每天还服丹，保养得再好，也就三年五载。"

胡宗宪怔在那里，慢慢地，眼中有些湿了。

李时珍也长叹了一声："在太医院我就说过，劝皇上不要信那些方士之术，犹不可服方士的丹药。正因为这个，在那里待不下了。"

说到这里，李时珍站了起来，在大客舱里慢慢踱着："灰心。也不是我说你们，满朝的大臣，还有那么多以理学自居的名臣，就没有一个人敢站出来说话，没有一个人去劝皇上远离那些方士邪术。以严嵩为首，几个大学士，一个个争着给皇上写青词，逢君之恶！大明朝的气数，我看是差不多了。"

胡宗宪的眼低了下去。

李时珍："胡部堂，问你一句话，你不要在意。"

胡宗宪慢慢又抬起了目光，望向李时珍："李先生请问。"

李时珍不看他："你是个有才的，心里也有社稷和百姓，为什么要去依附严嵩？"

胡宗宪万没想到他会如此发问，一下子又怔在那里。

李时珍："我虽然已在江湖，但躲不了，依然还要被这个王爷那个大员请去看病，听到说你的不少，你想不想听？"

胡宗宪紧望着李时珍："先生请说。"

李时珍："先说好的。给你是八个字的评价：知人善任，实心用事。用戚继光，逐倭寇于国门之外，东南得定。修海塘，减赋税，鼓励纺丝经商，百姓赖安。就凭这些，千秋万代，名臣传里本应该少不了你胡宗宪的名字。"

胡宗宪的目光又慢慢低了下去。

| 第九章 |

"不好的我不说你也知道。"说到这里，李时珍突然激动起来，"冲着这一次你为了浙江的百姓，先是抗上，现在又到处筹粮，我送你一句旁观者清的话，严嵩尤其是严世蕃倒台就在这一两年之间。你不能够只是一味地以功抵过。"

胡宗宪又望向了李时珍。

李时珍也深深地望着他："大义者连亲都可以灭！你应该站出来向皇上揭示他们的大奸大恶！"

胡宗宪："先生，我答你一句，你不要失望。"

李时珍已经露出了有些失望的神情。

胡宗宪："谁都可以去倒阁老，唯独我胡宗宪不能倒阁老。"

李时珍："为何？"

胡宗宪："我可以不做名臣，但不能够做小人！"

李时珍紧望着他，良久才点了点头："知道重用你这样的人，严嵩还是有过人之处啊！"

"部堂，李先生。"谭纶从舱外进来了，一脸的严峻。

胡宗宪望着他。

谭纶也只是望着他。

胡宗宪慢慢站了起来，对李时珍："失陪，先生稳坐。"

胡宗宪和谭纶走出了客舱。两人走到了大船的船头，亲兵队长领着几个亲兵立刻跑到船舷两边。

"波谲云诡。"谭纶在胡宗宪身边急迫地说道，"先是高翰文在第三天的议事时被他们逼着签字，当堂昏厥了过去。接着报是淳安的灾民通倭，叫海瑞立刻去处决人犯。"

胡宗宪一震："人杀了没有？"

谭纶："海瑞没有行刑。当场将人犯都押到了大牢里，说是通倭的案子有天大的漏洞，派人送来了禀报，请总督衙门和巡抚衙门、臬司衙门去共同审案。"

胡宗宪的嘴闭紧了，在那里急剧地想着。

谭纶："另外还有呈报，沈一石公然打着织造局的牌子，运着粮船去淳安、建德买田，算日子，今天应该已经到了。"

"这一天终于来了。"胡宗宪语气十分沉重，"阁老、小阁老、裕王还有徐、高、张都要摊牌了。"说完这几句，他激愤起来，"为什么要把皇上也牵进来！公然打着织造局的牌子贱买百姓的田，他们到底要干什么！"

谭纶："狗急跳墙嘛！郑泌昌、何茂才知道自己陷进去出不来了，昏了头。"

胡宗宪："还有那个沈一石，他是靠着织造局发家的，为什么要和郑、何二人搅在一起？"

谭纶："就这一点，我也看不透。部堂，眼下最要紧的是淳安。海瑞不杀人，显然是冤案。这个时候还逼着灾民卖田，立刻就会激起民变。海瑞一个人在那里，顶不住。"

胡宗宪摇了摇头："再往深里想想，出了这个变故，郑泌昌、何茂才会干什么？"

谭纶想了想："要是通倭的案子是他们假造的，就会杀人灭口。部堂，必须你亲自去。只有你才镇得住局面。"

胡宗宪又摇了摇头："我不能去了。商量好了以后，便叫船靠岸，我得立刻走陆路去戚继光大营。"

谭纶一惊："部堂的意思倭寇会举事？"

"内乱必招外患哪！"胡宗宪缓缓地说道，忧虑的目光投向了远方。

事实证明了胡宗宪的担忧不无道理。当然，这些都是后话。

"我踹死你狗日的！"

在巡抚衙门大堂上，何茂才气急地骂着，一脚踹向蒋千户的肩头。

蒋千户一条腿跪着，见他一脚踹来，管兵的人，手脚还是敏捷，便本能地一闪，何茂才一脚踏空，没站稳，自己倒栽了下来，蒋千户不敢躲了，跪在那里双手往上一撑，将他扶住。

郑泌昌坐在那里早已烦得要死，见何茂才又如此闹腾，两条眉立时皱到了一起。

"啪"的一声，何茂才这时又气又急，被他扶住后，反而又是一个耳光扇去，那蒋千户这回不躲了，挺着挨了一掌。

何茂才气喘吁吁："两个千户，带几百兵，几个人犯都杀不了，朝、朝廷养你们这些人干什么吃的！"

蒋千户这时也来了倔劲："他是监斩官，大人们又不给我们指令，我们也没有斩决人犯的权。"

"你们就不会让他勾朱？"何茂才知他说的是理，说这句话时虽仍然疾言厉色，显然已没有了刚才那股气势。

毕竟是心腹，蒋千户这时神情镇定了下来，不再分辩，抬着头说道："大人，这个人是个不要命的，这回是豁出来跟省里干上了。那边还派了人去禀报胡部堂，属下以为这件事闹大了，大人们得赶快拿主意。"

"你先下去。"郑泌昌插言了。

第九章

蒋千户："是。"行了个礼，站起来走了出去。

何茂才那两只眼一下子空了，脑子里显然在乱想着，慢慢望向郑泌昌。

"你说，怎么办吧？"郑泌昌问他了。

何茂才："你死我活了，还能怎么办？他不杀人，就只有杀了他！"

郑泌昌："怎么杀？"

何茂才："刀砍斧劈，毒药绞绳，哪条都行！"

郑泌昌："我问你用什么理由杀他？"

何茂才："通倭，扰乱国策，哪条理由都可以杀他。"

郑泌昌叹了一声："大帽子不管用了，说个实的。"

何茂才："还要怎么实？倭寇都上了刑场，午时三刻监斩官竟敢纵放人犯，这一条就是死罪。"

"就这一条站不住。"郑泌昌声调也有些急躁起来，"没有口供，没有案卷，清晨抓的人，上午禀报就到了杭州，还说是十几年的刑名，你们怎么就会露出这么大一把柄让人家拿着！"

何茂才被郑泌昌这一番话说得愣在那里，心里更气更急，大热的天那汗便满脸流了下来，折回椅子边从茶几上抓起扇子使劲地扇了起来。

"牢里那十几个倭寇放了没有？"郑泌昌盯着何茂才。

何茂才答道："还没有。"

郑泌昌："不能再放了。还有答应倭寇的丝绸也不能再给了。"

"那就只有立刻将那个井上十四郎，还有那些刁民在牢里做了！"何茂才眼中又露出了凶光，"然后就以这一条立刻将海瑞拘押！"

郑泌昌："派谁去做？"

何茂才："叫蒋千户立刻就走，他和徐千户一起做。"

"你呀！"郑泌昌长叹了一声，"两个千户能够拘押知县吗？"

何茂才拍了一下自己的头："要命。可我们俩现在也不能搅进去。"

郑泌昌："叫高翰文去。"

何茂才目光一亮。

郑泌昌："叫蒋千户、徐千户先去做第一件事，叫高翰文后脚赶到，让他去拘押海瑞。一定要赶在胡宗宪到淳安之前做定。"

何茂才终于明白了："正好，买田的事就让高翰文和沈一石在那里办了。"

郑泌昌："这可是最后一步棋了。做不好，你和我就自己坐到囚车上去吧。"

为了舒缓气氛，郑泌昌特地在上灯以后穿着便服来到了杭州知府衙门。这时坐在正中的位子上煦煦地望着高翰文，一脸的温和。

高翰文当然也只能便服见他。文人风骨，知道自己这一次所经的挫跌，都与眼前这个人有关，因此虽然是病体虚弱，高翰文却强挺着身子正坐在那里，丝毫不掩饰心中的不服和外表的冷漠。

"该说的我都说了。"郑泌昌温言说道，"按理应该让你再歇息几天。可事关国策，淳安和建德那边明天只能让你带病服劳了。好在是走水路，我也给你找了个好郎中，陪你一路去。事要做，病也还得要养。"

"我会去的。也不要什么郎中。"高翰文竟回答得如此干脆。这倒让郑泌昌怔了一下，不禁盯望向他，像是要看出他心里到底在想什么。

高翰文的脸漠漠的，郑泌昌一时还真看不出他的心思。

郑泌昌："高学兄，这一去可是要施行改稻为桑的国策。淳安、建德无论如何在六月要把桑苗插下去。"

高翰文："'以改兼赈'的奏议是我提的，我知道该怎么做。"

听他这样一说，郑泌昌心里又没底了："织造局的粮可是已经运到灾县去了，买不了田，插不下桑苗，高府台，后果如何你应该清楚。"

高翰文站了起来："中丞，如果无有别的吩咐，属下该准备行装了。"

"好，好。"郑泌昌虚应着，也只好站了起来，"还有，明天省里会派兵护卫你去。大热的天，最好赶个早凉。"

高翰文："有病在身，我就不送中丞了。"

这可是官场的失礼，郑泌昌一怔，立刻又说道："不必拘那个礼了。"说着独自走了出去。

高翰文又一个人慢慢坐了下去，听不到郑泌昌的脚步声了，他才虚弱地喊道："来人。"

一个随从走了进来。

高翰文："打桶水来。"

那随从怔了一下："大人，要热水还是要凉水。"

高翰文："打桶井水，把地洗了。"

"是。"那随从又望了他一眼，走了出去。

随从才走了出去，一个书吏又急匆匆地进来了，轻声唤道："大人。"

| 第九章 |

　　高翰文慢慢望向他："说吧。"
　　那书吏："织造局来人了。"
　　高翰文竟无任何反应。
　　书吏："奇怪，是从后门来的，像是有意要回避郑大人。说是有要紧的事要见大人。"
　　高翰文："来吧。让他们都来吧。"
　　那书吏见他神情异样，小声地回道："大人要是身体不适，小的就去回了他？"
　　高翰文："我说了身体不适吗？"
　　"是。"那书吏急忙走了出去。
　　随从提着水桶进来了，知是要洗地，水面上还浮着一个瓢。
　　高翰文："那把椅子和面前这块地都洗了。"
　　"是。"那随从舀起一瓢水便从郑泌昌坐过的那把椅子背上淋了下去。
　　要洗地了，那随从对高翰文："大人，小的要洗地了，大人是否先进去歇着？"
　　高翰文："我这边是干净的，洗那边就行。"
　　那随从只好舀起水，离着高翰文远远的，小心翼翼地将水泼了下去。
　　"慢着。"那个书吏在堂口喊了一声，那随从便停了手。
　　那书吏疾步走了进来，对高翰文："大人，织造局的人来了。"
　　正说话间那人已经走了进来，大热的天还披着一件罩帽的黑缎子斗篷。
　　高翰文望向了他。
　　那人径自在他对面的椅子上坐了下来，取下了头上的罩帽——竟是杨金水！
　　高翰文不认识他，那书吏和随从显然也不认识他，但见他头上戴着镶金丝的无翅纱帽，便都是一怔。
　　杨金水对那书吏和随从："我有些要紧的事要跟高府台说，你们都下去。"
　　这是天生的气势，那书吏和随从也不待高翰文吩咐，便都退了下去。
　　杨金水望着高翰文："高府台不认识我，我就是杨金水。"
　　高翰文倏地站了起来。
　　杨金水："坐，坐。"
　　高翰文慢慢又坐了下去。
　　杨金水："芸娘的事我都知道了。那四个奴才都打了板子。我来是告诉你，你写的那个字，我不认可，谁也要挟不了你。"
　　高翰文的眼中闪出光来，一时还不敢置信。

杨金水:"知道他们为什么这么做吗?"

高翰文有些激动:"请杨公公赐教。"

杨金水:"他们这是要往皇上脸上泼脏水!"

高翰文一震,睁大了眼望着杨金水。

杨金水:"刚才郑泌昌来找过你了?"

高翰文点了下头。

杨金水:"要你到淳安、建德去买田。"

高翰文:"是。"

杨金水:"你答应去了?"

高翰文:"无非一死。"

"不不不。"杨金水站了起来,"你死不了,也犯不着去死。该死的是他们。"

高翰文只睁大了眼望着他。

杨金水:"知道他们是以什么名义去买田的吗?"

高翰文:"还不知道。"

杨金水:"那我告诉你,他们现在是打着织造局的牌子去买田的。也就是说,他们是打着宫里的牌子去买田的。"

高翰文有些明白了:"他们敢这样?"

杨金水:"瞧你这个样还是个明白人。郑泌昌不是要你明天去吗?你还去,可不是去买田,你去帮我办件事。"

高翰文:"杨公公请说。"

杨金水:"把船上的灯笼都给我取下来!告诉所有的人,织造局没有拿一粒粮去买田!"

高翰文看着杨金水的眼里有了一线光亮……

这年五月的北京,天气也出奇的热。回裕王府时,冯保已经疾走得满头大汗,刚踏进院子便听见裕王在屋里大声生气的声音,脚下便略停了停。

"再派人去看!冯保这个奴才为什么还不回?"

裕王的声音刚落,世子的哭喊声又传来了。

冯保连忙奔去,一边大声说道:"世子爷甭哭,大伴回来了!"

"阿弥陀佛!这么热的天,从下午就哭到现在。"李妃也已是满头的汗,急着就将世子递给冯保。

第九章

"主子，奴才一身的汗。"冯保有些踟蹰。

李妃："谁不是汗？先哄着了。"

冯保："是。"答着便绽开笑脸，两手轻轻一拍，接过了世子。

世子立刻便不哭，就着灯光看着冯保满是汗的笑脸，咯咯笑了起来。

裕王这时也安静了，深深地望着冯保。

冯保对着裕王哈了下腰，目光转向了在旁边伺候的两个宫女。

裕王对两个宫女："到前边去，叫他们从地窖再取两块冰来。"

两个宫女："是，王爷。"答着便走了出去。

屋子里只剩下了裕王、李妃和抱着世子的冯保。

冯保抱着世子走近裕王，低声禀道："王爷的话奴才下午便转告了吕公公。吕公公也叫奴才转告王爷，浙江的事，他心里有数。"

"就这么几句？"裕王盯着他。

冯保："奴才还没说完。吕公公说，大明的江山是咱们朱家的，王爷爱臣民的心他理会得。今儿晚上吕公公会找个节骨眼跟万岁爷说。"

裕王脸上舒展了，慢慢望向李妃。

李妃这时竟从面盆里绞出一块湿帕子向冯保递去。

"折死奴才了！"冯保抱着世子就跪了下去，"主子，万万使不得。"

裕王："接了，擦把汗。"

冯保这才犹豫着："奴才真会折寿了。"一只手捧着世子，一只手掌心朝上，候在那里。

李妃将湿帕子抖开，放在他的手掌上，冯保的手有些哆嗦，慢慢地去擦脸上的汗。

世子眼睛睁得好大，定定地望着他。

转眼到了农历六月初，嘉靖四十年的北京出现了二十年来最热的伏天。在往年这个时候，哪怕整个北京城都没有风，紫禁城由于得天地之风水，也会有"大王之雄风"穿堂入户。可今年，一连十天，入了夜护城河的柳梢都没有拂动过。除了后妃和二十四衙门的领衔太监居室里有冰块镇热，尚可熬此酷暑。其他十万太监宫女便惨了，长衣长衫得照规矩穿着，许多人的痱子都从身上长到了脸上，症候重的还生了疖子，肿疼溃痈，以致不能如常当差。尚药司今年于是从外面急调了好些防暑药，大内这才总算没有热死人。

而玉熙宫的门窗这时竟日夜全都关闭着，万岁爷就待在里面，在常人看来，真正不可思议。

两个夜间当值的太监满头大汗，一人捧着一个酒坛，一人捧着一个木脚盆，轻步走到了殿门外。两人放下了酒坛和脚盆，侧着耳静静地听着。

里面隐隐约约传来了嘉靖念青词的声调。二人便不敢动，离开了殿门，走到台阶下，撩起长衫的一角拼命扇了起来。

一个太监："这个老天，去年一个腊月不下雪，今年一个伏天不刮风。这是要收人了。"

另一个太监："听说外边这几日已经热死好些人了。顺天府都开始掏银子熬凉茶散发了。"

一个太监："也就是咱们万岁爷神仙的体。大冷的天门窗都开着，热死人的天门窗全关着。"

另一个太监："老祖宗也是半仙的体。也只有他能陪万岁爷熬着。停了，快去。"

两个太监急忙轻步又走到殿门边，侧耳又听了听，念青词的声音果然停了。

一个太监轻声唤道："老祖宗，奴才们将酒和木盆找来了。"

少顷，殿门轻轻开了半扇，吕芳在门后出现了，脸上也淌着汗。

两个太监连忙跪下："老祖宗，这坛酒有好几十斤呢。孙子们搬进去吧？"

吕芳："我还没有那么老。"

两个太监几乎是同时答道："是。老祖宗还得陪着万岁爷一万年呢。"说完这句又都爬了起来。捧酒坛的太监捧起了酒坛，隔着门递了过去，吕芳接过酒坛走了进去。少顷又折回门边，接过木盆："你们待着去。"

"是。"两个太监退着往后走去。

由于门窗关着，屋子里点的香便散发不出去，加之神坛前的青铜盆里刚刚烧完的青词纸也在散着烟，寝宫里烟雾弥漫。

嘉靖居然还穿着一件厚厚的淞江印花棉布袍子，只是这时敞开了衣襟，露出了里面那身白色细棉布的短衣长裤，脚下趿着一双浅口的黑色缎面布鞋，坐在那个明黄色的绣墩上。正如太监们所说的"神仙之体"，他竟然脸上身上一滴汗都没有。

吕芳脸上流着汗，将木盆端到嘉靖脚前放下，接着揭开了酒坛上的盖子，一阵浓郁的酒香扑鼻而来。

嘉靖也闻到了："是茅台？"

吕芳："六十年的茅台，刚从酒醋面局地窖里找出来的。"

嘉靖："比我还大几岁呢。"

"也只有这种陈酿堪称五谷之精，金木水火土五行俱备，才能配上主子的神仙之

第九章

体。"边说边捧起酒坛仄靠在木盆边上,将酒倒进了木盆。

将酒坛放在一边,吕芳又顺手拿起了一只矮凳,放到嘉靖身边,坐了下来,便给他卷裤腿。

两条细长的腿露出来了,白白的,上面却长出一颗颗红肿斑点。

吕芳捧着他的左脚慢慢放进了木盆的酒里,抬起头:"主子,不疼吧?"

嘉靖刚才还皱了下眉头,这时又浑然无事地:"洗你的吧。"

吕芳:"是呢。"便轻轻地用酒在他的小腿和脚面擦了起来。

一只脚擦了一会儿,吕芳便轻轻捧起,将这只脚搁到木盆边上,搬起矮凳坐到嘉靖的右侧,又捧起他的右脚慢慢放进酒里,轻轻擦了起来。

嘉靖关注地望向自己的左脚,奇怪了,左脚上的红斑点立时便没有刚才那么红,也没有刚才那么肿了。

嘉靖竟像孩童般高兴了:"好奴才,哪儿弄来这方子,还真管用。"

吕芳轻轻擦着他的右脚:"奴才懂得什么方子。这个方子还是当年李时珍在宫里当差的时候说的。"

嘉靖也想起了:"楚王举荐来的那个李时珍?"

吕芳:"主子好记性。"

嘉靖:"这个人看病还行。可惜不悟道,还得修一辈子。"

吕芳:"道也不是谁都能悟的。主子修了多少辈子?旁人怎么能比。"

右脚也擦好了,吕芳捧起来又搁到木盆边,矮着身走过去,替他放下左边的裤腿,又把左脚放到黑缎面的浅口布鞋里。接着矮着身走到右边,放下右边的裤腿,把右脚放到另一只布鞋里。

伺候完万岁爷,吕芳这才端起了木盆,走到酒坛边,慢慢倒了进去。

嘉靖有些惊诧:"洗了脚的酒还倒进去干什么?"

吕芳一边倒酒一边答道:"底下的人都信,说万岁爷神仙之体,沾了仙气的东西,都盼着能得到呢。且是六十年的茅台,倒了也怪可惜的,赏人吧。"倒完了酒,放下木盆,把那个酒坛盖又盖上了。

嘉靖立刻正经了脸:"这是诳你呢。修道修的是自身,哪儿有朕沾过的东西就有仙气了?不要上他们的当。再说这酒拿出去让人喝了,也会生病。要赏人,宫里也不缺东西。"

"嗯。"吕芳这一声答得有些异样,像是喉头哽咽,嘉靖便向他望去,吕芳竟转过了身去,走到旁边紫檀木几托着的一个玉盆里假装用清水洗手,顺势拿起一块帕子去擦脸上的汗，嘉靖却看出他在擦泪，便紧紧地盯着他。

吕芳顺手又在旁边的神坛上拿起一串念珠，走过来递给嘉靖："主子圣明。奴才待会儿就叫他们将这坛酒拿去倒了。"

"怎么回事？躲着朕揩眼泪。"嘉靖盯着他问。

吕芳在他身边跪下了："听主子叫奴才不要将这酒给下人喝，足见主子一片菩萨心肠。想起我大明朝这么多臣民百姓都得靠主子一个人护着，奴才心里难过。"说到这里眼泪竟又流了下来。

嘉靖："是不是哪个地方又发了灾？"

吕芳："北边有些天旱，还说不上什么大灾。奴才感叹的也不是这个，就怕主子一片仁慈之心，到下面被那些坏了心肝的人糟蹋了。"

嘉靖警觉了："都听到了什么？"

吕芳："杨金水有一份八百里加急，是今儿傍晚送进来的。"

"是不是改稻为桑的事出乱子了？"嘉靖逼着问道。

"主子先答应奴才，看了千万别动气，身上正散着热呢。"说着，吕芳这才从怀里掏出那封粘着三根鸡毛的急递，从里面抽出杨金水的信奉了过去。

嘉靖看了起来。

吕芳又从案上擎着一盏薄纱灯笼，站到嘉靖身后，照着。

看完了，嘉靖立刻将那封信往地上一扔，近乎吼道："叫严嵩来！"

严嵩真是老了。站在那里也没多久，那汗便漫过长长的寿眉，糊住了眼睛，坐在那里的嘉靖在他的眼中越来越模糊。

"去年一个腊月没下雪。今年入伏以来，也连着十几天不刮风了。朕叫你去问钦天监，钦天监怎么说？"嘉靖的声音在严嵩听来也忽远忽近，若有若无。

除了平时设坛修醮，君臣对话时嘉靖照例会赐严嵩坐在矮墩上，这么大热的天，又是连夜把自己叫来，竟让自己站着说话，十年来这还是头一回。严嵩不明白缘何而起，但已经敏锐地感觉到，圣眷衰了。

但严嵩毕竟是严嵩，不去再想自己今天的境遇，而是抓住了嘉靖的问话，缓缓回道："回皇上，臣没有去问。"

嘉靖："什么？"

严嵩："天象非臣子可以妄议。皇上是天子，事关天象，只有皇上可以召钦天监亲自问。"

| 第九章 |

"你的意思,去年不下雪,今年不刮风,都是朕的原因?"嘉靖的话像是从很远的地方一下子灌进耳中。

严嵩还是有内力的,八十了,居然提起了袍子,跪了下去:"《尚书》有云:三年丰,三年歉,六年一小灾,十二年一大灾。天象在尧舜时就是这样。在丰年存粮备荒,在荒年赈济灾民,这是臣等的责任。"

见他这般年纪这时跪在那里,帽袍皆湿,答话时依然竭力维护自己的圣名,嘉靖的心一下子又软了,似乎想起了他二十年来的辛劳,便默在那里。

吕芳当即说道:"阁老,皇上也没有叫你跪,毕竟八十的人了,还是起来回话吧。"说着便过去搀他。

严嵩这时便借着吕芳的一搀之力,站了起来。

吕芳又向嘉靖望去。

嘉靖这才望了一下旁边的那个矮墩。

吕芳连忙搬过了矮墩:"阁老,皇上赐你坐呢。"

严嵩汗眼模糊:"臣谢皇上。"在吕芳的搀扶下又顺势坐了下去。

嘉靖不再跟他绕圈子:"你刚才说丰年备荒,荒年赈灾,浙江被淹了的那两个县情形如何?"

严嵩:"正在按照'以改兼赈'的方略,一边赈济灾民,一边施行改稻为桑的国策。"

嘉靖慢慢望向了吕芳,吕芳这时也淳淳地望着嘉靖。

嘉靖:"你回去问问严世蕃,浙江的事到底进展得如何,回头再来回朕的话。"

严嵩:"是。"站了起来。

吕芳引着他向纱幔那边走去。

嘉靖望着严嵩龙钟的背影,目光也有些茫然。

关殿门的声音,一会儿,吕芳折回来了。

"严嵩老了,底下的事管不了了。"嘉靖说道。

吕芳:"有些事也真难为他。"

嘉靖:"看他明天怎么回话吧。严世蕃如果不孝,便忠不到哪儿去。打着织造局的牌子去买灾民的田,如果是严世蕃的主意,明天严嵩自己会请罪。"

吕芳:"奴才想也是。严嵩一请罪,便立刻明发'邸报',通告各省。"

"还有你管的那些奴才,也不如以前晓事了。"嘉靖说着又来了气,"你刚才说杨金水会在那里想法子取下织造局的灯笼。灯笼取下了,宫里的名声已经败出去了,怎么挽回?这就告诉那个奴才,他要坏了朕的名声,就把自己的脑袋挂到粮船上去!"

吕芳:"奴才现在就派人去告诉他。"

嘉靖:"派锦衣卫的人去。穿上便服,替朕在浙江看着。这一次看样子得抓几个人了。"

吕芳:"奴才明白。"

| 第十章 |

无论省府州县,除了规模,牢房的规制都是一样的。通道,铁栅栏,石面墙地,而且在进入牢房通道的出口一律有值房。现在淳安县大牢的值房规格升了,成了海瑞临时办公的签押房。

门外站满了兵,海瑞却一律不让他们进来,守候在里面的是淳安县的差役,都挎着刀把在门口。海瑞一个人坐在临时搬来的大案前,翻阅着前任留下的账册案卷。

两个差役提着两只桶和一篮子碗筷,送牢饭进来了。

"太爷。"差役放下了桶,对着海瑞,"该给人犯开牢饭了。"

海瑞望了望两只桶:"就在这里分了。"

两个差役对望了一眼,一个拿碗,一个舀饭,十几碗饭很快分好了。两个差役就把一碗碗饭往桶里叠。

"慢着。"海瑞叫住了他们,"每碗你们都吃一口。"

两个差役一怔:"太爷,这可是牢饭。"

海瑞:"每碗都吃一口。"

两个差役只好拿起了筷子,犹豫了好一阵子才每人端起一碗,挑起一团饭送到嘴里。那饭刚一入嘴,二人的脸都苦了起来。

正所谓:"为人莫犯法,犯法不是人。"哪个朝代的牢里照例都由官仓配拨牢粮。牢头狱卒却从来不会把官仓的好米给人犯吃,都是卖了好的,再买陈年霉米,讲点良心的便配上糠秕,黑了心的便往里面掺上沙石。这饭怎么能吃?偏偏遇上这么一个太尊,居然叫送牢饭的差役先尝。二人心里骂着,却不敢不吃。

一人尝六口,十二碗都尝遍了。海瑞这才说道:"告诉所有的人,不要打量着在饭里下毒。毒死一个人犯,做饭的送饭的就把饭自己吃下去。"

两个差役："不敢的。"

海瑞："送进去吧。"

二人这才又将碗叠入桶中，提着桶，向通道走去。

还有个苦的，这时也走进来了，便是田有禄。

海瑞抬起头望着他。

田有禄在他大案对面的椅子上坐了下来，揩着汗："堂尊，只差没下跪了，卑职也只借到了两天的赈灾粮。"

海瑞："都分发了吗？"

田有禄："正在分发。"

海瑞便不再看他，低头翻着账册："那就再去借，我说的是三天，还差一天。"

"堂尊，卑职再借不到了。"田有禄像是铁着心来的，语气便也有些倔抗，"担着哪一条，堂尊看着治罪吧。"

海瑞仍然低着头："哪一条也不担。等这个事完了，我只问你一件事，新安江大堤在淳安境内是怎么决口的。"

田有禄的脸一下子变了："堂尊，前任知县都被砍头了，你不能把这事再算到卑职头上。"

海瑞："借粮去。"

田有禄只好站了起来："堂尊，屋檐滴水代接代，新官不算旧官的账。你老将来也要交任的……"

海瑞的目光唰地盯向了他："我没有儿子，也没有打算活着走出淳安！借粮去！"

"好，好。卑职这就去借。"田有禄走出去不一会儿，挥着汗又折回来了，跨进值房的门槛便嚷道，"来了！堂尊，终于来了！"

海瑞："什么来了？"

田有禄："粮船！江南织造局买田的粮船！"

海瑞一震："哪儿的粮船？"

田有禄："织造局的粮船。"

海瑞倏地站起："你看明白了？"

田有禄："差役来报的，说是看得清清楚楚，每条船桅杆上都挂着织造局的灯笼。他们人也被领着等在县衙了。"

海瑞："你去接待，当面再问清了，到底是不是织造局的粮船。"

田有禄："各条船上都挂着灯笼，铁定是织造局的。"

第十章

海瑞两眼闪出了光："你亲自去落实，他们真是打着织造局的牌子来买田就好！"

田有禄哪儿能听明白海瑞的意思，立刻逢迎道："堂尊说的是，宫里来买田了，怎么做我们都可以卸担子了。"

海瑞的眼斜也向了他。

田有禄："堂尊，卑职说得不对？"

海瑞："你说得对。问清楚了便告诉他们，叫他们的粮船先在码头上等着，我会去见他们。"

"是嘞！"田有禄第一次答话有了底气，紧接着对着海瑞，"堂尊，卑职出面借本县大户这三天的粮是不是可以明天就还？"

"那些大户在催还了？"海瑞又盯向了他。

"那、那倒还没有。"田有禄又有些结巴了。

海瑞便不再理他，敛着目光，在那里急剧思索起来。

田有禄只好放轻了步子又走了出去。

一条条船上的帆都下了，织造局的灯笼还挂在桅杆上，后面的船头咬着前面的船尾，桅杆如林，白纱面红字的灯笼更加突出醒目。

除了沈一石那只大船是紧靠在码头边，大队粮船皆离岸四丈开外，船头船尾用铁链套住了，浮停在江面。灾年地面，防的就是饥民抢粮。因此沿岸一线都站满了兵。

沈一石这时又换了衣服。由于长年替织造局当差，杨金水为他向宫里恩请了一套六品的冠带，和吏部委任的官员不同，纱帽上不带翅，袍子上也没有补子，但一穿上，在百姓看来便是官家，在官场看来便是宫里的人。沈一石平时勤于事务，举止低调，这一套织造局的袍服从没有穿过，今日乍一穿上，他身边的人都有些吃惊：老爷原来是官身！

这时一把椅子摆在大船的船头，沈一石静静地坐在椅子上。岸上早已站满了灾民百姓，被兵挡着，一双双饥渴的眼都望向船头的沈一石。

那个管事被四个兵护着，从淳安城北门那边驰来了。到了码头，管事下了马，立刻走上跳板，向沈一石走去。

管事走到他的身边，低声地："老爷，小的去证实了，臬司衙门抓的那个倭寇和通倭的人犯确实没有被处决，现在都关在牢里。新来的那个海知县说是要等着总督衙门、巡抚衙门和臬司衙门重新审案。"

沈一石望着远处江面的流水："那个海知县还说了什么？"

那管事："小的没见着海知县，是淳安的县丞转告的，只说那个海知县会来见老爷……"

沈一石慢慢望向了他:"赈灾的粮应该今天就没了,他们也不急?"

那管事:"好像他们向本县的大户又借了三天的赈灾粮。"

沈一石沉吟了:"我倒真想会会这个海知县。"

那管事:"小的这就催他来?"

沈一石:"不用催。催,他也来不了。"

那管事一愣。

沈一石:"你带着几个人还到城里,在县衙看着,有什么事情立刻来禀告我。"

"是。"那管事立刻又向跳板走去。

"来人。"沈一石站了起来。

两个随从立刻趋了过来:"老爷。"

沈一石取下了头上的纱帽,一个随从连忙双手捧着接了过去。

"伺候更衣。"沈一石光着束发,向船舱走去。

两个随从,一个捧着纱帽,一个垂着手在后面跟了过去。从背影看,那件六品官服穿在老爷的身上确实让他不自在。既无平时葛麻布衣的厚重,也无一路来蝉翼丝绸的飘逸。

让沈一石说中了,海瑞眼下还离不开这里。两日前停了行刑,他便只有一条路,那就是等。等来的是什么结果他也不知道。郑泌昌、何茂才会不会来?如果他们不来,蒋千户带来的是什么指令?都不知道。他唯一的希望是派往苏州送急报的那一路,倘若急报能送到胡宗宪手里,谭纶在他身边,一定会赶来。可苏州的路程比杭州远,况且胡宗宪是在途中,倘若错过,这路急报就不知道什么时候能到胡宗宪手中,能让谭纶知道。他来的时候只剩了一天的赈灾粮,逼着田有禄借了三天的赈灾粮,有了这些粮能挺四天。四天中买田的粮船肯定能到,剩下的一步棋便是借着这个冤狱,阻止他们买田。然后将买田的粮留住,以淳安县衙的名义借下来,再借给灾民,赶在六月和七月把秧插下去,到九月、十月还能收一季稻谷。那时再让灾民还粮,土地兼并便会无疾而终。当然,这只是海瑞一厢的想法。自己这样做,上面注定不会同意。那就拼着自己坐牢杀头,这件事也会上通朝廷,朝局便会起变化。只要能改变朝廷改稻为桑的方略,也算完成了谭纶代上面那些人请自己出来的千斤之诺!

刚才突然听到粮船是打着织造局的牌子来买田,海瑞立刻敏锐地意识到转机来了!大明朝的规制,各地的藩王都有皇田,宫里也有供养皇上的皇庄,但从太祖高皇帝开始,便有定制,皇庄不得侵占民田。倘若宫里开支大了,户部照例要从国库拨款,所谓天子富有

第十章

四海，在皇上来说家即是国，国即是家，从来不缺费用，哪有君父再去掠夺子民田地的道理。这样公然打着织造局的牌子也就是打着宫里的牌子来买田，显然违了祖制，犯了大忌。为什么这样，他不知道，但已经可以肯定，郑泌昌、何茂才不敢来了，而且浙江各级衙门都会远远地避着，不敢来蹚这趟浑水。自己就可以以"玷污圣名"的名义将粮船全部扣下！眼下苦的就是自己手下没有人，也没有兵，不能够离开大牢半步。这些人犯如果被杀人灭口，局势便会急剧恶化。后果不堪设想。

又到上灯的时候了，昨天送饭的那两个差役来点灯了。两个人倒是给海瑞端来了一盏套着纱罩的蜡烛座灯，摆在案上。然后在通道去牢房路口的两边墙上挂上了两盏小油灯。点燃后，也就豆粒大的灯火，通道里反倒显得更黑。

"怎么只有两盏小灯？"海瑞突然发话了，"和昨天一样，每个牢房门口都点上大灯。"

一个差役："太尊，牢房里的油都有定量。昨晚点的几盏大灯，油还是小的们从家里拿来的。"

"现在是几月？"海瑞问道。

差役："回太尊，是六月。"

海瑞："就算牢房的灯油有定量，不成今年的油都点完了？"

差役："太尊有所不知，灯油都是每天定量去领。"

海瑞："到哪里领？"

差役："牢头那里领。"

海瑞："是了，牢头怎么没来？"

差役："回太尊，两天两夜了，他也累了。说是想去歇一觉。"

海瑞："叫牢头来。"

差役："是。"

王牢头与田有禄这时都在县衙的签押房里，听完从杭州赶来的蒋千户、徐千户说明叫他们参与杀人灭口的来意，脑子轰的一声便蒙了，对望着，一声不吭，僵在那里。

蒋千户、徐千户对望了一眼，然后两双眼睛都紧紧地盯着二人。

过了好久，田有禄眼珠子动了，望向蒋、徐二人："对了。海知县已经派人通知了织造局的船，叫在下先去见他们。织造局的人还在等着我。我得立刻去。"说着也不等他们答应，便向门口走去。

蒋、徐也不挡他，只望着他走向门边。

田有禄心里敲着鼓，脚到了门边便觉得走出了鬼门关，迈门槛时那一步跨得也就特别大。可前脚刚跨出去，后脚还在门内便定在那里。

两把刀在门口泛着光直对着他！两个兵对他低声吼道："回去！"

这时，田有禄才发现，院子内外都站满了臬司衙门的兵。

"这、这怎么说？"田有禄声音发颤了，人却还是那个姿势跨在门槛上，不肯回去。

突然肩上又被人拍了一掌，田有禄一颤，急忙回头，跨出去那条腿也就收回来了。

"也是好几年的八品官了，怎么这么不经事？"是蒋千户站到了他的身后，面色倒是温和，目光却贼亮贼亮。

田有禄又颤了一下："卑、卑职确实要去见织造局的人。"

蒋千户："杀人灭口的事都告诉你了，你就想这样走出这条门槛？"

田有禄腿一软跪了下去："二位将爷，卑职上有老下有小。不为别的，为了家人，我也不会把这个事说出去。再说动刀动枪的事，卑职手上无力也干不了……"

"啰唆！"徐千户怒了，"先在这张字据上把名字签了。"

田有禄赖在那里："徐爷，卑职也就一个八品，这么大的事，有我不多，无我不少，你老就抬抬手，莫让我卷进去了。"

"你签不签！"徐千户一掌拍在桌上。

田有禄吓了一大跳。站在桌边的牢头也跟着吓了一大跳。

徐千户："两个人都签。"

那牢头："二位爷，小的不识字……"

蒋千户笑了："每天到衙门里领钱领物谁帮你签的字？不肯签也行，那我们只有先在这里把你们两个做了。来人！"

两个兵举着刀进来了。

那牢头："我签，我签……"说着拿起了桌上的笔，手却不停地打战，便真像不识字的人那样换了个拿笔的姿势，将笔杆握在拳心，这才不太颤了，就这样在字据上写自己的名字，字却写得大了很多。

徐千户望向田有禄："该你了。"

田有禄爬了起来，磨磨蹭蹭走到桌子边，从牢头手里接过笔，经常写字，他手倒不颤，只是两条腿有些不太听招呼，在下面抖着，身子便不停地晃。

蒋千户不耐烦了："坐下吧。"

田有禄坐了下来，望着那张纸突然又觉得有了希望，便抬头望向徐、蒋二人："没、没空地方了……"

第十章

徐、蒋向那张字据看去，原来下面的空白处都让牢头三个大大的名字写满了。二人不禁瞥向了那牢头。

那牢头低下了头："小的说过，不太识字……"

蒋千户转身望向田有禄："把名字签在上面。"

田有禄："没有签字签在上面的……"

"写！"徐千户又拍了一掌桌子。

田有禄只好在字据上方的空白处开始写自己的名字。

牢房通道里都添换了大灯，立刻便亮了许多。

田有禄在前，牢头在后，两人出现在值房门口，却依然停在那里，失神地望向坐在大案前的海瑞。

海瑞笔直地坐着，两眼微闭。

田有禄和牢头兀自不愿跨那道门槛，背后显然被什么戳了一下，两人身子都是一激灵，只好走了进来。四个兵也跟着他们走了进来。

海瑞睁开了眼，田有禄和牢头已经走到了大案前，四个兵也走进了值房，紧站在他们身后。

海瑞何等警觉，立刻从一干人的表情上看出了异样。

田有禄望着他，想笑，却笑不出来；那牢头只将头低着；四个兵眼睛都虚望着前方，无任何表情。

海瑞："什么事？"

田有禄将眼低垂了下来："堂、堂尊，织造局派人来催了。请、请堂尊立刻到码头上去。"

海瑞紧望着田有禄："织造局的人在哪里？"

田有禄："在、在码头边，船上。"

海瑞："你不是说派人来催了吗？来催我的人在哪里？"

田有禄怔了一下："在、在县衙里等着呢……"

海瑞："既然是来催我的，为什么不带他们来见我？"

田有禄的脑子嗡的一声又乱了："卑、卑职也不知道……堂尊，你老就莫问了。"

海瑞又望了一眼那牢头，那牢头虎头虎脑，只将头低着。

海瑞这时心里更明白了，不再问他们，目光倏地望向了他们身后的四个兵："前天我就说了，这个牢里只许县衙的差役和牢卒进来，谁叫你们进来的？！"

四个兵对望了一眼，没有接言。

"出去！"海瑞站了起来。

四个兵还是直直地站着，一动不动。

海瑞望向田有禄："把徐千户叫来！"

田有禄只好回过头望着那四个兵："你、你们出去吧……"

那四个兵也不敢不走了，对望了一眼，走了出去。

"姓海的没出来，你们怎么出来了！"徐千户站在牢房外院子里的黑暗处迎着四个兵。

一个士兵："姓海的说，我们要不出来就将徐爷叫去。"

另一个士兵："还说，要亲自见到织造局的人。"

"难缠！"蒋千户也站在黑暗处，这时接言了。

咣当一声，大门被关上了。

"怎么把门也关了？"蒋千户有些奇怪。

一个士兵："怕是不让小的们再进去。"

蒋千户："那你们都守到门边去，怎么办，听吩咐。"

四个士兵立刻又向牢房大门跑去。

黑暗处就剩下了徐、蒋二人。

"这一回中丞大人、何大人和我们算是都遇到克星了。"蒋千户突然发出了恨声。

"干脆，放一把火闯进去，连他一起做了！"徐千户也十分恨恼。

"能杀他，也就不用费这么多手脚了。"蒋千户接道，"上面说了，他是裕王举荐的人，只有灭了人犯，把罪坐实在他身上，捅到朝廷才能堵裕王的嘴。改稻为桑也才能做圆了。"

徐千户："他不出来，我们也不能干等着。"

蒋千户："再等一下，看田有禄出来说什么。"

徐千户："不能再等了！等到天亮，高翰文一到，可就什么也做不成了。"

蒋千户："实在万不得已，到半夜再叫扮成倭寇的人杀进去！"

徐千户："海瑞呢？"

蒋千户："就留着他不杀，其他的都杀了。他不是不让我们的兵看护犯人吗？到时候我们都把兵带走。人犯被杀了，正是他的罪。"

| 第十章 |

按海瑞的命令关好大门，田有禄和牢头在海瑞的对面坐了下来。

"先说说你们两个家里的事吧。"说到这里，海瑞望向田有禄，"田县丞，你有三个儿子，每天督责他们做功课，还颇尽父职。"

田有禄没有抬头："多承堂尊夸奖。"

"你也值得夸奖吗！"海瑞提高了声调，"你的母亲过世了，只有一个老父，自己带着老婆和儿子住在县衙，却让老父一个人住在城南的茅屋里。是不是？"

田有禄声音低得像蚊子："堂尊指责的是。"

"还有你！更不像话！"海瑞的目光刀子般刺向王牢头，"从小由寡母带大，弟弟家贫，却让他一个人养着老母。小小的牢头，居然有老婆还养小妾，却不养母亲！"

王牢头心里吃惊，抬头望了一眼海瑞："堂尊真是明镜，这么快连小的们这些事都知道了……"

"我头上担着天大的干系。"海瑞目光炯炯，"从省里到淳安没有一个是帮我的。我得清楚了，到底是哪些人在扰乱王法，和朝廷作对。有一天朝廷问起来，我也有个说法。"

田有禄和王牢头本就心虚，听他这样一说，尽管地牢里阴凉，那汗还是止不住流了下来。

"其实，官做得再大，落到底也是居家过日子。没有人想往死路上走。"海瑞话锋一转，直刺二人的心，"我也有老母，今年就七十了。可我没有儿子，只有一个女儿。你们的福气比我大。"

田有禄突然有了个感觉，原来觉得这个人是对头，现在倒觉得他或许是自己的救星，立刻有些激动："堂尊，你老是星宿下凡，卑职哪儿能比……"

海瑞："没那回事。只有一点我比你们好。我的家人都在福建。朝廷答应了我，我要是在淳安被人害了，会有人把她们接到北京去。"

田有禄望向了王牢头，王牢头也望向了他。

田有禄小声问道："堂尊，听说你老是裕王举荐的人？"

海瑞："这要紧吗？"

"当然要紧。"田有禄急忙接言，"满天下谁不知道裕王爷就是将来的皇上。"

王牢头也似乎跟上了田有禄的思路，目光也急切地望着海瑞。

海瑞知道他们心动了，抓住了时机，正颜问道："你们想不想带着家人平平安安离开淳安？"

田有禄立刻站起来了，王牢头也跟着站起来了。

"堂尊救我！"田有禄跪了下去。

王牢头也跟着跪了下去："你老是本县的太尊，是我们的天。只有你老能救我们了。"

海瑞："我答应你们，听我的，一起过了这个难关，今后就没你们的事。"

四个臬司衙门的兵这时仍死死地把在大牢门外，看见牢门"吱呀"一声开了，田有禄走了出来。那几个兵立刻迎了上去。

田有禄低声地："蒋爷和徐爷在哪里？"

一个兵："在等你呢。"说着便引着田有禄走到了牢院左侧屋檐的暗处。

好一阵子，田有禄才看清蒋千户、徐千户都站在这里。

田有禄："没办法，说是见不到织造局的人，他高低不离开。"

徐千户立刻便想发作，蒋千户拦住了他，望着田有禄："沈老板那个管事现在哪里？"

田有禄："带着几个人，一直在县衙门等着。"

蒋千户："那就叫他来。让他把姓海的领到船上去。"

田有禄故意犹豫着："他也不会听我的……"

蒋千户："就说你见过沈老板了，是沈老板的意思。"

田有禄又磨蹭着："那我去试试。"

徐千户："不是试，一定要叫来。"

田有禄："我这就去。"

月亮被云遮住了，只闪闪烁烁有些星光。往年在这个时候淳安的田间早已是禾苗苗壮，蛙声一片。今年田都被水淹过了，秧也没插下去，田畦沟渠到处是野草，蛙声便稀，虫鸣声响成一片。

驿道远方的马蹄声还有车轮声传来了，越近越响，许多虫子便不叫了。马车上的灯笼光渐次驰近。

一个队官，八个骑兵，都挎着刀，前面四个，后面四个，中间便是队官紧护着高翰文的马车。

郑泌昌原本是安排高翰文坐船，他自己坚持要走陆路，这才改乘了马车。反正时间是拿捏在这几个护从的官兵手里，都明白要在第三日天明到达淳安恰好。现在离天明也就一个多时辰了，马队到了五狮山北面，略事休息，翻过山到淳安县城，天刚好亮。

高翰文闭着眼靠坐在马车里，虽然身子依然虚弱，精神已经旺盛了许多。杨金水的晤

| 第十章 |

见使他吐出了胸口那股天大的冤气,尽管前路依然凶险莫测,这时却又能够凭着胸中的理学慨然面对。还有一则感慨,就是自己现在特别想见到海瑞。巡抚衙门第二次议事,海瑞那股"在地为河岳,在天为日星"的凛然陈词,使他多年想象中的天地正气突然有了一个活生生的人。从一登上马车,高翰文眼前挥之不去一直是海瑞的影子。这个人现在一人挺在淳安,高翰文从心底里陡生了一股豪气,是那种"闻鼙鼓而执金戈"与之并肩破阵的干云之气!想到这里,海瑞的影子从脑中消失了,高翰文睁开了眼,去撩车帘,他想知道什么时候能到淳安。

恰在这时,马车慢慢停下来了。

"到哪里了?"高翰文问道。

车边那个队官:"回高府台,已经到五狮山了。"

高翰文是看过《淳安县志》的,立刻说道:"翻过五狮山就是淳安了?"

那个队官:"高府台说的是。"

高翰文:"不要停,天亮前赶到淳安。"

那个队官却翻身下了马,接着几个兵都翻身下了马。

高翰文:"我说的话你们听到没有?"

那个队官:"人马都困了。高府台总得让人喘口气吧。"

高翰文:"那就稍歇片刻,接着赶路。"

那队官:"天亮前我们是赶不动了。天亮后再走吧。"说着对其他几个兵:"把马拴好了,喂点草料。人也都歇一觉。"

高翰文立刻明白了,这又是郑泌昌、何茂才的安排,心中那股气便又涌了上来,从马车上跳下,径直走向那队官:"把马给我。"

那队官捏紧了缰绳:"高府台,你老这是要干什么?"

高翰文:"你们歇,我一个人去淳安。"

"那可不行。"那队官一拉缰绳,"省里安排我们护送大人,怎么能让大人一个人走?"

高翰文慢慢抬起了头,乌云遮月,星光闪烁,苍穹下自己竟如此孤独!

"谁!"突然,那个队官发出了大声喝问。

高翰文注目望去,驿道前路边的树林里十几骑人马走了出来。

八个兵都抽出了刀,对峙着对方。

对方一人牵着马在前,两人牵着马在两边随着,打着两盏灯笼走了过来。

"站住!"高翰文的护兵又大声喝道。

"瞎了眼。灯笼上这么大的字也看不见吗？"对方那人依然牵着马走来，竟是谭纶。

这边的兵都盯着望向灯笼——灯笼上赫然印着"总督署"三个大字！

臬司衙门几个兵气焰立刻没了，把刀慢慢插进刀鞘，让开路站在那里。

"谭大人！"高翰文在信阳驿站见过谭纶，这时禁不住激动，迎了过去。

谭纶一把拉住了他的手，说道："我们一边说话。"

见二人向驿道旁树林走去，臬司衙门那个队官便使了个眼色，带着两个兵跟了过去。

谭纶停住了，回头望向那三个兵："干什么？"

那队官："回谭大人，小的们奉命护卫高府台。"

谭纶："刚才我都听到了，高府台说要走，你们挟着他不让走，这是护卫吗？"

那队官不吭声了。

谭纶："大明朝的律法，文官节制武将。几个臬司衙门的兵竟敢要挟杭州知府兼赈灾钦使！来人。"

总督署的亲兵应了一声，都走了过来。

谭纶："把他们的刀都下了，看起来。"

亲兵们立刻涌向那队官和八个兵，把他们的腰刀都摘了下来。

"一边去，蹲在一起！"

队官和八个兵被赶着都蹲到了路边。

"请。"谭纶这才又领着高翰文向小树林走去。

田有禄居然把沈一石那个管事还有四个兵都领来了。

站在暗处的蒋千户和徐千户对望着点了下头，又向那一行人望去。

田有禄在敲牢房的门，说了几句什么，牢门开了，田有禄领着那管事走了进去。四个兵留在门口站着。

蒋千户："过来！"

几个站在不远处的兵跑过来了。

蒋千户："那些人都换了衣服吗？"

一个兵："回蒋爷，早换好了。"

徐千户："等海瑞一走，把织造局的人领走，就叫他们杀进去。"

几个兵："知道了。"答着跑出了院门。

——牢门哐当一声又关上了，沈一石那个管事惊了一下，回头望去。

第十章

"请坐。"海瑞站在那里,将手一伸。

那管事望着他,在大案对面的椅子上慢慢坐下了。

海瑞:"织造局的?"

那管事:"替织造局当差。"

海瑞:"本应该早去见你们的上司。出了冤狱,事关通倭的大案,脱不了身。只好屈驾请你们到这里来谈。"

那管事:"上百船粮,我们家老爷可离不开。"

海瑞:"他离不开,当然是我去见他。"

那管事立刻起了身:"小的这就陪你老去。"

海瑞:"不急。离天亮也就一个时辰了。屈尊在这里再坐坐。天亮后,我和你一起去。"

那管事:"不是说你老答应现在就去吗?"说着便转身望向田有禄。

田有禄:"没有。我们堂尊只答应去,没有答应现在就去。"

那管事:"那你现在把我领来干什么?"

海瑞:"你们是织造局的,按礼应该我陪。我去不了县衙,只好在这里相陪了。"

"那就不用了。"那管事移开了椅子,"我还在县衙等着,你老什么时候去,我什么时候随。"

"把门锁了!"海瑞突然向王牢头说道。

王牢头就在门边,拿出一把好大的锁从里面把牢门锁了。

那管事一惊:"你们要干什么?"

海瑞:"已经说了,我陪你到天亮,再去码头看粮船。请坐吧。"

——这边越等越不耐烦了。

徐千户:"还不出来,怎么回事?"

蒋千户也看出有些不妙了,对身边不远的一个兵:"过去问问,怎么回事?"

那个兵连忙奔了过去。

蒋千户、徐千户两双眼巴巴地盯着那兵在门口问话,又盯着他们在敲牢门,又好一阵对话。完了,那兵又奔了过来。

蒋千户:"怎么回事?"

那兵:"说是海知县正跟织造局的人在谈事,要等到天亮以后才去粮船。"

蒋千户:"田县丞和王牢头呢?"

那兵:"这话就是田县丞和王牢头说的。"

蒋千户跺了一下脚:"这两个狗日的,反了水了!"

徐千户:"不能等了!你们多带些人闯进去,先把织造局的人弄出来。"

那兵:"回爷的话,牢门从里面锁了。"

徐千户又气又恨:"撞门!撞开了再说。"

蒋千户:"要把织造局的人伤了,麻烦就大了。"

徐千户:"天都要亮了,先撞开门再说。"

蒋千户沉吟了片刻:"那就先在外面放火烧屋子,就说是报火警,把门撞开。将织造局的人和姓海的架出来,再行事!"

徐千户:"好办法!都听明白没有?"

几个兵:"明白!"

徐千户:"一队放火,二队撞开门闯进去架人!"

"是!"几个兵立刻跑了开去,一边招呼着,更多的兵向他们聚拢过来。

好一阵忙乱,一个兵又跑过来了。

蒋千户:"又什么事?"

那个兵:"二位爷,牢门太结实,二队没有撞门的家伙。"

徐千户气得要死:"找根大木头柱子!"

那个兵:"可这院子里也没有……"

徐千户:"那就到外面去找!找不着就把哪个铺面门外的柱子砍了!"

那兵:"明白!"又急忙跑了过去。

一队兵跑出了院门。在大牢不远处的街道旁看到了一家铺面外有根碗口粗的柱子撑着挑出来的屋檐。那个兵低声喊道:"就这根了!"

两个兵拔出了刀一边一个便往那根柱子的底部砍去。

柱子两边斜着砍出了两道深口。那个兵又喊道:"好了。撞倒它!"

几个兵犹豫了:"垮下来可砸人。"

那个兵:"砸不死。快撞!"说着自己带头用脚狠狠地向那柱子踹去。

那柱子晃了晃,依然不倒。屋檐上的瓦倒掉下来了几块,砸在街面上发出好大的响声。

"有贼!"铺面里有人喊了起来。

两个兵走了过去,恶狠狠地:"闭嘴!再喊杀了你全家!"

| 第十章 |

里面安静了。

踹柱子的那兵急了:"用肩,轮着撞!"

一个兵便铆了劲跑过去用肩头狠劲一撞,柱子大晃了一下,那兵也一屁股坐在地上。

另一个兵:"人推人,能推倒。"

踹柱子那兵:"那就推。"说着自己双手绷直了顶住那根柱子。

一个兵站到他背后双手顶住他的背部,几个兵后面的顶前面的,都站好了。

顶柱子那兵:"听我的号令。三(音:散)——起!"

所有的人一齐用力,那根柱子带着檐上的瓦"轰"地倒下来了。

那些兵连忙闪开。

踹柱子那兵:"抬上,走!"

几个人抬起柱子便跑。

刚跑了不远,侧方的街面上一阵急促的马蹄声传了过来。几个人站住了。

一个官带着十几骑马从侧面的街上驰过来了。

马队在这几个扛着柱子的兵边上停住了。几匹马兀自绕着他们踏着碎步转着。

几个兵蒙了。

那官便是高翰文,这时紧盯着他们:"哪个衙门的?干什么?"

那兵有些慌:"回、回大人,县牢着火了,我们去撞门救人。"

高翰文一惊:"带我们去!"

那些兵又不敢动了。

高翰文喝道:"走!"

亲兵们都拔出了刀。

那些兵只好抬着柱子小跑着向县牢方向引去。

高翰文带着亲兵策马跟去。

——火把都已准备好了,牢外院子里那些狱卒住的屋墙边也堆了好些干柴,单等柱子一来便放火,再撞牢门。

火把光将大牢外的院子照得大亮,蒋、徐二人这时已经退到了一间屋里,站在门后边急等着找柱子的兵。突然听到了马蹄声夹杂着脚步声,便立时觉得有些不妙。

可院子里那些兵已经等不及了,眼睛盯着院门,火把便在干柴边晃着。

蒋千户:"不好。叫他们先不要放火。"

门外一个兵立刻喊道:"不要放!先都不要放……"

正喊着,几个兵抬着那根柱,一群人马紧跟在他们身后闯进了院门。

"关门!"蒋千户看到了高翰文,立刻一拉徐千户,将门连忙关上。

一群马驰到了院子里,兀自在那里小跑着转圈。

高翰文在马上大声问道:"哪里着火了?!"

抬柱子的那几个兵面面相觑。拿着火把的那几个兵也连忙将火把扔到地上,用脚一阵急踩,将火把都踩熄了。

高翰文目光炯炯环视着院内:"所有的人都站在原地,擅动者立刻抓了!"

总督署的亲兵立刻喝道:"列队!都站好了!"

臬司衙门那些兵慌忙分作两队在院子两侧站好了。

高翰文:"海知县在哪里?"

抬柱子那个兵:"回大人,在、在里边牢里。"

高翰文下了马:"领我进去!"

海瑞慢慢从椅子上站起了,望着出现在门口的高翰文。

高翰文两眼闪着光,疾步从牢门的台阶走了进去。

田有禄连忙趋过去要扶高翰文:"大人,小心了……"

高翰文将手轻轻一甩,走近了海瑞,隔着那张大案,两人对视着。

海瑞已经看到了随他进来的两个总督衙门的亲兵,轻轻问道:"府台,见到胡部堂了?"

高翰文摇了摇头:"胡部堂派人来了。"

海瑞:"是谭大人?"

高翰文点了点头。

海瑞长出了口气,几天的疲劳一下子冒了出来,便坐了下去。

高翰文立刻喊道:"扶海知县去衙门歇息。"

田有禄和王牢头争着奔了过去,一边一个便去扶海瑞。

海瑞自己又站了起来:"失礼了。府台,还不是歇息的时候。"

高翰文关注地:"还挺得住?"

海瑞:"府台不也挺住了吗?"

几天来高翰文第一次露出了一丝笑容,接着命令道:"你们都先出去,我有话和海知县说。"

第十章

所有的人便都慢慢退了出去。

这边，田有禄一走出牢门便拉住了总督署一个亲兵的衣袖。那亲兵望着他。

田有禄低声说道："蒋千户和徐千户就躲在这个院子里，挨着门找准能找出来。"

那亲兵："一切听高大人的，这不关你的事。"

田有禄咽了口唾沫，又望向王牢头。

王牢头虎头虎脑："放心，总要把那张字据拿回来。"

那边，高翰文和海瑞隔案坐着，双方的目光都望着对方。

高翰文："这里有我，没人敢再闹事。谭大人的意思，你是裕王向吏部举荐的人，让你到码头上去把织造局的灯笼取下来，将所有的粮船都扣下。"

海瑞："给我多少兵？"

高翰文："要多少有多少。"

海瑞："这话怎么说？"

高翰文从怀里掏出一纸公文："这是总督衙门的公文，拿着它，所有的兵你都可以调遣。"

海瑞双手从案上伸过去，接那纸公文。高翰文却没有立刻松手，深望着他："刚峰兄，该怎么干就怎么干。我与你同在！"

这时一缕晨曦从牢门外射了进来，天亮了。

入夏以来好些天没有风的北京，这天天亮时竟然起了微风，嘉靖便不让人关殿门，毕竟十几天没刮风了，他愿意看着那风从外面吹进来，吹拂着垂在精舍和大殿之间的帷幔。

嘉靖盘腿坐在明黄色的绣墩蒲团上，厚厚的淞江棉布袍子已经系好了，脸色也比昨天晚上好些。

严嵩也赐了座，满脸惶恐，不是装出来的，眼睛昏昏地望着纱幔外边。

纱幔外跪着严世蕃。

吕芳照旧在忙活他的，先是给神坛上换了香，接着拿起一把拂尘，站到嘉靖身边，防着外面有飞虫之类飞了进来。一边又顾自说道："还是万岁爷的诚心大，终于起了风。这一两天准有雨。"

嘉靖："你少说话。让他们说。"

吕芳："是，主子。"

严嵩不得不开口了："严世蕃，浙江改稻为桑的事进展如何？灾民是不是都抚恤了？当着皇上，你如实陈奏。"

纱幔外传来了严世蕃的声音："臣是昨天傍晚接到了浙江的呈报，说是淳安有刁民通倭。浙江已经派新任淳安知县海瑞去处置了。接着就会安排'以改兼赈'的事。在六月，桑苗一准能插下去。"

嘉靖："'以改兼赈'是怎么改？"

纱幔外的严世蕃沉默了少顷，又有声音传来："回皇上的话，还是让有粮的丝绸大户拿出粮来买灾民的田，然后改成桑田。那些卖了田的百姓也都做了安排，明年这些桑田还让他们种。"

嘉靖："你说的丝绸大户是什么大户？"

严世蕃的声音又过了一阵才传来："回皇上，当然是浙江丝绸作坊那些大户。"

嘉靖慢慢望向了吕芳，吕芳也回望着嘉靖，嘉靖示意他问。

吕芳："浙江的丝绸大户该不是织造局吧？"

首先是严嵩，听到这句话感到一颤，倏地望向吕芳。

外面立刻传来了严世蕃惊惶的声音："皇上！臣、臣不知吕公公这话什么意思？"

嘉靖又望了一眼吕芳。

吕芳："知不知道，天知道，你也知道！"

严嵩立刻从矮墩上跪了下去。

风骤然间大了起来，挟着尖厉的呼啸声从远处，从四面八方刮进了殿门。精舍的两扇窗户忽地被吹得向外支起了，那纱幔便一下子从大殿方向飘飞向精舍，露出了跪在纱幔外的严世蕃。

吕芳急忙跑到飘向嘉靖那一边的纱幔，一把抓住，拽在那里。这边的纱幔还在飘飞着，恰好拂过跪在地上的严嵩的头顶，猎猎地飘着。

玉熙宫的殿门也被风刮得哐当乱响，两个当值太监立刻向内顶住了殿门。

"关了！把殿门关了！"吕芳低声喊着。

两个太监便顶着风从里向外费劲去关殿门。

"不要关。"嘉靖发话了。

"主子……"吕芳紧拽着纱幔望向嘉靖。

嘉靖："朕说了，不要关。"

吕芳只得又嚷道："甭关了，过来将纱幔扎紧了。"

两个当值太监顶着门放不开手，只好迎着风声向殿门外喊道："来两个人！"

殿门外立刻趔趄进两个太监，被狂风吹着飞一般飘了进来。

两个太监一边一个拽住了纱幔跪在地上，吕芳腾出了手，跑到嘉靖身前数尺开外，替

第十章

他挡着风。

嘉靖："不要挡着朕。"

吕芳只得慢慢移向嘉靖身边，紧张地关注着他。

风太大，嘉靖闭上了眼："当着天，严世蕃你要如实回话。"

严世蕃跪在那里正好是背对着风，便睁大了惊惶的眼，大声回道："皇上就是天，臣没有说一句假话。"

说来也怪，严世蕃说了这句话，那风渐渐小了，天却慢慢暗了下来，这是要下雨了。

嘉靖的手微微挥了一下。吕芳立刻望向仍然跪拽着纱幔的两个太监："这里没你们的事了，叫上门边的两个人，都出去。"

"是。"两个太监扎好了纱幔，连忙爬起，退了出去。退到门边又招呼着那两个太监一起退出了殿门。就在这时，一连扯的闪电，不久，从天际远处滚过来一阵闷雷。

嘉靖："严世蕃，这雷你听见了没有？"

严世蕃高抬起头："天在上，皇上在上，臣要是敢欺君，叫天雷立刻将臣殛了！"

紧接着又是一道好亮的闪电，跟着便是一声炸雷，下地了，好像就炸在殿门外！

暴雨紧随着雷声倾泻而下，嘉靖的目光穿过精舍中间那道槅门，望向北墙槅窗大殿外天幕般的雨帘："上天把九州万方交给了朕，朕是天子，也就是万民的君父。现在朕拿着钱去贱买子民的田地了。朕真要是这样的天子，天厌之！真要是这样的君父，万民弃之！"

严世蕃那张大脸本来就白，听了嘉靖这番话立刻变得更白了。

严嵩跪在那里攒足了劲，厉声地："严世蕃，回话！"

严世蕃："臣该死。如果浙江真有人打着织造局的牌子去买灾民的田，臣立刻彻查。"

吕芳："这还用查吗？浙江打着织造局的牌子去买田，杨金水还没有回杭州。粮船离开杭州的时候，郑泌昌、何茂才都在码头上。这两个人就没有向内阁呈报？"

严世蕃："内阁没有接到呈报。这件事要真是郑泌昌、何茂才干的，臣请立刻在浙江将二人就地正法，臣也愿意一同领罪。"

"回得好。话回到这个份上，朕也不能够不认可了。可朕认可了你们，天下臣民不认可朕。"嘉靖的目光从严世蕃脸上又扫向了严嵩，"朕将内阁都交给了你们，你们落下了这么大的亏空！为了替你们补亏空，朕也同意了你们去改稻为桑。如果你们现在要把亏空的账都算到朕的头上，朕这个位子干脆让给你们来坐！"

什么叫伴君如伴虎？严嵩、严世蕃父子这时真是从五脏六腑都感受到了。严嵩立刻取下了头上的纱帽，严世蕃也取掉了头上的纱帽，放在地上。

严嵩抬起了头，已然老泪纵横："千错万错，都是臣的错，都是严世蕃的错。只要能够澄清圣名于万一，臣和严世蕃现在就请皇上治罪。"

嘉靖："事情闹到这个地步，你们就想撂纱帽了？"

暴雨在殿外响成一片，殿内却出现了死一般的沉寂，四人都默在那里。

嘉靖慢慢望向了吕芳："咱们就姑且再信他一回，事情让严世蕃去查。今天朕说的这些话，就你们三个人听了，不要传出去。"

吕芳："奴才明白。"

严嵩和严世蕃闻言都是一震，抬起了头泪眼巴巴地望向了嘉靖。

嘉靖望向了他们："内阁还交给你们，该干吗干吗去。"

严嵩和严世蕃几乎又同时磕下头去："臣谢恩。"

二人这才又从地上捧起纱帽戴上，严世蕃很快站了起来，严嵩手撑着地却一时站不起来。

嘉靖望向严世蕃："扶你爹起来。"

"是。"严世蕃几步走到严嵩面前搀起了他。

严世蕃扶着严嵩的身影消失在精舍的大门外，嘉靖望着直对着精舍门通道北窗外连天的雨幕，雨声弥天而来，仿佛大明朝两京一十三省这时都笼罩在铺天盖地的雨中。

"锦衣卫那几个人到浙江了吗？"嘉靖突然又问吕芳。

吕芳连忙趋到他的身后，轻声地："主子，他们昨天晚上才走呢。"

"再派几个得力的去！"嘉靖心情十分灰恶。

吕芳："是。"

倘若是晴日，严嵩的双人抬舆照例都停在玉熙宫大殿的石阶下，今日大雨骤至，两个当值太监早已将抬舆抬到了玉熙宫大殿的门外廊檐下静候着严嵩出来。

明制，亲王或老病大臣有特旨可以赏紫禁城乘双人抬舆。所谓双人抬舆，不过一把特制的椅子，靠背和两侧用整块木板封实，只前方空着让人便于乘坐，雨雪天还允许在上面加一覆盖，前面加一挡帘，两根竹竿从椅子两侧穿过，由两人或手或肩抬扛而行。嘉靖二十一年嘉靖帝搬进了西苑，紫禁城赏乘双人抬舆便变成了西苑赏乘双人抬舆。

严嵩任首辅，从七十到八十就一直享坐这把抬舆。看天象知今日有雨，当值太监早已在抬舆上加了覆盖，抬舆前也加了挡帘。

严世蕃没有乘坐抬舆的资格，另有一当值太监早已给他备下了一把偌大的雨伞站在抬

| 第十章 |

舆边。

严世蕃搀着父亲从精舍门外通道向大殿门边几乎是挪着走过来的。从精舍门外沿通道走到大殿门边也就五丈路程，今日，被严世蕃搀着的严嵩竟仿佛走了二十年。执掌内阁二十年来，多少风雨挥洒而去。今天这场大雨就凭着抬舆上那方覆盖、那块挡帘和那把雨伞还能遮挡得住吗？严嵩心中也如这天气一般晦暗、阴沉。

高高的玉熙宫大门的门槛就在脚下了，严世蕃双手加力欲将父亲搀过去，严嵩这时竟停下了，推开了他的手，撩起了袍子，一条腿慢慢先迈过去，另一条腿又慢慢迈了过去。

严世蕃刚受了一番雷霆震怒，这时又被父亲一阵冷霜劈头打来，一时也负了气，干脆站在殿门内，看着他迈出门槛。

抬舆的当值太监可不敢怠慢，一个人立刻在抬舆后升高了轿杆以使前面的轿杆着地让严嵩好迈过前面的轿杆，另一个立刻掀开了抬舆的挡帘候严嵩坐进抬舆。

严嵩这时竟看也没看那乘抬舆，偌大的年纪竟径自从大殿的石阶走向漫天的雨幕！

几个太监都蒙了。

严世蕃这时不能再负气了，立刻跨过大殿门槛从太监手里接过那把雨伞倏地撑开追了下去，将雨伞罩在父亲的头上。

严嵩下了台阶又站住了，不看身后的儿子，只望着白茫茫的雨幕："将雨伞拿开。"

"爹！"严世蕃这一声叫得近乎慷慨赴义，"你老替皇上遮风挡雨，儿子可一直在替你老遮风挡雨！要杀要剐我一个人当了，不牵扯你就是。"

严嵩这才慢慢侧转了头望向儿子，满头满脸水淋淋的，不知是雨水还是泪水："严世蕃，我告诉你，大明朝只有一个人可以呼风唤雨，那就是皇上！只有一个人可以遮风挡雨，那就是我，不是你！你和你用的那些人没有谁替我遮风挡雨，全是在招风惹雨！皇上呼唤的风雨我遮挡二十年了，你们招惹的风雨没有人能替你们遮挡。一部《二十一史》都只诛灭九族，唯有我大明朝可以诛灭十族！扔掉你手里那把伞，它救不了你，也救不了我严家。"说完径自一个人任凭暴雨满头满脸满身打着，艰难地向前继续走去。

严世蕃眼前只剩下了一片白茫茫的水幕，接着手一松，那把伞立刻在风雨中飘滚了开去，自己也让暴雨打着，朝父亲若隐若现的身影跟去。

第十一章

　　大明朝两京一十三省确是太大了。在北京此时是狂风后的雷电暴雨，在这里却是烈日高照，新安江水湛蓝澄澈地流着，停在江面的粮船浮在那里动也不动。
　　白底红字的"织造局"灯笼依然高挂在每条船的桅杆上，十分醒目。
　　护粮的兵都钉子般在码头沿岸上站着，他们的对面是无数淳安的灾民。
　　沈一石又坐到了大船船头的那把椅子上，身上却没有再穿官服，外面套着一件双面透绣上百朵淡粉色梅花的纻罗长衫，贴身穿着一件素白的蝉翼长衣，用一条素白的绸带系着，发髻上也束着一条白底透绣着几朵淡梅的发带。这时淡淡的江风将外面那件长衫轻轻拂起，一眼望去，这一身俨然一幅浑然天成的雪地绽梅图！
　　那张脸也薄薄地敷上了一层白粉，双眉入鬓，二目深沉，静静地望着从上游远方流来的江水。
　　突然，他的耳朵动了一下，似乎听见了江流远处隐隐约约浮现出来大群的马蹄声！
　　——这是能够听见一千三百年前嵇康《广陵散》琴声的耳朵！这是能听见两千里外玉熙宫嘉靖声音的耳朵！
　　而这时的岸上，人群依然十分安静。
　　沈一石的耳朵又动了一下，无数的马蹄声越来越近，越来越清晰。
　　岸上的人群这才有了感觉，立刻有人骚动起来。
　　淳安北门的驿道上，一群坐骑出现了，扬起漫天的尘土，正向码头这边滚滚而来！
　　马队越来越近，驰在最前面的是海瑞，紧跟他身后的是总督署的亲兵，而领着大队兵骑的竟是蒋千户、徐千户，还有沈一石的那个管事。
　　骑在马上，海瑞的眼睛犀成了一线，在烈日光照下望向江面那一排桅杆，望向桅杆灯笼上"织造局"的红字！

| 第十一章 |

码头岸边,臬司衙门押粮的另一个千户立刻向兵士喊道:"买田的到了!都守住了,闲杂人等一律不许靠近粮船!"

兵士们动了起来,把那些灾民百姓往后边赶。

海瑞的马驰到码头岸上停住了。他身后的马队都跟着停住了。

海瑞的目光望向了坐在大船船头的沈一石,望向了那一身炫人眼目的装束,双眉一耸,两眼立刻射出厌恶的深光!

沈一石依然静静地坐在那里望着远方的江流。

押粮的千户大步走了过来,向蒋千户、徐千户打着招呼:"先下马吧,到船上吃杯茶!"

蒋千户和徐千户却阴沉着脸,没有反应。

押粮的千户有些诧异,这才感觉到了什么,望向马队最前方那个七品官。

海瑞大声说道:"换防!蒋千户、徐千户的兵在这里看护粮船,这里的兵去城里听高府台调遣!"

蒋千户和徐千户带着马队默默地向岸边一线布开。押粮的千户还在发蒙,这时兀自大步走到蒋、徐面前:"怎么回事?他什么人,敢调派我们?"

蒋千户阴沉着脸:"他手里有总督衙门的调令,换防吧。"

押粮的千户兀自在那里发怔。

海瑞这时盯向了他:"我说换防,你没听见?"

押粮的千户有些醒悟过来,却依然没有下令调兵,望向海瑞:"我要看总督衙门的调令。"

海瑞掏出了一纸调令,拿在手里。那千户走了过来,便要去拿。海瑞:"看就是。"

那千户的手又缩回去了,目光望处,"浙直总督署"几个鲜红大字的印章赫然醒目!

"换防!"海瑞将调令一收。

押粮的千户惶惑着眼,向他的兵走去:"列队!列队!"

海瑞这才下了马,把缰绳扔给了身边的一个亲兵,慢慢走下码头,向坐着沈一石的那条大船走去。

四个亲兵不远不近地跟着他也向那条大船走去。

沈一石慢慢站起了,又慢慢转过身子,望着从跳板慢慢走向大船的海瑞。

海瑞走到跳板尽头,并不急着登船,在那里站定了,审视着站在船头椅子边望着自己的沈一石。

两双目光在这一瞬间碰上了,短暂的凝固,短暂的互相审视。

沈一石的脚不动了，淡淡的江风吹拂下，那一身"雪地梅花"慢慢飘向海瑞。在大船的船舷边站住了。

一个在跳板尽头，一个在船舷边，两人相距也就数尺，两双目光都盯着对方。

"报上贵驾的职务。"海瑞突然发问。

沈一石："在下沈一石，替江南织造局经商。"

海瑞："经商？那么说你只是个商人？"

沈一石："就算是吧。"

"《大明会典》载有明文，商人不许着纻罗绸缎，你这身装束怎么说？"海瑞这句话问得声调低沉，却透着严厉。

沈一石淡淡一笑："海老爷这句话还真将我问住了。"

"请回我的话！"海瑞的声调突转高亢，目光直刺沈一石的双眼。

听他声音大了，总督署几个亲兵立刻从码头的石阶上登上跳板，向海瑞身后走来。

海瑞没有回头，只挥了挥手，那四个亲兵又从跳板上退了回去。

沈一石这一下收敛了笑容，带着几分敬重："果然闻名不如见面，刚峰先生不愧是刚峰先生。"

海瑞："我再说一遍，明白回话。"

沈一石却并不回话，扬起双手拍了一掌。

大船舱雕花门扇里出现了那个管事，接着出现了那四个艺妓，每人手中都捧着一个托盘：第一个托盘托着一顶六品纱帽，第二个托盘托着一件六品中宫官服，第三个托盘托着束系官服的那条玉带，第四个托盘里托着一双黑色缎面的官靴。由那个管事领着，四艺妓四托盘都捧到了沈一石的身前。

沈一石："大明律法，商人不许穿着纻罗绸缎，我却穿了。为什么，你给海老爷说说。"

"是。"那管事轻接一句转而大声说道，"嘉靖三十七年江南织造局报司礼监，织商沈一石当差勤勉，卓有劳绩，司礼监呈奏皇上特赏沈一石六品功名顶戴。"

海瑞微微一怔，接着望向那四个难掩风尘的女子，望向她们托盘中的纱帽袍服玉带和官靴，眼中闪过一道愤怒的光，很快又收敛了，转望向沈一石："原来朝廷还有赏商人功名顶戴的特例，难怪这套官服要托于妇人之手。"

沈一石："海老爷说得极是。虽说这个功名是皇上天恩特赐，沈某平时也是从来不敢穿戴，毕竟不合大明朝的祖制。"说到这里他的声调清朗了："可既然皇上赏了我功名，我就不只是一个商人了。这也就是沈某敢穿纻罗绸缎的缘由。这样回话，不知海老爷认不

第十一章

认可？"

祖宗成法，国家名器，竟能通过太监直达皇上擅自改了，滥赐商人，还逼着自己认可，可见大明朝太监官员商人勾结营私已到何种地步！面前这个人打着织造局的牌子，也就是打着宫里的牌子来贱买灾民田地，还敢如此招摇轻狂，海瑞胸中那把怒火熊熊燃起，可外表上越是这个时候越是冷静，直望着沈一石的两眼："你刚才自己说了，皇上这样赏你功名顶戴并不合大明朝的祖制。现在是不是要我认可你这句话？"

大明朝多少厉害的官员都打过交道，如此机锋逼人的官员沈一石也还真是第一次遇到，遇强愈强，一直是沈一石的过人处，何况这回来本就是背水一战，遇到这般高人，一路上的惆怅失落立刻被对方无形的机锋激化成一决高下的斗志。他又笑了，答道："三年了，每次见到这套官服沈某都忐忑不安，终于遇到一个能够替我将官服品级还给朝廷的人了。海老爷，饥民待哺，粮米在船，这才是大事。沈某是不是该穿官服还是该穿纨罗绸缎可否过后再说？"

"不可。"海瑞断然答道，"你要是正经的官员就立刻换上官服，你要只是个商人就立刻换上布衣。"

沈一石："穿官服、换布衣与今天灾民粮米的事有关吗？"

"当然有关！"海瑞的声调又严厉起来，"你打着织造局的牌子，打着宫里的牌子来贱买灾民的田地。你要穿上官服，我便上疏参织造局；你要换上布衣，我便立刻将你拿下！我再问你一句，你是立刻穿上官服，还是换上布衣？"

沈一石轻轻摇了摇头："我已经说了穿官服还是换布衣与灾民和粮米并无干系。"

海瑞："那就是说贱买灾民田地的事并非织造局所为，也不是宫里的本意了。来人！"

他身后几个亲兵同声吼应。

海瑞："先将每条船上织造局的灯笼都取下来，再把这个人拿了！"

"慢着。"沈一石也立刻大声说道，"但不知海大人为什么要取船上的灯笼？"

海瑞的眼光刀子般射向沈一石："打着宫里的牌子来贱买灾民的田地，诽谤朝廷，以图激起民变，你还敢问我？"

沈一石又轻轻摇了摇头："原来为了这个。"说到这里他大声向那些船嚷道："把灯笼下的帖子放下来！"

立刻，每条船的灯笼下原来还卷吊在那里的丝绸帖子同时放了下来。

无数双目光都望向了那些帖子——每张帖子上都写着大大的四个字："奉旨赈灾"！

海瑞的目光也慢慢望向了大船的桅杆，立刻他的眼中也泛出了疑惑。

——桅杆上，上面灯笼"织造局"三个红字和下面帖子"奉旨赈灾"四个大字醒目地连成了"织造局奉旨赈灾"七个大字！

紧接着，岸上发出了喧闹声，灾民们都欢腾了！

海瑞的两眼却一下子茫然了！

"请吧。海知县。"沈一石做了个手势。

这条船确实很大，船舱正中摆着两张好大的书案，书案上堆着一摞账册。海瑞看了沈一石一眼。

"账册都在这儿，请海知县过目。"沈一石不咸不淡地说。自顾自在案边坐下。

海瑞也不说什么，坐在书案边翻起账册来。一个时辰中，两人也没再说一句话。最后一卷账册看完了，海瑞把目光转望向一直陪坐在大案对面的沈一石。

沈一石这时却闭上了眼睛，在那里养神。

海瑞也不叫他，心绪纷纭，船舱里却一片沉寂。

海瑞平生厌商，跟商人打交道这还是头一回，跟这么大的商人打交道，一交手又是这么一件通天的大事，而且突然间变得如此扑朔迷离，更是大出意料。看完了沈一石赈济灾民的账单，原来一切设想好的方案，到这个时候竟都不管用了。自己想要扣粮船而赈灾民，然后借此把严党改稻为桑的苛政就此推翻了，现在竟然是浪打空城。对方不但不是打着织造局的牌子来贱买田地，而是把好卖给了皇上，自愿借粮给两个受灾的县份。这样一来，"赈"字解决了，"改"字又将如何？总不成朝廷改稻为桑的国策这么简单就变成了赈济灾民。良知和定力告诉他，这件事背后一定有更复杂的背景，或是有更隐蔽的谋划，接下来不知道还有什么更大的变故！海瑞警觉起来，一时也想不明白，只能告诉自己，先听，弄明白对方究竟要干什么，为什么这样做。

"刚峰公，看完了？"沈一石终于睁开了眼。

"看完了。"海瑞的目光直对沈一石的目光，"我冒昧问一句，你是个商人，虽有个六品顶戴也不过虚设而已，赈灾并不是你的责任，你为什么这么做？"海瑞定定地望着沈一石的眼睛问道。

"我为什么就不能这么做？"沈一石坐在他的对面，毫不躲避，也望着海瑞的眼睛。

海瑞只望着他。

沈一石："我是个商人，可我是替织造局当差的商人。朝廷叫我多产丝绸，我就拼命替朝廷多产丝绸。现在出现了灾情，也是朝廷的事。浙江官府拿不出粮来赈灾，我先垫出钱买些粮借给官府，帮了朝廷，也就是帮了自己。到时候你们也会还粮给我，我也不损失什么。但不知我这样说，海大人认不认可？"

| 第十一章 |

海瑞:"改稻为桑呢?你把钱都买粮借给了灾县,买不了田改不了桑,怎么多产丝绸?"

沈一石:"朝廷要改稻为桑也不是我沈某一个人的事。那么多有钱的都可以出钱买田改种桑苗。还有百姓自己,有了粮今年也可以把稻田改种桑苗。到时候只要能够把产出的生丝多卖些给我,让我多织些丝绸出来,织造局的差使我也就好办了。"

话说得如此入情入理,又如此切实可行,这大大出乎海瑞意料。有这么一个人,又有如此识大体谋大局的胸襟,一出手竟将原来所有人都认为万难自解的事真正地"两难自解"了,织造局和浙江官府为什么事先毫不与他商量?而这个人竟然也不跟官府通气,这个时候突然一竿子插到底,亲自将粮食给自己送来了!这到底是个什么人?

"签借据吧。"沈一石不容他多想,"灾情如火,六成半的粮借给你们,我还得去建德,将剩下的三成半借给他们。"

海瑞还是定定地望着他。

沈一石:"海大人要是还有疑心,我就把粮运回去。你给我写一个不愿借粮的凭据,我也好向织造局交差。"

笔砚纸墨就摆在桌上,海瑞点了点头,拿起了那支笔。

门外,大雨还在下着。两个管事一边一个,手里都整整齐齐地捧着一沓干净衣服,屏住气低着头站在门的两边。

罗龙文和鄢懋卿一边一个,默默地站在严世蕃下方的两侧。

严嵩躺在那把躺椅上,双眼失神地望着屋梁上方。纱帽依然整整齐齐地戴在头上,上面还是湿的。袍服也依然穿在身上,上面也是湿的。

老父没换衣服,严世蕃此时也只好穿着那一身湿透了的衣帽,闷坐在旁边的椅子上。

"那么多藩王,中宫还有那么多人,每年开支占去一半。去年修宫殿,又占去三分之一。国库空了……国库空了倒说是我们落下的。"严世蕃闷着头说话了,"还说改稻为桑是替我们补亏空……"说到这里,严世蕃在玉熙宫都没有滴下的眼泪,这时流了出来。

严嵩还是两眼虚望着上方。

罗龙文和鄢懋卿只是怔怔地望着严世蕃。

"你们说!"严世蕃站了起来,"这国库到底是朱家的还是我们严家的?"

"来人……"严嵩突然喊了起来,接着是一阵猛咳。

罗龙文和鄢懋卿立刻奔了过去,一人抓住他一只手,罗龙文用另一只手穿过他的后颈把他扶坐起来,鄢懋卿用另一只手掌抚着他的胸。

严嵩喘咳定了，虚弱地说道："来、来人……"

门口的管事这才走了进来："相爷，您老有何吩咐……"

严嵩："拿、拿把刀来，交给严世蕃，让他杀了我……"

听他这样一说，那管事吓得一哆嗦，"扑通"就跪下了，罗龙文和鄢懋卿也是一惊，跟着在他身旁跪下了。

严世蕃也闭上了眼，提起袍子跪下了。

"你们先出去吧。"罗龙文这时不得不说话了，望了一眼跪在那里发抖的管事。那管事哆嗦着站了起来，退了出去，门口那管事也跟着他走了开去。

罗龙文："阁老、小阁老都不要急。眼下最要紧的是弄清楚，打着织造局的牌子买田到底是谁干的。"

鄢懋卿也接言了："这一点十分要紧。按理说郑泌昌、何茂才再糊涂也不会糊涂到这个份上。那就剩下了两种可能：一是胡宗宪在背后使坏，用意也是为了阻挠改稻为桑；二就是织造局的人自己干的。可他们为什么要这样干呢……"

严世蕃性情暴烈，但勇于任事、头脑机敏却远胜于他人，这时跪在那里听二人漫无边际地猜测又忍不住厌怒了："你们的脑子是不是被太多的钱给塞实了！"

二人一怔，望向严世蕃。

严世蕃："胡宗宪阻挠改稻为桑都为了他自己那点臭名声，左一道疏右一道本就是要告诉天下人坏事都是我们做的，不是他做的。这时候使这个坏对他有什么好？居然还猜到是织造局自己干的，织造局要敢这样往皇上脸上泼脏水，何不拿把刀把自己的脖子抹了！这么明白的事在这个关口你们还看不清楚，这件事就是裕王手下那拨人逼出来的！老爹不明白，还找徐阶去谈心，还相信徐阶会叫赵贞吉给浙江拨粮，还指望着将首辅的位子传给徐阶，指望徐阶给你老遮风挡雨……"说到这里他喉头一下哽住了。

罗龙文、鄢懋卿一下子明白了，也更震惊了，望着小阁老，又慢慢望向阁老。

严嵩也被儿子的话触动了衷肠，一直望着上方的眼慢慢转望向跪在面前的严世蕃。

严世蕃抹了把泪："你老骂的是，儿子们是在专给你老招风惹雨。可儿子们招来的风雨淋不着徐阶，淋不着裕王那些人，还是淋在儿子自己的身上。"说到这里他伏了下去，再也说不出话来。

严嵩湿着身子撑着椅子的扶手慢慢坐起了，望向鄢懋卿："给南京那边去信，问清楚胡宗宪去没去找赵贞吉，赵贞吉借没借粮给胡宗宪。"

鄢懋卿跪在那里微微抬起了头，先望了一眼身边的严世蕃，然后才没有中气地答了一声："是。"

第十一章

严嵩又好一声长叹:"严世蕃觉得委屈,你们也觉得委屈。就只那么多钱不断买房子置地养女人不觉得委屈。郑泌昌、何茂才在浙江到底干了些什么,你们都知道吗?他们是在给我们挖坟。给我换一身干衣服吧,我死了,严世蕃连自己都保不了,更保不了你们。"

"是!"鄢懋卿这一声答得很响亮,接着立刻站起走到门边,"立刻准备热水,伺候阁老、小阁老洗澡更衣!"

严世蕃动作快,洗澡更衣后又到了严嵩的书房,和罗龙文、鄢懋卿在这里候着。过了好一阵子,严嵩也由下人伺候洗了澡换了衣,被两个婢女搀着从里面出来了,扶着在躺椅上坐下。

严世蕃一挥手,两个婢女退了出去,他也不再跟父亲负气,把椅子拉近了严嵩,脸上又露出了决一死战的神态。罗龙文和鄢懋卿也把椅子拉近了父子俩,神情严峻地坐在那里。

"打虎亲兄弟,上阵父子兵。"严嵩这时眼中闪着平时一直深藏不露的光,"可先要自己人争气。严世蕃,把你先前说胡宗宪和织造局那番话再说透彻些。"

"死不怕!"严世蕃一开口还是拼命的样子,"就怕死在哪儿都不知道。文龙和懋卿糊涂,说织造局买田的事要么是胡宗宪使的坏,要么是织造局的人使的坏。我看这两种都不可能。胡宗宪这个人自恃才高,不听话都是有的,但绝不会做这样的事。他现在是官做大了,怕受我们连累,瞻前顾后的就是为了留退路,怎么会自己去烧火?"

严嵩慢慢望向自己这个儿子,满是鼓励他说下去的神色,就是这些地方,这个儿子的过人之处让他也时有佩服。

严世蕃在父亲的目光中受到了鼓励,说话更有了中气:"织造局的人这样干更没道理。要知道,在我大明朝所有做官的人都有退路,大不了辞了官回家守着老婆孩子过日子。太监们没有退路,他们只有一个家,那就是宫里。他们这样做,那是连家也不要了。没这个搞法。"

罗龙文和鄢懋卿受他的启发,都在那急剧思索起来。

鄢懋卿突然失惊地说道:"是不是皇上授意他们这样做?"

罗龙文也惊了一跳。严嵩却仍然平静地躺在那里,望着儿子。

严世蕃手一挥:"不会。要是皇上授意,今天也不会把我父子叫去,气成那样。这个假是做不来的。"

罗龙文、鄢懋卿都转身望向严嵩,严嵩终于点了点头。

严世蕃:"爹刚才责备我们也责备得是,是我们没有管好下面的人。现在这个结都在郑泌昌、何茂才两个畜生身上！昨天接到他们的呈报，只说是淳安有刁民通倭，并没说织造局买田的事。呈报的日子是六月初七，那时织造局买田的船已经开出了，他们不会不知道，而是知道了不报！"

罗龙文立刻肯定："这两个人耍了心眼！"

"他们为什么玩这个心眼呢？"鄢懋卿脑子有些跟不上了，又不能够不跟上话茬，便把两眼翻了上去，在那里胡乱想着。

严世蕃站了起来，又习惯地踱起步来："没什么想不通的。这两个畜生一定是卷到那些大户买田的事里去了，自己想趁着改稻为桑捞一把。可我们又派了个高翰文去，他们便不乐意。弄得不好是他们撺掇着那些大户打着织造局的牌子压人。心想着只要把改稻为桑搞成了，什么丑都遮过去了。闹出事来他们也不要担担子。"

罗龙文："小阁老鞭辟入里！"

严嵩："当时我就说了，这件事还是让胡汝贞干踏实。你们闹意气，偏要让这两个人去干。"

严世蕃："我的老爹，关口是胡宗宪不干！要照他说的分三年去做，国库里的亏空拖得了三年吗？"

"过去的都不说了！"严嵩下决断了，"立刻给胡宗宪递廷寄，还是责成他去查办。真要有人打着织造局的牌子买田，有一个抓一个。还有，买灾民的田不能够都买光了，没受灾的县份也要买。田价也不能太低，太低了就会激起民变。"

严世蕃："要是那些大户不肯出高价买田呢？"

严嵩："那就让官府出面压他们买。历来造反都是种田的人，没见着商人能翻了天去。生死一线，这件事只有胡宗宪能办！"

严世蕃、罗龙文和鄢懋卿对望了一眼，都沉默了。

严嵩目光严厉地望着他们："是不是你们在郑泌昌、何茂才那里也有入股？"

"没有！"二人同时分辩。

罗龙文接着说道："阁老放心，要赚钱我们也不赚这砍头的钱。"

严嵩："那就照我说的立刻去办！"

严世蕃："听爹的，我们立刻去办。"

暴雨总不见小，风又大了起来。冯保擎着一把油纸雨伞，从二门外顶着风刚走入寝宫内院，一口穿堂风将他那把伞刮翻了过去。他干脆顺手一松，那把伞便在风中飘飞了开去。雨大雨小都是淋，冯保干脆在大雨里慢慢走着，走到了寝宫外的廊檐下，一身已然透

第十一章

了，他抹了一把脸上的雨水，低声唤道："主子，奴才回来了。"

没有回答，冯保便停在那里，侧耳听着里面的动静，突然他听到了裕王的声音："小户人家，眼皮子就这么浅？"

冯保一怔，慢慢向廊檐侧边的小门退去，也不敢走远了，便在廊檐小门站着，两眼望着寝宫的门。

寝宫内只有裕王和李妃。裕王还坐在那把椅子上，手里握着一卷书，有心没心地看着。李妃坐在他侧面的椅子上，膝上摊着一件玄色的淞江棉布袍子，正在上面绣着《道德经》上的文字。

"臣妾家是小户人家，可这跟眼皮子浅没关系。"李妃正在绣"曲者直"中间那个"曲"字，"皇上一赏就是十万匹绢，穿不了，也不敢卖，家里屋子小，还在为没有地方搁着犯愁呢。真要能退还给江南织造局，明日就可退了。"

裕王眼睛盯着书："那就退了。"

李妃："尊者赐，不敢辞。王爷几时见有人把皇上恩赏的东西退回去过？王爷想想，臣妾的娘家真要上个疏把皇上恩赏的东西退了，万岁爷会怎么想？外面会怎么想？皇上做恶人，我们来卖好？"

裕王："哪儿就扯到做恶人卖好上去了？浙江改稻为桑闹成这样子，今年五十万匹绢要卖给西洋，再闹下去保不准还要死多少人你知不知道？"

李妃："死多少人这绢也不能退。"

裕王把手里的书往茶几上一搁："那天你不是说要给世子留个得民心的天下吗？怎么扯到你娘家，民心就不要了？"

李妃却站了起来，轻轻提起那件袍子，欣赏着上面自己绣的字："王爷，这是两回事。也就二十几天便是皇上的万寿了，臣妾赶着把这件袍子绣完，给他老人家敬寿。到时皇上肯定还要恩赏东西，我们不要也就是了。"

裕王把眼斜望向她，不再接言，走到门边，打开了门，望着外面的大雨："冯保回来没有！"那么大的雨，哪儿有人应声，他便提高了声调："人呢？都死了！"

两个宫女连忙从里屋走了出来："奴婢这就去找。"

这时，冯保鬼魅般一下子趋了过来，浑身湿淋淋地行了个礼："主子，奴才回来一阵子了。"

裕王盯着他："回来还躲着？打量有多大的功劳，一身弄得湿淋淋的给谁看？"

冯保先是一怔，立刻赔着笑，一边拧着衣襟上的雨水："回主子，奴才原本打着伞，一口风给刮跑了。"

裕王不再问他，又折回椅子边坐了下来。

李妃在门口出现了："快进来吧。"

冯保见了李妃又屈下身子行了个礼："王妃，世子睡了？"

李妃也低声地："半上午没见你，又闹了好一阵子。刚睡着。"说到这里，她望向两个宫女。

也许都成了习惯，但凡冯保是这个样子回来，宫女只要看见眼色便会立刻回避。这时两个宫女低了头，很快退了出去。

冯保又在门口跳了跳，将身上的雨水尽量抖落了，这才走进门去。

裕王望着冯保，李妃也望着冯保："快说宫里的事吧。"

冯保低声地："禀王爷、王妃，奴才都打听清楚了。一个早上，万岁爷把严家父子好一顿臭骂，老严嵩都淌了眼泪。"

李妃立刻望了裕王一眼，又望向冯保："都怎么骂的？"

冯保："回主子，吕公公现在还陪着皇上，详情奴才还没法问。只问了问当时在殿外当值的奴才，他们隔得远也听不太清楚。只知道是为了浙江打着织造局的牌子买灾民田的事。皇上好像说了，干脆把位子让给严家父子坐算了。"

这可是骇人听闻的消息，裕王一震，李妃眼中也闪出光来。

裕王正准备开口接着问下去，李妃又把话头抢过去了："还听到什么？"

裕王的眉头已然皱了起来，李妃浑然不觉，依然盯着冯保。

冯保："那就得等到傍晚奴才再进一趟宫，见到吕公公才知道。"

"要么现在把徐阶、高拱和张居正叫来……"裕王沉吟道。

"不能叫他们来。"李妃又打断了裕王，"一是情形还不明了，再则越是这个时候越是装作不知道好。"

这件事在裕王看来何等重大，可听来的消息又如此没有下文，心里已然十分烦乱，思绪还没理清楚，想问话总被李妃有一搭没一搭地打断了。现在自己刚在琢磨是不是把徐、高、张叫来商量，李妃竟然连他的话还没说完便又驳了。裕王那张脸便十分难看起来，兀自强忍着，望向冯保："你说呢？"

冯保何等机敏，立刻跪了下去："回主子，这可不是奴才能说的、当说的。"

裕王冷笑了一下："明白便好。回屋去，把这身湿皮换了吧。"

冯保磕了个头："谢主子。"接着半站了起来，躬着身子退了出去。

望着冯保的身影消失，裕王一个人坐了下来，出神地想着，一边端起茶几上的茶碗，揭开碗盖，一喝却没了，心里便焦躁，将茶碗往茶几上一搁。

第十一章

屋子里只剩下了李妃，连忙从案桌上用象牙编的一个镂空茶篮里提出一把汝窑的茶壶，给裕王续上水。

李妃："王爷，不是臣妾说您，这个时候急不得。严嵩和严世蕃把持内阁都二十年了，两京一十三省他们的人不在少数。皇上要动他们也没有那么容易。咱们只是观望着，等到真有了旨意再把徐阶他们叫来商量不迟。"

裕王突然站了起来大声喊道："来人！"

李妃一怔。

隔了一会儿，两个宫女又连忙从门外跑进来了。

裕王大声地："到前面告诉王詹事，叫他立刻把徐阶、高拱、张居正叫来！"

一个宫女应了一声，连忙走了出去。

李妃蒙在那里。

裕王端起茶碗来喝，手兀自有些微微颤抖，喝了一口便将那茶碗往地上一摔："连口热水也没有吗？！"

剩下那宫女吓得慌忙说道："奴婢们该死。奴婢这就去拿。"也慌忙走了出去。

李妃的脸色白了，怔怔地望着裕王。

裕王走到门边，望着屋外的大雨，近乎吼道："给了鼻子就上脸！不要忘了，你们家可是挑脚上架盖房子的出身！"

一连串的无名火，李妃已经感觉到裕王是在生自己的气了。可说出这样绝情轻蔑人的话，还是第一回。李妃开始蒙在那里，接着泪水便禁不住在眼眶中打起转来，可也许是宠久了，也许本身性格就要强，这时她紧紧地咬着下唇站在那里，不肯哭出来。

世子被吵醒了，在里屋发出了哭声，李妃转身便向里屋走去。

"站着！"裕王喝了一声，"我叫你走了吗？"

李妃又站住了："王爷，世子醒了……"

裕王又把目光望向了屋外："不要打量着生了个世子就有天大的功劳。再这样子不讲规矩，我明天就将世子过继到陈妃名下。你要是忘了，本王现在就提醒你，在裕王府里还有个正室，你只不过是个侧室。"

李妃的泪眼中闪出了惊惶，还有委屈。

裕王却不看她，一只手指向门外："看见冯保了吗？连一个奴才都比你讲规矩！"

竟把自己和奴才连在一起了，李妃当时就像一桶冰水从头上浇了下来！可皇家的规矩这时也提醒了她，咬紧了嘴唇跪了下去，却依然是那种不服的声调："千错万错都是臣妾的错，王爷不要气坏了身子。"

裕王更气了："我气坏身子？笑话。"撂下这句话，袖子一甩，径直走了出去。

李妃怔怔地跪在那里，一任世子在里屋哭着，眼泪终于从眼眶中流了下来。

徐阶等人到来的时候，裕王的心情仍然十分萎靡。

张居正带来了谭纶的一封信，信中详细说明了浙江的现状。等不及逐一去浏览，徐阶捧着信，高拱和张居正站在他身后，三人都屏着呼吸仔细地看着。

徐阶看得慢，高拱和张居正毕竟年轻，很快看完了，两人对望了一眼，目光中都透着兴奋。

"今天是十四日，信是九日发出的。也不能用兵部的勘合，五天就送到了，这个谭纶还真难为他。"高拱也不管徐阶看没看完，便大声赞扬起谭纶来。

张居正望向了裕王，是那份急切地盼望君臣共喜的心情，却发现裕王并没他想象的那般兴奋，而是精神不振地坐在那里。便有些诧异，静静地站着。

徐阶这时才把信看完了，再老成，也禁不住露出了兴奋的神态："多行不义必自毙。一件通倭的假案，一件打着宫里的牌号贱买灾民田地玷污圣名的大案，有这两件事，严嵩和严世蕃要想脱身，这回也难了。"

高拱："机不可失，立刻找几个御史上奏疏！"

三个人都望向裕王。裕王这时才把目光转向了他们，好久才答道："严嵩、严世蕃把持朝政都二十年了，两京一十三省他们的人不在少数。要真动他们也没这么容易……"

徐、高、张三人均是一怔，便都望着他等听下文。

说完这句话，裕王自己也怔了，这番话不正是前不久李妃说的吗？省悟过来，心里便好一阵不是滋味，沉默了，不再说下去。

"王爷说的是。"张居正接言了，"皇上真要动他们，总会有旨意。没有旨意，便是还没有下最后的决心。这个时候我们还是观望一阵好。"

这话竟也和李妃说的话如出一辙！裕王不禁直望向张居正，审视着他。

"怎么？臣说错了吗？"张居正被他望得有些不自在了，问道。

"没、没有。你说得很对。"裕王答着，眼睛却望向了窗外。

徐阶和高拱也有些诧异了，对望了一眼，同时望向张居正，示意他将话说完。

张居正会意，望着裕王的背影接着说道："我总有个感觉，打着宫里牌号去买灾民的田这件事太过匪夷所思。真有这件事，一定便有好些颗人头落地。谁会这样做？谁在这样做？还有很大的变数深藏其间。这样波谲云诡的事在没有铁定之前，后发则制人，先发则很可能受制于人。"

第十一章

徐阶和高拱对张居正这番看法都深以为然，点了点头，同时望向裕王。

裕王似乎在听，这时却无多大反应。

张居正："王爷……"

"嗯。"裕王漫然应了一声，这才感觉到自己的失态，咳了一声，正经了面孔，转向他们就在窗前那把椅子上坐下了，"张师傅鞭辟入里。高师傅刚才说的也对。现在不说，也得找几个御史先打招呼，把奏疏写好了备在那里，情形一明便递上去。"

徐阶、高拱、张居正又对望了一眼，知道裕王刚才虽然有些走神，他们的话还是都听进去了。

徐阶："人一定要可靠。要是走漏了风声，可是你死我活的事。"

高拱："这个自然。我手下现有一个人，都察院的御史，曾就铁矿和盐井的事参过中宫的太监，皇上都准了他的奏，狠办了几个人。这个人上奏疏比别人在皇上心目中有分量。"

徐阶："谁？"

高拱："邹应龙！"

"这个人行！"张居正立刻赞成，"浙江打着宫里的牌号买田的事一旦确定，就让邹应龙率先上疏。"

"就这样办，一定要密。"裕王说着，立刻感觉到门外有脚步声，连忙向门口望去。

门外果然很快传来了一个宫女的声音："启、启禀王爷，李王妃要回娘家……"

裕王倏地站起了，几步走到门口，开了门："你说什么？"

那宫女跪了下来："禀王爷，王妃说她要回娘家，让她娘家将万岁爷赏的十万匹绢退还宫里。"

"莫名其妙！"裕王急了，"告诉王妃，在那里等着。我不来，不许走。"

那宫女："是。"站了起来，连忙向里面方向走去。

徐、高、张这时好像才明白这位王爷为何刚才那一阵子总是心神不属，三人碰了一下目光。

徐阶："王爷，这件事反正得从长计议。臣等先走了，什么时候有了新消息再商量不迟。"

裕王："好吧。你们也多小心点。"

三人："是。"

"你们走吧。"裕王显然是那副急于要见李妃的样子。

"这封信王爷可得收好了。"徐阶提醒着将谭纶那封信郑重地递给了他。

裕王这才匆忙接过那封信揣到怀里。

高拱在这方面没有徐阶也没有张居正心细，径直说道："凡这类的信件最好交给李王妃收管。王妃心思明白，把得住。"

裕王不太耐烦了："知道了，你们走吧。"

张居正连忙扯了一下高拱的衣袖，示意他赶快离开。

"卖了！"何茂才一反往日的暴跳如雷，坐在那里发愣，"我们被沈一石那狗日的给卖了……改稻为桑黄了……"

"现在不是改稻为桑的事了！"郑泌昌好像跟何茂才互换了个人，他则一反往日的阴沉，这时铁青着脸，大步来回走着，"改稻为桑搞不成，你我大不了罢官坐牢。要是关在淳安的那个井上十四郎捅出了我们的事，你和我都得诛灭九族！"

"那怎么办？"何茂才怔怔地望着郑泌昌。

郑泌昌："赶快去，你亲自去，先把人犯押回来。"

何茂才："胡宗宪都亲自派人去了，我也保不准能把人押回来。"

郑泌昌："只要胡宗宪本人不在，你一个按察使，管一省的刑名，要亲自提押人犯，谁敢拦你！"

何茂才："那我现在就去。"

郑泌昌："知道押回来后怎么办吗？"

何茂才这时镇定了些，想了想："不能再让他活着。"

郑泌昌："还有现在关在臬司衙门那十几个倭寇，一个都不能活着。"

"明白。"答着，何茂才就往门外走，走到门边又停下了，"改稻为桑的事不能就这样黄了。中丞，今年的几十万匹丝绸产不出来，朝廷还得追查，查到毁堤淹田的事，你我也不只是罢官坐牢……"

"我知道！"郑泌昌喝断了他，"都闹成这样了，事情总得一件一件做。"

何茂才："我去了淳安，你总不能就待在这里，得去想些办法把后面的事也开始做。"

郑泌昌："你死了我还活得了吗？这个时候还起这些疑心！"

"不是起疑心。"何茂才还是赖在门口，"你有什么办法先告诉我点，我心里也好有底。"

郑泌昌真是无可奈何，狠狠地叹了口气："那我就告诉你，我的办法是三条。"

"哪三条？"何茂才急问。

| 第十一章 |

郑泌昌："一条是绳子，一条是毒药，一条是钢刀！哪一条都能把我这条老命结果了。这你放心了吧？"

何茂才立刻折回到椅子边坐下了："那我还去干什么。"

郑泌昌气得眼一黑，立刻天旋地转起来，一屁股坐在地上。

何茂才一惊，又起身奔了过去，扶着他："中丞！中丞！这个时候你可不能倒！"

好一阵子，郑泌昌才悠了过来，虚弱地说道："听说杨公公已经回来了……你去淳安，我去找杨公公……这还不行？我的祖宗……"

何茂才："您早告诉我不就行了，这是何苦？"

郑泌昌："不能耽误了，快去……"

何茂才大声地对外喊道："来人！"

一个书吏进来了，见状一惊："中丞大人！"连忙奔过来扶着他。

何茂才站起了："快去叫郎中。中丞，我走了！"说着大步走了出去。

书吏扶郑泌昌在椅子上坐下，转身准备去叫郎中，被郑泌昌虚弱的声音唤住了。

"不用去叫郎中。我现在就去见杨公公。"

杨金水的卧室内摆上了一张好大的紫檀木圆桌，围着也就坐了五个人。上首坐的杨金水，左右坐着四条精壮的大汉，面孔硬硬的，都穿着过膝长的黑衣。从背后看去，每个人的肩都特别宽，腰上被带子一束又显得特别小，黑衣的下摆短，露出的腿青筋暴露硬如铁柱。这就是被人称为"虎臂蜂腰螳螂腿"，大明朝赫赫有名的锦衣卫！

据说锦衣卫选人的这三条规矩是在明成祖朱棣时定下的。凡俱备了这三条，第一便是擅走，一人每天能走一百六十里以上；第二便是擅跳，两丈高的墙，跃起来双手一攀，翻身便能过去；第三是擅斗，不只是有拳脚兵器功夫，更要有狠劲，同时掐着对方的咽喉，自己咽喉破了也不死，死的一定是别人。最厉害的，据说还有"马功"，就是能七天七晚不坐不躺，两条腿轮流踩在地上睡觉，七天头上双脚着地还能空手杀死一头狼！

珍馐细肴对他们不管用，这时每人面前摆的是三腿：一条羊腿，一条狗腿，还有一只肥肥的猪蹄膀。酒也不用杯，每人面前是一只斗大的酒坛，上面都贴着一张红纸，一律写着"叁拾年"字样。

杨金水笑着："到哪儿吃哪儿的东西。浙江就绍兴黄酒好。极品就是这些三十年的女儿红。等闲的人喝一斤也醉了。你们先把各自这一坛十斤喝了。另外我给你们准备了一些，回京时装上船，给京里锦衣卫的弟兄们也尝尝。"

四个人也笑了，却都不像笑，嘴巴干干地咧开，眼中都还冒着精光。坐在杨金水下首的下首一个锦衣卫问道:"黄酒为什么叫'女儿红'?"

杨金水:"习俗。绍兴人生下个儿子便要为他酿些酒,埋到地窖里,取名'状元红',一埋便十几二十年,说是等儿子中了状元再取出来大宴宾朋。"

杨金水下首一个锦衣卫接言了:"我知道了,生了女儿埋下去,十几二十年取出来嫁人时再喝就叫'女儿红'。"

杨金水:"兄弟好见识。"

"我还是不懂。"第一个发问的锦衣卫又说话了,"要是生的儿子没中状元,这酒岂不可惜了。"

杨金水真笑了:"全国三年也才一个状元。叫这个名字,等到儿子娶媳妇拿出来喝就是。"

另一个锦衣卫搭言了:"我也有点不懂。杨公公给我们喝的都是三十年女儿红,难道绍兴人的女儿三十岁都嫁不出去?"

杨金水刚喝了一口酒在嘴里,一口喷了出来:"等三十年,就为等你们这几个来,好嫁给你们!"说着笑得眼泪也淌了出来。

杨金水下首那个锦衣卫显然是头儿,对杨金水也十分买账,捧他的场,笑着说道:"三十如狼,配我们正合适!"

另几个锦衣卫见二人如此说笑,受他们感染也放声嘎嘎笑了起来,声音却有些瘆人。

笑罢,四人便喝酒吃肉。那锦衣卫的头儿说上了正题:"来的时候,吕公公都给我们详细说了。该抓谁不该抓谁都听杨公公的。杨公公,什么时候动手,先抓哪几个?"

说到这里杨金水的笑容收了,脸上浮出了忧色。

四个锦衣卫对望了一眼,那头儿又问道:"杨公公有什么为难?"

杨金水:"自家兄弟我也不瞒你们了。这回第一个要抓的人是我的搭档。"

"搭档?"几个锦衣卫没听懂。

杨金水:"按理这个人替宫里也着实做了些事,可这次鬼蒙了心,趁我在京里没回,竟然打着织造局的牌子去买田,公然丢皇上的脸!他自己找死,我也没有办法。"

一个锦衣卫:"他当什么官?"

杨金水:"宫里给他请了个六品的虚衔,其实什么官职也没有,杭州的一个丝绸商而已。"

锦衣卫那头:"不是官叫我们抓什么,让杭州府抓了不就得了?"

杨金水:"这个人替织造局当了十几年的差,知道的事太多,到官府去,抖了出来丢宫里的脸。"

第十一章

"我明白了。"锦衣卫那头儿捧起酒坛大喝了一口,"还有谁?"

杨金水:"别的人要等审了这个人才能抓。"

又一道菜上来了,一个大托盘,里面托着四只大碗,每个碗里是绣球般大小一个红烧狮子头。送菜的竟是杨金水身边那个贴身随从太监,这时一边笑着将菜放到四人面前,一边凑到杨金水耳边:"干爹,郑泌昌来了。"

杨金水眉一皱:"他知道我回了?"

随从太监:"好像知道。说是有天大的事,一定让干爹见他一面。"

四个锦衣卫都放下了筷子望着杨金水。杨金水沉吟了片刻,站了起来:"迟早要见,看他说什么。几个兄弟慢慢吃喝,我一会儿就回。"

四个锦衣卫站起来,拱手相送。

杨金水满脸堆笑地走进客厅,见郑泌昌就说道:"好耳报!我前脚刚到,你后脚就来了。"

郑泌昌站了起来,一身便服,头上却扎了好宽一条带子,脸色灰暗。

"怎么?病了?"杨金水望着他头上那条带子。

郑泌昌:"头疼,一半是受了风,一半是被他们逼的。"

杨金水:"谁敢逼堂堂浙江的巡抚大人?坐,先坐。"说着自己先坐了下来。

郑泌昌也跟着坐了下来,不再绕弯,照直说道:"杨公公,沈一石做的事您老知不知道?"

杨金水望着他,知他说的是织造局买田的事,心想此人一定听到了风声,抢着撇清来了,便反问道:"什么事?我刚回,正要找你们来问问这一向情形如何呢。"

郑泌昌:"改稻为桑搞不成了,沈一石把买田的粮都借给淳安、建德赈济灾民了……"

"什么!"杨金水倏地站了起来。

郑泌昌:"沈一石打着织造局的牌子,先是跑到淳安借了几十船的粮给那个新来的淳安知县海瑞。接着又跑到建德,把几十船粮借给了新来的建德知县王用汲。再要买田已经没有粮了。"

杨金水怔怔地站在那里,好久缓不过神来。

郑泌昌:"杨公公,都六月中了,桑苗插不下去,织造局今年五十万匹丝绸可是订了货的,到时候拿什么卖给西洋?没有这笔钱,国库里的亏空拿什么补?到时候不只是内阁,宫里也得问我的罪。我真是被这个沈一石害惨了!"

"沈一石把粮食借给淳安、建德,这个消息可靠吗?"杨金水望向了他。

"千真万确!"郑泌昌连忙答道,"护粮船都是省里派去的官军,就是他们回来禀报的。"

杨金水的心一下子乱了。不知道是该喜，还是该忧。龙颜大怒，为的就是因沈一石打着织造局的牌子去买田，得亏自己当时不在杭州，又有吕公公护着，才保住了脑袋。现在锦衣卫都来了，就为抓他，事情却突然变得翻了个个。沈一石不但不是去买田，而且是打着织造局的牌子去赈灾！宫里知道了这个事，皇上的面子从上到下都挽回来了，这倒该喜。可自己当时报上去的却是不实之词。这怎么说？还有，沈一石为什么这么做？正如郑泌昌所言，没了粮，田还买不买？改稻为桑岂不打了水漂！

想到这里，他也想不清了，本能促使他必须抓住别人的把柄，自己才好从这个突变里脱出身来，很快他便想起了淳安灾民通倭的事，保不准这个事便是起因。于是心里有了点底，便对郑泌昌说道："事情总有个起因吧？好好的，沈一石怎么会去把粮都赈了？"

郑泌昌："他做的事都在他心里，我们怎么知道他是如何想的？杨公公，得立刻把沈一石叫回来，好好问他。"

见他到这个时候还如此圆滑，杨金水不给面子了："郑大人，你这话咱家听不懂。沈一石押着粮船去买田，你，还有何大人都在码头上送的。他做什么一点也没给你们露风？"

"苍天在上！他哪给我们露了半点风啊。"郑泌昌赌咒发誓了。

"那每条船上都挂着织造局的灯笼你们也不知道？"杨金水直逼中宫。

郑泌昌听他问到这里，开始警觉了："船是织造局的，他们挂什么灯笼可不是我们地方官府能够管的。"

杨金水心里好腻歪，也就在这一刻决心要把眼前这个人还有那个没来的何茂才弄了！当然还得一步一步来，便也装作在想，问道："那就是他到了淳安遇到什么变故了？"

问到着实处了，郑泌昌却不敢把通倭的事露出来，便假装着在想："什么变故呢……"

杨金水："不是说淳安的灾民通倭吗？原定六月初六杀人，被那个新任的淳安知县按住了，说是有冤情。这个事郑大人也不知道？"

郑泌昌："这件事我知道。淳安灾民确实向倭寇买粮。那个海瑞是借口没有口供没立案卷把这个事顶住了，用意还是要抵制朝廷改稻为桑的国策。保不准沈一石也是因为这个事怕激起了民变，才不得已把粮借给了他们。"

"这有点靠谱了。"杨金水拉长了声音，"那就是说，如果没有这件事，沈一石就会打着织造局的牌子去买灾民的田？"

郑泌昌一愣："什么打牌子……这个倒真要好好问问沈一石。"

第十一章

　　杨金水再也忍不住了，一下子站了起来："郑大人，郑中丞！我现在跟你实说了。沈一石要是一开始是打着织造局的牌子去买田，这摆明了就是往皇上脸上泼脏水！谁的主意？我问不清宫里会派人来问清楚。要是他一开始就是打着织造局的牌子去赈灾，这倒是给皇上的面子上贴了金。可改稻为桑还搞不搞？是谁逼他这么做的？沈一石没死，我总能问个明白。"

　　郑泌昌蒙了，直到这个时刻他才真正知道这件事从一开始就是一步死棋。现在看到杨金水这副嘴脸，眼前便又一阵发黑。就这一瞬间，他脑子里蓦然浮出了高翰文在巡抚衙门大堂倒下去的情景，紧接着自己也像倒柴一样倒了下去，便什么也不知道了。

　　杨金水开始还惊了一下，接着望向地上的他："装死！装死也躲不过！"

　　说着撂下郑泌昌，自个儿又转回了卧室。见杨金水进来，四个锦衣卫又搁下筷子站起了。

　　"怠慢了。坐，坐。"杨金水招呼着坐了下来。四个锦衣卫也随着又坐下了。

　　"喝酒，接着喝。"杨金水端起了酒杯，手却在那里微微颤抖，酒水也从杯子口溢了出来。

　　锦衣卫都是什么人？立刻就感觉到杨金水气色不对。

　　锦衣卫那头儿："怎么了？姓郑的给公公气受了？"

　　杨金水慢慢把酒杯又放下了，手禁不住还有些颤抖："岂止受气，兄弟这一次栽在他们手里了。"

　　"什么？"锦衣卫那头儿听罢将酒坛往桌子上一搁，望着杨金水。

　　另外三个锦衣卫也都放下了酒坛，望着杨金水。

　　杨金水："兄弟们这次到浙江来抓人，都是因我向老祖宗告发了他们打着宫里的牌子贱买灾民的田。大约是听到风声，知道你们来了，现在他们突然耍了个花枪，又将买田的粮借给了受灾的两个县。买田的事没了，倒变成兄弟我欺了老祖宗，老祖宗又欺了皇上。他们现在没罪了，总不成让老祖宗向皇上请罪。你们要抓，也只有抓我了。"

　　四个锦衣卫互相望着，一时不知说什么好，便又都望向杨金水。

　　杨金水怔怔地坐在那里："皇上和老祖宗把苏宁杭织造这一大摊子事交给了我，为了给皇上和老祖宗分忧，今年我拼死拼活谈成了西洋五十万匹丝绸的生意，没想遭到他们算计了……"说着，眼角边露出了几滴浊泪。

　　正在这时，杨金水那个随行太监走进来了："干爹，那狗日的还躺在那里装死，一定叫干爹去见他。"

　　杨金水慢慢望向他："他到底要把我怎么样，才肯放手？"

那随行太监："他说，他是朝廷的封疆大吏，今天受了干爹的羞辱，他'士可杀不可辱'。叫干爹给他一个说法。"

杨金水："无非是要我替他担罪名嘛，你告诉他，叫他干脆派巡抚衙门的兵把我抓去算了……"

"给咱们玩这一套！"锦衣卫那头儿拍案而起，转身望向那随行太监，"姓郑的人在哪里？"

随行太监："穿着二品的朝服，躺在客厅里。"

另外三个锦衣卫也都拍着桌子站了起来。

另一个锦衣卫："什么封疆大吏！永定河的绿毛龟比他这号人也少些。欺人欺到织造局来了，这不是瞎了眼！"

又一个锦衣卫："正愁抓不到人呢。就凭他欺咱宫里的人，搅乱皇差，我们就可以先抓了他。"

另两个锦衣卫都望着自己的头儿："抓吧！"

锦衣卫那头儿沉吟了片刻："毕竟是一省的巡抚，他现在既没有买田的事我们便还不能抓他。可他要打量着就这样把我们都玩了，那可是黄连树上偷果子——自讨苦吃。这样，我们先会会他去。"说着，对那随行太监："劳驾，前面引路。"

随行太监："大人们请。"

四个锦衣卫跟着那太监大步走出卧房，来到客厅。只见郑泌昌这时一脸的坚毅，直挺挺地躺在砖地上，两眼望着屋顶。

那四个挨了鸳鸯板子的太监这时在边上守候着他。

胖太监手里端着一个碗，高太监手里也端着一个碗。

胖太监："郑大人，天大的事，身子要紧。参汤、姜汤，总得喝一点。"

郑泌昌两眼只望着屋顶，丝毫不搭理他们。

胖太监："您老这样躺着也不是个事，这么大一个浙江还得靠您管着呢。"

郑泌昌两眼慢慢望向了站在左边的胖太监："叫杨金水来。"

胖太监："都在气头上，何必呢？"

郑泌昌便又不再看他，两眼移望向屋顶。

"怎么，起不来了？"随行太监走进来了。四个太监连忙站好，垂手侍立。

随行太监走到郑泌昌头边蹲下了："中丞大人，杨公公叫我给您带句话来。"

"说。"郑泌昌两眼还是望着屋顶。

随行太监："杨公公说，这一次他服栽了。可你老还不放过他，真追究起来，他砍了

| 第十一章 |

头一家子不饿。你老可是有十几个儿子要养呢。"

郑泌昌那张脸又涨紫了："岂有此理！到现在反说我放不过他……你告诉他，打量着这样叫我走，再把罪名都加到我头上，不如现在就派人把我一家子都砍了头吧！"

随行太监："您老是封疆大吏，没有皇上的诏命，谁敢动您？不过现在有几个人想会会您。见了他们，您老便知道该怎么着了。"说到这里，站了起来："几位大哥，郑大人说正想会你们呢。"

郑泌昌一怔，目光不禁向门槛望去，只见几双穿着亚麻布草鞋腿肌如铁的脚，从门口噔噔噔地踏进来了。接着，那几条铁柱般的腿在他身子两边站定了。

郑泌昌有些惊异了，目光慢慢移望上去，看到了平膝长的黑袍，看到了束腰的蓝色腰带，突然，他的目光露出了惊惶。

一条腰带上挂着一块牌子，上面赫然刻着"北镇抚司"！

另外三条腰带上也都挂着牌子，上面赫然刻着"北镇抚司"！

郑泌昌惊惶的眼倏地望了上去，见那几个人肩架高耸，十指微张，就像几头鹰微张着翅膀正准备弹地而起抓捕猎物，几双眼更像鹰目，都冷冷地盯着他。

郑泌昌颤抖着用手撑着地便想爬起。

"别价。"锦衣卫那头儿阴冷的声音响起了，"地上凉快，多躺躺。"

郑泌昌手一抖，又坐在那里。

锦衣卫那头儿："郑大人不是要找杨公公讨个说法吗？我们几个就是从北京赶来讨说法的。您是贪凉快坐在这儿说，还是起来到巡抚衙门去说？"

郑泌昌眼睛又有些发黑了，一阵昏眩，立刻又闭上了眼，坐在那里竭力调匀心气，好一阵子才慢慢把眼睛开了，望向站在一边的几个太监："劳驾，扶我一把……"

那随行太监："这就是了。来，给郑大人帮把手。"

"是嘞！"胖太监和瘦太监走了过去，一边一个便去扶他。

郑泌昌在他们把自己扶到一半的时候便跪了下去："臣浙江巡抚郑泌昌恭请圣安！"

锦衣卫那头儿挺立在那儿："圣躬安。"

郑泌昌磕了个头，这才在两个太监的搀扶下站了起来："请几位钦差到巡抚衙门，下官一一回话。"

锦衣卫那头儿略略想了想，点点头。

四把椅子并排摆在靠南的窗下，四个锦衣卫背对着窗坐在那里。郑泌昌面对锦衣卫坐在屋子中间。这样一来，窗外的光正好照在郑泌昌脸上，须眉毕现。四个锦衣卫的脸却暗暗的，郑泌昌看不清他们的脸色。

拣着一些可以洗刷自己，又不至于让人认为是为自己摆好的东西说了一通后，郑泌昌停下来，望向了锦衣卫。

四个锦衣卫的表情依旧淹没在昏暗中分辨不清。

"该说的下官都说了。"郑泌昌咽了口唾沫，"几位上差可以去问杨公公，下官在浙江当差这么多年，只要是宫里的事，哪一次没有尽心尽力。这一次实在是有些人在作祟，用意就是要违抗朝廷改稻为桑的国策。请几位上差转告杨公公，千万不要误会。"

"这些话你自己说去。"锦衣卫那头儿开口了，"我现在问你几句，你要如实回答。"

郑泌昌："上差请问。"

锦衣卫那头儿："沈一石打着织造局的牌子押粮船走，你和何茂才知不知道他是去买田还是去赈灾？"

郑泌昌又紧张了，想了好一阵答道："下官确实不知。"

锦衣卫那头儿："你也没问？"

郑泌昌："织造局归宫里管，沈一石归杨公公管，下官确实不好问。"

锦衣卫那头儿："你的意思，要是买了田，这个罪该杨公公担？"

"不是这个意思。"郑泌昌慌忙答道，"杨公公那时并不在杭州，有罪也应该是沈一石担。"

锦衣卫那头儿："现在沈一石把粮都赈了灾，他没有罪了。可当时打的是买田的幌子，这件事怎么说？"

郑泌昌站了起来："这些下官都不知情，上差们去问沈一石便什么都知道了。"

锦衣卫那头儿冷笑了一声："沈一石什么东西？也值得我们去管！我们奉诏命是来抓当官的。现在听郑大人这样说，你是一点儿过错也没有啊。那我们只好抓杨公公回去交差了？"

"上差！"郑泌昌急了，"杨公公当时不在杭州，他并无过错。"

锦衣卫那头儿："先是买田，后是赈灾，八百里加急递到宫里，把万岁爷都气得不行。现在你说自己没有过错，杨公公也没有过错，只是一个商人把我大明朝从上到下都给涮了。你们不要脸，朝廷丢得起这个脸吗！"

郑泌昌这时明白了，自己不请罪，无论如何也过不了这一关，咬咬牙说道："上差既然这样说，下官现在就写请罪的奏疏。"

锦衣卫那头儿："你不是没有罪吗？这个奏疏怎么写？"

郑泌昌："我是浙江巡抚，杨公公不在，浙江出了这么个事，怎么说我也有失察之

第十一章

罪。不知这样写行不行？"

锦衣卫那头儿这才站了起来，另外三个锦衣卫也都站了起来。

锦衣卫那头儿："那就按你说的先写出来看吧。记住，这个案子是我们在办，所有的奏疏文案都得先交给我们，要递也得由我们递上去。"

郑泌昌："记住了。我今天晚上就写。"

锦衣卫那头儿这才走到他面前，一只手搁在他肩上，郑泌昌打了个激灵。

锦衣卫那头儿："我说两句话，你要记住了。"

郑泌昌："上差请说。"

锦衣卫那头儿："第一句，我们来浙江的事不要告诉任何人。"

郑泌昌："下官不敢。"

锦衣卫那头儿："第二句，做官要精，可也不要太精了。太精了，天便要收你。"

郑泌昌："下官明白，下官明白……"

"真明白就好。"锦衣卫那头儿把手一收，"我们走。"

郑泌昌一个人愣在那儿，像是在仔细咂摸锦衣卫的话。

显然是有意安排的，从头门到二门再到卧房这个院子的廊檐下，到处都挂满了红纱灯笼，每盏灯笼上都映着"织造局"三个大字，把个织造局后宅照得红光映天。

杨金水的那个随行太监在前，领着沈一石从后宅头门一路走了过来。

一盏盏"织造局"的灯笼在他们头上闪过。

随行太监一改平时侧身引路的姿态，和沈一石平行走着，不时还瞟一眼他的反应。

沈一石依然穿着那套六品的官服，稳步走着，脸上虽风尘犹在，却平和依旧，看不出任何不安。

到卧房院门了，那随行太监突然停了下来。沈一石也在他身边停了下来。

随行太监："沈老板请稍候，我先去通报。"

沈一石："应当的。"

随行太监慢悠悠地走到卧房门口，低声说了几句，卧房门便从里面打开了，屋子里也是一片红光。

沈一石静静地望着那洞开的门，看见正对着门口一道透明的蝉翼纱帘垂在那里，纱帘后坐着芸娘，面前摆着一把古琴，接着是"叮咚"两声。沈一石知道，《广陵散》在里面等着他了！

那随行太监这才又慢悠悠地折回来了，打量着他："正等着呢，请吧。"

沈一石微笑了笑，迎着《广陵散》的乐曲，走进了卧房门，沈一石有意不去看琴声方向，而是望向坐在那张圆桌边的杨金水。

杨金水却不看他，侧着耳朵，手指在桌面上点着节拍，一副醉心琴声的感觉。

沈一石静静地站着，目光只是望着杨金水那个方向。

圆桌上摆着几碟精致的小菜，三副银质的杯筷，还有一把玲珑剔透的水晶瓶，红红的像是装着西域运来的葡萄酒。

第一段乐曲弹完了，杨金水还是没看沈一石，却将手招了一下。沈一石慢慢走了过去。杨金水依然不看他，将手向旁边的凳子一指，沈一石又坐了下去。

等沈一石一坐下，杨金水拿起面前的一支银筷，在银杯上敲了一下。

琴声戛然而止。

杨金水目光还是不看沈一石，却提起了那把水晶瓶，拔开了上面的水晶瓶塞，向沈一石面前的杯子倒酒。

沈一石站了起来。

杨金水一边慢慢倒酒，一边念道："葡萄美酒夜光杯，欲饮琵琶马上催。醉卧沙场君莫笑，古来征战几人回？"倒完了酒他才望向沈一石。

沈一石也望着杨金水："公公终于回来了。"

"我回来不回来都容易。"杨金水望着他，"你这次能回来倒是真不容易。押着几十船粮，从杭州到淳安再到建德，杀了个三进三出，竟然没有醉卧沙场，好本事！来，先喝了这杯。"

沈一石双手端起了杯子，却没有立刻就喝，而是望着杨金水。

"放心，没有毒。"杨金水也端起了杯子，"喝葡萄酒要用夜光杯，前年西域商人就给我送了四只。用银杯是让你放心，这酒里没毒。"说完自己先一口饮了，将杯底一照，望着沈一石。

沈一石还是没喝，满眼的真诚："公公，容我先把话说完再喝可不可以？"

"可以呀。"杨金水一副无所谓的样子，"什么都可以。美人计，拖刀计，釜底抽薪，瞒天过海，三十六计哪一计都可以。"

沈一石："公公，是不是请芸娘先回避一下。"

杨金水慢慢又望向了他，接着摇了摇头："用不着玩这些虚的了。我呢，本是个太监，你送个芸娘给我，从一开始就是虚的。什么人头上都可以长绿毛，只有我们这些人头上长不了绿毛。背着我你们做的事当着她都可以说。"

沈一石低下头，想了想又抬起了头："我对不起公公，也对得起公公。"

第十一章

杨金水："你看，又来了不是。刚说的不要玩虚的，真金白银打了半辈子交道，来点硬的行不行？"

沈一石："那我就从头说起。"

"这就对了。"杨金水不再看他，摆出一副洗耳恭听的样子。

沈一石："公公，这件事我们从一开始就错了。"

"我们？"杨金水把"我们"这两个字说得好重，接着又望向了沈一石，"你说的这个'我们'里有我吗？"

沈一石："都有。改稻为桑从一开始就是一步死棋。公公没有看出，我也没有看出。"

"有点意思了。说下去。"杨金水专注地望着他。

沈一石："其实，在当初胡部堂不愿意按内阁的意思去改稻为桑我就看出了一点端倪。但一想，这是有旨意的，总不成皇上说的话还要收回去。因此便实心实意筹粮等着买田。可等到这一次公公去了北京，突然来了个杭州知府高翰文，又来了个淳安知县海瑞和建德知县王用汲，我才发现我们已经卷到漩涡里去了。"

杨金水："不是我们，是你。你们卷了个漩涡，也想把我卷进去。"

每一句都顶了回来，这个时候分辩就是对抗。沈一石垂下眼沉默了一会儿，又抬起了头："公公知道，按市价，丰年应该是四十石稻谷到五十石稻谷买一亩田，就是灾县也不能少于三十石稻谷买一亩田。可我们出不了那么多。因为买了田产了丝织成绸一多半要用来补国库的亏空，剩下的利润郑大人、何大人他们还要分成。因此我们最多只能用十石一亩买田，这样也才能不赚不赔。这样的事要我们去干，对外还不能说。真要能按十石一亩买田改桑，我们辛苦一场，能每年多产三十万匹丝绸也就认了。可那个高翰文，还有那个海瑞和王用汲来到浙江以后，不知道这些内情，咬定要按市价买田。公公，先不说我们赔不赔得起，一下子叫我拿出那么多现钱多买几百船粮也做不到。"

这一番话杨金水显然接受了，态度也就和缓了些："这倒是实情。坐下说。"

"谢公公。"沈一石这才坐了下去，又望了一眼纱帘后的芸娘，再望向杨金水。

杨金水略想了想，转身望向纱帘后的芸娘："弹你的琴，一曲接一曲地弹。"

芸娘在纱帘后却慢慢站起了："我出去。"

"别价。"杨金水拉长了声调，"你弹你的，就当没有我们这两个人。"

芸娘只好又坐下，弹了起来。

琴声一起，说话声便只有杨金水和沈一石二人能听到了。杨金水这时才又转身望向沈一石，目光中透着沉痛："几年了，我怎么待你的，你心里比谁都明白。朝廷的事，官场的事，都没有跟你少说。这一回你怎么就会伙同郑泌昌、何茂才瞒着我，拿芸娘去施美人计？还敢打着织造局的牌子假装买田把粮都赈了？这两件事，哪一件都不该是你沈一石做的。做了一件，你都是在找死。怎么回事呢？我想不明白，几个晚上没睡着觉，一直等着你今天扛着脑袋回来说清楚。你说，这样做到底为了什么？"

沈一石："为了公公，也为了我自己，为了我们能全身而退。"

杨金水紧紧地望着他。

沈一石："公公当时不在杭州，情形起了变化。来了个高翰文，是小阁老派的人，又来了个海瑞，还有个王用汲，是裕王向吏部举荐的人。这就很明显，是裕王和阁老、小阁老在改稻为桑这件事上较上劲了。如果那个高翰文来了后压着海瑞和王用汲按原来的方略办，那也就是他们上边自己跟自己争，我们织造局买田产丝绸就是。没想到在巡抚衙门议事的时候，高翰文也不同意用十石的田价去买田。这就摆明了，裕王他们不愿失去民意，想用这件事来倒严。严阁老和小阁老也都看到了这一点，不愿担这个恶名，这才派来个搞理学的高翰文，又要补国库的亏空，还不愿让裕王那边的人抓到辫子。便算计着把恶名栽给我们织造局来担。打量着牵涉宫里，牵涉皇上，朝野也就没有人敢说个不字。"

杨金水点了点头："是这个理。郑泌昌、何茂才呢？他们可是从一开始就卷进来了，他们就不担一点担子？"

沈一石："这两个人更不用提了，就是两个官场的婊子！开始想讨朝廷的好，自己又能在中间捞好处，便踏青苗、毁堤淹田什么事都敢做。等到发现情形复杂了，又慌了神。便一门心思既把小阁老派来的人和裕王派来的人推到前面，更想把咱们织造局推在前面，他们躲在后面。打量着哪一日天塌下来了也砸不着他们。"

杨金水："于是就叫你把芸娘找了去使美人计，逼高翰文到前面去干？"

沈一石："是。"

杨金水："高翰文既然被你们摆平了，改稻为桑为什么还搞不下去？"

沈一石："因为裕王他们更厉害。"

杨金水："怎么说？"

沈一石："也不知他们从哪里找来了这个海瑞，一来就是玩命的架势，在大堂上突然帮高翰文抱不平，还翻出了淹田的事，刀刀见血，把郑泌昌、何茂才都逼得没了办法。"

杨金水："他们就又弄个通倭的事逼着那个海瑞到前面去干？"

沈一石："是。"

杨金水："然后叫你打着织造局的灯笼去买田，把织造局推到前面去干？"

沈一石："是。"

| 第十一章 |

　　杨金水："你也就都依了他们，瞒着我去干？"
　　沈一石想了想，还是答道："是。"
　　杨金水一怔，直勾勾地审视着沈一石。
　　沈一石："在下做的就是要让朝廷将来知道，他们所有的事都是瞒着公公干的。"
　　杨金水似乎明白了点什么："说下去。"
　　沈一石："公公仔细想想。为了改稻为桑，先是毁堤淹田，后来又搞了个通倭大案，闹到这种地步，严阁老、小阁老和裕王、徐、高、张他们，迟早在朝廷要决一死战。那个时候，谁明白得越多谁越脱不了干系。谁越是被瞒着，谁越没有干系。"
　　杨金水两只眼翻了上去，在那里急剧地思索着。少顷，倏地又望向了沈一石："你是说一开始你打着织造局的灯笼假装去买田，有意不让我知道。让我向朝廷奏一本，然后把粮借了，朝廷更会相信这个事从头到尾我都不知道？"
　　沈一石："这样做是会给公公惹点麻烦，但大不了挨几句训斥。可最后，老祖宗和皇上心里都明白，这一切都与公公无关。"
　　杨金水这一下心里什么都明白了，望着沈一石的目光便有些百感交集起来。接着，他望向了还在弹琴的芸娘："甭弹了。你先出去。"
　　琴声停了，芸娘慢慢站了起来，也不看二人，缓缓走了出去。
　　杨金水双手捧起了沈一石面前那杯酒，递了过去："我们这些人从小就没了家。做了这号人，讲的就是两个字，对上面要忠，交朋友要义。老沈，我没有交错你这个朋友。喝了它，再说。"
　　沈一石双手接过酒杯，慢慢饮完，放下酒杯时，眼睛有些湿了。
　　杨金水神色也有些伤感了，叹了口气："这几年跟着我，你也不容易。宫里的生意是大，也不要缴税，外面都打量着你赚了多少钱。可你赔进去的比赚的不少。为了给我装面子，把芸娘也送了我。你赔了多少小心，担了多少干系，我今天全领会了。赏你点什么东西吧你也不缺。这样吧，今天你就把芸娘领回去。"
　　"公公。"沈一石的声调突然高了起来，"芸娘我是绝不会再领回去了。公公在杭州一天她就伺候公公一天，公公回了宫，愿意带她走就带她走；不愿意带她走，我就准备一份嫁妆，让她挑个人嫁了。"
　　杨金水盯着他："怎么？嫌她跟了我几年掉价了？"
　　沈一石立刻站了起来："公公这样说，我沈一石更是无地自容了。"
　　杨金水："你和我什么缘分？说高一点，你认我做干爹；说低一点，我认你做兄弟。告诉你吧，我这次一回来就让芸娘搬到外面屋子去住了。名分也给她定了，做我的干女儿。借这杯酒我们也把名分定了，你就做我的干女婿吧。"

沈一石原就湿了的眼睛这时盈出了泪水："公公真不嫌弃，我这就拜了干爹吧。"说着撩起长衫跪了下去，磕了个头。

杨金水望着他："你嫌弃她了？"

沈一石抹了把眼泪站了起来："干爹领会错了，是她嫌弃我。"

杨金水："不会吧？"

沈一石："她怎么想我心里比公公明白。她是看上那个高翰文了。"

"怎么会？"杨金水一怔，"你们几年的交情，你还养着她一家子，就这回她见了那个什么高翰文一面，就看上别人了？"

沈一石："芸娘本是个心高的人，跟着我，她心里憋屈。"

杨金水："什么心高？秦淮河尽出这样的婊子！她要敢住着南京又想着北京，我第一个饶不了她。"

沈一石："公公！这几年她肯为了我伺候公公也不容易。念在这一点，您就真把她当女儿看吧。"

杨金水望着他，叹了口气："你这个人哪，吃亏。面带权谋，心肝肠子都是软的。"

沈一石拿起水晶瓶给杨金水倒上了酒，双手递给杨金水，又给自己杯里倒上了酒，端了起来："这么多年过来我也看空了。说句让干爹见怪的话，哪一天要是可以，我也愿意断了自己这条子孙根，随公公到宫里当差去。"

杨金水一愕："怎么可以这样想！江南织造局这摊子事朝廷还得靠你。听干爹的，咱们过了这一坎，我向老祖宗说，给你请个正经的功名，管个盐厂铜矿，好好干下去，光宗耀祖。"

沈一石："但愿能有那一天。"

杨金水："怎么没有那一天？我今天就给老祖宗上个本，把这件事从头到尾说清楚。谁有功，谁有过，老祖宗心里明白，皇上心里也明白。咱们把粮赈了，全为给万岁爷挽回面子。可改稻为桑还得搞，怎么搞，这团乱麻就让他们扯去。我给你露个风，锦衣卫的人已经来了，事情会一件一件去查。改稻为桑要是被他们搅黄了，郑泌昌、何茂才这两个畜生，还有那个什么高翰文、海瑞和王用汲，一个也跑不了！"

沈一石只是默默地听着。

第十二章

明朝的水陆两驿都十分通达,但水有水路,陆有陆路。车马走的都是陆驿,舟船才走水驿。可锦衣卫那四骑马,却是沿着新安江岸边的河堤向这里驰来。六月中旬的下晌,往年正是骄阳晒穗的时候,马在流汗,人也在流汗。

恰好是一处江流的拐弯处,又有几株大树遮掩,从这里已经能望到远处的码头。锦衣卫的头儿勒住了马,另外三个锦衣卫也勒住了马。四顶尖顶斗笠下,四双鹰一样的眼立刻望向了码头的江面。

沈一石那几十船粮食留在这里已有几天了,这时依然一字排开在江面上,桅杆上"织造局"的灯笼和"赈灾"的招贴也还挂在那里。更奇怪的是一袋袋粮仍然满满地装在船上。护船的兵却没了,只有一些衙役和船工懒懒地守在那里。

四个人有些诧异,对望了一眼,又往岸上望去。

原来站在沿岸一线省里派来护粮的兵也不见了,却摆了十几张桌子。每张桌子前像是都竖着一块牌子,每张桌子后都坐着一个人,每人都是一手举着伞,一手挥着扇,蔫蔫的,忒没精神。

四个人又向岸边的田野望去。

荒废的田野里几天之间搭起了无数的窝棚。到处是灾民,有些在窝棚里,有些在窝棚外,有些静静地坐着,有些静静地躺着。离窝棚不远,约十丈一处,还搭有十几座粥棚,每座粥棚里都有一只忒大的千人锅。一些孩童正拿着碗在那些粥棚间追跑。一些衙役挥着鞭子在那里吆喝着。

"不是说那个姓沈的把粮都赈了吗?怎么粮食都还在船上?"一个锦衣卫说道。

"是有些怪。"另一个锦衣卫说道。

"难怪把万岁爷和老祖宗都搞昏了。看样子,浙江这鬼地方真有名堂。"又一个锦衣

大明王朝
—— 1566 ——

卫跟着说道。

正在这时码头那边响起了钟声，窝棚里的人都涌出来了，分别向那些粥棚跑去。

锦衣卫那头儿："你们几个在这里放马吃些水草。我先过去问问。记住，照商量好的，不要露了身份。"

另外三个锦衣卫："明白。"

四个人都下了马。锦衣卫那头儿下了堤，从田野的水草间徒步向那些窝棚走去。

灾民都拿着碗排队去领粥了，窝棚里都空着，只偶尔有些老病还躺在那里，大约是有家人帮他们去领粥。

锦衣卫那头儿戴着斗笠，穿的也是粗布衫子，脚下蹬的又是草鞋，凭借奔忙领粥的人群挡着，一路走到了窝棚间，也就没人在意。穿过一些窝棚，两只眼在斗笠下睒巡着，他看到一个老者坐在一处窝棚前正闭着眼在那里似笑非笑，便走了过去。

"老丈，放粥了你老还不去领？"锦衣卫那头儿挨着老丈蹲了下去。

那老丈脸上的笑容消失了，慢慢睁开了眼，却不望他，目光中满是警觉："你是谁？你不是本地人？"

锦衣卫那头儿一诧，仔细端详着那老丈，这才发现老人是个睁眼瞎。连忙赔着笑说道："我是做丝绸的客商，从北边来，听说贵地遭了灾，生丝便宜，想来买些。"

那老丈听他这一番介绍反而更加警觉，大声说道："我不管你说从哪里来，你要是倭寇趁早赶快走了，这里可到处是官兵。"

锦衣卫那头儿："你老误会了。我不是倭寇。要是倭寇，这里离海那么远，又到处有兵，我跑来找死吗？"

那老丈兀自不肯全信，翻着两眼，一副要叫人的样子。

锦衣卫那头儿接着说道："要不你老叫当兵的过来，让他们盘查我。"

那老丈这才有些信了，脸色也好看了些："你要不是倭寇也趁早走。前不久就有倭寇假扮客商到我们这里卖粮换丝绸，把我们好几十个人都拖累了，现在还关在牢里。这一向凡是有外乡人来买丝绸，见一个抓一个。"

"有这样的事？"锦衣卫那头儿露出诧异的样子，"那官府也要问清楚，总不成不分青红皂白冤枉了好人。"

那老丈："什么年头，还分青红皂白？我们被抓的那些人都是老实巴交的桑户，也不问口供，也不过堂，省里一句话，第二天就要杀头。"

"你老刚才不是说关在牢里吗？"锦衣卫那头儿故意问道。

那老丈听他这样一问立刻来了精神："也是老天有眼，来了个海老爷到我们淳安新任

第十二章

知县。那天是他老第一天上任,省里就叫他来监斩。来的时候还穿着便衣,几百个兵跟着,也不说话,也不搭理人,一来就在大堂上坐着。拖到午时三刻突然要看案卷口供。省里的人拿不出口供和案卷,海老爷发了威,拿着一本《大明律》,愣是不肯杀人,把这些人从鬼门关拖回来了。"

锦衣卫那头儿:"一个知县敢这样和省里顶着干?"

那老丈犹自兴奋:"你们外乡人不知道,这个海老爷是太子派来的人。"

"哦。"锦衣卫那头儿拖长了声音,装出一副赞赏的声调,"你老眼睛看不见,却什么事都知道。"

那老丈有些嗫嚅:"看不见还不会听?"

锦衣卫那头儿:"这倒也是。看不见的人心里更明白些。江上这么多粮船又是怎么回事?"

那老丈感慨起来:"皇上还是好的,太子爷也是好的。这才派了个海老爷来给我们做主。江南织造局一定是奉了皇上和太子的密旨,叫他们帮海老爷的忙,这才给我们送来了粮,借给我们度灾荒。"

锦衣卫那头儿听他如此胡乱琢磨真忍不住笑了。

那老丈:"你不相信?"

锦衣卫那头儿立刻答道:"不是。我是说织造局既然把粮运来了,为什么还装在船里,不借给你们?"

那老丈:"不是不借,是我们现在不愿借。"

锦衣卫那头儿:"你们不是等着粮救命吗?怎么又不愿借了?"

那老丈:"官府说了,借了粮以后要把田都改种桑苗,大家伙便不愿借。"

锦衣卫那头儿:"听说种桑产丝比种粮卖的钱还多,为什么改种桑苗你们反倒不愿借?"

那老丈:"都六月半了,现在种桑苗,今年也收不了多少丝。到时候官府叫我们还粮,还不起,把我们的田收了去怎么办?"

锦衣卫那头儿:"这粮不是皇上借你们的吗?皇上不催你们还,谁敢催你们还?"

那老丈:"说是皇上借的,其实是那个大老板沈一石和省里的人抵不过我们海老爷,这才打着织造局的牌子借的。皇上离得这么远,到时候海老爷要是升官调走了,谁给我们做主?"

锦衣卫那头儿:"总不成你们跟官府就这样耗着?"

那老丈:"只要官府不逼我们改种桑苗我们便借。借了粮赶插秧苗,到十月收了稻,还一半还有一半,这个灾年便过去了。几十船粮都在江上,一日两顿,到时候便有粥喝,总不成还有谁敢把皇上运来的粮又都运回去。"

"我明白了。"锦衣卫那头儿站了起来,转身走了。

"你明白什么呀?"锦衣卫都走远了,那老丈还在兀自问着。

这几天最苦的要数田有禄了。一场惊吓刚刚过去,蒋千户、徐千户走了,这么多灾民又来了。没有粮吃闹事,有了粮借给他们又不要。海知县偏叫自己在这里守着,一日两顿地施粥,下面什么结果也不知道。酷暑当头,忧急攻心,这时已然病了,一把大伞罩着,躺在竹椅上,眼是青的,脸是黑的。

那边正发着粥,一个衙头过来了,手里拿着一张赈粮的单子:"二老爷,这是今天下晌一顿粥的粮数,你老签个字吧。"

田有禄:"一共吃了多少粮了?"

那衙头:"几天下来,已经吃了一船半了。"

"总这样吃下去,哪是个头!"田有禄十分焦躁起来,"拿粮买他们的田闹事,借粮给他们种桑也闹事。哪有这样的刁民!他们天天这样吃粮,吃空了罪名还不是我来担?从今天下午开始,这个字我不批了。要批,你们找海老爷批去。"

那衙头见他不肯签字,也不着急:"那我就拿给海老爷去批。他老问起来,我是不是说是你老要他批的?"

田有禄又气又急:"上面是恶官,下面是刁民,连你们这些当差的都来挤对我了!"

那衙头:"二老爷,时运不好也不是你老一个人走背字。连你老都不担担子了,我们这些人怎么当差?"

田有禄没话回了:"把单子拿来吧。"

那衙头捧着单子垫在手掌上,伸了过去。田有禄从衣襟里掏出一枚人名章,也没有现成的印泥,便把那颗章面伸到嘴里哈了一口大气,在单子上盖了个浅浅的印。

那衙头捧着单子看了看,兀自唠叨着:"这印可不太清楚……"

田有禄两眼一瞪:"你愣要跟我过不去是不是!"

那衙头:"我也没有说什么。"这才揣着单子慢慢走开了。

衙头走了,一个衙役又提着一个食篮来了,走到了田有禄的伞下:"二老爷,夫人给你老炖了一只鸡,说叫你老赶紧吃了,补补身子。"

田有禄叹了口气:"什么时候?什么地方?当着这么多灾民叫我吃炖鸡?"

那衙役:"要么你老到船舱里去吃?"

第十二章

田有禄不耐烦了："吃不下。你拿回去给老太爷吃吧。对了，老太爷接到府里去了吗？"

那衙役："没有呢，夫人还是不愿意接老太爷过来住。"

田有禄倏地坐了起来："她是想叫我死还是怎么？海老爷都点着名骂我不孝了，先前那么多烂事还得过关，回去跟她说，再不把老太爷接过来，就叫她回娘家去！"

那衙役："二老爷，这个话小的怎么敢去说……"

"这个贱人哪！"田有禄一声长叹，"扶我起来，我去接老太爷。"

那衙役却没有扶他，反而俯下了身子，低声说道："你老现在最好不要到城里去。"

田有禄："怎么了？"

那衙役低声地："按察使何大人来了，带了好些兵，在牢里找不到那些人犯，这时正在衙门里跟海老爷打擂台呢。"

田有禄一惊："何大人来了！从哪条路来的？为什么不早告诉我？"

那衙役："见你老正烦着怕你老听了又要着急。何大人是中午来的，好像是从五狮山那边进的城。"

田有禄急得汗又出来了："又要出事了，又要出事了……"

这时灾棚那边又起了喧闹声，又一个衙役跑过来了。

那衙役抹着汗对田有禄："二老爷，又有几个灾民发瘟了！"

田有禄又躺到了竹椅上："干脆，都死了算了……"

那衙役："海老爷打了招呼，不能饿死一个人，也不能病死一个人……"

田有禄："那还问我？抬到城里去呀！"

有规制，县衙从照壁到大堂院坪也就几丈见方，这时都站满了省里的兵，由蒋千户和徐千户带着，全挎着刀，一直站到了大堂的台阶上，望着大堂里的何茂才和海瑞，一副随时都要进去抓人的架势。

"那倭寇和那些通倭的人犯都弄到哪里去了！"何茂才抓起公案上的惊堂木使劲一拍，"你说！"

海瑞坐在侧旁的椅子上，既不接言，也不动气。

何茂才更气了，惊堂木也不拍了，抓起公案上的签筒朝地上一摔！

有规矩，各级公堂的公案上都有一个竹筒，筒里照例都装着十根竹签，堂官抽出竹签往大堂上一扔便是要打人。一根竹签打十杖，十根竹签便是一百杖。现在何茂才把整个竹筒都摔到了地上，十根竹签便撒了一地。那个签筒居然没摔破，一直朝大堂外滚去。

蒋千户、徐千户立刻带着几个兵闯了进来,望着一地的竹签。

蒋千户向那些兵大声喝道:"准备动刑!"

那些兵便都望向了何茂才,何茂才自己反倒有些蒙了。

大明朝的规矩,只要是现任官,犯了再大的事,除非有诏命,上级才能动刑。何茂才是因为暴躁,摔了签筒,哪能真打海瑞?

蒋千户、徐千户等人本是恨海瑞入骨,这时便一门心思想借何茂才的气头来消心头之恨。蒋千户便大声撺掇道:"大人,通倭是不赦的罪。他现在私匿倭寇,杀也杀得,动几下刑错不到哪儿去!"

徐千户也火上浇油:"大人是一省的刑名,签都撒下了,总不成还捡回去!"

何茂才被他们逼住了,又知道不能打,便一口气憋在那里,狠狠地盯着海瑞。

海瑞慢慢站起来了,对着蒋千户和徐千户:"这里是淳安县大堂,我是现任官。我没叫你们进来,谁叫你们进来的?出去!"

蒋、徐在海瑞身上已经受够了气,这时仗着何茂才撑腰,哪还买他的账,立刻横了起来。

蒋千户:"大人您老都看见了,这个姓海的何等猖狂!您老要不好发话,到后堂歇着去,我们来收拾他!"

徐千户:"他私匿倭寇,我们治了他,到朝廷也有说法。"

何茂才本是个官场里的黑棍子,事情逼到绝路,脑子便也有些发昏了,对着海瑞吼道:"你都听到了!再不交出倭犯,打死你,这个罪我还担得起!"

海瑞却不理他,依然望着蒋、徐二人:"我叫你们下去,你们听到没有?"

蒋、徐二人几乎暴跳起来,望着何茂才:"大人,我们动手吧!"

"来人!"海瑞一声大吼。

总督署四个亲兵拸着刀立刻从大堂的屏风后面奔了出来,一边两个,站在海瑞身边。

总督署的亲兵穿戴都是特制的弁服,一眼便能认出。见他们突然现身,首先是何茂才一怔,接着蒋、徐二人也蒙在那里。

海瑞:"给我将这两个人赶出堂去!"

四个亲兵立刻逼近蒋千户和徐千户:"下去!"

堂下一些蒋千户、徐千户亲信的兵,这时见状都跑了进来。

四个亲兵倏地拔出了刀,两人对付一个,刀都架在脖子上,将蒋千户和徐千户逼在那里。

何茂才终于有些清醒了,大声喝道:"干什么?你们要干什么?"

第十二章

一个总督署的亲兵答道:"我们奉胡部堂的命令听海知县的调遣。"

何茂才气得脸白了,向涌进大堂的兵们吼道:"下去!都给老子滚下去!"

他的那些兵开始退了出去。

何茂才又对着总督衙门那四个兵:"好,好。胡部堂那里总得给我一个说法。还不把刀放下。"

那四个亲兵慢慢把刀移开了,却依然紧盯着蒋、徐二人。

海瑞:"叫他们下去。"

四个亲兵又都对向蒋千户和徐千户:"请吧。"

蒋、徐二人被四把刀对着恨恨地向堂外走去。四个亲兵一直跟到堂口,在那里站住了,挎刀而立。

堂上只剩下了何茂才和海瑞。刚才还剑拔弩张,这时一片沉寂。

何茂才坐在大堂正中的椅子上喘了好一阵子气:"海……瑞,你这样做,到底要干什么?"

这一个回合过去,海瑞搭话了:"大人要是以公事相问,卑职这就给大人回话。十天前卑职曾给总督衙门、巡抚、衙门和按察使衙门上了呈报,齐大柱他们通倭的事有天大的冤情,请上司衙门共同审案。时至今日上司衙门依然未来审案。现在大人却要把人犯带走,依照《大明律》于审案程序不合。"

何茂才:"要审也要到省里去审,总不成把胡部堂、郑中丞都叫到你这个小小的县衙来审!"

海瑞:"卑职的呈报是上给三级衙门的,那就叫总督衙门和巡抚衙门共同出具公文把人犯带走。"

"海瑞!"何茂才被他左一个《大明律》右一个司法程序逼得无话可说了,气得直瞪着眼前这个怪人,"你一个举人出身,又四十多岁了,好不容易当了个知县,到官场这样到处结仇,到底图个什么!"

海瑞:"大人说我到处结仇,我跟谁有仇了?"

一句话又把何茂才顶在那里,那只手又气得发抖了,眼睛便又往公案上望去,一方印、一个笔架、一块惊堂木摆在那里,他不知摔什么东西好了。

海瑞走了过去,将头上的纱帽取了下来:"大人想摔东西,那就将我这顶纱帽摔了。"说着将纱帽往何茂才面前的公案上一放,又折了回去,光着头在椅子上坐了下来:"举人出身,四十多岁,好不容易当个知县,大人这话问得好,我现在就回答你。我是个举人出身,也有四十多岁了,本来在福建南平当一个小小的教谕,在任还有一年,我就可以辞职回家奉养老母了。可朝廷偏在这个时候要我到淳安来当这个知县，说是有几十万百姓遭了灾难要一个人来替他们做主。同时也明白告诉过我，这个知县当得不好就要掉脑袋。我也犹豫，也不想来，不是怕死，是因为高堂白发无人奉养。上面又答应了我，我要是殉了职，他们替我奉养老母。忠孝既能两全，我就来了。大人问我图的什么，我什么也不图。人活百年终是一死，能这样把这颗脑袋留在淳安便是我之所图。这样回答，大人满意否？"

从一开始在巡抚衙门大堂议事，到后来擅停斩刑，何茂才等人对这个海瑞就一直不能理喻，现在听他一番告白，终于有些明白了，这个世上还真有这样认死理不要命的人。到了这一刻，他的气一下子全泄了，坐在椅子上怔怔地望着眼前这个人发蒙。

海瑞这时知道，现在可以跟眼前这个又贪又黑骨子里却怕死的人谈条件了，便缓缓说道："大人，读书做官无非为了两端：一是效忠朝廷，二是为民做主。但凡两端都能兼顾，我海瑞也不是一定要跟上司为难。"

"说什么？你说什么？"何茂才缓过神来，还以为自己听错了，便紧紧地盯着海瑞。

海瑞："大人管着一省的刑名，出了倭寇，理应交给大人处置。但是淳安现在正值大灾，几十万百姓弄得不好就会激出民变。齐大柱那些百姓在倭寇手里买粮究竟是何缘由，真审起来恐怕谁也说不清楚，捅到朝廷便是通天大案。我想大人也不想把这个案子弄成那样。"

何茂才："你想怎样？"

海瑞："井上十四郎是真正的倭寇，我可以交给大人带回省里。齐大柱他们本不知他是倭寇，上了当才从他手里买粮。据《大明律》，此属不知者不罪。这样定案，不知大人能否认同？"

何茂才此来本就怕井上十四郎泄露了他们通倭的情事，目的就是要将此人带走，然后杀了灭口以绝后患。担心的也是海瑞背后有人利用井上十四郎要他们的命，现在听海瑞竟然同意将这个人交给他，一时倒有些不相信起来。

海瑞这时从怀里掏出了一纸结案文书："这是我这几天详问口供写下的结案文书。齐大柱一干百姓为了买粮度荒，并不知卖粮的人就是倭寇，因此并无通倭情事。但既与倭寇交往，不知也有过失，按律应鞭笞二十，然后释放。大人如果认可，便请在结案文书上批个字。卑职也好立刻去安抚本县灾民，叫他们赶插桑苗，施行朝廷改稻为桑的国策。"说完将文书双手递了过去。

何茂才望着他又犹豫了片刻才接过了那纸文书，飞快看了，接着又望向海瑞："那个井上十四郎现在哪里？"

第十二章

海瑞:"由总督署的亲兵看押。大人批了字卑职立刻交人。"

何茂才将文书摊到了桌上,一只手拿起了笔架上的笔,往砚台里探了探墨,又停了片刻,终于飞快地在文书上签了字,搁下笔拿起了那纸文书。

海瑞望着他,何茂才也望着海瑞。

何茂才:"海知县,我比你多当了几年官。送你一句话,在官场要和光同尘。"

海瑞:"多谢大人教诲。"

那纸文书慢慢从何茂才的手里递向海瑞手里。

齐大柱等人跟着海瑞走到码头岸边,灾民们都轰动起来,男女老幼挤人头一片。

十几张桌子是现成的,海瑞把齐大柱他们带到这里,都站好了。

海瑞望了望齐大柱,又望向那十几个人:"该说的我都说了,该做的我也做了。我的意思你们都明白了没有?"

齐大柱:"大人什么都不用说了,我们,还有淳安几十万百姓都是大人救的。下面的事我们来做。"

海瑞点了下头:"那你们就受刑吧。"

齐大柱望了一眼另外十几个人:"上去吧。"说着率先跳上了中间一张桌子。

那十几个人都各自爬上了桌子,背对人群跪了下来,各自都开始脱下上衣,露出光着的上身。

十几个衙役拿着皮鞭走过去了。

人头攒攒的百姓一下子安静了。无数双眼睛都望向了桌子上那些人。

就在茫茫的人群里,有四双鹰一样的眼睛也望向了桌子上那些人——锦衣卫那四个人就杂在人群之中!

突然,锦衣卫那头儿眼睛一亮!

另外三个锦衣卫眼睛也是一亮!

——他们同时看见了一副虎臂蜂腰的上身,两肩两臂还有背部肌隆如铁,黑亮如油!这人便是齐大柱。

"好身板!"一个锦衣卫不禁低声喝彩起来。

锦衣卫那头儿的目光立刻盯向了他,那个锦衣卫立刻闭了嘴。

就在这时鞭声响了,他们便又望去。

十几根皮鞭都向上朝那些人的背部抽去。

各种神色的目光开始都还是静静地望着,可很快便有些灾民带头喊了起来:"七!

八！九！"

接着更多的灾民喊了起来："十！十一！十二……"

海瑞的脸立刻严峻了，两道眉也耸了起来。

田有禄不知何时已经站到了海瑞的身边，这时拿着一把扇给他扇着。

"二十！"如雷般一声呼喊，人群喧闹了起来。

齐大柱穿好了上衣，在桌子上站了起来。

其他受刑的人也都穿好了上衣，在桌子上站了起来。

海瑞向齐大柱那张桌子走去。

齐大柱连忙跪下了一条腿，伸出两臂穿在海瑞的两腋下往上一举，将海瑞举上了桌面。

四个锦衣卫眼睛又是一亮，互望了一眼，同时又望了过去。

见知县大老爷上了桌子，人群慢慢又安静了。

海瑞看了看眼下那一片攒攒的人头，大声地开口了："刚才，这些人在受刑，底下好些人在喝彩。我现在想知道，喝彩的都是谁！喝了彩的站出来！"

那么多人，在那么大的太阳照耀下，居然一点声音都没有了。

海瑞："知道这些人为什么受刑吗？为了给你们买粮，为了你们的田不被大户贱买了。就为了这些，他们还差一点被烧死、被吊死，你们就不知道！"

人群更安静了。

锦衣卫那四双眼这时都紧紧地盯着海瑞。

海瑞："遭了这么大灾，几十万人要么就会饿死，要么就要把田都卖了。有几个人能像他们一样出来为乡亲做点事！这些都不说了。我现在要说的是，皇上给你们运粮来了，借给你们，也不要你们付什么利息。只有一点，让你们有饭吃，然后改种桑田。可几天来，居然没有一个人愿意借粮改桑。你们怎么想的我知道，无非想的是粮食能吃，生丝不能吃。就没有人去想，生丝卖了钱能买更多的粮！前任知府马宁远、前任知县常伯熙为什么不愿让你们自己改种桑田，就是因为皇上下了旨，种桑三年免税，种桑比种粮收成更大。多少大户想买了田去改种桑苗，为什么现在有粮借给你们，你们反倒不愿自己种桑！今天我站在这里，几十船粮食就在江上。还有，胡部堂从应天也借了几十船粮，一两日高府台就会把粮运到。我现在只有一句话，凡是愿意改种桑苗的我代皇上代朝廷借粮给你，包本县百姓今年每人都有粮度荒。凡是不愿改种桑苗的，我一粒粮不借！我不愿我管的百姓饿死，我也要向朝廷交差！凡不能让我交差的人，那是你自己跟自己过不去。这样的百姓，我海瑞也救不了你！"

第十二章

人群立刻起了骚动，无数人都在议论起来。

四个锦衣卫也都互相望着，以目会意。

海瑞这时望了一眼齐大柱，齐大柱点了一下头。

"都听了！"齐大柱嗓门洪大，站在高处一声大喊，人群又安静了下来。

齐大柱大声说道："老天有眼，给我们淳安派来个青天大老爷！救了我齐大柱的命，也救了大家的命！海老爷刚才都说了，想活命的就听他的话，借粮种桑！凡跟海老爷过不去的，不用官府管你，我齐大柱和我的弟兄们也不放过你！有不愿借粮种桑的，现在你们自己就走！愿意借粮种桑的，各乡的乡约就到海老爷这里来签写借据把粮领了！"

"我们愿意！"有一处人群起了响应。

"我们也愿意！"同时有几处人群大声响应。

一时间，四处都响起了"愿意"的呼声！

齐大柱激动地向海瑞望去。海瑞的面容这时反而没有了任何表情，两眼也茫然地不知在望着何处。

人群中，锦衣卫那头儿在吼闹的人声中向另外三个锦衣卫低声说道："我们走！"

六月十四晚上的月亮已经圆了，把后堂庭院几丛水竹照洒在砖石地面上，如凉水浮影，可见前任知县还是有些雅致。可这份雅致随着急促的脚步声立刻打乱了。海瑞满脸的汗，疾步从前院奔了进来。

一瓢水从后堂的砖地泼了过来，溅起了一片水珠。

海瑞的目光中透出了罕见的激动，他望见了高挽裤腿的一双赤脚，望见了正俯着身又从桶里舀出一瓢水泼向地面的谭纶。

其实早就听到了脚步声，谭纶泼了这一瓢水抬起了头，笑望向海瑞："脱了鞋再进来。"

海瑞嘴角也浮出了一丝笑容，本是浅口布鞋，脚一甩就脱掉了，眼睛却一直望着谭纶："给我一瓢水。"

谭纶舀起一瓢水走到门边，海瑞伸手去接，谭纶手一缩："提起袍子我来替你淋。"

海瑞挽起袍子掖在腰带上，然后双手提起了裤腿，向一旁跷起一只赤脚。谭纶将那瓢水向他的脚淋去。这只脚洗完了，海瑞跨进了门槛，又把那只赤脚伸向门槛外。谭纶又舀起一瓢水，淋向他那只脚。

海瑞赤着两脚踏进了屋里："神出鬼没的，将总督署的兵交给高府台带来，自己躲了，你以为现在偷偷跑来给我洗了地，我就能这么轻易饶过你。"

谭纶乜了他一眼，继续泼水："一个淳安知县，你当你是多大的官。我谭纶怎么说也是裕王派到浙江来的参军，胡部堂都不敢要我伺候，我会一到这里就给你洗地？"

听到这话，海瑞立刻一警，目光望向了另一桶水和浮在水面上的另一只瓢，更有些明白了："你不是将家母接来了吧？"

谭纶却不再看他，又舀起一瓢水向地上泼去："先什么也别问，洗地要紧。我们一起洗，边洗边谈。"

海瑞印证了自己的猜测，立时急了："你把家母接来了！"

谭纶这才慢慢站直了身子，定定地望着海瑞："老夫人、嫂夫人还有小侄女随粮船明天一早就到。"

"谭子理！"海瑞一把抢过谭纶手里的水瓢，"灾民都还没有安抚好，这里又正闹瘟疫，你把家母接来干什么！"

谭纶被他抢去了水瓢，干脆在椅子上坐下了："你责备得是。不过我也要问你几句。现在都六月中了，淳安几十万亩田还要不要赶插秧苗？"

海瑞："赶插秧苗和将家母接来有什么关系？"

谭纶："你认为没关系，淳安的百姓可认为有关系。借粮给他们度荒，还不要利息，他们为什么不愿意借？改插桑苗有那么多好处，他们为什么不愿意改？就一个担心，怕你这个青天大老爷说来就来说走就走，到时候没人替他们做主。"

海瑞没有接言，只盯着他。

谭纶："现在淳安的百姓都信服你，你得让他们把心安到肚子里去。现任官不带家眷，谁会相信你在这里能待下去？"

海瑞被他这么一问有些词穷了："那你就不能再晚几天把她们接来？"

谭纶："改插桑苗不能再晚了。不要看灾民今天都开始签字借粮了，人心似水，民动如烟。不安住他们的心，老百姓说变就变。"

海瑞不吭声了，慢慢挽起了裤腿，走到另一只水桶边拿起水瓢舀起一瓢水向地上泼去。

谭纶这才又站了起来，走到自己那只桶边也舀起水一同泼了起来。

两只水瓢在向砖地上泼水，二人都沉默着一时无话。

"王用汲的家眷今天也到建德了。"谭纶泼着水打破了沉默，"他那里比你好办些，只有小半个县改种桑苗，高翰文也去了那里，最多半个月就能赶着把桑苗都插下去。"说到这里，他的语气郑重起来，"这一次你干的事不久就会简在帝心，行百里路半九十，赶紧把桑苗插了。有了这番政绩，好好干下去，今后封疆入阁都不是没有可能。"

第十二章

"不要拿官场政绩那一套来激我！"没想到海瑞听了这话反而变了脸，"你们当时写信叫我来淳安是这样说的吗？什么'公之母即为天下人之母，公之女即为天下人之女'，墨迹未干，危机四伏，下面情形如何还在未定之中，你们就巴巴地把她们也送来了。你想封疆入阁，我海瑞可不是为了封疆入阁到淳安来的！"

谭纶被他这一番发作蒙在那里，好久才慢慢说道："这句话是我说错了，可你这样说也没有良心。把你请到淳安来的是我。你在这里豁出命干，真要获罪了朝廷，追究起来，连坐的人里第一个就是我谭纶！那时候裕王保不了你也保不了我。不是说后怕的话，从你动身那一天，我就跟家里人说好了，为老夫人准备了住宅。你丢了命我坐了牢，就让我的家人将老夫人和尊夫人、令爱接到我家去住。哪一天裕王爷真接了位，我能再有说话的机会，别的不敢说，替你讨个追谥，替老夫人请个诰命，请朝廷拿出一份俸禄给你养家还是能做到的。这些心里话你不会不信吧？"

听他这般分说，海瑞气平了些："这些我都信。你就是不该不跟我商量就把她们接来。"说着舀起一瓢水又向地上泼去。

谭纶泼着水走近他的身边，低声道："我接她们来其实也是为了给你安排一件大事，你想不想听？"

"不听。"海瑞继续泼水。

谭纶："这可是能让老夫人最欢喜的事，你不能不听。"

海瑞的手这才又停在那里，望着谭纶，见他一脸的肃穆，事关母亲当然要问："什么事能让家母欢喜？"

谭纶："我有办法让她老人家抱个孙子。这件事她会不会欢喜？"

海瑞始而一怔，接着脸色立刻又难看了："谭纶，相交十几年你应该明白我的为人，我不喜欢开这样的玩笑。怪力乱神，尤其不要跟我说。"

谭纶却十分认真："你不信神也不信医？鼎鼎大名的李时珍李太医这个人你总听说过吧。"

听到这个名字，海瑞的神色立刻也肃穆起来："在宫里反对皇上信方术的那个李时珍？"

谭纶："对了，正是此人。他不是怪力乱神吧？"

海瑞："你能把他请来？"

谭纶："是胡部堂请的。本意是请他来救这里患了瘟疫的灾民。在苏州我跟他谈起了你，他答应了，愿意给你和嫂夫人开几个方子，十成的把握没有，七成能替你海门点燃一支香火。这件事我可是实心为你做的。"

海瑞的脸色慢慢舒缓了，心里领情，嘴上却避开这个话题："有他来救灾民就是天大的好事。李太医什么时候能到？"

谭纶："和我一起从陆路来的，已经到了。"

海瑞："在哪里？"

谭纶："进县衙看见你那些患病的灾民就留在了那里，这时大约正在察看疫情。"

"搞什么名堂！"海瑞将瓢往桶里一扔，"快带我去见他。"

县衙的规制，除了大堂、二堂，在两侧都有县丞主簿和钱粮刑名书吏当值的院子和房舍，平时就能供好几十号人办公吃住。现在这些地方都腾空了，房舍里住着灾疫重病的灾民，发病轻一点的灾民便躺在院子里的凉棚的席子上。这时一片月光，几盏灯笼照着，更添了几分"吾民病矣"的景象。幸亏有两口好大的铁锅也架在院子里，锅下正燃着熊熊大火在熬着药，才使这所院子有些生气。

李时珍束着发，只穿着一件长衫，也不带从人，便一个人在院子里一座座凉棚的病人之间慢慢走着，时而停下来看看地上的病人。没人认识他，也没人想认识他，慢慢走到了那两口熬药的锅边。

大锅旁边摆着几只大竹筐，每个筐里都装着药材。李时珍伸手从一只筐里拿起一把药材看了看，又从另一只筐里拿起一把药材看了看，接着对正坐在锅边管熬药的那人问道："郎中在哪里？"

那人竟是王牢头。因牢里这时也没了犯人，他便向海瑞讨了这份管熬药的差使，为的是将功赎罪。大热天，又是大火边，守着好几百病人，几天下来已是苦不堪言，这时正扇着一头大汗满心烦躁，便也向李时珍："一边待着，等着吃药就是，几百人生病哪来的郎中一个个看。"

李时珍："我问你郎中在哪里？"

王牢头望了望他，没心思跟他生气，便吩咐熬药的差役："给他一碗药，让他走。"

熬药的差役便从旁边拿起一只碗，用竹勺筒从大锅里舀出汤药倒在碗里一递："拿去吧。"

李时珍接过那一碗药，顺手往地上一泼："这药不能吃，叫你们郎中来。"

"哪里来的混账东西，竟敢泼衙门里施的药！"王牢头倏地站了起来。

李时珍："哪本医书上说过，衙门里的药就不许泼？"

"来闹事！"王牢头平时那股凶气又冒出来了，对熬药那差役，"拉出去，交给外面的弟兄，问清楚是谁叫他来闹事的。"

第十二章

那差役："六老爷，海大老爷说了，这个时候不要跟这些灾民计较，不理他就是。"

"越让越上脸。有事我担着。拉出去！"王牢头喝着，一把抢过那差役手中的竹勺筒往锅里一扔，没料想被扔的竹筒溅起的热汤水进了一脸，烫得跳了起来，又疼又恼，便一把揪住了李时珍的衣领，"走，跟老子出去！"揪着他就往外面走。

侧院的院门外海瑞和谭纶走进来了。

"老爷来了！"

"老爷！"

"大老爷！"

月光和灯笼光下，院子里那些病人看见海瑞和谭纶走了进来，纷纷坐起，向海瑞致意。

"躺下，都躺下。"海瑞一边打着招呼一边偕着谭纶从凉棚间穿行过去。

王牢头正揪着李时珍的衣领往这边走来，谭纶对面望见便是一惊，正要向前呵斥那差役，对面的李时珍用目光止住了他。

王牢头看见海瑞，便屈下一边身子行了个礼，那只手依然揪住李时珍："太尊来得正好，这些人真是无法无天了。"

海瑞问王牢头："什么事？"

王牢头："太尊说得好，'民可使由之，不可使知之'。太尊对这些人越好，他们便一发不知好歹了。就这个人，竟敢把太尊施的药泼了。太尊说如何发落吧？"

海瑞听王牢头这一番浑说眉头立刻皱了起来，可当他望向李时珍时，立刻一震，对王牢头："把手放了。"

王牢头兀自不肯放手："他泼了药还不打紧，还说你老用的药错了。这分明是在煽动灾民闹事。太尊，这可饶不得他！"

海瑞喝道："放手！"

王牢头这才松了手，兀自恨恨地望着李时珍。

海瑞将两手在胸前一揖："敢问先生可是李太医？"

王牢头见海瑞竟向这个人行礼，立时一惊，一口气提到了嗓子眼，直望着李时珍。

李时珍既不还礼，也不接言，只摇了摇头。

海瑞一怔，回头望了望谭纶："他不是李太医？"

谭纶知道这两个都是怪人，没想到见面时又有这段插曲，这时被李时珍的目光制止，只好站在那里不置可否。

海瑞便望了望李时珍："有病养病，不要闹事。"说着目光便向前面望去。

王牢头憋在嗓子眼那口气这才长吐了出来，立刻凑过来给海瑞扇着扇："太尊找谁？"

"我找谁不要你管。"海瑞依然向四周望着，"你刚才胡说什么'民可使由之，不可使知之'，我什么时候跟你们说过了？为百姓做一点事便不耐烦，不情愿在这里熬药你可以回去。以后要敢再拿圣人的话瞎说就自己掌嘴。"

王牢头讨了个好大的没趣，讪讪答道："小的明白了。"答着连忙向药锅走去。

海瑞便又对谭纶："应该在里面房舍里，我们到里面找去。"说着便继续向前走去。

谭纶任他一个人向前走去，跟李时珍目光一碰，两人都站在那里，同时向兀自朝前走着的海瑞望去。

"没叫人跟着李太医吗？"海瑞以为谭纶还跟在身边，便一边走着一边随声问道，却不见应声。便又站住了，往一旁看时，才发现谭纶不在，回过头去，看见月光和灯笼光下谭纶和刚才那人站在一起，脸上隐约还发出诡笑，便立时明白了。怔了怔，连忙回身走去。

"子理，这位便是李太医？"海瑞一边望着李时珍，一边望着谭纶。

谭纶这才点了点头。

"刚才问你为何不说？"海瑞立刻又向李时珍双手一揖，"太失礼了，李太医见谅。"

李时珍这也才双手一拱，却说道："你们对太医就这般看重吗？"

海瑞一怔。

李时珍："我早已不是什么太医，海知县今后不要这般称呼。"

海瑞望了望谭纶，又转身望向李时珍："好。今后我就称你先生。望先生也不要称我知县，叫刚峰就是。先生一路风尘，请先到后堂稍事歇息。"

李时珍："刚才那个事你也不问，现在就叫我去歇息？"

海瑞一怔，接着答道："公门的人欺压百姓惯了，得罪了先生，我现在就叫他过来请罪。"

李时珍："谁跟你计较这些？你的药用错了，得赶快改过来。"

海瑞一惊："不会吧。我用的可都是解暑清热的药，全是按《千金方》上的方子抓的。"

李时珍："凭一本《千金方》就敢给这么多人熬药治病，难怪谭纶说你这个人一身都是胆，你的胆子确实忒大了。快给我安排一间屋子，把你的手下叫过来，我重新开方，叫他们立刻重新去抓药。"

第十二章

"我立刻安排。"海瑞毕恭毕敬地答道。

谭纶在一旁看着海瑞，怪怪地笑着。

直到丑牌时分，月亮升到了中天。忙完了李时珍那边的事，海瑞和谭纶又回到了后堂，在门口脱了鞋，光着脚进了屋子，两人都有些倦了，便在椅子上坐了下来。

"李先生此人如何？"谭纶望着海瑞。

海瑞："有本事的人脾气都大。"

谭纶一笑："脾气比你还大？"

海瑞："我没有他那么大本事。"

谭纶："这我就放心了。今天来了个比你脾气大的李先生，明天还会来个比你脾气更大的老夫人。请来了这两个人，我可以走了。"

"你这就要走？"海瑞站了起来。

谭纶："有些事本想见面时就跟你说，时间不多了，我拣要紧的跟你说说吧。"

海瑞严肃了面容又坐了下来，定定地望着谭纶。

谭纶："改稻为桑搞到眼下这个局面，是严党原来预料不到的，连皇上也预料不到。他们想兼并百姓的田地补国库的亏空再也搞不下去了。国策有了变数，总得有人顶罪，亏空还得补，也要拿人开刀。"

海瑞："严党误国误民二十年，也该是要倒台的时候了。"

"我说的不是他们，他们眼下还倒不了。"谭纶面容十分严峻，"倭寇最近会有大的举动，东南会起大战事。这一仗要打赢，就要用大钱，国库是空的，谁也接不了手，皇上眼下还要靠严嵩、严世蕃他们支撑局面。他们拿不出钱便会拿有钱的开刀。胡部堂分析，眼下有巨财能填补国库亏空的只有一个人——沈一石！"

海瑞："沈一石是织造局的人，他们敢动？"

谭纶："织造局靠他发财，可他的财不是织造局的。要是这一次能贱买百姓的田地，织造局会依靠他多产丝绸卖给西洋换回银子。现在百姓的田地贱买不了了，朝廷就只好抄他的家财来补亏空。因为只有抄了他的家才有足够的丝绸卖与西洋商人！那么多作坊也就顺理成章归了织造局，这样的结果皇上也会同意。"

海瑞沉默了，少顷说道："可沈一石这一次自己拿出了钱买粮借给百姓，抄他的家未免不近天理，也有违律法。"

"正因为这样做他才是自寻死路！"谭纶望着他，"他看出了上面有裕王反对，下面有你们抵制，知道要兼并百姓的田地已不可能，这才自己拿钱替皇上买面子买人心，以为这样做了就能自保。可他忘记了一条最要命的古训，历来国库亏空，要么打百姓的主意，要么打商人的主意。现在百姓保住了，他焉能自保！"

海瑞："总得有个罪名吧？"

谭纶："罪名还不容易。就拿他私自打着织造局的招牌买粮赈灾，朝廷就能给他安上一条'商人乱政'的罪名！"

海瑞有些震撼了："士农工商都是朝廷的子民，朝廷挥霍无度，官场贪墨横行，到这个时候用这些手段，立国如此不正，大明朝再不整治，亡国无日！"

"整治是以后的事！"谭纶立刻止住了他，"这一次你能保住几十万灾民，又打乱了严党的阵脚，已经是石破天惊了。有句话你不爱听我还得说。接下来朝廷有任何举动你都千万不要再去插言。严党一倒台，朝廷必定会重用你。为了谋国，你也得学会谋身。"

话说到这个份上，海瑞也着实有些感动了："兵者凶也。你这一次去更要多保重。"

见他接受了自己的劝告，谭纶也甚是欣慰："前方打仗就怕后方不稳。淳安是重灾县，你稳住了淳安就是稳住了半个浙江。你海刚峰稳住了，我谭子理就不怕。半个月内让百姓把桑苗都插下去，产了生丝全卖给织造局。既要为百姓谋利，也要对上面有个交代。我向上面也好替你说话。"说完深深地望着海瑞。

海瑞沉默了少顷，终于重重地点了点头。

"老夫人这一次我就不能拜见了。你代我磕个头吧。我走了！"说着便向门口走去。

海瑞抢着走到了他的前面，迈出了门槛，替他拿起了放在门槛外的鞋子，示意谭纶把脚伸过来。

谭纶站在门内，望着海瑞，没有抬腿。

海瑞仍然捧着他的鞋，固执地候在那里。

庭院上空那轮月光好白好亮，静静地照着这两个人。

"何处无月，何月不照人，只无人如我二人也！"谭纶说完这句，一手扶住门框，慢慢抬起了一只光着的脚朝门槛外伸去。

海瑞替他把鞋套在了脚上。

明嘉靖四十年，公元1561年，日本倭寇在胡宗宪、戚继光于前一年捕杀了他们的头目王直和毛海后便一直寻找战机大举进犯。这时他们窥见了明朝内部出现的矛盾和危机，选择了围台州而攻桃渚的战略，一场由日本倭寇勾结明朝东南沿海走私海匪屠戮浙江桃渚的历史惨案悄悄发生了。

月光静静地照着，桃渚城笼罩在一片安宁中。

城里一家小客栈内，几条披着黑色大氅的身影走向马厩，开始解开一匹匹马套着的

第十二章

缰绳。

一道门"吱呀"一声开了,店家举着油灯走了出来,望着那些黑影:"客官,才半夜呢,这时走,城门也没开。"

那些黑影没有接言,牵着马向他走了过来。

那店家:"还是再歇歇,天亮了再走……"

突然,从为首的那条黑影的大氅腰间闪出一道刀光!

那店家的头立刻飞了出去!

没有了头的身子竟还停了瞬间才轰的一声倒了下去,手里还紧紧地握着那盏油灯!

那些黑影跨上马冲出客栈大门。

桃渚城的安宁被打破了。

密集的铁蹄踏在街石上发出爆响!

大街两边偶尔挂着的灯笼被疾驰的马飞一般抛在身后,飞奔的铁蹄踏闪过的街石上迸溅出一溜火花!

——黑色的飘飞的大氅,黑色的直驰的大马,闪电般穿过石街,驰向城楼。

城门洞上"桃渚"两个石刻大字扑面而来。

"谁!"城楼上巡逻士兵喝问。

没有回答,也没有停止,一溜马蹄依然是闪电般的速度踏上直登城楼的石阶。

黑马黑氅在城楼上驰飞,一个个守城士兵的头颅连同刺来的枪尖在一把把掠过的雪亮的倭刀下飞了起来!

一行黑影都停住了。马上的人同时掀开了连接大氅的罩帽,露出了头顶一溜束发一直束到头顶后部的发髻!

为首的倭寇头目井上十三郎手中的刀兀自停在了半空中——竟有四尺多长,上面耀着白光,居然没有半点血迹。

另外几个倭寇坐在马上,掏出尺八兀自吹了起来。

黑沉沉的城墙脚下竟然潜伏着如此多的倭寇!这时听到城楼上传来的尺八声全都跃了起来,一齐发出虎狼般的啸声,拥向城墙。

紧接着,城堞上出现了一排城下扔来的铁锚,紧紧地钩进城砖。

无数腰前插着长短两把倭刀背挎火铳的倭寇攀着绳索跃上了城头。

蜿蜒的城墙上这才陆续升起了火把,南面、西面、北面守城的士兵开始仓皇向东城楼跑来。

可已经晚了,跃上城楼的倭寇一齐向迎来的守城士兵放铳。

火光中，跑在前面的士兵的身子向后飞了起来，重重地摔在城墙的石地上。

蚂蚁般跃上城楼的倭寇全都拔出了一长一短的倭刀，从东面城楼向南面城楼和北面城楼吼叫着拥去。一些守城士兵倒下了，又一些守城士兵倒下了！城楼上越来越多的倭寇冲下城楼，向城内的街道拥去。

城楼上，那几个披着黑氅的倭寇依然坐在马上，吹着尺八——苍凉却充满杀伐之气的高亢的尺八声，飘浮在无数的喊杀声和虎狼般的啸声之上，在桃渚上空回荡……

无数把映着月光的倭刀高举着掠过一条条街巷！

虎狼般的喊杀声过后，是无数百姓惊恐的叫声和哭声！

开始是城的东南角冒起了火光，接着城内各处都冒起了火光！

桃渚城很快被吞没在一片火光之中！

到处是惊惶奔走的百姓，到处是刀光过后的血光！

桃渚城失陷了！

月光也静静地泼洒在台州炮台上。

谭纶对海瑞而发的那句感叹本是引自苏东坡月下与友人那句千古的感叹而来。正所谓"古人不见今时月，今月曾经照古人"，千古情怀无非冀名留身后与此月同在，使后人视今亦如今人视昔而已。恰是这个时候，胡宗宪和戚继光并肩站立在月光中。

他们的背后站满了将士，将士的身后是朦胧的群山；他们的前面是无边的涛声，涛声的远处是影影幢幢的倭寇战船！

"元敬。"胡宗宪叫着戚继光的字，"你能不能估算出这海面上有多少倭寇的船？"

"三百艘。"戚继光答得十分肯定。

胡宗宪："各地的军报倭寇这一次共出动了多少战船？"

戚继光："五百多艘。"

胡宗宪："那两百多艘现在应该在哪里？"

戚继光："应该都在桃渚圻头一带。"

问和答都十分简明，也十分默契。

"桃渚要失陷。"胡宗宪做出了判断。

"今晚倭寇进犯的一定是桃渚，桃渚要失陷。"戚继光重复了胡宗宪的话，但又不仅仅是重复。

胡宗宪："如果桃渚失陷，下面倭寇会进犯哪里？"

戚继光："那就是新城。"

第十二章

　　胡宗宪的面容十分严峻起来，比海面上空那轮冷月还白。

　　海面上这时起了风浪，涛声仿佛更大了，胡宗宪似乎在涛声中听到了远处传来的杀伐声。"不能被倭寇把我们拖在台州。元敬，你第一仗准备在哪里打？"胡宗宪望着沉沉的海面。

　　"部堂，你留在这里，我就只能守在这里，哪一仗都无法打。"戚继光的目光深深地望着胡宗宪。

　　"那就让沿海诸城都让倭寇屠戮了？"胡宗宪紧紧地盯住戚继光的眼。

　　"可是以四千军马去进攻数倍于自己的……"

　　"没有可是！"胡宗宪手一挥，打断了戚继光，"你说，这一仗应该在哪里打？"

　　戚继光沉默了，少顷答道："龙山。有三千人埋伏龙山可以全歼从桃渚掠杀之后撤回海面之敌！"

　　胡宗宪："留一千人随我在这里守台州，你率三千人立刻去龙山！"

　　"除非部堂先行回杭州。"戚继光依然十分固执，"部堂一身系着东南的大局，不能留在这里！"

　　胡宗宪叹了口气："要怎样说你才能明白？我告诉你吧，我在这里比在杭州更安全。"

　　戚继光迷惘地望着胡宗宪。

　　胡宗宪低声地："内阁发廷寄来了，叫我立刻回杭州推行改稻为桑。大战在即，还能改稻为桑吗？"

　　戚继光这才有些明白了："部堂，你也太难了。要么随我的军队一起走。"

　　胡宗宪转过头深深地望向戚继光："我必须留在台州！我在这里，朝廷才会改变决策。举全国之力也要筹粮募军，抗外患才会省内忧。这一次一定要布成与倭寇的决战之局，打半年打一年也要毕其功于一役。你率三千人去打第一仗，打胜了这一仗，下面的事我就好部署。外除倭患，也为了内革弊政，我大明朝的朝局才会有转机。明白了没有？"

　　戚继光终于点了点头，退后一步跪了下来："部堂保重！"

　　胡宗宪深望着他："去吧。"

　　戚继光站起来双手一揖这才转过身向炮台阶梯走去："一、二、三营留在这里，其他各营整队！"

　　立刻有几个将官随他走下阶梯。

　　"竖旗放炮！"胡宗宪大声传令，立刻打破了深夜的沉寂。

　　无数面大旗顷刻间在炮台和各个山头竖了起来，无数个指向海面的炮口喷出了火光！

在日本倭寇为患明朝东南沿海已经十年的时候，也是在明朝内政日益腐败的时候，一场由浙直总督胡宗宪坐镇部署，以名将戚继光的戚家军为主力的抗倭决战这一年在中国东南沿海开始了！

第十三章

　　大殿的左右两柱间又摆上了两排紫檀木长案，司礼监四大太监又都站在了左边的长案前，内阁的五大阁员又都站在了右边的长案前。所有的人都在静静地等候帷幔里传来那一声铜磬声。

　　这一天偏又没有一丝的风，大明朝决定国策的这九个人便都在汗流中静静地等待，那一声却迟迟不见传来，殿外远处早鸣的蝉声成了唯一可以听见的声音。

　　八双目光都望向了吕芳，希望从他的目光和面色中看出一点圣上的信息。可吕芳这一天显得比平日更为沉默，两眼只望着下方的地面。

　　大殿更沉寂了，远处的蝉声更响亮了。

　　众多的目光都悄悄地斜望向精舍外那两道纱幔。

　　终于，里面有了脚步声，纱幔也慢慢被一只手撩开了，嘉靖面容冷漠地从里面走了出来。

　　"吾皇万岁！"由严嵩领班，九个人都在自己站立的位置跪了下去。

　　出来的不只嘉靖一个人，后面竟然还跟着裕王！

　　嘉靖依然穿着厚厚的淞江棉布大袍，走得慢，袍袖也就飘不起来，垂垂地移向中间那把椅子，他坐了下来。

　　裕王跟着他，在他椅子的左侧低着头站住了。

　　"都起来吧。"嘉靖的声音有些沉闷。

　　"万岁！万万岁！"九个人磕了头都站了起来。

　　嘉靖照例扫视了一遍所有的人，目光最后落在严嵩身上："阁老还是坐下吧。"

　　严嵩这一次没有坐下，声调沉重地回道："朝局一误再误，内忧外患并起，罪在内阁。臣身为首揆，愧对君父。圣上，就让臣站着回话吧。"

"两回事。"嘉靖有意放慢了语速,"几十年了,朕不愿意说的就是朝局。今天还是这样,朕不跟你们议朝局。朕只想说一个话题:父子!"

所有的人都是一震。在徐阶、高拱、张居正心中认为这话针对的是裕王,在严世蕃认为这话直指自己而来。还有吕芳和他的那三个秉笔太监干儿子,今天也不如平时心中有底了。所有的人脸上的汗都比刚才流得更多了。

"严世蕃。"嘉靖这时点了严世蕃的名。

"微臣在。"严世蕃一颤,立刻跪了下去。

嘉靖:"八十多的父亲了,扶他坐下。"

"是。"严世蕃又站了起来,扶着严嵩在绣墩上坐了下来。

"你们都看见了。"嘉靖慢慢说了起来,"朕今天把儿子也叫来了,不是叫他来参加你们议政,而是叫他来和你们一起说说这天底下做父亲的和做儿子的关系。"

裕王的头低得更下了,所有的人都屏住了呼吸。

嘉靖:"从古至今,最难的是什么人?不是皇上,不是首揆,也不是司礼监秉笔大太监。什么也不是,最难的是父亲。先说朕自己吧。我这个儿子从小就身子弱,朕淡泊世事,对他管教也少,但操心并不少。今年他给朕添了个孙子,这是为我大明朝立了一大功。为父为祖,朕赏了他媳妇家十万匹丝绸。今天,我这个儿子把这十万匹丝绸都退还给朕了。"

所有的人都把头低得更下了,唯恐有一丝表情流露。

嘉靖:"这是儿子不认我这个父亲,还是孙子不认我这个祖父?"

裕王在他身边倏地跪下去了,在砖地上碰了个响头,便趴在那里。

徐阶、高拱、张居正的心也都一下子悬到了嗓子眼。

不知过了好久,嘉靖才接着说道:"都不是。我这个儿子是体谅做父亲的艰难,这才将十万匹丝绸退了回来。也不是退给朕,而是退给江南织造局。因为有人打着朕的招牌把粮借给了灾民。这个粮朕得还,父债子还,朕的儿子是为了替朕还债。谁叫我大明朝国库亏空!"

这一下该轮到其他人下跪了,五个阁员四个大太监都跪了下去,趴在那里。

嘉靖不再叫他们起来,眼睛望着大门外,一个人顾自说了起来:"他将这些丝绸一退,又提醒了朕,朕的命苦啊!人家都是一个儿子,两个儿子,妻妾多的也就十几个儿子。可朕身为君父,大明朝所有的人都是朕的儿子,朕怎么就当了这么一个父亲?"说到这里他又停住了。

这就是要人接话了,接话的当然只能是严嵩:"裕王为子仁孝,皆因臣等不忠,贻君

第十三章

父之忧。臣等请圣上治罪。"

"朕说了不议朝局。"嘉靖立刻打断了他,"朝局都是你们的事。就拿浙江来说吧,总督、巡抚、按察使连一个新任的杭州知府都是你严阁老和小阁老派的,织造局是吕芳派的,两个受灾县份的知县都是我这个儿子向吏部举荐的。你们现在跟朕谈什么朝局?"

一竿子又打倒了所有的人,大家都不敢吭气了,只好又趴在那里。

嘉靖又恢复了先前的语气,慢慢说道:"俗语云,儿孙自有儿孙福,莫为儿孙做马牛。可许多做父亲的偏偏愿意做马牛。严嵩,吕芳。"

严嵩和吕芳趴在那里答道:"臣、奴才在。"

嘉靖:"先说严阁老吧。你儿子就在这里,平时对你如何你比朕清楚。朕现在只跟你打个招呼,不要事事都听他的。有些事可以让他去办,有些事不要让他去办。管紧点,对你对他都有好处。"

严嵩抬起了头:"臣谨领圣命!"

云遮雾罩,褒贬难明。不只是严世蕃趴在那里发蒙,其他人也都趴在那里一动不动。

嘉靖对着严嵩的目光:"明白朕的苦衷就好。"

严嵩的头微微颤着:"臣明白君父的苦衷。"答着又趴了下去。

嘉靖的目光转向了吕芳:"吕芳。"

吕芳抬起了头:"奴才在。"

嘉靖:"你本是个没有儿子的人,可你的儿子比谁都多。那么多干儿子干孙子,你累不累?"

吕芳:"奴才错了。"

嘉靖:"无关对错,皆因糊涂。"

吕芳挺直了身子跪在那里,目光淳淳地望着嘉靖。

嘉靖也望着他:"宫里宫外那么多太监宫女都叫你老祖宗。死了的人才称祖宗呢。你一个大活人让人家当死人叫着,叫也把你叫死了。"

吕芳只好趴了下去磕头答道:"奴才着实糊涂。"

嘉靖:"你那个干儿子杨金水回杭州后怎么着了?每年几十万匹丝绸捏在人家手里,到了朕想拿出点粮赈济灾民还得靠人家去做好。现在朕的儿子退回了十万匹丝绸,先把账还了。可今年卖给西洋商人的五十万匹丝绸有没有着落?总不成胡宗宪在前方打仗向朕要军饷,朕还要看人家眼色行事吧?"

吕芳立刻大声答道:"这是奴才失职,奴才先行请罪。"

嘉靖:"请罪就能请出钱来?"

吕芳："奴才请罪是想告诉内阁，织造局是我大明的织造局，任何人打着朝廷的招牌经商营私，都是以商乱政，都与织造局无关。内阁应该查明此人即刻拿办。今年死也要死出五十万匹丝绸卖给西洋，筹集军饷及时供给前方。要是误了胡宗宪在浙闽和倭寇的战事，司礼监和内阁共同领罪。"

"朕说了朝局你们去议。"嘉靖站了起来，"朕只给你们打一个招呼，各人管好各人的儿子。比方这一次去淳安任知县的那个海瑞，父母官就当得不错，虽然给朕落下了一屁股债，却能把他那个县的子民都安抚好了，朕还真不好说他什么不是。因为这个人是朕的儿子举荐的，这个债就只好让朕父子来还。各人的算盘各人打，各人的债各人去还！"说完，撂下跪着一地的人，独自向里面精舍走去。

"臣等恭祝圣安！"一片惶恐声中嘉靖的身影消失在帷幔之中。

加上裕王，一共是十个人，这时都慢慢站起来了。

吕芳的目光直望向严嵩。

严嵩："立刻以六百里加急发廷寄给浙江，抄那个沈一石的家，筹粮募军供应胡宗宪！"

严世蕃："我立刻拟票！"

廷寄是下晌到的，会议必须连夜举行了。由于发生了战事，杭州早已戒严，这时辕门外更是站满了兵，到处是火把，戒备森严。

辕门外街道又传来了马蹄声，还是那个队官带着几个兵迎了上去，发现是从淳安、建德赶来的高翰文，便立刻候在一旁，等高翰文勒住了马，这队官立刻上去带了马缰："高府台终于到了。里边急得不行，都等您呢。"

高翰文翻身下马，刚跨进衙门，又一个人等在那里迎上来了，便是那个门房书办。

高翰文没有停步继续向衙内走去，那书办便疾步跟在他身后，一边低声说道："高府台，有一样东西，郑大人、何大人叫小的还给大人。"

高翰文停住了脚步。

那书办四处望了望，只有站在各自位置的士兵，便从衣袖中掏出一张纸塞了过去。高翰文望了他一眼，接过那张纸刚打开便看见了那两行字："我与芸娘之事与旁人无关。高翰文。"

高翰文的脸色立刻显出了冷峻，当然也带着几分不屑，将那张纸往地上一扔，继续走去。

那书办慌忙拾起那张纸又追了上去："要么小的替大人撕了？"一边说一边侧身走在

第十三章

他的身前将那张纸撕了又撕,撕成碎片往空中一撒。

高翰文走进大堂,发现等着自己的不仅是郑泌昌、何茂才和杨金水,还有四个戴着无翅黑纱宫帽、身着红色锦衣的锦衣卫。虽然是下属,可高翰文进来时,郑泌昌、杨金水、何茂才居然都站了起来,四个锦衣卫也跟着慢慢站了起来。

高翰文见状一怔,便站在那里。

郑泌昌连忙笑了一下:"高知府还不知道,这是宫里几个钦差,为了一个案子,因与眼下筹粮募兵有关,一起跟我们商量。"

高翰文镇定下来,向堂上一揖:"各位大人久等了。为前方筹粮募兵的事属下都已经安排下去了,十几个县包括淳安、建德都愿意尽力去办,眼下最要紧的是朝廷要拨款。"

"正是商量这件事情。高知府请坐。"郑泌昌异常的客气,将手一伸。

所有的人都又同时坐下了。

郑泌昌把目光望向了杨金水:"杨公公,这件事是您说还是我们说?"

杨金水一脸灰暗:"廷寄是寄给你们的,这个时候还要把事情推给我吗?"

"不是这个意思,不是这个意思。"郑泌昌连忙说了两遍,接着拿起了案上的廷寄,把目光转向了高翰文,"内阁的廷寄到了,两层意思,我给你说一下。"

高翰文神情立刻肃穆起来。

郑泌昌看着廷寄:"第一层意思,胡部堂和戚将军他们的军需粮草以及兵源补充着令浙江、南直隶、福建三省供应,以我们浙江为主。第二层意思,查浙江商人沈一石欺瞒织造局,营商肥私,以商乱政。着令即刻将其抄家拿办。所抄私财,悉数调拨军用!"

高翰文听后一震,先是直望着郑泌昌,接着把目光望向了杨金水。

郑泌昌倒是不回避他的目光,杨金水却将目光望向了案面。

高翰文:"属下不明白,诸位大人为什么要等我来商量这件事情。"

郑泌昌:"我们议了一下,这件事情只能由高知府来办。"

高翰文站了起来:"为什么要等我来办?"

郑泌昌:"坐下,先坐下。"

高翰文又坐了下来。

郑泌昌:"一是因为筹粮募兵现在都是你在办,抄了沈一石的私财高知府可以立刻调作军用,不致延误军情;二是高知府现兼浙江道御史,按朝廷律法,锦衣卫办案由各省御史直接参与。因此二条,这件事必须高知府去办。"

高翰文虽然心中明白郑泌昌、何茂才又在将自己推到前面,但他们列举的这两条理由偏让你无法推卸,便只好沉默在那里。

"锦衣卫几个钦差还等着呢。"何茂才插言了,"高知府,不能再耽误了。"

高翰文没理他,望向了杨金水:"杨公公,沈一石可是有织造局的六品顶戴,不知内阁的这个廷寄司礼监知不知道?"

杨金水的目光依然望着案面:"他没有什么顶戴,也不是织造局的人。"

杨金水这句话说完,锦衣卫的四个人站了起来。

锦衣卫的那个头儿:"内阁的廷寄司礼监批了红,批了红就是诏命。高大人,走吧。"

是诏命就得跪接,高翰文只好慢慢离开座位,走到了堂中,站在那里,望着郑泌昌。

郑泌昌双手捧着廷寄也下了座,走到高翰文面前:"杭州知府兼浙江道御史高翰文接诏命!"

高翰文跪了下来,举着双手将廷寄接了过来。

上百架织机依然在织着丝绸,机杼声一如往日发出巨大的碰击声。一队兵提着枪跑了进来,很快便把住了沈一石作坊的两道门和几条通道。

织工们目光中都露出了惊恐,却依然不敢停下织机。

高翰文和四个锦衣卫在一队兵的簇拥下接着进来了。

先前带队进来的队官一声大喊:"这里被抄了!都停下来!"

一架一架织机慢慢停下了,一个一个织工都惊恐地在自己的织机前站了起来。

高翰文站在通道中:"不关你们的事!丝织不要停,大家都接着织!"

那些织工仍然惊惶地站在那里,没人敢再坐下。

高翰文向那队官望了一眼,那队官跑了过来。

高翰文:"不要吓他们,叫他们接着织丝。"

那队官:"小的明白了。"

高翰文领着四个锦衣卫从通道向对面那道门走去。

"织!都接着织!"那队官的吼声在高翰文的背后响起。接着,机织声也在他背后渐渐巨响起来。

高翰文和四名锦衣卫走进客厅,沈一石家那管事正背靠着墙站着。见高翰文等人进来,迎上去单腿行了个礼:"禀众位大人,都问了,他们都不知道沈一石在哪里。"

高翰文脑子里立刻显出了他的那所别院:"不用问了,我知道他在哪里。"说着转对四个锦衣卫:"他还有所别院,我们去那里。"

四个锦衣卫却对望了一眼,锦衣卫那头儿这时却显出并不着急的样子:"跑不了他,我们先在这里坐坐。"说着径自在左首的位子上坐了下来。另外三个锦衣卫也都坐了下来。

第十三章

高翰文一怔，望着锦衣卫那头儿。

锦衣卫那头儿向另一个锦衣卫使了个眼色，那个锦衣卫走到高翰文身边低声说道："抓他我们就不去了，高知府多担担劳吧。"

高翰文："为什么？"

那个锦衣卫的声音更低了，贴近他的耳边："我们也归司礼监管，给杨公公一个面子。"

高翰文从骨子里陡地冒出一阵凉意，沉默的这一刻，自己从来杭州到现在所有的事情仿佛一下子全明白了：在这个大明朝，根本就没有什么理学什么良知什么朝廷律法！从上到下都淹没在一片污泥浊水之中！他的心里一个声音在响着："这是做什么官！为什么要来当这样的官！"

那个锦衣卫催他了："去吧，抓了人，下面的事我们再商量。"

高翰文不再理他们，大步走了出去。

……

前面就是沈一石的那座别院了。还在马上，高翰文便感觉到了异样。

——别院的大门洞开着，里面一片沉寂，像是一座荒废了多年的陈宅！

高翰文慢慢下了马，向洞开的大门走去。

一群士兵紧跟在他的身后走进了这座空无一人的大院！

走到洞开的账房门口，高翰文已经看清了，这间前不久自己来过的账房那些装满了账册的书格书柜全是空的！就连那张大桌，那几张茶几上也是空的！

突然，高翰文看见了一样东西，是那张他当时坐过的椅子上用一方镇纸玉石压着的一纸书笺！

"你们在门外候着。"高翰文说着便一个人走了进去。

他拿开了镇纸玉石，拿起了那一纸书笺，望向书笺上两行工整的楷书。

——"侯非侯，王非王，千乘万骑归邙山！狡兔死，良弓藏；我之后，君复伤！一曲《广陵散》，再奏待芸娘！"

高翰文一下子蒙在那里！

紧接着他浑身剧颤了一下，他听到了鼓声，从内院传来的鼓声！

高翰文疾步走了出去，大声喊道："随我来！"

所有的兵都跟着他跑向内院。

琴房的大门紧闭着，一记一记的鼓声从里面传了出来！

高翰文在院内站住了，所有的兵都在他身后站住了。

鼓声竟如此的安详,慢慢敲着,一敲下去都有片刻的停顿,接着便是余音,像是微风吹过荷塘无边的莲叶!

高翰文两眼茫然了。

接着敲击声慢慢加快了,像是间歇的滴雨落在荷塘无边的莲叶上!

高翰文听出来了,这是相传祢衡当年为曹操演奏的《风吹荷叶煞》!

接下来应该是狂风暴雨般的宣泄,高翰文明白了,大声令道:"把门撞开!"

"是!"士兵们大声应着,便跑过去撞门。

随着撞门声,鼓声果然激越起来!那门却纹丝不动!

高翰文:"立刻把门撞开!"

他的话还没有落音,门口几个士兵突然被一阵热浪冲得向后倒了下来!

门的缝隙里喷出了熊熊的火苗!

"快走开!大人!"几个士兵架着高翰文便往外走。

"放开我!"高翰文甩开了他们,"找水,救火!"

可一切都晚了,琴房内显然泼满了油,大火已经从屋檐的房顶上冲天燃烧起来!

高翰文僵在院中,大火把他的身影也映得一片通红!

装有沈一石所有账目的四口镶铜边的红木大箱早已搬到了这里,每只木箱上都贴着封条,每张封条上都写着"呈织造局 巡抚衙门"的字样。

杨金水、郑泌昌、何茂才坐在这几只大木箱边也已经不知多久了。开还是不开,烧还是不烧,或是开看了再烧,或是不看就烧,谁也不开口。

"打开来看看?或是搬到后院去烧掉?"最终是何茂才忍不住了,望向郑泌昌和杨金水。

"请杨公公定夺吧。"郑泌昌立刻望向坐在另一边的杨金水。

"你们说呢?"杨金水对这两个人早已是在心里腻歪到了极点,见这个时刻两人还这般做作,慢慢把目光转望向他们,反问道。

郑泌昌还是不肯表态,定定地望着何茂才。

"看了也吓不死人。"何茂才站了起来,"不看死了才是冤鬼。"

郑泌昌又望向杨金水,杨金水也还在望着他。郑泌昌不得不表态了:"对朝廷负责,对织造局负责,就打开来看看吧。"

"那就别打开。"杨金水再也不给他一点面子,"真要对朝廷负责,就把它交给四个锦衣卫送到朝廷去。"

第十三章

郑泌昌被杨金水这句话逼住了，看他的神态也不像说假的，这就不能再绕弯子了。亏他偏又能找出理由，赔着笑："杨公公误会我的意思了。沈一石到底有多少家财？哪些应该是织造局的？哪些必须立刻抄没等粮募兵给胡部堂送去打仗？我说的对朝廷负责对织造局负责是这个意思。"说着又望向何茂才，示意他打开箱子。

对郑泌昌这时候还不肯担一点担子，何茂才也起了腻味，本心是恨不得赶快揭开封条看个究竟，但想到说不清道不明的日后，这时也长了心眼，逼问郑泌昌："中丞的意思是不是叫我撕开封条？"

郑泌昌："这还一定要我说明吗？"

何茂才："这上面明写着呈织造局和巡抚衙门，杨公公不开口，中丞不开口，我怎么敢启封？"

话到这个份上，郑泌昌依然不开这个口，又望向杨金水。

"我呢是真不想看了。"杨金水掸了掸身上的袍子，站了起来，"二位如果也不想看了，我这就去叫锦衣卫四个兄弟来把箱子抬走。"说着便向门外走去。

"开封吧！"郑泌昌慌忙开口了，对着何茂才，"为前方筹募军需毕竟是我们的事，就不要使杨公公为难了。"

杨金水这才又站定了，转过脸又望向这两个人。

"我说也是！看完了账，前方还等着钱打仗呢！"何茂才也不再耽搁了，立刻撕开了一只木箱的封条。

"这几句话还像人话。"杨金水又坐了回去，"做官做人就算七分想自己，也得两分想朝廷剩下一分想想别人。想自己想到你们这样的十足赤金，这世上有十足的赤金吗？"

郑、何被他训得目光又是一碰，心里不是味，脸色也难看起来，嘴上却不敢回言。

郑泌昌对何茂才："都打开吧。"

箱子只贴了封条并没上锁，何茂才唰唰几下又将另外三张封条都撕了，接着把四个盖子都掀开了。

——箱子里果然是满满的账册！

郑泌昌、何茂才又都望向杨金水，杨金水坐在那里却闭上了眼睛。二人不好叫他，便把目光凑近了第一口箱内。几乎同时，两人的目光都看见了一号箱满满的账册上面赫然摆着一封信！

——信封上用工楷写着："杨、郑、何诸公共启　沈一石"。

"沈一石还给我们写了封信！"何茂才失声说道。

郑泌昌已然急不可待："快拆开。"

何茂才拿起信撕开了封口，抽出两页信笺，急不可耐竟一个人看了起来。

郑泌昌："知不知道规矩？摆到案上去，一起看！"

何茂才这才觉着不妥，拿着信走到大案前平平地摆在案上。

郑泌昌对坐在那里的杨金水："杨公公，一起看吧。"

杨金水这才慢慢又站了起来，走到案边。三个人并排站在案前，开始看那封信。

一笔好工整的楷书，一点也不像一个明知大限将到的人所写。杨、郑、何三人不禁立刻同时想起了这个曾经和自己密切往来多年的大商人。沈一石那不露声色的身影仿佛慢慢从那封信上浮现了出来。接着，那个影子开口说话了，那曾经惯听的声音在三人的耳边响了起来："从嘉靖二十一年到嘉靖四十年，二十年间，这是沈某上交织造局和浙江官府最后一批账册。四任织造，五任巡抚，唯胡部堂胡宗宪与沈某无账目往来，亦唯胡部堂一人未取沈某一分一厘。浙江三司衙门唯胡部堂堪称国朝大吏，其余衮衮诸公皆不足道也。"

杨金水的脸上没有任何表情，郑泌昌、何茂才这时的尴尬却掩饰不住了，目光同时碰望了对方一下，接着又赶紧望向那封信。

郑泌昌、何茂才的眼有些花了，似乎看见沈一石的身影慢慢飘离了信封，就像平日在这间房里那样，时而踱着，时而坐下，那声音也就随着身影在房间四处响着："沈某布衣粗食凡二十年，织绸凡四百余万匹，历年上缴织造局共计二百一十万匹，各任官员分利一百万匹，所余之九十万匹再买生丝，再产丝绸，使沈某艰难维持至今。每日辛劳，深夜亦不敢稍歇，将各项开支一一记录在账，即诸公所见之账册也。"

"其心可诛！"何茂才忍不住吼了起来，目光在四处望着，"沈一石，你死了也要进十八层地狱！"

郑泌昌被何茂才这一声吼头皮也发麻了，目光也向四处望去，青天白日哪有什么鬼魂？于是白了何茂才一眼，又望向杨金水。

杨金水目光冷冷的，声音更是冷冷的："家破人亡，就该入十八层地狱；逍遥法外，才能升大罗生天！"

这种氛围，杨金水又说出这样咒语般的话来，郑泌昌、何茂才头皮又都一麻。二人不禁对望了一眼。

"看信吧。"郑泌昌连忙岔开。

三人的目光又向那封信望去。

沈一石的身影不见了，声音却像是坐在大案前那把椅子上说话："我大明拥有四海，倘使朝廷节用以爱人，使民以时，各级官员清廉自守，开丝绸、瓷器、茶叶通商之路，仅此三项即可富甲天下，何至于今日之国库亏空！上下挥霍无度，便掠之于民；民变在即，

第十三章

便掠之于商。沈某今日之结局皆意料中事。然以沈某数十年备受盘剥所剩之家财果能填补国库之亏空否？诸公见此账目必将大失所望也！兹附上简明账目一页于后，望诸公览后另想良策，为前方筹募军饷，或可减罪于朝廷。否则，沈某先行一步，俟诸公银铛于九泉，此日不远！"

看到这里郑泌昌、何茂才的脸色立刻变了，都望向杨金水。

杨金水的脸依然冷冷的，毫无表情。

"快看下一页！"郑泌昌已经急得声音都有些颤了。

何茂才连忙将这页信拿开，露出了下面一页列着几项开支的账目。

沈一石的声音："其一，沈某共有作坊二十五、织机三千，每日可织丝绸五百四十八匹。诸公见此账时，吾库存之生丝仅能维持作坊织绸二十天，共计一万零九百六十匹。距朝廷所需之五十万匹相差四十八万九千四十匹。"

郑泌昌与何茂才的目光撞在一处，同是一样的茫然。

杨金水恨恨地瞥了二人一眼，独自坐回了靠窗的那把椅子上。郑泌昌与何茂才怔了一会，又继续在看着那页账目。

沈一石的声音这时就像在二人耳边轻声低语，却那样清晰："其二，沈某共有绸缎行一百零七家，嘉靖四十年初尚存绸缎十二万五千六百匹。三月，织造局奉上命调拨十万匹。剩余二万五千六百匹，郑泌昌郑大人以巡抚衙门开支为由分润三千五百匹，何茂才何大人以按察使衙门开支为由分润两千匹。四月，为凑足买粮之款，卖出两万匹。现库存仅丝绸一百匹。"

郑泌昌、何茂才的眼睛唰地直了！脸上汗水直淌。

"现、现银还有多少两？"郑泌昌也不看账了，退了几步，软软地跌坐在椅子上，两眼失神地望着仍然站在案边的何茂才。

"现银也不足一万两！"何茂才拿着那页账目，手在抖着，声音也在抖着，"这、这怎么可能？打、打死我也不信！"

"完了。"郑泌昌喃喃地说道，"我们都被沈一石玩了……"

"是呀，他是在拿命跟你们玩哪！"杨金水坐在椅子上冷冷地接言了，"你们几个衙门包括你们的家里，这么多年的开支花了他多少钱，你们自己心里有数。今年为了改稻为桑，又买了近一百船粮，又花了多少钱，我们心里都有数。现在买的粮都借给了淳安、建德。沈一石家里真有座金山，挖也挖空了。"

郑泌昌、何茂才这才似乎不得不相信眼前这张账目了，一个坐在椅子上，一个站在案边，谁也不看谁，全望着前方发呆。

"两位大人还有事吗？"杨金水慢慢站了起来，"要没有别的事，杨某要回去给宫里上请罪的本章了。"

"杨公公！"郑泌昌省了过来，"千万不能就这样请罪。要是我们都这样请了罪，前方的军需没有了供应，这场大战就打不下去了！"

杨金水的目光望向了门外："现在想到仗打不下去，晚了！"

"杨公公！"

郑、何二人竟同时在杨金水的身边跪了下来。

"我愧对皇上，愧对老祖宗！"杨金水仰望着院外那方天空，看也不看身旁这两个矮了半截的身子，"胡宗宪、戚继光在前方打得那么难，朝廷把接济他们的军饷都指望在这次抄没沈一石家财上面，我们却拿不出军饷来……"

"我们想办法筹粮募款！"郑泌昌立刻接言，"只望公公跟锦衣卫几个钦差说一声，请他们转陈、吕公公，让朝廷给我们一些时限。"

杨金水这才慢慢望向了他们："就算朝廷给你们时限，二位大人难道还能找出第二个沈一石去抄他的家？"

"只要朝廷让我们戴罪立功，我们可以另想办法。"郑泌昌说着立刻望向何茂才，"老何，你说想尽办法我们能够筹多少军饷？"

何茂才："拼了命，怎么也能够先筹集一两个月的粮草军需！"

"那眼下沈一石这个案子呢？"杨金水又望向了他们，"抄家抄出这样的结果总得给朝廷一个说法。"

"找个人顶罪！"郑泌昌答道。

杨金水："找谁顶罪？"

郑泌昌："高翰文！"说着望向了何茂才。

何茂才立刻接道："对！都因他办案不力，致使钦犯畏罪自杀销毁账册，转移了私财！"

杨金水深望着他们，在那里想着。

这里，高翰文的目光也茫然了！

大厅外面站满了兵，椅子上坐着四个锦衣卫。屋子中间低头站着沈一石的那管事，一片沉寂。

高翰文的脑子里显然是一片空白，他把目光慢慢转盯向沈一石那管事："你刚才说所有的作坊还能织多少天？"

第十三章

"二十天。"那管事惧怯地望了高翰文一眼,看见他锐利的目光连忙又低下了头,"因为库存的生丝就够织二十天。"

高翰文:"二十天能织多少丝绸?"

那管事:"一共能织一万零九百六十匹。"

"一万零九百六十匹?"高翰文的声音震颤了,接着大声喝问,"库存的丝绸呢?你们绸缎行的库存丝绸还有多少?"

"一百多家绸缎行一共只有库存丝绸一百匹?!"高翰文的目光像两把刀直刺向那个管事。

那管事:"就、就一百匹……"

高翰文的脸也白了:"把这些人都抓起来!立刻查抄库房!"

大厅外的士兵一齐跑了进来。

管事颤抖着手打开库房的锁,高翰文一脚便踹开了库房门率先走了进去。四个锦衣卫对望一眼跟着走了进去。士兵们都紧张地守在门外。

库房内,高翰文的背影定定地立在那里。

四个锦衣卫站在门边,也都一声不吭。

整个库房只有一排排空空的木架,哪见一匹丝绸!

高翰文慢慢转过了身子,望向四个锦衣卫。

四个锦衣卫也静静地望着他。

高翰文的声音透着悲愤:"前方几千将士正在和几万倭寇血战,现在我们却拿不出军需接济他们……"说到这里高翰文的眼中竟闪出了泪花。

四个锦衣卫也有些动容了。

高翰文:"沈一石的账册哪里去了?家财哪里去了?织造局和浙江官府难辞其咎!不追查,愧对朝廷,愧对前方将士,愧对受难的百姓!"

四个锦衣卫对望了一眼,锦衣卫那头儿:"该怎么办?高大人说吧。"

高翰文:"立刻追查!"

锦衣卫那头儿:"怎么追查?"

高翰文:"沈一石的账册和财产织造局还有巡抚衙门应该知道!你们去织造局追查,我去巡抚衙门追查!"

锦衣卫那头儿沉吟了片刻:"这是我们的职责。就按高大人说的去办。"

高翰文大步走了出去。

四个锦衣卫又都对望了一眼,慢慢走了出去。

一本一本账册扔向大火之中。

事关身家性命，虽是大六月的天，却不能叫底下人帮忙，郑泌昌、何茂才只好亲自动手，把四大箱账册，翻开一本看了扔到火里，又翻开一本看了扔到火里。这样一本一本烧着，一个多时辰过去了，账册还剩下好些没有烧完，日晒火烤，汗也不知道流了几身，烟灰粘着汗，二人的脸也都黑了，只剩下两只昏昏的眼还看得清楚。

就在这时，后院紧闭着的门传来了敲击声。

"谁！"何茂才一声喝问。

门外传来了回答声："禀大人，高知府来了，坐在二堂，说一定要见中丞大人。"

郑泌昌、何茂才两张黑脸上的眼珠子对望了一下。

郑泌昌："告诉他，我不在！"

门外那声音："小的这样说了，他就是不走，还说要到后院来见大人。"

何茂才急了："挡住！给老子挡住！谁让他进来，就砍谁的头！"

"是！"门外应了一声。

"人家都是搬起石头打人，我们这个小阁老偏偏搬起石头砸自己。"何茂才将一本账册扔进火里，兀自恨恨地说道，"要不是派来这个姓高的，怎么会扯出后面这些事！实在逼得走投无路，我他妈的自己请罪，把所有的人都供了！"

郑泌昌本来年岁就大了，外火内火一直交相攻着，早就有些扛不住了。现在听报高翰文在外面逼，何茂才又这样浑，突然间便天旋地转起来，一个念头想叫何茂才来扶住自己，却已经说不出话来："何、何……"

"我什么我？"何茂才又拿起了一本账册，兀自恨声不断，"真通了天，我们是一条命，他们也是一条命，大不了一起砍头！"说着将这本账册又扔进了火里，转身再拿账册时才发现，郑泌昌已经躺在地上。

何茂才这才一惊，蹲下去一把扶坐起郑泌昌，发现他牙关紧闭，像个死人，不禁也急了，嚷了起来："祖宗！这个时候你可千万死不得！"半抱半拖，把他向后堂屋檐下搬去。

拖到了后堂屋檐下阴凉处，何茂才把郑泌昌挨着墙放倒了下来，急忙站起向院门奔去，才走了几步又觉得不妥，折了回来，顾自恨声连连："倒血霉了！真他妈的倒血霉了！"骂着又在郑泌昌身边蹲了下来，伸出一只手指猛掐他的人中："祖宗，姓高的就坐在外面，我们现在也不能出去，你再挺一挺！"

远离了火，人到了阴处，又被何茂才把人中一掐，郑泌昌还真缓过来了，慢慢睁开了

| 第十三章 |

眼："莫管我，赶紧、赶紧烧账……"

"我去烧。可你有病也得挺着。"何茂才见他醒来便又不急了，却盯着他，"这个时候你告病我可不会一个人去扛！"

郑泌昌："我告病……你扛得住吗……快去烧吧……"

"这还差不多。"何茂才站了起来，又向那堆火走去。

郑泌昌和何茂才万万没有想到，在杨金水家里还有同样四口木箱，装着沈一石二十年来所有的账册！

杨金水和四个锦衣卫围坐在那四口木箱前一片沉默着。

锦衣卫那头儿终于开口了："杨公公，沈一石这些账要不要打开来看看。哪些该送上去，哪些该销毁，你老还是拿个主意吧。"

"不能看，更不能销毁。"杨金水开口了，"瞒天瞒地，我也不能瞒皇上，不能瞒老祖宗！这四箱账册里记着二十年沈一石为织造局给宫里上供的丝绸账目，也记着沈一石给历任浙江官府包括给郑泌昌、何茂才行贿的账目。一定要送到宫里，交给老祖宗，让皇上知道。"

锦衣卫那头儿："既然这样，我们现在就把郑泌昌、何茂才抓了起来！"

杨金水："还不能抓。"

锦衣卫那头儿："为什么？"

杨金水："他们都是严阁老和小阁老的人，朝局弄成这个样子，二严会不会倒，皇上和老祖宗还没有亮底牌，现在抓他们一牵扯到上面就会打乱了皇上和老祖宗的韬略。把这些账册呈上去，皇上看了自有圣裁。那时候说抓谁，我们再抓谁。"

锦衣卫那头儿："明白了。可这一次抄家抄成这样的结果，前方的军饷怎么办？总得给朝廷一个说法。"

杨金水："这也是先不抓郑泌昌、何茂才的原因之一。这几年郑泌昌、何茂才还有浙江官府的那些人都没有少贪，把筹募军饷的事压给他们，想活命他们就得自己拿刀子割自己的肉，从家里拿出些军饷来。至于怎么给上面一个交代，只有一个办法——抓高翰文，先去顶罪！"

锦衣卫那头儿："抓他？什么罪名？"

杨金水："办案不力，致使钦犯自杀账目销毁，大量赃款下落不明。"

"郑泌昌、何茂才就这样放过他们？"锦衣卫那头儿显然有些不平。

杨金水："放过他们？要是连他们都可以放过，我大明朝就没有天理了。现在不抓他们，就是要逼他们把平时贪墨的钱吐些出来。"

锦衣卫那头儿："明白了。高翰文什么时候抓？"

杨金水："现在不能抓。你们这就去跟他说，让他先把抄没沈一石的家财立刻送到胡部堂的大营去。趁这个空，我们今天就把这里的事八百里加急奏到宫里去。旨意也会很快下来。旨意一到，我们再抓人。"

广袤无边的群山，草树浓密，三面环绕着方圆数里宽阔的海滩，海湾的海面上停靠着数十艘倭寇的战船。

最大的那艘倭船的船板上捆绑着被掳掠来的大明百姓。无分男女都被脱掉了上衣，在光天化日下暴晒！青壮男人都用铁链锁着，女人则是用一根长绳套住了每个人的左臂，串成一行，这时正被倭寇驱赶着跪擦船板。

一个倭寇头目坐在翘起的船首上，两眼既凶且淫地在一个个光着上身的女人胸前睃巡。突然，他站起来，走到了那一排正在跪擦船板的女人面前。

女人们都吓得伏下了身子。

那倭寇头目揪住了一个女人的长发往上一提！

那女人的身子被拉直了，连忙用没有被套的右手掩住双乳！

那倭寇头目狞笑着，两个倭寇走了过来，解松了这个女人左臂上的套绳。倭寇头目揪住这女人的长发向船舱拖去。女人发出了长声的哭号！

其他的女人都伏在船板上发抖。

被铁链锁着的男人都闭上了眼睛。

那倭寇头目拖着女人的长发走近了船舱，就在这一刹那，一个被铁链锁着的男人突然跃起，用头向那倭寇头目撞去，可头离那倭寇头目还有一尺来远，他的身子便被铁链紧紧地扯住了。

倭寇头目站住了，望向那个男人。

那男人眼中射出怒火，紧盯着倭寇头目。

倭寇头目松开了女人的长发，倏地从腰间拔出了两把倭刀，同时砍去！

一把倭刀将那男人的头颅砍飞向大海，一把倭刀砍断了那男人身上的铁链！

从身腔里喷出的血溅向了船板，也溅向了那个倭寇头目！

倭寇头目脸上身上都是鲜血，却转对身边的两个倭寇（日语）："喂鱼！"

两个倭寇抬起没有头颅的尸首，向大海扔去！

山的上空海的上空这时高悬着那轮白日，天空和海一样的湛蓝，不时有鸟群从大山里

第十三章

飞过来，盘旋在海面上寻觅海中的鱼食。尸首抛入海面溅起的浪花吸引了它们，一群鸟立刻俯冲下来。

就在倭船停泊对面那莽莽苍苍草木浓密的山里，一双双喷着怒火的目光这时正在望着他们这些禽兽！

这就是戚家军！两千人在龙山剿灭了一股倭寇便立刻奔赴这里，伏在大山中也已经两天两晚了，没有一个人动弹，每棵大树上栖息的鸟群都没有被一个人惊动。

戚继光背靠着一株大树，双手拄着那把宝剑，箕坐在那里，一动不动。

无数双目光这时都望向了他，他两眼只望着前方，还是一动不动。

一个将官在地上慢慢爬着，爬到了他的身边，尽量凑近他的耳边，极低极轻地说道："将军，有些弟兄断粮已经两天了，多数弟兄也一天没有吃东西了。"

戚继光没有看他，低声应道："知道。"

那将官："倭贼天天在船上奸淫杀人，弟兄们说是不是不要等了？"

戚继光慢慢望向了他，嘴里只低声迸出一个字："等！"

戚家军在龙山一役歼灭了倭寇一千余人，解救了四千多中国百姓后，立刻辗转奔伏到了温岭，准备在这里截击从象山、奉化、宁海烧杀淫掠而来的倭寇。也就在此时，后援断了。据史书记载，数千将士就是在已经断粮数日后仍然坚守苦待，伺机杀敌！

群山外边传来了海面倭船上的两声炮响！不久，海滩那边的山上也传来了倭寇回应的火铳鸣响！再接着，隐隐传来了远方倭寇的吼声和无数百姓的哭喊声。

无数双将士的目光都望向了戚继光，戚继光挂着剑在那棵大树边慢慢站起了。一名将官从密林中牵来了戚继光那匹勒着口的大白马，向戚继光走来。

密林中，许多将士都牵着马慢慢出现了，许多伏在草丛中的将士都慢慢站起了。

戚继光接过缰绳，拍了拍白马的脖颈，那马立刻低下脖颈擦着戚继光宽大的肩头。

戚继光翻身坐了上去："传令，马队随我从中路杀出，步队一、二、三、四营从三面包抄杀敌，五营、六营去救百姓！不到万不得已不许放火器，不要伤了百姓！"

没有回答的声音，所有的人都举起了手里的长枪、腰刀、盾牌还有火铳，以示接令！

海湾边，高头黑马上赫然坐着那个井上十三郎！他的后面是那十几个也披着黑氅的倭寇武士！黑氅黑马的后面，大队倭寇驱赶着百姓从北面的山头向海滩涌来！

所有的百姓都被麻绳套着左臂串成一排一排的长队，每人的肩上或身上挑着背着倭寇们掳掠来的财物！

海面上的倭船已经驶近了岸边约十丈处，接着无数条小船从大船上吊放下来，划向岸边。

这边,无数双将士的目光都紧盯着戚继光。

戚继光解开了白马的勒口,那马立刻高昂起头一声长嘶!

戚继光左手从马的鞍套上抽出了长枪,右手倏地拔出了腰间的长剑,挥出一道寒光:"杀敌!"

吼声立刻在莽莽群山中响起,无数将士从密林中闪电般冲杀出去!

震撼着天和海的喊杀声中,戚继光一马当先率着马队向海滩的倭寇大队冲来了!

紧接着挺着长枪高举着刀扛着盾牌的大队步军士兵从群山的三面向海滩冲来了!

井上十三郎唰地拔出了倭刀,大声吼叫(日语):"集队!集队!"

所有的倭寇都慌忙拔出了倭刀!

有些倭寇举起了火铳!

训练有素的倭寇很快结成了战阵!

戚继光的马队,漫山遍野的步队快速冲向倭寇战阵!

被掳掠来的百姓都乱了,开始向四面逃跑,可是逃跑的人方向并不一致,被绳套着在海滩上纷纷跌倒!

戚继光的马像闪电般驰来,并大声喊道:"大明的百姓就地趴倒!"

紧接着他身后的马队将士齐声喊道:"百姓趴倒!"

被掳掠的百姓很快都趴在了地上。

井上十三郎举起了倭刀大吼(日语):"杀!"策着马向飞驰而来的戚继光迎去!

倭寇马队紧跟着挥刀驰去!

倭寇的步队也挥着刀冲了过去!

三骑飙飞的黑鬃黑马呈箭头状直驰向挺枪驰来的戚继光,井上十三郎握紧了两把倭刀,长刀砍向戚继光的枪尖,短刀刺向戚继光的马首!

戚继光那杆长枪闪电般一抖,枪尖连接枪杆部位那一簇红缨突然转成一团斗一般大的缨花!井上十三郎在长刀和枪尖击碰的一刹那眼前便满是一片红色,右手的短刀便失去了刺击的方向,也就是闪电般的一瞬,他的左肩被枪杆的前部猛击了一下,人便向右边倾倒了下去!

两匹主将的马交身而过,两边的马队都短兵相接了!

井上十三郎是倭寇的高手,倒下去时愣生生地用脚别住了马鞍,扔掉了左手的刀猛抓住马的鬃毛,人紧贴在马的右身,驰飞间,斜着身子居然还刺倒了戚家军迎面驰来的一个马上的骑士!

戚继光的枪尖左右抖刺着,已经接连挑下了三个马上的倭寇!

第十三章

马队在海滩的最前沿厮杀。戚家军的步兵也从群山的三面围了过来。

一排倭寇呈半圆形单腿跪倒在战阵的前沿，举起了手中的火铳同时开火！

火光从一支支铳口喷射了出去，戚家军冲在最前面的步兵显然早有部署，刹那间同时亮起了盾牌，呈扇形喷射的火药几乎全喷射在盾牌上又迸出无数的火光！在一面面盾牌的空隙间，飞奔出戚家军的长枪手，一杆杆长枪几乎在同时刺向倭寇的火铳手，一个个倭寇狂叫着倒下了！

倭寇火铳手后的大队倭寇狂吼着举着倭刀向长枪手冲杀过来！长枪手在这个时候并肩一齐单腿跪倒了，一杆杆长枪的枪尖结成了一道锐利的防线，全斜指向冲杀过来的倭寇，前面的倭寇被逼想放慢步伐，却被后面涌来的倭寇挤向了枪尖。

——无数杆长枪刺穿了冲在最前面的倭寇，枪尖透过许多倭寇的背部，那些倭寇竟串在枪杆上！

就在这时，盾牌后面的火铳响了，接着冲来的一个个倭寇在火光下又倒了下去！长枪手倏地抽出了穿透倭寇的长枪，又全都站了起来，冲杀过去，盾牌刀手立刻跟在他们身后，杀入了倭阵。

这时，五营、六营的将士结成的战阵已经奔杀到了被掳掠的百姓周围，一边同倭寇搏杀，一边结成圆形的战阵，紧紧地护着趴在海滩的百姓们。

一个将官大声喊道："大明的百姓解开绳索！向山那边跑！"

无数的百姓爬了起来，有些解了绳索，有些还没解绳索，都向大山跑去。

解救了百姓，没有了后顾之忧，带着马队在倭阵中驰骋的戚继光决定结束混战的局面，倏地拔出了腰间的剑，大声喊道："结鸳鸯阵！"

在各个地方散斗的盾牌手、长枪手和腰刀手，竟然在顷刻间立刻和身旁的士兵迅速配成了三张盾牌、三杆长枪、三把腰刀一组的方队，立刻，海滩上出现了无数个九人一组的方队！盾牌挡住了倭刀，长枪刺向了倭身，腰刀护住了两翼和后尾，一个一个方队从各个方向杀向一群群仍在散斗的倭寇！

倭寇的战阵大乱了，倭寇被一片一片击倒在地。

——这就是赫赫有名的戚家军的鸳鸯阵！

发辫已经散乱的井上十三郎歇斯底里地吼道（日语）："退！退！"

大群倭寇挥着倭刀开始向海边的战船狂奔着退去！

戚继光在马上高举着剑："架炮！"

倭船上的炮响了！一团团炮火落在海滩上，阻住了戚继光追击陆上倭寇的军队。海滩上的倭寇迅速奔向海岸边的小船。

戚家军的炮已架好了。戚继光大声令道："放炮！打小船！"

一架架红衣大炮喷出了大团的火光，立刻便有几条倭寇的小船被炸得飞向了海面的上空！

还是有许多小船划到了倭寇的战船边，倭寇们纷纷上船。

倭寇大船上的炮还在朝着海滩放射炮火。戚家军一些将士在炮火中倒下了。

炮手们调整了炮位对准了倭寇的大船。

戚继光举着剑的手却放了下来："船上有百姓！停止放炮，后撤！"

大船开始向深海驶去，戚继光和他的将士们眼睁睁地望着倭寇大船上被掠百姓在大声哭喊。

倭寇大船上的炮还在喷射炮火，有些炸在海滩上，有些已经落在浅海里溅起了一道道冲天的水柱！

戚家军这一仗虽然没有救出全部被俘的百姓，但严重打击了倭寇的士气，同时也在实战中操练了以后名垂青史的"鸳鸯阵"等战术……

第十四章

"我们又见面了。"胡宗宪望着风尘仆仆的高翰文，语调还是那样平缓，但高翰文却听出了语意中的沧桑。

高翰文深深地望着这位前辈大吏，这时完全发乎内心地跪了下去，激动地磕了个头："属下高翰文拜见部堂。"

胡宗宪走过来伸出一只手搀了搀他："军前不讲虚礼了，赶快谈军务吧。"

高翰文起来后，两眼通红："军务都被官场误了！部堂，下面的仗无法打了。属下这一次来真是愧对部堂。我们都有罪呀！"

胡宗宪依然十分平静："朝务、政务、军务，一误再误已非一时了。你到浙江也才一个多月，论罪也论不上你。是不是抄沈一石的家没有抄出钱来？"

高翰文抑制不住激动："部堂真是谋国之臣！沈一石号称浙江首富，这一次抄没他的家财居然不及一个中产之家。所有的账目竟也不翼而飞！部堂，织造局还有浙江官场已是一片污泥浊水！东南局势如此危急，面对朝廷，面对百姓，部堂你要站出来说话了！"

胡宗宪望着他慢慢摇了摇头，接着说道："对朝廷对百姓的话我自然要说。但现在我只想对你说几句话。逆耳刺心，你都不会在意吧？"

高翰文："请部堂赐教。"

胡宗宪："第一，你不应该出来当官。你的才情只宜诗文风雅，你的为人却一生也当不好官。"

高翰文怔了一下，接着深点了点头。

胡宗宪："第二，既然中了科举就应该在翰林院储才撰书，不应该妄论国策。圣人的书，都是给人看的，拿来办事，百无一用。"

高翰文这一下有些不以为然了，沉默在那里。

胡宗宪："第一次在驿站见到你，我不能跟你说这些。一个多月过去了，你在浙江竟能按我当时跟你说的尽力去做，可见你我还是道同可谋，现在跟你说这些话，也就无所谓交浅言深了。尽管我知道，这些话你很难听懂，或许到死的那一天你也听不懂，我还是要说。知道为什么吗？"

高翰文抬起了头："部堂一定是要我做什么，尽管直言吧。"

胡宗宪："这就是你的才情。你能听出弦外之音，这就够了。听我的话，把这些军需交割后，立刻返回杭州，找到朝廷派来的锦衣卫，主动请罪，请他们把你立刻槛送京师！"

高翰文一震："部堂，我可以按你说的去做，但我要知道为什么要这样做。"

胡宗宪："我现在不能告诉你。叫你这样做，既为了你自己，更为了朝局，为了我能把这个仗打下去！"

高翰文被震撼在那里，良久才又望向胡宗宪："我相信部堂。可属下这样做了，那些误国误民的蠢虫就让他们逍遥法外？！"

胡宗宪："我还是给你交点底吧。不出一个月，朝廷将会在浙江掀起大案，那些误国误民之人一个也跑不了！你现在请罪最多是因为抄没沈一石的家财办案不力。要是还待在浙江，就会卷进他们之中！"

高翰文似乎明白了，可新的疑惑蓦地涌了出来："部堂为什么要这样待我？"

胡宗宪的脸立刻严峻了："我身为浙直总督，在我的辖下，谁有罪，谁无罪，不该分个清楚吗？！"

高翰文不再疑惑，一阵感动，跪了下去。

胡宗宪望着他突然发出一阵感叹："要是能够这样请罪离开，我也早就请罪了。其实，你还是个有福的人哪。"

高翰文抬起了头："属下这就连夜回杭州，一定按部堂说的去做！"说完，又磕了一个头，站了起来。

胡宗宪："记住两条：第一，今晚我跟你说的话只能埋在心底；第二，你最多在诏狱关上一年半载，出狱后立刻辞职，不要再当官。"

高翰文双手一拱："晚生记住了！"说完转身走了出去。

胡宗宪这时也慢慢走到了大帐外，望着满天的星斗，突然喊道："来人！"

亲兵队长立刻从黑暗处走过来了："部堂大人。"

胡宗宪："立刻派人通报戚将军，军队就地休整，等待后援！"

亲兵队长："是！"

第十四章

杨金水卧室的两扇门大开着，院墙高立，满天的星斗就像镶嵌在头的上方，显得那样近。芸娘站在门边，静静地等着里面那一声呼唤。

"来了就进来吧。"杨金水的声音从里面传出来了。

芸娘走了进去，还是静静地站在门里，微低着头。从她的神态可以看出，对这几天外面发生的事情一无所知。

"来，坐过来。"杨金水坐在桌边向她唤道。

芸娘走过去坐了下来，这才发现那张紫檀镶大理石的圆桌这时被一块六尺见方的缎面盖着，缎面下鼓鼓囊囊显然堆着好些东西。

杨金水望着她："这几天一个人住在小院子里很孤单吧？"

芸娘："杨公公有什么吩咐请说就是。"

杨金水轻叹了口气："到现在还不愿叫我一声干爹？"

芸娘只好轻轻叫了一声："干爹。"

"你叫了这一声，好些话我就可以跟你说了。"说着，杨金水顺手扯开了桌面上那块缎面，露出了桌子上三样东西：一只一尺见方四角包着金片的紫檀木盒；一只约一尺长五寸宽五寸高的铜匣，上面被一把铜锁锁着，铜锁上已经满满地生出了绿色的铜锈；还有一样便是芸娘平时在这里弹的那把古琴！

芸娘将目光慢慢移开了，微低着头，不再看桌上那些东西。

杨金水："我算了一下，你跟我已是四年零三个月了，从十七岁到现在你的虚岁已是二十二了。干爹给你找了个人，你下半辈子跟他去过吧。"

芸娘抬起了头："干爹，我不要您老的东西，您老也不要逼我跟谁，让我走，我一辈子都感您的恩德。"

"那不行。"杨金水坚定地摇了摇头，"这些东西是他给你的，我也答应过他。我不能失信。"

芸娘已经明白了杨金水说的他是谁，忍不住还是低声问道："谁？"

杨金水："沈一石。"

芸娘又沉默了，少顷说道："我本就是他花钱买的，既然他还要把我要回去，我给他做奴婢就是。"

杨金水眼中露出了一丝哀伤："这一辈子他都不会叫你回去做奴婢了。"

芸娘眼睛一亮，望着杨金水，又突然感觉到有什么异样，怯声问道："他不再跟织造局干了？"

杨金水点了点头，慢慢站了起来："不干了，什么都不用干了。既不用辛苦了，也不用担惊受怕了，两手一拍，走了。他是个有福的人呀！"

芸娘倏地站起了，声音明显有些颤抖："他去哪里了……"

杨金水这时也动了情，伸手慢慢揭开了那只紫檀木盒，拿出最上面一页写着字的书笺，那只手也微微颤抖起来："这是他留下的几句话，嘱咐我念给你听。"

芸娘痴痴地望向杨金水手里那张书笺，沈一石那笔熟悉的字扑入了眼帘！

杨金水声音带着微微的颤动念了起来："侯非侯，王非王，千乘万骑归邙山！我之后，谁复伤。一曲《广陵散》，再奏待芸娘。"

"他，他死了……"芸娘的脸唰地白了，僵在那里！

杨金水："粘上了织造局，粘上了宫里的差使，除了死，他还能到哪里去？"

杨金水的目光慢慢斜望向她，发现她的眼眶里盈出了泪水，接着流了下来。

杨金水："你伤心了？"

芸娘哽咽着："其实，他不是坏人……"

"好！"杨金水一只手按到那只木盒上，"有你这几行眼泪，有你对他这句话，这些东西我可以交给你了。"说着打开了盒盖。

——盒子里是一沓银票！

杨金水："这些东西是他死前托付我转送你的嫁妆。他说了，你心高，这个世上没有几个人能配上你，这几年委屈你了，跟我商量让你跟一个人走。"

芸娘已经坐了下去，趴在桌子上抽泣起来。

杨金水："先不要哭，听我说完。"

芸娘还在抽泣着，哽咽地说道："我谁的东西都不要。干爹，你和沈先生要真这样怜惜我，就让我出家吧。我给他每天念念经，也算是还他的债……"

杨金水："我说了，我答应他的事，一定要做到！"

芸娘又慢慢抬起了头，满脸的泪："你们叫我跟谁走？"

杨金水："高翰文！"

芸娘愣在那里。

杨金水的脸色好凝重："这一去千山万水，沟壑纵横！等着你的不一定是福，只怕还有过不去的凶险。老沈说了，到时候这只铜匣子可能救你的命，也可以救高翰文的命！不要打开，实在过不去的时候砸开这把锁。"

芸娘失声痛哭起来。

……

| 第十四章 |

没有月的夜,星光照着黑沉沉的瓦砾场,有谁能够知道这里曾经是烈火烹油,繁花似锦!

杨金水陪着芸娘也不打灯笼,从沈一石别院的后院门默默地走进来了。几个黑影立刻守住了院门,站在那里。

芸娘面对那一片瓦砾,慢慢跪了下去,放下手中的提篮,掏出了纸钱。

杨金水替她擦燃了火绒,弯下腰去,芸娘点燃了纸钱,深拜了下去。

杨金水待她拜了几拜,便对院门外的黑影轻拍了一下手掌。他的那个随侍太监捧着一把古琴走了进来,递给了杨金水,转身又走了出去。

杨金水把古琴递向芸娘:"最后为他弹唱一曲吧,就唱他送你的那几句话,让他知道我该做的都做了。"

芸娘依然跪着,接过古琴摆在地上,从怀里慢慢掏出沈一石那张书笺,借着纸钱燃起的火光最后看了一眼沈一石写的那几句话,轻轻将那张书笺放到了燃着的纸钱上,那张书笺也立刻燃烧起来。

"叮咚"一声,芸娘拨动了琴弦,用《广陵散》中那段应该弹角音的乐段,咽了一口泪,轻唱起来:"侯非侯,王非王,千乘万骑归邙山……"唱到这里她哽咽了,再也唱不下去。

那张书笺在纸钱上已经烧白了,却仍然是一张整齐的书笺形状!

突然一阵微风,那张已成白色纸烬的书笺竟被微风吹得飘了起来!

"行了。"杨金水望着那张飘起的纸烬,突然觉得一阵寒意袭来,声音都颤了,"他已经听见了。"

芸娘这时反倒毫无惧意,含泪的眼怔怔地望着那张纸烬慢慢又飘了下来,化成无数的碎片。

杨金水过来拉起了芸娘:"心到了,他会保佑你的。走吧。明天还要赶长路呢。"

芸娘抱着那把琴慢慢站了起来。

虽然大门屋檐下挂着灯笼,满坪的人还是黑压压的,看不真面孔,却又都静静地坐在那里,十分守序。

马蹄声在这样的夜里显得那样疲乏,满坪坐着的人都站起来了,无数张面孔所看的方向,高翰文的马队疲倦地向衙门走来。

面对这么多人,高翰文的马停下了,他身后的随从士兵跟着停下。

一个士兵的头儿大声问道:"什么人?在这里干什么?"

人群中一个大汉迎了过来，在高翰文的马前单腿跪下："小民齐大柱，奉海知县之命率领淳安的百姓壮丁前来向高大人报到，自愿投军跟着胡部堂、戚将军去打倭寇！"

高翰文立刻从马上下来，对跪着的齐大柱："海知县叫你们来的？"

齐大柱："其实也是我们自愿来的。"

许多声音同时喊道："我们自愿投军！"

高翰文有些激动，扶起了齐大柱："好，好。海知县还好吗？"

齐大柱："回大人，海知县就在后堂等您。"

"哦！"高翰文立刻将挽在手上的缰绳一扔，大步奔进衙门里。

……

本来是要高翰文率领淳安的壮丁去前线的，可高翰文说起自己要去请罪，槛送京师，海瑞望一眼高翰文，也就不言语了。

两个人对面坐着，两把椅子隔得相距不到两尺，两个人都沉默着，经过在浙江这一番拼杀，两个性格、身世、品位各不相同的人竟有了一种难以割舍的友谊。

还是高翰文打破了沉默："还有一件事。我曾在沈一石家见过他的账册，有些东西记下来，刚峰兄或许某天用得着。"

海瑞定定地看着高翰文，点点头。

"不能留下墨迹，我慢慢背，刚峰兄用心记住就是。"高翰文轻声地说。

海瑞闭上了眼："请说，我能记住。"

高翰文凭记忆慢慢背诵开来："嘉靖三十九年五月，新丝上市；六月，南京、苏州、江南织造局赶织上等丝绸十万匹，全数解送内廷针工局。嘉靖三十九年七月，应天布政使衙门、浙江布政使衙门遵上谕，以两省税银购买上等丝绸五万匹、中等丝绸十万匹和淞江上等印花棉布十万匹，解送北京工部，以备皇上赏赐藩王官员和外藩使臣。嘉靖三十九年十月，南京、苏州、江南织造局同西域商人商谈二十万匹丝绸贸易，折合现银二百二十万两，悉数解送内廷司钥库。注：无须向户部入账。"

听到这里，海瑞的眼睛倏地睁开了："这是你亲眼看到的？"

高翰文肃穆地点了点头："全是沈一石账上记的。还有，刚峰兄一定要记住。"

海瑞不再闭眼："请说，我记。"

高翰文继续背诵："嘉靖四十年二月，接司礼监转上谕，该年应天、浙江所产丝绸应贸与西洋诸商，上年所存十二万匹丝绸悉数封存，待今年新产丝绸凑足五十万匹，所货白银着押解户部以补亏空。三月，又接司礼监转上谕，将上年封存之十二万匹丝绸特解十万匹火速押运北京，赏裕王妃李侯家。"背到这里，高翰文停住了。

第十四章

一片沉默。

海瑞："没有了？"

高翰文："他就给我看了这些账目。"

海瑞站了起来："家国不分！朝廷不分！官场之贪墨皆始于内廷！"

高翰文："沈一石经营江南织造局二十年，其中不知还有多少不可告人者！刚峰兄，你是裕王爷看好的人，有朝一日整顿朝纲整顿官场你义不容辞！"

海瑞："你准备什么时候去见锦衣卫请罪？"

高翰文："天一亮我就可以走了。"

沉默了片刻，海瑞突然问道："胡部堂还跟你说了什么？"

高翰文一怔："你为什么突然问起胡部堂？"

海瑞："你刚从胡部堂大营来，请罪之举除了他还有谁会教你这样做。"

高翰文定定地望着海瑞，良久才十分感慨地叹了一口气："胡部堂说我不是做官的人。现在我更是相信了。刚峰兄，就凭你刚才那句话，我也知道，大明朝的官员只有你和胡部堂这样的人才堪胜任！"

海瑞也深深地望着高翰文："我也不是做官的人！但凭天理良知，能为这个朝廷，能为大明的百姓争一分是一分罢了。哪一天不能争了，我也会回老家去，独善其身。"

高翰文的眼中盈出了泪花："哪一天刚峰兄也不做官了，我就来找你。"

海瑞摇了摇头："我那个地方是天涯海角，太热，你过不习惯。再说你喜欢的那些我都不会。还是互寄遥思吧。"

高翰文："我会来找你的。"

海瑞望着他："你硬是来了，酒饭还是有的吃。"

高翰文："那就说定了。刚峰兄，府门外那些义民只有靠你送到胡部堂的大营去了。你走吧。"

海瑞："那我也不能送你了。到了京里，什么话也不要说。只有沉默，才能出狱。"

高翰文："多蒙指教，我记住了。"

这是从杭州往北京陆驿的第一个驿站，恰好是午时时分，押着高翰文囚车的队伍便正好在这里吃午饭，给马匹饮水喂料。

驿站无分大小大门一律没有门槛，四个锦衣卫全穿上了红色的锦衣卫服，骑着马率先进了驿站大门。

说是囚车，也分三六九等。高翰文坐的这驾囚车其实和马车也差不多，只是没有窗帘门帘的装饰，因此坐在里面的人从外面便能直接看到。还有，车把的上面套着一条偌大的锁链，以示坐在车内的人是戴罪的官员。

四个锦衣卫进去后，几个士兵便押着高翰文这驾囚车直接碾进了驿站大门。

不久，又有一辆马车碾过来了，跟着也碾进了驿站大门。

饭菜少顷就上了桌。厅堂里三张桌子，四个锦衣卫坐在一桌，八个兵士坐在一桌，高翰文独自一人坐在一张小桌前。

驿卒给锦衣卫和兵士的桌上端来了不同的饭菜。

高翰文的桌上却没有人送来饭菜。

八个兵士有些诧异，望了一眼高翰文那边，又望了一眼锦衣卫那边。见四个锦衣卫大人已经自顾自吃喝起来，便也不敢再说什么，端起饭碗也吃了起来。

高翰文也一声不吭，独自坐在那里，慢慢闭上了眼睛。

一双手把一个饭篮放到了高翰文的桌子上，接着揭开了篮盖，从里面端出了饭食还有两碗小菜。

高翰文睁开眼，看见了桌面上的饭菜，立刻感觉到这不像驿站给罪官的饭食，便是一怔，抬起头向收拾饭篮的那人望去，惊呆了！

——那个人竟是穿着布衣的芸娘！

芸娘却不看他，摆好了饭菜，径自提着饭篮向食房门外走了出去。

高翰文转身望向四个锦衣卫。

四个锦衣卫却在埋头吃饭，没有一个人看他。

高翰文慢慢抬起头望向屋顶，在那里出神。

槛送高翰文的囚车和郑泌昌、何茂才请罪的奏疏随着四个锦衣卫在路上以一天一百二十里的路程走着。沈一石那四大箱账册和杨金水的密奏却以八百里加急的快程五天后秘密运到了北京。申牌时分从崇文门进的城，直接送午门，由内监签署了收讫的单子，送到玉熙宫时，天已经黑了。

宫灯全都点亮了，光明如昼。门窗像以往一样关得严严实实，和以往不同的是，一向针掉到地上都能听到声响的玉熙宫这时"噼噼啪啪"一片算盘拨珠声连天价响！

四口大木箱都打开了，赫然摆在大殿的中央，两个太监不停地从箱内把账册拿出来，依序送往左边和右边那两张紫檀木长案上。

左边那张紫檀长案上赫然摆着一把长有一丈宽有一尺的巨大红木算盘，右边那张紫檀长案上也赫然摆着同样长宽的一把巨大红木算盘。站在案前的也已不是司礼监秉笔太监和

第十四章

内阁阁员，而是从针工局、巾帽局、尚衣监临时调来的十二个大太监。左边的长案算盘前站着六个，右边的长案算盘前也站着六个。六个太监共用一把算盘，六只细长的手正在飞快地同时拨弄着这把偌长偌大算盘上的算珠，满头大汗，紧张地统算账册。

——每个太监的目光都只盯着算盘前的账册扫视，左手毫不间歇飞快地拨弄着算珠，右手同时挥毫记录账目，写出的账居然均是字体工整的行楷！这些人也不知如何练出了这一手一心三用的功夫！

吕芳这时也满头大汗地从精舍纱幔里出来了，没有戴宫帽，却依然穿着长袍，扫视着十二个太监的面前，看哪张账单已经算了出来。

左边长案前一个太监飞快地算完了一张账单，便搁下了笔，拿起账单捧到嘴边吹了吹，然后双手朝吕芳一呈。吕芳走过去，接过了那张账单。

这时，右边长案前一个太监也拿起一张写完的账单在嘴边吹了吹，双手一呈。吕芳又走过去，接过了那张账单。吕芳拿着两张墨迹未干的账单，站在宫灯下仔细看了一会儿，撩开纱幔的一角，轻步走进了内室。

如果不是那几盏立地宫灯发出的光把嘉靖照得须眉毕现，谁也不敢相信，这时只穿了一件贴身的棉布褂子，两只瘦长的手臂扶着偌大的紫檀御案案沿边上，站在那里的人就是那位冬着蝉翼丝袍夏穿淞江棉袍的万岁爷。

——夏日从不出汗的他，只束着发的额上竟然也渗出了细密的汗珠，两耳微微耸动着聆听纱幔外大殿传来的珠击声，眼里闪着光，正在审看着一张张摆在御案上的账单。

一张张刚写出来的账单在宫灯照耀下字晰墨亮。镜头从御案上方慢慢扫了过去，左首第一页上可以清晰地看出"嘉靖二十一年"字样，再过几张，是"嘉靖二十二年"字样，接下来是"嘉靖二十三年"、"嘉靖二十四年"，页数不等，依序排列，到御案第二排的末端，已是"嘉靖二十九年"，后面便没有了。嘉靖便闭上了眼等着，脸冷得像铁，听着纱幔外不断传来的算珠拨击声。

吕芳将手里的那两张账单整齐地摆在第三排的案头上。

嘉靖的目光又慢慢睁开了，望向刚摆上案头写有"嘉靖三十年"字样那两张账单。

吕芳抬眼望见了嘉靖额上的汗珠，立刻走到一旁摆在矮几上的铜盆里洗了手，又走到另一旁搁在高几上的金盆里拿着那方毛巾在清水里漾了漾，轻轻一绞，走到嘉靖左侧身后，踮起脚，抬高了手，尽量不挡他的视线，替他印干左额上的汗珠。印干了左边，吕芳又从他身后走到右边，踮起脚抬高了手，替他印干右额上的汗珠。

此时的嘉靖仿佛一切都不存在，只有眼前的账单和耳边的算珠声。

吕芳替他印了汗，又悄悄地将毛巾搁回金盆，再从一侧走到纱幔边，撩开一线，走了

大明王朝
—— 1566 ——

出去。

据史料记载，明世宗嘉靖皇帝几十年不上朝，但整个大明朝的经济收支却一直掌握在他的手里。据说除了修醮炼丹以外，最让他关注的便是计算整个国家的财政收支。以致后世得出一个结论，大明朝的户部尚书，也就是今天的财政部长，实际上是嘉靖皇帝本人兼任。

在吕芳的反复来去中，御案的最后一个空角被最后拿来的两张账单摆满了，账单上恰好是"嘉靖四十年"字样。

嘉靖的眼睛还在闪着光，定定地望着那两张账单。这时外殿的算珠声也都停了，整个玉熙宫一片沉寂。

吕芳定定地望着嘉靖，发现他额上的汗珠也奇异地收了，那张刚才还透着兴奋的脸又像木刻一样，没有了任何表情。

吕芳轻轻走到衣架前取下了嘉靖那件淞江棉袍步到他的身后提起了棉袍的上肩，半蹲着敞了开来。嘉靖的手顺势从御案边伸在腿的两侧，吕芳熟练地将肩袖接口处对准了嘉靖的两手往上一提，那件棉袍便顺溜地在背后穿上了嘉靖的身子。

"一百万匹丝绸折合白银是多少两？"嘉靖突然问道。

吕芳正在为嘉靖系扣子，紧接着答道："各年的市价行情不一样。嘉靖三十年前海运畅通，每匹丝绸在内地可卖到十两白银，运到西洋可卖到十五两白银。嘉靖三十年后，倭寇为患，海运不通，每匹丝绸在内地只能卖到六到七两白银。"

"那就是说，浙江官场这二十年贪墨沈一石的一百万匹丝绸怎么算也不下七八百万两白银！"嘉靖的声音里透着阴冷。

"主子圣明。"吕芳轻声答道。

"这些银子都到哪里去了？"嘉靖眼中闪着光，望向吕芳。

吕芳这时知道不能回避他的目光，径直答道："要彻查！"

"怎么查？"嘉靖紧接着问道。

吕芳："回主子，胡宗宪奉密旨已经于今日下晌到了，一直在西苑禁门朝房候见。"

嘉靖："有人知道他来了吗？"

吕芳："回主子，他是奉密旨来的，一路也没有住驿站，没有人知道他来。"

嘉靖："叫胡宗宪立刻进来，把浙江官场这些烂账给他看。"

吕芳："是。"

……

前方战事正紧，一道密旨却召自己在五天内进京，胡宗宪此时仍然穿着那身风尘仆仆

第十四章

的便服,一个人端坐在朝房里候见。三个时辰过去了,茶水不断,食物却无。两千里快马奔波,已然十分劳累,此时腹中饥饿,闭上眼不禁坐着就入睡了。

"胡大人。"一个声音在他耳边轻声响起,胡宗宪的眼倏地睁开了,连忙站了起来。

站在身边的竟是吕芳!

胡宗宪连忙行下礼去:"下官胡宗宪见过吕公公……"

"不用了。"吕芳连忙搀住他,"知道你辛苦,可没办法,皇上正在等着呢。随我来吧。"

胡宗宪急忙跟着吕芳走了出去。

玉熙宫顷刻间又回复了原来的模样,两张紫檀长案静静地摆在那里,算盘和那些太监都不见了,唯有沈一石送来的大木箱这时还剩下了两口,也已经盖上而且重新贴上了封条摆在大殿中央。

吕芳领着胡宗宪轻轻地进来了,走到纱幔前。

吕芳:"万岁爷,胡宗宪来了。"

胡宗宪立刻在纱幔前跪了下来:"臣浙直总督胡宗宪叩见圣驾!"

里面传来了嘉靖的声音:"进来吧。"

胡宗宪一愣,这里面是皇上修醮练道的精舍,平时除了特诏的方士,只有吕芳和严嵩能够进去,这时听皇上叫自己进去,不禁抬起头望向吕芳,接着惶恐地说道:"臣谨奏圣上,精舍乃圣上仙修之地,外臣不敢擅入。"

吕芳撩开了纱幔一线:"你是个识大体的人。皇上万岁爷说了,这里平时只有严嵩一个人能进,也是因为严嵩用了你这样的人在撑着大明的江山。因此,他能进,你也能进。遵旨,快进来吧。"

这番话里藏着多少天心玄机,又含着多少慈爱体恤!胡宗宪一时不知是激动还是紧张,一个头磕下去碰得山响:"是。"爬了起来,慢慢走了进去。

嘉靖盘腿坐在蒲团上,胡宗宪离他约有三尺,跪在那里。

"仗打得辛苦?"嘉靖的声调十分平和。

胡宗宪:"尽忠报国,是臣等的本分。"

嘉靖:"听说戚继光几千人打倭寇几万人,已经连赢了四仗。打得不错。"

胡宗宪:"上托皇上洪福,下赖将士用命。还有浙江的百姓也体恤朝廷,有不少义民帮着抗倭。"

嘉靖:"就是官场贪墨,后援不济!是吗?"

胡宗宪沉默了。

大明王朝
——1566——

嘉靖两眼又闪出光来，紧盯着他："公忠体国，实心用事，这都是你的长处。太圆滑，不肯得罪人，放任下属跟朝里的人通同贪墨，视若不见！现在打仗没有了军饷，你这个总督怎么当？"

胡宗宪的头又磕了下去："微臣本不是封疆之才。三月臣陛见的时候就曾经请辞。"

"不要拿请辞当借口！"嘉靖的声调严厉起来，"什么'水清濯缨，水浊濯足'这一套在我大明朝用不上，朕还不是浊世昏君！"

胡宗宪趴在那里："微臣万不敢有这般心思。"

嘉靖："那是什么心思？你管的地方已经贪墨成这个样子了，你就不知道？"

胡宗宪："官场贪墨已非一日，臣也有耳闻。"

嘉靖："为什么不给朕上奏？是怕得罪严嵩，还是怕得罪严世蕃？！"

胡宗宪又沉默了。

嘉靖："回话！"

胡宗宪："是。回皇上，臣虽为浙直总督，但职有所司，许多事情也不一定全清楚。"

嘉靖："那好。朕现在就让你都看清楚了。吕芳。"

吕芳："奴才在。"

嘉靖："带他到御案前看那些烂账。"

吕芳："是。胡大人，起来吧。"

胡宗宪又磕了个头，两手撑地站了起来。

吕芳就在他身边："来吧。"说着便领着他向摆着账单的御案走去。

体力心力都已用到极限，胡宗宪这时突然觉得面前的一切都模糊起来，眼睛有些发黑，兀自强撑着跟着吕芳那个模糊的身影向御案走去，刚走到御案边便感觉撑不住了，立时便要倒下去，连忙双手扶住了案沿。

"胡大人！"吕芳一惊。

胡宗宪依然扶着御案，但答不出话来。

吕芳连忙过来扶住他。

嘉靖也惊动了："怎么了？"

吕芳："主子。大暑的天，几千里赶来，在朝房又候了这么久，从中午到现在没进过食，他这是累的。吃点东西就好了，主子不要担心。"

嘉靖："扶他坐下，端朕的莲子羹给他喝一碗。"

吕芳："是。"答着便去扶胡宗宪。

第十四章

胡宗宪双手紧紧地抓住御案边沿:"公公,为臣怎么能坐御座!"

吕芳不再强他,奔到一个装有好大一块冰的金盆边,从盆里端出一个瓷盅,揭开了盖子,又走到胡宗宪面前。

胡宗宪两手依然紧紧地抓住御案边沿稳住身子,没有办法去接那碗。

吕芳:"皇上有恩旨,你就坐着吃吧。"

胡宗宪依然强撑着站在那里。

嘉靖的目光望向了吕芳和胡宗宪:"指挥千军万马的人,就让他站着喝,他撑得住。"

一句话就像灌注了一股莫大的生气,胡宗宪立刻松开了双手,接过了吕芳手中的碗,双手捧着一口将那碗莲子羹喝了下去。喝完了那碗汤又双手将碗递给吕芳,人居然已稳稳地挺立在那里。

跟嘉靖跟了几十年,吕芳就是在这些地方由衷地佩服这位主子,什么样的人他都有不同的办法驾驭,轻轻的一句话就将一个要倒下去的人说得又挺立在那里。吕芳望了一眼嘉靖,又望向了胡宗宪,点了点头,示意他去看账。

胡宗宪转过身子,目光望向御案上的账单,开始一路看去。

嘉靖这时又闭上了眼,在那里打坐。

胡宗宪的目光越看越惊了!尽管心里早就有底,可看了这些账依然触目惊心,屏住气看完后怔怔地愣在那里。

"看完了?"嘉靖睁开了眼。

胡宗宪几步又走到嘉靖面前,跪了下来:"触目惊心,臣难辞失察之罪。"

嘉靖望着他:"五任巡抚、三任总督还有布政使、按察使衙门,那么多人就你一个人没贪。当然最多也就是失察的罪了。"

胡宗宪:"失察误国,也是重罪。"

嘉靖:"你又不在内阁,更不是首辅,误国还算不到你头上。"

这便是在暗指严嵩了!胡宗宪一惊,不敢再接言。

嘉靖:"一个浙江盯着一个织造局二十年便贪了百万匹丝绸,还有两京十二个省,还有盐茶铜铁瓷器棉纱,加起来一共贪了多少?严嵩这个首相当得真是值啊。"

胡宗宪真的惊住了,跪在那里,望着嘉靖。

嘉靖:"做人难,做官难,都不难。不做小人,做个好官,这才难。严嵩对你有知遇之恩,你不愿背恩负义,这是不愿做小人,朕体谅你。可不要忘了,你做的是我大明的官,不是他严嵩的官!朕再问你一句,今年五月淳安、建德发大水到底怎么回事?"

胡宗宪："马宁远有供词在，微臣已经呈交朝廷。"

嘉靖："马宁远的供词只有天知道。朕现在要问你，新安江大堤是怎么决的口子？"

胡宗宪突然昂起了头，激昂地答道："皇上，臣有肺腑之诚沥血上奏！"

嘉靖："说！"

胡宗宪："我大明两京一十三省疆域万里子民百兆，皇上肩负祖宗社稷，治大国如烹小鲜！今年正月，鞑靼从河西渡冰河犯山西，顺天府百万军民缺粮；二月，山东济南府饥荒；三月，京师又饥荒；四月，山西又饥荒；五月，东川土司内乱；闰五月，江西流民叛乱攻泰河，四川苗民叛乱犯湖广界。本月，山西、陕西、宁夏又地震，死伤军民无算。何况东南沿海倭寇的战事又已到了决战时刻！国事艰难如此，倘若兴起大狱，牵及内阁和六部九司，天下立时乱了！皇上现在问及新安江大堤决口之事，臣无言以对，也不可言对。恳请朝廷在适当的时候再行彻查。臣的苦心不只是为了严阁老的知遇之恩。严嵩当政二十年，到底贪了还是没贪，是别人打着他的牌子在贪还是他自己有贪贿行为，皇上比微臣更了解他。"

嘉靖紧紧地盯着他，好久转向吕芳："吕芳。"

吕芳："奴才在。"

嘉靖："知道什么叫公忠体国了吗？这就叫公忠体国。"说到这里转向胡宗宪："好。冲着你刚才这一番奏对，朕现在就不追问新安江决堤的事了。说到严嵩，朕也不比你更了解。你想开脱他，朕也想开脱他。可真能开脱的只有他自己。你现在就带着这些烂账连夜去见严嵩。不要说是朕叫你去的，也不要说已经见过朕了，就说奉朕的密旨来陈奏东南抗倭的事，顺便把你在浙江查出的这些账送给他看。"

胡宗宪更惊了："皇上，君不密则失臣，臣不密则失身。微臣宁愿以坦荡荡面对君父面对内阁。皇上命臣这样做为的是什么，臣恳请明示。"

嘉靖："朕叫你这样做就是为了不失臣！叫你这样做，就为了看一看朕还有你是不是都认错了人。"

胡宗宪又愣在那里，好久才说道："回皇上，今年三月臣进京的时候曾经去拜见严阁老，便被拒之门外。臣这个时候夤夜求见，他也不会见臣。"

嘉靖手一挥："上次他不见你的事朕知道。不是他不见你，是严世蕃不让你见他。现在朕已经叫严嵩让严世蕃搬出去了，这次去你能见到他。"

几十年宦海生涯，胡宗宪也算把朝局把官场看得十分透彻了，但这样的事，出自皇上的安排，而且安排得如此周密，还是让他十分震惊。领不领旨，此时心里一片空白，蒙在那里。

第十四章

吕芳插言了，大声说道："胡大人，皇上这一片苦心你还不明白吗？"

胡宗宪醒悟了，只好磕下头去："臣遵旨。"

嘉靖望着吕芳："他出不了宫了。你送送他。"

送走胡宗宪，吕芳回到玉熙宫，见嘉靖仍在闭目打坐，便到龙床边去给他铺设被褥。铺完了被褥，又端来了那盆水，轻步放到嘉靖面前，绞好了帕子："主子，快子时了，该歇着了。"

"你说这个胡宗宪到底是个什么人哪！"嘉靖没有睁眼，更没有去接那块手帕，却突然问道。

吕芳的手停在那里，想了想答道："奴才只好打个比方，不一定恰当。"

"说。"嘉靖睁开了眼望着他。

吕芳："依奴才看，他就像个媳妇。"

嘉靖："怎么说？"

吕芳："上面有公婆要孝顺，中间有丈夫也得顾着，底下还有那么多儿女要操劳。辛苦命，两头不讨好。"

"像。"嘉靖的嘴角边也露出了笑纹，可很快又隐去了，"他说的也不是没道理呀。两京一十三省，东墙修好了，西墙又倒了，现在换了严嵩，别人未必也能当好这个家。但愿有些事严嵩也是被人家瞒了。"

吕芳："圣明不过主子。如果连胡宗宪这样的人现在也不愿严嵩倒了，就说明还不是时候。关口是要弄清楚，严世蕃他们到底瞒着严嵩还干了些什么。不查出铁证，还真不好动他们。"

嘉靖沉默在那里，良久，突然又问道："沈一石的账上记着二十年给宫里送了二百一十万匹丝绸。这些丝绸都用在了哪些地方，针工局巾帽局尚衣监那些奴才是不是也有贪墨，你也要查！"

吕芳："回主子，奴才已经布置人在查了。都子牌时分了，主子该歇着了。卯时还要见严嵩呢。"

"要歇你歇着去。朕就坐在这里等他们。"说着，嘉靖打好了盘坐，闭上了眼睛。

吕芳无声地叹息了一下，只好搬过来另外一个蒲团放在嘉靖身边的矮几旁的地上，盘腿坐下，闭上眼陪着他打起盹来。

严嵩是被人从床上叫起来的，这时披着一件长衫，静静地站在书房里，等着胡宗宪进来。

先送进来的是严府家人抬着的那两个大木箱，摆放在书房中间，家人们便退了出去。

胡宗宪这才慢慢走了进来，站在门边望着严嵩。

严嵩的目力早就不行了，尽管门房先送来了胡宗宪的帖子，可这个时候胡宗宪突然从东南抗倭的战局里出现在自己面前，他怎么也不敢相信，睁大了昏花的老眼静静地望着门口那个熟悉的身影。

时间已是半夜，起了凉风，从门外吹进来，把严嵩那头已经由白转黄的疏发吹得凌乱地飘着。

胡宗宪心中一酸，这才想到跪了下去："受业胡宗宪拜见阁老。"

听到声音，严嵩这才知道真是胡宗宪来了，却仍然问道："是汝贞吗？"

胡宗宪："回阁老，是弟子。"

各种各样的猜测和预想这时都没有，严嵩呈现出来的是一个饱经沧桑的老人那种真正的平静："来了好，来了就好。坐下，慢慢说。"说着自己在身后的躺椅上先坐下了，又伸出手指了指身边的椅子。

"是。"胡宗宪磕了个头，站起来在严嵩身边坐下了，定定地望着他。

严嵩也望着他，伸出了手。胡宗宪愣了一下，接着把自己的手伸了过去，放在严嵩的手掌里。

严嵩是在等着胡宗宪说话，胡宗宪却不知从何说起，两个人的手这样似握非握，一时沉默着。

"我八十一了，你也有五十六了吧？"严嵩先开口了。

胡宗宪："是。弟子今年虚岁五十六。"

严嵩："你的头发也白了不少了？"

胡宗宪："是。就这几年，白了七成了。"

严嵩："白头师弟，见一面都难了。"

胡宗宪望着严嵩苍老的面容："恩师，三月进京的时候，弟子曾经来过……"

"不要说了。"严嵩打断了他，"是严世蕃不让你进来，我都知道了。"

又是一阵沉默，严嵩握紧了胡宗宪的手："在这个世上，有时候弟子比儿子还好啊。这一次你是奉密旨进京的吧？"

胡宗宪沉吟了一下，才答道："是。皇上要过问东南抗倭的战事。"

严嵩："东南半壁都在你肩上哪！听说打得很难，打得也很好？"

胡宗宪："这是弟子能干的最后一件大事了，再难也得把倭寇平定下去。"

严嵩黯然了："还是不要这样想。我用的人里也只有你最能担大任，朝廷用你一天就

第十四章

应该干一天。问你一件事要如实告诉我。"

胡宗宪："恩师请问，弟子一定如实回话。"

严嵩："你去应天向赵贞吉借粮，他是怎样借给你的？是你一去他就愿借，还是你以调军粮的名义他没有办法才借给你？"

胡宗宪："回恩师，不管怎样，赵贞吉还是把南直隶的粮借给了浙江。各人都管着一个省，他也有难处。"

严嵩："什么难处？是不是上面有人给他打招呼，不让他借粮给浙江？"

胡宗宪又沉默了一下："恩师，弟子但知实心用事，没有根据的事，弟子不敢妄加猜测。"

"你真是会做媳妇两头瞒啊！"严嵩叹了一声，"其实，我也只是个媳妇，比你长一辈罢了。但凡能够瞒过去，我也想瞒。可瞒来瞒去，最后还是把自己给瞒了。汝贞，媳妇这么难当，只有我们师弟深知其苦。可偏有那么些人还要争着来当这个媳妇。徐阶要争我这个媳妇当，赵贞吉也想争你这个媳妇当，他们真要争，到时候我会让给他，平定了倭寇，你也让了吧。"

胡宗宪倏地抬起头望着严嵩，哪敢接言，只好仍沉默着。

一番强忍唏嘘的感慨，一番心潮难平的沉默，严嵩的目光这才昏昏地望向摆在厅里的那两口木箱："这两口箱子是你带来的？"

胡宗宪："是。"

严嵩："汝贞啊。二十年了，我什么时候要过你的东西。每次进京，我都给你打招呼，什么东西都不要送。我用你，从来没有这些心思，只是为国用贤。他们都说，我严嵩就凭着能写一手好青词，逢迎皇上。真这样，内阁首辅这个位子我能坐二十年吗？两京一十三省，战乱灾荒官场争斗，哪一件事情靠写青词能够平息下去？靠的什么，主要靠的是有你这样的人在底下撑着啊！汝贞，用人各有不同，从一开始我就是以国士待你，对你我要全始全终！走的时候，把箱子带出去。"

胡宗宪心里一阵激动又一阵酸楚，眼睛终于湿了："恩师，这两箱东西不是礼物。"

"哦？"严嵩慢慢望向了他，"是什么？"

胡宗宪："是账册。"

严嵩立刻沉默了，显然在那里急剧地想着，好久才又望向他："是抄沈一石的账册？"

胡宗宪："是。"

严嵩立刻问道："抄出了多少财产？"

胡宗宪低沉地答道："二十五座织坊可织丝绸一万零九百六十匹，库存丝绸一百匹，现银一万余两。"

严嵩一下子蒙了，坐在那里，虚虚地望着前方。

胡宗宪立刻感觉到严嵩刚才还有些温热的手一下子变得冰凉，立刻握住了他："阁老，这个结果也不是意外中事。先不要焦急。"

严嵩虚虚的眼慢慢转望向他："国事不堪问了。东南抗倭，西北御鞑靼，东北御土蛮，还有几个省的灾荒，眼下都指望着沈一石的家财，怎么会只有这些！"

胡宗宪："沈一石的钱是被人贪了，要彻查，账目都在这里。"

严嵩的眼慢慢望向了那两口箱子："就是这两口木箱？"

胡宗宪沉吟了一下，答道："是。"

严嵩突然激动起来："你怎么能把这些账册送到我这里来！"

胡宗宪无法接言。

严嵩："这里面牵涉到织造局！这些账除了皇上谁也不能看。汝贞，你好糊涂！"

胡宗宪只好答道："是。"

严嵩："几十年的官，在朝里当过兵部尚书，在下面当过巡抚总督，这样的事怎么都想不明白？立刻把账册抬走，到朝房等着，一早送进宫去。"

不能解释也无法回答，胡宗宪只好深深地望着严嵩："阁老，倘若这些账目里牵涉到小阁老还有朝里其他的人怎么办？"

严嵩："那就是自作孽不可活！"

严嵩的态度让胡宗宪心里波澜起伏，最使他感到欣慰的是，无论千秋万代史书如何评价自己，自己作为严嵩一手提拔重用的人他没有什么愧疚。他知道皇上在卯时要召见严嵩，自己要赶在此前将账册先行送到宫里，向皇上如实禀报严嵩的态度。

胡宗宪："阁老，那弟子现在要走了，立刻将账册送到宫里去。"

严嵩没有立刻接言，又在那里想着，然后望向他："汝贞，你今天晚上这件事做得犯了大忌。到宫里不要说先到了我这里。"

胡宗宪一怔："这能够瞒皇上吗？"

严嵩："只有瞒！如果皇上知道了，我没有看账册，受不到责怪。关键是你，你把这些账册先送给我看便是欺君！汝贞，我都八十一了，死了也没多大关系。东南的大局不能够没有你。听我的，到了宫里千万不要说。"

胡宗宪："京师到处是锦衣卫和东厂的人，弟子到府上来他们也可能知道。阁老，担罪就担罪，弟子不能连累恩师。"

| 第十四章 |

　　严嵩有些急了："糊涂！不管谁说你来过我不认账就是。有事我担着。"
　　胡宗宪的眼泪溢了出来，为了掩饰跪了下去，调匀了呼吸："弟子听恩师的。我走了。"
　　严嵩："快走，从后门出去。"
　　胡宗宪深深地磕了个头，然后爬起身赶紧走了。

　　三伏的天，卯时初已经是大亮了。严嵩的二人抬舆在大殿的石阶前停下，吕芳立刻走了下来，和以往一样搀住了他："阁老，没有睡好吧，眼睛都是红的。"
　　严嵩："睡不好了，伺候皇上一天算一天吧。"
　　吕芳不再说什么，搀着他慢慢步上了台阶，走进精舍。
　　"老臣叩见皇上。"严嵩身子吃力地慢慢弯了下去。
　　"不要行礼了，扶阁老坐下。"嘉靖坐在蒲团上立刻望向吕芳。
　　"是。"吕芳答应着，搀着严嵩在一旁的绣墩上坐下了。
　　坐下后严嵩才隐约看见胡宗宪跪在嘉靖蒲团的右前方，两只大木箱已经打开，摆在蒲团的前方。
　　二十年了，皇上的精舍只有自己一个外臣能够进来，今天胡宗宪居然能够跪在这里，而且跪在打开的账册木箱边，老严嵩当然明白了夜间胡宗宪抬着账册来看自己是皇上的旨意！
　　嘉靖的目光紧紧地盯着严嵩，严嵩的脸平静如水。
　　嘉靖又望向了胡宗宪，胡宗宪跪在那里，微低着头。
　　嘉靖开口了："严阁老。"
　　严嵩离了离身子："老臣在。"
　　嘉靖："这是胡宗宪从浙江带来的两口箱子，知道里面装的是什么吗？"
　　严嵩："回圣上，不知道。"
　　严嵩果然如胡宗宪所奏，一来便为胡宗宪掩饰，嘉靖的心里突然涌出了一股酸味，连他自己也一时分辨不出是酸楚还是嫉厌，一向不露声色的面容也浮出了复杂的表情。
　　只有吕芳站在一侧感受到了嘉靖的反应，那颗心不禁提了起来。
　　"胡宗宪。"嘉靖突然对着胡宗宪。
　　胡宗宪依然微低着头："微臣在。"
　　嘉靖："知道牌位上为什么要供着'天地君亲师'吗？"
　　胡宗宪怔了一下，答道："天覆之，地载之，君上父母师长恩任养育教导之。"

嘉靖叹了口气:"还有一句,那就是呵护之。对听话的臣子儿子弟子,君上父母师长都是呵护的。南边的百姓有句俗话,崽女不要多,好崽只要一个。北边的百姓也有一句俗话,叫作护犊子。但愿南边的北边的都只呵护好儿子,不要连不肖子孙都护短才好。"

严嵩和胡宗宪都把头低下了。

嘉靖:"其实朕也是个护犊子的人。可朕不是什么犊子都护,要护也只护像胡宗宪这样的犊子!胡宗宪,告诉你的恩师,这箱子里装的是什么吧。"

胡宗宪低声地:"是。这箱子里装的是抄没沈一石家财的账册。"

嘉靖的目光又望向了严嵩,严嵩抬起头望向嘉靖,两眼里满是那种老人才有的十分孤独的目光。

嘉靖的心一下子软了,不再看他,转对胡宗宪:"告诉阁老,里面写的都是什么。"

胡宗宪:"是。这些账册记的都是从嘉靖二十一年到嘉靖四十年浙江官场贪用织造局沈一石丝绸钱财的数目,折合各年丝绸的市价,一共有近八百万两白银之巨。"

嘉靖直问严嵩:"阁老,你说这件事该怎么办?"

严嵩站了起来:"圣上,凡沈一石账上所牵涉之人都应立刻拿办,所贪墨之财都应严加追缴。"

嘉靖:"二十年的账了,要追也不是那么容易。现在应该立刻拿办的几个人是郑泌昌、何茂才。他们可都是严世蕃举荐的人。"

严嵩跪了下去:"着将严世蕃立刻革职,以便拿办郑泌昌、何茂才。"

嘉靖不吭声了,精舍里一片沉默。

"吕芳。"嘉靖转身望向吕芳,"这些账册里直接牵涉到严世蕃没有?"

吕芳立刻答道:"回主子,账册里没有牵涉到严世蕃。"

嘉靖:"那就没有理由革严世蕃的职。叫严世蕃先退出内阁,工部侍郎还是让他当。"

吕芳:"主子圣明。"

嘉靖:"严世蕃退出内阁,其他人朕也不护短。高拱、张居正也退出去。把内阁这个班子调一调。首辅还是严阁老,实事让徐阶去管,把李春芳和陈以勤补进来。"

这就是大调整了!包括吕芳在内,三个人都有些意外。

嘉靖:"朕的话你们都听见了没有?"

胡宗宪是不能接言的,严嵩和吕芳立刻答道:"臣、奴才听见了。"

嘉靖:"那就立刻拟旨。"

吕芳:"奴才这就拟旨。"

第十四章

嘉靖又望向跪在地上的严嵩:"严阁老。"

严嵩:"老臣在。"

嘉靖:"拟完旨你和吕芳先叫上徐阶,到内阁去,这个旨意让徐阶宣布。记住,叫那几个人先看看誊录出来的烂账,看完了账再宣布旨意。然后议一个人选到浙江去当巡抚,立刻拿办郑泌昌、何茂才,追缴沈一石被贪墨的财产。"

严嵩:"臣领旨。"

嘉靖的目光又转向了胡宗宪:"胡宗宪。"

"微臣在。"胡宗宪抬起了头,望着这位深不可测的皇上。

嘉靖:"东南的战事吃紧,再辛苦你今天也得赶回去。倭寇在今年一定要平了,需要多少军用就向朕要,朕砸锅卖铁都会给你。浙江的案子你也要过问,哪些该查,哪些不该查,怎么查,你把着点。"

胡宗宪磕下头去:"臣这就回浙江,一切遵皇上的圣意办。"

嘉靖又望向严嵩和吕芳:"胡宗宪来京的事就我们几个知道,不要传出去。"

严嵩和吕芳:"臣、奴才明白。"

官场的一切都是有规制的,座位怎么摆,哪个人坐在哪里,谁先说话,谁说什么,都意味着一切正常。哪个座位挪动了一下,说话的顺序改变了一下,便意味着有了变化。

今天的内阁就让人立刻敏感到有了变化。严嵩仍然坐在中间的位子,吕芳坐在他的左边,徐阶坐在他的右边,这些都还一仍往旧。可严世蕃、高拱、张居正不再像以往分成两边排座,而是在一旁摆了一张好大的条案,三把椅子并排摆在条案前,让三人都坐在一起,条案上还摆满了嘉靖前天晚上看的那些账单。

但人对于这些变化都往往朝着好处想,严世蕃以为这样排座是为了便于他们共同看账。高拱和张居正更认为,这是严世蕃将要出阁的征兆,谁都没有想到他们今天会一起出阁!

三个坐在上面的人一声不吭,三个看账的人更是一声不吭,气氛异乎寻常地沉闷。

账越看越惊,惊中又有不同。严世蕃的脸上汗越流越多,高拱和张居正面容虽然严峻,眼神中却压抑不住兴奋。

"畜生!"严世蕃冷不丁地猛拍了一下长案,把所有的人都弄得一惊。

严世蕃那张汗脸此时涨得通红:"贪墨误国!这些畜生把我们都害了!"

高拱和张居正仍低着眼,不接他的茬。

吕芳望向了严嵩,严嵩满眼凄凉,转身望向徐阶。

徐阶说话了，不再叫他小阁老，而是叫着他的字："东楼兄，这是内阁会议，注意礼态。"

严世蕃："事情都闹成这样子了，礼态有什么用？"

徐阶："那照东楼兄的意思该怎么办？"

严世蕃："拿人！追赃！立刻把郑泌昌、何茂才抓起来！"

徐阶："怎么抓？派谁去抓？"

严世蕃抬起头望向了严嵩和吕芳："爹，吕公公，我举荐罗龙文或是鄢懋卿接任浙江巡抚，去办这个案子。"

严嵩慢慢闭上了眼睛，吕芳也不看严世蕃。严世蕃不觉一怔，只好望向了徐阶。

徐阶："我如果记得不错，郑泌昌当时就是罗龙文向小阁老推荐的，何茂才就是鄢懋卿向小阁老推荐的。东楼兄，你觉得派这两个人接任浙江巡抚能查好这个案子吗？"

"徐阁老是明镜！"高拱大声接言了，"国事被这些人贻误至此，我们今天还要一误再误吗！我提议让谭纶署理浙江巡抚查办此案。"

"你这是一竿子打倒满船的人！"严世蕃又咆哮了，"郑泌昌是郑泌昌，何茂才是何茂才，要是追究是谁推荐的，那他们还是皇上下旨任命的官员，难道连皇上也要追究吗！"

"住嘴！"严嵩厉声喝断了他，接着转向吕芳，"吕公公，让徐阁老宣旨吧。"

"好。"吕芳从袖中掏出了圣旨，递给了徐阶。

竟然已经有旨，不只是严世蕃，高拱和张居正也都是一惊。

徐阶当然已经知道有旨，而且也已经知道这次出阁的是三个人，因此站起来接圣旨时便尽量放慢了动作，声音也显得沉闷："有旨，严世蕃、高拱、张居正跪听旨意！"

严世蕃和高拱、张居正连忙从案前走到大堂中间跪了下来。

徐阶慢慢宣读："奉天承运，皇帝诏曰：'内阁掌国家中枢，上承朕意，下领百官，九州国运，亿兆民生，其任该何等临渊履薄方不负社稷之托！乃有阁员严世蕃、高拱、张居正议政处事屡屡浮躁，且互相攻讦贻误国事……"

读到这里，严世蕃蒙了，高拱蒙了，张居正也怔在那里。

也就在这时，看到下面的内容，徐阶也蒙了，盯着圣旨愣在那里，接着慢慢把目光望向了严嵩。

严嵩已经又闭上了眼睛。

徐阶又望向了吕芳，吕芳却把目光望向了门外。

徐阶心里好乱，可圣旨又不得不读，只好接着读下去，但声调已经十分缓慢低沉：

第十四章

"……朕听纳严嵩、徐阶建言,着将严世蕃、高拱、张居正除去内阁阁员之职。"

严世蕃、高拱、张居正都抬起了头,而且都望向了徐阶!

徐阶只能望着圣旨,接着艰难地读了下去:"该三人各回本部仍任原职。内阁仍由严嵩掌枢,徐阶实领其事。另调李春芳、陈以勤入阁,补任阁员。钦此。"

一片沉默。

严嵩这就不能沉默了,睁开眼望着跪在那里的三人:"严世蕃、高拱、张居正领旨谢恩吧。"

严世蕃、高拱和张居正都磕下头去:"臣领旨谢恩。"

刚说完这句,严世蕃跪在那里猛地抬起了头:"我不是阁员了!可我还是吏部的堂官。我仍然向内阁举荐罗龙文或鄢懋卿接任浙江巡抚!"

高拱也抬起了头:"我举荐谭纶署理浙江巡抚!"

张居正也接言了:"我附议高拱,举荐谭纶署理浙江巡抚!"

吕芳慢慢说话了:"你们都不要举荐了,有上谕,浙江巡抚着南直隶巡抚赵贞吉调任。"

三个人都哑在那里。

吕芳:"还有上谕,赵贞吉对浙江事务尚不甚熟悉,你们可以举荐合适人选参与查办郑泌昌、何茂才等人贪墨一案。"

这一次是张居正立刻大声接言了:"新任浙江淳安知县海瑞和建德知县王用汲清正刚直,可以协助赵贞吉查办该案!"

徐阶被嘉靖阴损了一下,正愁对裕王对高拱和张居正无法辩解,这时正是表明心志的一个机会,立刻接言:"我认为高拱、张居正推举海瑞、王用汲是合适人选。阁老,吕公公,这两个人可用。"

吕芳表态了:"协助办案嘛,只要人可靠就行。严阁老,你老认为如何?"

严嵩:"严世蕃、高拱、张居正可以回部了。把李春芳、陈以勤请来,内阁一同拟票吧。"

严世蕃第一个倏地站了起来,转身便走了出去。高拱和张居正也跟着慢慢站了起来,向严嵩、吕芳和徐阶揖了一下。

徐阶两眼深深地望着二人,张居正迎向了他的目光,高拱却看也不看他,转身走了出去。张居正也只好跟着走了出去。

内阁门外的阳光是那样耀眼,这两个人迈出门槛的身影也随着先行离开的严世蕃消融在日光之中。

大明王朝
—— 1566 ——

此时之西苑，因位处紫禁城之西而名之，其地囊括今之中南海什刹海，本为皇家园林，取通惠河之水，林木掩映，皆无高瓴。嘉靖帝二十一年"壬寅宫变"后迁驾于此，才在这里盖起了几座大殿。几次大兴土木，几次都焚于莫名之大火中。第一次大火就曾有言官上疏云风水使然，不宜兴盖大殿，本意还是想劝嘉靖迁回紫禁城宫中。嘉靖大怒，言风水者吃了廷杖，此后再无谏疏。内阁值房当然也就从紫禁城的文华殿迁到了这里。这就使得内阁的阁员们每次来当值都要沿着海子走好长一段路程，夏日冬雪，景色虽好，毕竟辛苦。

今日一番突然变故，严世蕃、高拱、张居正逐阁，从玉熙宫那一片宫殿高墙内出来，通往西苑禁门偏又只这一条路，白日照水，垂杨无风，蝉鸣聒耳。三个冤家心里都较着劲，谁也不停下来让谁单走，步幅下又都带着风，不知者看来还以为前后相距不到数尺的三人是一拨的。

严世蕃走在最前头，高拱和张居正前后脚近于平行。打了个平手，两败俱伤，严世蕃心如沸水不说，高拱、张居正也高兴不起来，二人也互不相看。前路还有厮杀，心事自然纷纭。

突然，严世蕃在二人前面停下了，一条石道也就宽数尺，他当中站着，转过身来。二人被挡着了，四目望着二目，烈日当头，对峙在那里。

"把我拉下了马，还以为二位赏了紫禁城乘坐二人抬舆呢。原来你们也还是步行啊。"严世蕃的那条大嗓门在西苑这样的地方也毫不降低，居然使他们身旁几株树上的蝉都停止了鸣叫。

好静，静得人反而耳鸣。

"人生两腿，都是用来步行的。难道小阁老的腿离了马就连路都不能走了？"高拱从来就不怕他，嗓门没有他大，调门却不比他低。

"高肃卿！"此地恰在转弯处，严世蕃这时站的位置有些吃亏，因他的脸正对着日光，偏睁大了眼，被日光刺得难受，仍紧盯着高拱，"'少小离家老大回'，你要真是个愿意走路的，今日就该明白，自己可以走了。你要还是想赖着等内阁首辅那把椅子，我告诉你，徐阶现在都还没坐上呢。就算徐阶坐上了，也不会传给你，江南他还有个学生赵贞吉在等着，你身边他也还有个学生张居正在等着。"

这就不只是酸刻，而是近于挑拨了。而这番诛心之论，又正是今天高拱所经所历深怨徐阶之处，偏偏此时张居正又在身边，高拱性情再操切也不会跟他辩这个话题，望着那张被日光照着的大脸，回了一句："我没有什么当首辅的爹，也从来没有想当首辅！"说完

第十四章

这句，一个人朝着挡在路中的严世蕃径直走去。

严世蕃挡着不让，高拱也不愿离开石路绕道草地，一尺之地二人的臂膀碰上了，严世蕃使出暗劲，高拱也早就蓄着暗劲，这一碰高下难分，毕竟让高拱走了过去。

爱吵架的从来就怕两种人：一种是任你暴跳如雷，他却心静如水；一种是挑你一枪，扬长而去。高拱今日使的就是第二招，把个严世蕃气得撂在那里，偏又在西苑，总不成提着袍子追过去打，这时一腔怒火便只有喷向另一个人了，那就是还站在那里的张居正。

"张神童。"严世蕃和高拱年岁相当，称他时还叫字号，现在面对比自己年小的张居正便连字号也不称了，俨然长辈之呼小辈，也是因为心里恨他比高拱更甚，"你从小就会读书，应该知道三国时另一个神童孔北海的典故。"

"小时了了，大未必然。"张居正平静地答道，"小阁老是不是想说张某少时会读书，大了反而不能成器？"

"聪明。"严世蕃语速更快了，"如果只是不成器倒是孔融的福，只怕聪明反被聪明误，招来杀身之祸。"

张居正："孔融是被曹操杀的，但不知我大明朝谁是曹操。"

论聪明过人其实严世蕃也不在张居正之下，立刻冷笑着对道："自古杀那些自作聪明的人也不止曹操！"

张居正依然平静如水："太史公有言，'人固有一死，或重于泰山，或轻于鸿毛'。要能为国捐躯，张某坦然受之。"

"你也敢跟我侈谈为国！"严世蕃近于咆哮了，"国库空虚，我们想方设法弥补亏空，你们却釜底抽薪，几时想过这个国，想过我大明朝！"

听他说到了实处，这时正四处无人，张居正也知道今天这场交锋迟早会来，恰好海子边垂杨下有一个石礅，干脆坐了下来："我倒真想听听小阁老你们是如何为大明朝弥补亏空，我们又怎么釜底抽薪了。请赐教。"

他倒坐下了，真气人！严世蕃两只大眼飞快地睃巡了一遍，附近除了那个石礅竟别无坐处，他几步走到了张居正面前，虽然站着也还有个居高临下之势，眼睛往下望着他："户部、兵部、工部还有宫里都在等着钱用，年初议事你也是伸手要钱的一个，好不容易跟西洋商人谈成了五十万匹丝绸的生意，你们偏要找两个不要命的去阻挡！张太岳，摸着胸口想想，拿人家当枪使，只为要拱倒我们，那些理学心学你和你的老师都学到哪里去了！"

"小阁老这话说得不在理。"张居正不看他，只看着水面，"马宁远被诛，你们举荐了个高翰文去。常伯熙、张知良被诛，裕王举荐了海瑞和王用汲去。都是为了推行国策。

要说海瑞、王用汲是被我们当枪使，那高翰文是小阁老举荐的，为何也反对你们那套改稻为桑？还有胡宗宪，东南一柱，国之干城，严阁老引为心腹，一开始就反对你们的那个方略，他们也是我们使出的枪吗？"

一连几问，把个严世蕃憋住了，那张脸更红了："问得好，问得好！我举荐的人现在被抓了，你们举荐的人依然在那里兴风作浪！今天你们又愣弄了个赵贞吉到浙江去，抓了郑泌昌、何茂才，还不是想去掣胡宗宪的肘！搅吧，搅得胡宗宪前方打仗没了军需，吃了败仗，搅得东南大乱，把大明朝亡了，老子无非陪着你们一起完命就是！"

说到这里严世蕃已是气喘吁吁，哈了一口浓痰猛地吐在张居正的脚下，这才转身大步向西苑禁门方向走去。

张居正慢慢站了起来，依然未动，也不看渐行渐远的严世蕃，忧深的目光转望向海子里日光照耀的水面。

第十五章

就在北京发生巨大的政局变动之时，东南抗倭的战局处于僵持之中。海瑞将一千多名自愿投军的义民送到了戚继光的军营，赶回了淳安。

海瑞刚从二堂的后门进来，便看见后院的门砰的一关，接着看见一个人从后院门外的地上弯腰拾起好大一块猪肉，尴尬地站了起来——这个人是王牢头。

海瑞走了过去，王牢头看见他立刻跪了下来："太尊回来了。太尊这一路辛苦！"

海瑞望了望他，又望了望他还提在手里已经沾满了尘土的猪肉，问道："你到这里来干什么？"

王牢头站起来，谄笑着："也没有别的意思。买了点肉想孝敬太夫人，没想到……"

海瑞严肃地望着他："告诉你两条，记住了，并转告衙门所有的公人。第一，任何人不许给我家人送东西。第二，我姓海，祖上全名叫海达尔，尊奉回教，从来不食猪肉。"

王牢头开始蒙了一下，紧接着用那只空手在自己脸上掌了一嘴："小人确实不知太尊家信奉回教，绝无别的心思。"

海瑞："现在知道了就行。好好当差去吧。"

"是，是。"王牢头不断哈着腰提着那块猪肉退了出去。

海瑞走到后院门口敲门，里面立刻传来海母严厉的声音："拿棍子，打了出去！"

门就在这时又开了，一根小小的棍子从底下举了上来，突然停在那里。海瑞的女儿这时才看见是父亲站在门口，立刻将棍子一丢："爹！爹回了！"喊着便扑了过来。

"母亲，孩儿回来了！"海瑞抱着女儿，还没走到厅房门边便大声招呼道。

里面立刻传来了海母的声音："进来吧。"

海瑞走到门边放下女儿，便脱掉了鞋子，女儿立刻从旁边的水桶里舀起一瓢水给父亲淋脚。海瑞抬起左脚让水淋了下来，用手搓洗了洗迈了进去，又抬起右脚伸在门槛外让女儿淋洗了，然后向母亲走去。

整间屋子的砖地都被水洗得好干净。海母坐在屋子正中的一把竹椅上，竹椅前的地上覆着用一个椰子剖成两瓣的椰子壳，老人的两只赤脚便踏在那两瓣椰子壳上。

海瑞在椅子前跪下了："孩儿拜见母亲。孩儿已经把一千多百姓都送到了戚将军的军营，而且都安置好了。一来一去共用了六天。"

海母："累了。起来坐下，先吃点东西。"

海瑞站了起来："孩儿在路上已吃干粮了。"说着便走到屋墙边去端起一盆清水，折回母亲面前放了下来。

海母："你婆娘刚刚给我洗的，你先歇着。"

海瑞依然捧起母亲的脚放进水盆："郎中说过，母亲的脚多洗有好处。"说着便给母亲搓洗了起来。

"你说的那个李太医还在不在这里？"海母望着低头洗脚的儿子问道。

海瑞："回母亲的话，李太医还在。多数患病的灾民吃了他的药都好了，还有十几个病人，过几天好了，儿子就送他走了。"

海母的脚踩在水盆里不动了："你和你婆娘不请他开方子了？"

海瑞抬起了头："儿子这几天忙公务。遵母亲的命，今天儿子就带着儿媳请他诊脉开处方。"

海母："把他请到这里来吧。我想亲眼看看。"

海瑞低下了眼默在那里。

海母："怎么？有什么事要瞒着我？"

海瑞："母亲，有一句话儿子实在不好说。"

海母："说。"

海瑞："李太医这个人脾气太大，儿子怕他冲撞了母亲。"

海母笑了："你干脆说我的脾气太大，两个脾气大的人在一起会吵架。"

海瑞："儿子没有这个意思。"

海母："卖东西的时候买主最大，看病的时候郎中最大。这点礼你娘还是明白的。请他来，我不会得罪他。"

海瑞："是。"

整个院子里的凉棚都拆了，只有几间大屋子里还摆着一些用门板架着的床，或躺或坐，病人已经不多了。

| 第十五章 |

　　李时珍这时坐在县衙侧院的天井旁，面前摆着一张大桌，桌上摆着好些药材，他正在分拣着那些药。
　　天井是最凉快的地方，可田有禄这时仍然拿着一把好大的蒲扇站在李时珍身后一下一下轻轻地扇着。
　　海瑞从侧门进来了，望着这般景象，嘴边掠过一丝笑纹，立刻又收敛了，大步走了过去："李先生辛苦了。"
　　反应最快的是田有禄，连忙转过头来："太尊回来了！属下见过太尊。"一边行礼一边把旁边一把椅子搬了过来。
　　"不必多礼。"海瑞并不看他，而是走近了李时珍，"一路上我就知道了，几百病人好些都下田做事了。李先生功德无量。"
　　李时珍上下打量了一下他："刚从军营回？"
　　海瑞："是。先见过了家母，这就过来了。"
　　李时珍："前方的战事如何了？"
　　海瑞："这几天在等后援，暂时没有战事。"
　　李时珍："你回来了就好。这十几个病人都无大碍了。给你看看那个病，我也要赶回去了。"
　　海瑞："我的事无关紧要。有个不情之请，望李先生见谅。"
　　李时珍："你是叫我给太夫人看看病？"
　　海瑞："正是此请。"
　　李时珍："那我就在你这里多赖两天。走吧。"
　　海瑞："现在就去？"
　　李时珍瞪着他："什么时候去？"
　　海瑞："那先生请。"
　　李时珍立刻拿起了药箱，海瑞在前面引路，向天井外走去。
　　田有禄也紧跟着走来："李太医、太尊，要什么药告诉属下就是，我立刻派人去拣！"
　　海瑞没有回头："先去忙公事吧。"

　　领着李时珍走进院子里，海瑞停下了，有些为难地望着李时珍。
　　李时珍也停在那里，看着他。
　　海瑞低声地："有两件事实在不好启齿。"

李时珍："说吧。"

海瑞："家母有个习惯，谁进她的屋子都要脱了鞋。"

李时珍："还有呢？"

海瑞："家母脾性有些刚烈。"

李时珍："还有吗？"

海瑞："请先生多多包涵。"

李时珍不再理他，提着药箱大步向厅房走去。

海瑞连忙紧跟着李时珍到了门外，眼睛不由自主地望向了他那双走近门槛的鞋。

李时珍走到门槛边，慢慢把鞋脱了。海瑞一阵激动，连忙舀起身边桶里的水："请先生把脚抬起。"

李时珍抬起脚让海瑞淋了，跨进那只脚，又抬起另一只脚让海瑞淋了，径直向海母走去。

门口的海瑞正准备脱鞋，突然看见李时珍面对自己的母亲跪了下来："晚辈李时珍拜见海太夫人！"

海瑞怔在门口。

见诸明史，现在要见面的这三个人都是性情极其刚烈、行事极端执拗之人。海瑞之金刚秉性自不待言，李时珍在大内公然反对嘉靖迷信方士，反对所有的人迎合嘉靖吹捧丹药因而愤然而去，其不合时宜不谋己身由此可见。海母终其一生守贫守节教导儿子行之正道，竟然未得朝廷诰封，海瑞之政敌攻讦之理由为：禀性古怪，酷虐儿媳，不近人情。其言虽过激，其个性可见。现在这三个人在这样的时候见面了。铁板铜琶将奏出何等金戈之声，最担心的是海瑞。

李时珍平时见王公督抚皆持平等礼，稍有不悦屡屡拂袖而去，这时竟然恭恭敬敬地向海母跪了下去。跪下去时，见一双赤裸的大脚分别踏在两瓣椰子壳上当时怔了一下。海瑞见状慌忙连脚也不洗了，脱下鞋便奔进屋去，走到母亲身边，面对李时珍也跪了下去。

李时珍向海母拜一拜，海瑞便向他拜一拜，如此三拜毕。海瑞急忙站了起来，扶起了李时珍。

海母这时把脚从踏着的椰子壳上放到了砖地上，站了起来，先好奇地望了望李时珍，接着望向海瑞："这就是李太医？"

海瑞："母亲，李先生不喜欢人家叫他太医。"

海母："那叫什么？"

海瑞望向了李时珍。

第十五章

李时珍："太夫人叫我李时珍就是。"

海母："是太医就是太医，我还是叫你太医吧。"

海瑞担心李时珍不悦立刻接言道："母亲，李先生就是因为劝谏皇上不要相信方士得罪了太医院那些人，才辞去了太医的职位。因此不喜欢人家称他太医。"

海母仍然执拗地："辞了职位毕竟也还是当过太医。"

李时珍望了一眼海瑞："算了。旁人不能叫，太夫人要叫就叫吧。"

"谢李先生体谅。"海瑞立刻向李时珍一揖，紧接着奔到桌子边搬过一把椅子，放在海母身边，"请李先生给家母诊脉。"

李时珍在海母身边的椅子上坐了下来，海瑞侍立母亲身旁催道："母亲，让李先生诊脉吧。"

海母："李太医是来给你和媳妇看病的，给我诊什么脉？"

海瑞："母亲的脚在大寒天都出汗发热，恐是肝火心火一类的热证。有李先生诊一诊，儿子也好放心。"

海母："出汗发热都七十年了，要是病，不早死了？"

海瑞被母亲一句话顶在那里，只好求助地望向李时珍。

简短的一番接触，李时珍已知道海母是个性情极其执拗的人，名医之为名医，还有一术便是不同的病人不同的看法，当即问道："太夫人，你老是海南人吧？"

海母："是。"

李时珍："海南有句俗语，有雨无雨听龙王爷的。是不是？"

海母："李太医还知道我海南的俗语？"

李时珍："下面还有一句请太夫人赐教。"

海母立刻明白了，笑道："你这是考我。莫考了，我听你的吧。"说着将右腕伸了过去。

海瑞露出了既有些惊诧更多是佩服的神色望向李时珍。

李时珍却不看他，伸出三指搭上海母的右腕，略探了探便拿开了手，笑道："太夫人说的是，这不是热证。"

海母立刻望向海瑞："我说了不是病，偏你多事。"

"是。"海瑞漫应着，望向李时珍却问道："请问先生，你刚才说的鄙乡那句俗语，下面一句是什么？"

李时珍一听大笑起来。

海母也跟着笑了："亏你是海南人，李太医知道，你却不知道。我告诉你吧，免得今后被外乡人笑话。有雨无雨听龙王爷的,有病无病听郎中哥的。"

竟如此简单,海瑞也不禁尴尬地笑了:"那家母出汗发热是什么缘由,请李先生说说。"

李时珍:"天生万物,人为灵长,各有禀赋不同。而禀赋往往是传自父母或祖父母。刚峰兄,你的外祖父母中准有一人也是这样,出汗发热,不畏寒冷。"

海瑞望向了母亲。

海母:"李太医好见识。海瑞的外祖就是天生的火体。霜冻天穿一件单衣,赤着脚就下田做事去了。从不伤风,也不咳嗽。"

李时珍又望向了海瑞那双脚:"刚峰兄是否也如此?"

海瑞答道:"我比家母好些,但寒天脚也出汗怕热。"

李时珍:"这就是了。在医理上,这叫作极阳之体。起因多由于历代劳作,家贫无衣鞋御寒,传之数代,体内便阳气积盛,阴气消退,渐成抗寒之体。形之于体,双脚尤甚。因脚为百脉所汇之处,热阳周流遍体,终归于脚。太夫人,刚峰兄,要说这是病,谁得了这个病那才真是福气。"

海母高兴了:"李太医这才是真正的名医!汝贤,听见了没有,娘这不是病,你也不是病,是祖上的福德。"

海瑞:"是。谢李先生解疑。"

海母望向了李时珍:"李太医有这般手段,汝贤和他媳妇给我添一个孙子全靠你了。"

李时珍:"不能靠我,还得靠他们。"

海母立刻盯望向李时珍,海瑞一颗心悬起了。

李时珍一脸正色,海母自己反倒有些尴尬了,大声向门外喊道:"阿囡,叫你娘来!"

海瑞的女儿一直趴在门边悄悄地望着里面的大人,这时立刻脆声应道:"知道了!"跑了开去。

李时珍这时有意不再看母子二人,而是将目光向这间屋子慢慢望去,不禁一怔。

原来海母所住之屋竟如此简陋,除了正中间海母常坐的一把竹躺椅,躺椅边放着一把矮几,便只有一张木桌四边空空地摆在那里,原来放在桌边的那一把木椅,便是这时被海瑞搬来让李时珍坐的椅子。这便是海家的规矩,海母要是坐在桌前,海瑞和夫人都是侍立在侧,因此不设椅凳。这时要给二人诊脉,连坐的地方便都没有。

李时珍望向海瑞:"刚峰兄,是否要再搬两把椅子来?"

| 第十五章 |

海瑞:"李先生放心,拙荆会搬来的。"

就在这时,海瑞的夫人一手提着一条凳子在门口出现了,进了门立刻将凳子放下,远远地向李时珍深深福了下去:"见过李先生。"

李时珍站起了,身子侧了一侧:"嫂夫人不必多礼。"

海瑞搬起了李时珍原来坐的那把椅子:"李先生请。"搬着椅子走向桌前摆下。

李时珍走到桌前在椅子上坐下了。海瑞站在桌子的左侧:"把凳子搬过来,让先生诊脉吧。"这话显然是对海夫人说的,海瑞却并不看她。

海夫人在门边提起凳子刚要向桌前走去,海母突然说道:"慢点。"

海夫人立刻在原地站住了:"婆母有何吩咐?"

海母并不与儿媳说话而是望向海瑞:"汝贤,也该教教你媳妇了。上了厅堂,就一声'见过李先生',婆母和丈夫也不瞧一眼,客人还当我们海家没有规矩。还有,你看看,来见客人,也不梳洗一下。"

海夫人一张脸顿时红了,愣在门边。

海瑞也好不尴尬,却不知如何回答,低头站在那里。

李时珍不禁向海夫人望去,心里立刻起了微澜。海瑞怎么说也是朝廷的七品命官,可眼前这位七品夫人却上穿一件粗布衣裳,下系一条粗布裙子,脸上却仍然留有汗渍,发际也有些零乱,显是正在劳作匆匆赶来的。接着他又向海瑞望去。只见海瑞低垂着眼站在那里,一声不吭。他立时明白了海瑞在家里的处境,寡母性情古怪,夫人久受压抑,而海瑞又是极其纯孝之人,为了顺从母意,夫妻间平时关系自然就淡薄了。想到这里,心中不禁同情起这个在外面风雷显赫在家里如履薄冰的海瑞来。

海母一番话训完,见儿子并无反应,更加来气了,站起来望向海夫人:"还不去梳洗了,难道叫我去伺候你吗?"

海夫人慌忙福了一下:"媳妇这就去。"答完,连忙将凳子提到桌子边摆好,又慌忙转身走出门去。

海母转身望向李时珍:"李太医。"

李时珍只得又站了起来:"太夫人。"

海母:"儿媳不懂礼节,让李太医见笑了。"

李时珍:"嫂夫人身为七品夫人,尚能如此俭朴劳作,李时珍佩服,怎会见笑。"

"在我海家就只有儿子媳妇,没有什么官人也没有什么夫人。"海母说着抄起搁在椅子边的一根竹杖,"李太医费心,老身失陪了。"

李时珍:"太夫人请便。"

海母点了点头。

海瑞："母亲走好了。"

海母却不搭理海瑞，拄着杖便向另一边的侧室卧房径直走了进去。

目送着母亲走进了侧室，海瑞回过头望向李时珍，发现李时珍的目光这时正定定地望着自己。

海瑞强露出窘迫的笑容，低声说道："我四岁丧父，由家母移干就湿一手带大，老人家至今未能享我一日之福，心中惭愧。"

李时珍站在那里就向海瑞伸过一只手来，海瑞先是一怔，接着以为李时珍是要给自己拿脉，便将手翻过来伸了过去。李时珍却没有去拿他的脉，而是一把握住他的手轻轻拉了过来，在他耳边低语道："天下无不是的父母，可也不能委屈了夫人。"

海瑞哪知他会说出这样的话来，望着他不知如何作答。

李时珍又低声道："我和你是同样的病。"

海瑞又一怔。

李时珍接着低声道："我七岁丧父，家母性情也是这样。"

海瑞抬起头两眼大睁着望向李时珍。李时珍这时也两眼大睁着望向海瑞。

李时珍："我已经知道你为何不生儿子了。教你一个方子，晚上回到房间，把夫人好好哄哄，什么药也不用吃，自然能生儿子。"说着径自笑了起来。

海瑞也只好报以一个无声的苦笑。

——听见外面发出笑声，海母的眼立刻睁大了。

这时的她搬着一把竹椅，静静地坐在卧室靠厅堂的门边，两眼大睁着，耳朵显然在关注着外间的动静。

据史料记载，海瑞自幼时到婚后几乎夜夜侍母同居一室，"年过四十，仍卧于母榻之侧，无分深夜拂晓，伺候茶水便溺，遇其母偶有不适，常坐侍天明"。

外间厅房又有了响动，海母突然坐直了身子，侧过了头，她感觉到媳妇又到外间厅房了。

——是海夫人进来了，跨进门槛先停在那里，低头的余光发现了厅堂正中的躺椅空在那里，立刻徐徐轻舒了一口气，这才慢慢走近桌旁，在凳子边站定了。

李时珍没有去看海夫人，而是望向了海瑞。海瑞坐在另一边的凳上，依然不说话，不叫夫人就座。

第十五章

——海母身子坐得好直，侧耳听着外面的动静。好久才听到李时珍的声音："嫂夫人请坐，我给你们诊脉。"

接着是媳妇轻轻的回答声："是。"

知道儿子并没有叫媳妇坐，海母的脸舒缓些了。

——诊断男女子嗣妊娠之事，李时珍历来是同时把拿夫妇二人的脉息。这次也是如此，海瑞伸出了左腕摆在桌上，海夫人伸出了右腕摆在桌上，李时珍两手六指同时搭在二人的寸关尺上，判断脉息。

尽管母亲不在面前，海瑞这时仍然低垂着眼，海夫人也仍然低垂着眼，谁也不正面看谁一眼。

李时珍的目光开始望向海瑞夫人，这时心里又是一番感受。但见海夫人虽是匆匆梳洗过后，两眼低垂，却掩盖不住本有的容颜，端庄中不失清秀，忐忑中依然有诗书之家的风范。

李时珍这时已完全明白，海家无有后嗣，症结显然不是因病，而是因海母干涉子媳房帏，使夫妇恩爱淡薄所致。医可治病，不可治命，于是他将目光望向了海瑞，又望向海夫人，突然说道："请刚峰兄嫂夫人抬起眼睛。"

——海母听到外厅李时珍这句话，突然紧张起来，眼睛又睁大了，耳朵竖在那里。

——"你们二位怎么回事？"李时珍动气了，"望闻问切，像你们这般连眼睛都不睁开，我怎么给你们治病？"

海瑞抬起了眼望向李时珍，海夫人也慢慢抬起了眼，犹自不敢正视。

李时珍："不是要你们看着我，你们各自望着对方的眼。"

海瑞从李时珍的目光中如何看不出他的苦心和用意，会意之间乃把目光移了过去，望向妻子的眼。海夫人虽然把目光也移向了海瑞，却只望着他的鼻梁以下。

"不看了！"李时珍站了起来，大声说道，"身为夫妇，竟不敢对视，你们生不出儿子，那是任何医家都没有法子的事。我说，你海氏一门到底还要不要子嗣！"

——海母倏地站起了，是那副人天交战的神态，犹豫了片刻，终于走出门去。

——望见海母突然走了出来，海瑞立刻站起了，海夫人也立刻站起了。

海母一步一步走了过去，望着站在那里面目严峻的李时珍："让李太医生气了。"说着，目光转望向海夫人："自己的丈夫，明媒正娶，在外人面前装出一副瞧也不瞧的样子，你到底何意！"

海夫人把头低得更下了，轻声答道："是儿媳错了，婆母莫生气。"

海母："我生什么气了？还不抬起头，望着你的丈夫。"

海夫人那哪儿像在抬自己的头，简直比抬一座山还难，慢慢望向海瑞。

海瑞这时心里一阵难受，两眼望着妻子。

海夫人的眼终于正视到丈夫的目光，再也忍不住心中蓦地涌上来的酸楚，眼中慢慢盈出了泪水。

"你看气不气人！"海母怒了，"当着李太医，受什么委屈了，竟然掉眼泪！"

海夫人竭力忍着，不让泪水再盈出来，慢声答道："婆母，儿媳没有掉眼泪，是风吹了灰尘眯了眼睛。"说着慌忙从腰间拿出一块手帕轻轻去印眼睛。

海母叹了一声："李太医，你都看到了，就她这个样子，我海门怎么能有子嗣？"

是非已无可言，李时珍心中有了主意，望着海母："太夫人，晚辈已经有处方了。他们但能听我的，我保太夫人在两年以内准定能抱孙子。"

海母的眼睛亮了："那就请太医开方子吧。"

李时珍："不过，他们都得按我说的去做。"

海母："这个自然。"

李时珍："刚峰兄，嫂夫人，你们再望着对方的眼睛。"

海瑞和海夫人却同时慢慢望向了海母。

海母将竹杖在砖地上一顿："太医叫你们互相望着，看我干什么？"

海瑞和海夫人这才将目光互相又望去。

李时珍："望着，不要转睛。"

二人就这样望着。

李时珍："好。下面再听我的。笑一笑。"

两个人又怔住了。

李时珍："笑！"

海瑞强露出笑容，脸上依然那样僵硬。

李时珍又望向海夫人："嫂夫人，要赶快，快笑。"

海夫人本不敢笑，被李时珍催着，又望见海瑞笑的时候那般奇怪的模样，忍不住真的笑了。

"好！笑得好！"李时珍大声赞着，"刚峰兄，再笑开些。"

海瑞也慢慢笑得自然些了。

突然，李时珍爆发出一阵大笑，声震屋宇！

海母怔了。

第十五章

海瑞和海夫人也蒙了，敛了笑容望着大笑的李时珍。

另外一阵清脆的笑声也在门外响了起来，海瑞的女儿趴在门上也笑了。

海母的目光立刻向孙女儿瞪去，小女儿立刻收了笑声，怯怯地跑开了。

李时珍却仍在大笑，海母转过头来望着这个大笑的太医。

李时珍慢慢收了笑声："好了。刚峰兄、嫂夫人，你们该做官的做官去，该做饭的做饭去。我在这里跟太夫人一道给你们开处方。"

夫妻从厅堂走到后院都站住了。海瑞望着妻子："准备些酒饭，留李太医在这里与母亲吃吧。"

海夫人的目光在海瑞脸上稍作停留，立刻移开去，低声地说："只有豆腐，还有些青菜，没有酒。"

海瑞："我到外面叫他们买壶酒来，你赶紧做饭去吧。"

"知道了。"海夫人立刻向院子一侧的小门走去。

海瑞走向通往后堂的院门，开了门，发现田有禄竟一个人站在那里，手里提着一只食篮，见到海瑞立刻一笑。

海瑞的眉头蹙起了："田县丞，你这是干什么？"

田有禄连忙答道："县尊，这不是给你的，该到吃晚饭的时候了，这是送给李太医的。"

海瑞眉头展开了，望向那只食篮。

田有禄："县尊放心，知道县尊家里尊奉回教，这里只有一条鱼，一盘牛肉，一壶米酒。"

海瑞此时从心里冒出一丝感动，对田有禄也笑了一笑："让你费心了。李太医在我家里吃，自然该我请客。"说着就伸手准备到身上去掏银钱，这才陡然想起，一路上来剩的一些铜钱都已交给母亲了，不禁有些尴尬，说道："在我的俸禄里扣除吧。可记住了。"

田有禄是真的有些动容了："县尊，你清廉我们都知道。可李太医是我们县请来救灾民的，饭食理应衙门开支。"

"他今天是在给我家人看病。"海瑞接过食篮，"这顿饭在我俸禄扣除，要记住了。"说着便欲转身，突然又停住了，问田有禄，"我离开了几天，忘记问你了，令尊接回来了吗？"

田有禄正颜答道："太尊，几天前就接回来了。"

海瑞："尊夫人对公公还好吗？"

田有禄的脸立刻阴暗下来："那是个贱人，依然摔杯子砸碗，卑职已经把她打发回娘家了。"

海瑞叹了一声:"慢慢开导吧。"说着转身回走。

"县尊。"田有禄又叫住了他。

海瑞又停住了,望向他:"还有什么事?"

田有禄犹豫了片刻,说道:"没什么事,县尊去陪李太医吧。"

海瑞望着他:"有事就说。"

田有禄这才说道:"省里来人了,在后堂坐着,催我们县把今年桑苗产的第一茬生丝立刻交到省里去。"

海瑞的脸立刻端严了:"桑苗刚发芽,就来催生丝。告诉他,就说还没有生丝。"

田有禄:"瞒不住了。"

海瑞:"怎么说?"

田有禄:"省里人来的时候,正好遇上几百个百姓拿着第一茬缫的生丝到衙门来送给李太医,说是为答谢李太医的救命之恩,被他们看见了。"

海瑞沉吟了片刻:"你先去后堂,我立刻就来。"说着提起食篮向后宅厅屋走去。

田有禄也连忙向外面走去。

刚从后宅走到后堂的后门屏风边,海瑞便听见了后堂的大声说话声,停住了脚步。

是田有禄的声音:"上差,我们太尊正在让李太医看病,稍等等。"

另一个声音:"是他看病要紧,还是差使要紧!立刻叫他出来!"

海瑞绕过屏风,走进了后堂:"什么差使?"

那个书吏见到海瑞便站了起来:"海知县来了就好。胡部堂和戚将军他们在前方和倭寇打仗的事你也知道。现在省里须立刻解送军饷过去。各县有粮的交粮,有钱的交钱。你们是受灾县,省里的意思要你们立刻将今年桑苗产的第一茬生丝全数解送到省里去,供织造局衙门的作坊织丝绸。这是文书,你自己看吧。"说完将一封公文递给海瑞,顾自坐了下来,在那里喝茶。

海瑞接过那纸文书,打开看了起来。看完,先乜了一眼那个书吏,接着将公文递给了田有禄:"田县丞,你也看看。"然后在正中的椅子上坐了下来,闭上了眼睛。

田有禄接过公文,心里知道又有一场架好吵了,便捧着公文,慢慢看着,假装思考,在那里等着海瑞说话。

"看完了?"海瑞睁开了眼。

田有禄:"回县尊,看完了。"

| 第十五章 |

海瑞："你觉得省里要我们淳安交生丝这件事办得到办不到？"

田有禄两眼望向了屋顶，在那里好像认真思考，好久才说了一句："桑苗刚长出来，哪有生丝呀……"

"有没有生丝，我们都看到了。"那个书吏倏地站起了，"海知县，这可是军国大事！我来的时候郑大人、何大人亲口说了，五天，最多五天，你们得把第一批生丝解到江南织造局衙门的作坊里去。"

"织造局衙门的作坊？"海瑞不再兜圈子，也不再难为田有禄，目光倏地望向那书吏，"织造局衙门哪个作坊！"

那书吏当然早就知道海瑞的名声，这时见他突然发作便有些怵，但自己是拿着省里两级最高衙门的文书来的，底气兀自很硬："织造局衙门的作坊就是织造局衙门的作坊，还有什么哪个作坊？"

海瑞："据我所知，江南织造局以往的丝绸都是在沈一石的作坊织出来的，现在沈一石的作坊已经奉旨抄封。这公文却叫我们淳安将生丝解送到那里去。是不是沈一石的作坊已经又奉旨解封了？"

那书吏："这件事正好要通告你们。巡抚衙门和布政使衙门已把沈一石的作坊要作价卖给徽州的丝绸商了，现在就等着生丝上架。海知县，在下是递文书的，文书已经送到，生丝解不解送，你们看着办。我还要去建德呢。告辞。"说完，转身走了出去。

田有禄立刻站了起来，欲去送那书吏，见海瑞依然端坐未动便又站在那里，手里拿着公文，望向海瑞："县尊，卑职要不要带着人下去收生丝？"

海瑞："收什么生丝？"

田有禄："巡抚衙门和布政使衙门给我们的期限可是五天！"

海瑞站了起来："把公文压住。压五天，这张公文也就是一张废纸了。"

田有禄大感："县尊，省里的公文怎么会成废纸……"

海瑞："过几天就知道了。你去把县衙外那些送生丝的百姓劝回去。告诉他们，他们的心意李太医领了，生丝不会要。"

田有禄："是。"

沈一石作坊那一百二十架织机还在"哐当哐当"发出巨响，唯一不同的是，这时织坊两边的门口都站着按察使衙门的兵丁。郑泌昌、何茂才拉着杨金水领着几个徽州的大丝绸商来到了这间作坊。一行人走到织机中间宽宽的通道上站定了。

"看一看！大家都可以先看看。这里织出的丝绸都是上供宫用和卖给域外商人的。织出来的都是上等货，价也卖得起！"何茂才大声说道。

几个丝绸商便分别走到几架织机前，仔细看了起来。

沈一石的家抄封了，作坊却不能停。郑泌昌、何茂才一面派出大量人手到各县催缴生丝，一面请来了这些徽州织商，准备把沈一石的二十五座作坊、三千架织机分别作价卖给他们。这件事一旦谈成，前方打仗急需的军饷和今年五十万匹卖给西洋的丝绸便都解决了。因而也有了上一节派人去淳安、建德催着收生丝的举措。当然，他们并不知道，捉拿自己的新任巡抚赵贞吉和锦衣卫已在离杭州只有三十里的驿站了，几个时辰后自己便将锒铛入狱。

客厅的上方摆了三把座椅，郑泌昌陪着杨金水进来了。郑泌昌赶前了一步，用衣袖将中间那把座椅拂了拂："公公请坐。"

杨金水在上午就接到了急递，知道赵贞吉今天就会到杭州，郑泌昌、何茂才锁链加身也就是今天晚上的事了，可上谕没到，这时还得与他们盘桓，便对郑泌昌："你是巡抚，我怎么能坐中间？"

郑泌昌赔着笑："今天谈的是织造局的事，理当公公主持。"

杨金水："别价。这些作坊可都是沈一石的。作价卖给丝绸商也是你们巡抚衙门和布政使衙门的事，我可不能主持。"

郑泌昌虽仍笑着，语气却有些硬了："可今年五十万匹丝绸却是公公的事。公公不坐这个位子，谁坐这个位子？"

杨金水不禁向郑泌昌望去，只见他脸上消瘦，眼圈发黑，这时的笑容中却隐隐透出要死大家一起死的神色，心中一阵厌恶也一阵可怜，脸上却不露声色，也不再推让："好吧。我坐在这里，你们也好谈些。"

郑泌昌："公公体谅就好。谈成了，我们能交差，织造局也能交差。"伸着手候杨金水坐下了，自己才在他的左边坐了下来。

杨金水如何听不出弦外之音，恰在这时有人送来了茶水，却是巡抚衙门的书办。

杨金水端起茶碗，喝了一口，望向郑泌昌："是今年的明前？"

郑泌昌陪着他喝了一口："当然是今年的明前。"

杨金水："竟像刚采下的，什么法子保鲜得这么好？"

郑泌昌："公公取笑我了，装坛密封，搁在地窖里，这个法子还是公公教我的呢。"

杨金水："哦。我倒忘了。但愿明年还能喝上新采的明前。"

郑泌昌的脸立刻阴暗了："有杨公公在，不要说明年，后年也能喝上新采的明前。"

杨金水："说得好。明年后年我们还一起喝新采的明前。"

| 第十五章 |

　　二人说到这里，大厅天井外传来了那些人的说话声。最响亮的是何茂才的大嗓门打招呼声："天快黑了，今天饭就在这里吃，事就在这里谈。天塌下来也得把约签了。点灯！把灯都点起来！"

　　何茂才满脸绷着劲领着那几个丝绸商走进来了。

　　书办们立刻去点灯，大客厅里的灯笼顿时都点亮了。

　　远远的几盏灯笼伴着马蹄声和车轮声向织造局衙门奔了过来。

　　守在门口的杨金水那个随从太监对守门的几个太监和兵士脱口说道："来了！准备迎候。"说着便奔下台阶，迎了过去。几个兵士也跟着迎了过去。

　　最前面是四骑亲兵，一手握缰，一手举着灯笼。紧接着是四骑锦衣卫，再后面便是赵贞吉的轿车。马车碾过，是四个殿后的亲兵。一行车马直驰到衙门口才停了下来。

　　马上的人都下来了，锦衣卫四个人把缰绳扔给了迎来的兵士，大步走到了杨金水那个随从太监面前。

　　锦衣卫那头："杨公公呢？"

　　那随从太监："正和郑泌昌、何茂才在沈一石的作坊呢。"

　　锦衣卫那头："赵大人已经来接任了。奉上谕，今晚就要抓郑泌昌、何茂才！快请杨公公回来。"

　　说话间，亲兵们已经把赵贞吉从马车上扶下来了。

　　那随从太监对另外几个太监大声吩咐："快迎几位大人到里面歇息，我去请杨公公回来！"

　　便有几个太监连忙陪着赵贞吉和四个锦衣卫走进了大门。

　　那随从太监顺手从一个兵士手里牵过一匹马骑了上去。一个兵士又给他递过一盏灯笼。随从太监举着灯笼策马而去。

　　"二十年了，沈一石发了多大的财，有多大的名声，大家都知道。"何茂才站在那里，望着那几个坐在两侧的徽商大声说道，"现在，他这么大一份家当我们为什么会分给你们？两条，一是你们都是胡部堂的乡亲，肥水也得流在自家田里。二是几位也都是有信誉有家底的人，能把这二十五座织坊好好接过来，为织造局把这个差使当下去。接下了作坊，往后，沈一石能在宫里能在官府拿到的东西你们也都能拿到。现在，就听各位一句话，各人愿意接多少作坊。说定了，我们今天就签字画押。"

　　几个徽商没有立刻表态，而是互相望了望。接着一个中年徽商问话了："我们有件事还不甚清楚，想请问几位大人。"

何茂才："你说。"

那位徽商："沈一石二十五座作坊、三千架织机到底是织造局的，还是他自家的？要是织造局的，我们怎么敢白要宫里的财产？要是他自家的，现在又已被抄了，是罪产，分给我们，朝廷能不能答应？这些不讲分明了，我们的心落不到实处。"

何茂才一下子就急了："这有什么不分明的？杨公公是织造局的监正，他老人家就是宫里的人。他现在坐在这里，朝廷不答应，我们敢把这些作坊分给你们吗？"

坐在左边第一位的一个老年徽商："杨公公和两位大人不要生气，我们无有诚意，也不会来了。适才王老板说的那个担心，实话说，我们大家都有。当然，如果杨公公能给我们交个底，我们自然就没有这个担心了。"

那些商人都把目光望向了杨金水。

郑泌昌的眼紧紧地望着杨金水，赔笑道："杨公公，你老是不是说几句，也好让他们放心。"

杨金水："那我就说几句。沈一石这些作坊不是织造局的，可这么多年来他确实是在为宫里当差。现在他是犯了别的官司，家产才被官府抄了，官府怎么处置，织造局认可就是。"

"都听到了吧？"何茂才望向那些徽商大声问道。

那个王老板继续问道："请问几位大人，沈一石平时织卖的丝绸都不要缴税，我们接了他的作坊是不是也可以不缴税？"

郑泌昌接言了："你们接了作坊后就是给织造局当差了，自然无须缴税。"

老年徽商接言问道："总不成又不要我们缴税，织造局还拿钱买我们的丝绸，那好处岂不都让我们得了？"

何茂才又要插言，郑泌昌拦住了他，先望了一眼那位老年徽商，又慢慢望向其他几位徽商："这话问到了点子上。皇粮国税，做哪一行的都得缴纳。既不要你缴税，你们当然就得要为宫里贡缴丝绸。这是一笔细账。诸位耐住性子，待后我们会一笔一笔跟你们算清楚。算完了以后，你们就会知道，接了沈一石这个事，只有好处，没有坏处。"

几个徽商立刻在底下交头接耳起来。

"这话干脆挑明了好！"何茂才担心事情不成，不喜欢郑泌昌还这般绕着弯子，大声接过话来，"接沈一石家财这个事，我们找的也不只你们几位，南京、苏州、杭州还有十几家商家都想接。我刚才也说了，为什么给你们，因为你们是胡部堂的同乡，有几位还和胡部堂有亲谊。你们要是犹疑，明天别的商家来，我们就只好给他们了。你们要接这个

第十五章

事，就赶快报个数。二十五座作坊，各人要多少，现在就签字画押。"

几个徽商被他这样一说，都面面相觑。

那个老年徽商："请问何大人，我们如果每人要五座作坊，今年各要给朝廷贡缴多少丝绸？"

何茂才："十万匹丝绸。"

那徽商听后立刻愣住了，其他商人也都愣住了。

好久那老年徽商望向郑泌昌："郑中丞，何大人刚才说每五座作坊今年就要给朝廷十万匹丝绸？我们没有听错吧？"

郑泌昌也只好答道："是十万匹。"

那姓王的中年徽商："可五座作坊，今年满打满算织半年，最多也只能织出一万三千匹丝绸。岂不是要倒赔八万七千匹？"

所有徽商的目光都紧紧地盯着郑泌昌。

何茂才又有些急了："真要倒赔八万七千匹，鬼都不上门了。说了，这是笔细账，得慢慢算。"

正说着，杨金水那个随从太监走进来，打断了他的话，径直向杨金水身边走来。

郑泌昌、何茂才立刻望着他。

那随从太监绕到椅子背后，在杨金水耳边低声说道："公公，宫里有差使来了。"

杨金水倏地站起了。

郑泌昌、何茂才立刻便显得紧张起来，先望望那随从太监，又一齐望向杨金水。

杨金水当然知道这个"宫里的差使"是上谕到了，见郑、何二人如此紧张，立刻轻松地说道："我知道，是针工局催要皇上今年万寿的衣料。"说着望向郑泌昌、何茂才："我得失陪了。二位大人跟他们慢慢谈，谈好了来告诉我一声就是。"

何茂才似乎信了他的话，立刻站起来说道："当然。公公还要签字呢。"

郑泌昌也站起了，脸色却没有何茂才好："公公，这么多年了，织造局的账只怕一时片刻也算不清。公公交割了差使能赶过来更好。"

又是弦外之音，杨金水依然不露声色："好，能赶过来我自然赶过来。"

那些徽商也都站了起来，杨金水向他们也点了点头，这才向外面走去。随从太监紧跟他也走了出去。

同样是一省的巡抚，赵贞吉却显得比郑泌昌有分量。一是因为此人在当朝理学一路也算个人物，朝廷的清流多有奥援，如徐阶、高拱皆与他私交甚好。二是此人为官尚算清廉，而且治理地方屡有政绩，这才被嘉靖派驻全国最重要的省份南直隶出任巡抚。这次调任浙江无疑也是嘉靖的临危授命，帝心期望之殷可见。

现在坐在这里，无论是杨金水还是四个锦衣卫都对他甚是恭敬，让他坐在中间的主位，杨金水都只坐在他的侧旁认真看着上谕。

"有赵大人主持浙事，这下好了。"杨金水看完上谕立刻发出一句感叹。

赵贞吉当然不能慨然受之，答道："万事丛错，还得靠杨公公和各位同仁勠力同心，共济时艰。眼下要紧的是立刻捉拿郑泌昌、何茂才，追查沈一石的家财。"

杨金水沉吟了片刻，抬起头望着赵贞吉："上谕都说了。咱家的意思，稍等一等，我派人把他们二人叫到这里来，再行缉拿。"

赵贞吉："圣谕煌煌，要拿人就应该到巡抚衙门宣旨，正行缉拿。"

杨金水望了望他又望了望四个锦衣卫："都是自己人，我这里就说了吧。人是注定要拿的。可郑泌昌、何茂才现在正跟几个徽商在谈接手沈一石作坊的事。咱家说把他二人叫到这里来，就是为了不要吓退了那些徽商。"

"沈一石的家产现在要卖给徽商？"赵贞吉立刻变了脸色，站了起来，"上谕可是叫我来追查沈一石的家产，怎么能现在就卖给别人！"

"这件事怪我没有说清楚。赵大人先请坐。"杨金水让赵贞吉坐下，接着说道，"捉拿郑泌昌、何茂才，包括还牵涉哪些官员，追查他们贪了多少赃款，这是跑不了的事。可胡部堂前方急需的军饷，还有朝廷今年要卖给西洋的五十万匹丝绸，这才是最要紧的事。把沈一石的作坊转卖给徽商，就是为了这两件大事。要是能谈成，前方的军需和今年卖给西洋的五十万匹丝绸便都有了着落。赵大人，这也是你接任后的大事。"

赵贞吉久任封疆，立刻便明白了杨金水说的确是大事，可这样的大事在自己来之前却让两个罪官在办，这显然便是侵了自己的权，便望向杨金水："杨公公要是觉得这样做既能解决眼下的军需又能完成朝廷今年卖给西洋的丝绸，我们可以商量着办。可这样的大事还应该由郑泌昌、何茂才他们办吗？"

杨金水："他们还能办什么？咱家的意思，是不要吓退了那几个徽商。"

赵贞吉："南直隶浙江、安徽的丝绸商大有人在，吓退了这些商人，可以再找别人！"

杨金水笑道："当然可以再找别人，可今天来的这些徽商都是胡部堂的同乡。"

听到这里赵贞吉才一怔，且不说胡宗宪跟自己的私谊，他现在还是浙直总督，自己的顶头上司，在这个时候这些徽商竟这么快便来到了杭州，莫非与胡宗宪有关？这就不能顶针了。一时默在那里。

杨金水："还有，这件事事前我跟老祖宗请过示了。"

| 第十五章 |

　　赵贞吉一惊，站了起来："既然这样，自然只能这样办。请杨公公先派人把郑泌昌、何茂才叫来，我们在这里拿人。遵上谕，还要立刻派两拨人连夜去淳安、建德，把海瑞、王用汲调来，共同审案。至于那些徽商，是不是还是等我明天跟他们签约为好？"

　　杨金水笑了："让郑泌昌、何茂才先跟他们签，赵大人明天不是更好谈吗？"

　　赵贞吉再不敢小看这个杨金水了，想了想，却转向四个锦衣卫："杨公公的意思，四位钦差以为如何？"

　　锦衣卫那头儿："上谕是给赵大人的，赵大人说怎么办就怎么办。"

　　赵贞吉的声调也没有刚才那般高了："那就分头去办吧。"

　　郑泌昌、何茂才这时把沈一石那个关在牢里的管事叫来了，站在堂前，给那几个徽商算账。

　　几个商人都竖起了耳朵，在那里细听。

　　那管事："如果哪位老板买了五座作坊，今年虽只能织出一万三千匹丝绸，但还有几笔收入，容小人算给各位老板听。每五座作坊，一是能分到沈老板六万五千亩桑田之五分之一，便是一万三千亩。这些桑田都是上好的良田，每亩能卖到市价五十石，折合现银五十两，一万三千亩便值现银六十五万两，可抵上等丝绸六万五千匹。一万三千匹加上这六万五千匹便有了七万八千匹。此外，沈老板在杭州、苏州、南京、扬州共有绸缎庄一百零七家，都是繁华闹市上等铺面，一个铺面按平价折卖也能卖到五千两银子，二十家铺面便能折合上等丝绸一万匹。这就有了八万八千匹。还有，沈老板这一次借给淳安、建德一百船粮食，每船一万八千石，共计一百八十万石。五分分一，五座作坊可收粮债三十六万石，可值上等丝绸三万六千匹。这是硬账，算下来，哪位老板买五座作坊，今年就可赚丝绸两千匹。"

　　几个商人听他这一番细算，心里都有了底，脸上却依然没有表情，只是又开始在私底下低声交谈起来。

　　郑泌昌、何茂才也对望了一眼。何茂才立刻对那个管事："没你的事了。"接着吩咐押他的人："押回牢里去。"

　　两个兵士立刻押着那个管事走了出去。

　　何茂才接着转身对那几个还在交谈的徽商："各位现在心里都有底了吧！"

　　几个徽商都停止了交谈，望向那位老年徽商。

　　那位老年徽商说话了："可还有一项，便是织十万匹丝绸所需的生丝，按市价怎么也要二十万两银子。算上刚才那些账，我们还得亏损十八万两银子。"

郑泌昌伸手阻住了何茂才，慢慢望向几位商人："这正是我要跟各位说清楚的。照刚才的算法，各位是要亏损一些。可这一次只要谁接手了沈一石的作坊，谁今后就是织造局的宫差，也就是我浙江官府的官差。凡这次愿意接手五座作坊者，你们原来的作坊还可以并过来五座，十座作坊一律免交赋税。今年十万匹丝绸所需的生丝一律以官价也就是市价的一半由官府代为收购，那你们的亏损也就只有九万两。还有今后十座作坊所需的生丝，也一律以官价向桑农收购。免税一项，加上半价收购生丝一项，这笔账算下来，十座作坊今后每年能多赚多少利银，各位心里应该明白。"

几个徽商依然没有什么表情，只让那个中年徽商问道："我们每年十座作坊需向宫里缴纳多少丝绸？"

郑泌昌："这有定数，每座作坊三千匹，十座作坊每年只需向宫里上贡三万匹丝绸。"

几个徽商立刻在心里盘算起来，接着又是一番交头低谈。

那个老年徽商代表大家表态了："请二位大人见谅。沈一石的作坊恕我们不敢接手。"

何茂才立刻急了："谈了大半天，账算得这么清楚，你们不接手了？"

那老年徽商："刚才何大人也说了，有许多商家愿意接手，我们就退了。"

一句话把何茂才顶住了。

郑泌昌："可胡部堂的面子我们退不了。这样吧，每五座作坊今年交八万匹丝绸。"

有几个商人禁不住露出了喜色，那老年徽商却脸色更阴沉了，瞪了他们一眼，又转身望向郑泌昌："郑大人，一句话你老就给我们减了十万匹。这个数字宫里问起来郑大人只怕担不起。"

"这就不是你们该问的了！"一向轻言细语的郑泌昌也有些动气了，"我是浙江巡抚，我说的话担子自然我担。"

"那从明年开始每年上贡的丝绸能不能再减些？"那个中年徽商紧接着又提出了条件。

何茂才又动气了，郑泌昌挡住了他："可以。每五座作坊每年减一万匹。"

"那我们就认了！每人接手五座作坊！"那中年徽商立刻大声答道。

"好！"何茂才在腿上一拍，站了起来，"现在郑大人和我就可以跟你们签字画押，然后再拿到织造局让杨公公签字画押！"

"还是再缓缓，再缓缓。"那个老年徽商似乎更担心了，望了望另外四个徽商，又转望向郑泌昌、何茂才，"二位大人是不是让我们回客栈再商量商量，明天再签约也不

第十五章

迟。"

"你把我们当猴耍!"何茂才一掌拍在茶几上,"提的利我们都让了,现在又说还要商量。这么大一个浙江我们两个还天天陪着你们!"

郑泌昌也硬了:"取笔墨纸砚,现在就签约。"

立刻有书吏大声应着,捧着笔墨纸砚摆到了桌上。

何茂才两只眼睁得滚圆,望着那几个徽商:"请吧!"

几个徽商原来情愿的这时心里又都没底了,说穿了,是被这两个人如此的急态弄得有些害怕了。可话说到这个份上已无退路,只好一个个走到桌前,坐了下来。

"按刚才说的,起草约书!"

郑泌昌吩咐书吏。说完,与何茂才对视一眼,两人都松了一口气。

正当赵贞吉、杨金水和四个锦衣卫都等得有些不耐烦时,那个随从太监终于在门口出现了,低声向里面禀道:"请来了。"

几个人立刻对望了一眼,目光都望向了门外。

"谈成了!对朝廷总算有个交代了!"何茂才的大嗓门在门外好远就传了进来。

杨金水立刻望向了赵贞吉,赵贞吉面色冷峻。

几个锦衣卫也互相望了一眼,有两个扯起嘴角冷笑了一下。

"请吧。"那随从太监在门口将手一伸。

郑泌昌在前,何茂才在后大步走了进来。

"杨公公……"在后的何茂才犹自没有看见那几个人,进门便喊,可很快就噎在那里。

赵贞吉冷峻的目光望向了郑泌昌。

四个锦衣卫冷冷的目光也望向了郑泌昌。

郑泌昌的脸色立刻变了。

何茂才站在郑泌昌的身后,脸色也变了。

赵贞吉慢慢站了起来:"有上谕,郑泌昌、何茂才接旨!"

何茂才倒是先跪下去,郑泌昌却站在那里怔了好一阵子才跪了下去。

赵贞吉展开圣旨:"奉天承运皇帝诏曰:朕遍览史册,历朝贪蠹之吏不遑少见。我大明开国之初,有贪赃六十两白银者,太祖高皇帝即将之剥皮揎草,祖制不谓不严。今乃有尔浙江巡抚郑泌昌、浙江布政使兼按察使何茂才上侵国帑,下吞民财达百万之巨!不唯朕览之吓然,记诸史册,后世观之无有不吓然者!若以太祖之法,尔二人虽有百身,剥皮揎草宁无余辜！"读到这里，赵贞吉有意停了下来，望向二人。

杨金水和四个锦衣卫也都肃然站在那里望着二人。

何茂才尽管身子强壮，这时两手却似乎费了好大的劲才撑住了身子跪在那里，那汗滴雨般滴向地面。

郑泌昌这时倒比何茂才硬朗些了，倏地抬起了头，两眼紧望向杨金水。

杨金水把目光翻望了上去。

赵贞吉接着宣读："朕上承祖德，长存无为而治之念，伤一生灵皆不忍之，奈尔二人之罪何？着即革去郑泌昌、何茂才一切职务，令赵贞吉任浙江巡抚兼南京都察院副都御史，调淳安知县海瑞、建德知县王用汲会同严审自郑泌昌、何茂才以下诸员之贪墨。尔等罪员倘尚存一丝天良，当彻底供罪，悉数缴出贪墨之财。上天或可给尔等一线生机乎！钦此。"

都"钦此"了，那两个人仍然僵趴在地上。室内一片沉寂。

"郑泌昌、何茂才！"赵贞吉一声喝道。

两人这才猛地抖了一下。

赵贞吉："领旨！"

何茂才是确实开不了口了，郑泌昌却是不愿开这个口，又是一片沉寂。

赵贞吉冷笑了一下："来人！"

锁链是早就准备好了的，四个亲兵应声提着走了进来。

赵贞吉："锁了！押到臬司衙门大牢里去！"

立刻便是两个对付一个，先把锁链的圆环从头上套了下去，收紧了卡了一把铜锁，然后将锁链末端的铁铐铐住了二人的双手，又卡了一把铜锁。

"走！"四个亲兵同时喝道。

何茂才立刻站了起来，郑泌昌还跪在那里没有起来。

杨金水说话了："搀着他吧。"

"不用搀，我自己会走。"郑泌昌戴着锁链站起了，望着杨金水，"杨公公，不要忘了，二十年沈一石可是上缴了四百万匹丝绸。我们两个就算传给子孙一万代，也穿不了这么多！"

"押走！"这回是杨金水怒喝了。

四个亲兵便立刻两个对付一个，挽紧了郑泌昌和何茂才的双臂把他们半押半拖地向门外拉去。

走到门边，何茂才才突然缓过神来挣扎着赖在那里，回过头来大喊了一声："冤

第十五章

枉！"

"走！"四个亲兵扳倒了他们拖了出去。

赵贞吉对杨金水和四个锦衣卫："海瑞和王用汲最快也得明晚才能赶来。还有几个罪官，今晚也得立刻缉拿！"

| 第十六章 |

　　这天晚上竟是如此的闷热。窗大开着，门也大开着，依然没有一丝风，屋外院子里的草虫便叫得格外响亮。

　　靠窗桌前一盏小油灯，海瑞穿着一件粗布短衣，在好高一摞案卷前一边看，一边批着字。只左手的蒲扇偶尔在腿上拍打一下，显然是蚊虫太多。

　　已经这般热了，海夫人还坐在一只小炭火炉前，望着正在吐着热气的药罐。汗虽在不停地流着，脸却映出一片红晕，眼睛也不时泛着光亮，透露出少妇的犹存风韵，迟暮春光。

　　药熬好了，旁边摆着两只空碗，海夫人拿起了空碗边的一块湿布去捏端药罐，却禁不住先向坐在窗前的海瑞望去。

　　海瑞竟是那般全神贯注在批阅着案卷。

　　海夫人还是包好了药罐的把手，提起了药罐将药汤倒向一只空碗，又倒向另一只空碗。

　　药倒好了，海夫人反而又怔在那里。出了一会儿神，她显然下了决心，先是将那只火炉包着端出了门外，折回来端起一碗药走向海瑞。

　　药碗轻轻地放在桌上，海夫人望向海瑞，海瑞的目光依然在案卷上。海夫人的目光黯淡了，接着还是折回去又端起了另一碗药走到桌边也放在桌上，然后在海瑞对面的桌前静静地坐了下来。

　　海瑞还是在阅着案卷，海夫人的目光也望向了窗外。院子里的草虫鸣叫得更加响亮了。

　　海夫人终于又把目光望向了丈夫，轻声说话了："药要凉了。"

　　"哦。"海瑞应着，放下了笔，端起了靠近自己这边的那碗药一口喝了，却始终未看

| 第十六章 |

妻子一眼，又拿起了笔，望向案卷。

海夫人的眼好凄凉，犹豫了好久，也才端起自己的那碗药喝了。然后拿着两只空碗走了出去。

海瑞这才慢慢望向门外，看着黑洞洞的屋外，目光终于停在那里，是愧疚，还是怜爱，显出的终是迷惘。

桌上的灯火突然爆出了一个灯花，海瑞还是望着门外。突然他又立刻把目光移向了案卷。原来是海夫人端着一盆水又进来了。

把水摆到了海瑞面前的凳上，海夫人轻声地说道："夜深了，你也洗洗，该歇着了。"

"嗯。"海瑞只是应着，目光不离案卷。

海夫人望着他，看见他的脸上正在流汗。犹豫了一下，像是下了好大的决心，从盆中绞出脸帕，靠近他的身边，把脸帕向他的额上擦去。

海瑞闭上了眼，坐在那里一动不动。

海夫人眼中有了光亮，轻柔地从额上到脸部替丈夫慢慢揩着。

揩完了颈部，海夫人在丈夫耳边轻声地说道："歇吧，好吗？"

海瑞终于睁开了眼，慢慢站了起来，也终于把目光望向了妻子的目光。

两个人的目光在微弱的灯光前都有了柔情。

海瑞终于伸出手握住了妻子的手，海夫人反而露出了羞涩和紧张："门还没关呢。"

"我去关。"海瑞大步向门前走去。

海夫人坐到了床边，拔下了头上那颗铜簪。

海瑞拉过了左边的那扇门，又拉过了右边那扇门，两扇门慢慢关上了。突然，海瑞的手停在那里，目光也停在那里，他听到了背后妻子悦耳的吟唱声。

海夫人长发披肩，一边在慢慢脱着衣裳，一边在轻轻唱着："喓喓草虫，趯趯阜螽；未见君子，忧心忡忡。亦既见止，亦既觏止，我心则降。"

和着妻子的歌声，海瑞浑厚的吟唱声也轻轻地响起了："陟彼南山，言采其蕨；未见君子，忧心惙惙……"

海瑞转过身，背着他的妻子已经脱掉了内衫，只剩下了一件肚兜，削肩腻肤在微弱的灯光下使他心中蓦地涌出了一片爱怜，妻子本是诗书世家的闺女，平日的粗布麻衫几乎褪尽了她的天生丽质。海瑞走向妻子，挽起了她的长发，把她抱了起来。

妻子脸颊红晕，却闭着眼睛。

海瑞："这么多年，委屈你了。"

妻子倏地睁开了眼，竟是那般明亮："这个时候不要说这样的话，好吗？"

海瑞点了下头，抱着妻子轻轻地放到了床上。开始脱自己的内衫，露出了他依然强健的体魄。

"吹灯。"妻子在床上轻轻说道。

海瑞转身走到桌前，刚要吹灯，突然怔住了。

海夫人也猛地一颤，在床上坐了起来。

他们都听到了从正厅那边传来的微弱但清晰的哼唱声。

是海母的哼唱声："太阳要歇了，歇得吗，歇得的……月光要歇了，歇得吗，歇得的……"

海瑞立刻从椅子上拿起了内衫又穿上，向门口走去。

"汝贤！"妻子在他背后的叫声竟那般凄婉。海瑞在门口又站住了。

海母的哼唱声依然微弱而清晰地传来，隐隐约约也透着凄凉："阿囡要歇了，歇得吗，歇得的……"

海瑞终于打开了门，向门外走去。

正厅的大门竟然大开着，海瑞脱了鞋，轻步走了进去。

母亲卧房的门也是开着，里面透出光来。海母的哼唱声就在耳边："阿母要歇了，歇得吗，歇不得……"

海瑞走到了卧房门口："母亲。"

哼唱声停了，但海母并没有应答。海瑞只好静静地站在卧房门外，又唤了一声："母亲。"

海母却又哼唱起来："阿母要歇了，太阳就不亮了，月光也不亮了……"

海瑞不再犹疑，走了进去，马上便愣在那里。

海母抱着已经睡熟的孙女坐在床上，两眼望着窗外，眼中竟有泪光。

海瑞立刻跪了下去，磕了个头，抬起头说道："孩儿不孝，让母亲伤心了。"说完站起来，便从海母手里去抱女儿。

海母抱紧了孙女，却依然不看海瑞："做什么？"

海瑞："母亲年迈了，不能无人伺候。儿子还是在这里陪母亲吧。"

海母这才慢慢望向儿子："李太医说得好，或许这些年是我这个做母亲做婆婆的过分了……"

海瑞："李太医怎能这样说？母亲，天底下唯有一个'孝'字没有对错。"

第十六章

海母："可'不孝有三，无后为大'呀……"

海瑞："儿子正在壮年，儿媳也才三十出头。可母亲快七十了。是儿子侍母之日短，嗣后之日长。"

海母脸上露出了欣慰，也露出了慈祥："李太医开的药吃了吗？"

海瑞停了一下，才答道："回母亲，还没有吃。"

海母："怎么不吃？"

海瑞："也不争在这一日两日。母亲，今晚还是让儿子陪着母亲吧。"说着从海母手里抱过了女儿。转身走出门去。

海母望着儿子的背影，在那里出神。

抱着女儿刚踏进房门，海瑞便停住了脚步，原来海夫人已经站在门前，而且头上的发簪也已簪好，身上也穿上并系好了外衣。两眼深深地望着进来的海瑞。

海瑞的目光躲过了她，望向抱在手里的女儿。

海夫人伸出双手慢慢从海瑞手里把女儿抱了过去，转身走向床头。

海瑞怔在那里，望着妻子的背影。

海夫人轻轻将女儿放在枕上，并不回头："你出去吧。我们也要歇着了。"

海瑞又在那里站了片刻，海夫人依然没有回头，只是拿起了蒲扇在帐子里替女儿轻轻扇着，赶着蚊虫。

海瑞闭了一下眼，接着转过身走出门去。

走了不到三五步，海瑞猛听得背后的门"砰"的一声关了！

苎麻蚊帐已经放下，在外面可以隐隐约约看到海母这时已侧身面对床内躺下了。

海瑞轻轻在床边的凳子上坐下了。

每晚这时的功课便是给母亲背诵一段圣人的话。海瑞轻声地说道："母亲，今晚儿子给母亲背一段《孝经·广扬名章第十四》吧。"说着便背诵起来："子曰：君子之事亲孝，故忠可移于君。事兄悌，故顺可移于长……"

"今天我不听这一段。"海母在帐内打断了海瑞。

海瑞立刻停了："母亲想听哪一段，儿子背读就是。"

海母在蚊帐内："背下面一章。就是《谏诤章第十五》说臣子敢跟皇帝争，儿子敢跟父亲争那一章。"

海瑞怔了一下，少顷才答道："母亲，还是另背一章吧？"

"就这一章。"海母又打断了他,"前面的就不用背了,背儿子跟父亲争的那一段。"

海瑞犹豫了片刻,只好轻声地背道:"父有争子,则身不陷于不义。故当不义,则子不可以不争于父……"

海母还是侧躺在那里,说道:"给阿母说说,这一段是什么意思。"

海瑞有些犹豫,海母催道:"说。"

海瑞:"是。孔子的意思是说,父亲如果有了敢于直言的儿子,就不会做出不仁义的事情。所以当父亲做出不义的事情,做儿子的不可以沉默,应该向父亲婉言劝告……"

"不对。"海母在蚊帐中又打断了海瑞的话,"孔子明明说的是'争',争怎么是婉言劝告?"

海瑞:"母亲说的是,圣人在这里说的'争',也可解为直言抗争。可儿子觉得还是解为婉言劝告好些。"

海母在床上坐起了:"那下面一句'臣不可以不争于君'也是婉言劝告吗?"

海瑞仍然温言地:"回母亲,这里还是有所不同。"

海母:"有什么不同?"

海瑞:"有大不同。父亲不过一家之长,偶有不义之举,婉言劝告,纵然不听,不过一家之不幸。君主掌一国民生,若有不义之举,则民不聊生,甚至生灵涂炭。故为臣者必须直言抗争!"

海母:"你的意思是说阿母纵然有不义之举,不过你和你媳妇不幸。是这个意思吧?"

海瑞大惊,跪了下来:"阿母,义与不义指的是男人,母主中匮,不会做出不义的事情,圣人的话没有针对母子的意思。"

海母沉默了,好久才说了一句:"你父亲要是还在就好了……又快七月十五了,该祭供祖宗和你父亲了。睡吧。"

海瑞:"儿子记得。母亲请先安歇。"

蚊帐内海母不说话了,海瑞这才又站了起来,坐在床边,目光不禁望向了窗外。院子里只有草虫在那里响亮地鸣叫着。他无声地叹息了一下,悄悄吹熄了母亲床头小几上的油灯,轻轻走到对面的小竹床上躺了下来。

月亮升起来了,从窗口斜照了进来。海瑞眼睛睁着,似在倾听着母亲的动静,也似在倾听窗外自己房间那边的动静。只有这个时候,这个至阳至刚的男人眼中才显出了平时不见的忧郁。一阵疲乏终于袭了上来,他合上了眼睛,慢慢起了鼾声。

| 第十六章 |

院子里草虫的鸣叫声和着海瑞的鼾声，在沉沉的夜里响着。

躺在蚊帐里的海母眼睛依然睁着，她立刻从响亮的虫鸣声和儿子的鼾声中听到了另外一种声音，是蚊子的嗡嗡声。她轻轻爬了起来，撩开了帐门赤着脚下了床，在床底下拿出了草纸卷成的一根偌长的蚊烟，又从小几上摸到火石，擦燃了火绒，点燃了蚊烟，轻轻放到儿子小竹床的底下。

没有一丝风，夜是如此的闷热。月光冷冷地照着儿子消瘦的面颊，额上渗出密密的汗珠。海母在海瑞原来坐的那条凳上坐了下来，拿起蒲扇，静静地望着儿子，轻轻地扇着。几乎整夜，海母一直这样坐着。没有了蚊虫，便把蒲扇搁在腿上打盹，蚊虫声起，眼睛虽不睁开，手中的扇便立刻向儿子扇去。

世人常以为至阳至刚之人和旁人不同的是，处变不惊，临危不乱，宁折不弯。殊不知至阳至刚之人较之常人最大不同的是心地坦荡，不受缠绕。譬如斯人处危地困境，该吃饭还吃饭，该睡觉便睡觉。若"枕戈待旦"者，并非拿着枪睁眼坐待天明，而是心如空城，枕着一杆枪也安然睡了。海瑞几十年侍母之寝也是这样。母亲未睡自己便悉心照料，母亲睡了，自己便心安入睡。他哪里知道，多少个夜晚，就在自己沉睡之后，母亲总是这样坐在自己身边，关照着他，等到天要亮时，再睡到床上去。所谓侍母，其实是"母侍"。

天又快要亮了。海母也到了要从盹睡中上床了。突然，她听到了敲院门的声音！

海母的双眼立刻睁开了，望向儿子，由于敲门声轻，儿子尚在沉睡，便轻轻站起，撩开帐门飞快地爬上了床。

可就在这个时候敲门声急响起来。海瑞猛地睁开了眼睛，听着急促的敲门声，翻身坐起，向母亲的床上望去，隐约望见母亲侧身面对里边躺着。

海瑞站起来，走到床边轻声唤道："母亲，母亲。"

"什么事？"海母在床上答着。

敲院门声还在一阵阵传来。

海瑞："惊扰母亲了。许是有要紧的公事。你老接着睡，儿子去看看。"

海母："去吧。"

海瑞穿好了鞋，疾步走到了院门边："什么事？"

院门外立刻传来值夜书吏惊惶的声音："禀县尊，有上谕。"

海瑞："哪一级的上谕？"

那书吏的声音有些发抖："圣旨！是圣旨到了！"

海瑞听了也陡地一惊，立刻打开了门，那个满脸紧张的书吏连忙屈下一条腿跪了下去，海瑞紧紧地望着他。

有明一代，朝廷传给各省的文书往往都是内阁的廷寄，而不是圣旨。现在居然有圣旨下到了一个小小的淳安县，难怪那书吏惊恐，海瑞也有些不信："是圣旨？没看错！"

那书吏："回县尊，钦差都在大堂等了。确是圣旨！"

海瑞："你先去陪着钦差，我换好衣服就来！"

那书吏应着连忙起身奔了出去。

海瑞也急忙转身，准备往自己卧室去穿公服，却看见妻子捧着他的官服，已经站在自己的身后。

海瑞立刻明白，妻子显然一夜未睡，这才能听见敲门便知有紧要公事，适时将自己的官服送来了。

海瑞眼中立刻闪过一丝感激，双手捧过官服上的乌纱戴到头上，妻子接着将官服抖开提了起来，海瑞伸手穿上。妻子又给他系上了腰带。

妻子弯下腰又替他穿官靴。海瑞一只手扶着妻子弯下的背，穿上了一只官靴，又扶着她的背穿好了另一只官靴。

妻子伸直了腰，又给他递过来一个荷叶包的饭团，眼睛却始终没看他。

海瑞接过饭团，深望了一眼妻子，妻子的目光依然望着地面。海瑞无遑多想，转身向院外大步走了出去。

天已蒙蒙亮了。海夫人这才抬起目光望向丈夫远去的背影，慢慢转过身向自己房间走去。就在这时，她感觉到了婆母正站在厅屋门口，连忙停住："婆母。"接着疾步走了过去。

海母拄着竹杖正站在厅屋门口，望着走来的儿媳。海夫人走到海母面前低头站住了："天还早，婆母再歇一会儿吧。"

海母的神态少有的温和："我不歇了。你丈夫这是有大事要来了。快去给他准备些干粮和换洗衣服吧。"

海夫人："是。"才急忙向自己卧房那边走去。

海母怔怔地望着洞开的院门。

杭州浙直总督衙门后堂，赵贞吉赶来见到了刚从北京回到杭州的胡宗宪。

"我说你们浙江这个泥坑到底要把多少人陷进去？"赵贞吉站了起来，一脸的不快，"这个时候把我也扯进来！汝贞，什么人不好推举，你要向皇上推举我？"说着紧紧地盯住胡宗宪。

胡宗宪显得比上次见面时更消瘦也更黝黑了，这时坐在中间的椅子前慢慢望向赵贞

第十六章

吉:"你说是我推举的就算是我推举的吧。"

赵贞吉:"你是浙直总督,浙江配巡抚,皇上不问你问谁?"

"我说了,就算是我推举的!"胡宗宪不与他分辩,神态严峻起来,"既然来了,你打算怎么办?"

赵贞吉:"这应该问你。你把我从应天挪到这里,你要我怎么办?"

胡宗宪长叹了一声:"真要我说怎么办就能怎么办,郑泌昌、何茂才他们也不会落到这一步了。孟静,调你到浙江,不仅我,内阁事先都没有人知道。这是圣上乾纲独断。天心从来难测,这一点你到今天还不明白?"

赵贞吉紧望着他,这才有些相信了,立刻沉默在那里。

胡宗宪:"凡事都当作两面想。浙江现在是个烂摊子,搞得不好你也会陷进去。如果搞好了呢?你赵孟静就可能入阁拜相!圣上这是在为下一届的内阁物色人选哪。"

赵贞吉的眼睛亮了一下,立刻又收敛了:"我不作如是观!功过从来结伴而行,我不求有功,没有过便是福。"

"无过便是功。"胡宗宪紧接着他的话,"孟静,赶紧按圣谕把沈一石的家产算清楚,彻查浙江官场贪墨的贿款,悉数抄没交归国库,这便是功。"

"抄没沈一石的家产交归国库?"赵贞吉疑惑地望向胡宗宪,"沈一石的家产都要转卖给别人了,你不知道?"

"有这回事?"胡宗宪倏地站起,"上谕不是明明写着抄没沈一石的家产交归国库吗?怎么又会有转卖给别人的事!"

赵贞吉审视着:"这件事部堂真的事先一点也不知道?"

胡宗宪:"扯淡!我七天前离的京师,昨晚才赶回来,从哪里去知道?"

赵贞吉的脸色也严峻了:"这样看来我还真是错怪你了……"

胡宗宪立刻听出了他话中有话:"说清楚我听。"

赵贞吉:"把沈一石家产转卖的事,这里面牵涉到你。"

胡宗宪:"牵涉到我?"

赵贞吉:"你知道接手沈一石家产的那几个商人是哪里的吗?都是贵乡徽州的,有几个还是绩溪人,和你还有亲谊。"

胡宗宪立刻变了脸色,倏地站起了:"混账!他们怎么敢这样做!"

赵贞吉:"看来是郑泌昌、何茂才那两个东西知道事情弄大了,做梦还想挽回,于是便想出了这个收买沈一石家财的主意,以为只要能赶快弄些银子供给你打仗,同时把宫里要卖给西洋商人的五十万匹丝绸今年凑齐了,向皇上交了差,就可以躲过这一劫。也是狗急跳墙而已。关口是织造局那边正好利用这个火媒子把火烧到你头上了。"

胡宗宪背着手望着窗外，良久才开口道："你是接印巡抚，郑泌昌签的约应当立刻废止。我的那几个什么同乡叫他们立刻回去！"

赵贞吉："郑泌昌签的约当然要废止。可要是贵乡谊跟织造局衙门签了约呢？"

胡宗宪又是一怔，慢慢转过身来望向赵贞吉。

赵贞吉："杨公公一早就把几个贵乡谊都叫到织造局去了。"

胡宗宪愕然了少顷，神色又变得十分沉郁："我的处境你知道，能为朝廷干一天算一天了。孟静，这个时候皇上派你到浙江来，要你干什么，怎么干，你心里明白。皇上是意在填补国库亏空。他们以往打着皇上的名号敛财，现在依旧打着皇上的名号将应该交归国库的财产转归织造局。家国不分，是我大明致命之弊！孟静，你是理学中人，受命于危难之际。这件事你要给皇上上疏。"

赵贞吉又沉吟在那里，少顷："汝贞，问一句话你不要介意。"

胡宗宪："你问吧。"

赵贞吉："你是浙直总督，这些事你都知道，你为什么不上疏？你今年就两次见到皇上，为什么不当面向皇上陈奏？"

这两句话还真把胡宗宪问住了，他沉默了，赵贞吉却紧紧地盯住他。

也不知沉默了多久，胡宗宪终于抬起头也盯着赵贞吉："赵孟静，你这样问我，是怀疑我拿你当枪使，还是担心上了疏会替我顶了罪？"

赵贞吉有些尴尬了，移开了目光，手一挥："你这样说，那就当我没问。"

胡宗宪："话既然问到这个份上，我回答你。年初改稻为桑，我上没上疏，上了疏以后结果怎样，你都知道。因为上自皇上，下到朝廷各部，还有你们这些同僚，都把我胡宗宪当作严阁老的人了。同样的话，有人能说，有人不能说。这件事，你上疏不公也为公，我上疏无私也有私。这个道理你自然明白。现在你这样问我，是担心我会牵连你。既然这样，就当二十年我们从来没有交往过。我那几个同乡你仍然可以把他们牵扯进去，沈一石的家产你卖给他们就是！"

这番话把赵贞吉说得满面通红，愣在那里好一会儿。

"我赵贞吉不是那样的人！"赵贞吉红着脸，知道不能再沉默，声调也激昂起来，"朝廷的事，你要正办，我当然也要正办。可你也知道，凡事只要宫里插手了，最终怎么办由不得我们。就说你那几个乡谊，现在被杨公公叫去了，如果织造局一定要逼着他们接手沈一石的家产，牵涉到你，就很难分辩。"

"我不分辩。"胡宗宪的神态已经沉静下来，"孟静，上谕是给你的，情形你都明

第十六章

白，沈一石的家产该不该转卖，尤其是该不该卖给我那几个同乡，上疏朝廷分辩，是你职所当为的事。戚继光军报来了，接下来跟倭寇有几场血战。下午我就要回军营了。大战在即，浙军的军需，还有即将开来的江西、安徽、福建几路客军的军需，望你及时为我送来。"说着他站了起来，向门外走去。

"汝贞！"赵贞吉连忙叫住了他。

胡宗宪回过头，静静地望着赵贞吉。

赵贞吉显得有些沉痛也有些激动："别人不知你胡汝贞，我们毕竟是二十年的知交。不讲我们的交情，为了国事，为了让你一心在前方平定倭寇，我也会替你送军需，也会替你把那几个同乡解脱回去。国库亏空，我会想办法筹钱。织造局一定要把沈一石的作坊卖给其他商人，除非有明发上谕或者内阁的廷寄。否则，我会上疏，我会去争。"

胡宗宪眼中又有了光亮，被他这番表态又感动起来："孟静，我大明朝几千里中几无一尺净土，支撑大厦，也就靠你们这些理学之臣了。善谋国者如烹小鲜。浙江的事盘根错节，郑泌昌、何茂才还有许多官员背后都牵涉到朝廷，牵涉到宫里，有些事该追，有些事就不能追查到底。该争的争，该忍的必须忍。浙局这时全靠你了！"

赵贞吉："抗倭才是军国大事，细柳营不可无周亚夫！你放心去就是。上为国事，下为你我的交情，我都知道该怎么做。"

身为上司，胡宗宪这时竟向赵贞吉深深一揖："那就拜托了！"

赵贞吉连忙还揖："义所当为！部堂保重！"

五个徽商被当作上宾一溜坐在靠窗的椅子前，身边的茶几上不但沏有香茗，而且摆着鲜果干果好几个盘子。

五件约书，一式两份，共有十页，这时都整整齐齐地平摆在书案上，每份约书上不但有郑泌昌、何茂才和各位商人的签名画押，上方还端端正正盖着浙江巡抚衙门和布政使衙门的两方大印。

杨金水端正地坐在案前，随意地拿起一份约书看了看，又放了下去，对站在身旁的随从太监："这些约书都收了存档。"

那随从太监立刻将十份约书收成一沓放到墙边的柜子里，接着锁上了柜门。

几个徽商立时愣住了，互相望了望。

那个老年徽商说话了："杨公公，这约书你老似乎应该签了字盖上织造局衙门的大印留一份给我们。"

杨金水的脸冷峻了："我在约书上签字？我怎么能在这样的约书上签字？织造局怎

能在这样的约书上盖印？"

几个徽商更蒙了，一齐望着他。

"你们哪！"杨金水拖长了声调，然后冷冷地望着他们，"好好的生意在安徽不做，要跑到杭州来蹚这趟浑水！告诉你们吧，郑泌昌、何茂才昨天晚上已经被奉圣旨抓起来了！"

杨金水这又冷又尖的声调灌进几个徽商的耳朵里，就像三九天的寒风，又像从天灵盖上浇下的冰水，把他们都冷僵在那里。

那个老年徽商激动地："杨公公，我们本都是安分守法的商人，哪里知道朝廷和官府的大事。既然郑大人、何大人犯了钦案，我们跟他们签的约自愿撤回。"

"你们当这是赶庙会买东西？"杨金水乜斜着他们，"说买就买，说撤就撤？"

几个商人面面相觑。

杨金水："这是钦案！卷进来的人谁也跑不了！"

几个商人脸色都变了，那四个一齐望着那个老年徽商。

那个老年徽商："我们确实不知道郑大人、何大人犯了钦案。杨公公，不看僧面看佛面，就看在我本家胡部堂的面子，放我们回去。"说着竟跪了下来。

那四个徽商也跟着跪了下来。

"干什么？"杨金水望着他们，"你们这是干什么？约是你们跟郑泌昌、何茂才签的，追不追究，那得听朝廷的旨意。求我，还不如去求胡部堂。他是浙直总督，官可比我大。你们跪在这里，让胡部堂知道了，还以为是我在跟他过不去。还不起来吗？那好，那你们就跪在这里吧。"说着他干脆在椅子上坐下了。

那个中年徽商求情道："杨公公，我们被郑泌昌他们请来的事胡部堂都不知道。杨公公你老是知道的。你老不替我们说话，我们就没有活路了。我们几个也不是不晓事的人，杨公公但凡有什么开支，我们尽力效劳就是。"说着几个人都趴下了。

随从太监这时端过那碗茶递给杨金水。杨金水接过碗，喝了一口，眼睛乜向仍然跪在那里的几个徽商："冲你们刚才说的这番话，我想帮你们也帮不了了。"说到这里他把茶碗盖往茶碗上响亮地一搁，顺手递给了随从太监："给我开支？笑话。我的开支都是宫里的开支，要你们效什么劳？说实话，你们是不是暗中给郑泌昌、何茂才什么开支了？要不他们怎么会把十万匹减成八万匹？居然还把每年上贡宫里的三万匹改成两万匹？真是笑话，宫里的年贡他们也敢擅自削减！懒得说了。这些话你们留着跟本家胡部堂去说吧。"

五个徽商这时已被杨金水吓得魂都丢了，拼命地磕起头来：

"公公，我们冤枉！"

| 第十六章 |

"老天在上,我们确实没有给郑泌昌、何茂才什么开支!"
"杨公公你老要替我们申冤哪!"
"好了!"杨金水喝了一声。几个徽商立刻哑在那里。
杨金水把声调放缓了:"卷进这趟浑水里,是你们自己倒霉。现在你们把胡部堂也牵连了。能不能帮你们说话,我只得跟新来的赵巡抚商量了。这样吧,走呢你们现在是不能走了,就先在我这里住下。但凡能给你们想出办法,冲着胡部堂的面子我尽力去做。"
五个徽商一齐磕头:"谢杨公公!谢杨公公!"
杨金水向那个随从太监使了个眼色,径自走了出去。

赵贞吉开始履行自己对胡宗宪的承诺,回到巡抚衙门立刻在二堂提审郑泌昌、何茂才,以追缴赃款,急筹军饷。
四个锦衣卫是当然的陪审,一边坐着两个。各驻地宦官本身就负有宫里对当地官府监察的秘密使命,何况这个案件牵涉到织造局,杨金水理所当然地也参加了陪审。
防止串供,历来审讯这样的罪员都是隔离分别提审。首先带上堂的是郑泌昌。
大明朝官场的通例,罪员在审讯定案上报圣裁之前,问官照旧以礼待之。有说是大明的官员获罪的概率太高,纵使无罪,经人诬告陷害可能一夕间锁链加身。今日之问官难保就是明日之罪员,今日之礼待别人,便能为明日别人礼待自己留下余地。因此郑泌昌由两个队官押上堂来之前已经去了锁链,而且在大堂中央摆了一把凳子,让他坐下。
郑泌昌的神态倒是让几个审他的人都有些惊诧。以往此人之暗弱怕事推诿卸责在官场中是出了名的,今日像变了个人,徐步走上堂来,向上面的赵贞吉、杨金水深揖了一下,然后分别向两旁的锦衣卫拱了拱手便安静地在凳上坐下了,然后闭上了眼睛。
赵贞吉和杨金水不禁对望了一眼,然后和四个锦衣卫也对望了一眼。
"郑泌昌。"赵贞吉叫他了。
"罪员在。"郑泌昌依然闭着眼睛。
赵贞吉:"圣旨你都听到了。你在浙江任布政使三年,任巡抚近一年。这四年间沈一石给你行过多少贿,你又在沈一石的作坊里拿过多少钱款,最好是自己都招认了。我们也好向朝廷向皇上呈报。我的意思,你明白吗?"
郑泌昌还是闭着眼:"赵大人,还有四位钦差,我郑泌昌究竟拿过沈一石多少钱财,你们可以去查。"
赵贞吉:"我们当然会查。现在是给你机会。《大明律》载有明文,自己供认的和查出来的量刑可大有不同。"

"那我要说并没有拿沈一石的钱财呢？"郑泌昌睁开了眼睛。

几个人都是一怔。

四个锦衣卫脸上立刻露出了冷笑，却并不接言，因为问官是赵贞吉。

赵贞吉也冷笑了一下："郑大人，你是嘉靖二十一年的进士吧？"

郑泌昌："十年寒窗，我有负圣人教诲。"

赵贞吉："我今天不跟你说孔圣人，也不跟你说孟圣人。老子有句名言，郑大人自然读过，那就是'天网恢恢，疏而不失'！"

郑泌昌："已落天网，我没有什么可说的。"说完这句又闭上了眼睛，再不说话。

堂上一片沉默。

赵贞吉突然对堂下大声问道："淳安知县海瑞什么时候到？"

坐在大堂矮几前记录的书办立刻站了起来："回中丞大人，上谕应该在今天一早就送到了。如果快，今晚就能赶到。"

赵贞吉："那好。郑大人既然不领我们的情，就请回囚室。等海知县一到，让他审你！"

郑泌昌这时的脸抽搐了一下，眼睛闭得更紧了。

赵贞吉："押下去。带何茂才！"

两个队官立刻走上来了，站在郑泌昌两边。郑泌昌又慢慢站了起来，这时却把目光望向了杨金水，突然说了一句："杨公公放心，不该说的我绝不会说。该说的我也不会说。"

"押下去！"杨金水激怒了。

两个队官立刻挽着郑泌昌的手臂把他押了下去。

带上来的何茂才和郑泌昌在大堂门外碰面了，何茂才两眼睁得好圆盯望着郑泌昌，郑泌昌却不看他，十分平静地向台阶下走去。

也就是这一照面，何茂才猛地觉得自己也应该有个人样，便又提起了气，大步向大堂走去，也向赵贞吉、杨金水深揖了一下，却忘记了给两旁的锦衣卫行礼，兀自在凳上坐下了。

四个锦衣卫互望了一眼，脸色立刻阴沉了。

赵贞吉望着他："郑大人该说的都说了。何大人，他当布政使的时候你只是按察使，他当巡抚的时候你才兼任布政使。你是从犯，应该知道怎样向朝廷交代。"

"冤枉！"何茂才嗓门还是那么大，一开口就把大堂都震得嗡嗡响。

"闭嘴！"一个锦衣卫猛拍了一下身前的大案，显然是被他刚才的无礼加上此刻的咆

第十六章

哮震怒了,"再咆哮公堂,这里面可有的是刑具!"

何茂才习惯地把头猛地扭过去望向那锦衣卫,可就在目光一碰间,他立刻气馁了。

那锦衣卫站在那里骨架高耸,双目如鹰,显出一副立刻便会跃过来捕拿的架势!

何茂才把目光转向了赵贞吉:"赵中丞,我虽是革员,尚未审讯定案,请依《大明律》待我。"

赵贞吉:"我自然会以《大明律》待你。可几位是宫里的钦差,他们怎样待你,我就无权过问了。"

何茂才:"那好,该用什么刑,你们就用什么刑吧。打死了我,朝野自有议论。"

"这你就错了。"锦衣卫那头儿斜靠在椅子上冷冷地发话了,"比你大几级的官我们都打死过,蚊子都没有哼一声。何况你这么个小小的赃官。还有,你家里的人现在都还在西院关着呢。"

何茂才的脸色这才变了,站了起来:"我是拿过沈一石的钱,拿多少我认,能退多少我退。可上谕说郑泌昌和我贪墨有百万之巨实属冤枉!"

赵贞吉:"哪里冤枉了?"

何茂才:"我到浙江也就三年,沈一石的家财却供着好几任的官府开支,怎么能把账都算到我们头上?这是第一条冤枉。还有,朝廷给我们的俸禄也就那么一点,府衙里的开支又那么大,哪个衙门靠例银能够对付公事?赵大人,你也是封疆大吏,你在南直隶当巡抚只靠例银够衙门的开支吗?"

赵贞吉猛拍了一下惊堂木:"巧言狡辩!现在是我问你,还是你问我?好!你既然这样问了我,我也可以告诉你,我赵贞吉在哪里为官也从来不贪!你现在贪墨巨款,面对圣谕,尚如此猖狂,可见平日何恶不作!要定你的罪,我们有的是罪证,你不招,我们照例可以从重办你!"

何茂才:"赵大人,同在大明为官,相煎何急?"

"什么叫相煎!"赵贞吉又喝住了他,"你不贪墨,你不作恶,谁能煎你!我再问你一句,你贪墨的钱都到哪里去了?为什么你的后衙只有那么些银子?招出来,我和几位钦差自然会斟酌定罪。不招,现在我们也已经移文你的老家,派地方官去查抄了。藏在哪里,我们都能查出来。"

何茂才:"我说的都是实话,我拿沈一石的钱全算上,也不过三万两银子。三年了,已经花去两万多两,我剩的钱也就几千两。"

"把我们当小孩哄呀。"锦衣卫那头儿插言了,"二十年,你们浙江官府共贪墨了沈一石一百万匹丝绸,折合市价就是一千万两白银。就算你贪了三年,也该在一百五十万两数上,就算除去郑泌昌的一半,也该在七十五万两左右,再除去你以下官员的贪墨,你怎么也该贪了五十万两。"

"冤枉!"何茂才逼急了又喊了出来,"我三年一共也就在沈一石那里拿了十几万两银子,多数都用在衙门的开支上了!你们不信,打死我也是这个数。杨公公,你老要替我辩冤!"说到这里他也盯上了杨金水。

杨金水根本不看他,转向赵贞吉:"赵大人,这个案子也不是一堂两堂能够审定的。等到那两个陪审官来,可以先交给他们预审。"

赵贞吉:"上谕命我们立刻追缴赃款,以解前方抗倭军需。"

杨金水:"赵大人说得不错,为前方筹军饷才是军国大事。"

赵贞吉慢慢望向了杨金水,后者的目光也满含深意地看着他。赵贞吉立刻猜到了是几个徽商收买沈一石家产的事,这也正是他必须立刻与杨金水摊牌的事,于是向堂下喊道:"将何茂才押监。"

两个队官立刻上来了,这回也是看眼色行事,见几个问官都厌烦他便一上来就夹住了何茂才的双臂,押了出去。

退堂之后,杨金水立刻将赵贞吉请到了织造局衙门。

十万两一张的银票,一共是五张,都是在杭州的银号能够即换即兑的现通票——从杨金水手里递到了赵贞吉手中。

赵贞吉拿着这五张银票,疑惑的目光望向了杨金水。

杨金水:"现在胡部堂督率的兵马是五千人,安徽、江西、福建将到的援军是两万人,二万五千人这五十万两银子可以做一个月的军需。"

赵贞吉:"杨公公,这银子是哪里来的?"

杨金水:"不说赵大人应该也知道,就是转卖沈一石家产的定金。"

赵贞吉慢慢将银票放回了案上:"上谕是叫我们抄没沈一石的家产,并没有叫我们转卖沈一石的家产。杨公公,没有新的上谕或是内阁的廷寄,我不能这样做。"

杨金水也不再去拿那些银票,坐了下来:"那赵大人一定另有办法为前方筹集军饷,也有办法将朝廷今年卖给西洋的五十万匹丝绸织出来了?"

赵贞吉:"追缴赃款就是为了筹集军饷。至于卖给西洋的五十万匹丝绸,朝廷是不是另有动议,我们也只有候旨。"

杨金水:"不要候了,旨意早就有了。东南抗倭,北边抗鞑靼,今年还有那么多地方遭灾,朝廷全指着江南了。五十万匹丝绸今年必须卖给西洋,胡部堂肃清东南海面也是为

| 第十六章 |

了能把丝绸运出海去。赵大人真的连这个也不明白？"

赵贞吉："杨公公可否给我出示宫里的旨意？"

杨金水："旨意我现在没有，吕公公的信函赵大人愿不愿意看看？"

赵贞吉沉默着。

杨金水从腰间掏出了钥匙，走到墙边的大柜前打开了一把铜锁，拿出了一沓文纸都放到了大案上，先从上面拿起了一封信，显然早有准备，那信就叠在信封外面，递给了赵贞吉。

赵贞吉很快便看了，还是沉默在那里。

杨金水："大明朝是皇上的大明朝，不是吕公公的大明朝。如果不是皇上的旨意，老祖宗不会叫我们这样做。吕公公的信赵大人现在看了，要是还有异议，我这就给老祖宗回函，大不了让老祖宗请皇上躬亲，亲自给赵大人再下一道旨意。"

赵贞吉当然知道此事不可能再抗拒，但答应胡宗宪的话，他得履行承诺："既然宫里有旨意，我当然照办。可把沈一石的家产转卖给胡部堂的亲谊摆明了是郑泌昌、何茂才的用心。杨公公，前方抗倭的大事都在胡部堂肩上，这件事不能牵上胡部堂。我们可以把家产转卖给别的丝绸商。"

杨金水看着他，好久才说道："沈一石的家产只能卖给胡部堂的亲谊！"

赵贞吉有些激愤了："为什么！"

杨金水看着他这副神态不再接言，而是用左手揭开了身边的茶碗盖，再伸出右手的中指在茶水里蘸了蘸，然后在案桌上写了一个大大的"严"字！

赵贞吉脸色立刻变了！

杨金水："赵大人，最近内阁的变动你也知道了。皇上把内阁的实权交给了徐阁老。你可是徐阁老的学生，何必要为了别人牵上这个字呢？"

赵贞吉这时还有什么不明白的，尽管心里一阵难受，但望向杨金水的目光显然是完全屈从的神态。

杨金水这才又拿起刚才从柜子里掏出的那沓文纸："这里就是我跟那五个徽商签好的约。所不同者，把每五座作坊今年交八万匹丝绸改成了十万匹丝绸，今后每年上贡的两万匹丝绸改成了三万匹丝绸。这五十万两银票就是从今年增加的十万匹丝绸中拿出的一半。为了国事，我也是尽心了。赵大人要没有别的异议，就请在这五份约书上签上名带回衙里盖上巡抚衙门的大印。用这五十万两银子立刻筹办军需粮草，送到胡部堂的大营去。"

赵贞吉的手伸出来好艰难，但还是把杨金水递过来的那沓约书和那五张银票接了过去。

几十条装满了军粮、军械、火药和军饷的大船都升起了风帆。每条船上都站着护船的官兵。

赵贞吉站在码头的台阶上，向站在下面两级台阶上的解运官大声说道："这些军需限四天内押送到胡部堂大营！迟误一天者，斩！"

那解运官大声答道："是！"立刻站了起来疾步向台阶下走去，一边大声令道："起锚！起锚！"紧接着迈步登向紧靠码头边那条主船。一双手立刻伸过来，接住了这解运官的手，把他拉了上去。

——拉解运官那人竟是胡宗宪安在巡抚衙门的那个书办！

几十条大船都起锚了，向着运河的下游扬帆连樯蔽江驶去。

赵贞吉定定地还站在那里，眼中一片黯然。

帐外是连天的暴雨声，帐内却十分安静。胡宗宪站在大案前看着赵贞吉的公文，脸上立刻浮出了激动，又抬眼望向跪在前面的那个浑身湿透的解运官："这么大的雨，只用了四天你们就把军需送来了，你们辛苦！"

那解运官抬头答道："赵中丞有死命令，限定我们四天一定运到。"

胡宗宪："你带着押运的官兵先去用饭休息，雨停了再回杭州。我有回文答谢赵中丞。"

那解运官磕了个头："是。"站起来走了出去。

胡宗宪："来人！"

几个将官湿淋淋地从帐外进来了，笔直地站在两边。

胡宗宪："军需粮草到了，立刻送到戚将军军营，传我的令，按商定的部署进剿温岭的倭巢！"

几个将官齐声吼应："是！"同时奔向帐外的雨幕中。

暴雨连天，帐内昏暗，胡宗宪端起了案上的灯，转身望向挂在帐幕上的军用大图。亲兵队长这时领着那个书办悄悄地进来了。

亲兵队长轻声地唤道："部堂。"

胡宗宪仍然看着地图："说。"

亲兵队长："王书办来了。"

胡宗宪慢慢转过身，亲兵队长连忙从他手里接过了灯，放在案上。

那王书办浑身湿淋淋地跪了下去："叩见部堂大人。"

| 第十六章 |

胡宗宪紧望着他。

那王书办抬起了头:"部堂,你老那几个乡谊没有走成,跟巡抚衙门和织造局衙门签了约了!"

胡宗宪脸色立刻变了。

那王书办紧接着说道:"这回运来的军需就是几个乡谊交给巡抚衙门的定金筹办的。"

胡宗宪在那里站了好久,接着向外走去。

亲兵队长连忙抄起雨伞跟去。

胡宗宪走出大帐,走向雨幕。亲兵队长慌忙把伞罩上去,胡宗宪手一挥,挥掉了雨伞,走入了暴雨之中。

一座座黑洞洞的炮口火光喷射!

暴雨倾盆,乌云覆盖着陆地覆盖着海面一直到遥远的天际。倭寇的火炮架设在岸边的寨栅内,架设在海面的战船上,连续向陆上戚继光的前沿阵地轰击!

炮火在戚家军的官兵的前方,在他们的左右两侧,有些甚至就在他们的身边炸起一团团火光!可所有的人都匍匐在雨地上一动不动,更难得的是那些马竟也匍匐在人的身旁一动不动。

戚家军的火炮其实早已摆好,炮口也早就对准了倭寇的寨栅和海面的倭船,但这时都沉默着,没有一尊炮开火。

大雨中,戚继光那匹大白马也静静地趴在他的身旁,炮火在不远处炸出团团火光,暴雨砸落得它将两眼紧紧地闭着。白马的身边,亲兵举着一把大油伞,伞下戚继光跪蹲在那里,拿着一只单筒的千里镜望着前方的倭寨和倭船。

单筒千里镜里:弥漫天地间的雨帘中依稀能够看到,无论是倭寨还是倭船,倭寇全隐伏在炮后,而每尊炮前方的寨地上和船板上都跪满了捆绑着的大明百姓。

司炮的把总弯腰跑过来了:"将军,还炮吧!再不还炮,我们的伤亡就大了!"

戚继光放下了千里镜,沉默在那里。

也许是为了节约炮药,见戚家军毫无动静,倭寨倭船那边的炮火渐渐稀疏了,又渐渐停了。

这时雨也渐渐小了,海天上的乌云在慢慢散去,海面上的雾又慢慢起了。

戚继光站了起来,大声地说道:"倭巢里倭船上全是我大明的百姓,此战不求俘敌立功,只求救出百姓!没有我的军令不许放炮,不许出击!待我们的船在海面靠拢形成合围再全面出击！"

首先是靠近戚继光的那些官兵同声吼应："是！"

紧接着散布在四处的官兵同声吼应："是！"

上千人的吼应又惊动了倭寇，炮火紧接着向这边轰来！

可就在这时，倭寨里也冒出了几柱冲天的火光，接着一条倭船也被两发炮弹击中了，冲腾起熊熊火光！海面的东边和西南边同时出现了戚家军两支水师船队，他们向倭寨和倭船开炮了。

倭寇的营寨和战船立刻慌乱了，许多炮口纷纷掉转，向海面戚继光的水师战船还击。

水师战船的炮火似乎更猛烈些，又有几发炮弹击中了倭船，无数人被炸得飞了起来，有些从空中落入了海面，这其间有倭寇当然也有百姓。立刻，船上传来了百姓慌乱的惊哭声。

"吹号角，打旗语，命令他们停止放炮！"戚继光站在暴雨中大声吼叫。

"呜呜"的号角立刻吹响了，山头上几个发令兵也同时向海面的水师战船发出停止放炮的旗语。

"停止放炮！"水师战船上百户陈濠大声下令。

东海面戚家军的水师战船停止了放炮。

"停止放炮！"指挥胡震大声下令。

西南海面戚家军的水师战船也停止了放炮。

倭寇的炮火却没有停，仍然在水师战船的四周炸起了冲天的水柱。有一发炮击中了一条水师战船。船上燃起了大火！

水师战船被迫后撤。

"将官！不能这样打！"一个大汉向胡震单腿跪下，大声喊道。这个人面部被炮火的硝烟熏得很黑，身上却没有穿军服，显然是百姓的义兵。

许多人跟着嚷了起来：

"不放炮怎么打！"

"这样打我们怎么也打不赢！"

"住口！"胡震喝住了他们，"倭船上有百姓，有军令不许放炮。"

那个义兵还单腿跪在那里，大声地："那就靠近倭船，冲上去打！"

胡震望向那个义兵："倭寇炮火猛烈，怎么靠近倭船？"

那个义兵："将官，起雾了，给我们几条快船，我们能够冲上倭船。"

同时几十个百姓的义兵都跪下了：

| 第十六章 |

"让我们去!"

"我们愿去!"

胡震:"你们是义民,驾船打仗非你们所长,要去也该官军去。"

那义兵:"将官,我们是淳安的桑户,平时一直在新安江运河和海面上驾船护运生丝,我们知道怎么躲过炮火,我们也能打仗。"

胡震有些感动了:"难得!你叫什么名字?"

那义兵:"小民叫齐大柱。将官,我们的命本是捡来的,要是战死了,请你转告我们海知县,就算我齐大柱和兄弟们报他的恩了!"

这时那些被炮火硝烟熏黑的脸上眼睛都在闪着光,让人认出了他们就是齐大柱和淳安的义民。

胡震深深地望着这些披肝沥胆的人,大声令道:"给他们调三条快船!传令所有的炮向敌船周边放炮,掩护他们靠近!"

"是!"一个队官大声应令。

这时海面上的雾越来越浓了,原本能清晰看见的战船都蒙罩在茫茫的雾中。过后,有百姓传言,此处海面都归普陀山观音菩萨保佑的范围,这雾就是观音菩萨显灵发来的。可见天心所向,亦即人心所向。

排桨齐飞,齐大柱率领的三条快船在大雾中向倭寇水寨的大船飞快划去!

倭寨里的倭寇显然被这突然起来的大雾吓慌了,炮火漫无目的地向四面轰击。有些炮火就落在齐大柱他们快船不远的海面上,击起冲天的水柱,几条船都在波涛中剧烈地晃动。

水师战船也放炮了,显然是调缩了炮距,炮弹也都落在离倭船还有数丈的海面,激起冲天的水柱。

三条快船离倭寇水寨的大船越来越近了。

率先的那条快船上,齐大柱一手握着一把钢刀,一手捏着一根长长的竹篙,目光紧盯着越来越大的倭船船影。

水师战船的炮火适时地停了。倭船上的炮火还在向远处轰击。三条快船已经划到了倭船的船舷下部。

快船小,倭船大,抬头望去,倭船的船舷离快船还有约一丈高。

齐大柱把钢刀咬在牙间,双手捏着竹篙在船头倏地站起了。

几条船上的义兵都把刀插在腰间,手里拿起带有抓钩的长绳,全都站起了。

"上!"齐大柱一声大吼,竹篙底部的铁尖在船头猛力一撑,人便随着那根弹起的竹篙跃向了空中，向倭船的船板落去。

紧接着义兵手中的长绳都抛向了倭船的船舷，铁钩钩住了，人便抓紧长绳飞快地向船上爬去。

船上立刻传来了吼杀声，兵刃撞击声，百姓的呼救哭喊声！

"出击！"西南面的胡震挥剑大喊。

这里的水师战船都调整了风帆向倭寇水寨战船驶去。

战船上的官兵齐声吼叫："杀贼！杀贼！"

"出击！出击！"东面的将官陈濠也大声下令。

这里的水师战船也立刻调整了风帆向倭寇水寨战船驶去。

呼应着西南海面，这里战船上的官兵都高举着兵器大声呼喊："杀贼！"

大雾茫茫中，戚继光立刻做出了判断，挥剑上马，大声下令："全线出击！"

无数匹战马载着戚家军的骑兵在海雾中飞奔向倭寇的水寨。

接着是漫山遍野的步兵飞跑向倭寇的水寨。

喊杀声、厮杀声在朦胧的雾中大作，声震群山，声震大海！

明嘉靖四十年夏，在胡宗宪的部署下，戚继光率戚家军在浙江义民的协助下从陆海分三路攻击倭寇驻于温岭东南海面的水寨。此战解救百姓一千二百余人，生擒斩杀倭寇头目五郎如郎、健如郎等数百人，缴获倭船十一艘。取得了当年抗倭第六次全胜。

第十七章

　　这一仗从清晨开始，攻破倭寨是申时末，收拾战局已是酉牌时分。雾渐渐淡了，却没有完全散去，西边群山上空的太阳一圆橙黄，朦朦地斜照着海面，照着沙滩。

　　在戚家军打过大仗的人都知道，一场恶战下来，收拾战局往往比作战时更辛苦。胡宗宪督浙的军规，凡生俘的倭寇一律不能滥杀，必须关押审讯，依律定罪；救获的百姓，都得妥善发给钱粮安排回乡。因天近黄昏，此时无论是战俘还是百姓都得就近扎营安置，候第二日清晨才能押送遣返。从海面的船队到海岸边全是人头攒攒，传令声、呼喊声此起彼伏。

　　齐大柱和他的义兵们反而无事可做了，这时都静静地排坐在战场一隅的沙滩上，好些人在包扎着伤口，好些人在望着不远处两排有些奇异的人群。

　　这两排人，一排是戚家军的兵士，都是年轻后生，一个个脸上都透着兴奋，却都不敢吭声，睁大了眼望着对面那一排人群。

　　兵士对面那一排是这一次救下的几十个女人，多数是十几二十岁的少女少妇，也有近三十的妇人，也全都静静地站在那里。

　　指挥西南水师战船的胡震站在这两排人顶端的中间，先望向那排女人，大声说道："你们自己再好好想想，有无失散的亲人可找，确是亲人都被倭寇杀了，家也烧了的，才能留下来做军户。有不愿做军户的，现在还可以去投亲靠友！"

　　那一排女人全都低着头，没有一个应声的，更没有一个离开的。

　　胡震："那就是你们都愿意留下了。那好，那就嫁鸡随鸡，嫁狗随狗！往后，台州卫就是你们的家。"说着他又转对那排士兵："你们也听清楚了！还是老规矩，从左边开始，第一个是一号，排下去是几号就是几号。谁拈着你们，谁就是你们的婆娘！军规就是父母之命，拈阄就是媒妁之言，这就算明媒正娶了！不许嫌弃，不许私底下调换，跟着你们后不许打骂，要好好过日子！"

那排士兵齐声应道："是！"

胡震对他身边捧着竹筒的那个士兵："让她们拈阄！"

那士兵捧着竹筒向那一排女人走去，走到第一个面前站住了。

第一个女人怯怯地望着那个竹筒，然后闭上眼从里面拈出了一个小纸团，急着就想打开。

那士兵："捏着。拈完了叫打开再打开。"

那个女人立刻将纸团捏在手心。

接着是按顺序，一个一个女人从那个士兵捧着的竹筒里各拈出一个纸团，全紧紧地捏着。

那士兵在一个女人面前僵住了，那女人低头静静地站着不去拈阄。

那士兵："拈呀！"

那女人抬起了头："让下一个拈吧。"

那士兵蒙在那里——这个女人刚从一场浩劫磨难中下来，从左额划过眉间直至右边的脸颊有一条长长的刀痕，两眼却还是这般明亮，硝烟汗尘依然掩不住她脸上那种说不出的生动！

对面那排士兵都把目光望向了这个女人。

那个捧竹筒的士兵："你不拈阄站在这里干什么？"

那女人依然执拗地："让下一个拈吧。"

胡震也看在眼里："下一个吧！"

那士兵只好捧着竹筒递向下一个女人。

对面那排士兵许多人的目光还盯在这个女人的脸，这女人却把目光望向了齐大柱他们那边。

虽然距离不近，齐大柱的目光这时竟和这个女人的目光接上了，心里莫名地一动。这时他身边的弟兄们纷纷都站起了，他竟浑然不觉。

"你就是齐大柱？"一个身影在齐大柱身边站住了。

"我是。"齐大柱曼声应着，这才把目光移了过来，不觉一惊，连忙站起。

戚继光站在他的面前。

"小民齐大柱参见戚将军！"说着拱手就要拜下去。

戚继光双手扶住了他："是条好汉！这一仗你们是头功！我要赏你，赏你的弟兄们。"

齐大柱："我们是自愿来的，不要赏。"

第十七章

戚继光:"来不来是你的事,赏不赏是我的事。我跟你商量,你愿不愿带你的弟兄留下来在我这里干?"

齐大柱望着戚继光:"我愿意!还有些弟兄也愿意。可有些弟兄只怕还得回去。"

戚继光十分高兴:"只要你愿意留下就行!想回的可以回去。"

"十七号!"这时那边传来大声的宣号声,接着便爆发出一阵哄闹。齐大柱这边的人目光又被吸引了过去。

原来是胡震验完了第一个女人手里的数字,刚宣读完号码,士兵这一排的十七号提着枪在哄闹声中走向那个女人,离她还有一丈便停住了,向那女人伸出了手中长枪的枪杆,那个女人低下了头,不知所措。

胡震:"捏着枪柄。"

那女人这才怯生生地捏住了那个士兵伸过来的枪柄,被他牵着向对面走去。

胡震接着念第二个号码:"九号!"

又是一阵哄闹,第九个士兵提着枪走过去了。

齐大柱他们这些人都看得蒙了。

胡震的念号声不断传来,兵士们的哄闹声也不断传来。

看到齐大柱这些人的神态,戚继光笑了:"倭寇作孽,这些女人都无家可归了,正好我们好多弟兄都打着单身,逼出来的办法,也算是功德吧。"

齐大柱佩服之情油然而生:"都说铁打的戚家军,小民今天算是看到了。"

戚继光的笑容突然敛了,面色一沉:"这里不是什么戚家军,你也已经不是什么小民了。"

齐大柱怔在那里。

戚继光大声地:"点一点,看你这些弟兄有多少愿意留下来,编成一队,我再给你调些老兵来,就归你管。从今天起你就是我的百户长!"

"是。"齐大柱这时竟有些腼腆,这一声答得便有些不响。

戚继光:"大声点。"

"是!"齐大柱这一声十分响亮。

戚继光的脸这时十分冷峻:"进了台州卫军营,一切就得按军规行事。还有,以后不许再说自己是什么戚家军。我大明所有的军营都是朝廷的军营,不是哪一家的军营!明白吗?"

齐大柱一凛,肃然答道:"是!"

戚继光:"你的弟兄们先在这里歇息,有人会安排他们吃饭编队。你先跟我去见个人。"

齐大柱："是。"

戚继光带着齐大柱向山岭那边走去。

"等一等！"他们身后传来一个女人大声的呼叫。戚继光和齐大柱都站住了。

一个女人向他们奔跑过来，竟是那个不愿拈阄、脸上有一条刀痕的女人。

齐大柱心里猛地有了感觉，紧望着那个跑来的女人。

那女人跑过来后却没有看他，径直在戚继光面前跪下了，高高地抬起了头："你就是戚将军吧？"

戚继光："是。你有什么事？"

"我要跟这个男人！请戚将军做主。"那女人石破天惊地说出了这么一句话，接着在地上磕了个头。

戚继光有些纳闷："你要跟哪个男人？"

那女人又抬起了头，看着戚继光："就是将军身边这个男人！"

齐大柱一震，眼睛大睁着望向那个女人。那女人却没有看他，还在紧紧地盯着戚继光。

戚继光慢慢望向齐大柱，又望向那个女人："你说的是他？"

那女人："就是他！"

戚继光："为什么？"

那女人："他帮我杀了杀我全家的倭寇！"

戚继光："你要报恩？"

那女人："是。"

"你怎么知道他有没有妻室？"戚继光说着望向齐大柱。

"他有没有妻室都不紧要。"那女人抢着大声答道。

这样的事戚继光也是头一回遇到，心觉有趣，毕竟贸然，便又望向齐大柱，再又望向那女人："你知道他愿不愿要你？"

那女人好坚决："我跟着他就是。"

戚继光倒被她的态度打动了，定定地望着齐大柱。

齐大柱反倒低下了头。

戚继光对那女人："你先到那边等着。"

那女人磕了个头，静静地站起又静静地向齐大柱的兄弟们那群人走去，始终没看齐大柱一眼。

第十七章

齐大柱那些弟兄站在那里早就看蒙了，无数双目光这时都望着这个静静走来的女人。

那女人走到离他们约一丈处便自己在沙滩上坐了下来。

戚继光带着齐大柱继续向山岭那边走去："你有妻室吗？"

齐大柱："原来有，去年生孩子，难产，母子都没保住。"

"哦。"戚继光不禁又望了他一眼，便不再说话，大步向前走去。齐大柱默默地跟上他的步伐，走进了一片树林。

"禀部堂，属下把他带来了。"戚继光单腿跪了下去。

齐大柱站在那里有些蒙。前方一块大石头上，坐着的那人又黑又瘦并不起眼。而赫赫有名的戚将军冲着那人跪了下去。

戚继光又站起了，对着齐大柱："这就是当初放过你的胡部堂。快来拜见。"

齐大柱惊了，这才知道此人便是浙直总督胡宗宪，立刻双腿跪了下去："小民齐大柱拜见胡部堂！"

胡宗宪浅浅一笑："是海知县派你们来的？"

齐大柱："回部堂大人，是。"

胡宗宪："这次你们立了功。"

齐大柱："回部堂大人，应该的。"

胡宗宪："你们没有拿朝廷的军饷，谈不上应该。"

齐大柱抬起了头："当初要不是部堂大人放了我们，后来要不是海知县救了我们，我们已经死了几回了。能为朝廷出点力，当然是应该的。"

胡宗宪望向了戚继光："听到了吗？百姓并不知道什么是朝廷。他们心里的朝廷就是我们这些官。"

戚继光肃然动容："属下明白。"

胡宗宪又问戚继光："他们答应留下了吗？"

戚继光："回部堂，他答应了，有些人愿意跟他留下，有些人要回去。"

胡宗宪慢慢站起了："把军报写好了，给他们记头功，其他的按功保举，我今晚就向兵部呈报。"

戚继光："是。"

"起来吧。"胡宗宪又望向了齐大柱。

齐大柱这才站了起来。

胡宗宪："你现在虽然是官军了，打这一仗还是义民所为。我没有别的赏你，送你这把剑吧。"说着解下腰间的那把剑递了过去。

齐大柱呆呆地站着，没敢伸手去接宝剑。

戚继光也有些意外："部堂，这可是你在兵部时就用过的剑，怎么能送人？"

胡宗宪："我带着它也没有多大的用处了，不如送给他多杀几个倭寇吧。"

什么叫"没有多大的用处"？为官无非进退二字，戚继光立刻感到了他内心深处的退志，而且是那种无奈的退志，心里便觉一酸，看见胡宗宪双手把剑还递在那里，连忙低声对齐大柱："快接过来！"

齐大柱又跪下了，双手举起接过了那把宝剑。

胡宗宪开始向山岭那边走去，亲兵队长和亲兵们牵着马立刻跟着。

戚继光深揖下去："送部堂！"

胡宗宪又站住了，回过头来，齐大柱这时捧着宝剑还跪在那里正望着他。

胡宗宪："托你们那些回去的弟兄带句话，感谢海知县。"

齐大柱大声应道："是！"

天色渐渐暗了，胡宗宪和他的亲兵们消失在黑黑的树林深处。

海瑞赶到杭州馆驿已是亥时。同样的地方，同样的人，相隔数月，这次进来驿丞驿卒的态度却大不相同。驿丞亲自举着灯，驿卒在后面替他牵着马走进了院门。

"王知县到了吗？"海瑞一进门便大声问道。

"敢不先到？"王用汲手里也提着一盏灯笼，站在院里，还是那副笑容，望着海瑞。

一个在淳安，一个在建德，比邻之县，可几个月就是没能见面。海瑞见到他顿感春风习习扑面而来，立刻走了过去："你总是比我腿快。"

王用汲："我比你近，地利而已，地利而已。"

"住哪里？"海瑞问王用汲。

驿丞立刻接言："给二位老爷安排了东院大房。王老爷说一定要住你们原来住过的那两间，小的只好从命。若是嫌办公事不便，还可以调。"

"原来的好！就住我们上回那两间。"海瑞大声赞同说。

可一进门，海瑞就感觉不对，这是原来那间房吗？

——房梁上吊着灯，房角上坐着灯，书案上摆着灯，大放光明！房间确还是那个房间，摆设却全换了，一色的黄花梨家具，书案也大了许多，上面的纸笔墨砚显见都是上品，摆得整整齐齐。桌子上、茶几上的茶具也都换成了上等的细瓷，而且还摆有花瓶、古玩。

第十七章

海瑞站在房子中间，上下左右扫了一眼。

驿丞站在他身边，指着房门边那架黄花梨洗脸架："海老爷先洗把脸，待后让他们伺候你老沐个浴。看还缺什么，我再派人给你老送来。"

海瑞这才看到，房门边的洗脸架上还摆着一只白云铜面盆，已装好清水，一块雪白的淞江棉布脸帕一半搭在水里，一半搭在盆边。他的脸色更难看了，慢慢望向那驿丞。

王用汲站在另一边鬼笑，他知道，驿丞立刻要碰一鼻子灰了。

"点这么多灯干什么！"海瑞果然一开口便给他一钉子，"还有这些花瓶之类！我们是来办公事的。桌上留一盏灯，其他没用的东西都拿走。"

那驿丞立刻窘在那里："海老爷，你老和王老爷虽还在知县任上，这回可是奉旨办差。我们是按规制接待。"

海瑞："什么规制？《大明会典》上有这个规制吗？"

那驿丞只好望向了王用汲。

王用汲："恭敬不如从命。你们就按海老爷的意思办吧。"

驿丞只好对外面的驿卒喊道："取叉子来，把房梁上的灯还有座灯都熄了。把花瓶古玩都搬出去。"

立刻进来两个驿卒，一个拿着一根好长的竿叉便去叉吊在房梁上的灯，另一个便去取摆在各处的花瓶古玩。

王用汲对海瑞："先擦把脸吧。让他们干，去我房间坐坐。"

"不擦了。"海瑞说着便招王用汲向门外走去。走到门边又对那驿丞说道："一百两一匹的淞江棉布用来做脸帕，你们也太阔气了。换了，我只用麻的。"

边说着，就到了王用汲的客房门口，一推开门，海瑞便又是那副不想进去的样子。

——王用汲的房间和海瑞刚才的房间是完全一样的规格和摆设。

"算了。我还是到院子外边站站吧。"海瑞说着便走。

王用汲一把拉住了他，仍然笑着："你不愿意过好日子，还不许人家舒服点？也太不近人情了吧。"

海瑞："好大的人情。润莲，你知道这种规格一人一天要花多少银子吗？"

王用汲："包括饭食，每天二十两。"

海瑞："知道你还住？"

王用汲收了笑容："因为这是赵中丞和织造局亲自安排的。"

赵贞吉是巡抚也是这个案子的主审官，他安排陪审官的食宿规格尚可理解，可王用汲偏偏把"织造局"三个字说得很重，这里面就有文章了。

海瑞立刻警觉起来:"上谕下来都五天了,我们来了不立刻召集办案,倒在规格上做起文章来了。"

王用汲:"其实,赵中丞已来过了,等了你一个时辰,刚走。"

"是吗?"海瑞立刻转身,"那我们现在就去见他。"

"都什么时候了?"王用汲一把拉住他,"赵中丞说了,明早卯时在巡抚衙门会面。"说着便把门关了,接着把海瑞拉到靠墙的椅子边,"来,坐下说。"

海瑞被他让着在靠墙的椅子上坐下来了。王用汲拖着旁边那把椅子在他对面坐下:"先不说规格的事。刚峰兄,你接到上谕是什么时候?"

海瑞:"一天前清晨时候。"

王用汲:"建德比淳安近,我接到上谕是两天前的傍晚。遵省里的安排,白天忙着交接县衙的事,这两晚可是夜夜没合眼,睡不着。"

海瑞笑了:"是呀。这么大的案子,被审的睡不着,审案的当然也睡不着。"

王用汲:"你也睡不着吧?"

海瑞:"那倒没有。案子该怎么审就怎么审,觉该怎么睡还怎么睡。"

"你倒睡得着。"王用汲叹了一声,"你就没想想,这个案子的主审官为什么是赵中丞,两个陪审官为什么是你和我这两个新调来的知县?"

海瑞望着他:"想得有些道理。"

王用汲压低了声音:"赵中丞是徐阁老的学生,你和我是高大人和张大人推举的人。愣要说派系,我们三个全是裕王爷这边的人!"

海瑞依然静静地望着他。

王用汲:"这么大案子,皇上为什么会同意全用裕王爷的人来查?用意只有一个。"说到这里他又停住了。

海瑞:"说下去。"

王用汲却站起来,走到书案前拿起笔在一张笺纸上写了两个字,折回来,伸到海瑞面前。

海瑞注目望去,笺纸上写着两个大字:"倒严"!

海瑞点了点头,王用汲立刻揭开身旁的灯笼罩将那张纸点燃了,快烧尽时放到自己这边的茶碗里,这才又坐了下来,紧紧地望着海瑞。

海瑞也紧紧地望着他,一副等着听下去的神态。

王用汲:"可我又想,既然皇上都有这个心思了,直接下一道旨意就是,为什么还要费这么大手脚,从浙江入手?原因只有两个:一是这一党势力太大,在朝廷动他们立刻便

第十七章

会牵动两京一十三省；二是皇上另有顾忌，还没有下最后倒他们的决心。刚峰兄，这样的事交到浙江，交给我们，你我肩上担的是天大的干系，脚下踏的却是薄冰哪。"

海瑞显然认同了他的见解，也格外严肃起来："那这个担子你准备怎样担？"

王用汲："一句话，小事不糊涂，大事要糊涂。"

海瑞的眼中立刻闪过一丝不以为然："什么叫小事不糊涂，大事要糊涂？"

王用汲把声音压得更低了："这还有什么不明白的？那些人这二十年干的事有多少牵涉到宫里，牵涉到皇上，朝廷那么多大员都知道，可何曾有人说过一句话？何况还有许多只有天知道的事情！从浙江入手就是为了投鼠而不忌器。牵涉到'鼠'我们可以严查，牵涉到'器'，我们便一个字也不能问，更不能查。"

海瑞开始换了一种目光望着王用汲，他突然发现这个人品厚道遇事随和的人居然还有这么深的思虑，一时自己也弄不清是对他油然而生佩服还是蓦然生了一丝隔膜，目光便透出了这种复杂。

王用汲正望着他的眼，当然感觉到了他的神态："不要用这种眼光看着我。我们不这样想，郑泌昌、何茂才就会想得比我们明白。为了避罪，他们会把什么事情都往宫里扯，往皇上身上扯。这一扯，案子便一个字也审不下去。你和我，还有赵大人这一关就比郑泌昌、何茂才还要难过！"

海瑞仍然紧紧地望着他："赵中丞是不是也这样想！"

王用汲想了一下："他来的时候倒是没有这样说，但可以料定，他也是这样想。"

海瑞："你怎么就能料定？"

王用汲的目光这时慢慢扫视着这间布置高档的房间："现在可以说我们的规格了。你和我也不过七品的职位，织造局为什么会亲自出面给我们安排这么高的规格？难道还不明白。"

海瑞："织造局插手这个案子了？"

王用汲："岂止插手。圣旨叫我们抄没沈一石的家产充归国库，可织造局已经将沈一石的家产转卖给别的商人了。"

"他们敢！"海瑞倏地站起，两眼立刻闪出光来。

"不要动气，先不要动气。"王用汲一边示意海瑞压低声调，紧跟着也站了起来，更压低了声调，"你知道收买沈一石家产那些商人的约书是和谁签的吗？"

海瑞："谁？"

王用汲："赵中丞！"

海瑞一下愣在那里。

王用汲："还有更匪夷所思的，接手沈一石家产的商人都是胡部堂的亲谊。"

海瑞两眼空空地望着前方，脸上无任何表情，身子也一动不动，就像老僧入定般站在那里。

王用汲见他这般模样，本想说话又停住了，只好静静地待在那里。

海瑞的耳边慢慢传来一个人的声音，是高翰文临走时向他背诵织造局账目的声音："嘉靖三十九年五月，新丝上市。六月，南京、苏州、江南织造局赶织上等丝绸十万匹，全数解送内廷针工局……嘉靖三十九年七月，以两省税银购买上等丝绸五万匹中等丝绸十万匹和淞江上等印花棉布十万匹，解送北京……嘉靖三十九年十月，织造局同西域商人商谈二十万匹丝绸贸易，折合现银二百二十万两，悉数解送内廷司钥库……"

接着，海瑞动了，来回踱着步，将高翰文告诉他的数字自己念了出来："嘉靖四十年二月，接司礼监转上谕，该年应天、浙江所产丝绸应贸与西洋诸商，上年所存十二万匹丝绸悉数封存，待今年新产丝绸凑足五十万匹，所货白银着押解户部以补亏空……"

王用汲见他旁若无人，突然说出了这些惊天的数字，一下子蒙了，眼睛睁得好大望着海瑞。

海瑞的眼中这时也渐渐闪出光来，显出一副闻鼙鼓而思破阵的神态！

王用汲看着他这种气势，怯怯地唤道："刚峰兄……"

"不用再说了！"海瑞倏地转身望向他，"圣谕煌煌，明示要抄没沈一石的家产，追缴郑泌昌、何茂才以下罪员贪墨的赃款交归国库。现在织造局却将沈一石的家产转卖给别的商人，而且还是卖给胡部堂的亲谊！要是这样，抄沈一石的家等于没抄，追缴赃款也就等于没追。国库依然亏空，贪墨照旧堂皇。润莲，这件事我要查！你敢不敢和我一起去查？"

王用汲："这可是赵中丞签的约，你向谁去查？"

海瑞："这些商人是谁叫来的？"

王用汲："听说是郑泌昌、何茂才叫来的……"

海瑞："那就连夜提审郑泌昌、何茂才！"

"这不妥！"王用汲急了，"赵中丞是主审官，你和我是陪审官。案子还没有审，哪有陪审官去查主审官的道理！"

海瑞："我查的不是赵中丞，查的是沈一石的家产和他家产背后的贪墨！你到底跟不跟我一起去？"

王用汲："我不去，你也不能去。"

"那好。"海瑞手一挥，"你还住你这间房，我就住我那间房。你怎么干我不管，我

第十七章

怎么干你也不要管！"说着大步走到门口，开了门走了出去。

王用汲蒙在那里好一阵子。想了几个来回，为海瑞考虑，他觉得还是去向赵贞吉禀报一下为妥。

正如海瑞所言，遇到这么大案子，被审的睡不着，审案的也睡不着。尤其是赵贞吉，主审巡抚兼于一身，一到任就被织造局猛闪了一下腰，这时更是瞻前顾后，哪里能安寝于席。正在大案前仔细翻阅堆积如山的案卷，苦思下面的事情，王用汲来了，便立刻接见了他。

王用汲显然用最谨慎的词句最简短地向他说完了海瑞去提审的事，便静静地坐在一旁的椅子上，等赵贞吉去阻止。

赵贞吉也静静地坐在案卷堆积的案前，只露出那颗没有戴帽的头，看不出他有任何惊诧，也看不出他有任何焦急。

"他是陪审官，有权去提审罪犯。"赵贞吉竟然十分平静地说出这么一句话。

王用汲一怔，接着说道："中丞大人，这是朝廷的钦案，似乎还是应该由中丞定了，我们陪审。否则，卑职担心打乱了中丞的部署，海知县也担不起这个责任。"

赵贞吉："圣旨你们都看了，那就是部署。只要按旨意审就没有什么责任。"

王用汲站起来了："中丞，旨意叫我们抄没沈一石的家产充归国库，可现在已经卖给了别的商人。中丞叫我们怎么按旨意审？牵涉织造局怎么办？"

赵贞吉又慢慢把目光望向了他："你还是个老成办事的人。你说的都没有错。可海知县去提审犯人也没有错。这样吧，你要担心牵涉织造局，就去告诉杨公公一声。他可以去旁听嘛。"

王用汲是何等明白的人，一番对答已经看出赵贞吉这是眼睁睁让海瑞去捅马蜂窝，也正颜起来："中丞如果认为应该这样，那也应该中丞派人去通告杨公公。"

这便是顶撞了，赵贞吉却丝毫没有在意的样子："我派人去通告杨公公也行。来人。"

当值的书办跟着唤声立刻进来了："中丞大人有何吩咐？"

赵贞吉："你立刻去织造局禀告杨公公，就说新来的海知县一个人到牢里提审郑泌昌、何茂才去了。"

那书办："是。"

赵贞吉又问王用汲："还有别的事吗？"

王用汲倒被他软在那里，过了一阵才答道："卑职没有别的事了。"

"那就先去歇着。明早卯时到这里来会集，一起听听海知县审出了什么。"赵贞吉依旧和颜悦色地说道。

"是。"王用汲心里好乱，答了这声转身退了出去。

入伏的天，气候闷热，心里燥热，杨金水侧躺在一张紫檀大榻上也是睡不着。好在房梁的每根横梁上都吊着一块用水竹织成的三尺见方的吊扇，一共四扇，串在一根小指粗的丝绳上，丝绳又都卡在横梁的红木辘轳上，绳头垂下来正被那个胖太监捏着，一下一下地拉，四扇吊扇便同时前后扇动，轻风徐来，岂不快哉！可杨金水还是睡不着，翻了个身："你来摸摸，我头上是不是有些发烫？"

那胖太监立刻站起，先到银盆里把手洗了，又擦干了，趋到榻边，用手轻轻挨上杨金水的额头。

"烫不烫？"杨金水问道。

胖太监："干爹甭急，儿子用这只手再探探。"说着换了只手又轻轻挨上杨金水的额头。

"到底烫不烫？"杨金水翻身坐起了。

胖太监立刻退了一步，答道："好像有些烫，又好像有些不烫。"

"你就是一只猪！"杨金水恼了，"换个人来摸摸。"

"是。"胖太监答着就走，刚到门边，那个随从太监正好走了进来。

胖太监："师兄来得好，干爹觉着身子有些不合适……"

"哪儿不合适了？"那随从太监连忙走了过去，"干爹，该不是着了风吧？"

"都好几天没刮风了，哪里着风去？"杨金水十分不耐烦。

"也是。"那随从太监连忙将眼瞪向胖太监，"是不是你不知轻重，扇子拉得太急了？"

"可没有！"胖太监一听汗就出来了，"干爹在这里，我可是掐着脉数拉的扇，一下不多，一下不少……"

随从太监："得了，你先出去。"

胖太监如蒙大赦，十分敏捷地走了出去。

杨金水知道他有事要禀了："什么事？"

随从太监顺手拿起榻边几上一把象牙折扇展开了轻轻给杨金水扇着："那个淳安知县海瑞到牢里提审郑泌昌、何茂才去了。"

第十七章

"审就审呗。"杨金水乜向他,"就这个事?"

随从太监:"他是一个人去的。"

"一个人又怎么……"刚说到这里杨金水也觉得有些不对头了,"赵中丞呢?"

随从太监:"就是赵中丞派人来禀告干爹的。赵中丞说,那个海瑞晚上戌时到的,连他的面都没见,子时就一个人跑到牢里提审去了。"

杨金水:"赵中丞就不去管他?"

随从太监:"赵中丞说海瑞也是钦点的问官,有权提审犯人,他不便干预。"

杨金水两只眼翻上去了:"好哇,他这是为了打鬼借助钟馗了……"

随从太监没敢接言,只是轻轻地扇着扇。

"我就知道有事!"杨金水忽的一下翻身下地连鞋也没穿就向外面走去,"赶紧找到锦衣卫那几个兄弟,去臬司衙门大牢!"

"鞋!干爹,你老还没穿鞋呢!"随从太监连忙提着鞋追了出去。

史载明朝省以上衙门大牢的提审房都是明暗两间。提审犯人在外面的明间,记录口供的人在隔壁暗间。据说这样问案便于套供,犯人因见无人记录,就往往会把原本不愿招的话在不经意间说出来。可见明朝之司法制度也充满了阴谋为本。

海瑞身上带有上谕,一路通行无阻,这时已在提审房坐下,静候把郑泌昌从牢里提来。

郑泌昌还是那身便服,照旧没有戴刑具,被一个狱卒领了进来。两个人的目光立刻对上了。

郑泌昌的眼中自然没有了当时当巡抚那种居高临下,可也并没有戴罪革员这时常有的恐惧和乞怜,灰暗却平静地望着海瑞。

海瑞本是个杀气极重的人,这时目光中却没有应有的严厉,淳淳地望着郑泌昌。

郑泌昌见到他这种目光,眼睛便亮了些。

海瑞望向狱卒:"给革员搬把椅子。"

那狱卒连忙把靠墙的椅子搬到大案对面。

海瑞:"再搬过去点。不要对着大案,朝着东边摆。"

狱卒愣了一下,把椅子又搬了过去面朝东边摆在那里。

海瑞:"再搬把椅子对面摆着。"

狱卒似乎明白了海瑞的意思,连忙又从墙边搬过来另一把椅子摆在那把椅子的对面。

"去吧,把门关上。"海瑞叫走了狱卒,这才从大案前走了过来,望着郑泌昌,手往西边的椅子一伸,"坐。"

郑泌昌望了望他,坐下了。

海瑞依然站在椅子边,没有立刻坐下,把目光望向了提审房侧面关着的那条门,大声说道:"过来,到这边当面录口供。"

沉寂了一阵,那扇门开了,一个书办托着一个木盘上面摆着一沓录口供的纸、一只砚盒和一支笔幽灵般走出来了,带上了侧门,站在那里望着海瑞。

海瑞向主审官坐的那个大案一指:"你就坐在那里记录。"

那书办有些犹豫:"大人,这不合规矩吧……"

"哪有那么多规矩。"海瑞手一挥,"坐过去记录就是。"

那书办只好走到大案前,把椅子拖斜了,屁股挨着边坐下,拿起了笔。

海瑞这才面对郑泌昌坐下了。

郑泌昌是嘉靖二十一年的进士。二十年了,从翰林院放知县,升知州便干了十几年,投靠了严世蕃才一路青云,当上了封疆大吏。官场什么规矩什么隐秘他不知道?这时本以为被海瑞提审会有一场雷霆斥辱,没想到这个当时做下级就敢与自己分庭抗礼的知县,现在当了钦差反倒如此以礼待之,而且一切都在明处,顿时心里便不是味来,坐在那里反而不自然了。

海瑞这才定定地望着他:"你是革员,我不能再以职务相称。你中过进士,可我只中过举人,也不能以年谊相称。没有定罪,我也不好直呼其名。下面我问你,就不称呼了。"

郑泌昌立刻感到了这个人从里面透出来的正气,也立刻悟到了正气原来只是一个"真"字!这时他是真正有些感动了,答道:"好。"

——牢头屏住气躬身把气喘吁吁的杨金水和两个锦衣卫悄悄领进了暗间。

杨金水的目光立刻望向通往提审房的那条侧门,牢头连忙走了过去,轻轻地将门闩推上。

闩上了门,牢头又望向杨金水和两个锦衣卫。

这时,提审房那边隐约传来了海瑞的问话声:"圣旨下来之前,沈一石的家产是你们抄的。他一共有多少家产?"

杨金水的脸立刻阴沉了,径直走到靠侧门边记录口供那张案桌旁的椅子上坐了下来,侧耳听着。那边传来的郑泌昌的答话声果然清晰了许多:"沈一石的家是高翰文抄的,我不太清楚。"

| 第十七章 |

牢头见两个锦衣卫还站在那里，便连忙走到墙边搬起椅子往杨金水那边走，锦衣卫那头儿却挥了挥手，那牢头又把椅子放回了原处然后悄悄退了出去。锦衣卫那头儿便在墙边坐下了，另一个锦衣卫去关了房门，也在墙边坐下了。

靠提审房的侧门旁只有杨金水一个人坐在那里。

——海瑞见郑泌昌第一句话便硬生生地推卸了，也不动气，只对那书办："记录在案。"

那书办飞快地记录。

海瑞："高翰文是奉谁的命令去抄沈一石的家的？"

郑泌昌："当然是巡抚衙门和按察使衙门的命令。"

海瑞："记录。"

那书办立刻记录。

海瑞："高翰文抄了家没有向巡抚衙门和按察使衙门禀报结果吗？"

郑泌昌沉默了。

海瑞："回话。"

郑泌昌："禀报了。"

海瑞："是口头禀报还是书文禀报？"

郑泌昌："是口头禀报。"

海瑞："是向巡抚和按察使禀报的吗？"

郑泌昌声音低了许多："是。"

海瑞："大声点。"

郑泌昌："是。"

海瑞："记录。"

那书办一直在记录。

海瑞："高翰文抄没沈一石的家产既向你和按察使禀报了，你刚才为什么说不清楚？"

郑泌昌："因是口头禀报，他说的本就不清楚。"

"你们是凭什么去抄沈一石家产的？"海瑞提高了声调。

郑泌昌："圣旨。"

"奉旨抄家，你们难道不要给朝廷回话吗？！难道皇上问你抄家的结果，你也说不清楚吗？！"海瑞终于严厉起来，紧接着对那书办，"把我的问话记录在案！"

——杨金水的身子倏地坐直了，侧耳等着听下面郑泌昌的回话。

两个锦衣卫这时对望了一下目光，显然也对隔壁那个海瑞的问话关注起来。

——郑泌昌慢慢望向海瑞："海大人这样问，革员自然无话可说。可当时实情就是这样。时间隔这么久，我也上年纪了，记不起了。"

海瑞："六天前的事你记不记得起？你自己跟人家谈的事记不记得起？"

郑泌昌一怔，没有回话。

海瑞："回话！"

郑泌昌："那应该记得。"

海瑞："记录在案。"

书办立刻记了。

海瑞："六天前，你和何茂才将沈一石家产卖给了徽商，当时沈一石的家产是多少？你们又是怎么作价卖给那些徽商的？记录在案！"

郑泌昌并不慌张："海大人，圣旨上应该没有问我这件事吧？"

海瑞这时紧紧地盯住郑泌昌，眼中也慢慢闪出光来："你的意思是皇上叫你把沈一石的家产卖给徽商的？！"

——杨金水那张脸立刻比死人还难看，倏地站了起来，望向两个锦衣卫。

两个锦衣卫此时却十分冷静，坐在那里一动没动。

隔壁传来郑泌昌的声音："我没有这样说。"

杨金水站在那里也一动不动了。

——海瑞："那圣旨上怎么会有问这句话的旨意！圣旨叫我们抄没沈一石的家产充归国库，你却把沈一石的家产卖给了别人。皇上事先知道你们敢如此胆大妄为吗？！"

郑泌昌："皇上自然不知道这件事。可我们也没有把卖沈一石家产的钱拿到自己家去。"

海瑞："到哪里去了？"

郑泌昌："我已是革员，海大人现在应该去问接任的巡抚。"

海瑞："圣旨现在是叫我问你！沈一石的家产一分一厘都要充归国库！你们却把它卖了，交不出来，我现在就可以上疏朝廷，着地方官抄你的老家。你在老家置的那么大宅院那么多田地，都要抵没沈一石的家产充归国库。"

第十七章

　　郑泌昌："卖沈一石的家产我没有拿一分一厘，朝廷自有明断。"
　　海瑞："那好。那我就上疏朝廷，同时行文都察院大理寺和户部，让朝廷有司衙门都给我一个明断，沈一石的家产到底该不该追缴回来充归国库。"

　　——也不是害怕，大约是外暑内火交攻，杨金水突然眼前一黑，站在那里便晃了起来。锦衣卫那头儿何等敏捷，一个箭步便无声地跃了过去，一把扶住了他。
　　杨金水的脸白得像纸，这么热偏又没有一滴汗。锦衣卫那头儿立刻伸出拇指掐住了他的人中。杨金水的眼慢慢睁开了。锦衣卫那头儿便示意他走。
　　杨金水举起一只手，强自镇定，自己慢慢又坐下了。
　　锦衣卫那头儿向另一个锦衣卫递过一个眼色，那个锦衣卫搬过来一把椅子放在杨金水身旁，锦衣卫那头儿挨着他坐下了。

　　——郑泌昌这时的脸也白了，汗涔涔下："海大人……"
　　海瑞："我不问你了。把口供拿过来，让他画押。"
　　郑泌昌："我还有话说……"
　　海瑞只望着他。
　　郑泌昌："卖沈一石的家产我没有拿一分一厘……"
　　海瑞："这一句不必记录。画押！"
　　那书办把口供拿了过来，将笔向郑泌昌一递。
　　郑泌昌却不接。
　　海瑞的眼中终于露出了杀气："《大明律》第五款第二条，罪犯不在口供画押者，立杖四十！"
　　郑泌昌接过了笔，在口供上画押，手却使不上劲。
　　海瑞对那书办："扶他到案边画押。"

　　——杨金水几时受过这样的罪，三伏的天，门窗紧闭，心里又在翻滚着，偏不出汗，只觉得一阵阵烦热，伸手去摸，因平时从不带扇，都是随时有人替他扇着，因此一把扇子也没有。
　　坐在旁边的锦衣卫那头儿看出了，他们也是不带扇的人，倒不是有人替他们扇，而是从来耐寒耐热，这时他便用右手抓住了盖膝的短袍下摆上下扇动起来，风居然比扇子还大。杨金水向他投过一丝示谢的目光。

隔壁又传来了海瑞的声音："这里没你的座，把椅子撤了。"

杨金水知道，这是提审何茂才了。

——海瑞已经坐回到大案前，那书办便挪在大案的侧端坐着记录。

何茂才树杈似的杵在那里，那股气顿时冒了出来："海大人，赵中丞审我都有一把椅子。刚才郑泌昌也有椅子，同样的案子，你凭什么让我站着受审？"

海瑞："凭你作恶多端，恶贯满盈！"

何茂才脸色变了："圣旨都没有这样说我，海大人有什么证据如此谤我？"

海瑞："我问你，今年五月新安江九个县的大堤是怎样同时决口的？！"

何茂才一惊，但很快便咬定了牙："那时上面有总督巡抚和布政使，河道衙门也不归我管，我怎么知道？"

海瑞："可决堤之前整个大堤上都是你臬司衙门派的兵！你怎么解释？记录在案。"

书办飞快地记录。

何茂才被问住了，也就一会儿，立刻辩道："上面叫我派兵，我当然派兵。"

海瑞："你说的这个上面是谁？"

何茂才又被问住了。

海瑞："回话！"

何茂才躲不过去了，答道："河道衙门归谁管这个上面就是谁。"

海瑞："河道衙门的监管是宫里派的李玄，李玄暂归江南织造局管。你说的这个上面难道是江南织造局？记录在案。"

——这一回不只是杨金水脸色变了，两个锦衣卫脸色也变了。

杨金水再也按捺不住，扶着椅子的把手倏地便要站起，锦衣卫那头儿轻轻按住了他。

杨金水做了个叫他们过去干预的手势，锦衣卫那头儿凑近他耳边，用气声说道："他有圣旨。"

杨金水的目光一下子虚了，坐在那里发怔。

——何茂才哪里敢回这个话，低着头站在那里一声不吭。

海瑞："你不敢回话了？"接着转对书办："那就把我的话记录在案。"

书办一直就提着那支笔，这时重点了下头。

| 第十七章 |

海瑞："据查，原杭州知府马宁远，原淳安知县常伯熙、建德知县张知良在端午汛到来之前便带着你臬司衙门的官兵守在九县每个闸口，五月初三汛潮上涨，九个闸口同时决堤，你的官兵一夜之间全部撤回。胡部堂和戚继光的官兵这时才赶到堤上，在淳安和建德分洪。一夜之间，整个淳安半个建德全在洪水之中，死亡百姓三千余人，无家可归三十余万！你的罪孽，你背后那些人的罪孽，如洪水滔天！我不审你，朝廷不审你，上天也要收你！收你背后那些人！"

说到这里海瑞从胸腔发出的声音如黄钟大吕，在整个房间嗡嗡回响！

那个记录的书办手都有些发抖了，竭力镇定记录下去。

何茂才的头低得更下了，胸腹在喘着气。

海瑞："我问你，你们这样做是不是为了让百姓把田地贱卖给沈一石？！"

何茂才抬起了头："沈、沈一石是给织造局当差的，有本事你问织造局去！"

海瑞终于逼出了他这句话，立刻对书办："记录在案！"

——锦衣卫那头儿倏地站起了，向门边走去，另一个锦衣卫也倏地站起了，开了门二人大步走了出去。

杨金水这时直坐在椅子上发愣。

——敲门声响了，海瑞的目光一闪，慢慢望向那条门。

书办转过头望着海瑞，海瑞似乎早已料到，对书办："开门吧。"

书办连忙走了过去，把门打开，立刻又闪到一边弯下了腰。锦衣卫那头儿带着另一个锦衣卫慢慢走进来了。

海瑞也慢慢站起了。

锦衣卫那头儿向海瑞一拱手："请问是不是海知县？"

海瑞："我就是。请问贵价？"

锦衣卫那头儿从腰间拿出了腰牌亮了一下："北镇抚司的，奉上谕和赵中丞、海知县、王知县会同办案。"

海瑞："那好，请坐，我们一起审讯钦犯。"

锦衣卫那头儿："今晚不审了。主审官赵中丞有部署，明天上午我们一起审讯钦犯。"说着他径自向另一个锦衣卫摆了下头。

那个锦衣卫对何茂才："你走吧。"

"慢。"海瑞叫住了何茂才，"画押。"

那个锦衣卫依然示意何茂才走，何茂才向门口走去。

"站住！"海瑞喝住了他，"我是奉旨审案，画押！"

那书办只得拿着口供和笔走过去了，递给何茂才。

何茂才又望向两个锦衣卫，两个锦衣卫也不好吭声了。

何茂才只得接过笔画了押。

好像是早在意料之中，已是半夜了，赵贞吉还在堆积如山的案卷前，与其说是在审阅案卷，不如说是在等着杨金水。

杨金水是被锦衣卫那头儿搀着一只胳膊走进来的，后面跟着另一个锦衣卫。

赵贞吉站起了，迎了过去："都这个时候了，什么事明天不能说？请坐。"

杨金水被搀着坐下了，两个锦衣卫也坐下了，赵贞吉仍然站在签押房的中间。

锦衣卫那头儿："赵大人也请坐吧。"

赵贞吉："坐久了，站一站。各位有话请说就是。"

杨金水望着他："赵中丞，赵大人，你能不能今天晚上就给朝廷上疏？"

赵贞吉："上什么疏？"

杨金水："那个海瑞不能参与审理此案。"

赵贞吉沉吟了一下："为什么？"

杨金水："再让他参与，整个大明朝都会被他搅了！"

赵贞吉这时倒坐下了："他都干了些什么？杨公公告诉我。"

杨金水："私自审案，而且有意把案子往宫里扯！你调他今天晚上审的案卷看看，他不是在审郑泌昌、何茂才，是在审织造局，审宫里的事！"

赵贞吉又沉吟了片刻："我明天可以调案卷看。"

"不能等明天了！"杨金水这时特别蛮横，"你今晚就得立刻上疏，免去他陪审官的职位。"

"这我不能。"赵贞吉立刻否定了他，"我、海瑞、王用汲都是皇上钦点的问案官。除非他们有偏袒钦犯、徇私舞弊的行为我才能参奏。这个时候要我参奏他，我没有理由。朝廷那么多人，还有裕王，都不会答应。"

这话掷地有声，杨金水被憋在那里，好久才慢慢望向了两个锦衣卫。

锦衣卫那头儿："杨公公，赵中丞说的是理。"

"那就让他这样搅下去！"杨金水撑着椅子站起了，"搅到了老祖宗头上，甚至搅到了皇上头上，是你们担罪还是我担罪！"说到这里他已经在喘气。

第十七章

赵贞吉和两个锦衣卫都沉默着。

杨金水："我就是皇上就是老祖宗派到浙江的一条狗！我不能看不住这个家！赵贞吉，你到底上不上疏？"

赵贞吉出奇地平静："既然这样，杨公公你也可以上疏嘛。"

一句话又把杨金水憋在那里，突然眼睛又发黑了立刻便坐在椅子上。

这回是另一个锦衣卫过去，扶住了他。

锦衣卫那头儿也给赵贞吉递过了一个眼色，示意不要再争辩。

赵贞吉："杨公公身子不适，还是回府先歇着吧。"

杨金水眼睛半睁半闭："你不参海瑞也行……那就叫郑泌昌、何茂才去见阎王……"

赵贞吉目光一闪，两个锦衣卫也飞快地对望了一眼。

杨金水喘着气："这两个祸水不能再留，再留着他们就会亵渎皇上的圣名！不能留……不能再留着他们……叫他们自己在牢里了断了……"说到这里他目光昏昏地望向赵贞吉和两个锦衣卫。

这是已经发病了，锦衣卫那头儿和赵贞吉交换了一个目光，然后过去半扶半抱地搀起了杨金水："公公放心，我们知道怎么做。你老回去歇着就是。"

杨金水昏昏地望着他："兹事体大……皇上……记住了皇上……"

锦衣卫那头儿："记住了。"

杨金水："今晚……就在今晚，要记住了……"

锦衣卫那头儿："记住了。"答着他又望向赵贞吉："安排人送公公回去吧。"

赵贞吉点了下头："来人。"

当值的书办立刻进来了。

赵贞吉："用软轿送杨公公回织造局。"

当值书办："晓得。"答着立刻过去躬下了腰，那个锦衣卫把杨金水扶着贴在他背上。

当值书办背着杨金水走了出去。

两个锦衣卫留下了，一齐望着赵贞吉。

赵贞吉也望着他们："二位钦差，你们说怎么办？"

锦衣卫那头儿："难办。"

赵贞吉："难办也得办。二位是宫里直接派来的，办这样的事有阅历，你们应该替我出个主意。"

锦衣卫那头儿："郑泌昌、何茂才是不能留了。"

赵贞吉："杀他灭口？"

锦衣卫那头儿："两个这么大的钦犯谁敢杀人灭口。我说的不能留，是不能留在浙江了。"

赵贞吉望着他。

锦衣卫那头儿："赵中丞点一队兵，我们也派两个弟兄，连夜把他们槛送京师。"

赵贞吉又想了想，毅然答道："我不能这样做。圣旨是叫我审他们，没有叫我把他们槛送京师。"

锦衣卫那头儿："那要是真出现杨公公担心的结果，赵大人，那时我们都交不了差。"

赵贞吉："我可以把他们另外拘押在一个地方，这几天暂不审问。二位可以立刻把情形急递呈报宫里。朝廷有旨意，我才能把他们槛送京师。"

两个锦衣卫用目光商量了少顷，锦衣卫那头儿："那好。我们今晚就向宫里呈急递。赵大人不能让那个海瑞再审讯钦犯。"

好好地出去，却被抬着回来，一时间随从太监和那四个太监都来了，把杨金水从软轿上平平地抬着，一步一步挪送到那张紫檀大榻上。

胖太监立刻又走到吊扇绳头前拉起了绳子，四扇吊扇扇动起来。

"风！"杨金水躺在榻上睁开了眼，奇怪地只说着这一个字，"风，风……"

胖太监把动作加快了，四扇吊扇扇起的风更大了。

杨金水两眼睁得好大，偏又说不出其他话来，依然只说着："风……"

随从太监立刻明白了，对胖太监："停了！干爹怕风。"

胖太监连忙撒手，果然杨金水平静些了。

高太监悄悄在随从太监耳边说道："师兄，请郎中吧？"

这句话杨金水偏听到了，听到后自己也能说出话来了："想我死吗？"

几个太监都是一愣，吓得全无了主张。还是那个随从太监凑了过去："干爹，儿子们都想你老活一百岁呢。"

杨金水两眼却望着上方："想把我也拖进去死，我且死不了呢！"

几个太监面面相觑，然后又都望向了随从太监。

随从太监已看出他神志有些不清了，凑上去带着念咒般的声调说道："想我们死的人还没生下来呢。咱干爹是老祖宗的人是万岁爷的人，诸神呵护，且不怕呢。"

杨金水两眼慢慢从上方移过来望向了随从太监，非常赏识地："说得好！还有，你就是我的护国大将军。还有他们，都是总兵参将！"

第十七章

　　这是真疯了。几个太监又害怕，又有些兴奋，一个个纷纷点头："干爹说得对！我们都是干爹护驾的将军。"

　　随从太监贴在他耳边："干爹，有我们护驾，你老且安心睡一觉。好不好？"

　　杨金水像是在点头，眼睛慢慢闭上了。

　　那四个太监都没了主意，又不敢走，全望着随从太监。

　　随从太监向他们招了一下，蹑手蹑脚地走到门边，四个太监都像猫一样走到门边。

　　随从太监十分轻声地对那个高个子太监："你，立刻去敬一堂把陈大夫请来。"

　　高个子太监点了下头，几步便消失在门外。

　　随从太监又对着另外三个太监，没再说话，只是望着一个人指着一个地方，再望着一个人指着另一个地方。

　　三个太监蹑手蹑脚走到他指定的地方站好了。

　　随从太监走到杨金水的榻边，在大榻底下那条紫檀踏凳上坐了下来。

　　天亮前，外面格外的黑，热了好些天，这时偏起风了，从门外、从窗外刮了进来。

　　随从太监连忙用手势叫两个太监去关门窗。

　　"死了！"突然杨金水叫了一声，把几个太监吓得都是一跳。

　　"死了！可死了！"杨金水坐了起来，两眼昏昏地四处张望。

　　随从太监连忙捏着他一只手："没有谁死。干爹，没有谁死。"

　　"死了！"杨金水盯着他，"郑泌昌、何茂才全死了！"

　　随从太监一愣，不知如何搭话了。

　　杨金水死死地盯着他："刚才，就是刚才，他们都来了……你就没看见？"

　　随从太监有些明白了，只好糊弄答道："好像是……你们都看见了吗？"

　　那个瘦太监有些机灵："我看见了，在门口不敢进来……"

　　杨金水的目光转盯向了他，接着又昏昏地望着门："不对，进来了，就站在我面前……"

　　随从太监只好唬到底了："是。来了，被儿子们赶出去了。"

　　"赶得好，赶得好！给我都赶出去！"杨金水把随从太监的手捏得好紧。

　　随从太监："是！干爹放心，来一个，儿子们赶一个！"边说边扶着他又躺下。

　　杨金水："不怕，不怕。我们怕过谁……"

　　躺在那里说这句话时他的眼睛睁得好大！让旁边的太监看着心里发毛。

第十八章

东方一白，窗户便亮了。赵贞吉知道已过了寅时正，搁下笔，站起来吹灭了灯笼里的蜡烛，接着吩咐门外："官服伺候。"

两个随从是他从南京带来的，伺候起居已然如影随形，早已一个端着洗脸的清水，一个捧着官服候在门外，闻声走了进来。

第一件事是梳头。端水的那个随从将水盆搁上洗脸架，立刻搬过来一把椅子，摆在架前，赵贞吉走到椅子前坐下，那随从在后面轻轻解开了他束发上的飘带，满头长发便披了下来。随从拿出一把篦子从前往后替他轻轻地梳下来，然后一只手从脑后捋到发根一握，将长发提了上去，又拿篦子从后面往头顶梳理，梳上去后篦子便定在发根的稍上处，然后一手提着长发，一手将一根发带在发根处绕过，拽着一端，用嘴咬着另一端，穿过去手一紧，然后双手将发带系好了结，再取下篦子绕着束发盘旋，长发便拧成了一缕，打好了结，再用一根发带细细系上，插上一根玉簪。

赵贞吉站起了，走到洗脸架边，拿起了面巾，却突然说道："进来说吧。"

原来他早发现送杨金水的那个书办已经站在门边，只是见他梳头不敢打扰。这时听他一说才轻步走了进来，站在他的身侧："禀中丞大人，杨公公疯了……"

脸才洗了一半，赵贞吉的手停在那里，转过头望向那书办："你说什么？"

那书办："回中丞大人，杨公公昨夜回去便疯了。"

赵贞吉两眼紧紧地盯着那书办："你亲眼看见了？"

那书办："没有看见，但小人知道他疯了。"

"你怎么知道他疯了？"赵贞吉的声音有些严厉了。

那书办四十来岁，显然在衙门混久了，此时竟丝毫不慌，从容答道："回中丞，小人送杨公公到了织造局便在那里等回音。后来杨公公贴身的高太监急着出来了，告诉小的，

| 第十八章 |

他要赶去敬一堂请大夫。说是杨公公疯了，净说些吓人的话。"

赵贞吉："都说了些什么吓人的话？"

那书办："回中丞，那太监没说。"

赵贞吉不再问了，把面巾放在脸盆里慢慢地搓着，好久才拧干了，抖开，慢慢地擦着脸。

两个随从都屏着气一声也不敢吭。那书办仍然十分笃定地站在那里。

"海知县和王知县到了吗？"赵贞吉手里还拿着面巾又突然问道。

那书办："回中丞大人，已经到了，正在大堂等中丞。"

赵贞吉："请他们到这里来见。"

那书办："回中丞，不是还要在大堂先拜圣旨吗？"

赵贞吉的脸陡地沉下了，立刻对门外叫道："谁是今早当值的书办？"

立刻进来了另一个书办："回中丞大人，小人今早当值。"

赵贞吉对进来的那个书办吩咐道："办两件事。第一件，给这个姓王的书办把这个月的禄米结了，叫他今天就离开巡抚衙门，不再录用。"

那个书办一怔。

赵贞吉："你是不是也要反问我为什么？"

那书办立刻答道："不敢。是。"

那个姓王的书办这才省过来，扑通跪下了："中丞大人，小人犯什么过错了，大人要开小人的缺？"

赵贞吉不理他，而是对后进来的那个书办吩咐道："传我的话，告诉衙门里所有当差的人，今后，我吩咐的事凡是敢反问的，立刻开缺，不再录用。"

那书办一凛，低声答道："是。"

那个姓王的书办这时才明白了自己开缺的原因，站了起来，赌气便往外面走去。

"站住。"赵贞吉低喝了一声。

姓王的那书办站住了。

赵贞吉对后进来的那个书办："再通告下去，今后凡有不敬上官者，杖一十，罚掉当月禄米。"说到这里转身对身旁的随从："把这个姓王的带出去杖一十，当月禄米也不必发给他了。"

那随从应得十分响亮："是！"接着走到那个姓王的书办身边："跟我走吧。"

那个姓王的书办这才害怕了，兀自赖在那里，那随从拉住他的手："走！"

"再告诉他。"赵贞吉又喊住了他们，"衙门里的事要敢在外面说一个字，立刻拿办！"

那随从大声答道："是！"一把拽着那个姓王的书办走了出去。

后来的那个书办吓得连大气也不敢出了，低头站在那里等着赵贞吉吩咐第二件事。

赵贞吉："去大堂，请海知县、王知县到这里来。"

那书办："是。"立刻退了出去。

签押房只剩下那个捧官服的随从还站在那里。

赵贞吉："不换官服了。把这盆水端出去倒掉，换一盆水来。"

"是。"那随从连忙将官服在大案上放好，去端了水走了出去。

赵贞吉走回到书案前，揭开灯笼罩，重新点燃了蜡烛，罩上，又坐了下来，翻开了案卷。

这时外面的天已经大亮了，书办把穿着官服的海瑞和王用汲领来了。

在官场，这算是一次隆重的晤见，无论是该省下属的知县见巡抚，还是钦案的陪审官见主审官，海瑞和王用汲这时都应该在大堂先拜圣旨，再对赵贞吉自报官名，大礼参拜。可二人却被领到了这里，进门后见到的赵贞吉又穿着便服，束发坐在大案前看卷。按《大明会典》，官服不能参拜便服，二人便只好站在屋子中间。

"看了一夜的案卷，也来不及换官服，大家就不要拘礼了。"赵贞吉慢慢合上案卷，慢慢站了起来，望向海瑞，"足下就是海知县？"

海瑞："回中丞，是。"

赵贞吉好像根本不知道昨天晚上发生的事情，十分随意地："幸会。二位请坐。"

海瑞和王用汲只好在靠窗的椅子上坐下了。

随从又端着一脸盆水进来了，放在洗脸架上。

赵贞吉对那随从吩咐道："两位大人应该也没有吃早饭，通知厨房做三个人的饭，我们就在这里边吃边谈。"

"是。"那书办退了出去。

赵贞吉径自走到洗脸架前，拿起了盆里的脸帕，又慢慢洗起脸来。

在官场，礼节就是内容。赵贞吉不着官服不坐大堂，并且当着两个下属毫不掩饰自己的起居小节，这在当时只有极心腹的上下级才会如此随意。王用汲虽曾在南直隶当过赵贞吉的下级，可一直也没有私交往来。何况海瑞是头一次见这个上司，赵贞吉久在官场而且还是当时声名赫赫的泰州学派的大儒，不会不知道这个分寸。现在这番举动，显是刻意安排。

王用汲当然感觉到了，不禁悄悄望向海瑞。

| 第十八章 |

海瑞应该也感觉到了，此时却无任何表露，直直地坐在那里。

王用汲只好又望向从容悠闲慢慢洗脸的赵贞吉。

清晨是这样安静，以致这间屋子里只有赵贞吉洗脸时发出的轻微的水响声。

因为有心，赵贞吉听到了门外远处传来的脚步声，便依然在那里慢慢用面巾擦着两边的鬓发。不久，当值书办的声音在外面传来："禀中丞大人，几个锦衣卫大人到了。"

"哦？"赵贞吉转过了头，"快请进来。"

锦衣卫那头儿领着另三个锦衣卫进来了，看到赵贞吉这身装束还正在梳洗，便对望了一眼，接着又看到了顶戴袍服坐在那里的海瑞和王用汲。

赵贞吉这才将面巾放回脸盆，对四个锦衣卫笑道，"寅时初想睡一个时辰，醒来却晚了。四位上差，是不是应该让我们三个钦点的问官先碰个面奉读一下圣旨，再请你们来一起商量怎么办案？"

四个锦衣卫却依然站在那里，一齐望着赵贞吉。

锦衣卫那头儿："案子眼下恐怕办不了了。"

赵贞吉："为什么？"

"杨公公疯了。"锦衣卫那头儿一字一迸地说道。

"有这样的事？"赵贞吉惊诧道。

海瑞和王用汲也倏地站起了。

锦衣卫那头儿接着说道："沈一石家产牵涉的案子许多地方都要问织造局才知道，杨公公这一疯，这个案子恐怕就只能放一放了。"

"案子的事过后再说。"赵贞吉立刻接言，"取官服，我立刻去看杨公公。"

随从立刻提起了官袍替赵贞吉穿衣。

赵贞吉一边穿衣一边又对海瑞和王用汲："二位先到官驿歇着。案子的事，等我的通知吧。"

海瑞和王用汲都是一脸疑惑。

杨金水这时竟也坐在洗脸架前，一如刚才的赵贞吉，那个随从太监在给他梳着发髻。

被领进门来的赵贞吉见状一怔，锦衣卫那头儿后面的三个锦衣卫不禁对望了一眼，接着望了望杨金水又望向赵贞吉，有两个忍不住露出了笑。

赵贞吉的脸动了一下，心里立刻起了疑惑，望了一眼几个锦衣卫，慢慢走到靠窗的椅子前坐下，静静地望着正在梳洗的杨金水。

锦衣卫那头儿瞪了一眼露笑的两个锦衣卫，带着他们也走到窗前的椅子上坐下，静静地望着杨金水。

杨金水坐在那里让人梳头十分安静，哪儿能瞧出疯了的样子。

簪子插好了。随从太监从银脸盆里绞出那块淞江棉布白面巾，又替他把脸细细擦了。杨金水这时才站了起来，对那随从太监："你们都出去。"

随从太监兀自强赔着笑望着他，另外几个伺候在一边的太监也赔着笑望着他。

"出去！"杨金水叫了一声。

几个太监连忙退出去了。

赵贞吉和四个锦衣卫紧紧地望着他的背影。

杨金水转过身来了："到了寅时才睡，没想一觉醒来天又快黑了。你们等了很久了吧？"

这几句话竟又和刚才赵贞吉对锦衣卫说的话十分相似，可天明明是早上他又说快黑了，像疯话又不像疯话，几个锦衣卫不禁又对望了一眼，都望向赵贞吉。

赵贞吉的脸更阴沉了，望着杨金水："听说公公身子有些不适，请大夫诊过脉了吗？"

"我身子有什么不适？"杨金水刚坐下，听到他这般说立刻便露出了烦躁，盯着他，"有什么事让我身子不适了？谁能让我身子不适了？"

赵贞吉更疑惑了，也盯着他："外感六淫，内伤七情，是人都有生病的时候。公公还是让大夫看看吧。"

杨金水盯着他："你们不要都指望着我病我死。没有我，哪有你？"

这到底是真疯还是装疯，或是在跟自己叫板？赵贞吉死死地盯着他的目光："杨公公，你认仔细了，我是谁？"

四个锦衣卫也感觉到紧张了，望了望赵贞吉，又望了望杨金水。

杨金水还是紧盯着赵贞吉的目光："够了。我来的时候你才不到两千架织机。四年，才四年你就增加了一千多架织机。生不带来，死不带去，你还要发多大的财？"

四个锦衣卫这下听明白了，杨金水是把赵贞吉看作沈一石了。

赵贞吉却兀自放不下疑惑，紧逼着说道："我是来给你瞧病的，知道吗？"

杨金水："你带不走我！我背后是老祖宗，还有皇上。诸神呵护，我劝你还有何茂才，离远点好！"

这好像是又把赵贞吉当作郑泌昌了。

锦衣卫那头儿附到赵贞吉耳边低声道："真疯了。我们先走吧。"说着站了起来。另三个锦衣卫跟着都站起了。

第十八章

赵贞吉慢慢站起了,却还在望着杨金水。

锦衣卫那头儿:"我们走,让杨公公好好歇息。"

杨金水似乎又清醒了点,望向他们:"告诉老祖宗,告诉皇上,五十万匹丝绸我今年准定要卖到西洋去。"

"知道了。公公安心歇息吧。"锦衣卫那头儿答着,率先向外走去。

另三个锦衣卫簇拥着赵贞吉向外走去。

"新来的那个赵贞吉不是善茬,你们要防着点。"杨金水冲着他们的背影喊道。

赵贞吉的脚正跨过门槛,听他猛地发出这声喊叫,便停在那里,眉头一皱,接着才跨了出去。到了院子里又站住了,几个锦衣卫都站住了。赵贞吉向那随从太监招了下手,随从太监立刻趋了过来。

赵贞吉:"请大夫了吗?"

那随从太监一脸的苦相:"敬一堂的陈大夫天亮前就来了,开了定神丹。可药一送上去就被摔了碗……"

赵贞吉:"多几个人抓住他,灌药!"

那随从太监又望向了锦衣卫那头儿。

锦衣卫那头儿:"这是为杨公公好,你们听赵大人的就是。"

随从太监:"知道了。"

"必须立刻给朝廷上奏!"刚走出织造局大门,赵贞吉对几个锦衣卫说道。

锦衣卫那头儿:"请问赵大人,怎么上奏?"

赵贞吉:"把杨公公的病情如实上奏。"

锦衣卫那头儿:"怎么如实上奏?那个海瑞不请示主审官,擅自提审钦犯,把案子往织造局和宫里扯,这个事该不该如实上奏?"

赵贞吉:"当然要上奏。可他也是钦点的陪审官,不能说是擅自。至于他是不是把案子往织造局和宫里扯了,我们在奏疏里也不做定论。将他提审郑泌昌、何茂才的口供附录上去就是。奏疏我写,几位一同具名。"

海瑞凝神坐在那里。王用汲却在屋子中间来回走着,停下了,望着海瑞:"刚峰,你说杨公公是真疯?还是装疯?"

海瑞:"真疯怎么样?假疯又怎么样?"

王用汲:"他要是真疯,你已经捅了天大的娄子了;他要是装疯,你也已经捅了天大的娄子了。"

海瑞："织造局算什么天？就算是把天捅破了，我干的，也不干你的事。"

王用汲："什么话？你捅破了天，能不干我的事吗？没退路了，这个案子必须彻查到底！"

海瑞有些意外，同时一震："这不像你昨天晚上说的话。"

王用汲："此一时彼一时。昨晚你要听我的，不去提审郑泌昌、何茂才，你也有退路，我也有退路。你一提审，把他逼疯了，案子不一查到底，他们便会以诬陷织造局的罪名，反过来对付你。到了这一步，只有背水一战了。"

海瑞心中一阵激动，同时也冒出一丝内疚："识人难哪。润莲，你知道我昨天晚上是怎样看你的吗？"

王用汲："怎样看我了？"

海瑞："世故！"

王用汲苦笑了一下："活在世上，哪有不世故的人？"

"世故也有真君子！"海瑞第一次有了这样的感触，"润莲，我求你一件事。"

王用汲："什么事？"

海瑞："下面的案子你不要过问了。"

王用汲："什么时候了，你还说这样的话？"

海瑞十分严肃地站了起来："我说的是真心话。子曰：'交友无不如己者。'我海瑞半生无友，说句大言，实在是无可交之人！这次到浙江我十分幸运，交上了两个远胜于己的朋友。一个是李时珍李先生，还有一个就是你——王润莲！你和李先生都可以寄心腹托死生！我就很难做到。"

王用汲的脸立刻红了。古人之风，最讲究一个"知"字。管仲有言"生我者父母，知我者鲍叔"，说的就是人之一生最难得到的就是别人看自己比自己看自己还重要还清楚，直可以寄心腹托死生！上下有此相交谓之知遇，平辈有此相交谓之知己。要是这个知己也是自己敬仰之人，那便是"生不用封万户侯，但愿一识韩荆州"了。

王用汲现在便是这般感受，相交如此夫复何言："刚峰兄，你太高看我了。要我干什么，你说就是。"

海瑞："请你照顾家母和我的家人。"

王用汲先是一怔，沉默了少顷："事情应该还没有到这一步。织造局打着宫里的牌子干的好些事比郑泌昌、何茂才还坏，这我知道。一定要跟他们斗，我们就一起斗，还有赵中丞。只要我们三个人彻查下去，胜负也在未定之间。"

第十八章

海瑞："赵中丞会彻查吗？"

王用汲："应该会。他毕竟也是理学中人，而且是徐阁老的学生。"

海瑞望着王用汲慢慢摇起了头："润莲，你还是太书生了。"

王用汲正颜道："书生自有峻嶒骨！赵中丞也是书生。"

海瑞："错了，官做大了便没有书生。这个案子我要彻查下去，最后能置我死地的不是织造局，而是赵贞吉！"

王用汲这才真正吃惊了，好久说不出话来："你，你怎么会这样子想？"

海瑞："因为赵贞吉要干的就是没有郑泌昌的郑泌昌那一套！"

王用汲震惊中有些领悟，愣在那里。

"润莲，你想想，圣旨叫我们抄没沈一石的家产充归国库，郑泌昌、何茂才将沈一石的家产卖给了徽商，赵中丞明明奉有圣旨为何不争？不但不争，为何还在约书上签字盖印？原因只有两条：一是他另外奉有密旨；二是他揣摩圣意逢迎皇上！"

王用汲想了想，重重地点了点头。

"我料定皇上没有另外给他密旨，真有密旨他昨晚就会阻拦我，不会让我去提审郑泌昌、何茂才。他让我去提审，用意就是试探宫里的反应。皇上护短织造局，罪责是我的，恶名是皇上的；皇上追查织造局，他既不得罪宫里，又可邀得清名。其用心比郑泌昌更加可诛！"

王用汲思索着："言重了吧。他和郑泌昌应该还是有所不同。也许是迫于宫里的压力，至少不是为了自己去贪。"

"没有两样。郑泌昌贪财，他贪名而已！今早你也看到了，他通知我们到大堂拜读圣旨，商同办案。我们去了，他却穿着便服在签押房故示悠闲，有意等几个锦衣卫来，让锦衣卫的人认准是我在追查织造局，他并不赞同。机心如此，下面他会干什么可想而知。不查织造局，他就会逼着那些徽商产更多的丝绸，却以半价收买桑农的生丝，讨好宫里讨好皇上。国库依然空虚，百姓仍受盘剥。不查织造局，郑泌昌、何茂才那些贪墨的官员也就无法一查到底，甚至连今年五月他们毁堤淹田和暗通倭寇陷害良民的事也会不问不查！润莲，如此惊天大案，已经明发上谕朝野皆知，如果让赵贞吉办如未办，此风一开，我大明朝更是无药可救了！"

王用汲："赵中丞要真是这个用心，那这个案子也就根本查不下去了……"

"我也没想能够彻查下去，就是为了把它捅开，昭之于世，朝野自有公论。因此，有我一个人干就行，无须你跟着我去拼命。留下你，就留下了今后重申此案的人。我的高堂我的家人也要靠你照看。润莲，你比我难。"

王用汲被他说得站在那里发呆。

海瑞又坐到提审房的案前，那个记录的书吏也坐在案侧，纸笔墨砚整整齐齐地摆在托盘里，那书吏却丝毫没有要做记录的样子。

海瑞低头翻着案卷："准备记录吧。"

"是。"那书吏嘴里答着，却仍然不把托盘里的东西摆到桌上来。

海瑞抬起了头，望向他。

那书吏："请问大人今天提审哪个罪犯？"

"还是先提郑泌昌，再提何茂才。"海瑞说着又低头去看案卷。

那书吏："大人，这两个人已经不在大牢了。"

海瑞倏地抬起了头："哪里去了？"

那书吏："天亮前就被锦衣卫大人带走了。"

海瑞立刻站了起来，向外走去。

这里可是浙江巡抚衙门签押房！当值的书办挡都挡不住，海瑞径自推开了虚掩的门闯了进去，那书办脸都白了，站在门边，却不敢进屋。

海瑞进来后也站住了，目光望向大案边那张躺椅。

赵贞吉还是那身便服，身上也没盖任何东西，躺在那里睡着了。

相书有云，人的睡相最能看出人的心地。呼吸均匀，眼嘴轻闭，眉脸松弛者为心地坦荡；呼吸不匀，嘴眼似张似闭，眉脸紧皱者必是心机颇深，梦中仍在算计。

可此时的赵贞吉既非前者亦非后者，睡得好熟，呼吸不但均匀，而且悠长，眼睛和嘴也都闭着，只是双眉微皱，两个嘴角露出两道深深的纹沟。

望着这张脸，海瑞的目光也好复杂，不好叫他，便在靠窗的椅子上端坐了下来。毕竟也是一日一夜未睡，他也闭上了眼睛。

赵贞吉的眼慢慢睁开了，看见了坐在那里闭眼浅睡的海瑞，站了起来："来人。"

当值的书办立刻进去了，跪了下来："中、中丞大人，海知县一定要见中丞，小人们挡不住……"

海瑞这时也已站起了。

赵贞吉："谁叫你挡了？为什么不禀报？"

当值的书办："小人们见中丞大人连夜未睡，不忍叫醒大人……"

赵贞吉："这一次就免责了。下回如果是海知县来立刻禀报。"

第十八章

当值书办："是。"

赵贞吉："出去吧。"

当值书办爬起来退了出去。

"请问中丞，郑泌昌、何茂才被转到哪里去了？"海瑞一开口便直取中军。

赵贞吉依然不紧不慢："坐。"

海瑞："圣旨到浙江已经第七天了，中丞，今天还不提审犯人吗？"

赵贞吉："钦犯都抓起来了，他们的家也都抄封了，什么时候都可以提审。"

海瑞："可有些案情不及时提审，钦犯就可能串供，晚了就查不出真相。"

赵贞吉："哪些案情？"

海瑞："今年五月九个县同时决堤，是不是有人有意毁堤淹田！六月，关押多年的倭首井上十四郎从臬司衙门大牢出现在淳安县，他是怎么出去的！明知沈一石的家产要奉旨抄没，郑泌昌、何茂才为什么还要卖给徽商！中丞，这三条必须立刻提审彻查原因。"

赵贞吉："这些都要查，但这些都不是眼下最要紧的。你既然来了，我先给你看个东西。"说着从书案上拿起一份军报递了过去。

海瑞接过军报，看着，眼中也闪出了光亮。

赵贞吉："剿倭才是当务之急。这一仗大胜，其中你送去的淳安义民立了头功，我也要为你请功。"

海瑞："卑职无尺寸之功。中丞大人，抗倭是军国大事，可这是胡部堂和前方将士的事。我们应该做的是抓紧办案。"

赵贞吉："办案为的什么？"

海瑞望着他。

赵贞吉："我们不办案，哪来的军需粮草供应胡部堂和前方将士剿倭？这一次那些接手沈一石家产的徽商及时拿出了五十万两银子，他们也有功。"

海瑞："中丞大人，照此推论，把那些徽商请来的郑泌昌、何茂才是不是也有功？"

赵贞吉眼中掠过一道怒光，接着沉下了脸："你这话什么意思？"

海瑞："军国大事，照例应该由有司衙门供应粮草军需，沈一石的家产抄归国库朝廷也就有了钱粮。徽商贱价收买了应该充归国库的那么多财产，拿出这么点钱来，他们有什么功？"

赵贞吉怒了："沈一石封存的家产现银不足两万，丝绸只有百匹，前方军情如火，三千架织机能够送给胡部堂去打仗吗？！"

海瑞："沈一石有二十五座作坊，一百余家商铺，六万多亩桑田，就是作价卖给任何商人，也能给国库收回上千万两的库银。东南抗倭，北边抵御鞑靼，一年的军需也都够了。何况今后每年，这些商家还得向国库依法纳税。卑职不明白为什么不这样做，而是还要把这些家产转归到江南织造局？"

赵贞吉紧盯着海瑞："海知县，官场有句大家都明白的话，你难道从来没听过？"

海瑞："请中丞直言。"

赵贞吉一字一顿地："不在其位，不谋其政。你也该收敛收敛了。"

海瑞："但不知中丞叫属下如何收敛？"

赵贞吉："该管的管，不该管的不要管。"

海瑞："上谕叫我来审办钦案，我管的都是圣旨叫我管的事。不知中丞所说不该管的是哪些事？"

赵贞吉："我是主审，你是陪审，我提审钦犯你在一旁陪问这就是你该管的。抄没沈一石的家产追缴郑泌昌、何茂才以下诸员的赃款，充作何种用途，都是你不该管的。昨夜你不经请示便独自提审郑泌昌、何茂才，我容忍了你。今天你居然管起我和胡部堂的军国大事来了。海知县，没有中过进士，没有进过翰林院，这点规矩也该知道的。"

这就不只是以权势压人了，功名出身在官场最为看重，但凡有一点仁恕之心，出身正途者对出身非正途者往往都回避"科甲"二字，赵贞吉身为上司，居然说出了这样的话，如此刻薄可见他对海瑞已何等深恶。

海瑞之为海瑞，偏偏在这些地方不为所动，从容答道："中丞这样的话属下听不明白。难道中过进士进过翰林院的人反而连圣旨也看不懂吗？圣旨明明叫我们抄没沈一石的家产充归国库，中丞却在织造局转卖沈一石家产的约书上签名盖印。你是主审官，你是巡抚，一省之财用都归你管。正因为此，中丞更不能违旨办事！身为奉旨陪审，规劝中丞依旨办案，正是属下职所当为。"

赵贞吉虽然早就听说过这个海瑞是官场不可理喻之人，但还是没有想到，此人之不可理喻到了如此地步。这哪里是来做官的，倒像是来拆台的。

赵贞吉心中之羞赧可想而知，毕竟一代"硕儒"，半生的工夫都下在"格物致知"上，这时遇到这样的对手，反而激起了他的争强辩胜之心，干脆放下了上司的身份，紧盯着他："你知道倭寇在我浙闽沿海一带杀了多少百姓，毁了多少城池！你知道前方将士没有军需是怎样在艰难奋战！你的家人好好地待在淳安，你想没想过被倭寇杀戮淫掠的百姓！我同意织造局将沈一石的家产转卖徽商为的什么？就为了立刻筹办军需剿倭御敌。似你这等站在岸上看翻船，以博直名。海知县，你不觉得自己大忠似伪吗？"

海瑞看到赵贞吉此时尚如此慷慨堂皇、雄辩饰非，更认定了此人实属"大奸似忠"一

第十八章

类人物。待他说完，紧盯着自己，才平静地答道："中丞大人有这般忧国忧民的心，那就一切都好说了。说到倭寇为患，中丞可否容卑职也说几句。"

赵贞吉这时已被自己一番宏论处于亢奋状态："你说。"

海瑞两眼虚望着窗外，像是在背诵一段史实："洪武十一年，倭寇侵海南儋州，杀我大明汉黎两族百姓数千，掳掠妇女丁壮一千余人！洪武十九年，倭寇又侵海南之儋州、新英、洋浦；二十年又侵琼州；永乐九年，宣德八年、九年，成化元年，弘治四年，正德十二年，嘉靖三十五年、三十七年，倭寇共侵入我海南各州县村落一十三次，杀我百姓数万，掳我百姓至海外诸岛充作苦役者数万！赵中丞，倭寇在我的家乡杀戮淫掠远早于浙闽诸省！我更要说的，是大明正德十二年，倭寇侵我海南之澄迈、临高，那年我四岁，家父就是死于倭寇之手！"

赵贞吉一怔。

海瑞把目光转望向他："杀父之痛，锥心难忘！中丞刚才说我的家人好好地待在淳安，因而不知沿海百姓受倭患之苦，请大人将此言收回。"

赵贞吉像是被钉子钉住一样定在那里，两眼的光也慢慢敛了回去，眼前这个只有七品的下属在他眼里是那样的虚又是那样的实，是那样的远又是那样的近！他立刻感觉到以往的传言和自己的判断对这个人都相距甚远。此人万不可以常人论之，亦不可以怪人论之。以泰州学派之理推断，这样的人更接近周公孔子所推崇之"朴人"！可当今之世，"朴人"就是"野人"！官场之中闯进这么一个野人，一切发乎中而形乎外，使多年来所有似是而非积非成是的规则都被破得干干净净！

赵贞吉那张脸憋得通红，多年"格物致知"之理这时竟一点都派不上用场。可海瑞还在等着他将刚才还十分得意强加于他的话收回，这在赵贞吉是万万做不到的。尴尬了好一阵，道既不行，只好用术。赵贞吉手一挥："既然海知县和倭寇还有杀父之仇，知道倭寇为患之甚，本院现在就派给你一件公务。七战下来，我军一举剿灭倭寇之势已经形成。当务之急就是立刻将下一批军需送往前方。这批军需就由你押运，五日内送到胡部堂军营！"

海瑞："请问中丞，钦案不审了吗？"

赵贞吉："杨公公疯了你应该知道吧。沈一石的家产和织造局究竟有何牵连，除了杨公公你向谁去查证？案子现在必须停下，今早我已经用八百里急递上奏朝廷，下面该如何办，只有等朝廷新的旨意下来。现在你该做的就是立刻把军需押运到胡部堂大营，十天后回来按新的旨意办案。"

海瑞沉默在那里。

赵贞吉："你不愿去？"

"我去。"海瑞大声答道。

八百里急递，赵贞吉奏报杨金水疯了的奏本在五天后的黄昏直闯崇文门，送到西苑司礼监值房时天将黑了。

司礼监四大秉笔太监四颗头聚在一起，八只眼睛看完摆在大案上那奏本的内容后仍然盯着灯笼前那份奏本，好一片沉寂。

"好哇！"正中首席秉笔太监陈洪终于出声了，眼睛里闪着看似气愤却暗含着兴奋的光，"查案查到织造局，查到宫里来了。"说到这里他突然拉长了音，"来！"这一声叫得又高又尖，呼出的那一长口气，差点将大案上灯笼里的烛光都吹灭了。弄得另三个秉笔太监都是一愣。

烛光暗而复亮，却见粘着三根羽毛的奏封已被他那口气吹得飘在空中，陈洪一把抓住了羽毛奏封，另一只手紧紧地按住了书案上的奏笺！

两个伺候当值的太监同时出现在值房门口："奴才们在。"

陈洪一边将奏笺装进奏封："备轿！咱们四个得立刻将这份奏疏呈给皇上万岁爷！"

"慢着。"陈洪身旁那个秉笔太监黄锦接言了，"陈公公，老祖宗还没看呢。"

"等不得了，我的黄公公。"陈洪十分决断地瞟了一眼黄锦，"老祖宗也在宫里，呈上去他老人家和皇上一起看。"

"事关杨金水，不能就这样送上去。"黄锦也十分固执，"这样送上去万岁爷迁怒到老祖宗就连转圜的余地也没了。"

一句话就揭开了送还是不送各人心中的奥秘，陈洪的目光虚停在半空中，好久才又说道："这点我倒是忘了。可老祖宗要伺候皇上万岁爷到明儿早上才能出宫，这个本压在这里谁敢担待？"

"想法子，把老祖宗请出来。"黄锦说道。

陈洪又望向了他："万岁爷正在修炼，身边可缺不得老祖宗。怎么请出来？"

"老办法，报喜吧。"黄锦态度十分坚定。

"不是喜去报喜，事后万岁爷知道了，你担罪还是我们担罪？"黄锦。

黄锦："我去报。有罪我一个人担！"

那陈洪显然心有不甘，望向另外两个秉笔太监："你们说呢？"

那两个秉笔太监："还是先禀报老祖宗吧。"

陈洪没法子了，只得把话留下一半："那你就去吧。万岁爷真要降罪，咱家也不会叫

| 第十八章 |

你一个人担。"

"说了，我一个人担。"黄锦说完这句，大步走了出去。

"备灯笼！备轿！"门外两个伺候当值的太监的声音在门外立刻响了起来。

"给个灯笼就是！我走着去！"黄锦的背影已消失在值房门外。

说是走，其实是跑着去的。一溜烟就到了玉熙宫大殿外。当值的太监看到黄锦，连忙跪了下去，低声道："孙子们叩见黄公公！"

黄锦也压低了声音："主子万岁爷歇了吗？老祖宗能不能出来？"

玉熙宫一个当值太监："回黄公公，主子万岁爷今儿打的是神游八极坐，老祖宗得一直在身边护着，一时片刻且出不来呢。"

这个时候偏在神游八极，黄锦一怔，接着在石阶前急得徘徊起来，走了好几个来回还是站住了："不行！这是大事，必须将老祖宗请出来。报喜吧！"

两个玉熙宫当值太监立刻脸都白了，叩下头去："二祖宗饶命，这个时候奴才们万万不敢惊了圣驾！"

黄锦无声地跺了下脚："我自己来！"说着疾步走到直对精舍南窗的石阶下，隔着石阶对着高高的窗棂，双手圈在嘴前，发出了一声俨然的喜鹊声！

好静！静得每个人都能听到自己的心跳！

没有反应，黄锦头上冒着汗，一铁心，双手圈在嘴前竟连续发出了三声鹊叫声！

"叫你呢。去吧。"万岁爷的声音像一根游丝从精舍内飘了出来。

黄锦还有两个当值的太监都停住了呼吸。

"该死。"精舍内传来了吕芳的惶恐声，"再大的喜事，怎么能这个时候来扰了主子的仙修！"

嘉靖的声音竟十分平和："该是胡宗宪、戚继光他们在前方又打了胜仗，你去吧。"

又过了好一会儿，吕芳的身影从大殿门口出现了。

黄锦一脸大汗疾步迎了上去。

吕芳依然不紧不慢地下了石阶，望着他这副样子知道不是喜事，便盯着他。

黄锦低声禀道："干爹，浙江八百里急递，杨金水疯了！"

从来不动如山的吕芳这时竟也微微颤了一下。

此刻，那封急递被一方和田羊脂玉镇纸压在大案上，没有风，三根羽毛竟也一动不动。

四个秉笔太监都望着坐在案前的吕芳，每张脸都像案上那封奏疏，一动不动。

"那个送急递的驿差现在哪里？"吕芳开口了。

陈洪急忙接言："回干爹，儿子已把他扣在禁门值房里。"

吕芳："扣住他，不能让他见任何人。"

陈洪："晓得。"

吕芳："锦儿。"

"儿子在。"黄锦应道。

吕芳："这一坎得我去过了，得要半夜才回，主子那里不能没有人伺候，你去吧，主子习惯你。"

黄锦："儿子立刻去沐浴更衣。"

吕芳："主子要是问起，就说这封奏疏你们都没看，告诉主子，就说我去镇抚司诏狱了，去见那个高翰文。详情待我回来——向主子陈奏。"

黄锦愣了一下。

另三个秉笔太监都对望了一眼。

吕芳："这件事要回话，就得明白回话。杨金水为什么会疯？江南织造局的事，杨金水和沈一石的事，或许那个高翰文知道一些内情，还有那个曾经跟了杨金水四年的女子知道一些内情。一切等我回来，向主子明白回话。"

"儿子明白了。"黄锦答着疾步走了出去。

吕芳跟着站了起来："杨金水是我派到江南去的，有罪我会担，你们都把心放到腔子里，今晚都待在值房，这个消息一点也不能透露出去。"

三个秉笔太监："儿子们明白。"

吕芳大步走了出去。

明朝的北京，除了紫禁城，"文官下轿武官下马"处不知凡几，平常百姓都要绕道而行。至若北镇抚司衙门这座诏狱，那便是连文官武官都绕着走，不愿意见到这道长有里许高有两丈的青砖深墙，更不愿见到那两道黑黝黝的生漆大门。年代久了，便传出许多关于这条幽深的巷子和巷子高墙里的话头，都说天一黑，这条路上就有许多冤鬼游荡，黑角落处还时常听到哭声。因此这条路面一年到头都十分清静，尤其到了黄昏后，不但没有人走，鸟都不从这里飞过。

两盏灯笼在前面照着，四个提刑司太监，一顶小轿，抬着吕芳从西苑方向进这条巷子已是戌时末，疾步无声，很快抬到了黑漆大门前。

提灯笼的太监抓住大门左边那环兽面吞口敲击了三下。

| 第十八章 |

里面立刻传来了问声:"是老祖宗驾到了吗?"显然事先已有快报通告了这里。

门外提灯笼那太监:"知道还问?开门吧。"

沉沉的大门从里面向两边打开了,早有一片灯笼光在里面候着,院子里跪着好些顶戴。

提刑司提灯笼的太监又发话了:"老祖宗说,派两个人引路就行,没事的都歇着去。"

"是。"一地的答声,中间闪开了一条路。两盏灯笼一顶小轿飞快地飘抬了进去。

大门带着嘎嘎的声音又沉重地关上了。

外边的人不知,以为镇抚司诏狱里只有铁槛锒铛关押待决官员的牢房,其实里边还辟有多处软禁罪名未定待审官员的小院。

这里就是其中之一。院中之院,也就是墙中之墙,一道铁门锁着,开钥进去便是一块数丈见方的院子,院内照例有一口井,靠墙根长满了草,墙上还爬着青藤。靠北便是三间小屋,各有房门,互不相通。西边一间关住被审的官员,正中那间是暗审口供的录房,东边那间平时空着,备作锦衣卫审问罪官累了时喝茶歇息之用。

这样的院子照例是只锁院门不锁房门,这时引路的锦衣卫开了院门的锁,推开了门,在前面引着,灯笼照着小轿进来了,停在了院内。

左边那个提刑司打灯笼的太监掀开了轿帘,右边那个提刑司打灯笼的太监伸过手挽着身着便服的吕芳从轿子里出来了。

老祖宗亲自审讯罪员,两个锦衣卫可不能待在这里,这时已退到了院门外,在外面把铁门带上了,钉子般守着。

一个提灯笼的太监早已奔进正中那间录房,点亮了座灯。

另一个提灯笼的太监这才领着吕芳向录房走去。

之所以用提刑司的太监抬轿,是因他们才兼有密与提审罪员的差使。后边抬轿的两个提刑司太监站在院内,面对门墙,前面抬轿的两个提刑司太监走到靠西那间关罪员的房间门口,敲了敲:"高翰文。"

门从里面慢慢开了,现出了穿着粗布蓝衫,梳洗后面容憔悴的高翰文。

提刑司太监:"有话问你,出来吧。"

高翰文从门内慢慢走了出来。

东边那间屋子的窗棂后,芸娘两只眼透着不安在静静地望着院子外。

大明王朝
—— 1566 ——

提刑司那太监静静地领着高翰文进了录房，桌上放着一盏灯，灯光柔柔地照着坐在桌子后身穿便服的吕芳。高翰文与吕芳二人的目光对上了，吕芳满目的慈祥，高翰文心中一动，怔怔望着这个人，默默站在那里。

按理，参加过殿试的进士都见过皇上，自然也就都见过须臾不离皇上左右的司礼监掌印太监。只因嘉靖帝二十年不上朝，三年一届的殿试也不去主持，因此大明朝嘉靖二十一年后的科甲官员都无缘一睹天颜，自然也就不认识吕芳。

吕芳轻挥了下手，提刑司太监连忙退了出去，轻轻将录审房的门带上了。

高翰文这才敏感到今日有些不同，目光不禁向那张桌面望去，桌子上并无纸笔墨砚，难道今日审讯不用记录？带着疑问的眼光忍不住又望向了吕芳。

吕芳："我不是来审你的，不用记录。坐吧。"

高翰文默默地在他的对面坐下了。镇抚司的规矩，问官不说，罪官是不能问对方身份的，高翰文只能仍望着吕芳，在心里猜着此人是谁。

吕芳一眼便从他眼里看到了心里，平和地说道："我叫吕芳，现在司礼监任掌印之职。"

尽管早已心如死水，高翰文这波澜一惊还是非同小可，立刻站起了，跪了下去："罪员高翰文拜见吕公公。"

吕芳坦然受了这一拜，待他拜完后，煦煦地说道："请起，坐吧。"

高翰文再站起后就没有进来时那般平静了，坐下后脸上立刻涌出了激动："朝局败坏，已成痼疾；苍生之苦，实难名状！吕公公知否？我主皇上知否？"

果然是个书生，吕芳默默地望着他，不答他，反问道："何为知？何为不知？"

高翰文一怔，刚才还激动的面容立刻显出了失望。

吕芳仍然十分平和："圣人云，知之为知之，不知为不知，是知也。我今天来就是想问一些你知道的事。知道的你就回答我，不知道的你就说不知道。"

高翰文只好答道："公公请问。"

吕芳："沈一石的家是你去抄的？"

高翰文："回吕公公，是罪员去抄的。"

吕芳："除了那些织坊、铺面、一百匹丝绸、一万两银子，还有没有别的什么东西，比方一些文字的东西？"

文字的东西当然有，便是沈一石写给高翰文那张"侯非侯，王非王"的遗言，这可不能说，高翰文当即答道："回吕公公，只有实物，并无文字。"

第十八章

吕芳："账册呢？沈一石经营丝绸二十多年一本账册都没有？"

高翰文："应该有账册。可一把大火，是不是都让烧了，罪员也不知道。"

沈一石的账册一共八箱，四箱当面落到了郑泌昌、何茂才、杨金水的手里，还有四箱被杨金水秘密送到了宫里，这些详情杨金水都禀报了吕芳禀报了皇上。吕芳这时还问，就是担心沈一石死前有没有将其他的账册给了高翰文，或是给高翰文看过。

吕芳望着高翰文的眼睛，要从他眼睛里看出他说的是真话还是假话。高翰文这句话本是真话，这时对视吕芳的眼睛自然坦荡。

吕芳："你到杭州第二天就见了沈一石，他都陪你去了哪里？除了陪你看丝绸，就没有给你看账册？"那双看似慈蔼却深不见底的目光又盯紧了高翰文的双眼。

高翰文突然警醒了，莫非浙江的案子已经查到了织造局，查到了杨金水，这才惊动了这位宫里人称老祖宗官场暗称"内相"的吕公公深夜亲自来了！

他立刻想起了一个人，想起了自己槛送京师的前一天晚上在杭州知府衙门后堂曾经提醒过他的海瑞。他定在那里，眼前的吕芳虚了，慢慢幻成了海瑞……

吕芳见他目光虚了，紧接着说道："我今天到这儿见你，是为了救你。有什么就说什么，全都说了，你就没事。"

人之幻象皆由心生！或是天意，吕芳这时说的话共是五句，二十七字，海瑞那晚对他说的话也是五句，二十七字，这时高翰文眼前的吕芳既已幻成了海瑞，他那张和海瑞说的同样字句的声音自然地幻成了海瑞的声音："那我也不能送你了。到了京里，什么话也不要说。只有沉默，才能出狱。"

"说吧。说了我也好给你解脱罪名。"吕芳依然不紧不慢地催道。

高翰文眼前的海瑞消失了，还是那个吕公公坐在那里。

他知道该怎么说了，可就在这时屋外传来了好大的声音！

是芸娘似乎在挣脱别人大声呼喊："他到浙江才一个多月能知道什么？你们让我过去，我跟吕公公回话！"

一直和煦如风的吕芳这时目光也倏地望向了那条门，接着又望向了高翰文。

高翰文却在这时慢慢闭上了眼。

门外传来了提刑司太监的声音："什么地方，懂不懂规矩？问你的时候再说话。回去！"

"让她进来。"吕芳发话了。

"是呢！"提刑司太监的声音立刻变了，"进去吧。"

门从外面轻轻推开了，吕芳慢慢向那个方向望去。

穿着粗布女衫，一头梳得整整齐齐的黑发，只插着一支铜簪，脸上也没有任何脂粉，这时的芸娘已然无有了丝毫的风尘气，也不像贫寒家女子，倒隐隐透出大家闺秀的风范。

吕芳好一阵看，芸娘站在门口低垂下眼。

"罪员先行回避吧。"高翰文这时竟一眼也不看芸娘，低着头便要向门外走去。

"不必。"吕芳叫住了他，又对芸娘，"你进来。"

芸娘轻步走了进来，在吕芳的另一边停下了。

吕芳对着门外："都出去，院子外待着。"

房门外的几个提刑司太监齐声应道："是。"

一个人从外面又带上了房门，接着一阵脚步声，所有的人都退出了小院。

"你就是那个跟了杨金水四年的芸娘？"吕芳这才向芸娘发问。

"是。"芸娘这一声答得极轻。

"没有什么丢人的。"吕芳神态十分自然，"宫里十万太监宫女，结为对食的有好几百对呢。人有五伦，君臣父子夫妻兄弟朋友是也。你和杨金水虽无夫妻之实，毕竟还有夫妻之名。想不想知道他现在怎么样了？"

芸娘的心像被刀子在割着，微抬起了眼没有看吕芳而是掠向高翰文。

高翰文两眼依然闭着，只眉头锁紧了。

芸娘这才望向吕芳："回吕公公话，芸娘跟杨公公没有什么夫妻之名，我只是伺候他的一个奴婢。后来杨公公认我做了干女儿，我应该称他干爹。"

"称什么都行。"吕芳神态一下子冷了，"我问你想不想知道他现在怎样了。"

芸娘："干爹有吕公公呵护，再怎样也会平平安安的。"

竟是这样回话，吕芳望了望她，又望了一眼高翰文，面容陡地端严起来："没有谁能呵护谁。在我大明朝只有一个太阳能照着两京一十三省，那就是皇上。这颗太阳上面还有更大的主，那就是老天爷。我告诉你们，杨金水现在谁也呵护不了了，老天爷收他了。"

芸娘眼中闪出了惊愕。

高翰文也倏地睁开了眼，望着吕芳。

吕芳："浙江的八百里急递今儿下晌到的，杨金水疯了。"

芸娘的眼和高翰文的眼终于碰在了一起，从出杭州的驿站到现在，这是两个人第一次正眼相对。高翰文本能地要将目光移开，但被芸娘眼中闪着泪花的凄苦眼神勾住了，是不忍还是不舍，他到底没有移开目光。

吕芳轻轻站起："杨金水想呵护你们，我也想呵护杨金水，但要是他自己作了孽那就谁也呵护不了谁。我答应过他，让你们住在一起。记住我的话，无论谁来问你们，江南织

第十八章

造局的事你们一概不知。这是其一。"

两个人紧紧地望着吕芳，等听其二。

吕芳："除了我，没有人敢杀你们，就怕你们自寻短路。无论谁来逼你们，你们都不要理睬，都要好好地活着。"

"为谁活着？"高翰文终于忍不住反问了。

吕芳："为了朝局。该死的有些已经死了，有些立马要死。不该死的就不能死。这是其二。"

两个人似乎明白了吕芳的来意，也似乎感觉到了杨金水何以要将他们二人一同押解进京。至于这层意思背后还有何深意，他们一时还想不明白，但毕竟作为当今"内相"今晚能亲自来此，能有这一番嘱托，二人心中泛起了波澜。高翰文和芸娘不禁同时望向了对方，这一次眼神相碰，两人都很快移开了。一齐沉默在那里。

"我有个习惯。"吕芳前所未有的像个真正的长者望着这一对难中的玉人，"除了伺候皇上，我一个人夜晚睡觉前总要将碗里的茶全喝了，一点也不剩。因为我不知道明天早上还能不能醒来，还能不能再喝一口茶。"

如此人物，突然又说出如此话语，两人心中又是一动，全怔怔地望着吕芳。

吕芳这时再不看他们，只虚望着前方那条门："老天爷只要让你活，一辈子是活，一年是活，一天也是活。我那个干儿子要说坏比谁都坏，要说好比谁都好。让你们来之前他就给我写了信，说你们两个是天下最般配的。"说到这里他停了停："他说这个话我听得懂。做了我们这号人这一辈子缺的就是这个，羡的也是这个。有时还真望别人般配。高翰文，你是个最聪明也最糊涂的人，咱家教你一句，芸娘并不辱没你。不要想过去，也不要想今后，只要还活着，就在这所院子里跟她过好当下每一天。"说完这句他向门口走去。

"老祖宗！"芸娘泪水夺眶而出，竟叫出了他这个名号。

吕芳站住了。

芸娘在他身后跪下了："小女子既认了杨公公是干爹，老祖宗也就是小女子的干祖父。老祖宗刚才的话我都听进去了，不管他嫌不嫌弃我，我都愿伺候他。请老祖宗跟镇抚司说一声，不要叫锦衣卫每天送饭了，我想在这个院子里开一间厨房，自己做饭。"

吕芳慢慢转过身来，望着跪在那里的芸娘，又望向高翰文。

高翰文心中大恸，却不敢看芸娘。

芸娘接着说道："名也好实也好，我会每天照看好高大人，直到哪天老祖宗叫我们死。"

吕芳对高翰文："高翰文，她说的话你都听清了？"

高翰文低着的头想抬起又停在那里。

吕芳不再看他，转对芸娘："从明天起，你就搬到西边高大人那间房去，你现在住的那间房我会叫镇抚司的人改作厨房。"说完这句径直开了门走了出去。

屋里只剩下了仍然跪着的芸娘和还站在那里的高翰文。

从北镇抚司诏狱再回到司礼监值房，已经半夜了，不只那三个秉笔太监在等着，奉命应在玉熙宫精舍伺候皇上的黄锦这时竟也已在这里等着吕芳。

"主子歇了？"吕芳直直地望着黄锦问。

黄锦满脸忧色，跪了下来："回干爹，主子万岁爷已经猜着了，儿子不敢欺瞒，没有照干爹吩咐的回话，将杨金水疯了的事如实奏陈了。"

"你做得对。主子什么旨意？"吕芳的言辞和语气里都没有丝毫责备的意思。

黄锦如释重负地从大案上捧起一个里面镂空的和田玉圆球："主子只叫儿子将这个球拿给干爹看，然后叫我们今晚就拟旨，八百里加急送到杭州。"

吕芳双手郑重地接过那个被灯笼光照得晶莹闪亮的玉球，看了好一阵子："你们说主子这是何旨意？"

有吕芳在，其他人就是有想法也不敢说，都一齐摇着头。

吕芳把目光望向了门外的夜空："主子这是告诉我们，'外重内轻'呀。"

四个人都望着他，等他说得更明白些。

吕芳："无论是江南织造局还是宫里的尚衣监巾帽局这都是内，都不能护短了，该查的要查，该办的要办！只有胡宗宪抗倭才是大事！立刻拟旨，着在杭州的锦衣卫立刻把杨金水押解进京，让赵贞吉署理江南织造局的差使，命他不惜一切给胡宗宪东南前方筹措军需！"

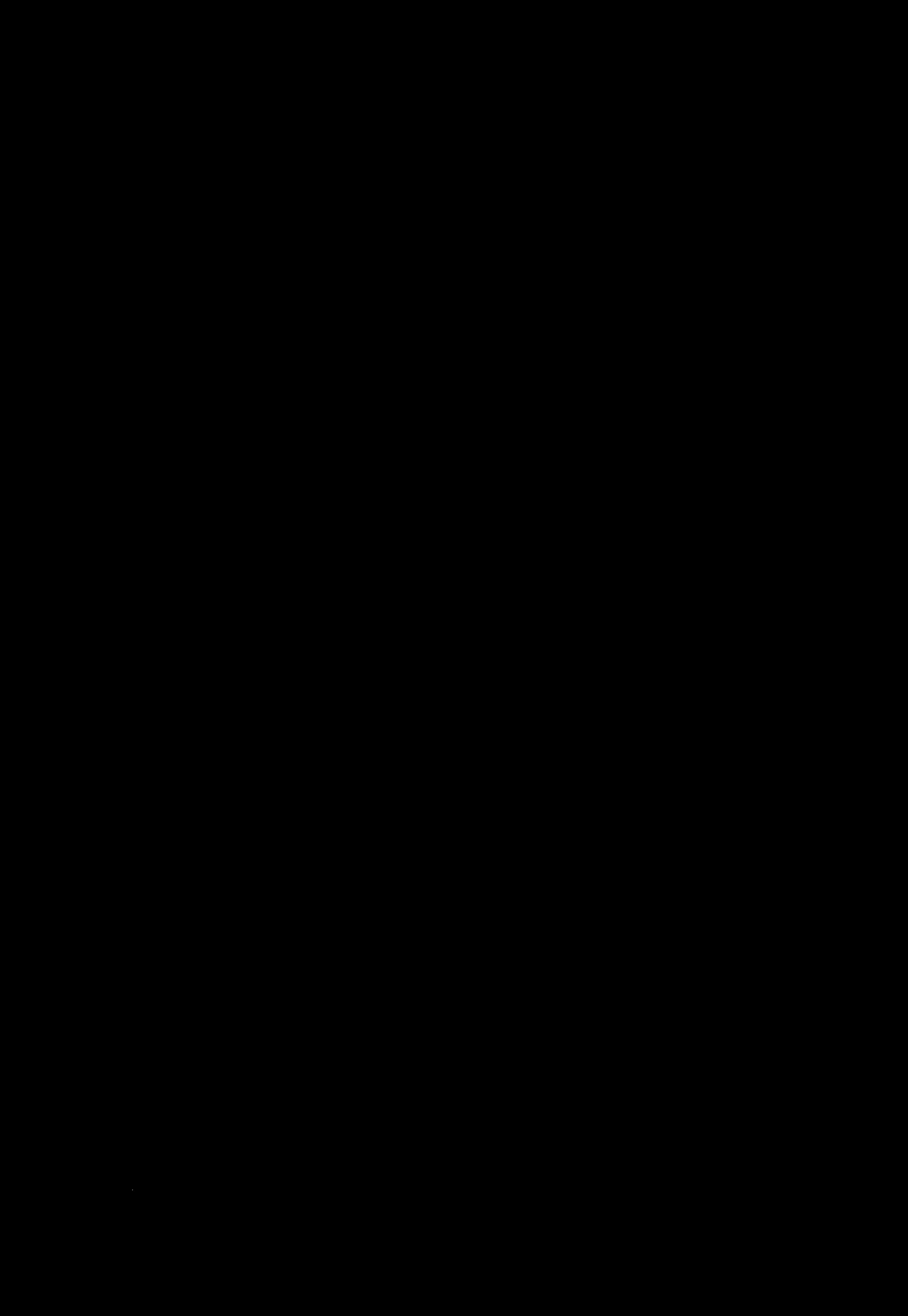

大明王朝

1566

刘和平
—— 作品 ——

SPM 南方传媒 | 花城出版社
中国·广州

图书在版编目（CIP）数据

大明王朝1566：全2册 / 刘和平著. -- 广州：花城出版社，2016.7（2025.7重印）
 ISBN 978-7-5360-7911-3

Ⅰ．①大… Ⅱ．①刘… Ⅲ．①长篇历史小说－中国－当代 Ⅳ．①I247.5

中国版本图书馆CIP数据核字(2016)第154541号

出 版 人：张　懿
策划编辑：张　懿　陈宾杰
责任编辑：杨淳子　黄依妮
技术编辑：凌春梅
封面设计：荆棘设计

书　　名	大明王朝1566 DAMING WANGCHAO 1566
出版发行	花城出版社 （广州市环市东路水荫路11号）
经　　销	全国新华书店
印　　刷	佛山市浩文彩色印刷有限公司 （广东省佛山市南海区狮山科技工业园A区）
开　　本	787毫米×1092毫米　16开
印　　张	53.25　4插页
字　　数	950,000字
版　　次	2016年7月第1版　2025年7月第22次印刷
定　　价	128.00元（全2册）

如发现印装质量问题，请直接与印刷厂联系调换。
购书热线：020 - 37604658　37602954
花城出版社网站：http://www.fcph.com.cn

| 目　录 |

楔子 ··· 1
第一章 ·· 3
第二章 ·· 28
第三章 ·· 50
第四章 ·· 70
第五章 ·· 91
第六章 ·· 110
第七章 ·· 136
第八章 ·· 159
第九章 ·· 177
第十章 ·· 197
第十一章 ·· 218
第十二章 ·· 247
第十三章 ·· 269
第十四章 ·· 289
第十五章 ·· 315
第十六章 ·· 338
第十七章 ·· 359
第十八章 ·· 382
第十九章 ·· 403
第二十章 ·· 421

第二十一章	438
第二十二章	457
第二十三章	475
第二十四章	497
第二十五章	523
第二十六章	541
第二十七章	570
第二十八章	593
第二十九章	615
第三十章	634
第三十一章	657
第三十二章	681
第三十三章	700
第三十四章	722
第三十五章	745
第三十六章	766
第三十七章	786
第三十八章	806
第三十九章	821
后记　无中生有写大明	837

第十九章

　　所谓"铁打的营盘",最适合用来形容明朝的卫所制。军事要隘设卫,关津渡口设所,皆建有固定的营房。大卫都设有城墙,俨然城池,如临海的天津卫、威海卫,还有这里的台州卫。里面没有百姓,住的全是军户,无论官兵皆可娶妻生子,而且可以子承父籍,世代为军。因此"流水的兵"一说在明代并不适用。

　　温岭东南一战,戚家军摧毁了倭寇在浙江东南最重要的巢穴,胡宗宪抓住战机正在部署之后几次战役,力图一举肃清在浙江沿海为患多年的倭寇。

　　这时正是下次战役前的宁静。防守待命以外,军户们都在卫城里照常过着有妻有子的日子,夕阳西下,家家炊烟,到处都能看到光着屁股追跑的孩童,还有不时提水择菜吆喝责骂自家孩童的妇女。

　　单身兵丁当然除外,他们还没有家,便编制在一起吃大锅饭。齐大柱带来的那些人留下的都是单身,编成了一队,这时全蹲在他们营房外的露天坪里,一个个捧着碗,围着盛满菜的大盆,一边吃饭一边谈着女人。

　　齐大柱从营房的一扇门内出来了,径直走到了一圈吃饭的士兵边上,从地上拿起一个空碗一双筷子,便从饭桶里去舀饭。

　　正在吃饭的弟兄们都望着他。

　　一个弟兄:"哎!大哥,自家的饭不吃,赶来分我们的吃。"

　　齐大柱舀好了饭,挨着他们挤蹲了下来:"我也没娶她,她也没嫁我,什么家?"

　　另一个兄弟:"在一个屋里住了好几夜了,她还不是你的女人?"

　　"闭上你的嘴。"齐大柱怒瞪了那个人一眼,"她睡她的,我都睡在外面。"

　　又一个兄弟:"大哥瞧不上她?"

　　"那就让给我。"另一个人立刻接言道。

齐大柱不再理他们，大口吃饭。就在这时那女人从房门出来了，径直走了过来。

许多双眼睛都贼忒兮兮地望着走来的她。

头发梳得干干净净，衣服洗得干干净净，脸上那条刀痕也淡了些，这女人比被救那天显得更加漂亮风韵了。

那女人走到齐大柱身边："饭做好了，回家吃吧。"

"你吃你的吧。我和弟兄们一起吃。"齐大柱也不看她，照旧吃饭。

那女人竟一把抢过他的碗，将饭倒进桶里："回家去吃。"

所有的筷子都停住了，望了望齐大柱又望向那女人。

齐大柱慢慢站起了，也盯住那女人。

那女人的眼睛只望着他下颚以下。

齐大柱："跟你说了，我不要你报什么恩。过几天就送你走，留个清白名声吧。"

那女人固执地站在那里："回家吃饭吧。"

一个士兵："要不要人家另说，吃顿饭打什么紧。"

"就是。"另一个士兵，"你不去我们都吃不成了。"说着将碗往地上一搁。

所有的士兵都把碗搁在地上。

"好吧。都逼我吧。"齐大柱撂下这句奇怪的话向那间屋子走去。那女人跟着他走去。

士兵们立刻都端起了碗。

一个士兵："有点怪，这干柴烈火怎么就烧不起来？"

另一个士兵："我看大哥心里还是喜欢，就是嫌弃人家被倭寇掠过。"

又一个士兵："又不读孔夫子，大哥不在意那一套。"

一个士兵："我看也是。打个赌吧，我赌他们今夜就会上床。"说着从衣襟里掏出一吊铜钱摆在地上。

立刻有一个士兵响应他，也掏出一吊铜钱摆在他那吊铜钱旁边："我也赌他们今夜上床。"

一个士兵掏出一吊铜钱摆在自己面前："我看今夜上不了床，我跟你们赌。"

是刚发的军饷，接着好些士兵都掏出了一吊铜钱，有些摆在上床那边，有些摆在不上床那边。

天渐渐黑了，那女人点亮了灯放在桌上，又去关上了门，自己却搬着一把凳子坐在一边，看着齐大柱吃饭。

"叫我来吃，你又不吃？"齐大柱端起碗又停在那里。

| 第十九章 |

　　那女人只静静地坐在一边："你先吃，你吃完了我再吃。"
　　齐大柱把碗又摆回桌上："我跟戚将军去说，明天一早就叫他安排人送你走吧。"
　　那女人依然平静地坐着："你赶不走我。"
　　齐大柱："我说你到底是来报恩的还是来折磨我的？叫你走你又不走，我要娶你你又不嫁。"
　　那女人："我跟着你。哪天你真心想娶我了，我就嫁你。"
　　齐大柱："娶就是娶，有什么真心假心的？"
　　那女人："我要你真心信我没有被倭寇糟蹋过。"
　　齐大柱沉默了。
　　那女人："吃饭吧。"
　　齐大柱："说实话我心里是有些堵。既然你说没有，我信就是。"
　　那女人："这不是真信。"
　　齐大柱："怎么真信？我不在乎不就行了。"
　　那女人："我在乎。我要你每天心里都是顺的。"
　　齐大柱："那要怎样才能让你信了我是真信？"
　　那女人："你想办法去问那条船上的倭寇。倭寇的头叫作井上十三郎，他看上了我，要糟蹋我，我在自己脸上划了一刀。他接着带别的倭寇杀掠去了。留下的倭寇都没敢碰我。"
　　"不用问。我全信了。"齐大柱说着端起碗狼吞虎咽起来。
　　那女人看他这般模样，眼睛好亮。
　　一碗饭三口五口就吃完了，那女人起身接碗去给他盛饭。齐大柱把碗往桌上一摆，一把抓住她的手拉了过来："我现在就跟你成亲！"说着一下抱起了她，走到床前把她放下。
　　那女人眼睛闪着亮望着齐大柱，然后目光一闪，望向门那边。
　　齐大柱笑了笑，唰地解开了外面的衣服，光着上身的膀子，大步走到门边，倏地开了门。
　　门边果然偷偷地站着好些人。
　　齐大柱光着膀子大声说道："赌上床的赢了，赌不上床的输了。滚吧！"

　　和齐大柱那边相比，这里却是太安静了。
　　大帐中所有的人都退出去了，只剩下坐在大案前的胡宗宪和坐在一侧的海瑞。

烛火照帐，胡宗宪凝视着海瑞，海瑞也目视着他，一时沉默。

胡宗宪："你的事谭子理都跟我说了，套一句俗话，真是'久闻大名，如雷贯耳'呀。今天你来不只是为了押运军需吧？"

海瑞站了起来："部堂明鉴，卑职这次来有三件事请教部堂。"

胡宗宪望着他："听说是你来，我把案卷文书都搬走了，找出了一部《唐诗》摆在这里等你。翻看了一个时辰，给你找了一首，给我自己也找了一首。海知县，先听我念了这两首诗，再听你说那三件事好不好？"

海瑞平生深恶的就是官场一个"虚"字，这时见胡宗宪不愿与自己直言谈事，却搬出了什么唐诗，立刻便又联想到了赵贞吉。可毕竟胡宗宪在当时声名极大，而且正在前线督战，何况当时还派谭纶帮过自己，诸种原因使他不得不答道："请部堂赐教。"

"古人的诗，我赐什么教。"胡宗宪站了起来，拿起一本唐诗翻开了折页处，"给你找的是高适做县令时写的一首诗。高适是个爱民的官，我读来送你。"说着捧起书便念了起来："我本渔樵孟诸野，一生自是悠悠者。乍可狂歌草泽中，宁堪作吏风尘下。只言小邑无所为，公门百事皆有期。拜迎官长心欲碎，鞭挞黎庶令人悲！"

念完了这首诗，胡宗宪深深地望着海瑞。

海瑞从他那悲楚的声调和沧桑的目光中立刻感觉到了这个人和自己刚才的想象大为不同。尤其他将自己比高适，起意在"厌官"，破题在"爱民"两字上，同调之感不禁油然而生，立刻对胡宗宪深深一揖："部堂过奖了。但不知部堂给自己找的是哪首诗？"

胡宗宪放下了手里这本唐诗，又拿起了大案上另一本唐诗，翻开折页："我喜欢岑参。他有一首诗前四句可以明我心志。"说着捧读了起来："万里奉王事，一身无所求。也知塞垣苦，岂为妻子谋！"

海瑞这才似乎明白了胡宗宪先给他念诗的意图。心中有了感慨，问话便已亲近："卑职可否向部堂请教那三件事了？"

胡宗宪浅浅一笑："你可以问，但我不一定能够'教'。"

海瑞："听部堂适才念诗已明心志。卑职能否理解织造局和巡抚衙门将沈一石的家产卖给贵乡谊并非部堂本意？"

胡宗宪点了点头。

海瑞："那部堂为何不制止？"

胡宗宪："我无法答你。"

这便不能再问了。海瑞接着问第二件："今年五月九个县闸口决堤，部堂以贪墨修河工款以致河堤失修的罪名处斩了马宁远、常伯熙、张知良还有李玄，是否另有隐衷？"

第十九章

　　胡宗宪："这件事的案卷都已上交刑部。按《大明律》，这样的案件如需再查，必须先请示朝廷然后到刑部调阅案卷。"

　　这是不教之教，海瑞怔了一下，接着说道："承教。"

　　胡宗宪："最后一件呢？"

　　海瑞："请问部堂，郑泌昌、何茂才以通倭的罪名将倭酋井上十四郎和淳安的百姓齐大柱等判令立决，部堂大人为何愿意亲派总督衙门的人前来帮我平反冤狱？"

　　胡宗宪："既是冤狱，自当平反。"

　　海瑞："既然平反，为何不追查到底？"

　　"海知县现在不正在追查吗？"说到这里，胡宗宪话锋一转，"那几个被你救出来又被你'鞭挞的黎庶'现在都立了功，已编入戚将军的军营，你不想去看看他们？"

　　海瑞之所以爽快答应赵贞吉来送军需，其实也是为了能在胡宗宪处略略了解虚实。然而，这三件事问得如浪打空城，海瑞第一次领略了被别人的气场笼罩的感受，一时怔在那里。

　　"来人。"胡宗宪向帐外喊道。

　　亲兵队长走了进来。

　　胡宗宪："你带几个人送海知县去见齐大柱那营官兵。"

　　"是。"亲兵队长应着转对海瑞，"海知县请。"

　　敲门声像擂鼓一般，伴以大声的吼叫：

　　"开门！"

　　"开门！"

　　房间里吹了灯，本是黑黑的。可窗纸早被那些士兵捅了好些小眼，外面营房的灯光便从洞眼中烁射了进来，恰又射在床上。齐大柱在床上搂住自己的女人，只扯过一床单被盖在身上，丝毫不理睬那些敲门砸户和鬼叫狼嚎。

　　那女人在底下推起了他的双臂，轻声说道："让他们进来吧？"

　　齐大柱依然跨在女人的身上："你不懂，叫出来他们就不馋了。"

　　"不行。"那女人撑住了他，"我都是他们的嫂子了，今天这个日子我也得请请他们。让开。"

　　"这倒是个理。"齐大柱仍然不肯离开，"可也没东西，请他们吃什么？"

　　女人："你走开就是。"

　　齐大柱这才慢慢从她身上跨开，自己穿好了衣裤，又扯起那床单被挡在破窗户和床的中间。

那女人便在单被那边也穿好了衣服，接着点亮了灯。

门外见到里面灯亮了，敲门声更急了，吼叫声更响了。

那女人又拢了拢头发，竟从床底下搬出来一坛酒和一笸箩花生放在小桌子上。

齐大柱望着她："哪来的？"

女人："你的军饷买的。请他们进来吧。"

"好婆娘！"齐大柱夸了一句这才走到门边。

门越敲越急了。齐大柱伸出一掌用暗力顶住了门，将门闩倏地一抽，立刻闪开了身子。

几个士兵顷刻从门外摔进了门内。

"不是想看吗？看吧。"齐大柱望了望地上那几个正在爬起的人，"没见过女人的东西，都进来吧！"说完这句他望向门外，不觉变了脸色。

一群士兵簇拥之中，站着海瑞！

"海大人！"齐大柱扑通跪了下去，才磕了一个头，又倏地站起，几步过去拉住自己的女人，"这就是海大人，我的恩公。磕头！"说着把女人拉下来并排跪了，两人一齐向海瑞磕了三个头，又拉着女人站了起来。

海瑞依然站在门边，望了望齐大柱，又望了一眼那女人。

齐大柱："恩公放心，我齐大柱不会干给你丢脸的事。这是戚将军做的媒，明媒正娶！"

海瑞这才露出一点笑容，徐步走了进来。

所有的人都安静了，一个个悄悄跟着走了进来。

那女人立刻端过来一把凳子，又用衣袖把凳面擦了擦，摆在桌子的上方："大人请坐。"

海瑞站在凳子边便伸手在衣袖里掏了一阵子，显然没有东西，又伸到衣襟里去掏了一阵子，显然还是没有东西。一笑黄河清的海瑞这时露出了尴尬的笑容："我记得身上本有块碎银，怎么没有了？齐大柱，你关饷没有？"

齐大柱："昨天关的饷。大人要多少钱？"

海瑞："借我两吊钱吧。"

"有！有！"齐大柱立刻走到床边掀开席子，床头却只有一吊钱。他也有些尴尬了，望向婆娘："怎么只有一吊钱了？"

那女人："你一共发了两吊钱，买这些东西不要钱吗？"

第十九章

海瑞:"一吊就一吊。拿给我吧。"

齐大柱双手捧着钱奉给海瑞。

其他的士兵纷纷掏出了身上的钱:

"海大人要钱我们还有。"

"拿我的。"

"拿我的。"

许多双手都捧着各自的一吊钱伸向海瑞。

海瑞:"你们的我就不借了。"说着从齐大柱手里拿过那吊钱对那女人:"这点钱也算不上贺礼,你扯块布做件衣吧。齐大柱,我会还给你的。"

齐大柱低下了头,挺强壮的汉子眼中有了泪花。

那女人慢慢跪了下去,又向海瑞磕下头去。

海瑞也不好搀她,慌忙说道:"刚磕的头,不用磕了。"

那女人还是端端正正又磕了三个头,依然跪在那里:"大柱是我的恩人,大人是大柱的恩人。大人,我们一辈子都会报答你。谢大人的贺礼。"说着双掌并拢伸了上去。

海瑞提着那吊钱的绳头将钱轻轻放在她的掌心。

这一时间,屋子里分外地安静,所有的人都不出声,那些被海瑞救过的人有几个都流出泪来,又赶忙去擦。

海瑞望了望齐大柱,又望了望一屋子的士兵,说道:"大喜的日子,我在这里你们也喝不好酒。好好干,杀敌卫国吧!"说着径直向门外走去。

一屋子的人开始都蒙在那里,省过来后全都拥了出去。

十天的工夫,杨金水完全变成了另外一个人。一头平时梳得油光发亮的黑发这时白了一半,且蓬松地散乱着,两个眼圈都黑了,兀自睁着两只大眼,坐在床上就是不肯躺下。

俗语说"久病床前无孝子"。几个干儿子被他折腾了十天十晚,这时已都累得不行,见他疯了也没有人再怕了,只为职分所在不得不守候着他。因此一个个不但没有了平时的殷勤,而且都冷着脸显出老大不耐烦,站在那里各自打哈欠、捶腰背,心里在咒他怎不快死。

远远地,院墙外面传来了更鼓声。坐在床边踏凳上的随从太监睁开了眼:"几更了?"

瘦太监:"都三更了。师兄,轮轮班吧,让我们也眯个眼。"

"谁敢走!"杨金水连忙瞪向那瘦太监,"沈一石、郑泌昌、何茂才还有李玄都在门外站着。你出去就掐死你！"

瘦太监："干爹，真要掐死我就好了。您老就让我出去让他们掐死，他们也就不找您老了。"

杨金水在那里想着，又伸出干柴般的手指掐着在那里算，接着自言自语："九个，十个，十一个……不对。掐死你还得掐死十个……"

那瘦太监还要接言，却被随从太监喝住了："闭上你的鸟嘴吧！没良心的东西，还没叫你去死呢，就这般不耐烦！"

瘦太监低下了头。

其他几个太监疲倦地对望了一眼，高太监说话了："师兄，再这样熬下去，我们几个熬垮了，伺候的人都没了。"

随从太监："赵中丞十天前就上疏了，就在这一两天旨意就会到……"

"旨意到了！"杨金水从床上站了起来，"接旨！快扶我去接旨！"

随从太监慢慢站起了："干爹，旨意还没有到……"

"不对！"杨金水两眼圆睁望着门外，"旨意到了！快开门接旨！"

几个太监哪儿理会他，都站在那里没动。

"开门接旨！"杨金水一声尖叫。

随从太监望向胖太监："开门，让他看有没有旨。"

胖太监慢慢走到门边，慢慢把门打开了，刚想回头，猛地愣在那里！

——院子里两盏灯笼引着赵贞吉和四个锦衣卫竟真的来了！

"真、真有……"胖太监结巴起来。

随从太监倏地站起："真有什么？"

所有的目光都望向了那道门，赵贞吉和四个锦衣卫进来了。

赵贞吉站在屋中："圣旨到！杨金水接旨！"

因海瑞审郑泌昌、何茂才的供词全都牵涉到织造局，赵贞吉以八百里急递送到宫里，旨意果然立刻以八百里急递反馈到杭州，命赵贞吉当面向杨金水宣读。这一切都在意料之中。但旨意里说的什么，皇上到底是为织造局护短，还是连织造局也要追查，这一切赵贞吉仍不知道，也急于知道。

原来所谓圣旨，在臣下统称旨意，有许多规制。兴之所至寻常小事，皇帝随口一说派有关太监传与当事人谓之口谕；有关朝廷国策、军机部署以及官员的黜陟，甚至对某一案件的指示都要用特制的明黄锦缎工楷用玺宣示，通常所说的圣旨指的就是这一类书面圣旨。书面圣旨又分明发上谕和特发上谕两种。明发上谕一般都交内阁向各有司衙门公开发

| 第十九章 |

布,在明代甚至用"邸报"传示天下。特发上谕则是赵贞吉此时接到的这种圣旨,指名发给某人,由某人向当事人宣读时才能开启圣封,宣读旨意。因此赵贞吉接到圣旨时也不知道旨意的内容,立刻召集四个锦衣卫半夜赶到了织造局,一路上做了种种揣测,答案都在开启圣封、宣读圣谕这一刻了。

灯火通明,杨金水趴跪在床上,几个太监都匍匐在屋子的角落里。

赵贞吉将卷成一轴的圣旨双手递给锦衣卫那头,锦衣卫那头接过轴旨,看了看封口的烤漆,验讫了烤漆上那方封印,点了点头,走到一支蜡烛边将烤漆熔开了,拉开一轴,趄回来双手捧还赵贞吉。

赵贞吉尽量放慢速度,把明黄色锦缎的圣旨徐徐展开,目光却已迫不及待向圣旨看去。突然,就在这时,杨金水披散着头发光着脚从床上跳下来了,扑跪下去一把搂住了赵贞吉的腿:"老祖宗,你老可来了!浙江杭州全是奸臣,死了的没死的都在算计儿子!你老快把他们都抓了!"

赵贞吉被他突如其来的一扑吓得脸都白了,想闪开又被他紧紧地箍住了腿,只看见一蓬乱草般花白的头发紧靠在自己身上,大热暑十来天没有洗澡的人,一股体臭猛地便冲了上来,赵贞吉又惊又呕,扭转了头望向身边的锦衣卫:"拉开!快拉开了!"

四个锦衣卫就站在赵贞吉的两边,这时却不愿去拉他。倒不是嫌他脏,厂卫一家,都归司礼监管着,旨意如何也不知道,这时怎会向他动粗。锦衣卫那头便望向那几个太监:"把杨公公拉开!"

听到呵斥,匍匐在角落里的那个随从太监连忙对身边的胖太监和高太监:"快,帮忙拉开。"领着胖太监和高太监跪爬了过去。

胖太监和高太监一边一个拉杨金水的手,随从太监抱住他的腰,杨金水两条手臂像铁箍一般死死地搂住赵贞吉的腿,哪里拉得动?

随从太监急了:"撒手,干爹,快撒手!"

杨金水箍得更紧了,三个人同时使劲,这一扯便将赵贞吉也拉得一个趔趄,连人带圣旨便将摔倒下去。锦衣卫那头不能不管了,倏地伸出手挽住了赵贞吉的手臂,转对身旁两个锦衣卫:"你们去,拉开了!"

两个锦衣卫过去了,三个太监连忙松手爬开。

擒拿本是锦衣卫的看家本领,但见二人各伸出一爪掐住杨金水的手臂,也不知是掐在哪个穴位上,杨金水的两条手臂立刻便软软地垂了下来。两个人也没怎么使劲,轻轻往上一提,把还是跪着姿势的杨金水提得离开了地面,提到离赵贞吉约两步远又轻轻把他搁在地上。杨金水一动不动了，僵跪在那里。

赵贞吉这时已然脸色煞白，额上也渗出了汗珠，欲待宣读圣旨，只觉喉头一阵阵发干，僵在那里，发不出声来。

锦衣卫那头伸手从身旁的茶几上抓过一碗也不知是哪个太监喝剩下的茶，顾不了许多，便送到了赵贞吉嘴边。赵贞吉两手握展着圣旨，只得张开了嘴，才喝了一口，一阵作呕涌上喉头，哇的一声将那口茶又吐了出来。

锦衣卫那头在边上提醒："赵大人，该宣旨了。"

毕竟是理学、心学兼修的人，赵贞吉这时很快镇定下来，向展开的圣旨看去。一目十行本是他的天赋，领悟上意也是半生的修为，可此时这一道三百余字的圣旨，他却看得呆在那里。

四个锦衣卫从他的神色中也立刻感觉到了圣旨的分量，一个个都屏住呼吸，静静地等听。

可圣旨必须宣读，赵贞吉在这一刻间无论如何也体悟不到圣上下这道旨意的真正用心，这时能派上用场的也只有"中庸"二字，他调匀了呼吸，尽量不带任何情绪，平声平调慢慢宣读起来："奉天承运皇帝，诏曰：江南织造局兼浙江市舶司总管杨金水听旨。织造局、市舶司虽归内廷管辖，实亦为国库之锁钥。朕四季常服不过八套，换干洗湿，推衣衣之藩王使臣官吏将士，节用用之禄饷军国之需，无时不念国步之艰，民生之难。渠料一蚕一茧一丝一梭皆吞没于群蠹之口！沈一石何许人？二十年前织造局当差一书吏耳，何以将织造局之作坊桑田尽归于此人名下？且任其将该司之丝绸行贿于浙江各司衙门达百万匹之巨！彼尚衣监、针工局、巾帽局诸宦官奴才宁无贪墨情事？尔身为织造总管宁无贪墨情事？如此吞丝剥茧者若不一丝一缕从口中吐出，朕欲容之，彼苍者天，其能容乎！着即将杨金水押送京师，待朕细细盘问。江南织造局浙江市舶司暂委浙江巡抚赵贞吉兼领。另派浙直总督署参军谭纶署理浙江按察使，会同办案。钦此。"

"钦此"完了，屋子里是死一般的沉寂。杨金水一直还像石像般跪在那里，几个太监已在簌簌发抖，四个锦衣卫也互相看着，还是一声不吭，接着把目光又都望向了赵贞吉。

赵贞吉的目光却依然盯在圣旨上，时光也仿佛在这一刻凝固在那道圣旨上。盼了十天的旨意将赵贞吉一下子推到了二十年来最大的一次政潮之中。突然逮捕杨金水进京，突然派来谭纶会同办案，又突然将织造局这个烂摊子让自己收拾。皇上是不是已决心倒严？宫里那些涉案衙门是不是要一并彻查？圣谕除了深表痛恨以外，并无明白交代。赵贞吉知道，天风青云，漩涡深谷，皆在自己脚下这一步之间！边想着，赵贞吉摆下了一屋子的人，握着圣旨一个人慢慢走了出去。

| 第十九章 |

四个锦衣卫望着他的背影在两盏灯笼的护引下慢慢消失在回廊尽头。
三个锦衣卫转望向锦衣卫那头。
一个锦衣卫："宣完旨就这样走了？"
另一个锦衣卫："杨公公还押不押送？"
又一个锦衣卫："浙江这些人是不是都疯了？"
"闭上你们的嘴。"锦衣卫那头开腔了，"这个案子弄大了。记住我的话，一切事都不能往宫里扯，尤其不能往皇上身上扯。主意让姓赵的他们拿。"
三个锦衣卫："明白。"
锦衣卫那头这才转对几个匍匐在地上的太监："给杨公公洗个澡，先送到巡抚衙门去。"

四更时牌，是一夜最黑的时分。衙门口到辕门外布满了灯笼火把，站满了兵士。
从辕门左侧石头街面上传来的马蹄声踏破了夜空，紧接着海瑞带着一行押运军需的随从驰来了。
辕门下马，海瑞立刻看到了三驾囚车停在衙门外的八字墙边。
守辕门的队官立刻接过海瑞扔过来的马缰，转过头去，大声传呼："陪审官海知县到！"
立刻，衙门口一个书办接过了传呼声，向里面传呼："陪审官海知县到！"
从衙门到大堂全是火把，全是兵士。登上台阶，海瑞眼睛亮了。
——正中的大案上供着皇皇圣谕！赵贞吉扶着案角站在一边。
海瑞跨进大堂疾步趋了过去，面对圣旨跪了下来，拜了三拜。
赵贞吉双手捧起了大案上的圣旨："钦点陪审官海瑞读旨！"
海瑞从赵贞吉手里接过圣旨，飞快地看了起来。
同样一道旨意，在赵贞吉看来深险莫测，可在海瑞看来，第一反应就是皇上接受了自己追查织造局的观点。读完圣旨他紧接着抬起了头，毫不掩饰此时的激动，大声说道："皇上圣明！大明之福！天下苍生之福！"说着站了起来将圣旨双手捧还赵贞吉。
赵贞吉接过圣旨时态度却依然淡淡地，指了一下大案下首的一个座位，说道："请就位吧。"
海瑞并不在意赵贞吉的态度，向他指的座位走去，这才看到，右边第一张案桌的下首站着王用汲，上首空着自己的位置，走到那张椅子前刚站定了，王用汲便轻碰了他一下。
海瑞斜望向王用汲，王用汲目示他看对面大案。海瑞向对面望去，这才又看到，大案左边的首位上站着身穿按察使官服的谭纶，两人的目光瞬间闪亮地一碰！

靠下首左右两张案桌前站着的四个锦衣卫这时却都目视前方，如同石像一般毫无表情。

这一刻赵贞吉将上谕在大案后的香案上供好了，转过身走到了正中大案前，也不看众人，只说了一句："都请坐吧。"说着自己先坐下了。

三个陪审官四个锦衣卫都坐下了。

"旨意诸位都拜读了。"赵贞吉这时仍然不看众人，而是把目光望向堂口前方，"天心无私，皇上连同宫里的尚衣监、巾帽局和江南织造局一同彻查了。可沈一石一案，历时二十年，贪墨数百万，哪些能查，哪些不能查，哪些能查出来，哪些已查不出来？"说到这里他才把目光慢慢扫望向众人："还望诸位深体圣意，秉承天理国法人情，行于所当行止于不可不止。给朝廷一个交代，也给众目睽睽一个交代。"

旨意下令彻查，主审官这个调子却定得如此之低又如此之虚，实在有些出乎几个陪审官意外，刚才还十分兴奋激动的海瑞立刻便想起来说话，王用汲适时在案子底下握住了他的手，按了一下。

海瑞忍住了，二人都把目光望向了谭纶。

对面的谭纶也显出了不满的神态，可这个时候是不能够跟主审官颉颃的。三个人于是都默在那里，等听赵贞吉把话说完。

赵贞吉："赵某不才，蒙圣上不弃，兼委以江南织造局浙江市舶司之职。今年五十万匹货与西洋的丝绸要督织出来，胡部堂剿倭的军需要源源不断接济。审案一事我就不能细问了。谭大人。"

谭纶："在。"

赵贞吉："你是新任的按察使，主管刑名，又是圣上钦点的办案官，该案就由你领办吧。"

"这只怕不妥。"谭纶站起来说话了，"圣谕皇皇，中丞是主审官，我是会同办案，钦案理应仍由中丞领办。"

"我是主办，你是领办。"赵贞吉立刻把他的话挡了回去，"郑泌昌、何茂才一干人犯由你领着海知县、王知县还有镇抚司四个上差审讯。审出的结果再交给我，由我领衔上奏朝廷。"

谭纶还想说话，啪的一声，赵贞吉已经击响了惊堂木："带郑泌昌、何茂才！"

十天了，郑泌昌、何茂才一直关在单身牢房里没有再被提审，每天按革员的待遇三饱一倒。今天半夜被提审了，二人便知这是新的旨意到了。可很快他们便感到了情形有些不妙，一出牢门，和前几回不同，狱卒便给他们上了刑具，带到巡抚衙门后，被拘押在廊下

| 第十九章 |

候审。这时随着一声堂呼，两人分别被差役两个夹着一个押上了大堂。看见高高供在香案上的圣旨，两个人戴着刑具立刻跪下了，向圣旨拜了下去。

拜完后何茂才便趴在那里不动了。他身边的郑泌昌却手撑着地挣扎着想站起来。毕竟年衰，被一身刑具拖着却站不起，他居然望向趴在身边的何茂才："茂才兄，你我还未定罪，尚属革员，理应起来回话。来，扶我一把。"

望着郑泌昌那满是硬气的目光，一股羞耻心腾地冒了出来，何茂才也立刻挺起了腰杆，伸手搀着郑泌昌，二人同时站了起来。

郑泌昌望向了赵贞吉："赵大人，皇上新的旨意上是不是要我们戴着刑具受审？如果没有，请给我们去掉刑具，设座问话。"

赵贞吉没有回答他，而是把目光慢慢转向了谭纶："谭大人，你说呢？"

郑泌昌、何茂才这才循着赵贞吉的目光看见了坐在左边案首的谭纶，而且穿着按察使的袍服！

两个人的目光顿时黯淡了，愣在那里。

谭纶已经看出赵贞吉的态度，他是想隐身在这件钦案之后让自己出来扛头，为什么这样一时还不明白，但这个时候如果自己态度不明，好不容易出现的这一次倒严契机就很可能失之一旦！因此他必须说话了，目光唰地刺向郑泌昌："圣旨上当然不会有让你们戴不戴刑具的旨意。但你想知道皇上是怎么看你们的，我可以念几句旨意给你们听。"说到这里他站了起来，神态庄严地背诵起来："上谕：'朕四季常服不过八套，换干洗湿，推衣衣之藩王使臣官吏将士，节用之禄饷军国之需，无时不念国步之艰，民生之难。渠料一蚕一茧一丝一梭皆吞没于群蠹之口！……如此吞丝剥茧者若不一丝一缕从口中吐出，朕欲容之，彼苍者天，其能容乎！'郑泌昌，你不是问皇上要不要你戴刑受审吗？旨意你听到了，对你们这些巨蠹，皇上想宽容你们，苍天也容不得你们。跪下受审！"说到这里，他抓起惊堂木猛拍了下去。

堂威声立时大作。

久在官场的郑泌昌和何茂才知道，这时自己不跪便立刻会被刑杖击跪，二人咬着牙跪了下来。

越是曾经大权在握后来又身涉重案的人越是明白，到这个时候，必须搬出靠山让审案者有所忌讳才能减轻罪罚。郑泌昌早就想明白了一条，天塌下来都只有搬出织造局搬出宫里才能顶住，人是跪下来了，神态依然不变："落在你们手里，无非一死而已。可各位大人不要忘了，我们的案子皆因织造局而起，杨公公不来，织造局不来，不知你们要我们招什么？我们又有什么可招？"

何茂才这时也又有了底气，大声接道："案子审到朝廷，杨公公也应该出来帮我们做证。赵中丞，你们如果偏袒，朝野自有公论！"

赵贞吉此时依然冷着脸坐在那里，并不答话。

谭纶此时心中已对赵贞吉这般态度深为不满，担子自己要担，但绝不能让他就这样置身事外："中丞，你是主审，钦犯如此顽劣，中丞应该有个态度。"

海瑞和王用汲也把目光直望向赵贞吉。

赵贞吉当然明白谭纶这话的意思，依然不正面答话，把目光又望向了锦衣卫那头："是否请杨公公出来，跟他们见上一面？"

锦衣卫那头更绝，两眼望着自己的鼻子，竟像没有听见他的问话。

赵贞吉有些尴尬了，目光又瞟向另外几个锦衣卫。那三个锦衣卫也像石像一般笔直坐在那里，眼观鼻，鼻观心，一动不动。

谭纶和海瑞、王用汲对视了一下目光，然后一齐望向赵贞吉。

赵贞吉有些羞赧了，猛拍惊堂木："带杨金水！"

堂上的书吏差役立刻同声吼道："带杨金水！"

郑泌昌、何茂才的耳朵同时"嗡"的一声，脑子里一瞬间出现了空白，满耳朵嗡嗡声中，隐约听到背后传来了脚步声，像是同时有几个人走了进来。两人慢慢缓过神来，最不愿想象也从来就没有想到的结果出现了——杨金水也倒了？！

高矮胖瘦四个太监抬着一把椅子把杨金水抬进来了。这时杨金水已经让几个太监按着洗了澡梳了头换了衣，两手被铁铐铐在椅子两边的扶手上，脸色煞白，两眼睁得大大的，出神地望着上方。

脚步声停了，接下来是椅子放在地上的声音。郑泌昌、何茂才却仍然愣在那里，不愿回头看了。

三个钦犯，两个跪着，一个坐着，赵贞吉不吭声，谭纶也不吭声，海瑞、王用汲当然不宜吭声，四个锦衣卫仍像石头一般坐在那里，堂上出现了不该出现的沉寂。

"哈，哈哈哈哈……"突然，郑泌昌发出一阵大笑。尴尬的沉寂竟然被他这一阵大笑打破了！

除了杨金水仍然呆呆地虚望着上方，堂上所有的人都被他突然发出的狂笑怔住了，目光全望向了他。

一阵大笑过后，喘息定了，郑泌昌紧盯着赵贞吉："请问赵中丞，杨公公是不是和我们一起受审？"

赵贞吉这时脸冷得像铁："将杨金水即刻押送京师！"

| 第十九章 |

堂外几个押送的官兵吼应了一声:"是!"

四个太监又抬着仍然两眼虚望上方的杨金水走了出去。

郑泌昌依然紧盯着赵贞吉:"好!好手段!我们的案子因沈一石而起,沈一石一案因织造局而起,现在你们把织造局撤走了,案子自然就落在我们身上了。"说到这里他又把目光扫向谭纶、海瑞和王用汲:"可你们想没想过,巡抚衙门、布政使衙门和按察使衙门是从来不产丝绸的。赵大人,各位大人,但不知接下来你们问什么,怎么问?那么多丝绸和卖丝绸的钱每年每月往宫里送,是不是问什么我们就说什么,扯上谁我们就供出谁!"紧接着他又望向了何茂才:"老何,没有人会救我们了,不为自己为了家人我们也得自救!我说的话你听明白没有?"

何茂才本是一条硬汉,这时被郑泌昌这一番难得的硬气煽得那股热血一下子冲上了脑门,用从来没有过的眼神望着郑泌昌:"老郑,同僚几年我他妈的一直看不起你。今天,我他妈的谁也不服,只服你了,心服口服!"说着竟当着众人向郑泌昌磕下头去,而且磕得山响。磕完头他接着转过了身子,抬头望向赵贞吉,望向谭纶、海瑞和王用汲,大声嚷道:"问吧!问吧!只要你们敢问我他妈的就什么都敢说!"

"我现在就问你!"海瑞拍案而起,"今年五月初三,新安江九县的闸门你是奉谁的命令扒开的!"

刚才还咆哮的何茂才突然又愣住了。赵贞吉、谭纶、王用汲还有四个锦衣卫也都被海瑞这突如其来的一问紧张起来。

何茂才望向了郑泌昌,郑泌昌这时依然两眼通红,显是在想着如何抵抗。

海瑞愤慨至极:"几千百姓死于洪水,几十万人无家可归!如此伤天害理,无论是你何茂才、郑泌昌还是任何人,都死有余辜!居然还要挟我们敢不敢问?我现在就告诉你们,沈一石贪墨受贿一案,新安江毁堤淹田一案,井上十四郎从臬司衙门大牢放出去一案,这三件案子不管牵涉到哪个衙门,不管牵涉到谁,别人不问,我海瑞也要一问到底!"

"牵涉到宫里呢?"郑泌昌硬声反问。

海瑞:"尚衣监、巾帽局、针工局,皇上已经下旨彻查!宫里还有谁牵涉到这些案子,你现在就说。说!"他又猛拍了一下大案。

郑泌昌被他憋住了,知道自己这一套在这个海瑞面前一点用也顶不上,避开了他,咬着牙转望向赵贞吉:"赵中丞,是不是牵涉到任何人我都能说?"

赵贞吉不得不出面阻止了,"啪"地也拍响了惊堂木:"大奸大恶从来冥顽不灵!"说着他倏地站了起来。

海瑞原就是站着的，谭纶、王用汲和四个锦衣卫这时都跟着站了起来。

赵贞吉："郑泌昌由谭纶谭大人会同北镇抚司两个上差审讯，何茂才由海知县、王知县会同北镇抚司两个上差审讯。恭奉圣命，身为主审，我把话说在前头，这两个人如果为了逃避罪责胆敢诬陷朝廷甚至诽谤圣上，《大明律》第一条第二款在，你们知道该怎么做！"说完将惊堂木又重重一拍，接着深望了一眼谭纶，径自走了进去。

谭纶："将钦犯收押待审！"

四个差役立刻奔进来架起了郑泌昌、何茂才拖押了出去。

谭纶望向了海瑞、王用汲和四个锦衣卫："诸位先到提审房稍候，我跟赵中丞商议后再审讯钦犯。"说完他也向后堂走去。

"那个海瑞是个南蛮。谭子理，你怎么也不懂事？"赵贞吉跨进签押房门取下官帽，谭纶还没跟进来，当值的书吏便连忙进来接那官帽。

"出去！"赵贞吉一声低喝。

那书吏吓得连忙退了出去。

谭纶跟进来了："我不知中丞这话什么意思。"

赵贞吉："真不知道什么意思我就教你。"说着坐了下来。

谭纶心中不快也只好坐了下来。

赵贞吉："谭子理，你是谁的门人？"

谭纶怔了一下："中丞有话直说。"

赵贞吉："那我就直说。你谭纶是裕王的门人，我赵贞吉是徐阁老的门生，徐阁老又是裕王的师傅。皇上这一次把你把我还有裕王举荐的两个七品小官都派来审这个案子，圣意为何？"

谭纶听出了他话中的深意，肃然答道："当然是为了清除奸党！"

"还有呢？"赵贞吉紧接着问。

谭纶想着，却一时找不到答案，只望着赵贞吉。

赵贞吉："还有就是要看看裕王爷这边的人到底可靠不可靠。"

谭纶有些警悟了："请说下去。"

赵贞吉："奸党把持朝政二十多年，扰乱朝纲构陷忠良敛财贪墨，为什么就一直不倒？是因为他们把大事小事都牵着皇上，动他们就势必有伤圣名。刚才你在大堂上背读圣旨能够一字不差，为什么就没能从旨意中看出皇上的苦衷？皇上为什么一面说他老人家四季常服不过八套，一面又要把杨金水押解进京，还要追查尚衣监和巾帽局？这是告诉我

第十九章

们，宫里的事由宫里去审。也是相信我们，这个案子交给我们便不会牵涉到他老人家。因为我们是裕王的人，儿子不会说父亲的坏话。"

如此深刻，却被他如此浅显地一语道破，谭纶不由深望着这位泰州学派的大儒，眼中已露出了佩服。

赵贞吉："我让你领办你还心生怨意！不让你领办，皇上会同意你一个小小的参军连升三级出任浙江按察使？担心我卸担子，我是主审又是巡抚，这个担子我卸得了吗？退一万步，就算我想卸掉这个担子，你谭纶能担得起！"

一连几问，把个被高拱、张居正誉为国士的谭纶问得怔在那里。

赵贞吉泄去了心头的火气，终于缓和了声调，站起来在谭纶面前慢慢来回走着："你怎么就不想想。郑泌昌、何茂才一门心思要把事情往宫里扯，往皇上身上扯，那个海瑞又不知道轻重，四个锦衣卫就坐在那里，我们两个都卷了进去，事情搅大了，就没有退路。这一点你都不能领会？"

谭纶："你也不给我交底，我又不是你肚子里的蛔虫，怎么领会？"

"我现在就给你交底。"赵贞吉在他身边的椅子上坐下了，压低了声音，"第一，倒严就不能牵涉皇上，牵涉皇上就倒不了严，还可能牵祸裕王他们。不为你我安危想，为裕王爷、徐阁老那些朝中砥柱想，也万万不能有一个字牵涉到皇上。"

谭纶完全认同了他的见解："第二呢？"

赵贞吉没有直接回答，而是目光更深了："子理，你觉得胡汝贞这个人怎么样？"

谭纶又怔了一下，答道："还算谋国之臣。"

赵贞吉："就是倒严，也不能一竿子打倒一船人。像胡汝贞这样的人我们就得保。还有一些名义上是依附严党的人，其实都是皇上看重的人，这些人都要保。不保他们，反而是抬高了严党。"

谭纶："自然该保。"

赵贞吉："那今年五月毁堤淹田的事就一个字也不能问。那件事是胡部堂结了案报给皇上的，其用意也是不愿扰乱了朝政。这件事如果像那个海瑞那样穷追彻查，就会牵连胡部堂，也会牵到皇上身上。这是第二条。"

这件事的始末谭纶都是亲历者，胡宗宪当时那样处理，他也是赞成的。听赵贞吉这样一说，他由衷地重重点了点头。

"第三条就牵涉到我自己了。"赵贞吉又站了起来，"看了上谕我也是万万没有想到，皇上竟会让我兼领织造局的差使。国库空虚，北御鞑靼，南抗倭寇，今年都指着卖给西洋的五十万匹丝绸。为了军国大事，我必须以半价收购桑农的生丝。苦一苦百姓，骂名我来担，你们可不能再掣我的肘。"

一条船上的人，如此掏肝掏肺地交底，况所谋者国，不谓不正。谭纶当然不能不接受他的想法："你说的都对，再难，我们都同舟共济吧。"

赵贞吉的脸舒展了，一只手按在谭纶的肩上："郑泌昌、何茂才都不足论。你该做的是先去劝劝那个海瑞，把道理给他说清楚。他和你有深交，应该会听你的。"

听谭纶把话说完，海瑞端端正正地坐在椅子上，双目微闭，脸上却没有任何表情。

谭纶见海瑞这般神态，知他在想，便耐着性子坐在那里静静地等着。

不平静的反倒是王用汲，他明白谭纶所说的确乎关系重大，担心的是海瑞却未必接受。因此他坐不住了，轻轻站起来，拎起桌上那把壶，先给谭纶的茶杯里续上水，又去给海瑞的茶杯里续上水，这才给自己的杯子续上水，放下茶壶端起杯子慢慢喝着，目光却始终望着海瑞。

等待毕竟是有限度的。见海瑞始终闭目端坐一言不发，谭纶站起来了："不用想了。我谭纶奔走于朝野，做得最成功的一件事就是向裕王爷他们推荐了你海刚峰和王润莲。尤其是刚峰兄，你审郑泌昌、何茂才的供词得到了皇上这道旨意，已经是有大功于社稷了。救斯民于水火，清君侧于一役，这都是最后一战，听赵中丞的，我们戮力同心吧！"

海瑞终于睁开了眼睛。

王用汲端到嘴边的杯子停了，定定地望着海瑞。

海瑞："我现在不能说答应你，也不说不答应你。谭大人，上谕派我们来审案，如果还没有审就定了案，何必还要我们来审，朝廷下一道旨意就行。"

这可是驳不倒的理，谭纶刚才还慷慨激昂，一下子尴尬在那里。

王用汲不得不说话了："谭大人说的是为了谋国，刚峰兄说的是如何正道而行。既然都是为了朝廷为了百姓，我们好好审案就是。"

谭纶想了想，望向海瑞："我还是刚才那句话，你们都是我举荐的人，我既是为国荐贤，也得为友谋身。刚峰兄，你不要让我为难。"

"先审案吧。"海瑞也站了起来，"只要真正为了社稷为了百姓，我知道该怎么做。"

第二十章

　　审讯恢复照常进行，但似乎又与以前不相同了。
　　这里审的是郑泌昌。
　　一张大案，谭纶坐在中间，锦衣卫那头和另一个锦衣卫坐在他的两边。记录口供的书吏坐在侧面的一张小案前，一边流着汗一边疾速地记录着。
　　郑泌昌的嘴在慢慢述说，谭纶和两个锦衣卫还有那个书吏却越听越惊。
　　谭纶一动也不敢动，只两眼闪着光紧盯着他。
　　两个锦衣卫一向冷酷如石的人，这时也沉不住气了，都把茶碗端在手里。锦衣卫那头揭开茶碗盖只不停地赶着水面的浮茶，一口也不喝。另一个锦衣卫却一口一口地喝茶，喝完了自己拎起壶续上又喝。
　　郑泌昌不知说了一句什么，那个书吏吓得站起来了，汗水蒙住了他的眼，他用左手的衣袖揩了下眼睛，望向谭纶，声音发颤："大、大人，这样的话小人实、实在不敢记、记录……"
　　谭纶的脸已经铁青，也不知道如何回答那书吏的话，目光望向了锦衣卫那头。
　　"那就先停下，刚才那一段也不要。重审。"锦衣卫那头说着，将茶碗猛地搁向大案，竟然溅出了茶水。
　　"重审我也是这些话。"郑泌昌慢慢睁开了眼，望向谭纶和两个锦衣卫，"同朝为官，如同乘一船，风浪一起，先落水后落水谁也不能幸免。各位大人，大明朝可不只我一个郑泌昌，换上谁来做这个官都只能像我刚才说的那样做。谭大人，你现在已经是浙江按察使，干上一年半载你就明白了。"
　　"住口！"谭纶也被他激怒了，"你是衣冠禽兽，大明朝的官员都是禽兽吗？"
　　郑泌昌："文官袍服上绣的是禽，武官袍服上绣的是兽。谭大人，二位上差，我大明朝一个大学士一年的俸禄才一百五十八两，我当了巡抚一年的俸禄也就一百余两。一头鹰一只虎靠这些俸禄也吃不饱。穿上这身袍服，你们说哪一个不是衣冠禽兽？"

哗的一声，锦衣卫那头手里那碗茶水带着茶叶飙成一条水线泼向了郑泌昌的脸。立刻，他满脸都沾满了水也沾满了茶叶！

郑泌昌坐在那里慢慢抹掉了脸上的茶水，望向泼他的锦衣卫那头："上差，你今天这样对我，明天别人就可能这样对你，何必如此？"

锦衣卫那头倏地将茶碗向郑泌昌脸上掷去，那个茶碗挟着一股劲风不偏不歪正砸在郑泌昌的嘴上，郑泌昌仰面倒了下去。

谭纶一惊，连忙站了起来望向躺在地上的郑泌昌。

郑泌昌仰面躺在地上，嘴里流出血来，接着那张嘴看着就肿了。

锦衣卫那头："狗娘养的！贪饱了吃肥了，这时却把事情四处里海扯，竟然还敢往皇上身上扯！老子告诉你，唐朝宋朝最多是诛灭九族，我大明朝可以灭你的十族！"

躺在地上的郑泌昌嘴里还在汩汩地往外流着血水，嘴肿得更大了，身子也在一下一下抽搐。

谭纶必须控制局面了，立刻命那书吏："扶起来，看他怎么样了。"

那书吏慌忙走了过去，捧起郑泌昌的头又顶着他的背扶他坐起。郑泌昌哇地吐出了一口血水，血水里竟还有几颗牙！

谭纶阴沉着脸对那个书吏吩咐道："让钦犯在口供上按上手模，立刻封存，交赵中丞！"说完一甩手自己先走了出去。

何茂才跪在那里，那张脸好恐怖！满脸涨血，两只眼珠就像要从眼眶中鼓出来。

原来一个锦衣卫捏着他的左腕从背后往右肩上掰，另一个锦衣卫捏着他的右腕从胸前往右颈后掰，两只手腕在右颈肩背部越靠越紧，骨节的咔咔声都听得见了！

何茂才被两个锦衣卫掰得身子蜷曲，两只突出的眼兀自倔强地抬望着坐在大案前的海瑞和王用汲。

王用汲不忍看，慢慢闭上了双眼。

海瑞说话了："松刑，让他招供。"

两个锦衣卫哪儿听他的，仍然在使着暗劲。一个锦衣卫还问道："说严嵩就说严嵩，说严世蕃就说严世蕃，为什么往皇上身上扯！"

"还扯不扯了！"另一个锦衣卫接着吼道。

何茂才哪儿还答得出话，满脸的汗像雨一般淋了下来。

第二十章

海瑞："我说了松刑让他招供。"

"还敢不敢扯了！"两个锦衣卫兀自不放手，猛喝何茂才。

"啪"的一声，海瑞猛拍一下惊堂木站了起来："松刑，让他招供！"

两个锦衣卫这才抬头望向海瑞。

海瑞："在这里我和王知县是主审官，你们自己就不讲王法，怎么叫钦犯服法？松刑！"

王用汲也睁开了眼帮着海瑞严望向两个锦衣卫："圣旨可是叫我们审案的，二位上差总应该遵旨办事吧。"

两个锦衣卫这才悻悻地把手一摔，何茂才扑地就趴在地上。

两个锦衣卫都冷酷着脸又坐回到海瑞和王用汲的两边。

海瑞望向了王用汲，王用汲当然会意："接着审。"

海瑞转望向趴在地上的何茂才："何茂才，起来回话。"

何茂才的两条手臂已经不给劲了，这时竟用头顶着地一点点把身子竖了起来，跪在那里："你们还要我回什么话？"

海瑞："如实回话。"

何茂才："重刑之下焉有实话。"

海瑞："这话说得对。你在浙江管了四年的刑名，用了多少重刑，屈死多少冤魂！要想不受报应，你就说实话。实话之下没有重刑。"

何茂才："我说的都是实话。"

"是不是实话，我们知道。"海瑞的两道目光就像两把刀子刺向他，"我问你，你刚才说，你们干的事都是为皇上干的，皇上什么时候给你下过旨意？"

何茂才："没有旨意。"

海瑞："没有旨意你凭什么说是为皇上干的？"

何茂才："织造局是为宫里当差，内阁也是为宫里当差，织造局和内阁叫我们干的事不是为皇上干的是为谁干的？"

海瑞对记录的书吏："记录在案。"

"这话不许记！"一个锦衣卫拍案站起了。

那个书吏愣在那里。

海瑞："把供词和笔墨给我。"

那书吏连忙将供词、笔墨送了过来，放在海瑞的案前。

海瑞："这里没有你的事了，你出去吧。"

那书吏如获大赦，连忙退了出去。

海瑞拿起笔自己开始记录。

两个锦衣卫都站起了："海知县，这样做什么后果你要明白。"

海瑞："你们怕担后果可以退出去。"

两个锦衣卫脸色陡地变了。一个锦衣卫对另一个锦衣卫说道："我们走！"

两个人带着风大步走了出去。

王用汲这时伸过手去拿海瑞面前的供纸和墨砚："你问话，我记录。"

海瑞挡住了他，示之以目："不用了。我一个人问一个人记，你在边上听着就是。"

王用汲还是一把拿过了供纸、墨砚："钦案不能够问官记录。记录了也不能立案。"说着又伸手去要他那支笔。

海瑞感激地望了他一眼，将笔递了过去："好，我问你记。"

郑泌昌那份还没审完的口供送到了赵贞吉的案头。

尽管事先有心理准备，可看了口供赵贞吉还是触目惊心，细密的汗珠从额上渗了出来。他顺手拿起案上的手帕擦掉了额上的汗，看完了这一页，揭开，看最后一页。

谭纶、锦衣卫那头和另一个锦衣卫都默默地坐在那里，等着赵贞吉把口供看完。

郑泌昌的口供看完了，赵贞吉望向了谭纶，又望向了锦衣卫那头："丧心病狂。二位停止审问是对的。这样的供词万万不能递上去。但钦犯也不能没有供词，下面该如何审，二位不知想过没有？"

"郑泌昌已经不能说话了。"谭纶此时显然心中有些烦乱，"下面只能让他自己写供状。可依我看，叫他写也还是这些东西。"

"那就抓紧先审何茂才。"赵贞吉也感觉到了审案的难度超过了想象，"何茂才那边审得怎么样了？"

谭纶和锦衣卫那头当然也不知道，倒是门口当值的书吏接言了："回中丞大人，审何茂才的两个上差来了，等着见大人呢。"

赵贞吉、谭纶和两个锦衣卫一听便觉得有异，不禁都对望了一眼。

赵贞吉："海知县和王知县呢？"

当值的书吏："回中丞大人，海知县、王知县没有看见，只有两个上差在前厅候见。"

赵贞吉："快请进来。"

那两个与海瑞一同审案的锦衣卫进来，也顾不上什么礼节，急急忙忙把海瑞审案的经

第二十章

过说了一遍，便脸色铁青地坐到了一旁。

赵贞吉、谭纶听完后，坐在那里也是一声不吭。

这时候天渐渐黑了，签押房后院那棵大槐树上的乌鸦都归巢了，一阵阵哇哇的噪叫声传了进来。

"来人！"赵贞吉突然喊道。

几个人被他突然的大喝都是一惊，全看向了他。

当值的书吏连忙进来了："中丞，有何吩咐？"

赵贞吉望着那书吏："立刻叫几个人把槐树上那些乌鸦的窝都给我拆了！"

那书吏一时还没醒过神来，怔在那里。

"听见没有！"赵贞吉声音更严厉了。

"是。"那书吏慌忙退了出去。

赵贞吉发完了这一通无名火慢慢压住了性子，向谭纶和四个锦衣卫望去："郑泌昌已经铁了心不惜一死也不会写出真实供词。现在案子只能着落在何茂才身上。谭大人，你这就去找海知县、王知县，把何茂才的供词立刻封存，立刻送来。"

谭纶慢慢站起了："我去吧。"

四个锦衣卫也都站了起来："我们也告辞吧。"

几个人都走了出去。

窗外后院乌鸦声大噪起来。

王用汲在记录时也流汗了。记录完这一段话也拿起案上的帕子揩了一下汗。

海瑞又望向了何茂才："你说毁堤的事是杨金水指使的，有何证据？"

何茂才这是最后一张牌当然咬死了："没有证据。要证据，你们可以去问杨公公。"

何茂才如此狡赖顽抗把王用汲也激怒了："何茂才，你也是两榜进士，这个时候把罪证往一个疯子身上推，你不觉得汗颜吗？"

何茂才："他疯不疯不关我的事。"

海瑞："你是浙江按察使，当时胡部堂是浙直总督兼浙江巡抚，这样大的事胡部堂不知道，你也不请示胡部堂，就会听一个织造局总管的话？你以为你这样的供词能蒙混过关吗？"

何茂才咬着牙又想了想："杨公公当时说是奉了上面的意思叫我们这样干的，我不能不听。"

海瑞："这个上面是谁？"

何茂才被问住了。

海瑞："是谁！"

何茂才："他说的上面我怎么知道？"

海瑞转对王用汲："请记录在案。"

王用汲心里痛快些了，飞速记录。

海瑞："何茂才，我现在把你刚才的供词归纳一遍，你听清楚了。你说今年五月毁堤淹田是杨金水的主意。可杨金水不过是一个织造局总管，并无权力调动你按察使衙门的兵丁，你又说杨金水是奉了上命，因此你不敢不听。问你他奉了谁的上命，你推说不知道。其实你知道。杨金水直接归司礼监管，司礼监一向奉旨意办事。你说的这个上命就是司礼监，就是皇上。是不是？王大人，请把我的话记录在案。"

"慢！不要记录。"何茂才有些喘气了，"我、我没有这样说。"

海瑞站了起来，猛拍惊堂木："那我最后问你一句，毁堤淹田是谁叫你干的！"

何茂才还是沉默在那里。

海瑞："那就将这张供词让他画押，立刻送到朝廷。画押！"

何茂才哪里敢在这样的供状上画押，一下子呆在那里。

海瑞："你不画押，我就叫人让你按上手模也行。来人！"

提审房的门砰地被推开了，两个狱卒奔了进来。

海瑞："钦犯不肯画押，架上他按手模！"

两个狱卒一边一个架住了何茂才。

何茂才扛不住了："我、我有另情招禀！"

海瑞和王用汲对视了一眼："那你们先下去。"

两个狱卒又放下了他，退了出去，把门又掩上了。

海瑞两眼直盯着何茂才。

何茂才低下了头："毁堤淹田是小阁老写信让我们干的。可杨公公也知道，也同意。"

海瑞："胡部堂知不知道？"

何茂才："不知道。"

海瑞："郑泌昌知不知道？"

何茂才："知道。"

王用汲飞快地记录，记完了向海瑞点了点头。

海瑞望向何茂才："画押！"

| 第二十章 |

几个差役拿着两根竹竿在那里捅槐树上的乌鸦窝。

两个搭在竹竿能及处的鸦窝被捅破了，两窝乌鸦扑棱棱大噪乱飞，弄得一树的乌鸦都飞了起来，在薄暮冥冥的后院上空中乱飞乱叫，鸦影蔽空，院子顿时黑了。

还有几个鸦窝搭在高枝处，天又黑竹竿又短，几个差役跳着乱捅，怎么也捅不下来了。

当值的那个书吏急了："搬梯子！搬把梯子来！"

几个差役扔掉了竹竿，从侧边的圆门跑了出去。

有些乌鸦又飞回到窝巢中，有些没了窝巢仍在乱飞乱叫。当值的书吏站在那里抬头看着干急等待。

"算了，不要拆了。"背后传来赵贞吉的声音。

那书吏还在抬头望着那些乱飞乱叫的乌鸦："你说不拆，中丞那里你去回话！"

赵贞吉见他没有听出是自己，也不再说话，慢慢转身，准备又向刚才进来的那条院门回去。另一个书吏气喘吁吁地从外面奔来了。

那书吏奔到赵贞吉面前跪了下来："禀中丞大人，海知县、王知县来了。听说何茂才招出了重要口供！"

赵贞吉眼睛一亮，大步奔了出去。

拆乌鸦窝的那个书吏这才醒过神来，望着赵贞吉的背影呆在那里。

几个差役扛着一把长长的梯子从圆门进来了，搭在那棵槐树上，一个差役便往上爬。

当值那个书吏："不、不要拆了！"

那个差役爬在梯子上停下了，往下望着他。

当值那个书吏："不要拆了！"

那爬在梯子上的差役还是莫名其妙地看着那当差的书吏。

所有的灯都点亮了，所有的人又都叫回来了。

何茂才那份供词就摆在大案上，赵贞吉站在中间，谭纶站在左边，锦衣卫那头站在右边，都睁大了眼睛一个字一个字看着。

海瑞、王用汲还有另外三个锦衣卫静静地坐在椅子上等他们看完供词。

供词看完了，三个人都抬起了头，目光都亮亮的，但谁也不说话。

"我看这份供词可以立刻呈交朝廷！"谭纶打破了沉默。

赵贞吉把目光转望向锦衣卫那头。

锦衣卫那头："郑泌昌那份供词送不送？还有，这里面这么多诽谤圣上的话也能够原样送上去吗？"

赵贞吉："那上差的意思是什么？"

锦衣卫那头："一切牵涉到圣上的话都要删去。"

赵贞吉又望向了谭纶、海瑞和王用汲："你们看呢？"

海瑞："我不这样看。诽谤圣上正可见郑泌昌、何茂才已经是无父无君之人，这样的人才会干下这么多祸国殃民的罪孽。《大明律》载有明文，凡是奉旨审案，都要将原供词一字不改呈交朝廷呈交皇上。改了，便是欺君。"

锦衣卫那头不说话了，转看向赵贞吉。

赵贞吉知道，这时最要紧的是态度，想了想慢慢说道："《大明律》是有明文规定。可身为臣子，明知逆犯是为了规避罪责诽谤圣上，也不忍将这样大逆不道的言辞送上去有伤圣名。海知县，可不可以再审何茂才，按照镇抚司上差刚才的意思，另呈一份供词？"说到这里他又转望向谭纶，目有深意。

谭纶立刻明白了个中利害，但实在没有把握能说服海瑞接受这个主张，一时愣在那里。

海瑞立刻说话了："各位大人当然可以再审何茂才，也可以再审郑泌昌。但这份供词是我审出来的，我必须原词呈交朝廷。"

锦衣卫那头焦躁了："这样的供词交到朝廷内阁看了会怎么样？司礼监看了会怎么样？怎么上奏皇上？"

海瑞："如实上奏皇上。狂犬吠日，我不知各位何以有这么多的忌讳。"

所有的人都无话可答了。

赵贞吉低头想着，好久才又抬起了头："要送朝廷也是明天的事了。各位不妨都先去歇息，再想想。"

这是明显为了留一个最后的余地。大家都会意，却都不作声。

赵贞吉望向海瑞和王用汲："二位今日也辛苦了，先回官驿歇息吧。"

海瑞和王用汲站起了，向赵贞吉、谭纶揖了一下，走了出去。

听脚步声远去，赵贞吉立刻面对谭纶和四个锦衣卫："何茂才这份供词非同小可。真如所供，沈一石一案立刻便可审结，他背后那些人都是死有余辜！可现在钦犯为了逃避罪责，竟又把事情子虚乌有影射皇上。这便是两难处。谭大人，你再辛苦一趟，去跟海知县说说，供词最好不要这样呈送朝廷。"

谭纶只好又站了起来："我去说。但如果他坚持呈送，我们也无法驳他。"

| 第二十章 |

赵贞吉："他一意孤行，我们再另想办法。上差，你们以为如何？"

锦衣卫那头："赵大人这是老成谋国，我们都听你的。"

赵贞吉又望向谭纶："觉是没的睡了，谭大人多辛苦吧。"

"我这就去。"谭纶向他们拱了一下手走了出去。

几盏大灯笼用竹竿高高挑起，把后院，把那株槐树都照得通亮。那些被拆了窝巢的乌鸦依然在院落上空盘旋飞叫。

赵贞吉身穿贴身短装，束发仰头望着那株高高的槐树，望着那些院空中的鸦影。

几个书吏和几个差役都屏住呼吸站在他身后，不知他要干什么。

很快，两个差役扛着那架长梯子来了，搭在槐树上。

当值的那个书吏悄声问道："禀中丞大人，梯子架好了，是不是现在就拆？"

赵贞吉没有立刻答他的话，径自念起诗来："对酒当歌，人生几何。譬如朝露，去日苦多。……月明星稀，乌鹊南飞。绕树三匝，何枝可依。"

几个书吏和几个差役更不知所云了，都在背后望着他。

"把拆了的那些树枝都捡起来。"赵贞吉依然抬着头。

当值那书吏没听明白，又不敢问，望向另外几个人。

有个差役倒是明白了，示了个眼色，率先在地上去拾傍晚捅落的窝枝。其他人也明白了，纷纷在地上捡拾窝枝。

"来个人，扶好梯子。"赵贞吉又说了一句，自己竟攀着梯子向上爬去。

当值的书吏第一个吓坏了："快，扶好梯子！"

两三个差役慌忙奔过去，死死地扶紧了梯子。

赵贞吉已经爬到了半树间那个残窝旁，向下喊道："把那些窝枝给我递上来。"

众人这才明白他的意思。慌乱间办法倒想得挺快。一个差役解下了腰带，捆好一把窝枝："拿竹竿来！"

另一个差役拿起竹竿横下了竿头，捆好的窝枝被绑在竹竿尖上，拿竹竿的差役慢慢伸直了竹竿，将那捆窝枝慢慢伸到梯子上的赵贞吉身边。

赵贞吉取下那捆窝枝，放在槐树的一个杈丫间，一根一根拿起，在残窝上搭建起来。

树下，那几个人都看蒙了。

"你太偏激！赵中丞也不是你说的那种人！"谭纶显得很是激动，语气也激烈起来，对着海瑞说道，"你海刚峰是个刚直的人，上忧社稷下忧黎庶！可我大明朝也不只你一个海瑞忧国忧民！'越中四谏'你总听说过？'戊午三子'你也总听说过？他们就都是敢于上疏弹劾严嵩父子的直臣。而这七个人又都是谁在救他们？是徐阁老舍了命救的他们。赵中丞是徐阁老的学生，他未必不恨严党，未必不想清除君侧，就是因为前车有鉴！严党把持朝政二十多年，直言参劾他们的清流就有一百多人。其中被杀者二十余人，被流放者三十余人。幸免于刑被罢官者更不知凡几！为什么会这样？就是因为严嵩孤立皇上闭塞言路，将他们所做的种种不齿之事暗中都牵到皇上身上，以致只要弹劾严党便成了攻击圣上。今天他们终于弄到国库空虚无以为继的地步，干出了浙江这些神人共愤之事。这些事呈上朝廷之时便是严党倒台之日。万世之功，一步之遥。赵中丞也是因为深知前车有鉴，才叫我来劝说你。浙江一案，万不可牵涉圣上，一旦牵涉圣上，又将前功尽弃，严党依然不倒，且将祸及朝中举荐你我之人。刚峰兄，事可从经，亦可从权。这个道理你也不明白吗？"

王用汲这时也被谭纶的慷慨陈词说得热血沸腾起来，站了起来对着海瑞说道："谭大人说的都是实情，也是至理。刚峰兄，为朝廷计，为天下苍生计，先贤有鉴，为了不负'越中四谏''戊午三子'和那么多参严党而蒙祸的人，你就听谭大人的吧！"

"我不是'越中四谏'，也不是'戊午三子'。我姓海名瑞字汝贤号刚峰。"说到这里海瑞站了起来，"我只是个举人出身，出生于海岛蛮夷之地，没有你谭子理的举荐，我连区区七品县令也当不上，最多当满这届南平教谕就回家侍候老母了。我不明白，赵中丞、谭大人你们何以把我海瑞看得如此之重！"说到这里他停下了。

谭纶怔在那里，王用汲也怔在那里。

"无非是我海瑞办事认真而已。"海瑞也激昂起来提高了声调，"从三月到浙江，现在也就不到半年，我看到的、知道的只能用四个字来说，那就是触目惊心！郑泌昌、何茂才和他们的前任官员仅在织造局沈一石一处贪墨受贿就达几百万之巨！还有田土赋税，还有盐铁课税，还有运河堤坝工程，查起来贪墨更不知多少！不错，他们都是严党的人，不止浙江，两京十三省还有更多他们这样的人。他们为什么就能够二十多年贪墨横行愈贪愈烈？是因为在他们的前面还有比他们更多挥霍无度之人！大明朝开国至今，亲王郡王皇室宗亲遍于天下。按规制，一个亲王每年就要供米五万石，钞二万五千贯，锦缎四十匹，纻丝三百匹，绢五百匹，纱罗一千匹，冬布一千匹，夏布又一千匹。其余各种开支更不胜繁举。你们算没算过，一个亲王耗费国帑便如此之巨，大明朝那么多皇室宗亲耗费的国帑又是多少！至于皇室宗亲、宫中宦官、各级官吏所兼并之田庄占天下之半皆不纳赋，小民百姓能耕之田地不及天下之半却要纳天下之税，这些更是人人皆知人人不言。就以浙江而言，每年存留粮米只有六十二万九千石，可供给皇室宗亲和府衙禄米就要一百二十三万

| 第二十章 |

石。以两年存留之粮尚不能供皇室府衙一年之禄米。而北方俺答年年侵犯，东南倭寇年年肆虐，危及天下，将士军饷粮草却要东挪西凑！这些事如果只参劾严嵩、参劾严世蕃能够说得过去吗？像谭大人刚才所言，历来参劾严党者都因牵涉皇室反罹其祸。我看恰恰相反，就是因为他们只敢参严不敢直言天下大弊，才使得严党能够藏身大弊之后肆行贪墨而不倒。天下大弊不革，就算倒了一个严党还会再有一个严党！严党要参，皇上要谏，致君父为尧舜，免百姓之饥寒。孟子云：'民为贵，社稷次之，君为轻！'这样的道理我不明白为什么就不敢向皇上进言？谭大人适才说我偏激，这就是我的偏激。请谭大人把我的话转禀赵中丞，也可以转禀裕王和徐阁老、高大人、张大人。倘若因此获罪，是我海瑞一人之罪，与你们皆无干系。我海瑞无党！"

谭纶愣在那里，王用汲也愣在那里。

良久，谭纶说话了："既然这样我不多说了。只说一句话，还是那句话，我谭纶举荐了你海瑞，终生不悔！"说完这句他径直向门外走去。

王用汲还站在那里，这时才抬起头来，望着海瑞："刚峰兄呀刚峰兄，你这样一做，弄得我也要去找人托孤了。"说着也慢慢走了出去。

这下轮到海瑞一个人站在那里了，慢慢抬起了头，望向门外的院落上空。

今夜无月，只有院落上空满天的星斗。

天空只剩下启明星在孤独地亮着的时候，东边的天际已经微微露出了一线白色。司礼监当值太监的头领着好些当值太监手提着灯笼两排站着，老祖宗说话就要来了。

一阵急促的脚步声，两盏灯笼领着那顶轿，从院门进来了。

"老祖宗晨安！"所有太监躬下了身子。

轿子停了，不等外面的人掀轿帘，吕芳自己撩开帘子已经钻出了轿门。

"压轿！压轿！"司礼监当值太监的头慌忙叫道。

后面两个抬轿的太监连忙将轿杆举起，前边的轿杆着了地，吕芳仍然站在轿杆内，抬头向天空望去，那颗启明星渐渐不亮了，东边天际那一线白色渐渐宽了，端的像一条鱼肚。

"还点着灯干什么！"一向慈蔼的老祖宗今天却莫名地生气了，"是不是打量着宫里有花不完的钱！"

开始都是一怔，当值太监的头立刻明白了，向众人低声喝道："熄灯！把灯笼都熄了！"

一片吹灯声，一盏盏灯笼都被吹灭了。

天色将亮未亮，一片朦朦胧胧，吕芳站在那里又说了一句："有你们讨饭的日子！"

撂下这句径直向院内走去。

所有的太监都被钉在院子外边,只有当值太监的头连忙跟了过去:"老祖宗慢点,且不敢绊着了。"

吕芳不理他,提起了袍子的一角依然快步向前走去。

进得内院,四大秉笔太监都已站在值房门口候着,此处屋里屋外依然亮着通明的灯火。

跟着进来的那个当值太监的头慌忙向院内两个当值太监喝道:"把灯笼都灭了!"

四大秉笔太监一愣,两个内院当值太监也是一愣。

吕芳停住了脚步,今日两只眼端的瘆人,望向那当值太监:"谁叫灭灯了?"

轮到当值太监那头一愣了,慌慌的眼半抬着望向吕芳。

吕芳:"黑地里待着去!"这才向值房的门走了进去。

四大秉笔太监跟着他走了进去。

当值太监那头的火撒向了两个内院当值太监,低声喝道:"还不滚出去!"自己先走了出去。

两个当值太监慌忙跟出了院门。

浙江八百里急递送来的审案供词早已一张一张按顺序用镇纸玉石压着,摆在值房内的大案上。

灯笼光照着,吕芳的眼从上到下从左至右飞快地看了过去。

四大秉笔太监是早已看过的,这时都屏着呼吸等吕芳看完。

吕芳的目光慢慢抬起了,望向门外越来越亮的曙色,一只手慢慢伸过去摸案头边的那个茶碗。

黄锦及时端起了茶碗双手递了过去,吕芳抓过了碟子上的茶碗,竟突然狠狠地向大案前的砖地上砸去!

碎片迸溅,茶水四溅!

四个人都吓了一跳。

"浙江到底要干什么!严嵩和徐阶他们到底要干什么!"吕芳从来没有这般怒过。

"要咱们五个人的头嘛。"首席秉笔太监陈洪接言了,"杨金水已下令抓了,尚衣监、巾帽局,还有宫里好些人都在查办了,他们还要把事情往宫里扯,往皇上身上扯,大不了把宫里这十来万人都砍了头嘛。"

"前边在打仗,国库里又空着,真不明白他们这个时候为什么还要这样子斗。"另一个秉笔太监也十分气愤地说道,"严阁老、小阁老他们就算做得不像话,这个时候也还得

| 第二十章 |

靠他们的人在前边顶着。都拿郑泌昌、何茂才开刀了，还要追什么毁堤淹田，追什么井上十四郎，这样子赶尽杀绝，把胡宗宪也扯进来，浙江的仗还打不打了！"

"置气已经晚了。"这些人一闹，吕芳反倒很快冷静下来，"这样的供词万不能呈到主子那里去。你们说怎么办吧。"

表态是不要本钱的，出主意日后可要担干系，刚才还十分义愤的几个秉笔太监这时偏沉默了。

只有那黄锦实诚，望着吕芳："干爹虑的是。这样的供词呈给主子万岁爷，那便是要逼着主子下决断兴起大狱，可这个时候主子哪能下这个决断。这样让主子作难，我们这些人真就都该死了。干爹，这个难得我们担起来。"

吕芳深深地望向黄锦，目光里三分感激七分透着忧伤："他们这些家大业大的反不如你一个没家的人晓事啊！"他叹了这句，提高了声调："可咱们也不能五个人全扯进去，主子将司礼监交给了我，这个难应该由我来担。你们听好了。"

四个秉笔太监都深深地望着他。

吕芳："主子已经有二十一天没有修手脚了，锦儿，今天上晌你去替主子把指甲都修了，活做得越细越好，给我腾出两个时辰，别让主子叫我。"

黄锦："儿子这就去。"

"不急。"吕芳慢慢拿起了大案上的两份供词，折好了塞进袖中，"海瑞和王用汲审的这两份供词我得给两个人先看看。等我回来，立刻发回浙江，明令赵贞吉重审。陈公公。"

"干爹。"陈洪连忙躬了下腰，"您老还是叫我儿子吧。"

吕芳审望了他一眼，稍顷："也是。上阵父子兵，你是首席，平时我得尊着你一点，今天我就叫你洪儿吧。"

陈洪这时立刻接道："儿子在。"

吕芳："给赵贞吉的廷寄你立刻写，问他将这样的供词呈上来是何居心！写完后等我回来再将海瑞和王用汲那两份供词一同八百里急递浙江，命赵贞吉叫海瑞、王用汲重审。"

"儿子明白。"陈洪答了一声，却又问道，"倘若干爹回来之前主子万岁爷问起这个事，儿子们如何回话？"

吕芳望了他一眼："这几份供词也不能全瞒着主子。主子真要问起，便把赵贞吉、谭纶他们审的那两份供词呈上去。那个时候我的事也该办完了，问什么话，你们不好回答往我身上推就是。"

陈洪两眼望着地："干爹放心，能拖儿子们一定拖到干爹回来。"

吕芳望向另外两个秉笔太监："打招呼，这里的事有一个字透出去，立刻打死！"

那两个秉笔太监："儿子明白！"

"快卯时了。"吕芳站了起来，"立刻叫酒醋面局找一坛嘉靖元年窖藏的花雕，搁到我轿子里，我要出宫。"

史称严嵩把持朝政二十余年，局外人却不知这份把持是起早摸黑换来的。一年三百六十五日，至少有三百日严嵩必须早起，在辰时初赶到西苑内阁值房，随时听候嘉靖传唤，朝局国事往往就在一君一臣一言一听中先意承旨了。多少奏疏，多少谏言斥责严嵩，据统计用得最多的是八个字："阻断言路，否隔君臣！"指的便是这种现象。

因严嵩早朝，阖府早起便成了严府的规矩。夏日卯时，正是府院里养的几百只公鸡鸡鸣三遍的时刻。听着四处的鸡啼声，八十一的人一如往日，身着蟒袍，由两个婢女搀着从客厅中走了出来，院子里那顶八抬大轿立刻倾在那里，轿帘从一旁撩开了。

严嵩被搀着慢慢走到了大轿边，此日当值的门房从院门外奔了进来，直奔严嵩，跪下一条腿："阁老，吕公公来了！"

严嵩此时已有些耳背，但似乎还是听清楚了这句话："你说什么？哪个吕公公来了？"

那个门房只好站了起来，斜躬着身子，一手挡着嘴，凑到严嵩耳边："阁老爷，是吕芳吕公公。"

"开中门快迎进来！"严嵩来不及细想，立刻吩咐。

吕芳已然在院门中出现了，微笑着，身后跟着一个太监抱着一坛子四十年的陈酿花雕。

徐阶没多久便也赶到了，是吕芳出西苑时就同时派人去叫的。

所有的侍从人等都打发了出去，大客厅旁的饭厅四方桌边主位上坐着严嵩，上首客位坐着吕芳，下首客位坐着徐阶。

严嵩其实已用过早点，但吕芳和徐阶却还是空着肚子来的。好在相府厨房十二个时辰都有厨子当值，无论正席珍馐还是随意小吃皆可办。转眼间桌上又摆好了精致的四荤四素冷热菜肴，三屉重叠的小蒸笼正冒着热气，从第一屉上可以看见形状花色各不同的六个小笼包：白的是精面、黑的是细荞、黄的是糯黍，细粮粗粮，荤馅素馅，杂食珍摄，可见此老之善会养生。

每人面前一双象牙箸，一个元朝官窑的蓝釉酒杯，一个南宋官窑的青釉碟子。

第二十章

就在昨夜，三个人谁也没想到此时会在这里同进早餐；就在此时，三人谁都知道这顿早餐就像屉笼里的六个小笼包，没有咬破前谁也不知道里面是荤是素。

吕芳带来的那坛四十年陈酿就摆在自己桌前。没有侍从，他正好自己站了起来，捧起了酒坛。

徐阶立刻跟着站起了，严嵩扶着桌沿也做出要站起的样子。

"严阁老请坐。"吕芳叫住了严嵩，却一任对面的徐阶站着，捧着酒坛自己也站着，"这坛酒是嘉靖元年的窖藏，皇上就是那年入继大统，咱家也是那年开始跟着皇上。一眨眼四十年了。"说完，给严嵩斟了满满的一杯，给徐阶却只斟了半杯，再下来给自己也只斟了半杯，放下了酒坛。

常言道，酒满茶半。一番像煞有介事的开场白已让二老竖起了耳朵，这样不按常理斟酒更让二人心鼓暗敲起来。严嵩和徐阶都望向吕芳。

吕芳："皇上这四十年不容易呀，严阁老这二十年也不容易呀，徐阁老入阁晚些，也有十来年了吧，都不容易。至于咱家，皇上身边一个奴才而已，就不足论了。我们三人虽然职份不同，可喝的都是皇上的酒，是苦是甜，是甘是涩，嘴上不说肠子知道。徐阁老。"

徐阶仍然站在那里："吕公公请赐教。"

吕芳："咱家给严阁老倒了满杯，给自己倒了半杯，给你老也只倒了半杯，你老不介意吧？"

徐阶："严阁老是首辅，朝里的担子都是他老担着，我能陪着喝半杯已是逾份了。可宫里的担子全在吕公公肩上，不应该也只倒半杯。"

吕芳就是要逗出他这句话，待他说完端起了自己的半杯酒，隔着桌子径直送到徐阶面前放下了："徐阁老这样说，咱家连喝半杯的资格都没有。这半杯敬了你老。两个半杯，加起来就是一杯，徐阁老和严阁老也打个平手了。"

徐阶再深沉，此时已是失惊："吕公公这话我万难领受。倘是徐某有何过错，皇上有何旨意，吕公公请宣旨就是。"说着离开了座席，掀起袍子便要跪下去。

"别价！"吕芳几十年跟嘉靖当差，敏捷远胜常人，一步便绕过桌子，在徐阶还未跪下前已将他搀住了，"咱家这就明说了，我今早来皇上并不知道。"

徐阶半曲着身子由惊转愣，抬头望着吕芳。

严嵩眼中也露出了惊疑，隔桌望着吕芳。

"请坐，坐下再说。"吕芳搀了徐阶一把，把徐阶送到了椅子上，自己走回椅子前却不坐下，从衣袖里掏出了海瑞和王用汲审郑泌昌、何茂才那两份供词，"这里有两样东西，是浙江昨夜八百里加急送到宫里的，没敢呈交皇上，请二位阁老轮着先看，看了再说。"说着将两份供词一份递给严嵩，一份递给徐阶。

二人立刻凝肃起来，都双手接过供词，接着又各自从袖袍里掏出自己的老花眼镜，凝肃地看了起来。也不知过了多长时间，两双老花眼终于把海瑞审郑泌昌、何茂才那两份供词看完。严嵩微抬着头望着前上方出神，徐阶微低着头望着桌上的两个半杯酒出神。

"上奏吧。"严嵩收回了目光，不看徐阶，只望着吕芳，"真如郑泌昌、何茂才所言，是严世蕃他们叫浙江毁堤淹田，还敢通倭，就应该满门抄斩！"

吕芳把目光转望向徐阶："徐阁老，严阁老的话你都听见了？"

徐阶慢慢抬起头，那头抬得好沉重："但不知何茂才说严世蕃叫他毁堤淹田、叫他通倭有何证据？"

吕芳："这话说得好！何茂才在口供上扯上严世蕃，还扯上了杨金水。问他证据，却说烧了，这显然是在攀扯！一个指使他的疯了，另一个指使他的又没有证据。浙江却将这样的口供呈了上来。徐阁老，皇上看了这个口供，倘若叫你老去彻查，你能查出什么吗？"

徐阶："没有证据，谁也无法彻查。"

吕芳："就是这句话。五月新安江发大水，九个县堤坝坍塌，其原因是杭州府、淳安县建德县和河道衙门贪墨了修堤公款。为了分洪，胡宗宪不得已在淳安、建德决了口子，淹了一个半县，救了七个半县。当时就有马宁远、李玄他们的供词，早已定了案的。现在那几个人都斩了，浙江又扯出另外一个说法，牵扯了严世蕃，牵扯了杨金水，这都可以慢慢查。但牵涉到胡宗宪怎么办？东南在打仗，几千人和几万倭寇在打，总不成这时将胡宗宪也槛送京师明白回话，让倭寇把浙江都占了！"

严嵩手里捏的就是胡宗宪这张牌，这时却被吕芳打了出来，心中更是笃定，反而说道："此事与胡宗宪绝无关联！也无须扯上宫里的人，要查就查严世蕃吧。"

一再地跟浙江打招呼，浙案不能牵扯这些事情，可这两份供词白纸黑字偏把事情都牵扯上了！赵贞吉在干什么？谭纶在干什么？难道连两个知县也管不住？徐阶这时也已经心乱如麻，偏偏一时又无法探知究竟。吕芳瞒着皇上，拿着这两份供词这时来见自己和严嵩，摆明了是怀疑上了自己和裕王、高拱、张居正指使赵贞吉、谭纶为了倒严有意搅乱朝局。这一疑要是疑到皇上心里，那倒的绝非是严世蕃，更不是严嵩，而是自己，只怕还会牵涉到裕王！辩白！此时自己必须立刻辩白！

想到这里，徐阶望着吕芳也望着严嵩沉重地说道："这两份供词是陪审官海瑞主审，陪审官王用汲记录，并无赵贞吉和谭纶的署名。这不正常。我赞同吕公公的说法，这样的

第二十章

供词万不能呈交皇上。不只不能牵扯胡宗宪，不能牵扯杨金水，严世蕃也没有理由牵扯。司礼监内阁应该立刻责问赵贞吉、谭纶，案子怎么会办成这样！他们到底要干什么！"

这个态表得如此坚定，吕芳自然满意，严嵩也慢慢望向徐阶，眼虽昏花，里面却透出审辨真伪的神色。

徐阶："司礼监的廷寄有吕公公安排。内阁的廷寄如果严阁老不好写，由我来写。"

这就无须再说了，吕芳伸过手将徐阶面前自己那半杯酒倒进了徐阶的半杯酒杯中，徐阶那半杯酒也就成了满满的一杯酒。

吕芳："话说到这个份儿上，咱家也表个心意。严阁老几十年喝的都是一杯酒，那就是皇上这杯酒。徐阁老难些，既要喝皇上的酒又要喝百官的酒，两杯酒不好喝啊。还是同喝皇上这杯酒吧。二位阁老都喝了吧。"

徐阶之尴尬实难名状，眼睛望着面前那杯酒，却不知如何去端它。

严嵩这时已半闭着眼，显然在等着徐阶端起那个酒杯。

吕芳："二位阁老是不是认为咱家的杯子是空的，因此不愿喝了这杯酒？"

两个人还是沉默在那里。

吕芳："二位阁老都是家大业大五福全归的人，咱家没有家，认了好些干儿子都是假的。杨金水已经在押往京师的路上，到京后皇上就会审他，那时咱家只怕连空杯子都没的端了。可大明朝眼下不能没有严阁老，也不能没有徐阁老。只要二位阁老和衷共济，天下就乱不了。二位阁老就算不为了自己的身家，为了皇上为了大明朝难道还不愿意喝下这杯酒吗？"

徐阶双手慢慢捧起了酒杯，举向严嵩。

严嵩也端起了酒杯，对向徐阶。

吕芳的眼紧盯着，两个人都把满杯的酒喝下了。

"这几日宫里的坎我去过，说什么也得保住二位阁老。还望二位阁老这几日谁都不要见，你们不发话，底下的人就不敢闹腾！"

吕芳说完笑了笑，但那笑容里带着的全是苦涩。

第二十一章

一个木盆，竟是新伐后晾干之松木做的，没上漆，连桐油也没抹过，白白的，下脚的那一半高约一尺，带把的那一半高有两尺，两尺的木板这边又在上面凿有两个圆圆的洞，让搓脚的人好将手从洞中伸进去。

一把好大的铜壶在通道的火炉上烧着，黄锦闭上眼伸手在铜壶边上一摸，便知道温热恰到好处，右手提起了壶，左手伸进木盆的一个圆洞，拎着一壶一盆，向精舍走去。

史载：嘉靖帝洗脚的木盆一律用刚刨好的松木板做成，既不许上漆也不许抹油，原因是嘉靖喜闻热水倒进松木时透出的木香。一个木盆只用一次，第二次没了这股木香便赏给了宫里有职位的太监。

嘉靖还是那身宽大的便袍盘坐在蒲团上，厚重的淞江棉布袍服罩着盘腿也罩住了整个蒲团，见黄锦一手提壶、一手提盆走进精舍，脸上竟露出了孩童见到糖葫芦那般的笑容。

黄锦将木盆下脚的那边摆向嘉靖的蒲团前，拖着长音说道："主子，松柏常青！松香味要起喽！"一边喊着，铜壶里粗粗的一线热水沿着木盆内部的木板周圆射了进去，热水激出木香氤氲腾起。

嘉靖早吐出了腔腹中的那口气，这时微闭着嘴，用鼻子细长地深深吸着，热水泡着新木那股松香味慢慢吸进了他的五脏六腑，在他的龙体中游走。如此往复，嘉靖一连吐吸了好几口长气，一直把松木的香气吸得渐渐淡了，便不再吸气，眼睛也慢慢睁开了。

黄锦这才到木盆边蹲下："主子，咱们热脚喽！"喊了这句，伸过手去轻轻捏着嘉靖身前的袍服往自己这边一撩，整个袍服恰好盖住了脚盆，搭在高出一尺的木盆边上。

嘉靖看人从来没有这样的目光，望着黄锦就像乡下人家的老爷望着自己憨直的仆人，脸上露着毫无戒意又带着些许调侃的笑态。

黄锦蹲着，将双手从高处木板那两个圆洞中伸了进去，在罩着木盆的袍服里开始给嘉

第二十一章

靖按着穴位搓脚。

嘉靖望着黄锦，整个面容都松弛了下来，显然十分舒坦，平时从不说的家常话这时也开始说了："黄锦。"

"奴才在。"黄锦一边娴熟地给他搓脚，回话也十分松弛。

"古人说，'腰缠十万贯，骑鹤下扬州'。你们扬州有什么好？"嘉靖开始调侃他。

"主子这是在明知故问呢。"也只有黄锦敢如此回话，低着头找着穴位只管搓脚。

他不看嘉靖，嘉靖反倒一直紧盯着他："掌嘴。朕怎么是明知故问？"

黄锦："不是扬州人，谁敢搓主子这双天下第一脚？"

嘉靖忍不住被他逗笑了："好奴才！你这不是在夸朕，是在自夸。"

"不是自夸，奴才的老家确是好地方。"黄锦这时才仰起了头，望向嘉靖，却又带着叹息的口气："都说天子富有四海，可扬州还有苏州、杭州、南京那些天堂般的地方主子万岁爷一处都没去过，奴才都替主子委屈。"

嘉靖脸上的笑容收了，望着黄锦，好像被他这句话触动了，心神似乎在想着那些地方。

黄锦感觉到了，立刻说道："奴才真该掌嘴了。主子万岁爷又要管着大明的江山，又要修长生之道，那些地方本是那些俗人玩的，咱们万岁爷不稀罕。"

"杭州那边有新消息吗？"嘉靖突然问道。

黄锦的手在圆洞里停住了，接着故作放松又搓了起来："好像有两份赵贞吉和谭纶审郑泌昌、何茂才的供词，司礼监正在归置，归置好了就会呈奏主子。"

嘉靖的脚在木盆中定住了，黄锦的手也只好跟着停住了，抬头望向嘉靖。

嘉靖："两份供词归置什么？谁在归置？"

黄锦只好答道："今日陈洪当值，应该是陈洪在归置。"

嘉靖将两只脚提了起来踩在木盆边："叫陈洪立刻拿来。"

黄锦一怔，那颗心立刻提了起来，他知道干爹此时尚未回宫。

——吕芳这一坎只怕是很难过去了。

玉熙宫里已经没有了黄锦，也没有了那个脚盆，跪在蒲团前的是陈洪！

嘉靖适才对黄锦那副轻松调侃的神态早已消失得无影无踪，那张脸比身边那座铜磬还要冷硬，在等着陈洪回话。

陈洪只是趴着，两眼反正嘉靖也看不见，不停地在那里转溜。今日这一番奏对，不是一步登天，便是一脚深渊，他准备赌了。可怎样赌，那颗心已经提在嗓子眼上急剧思索。

"不回话，就不用回话了。"嘉靖的声音比脸还冷，"滚犊子吧！"

"回主子万岁爷！"陈洪装出十分惊惶，头却反而埋得更低，"奴才这就回话，如实向主子回话。只是望主子体谅老祖宗也是一片苦心……"

"什么老祖宗！"嘉靖吼了，"谁的老祖宗！我大明朝只有太祖成祖才是老祖宗，你们哪里又找来个老祖宗了！"

陈洪心里颤着发喜，声音也就颤得十分自然，连着磕了几个响头："奴才糊涂！奴才浑球！奴才这就将这张臭嘴撕了！"说着硬是狠狠地掐着自己的嘴使劲一扯，那血便从嘴角流了出来。

"不要装了！"嘉靖又喝住了他，"吕芳跟你们怎么说的？都瞒着朕在干什么？"

陈洪慢慢抬起了头，要将嘴角那些血露给嘉靖看："回主子万岁爷，浙江八百里加急递来了几份供词，吕芳只让奴才们将两份呈给主子，还有两份他带着去见严嵩和徐阶了。"

嘉靖那张脸立刻涨红了："好哇！三个人联手瞒朕了！"

陈洪又把头趴了下去，在等着雷霆更怒。

嘉靖这时反倒没有声音了，脸上的潮红也慢慢隐了回去，在那里阴阴地想着。

陈洪忍不住偷偷望去。

嘉靖望着精舍门外的南窗："他叫你们怎么做？"

陈洪慌忙又磕了个头："回主子，吕芳叫奴才用司礼监的廷寄连同另外两份供词发回浙江，命赵贞吉另外弄两份供词再呈给主子看。"

嘉靖："好办法。就照他说的去做。"

"主子！"陈洪倏地抬起了头，"奴才万万不敢。"

"朕叫你敢！"嘉靖紧盯着他，"朕刚才同你说的话一个字也不要露出去。回司礼监仍按吕芳说的去做。听明白没有？"

陈洪知道大功成了一半了，仍装着惶恐："奴才、奴才遵旨。"

吕芳回到司礼监值房已近午时，累的是心，坐下来时接过黄锦递来的面巾擦了擦汗已经十分疲惫。

黄锦有好些话要说，陈洪偏又在面前，心里急，只好等吕芳问话。

"主子那边怎么样了？你们怎么都在这里？"吕芳问话时气有些虚。

黄锦还没开口，陈洪已经把话抢了过去："回干爹，开始是黄公公在伺候主子，不知为何主子问起了杭州的事，把儿子叫了去……"

第二十一章

"你是怎么回话?"吕芳倏地站了起来。

陈洪:"当然照干爹吩咐的回话。主子起了疑,儿子掌嘴发誓,这才平了主子的气。"

吕芳这才看见陈洪的嘴角肿了,破了的那条口子仍带着血痂,便有些伤感:"你们的差也难当啊。给浙江的廷寄写好了吗?"

陈洪从袖中掏出了写好的廷寄:"干爹看看还要不要改一改。"

吕芳:"你写的自然不会差。不看了,连同这两份供词立刻送浙江吧。"说着从袖中也掏出了海瑞审郑泌昌、何茂才那两份供词递给了陈洪。

"干爹!"黄锦在陈洪接过供词时忍不住叫他了。

吕芳望向了黄锦。

黄锦眼有忧色:"是不是再想想,这两份供词还是呈给主子看了?"

吕芳:"不能呈主子看!发吧。"

"儿子这就去发!"陈洪大声接言,拿着廷寄和供词大步走了出去。

吕芳捶了捶后腰:"我也该去见主子了。"黄锦立刻搀着他,向值房门外走去。

精舍平日里只有吕芳进来时可以事先不禀报。此刻吕芳轻轻进来,见嘉靖闭目在蒲团上入定,便也不叫他,一如往日,到神坛前先换了香,然后拿起一块白绢湿巾无声地四处揩擦起来。

"修长生,修长生,古来到底有谁是不死之身?"嘉靖突然说话了。

吕芳一怔,轻步走了过来:"回主子,远有彭祖,近有张真人,都是不死之身。"

"彭祖不可信。"嘉靖睁开了眼,也向吕芳,"张真人一百二十岁突然没了踪迹,找了二百年仍然没有找到。依朕看,朕的万年吉壤还得抓紧修了。"

吕芳沉默在那里,已经感觉到嘉靖的神态有些异常。

嘉靖:"你是跟了朕四十年的人了,朕的万年吉壤派别人去朕不放心。把司礼监的事交给陈洪,你今天就去,看看朕的永陵修得怎么样了。"

何以有如此大的变故!乍听太出意料,似乎又在意中。吕芳不暇细想,跪下了:"启奏主子,奴才这就去看看,还是留在那里监修工程?"

嘉靖盯着他:"好些事你都是自己做了主算,这还用问朕吗?"

吕芳先还是一愣,接着明白了,趴了下去:"奴才明白了。主子的万年吉壤奴才一定督着他们修好。"

嘉靖闭上了眼不再跟他说话。

吕芳磕了个头，慢慢站了起来，走出去时也不知是太累还是因这件事来得太突然，跨门槛竟然趔趄了一下，赶紧扶着门框这才站稳了，匀了匀气，艰难地走了出去。

嘉靖的眼这时才倏地睁开："陈洪！"

"奴才、奴才在！"陈洪的声音远远地在大殿门外传来，身影却出奇地飞快显现在精舍门口。

嘉靖："传旨。"

陈洪跪在精舍门外，抬头紧望着嘉靖。

嘉靖："严嵩不是病了吗？那就叫他在家里养病。叫徐阶搬到内阁值房来，就住在这里。司礼监的印你先掌着。"

"奴才……"陈洪咽了口唾沫，"奴才这就去传旨。"

"杨金水哪天能押送到京？"嘉靖又问道。

陈洪还没站起又跪好了："回主子万岁爷，按每天一百二十里走，要一个月才能押解到京。"

"每天是多少时辰？"嘉靖的脸十分难看了。

陈洪一愣："回、回主子，每天当、当然是十二个时辰……"

嘉靖："十二个时辰就走一百二十里吗？"

陈洪明白了："回主子，奴才明白，奴才这就派急递通报，命他们日夜兼程，一准在半个月内将杨金水押到京师。"

嘉靖："那朕就闭关半个月。杨金水什么时候押到，你们什么时候奏朕出关。"

陈洪："主子放心仙修，奴才一准在十五天后辰时奏请主子出关。"

"掌你的印去吧。"嘉靖这句话说得有些冷。

陈洪连忙又磕了个头："回主子，印是主子的，奴才哪里敢掌？奴才一定替主子看好了就是。"

"明白就好。"嘉靖闭上了眼。

陈洪见他入定了，磕了最后一个头，爬起来退出去时，已经满脸是汗，退到了精舍门外，这才抬起了头，那兴奋便不再掩饰，昂然向殿门走去。

三个元老，一日之间，首辅奉旨养病，次辅奉旨搬进内阁值房，司礼监掌印太监却被派去修永陵，而皇上在这个时候又突然宣布闭关。各部衙门的例行公事虽日常办着，公文案牍一时却不知由谁票拟批红。大明朝这架巨大的机器似乎突然停止了运转！

消息在下晌由宫里传到了裕王府。

| 第二十一章 |

裕王手里握着一卷书似在那里看着，却来回地走动，走到门边又不时把目光望向门外的上空，转过身又去看书，心神显然并不在书上。

李妃这时静静地坐在一旁，拿着那件给嘉靖祝寿的道袍慢慢绣着，目光却一直在关注着裕王的动静。

"高拱和张居正有多长日子没来了？"裕王终于忍不住了，明显是在问李妃，目光仍然盯在书上。

"有二十几天了吧。"李妃轻轻答道。

裕王望向门外："《朱子语类》有好几处还是弄不太明白，徐师傅操持内阁的事也来不了，今天是不是叫高拱、张居正来讲讲书？"

李妃当然明白他的心思，婉言答道："他们都是皇上派给王爷讲书的师傅，按理请他们来讲书是名正言顺的事。可今天是不是不叫为好？"

裕王望向了她，等她把话说下去。

李妃低下了头，轻轻说道："有些话臣妾也不知当说不当说。"

自从上次二人闹了性子，后来又将赐给李妃家的十万匹丝绸还给了宫里，裕王对李妃便一直心生歉疚。而李妃此后性子也改了，不再像以前那样有话就说，而是牵涉到朝事总是三缄其口。这就使得裕王反而对她礼敬了许多。礼敬多了亲热反而少了。这个时候见她跟自己说话仍是这般小心翼翼，裕王心里便觉有些空落落的，当即叹了口气："再亲也亲不过身边的人。你们家那么贫寒，好不容易父皇恩赐了十万匹丝绸，因为我又都退了回去。我那时又在气头上，就那么说了你几句，事后也不是滋味，你却一直挂在心里。像今天遇到的这件事，杨金水押进了宫，父皇审问后是青龙是白虎，祸福全然不晓。谭纶他们在浙江也不来个信，吕公公又突然派去了永陵，徐师傅、高师傅和张师傅都见不着，面前只有个你又连真话也不敢跟我说。说句灰心的话，不幸生在帝王家呀。"

李妃怎么也没有想到裕王这时会有这一番交心，见他说这话时站在那里身形瘦削，又是一副茕茕孑立、形影相吊的样子，一阵疼怜和埋藏心底的那份委屈带着泪水不禁蓦地涌了上来，连忙放下手里的针线，扭过头去找手帕。

裕王虽背对着她，却知道她在揩泪："哭吧，再过几天我这个储君被废了，就不用再哭了。你带着世子向父皇求个情，看在孙子的分儿上，父皇应该还会给我们一块藩地，咱们奏请搬到湖北去，那里是父皇的龙兴之地，守着我祖父兴献皇帝的陵寝，咱们一家平平安安过下半辈子。"

"王爷！"李妃手里拿着手帕泪水夺眶而出，哪里还有心思去揩，奔了过来在背后抱住了裕王的腰，将脸紧紧地贴在裕王的背上："王爷千万不要再这么想！以前的事都是臣妾的错，千条理万条理都没有跟王爷使性子的理。王爷今天这样说了，往后有什么话臣妾都会跟王爷直言。譬如眼下这个局势，王爷的苦臣妾也知道，既要事事顺着皇上，心里又要时刻揣着我大明的江山和百姓。既有这颗忠孝爱民的心，王爷就是天下最好的储君！父皇何等圣明，又怎么会不知道自己的儿子。"

被爱妾在背后抱着，这番话又是如此贴心贴理，裕王的腰慢慢挺直了，这种感觉甚难分明，究竟自己是背后这个女人依靠的大树，还是背后这个女人是支撑自己的大树？他将手里的书往一旁的椅子上扔去，双手握住了圈在腰前李妃的手，慢慢将那双手掰开，牵着她的一只手又将她慢慢拖到了身前。

李妃许久没有见到裕王这样的目光了，这时被他看得羞涩、感动和委屈一齐涌上心头，低下了头："臣妾要是说得不对，王爷只当臣妾没说就是。"

裕王："说得好，说得很好，接着说。"

李妃这时望着裕王的胸襟，轻轻说道："朝里的大事臣妾哪里知道那么多。可有一条臣妾心里明白，先帝正德爷就是因为没有后嗣，父皇当年才因宗人入继大统。眼下父皇只有王爷这一条根，王爷又替父皇生了世子，祖宗的江山社稷终有一天要由王爷承祧，父皇怎么会断了自己的根？就拿今天这件事看，吕公公发配去修永陵，严阁老被命在家里养病，却让徐师傅在内阁当值，就足见父皇不愿伤着王爷。再说浙江的事，有赵贞吉在，有谭纶在，不会出大乱子。就算王爷举荐的那个海瑞和王用汲做事过了头，也是清官在办贪官，犯不了大罪。《易经》上说'潜龙勿用'。在杨金水押进京师之前，王爷什么也不要想，咱们这几天就当平常百姓家一样，关起门来过几天平常日子。水落石出的时候，皇上自然会有旨意，徐阁老、高大人和张大人到该来的时候也自然会来。"

裕王眼前那一片灰暗被她这番话轻轻一拨，竟见到了一线光亮，见李妃依然微低着头望着自己的胸襟，不禁用一只手轻轻托起了她的下颌，望着她："可惜你是个女儿身，要是个男人从小好好读书，不比徐师傅、高师傅和张师傅他们差。"

李妃被他说得破涕笑了："臣妾劝王爷，王爷反笑臣妾。"

裕王："我说的是真心话。往后遇到什么事，你都这样跟我说。听你的，关上门，咱们这几天只让王谢堂前燕飞入寻常百姓家！"说完这句，他的步伐也有力了，走到椅子前拿起那卷书，坐下认真地看了起来。

李妃心里热烘烘的，亮亮的目光看着在那里看书的裕王，好一阵子，自己也去拿起了针线，走到裕王身边的那把椅子前坐下了，一边绣着道袍，一边陪他看书。

可这时光也就短短一瞬，裕王坐在那里看了没有几行又站了起来，又开始似看非看来回踱步，显然剪不断理还乱还在牵挂那件天大的心事。

第二十一章

李妃望着他:"王爷。"

"嗯。"裕王停了步望向她。

李妃笑着:"臣妾想起了一句李清照的词。"

裕王:"哪句词?"

李妃笑道:"此愁无计可消除,才下眉头,却上心头。"

裕王尴尬地淡淡一笑:"没有的事。"又坐了下来,不再踱步,盯着书看。

李妃沉思想了想,轻轻放下手里的针线,站了起来,走到门口,向侍候在廊子那头的一个宫女招了招手。

那宫女疾步轻轻走过来了,蹲着行了个礼:"王妃。"

李妃在她耳边问道:"世子和冯大伴在哪里玩?"

宫女轻声答道:"在前院。"

李妃低声吩咐:"叫冯保来,我有个差使派他出去一趟。"

那宫女:"是。"提着裙裾急忙走了出去。

好些车轿来了,严嵩府大门前随从亲兵都站满了,却被那两扇紧闭的朱红大门挡在外面。一个随从不停地在叩着门环,里边却始终没有回应。

一座大轿里走出了严世蕃,紧跟着另外两座大轿里走出了罗龙文和鄢懋卿,还有一些轿里走出了几个二三品大员,都惊惶地望着那座紧闭的大门。

二十年的相府,就坐落在地安门当街的繁华处,虽然门前圈出了好大一块禁地,怎奈毕竟是车马辐辏之处,不远处对面便是酒楼茶楼。这时远处便有好些目光在惊诧地望着相府门前今日这异常的情状!

相府对面的"日月兴"酒楼当时在北京也是赫赫有名。占地利之便,坐落在严府对面的街上,一年间也不知有多少到严府拜谒的官员在这里候见歇息,有多少官员在这里请出严府各色人等摆酒谈事。一个个出手豪绰,据说不点酒菜,仅一壶好茶也得十两银子。就靠这一路生意,赚这样的钱,便是子孙几辈子也吃不完了。老板心里自然明白,这是沾了大明的福,因此把个"明"字拆开了取了个"日月兴",赚了钱便不惜精心装饰,在二楼临窗隔了好多豪奢的包间,一楼大堂也用屏风相互隔着,以便这些官客饮酒谈事。

这时二楼临街的一个包间推开了,小二把换了便服的冯保和他带的一个随从让了进来。

冯保在靠窗的座位前坐下了:"吃过了,来壶茶吧。"

小二:"是呢。"答着却不走,仍站在那里。

冯保目光已经望向对面相府。跟他的那个随从向小二说话了："我家大爷说了来壶茶，没听见？"

那小二似笑非笑："是呢。十两银子，请客官先赏钱吧。"

"一壶茶十两银子！"冯保转过头来了，盯着那小二，"你这里卖的什么茶？"

那小二："大爷，咱们'日月兴'开了也不止一年两年了，都是这个价。"

冯保："我问你卖的什么茶！"

那小二一点也不示弱："什么茶都是这个价。您老没看见对面就是严阁老的府第吗？京里的尚书侍郎，京外的总督巡抚来这里都是这个价。"

"比尚书侍郎，总督巡抚还大的人呢？也要这个价吗？"冯保也来了气。

那小二怔了一下，接着轻蔑一笑："那除非是严阁老了。可他老也不会到这里来饮茶。"

冯保倏地站了起来，太监的尖嗓子便露了出来："要是比严嵩还大呢！"

那小二这才仔细看清了冯保那张几分像妇人的脸，立时有些省了："大、大爷也是宫里的……"

冯保从袖子里掏出两枚铜钱往桌子上一摆："就这么多钱，来壶茶。"

那小二慌忙拿起了桌上的铜钱又奉送回去："既是宫里来的公公，小店有规矩，一文不收。您稍候。"说着急忙向外走去。

"回来。"冯保又叫住了他，"你刚才说也是宫里的，什么意思？"

那小二堆着笑："不瞒公公，那边包间里也坐着两个宫里的公公呢。"

冯保不露声色："那就实话告诉你吧，我们是一起的，却各有各的差使。不许说我们在这里，也不许再说他们在这里。说了，你这个店明天就不要开了。"

那小二："这个小的明白。那边的两个公公也这样说呢。"

冯保："对那边的公公也不许再说。听见没有！"

那小二："不会再说。"

冯保："去吧。"

那小二这才疾步走了出去。

冯保转对那个随从，那随从连忙将耳附了过去，冯保轻声说道："立刻回去，告诉王妃，就说宫里也派了人在这里看严府的动静。"

"明白。"那随从也急忙走了出去。

小二捧着个托盘进来了，官窑的瓷器，还有四碟精致的点心，一一摆了下来，接着又殷勤给冯保倒茶。

第二十一章

冯保："不叫你就不要再来了。"

小二："是呢。"立刻退了出去。

冯保的目光又盯向了相府的大门处。

远远地，冯保突然望见严世蕃大步走到了门边，在那里骂着，喝开了叩门的随从，两手抓起两个门环同时猛叩起来。

冯保睁大了眼。

相府大院中间是一条直通大厅的石面通道，两边是院落的两块大坪，除了一边摆着一个防火用的景德镇制白底起蓝花的大水缸，院落里没有栽一棵树，也没有任何花草，因此便显得十分开阔，太阳一出来满院子都是阳光。这时通道两边都摆满了一丈长、五尺宽的竹板，一共有十几块，竹板上都摆满了书。

严嵩穿着一身宽大的素白淞江棉布短衣长裤，孤独地坐在大厅石阶下的圈椅上，让早晨洒洒落落的阳光照着自己，也看着早晨洒洒落落的阳光照着满院子竹板上的书。

按阴历的说法，过了七月十五中元节，阳气便渐渐消退，阴气便渐渐萌生，肃杀之秋要来临了。读书人一年几次晒书，中元是最后一次。每年每次的晒书，严嵩都不让下人动手，自己徜徉在竹板之间，一本一本地翻晒着。今年是真的老了，不能自己晒书了，只能坐在那里看着两个书吏徜徉在竹板间晒书。

可大门外的门环叩得满院子乱响，严嵩当然都听到了，却一直像没有听见，那眼神也不再在书上，而是怔怔地望着脚下那条石面通道，满眼里是石面上反射出来的点点阳光。

两个书吏显是见惯了这种现象，阁老不吭声，他们便也像没有听见，机械地在那里一本一本地翻晒着书。

门越敲越响了，外面传来了严世蕃的咆哮声："你们这些奴才！我来看爹，竟也敢疏离骨肉！再不开门，一个个都杀了！"

守候在大门里边的两个门房有些六神无主了，都望向了坐在椅子里的阁老。

严嵩这时抬起了目光，虚虚地望了望大门，又转向了两个晒书的书吏，看他们在那里一本一本地翻晒着书。

两个门环震天价响，一个门房没法子了只好在里面大声答道："回大爷的话，阁老有吩咐，今天不见任何人。"

严世蕃的吼叫声更大了："去传我的话，他不要百年送终的人，我一头就撞死在这里，让他断了根！"

两个门房慌了大声回道："大爷莫急，小人这就去禀告。"

答着，一个门房躬着腰向严嵩走去。

严嵩这时扶着椅子的扶手站起来了："告诉他，我不要送终的人。"说着便离开椅子向石阶登去。

那个门房连忙奔过去搀住他登上石阶，向大厅里面走去。

罗龙文、鄢懋卿就陪着严世蕃站在大门外，竖着耳朵，这时连里面门房的声音都没有了，便知道今天是进不去了，都望着严世蕃。

其他的官员和诸多随从更是噤若寒蝉，哪里敢发出半点声响。

严世蕃站在大门外正中出着神，突然吼道："去西苑！到内阁值房找徐阶！"说着径自走向自己的大轿。

好一阵忙乱，各官待严世蕃的轿子抬起了都纷纷上轿。

一行向西苑方向乱踏而去。

到了西苑禁门，才知道今天这里也进不去了。

下马石前，严世蕃带着罗龙文、鄢懋卿刚下了轿便看见六部九卿好些官员都被挡在门外，高拱、张居正两个冤家正在其中，似乎跟禁门前那个把门的太监在交涉着要进去。

今日把门的规格也提高了，是司礼监那个姓石的秉笔太监搬把椅子坐在门外，禁门外站满了禁军，禁门内还站着好些提刑司的太监。

严世蕃虽出了阁，威势依然，分开众人登上了禁门台阶，径自越过高拱和张居正："石公公，到底怎么回事？六部九卿压着两京一十三省这么多公事都没人管了！大明朝是不是把内阁都给废了？"

那石公公本来对他还算礼敬，站起来时见他出语竟这般离谱，脸上便也不好看了："小阁老听谁说内阁给废了？谁敢把内阁废了？"

严世蕃："首辅把自己关在家里不见人，倒让一个次辅把家搬到了内阁值房，司礼监现在又不让百官进内阁，各部的公文还要不要票拟？你们到底要干什么？这些事皇上知不知道？"

连番逼问，那石公公神色也冷峻了："小阁老！你现在虽已经不在内阁我还尊称你一声小阁老。刚才那些话似乎不应该是你问的，咱家也不会回答你。"

严世蕃多年替父亲实掌内阁事务，嘉靖曾数度赞他"勇于任事"，在百官看来也就是敢于独断专横，眼下自己虽然出阁，父亲仍是首辅，这股霸气一时半会儿要改也难，现在被那石公公当着众人这般讥刺，心里那股血气更是翻将上来："我是出阁了！可一个吏部，一个工部我还兼着差使，误了百官的事，误了给皇上修宫观的事谁来担责！"

第二十一章

那石公公久任秉笔也不是善茬,仍然不急不慢:"这样说就对了嘛。有公事就说公事,小阁老既问到这里,咱家这就一并告诉诸位。司礼监内阁商议了,从今日起,各部有公文都在这里交了,我们会送进去,该票拟的内阁会票拟,该批红的司礼监会批红。至于各部官员,一律只能在禁门外等候。"说到这里他一声呼唤:"来人!"

禁门内走出几个司礼监的当值太监。

那石公公:"把严大人,还有高大人、张大人各部的公文挨次收上来,送内阁交徐阁老!"

"是!"几个当值太监答着便分头走向严世蕃、高拱、张居正等人面前,"各部大人有公文都请拿出来吧。"

高拱和张居正对望了一眼站着未动。

罗龙文和鄢懋卿也对望了一眼立刻望向严世蕃,哪里敢将公文就这样交出去。

严世蕃急的就是这件事,父亲闭门不出,宫里又无旨意,现在听了石公公说所有的公文都交徐阶,更是疑上了:"石公公适才的话严某没听明白。是不是说从今日起六部九卿所有的事都由徐阶一个人说了算?"

那石公公望着他好一阵子:"我刚才已经说了,除了公事,其他的话咱家都不会回答。"说到这里转对几个当值太监:"收公文!不愿交的就让他拿着,先收肯交的!"

几个当值太监便去收那些已经拿在手里的官员们的公文。

那石公公这时既不看严世蕃也不看高拱、张居正,望着那些已经交了公文的官员:"交了公文就没你们的事了,都先回去,明天来取回文。"

一夜之间朝局突变,京师各部衙门司以上官员无不狐疑忐忑,有些是确实有正经公文要报内阁,有些却是并无要紧公事,而是借口来探个究竟。现在见到这般阵势,听了石公公这句招呼,无论是来办公事的还是来探消息的,都知道接下来再不走就可能卷到一场政潮中去。一时间有轿的坐轿,有马的上马,一大群人都没了先后顺序,转眼间一条好宽的跸道竟马轿乱碰挨排着抢道而去。

这里立刻冷清了许多,就剩下严世蕃、罗龙文、鄢懋卿一拨,高拱、张居正一拨,站在禁门石阶左右,兀自没有将袍袖里的公文拿出来。

那些收了公文的当值太监都望向椅子前的石公公。

石公公脸子不好看了:"当你们的差,看我干什么?"

那几个当值太监只好赔着笑走到严世蕃、高拱、张居正他们面前。

那个走到严世蕃面前的太监:"小阁老,小的给你老当差,你老有公文就交给小的吧。"

严世蕃哪里睬他，直望向那石公公："石公公，严某再请问一句，大明朝六部九卿的事是不是现在都徐阶一个人说了算，我们连内阁都不能进了！"

那石公公好不耐烦叹了一声："小阁老要还是问这样的话，就回家问严阁老去。"说完这句不再理他，转对高拱、张居正说道："还有二位大人，有公文也请呈上来，人却不能进去。"

这两句话将严世蕃顶得愣在那里，眼见他不只对自己，对徐阶那边两个人也一视同仁，便一时说不出话来，禁不住瞟了一眼站在那边的高拱和张居正，看他们如何回话。

"石公公，其他各部能不能进内阁我不敢过问。但兵部今天的公事必须进内阁，必须向内阁面陈！"张居正终于说话了。

这句话让严世蕃又来了精神，立刻露出了冷笑，紧盯着那石公公。

罗龙文和鄢懋卿也来了劲，跟严世蕃一道紧盯着那石公公。

高拱此时却出奇地冷静，默站在那里，但明显给人一种蓄势待发的气势。

张居正一脸的端严，走到那石公公面前掏出了袍袖里两份公文："这两份公文，一份是浙江抗倭的军情急报，一份是蓟辽鞑靼犯关的军情急报，打不打、怎么打，台州和蓟州都在等着兵部的军令。五天内廷寄不能送到误的可是军国大事！"

那石公公的脸色也凝肃了，同时难色也出来了。

严世蕃在一旁冷冷地看着。

那石公公望着张居正："军国大事确乎要紧，张大人就不能在公文里写明白了？"

张居正："石公公应该清楚，军事方略从来由兵部向内阁面议，哪有背对背能说明白的？"

严世蕃接言了："那吏部、工部、刑部、礼部呢？还有高大人管的户部呢？高大人是不是也要说给前方供应军需必须面议？"

一直沉默的高拱这时从袍袖里掏出了公文，并不看严世蕃，望着那石公公："户部管着军需粮草，按理也应该向内阁面议。但朝廷既然定了这个规矩，户部的公文这就请石公公转交徐阁老，由内阁决断。至于兵部，管的是用兵方略，不当面陈述，内阁便无法做出部署。张大人进内阁关乎兵凶国危，户部绝不和兵部攀比。张大人必须进去，我愿意回户部等批文！"说完将公文双手向那石公公一递。

那石公公接过了高拱的公文，想了想望向严世蕃："小阁老，高大人说的话你也听见了。你也曾久在内阁，你认为兵部的事是否应该到内阁面议？"

严世蕃："都商量好了倒来问我？我也回石公公一句原话，这样的猫腻我不会回答你，我就看你们怎么做戏！"

第二十一章

那石公公终于被他惹恼了："来人！立刻领张大人到内阁值房见徐阁老，军国大事谁敢玩猫腻，等着皇上砍头就是！"

"是！"一个当值太监立刻应着，走到张居正身前，"张大人请随我来。"

张居正堂堂皇皇跟着那个太监迈进了禁门。

高拱这时偏向那石公公深深一揖："户部的公文就拜托了，高某告辞。"作了这个揖看也不看严世蕃那几个人，转身大步向自己的轿子走去。

严世蕃气得半死，罗龙文和鄢懋卿都蔫了，只望着严世蕃发愣。

严世蕃："不交了！吏部、工部还有你们通政使司和盐务司的公文都带回去！看谁一只手能把大明朝的天都遮了去！"吼完便走。

罗龙文和鄢懋卿还有些犹豫，站在那里望向那石公公。

那石公公也动了真气："交不交都请便。"

罗龙文和鄢懋卿几乎同时跺了下脚，转身向严世蕃跟去。

内阁值房的案头上堆满了公文，徐阶从公文堆里抬起了头，望着进来的张居正，目光里没有任何内容，那张脸也是十分公事，只等着张居正说话。

"属下见过阁老。"张居正这时也不敢称老师，朝着他深深一揖，掏出了袍袖里的两份公文，"今早八百里急递发到兵部的。一份是浙江发来的抗倭军情急报，一份是宣府发来的抵御俺答进犯的军情急报。"说着将公文递了上去。

就在交接公文的一瞬间，师徒的目光这才碰上了。

张居正紧紧地望着老师的眼睛，徐阶的眼里仍然只有虚空，倒是下意识冒出了一句带吴语的乡音："侬坐吧。"

就这一句乡音，距离便近了。

张居正按理应该坐在大案侧面的椅子上等着问话，这时却把椅子搬了起来，直搬到大案的对面，对着老师坐了下来。

徐阶望了一眼值房门外，两个太监一左一右都露出半个背影在那里站着，想了想，将面前一叠空白的公文笺纸轻轻推到了张居正面前，接着又望了一眼笔架上的毛笔。

张居正眼一亮，又望向了老师。

徐阶却不看他了，只望着面前的公文："先说浙江抗倭的军情吧。"

张居正会意，慢慢说了起来："从五月倭寇陷桃渚，胡宗宪命戚继光部在台州一带已经跟倭寇打了七仗，打得很苦，也打得很好。"说着慢慢伸手拿起了笔架上的笔，开始在面前的空白笺纸上写了起来，口中继续说道："现在倭寇都退到了海上的倭巢，胡宗宪分析,近日内倭寇将集聚兵力攻犯台州。"

就在张居正声朗句晰说这段话时,徐阶目中的余光却看出他在笺纸上写的是另外的字,而且笔不停挥,这段话说完时,笺纸上另外的话也写完了。张居正轻轻将笺纸调了个头推了过去,推到徐阶面前。

徐阶的目光向那张笺纸看去。

张居正紧盯着低头看字的徐阶,接着又说了起来:"胡宗宪奏报,眼下最要紧的是临近省份的客军必须在十日内赶到浙江沿海几个要塞城池,牵制倭寇,他才好部署戚继光部在台州跟倭寇主力决战。"

而张居正笺纸上的字迹是:接谭纶急报,海瑞、王用汲已审出郑泌昌、何茂才受严世蕃、杨金水指使毁堤淹田勾结倭寇情事,今日之变,是否与此有关?

徐阶答话了:"江西、福建、山东的军力十天内能否赶到?"说这话时他也拿起了笔架上另一支笔在张居正那张写了字的笺纸上一挥。

张居正眼睛闪着亮向那张笺纸望去,只见阁老那支笔在笺纸上打了一个偌大的"√"!那一钩又粗又大,几乎将他在笺纸上写的字全都盖住了。这便是认可了他写在纸上的问话。

"回阁老。"张居正答着话又拿起了笔,一边说下去,一边又写起来。

张居正边写边说:"江西派了一个镇五千人,山东也派了一个镇五千人,福建回奏,倭寇在浙江一旦击败很可能转攻他们,因此无兵力可派。眼下的急务是浙江军营和客军都急需军需粮草。"

这番话说完笺纸上的另外一番话也写完了,张居正又将笺纸调过头来轻轻推了过去。

徐阶目光又落到了这张笺纸上,嘴上却问道:"仗在浙江打,军需粮草照例要浙江供给。赵贞吉那里怎么呈报的?"

张居正禀报军情:"赵贞吉左支右绌也是很难。浙江藩库空虚,他只好将徽商收买沈一石作坊的五十万两银子先充作军饷。军情如火,杯水车薪。当务之急是否命浙江立刻抄没郑泌昌、何茂才的家产以解危局?"

笺纸上写的却是:赵贞吉首鼠两端令人不解。倒严在此一举,他为何将海瑞审讯郑泌昌供词与何茂才的供词作另案呈递?机不可失,时不再来。当务之急必须将海瑞审讯笔录郑泌昌、何茂才的供词呈奏皇上!

这一次徐阶没有立刻接言,是真在沉思,想了片刻,说道:"一个郑泌昌一个何茂才所贪墨的赃财未必能解得了危局。赵贞吉的难处只怕比你我所想的还大呀。"说着提起了笔在张居正这张笺纸上粗粗地画了一个"×"——这明显是否了张居正对赵贞吉的不满,

第二十一章

更是否了他的建议。

张居正当然明白徐阶此言的深意，也进一步证实了赵贞吉所为很可能便是自己这位老师的意思，倏地站了起来："郑泌昌、何茂才所贪墨的赃财既不能挽危局而灭贼敌，朝廷就更应该命赵贞吉深挖其他贪墨官员的财产！大明安危系于东南，打好了这一仗，才能上解君忧，下解民难。阁老，天下之望这副重担大家都期望阁老来挑了！"

徐阶眼望着他，两手却将他刚才写的两张笺纸在手里一片一片撕成了碎片，轻轻扔在案侧的字纸篓里："重担要大家来挑。你们兵部也可以给赵贞吉去公文嘛。"

张居正双目炯炯立刻接道："那兵部可否说是奉了内阁的指令下的公文？"

徐阶慢慢站了起来，两个字这一次答得十分清楚："可以。"

金灿灿的一条蟠龙，鳞甲微张，双目圆睁，昂首向天，仿佛随时都会跃离它卧身的金印盒盖，腾空飞去！

这是正龙，金印盒的四方分别还绕着八条行龙！

这个金盒内便装着大明的江山，皇上那方玉玺！

陈洪的两只手慢慢围了过来，十指紧紧地将印盒掐住，两眼被金光映得透亮！

五张大案，几个秉笔太监都被陈洪派了差使支了出去，两旁的椅子因此都空着，只陈洪一个人坐在正中那张原来吕芳坐的椅子上，抱望着金印盒在那里出神。

"禀二祖宗，奴才们给二祖宗送内阁票拟来了！"值房门外，响起了当值太监的声音。

陈洪抬起了头，一阵腻歪从心里涌到了眼里，向门外盯了好一阵子，收了眼中的怨毒，露出笑："进来吧。"

"是。"两个当值太监捧着两摞内阁的公文躬着腰走进来了。

"放在案上吧。"陈洪语气很是温和。

"是。"两个当值太监一边一个，将两摞公文一摞摆在左边的案角，一摞摆在右边的案角，接着便向门口退去。

"慢着。"陈洪叫住了二人，"刚才是谁在门外叫咱家什么来着？"

两个当值太监怔了一下，右边那个怯怯地回道："回二祖宗，是奴才在门外请见二祖宗。"

陈洪："什么祖宗？咱家没听明白，你再叫一声。"

那太监便忐忑了，偷抬望眼，见陈洪坐在那里依然满脸笑容，不像生气的样子，便又坦然了："回二祖宗的话，奴才……"

"打住。"陈洪脸上的笑容立刻没了,"你叫我二祖宗,是不是还有个一祖宗?这个一祖宗是谁,说来听听。"

那太监终于惊醒过来扑通便跪了:"奴才、奴才不知道谁是什么一祖宗……"

"只知道还有个老祖宗是不是?"陈洪的声音已经十分阴冷。

"奴……奴……"那个太监舌头已经干了,打着结说不出话来。

陈洪望向左边依然躬身站着的另一个太监。

"禀、禀……祖宗。"那个太监立时明白自己搭档因"二祖宗"这个称谓犯了大忌,跟着扑通跪下时,再叫陈洪哪里还敢用那个"二"字,可"一"字也不能用,亏他机敏,干脆不加任何头衔,直呼"祖宗","祖宗,奴才刚才可什么也没说……"

陈洪被他这声去掉了"二"字的称谓叫得开始也觉着有些突兀,不太习惯,愣了一下,想了想,还是认可了他的识相:"嗯。什么也没说就什么都还能说。去,把外面当值的都叫进来。"

"是,祖宗。"那太监知自己改的这个称谓被认可了,答这声时便气壮了许多,磕了个头飞快爬起飞快退出门去。

陈洪顺手拿起左边那摞公文最上面一份,看了起来。

另一个太监跪在那里已经发抖了。

很快,那个太监带着一群当值太监进来了,全都无声地跪在地上。

那个叫人的太监:"禀、禀祖宗,奴才把奴才们都叫来了。"

陈洪却不理他,也不看那些刚进来跪着的太监,却把目光从公文上移向原来叫他二祖宗的那个太监:"你过来,让咱家看看你的衣衫。"

那个太监手脚都软了:"回、回祖宗,奴才知道了……"这时改口他也知道其实晚了,费好大劲爬了起来,踩着棉花般慢慢挪到陈洪面前,那头低得比肩膀还低。

"衣衫。"陈洪的声调听不出任何态度,"咱家说了,要看看你的衣衫。"

那太监双手抖着撩起了下摆,将袍子的一角捧了过去,又不敢捧得离陈洪太近。

陈洪望着那幅微微颤抖着的袍角,再不掩饰脸上的腻恶:"你看看,都脏成这样了,亏你还有脸在司礼监当差。蒙你叫了我一声二祖宗,我成全你,浣衣局那里的水好,你就到那里洗衣服去吧。"

那太监脑子里轰的一声,天都塌了,一下子蒙在那里。

其他跪着的太监也都惊了。司礼监值房一下子好静,静得那些太监耳朵里全是嗡嗡声!

宫里二十四衙门,能在司礼监当差那是不知要修几辈子才能够着的福分。这里最小的

第二十一章

太监，走出去也是见官大三级。一声二祖宗，此人便发到了最底层的浣衣局去干苦役。这个下马威不到一天就将传遍宫里。

"是不是不愿去？"陈洪这一声问话后面是什么可想而知。

那个被罚的太监什么也不说了，退后一步，跪下来磕了三个响头："奴才谢祖宗的赏。"灰白着脸爬起来，走了出去。

那些人跪在那里，等着陈洪继续立威，哪个敢动一下。

陈洪望向了叫他祖宗那个太监："你也过来，让咱家也看看你的衣衫。"

那太监的脸立刻也白了，爬起时手脚也软了，走过来便也学着先前那个太监去撩下摆。

"不用。"陈洪止住了他，"咱家就看看你胸口那块补子。"

那太监又要低头躬腰，又要将胸口那块补子露给陈洪看，这个动作做出来实在太难，扯着补子把头扭向一边低着，那样子甭提有多别扭。

"扑哧"一声，陈洪也笑了："怎么混的，还是个七品？去找你们的头，我说的，叫他给你换一块五品的补子。从明儿起，你就是五品了。"

从生死未卜到连升三级，这个人身子一下子都酥了，溜跪了下去："谢、谢祖宗的赏……谢老祖宗赏！"

终于叫老祖宗了！可这声老祖宗却将陈洪的脸叫得一下子十分端严起来："刚才说的不算！降一级，换块六品的补子！"

添了个"老"字，反而降了一级，这个太监蒙在那里，一地的太监都愣在那里。

陈洪十分端严地说道："从今天起，宫里没有什么老祖宗。谁要再叫老祖宗，就到永陵叫去。你们都听到没有？"

所有的太监都省了过来："回祖宗，都听到了！"

"好。"陈洪站起了，"在这里不需你们有别的能耐，懂规矩就是最大的能耐。从明儿起，你们每个人都换块补子，都升一级。"

"谢祖宗赏！"一片高八度，把个司礼监值房都要抬起了。

陈洪慢慢站起了，又望着那个给他改称谓的太监，那个太监被他变来变去，现在又心中忐忑了，望他也不是，不望也不是，又要跪下去。

"甭跪了。"陈洪叫住了他，"有心为善，一律加赏；无心之过，虽过不罚！你刚才那个'老'字虽加得不妥，心还是好的。内阁值房那边现在怎么样了？是什么情形？"

那太监立刻答道："回祖宗，一切照祖宗的盼咐，各部都没让进来，只让张居正去见了徐阁老。"

陈洪："严世蕃没闹腾吗？"

那太监："回祖宗，且闹腾呢。可有祖宗的吩咐，石公公在那里把着，他还敢闹腾到咱们司礼监头上去？"

陈洪眼中又有了笑意："张居正走了吗？"

那太监："回祖宗，刚走的。现在内阁值房只有徐阁老一人当值。"

陈洪见他回话如此清楚体己，心中十分满意："从现在起，你就做我的贴身随从。带上公文跟着我，去内阁。我今晚陪徐阁老在那里批红。"

"是呢！"掌印太监的贴身随从通常都是四品宦官的职位，那太监这一喜声调都变了，这一声回答比平时高了一个八度的声调，答完后那条嗓子立刻涩了，他知道，这一辈子自己都再叫不出这个高音了！

其他的人还都跪着："祖宗走好！"

一片乍惊乍喜、又羡又妒的目光中，那个升为贴身随从的太监跟着陈洪走出了值房。

| 第二十二章 |

"这如何使得?"徐阶站在那里紧望着去搬椅子的陈洪。

陈洪仍然搬着侧边的那把椅子,正是白天张居正搬的那把椅子,搬到徐阶案前的对面放下了,一如白天的张居正在下属的位置上坐了下来:"怎么说我比阁老都晚一辈,往后只要是阁老在内阁当值,我都到这边来批红。"说着就将徐阶票拟的内阁廷寄搬挪到身前的大案,拿起一份,握着朱笔便在落款处批了"照准"两个红字。

徐阶仍站在那里望着他。

陈洪埋着头,又拿过一份票拟看也不看在落款处又写了"照准"二字。

"请慢。"徐阶不得不叫住他了,"陈公公是否应该看看内阁的票拟是否妥当,然后批红?"

陈洪抬头笑望了他一下,又拿起了另一份他的票拟:"皇上都信任阁老,我还有什么不信任的?不管妥不妥当,有担子我跟阁老一起担就是。"说着又去批红。

"陈公公,这不合体制。以往内阁严阁老拟的票吕公公都要会同司礼监几个秉笔的公公共同核审,这陈公公是知道的。这样批红万万不妥。"徐阶说着将他面前那摞票拟搬了过来:"要不我一份一份地念,陈公公听完后该批红再批红。"

陈洪的手停住了,将朱笔慢慢搁回笔架,满眼的诚恳望着徐阶:"严阁老拟的票吕公公是每次都叫我们几个一同核审,可徐阁老也知道,哪一次吕公公也没有改过严阁老的票拟。他们那都是在做过场。皇上现在将内阁交给了徐阁老,将司礼监交给了咱家,我们就不来那些虚的。共事一君,对皇上讲的是个'忠'字,对彼此讲的是一个'信'字。我是打心眼里信得过阁老,要不下晌门口也不会挡着严世蕃他们,只让张居正进来。"

陈洪急于取吕芳而代之,却以严嵩首辅之位来拉拢自己!徐阶这就不只是警觉了,而且一阵厌恶涌了上来。自己之对严嵩更多是深恶其否隔君臣为宫里敛财兼而营私,而身为心学名臣，徐阶最忌讳的就是人家认为自己是为了谋取首辅之位而倒严嵩。且不论严嵩这一次是否倒台，就算严嵩真被革出了内阁，自己坐了首辅这把位置，当今皇上也会将自己做第二个严嵩使用，这正是徐阶一直在"倒严"这件事上踟蹰不定、引而不发的深层原因。见他如此以己之心度人之腹，徐阶心里冷笑，脸上却装出惶恐的样子，答道："徐某深谢陈公公信任。可朝廷的体制万不能以私相信任而取代。何况徐某现在仍是次辅，只不过因严阁老养病，暂署内阁事务而已……"

"阁老！"陈洪打断了徐阶，"眼下这个局势阁老还认为自己只是暂署吗？"

徐阶做出吃惊状："皇上、朝廷并没有要调整内阁的任何旨意，徐某当然只是暂署内阁事务。"

陈洪的脸向他凑得更近了些："有两句话阁老难道从未听过？"

徐阶只望着他。

陈洪："岂不闻'长江后浪推前浪，一代新人胜旧人'！"

操切浅薄竟到了如此程度！徐阶不能再虚与委蛇了，那股士夫之气便显了出来，用手掌将两耳捂住，轻摇着头说道："近日徐某重读韩昌黎《祭十二郎文》，韩公有云，'吾自今年来，苍苍者或化而为白矣，动摇者或脱而落矣。毛血日益衰，志气日益微。几何不从汝而死也'。徐某已六十有五矣，虽不似韩愈当年之齿落毛衰，可眼也昏了，耳也背了。刚才竟一阵耳鸣，现在还是一片嗡嗡之声。陈公公说的两句话老夫一个字也没听见。望公公见谅，更望公公不要再说。"

戏谑到这个份儿上，不啻赏了自己一记耳光。陈洪一直无比诚恳的那张脸，唰地阴沉下来，身子倏地站起，抱过桌上那摞票拟："阁老既然如此不齿咱家，咱家就将阁老的票拟带回司礼监慢慢核审好了。"抱着那摞票拟，用脚踢开椅子，噔噔噔地向值房门口走去。

两名小太监提着灯笼从院门奔到了值房门口，照着陈洪，一片光飘然而去。

徐阶直望着那片灯笼光在院门外消失，冷笑了一声："掌灯，准备厕纸，老夫出恭！"

稍顷，窗外一盏灯笼从走廊左边侧门向值房门口飘来，徐阶整了整衣离案向门口走去，那盏灯笼却不在门口等着，而是径直进了值房，在屋中挡住了徐阶，没待徐阶看清面孔，一页纸已经递到了他的眼前。

徐阶看见那张浅浅桃红衬底的纸已是一惊，看见纸上的那几行字更是大惊失色！

纸是御笺，字是嘉靖那笔熟悉的行楷，写的是四句古诗："北国有佳人，绝世而独立。一见倾人城，再见倾人国。"

徐阶猛地抬起头，这才看清，来者竟是黄锦！

| 第二十二章 |

灯笼前,黄锦也深深地望着他,低声道:"这四句诗打的是四个字,皇上在等阁老将谜底呈上去呢,就写在御笺下面吧。"说着走到书案边,将御笺摆在案上。

徐阶慢慢走向案边,谜底也就在这几步中想出来了,不敢坐,就在刚才陈洪坐的那把椅子前,站着拿起了笔,躬下腰去,在御笺上恭恭敬敬地写上了"好自为之"四个楷字,双手捧起,轻轻吹干了墨汁,向黄锦递去。

黄锦露出了浅浅一笑:"阁老好学问。"接过御笺转身走了出去。

徐阶怔怔地站在那里,直到门口又出现了另一盏灯笼,有个声音传了进来:"小人伺候阁老出恭。"

徐阶这才从怔忡中省了过来,向门口慢慢走去。

日落灯升,晒在院子里的书都被一箱一箱、一匣一匣搬到了严嵩的书房。

什么书摆在什么地方,何时从何处取哪一卷查哪一页,这是严嵩几十年养成的读书习惯。七十五岁以前,每年晒完书后,将不同的书摆到自己心里有数的位置他都视为乐事,亲力亲为,从不叫下人代劳。七十六岁那年,那次晒完书,他在将上万卷书搬到书架上去时,便突然感到力不从心了,叫来了也常在这里陪父亲读书的严世蕃,严世蕃把书摆到了书架上,严嵩发现几乎和自己摆的一卷不差。这以后每年这件事便都叫儿子代劳了。今日,这些书又得自己摆了,不得已叫来两个随从在一旁帮手。

一个随从举着座灯,紧随在他身侧,照着空空的书架,另一个随从则在书箱前听他的指令。

严嵩:"《吕氏春秋》。"

"是。"书箱前的随从从一个箱子里搬出一匣书呈递了过去。

严嵩双手接了过来,透过眼镜向封面望去:"错了。是宋版的那匣。"

那随从:"小人该死。"随即将那匣书放回原箱,从另外一个箱子里捧出另一匣,上面也印着《吕氏春秋》,可是否宋版,他还是不知道,便扒开那根象牙书插,准备翻开来看。

"递过来就是。"严嵩叫住了他。

"是。"那随从又把象牙书插插进了穿套里,将那匣书捧了过去。

严嵩只望了一眼封面便说:"这便是。"双手接过,放进了齐头高的书架空格里。

"《左传》。胡宗宪手抄的那一套。"严嵩一边放书,一边又说道。

这便更难找了,那随从额上流下汗来,从一个箱中搬出了好几匣书,兀自没有找到那本阁老要的《左传》,又到另一个箱中去找。

严嵩站在书架边，被那盏灯照着，等了好一阵子。

找书的满脸是汗，举灯的也急了："你来拿灯，我来找。"

"算了。"严嵩又叫住了他们，"去，把你们大爷叫来吧。"

两个随从一愣，对望了一眼。

掌灯的随从小心地问道："阁老是不是说叫小人们去把小阁老请来？"

严嵩轻点了下头。

那随从兀自不放心："阁老，您老人家白天可是吩咐过，这半个月谁也不见，尤其不能让小阁老进府。"

严嵩虚望着上方："可别人不讲规矩呀。徐阶今天下午不是在内阁见了张居正吗？"

那随从知道他不是忘了事，而是心里有数，这才放心地去了。

听得父亲叫他，严世蕃飞也似的过来。进来后他叫了一声"爹"，便不再看父亲，扫了一眼满屋的书箱，将外衫脱了，又将内衫的一角往腰带上一掖，便去搬书。

下人们早已全回避了。严嵩一个人靠坐在躺椅上，望着儿子熟练地将一匣一匣的书从箱中捧出来放到书架不同的空格里，老父眼中当年那个年轻的儿子又浮现了出来：曾经何等让自己称心！曾经何等让自己惬意！曾经何等让自己感到后世其昌！那时经常流露的怜爱的目光这时又从昏花的老眼中浮现出来。

"不忙搬，先擦把脸喝口茶。"严嵩眼中那个身影还是严世蕃二十几岁那个身影。

"不累。爹歇着吧，儿子很快就摆好了。"严世蕃脸上沁着细密的汗珠，仍然不停地将箱中的书搬出来摆到应摆的书架空格里。

这声音已不再是当年儿子的声音了，回答的话却更唤起了严嵩当年对儿子的亲情。他慢慢坐直了身子："那匣《韩昌黎集》搬出来了吗？"

严世蕃这才在书箱前站直了腰："搬出了，爹现在要看吗？"

严嵩："把《祭十二郎文》那一卷找出来。"

严世蕃有了感觉，望向了父亲，见他也正在望着自己，便走到了一架书架前，从最上面靠右边的一个空格里捧下了一匣书，拔开了书插，从里面拿出了一卷，很快便翻到了《祭十二郎文》那篇文章，走向父亲时顺手又拿起了书桌上的那副眼镜，走到父亲身边，双手递了过去。

严嵩抬头望着儿子："我不看了，你给我念，就念'吾自今年来'那六句话。"

严世蕃也是学富五车的人，哪里还要捧着书念，何况父子一心，立刻明白了父亲要自己念这六句话的深意，连日来的负气这时掺进了些酸楚，便闭上了眼，一时沉默在那里。

"念吧。"严嵩知道儿子此刻的心情，催他时便加重了语气。

第二十二章

严世蕃闭着眼背了起来:"吾自今年来,苍苍者或化而为白矣。动摇者或脱而落矣。毛血日益衰,志气日益微,几何不从汝而死也……"

父子瞬间的沉默。

"知道爹为什么要你念这一段吗?"严嵩打破沉默问道。

严世蕃:"无非还是责怪儿子罢了。爹是老了,儿子也没想在你老这个年岁招风惹雨。可二十多年了,我们杀的人、关的人、罢的人那么多,爹就是想安度晚年,他们也不会放过你。儿子不在前面顶住,谁能替爹在前面顶住。"

严嵩:"就凭你们几个人到西苑禁门去闹,那也叫在前面替我顶住?你爹也就一天不在内阁,你和罗龙文、鄢懋卿就没有一个人能够进西苑那道门。人家张居正就进去了,就能够和徐阶策划于密室,传讯于天下。哪天你爹真死了,你们不用说到西苑门口去闹,坐在家里人家也能一道令把你们都抓了!"

这话尽管刺耳,严世蕃听了还是惊愕地抬起了头,望向父亲:"今天的事爹在家里都知道?"

"你知道的我都知道,你们不知道的我也知道!"严嵩突然显出了让严世蕃都凛然的威严,"我还是首辅,是大明朝二十年的首辅!二十年我治了那么多人,朝局的事我敢不知道吗?老虎吃了人还能去打个盹,你爹敢打这个盹吗!"

这样的威严在严嵩七十五岁以前时常能一见峥嵘,七十五岁以后就再也没有见过,今天看见父亲雄威再现,严世蕃平时那股霸气立刻便成了小巫,人也立刻就像孩童般,去搬了一把凳子在父亲面前坐下:"爹,他们到底想干什么,您老知不知道?"

严嵩不答反问:"我刚才问你的话还没回答我。知道我为什么要你念韩愈《祭十二郎文》那段话吗?"

严世蕃脑子再不好使,也明白父亲叫他此时念这几句话并非他刚才说的意思,至于什么意思,一时怎么能想得明白,只好怔怔地望着父亲。

严嵩:"那我就告诉你,这几句话是半个时辰前徐阶在内阁对陈洪说的。"

严世蕃那根好斗的弦立刻绷紧了:"徐阶的意思是说爹老了,要和陈洪一起把爹扳倒?!"

严嵩摇了摇头:"他还不敢,也没这个能耐。陈洪想夺吕芳的位置,他徐阶眼下却还没有这个胆子。就让他坐,他也坐不稳。知道为什么吗?"

严世蕃想了想:"皇上还离不了爹!"

严嵩:"还有,大明朝也离不开你爹。这二十年你爹不只是杀人、关人、罢人,也在用人!国库要靠我用的人去攒银子,边关要靠我用的人去打仗,跟皇上过不去的人要靠我用的人去对付！这就是我要对你说的话，用对了人才是干大事第一要义。这几年我把用人的事交给了你，你都用了些什么人？郑泌昌，何茂才？昨夜浙江八百里急递送来了他们的口供，他们把你都给卖了你知不知道？"

严世蕃倏地站起："这两个狗日的！上本！我这就叫人上本，把他们都杀了！"

"叫谁上本？怎么上本？杀了他们，杀不杀你？"严嵩见他又犯了浮躁，一连几问。

严世蕃脑子清醒些了，心里却火一般在燎，又犯了那个走来走去的毛病，屋子里又堆着好些书箱，来回急踱时更显得狂躁无比。

"坐到书案前去！"严嵩低声喝道。

严世蕃停住了脚步，只好走到书案前一屁股坐了下来。

严嵩："拿起笔，我说，你写。"

严世蕃拿起了笔，心里还在乱着，远远地望着严嵩。

严嵩闭着眼念了起来："汝贞仁兄台鉴。"

严世蕃愣住了："爹叫我给胡宗宪写信？"

严嵩仍然闭着眼："不是写信，而是谢情，还有赔罪！"

严世蕃将笔慢慢搁下了："爹，儿子真不知道你老为什么就这么信他？今年改稻为桑要不是他从中作梗哪有后来这些事情。儿子不知要谢他什么情，还要跟他赔什么罪！"

严嵩倏地睁开了眼，直射向严世蕃："毁堤淹田，作了天孽，要不是他九个县都淹了，几十万人都死了，查出来多少人头落地，他一肩将担子都担了，这个情还不该谢吗？你们几个还罢了人家的浙江巡抚，还不让他见我，让郑泌昌、何茂才闹腾，又弄出个通倭的大事，也是他暗中平息了，这个罪还不该赔吗？"

严世蕃一口气被堵在喉头，生生地咽了下去，哪有话回。

严嵩："拿出你写青词那些小本事，就说自己糊涂，用人不当，叫他看在我已经老了，请他务必做好一件事。"

严世蕃这才认真了，慢慢又拿起了笔，低声问道："什么事？"

严嵩："杨金水在半月后就会押到京师了。请他务必在这半个月内打好几仗，稳住东南大局。"

严世蕃："这样的话不写他也会做。"

"听了！"严嵩喝断了他，"打好了这几仗就休整。倭寇不能不剿，不能全剿，这才是要紧的话！"

严世蕃终于有些明白了，向父亲望去。

严嵩："朝廷不可一日无东南，东南不可一日无胡宗宪。倭寇在，胡宗宪就在，胡宗

第二十二章

宪在，就谁也扳不倒我们。明白了吗？"

浙江台州。
岸上炮台上一团团炮火轰向海里倭寇的战船！
海里倭寇战船上一团团炮火轰向岸上的炮台！
离炮台右侧约一里处是一大片海滩，无数的倭船上放下了无数的小船，满载着倭寇挥刀齐吼划向海滩。
接近海滩时小船上的倭寇纷纷跳下浅水呐喊着向海滩冲来。
海滩背负群山处，戚继光坐在马上，他的马队步队静静地列在那里，人没有声音，马也没有声音，只是望着越冲越近的倭寇。
四百米，三百米，二百米！倭寇狰狞的面孔都清晰可见了。
戚继光抽出了剑："出阵！"
藤牌手，长枪手，短刀手九人一组，无数个"鸳鸯阵"迈着沉沉的步伐向前推去。
从高处俯瞰下去，黑压压的倭寇像一排排潮水冲击着戚家军城墙般的"鸳鸯阵"列！
海滩背负群山处，戚继光的马队仍然屹立如山。
果然，半圆形海滩两端尽头大山遮蔽的海面上突然冒出了大片的倭寇小船，无数的倭寇从小船上跃下浅水，狂吼着从海滩两侧向戚家军的"鸳鸯阵"包抄过来！
戚继光："一营左侧，二营右侧，出击！"
屹立如山的马队骤然发动。
左侧的马队最前列挥刀狂奔的竟是齐大柱！无数的骑兵在他的身后呈三角伫立迎向左侧登岸的倭寇。
右侧的马队是胡震领队，骑兵也呈三角队列跟着他迎向右侧登岸的倭寇。
马队冲进了蚁群般的倭阵。
只有几十骑亲兵这时尚列在戚继光的身侧，戚继光的目光在高处控制着杀声震天的战阵。
他的左侧，却有一个队官举着一只单筒千里镜一直朝向台州炮台，关注炮台上的战火。
单筒千里镜里的画面让那个队官僵住了：
炮台向倭船发射的炮火渐渐疏了。
倭船向炮台发射的炮火也渐渐疏了。
炮台下山坡岩石上无数的倭寇像蚁群蜂拥爬向炮台，无数的火铳、羽箭、投枪射向炮台！

炮台上大明的将士也在向纷纷爬上的倭群放铳射箭。但倭寇越聚越多，离炮台也越攻越近。

真正让那个队官震惊的是，这时胡部堂竟然站在炮台前沿那杆大旗下！

"将军！"那队官的声音都发颤了，"快看！"慌忙将千里镜递给戚继光。

戚继光接过千里镜瞄望向炮台浑身立刻剧震了一下，放下千里镜，目光飞快地扫射了一遍正在鏖战的战场。很快，他看到了海滩左侧离炮台最近的是齐大柱那营马队。

戚继光立刻对身边两个将官命令道："到一营阵里，命齐大柱带马队上炮台救胡部堂！"

"是！"两个将官抽出了剑，策马向左侧战阵飞驰而去。

台州主炮台城堞。一抱粗的木柱旗杆上那面大旗虽被炮火燎去了三分之一，但那个斗大的"胡"字依然清晰地在海风中猎猎飘扬！

亲兵们，还有无数的将士分成几层，紧紧地围护在胡宗宪的两侧和身后。

胡宗宪仍然披着那件里红外黑的大氅，腰上也没有了剑，目光也不看四处鏖战的人群，只是望着海天相接的远处。

炮声，吼杀声，兵刃撞击声仿佛都离他很远，他的耳边只有一个声音在响着，就是严世蕃书信里的那个声音："愚弟为小人所绕，而不识仁兄公忠体国之苦心，致使浙事一误再误，国事一误再误，虽以身抵罪亦难赎万一。夜间侍读于老父膝下，命余读韩荆州《祭十二郎文》，念至'吾自今年来，苍苍者或化而为白矣。动摇者或脱而落矣。毛血日益衰，志气日益微。几何不从汝而死也'句，老父泪潸潸然下，弟泪亦潸潸然下……"

已经有几柱炮火在胡宗宪身边不远处腾起了冲天的火光，胡宗宪紧面着炮台城堞依然一动不动，脚下的山岩上倭群像蚂蚁般离他越来越近。

"保护部堂！"一个将官大声吼着。

好些将士已经跳下了炮台城堞的山岩，有些举刀挺枪拼向最前面的倭寇，有些举起了盾牌，去挡那些向炮台，向胡宗宪射去的铳火羽箭和投枪。

胡宗宪的目光依然望着远处的海面，严世蕃那个声音依然在他耳边响着："老父痛切陈言：'朝廷不可一日无东南，东南不可一日无胡宗宪！'倭患东南，朝廷赋税重地不保，则国库日空，朝局危殆。伏望仁兄务必十日内逐倭寇于浙境，保东南之门户。东南得保，再徐图进歼……"

"部堂！"随着身后一声急吼，胡宗宪被一个将官在背后一把拉离了城堞，紧接着一群将士从两侧冲了过来将无数面盾牌挡在他的身前，胡宗宪眼前一黑，远处的海面不见

第二十二章

了，紧接着倭寇的铳火、投枪、弓箭全射击在那些盾牌上，那些盾牌连同执盾牌的将士被强大的冲击力推得往后飞倒了过来，胡宗宪也被冲倒坐在炮台上！

冲上来的倭寇越来越多，也越来越近。

一批将士又跳下了炮台，与倭寇拼杀，但很快都倒了下去；又一批将士跳下了炮台，很快也倒了下去。

炮台上只剩下了几十名将士将胡宗宪团团护住！

就在这时，炮台的右侧吼声大作，齐大柱举刀怒吼，领着马队冲过来了，不顾那些马能不能在陡斜的山岩上奔走，依然猛驱着马匹向山岩踏来！

一些马在斜坡上滑倒了，骑兵被掀下了马，马被滚翻下海！

齐大柱的马坚持得最久，冲到了炮台下，一失蹄也终于滑倒了。就这一刹那，齐大柱从马背上腾身跃起，口中大喊："杀贼！护卫部堂！"率先从倭群的侧面乱砍着杀了进去。

他的骑兵们纷纷爬起了，跟着他从侧面杀了进去。

炮台上的将士士气大振，纷纷跳了下来，拼杀攀岩的倭寇。

"站开！"胡宗宪喝开了身边仅有的八名亲兵，又大步走到了炮台的城堞边。八个亲兵急忙拥了过去，紧紧地护卫在他的两侧。

胡宗宪的目光不再看大海，望着自己的部下在山岩上和倭寇拼杀。

倭寇一个接着一个被砍下了山岩，滚进了大海；自己的许多将士也有好些被砍下了山岩，滚进了大海。

山岩上倭寇越来越少，自己的将士也越来越少。

他的目光被一个颀长的身影吸引了，那人在山岩上跳跃砍杀，刀光掠处，一个个倭寇都被砍下了山岩——他的目标非常明确，是那个正在砍杀大明将士的倭寇头目！

山岩的两块巨石上，那人和井上十三郎相距不过数尺，两双目光对上了！

胡宗宪看清楚了，那个颀长的汉子便是齐大柱，他手里正握着自己赠的那把剑，剑尖在身侧斜指着大海，眼中的目光冷冷地望着手执倭刀站在对面巨石上的那个倭寇头目！

胡宗宪当然不知道，那个倭寇头目就是曾经要强暴齐大柱妻子，以致其妻挥刀自残的井上十三郎！

海滩那边更多的大明援军拥了过来，残余的倭寇几乎全被砍落了山岩！

齐大柱的士兵怒吼着都向孤零零站在巨石上的井上十三郎冲来！

"退开！"齐大柱一声大吼。

那些士兵都在原地站住了。

齐大柱望向炮台城堞边的胡宗宪大声禀道："部堂！这就是浙江官府从牢里放出来那个倭贼井上十四郎的兄长，是倭寇的大头目。属下要生擒他，请部堂押送朝廷！"

胡宗宪的目光和齐大柱对上了，没有说话，只有深不见底的眼神。

一声长啸，那井上十三郎双手高举倭刀腾空跃起向齐大柱劈来！

齐大柱的剑挥向头顶，"当"的一声，一道刀剑击撞的火光闪过，井上十三郎的身子竟瞬间在空中停住了，那把倭刀连同他的身重都被齐大柱的剑顶在了头顶的空间！

所有的目光都惊住了！

其实也就一瞬，井上十三郎的刀仍然压着齐大柱的剑，身子落下时，竟然腾出了左手抽出了腰间另一把短倭刀，刺向齐大柱的腹部！

齐大柱的士兵已有人发出了惊呼！

胡宗宪的目光也露出了惊愕！

但很快两个身影都在齐大柱那块巨石上停住了。

齐大柱的剑和井上十三郎的长倭刀还绞停在两人的头顶，井上十三郎那把短倭刀的刀尖却在离齐大柱腹部的一寸前也停住了——齐大柱的左手紧紧地抓住了短倭刀的刀背，那把倭刀还在使着暗劲，就是不能再往前移动一分！

两双目光相距不到一尺，短暂间都望着对方。

齐大柱右手的剑动了，猛地一绞，井上十三郎手里的长倭刀飞向了空中！

齐大柱长剑的剑刃已经紧贴在井上十三郎的左颈上！

井上十三郎的目光中掠过一丝惊恐，但很快变成了笑意——他竟然将左手的短倭刀猛地一抽，电光火石间那短倭刀在他的掌心中换了把位，刀尖朝向了自己的腹部，猛地一插，紧接着向下一划！

齐大柱惊住了！

井上十三郎慢慢向后倒了下去，齐大柱一把抓住了井上十三郎的胸襟，井上十三郎兀自望着他最后一惨笑，才闭上了眼睛。齐大柱的手仍然提着他的胸襟，将他的身子轻轻摆放到岩石上，望着那把剖了腹仍然插在他下腹部的短倭刀怔在那里！

炮台上，山岩上一片死寂。

只有胡宗宪一个人的目光慢慢移望向炮台右侧的战场。

远处海滩上的厮杀声也消失了，战场上到处是倭寇还有大明将士陈卧的身躯。戚继光和他的将士们有的骑在马上，有的站在遍地的陈尸间，都定格在那里！

远处海面，数十条倭船仓皇向南面逸去，渐渐变成了几个黑点。

据载，明嘉靖四十年七月，处援军未到军需不继之困境，胡宗宪竟亲督戚家军发动了

第二十二章

第八次台州抗倭大战，其"身冒炮矢，意在殉国，以全忠名"。赖戚家军将士奋勇血战，他没能殉国，该次台州大捷，促成了与为患十年之倭寇最后决战的态势！

　　第八次台州大捷的捷报以最快的速度送到了杭州，最兴奋的当数谭纶。他立刻来到了浙江巡抚衙门，来见赵贞吉。

　　"万世之功！万世之功！"谭纶激动的声音在门外就响起了，可等他跨进签押房门便怔了一下，安静了下来。

　　——一张偌大的牛皮纸地图摆在签押房中间的地上，赵贞吉手里端着灯正蹲在一边看着地图，浙江粮道屏住呼吸躬腰站在旁边，见谭纶进来也不敢说话，只是向他一揖。

　　赵贞吉仍在看着地图，只是说了一声："请坐吧。"

　　谭纶在靠窗的椅子上坐下了。

　　"你刚才说各省援军的军需还差多少？"赵贞吉眼望着地图，这话显然是在问那个浙江粮道。

　　那粮道："回、回中丞，胡部堂说，山东的援军至少还需二十万两军饷，应天、安徽的援军也需三十万两军饷；并限期七日内必须押到。"

　　"浙江藩库还有多少库银？"赵贞吉依然没有抬头。

　　那粮道："属下已多次禀报中丞，几次大战下来，几个徽商的订金都早已花完了，浙江藩库哪里还有库银。"

　　"那就抄家！连夜去抄！"赵贞吉突然站了起来。

　　那粮道："请、请问中丞，抄谁的家……"

　　赵贞吉："郑泌昌！何茂才！"

　　那粮道犹疑了，怯怯地问道："郑大人、何大人已经定罪了？"

　　赵贞吉的脸唰地拉了下来，目光盯向那粮道："他们定没定罪与你押解军饷有什么关系？"

　　那粮道虽心中忐忑却咬了咬牙答道："卑职是想提醒中丞，如果朝廷还没有定罪就抄他们的家，中丞要担干系……"

　　赵贞吉望着他，当然明白这个久在浙江官场的粮道脱不了也与郑泌昌、何茂才有些干系，便露出了冷笑："那我就不担这个干系了，三天内军饷送不到军营干系就是你的。你就从自己家里拿五十万两银子送去吧。"

　　"这、这是怎么说？"那粮道愕在那里。

　　赵贞吉倏地从书案签筒里抽出一支令箭摔在那粮道面前："立刻去抄家！不抄郑泌

昌、何茂才的家，就抄你的家！"

那粮道这才真怕了，愕了片刻，弯腰拾起了那支令箭："中丞，卑职是粮道，只有押粮的兵，没有抄家的兵。谭大人正在这里，是否请臬司衙门的兵去干这个差使……"

"谭大人都听到了？"赵贞吉这才望向了谭纶，笑了，是气得发笑，"这就是浙江的官员，一个粮道也敢指使巡抚还有巡按使去干差使。"说着端着那盏灯走到案前放下："臬司衙门是有兵，我一个也不派。你这就带着押粮的兵到你的家里去搬银子，二百兵搬五十万两银子，人手也足够了。"

那粮道哪里还敢再说什么，只答道："卑职这就立刻带人去抄郑泌昌、何茂才的家。"说完抱着那支令箭慌忙走出门去。

"关上门！"谭纶站在案前又喝了一声。

那粮道刚跨出门槛，立刻又颤了一下："是。"将脚又跨进门内，把门带上了。

"来，帮把手吧。"赵贞吉已蹲了下去卷地上那张地图。

谭纶立刻过来，在另一边帮着他将地图慢慢滚卷过去。

"有了这次大捷，十年倭患肃清在即！"谭纶一边滚卷着地图，一边说道，"中丞应该立刻向朝廷报捷，给胡部堂请功，给戚继光和所有将士请功，鼓舞士气，下一仗就好打了。"

"报捷的奏疏已经拟好了，等你联名签署明早就发。"地图已经卷成了一筒推到了墙边，赵贞吉站了起来。

谭纶也站了起来："中丞的后援之功也不能埋没，这个疏由我来写，我替你请功。"

"洗了手吧。"赵贞吉却没有丝毫的喜色，走到门边的洗脸架前洗手。

谭纶也过来一起洗手。

赵贞吉用架上的面巾擦着手，突然叹道："我这个功就不要提了。只要不槛送京师就是我的万幸。"

谭纶愣住了，怔望着赵贞吉，好久才缓过神来："是不是钦案的事朝廷说什么话了？"

赵贞吉慢慢走到案前，拿起了案头上两份廷寄："内阁司礼监送来的廷寄，都是责问钦案的。你自己看吧。"说着递了过去。

谭纶一把抢过廷寄，走到窗前站在那里飞快地看了起来。

赵贞吉开始踱起步来："其实也是意料中事。海瑞审郑泌昌、何茂才的供词把内阁和司礼监全搅了进去，内阁和司礼监当然会把这个气撒在我的头上，我算是把两大中枢都得罪了。这样也好，革了职便再无案牍之劳神，回泰州搞我的心学去。"

第二十二章

谭纶已经看完了廷寄，赵贞吉刚才那些话他也同时听了个大概，这时猛地转过头去："要问罪也不是你一个人的事！八百里加急的廷寄，是下给我们两个人的，两天前就到了，你怎么这时才拿给我看？"

赵贞吉："两天前拿给你看，你能给朝廷回话吗？"

"能不能回话，该怎么回话是一回事！"谭纶也是够深沉的人了，面对这个比自己更深沉的人再也忍不住心里的厌恼，"事关钦案，我还是副审，海瑞和王用汲也是钦定的陪审。总不成你一个人在心里琢磨是不是会革职问罪，把我们都撇在一边，把朝局也撇在一边！两天过去了，你现在才拿出朝廷急需回话的廷寄到底算怎么回事？"

赵贞吉并没有被他这番指责激恼，慢慢说道："还有一份兵部严令我火速供给胡部堂还有各省援军抗倭军需的廷寄，是写给我浙江巡抚赵贞吉一个人的，在我的案头也压了一天，我就不给你看了。另外有一封张太岳的密信，暗称是奉了徐阁老认可写给我的，本也不该给你看，为了回你刚才的话，我还是给你看看。"说着拿起案头那封兵部的廷寄，从里面抽出了两页八行书递了过去。

谭纶反而犹豫了，望着他递来的那份廷寄，接也不是，不接也不是。

"看吧。"赵贞吉将那份廷寄扔在谭纶这一边的案头，"看完了我再回你刚才问的话。"

谭纶将书信凑近灯光紧张地看了起来。

张居正的声音同时在他耳边响了起来："东南一炬，冰山消融。一驱我大明二十年之乌云，只在我公署名签发海瑞所审供词举手之间！郑、何二逆之供词但能上呈皇上御览，则我公之青名必将共天日而同辉……"

这就够了！八行书上的字在谭纶的眼前模糊起来，张居正的声音也渐渐远去。如此大计，张居正竟然只给赵贞吉一人写信，谭纶立刻有一种被人视若弃履的感觉。难道是裕王他们不愿牵连自己？果真如此，赵贞吉当然也不会在此朝局不明之时甘为前卒。他有些理解赵贞吉这时的心境了，慢慢向他看去。

赵贞吉知他看完了信："司礼监内阁将海瑞所审的供词打了回来叫我重审，张太岳却叫我在原供词上署名再报上去。换上是你，该怎么办？"

自己被派往浙江，最大的使命就是为了倒严，谭纶沉默了稍顷，终于摒弃了心中的私念，答道："我跟你共同署名就是！"

"这个时候？这种时局？"赵贞吉两眼紧紧地盯着他，"十年倭患，一朝肃清，也就是这一两月之间。胡宗宪在前方统率数万部卒正与倭寇决战，我们却要在这个时候将他已经审结的毁堤淹田掀了出来，还要牵涉到皇上已经默认过的结案？这样的供词以你我的名义再报上去,且不说内阁和司礼监如何恼怒,奏呈皇上,圣意是将胡宗宪揪出来问话,还是将你我揪出来问话?不要忘了,你和我背后都牵着裕王。"

谭纶又沉默了,急剧思索着:"事情还是应当两看。毁堤淹田毕竟是严世蕃主使!追下去胡宗宪最多也就是失察之过。十年倭患要除,二十年严党乱政更甚于倭患!孟静兄,张太岳的书信绝不是他一人之意,虽然书信里没有提到我,朝廷真要追查,我和你同担此责,你我再不牵涉他人就是。"

"那就让你来当这个浙江巡抚,我跟着你署名同担此责!"赵贞吉再不与他商谈,"我现在当务之急是筹措军饷,还有今年朝廷需要的五十万匹丝绸!这两条办不到,不要说倒严,徐阁老他们在朝里只怕会先倒!裕王没有信,徐阁老没有信,单凭他张居正这两页八行书,我不会置朝局于不顾,跟司礼监和内阁对着干!不用再说了,把钦案人员立刻召集,宣读司礼监内阁廷寄,重审供词。"

谭纶知道已无可再辩:"由谁来重审?"

赵贞吉:"当下的时局我不能牵进去,你也不能牵进去,当然仍由海瑞重审。"

红炬高烧,又是一次夜间的紧急议事。

大堂正中赵贞吉大案前那把椅子却仍然空着,谭纶坐等在左边上首的椅子上,王用汲坐等在左边下首的椅子上,海瑞则坐等在右边下首的椅子上。右边上首的椅子也空着,显然是留给锦衣卫那头的。

赵贞吉这时已换上了大红官服,人却仍待在大堂后的签押房里,目光慢慢移望向书案上司礼监、内阁那两道廷寄和打回的供词,走过去把那两本廷寄和那份供词拿了起来捧在左手,又望向了书案上张居正兵部发来的那道廷寄,轻轻拿起扔在一边,露出了那道廷寄下压着的张居正两页八行书。

他拈起那封只有两页的八行书,伸到蜡烛前点燃了。待点燃的火将要烧到手指才将已成灰烬的那封书飘扔到砖地上,又踏了一脚,这才捧着司礼监、内阁那两本廷寄连同打回的供状走了出去。

赵贞吉捧着廷寄的身影从大堂屏风后面一出现,谭纶等人便都站了起来。

"督促前方军需的事,让诸位久等了。"赵贞吉一边说着一边走到了正中大案前,没有叫那四个人坐下,自己也没有坐下,目光望了一眼右边上首那把空椅,转望向谭纶:"锦衣卫的上差呢,为什么没来?"

谭纶悻悻答道:"说他们并未接到上命,这两道廷寄既然是寄给浙江衙门的,他们就不必来了。"

第二十二章

"我料他们也不会来。"赵贞吉将手里那份供状啪地撂在案上,举起了手里的廷寄:"司礼监、内阁廷寄!带郑泌昌、何茂才上堂!"

由于供出了毁堤淹田的情事,郑泌昌、何茂才原来享受革员的待遇也没有了,这时都戴上了脚镣和手铐,十几天未修的须发皆成乱草,十几天未换的那身长衫也脏皱不堪,大热的天身上散发着臭气,押上来时哪里还有半点曾任封疆的影子。

椅子自然是没有坐的,赵贞吉也没有叫他们跪下,只望了一眼押他们的牢役。四个牢役立刻退了下去。

赵贞吉依然站着,谭纶、海瑞、王用汲三人也都站着,连同站在大堂正中的郑泌昌、何茂才,六个人的影子都被四面的烛光投射在大堂的砖地上。

"司礼监内阁嘉靖四十年七月一日八百里加急廷寄!"赵贞吉翻开了廷寄开始宣读,"顷接浙江八百里急递所呈郑犯泌昌、何犯茂才所供罪状,览之不胜惊骇!郑、何二犯上攫江南织造局之国帑,下刮浙江百姓之脂膏,唯财是贪,曷知底里!为逃罪责,竟然肆意攀扯,震撼朝局,是其贪墨之罪尚可按律论定,而其移祸之心虽凌迟难诛!"

读到这里赵贞吉停下了,目光深深地盯向郑泌昌、何茂才。

郑泌昌、何茂才一时愣在那里,似乎明白,似乎又有些不明白,目光更是紧紧地望着赵贞吉。

赵贞吉:"没听明白吗?那我就将要紧的几句再读一遍:郑、何二犯唯财是贪……是其贪墨之罪尚可按律论定,而其移祸之心虽凌迟难诛'!"

这就完全明白了,是要自己翻供!郑泌昌眼睛有些亮了,何茂才则不顾身缠镣铐急不可待地扑通跪了下去:"罪员并无意攀扯,都是海瑞逼的,罪员愿意将原供收回。泌昌兄,你不是一直喊冤吗,有话现在是该说的时候了!"

郑泌昌想得更明白了,他等的就是这个时刻,只要朝廷有忌讳,不牵涉到毁堤淹田,不牵涉到通倭,正如廷寄所言"贪墨之罪尚可按律论定",无非抄家,无非徒流,心里定了站在那里身子也直了,只是嗓音有些嘶哑:"罪员并未攀扯,供状上凡攀扯之词都是问官海瑞所设,罪员请朝廷明鉴!"

内阁和司礼监的廷寄意在二犯翻供,这尚在意料之中。可主审官赵贞吉接到这样的廷寄也不和陪审诸员商议,便当着两名罪犯公然宣读,致使两名罪犯当堂翻供,这就殊不可解了。大堂上的空气立刻凝固了。

王用汲立刻把目光询望向谭纶,谭纶却眼睑低垂望着地上,王用汲又把关注的目光望向海瑞。海瑞依然望着赵贞吉一动没动,在等着他将廷寄念完。

赵贞吉的目光又移向廷寄接着读了起来:"浙江巡抚赵贞吉等一干钦命官员,奉旨主审要案，该何等明慎？今竟容郑、何二犯移罪攀扯，搅乱朝局，是诚何心？现将原呈供状掷回，着即重审，务将实情七日内呈报朝廷。倘再有不实情词，则问官与犯官同罪！"

这段话一念完，海瑞立刻知道了，赵贞吉已然决定要按司礼监内阁的意思推翻自己原来审出的供词，重审二犯，掩去江南织造局和严世蕃指使毁堤淹田和通倭冤民的重大关节。电光石火间，他想起了谭纶当时给自己写的信，想起了这几个月来自己为倒严所经历的生生死死，一腔孤愤涌了上来，这才把目光望向了谭纶。

谭纶这时当然不会与他目光相接，依然眼睑低垂。

"罪员愿意将实情重新招供！但请中丞大人亲自审讯。"何茂才立刻又嚷了起来。

郑泌昌："罪员也请中丞大人亲自审讯。"

海瑞的目光倏地又转望向赵贞吉，王用汲的目光也紧望向赵贞吉。

赵贞吉却谁也不看："橘生淮南则为橘，生于淮北则为枳！前问官所审供词是一种说法，后问官所审供词是另一种说法，这样的供词能够再上报朝廷吗？原来谁审的供词现在还是谁审。还有七天日期，两天审结，第三天八百里急递五日内必须送到京师！"说完最后一个字，他拿起海瑞原审的那份供状往大堂的砖地上一掷，接着便离开大案走向屏风一侧。

从上堂宣读廷寄交代重审到身影消失在屏风后，赵贞吉在堂上伫立前后竟不到一刻时辰。现在大堂上剩下的上司就是谭纶了，海瑞和王用汲都沉默在那里。

谭纶只好望向二人："上命如此，那就只能请海知县重审，王知县笔录了。"

"当然由我重审。"海瑞立刻接道，"来人！"

几个牢役奔上来了。

海瑞："将郑泌昌、何茂才押回大牢。"

"是。"四个牢役两个伺候一个，拉起了郑泌昌、何茂才半搀半拖地走出了大堂。

谭纶率先离开了座位，亲自走到大堂中央将赵贞吉扔在地上的供词捡了起来，走到海瑞面前，目含歉疚地将供词双手向他递去。

海瑞并无意接受他歉疚的目光，只是伸手去接那份供词。

谭纶紧紧地捏着供词的一端："朝廷的意思你都知道了，朝局为重，时限紧迫，连夜重审吧。"

"赵中丞给了我两天期限，用不着连夜就审。"海瑞将供词从谭纶手里抽了过来，"今晚我得回去好好看看，这份供词到底有何不实之处，到底是谁在搅乱朝局。"说完向他一揖，走下堂去。

谭纶面呈忧色，只好转望向王用汲。

| 第二十二章 |

王用汲这才有了说话的机会，也不再掩饰自己心中的不满："朝廷怎么想我不知道，但这里的事赵中丞和谭大人你们比谁都清楚。现在要将担子全推给海刚峰一人，当时你们就不该举荐他来。"说完向谭纶一揖，也走下堂去。

大堂上只剩下了高烧的红炬照着孤零零的谭纶在那里出神。稍顷，他将袍袖一甩，倏地转身向屏风方向的后堂走去。

两天眨眼就过去了，海瑞竟不仅未见提审郑泌昌、何茂才，那晚从巡抚大堂离开后，便不见了身影。已经是第二天入夜时分了，早坐在审讯房记录案前的王用汲终于看到海瑞捧着案卷进来了，倏地站起："这两天你去哪里了？"

海瑞将案卷放向案头，望着王用汲疲倦地一笑："你在找我？"

王用汲："赵中丞、谭大人都在找你。不说了，就剩今晚的期限了。刚峰兄，赶紧重审案子吧。"

海瑞再望王用汲时，王用汲这才看清他的眼里网着血丝，神情也已十分肃峻："我这就重审。原案是我审的，不干赵中丞的事，不干谭大人的事，也不干你王知县的事。两榜科甲，取的原是乡愿。这个案子还是由我这个举人出身的一人来审。王知县请你回避。"

王用汲一怔，当然明白海瑞是不愿牵连自己，同时一种羞辱也涌了上来："海知县，你未必把我大明进士出身的官员都看得太低了吧。说到原案，也不是你一个人审的，我王用汲的姓名也签在上面。"

海瑞："原案你只是个记录，记录是书办的事，今晚我用书办记录。请回避吧。"

王用汲干脆坐了下来，揭开砚台的盒盖，开始磨起墨来。

海瑞："你不回避，今晚我就不审了。"

王用汲仍然低头磨墨："请便。你不审，我来审。"

海瑞再掩饰不住真情，走到王用汲对面的案边，一把抓住了他磨墨的手，低声道："王润莲，我家里还有老母幼女。你答应我的事竟忘了？"

王用汲抬起了头："天下还有多少母老子少泣于饥寒！刚峰兄竟忘了？"

这一句将海瑞顶在那里，慢慢松开了手，叹了一句："贤者润莲，我不如你。"说完这句走向正面的公案，大声喊道："带郑泌昌、何茂才！"

在巡抚衙门等了两天的赵贞吉这时等不住了。

"貌似刚直，内藏沽名之心！你谭子理现在该知道那个海瑞是什么人了。"赵贞吉身上已经穿好了官服，从帽筒里捧起乌纱时双手已经气得微微发抖，"不用等了，此人已经逃回淳安。任他天下人唾骂，这个案子你我都必须今晚亲自去审了。明早连同重审的奏疏附上参奏海瑞的奏疏，革去此人的官职，再行论罪！"

谭纶是早已穿好了大红官服，此时仍坐在靠窗的椅子上："海瑞应该不是这样的人。还是稍等片刻。"

赵贞吉："我们等他，朝廷可不等我。来人。"

一个书吏趋了进来，径直弯腰走到赵贞吉身后替他系好官帽后的帽带，又从架子上捧过镶玉的腰带从后面帮他绕过来插好了搭扣。

赵贞吉："备轿，去臬司衙门大牢！"

谭纶只好站起了。

这时门口又出现了一个书吏，喘着气低头禀道："禀中丞大人，海知县找到了……"

赵贞吉："在哪里？"

那书吏调匀了呼吸："回中丞大人，正在大牢审讯郑泌昌、何茂才。"

赵贞吉一下子怔在那里。

那个侍候他穿戴的书吏偏不识相，低声问道："请问中丞，还备不备轿，去不去大牢？"

几天来应付变幻莫测的朝局，赵贞吉一路杀伐决断，这时突然神情尴尬了，那张脸立见阴沉，那个书吏眼看要受迁怒了。

谭纶这时已把目光移望向一旁。

毕竟身为泰州学派的儒臣，一部儒学，首在修身，"不迁怒，不贰过"是日修的功课。这时谭纶在旁，赵贞吉心里立刻有个声音在提醒他此时动气便是迁怒，有此一念引动耻心，淡淡地对那个书吏说道："不去大牢了。我和谭大人今夜在此处理公务，通告厨房备些饭食。还有，海知县、王知县一到立刻引见。"

"是。"那书吏悄悄退了出去。

赵贞吉望向谭纶，刚才那番对海瑞的揣测也须有个交代："修自身易，修官身难。我对那个海瑞刚才的揣度过于操切了。可此人行事实在太难以常理度之。看起来今夜重审的结果还会让你我为难。无论如何，我坐在这个位置都要能够向朝廷交代，子理兄你必须与我同心。"

"等结果吧。"

谭纶淡然地说道。

第二十三章

"真正岂有此理！"这一次是王用汲忍无可忍，拍案而起了，"既说不是毁堤淹田，又说贪墨修河工款以致河堤坍塌你们也不知情，当时一个身为布政使、一个身为按察使，你们说得过去吗？"

"当时胡部堂还是浙江巡抚呢，他不是也不知情吗？"郑泌昌这时十分顽抗，"这件案子早就审结，是杭州知府马宁远和河道监管李玄连同几个知县干的。二位钦官可以去调原案卷看嘛。"

一向温和的王用汲这时都气得有些发颤："那个井上十四郎呢？原来一直在臬司衙门大牢关押，为何能够到淳安去卖粮米！何茂才，臬司衙门是你管的，你也不知道吗？"

何茂才："倭寇劫狱的事时有发生，王大人为何不去查问是不是淳安的刁民齐大柱他们干的。"

郑泌昌立刻接言："我们刚才的话请二位钦官记录在案。"

王用汲被气得憋在那里。

海瑞倒是十分平静，望向王用汲："他们说得不错，罪犯所招供词都该一一记录在案。王知县，请记录吧。"

王用汲不解地望向海瑞。

海瑞的眼神深处透给他一个"但记无妨"的信号。

王用汲慢慢坐下了，记录时余气未消，手仍有些微微发颤。

何茂才此时心情大为松快，不禁向郑泌昌望去。

郑泌昌却露出了狐疑，望向不应该如此坦然的海瑞。

何茂才也有些狐疑了，目光移望向海瑞。

海瑞见王用汲停了笔，问道："记录完了？"

王用汲:"完了。"

海瑞立刻望向郑泌昌、何茂才:"画押吧。"

郑泌昌、何茂才几乎不相信自己的耳朵,更加狐疑了,对望了一眼,又都望向海瑞。

郑泌昌:"这就画押了?"

海瑞:"是。请画押吧。"

"我画。"何茂才再也不想许多,走到王用汲案前,拿起笔便要画押。

"且慢。先看看供词。"郑泌昌还在怀疑,立刻提醒。

何茂才被提醒了,放下了笔,拿起供词仔细看了起来。

王用汲压着恼怒,对郑泌昌说道:"你的也要看吗?"

郑泌昌:"当然要看。"说着这才走了过去,捧起记录自己供词的那张纸也认真看了起来。

两个人都看完了,又不禁对望了起来,供词竟一字不差!

郑泌昌这才说道:"画押吧。"

两个人同时拿起了笔,在各自的供状上画了押。放下笔时,这次是郑泌昌转身向海瑞深深一揖:"革员深谢钦官明镜!"

何茂才也跟着向海瑞深揖下去:"钦官如此明察,革员心服口服。"

"是不是明镜,是不是明察,现在说还早了。"海瑞望着这两个巨蠹小人这副嘴脸,语气陡地冷峻起来,"来人!"

几个牢役走了进来。

海瑞:"把他们押到隔壁录房,让他们在那里好好听听。"

"是。"一个牢役答着,立刻推开了提审房侧面那道门。

几个牢役看着郑泌昌、何茂才:"过去吧。"

郑、何立刻又忐忑起来,被几个牢役押着穿过那道门。

那道门立刻在隔壁关上了。

王用汲似乎明白了什么,望向海瑞。

海瑞向他点了下头,转向牢门外:"带蒋千户、徐千户!"

隔壁房间里海瑞那一声清晰地传来,郑泌昌、何茂才听了都是一惊!

惊疑未定,两个牢役已同时将他们的腰带扯下来了。

何茂才:"干什么?你们想干什么?"

解他腰带那个牢役:"奉命,让二位大人暂且不要出声。"说着便将腰带绕到他的嘴

第二十三章

上，准备在脑后打结。

何茂才脖颈粗壮，拼命将头一摆，摔开了那个牢役，那条腰带掉在地上。

何茂才："娘的！老子还是……"

话刚出口便被截断了，一根两端穿着粗绳的圆木棒勒口横勒在他的嘴里！

大明官制，各级衙门上司因公罪犯案，涉案下属如将官士卒书办差役凡奉命执行者概不牵连，即所谓"千差万差，奉命不差"，因其必须按上司指命办事之故。此等人者若要牵连则不知凡几，此又所谓"法不责众"者也。这也就是当时大堤决口，斩了马宁远、李玄、常伯熙、张知良却没有追究守堤将士，甚至连县丞如田有禄者皆不追究之故。

郑泌昌、何茂才在浙江掌有司多年，贪墨案发，抓了他们，亦援此故例，并未牵连布政司、巡按司衙门原有下属。但这一次海瑞不得不把蒋千户、徐千户牵连进来了，当然是因该二人并非只是奉命办差，而有助纣为虐情事。郑、何翻供，必须从这二人身上查出铁证。

因此亦未上镣铐，蒋千户、徐千户是用麻绳五花大绑着押进来的。

对这两个人牢役便不客气了，刚押到房中便向他们的腿弯处踹去，二人立刻跪倒了。

"问你们两件事，你们如实回答。"海瑞望向二人。

蒋千户、徐千户紧闭着嘴，只望着海瑞。

海瑞："今年五月新安江大水，你们各自带着兵都在哪个县的闸门边看守？"

王用汲立刻提起了笔。

"回海老爷，小的们是臬司衙门的千户，守大堤是河道衙门的事，小的们怎么会去？"那蒋千户当然知道公罪不牵连下属的条律，一上来干脆从根子上就抵赖。

海瑞也不动气："那天晚上你们在哪里？"

这回徐千户答言了："自然在家里睡觉。"

海瑞拿起了案上一叠写着证言又密密麻麻签了好些人名的公文："这是你们下属士兵的证言，有二百多人的签名，都说那天晚上蒋千户带了一百兵拆淳安的大堤闸门，徐千户带了一百兵拆建德的大堤闸门。你们自己看去！"

两个书办各拿着一张证言，伸到蒋千户、徐千户眼前给他们看。

蒋、徐的脸色立刻变了，蒙在那里。

海瑞："徐千户，你还说那晚在家里睡觉吗？"

徐千户咬了咬牙："是小人记错了，那晚小人确实奉命去了建德大堤，可不是拆毁闸门，而是防护堤坝。"

海瑞又望向蒋千户："你想必也是这个说词？"

蒋千户："不错，小的那晚确实去了淳安，也是为了防护堤坝。"

海瑞："你们可以不招，有这二百人的证言本官也无须要你们的供词。将证言存档。"

那书办立刻将证言送到了王用汲面前，王用汲接过来放入夹档中。

"第二件事。"海瑞神色更加严峻了，"倭寇井上十四郎一直是你们奉命关押，他是怎样放出去的？又怎么会一出去就到淳安诱陷灾民？那日何茂才将他从淳安带走，就是你们带兵押送，现在这个人却不见了踪影。你们该不会说两次放走倭寇时，你们都在家里睡觉吧？"

王用汲急速记录。

徐千户紧低着头，咬牙不答。

蒋千户望向海瑞："倭寇遍布浙江，许多走私反民都与他们勾结，那个井上十四郎就是齐大柱一伙反民劫狱救走的。海大人当时不杀他们，之后又让他们在半途跑了。现在海大人愣要追究我们，我们也没有话说。"

——这等恶奴竟比主子还要刁恶，王用汲倏地站了起来。

海瑞立刻目止了他，盯向蒋千户，又盯向徐千户，慢慢笑了："这也就是你们在淳安大牢准备放火将本官和倭寇一起烧死的原因？"

蒋、徐立刻碰了一下目光，当即否定："小的们几时放过火了？"

海瑞望着他们依然笑着，轻点了点头："火当然没有放成，不然本官现在也不能坐在这里审你们了。请人证！"

所有的人都向牢门望去，蒋千户和徐千户也转过了头暗中望去。

进来的竟是田有禄和王牢头！

蒋、徐二人的脸色有些变了。

田有禄和王牢头进来后立刻向海瑞和王用汲行礼："见过海老爷，见过王老爷。"

海瑞温言道："因是做证，就不给你们设座了。"

田有禄立刻说道："这个规矩卑职理会，卑职站着做证就是。"

王牢头嗓音依然很大："大老爷尽管问，小人准保有一句说一句，半句假话也没有。"

"好。那你们就如实做证。"海瑞说着倏地望向蒋千户、徐千户，"这两个人你们认不认识？"

蒋、徐二人飞快地又对了一下眼神，蒋千户抢先答道："有些眼熟，记不起了。"

| 第二十三章 |

海瑞盯向徐千户："你呢？"

徐千户："小的们在臬司衙门当差，全省那么多州县那么多人，哪里都能记住。"

海瑞转望向田有禄和王牢头："他们说记不起你们了，你们还记不记得起他们？"

田有禄身为县丞也曾审过无数犯人，平时在县署如遇此等犯人早已掷签打人了，这时却无此权力，一半是官习一半为了自己撇清，气愤之情也不全是装出来的，跺着脚大声说道："无耻之尤！无耻之尤！大人，如此刁犯不动大刑，量他不招！"

海瑞只点了点头，却并未拔签动刑，而是把目光转望向王牢头。

那王牢头这辈子干的就是打人的勾当，见海瑞望向自己，便以为是叫自己去打人，加上本就有气，又要表现忠勇，立刻奔了过去，一把揪住了徐千户的胸襟提了起来："狗日的混账王八蛋！当时拿刀架在老子脖子上叫老子放火，老子说了不会写字你还硬逼老子签名，现在倒说不认识老子了？"说完老大一耳刮子扇了过去！

这一掌扇得好是脆响，那徐千户的左脸立刻红肿起来，只看见眼前无数的星星在闪，好一阵子才缓过神来，那两只眼立刻凶狠地望向王牢头。

王牢头两眼睁得比他还大："还记不起是不是？"说着又是狠狠地一掌。

这一掌掴得那徐千户这回眼前连星星也没有了，一片天昏地黑。

那蒋千户立刻嚷了起来："如此串联逼供，我们要见赵中丞！要见谭大人！"

王用汲原本气愤，这时也觉不妥，望向了海瑞。

海瑞却坐在那里一动不动。

王牢头这时更是来劲了，松掉了徐千户，转向蒋千户，却不知道说话，胡诌起来："见赵中丞？见谭大人？赵中丞、谭大人也是裕王爷派来的，不帮我们海老爷倒会帮你？梦不醒的家伙！"说完立刻一掌向他扇去。

蒋千户、徐千户本都是武官，徐千户只因被王牢头揪住了衣领，无法躲闪，才挨了两掌。王牢头这回因没揪住蒋千户的衣襟，被他一闪那一掌便抡空了，自己反倒向前一栽。蒋千户也狠，见他身子栽来立刻又用头向他腹部撞去，王牢头被这一头锤正撞在肋骨以下腹腔之上，比时岔了气，捧着肚子慢慢蹲了下去，那口气上不来，脸已经白了。

"把他扶开。"海瑞不得不发话了。

一个书办连忙过去，挽起了王牢头，王牢头那口气缓了过来，立刻提起腿又要向蒋千户踹去。

"不许胡闹！"海瑞喝住了他，"先站一边去。"

王牢头犹自恨恨地向蒋千户吐了一口，这才被挽着站到了一边。

海瑞拿起了案上那张王牢头和田有禄都签了名的字据，对田有禄和王牢头："你们过来看看，他们逼你们放火烧牢是不是这张字据。"

田有禄和王牢头都趋了过去，才看了一眼便立刻说道："回大老爷，正是这张字据。"

海瑞："田县丞，你拿给他们过目。"

"是。"田有禄立刻捧起那张字据先走到蒋千户面前伸了过去，"睁大你的狗眼，看仔细了。"

蒋千户一看到这张字据立刻知道什么都无法抵赖了，却还是不开口，而是将目光向徐千户狠狠盯去。

海瑞看在眼里："你是在责怪他为何没有保住这张字据是吧？我帮他告诉你，这字据是总督衙门的亲兵当时就缴获的。再不招认，胡部堂自可直接向朝廷奏陈此事。"

王用汲这时已是眉目舒展笔不停挥。

海瑞不再与他们啰唆，拍响了惊堂木："两次放走倭首井上十四郎到底是你们自己所为，还是奉命行事？《大明律》载有明文，奉命行事者是公罪，公罪不究。"

蒋千户和徐千户又要对视眼神了。

"望着本官！"海瑞立刻喝住了他们，"蒋千户先答话。"

那蒋千户低下了头："属下是奉命行事。"

王用汲立刻记录。

海瑞立刻望向徐千户："你呢？"

徐千户也低下了头："属下也是奉命行事。"

海瑞："奉谁的命？行什么事？徐千户答话。"

那徐千户："属下是奉了巡按使何大人之命放了井上十四郎。"

海瑞："因何情由？蒋千户答话。"

那蒋千户："都因淳安灾民不愿卖田，何大人要坐他们一个通倭的罪，杀一儆百。"

王用汲那支笔记完了这一句，长吁了一口气，向海瑞望去。

海瑞与他会意地对视了片刻。

海瑞："王老爷，是否可让他们画押了？"

王用汲："我看可以画押了。"

海瑞："松绑，让他们画押。"

提审房这时只有书办没有牢役，那王牢头这些眉目倒是敏捷，立刻奔到蒋千户身后替他解绳。

一个书办从王用汲案上拿起供词，又拿起了笔，便先走到蒋千户面前，将供词放在他

第二十三章

身前的地面上，让他画押。

绑人松绳都是行活，王牢头只松了蒋千户右手上的绳索，兀自连绳拽住他的左手，这是以防犯人撕吞供词。蒋千户也只好用一只手接过了笔，被王牢头拽着在书办放在地面的供词上画了押。

那书办又弯腰将供词移到了徐千户身前的地上。

王牢头正在又要绑蒋千户，海瑞："不用了。叫徐千户画押。"

"是。"王牢头大声答着，依样画葫芦解了徐千户的右手，拽着让他也俯到地上画了押。

书办立刻将供词交回王用汲。

海瑞站起了："将蒋千户、徐千户先行看押。"

这回王牢头刚想接着效力，已有几个牢役奔了进来，将蒋、徐二人押了出去。

海瑞这才望向田有禄和王牢头："田县丞。"

田有禄立刻答道："属下在。"

海瑞："我奉命办差，淳安的事还要你赶回去操劳，你们也不能歇了，这就回县吧。"

田有禄："属下这就连夜赶回。"答着向海瑞深深一揖，又向王用汲深深一揖。

王牢头跟着跪了下去，向海瑞磕了个头，又转身向王用汲磕了个头。

田有禄："走吧。"带着王牢头退了两步，转身走出了提审房。

海瑞拿起了书案上的皮纸公文信封，将内阁司礼监发回的原供装了进去，然后走到王用汲书案前，望向了他。

王用汲会意，将郑泌昌、何茂才翻供的供词和蒋千户、徐千户的供词以及那张田有禄王牢头签名的字据一份份都叠好了，递给海瑞。

海瑞将供词、字据都装进了公文信封，转对一个书办："烤漆。"

所谓烤漆，便是将凝固在一根铜签上的漆棒先在火上烤熔了，然后糊上信封的封口，然后盖上印，注明接件人开启。

漆棒原是应备的什物，那书办立刻将信封的封口烤了，摆在书案上。

海瑞从袍袖里拿出自己一枚印章趁烤漆未硬盖了上去，接着又从书案的一个木盒里拿出三根羽毛粘在烤漆处。

王用汲也从袍袖里掏出了自己的印章，海瑞已经拿起了封文："原案是我的封印，重审当然用我的封印。还有一个时辰天亮，送呈赵中丞急递就是。"说到这里转向隔壁的录房大声说道："将郑泌昌、何茂才带上，立刻去巡抚衙门！"说完疾步向门外走去。

隔壁录房立刻传来应答声押人出门时桌椅的碰撞声。

王用汲轻叹了一声,将印章塞回袍袖,跟了出去。

一声鸡鸣,接着是此伏彼起的鸡鸣声从远处传来了。

亮寅时开城门,这里就戒了严,九门提督亲自带着好几百官兵来了。进城的在外面挡住了,出城的在里面挡住了,此时北京的永定门被把得铁桶似的。

紧接着一抬大轿抬着一个司礼监秉笔太监来了,还带着十个东厂的行刑太监十个镇抚司的锦衣卫,走到城门以外吊桥以内站住了。

大轿一倾,立刻有个东厂的行刑太监打开了轿帘,又有个东厂太监将一把椅子搬了过来,摆在门洞和吊桥之间,走出来的是那个司礼监秉笔太监石公公,背着手踱到椅子前坐下了,望着前方的驿道。

城里城外被挡住的士民人等都好了奇,便都不走了,远远地聚在那里,议论纷纷,以为是哪个打了胜仗的大将军要进京了,等着看。

马蹄车尘,等来的却是押送的一辆囚车,在城门外护城河边停住了。四面都能看见,杨金水手镣脚铐两眼望天坐在里面。

石公公慢慢站起了,带着十个行刑太监和十个锦衣卫走上吊桥,迎了过去。

石公公一行向囚车走来,城外的护城官兵立刻将浙江巡抚衙门押送囚车的官兵也赶开了,只两个押送的锦衣卫迎向那石公公,走近便飞快地行了个单跪礼:"属下见过石公公!"

那石公公脚步兀自未停,走向囚车:"是杨金水吗?"

两个锦衣卫紧跟在他身后:"回石公公,是。"

说话间石公公已走近囚车,立刻闻见一阵臭气,连忙站住了,隔着约有数尺,捂着嘴望向囚车里的杨金水。

那杨金水抬头望天,一动不动。

"作孽。"那石公公说了这两个字,将手一挥,转身向城门走去。

跟他来的锦衣卫替换了浙江官兵,押着囚车向城门跟去。

跟押囚车的两个锦衣卫紧随着石公公,一人从衣襟里掏出一封粘着三根羽毛的急递文书,边走边说:"禀石公公,这是浙江巡抚衙门昨天追上来递交的公文。赵中丞特地嘱咐了,这里面是司礼监和内阁盼咐重审郑泌昌、何茂才的供词,要属下们连同杨公公一起递交司礼监。"

那石公公却脚步未停看也不看:"带着,亲手交给陈公公吧。"说话间走过了吊桥,

第二十三章

径直钻进了轿子。

大轿在前，囚车在后，过了城门洞，进了永定门。

远远围观的士民人群立刻轰动起来。

有人一眼就看出了："是个公公！"

更有人认出了是杨金水："是杨公公！江南织造局浙江市舶司总管，管的钱够半个大明朝花销！"

一个老北京更是出语惊人："今天什么日子？七月十四，明天就是鬼节！皇上要杀人了！"

重兵押送下，囚车偌大的车轮在砖地上慢慢向前滚动。议论声却在攒攒的人头上像波浪般传了开去，宫里驻外的大财神江南织造局兼浙江市舶司总管杨金水逮拿进京了！

有明一代，奉旨逮拿犯罪的官员进京已是司空见惯。这一次如此大张声势逮拿驻外的大宦官进京实属罕见。圣意昭然，就是要让大家都知道，浙江的贪墨大案要挖根了。无论牵涉到谁，也一秉大公，绝不宽贷！这个根挖到内阁当然是严阁老、小阁老，挖到宫里只怕还牵涉到吕芳。一场政潮从浙江波及到北京已是暗流汹涌了！

进了西苑，石公公也只能步行，这时大步进了外院。他身后的杨金水反倒坐在一把粗笨的椅子上，被两个提刑司太监抬着，只是两手被铐在椅子的扶手上，抬到了这里。

椅子放在了院子中间，石公公一个人径直向司礼监值房内院的圆门走了进去。

院落里早等着一群乌鸦般的当值太监。一拨人远远地望着杨金水，脸显兔死狐悲之色。一拨人却被陈洪新近提拔为贴身随从的那个太监领着，呼地围了上去，挽袖翻眼，目露落井下石之光，还没挨近却被一股臭气熏站在那里。

杨金水坐在椅子上，两眼直直地望着天空，七月的日光如此刺目，他竟连眼睛也一眨不眨。

值房内院的圆门里又走出了一个当值太监的头，也是还没走近便被一股臭气熏着了，皱着眉对押送的两个锦衣卫："陈公公他们都在等着呢。这么臭怎么抬进去？"

一个锦衣卫："半夜离开潞河驿给他洗的澡，可抬到半路上屎尿又拉了一身。只好有劳各位先帮他洗了再抬进去。"

当值太监的头立刻对身边几个太监："拿套衣服来，从井里提水，就在这里把身子冲了。"

院落里原就有一口井，一个太监连忙奔到井边摇动辘轳去吊水。一个太监连忙奔出去拿衣服。

当值太监的头这才又对那两个押送来的锦衣卫说道:"你们先跟我进去吧。"领着他们向内院圆门走去。

水提过来了。两个行刑太监打开了杨金水椅子扶手上的手铐,便走开了站在一旁。

两个太监冷脸走过来了,手伸得老长,伸出爪子抓住杨金水的衣服便猛地一扯,那衣服本是丝的,这一扯便破了,他们往地上一扔,又扯下里面的衣服,往地上一扔。被陈洪提拔为贴身随从的那个太监将一桶水从他肩背泼了下去。

大热的天,冰凉的井水,泼到身上杨金水依然一点感觉都没有。

所有的太监都愣在那里睁大了眼望着。

提水的太监又将一桶水提了过来,递给陈洪的贴身随从太监。那随从太监绕到杨金水身前,提起桶又劈头泼了下去。

一身的水还湿淋淋的,那随从太监便命另一个太监:"拿衣服,给他穿上!"

另一个太监便拿着衣服走了过来。

"站了!"一个声音喝住了他。

原来黄锦正从玉熙宫奉命来拿浙江的急递,站在院门外早看见了他们这般糟践的行径,这时又瞥见了地上被他们扯碎的衣服,一股怒气冲上脑门:"混账王八羔子没良心的东西!万岁爷和老祖宗还没治他的罪呢,你们就敢这样不把他当人待?"目光炯炯扫了一遍那些太监,最后盯在那个陈洪提拔的随从太监脸上:"你自己平时洗了尸也是这样穿衣吗?把你的皮扒下来,给杨金水擦干了身子!"

那随从太监这几日正春风得意,今日也是有心讨了这个差使进一步取陈洪的欢心,这时正人五人六意欲扬名立万,却被突然出现的黄锦逮着了,当众呵斥,那张脸登时红了,赔着笑还想讨回些面子:"回黄公公,奴才也是奉了祖宗陈公公之命行事……"

"根都没有的东西,你哪里又多出了个祖宗!"黄锦更加怒了,"还敢顶我的嘴。来人,扒他的皮给杨金水擦干身子!"

说到拉帮结伙,宫里的太监可算天下之最了。只有司礼监例外,因吕芳掌印多年,从秉笔太监到最底层的跑腿太监都只认他一人,因此不敢也不能结成帮伙。可自陈洪暂署掌印以来,存了个改朝换代的心,升了几个人的职位,意在打压犹自忠于吕芳的人,那几个人反了水,一心想做开国功臣,便开始结伙欺压人了,司礼监开始有了两派。被欺的那些太监这几日饱受欺压,一直不敢言语。这时黄锦出面撑腰了,按理正是他们泻火的时候,偏又胆小的多胆大的少,毕竟怕着现在掌印的陈洪,竟没人应声来扒那个随从太监的衣服,有些人还把头都低了。

黄锦看在眼里更是心里难受,望向了站在门口的两名提刑司行刑太监:"看样子咱家

第二十三章

只好叫提刑司的人了。你们过来，扒了这个奴才的皮！"

陈洪暂署掌印，黄锦自然暂署首席秉笔，提刑司归他直管，那两个行刑太监当然听命，答了一声："是！"大步走了进来。

"别！"那随从太监这才真怕了，"奴才自己扒，这就扒。"一边说一边苦着脸脱下了自己外面的长衫便给杨金水要擦。

黄锦又喝道："脱里面的衣服擦！"

那随从太监哪敢再吭声，只好又脱下了贴身的短衣，自己也光了身子，去给杨金水擦身上的湿水。擦干了，又去拿衣服给他穿。

黄锦又喝住了他："这里的活不用你干了，你不配干侍候人的活。你原来那个搭档不是去了浣衣局吗？你就到上驷监侍候马去吧！"

那随从太监脸唰地白了，光着身子咬了咬牙回道："奴才现在是陈公公的人，要发配奴才，奴才也得禀告了陈公公。"

黄锦望着他那副嘴脸，声调压低了，牙却咬得更紧了："我现在就叫你去上驷监。倘有哪个公公出来替你说话，咱家都跟他到皇上面前理论！滚，立刻滚到上驷监去！"

那随从太监这才真正蒙了，游魂般拾起了地上的衣服，也不穿，光着身子又游魂般走了出去。

其他的太监有些人暗喜，有些人沮丧，都低了头站在那里。

黄锦的目光慢慢扫向他们："在这里我给你们打个招呼，不要打量着要改朝换代了，便这山望着那山高！想明白些我们这些人都不是人，因有了皇上我们才算半个人，因有了老祖宗这么多年呵护，我们才活得像半个人样。谁要是连这点良心都不讲，就是半个人也不想做了。不想做人就去做畜生！都听到了没有？"

"是！"所有的太监都一齐答道，有些声高，有些声低。

黄锦这时目光才细细地望向了杨金水，见他木人一般，轻叹了口气，对那两个提刑司行刑太监吩咐道："给杨金水换上干净衣服，不用戴手铐了，抬到内院树荫下去。"

两名提刑司太监："是。"答着便过去给杨金水卸手铐穿衣。

黄锦这才向院内值房走去。

一向手不释卷的裕王今天早晨起来竟连看书的心思都没有了，梳洗毕后便穿上了亲王的朝服，一直在外殿正中的椅子上闭目静坐。虽是辰时，毕竟仍当酷暑时令，也不知是那套几层的朝服穿着，还是心里有事，额上冒着密密的汗珠。

半个月来，嘉靖潜伏在玉熙宫，严嵩潜伏在自己府里，徐阶潜伏在内阁值房，裕王府更是一直大门紧闭，杨金水被押进宫，浙江重审的供词如何，都像一块巨石沉重地压在裕王心头。

李妃也换上了王侧妃的礼服，这时正从里边的寝宫走了出来，一眼便望见裕王满脸的汗珠，便连忙走向一旁的面盆，从里面绞了面巾，轻步走到裕王面前，轻轻地印干他额上的汗珠，轻声问道："王爷，今天是七月十四，明日才是祭祖的日子，大热的天，明天再穿朝服吧？"

"杨金水押解到京了。"裕王没有回她这个话茬，依然闭着眼睛，突然提到了杨金水。

李妃愣了一下，有些明白他的意思了，轻声答道："是。"

裕王还是闭着眼睛："浙江重审的案卷也应该是今天送到宫里。"

李妃又轻声答道："是。"

"父皇说不准今天会召我们进宫。"裕王这时才睁开了眼，望向门外。

李妃想了想："臣妾想，不会。"

裕王望向了李妃。

李妃："这个时候，父皇不会将王爷卷进去的。"

裕王站了起来，又望向门外，目光中不知是失望，还是释负，心中一片空空落落："那就请高师傅、张师傅进府吧。二十几天没见面了，这些天读朱子的书，好些地方想不明白，叫他们过来讲讲。"

李妃当然理解他此时的心情，但更明白这个时候召高拱、张居正进府只会惹来猜忌嫌疑，实在不好回话，便沉默在那里。

裕王有些焦躁了，"父皇不能朝见，祖庙不能朝拜，师傅们也不能请来讲书，我这个储君不做也罢。"

"那就请师傅们来吧。"李妃不再劝阻，顺着他的意答应了，却又婉转地说道，"臣妾担心今天这个日子，高师傅、张师傅他们自己也不便来。王爷可以派人去叫，请的时候是否问上一句他们部衙有没有公务，能否脱身？"

这是已经周虑到极处了，裕王难掩会心地望了望李妃，接着对门外喊道："来人。"

两个宫女连忙低头走了进来："奴婢在。"

裕王望着年纪大些的那个宫女："到前院告诉王詹事，叫他立刻派人去请高师傅、张师傅来讲书。"

那宫女："是。"

裕王紧接着说道："派去的人问一声，高师傅、张师傅有没有公务，能不能来。"

第二十三章

那宫女:"奴婢明白。"

裕王:"赶紧去。"

那宫女:"是。"这才提着裙裾退了出去。

另一个宫女跟着也要退出去。

"慢着。"李妃这时心里欣慰,叫住了那宫女,转笑对裕王,"王爷,今年是世子第一次祭拜列祖列宗。虽说明天才是祭日,说不准列祖列宗今天就急着要见世子了,见到世子长得壮实一定也会欢喜。高师傅、张师傅他们就是来也要些时辰,干脆叫世子到这里来玩,王爷也散散心。"

裕王慢慢望向了李妃,见她如此曲意逢迎,满眼恳色,只好说道:"叫来吧。"

李妃立刻对那个宫女吩咐道:"去前院,叫冯大伴他们领着世子到这里来玩。"

那个宫女立刻蹲身答道:"是。"也提着裙裾退了出去。

花开富贵,莫过牡丹,可春季一过也难逃凋谢飘零。十万太监中杨金水就似那曾经大红大紫的牡丹,富贵享过了头,已然零落尘埃。冯保却如春季一直潜伏的莲子,已从污泥中慢慢穿过水面,结朵待放。

裕王府寝宫前的院子里,地面上仰面躺着的冯保一套紧身短装,但见他双臂平展,一腿弓踏,一腿笔直伸在空中,脚腕处钩着一个球,两眼上翻,正望着离头顶不远处坐在一个太监肩上的世子。

从地面这个视角望上去,骑在太监肩上的世子就像一座小塔,头顶上的小髻直指院落的天空。

"踢!踢!"世子天纵聪明,八个月大已能说出好些单字,身板也比平常人家一岁的孩子还显大。这时骑在那个太监肩上,着急喊着,不过还是把"踢"字喊成了"欺"字。

奉李妃的命,冯保和五个太监奉着世子一行七人都到了这里。还按在前院的玩法,冯保踢球,四个太监分站在院子的四个角落接球,一个太监权且做马让世子骑着抛球。

世子见冯保那只脚仍然勾着球停在空中,便不停地叫着"欺"字。冯保勾着球躺在地上还是有些犹豫——虽然有李妃的吩咐,毕竟知道今天是什么日子,知道王爷今天是什么心情,目光游移禁不住瞟望向殿门。

这一瞟,他看见了寝宫外殿内站在窗前正望着自己的李妃那双眼睛。

那眼神明确示意命他放开来陪着世子玩球!

世子这时除了夜间睡觉,白日里是一刻也离不开冯保了。裕王和李妃也放得下心,干脆将世子从睁开眼就交给了他。冯保这时已然大彻大悟,外面闹翻了天一切都是虚的,只有面前这个世子是实的，自己后半生系着他便有着落，其他的事都是应付而已。有了这番彻悟便着实上了心，每日谆谆善诱地既要教规矩，还得挖空心思想着招术让这个大明朝将来的储君开开心心把身子养得结结实实。亏他能想招，每天一大早便把五个太监一起叫到前院，一起陪着世子玩球。就为了每晨这半个时辰的事，冯保也不知多少个夜晚苦练球功，练到现在，已经完全不用手了。那球全用脚踢头顶，而且多数都能随心所欲将球踢顶到让世子能接着的地方。

此时此地，王妃意思又是如此明确，冯保明白，这可正是让主子开心看自己苦劳的时候，浑身解数不使而何？但见他脚腕轻轻一缩，两眼瞅准了世子的方向，将球踢了出去！

那球呈抛物线向世子的头顶上方飞去。

太监肩上的世子立刻睁大了眼，兴奋起来。

窗前，李妃也睁大了眼。

那球居然准准地在世子身前慢慢落下，世子一伸手就接到了，便咯咯地笑。

其他太监早就磨合默契，每当世子接着球时都会应声喝彩，只不过知道这里是有尺寸的地方，这声彩压低了些声音而已。

"王爷快来看！"李妃本就为了让裕王散心，这时含笑回头望着裕王大声唤道，"世子都能接住球了！"

裕王当然听到了院子里的欢闹声，也明白李妃的用心，这时那颗心虽不在这儿，仍慢慢站了起来，踱到窗前。见世子接住了球，脸上没有表情，但心里却是高兴的。而更让他高兴的是，他看见高拱和张居正被门房领进了大院。

见高、张二人来了，李妃在寝宫的窗前立刻喊道："冯大伴，领着世子到前院去玩！"

世子刚将那只球抛来，冯保伸脚接住了，用脚钩住了球踢到手中，疾步走到世子面前递到他手里："世子爷，师傅们来了，咱们到前院去玩。"说完领着那几个太监，走向院门，不忘向高拱和张居正躬身问礼："二位师傅安好。"率先走出了院门。

高拱与张居正走进裕王寝宫，见裕王坐在正中的椅子上，二人行完礼走到两旁的椅子前站着，二十几天不见，见面后反倒谁也不说话，一时间一片沉默。

宫女这个时候照例都回避了，李妃在亲自给二人倒茶，两个人连忙躬身侧在一边。

李妃倒了茶："二位师傅请坐吧。"说着放下茶壶便向寝宫内室走去。

"你也听听吧。"裕王叫住了她，"《朱子语类》你也在读，好不容易两个师傅都来

第二十三章

了,一起听听。"

李妃心中高兴脸上肃然,在他身边静静坐下了。

高拱和张居正这才正襟坐到了椅子上,都知道裕王这次急召所为何事,静静地等着他说话。

裕王心里当然也急着想说那番话,嘴上却仍然从讲书这个话题谈起:"这一向在看朱子说理和气。朱子说理是善的,气是恶的。又说千五百年从尧舜到周公到孔子理都不得行,又说无处不在者都是个气。为什么善理总是不行,气恶却无处不在。请两位师傅讲讲。"

高拱和张居正对望了一眼,见裕王这般谨慎地入题,立刻感受到了"君密臣安"的温暖,二人欣慰地点了点头。

高拱说道:"太岳,理气之学你钻得深,你给王爷讲讲吧。"

张居正:"王爷这个问提得好。朱子讲的这个理是个亘古存在,你行不行它,它都在那里。就像天风,春有东风秋有西风,春行东风万物生焉,秋行西风万物伏焉,生也是善,伏也是善,春秋代序,四季有常,万物得以休养生息。这便是天时那个理。气却是个无处不在,顺风它也在行,逆风它也在行,无风了它还在行。朱子在这里说气是恶的便是指的无风之气。譬若人之欲望,是自己的要得,不是自己的也要得,人人都生个贪得无厌之心,这便是无风化疏导之气。此气一开,四处弥散,上下交征,做官的便贪,为民的便盗,于是邪恶之气便无处不在。"说到这里他停顿了一下,提高了声调:"然则天上毕竟有个日头在,日光蒸烁,此无风之气终有散尽的一天。历朝历代到了没有风只有气的时候便是日光蒸烁气数要尽了。"

裕王深以为然,重重地点了下头,想顺着他的这个话切入正题,却依然有些犹豫,不禁望向了李妃。

李妃立刻明白了裕王的意思,这是想叫自己挑起话题,便会意地迎着裕王的目光:"王爷,我能不能问一句?"

裕王:"既叫你听,你当然能问。"

李妃飞快地瞥了张居正一眼,连忙将目光垂下:"请问张师傅,譬若君主用人,什么人是风,什么人是气?"

如此巧妙地切入正题,而且切进来便是偌大一个难题!张居正目光一闪,望向高拱,高拱也是眼睛一亮,两人碰了一下目光,心中都不由对这个王侧妃的精明既心生赏识,又生了几分敬畏。

张居正尤其如此,不知为何,平时每当面对这位王妃,心中便怦然似有鹿跳,此时听她向自己发出如此一问，一时竟不知如何回答，只得将这个回话递给高拱："肃卿兄，这个理你来给王妃说吧。"

高拱："王妃此问让臣等佩服。这个答案诸葛亮在《出师表》里已经说了，'亲贤臣远小人，此先汉所以兴隆也，亲小人远贤臣，此后汉所以衰替也'。这就是说，贤臣是风，小人是气。"说到这里他也激昂起来："贤臣小人时时都有、处处都在，为君者择用而已。适才太岳说历朝历代没有风只有气便是气数要尽了，如果君主能及时选用贤臣罢黜小人，有风化在，这个朝的气数便不会尽，只是小人的气数尽了而已。"

"我大明朝也该是小人气数当尽之时了！"裕王倏地站起了，不再讳言大声问道："你们说，杨金水这次拿了，尚衣监、巾帽局、针工局也拿了好些恶奴，父皇是不是要彻底清除奸党了！"

"关键是浙江这次送来的供词！"高拱也站起来激动地说，"要是这次送来的还是上次海瑞审讯的供词，清除奸党应该就在今日！"

张居正跟着站了起来。李妃也跟着站了起来。众人眼中都闪着兴奋的光。

"去了趟江南，竟连回话都不会了！"黄锦走到值房门口便听见陈洪也正在这里发威，脸一阴，径直走了进去。

司礼监值房北墙原来的五把椅子还是五把椅子，只是吕芳原来坐的正中那把椅子上现在坐着陈洪，陈洪右边最后一把椅子还坐着石公公，陈洪左边最后一把椅子还坐着原来那个秉笔太监，紧靠陈洪左右两把椅子却空着，右手那把原是陈洪坐的，左手那把仍是黄锦的位置。

今天两侧的椅子上倒坐着两个特殊身份的人，便是太医院的两名太医。

两个押解杨金水的锦衣卫正跪在值房当中受陈洪呵斥。

见黄锦进来，石公公和另一个秉笔太监都站起了，两个太医也站起了。

陈洪原本不想站起，但知他从玉熙宫来，也只好慢慢站起，带着客气问道："主子有旨意？"

黄锦走了过去，在自己那把椅子前站了："着仔细讯问杨金水，然后将浙江的奏疏呈上去。"

陈洪："这就是了，正讯问呢。"说完这句带头坐了下去。

黄锦、石公公和另一个秉笔太监跟着坐了下去。

两个太医屁股挨着椅子边也慢慢坐了下去。

陈洪目光这才又盯向了两个跪着的锦衣卫："都听见了，皇上在等着回话呢。咱家再

第二十三章

问你们一句,杨金水是哪一天疯的?怎么疯的?你们怎么知道他真就疯了?"

两个锦衣卫对望了一眼。

"是。是属下们回话不清。"年纪稍大那个只好重新禀道,"杨金水是六月二十一发的疯,一连十天整日整夜闹腾,说是好多鬼魂来找他。七月一日上谕到,宣了旨便痴呆了,不再闹腾,也再不说话。喂饭便吃饭,喂水便喝水,不喂也不叫饿。便溺也都失了禁,全拉在身上。"

"可见这是装疯!"陈洪再不耐烦他们的回话,大声喝道,"人呢?"

当值太监那头在门外立刻答道:"回陈公公,正在外面给他洗呢。"

"听说浙江重审郑泌昌、何茂才的供词你们也带来了?"陈洪紧接着问那两个锦衣卫。

"带来了。"一个锦衣卫从怀中贴身处掏出了那份烤漆粘着三根羽毛的牛皮纸封口急递,却有些呈也不是不呈也不是,犹疑着说道,"赵中丞说了,要奴才们亲手交给吕公公。然后由吕公公面呈皇上万岁爷。"

"吕公公?这里有吕公公吗?"陈洪立刻拉下了脸。

吕芳突然被嘉靖派去永陵,旨意是察看万年吉壤,并未明旨免去他的掌印太监,却又让陈洪暂署掌印,尽管宫里宫外许多猜测,毕竟不敢明传。两个锦衣卫这段时间一直在路上,当然不明就里,现在见陈洪坐在吕芳的位置上,又是这般神态,才知宫里起了大变故,一时怔在那里。

石公公这时说话了:"吕公公派到永陵监修万年吉壤去了。这里现在是陈公公当家。"

"跟这些奴才说这么多干什么。"陈洪立刻端起了威势,对那石公公吩咐道:"把东西拿过来就是!"

那石公公这时脸上也没有什么表情,只是起身过去接过了牛皮纸封口急递,转身递给了陈洪。

陈洪接过奏呈便想撕开封口。

这时黄锦说话了:"陈公公,既然赵贞吉说了让吕公公面呈皇上的话,那就是这里面的东西只有皇上能够御览。吕公公不在,我们最好都不要看。"

陈洪的手停住了,一脸的阴沉:"以往的规矩各省的奏疏不是司礼监都要看了才呈奏皇上吗?"

黄锦平时和陈洪一样都是吕芳的左右臂,这一向见他诸般曹操模样心里早就不是滋味,这时速着了理硬顶上了:"以往是这样。可眼下吕公公走了,我们几个人谁都还不是正经掌印的主。宫里的规矩，掌印不在奏疏就该直接呈送皇上。当然，陈公公愣是要看，我们也不挡你。你先看，你看了咱家再呈给皇上看。"

这话把陈洪憋住了，好是羞恼又奈何他不得，负气将公文纸袋向黄锦膝上一扔："那就不看。我不看，谁也不看。你带他们去玉熙宫，当面呈给皇上。里面要是有亵渎圣上的话，你担罪。"

"担不担罪也是皇上说了算。"黄锦拿起膝上的急递慢慢站起了，"还有一件事咱家顺便告诉陈公公和二位公公，这十几天司礼监益发没有规矩了。我们几个还没发话，有些奴才就在外面折腾杨金水了。那个叫小五子的居然还顶我的嘴，我已经把他发到上驷监去了。"

陈洪立刻站起了，望向黄锦。

石公公和另一个秉笔太监也都紧张地望向二人。

陈洪望了黄锦好一阵子，突然转了笑脸："该。这些奴才也是该整治整治了。"

"有陈公公这句话就好。"黄锦也露出一丝笑容，接着转对跪在地上的两个锦衣卫吩咐道，"跟着我去玉熙宫，皇上要问话。"

"是。"两个锦衣卫磕了个头，站起来，跟着黄锦走了出去。

望着黄锦离去的背影，陈洪再也憋不住胸口那口恶气，吼道："杨金水呢！怎么还不押进来！"

杨金水早被抬在值房内院树阴下候讯，听陈洪这一声吼，竹帘掀开，两个提刑司行刑太监抬着他进来了，已经换上干净衣服，手上也已经没有再戴铐子，连同椅子放在了屋子中间。

两个行刑太监放下椅子便退到了值房门口，站在当值太监那头的身边。

陈洪的目光立刻像两把刀子向杨金水刺去。

另外两个秉笔太监向他望去。

两个太医也向他望去。

杨金水仍然抬着头两眼痴痴地望着上方。

"都到宫里了还装什么装？看着我！"陈洪厉声喝道。

杨金水还是那个样子，两眼望上，一点反应都没有。

"你们进来，把他的头按下，让他看着陈公公！"那石公公望向站在门口的两个提刑司行刑太监。

两个行刑太监又走进来了，一个站在椅子后面捏紧了杨金水的双臂，一个站在他的身侧一只手托着他的下颔一只手压在他的脑后，把他的头按下来朝着陈洪。

第二十三章

陈洪死死地盯着杨金水的两眼，杨金水头按下了两只眼仍然望着上方。

陈洪动了气："宫里的刑法你也知道，是不是要尝尝味道才肯不装了！"

杨金水依然那个样子。

"动刑！"陈洪大喝了一声。

那石公公原就怕陈洪在这里给杨金水动刑，这时隔着一把椅子把身子靠了过去，伸过头来，低声说道："万岁爷还没问话呢，现在动刑只怕不妥。"

陈洪咽了口唾沫，望向了两个太医："你们给他瞧瞧，是真是假可不许护着他！"

两个太医立刻站起了，一边一个走到杨金水的椅子边，搭上他两手的脉。

离开玉熙宫也才三刻时辰左右，带着两个锦衣卫折回来，黄锦便知道又有了新的情形，大殿的门紧闭着，两个当值太监一左一右守在那里。

"你们先在阶下候着。"黄锦嘱咐两个锦衣卫，自己登上了大殿的石阶。

两个当值太监默然向他行礼。

黄锦压低了声音："谁来了？"

一个当值太监用手半捂着嘴，凑到黄锦耳边低声禀道："回干爹，徐阁老来了。"

黄锦："知道什么事吗？"

那个当值太监："拿着一份六百里急递，好像是浙江送来的捷报。"

黄锦脸上立刻露出了复杂的神情，转过头望向天空，自言自语道："胡宗宪又打胜仗了……"

一个当值太监已经用自己的袖子将原就洁净的大殿门坐墩飞快地擦了，对黄锦："万岁爷传了旨谁也不让进去，干爹先在这儿坐坐吧。"

黄锦便在殿门的坐墩上坐下了。

摆在御案上的那份八百里急递果然是胡宗宪督戚家军台州第八次大胜的捷报！

嘉靖显然已经看过了那份捷报，也显然还未对这份捷报做任何表示，手里拿着那面有手掌般大的单面老花圆形眼镜在殿内顾自走着。

徐阶低头站在御案一侧，静等着嘉靖发话。

绕着精舍走了一圈，嘉靖又踱回到御案前，望着那份捷报，终于开口了："汉高祖不读书，诗却比那些读书人做得好。最好的是哪一句？"

徐阶当然明白："回圣上，臣以为当数'安得猛士兮守四方'一句最有帝王气象，最有苍生之念。"

"胡宗宪算得猛士吗？"嘉靖反问。

徐阶从容答道："赵贞吉的奏疏里说得很明白，这一次台州大战，胡宗宪亲临前敌，不避炮矢，堪称忠勇。"

嘉靖看着他，似乎想看出他说的话里有几分是真诚。

徐阶知道应该将头抬起来了，恭迎询望，满脸都是真诚。

嘉靖便不再看他，又拿着那面单面圆花镜对着捷报一行一行看着，嘴里又突然冒出一句："那赵贞吉算不算得猛士？"

这便不好答了，徐阶想了想，斟酌着回道："回圣上，赵贞吉只是给前方供给军需。"

"前方是胡汝贞，后方是赵贞吉。"嘉靖依然在一行一行看着捷报，"他们的名字中都有个贞。贞者，不贰也。对此东南二贞，你怎么看？"

庙堂的大学问就在应对，徐阶的学问此时显露出来："回圣上，孔子曰'凤兮凤兮'，终是一凤。胡宗宪对大明对皇上是不贰之贞，赵贞吉对大明对皇上也是不贰之贞。"

嘉靖："但愿二贞不贰，外除倭患，内肃吏治，东南不再生乱子。"

徐阶只好又把头低下了："皇上圣明。臣启奏皇上，内阁是否立刻准赵贞吉之请，票拟一份给前方将士请功的单子？"

嘉靖："有功便跑不了，也不急在今日。当值去吧。"

徐阶后退一步跪了下来："臣遵旨。"磕了个头爬起退出了精舍。

嘉靖不再看那份捷报，将单面花镜往捷报上一搁，出神地望向了蒲团旁那口铜磬。

两个锦衣卫被黄锦领着走到了大殿通往精舍通道的纱幔外边。

黄锦站住了："你们先在这里跪候。"

"是。"两个锦衣卫轻声应道，立刻跪了下去，趴在那里像两块石头。

黄锦手里捧着那封急递向精舍那道门走去。

平时伺候嘉靖，黄锦都是身着便服出入精舍，一如家奴里外忙活，进出也就无须见面就拜。今日因是廷事，他穿着秉笔太监的大红朝服，双手捧着急递，走进去便欲跪下，可猛一见嘉靖便是一惊："哎哟，我的主子万岁爷，这个活怎么能让主子干！"说着慌忙将那封急递放上御案，奔了过去。

嘉靖这时竟蹲在蒲团之旁，用一块雪白的淞江面巾正擦那口铜磬！

黄锦奔过去了，嘉靖却仍蹲在那里擦着铜磬，黄锦慌忙撩袍跪下："主子，主子，让

第二十三章

奴才来擦吧！"

"杨金水押进宫了？"嘉靖只是挪了一下身子，擦着铜磬的另一面问道。

黄锦便只好跟着膝行了两步，一边伸手去讨那块面巾，一边答道："是。杨金水在巳时初押进的宫。主子，让奴才擦吧。"

嘉靖照旧擦着只是问话："这么巧，赵贞吉的急递也一同到了？"

黄锦讨不着那块面巾，知他心情不好，额上已然滴出汗来，见他如此发问更应明白回话："回主子万岁爷，杨金水昨夜押到潞河驿，赵贞吉的急递便追到了，因此一起送进来的。主子等了半个月，快看奏疏吧，法器让奴才来擦。"说着又将手伸了过去。

嘉靖停了手，站了起来，却没将面巾给他，而是信手一扔，那块面巾恰好扔在御案上那封急递和那份捷报旁边："半个月前就该让朕看的东西，这个时候送来朕不看也罢。"也不擦手，走到蒲团前先拿起了横卧在蒲团上的那根磬杵，盘腿坐下："审杨金水去。"

黄锦跪的那个位置刚好被铜磬隔着，只能看见嘉靖的侧面，干咽了一口，还是说道："启奏主子，解押杨金水的人奴才也带来了，正在外面跪候。杨金水的事主子是不是要先问问他们……"

嘉靖："朕已然说了，审杨金水去！"

黄锦知道再不能说话了，只好叩下头去："是，奴才遵旨。"爬了起来，向精舍外走去。

两个锦衣卫依然石头般趴在纱幔外，黄锦走过来了，低声说道："起来，跪到殿外去。皇上什么时候叫你们，就什么时候进去。"

"是。"两个锦衣卫也压低着声音答道，爬起来跟着黄锦向大殿门口走去。

突然精舍里"当"的一声，黄锦的脚立刻停住了，两个锦衣卫也立刻杵在那里。

紧接着"当当当"一阵击磬声，黄锦听出了皇上心里的烦躁，轻叹了一声，慢慢走出了殿门。

两个锦衣卫也如履薄冰般跟出了殿门。

大殿的门立刻被外面的当值太监进来拉上了。

刚才那一阵脆响的击磬声已绕梁而去，偌大的玉熙宫又归于沉寂。

嘉靖打坐的蒲团本是设在一座三层八角的台子上。最上一层取的是乾卦，乾卦数"九"；最下一层取的是坤卦，坤卦数"一"；中间那层便是乾坤中间那个"五"数。蒲团便是九五之尊！台子的八角自然应对八卦，也便是他平时看似随意踱步，实则踏问吉凶的卦位。

徐阶送来了浙江台州第八次大胜的捷报，黄锦又送来了浙江重审郑泌昌、何茂才的供词。他没有立刻准奏徐阶票拟请功的单子，是因为他实在不知道这次重审的供词里面写的是什么。

那封浙江八百里急递报来的供词依然纹丝未动摆在御案上。

嘉靖盘坐在蒲团上闭目冥思，就是不去拆封那份供词。

他的两眼倏地睁开了，禁不住向御案那份供词望去。接着他将横卧在膝上的磬杵拿起敲击了一下台子旁的铜磬。"当"的一声中他伸开了腿从蒲团上下来了，走下三层台阶，手握磬杵两眼望着上方，脚踏台子八角旁的卦位走了起来。

铜磬发出的余音消失了，嘉靖的脚也停了，他低头望去。

——自己的双脚正踏在"☰"乾位上。

嘉靖的眼睛一亮，伸过磬杵又在铜磬上敲了一下，跟着这一声磬响，他又两眼望着上方，绕着台子的八角脚踏卦位走了起来。

第二声铜磬发出的余音又消失了，嘉靖的脚又停了，低头慢慢望去。

——双脚又踏在"☰"乾位上。

嘉靖脸上露出了真正的兴奋，再不犹豫，大步向御案走去。

他拿起了朱笔，在一纸御笺上先连画了六横——"☰"，这便是乾卦！

接着他在乾卦下方的御笺上挥笔写下了卦词："乾　元亨　利贞"！

他的嘴角有了笑纹，眼中的光也格外的亮，搁下笔拿起了那份八百里急递的供词，望向了封面。

封面上是赵贞吉的亲笔字迹：右边第一行写着"急呈　司礼监转奏　我"，中间一行抬头两格写着"皇帝陛下御览"，左边一行降格写着"臣浙江巡抚赵贞吉沐手跪拜"。

接着他又翻转过来，就着南窗的阳光仔细望向奏封背面封口烤漆上的封印。

这便看不太清楚了，他信手拿起了搁在捷报上的那只单面花镜凑到左眼前，再向烤漆上的封印看去。

——烤漆上只有一方封印，透过花镜，终于看清那方封印上印着"淳安县署海瑞"六字！

嘉靖刚才的兴奋和笑容又被一层狐疑蒙上了，他略想了想，拿着这份急递，又顺手拿起御案上一把拆封的象牙刀片向神坛走去。

走到神坛的火烛前，他将急递的漆封伸到火烛的上方开始熔烤。

就在神案上，嘉靖用象牙刀片小心翼翼地剔开了封口，又走回御案前。

这时开了封口的烤漆已然又干了，他这才从里面将一摞厚厚的供词掏了出来，慢慢展开。

第二十四章

两个押解杨金水的锦衣卫被叫进来了，这时趴在精舍门外，头紧挨在砖地上，被门槛挡着只能看见他们宽厚的背部和高高撅起的屁股。

精舍的砖地上到处撒着零乱的笺纸，仔细看去，能隐约看出，那些笺纸有些是郑泌昌、何茂才的供状，有些是蒋千户、徐千户的供状，有些是田有禄、王牢头的证词，有些是密密麻麻签了二百士兵姓名的证词。

可见嘉靖看了这些供词、证言后曾经何等震怒！

"审案的时候你们都在吗？"嘉靖这时又已坐回蒲团，声音冷得像风。

精舍门外两个锦衣卫依然石头般趴着。

年长些那个锦衣卫答道："回万岁爷的话，前一次审了三堂，奴才们都在。"

嘉靖："一个案子，为什么当时赵贞吉、谭纶送来的是一份供词，海瑞、王用汲送来的又是另一份供词？"

那个锦衣卫："回万岁爷的话，当时赵贞吉、谭纶审的郑泌昌，海瑞、王用汲审的何茂才。回头两个人的供词一对，口径不一样，赵贞吉和谭纶当时都不愿将海瑞审的供词送上来，那个海瑞说《大明律》载有明文，钦犯的供词一个字也不能改，改了就是欺君。赵贞吉和谭纶说不过他，只好和奴才们商量，将供词不要送通政司也不要送内阁，只能直接送司礼监。司礼监果然将海瑞审的那份供词打回了，命浙江重审。"

嘉靖的脸色好看些了，眼睛瞟了瞟满地的笺纸，又问道："重审的时候，为什么赵贞吉不审，谭纶不审，你们也不看着，还是让那个海瑞重审？"

那个锦衣卫："回万岁爷的话，这些情形奴才们无法知晓。因重审的时候奴才们已经在押解杨金水进京的路上了。这份重审的供词是赵贞吉派的驿差昨夜追到潞河驿才交给奴才们的，叫奴才们转呈司礼监。"

大明王朝
—— 1566 ——

嘉靖这才意识自己的脑子也被搅得有些晕了，竟问错了话，亏他错话偏能接着错问："既叫你们送司礼监，司礼监怎么不拆开来看？"

那个回话的锦衣卫不知如何回话了，另一个一直没有回话的锦衣卫接过了话茬："回万岁爷的话，吕公公不在，陈公公本想拆开来看，被黄公公阻住了。"

错问竟问出了这个细节，嘉靖眼中闪过一道光："陈公公想看吗？"

那个锦衣卫："回万岁爷的话，陈公公说了以往的奏疏司礼监都要先看了再奏呈皇上。只因黄公公说了一句，说是吕公公如果在，这样的奏疏也不敢擅自拆开先看。陈公公这才让黄公公直接呈给万岁爷了。"

嘉靖沉默了，若有所思地想了好一阵子，却问了一句最简单的话："杨金水呢？"

那个锦衣卫："回万岁爷的话，杨金水疯得厉害。陈公公正叫两个太医在试探他，说先要看看他到底是真疯还是假疯。"

嘉靖："杨金水是你们押送来的，你们看他是真疯还是假疯？"

两个锦衣卫趴在地上偷着对望了一眼，这回一齐答道："不只是奴才们，赵中丞他们都知道，杨金水确实是疯了。"

嘉靖两眼有些茫然了。

一个锦衣卫："启奏万岁爷，来的时候我们也商量过，最好先让宫里的太医给他看看，免得把什么不干净的东西带了进来惊了圣驾。"

"立刻把杨金水带来！"嘉靖突然站起，眼中闪着光，"朕倒要看看他带来的是何方的神怪！"

两个锦衣卫在精舍门外磕了好响一个头："是。"

还没站起，嘉靖又说道："叫黄锦一个人带他来。"

两个锦衣卫只好又磕了好响一个头："是。"

此时在司礼监值房里，杨金水的上衣又被扒光了，裸着上身坐在椅上。

两个太医，一个拿着一只夹银针的布袋，一个拿着一卷点燃的艾香，在他身子两边站住了。

一个太医："是否请两位公公按住他。"

陈洪："真疯假疯就是要看他动弹。你们动手就是。"

两个太医对望了一眼，还是担心他发疯乱动，也只好小心翼翼地动起手来。

扎针的那个太医抽出一根三寸长的银针扎进了杨金水后颈那个穴位，慢慢捋动，那根银针全扎了进去，杨金水竟毫无反应，一动不动。

第二十四章

另一个太医将艾香吹了一口，一团红火当胸炙了下去，冒出一股烟，那个太医立刻闪到一边。

所有的目光都盯紧了，杨金水胸口炙出圆圆一团火痕，还是毫无反应，一动不动。

"真疯了。"坐在最右边椅子上那个一直没说话的秉笔太监这时忍不住自言自语了一句。

陈洪立刻向他盯了一珠子："真疯假疯现在说还早了。接着给他扎给他炙！"

两个太医只好接着给杨金水扎针烧炙。

陈洪伸手捧起了身边茶几上那把已经黑得发亮的紫砂壶，将壶嘴伸到嘴里，眼睛兀自望着正在挨扎挨炙的杨金水。

两个锦衣卫走到门口跪下了。

年长的那位锦衣卫："禀陈公公，皇上宣杨公公去玉熙宫。"

"皇上怎么说的？你们再说一遍？"陈洪倏地站起，有些不相信自己的耳朵。

还是年长些的那个锦衣卫回话："回陈公公，皇上旨意，着黄公公一个人将杨金水立刻带到玉熙宫去，皇上要亲自审他。"

话回得已是再清楚不过了，陈洪一下子怔在那里。

黄锦、石公公和另一个秉笔太监都静静地站了起来。

黄锦斜眼向陈洪望去："陈公公要是没有别的吩咐，咱家便带杨金水走了。"

原想狠狠地从杨金水身上审出些端倪，不料皇上这时突然亲自提审，而且是叫黄锦带去！陈洪实在心有不甘，又狠狠地向坐在椅子上的杨金水看去。

杨金水坐在那里已经像个刺猬。头上、身上都扎满了银针，到处又都是被艾火炙过的香痕，还是没有丝毫反应，坐在那里一动不动。

"装吧，装吧！"陈洪烦躁地拍了一下椅子扶手，"告诉你，万岁爷就是天上的神仙下凡，你在这里能装，到了万岁爷那里也得现了原形！拔掉针，穿上衣服，带他去见圣上！"

玉熙宫谨身精舍飘零满地的那些供状、证词不知何时已被收拾得干干净净了。

精舍神坛上都点上了香烛，正上方供着太上道君的神主牌，底下一格供着三块神主牌。

正中的那块牌子上写着"灵霄上清统雷元阳妙一飞元真君"！

左边的那块牌子上写着"九天弘教普济生灵掌阴阳功过大道思仁紫极仙翁一阳真人元虚圆应开化伏魔忠孝帝君"！

右边的那块牌子上写着"太上大罗天仙紫极长生圣智昭灵统元证应玉虚总掌五雷大真人元都境万寿帝君"！

这三块牌子都是邵元节、陶仲文那些方士在一起商量后，说是上天给嘉靖封的神号。这时都被请出来供在太上道君的神主牌下。嘉靖早已坚信自己这个飞元真君、忠孝帝君、万寿帝君总掌着阴阳功过，有元阳在胸、五雷在手，天下魔怪妖邪无可不伏！这时便换上了道袍，头戴香草圈成的圆冠，端坐在神坛前的蒲团上。

杨金水就跪在离他三步开外的地上。

皇上单独密审这样一个疯子，黄锦自己也不能进来，万一惊了圣驾那便是天大的事情，亏他苦心，在杨金水被抬来时就暗中叫东厂的行刑太监在他身上做了手脚，也不知点了哪几处穴位，人跪着，身子直着，既不至于发疯惊了圣驾，又能正身挺跪面对嘉靖。还有一绝，他跪的位置恰好能使他那翻上去的眼神正看着神坛上的牌位。这就能使嘉靖认定他被降伏在自己的神号之下。

神坛上的香烛都是特制的，旁边那座铜香炉里氤氲的香也是特制的，门窗又紧闭着，满屋子都是异香缥缈，在嗅觉上就给了人如入仙境之感。

果然，杨金水的鼻翼慢慢翕动了，在一缕一缕地吸着扑鼻的异香，人便有了一些感觉。

嘉靖也进入了状态，眼中闪出两道精光，直望着杨金水。

杨金水的眼神没有那么虚了，那几块牌位上的字在他眼中慢慢清晰起来。

嘉靖操起了身边的磬杵，在铜磬上敲了一下。

听到这一记清脆悠长的铜磬声，杨金水身子居然动了一下，一直痴痴的眼珠也居然动了一下。

"看到牌位了吗？"嘉靖的声音像是从天外极远处传来，传到了杨金水的耳里。

"天……"杨金水居然从牙缝里挤出了一个字。

嘉靖："你看到谁了？"

"灵霄上清……"杨金水不像自己在说话，倒像是另外有个声音在他身子里说出了这四个字。

嘉靖的目光更亮了："灵霄上清下坐着谁？"

杨金水还是痴痴地，在那里想着。

"坐着谁？"嘉靖的声音从天外传过来时好像近些了。

杨金水的眼中看到了"飞元真君"四个字，嘴里便机械地说出了这四个字："飞元真君……"

第二十四章

嘉靖："飞元真君又是谁？"

杨金水的目光在迟滞地移动，又说出了四个字："忠孝帝君……"

嘉靖："忠孝帝君又是谁？"

杨金水的目光移到了右边那块牌位："万寿帝君……"

"你是谁！"嘉靖突然厉声问道。

"我是谁……"杨金水喃喃地复述着嘉靖的问话，两眼虚望着上方，似是在想，又像是在空中寻找那个"我"。

嘉靖又操起了身边的磬杵，在铜磬上敲了一下。

这一声似乎敲醒了杨金水的记忆，绕梁的铜磬声在耳边嗡嗡响着，他自言自语地说道："《广陵散》……我是《广陵散》……"

嘉靖的脸阴沉下来了："什么《广陵散》？"

杨金水的目光虽然还散着神，却慢慢望向了嘉靖："我的琴……我是沈一石，我有冤……"

嘉靖不禁一凛："你怎么敢到这里来？"

杨金水："杨公公带我来的，我被杨金水给害了……"

嘉靖凝住了神，紧盯着他："杨金水是怎么害你的？"

杨金水："他要我织丝绸，要织好多好多丝绸……"

嘉靖："织丝绸怎么是害你？"

杨金水："太多了，我也穿不了，皇上也穿不了，好多人都穿不了……"

嘉靖："都被谁穿了？"

杨金水："太多了，穿不了……"

嘉靖也有些进入角色了："到底给谁穿了？说出来，飞元真君、忠孝帝君、万寿帝君便恕你无罪。"

"太多了……"杨金水虚虚地望着上方想着，"尚衣监……巾帽局……针工局……"

嘉靖："说人的名字！"

杨金水："郑泌昌……何茂才……还有严阁老、小阁老……太多了……都穿我的衣，用我的钱……"

嘉靖："胡宗宪呢？"

杨金水："胡宗宪？胡宗宪不是织造局的人……"

嘉靖："吕芳呢？"

杨金水："吕芳是谁？"

嘉靖紧紧地审视着他:"杨金水他们说的老祖宗,给你请六品顶戴的人,你也不知道?"

杨金水又在想着:"有他……有他……他在一百年前死的……"

嘉靖疑心未释,盯紧了他:"你说了这么多人,为什么不说杨金水!"

杨金水:"杨金水也死了。他害死了我,我已经把他也带走了……"

嘉靖紧紧地盯住他的眼,竭力想从他的眼神中看出真伪。

杨金水终于显出了十分恐惧的样子,突然动了,把头在地上猛磕起来:"飞元真君饶命!忠孝帝君饶命!万寿帝君饶命!我不敢来了,我立刻就走,我再也不敢来了……"那头在地上也不知磕了多少下,砰砰地响着,地上开始有了血迹!

嘉靖慌忙操起磬杵,在铜磬上连敲了三下!

击磬声如此急促,黄锦大惊:"快!进去救驾!"

守在大殿门外的两个提刑司太监一跃而起,推开了门疾奔进去。

黄锦急抓起袍子跟着奔了进去。

两个提刑司太监疾奔到精舍门口,挟着一阵风像两只大鸟跃进了精舍去扑拿杨金水,可跃起的身影还在空中便立刻知道犯了大忌——嘉靖两道目光怒恼地向他们射来!电光石火间,他们在空中瞥见杨金水并未犯驾,只是拼命地在砖地上碰头,这样在精舍跃扑过去便没了理由,反而犯了大不敬的规矩!亏得二人也是提刑司的高手,落下时同时把箕张在空中的十根爪子收了,双腿也同时一缩,扑跃抓人的姿态便变成了从空中跪下的姿态,砰的一声,两人四膝同时落地,跪在杨金水身后两侧,一边一个拽住了他的双臂向后拉起,杨金水的头拉离了地面,他们自己的头倒趴在了砖地上。

"万岁爷!万岁爷!"黄锦也紧跟着奔进来了,刚才瞬间发生的一幕他并未看见,奔过去便挡在嘉靖的身前!

两个提刑司太监兀自紧拽着杨金水的双臂,趴跪在那里。

杨金水的头这时软瘫在肩侧,其实已经晕厥了过去,满头满脸是血,地上也是好大一摊血!

黄锦这才惊恐地回头,忧急地望向嘉靖:"主子惊、惊了圣驾没有……"

嘉靖脸上已恢复了端严的平静,望着黄锦忧急的神色,目光里也慢慢浮出了一丝凄悯:"杨金水被厉鬼夺去魂魄了……"

就这一个眼神,这一句悲悯,使黄锦压抑已久的泪水涌了出来,他立刻跪下了,磕了个头:"辜、辜负圣恩,老天爷在惩治他了……主子犯不着再为这样的奴才难过……"

嘉靖当然知道他们之间都有过命的交情,也知道这几个奴才再不争气,对自己还是铁

| 第二十四章 |

忠的，黄锦这番哽咽的回话实是在替杨金水求情，想了想，说道："天罚了，朕就不罚。叫这两个奴才立刻把他送到朝天观去，有蓝真人他们在，厉鬼也不敢再缠着他了。"

黄锦立刻在地上接连磕了三个响头："奴才替杨金水叩谢圣恩！"磕罢头跪在那里转对两个提刑司太监说道："主子万岁爷的旨意都听到了？"

两个提刑司太监依然把头趴在砖地上："是，奴才们都听到了。"

黄锦："立刻送去，交给蓝真人。"

两个提刑司太监磕了个头："是。"一人捧一边捧起了杨金水，毫不着力地躬着腰低着头退着出了精舍的门。

"吕芳。"嘉靖望着黄锦突然唤道。

黄锦跪在那里正转头望着两个提刑司太监将杨金水抬出去，听到嘉靖这一声呼唤，打了个激灵，慌忙回过头来："主子，吕、吕公公在永陵呢……"

嘉靖依然望着他："朕知道。现在什么时辰了？"

黄锦："回主子，现在未时末申时不到。"

嘉靖："你也不用回司礼监了。天一落黑，从后宫出去，将吕芳唤回来。"

黄锦几乎不相信这是真的，直愣愣地望着嘉靖："主、主子是叫奴才将吕公公召回宫来？"

嘉靖："衣服换了，你一个人骑马去。一去一来也得好几个时辰，明日天亮前让吕芳来见朕。"

"主子圣明！"黄锦磕了个好响的头，紧接着又将头抬起，"启奏主子，陈洪一直盯着奴才呢，奴才出宫的事瞒不过他……"

嘉靖倏地盯住了他："你有你的差使，他有他的差使。朕劝你一句，少跟陈洪闹别扭。"

竟用上了一个"劝"字！黄锦再憨直也多少听出了弦外之音，不敢再说，低声答道："奴才明白。"

玉熙宫去往朝天观这条路，正要经过司礼监值房大院门外。杨金水已被一个提刑司太监背在背上，另一个提刑司太监跟在后面，正经过这里。

"背哪里去？"陈洪的身影从院门出来了，后面跟着石公公和另一个秉笔太监，还有几个司礼监当值太监。

那个背杨金水的提刑司太监跪下了一条腿，跟在后面的太监跪下了两条腿。

背人的太监："回陈公公，奉万岁爷圣旨，将杨金水送朝天观交给蓝真人。"

陈洪刚才还十分阴冷的脸立时一愣，紧接着问道："万岁爷真以为他疯了？"

跪在后面的提刑司太监："回陈公公，万岁爷说他已被厉鬼夺去了魂魄。"

"哦……"陈洪这一声故作恍然拉得好长，接着怅然说道，"主子圣明！黄公公呢？"

跪着的提刑司太监："回陈公公，黄公公在伺候万岁爷呢。"

陈洪沉吟了，稍顷："那就背去吧。"

"是。"两个提刑司太监这才又站起了，踏着那条路向西边朝天观方向走去。

陈洪实在心有不甘，望着杨金水西去的方向发愣。一天折腾下来，折腾成这个结果，太阳已然要落山了。

其他几个人也都默默地站在他身后，以致见着一个专在玉熙宫当值的太监又从玉熙宫方向走来也没有人吭声。

那御前当值太监走到陈洪身后，轻声唤道："陈公公。"

"什么事？"陈洪还是望着远去的杨金水那个方向，也没回头看是谁在叫他，声调已十分烦躁。

那当值太监只好说道："主子万岁爷有旨意。"

陈洪猛地转过头来，这才看见那当值太监双手捧着一封御笺！

陈洪立刻跪了下去，将双手高高举起，那当值太监弯腰将御笺递到他手里。

陈洪接过御笺站起了，仔细看去，那御笺的封套没有封口，便询望向那当值太监。

那当值太监交了旨便是奴才了，立刻跪了下去："禀陈公公，主子万岁爷说了，叫陈公公这就看。"

陈洪连忙抽出了封套里的御笺，打开前扫了一眼另一个秉笔太监和那几个当值太监。

那几个人连忙后退了一步，都低下了头。

陈洪这才打开御笺，眼睛亮了一下，立刻又茫然了！

——御笺上是嘉靖的两行亲笔御书，看字的当间，嘉靖的声音在陈洪耳朵边响起了："行到水穷处，坐看云起时！"

陈洪两眼翻了上去，好一阵琢磨，实在捉摸不定，望向了另一个秉笔太监："你过来。"

那个秉笔太监走了过来，陈洪将御笺与他同看，低声问道："帮着参详一下，主子什么圣意？"

那个秉笔太监也是好一阵琢磨："第一句里面这个'水'，指的当是杨金水，疯了，审不了了……"

| 第二十四章 |

"这我知道。"陈洪立刻又不耐烦了,"我问的是第二句,这个'云'指谁?"

那个秉笔太监逼急了,好一阵急剧思索,突然说道:"会不会指那个跟了杨金水四年的芸娘?"

"好脑子,就是她!"陈洪当即认可了,望了望落山的太阳,"备轿,去镇抚司诏狱!"

七月十四月亮已经圆了,升上东墙时,天也就刚黑不久。

一床,一桌,一椅;有月,有灯,有琴。

琴尘封在囊中,无书便懒得点灯,高翰文坐在北窗下的木桌旁,望着窗外朦胧的月色出神,感觉到了月光从门口斜洒进了屋内,慢慢转头望去,一片"南冠客思"尽在月光照映着的脸上。

月夜比黑夜还静,院内的水洗衣声声声入耳,他的目光又慢慢移望向门外。

因有吕芳的吩咐,锦衣卫的人给院内送来了日常起居的动用,院子里两根木杈上横着一根竹竿,这头晾着两件刚洗过的男衫,那头还空着一截。

井边,芸娘从木盆里漾出自己的一件衣衫,也不拧,因防皱,提起来只是抖了抖,提着湿湿的衣走到竹竿前站住了。

她的目光望着竹竿上高翰文那一件长衫一件内衫出神,好一阵子才把自己这件女衫晾了上去。

女衫和高翰文那件内衫之间空着好几寸竹竿。

芸娘的目光忍不住望向敞着门的西间小屋,在这里看不见高翰文的身影,她慢慢把手伸向了竹竿,把自己那件女衫轻轻移了过来,紧紧地挨着高翰文那件内衫。出神地又看了看,伸手把内衫掀开了一幅,将自己女衫又移过去几寸,然后将高翰文那件内衫的边幅悄悄地搭在自己的女衫上。

月光下,芸娘看着这两件搭挨着的衣衫淡淡笑了。

屋内,高翰文依然在出神地望着窗外的月色。突然,他身子微微一颤,院内传来了轻轻的哼唱声:

  月光光,亮堂堂。
  荷叶绿,枇杷黄。

苏南儿歌!

是芸娘在唱，高翰文倏地站起了。

　　阿母线，阿儿衫。
　　上南京，进科场……

高翰文循着乡音向门口走去，还没走到门边，芸娘却不再唱了。

他立刻又回身向窗前走去，可很快他的脚步又停了。

院门外传来有人开锁的声音，有人说话的声音，接着是院门被推开的声音，几个人的脚步声走到院内停住了。

高翰文慢慢回头望去，院子里有了灯笼光！

"是吕公公吗？"

芸娘原本蹲在木盆边静望着进来的人，头顶不远处的灯笼光照得芸娘有些晃眼，错认了挺立在灯笼后身着大红宫服的陈洪，连忙站起。

"掌嘴！这是吕公公吗？"跟来的司礼监当值太监当即呵斥。

"无礼！"陈洪立刻喝住了那个当值太监，带着笑走近芸娘，"我是吕公公的干儿子，杨金水杨公公称我大师兄。"

伺候杨金水四年，"陈洪"这个名字芸娘也曾多次听说，见他自报家门，慌忙在衣襟上擦干了手，捋下衣袖向陈洪福去："见过陈公公。"

"站了！没叫你谁让你出来的？回屋里去！"那个司礼监当值太监看见了出现在西房门口的高翰文。

芸娘急忙向西房门口望去，高翰文依然那副可杀不可辱的样子站在门口。

那当值太监气势汹汹向他走去，陈洪飞快地掠了一眼有些惊惶的芸娘，立刻又喝住了那个当值太监："蠢材！老祖宗怎么吩咐来着？你的记性让狗叼走了？"

那当值太监愣在半道上，亏他立刻省了过来，侧躬着身子先向陈洪回了一句："是，奴才的记性让狗给叼了。"接着转过身来换了一副笑脸，对着高翰文说道："老祖宗有话问芸娘，不干你的事，你先回房待着去。"

高翰文没有看他，目光向芸娘方向望去，却是先落在她的发髻上，再慢慢移望向她的目光。

自从那天吕公公来说了那番让他们住到一起的话后，高翰文就再也没有这般正眼看过自己。芸娘的眼睛立刻亮了，向高翰文的目光迎去！

如惊鸿一瞥，高翰文那深深的目光也就跟她一碰，又移开了，说了一句："该说的尽

| 第二十四章 |

管说吧。"

这回是陈洪眼里冒出冷光了:"叫他进去。"

不用那当值太监过来,高翰文已转身走进了房内。

也不知过了多久,高翰文看到院子里闪着的灯光,听到了一阵脚步声,接着是关院门的声音,他知道,陈洪一行已经走了。他呆呆坐在窗前木桌边的椅子上,微闭着眼。

芸娘不知是什么时候进来的,没有凳子,便挨着床边坐在那里。

这时的月亮已经升到了正空,屋外一片凉白。

"我把灯点上,好吗?"芸娘轻轻开口了。

高翰文仍然微闭着眼睛:"点吧。"

芸娘站起了,走到桌边,拿起了火石绒布擦燃了,点亮了那盏菜油小灯。

看了一眼高翰文,见他仍然闭着眼睛,芸娘又走回到床边挨着坐了下来。

芸娘:"明日我大约就要走了……"

高翰文睁开了眼,望着她。

芸娘迎着他的目光:"我什么也没有告诉他,可这也不管用。我毕竟跟了杨公公四年,知道的事太多了。"

高翰文心头蓦地涌出一丝酸楚,但很快又压了下去。

他的耳边又响起了离开杭州前一夜海瑞的那句话:"只有沉默,才可能出狱……"

芸娘这时已不看他,她要把该说的话今天晚上都说了:"我知道,自己贱。你心里从来就看不起我。可我跟着你并不像你想的那样,没有谁安排我要从你身上套出什么东西。"

高翰文忍不住接言了,淡淡地说道:"我身上本就没有什么东西可套。什么杨公公也好,吕公公也好,加上今天晚上来的陈公公,他们把我高翰文也看得太高了。"

"你本就不高!"芸娘突然有些激动起来,"这几个公公,还有朝廷,从来也就没有谁把你看得很高。"

高翰文倏地站起了。

芸娘仍然定定地坐在床边:"让我跟着你,不是因为你有多要紧,而是为了看住我。沈一石让我跟了杨公公四年,是为了保住他的家财,保住他的身家性命。现在这些公公让我跟着你,那是因为沈一石死了,杨公公疯了,万一皇上再要追究江南织造局的事必须留下我这个活口。"

高翰文轻蔑地笑了:"让你跟着我进北京的时候,杨金水疯了吗?真像那个吕公公说的,他的这个干儿子好起来比谁都好?"

"吕公公说的也不全错。"芸娘答道,"杨公公坏的时候是比谁都坏,可也有待人好的时候。"

高翰文:"一个日霍斗金的太监,他会对谁好?"

芸娘:"太监也是人。就因为他欠了太多的债,是债都要还。"

高翰文:"欠谁的债,我高翰文可与他们没有一文的债务。"

芸娘:"我已经说了,一切都与你无关。杨公公是在还沈一石的债,沈一石是在还我的债。"

高翰文实在也是憋忍得太久了,那晚吕芳来,今夜陈洪来,陈洪一走芸娘便来跟自己说这些,他倒要看看水落下去是块什么样的石头:"照你这样说,杨金水是欠了沈一石的,沈一石又欠了你的。可沈一石是花了二十万两银子将你买来的。我高翰文区区一个翰林院的修撰,不自量力外放了两个月的杭州知府,做十辈子官俸禄加起来也没有你二十万两银子的身价。二十万两银子买的一个人竟白白地送来伺候我,我实在听不懂你的话。陈公公刚才跟你说了什么我也不想知道,我只是想告诉你,到杭州去的时候我是朝廷的官,与严世蕃并无关联。在杭州做那些事我还是朝廷的官,与任何人都无关联。朝廷要给我安什么罪名,都是我一个人的事。你也不要再费心从我这里能套出什么。"

"我套你什么了?"芸娘从床边站起了,"从杭州送你到这里,在这里又有二十几日了,除了给你做饭洗衣,我问过你一句话吗?"

高翰文:"要是几句话就能套住我,你们也把我看得太低了。'文章憎命达,魑魅喜人过'。我高翰文原以为此心匪石,不可转也,没想到只因为酷好音律,被你们抓住了致命处。当初一曲《广陵散》套住了我,今晚又唱出了我家乡的小调,你的用心也忒良苦了。"

芸娘眼中转出了泪花,又慢慢坐回床边:"当初叫我弹《广陵散》,我也不知道他们是什么用意。后来有些察觉,可你自己却浑然不省。你应该记得,在琴房里我几次叫你走……"

高翰文默住了,似乎想起了当时的情景,可很快又浮出了一丝冷笑:"你本秦淮名妓,这点戏还是做得出来的。譬若今晚,陈公公要来了,你又唱起了我苏南的歌子,你是苏南人吗?"

芸娘这时被他一层层咄咄逼问,心已经凉了:"你刚才已经说了,我本秦淮名妓,既是名妓,又在秦淮,能唱几曲应天本地的小调这也奇怪吗?"

"不奇怪。"高翰文这时已经把自己那一腔化为流水的抱负、所经历的挫跌全算在眼前这个女子的身上了,斯文背后撑着的原就是负气,虽然不至于使酒骂座,也不再客气,

| 第二十四章 |

"他们挑了你,自然是你有这诸般本事。现在这些本事已经不管用了,还想干什么,尽管使出来。你现在不就坐在我的床上吗?不妨上去睡了。我高翰文坐在这把椅子上陪着你,动一动就算你们赢了!"

芸娘的脸比此时的月还白。倏地站了起来,吞进了憋在口腔里的泪水:"放心,我这就会回到厨房里去。最后几句话,愿不愿听我也要说。沈一石自称懂得《广陵散》,你高大人也自称最懂《广陵散》。在我看来,你们也和当时那三千太学生一样,没有一个人懂《广陵散》。嵇康从来没有想过出来做官,更没想过贪图身外之物,心在物外,身与神游,这才有了《广陵散》。你们没有嵇康的胸怀。"说着径直向门口走去。

不啻当头棒喝,高翰文被她这几句话震在当场。

走到门边,芸娘又站住了,没有回头:"我明天一早就要走了。那把琴是把难得的古琴,你若喜欢就留下,你要不喜欢就烧了。"说完这句走出了屋门。

"黄公公!哎,黄公公!"监修永陵那总管太监本就是从睡梦里叫醒的,这时只穿着一件便服长衫,紧追着独自向长长的阶石登去的黄锦,"吕公公来的时候就有旨意,不能离开,也不许见人……"

黄锦步幅更大了,径直向石阶的顶部登去。

那总管太监被两盏灯笼跟着也追着他:"无论如何您老总得把旨意给奴才看看。"

黄锦在石阶上站住了:"我就是从主子万岁爷那儿来,旨意非要写在纸上吗?"

"那、那……"那总管太监憋住了,终于还是硬着又顶了上来,"那有没有陈公公的手谕?"

黄锦慢慢望向了他:"他是司礼监秉笔,我也是司礼监秉笔,谁跟你说的,我来还要他的手谕?"

那总管太监把头低向一边:"黄公公既无万岁爷的圣旨,又没陈公公的手谕,那奴才不敢领你见吕公公。"

黄锦望着他那副嘴脸心里的火已经把头发都点着了,毕竟在内宫那座八卦炉中炼到了秉笔太监这个位置,两把刷子还是有的,装出了笑容:"既然这样说,那我就不见吕公公了。你过来。"

那总管太监见顶住了他,当然也不能太为已甚,便也露出了笑脸,走了过去:"黄公公能这般体恤在下……"

"啪"的一掌已经扇在他的脸上!那总管太监毫无防备,被黄锦这一耳刮子扇得在原地打了个转,差点摔倒。

"万岁爷旨意，天亮前务必见到吕公公！再不领咱家去，明天你这奴才就见不到太阳了。领路！"黄锦吼完了这几句，登上了石阶的顶部，顾自向陵宫左边太监们住的那排屋子走去。

真是好说不如恶打，那总管太监被黄锦这一耳刮子终于扇省了，捂着脸追了上去："黄、黄公公，老、老祖宗不在那边……"

黄锦在石阶的顶部又站住了："在哪儿？"

那总管太监追上来了，指着陵宫方向："那边，半个月了，每天都在吉穴洞口，晚上也在那里打地铺睡。"

黄锦一下愣住了，再开口时声音也有些哑了："立刻领我去。"

那总管太监再不敢多说什么，领着黄锦直向陵宫方向走去。

月亮白白的，洒进郁郁葱葱的山陵便一片朦胧，两只灯笼的光在这无遮无拦的天地之间有如萤火般微弱，吉壤的穴口便看不真实。

黄锦踮着脚步走了过去，立刻怔在那里。

一床席子铺在穴口外的砖地上，吕芳面对着洞穴侧身睡在那里，身上盖着一块粗布单子，头下枕的竟是一块青砖——君即是父，守陵恰如守孝，"枕苦"是应有的孝义！

黄锦眼睛被泪水蒙住了，喉头也被泪水咽住了，一时竟开不了腔。

那总管太监轻声唤道："老、老祖宗……"

吕芳显然并未睡着，身子依然侧躺在那里："说了，我就睡这里。你们都回屋里睡去吧。"

那总管太监："是黄公公来了……"

吕芳的身子微微动了一下，这才慢慢坐起，又慢慢转过身来。

"干爹！"黄锦哭着叫出了这一声，扑通跪了下去，趴在砖地上抽泣起来。

吕芳站了起来，望着黄锦，轻叹了一声，强笑道："长不大的总是长不大呀。主子叫我回去？"

"是……"黄锦这才跪直了身子，揩着眼泪，"天、天亮前得赶到宫里……"

吕芳倏地望向那总管太监："立刻备马！"

那总管太监一片慌乱："是、是……"

一路疾驰，到了西苑后门下马，小跑着奔到玉熙宫大殿门外已是丑时末了，半个月守陵吕芳本已尘土满面满衫，这几身汗下来更是尘渍如垢，当然不能进殿。

| 第二十四章 |

好在当值太监早有准备，他的那套便服已经备在这里，还有一大盆水一大块面巾也摆在殿外门前。

"快，伺候梳洗！"黄锦低声催道。

一个当值太监连忙给吕芳解了身上的外衫还有内衣，另一个太监绞了面巾连忙给他擦脸擦身。

那个给吕芳解衣的太监又要来替他拔髻上的铜簪，精舍内已经传来"当"的一声磬响！

"不能洗头了，给我穿衣。"吕芳光着上身将两臂伸向身后。

内衣套上了，吕芳自己赶紧系着衣带，黄锦亲自给他把外衫也套上了，吕芳立刻走进殿门，一边走一边又系着外衫的腰带。

黄锦亲自进去把殿门向外拉闭了。

"打坐"一词，释家作如是说，道家也作如是说。关键不在"坐"字，而在一个"打"字上。明明闭目入定，盘腿如山，何名之"打"？打的就是此时心中纷纷纭纭的诸般念头，道称之为魔，释称之为障。

史载嘉靖几十年炼道修玄，"为求长生，常整日打坐，不卧床笫"，殊不知仅此打坐一功，即非常人所能，亦非只为长生。安知诸多国运人事不是从这个"打"字中得来？今夜又是如此，从酉时等到吕芳进来，五个时辰了，他就一直打坐在蒲团上，此时已然脸上颈上冒出了密密的汗珠。

或能悟得个中之理的一个是严嵩，另一个就是吕芳。进来时还和平时一样，见嘉靖闭目坐在蒲团上，默默跪下去磕了个头，虽然看见了地上那片血迹——杨金水磕头留下的那片血迹，心泛微澜，依然淳淳地站起，先去金盆边绞了块帕子，走到坐在蒲团上的嘉靖面前，单腿跪上蒲团的台阶，先从他的后颈开始轻轻擦着，一直到擦完了他的面颊，又走开去放下面巾，从另一个盆里绞出一块湿布，走到那片血迹前，跪下一条腿，去擦地上那片血迹。

"杨金水是真疯了。"嘉靖轻声说话了。

吕芳一边擦着血迹，一边答道："都是奴才调教得不好，上负圣恩。"

嘉靖："其实他的差使当得还不错。有些事也不能全怪他。"

吕芳不说话了，低着头在擦着血迹。

嘉靖："这么多年了，一条狗也养亲了，不成想疯成那样。朕已经叫人把他送去朝天观了，跟蓝神仙他们在一起，鬼魂就不敢再缠着他了。"

吕芳趴在了地上，尽力控制着身子不动，泪水却一滴一滴洒在了砖地上。

嘉靖看着他："江南织造局闹成这样，宫内尚衣监、针工局、巾帽局那么多奴才贪了多少银子，只差没来玉熙宫拆瓦了。这可都是你管的人。朕也只让你去了半个月永陵，你还觉着这么委屈？"

吕芳抬起了头，满脸的泪，哽咽道："奴才哪有什么委屈……九州万方都在主子一个人的肩上，护着这个，还要护着那个，主子才是最委屈的……"

嘉靖叹了一声："当家三年狗都嫌哪！宫里的家朕一直交给你在当，有些事你也是在代朕受过。浙江重审郑泌昌、何茂才的供词昨天送进宫了。朕原本不想拆看，踏了一卦，竟得了个乾卦，'元亨利贞'，上上大吉。供词就在案上，你也去看看吧。"

"是。"吕芳听他如此一说便以为浙江的供词一定是按照司礼监内阁的意思改好了呈上来的，心中一宽，拿衣袖揩了泪，站了起来。

嘉靖从宽大的袍袖里掏出了自己御用的一副眼镜递了过去，吕芳连忙躬腰双手接了过来，向御案前走去。

走到御案前，发现御案上依序摆着一张张供状，都用玉石镇纸压着，供状上有些字大有些字小，密密麻麻，他将嘉靖那副御用的眼镜先举过头顶虚空拜了一下，这才戴上，向那些供状仔细看去。

一眼便发现原来打回去的那份供状竟赫然摆在首位！吕芳立时愣了，不禁向嘉靖悄然望去。

嘉靖："看，看了再说。"

吕芳连忙飞快地一路扫看过去，确认那份打回去又呈回来的供状一字未改，目光立刻跳过去看后面的供状。

嘉靖已经从蒲团上下来了，开始独自在精舍里徘徊起来："百姓家有一句常说的话，帮忙帮忙越帮越忙。第一次递来的供词你不呈给朕看，瞒着朕跑去找严嵩找徐阶，还捧上一坛四十年的陈酿去劝酒。一个首辅，一个次辅，一个井水，一个河水，这杯酒也是你能劝得的（音di）！不用忙着跪，接着看完。"

吕芳听得心惊，本来想跪下解释几句，听嘉靖一说，只得又戴上了眼镜，弯腰向后面的证词一行行看去。

嘉靖绕着蒲团那三级坐台，脚踏八卦走了起来："当时听到你去劝酒，朕就想起了太祖高皇帝宴饮功臣时说的两句话……知道太祖爷当时说的是两句什么话吗？"

一边耳听雷声隆隆，一边眼观刀笔攒攒，吕芳已然满脸是汗，不看完也已知道是什么内容了。听嘉靖这时突然提起了太祖高皇帝，他便不能再看又不能取下眼镜就此不看，只能侧身站在案边低头接言："奴才不知道，请主子赐教。"

| 第二十四章 |

嘉靖停了脚步："你不知道,可严嵩和徐阶知道。两个大学士,《太祖实录》他们不知已经读了多少遍,都烂熟在肚子里了。端起酒杯的时候,他们早就想起了太祖那两句话。"说到这里他停下来,然后一字一顿地念出了太祖高皇帝朱元璋当时宴饮功臣的那两句话:"金杯共汝饮,白刃不相饶!"

刚才嘉靖的话还是雷声,这两句太祖的话简直就是霹雳!吕芳慌忙取下眼镜搁在案上,扑通一下在御案的侧边面对嘉靖跪倒了,把头紧紧地趴在砖地上。

嘉靖:"有些家你能替朕当,有些家朕交给了严嵩和徐阶去当,可大明朝最后的家还得朕来当。你去劝酒,他们必然猜想是朕的意思。美酒在前,白刃在后,他们能不想法子对付吗?"

吕芳连磕了三个头又趴在地上不再答话。

嘉靖:"倭寇在东南闹,鞑靼在北边闹,国库又是空的。现在你打回去的供状不但一字未改送了回来,还添上了郑泌昌、何茂才翻供的供词,又添上了对付翻供的另一些供词和证言。毁堤淹田,私放倭寇,贪墨国帑民财,都翻出来了!有辜的无辜的牵涉那么多人,你叫朕这个时候拔出了白刃杀谁是好?"

吕芳只能重重地又磕了个头:"奴才无知,犯了大忌,闯了大祸,甘伏圣诛!"

嘉靖这时已在御案边,信手拈起他画的那张乾卦和写有卦词的御笺轻轻一扔——飘在吕芳面前:"跟朕这么多年了,你也懂得卦爻,参详一下,这个乾卦什么意思。"

吕芳慢慢捧起那张御笺,跪在那里想了想,答道:"奴才想既是'元亨利贞',便含着'以贞而利'的意思。这是说主子圣明,用了胡汝贞和赵贞吉便无往不利。东南的事有二贞在能够稳住。"

嘉靖:"这层意思谁也能看得出来。可两个乾卦,乾下乾上又做何解?"

吕芳的目光又定定地望向嘉靖画在御笺上的那上三横和下三横,冥想着答道:"这是极阳之象。乾上自然指的是主子,乾下指的什么,奴才便参详不透了。"

嘉靖:"你们要都能参详得透,朕也就枉称了飞元真君。这个乾下指的是海瑞!"

吕芳一愣,睁大了眼望着嘉靖。

嘉靖眼睛望向精舍门外将落的月亮:"一个小小的七品知县,竟有如此霹雳手段,可见是个至阳至刚之人。都说朕那个儿子孱弱敦厚,其实也还知人善任。"

吕芳做恍然状:"主子圣明。"

嘉靖:"这个海瑞是要杀人的,但朕现在还不能杀人。除了郑泌昌、何茂才,还有尚衣监、针工局、巾帽局三个为首的奴才,其他的人,这一次朕一个不杀,也一个不抓。这个旨意要立刻传知严嵩和徐阶,叫他们清晨进宫。"

吕芳："奴才这就去传旨。"

嘉靖："你不要去，让陈洪他们去。天也快亮了，你收拾一下去司礼监，半个月不在，那里已经一团乱麻了。"

"内阁的云，宫里的风"。这是嘉靖时京师官场无不通晓的两句谚谣。做官欲升迁，必须内阁那片云下雨，至于那片云最终能罩在谁的头上还要看宫里的风把云吹到哪里，这是一层意思。还有一层意思，再机密的事片刻之间宫里就会传出风来，此风所到之处，谁观知了风向便能趋利避凶。

半月前吕芳发去守永陵，风吹草偃都倒向了陈洪一边。今夜吕芳被密诏回宫，不到半个时辰这个消息立刻从玉熙宫先吹到了司礼监，东方未白这里已然是晓风浩荡了。

陈洪恭立在外院门口，石姓、孟姓两个秉笔太监恭立在他的两旁，当值的、不当值的凡是在司礼监当差的太监都集聚在外院内，黑压压地跪了一地。

很快，两盏灯笼领着，黄锦搀着吕芳来了。

"干爹，您老可回来了！"陈洪一撩袍子跪下了，两个秉笔太监也跟着跪下了。

"老祖宗安好！"满院子黑压压的人头发出这声问好将天都叫亮了。

东边天际隐隐显出了一丝亮色，一院子抬着头的低着头的都隐约可见了。

吕芳还是穿着玉熙宫当差那身便服，站在院门口向里面望去："这是干什么？该当差的不去当差，都跪在这里做什么？快起来，起来。"

陈洪和两个秉笔太监站起了，院子里那些太监依然跪着。

陈洪："儿子们和孙子们日夜惦记着干爹，听说老祖宗回了，便都一股脑自个儿全来了，儿子们也不好叫他们回去。"说着便搀着吕芳走进院门。

黄锦跟在背后脸上露出了不屑。

慢慢穿过院子里跪满太监的中间那条石路，吕芳对陈洪说道："有要紧差事，该当差的留下当差，没事的叫他们都散了。"

陈洪立刻接言："老祖宗的话都听到了？当差的留下，其余的散了！"

四大秉笔太监簇拥着吕芳向内院走去。

"是！"他们背后这一声应答有些声高有些声低。

几个今日当值的太监慌忙爬起跟进了内院。

其余跪了一地的太监这才都慢慢站起了，有些人狠狠地向另外一些太监望去，那些太监都低着头不敢看他们。挺胸的先走出了院门，低头的待他们都走了出去，这才蔫蔫地走出了院门。

| 第二十四章 |

徐阶就在西苑内阁值房，召他到玉熙宫步行也就一刻时辰，可陈洪领他到这里的时候已经是卯时了，远远地便望见严嵩的那乘二人抬舆已经摆在殿门外的石阶下。再仔细望去，严嵩本人也还未进殿，由吕芳陪着站在殿门外煦煦地站着，显然是在等他。

徐阶停住了脚步，望向陈洪："怎么能先召严阁老，让他等我？太失礼了。"

陈洪阴阴地笑着："首辅自然先召，次辅当然后召，徐阁老这也见怪吗？"

徐阶知是那日得罪了陈洪，向他淡然一笑："陈公公说的是。"微微提起袍角加快步速向殿门走去。

吕芳见徐阶走近，立刻走下石阶迎了过去。

二人在石阶下目光相碰，徐阶："圣上的万年吉壤一切都好？"

"一切都好。"吕芳简短答了一句，"严阁老已经等了有些时辰了，快进殿吧。"

徐阶立刻登上石阶："刚接到召命，阁老恕罪。"

石阶上的严嵩这时竟伸出了那只满是老人斑的手来接徐阶。

徐阶伸出两手登上石阶握住了严嵩伸来的那只手。

严嵩："这半月让徐阁老操劳了。"

徐阶："好些票拟都压着呢，阁老再不来我真不知如何是好了。"

吕芳见二人这般情形，沧桑一笑，撩袍先进了殿门，高声奏道："启奏皇上，严阁老、徐阁老奉旨到了！"

精舍里立刻传来"当"的一记铜磬声。

一手牵着，一手搀着，严嵩和徐阶一直保持这个姿态走近了精舍，吕芳微躬着腰站在门外候着二人。

严嵩、徐阶走到了精舍的门口，该转身在门外行跪见礼了，可刚一转身，二人便是一惊——嘉靖就站在门槛里边微笑着看着二人！

徐阶搀着严嵩便要跪下，嘉靖那两幅大袖已经飘了过来，带着一阵风挽住了二人："不用跪了，都进来吧。"

两人一直牵着的手这时松开了，各自的一只手被嘉靖两只大袖挽着，二人被挽进了殿门。

嘉靖登上蒲团，盘腿坐下。

严嵩也被吕芳搀着在右边的矮墩上坐下了。徐阶则躬身站在左边。

"吕芳。"嘉靖叫道。

吕芳："奴才在。"

嘉靖："朝里也就两个老臣了。搬个墩子来，从今日起，徐阁老来见朕也赐个座。"

吕芳："是。"答着便去窗前搬另外一个矮墩。

徐阶连忙又跪下了："臣也才过花甲之年，怎能受圣上如此过礼的恩遇？臣万万不敢当。"

嘉靖："你受得的（音di）。坐下吧。"

吕芳已经把矮墩搬到了他的身边，徐阶只好又重重地磕了个头，站起来望着那个矮墩犹自不肯就坐。

嘉靖："吕芳，你替朕扶徐阁老坐。"

"不敢！"徐阶慌忙侧过身子，艰难地挨着那个矮墩的边沿坐下了。

嘉靖今日满脸慈蔼，望了望徐阶又望了望严嵩，二人同时屁股离座欠了欠身子才又坐下去。

"吕芳。"嘉靖又叫吕芳。

吕芳："奴才在呢。"

嘉靖撩起了自己那件长袍的下幅摆了摆："朕这件长袍是哪一年做的？"

吕芳："奴才没记错的话应该是嘉靖三十七年六月敬制的，到今天也穿了四个年头了。"

"好记性。"嘉靖夸了一句，随即开始感叹起来，"俗话说'衣不如新，人不如故'。可在朕这里，人也是旧的好，衣也是旧的好。用久了就舍不得。"

一个八十多，一个六十多，二人听了这番温语都感动得立刻又站起，低下了头。

"坐下，坐下。"嘉靖按了按手。

二人又都坐下了。同样的感动，感受却截然不同。在严嵩，这是二十多年的苦劳和曲意逢迎换来的，而且是在化险为夷之际，自然是悲欣庆幸。在徐阶，这既是皇上进一步恩宠自己的信号，可这个恩遇却是以叫他继续和严嵩合作为代价的暗示。裕王的嘱托，高拱、张居正代表清流的殷切期望都在自己身上。圣上的恩宠固然是人臣之望，但出了宫就可能备受朝野佞幸之讥。

嘉靖也有厚道处，这时目光再不看二人，如述家常般接着说道："世人有个通病，都喜新厌旧。殊不知衣服穿旧了贴身，人用旧了贴心。就说你们吧，人老了精力当然不济了，可也不会再有其他的奢望，经历的事多了，事君做事就谨慎，就老成，就不惹乱子。当家就得用老人。当然，那些年壮的不高兴了。他们精力旺盛，整日想着往上走，路又被老的挡着，自然就把我们这些老的看作眼中钉了。有句话怎么说来着，'老而不死是为贼'，年老的在那些年壮人的眼中都成了贼了。朕也不知道我们这些贼到底偷了他们什么

第二十四章

东西。"说到这里一向喜怒无形的嘉靖自己先笑了。

这些反应数吕芳最快,立刻跟着笑了,而且笑的幅度足以提醒二老赶快跟着笑。

严嵩和徐阶都跟着笑了,两个人的笑里都充满了各人的沧桑。

"当然,我们这些老的也要识相点。还有句俗话叫作'不痴不聋不做当家翁'。"嘉靖依然乱石铺阶,"有些事睁只眼闭只眼吧。他们闹腾他们的去,我们做我们该做的事。严阁老。"

严嵩屁股微微离座:"老臣在。"

嘉靖:"今日中元,敬天修醮,朕还等着你的青词呢。写好了吗?"

严嵩从袍袖里掏出了早已写好的几页青词双手捧起:"臣确实老了,这篇青词恭撰了三日,昨夜才完稿。就怕难入圣上法眼。"

吕芳已然接过严嵩的青词转身呈给嘉靖。

嘉靖本就不愿在这些臣子面前戴花镜,日光满室,严嵩的字又写得大,这时拿着青词飞快地看了起来。

严嵩低着头。

徐阶也低着头。

只有吕芳在悄悄地望着嘉靖。

嘉靖脸上浮出了笑容:"人老了也有老的好处,文章也更老了。徐阁老。"

徐阶连忙站起:"臣在。"

嘉靖:"你的青词呢?"

"有严阁老珠玉在前,臣真怕瓦砾在后,有误圣上敬天之诚。"徐阶一边答着,慢慢从袍袖里也掏出了自己的青词双手呈上。

吕芳连忙又接过了他的青词转身呈给嘉靖。

嘉靖一手接过徐阶的青词,一手将严嵩的青词递给吕芳:"朕看徐阁老的青词,让徐阁老也看看严阁老的青词。"

"是。"吕芳接过严嵩那篇青词,转身又递给徐阶。

徐阶双手接过青词,这样的光线,偌大的字体,他用肉眼本看得清楚,却依然从袍袖里掏出了眼镜,询望向嘉靖。

嘉靖:"戴上吧,坐下看。"

"是。"徐阶这才戴上眼镜,坐下来看严嵩的青词。

精舍一时间十分静穆,徐阶在仔细看严嵩的青词,嘉靖在仔细看徐阶的青词。

很快,两人几乎是同时看完了。

徐阶望向了嘉靖，嘉靖却将徐阶的青词往膝上一放，脸上无任何表情。

严嵩虽微低着头，凭感觉却把嘉靖把徐阶的神态都笼罩在余光中。

吕芳有些紧张了。

嘉靖开口了："朕先评评严阁老写的青词吧。三个字：好，好，好。徐阁老以为如何？"

徐阶又站起了："圣上是三个字的评语，臣只怕要说九个字了。"

嘉靖："说。"

徐阶："字也好，词也好，意也好。"

严嵩不得不有所谦逊了，欠了欠身子："圣上过奖，徐阁老也过誉了。"

"好就是好。朕或许有所偏爱，徐阁老可是从不说违心话的人。"说到这里嘉靖倏地又望向徐阶，这次不称他阁老了，而是直呼其名："徐阶。"

徐阶本站在那里，低头应道："臣在。"

嘉靖："你的青词中有两句话是怎么想出来的？"

徐阶微微抬起了头，望着嘉靖的下巴："请问圣上，是哪两句？"

嘉靖拿起了膝上一页青词，朗声念了起来："离九霄而膺天命，情何以堪？御四海而哀苍生，心为之伤！"

"好！确实好！"严嵩这时的反应竟如此之快，适时站了起来，"老朽不如。"

嘉靖这时欣悦之情已溢于言表："吕芳，你知道徐阁老这两句好在哪里吗？"

吕芳笑答道："主子这是难为奴才了。奴才读的那点书哪能品评两位大学士的文章？"

听吕芳说出了"两位大学士"的话，嘉靖的目光深望着吕芳，目光里的深意也只有他们二人明白："也没叫你写，你只说好在哪里。"

吕芳想了想："奴才以为，徐阁老这两句写出了万岁爷的无奈。"

嘉靖脸一沉："怎么是无奈？"

吕芳："主子本是仙班里的神仙，奉了上天之命降到凡间来做万民之主，谁不愿意做神仙却愿意做凡人？谁不愿意在天上享清福却愿意到凡间来给万民为仆？这岂不是无奈？"

嘉靖大悦："好奴才！你这几句评语连同严阁老、徐阁老的青词可以鼎足而三了！不过三鼎甲也得分出个状元、榜眼、探花。今天的青词徐阶是状元，严嵩是榜眼，吕芳凑个数当个探花吧。严阁老你觉得朕公正与否？"

严嵩满脸诚恳："臣心悦诚服。"

| 第二十四章 |

这时徐阶已经心潮汹涌了。昨日杨金水没有被追究任何罪责只送到了朝天观，他就担心浙江一案极有可能不了了之。今晨一上殿自己便受到了破格的礼遇，先是赏了玉熙宫赐座的恩宠，现在又被封为今日的"青词状元"，而严嵩也对自己极其笼络。种种迹象，都是在暗示自己将浙江的大案大事化小小事化无。如果连郑泌昌、何茂才等人都从轻发落，走出这座大殿，不要说无法向裕王交代，千夫所指，自己几十年清誉便要毁于一旦！默念至此，职责所在、众望所归他觉得自己无论如何都应该说话了，站了起来："圣上，臣这两句话还有另外一番解释，要向圣上呈奏。"

嘉靖立刻知道他要说什么了，目光向他闪了一眼："说来听听。"

徐阶："圣上上膺天命，数十年恭行俭约为的都是我大明的江山社稷和天下苍生。却有一班辜恩负义的贪吏上侵国帑下掠民财，如浙江贪墨一案者！这些人倘若不严加惩治，实有负圣上肩负之天命爱民之仁德。"说到这里他跪了下去。

嘉靖刚才还十分愉悦的脸色一下子静穆了，望了望趴跪在地上的徐阶，又斜望向已经站立的严嵩。

严嵩也扶着矮墩跪了下去。

徐阶这显然是在逼自己表态了，嘉靖两眼翻望上去，想了想，开口了，却诵起了《诗经》："'硕鼠硕鼠，无食我黍！三岁贯女，莫我肯顾。'这首国风流传到今也两千多年了。老鼠年年打，年年打不尽。贪官朝朝杀，朝朝有贪官。徐阁老，朕交把快刀给你，你也杀不了许多。可该杀的朕也会杀。吕芳。"

吕芳立刻答道："奴才在。"

嘉靖："今天什么日子？"

吕芳："回主子，今日中元节敬天拜醮的日子。"

嘉靖："那今天就不谈杀人。立刻设坛，将两位阁老替朕写的青词向上天拜表。取香冠来！"

徐阶好失望，只能重重磕了个头站了起来。

严嵩无表情，也磕了个头扶着矮墩站了起来。

吕芳已经到神坛前去取香冠了。那香冠是用香草香花编织而成，而且在特制的香水里浸泡后又用特制的檀香熏染，那个香确实是香。

吕芳首先从神坛下的香案上双手捧起那顶最大的香冠，走到嘉靖面前双腿跪下高擎上去，嘉靖也双手接过戴在头上。

严嵩、徐阶自己走过去了，先都取下了自己的官帽，然后各自从香案上捧起一顶香冠戴在头上。接着是吕芳取下了太监的纱帽，捧起一顶香冠戴在头上。

大明王朝
—— 1566 ——

堂堂大明朝皇帝的宫殿精舍中君臣四人的头上这时都长满了鲜花香草，俨然屈原《九歌》中的人物。一部中国历史，三百七十六位皇帝，在宫里自己戴香冠而且赐大臣戴香冠的，空前绝后，恐怕只有这位嘉靖皇帝了。

嘉靖下了蒲团，徐徐走到醮坛前，在那个带着斜度的拜儿上跪了下去。

吕芳跪在神坛前嘉靖的身侧。

神坛前便没有空地了，严嵩、徐阶只好在嘉靖身后蒲团台阶旁两侧的地上跪了下去。

嘉靖拿起了那两份青词，口中念念有词。念完了一张，便将那张青词在烛火上点燃了，放到了拜儿前的金盆里。那页青词本是青藤纸做的，上面写的是朱砂，燃起的火便又青又红，腾起的烟也呈出七彩之光。

嘉靖又念另外一张青词，念完了又点着放到了金盆里，然后欣赏那青红七彩的光烟。

如是者再，几张青词都拜烧了。嘉靖率先磕下头去。

严嵩、徐阶、吕芳都跟着磕头。

磕完了头，严嵩、徐阶、吕芳在等着嘉靖站起，可嘉靖仍然跪在那里。

"吕芳。"嘉靖跪着突然喊道。

吕芳跪在一侧连忙答道："奴才在。"

嘉靖："将浙江那两份奏疏拿来。"

"是。"吕芳爬起了，走到御案前拿起了两份奏疏又跪回到嘉靖身侧，双手呈了上去。

嘉靖跪直了身子，左手举起一份奏疏，右手举起一份奏疏："这里有两份奏疏，都是奏报浙江贪墨一案的供词。一份是赵贞吉、谭纶署名呈递的，这份朕半月前就看了，你们也都看了。另一份是朕那个儿子举荐的海瑞呈递的，昨夜送到宫里，朕没有开封，没有看。吕芳，将海瑞的急递让严阁老、徐阁老看看封口。"

"是。"这回吕芳没有爬起，膝行着过去接过嘉靖右手那份八百里急递，先递到严嵩面前。

严嵩慢慢趴了下去："君父如天，天不看臣焉敢看。"

吕芳固执地将那份急递伸在他面前："皇上有旨，命你们看看封口，并未叫你们拆封。"

严嵩这才不得不撑着抬起了头："是。"

吕芳早有准备，已经从袍袖里掏出了嘉靖常用的那面单面花镜，对准了急递封口烤漆处那方封印。

严嵩将眼睛凑了过去，从单面花镜中清晰地看见"淳安知县海瑞"六个凸字，说道："臣奉旨看了，确未拆封。"

第二十四章

吕芳又膝行一步，趴在台阶上将花镜和急递封口伸到徐阶面前。

徐阶也只得凑过头去，仔细看了："是。臣奉旨看了，确未拆封。"

吕芳立刻将单面花镜塞进袍袖里，膝行到嘉靖身侧："主子，两位阁老都已看了，确认并未拆封。"说完双手将那份急递又呈还嘉靖。

嘉靖："太上道君真言'治大国如烹小鲜'。有些事你们做不了主，朕也做不了主，只有上天能够做主。譬若这两份奏疏，一份朕看了你们也看了；一份朕没看，你们也没看。看了的那份我们君臣可以做主，没看的那份就请上天做主吧！"说完便将海瑞那份急递投入了火盆之中！

又有烤漆又有羽毛，这份急递投入火盆立刻冒出一股黑烟！

吕芳连忙拿起拨火的铜钳将那份急递夹起伸到火上，那急递才燃了起来！

嘉靖还挺直地跪在神坛火盆前，左手依然高举着赵贞吉、谭纶那份奏疏："赵贞吉、谭纶这份奏疏，一一列举了郑泌昌、何茂才贪墨国帑、搜刮民财诸般罪名，审问翔实，铁证如山。严阁老。"

严嵩立刻趴下头去："臣在。"

嘉靖："因该二人都是严世蕃举荐的，你就不要过问了。"

严嵩趴在地上："臣知罪。"

嘉靖："用人之道贵在知人。两京一十三省的官员都要靠你们举荐，有实心用事者，如胡宗宪。有顾全大局者，如赵贞吉。这都是好的。像郑泌昌、何茂才这等硕鼠竟也荐任封疆，严世蕃的眼睛未必瞎了？"

严嵩不得不落实回话了："严世蕃无知人之明，臣奏请革去他的吏部堂官之职。"

仅仅是无知人之明？徐阶在等着嘉靖表态。

嘉靖的背影看不出任何表态，稍顷却说出了让徐阶更加失望的话："严世蕃举荐的人未必都是差的。譬若那个高翰文，去了浙江就并未和郑泌昌、何茂才同流合污，倒被革职关在诏狱里？一篙子扫倒一船人，镇抚司那些奴才是如何办差的？"

这便需吕芳回话了："这是奴才失职，奴才这就命镇抚司放人。是否让他仍回翰林院复职，请主子圣裁。"

嘉靖："当然官复原职。徐阶。"

徐阶本就趴在那里，这时应道："臣在。"

嘉靖："赵贞吉是你的学生，谭纶是裕王的门人，他们联名的奏疏就交由你票拟批答。不要在内阁票拟，带到裕王府去，把高拱、张居正也叫上，郑泌昌、何茂才如何拟决，还有胡宗宪、戚继光一干有功将士如何褒奖，你们一起拟个条陈呈司礼监批红。以示朕一秉大公。"

这个结果也就是徐阶早就预料的结果，这样的结果虽然未能直接伤到严氏父子的身上，也已经伤到他们的脸上。

"是。"徐阶这一声便答得十分郑重，低着头高举双手等接赵贞吉、谭纶那份奏疏。

吕芳已经从嘉靖手中接过那份奏疏，这时递给了徐阶。

该收场了。嘉靖依然挺跪在神坛前："今日中元，朕要祭天，你们也要回去祭祖。都退下吧。"

徐阶捧着那份奏疏本要站起，却发现吕芳来搀严嵩时，严嵩依然趴在地上，不肯起身："启奏圣上，臣尚有二事请旨。"

嘉靖这时依然是跪着的，如此良苦用心，调燮阴阳，再有事也不应这时还奏，背对着他，声调已然露出不悦："奏。"

严嵩："眼下大局无非两端，一是充实国库，二是东南剿倭。改稻为桑所用非人，江南织造局今年五十万匹丝绸万难织成，前方军需，各部开支均已告竭。臣奏请鄢懋卿南下巡盐，清厘盐税，充作国用。"

嘉靖脸色稍稍缓和了："准奏！"

严嵩："胡宗宪东南抗倭已届决战之局，臣闻报有走私刁民名齐大柱者曾有通倭之嫌，不知何人所派先今潜入军营，就在胡宗宪身边。此人倘若真是倭寇奸细，则遗患巨大。是否请徐阶和兵部一并查处？"

所谓通倭情节在海瑞呈奏的供状证言中已经写得明明白白，现在供状证言都已烧了，严嵩却翻出此事，嘉靖心里明白，徐阶心里也明白，他这明显是在找补今日的输局了。

嘉靖眼中立刻掠过一丝精光，沉默稍顷忍着答应了他："准奏。还有吗？"

严嵩磕了个头："臣叩辞圣上！"

吕芳这才将他搀了起来。

徐阶这也才跟着又磕了个头站了起来。

嘉靖依然挺跪在神坛前，二人这就只能躬腰后退着出去了。

吕芳搀着严嵩躬腰慢慢向门边退去。

徐阶双手高举奏疏弯着腰跟着慢慢向门边退去。

嘉靖还是挺跪在神坛前，慢慢抬起了头，向那几块牌位望去。

第二十五章

旨意命徐阶到裕王府议处浙江大案，徐阶的轿子还在路上，内阁三骑已经将消息飞告了裕王、高拱和张居正。

今日中元，裕王朝祭了祖先，这时依然朝服在身，便立刻来到了书房，高拱和张居正也已经袍服俨然等在这里。

常言道等人最久，何况这时等的是口衔天宪的徐阶，等的是期盼已久的朝局变化！三人默默地坐着，徐阶兀自未来。

"我想起了贾岛一首五绝。"裕王终于忍不住了，望向高拱和张居正，"两位师傅猜猜是哪首诗。"

高拱和张居正碰了下眼神，当然是那种已经猜到的眼神。

高拱兴奋地站了起来："太岳，我们俩同时念，看是不是王爷想起的那首诗。"

张居正也跟着站了起来："好。"

两人用眼神合了一下节拍，同时念诵起来："十年磨一剑，霜刃未曾试。今日把似君，谁为不平事！"同时念完，两人又同时望向裕王。

裕王早已被二人铿锵的声调、激昂的神情感染得激动不已，倏地站了起来："来人！"

那个王詹事在门外出现了："王爷。"

裕王："再去看，徐阁老到哪里了。"

王詹事："是。"立刻又消失在门外。

裕王不再坐了，离开书案来回走了起来："'越中四谏''绍兴七子'，还有那么多骨鲠之臣，都算得上我大明朝的利剑了，可惜一把把都折断于奸臣之手。没想到国之利器竟然会是一个海岛的举人！"

高拱立刻接言："这个功劳首推谭纶，当然还有太岳那封书信！今日说实话，当时你们举荐那个海瑞，我还有些不以为然。知人者智，我不如你们。"

张居正："高大人，晚生接着你的话再说一句，不知高大人听后能否见谅。"

高拱："说！"

张居正："高大人并非无知人之智，而是无自知之明。"

高拱的脸色立刻变了。裕王也变了脸色，责望向张居正。

张居正接着说道："要说我大明朝谁是国之利器，在下面是海瑞，在朝廷便是你高大人！"

高拱一下愣在那里。裕王也慢慢明白了张居正的话音，紧张的面容缓和了下来，等着听他说完。

张居正："居正所生也晚，这几年得以参与朝议，多少次朝会之上，亲眼所见，敢于跟严氏父子和那些严党抗颜相争的仅高大人一人而已。每次我都扪心自责，何以满朝之上只有一个高肃卿！肃卿兄，我说的都是真心话。"

裕王先就被感动了，慢慢望向高拱。

高拱却低下了头："张太岳呀张太岳，你这是在夸我还是在骂我。"说到这里他抬起了头，望着上方："我哪里算得上什么国之利器。每一次与他们相争，都能事后平安，是因为我背后有王爷，我头上还有皇上哪。靠王爷撑着，赖皇上护着，我得了个直言敢诤之名，而每次都于事无补。国之利器一名，唯海瑞可以当之，今后不要再安在我的头上。汗颜！"

有明一代，无论阉宦专权，还是奸相掌国，朝野依然有一股浩然正气在，后世有评，言与当时文官士人昌明理学、心学关系巨大。尤其在嘉靖朝，王阳明"致良知"之说深入人心，陶冶了多少科甲之士。但心地光明多半还在于各人的秉性，如高拱，史称其"以才略自许，负气凌人"，然"心地坦荡，真实不假"却是天性。

这一段自评自责的话说了出来，如此真诚，张居正当时脸就有些微微红了。

裕王更是心中怦然大动，深望着这位师傅，才突然感悟到自己平时总觉得对几个师傅都亲，但跟高拱又总是别有几分不拘行迹，原来是高师傅那个"真"字让自己觉得更亲。感动之余，眼睛望向了窗前茶几上高拱那个茶碗，径直走过去双手端了起来，向张居正递了个眼色："高师傅这番话我记住了。张师傅，望你也记住。"

张居正连忙走了过去接过茶碗，转身捧给高拱："居正已拜徐相为师，其实心中也早已认高大人为师，碍于辈分，今日就行个半师之礼吧。"

"又骂我。"高拱笑了一下接过茶碗，没有喝依然放回到茶几上，"共事一君，忠心

第二十五章

报国吧。"

书房外脚步声响了，裕王率先向门口迎去，高拱、张居正也跟在身后走到门边。

果然是王詹事引着徐阶来了。

这边裕王等三人闪亮的眼睛齐齐望向了徐阶。

徐阶淡笑了一下，向裕王先微微一揖："让王爷久等了，二位久等了。"

裕王已经伸出手将徐阶搀了进来。

"浙江的奏疏呢？"高拱的性急又露了出来，"先给我们看，阁老坐一边喝口茶。"

徐阶从袍袖里掏出了那份奏疏，双手递给了裕王。

"徐师傅请坐，先用茶。"裕王双手接过便走向书案抽出了里面的供词，"高师傅、张师傅一起来看。"

三人都站在了书案前，三双眼睛都望向了裕王展开的奏疏。

徐阶在靠窗前的椅子上坐下了，王詹事在他面前放下了新沏的茶碗退了出去。

"这不是半月前已经看过的那份奏疏吗？"高拱已然嚷了起来，"徐阁老，海瑞昨天急递的供词呢？"

裕王和张居正也望向了徐阶。

徐阶刚揭开茶碗正准备端碗喝茶，这时又轻轻将茶碗放下了，望着三人。

张居正最敏锐，问道："海瑞的供词是不是被淹了？"

明朝的皇帝有一恶例，臣下上疏，若是自己不喜欢的建言，又无法降罪这个建言的臣下，便常常将奏疏留中不发。深宫如海，这份奏疏内阁和各部就再也看不见了，群臣对此称之为"淹"。

裕王和高拱也感觉到了，都紧紧地盯着徐阶。

徐阶慢慢站了起来："不是被淹了。"

高拱："那在哪里？"

徐阶两眼慢慢望向了地面："被皇上烧了！"

"烧了。"一阵不知多长时间的沉寂，高拱望着窗外说出了这两个字，声音很小，像是嗓子已经哑了，接着他茫然地望向徐阶，"里边写的都是什么？"嗓音确实是哑了，是那种口腔和喉头都已经没有了津液后发出的声音。

张居正也定定地望向了徐阶。

裕王站在书案边却没有看徐阶，只是望着案面发呆。

徐阶抬起头迎向高拱的目光，只是摇了摇头。

"海瑞的奏疏里面到底是什么，总得让我们知道！"高拱用这般破哑的嗓子喊出这句话，脸已经憋得通红。

徐阶这时既不回话连头也没摇，只是望着疯了般的高拱。

"不要问了。"裕王依然望着案面，声调里满是凄凉。

"列祖列宗的江山社稷还要不要了！大明朝的天下苍生还管不管了！徐阁老，你总得给我们说句话。"高拱依然声嘶力竭，尽管每个字嚷出来都是那样艰难。

"我说了不要问了！"裕王竟然在书案上拍了一掌，"逼死了徐阁老，他也不能说，知道了里面写的是什么对你有什么好！对我们又有什么用处……"说完这几句裕王已然冷汗涔涔。

高拱喉头一哽，蒙在那里。

张居正慌忙过去扶着裕王想搀他坐下，裕王用两手撑着案沿，不愿坐下。

徐阶站起了："不是我不愿说，也不是我不能说。海瑞急递里到底装的什么东西，我也不知道，严阁老、司礼监也不知道，皇上也不知道。"

三双眼睛倏地又都望向了他。

徐阶："昨日那份八百里急递送到宫里，皇上连封都没拆开，今天当着我们便烧了。"

这一声霹雳更响了！是因为三个人都立刻下意识地感觉到这一声惊雷必然挟着电闪要落在哪个地方，是一棵大树，还是几棵大树要被摧劈了！

裕王撑着案沿的手松了，软软地坐了下去。

张居正斟酌了好一阵子，轻声问道："王爷、阁老、高大人，我想问几句话，可否？"

徐阶和高拱都望向了裕王，裕王："问吧。"

张居正对着徐阶："阁老，皇上烧的那份急递，封口盖的是哪几个人的印章？"

徐阶："只有海瑞一个人的印章。"

张居正一怔："赵贞吉也太世故了，谭纶为什么也这样？"

高拱立刻明白了，吼道："不是世故，而是无耻！当初叫人家冲锋陷阵，于今我们自己的人在背后射人家的冷箭！他们不要脸，我高拱还要这张脸。这次要是朝廷放不过海刚峰，除非先杀了我！"

裕王震了一下，望向高拱："这、这是怎么说？"

"昭然若揭了，我的王爷！"高拱已然十分激动，"我大明到当今皇上已历十一帝，奉旨办案的官员审讯的供词连封也不拆便当着阁揆烧了，这是从来没有的事！供出里面事情的人肯定要杀，审出供词的人还逃得掉吗？这一烧，皇上不下旨杀海瑞，严嵩他们也会

| 第二十五章 |

找茬要了海瑞的命！"

裕王已然有些支撑不住了，怔怔地望向徐阶："皇上怎么说？会是这样吗？"

徐阶："肃卿和太岳的担心不无道理。"

裕王："皇上到底说了什么？"

徐阶："天心仁慈，皇上倒是说了，这一次除了郑泌昌、何茂才还有尚衣监、巾帽局、针工局几个为首的宦官绝不能饶，其他的人一个不杀，一个不抓。"

裕王喘了一口气，望了高拱、张居正一眼。

高拱和张居正依然望着徐阶，知道他的话还没说完。

徐阶："可正如肃卿所言，严阁老不甘心。他奏请要抓海瑞放了的那个齐大柱，说是此人大有通倭之嫌，在胡宗宪身边必然酿成巨患，皇上准奏了。"

高拱："接着下来就该抓海瑞了！徐阁老，不是晚生该说的话，他敢在皇上面前如此颠倒黑白，你老就连一句话也不敢说吗？"

徐阶："我是不敢。供状都烧了，毁堤淹田，暗中通倭都不能提了。我还敢说什么？杀了他们两个封疆大吏，只抓了一个海瑞平反的小民，皇上立刻准了奏，我还能说什么？"

"那就叫赵贞吉、谭纶再彻查！"高拱十分愤然，"一个号称泰州学派的心学名臣，一个自称能披肝沥胆的国士！铁证如山的事情，现在弄得只能杀两个郑泌昌、何茂才，连严世蕃一根汗毛也没伤着。海瑞两次硬顶，高翰文、王用汲也都愿意挺身出来担当，他们却卖了海瑞，差不羞愧！"

赵贞吉是徐阶的学生，谭纶是张居正的挚友、裕王的心腹。这一篙子扫下来，不只是徐阶，就连裕王、张居正都十分难受尴尬了。

徐阶闭上了眼睛。裕王也闭上了眼睛。

张居正这时说话了："高大人责备的是。不管有什么难处，赵孟静那里我是写过信的，而且说明了是徐阁老的意思，他一个字也没听，实难理解。谭子理为何也这样，他应该不久会给王爷一个交代。"

"那就叫他们立刻明白回个话！"高拱望着裕王，"赵贞吉那里徐阁老要亲自写信，谭纶那里太岳要写信。奸党未除，要是连海瑞都搭了进去，这个官你们当下去，我立刻辞职还乡！"

张居正："如果真这样，我跟高大人一起还乡。"

"该辞职还乡的当然是我啊。"徐阶慢慢站起了，"可有几件事我还需禀告王爷交代二位。一是江南织造局今年的五十万匹丝绸是织不成了，严阁老已经奏请让鄢懋卿南巡两淮的盐税，为国敛财的同时不知又有多少要流入他们的私囊。老夫有负朝野之望，不能扶正驱邪，但我信那句话'多行不义必自毙'！这是一件事。至于肃卿叫我给赵孟静写信，叫太岳给谭纶写信，愚以为都可不必。赵贞吉和谭纶要是连一个海瑞都不保，他们也就连人都不要做了。眼下倒是另外有一个人我们得保。"

三个人都望着他。

徐阶："皇上已经下旨今日放高翰文出狱回翰林院复职。此人知浙江之事甚多，严家父子对他也是切齿痛恨。太岳，你兼着翰林院学士，可以多跟他交往，将来必有可用之处。现在皇上正在等我们议出条陈，拟票呈上去。肃卿，你要还有什么责备我的话，等我回奏了皇上再来受责就是。"

"没有谁能够责备徐师傅。"裕王支撑着椅子扶手也站起了，"无须议了，高师傅、张师傅一切都按徐阁老的意思办。至于条陈，圣意已经很明白，徐师傅遵照圣意拟票就是。皇上问及，就说浙江一案办成这样，都是我身为儿臣有负天恩，遗君父之忧，不忠不孝，有罪是我一人之罪，不要牵及实心用事的臣下。"

三人相对凄然。

徐阶更是一股酸楚涌上心头："老臣知道该怎么办，该怎么说。王爷，正午祭拜列祖列宗，老臣就不能恭与了。肃卿、太岳，你们身为王府师傅参与拜祭吧。跪拜时代我向列祖列宗请罪。"

张居正眼中有了泪星，悄然拿起了书案上赵贞吉、谭纶那份奏疏装好了，走过来双手递给徐阶。

徐阶接过奏疏又向裕王一揖，转身迈出那一步时竟然一个趔趄。

高拱正在他身边急忙一把扶住了他："阁老，高拱不才，有冒犯阁老处，阁老只当我胡说八道就行了。"

徐阶望了望他，苦笑了一下："我坐在这个位置，就该受这个责备。太岳，你来搀我一把吧。"徐阶这时确已心身疲惫已极，一下子显出了老态。

张居正连忙过来搀住了他另外一只手臂，送他出了书房的门。

高拱站在门内心里也好不是滋味，回头慢慢望向裕王，更是一惊。此时裕王站在那里直淌泪。

北镇抚司诏狱关押高翰文、芸娘的那个院子的院门外，哐啷一声铜锁又开了。走进院门的竟是那两个押送高翰文和芸娘进京的锦衣卫，进来后便站在院门两边，跟着进来的是黄锦。

| 第二十五章 |

午时后了，骄阳当空，院子里静悄悄的，只有那根竹竿上晒着几件已经干硬了的衣衫。

黄锦向着北面三屋望去。

中间录房是锁着的，西边那间屋的门关着，东边那间屋的门也关着。

黄锦："人都在哪里？唤出来，到录房说话。"

"是。"两个锦衣卫答着。

一个锦衣卫快步走到录房前开了锁，侧立一边让进了黄锦，然后跟了进去。

另一个锦衣卫左右望着两间关着的屋门："收拾了！收拾了！到中间录房来！"

东边改作厨房的那扇门开了，芸娘出现在门口，恹恹地，一向梳理得十分整洁的发髻这时有些蓬乱，一眼便认出了那个锦衣卫，直望着他。

那锦衣卫曾受杨金水之托跟她在路上同行了一个月，见她时笑了一下："熬到头了，收拾了东西先到录房来吧。"

芸娘转身从厨房里拎出了一个布包袱，走出了门便望见了竹竿上还晒着的那几件衣服，轻轻放下包袱，走了过去，先扯下晒在竿头的自己那件外衫。再去拿自己那件挨着高翰文衣衫的内衫时，她的手停住了，怔怔地看了一阵子，终于掀开了高翰文那件衣服的边幅，抽下了自己的内衫，走回包袱处时顺手便叠了，再拎起包袱走到录房边那个锦衣卫身旁。

那锦衣卫："那位呢？"

芸娘垂下了眼："哪位？"

那个锦衣卫诡异地一笑："高大人哪。"

芸娘："应在西边屋里吧。"

那锦衣卫："你们还一东一西，不住在一起？"

芸娘抬起了头："要带我去哪里，我这就跟你们走。我的事不干他的事，他的事也不干我的事。"

那个锦衣卫办过多少案子，抄过多少家口，既见过苦命人相濡以沫一起死的，也见过同林鸟大难来时各自飞的，见芸娘此时这般神态，说出这般话语，便盯着她："你是怕他牵累你，还是不愿自己牵累他？"

芸娘沉默在门边。

录房里黄锦的话传出来了："怎么回事，还不带进来？"

那个锦衣卫立刻对芸娘："进去吧。"

芸娘拎着包袱走进了录房。

那个锦衣卫只得自己走到了西屋门口，这时门已经开了，高翰文站在门内。

"恭喜了。"那锦衣卫向高翰文拱了下手，"收拾了东西，我们送高大人出去了。"

高翰文："去哪里？"

那个锦衣卫笑着："先去录房吧，到了录房就知道了。"

黄锦在录房等着高翰文。高翰文不认识黄锦，也不想多说话，只是静静站在黄锦的对面，等着他发话。

芸娘手拎着包袱，站在一侧微低着头，从高翰文进来就没有看过他一眼。

黄锦："你就是高翰文？"

高翰文："罪员高翰文。"

黄锦从袍袖里掏出了圣旨，慢慢展开："上谕！高翰文听旨！"

高翰文这才惊了一下，撩起长衫跪下了。

芸娘眼中也闪过一道惊疑，头低着，却显然在专注地等听圣旨的内容。

黄锦宣旨了："原翰林院修撰高翰文，实无经略之才，妄献治国之策，所言'以改兼赈，两难自解'方略误国误民，朝议痛恨，朕思痛心！"念到这里黄锦略一停顿瞟了一眼高翰文。

高翰文跪在地上磕了个头，却无言语，等听下文。

芸娘的眼也难过地闭上了。

黄锦接着宣旨："姑念尔虽才不堪用，尚心存良知，不与郑泌昌、何茂才者流同污，能体恤下灾民百姓之苦。朕秉承太祖高皇帝'无心为过，虽过不罚'祖训，免究尔罪，着回翰林院仍复修撰之职。尔苟怀报国之心，则有太宗文皇帝《永乐大典》在，经史子集，从头仔细读去！钦此。"

雷霆过后雨露突然降临，春梦醒时已经恍若隔世，而昨夜与芸娘一番龃龉，现在也猛然觉到是牙齿咬到了舌头。两人都是一宿未睡，而芸娘今晨起来就再没做饭，一枕无黄粱，已是分手时。高翰文磕了三个头，高举两手去接圣旨，目光不禁望向侧面的芸娘。

芸娘却身子一软，突然晕在地上。

黄锦："怎么回事？快去看看。"

一个锦衣卫就站在她那一侧，连忙挽起她的一只手臂，捧住她歪在一边的头，看了看："回黄公公，是中暑的症状。"

黄锦："快掐人中！"

那个锦衣卫本就熟通此道，有了吩咐，大拇指便掐住芸娘的人中，立刻又说道："还

第二十五章

有饥饿的症状。"

黄锦又转对另一个锦衣卫:"喂口热水!"

高翰文突然接言:"没有热水,我这去烧。"

黄锦:"我呸,等你烧热了水,人也没了。端碗凉水来,不要用井里的,用缸里的。"

那个锦衣卫奔了出去。

黄锦已从书桌前走了过来,弯下腰端详芸娘的症状:"为什么没吃饭,是镇抚司没给粮米吗?"

高翰文也已捧着圣旨站起了,立在一旁,知是问他,答道:"厨房里有。"

黄锦:"为什么不做?"

高翰文哪里能答,低头默在那里。

端水的锦衣卫捧着一碗水进来了,过来便要喂芸娘。

黄锦:"这不是吃的,端着待在边上。"

那个锦衣卫便捧着水待在那里。

黄锦挽起了右手的衣袖,伸直食指中指在水里浸湿了,一边吩咐搀着芸娘的锦衣卫:"扶住她的头。"接着便用食中二指在她的左颈部先用水轻刮了刮,接着揪起来。

一把,两把,三把,芸娘的颈上便显出了紫黑色的一条!

随着一声轻哼,芸娘悠悠醒了。

黄锦:"莫动,还有两处。"说着又去颈部的另一边揪了几把。

又是一条黑紫。

"扶住头,后颈还有一处。"黄锦又转到芸娘的背后,在她后颈脊椎处又揪了几把。这才站起了,"坐着莫动,换碗水给她喝。"

民间中暑救急,北人放血,南人扯痧,尤以扬州人精于此道。湖广一带扯得满颈满胸满背,扬州人只要在颈部扯上三处,即可救人。黄锦就是扬州人,芸娘又是江南体,三把下来已然解暑。

黄锦走到了录房门口,那个锦衣卫又已换了一碗水端了进来。

黄锦望着午后的烈日:"日头毒,可你们也不能在这里待了。找把伞给他们打着,送到高大人府里去吧。"

芸娘已经强撑着自己站起了:"公公,你们让高大人走吧。他走他的,我走我的。"

黄锦回过了头:"你说什么?"

芸娘双手接过锦衣卫递来的水喝了两口,已经平静下来:"我是镇抚司的上差从杭州押来的，要是宫里认为我没罪，我就回江南去了。"

黄锦望了望芸娘，又望了望高翰文："扯淡！老祖宗都交代了，高翰文莫非想弃了你？"

芸娘："公公误会了，我和高大人素丝无染，说不上弃不弃的话。"

黄锦："你们还是生米？"

太监口不择言，高翰文和芸娘已然有些尴尬。

芸娘低下了头："我说了，我和他素丝无染。"

"这是怎么说……"黄锦有些意外，望了望门外，又回头望了望二人，"老祖宗可是打过招呼的，高翰文，你怎么想？"

芸娘不待高翰文开口连忙接过话去："老祖宗真要可怜小女子，就请安排我搭坐一条官船送我回去。"

"出去吧，先出去吧，出去了再说。"黄锦转对一个锦衣卫说道，"今夜安排她到一个客栈睡一宿，她真要走，我也要请示了老祖宗再说。"说完走出了录房。

芸娘身子虽依然虚弱，已经提起了包袱，跟着走了出去，再没看高翰文一眼。

一个锦衣卫跟出去了。

另一个锦衣卫看着高翰文："高大人也快拿了东西走吧。"

高翰文再抬腿时才蓦地觉得脚下又沉又软，几步路竟如此漫长，走到门边，满目日光，只看见竹竿上晒着的自己那两件长衫！

从北镇抚司诏狱出来，黄锦径直去了玉熙宫复旨，回奏高翰文已经放了，又拽了个空隙在大殿门口悄悄将芸娘要回江南的事向吕芳说了，吕芳叹了口气，吩咐让芸娘搭乘抓齐大柱的锦衣卫官船同去。

这一路差使办下来已是酉牌时分，当夜又是黄锦当值，气也没的喘，满身臭汗又来到了司礼监值房。

下午当值的那个孟姓秉笔太监见他进来连忙站起："辛苦。"

黄锦取下了帽子，一个当值太监连忙接了过去。

黄锦自己解着身上的袍子："差使耽误了，让孟公公多当了半个时辰的值，明儿我也替你多当半个时辰，你赶紧去吃饭歇着吧。一身都臭了，快打盆水来！"

那个当值太监替他挂好了袍子立刻奔了出去。

那孟姓秉笔太监脸上笑着："宣个旨去了好几个时辰，一准是把那个高翰文送回家了。黄公公，忝在同僚，咱家服你的为人，可也劝你一句，在这里当差，也不能太菩萨心

第二十五章

肠了。"

当值太监已经端着一盆水搭着一块面巾又进来了。

"罪过。"黄锦已然脱掉了内衫，让那当值太监在身上擦着，"做了我们这号人想修成菩萨，十辈子以后的事了。救一条命算一条命吧。"

那孟姓秉笔太监一向以沉默寡言见长，今天已是多说了很多话了，这时不再接言，只说道："那我走了。"

黄锦："慢走。"

孟姓秉笔太监走了出去。

"我自己来吧。"黄锦待那当值太监擦了后背，在面盆里又绞了面巾，便从他手里把面巾拿了过来，自己擦脖子和前胸。

"你出去。"陈洪的声音在背后传来。

那当值太监慌忙低头退了出去。

黄锦的手停了一下，接着顾自擦着身子："陈公公还不歇着？"

"你不一直没歇着吗？"陈洪反问一句，走到他对面的椅子前坐下了。

黄锦已然知道他要找什么茬了："嗨。难得晒个太阳，也就宣个旨跑个腿罢了。司礼监的事第一是老祖宗，第二便是你陈公公，当家的是你们，我们歇着不歇着都这样。"

"可不一样。"陈洪说这话时脸色已经不好看了，"从成祖文皇帝开始，宫里便定了铁规矩，镇抚司归首席秉笔管，我现在就当着此职。今日你去镇抚司，连个招呼也不跟我打，又说我是个当家的，又把我的家给当了，黄公公，这又怎么说？"

"原来说的是这回事，我赔罪。"黄锦一边说着，一边照旧去绞面巾擦身子，"可当时主子万岁爷给老祖宗下了旨，老祖宗一出殿门就看见了我，叫我去宣旨，说是立马放人。我要再来请你陈公公的示，便违了主子的旨。没办法，只好先破一破规矩。陈公公要问这个罪，我认了就是。"

"上有主子万岁爷，下有老祖宗，我敢问你的罪？"陈洪早就摸清了底细来的，也知他会拿上头来压自己，这时并不动怒，"可镇抚司那边向我报了，主子的旨意里只说放高翰文，没说放那个女的。现在那个女的在哪里？"

黄锦："陈公公这个责问我倒真听不懂了。主子的旨意里是没有说放那个女的，可当时抓高翰文的旨意里也没说要抓那个女的。那个女的是陪着高翰文进的诏狱，今日既有旨意放高翰文，当然一并放了。这也有什么错吗？"

陈洪眼中露出了凶光："江南织造局的事，沈一石的事，全在那个女的肚子里装着，你放了她，是想替杨金水开罪，还是怕她抖出其他人什么事？"

黄锦："在江南织造局伺候杨金水的人多了，跟沈一石打交道的人也不知有多少，莫非就这条理由都要抓起来？陈公公，浙江的事已经够让主子万岁爷烦心了。老祖宗也不是没打招呼，我劝你多一事不如少一事。"

"镇抚司归我管！"陈洪终于被激怒了，在茶几上拍了一掌站了起来，"你们今天少了一事，日后事情就都在我头上。那个女的是你放的，我给你面子，你立马给我把她抓回诏狱。"

自从半个月前吕芳发去守永陵，陈洪露出了曹操模样，黄锦便从心里跟他划地断义了，上回治了他的心腹，便知道这场架迟早要吵，今天被他逮住了这个理由，不吵也收不了场了。迟吵是吵，早吵了今后见面也就再不用热不是热冷不是冷了。打定了这个心思，黄锦上身这时还光着，干脆扯开了裤头，将面巾伸进去擦着："多谢陈公公给我面子。可这个差使是主子下给老祖宗的，要给面子陈公公还是去给老祖宗面子吧。"

"休要拿老祖宗来压我！"陈洪一把抓去，五指罩住了茶几上的茶碗，手哆嗦着直颤，"老子告诉你，我认干爹的时候，你还在酒醋面局搬坛子呢！给脸不要脸，你去还是不去？"

黄锦："我是不要脸，总比戏台上曹操那张白脸好些。"

"你说谁是曹操！"陈洪哪里还能再忍，抓起茶碗狠狠地向黄锦身边那个面盆砸去！

这一下砸得好重，茶碗砸在面盆里，穿过水面仍然碎成几块，茶碗里的水，面盆里的水一齐溅了出来，把黄锦那条裤子溅得又是水又是茶！

紧接着，黄锦一脚将面盆向陈洪方向踢去！

一面盆的水连着那个面盆踢飞向陈洪，陈洪想退又被身后的椅子挡住了，那面盆直砸在脚边，一身的袍子上也立刻全是水，全是茶！

"反了你狗日的！"陈洪咆哮了，扑了过来，便劈头扇向黄锦。

黄锦这时上身光着，手还提着裤子，无法还手，只得将头一闪，这一掌划下来还是落在他的肩颈部，立刻红了。

黄锦飞快系好裤子，双手抓住了陈洪的袍襟，往后推去。

陈洪被他推得退了好几步，也伸手来抓黄锦，苦在他上身没有衣服，这一抓只在他肩胸部抓出了几条血痕，自己却已被黄锦推倒在椅子上，紧紧按在那里。

陈洪便来抓黄锦的脸部，黄锦早有防备，头一低狠狠地向陈洪的胸口一顶，这一下连人带椅子往后翻倒了。陈洪仰面被压在地上的椅子上，黄锦兀自紧抓顶着他不撒手也不松头："我叫你打！我叫你打！打吧，打呀！"

从陈洪一进来开始吵，门外的当值太监早知大事不妙，已有人去追回了刚离开的那个

第二十五章

孟姓秉笔太监,这时孟姓秉笔太监在头,几个当值太监在后都奔进了值房。

孟姓秉笔太监:"这如何使得!这如何使得!黄公公快撒手!还不快拉开了!"

几个当值太监慌忙奔了过去,使好大劲才拉开了黄锦。

黄锦被两个当值太监拉着站在那里喘气。

陈洪兀自仰面躺在椅子上喘气。

孟姓秉笔太监亲自过去了:"快,扶起陈公公!"

几个人一起连椅子带人扶了起来,陈洪已是面色煞白,被孟姓秉笔太监扶着在那里大口喘气。

孟姓秉笔太监真是急了:"还不扶黄公公出去!"

"别拉我!"黄锦兀自在那斗气。

孟姓秉笔太监跺了下脚:"黄公公,不为自己想也得替主子和老祖宗想,你想气死万岁爷和老祖宗吗?走吧!"

黄锦摔开了扶着他的当值太监,光着上身,一把抄起椅子上的衣衫冲着走了出去。

孟姓秉笔太监低声问陈洪:"陈公公伤着没有?我去唤太医?"

陈洪喘息渐定,在那里出了好久的神,突然冒出一句:"吩咐下去,今天的事有谁透露一个字立刻打死。"

孟姓秉笔太监:"知道了。"

京师九门每季早晨开门的时辰都不一样,视天亮而定。冬令开得最晚,夏令开得最早。今日七月十六,寅时初天便亮了,城门也就开了。尤其东便门,是京师唯一的水路城门,由北京南下的各部官船都由此起航,因此这座城门比另八座旱路城门都要早开两刻,以便陆续发船。

按规矩,只要有宫里的船要走,各部的官船都得靠后让行。北镇抚司直属司礼监,干的又是钦案的差使,历来见官大三级。可今日北镇抚司那条小客船这时却毫不张扬地停在远离码头的岸边,在朦胧曙色中既没有挂灯笼也没有打旗号,而那两个押高翰文和芸娘进京的锦衣卫这时也都换上了便服,虽站在船头,旁人也不认识。

在离这条船约十丈的垂杨下却有个人静静地站着,怀里抱着一张琴囊,手里提着一个包袱,只有他在关注着这条即将南下的船只。此人便是高翰文。

"来了。"站在船头的一个锦衣卫望着城门低呼了一声。

两个锦衣卫疾步走过跳板,向岸上迎去。

两只小轿,八个人抬着,十六条腿飞快地奔向这条小船。

前面的轿停了，后边的轿也停了。一个锦衣卫连忙上去掀开了前边轿子的轿帘，穿着便服的黄锦从里面出来了，向四周张望了一轮："没有找茬的吧？"

那个锦衣卫被他问得一愣："没有呀，谁敢找咱们的茬。"

黄锦这才知道自己问得有些孟浪了，他头天下午跟陈洪打架的事外面怎么知道，自己是担心陈洪派人来抓芸娘，便一早亲自来送了，两个锦衣卫当然不知道这层底里。想到这里，黄锦自己苦笑了一下："没有就好。这个人可是老祖宗打了招呼的，一定要送回杭州。上船吧，即刻走。"

另一个锦衣卫这才走到后边的轿前掀开了帘子："下轿吧，上船了。"

芸娘拎着那个布包袱从轿子里出来了，走到黄锦面前深深一福。

黄锦望了望两个锦衣卫，两个锦衣卫会意走了开去，同时向几个轿夫挥了挥手，轿夫们也都走了开去。

黄锦从袍袖里掏出两个封套，望着芸娘："一张是司礼监的文牒，拿着它哪个官府衙门也不敢找你的茬。一张是银票，老祖宗给的，回到杭州找个僻静的地方住下，不要再惹麻烦。"

芸娘真正没有想到太监里也有这般好人，而且是令天下人听着都害怕的老祖宗和黄公公，那泪花直在眼眶里转："老祖宗和黄公公为什么对我这么好……不值得……"

黄锦："杨金水是老祖宗最亲的儿子，也是我最铁的把子，他作的孽就算我们替他偿吧。不要想多了，朝廷的事，宫里的事也没有那么多缘由。"

"哎！"一个锦衣卫突然发出了呵止声。

黄锦转头望去，芸娘也循声望去，二人都是一怔。

高翰文提着个包袱被那个锦衣卫挡在五丈开外。

高翰文先是深望着芸娘，芸娘已经低下了头，他又向黄锦望去："我来送个别，请黄公公恩准。"

黄锦望着芸娘低声问道："见不见他？"

芸娘声音更低："黄公公要是愿意，就让他过来。"

黄锦朝那个锦衣卫挥了下手，那个锦衣卫让开了，高翰文走了过来。

黄锦也不看他，自己踱着步走到了岸边。

高翰文走到芸娘面前约两尺处站住了，先放下了那张琴囊，又放下了包袱，向她深深揖了下去。

芸娘别过了头，原来就在眼眶里的泪水哗哗地流了下来。

高翰文揖后双手一直抱在胸前，头也依然低着："我本不配来送你，也不知说什么是

第二十五章

好。还是借用嵇康那句话吧……"说到这里他喉头已然哽咽了,费劲地说出了那句千古名言:"《广陵散》从此绝矣……"

说完拿起了地上的琴囊和那个包袱,咽进了那口泪水,沉默稍顷,平静了声调:"从此我也再不会弹琴了,包袱里是我记的一些琴谱还有昨日买的几件衣服,这些你要嫌弃都可以扔到河里去。只是有几封书信,是我写给海知县、王知县的,拜托你转交他们,报个平安吧。"

芸娘背着他揩了泪,转过头去双手接过了琴囊也接过了包袱:"书信我会转交,琴和琴谱就算我帮你收着吧……"说到这里两眼深深地望着高翰文。

深通琴道的人都知道那句话:"目送归鸿,手挥五弦"!高翰文心中的弦被芸娘这番话一挥,立时无声地震颤起来,开始还蒙在那里,望着她期待的目光,终于完全明白了,竟下意识地深点了下头。

芸娘立刻又揹起了自己那个包袱,径直向客船走去。

两个锦衣卫也立刻走向了黄锦单腿跪别,黄锦一挥手,二人也疾步向客船走去。

黄锦的目光。

高翰文的目光。

跳板收起了,船篙一撑,橹桨摇了起来,那条客船慢慢离岸而去。

黄锦转身钻进轿内,两只小轿飞快地向东便门抬去。

这里只剩下了高翰文,还在望着那条渐渐摇向河中的客船。

突然码头那边响起了巨响的铳炮声!

高翰文注目望去,目光立刻呆痴了。

一条偌大的官船在码头上起航了,巨高的桅杆上赫然挂着几面大旗,船头那根桅杆的一面大旗上绣着"总盐运使司",船尾那根桅杆的一面大旗上绣着"都察院",正中桅杆的一面大旗上只绣着一个偌大的"鄢"字!

大船的后面还跟着浩浩荡荡的船队!

一场轰轰烈烈的倒严政潮,就像这条秋季京杭大运河平静的水流,只在水面泛起一层微澜,鄢懋卿这支巡盐的船队载着不倒的严党,载着天下苍生的苦难和无数人的失望又从京师顺流南下了。

这边的杭州运河码头上,一条船队也在等着起碇。

都是双桅船,前一根桅杆上挂着"浙江布政使司"的大灯笼,后一根桅杆上挂着"军粮"的大灯笼!

每条船上都站着护送军粮的兵士。

在紧靠码头的那条船上，海瑞把袍子的一角掖在腰带上，袍袖也挽得高高的，正和船工一道，将遮盖粮袋帆布上的一根粗麻绳穿过舱边的铁环紧紧一勒，打好了最后一个结。

王用汲从船的那头走过来了："也就这么多粮了，发船吧。"

海瑞拍了拍手掌："椎心。十年倭患，毕其功在此一役，眼下却只抄出这么点赃财，十船粮也就够前方将士吃不到十天。"

王用汲总能把苦地当作乐天，笑了一下："那就让前方慢慢打，我们慢慢查。前方多打一天，你我的钦差就多当一天，前方多打一年，你我在杭州就多待一年。一边查赃款，一边游西湖，这可不是人人都能当到的美差。"

海瑞早已习惯了王用汲这般笑谈人生的做派，特认真地问他："你说新的旨意下来，会不会让我们立刻查抄郑泌昌、何茂才藏在另一些官员家里的赃财？"

王用汲："那才是一注大财，可都是严家和京里大员在浙江的份子。要是有这样的旨意，胡部堂这一仗也打赢了，朝野清流这一仗也就打赢了。"

海瑞神情沉郁了下来："那严党就不会让胡部堂打赢这一仗。也就一两天见分晓的事，全看皇上圣明了。发船吧。"

王用汲大声喊道："发船！"

二人一前一后走上跳板，走到了码头上。

"发船！"

"发船！"

各条船上都传来了号令声。

今晚恰好是顺风，每条船的帆篷都拉起了。接着是收跳板，撑竹篙，粮船离了岸，帆篷便饱吃着风，向下游驶去。

码头上只剩下了一小队二十余名执着火把的兵士，站在两边。海瑞和王用汲踏着石阶向上走去。

蓦然，他们望见码头顶上两盏灯笼，灯笼中间站着身穿便服的赵贞吉和谭纶。

海瑞和王用汲的脚步同时停住了，对望了一眼。

码头顶上，赵贞吉从身边的亲兵手里拿过灯笼："将那盏灯笼给谭大人，你们还有下面那些兵士都到四处去警戒。"

另一个亲兵立刻将灯笼递给了谭纶，接着向码头两旁的兵士喝令道："撤到四周，远处警戒！"

码头两旁执着火把、挂着长枪的兵士立刻听令转身跑离了码头，在码头的四周分散

第二十五章

站了。

赵贞吉和谭纶各打着一盏灯笼，踏着石阶向海瑞和王用汲走了下来。

四个人在码头石阶的中部碰面停住了，海瑞和王用汲揖了下去。

今日赵贞吉的神态与往日显然不同，目光中透着重重深忧，嘴角边却挂着无奈的笑容："不必多礼了，有要紧事跟二位商谈。靠水边去说吧。"一边说一边还伸出另一只手让了让，接着打着那个灯笼率先向码头靠水面处走去。

海瑞、王用汲同时望向谭纶。

谭纶知他们要问什么，点了下头："下面去谈吧。"

三人共着一个灯笼，跟着走了下去。

赵贞吉："坐，请坐。"招呼着自己先在水面前的石阶上坐下了。

"坐吧。"谭纶也坐下了。

海瑞和王用汲便在他们身后那级石阶的两侧坐下了，望着二人的头背，望着他们用手搁在膝上那两盏灯笼发出的光。

两盏灯笼照着黑沉沉的水面映出不到一丈方圆的波光。

"朝廷的旨意下了，天黑前到的。"赵贞吉的背影。

王用汲望向海瑞，海瑞只盯着赵贞吉。

赵贞吉："郑泌昌、何茂才斩立决，家财悉数抄没。"

又是断句，海瑞和王用汲默默地等他说下去。

赵贞吉："赵贞吉、谭纶、海瑞、王用汲一干钦案人员尚能实心办差，查办江南织造局、浙江布政使司、按察使司贪墨巨案，颇有劳绩，着立刻将浙案具结呈报朝廷，内阁会同司礼监论功叙奖。"

"什么劳绩？什么功奖？"海瑞低沉的两问，掠过黑沉沉的河面，荡起一片回声。

王用汲低下了头，谭纶也坐在那里一动没动。

这一次赵贞吉也沉默着，好久才答道："问得好。我已经写好了请罪的奏疏，可你们不应受连累。刚才跟谭子理商量了，我们俩另外还联名上了一道奏疏，保举海知县出任曹州知州，王知县出任台州知州。小人气长，君子也不能气消。"

谭纶立刻接言了："朝廷要是不准这道奏疏，我和赵中丞一起辞职。"

"多谢赵中丞、谭大人的保举。"海瑞刚才还近乎低吼的声调现在显出一片苍凉，"但不知让我们出任知州后，还能为朝廷为百姓干什么？"

赵贞吉："当务之急是为胡部堂前方抗倭筹集军需。秋后了，再苦一苦百姓，将今年该收的税赋，尤其是桑户的蚕丝税收上来。军国大事，百姓也能谅解。"

海瑞站起了:"那么多赃款不去查抄,还要再苦一苦百姓……赵中丞、谭大人,这几个月海瑞作为你们的属下多有不敬,屡添烦扰,今后再也不会了。曹州知州我是绝不会去做的,淳安知县我今晚就写辞呈。母老女幼,家里那几亩薄田也该回去种些稻子了。"说着便转身撩袍向码头上走去。

"刚峰兄!"谭纶倏地站起了。

海瑞暂停了脚步。

谭纶将灯笼递给王用汲,一个人走了上去,面对着海瑞:"还有一件事没有告诉你,鄢懋卿南下巡盐了,第一站就是浙江。你就不想等等他吗?"

海瑞一振,也望向了谭纶:"子理兄你以为大明朝还有利剑吗?再利的剑握在你们手里也不过一把生锈的刀。说话难听,请多包涵。"拱了下手提袍又走。

谭纶一把扯住了他的袍袖:"你怕严党了?"

海瑞慢慢又转过头望向了他:"子理兄真敢说话呀。想留我也行,你们奏请朝廷让我到江西去,到严嵩的老家分宜去当知县,你去江西当按察使,可否?"

谭纶被他的话逼住了。

海瑞轻轻拿开了他的手,声音却有意大了,为让下面的赵贞吉也听到:"我的辞呈望赵中丞、谭大人不要再压!"

说完这句,海瑞再不回头,高大的身影消失在黑沉沉的码头之上。

谭纶慢慢转过了头,望向依然坐在那里的赵贞吉。

赵贞吉也慢慢站起了,王用汲跟着慢慢站起了。

突然,赵贞吉将手里的灯笼往河里一扔:"回府!"

第二十六章

　　和朝野清流的失望不同，海瑞的失望是椎心的绝望。当浙案按照朝廷的旨意结案后，海瑞那颗心也就如八月秋风中的落叶飘零，向赵贞吉递交了辞呈，他回到了淳安，等到批文一下，便携老母妻女归隐田园……

　　已是八月上旬，日近黄昏，秋风已有了萧瑟之意，院子里大树上许多叶子还没有黄便纷纷飘落下来。

　　进院前脚步急促，望着后院那道门，海瑞的脚步便放慢了，显得有些沉重，短短的几步路就有些漫长。

　　海门的规矩，尽管住在县衙的后宅，深户森严，还是一上更便锁院门，白天门也是掩着。海瑞一步一步走到了门边，便停在那里。

　　门内的院落里清晰地传来纺车转动的声响。海瑞站在那里，听着那声响，又过了好一阵子，才双手将虚掩的门轻轻推开。

　　门推得很轻，门内的人便一时没能察觉。海瑞站在门边，向正屋方向望去。

　　正屋的廊檐下，海妻一条矮凳坐在纺车前正摇动转轮专注地纺着纱线。小女儿也蹲在母亲身边，专注地望着从母亲手里那团棉花慢慢变成一条，又慢慢在转轮上变成一线。

　　海瑞脸上浮出了丈夫和父亲应有的爱怜。接着，他站在门口轻咳了一声。

　　妻子的目光立刻投过来了，满是惊喜！

　　女儿是从母亲的目光中转过头来的，立刻一声惊呼："阿爹！"小腿飞快地向父亲跑了过来。

　　海瑞一手抱起了女儿，这才向正屋门口走去。

　　妻子已经站在那里了。

　　"阿母呢？"海瑞目光已经望向了屋内。

海妻却没有立刻答话，目光中也露出了复杂的眼神。

海瑞的脸肃然了，紧接着又问道："阿母呢？"

"阿婆在厨房里。"抱在手里的女儿答话了。

"阿母去厨房干什么？"海瑞立刻端严了脸，放下了女儿，紧望着妻子。

海妻这才轻轻回话了："刚回家，我说了你千万不要生气。"

海瑞紧望着她。

海妻低下了头："阿母在厨房做饭呢。"

"岂有此理！"海瑞撇下母女二人向侧廊厨房那边大步走去。

跟平时不同，海母完全换了一身衣服，短衣短裙腰间还系着一块粗麻围裙，坐在灶前，正将一块劈柴续进灶内的火里。接着站了起来，揭开大铁锅上木盆状的锅盖，一片白色的蒸汽腾地冒了出来，海母吹了一口气，望向铁锅里蒸的那碗红枣鸡蛋。

海瑞悄悄地靠在门边，望着母亲的侧影，眼中便闪出了泪花，连忙揩了。在门边就跪了下去，为了不使母亲失惊，轻轻叫了一声："阿母。"

海母还是微微惊了一下，这才慢慢转过头来，从上面望下去，看见了趴跪在门口的儿子。

满脸的汗，顺手撩起腰上的围裙，海母连忙揩了一把汗，向儿子走过来了："汝贤，你怎么回来了？"

海瑞没有回答母亲的问话，跪在那里说道："儿子不孝，没有教好媳妇，让母亲受累了。"

"责怪你媳妇了？"海母急问道。

海瑞抬起了头："儿子当好好责教于她。"

"快五十了，还是改不了。什么事不问清楚就责怪人。"海母这句话竟是带着一丝笑容说出来的。

海瑞怔住了，还是跪在那里，有些不解地望着母亲。

"起来。"海母扶着儿子的手臂，海瑞连忙站起了。

海母："告诉你吧，你婆娘怀上了。"

海瑞这才恍然，可停了片刻仍然说道："有身孕也不过一两个月，哪就连厨房也不下了？还要累着阿母。"

海母："我不让她做。试过了，腌的一坛子酸黄瓜都快吃完了。我海门有后了。"

海瑞这才温言答道："是。"

| 第二十六章 |

海母:"既来了,把那碗红枣蛋端去,给你媳妇补补。"
海瑞:"是。"连忙走到灶边,看见灶内一块柴火还有一半没有燃完,便先将那柴火拿出来,在灶眼里戳熄灭了,把没有燃完的半块干柴放在灶外,这才从灶台上拿起抹布,小心翼翼地端出了那碗红枣蛋。
海母一直含着笑望着儿子端着蛋走出厨房。

海妻舀起一个鸡蛋却停在手里,目光慢慢望向门外。
海母已经坐在廊檐下的纺车前,帮着媳妇又纺起线来。海瑞搬了个小矮凳,坐在母亲身边。
屋里桌子前女儿站在母亲的对面,两眼睁得好大,望着母亲勺里那个滚圆的鸡蛋。
海妻见门外海母和海瑞都是背对着屋里,便慌忙招了下手,女儿轻步跑过去了,海妻将鸡蛋喂到女儿嘴里。蛋大嘴小,女儿连忙用手拿着鸡蛋,先咬下一半,嚼也不嚼便往喉咙里吞,眼珠子立刻鼓了出来。
海妻慌了,也不敢吭声,连忙又从碗里舀了一勺汤喂进女儿嘴里。女儿这才将那半个鸡蛋吞了下去。
海妻低下头给女儿做了个慢慢吃的手势,女儿拿着那半个鸡蛋,轻步走到一边,躲在门后吃去了。
海妻这才舀起一颗红枣送进了自己嘴里,目光又深情地望向了门外的婆婆和丈夫。
母亲和儿子显然已经说了一阵子话了,这时两人的沉默,便是海瑞在等着母亲对自己选择的表态了。
海母不停地转动纺轮,棉线从他的左手里飞快地转了出去。这一把棉纺完了,海母不再让棉线续下去,那棉线便此断了。
海母望向了坐在旁边的儿子。
海瑞依然低着头。
海母也就不再看他,把目光望向院子的上空,慢慢说道:"记得还是你一岁的时候,你阿爹中了秀才,却怎么也不肯再去考举人。那时他跟我念了两句诗,说是'沧浪之水清兮可以濯我缨,沧浪之水浊兮可以濯我足'。我问他什么意思,他说朝政太腐败。又告诉我这两句诗是古越歌。我们淳安是不是就是古时候的越国?"
海瑞抬起了头,眼中有几点泪花:"回阿母,我们浙江正是古时的越国。"
海母从衣襟里扯出一块葛麻的手帕递给儿子:"你阿爹当年不肯再考举人,你现在不愿意再做官,都是一个道理,阿母理会。"说到这里,老人家自己的眼中也有了泪花。

海瑞一惊，连忙移过身子给母亲去揩泪。海母接过帕子飞快地揩了一下，接着笑道："我们母子还是说老百姓自己的话吧，'有子万事足，无官一身轻'。在海南老家几十亩田还养不活我们一家五口？"

海瑞立刻赔着笑："等到孙子生下来，儿子也没了官务缠绕，便可以好好教他。就像阿母教儿子一样。"

海母十分欣慰："明天我就七十了，见到这个孙子，我也可以安心去见阿爹了。"

海瑞："阿母仁德天寿，一定还能够等到抱抱曾孙。阿母，明日是大吉祥的日子，儿子虽有几个朋友也没有办法来给阿母祝寿，儿子心中惭愧。"

海母："有你在，有媳妇在，虽还没生，孙子孙女都有了，阿母知足了。明天称二斤肉来我们一家五口自己做寿。"

海瑞："是。"

海妻和女儿就在屋内，一直都在听着屋外母子的说话。听说有肉吃，小女儿立刻跑出来了："阿婆，我要吃阿母做的炖牛肉。"

海母今日十分慈祥，拉着了孙女的手："阿囡懂事，你阿母现在是双身人，不能做重事。明天阿婆给你做炖牛肉。"

海妻这时也走出了门外："阿母这样顾着儿媳，儿媳实在担当不起。其实李太医走的时候说过，有身孕要做点活儿，千万不能坐着躺着。"

海瑞立刻接言："李太医的话我们一定要听。"

海母："没什么一定要听的话。大夫的话听一半不听一半。我说了，满月子以前，洗衣做饭都不能让你媳妇干。"

海瑞轻叹了一声："是。"

凡大县，设了县丞便在大堂右侧院落配有县丞办公的地方。譬若淳安，这两个多月海瑞调往杭州审案，便是县丞田有禄署理知县事，一切刑名钱粮也都在县丞的堂署里处置。

县丞为正八品，堂署比知县大堂小，但一样设有公案牌告，一样有堂签，一样可以撒签子打人。

田有禄现就坐在自己堂署的案前，管钱粮的吏首，管刑名的吏首，管差役的班头，还有管牢狱的那个王牢头都被叫来了，等着听田有禄发话。

"海老爷回来的事你们都知道了。"不倒霉的时候田有禄还是像个官，这时目光向书吏衙役们遍扫了一眼，"他在省里办案出了点差错，辞官的帖子赵中丞已经送到朝廷去了。刚才见面他也同我交了底，说是朝廷的回文到来之前他不便理事了，叫我多操心。吃

第二十六章

八品的俸禄干七品的差使，我这也不知走了哪个背字。"说到这里他故意停了下来。

书吏和衙役当然知道他这不是走背字，这是在告诉大家，淳安县眼下是他当家，海老爷虽然还没搬走，已经是个待罪的官了。官场的风气，打了招呼就得有回应，一时各部门的头都表态了：

钱粮吏首："二老爷放心，我们在你老手下当差也不是一年两年了，懂得规矩。"

刑名吏首："功劳苦劳都摆在这里，说不定朝廷的回文便叫二老爷接了本县的知县，那也是情理中的事情。"

差役班头："催粮拿人，二老爷发签子就是。"

王牢头："也是。自从海老爷来了，我那牢里十间倒有九间是空的，刁民盗贼也该去拿些了。"

"恐怕是要拿些人了。"田有禄见大家都捧自己的脚，精神旺了，"赵中丞的指令昨天发下来的。我们淳安那么多农户、桑户借了织造局的粮，现在倒不愿还丝。这还了得。半个月内，至少收一万担丝上来，解到省里去。不肯交丝的，就都关到牢里去。"

王牢头一下子来了精神，转对差役班头说道："老弟，你那里人手够不够？人手不够，我那里二三十号人都可以帮你去拿人。"

差役班头："衙里的补贴我可没法子分给你。"

王牢头："不要不要，号子里关了人，我们还分你们的补贴干什么。"

"能少拿人还是少拿人。"田有禄一脸正经打断了他们，"只要百姓安守本分肯把丝交上来。政清人和还是要紧的。"

钱粮吏首："二老爷这是一片爱民的心，我们理会得。"

"眼下还有一件大事。"田有禄坐直了身子，一脸的肃穆。

四个人都安静了，一齐望着他。

田有禄："州里给我打了个招呼，他们探听到胡部堂的公子从老家要来了，会从我们淳安过。我掐算了一下，就在今明两天。说完了话我就得到驿站去，在那里等着。送走了胡公子，再办催丝的事。"

四个人都严肃了。

钱粮吏首："这可怠忽不得。按常例，部堂的公子就得按部堂的待遇伺候。我这就调六百两银子给二老爷。二百两办饭食草料，四百两是赞敬。"

田有禄重重地点了下头："饭食草料用现银，赞敬最好用银票。"

"理会得。"钱粮吏首说了这句望向田有禄，似有难言欲言的话要说的样子。

田有禄："有什么尽管说。"

钱粮吏首:"属下曾经听二老爷说过,明日便是海老爷的太夫人七十寿辰。原说大家凑个份子贺一下。还贺不贺,请二老爷示下。"

田有禄确实就在三四天前便跟他们打了这个招呼,当然那时没想到海老爷会是今天这个样子回来,心里早就没想什么贺寿的事了,可属下既提出了,也不能不给个话。便坐在那里,拈着下巴上的髭十分认真地想着,然后说道:"按理,同僚一场我们应该去贺这个寿。可海老爷这个人你们也知道,不喜欢这一套。何况待罪在家,为他想,我们也不要去给他添乱子了。"

这哪里扯得上添乱子?四个人也就要他这句话而已,立刻齐声答道:"那就不去添乱子了。"

淳安是大县,况地处水陆要津,今年乡下虽遭了灾,海瑞来后安定了灾情,因此每日早市依旧繁闹。

江南不比北方,由于种植水稻,百姓都视牛如人,轻易没有宰杀牛肉卖吃的。因此市面上卖猪肉的、卖鸡鸭鱼鹅和新鲜蔬菜的到处都有,唯独牛肉档很难找到。海瑞为了不使百姓认出,清晨出门依然戴着斗笠,半遮着脸提着菜篮在市井人群中慢慢走着,寻找卖牛肉的地方。

走到一个卖茄子和辣椒的老汉摊前,海瑞蹲下了:"称一斤辣椒、一斤茄子。"

那老汉给他抓辣椒称了,又挑了几个茄子称了,倒进海瑞的菜篮中:"十枚铜钱。"

海瑞一边数着铜钱,交给老汉时问道:"请问,哪里有牛肉卖?"

那老汉望了他一眼:"客官不是本地人?"

海瑞:"路过贵地做点生意。"

那老汉:"问我还真问对了。上槐村李二家昨天的水牛摔死了,正在南门那边卖呢。"

海瑞:"多谢指点。"提着菜篮向南门走去。

"锁了!都锁了!一个也不要让他们跑掉!"人群前方一声大喝,街面上立刻乱了!

海瑞抬眼望去,只见淳安县衙的差役还有大牢的牢卒正在追赶一群卖生丝的百姓。

一些人被拽住了衣领,一些人被掰着手臂,装着生丝的包袱都被差役和牢卒抢过去了。

差役班头和那个王牢头站在那里大声吆喝:

"锁链干什么的?都锁了!"

"生丝送到衙里去!人都抓到牢里去!"

第二十六章

那些差役和牢卒都从腰间掏出锁链锁人。

做其他生意的百姓都惊了,一个个拎着自己要卖的东西四处奔散。

海瑞被不断拥来的人撞过。

"都带走!"王牢头大声喊着。

差役和牢卒抓了十好几人,用铁链牵着向这边走来。

在明朝吃公门饭第一快心之事便是抓人。因朝廷设了提刑司、镇抚司,专司捉拿大臣,有时抓的甚至是手握重符、拥兵在外的大将,这就需要琢磨更多抓人的法门,上行下效,影响到府州县衙,那些公人抓人的手段比历朝都狠了许多。如在唐朝,抓人还叫捉人,杜甫《石壕吏》中说,"暮投石壕村,有吏夜捉人",可见当时把人还当活的看,需要去捉。在明朝已经不叫捉,而叫拿了,把人当作东西,去拿便是。

"还有两个,跑那边去了,拿了!"差役班头望着跑向海瑞这边两个壮年汉子大声嚷道。

几个差役和牢卒飞奔着追过来了,街市上的百姓纷纷往两边躲避。

当街中便只有海瑞一个人站在那里了,望着那两个壮年汉子从身边拎着包袱跑过去,眼看着几个差役牢卒飙追如狂,渐渐近了。

"站住!"海瑞一声大喝。

那几个差役和牢卒猛听到这一声大喝,下意识便去刹那脚步,有几个停住了,有几个一下子停不住,步停了脚还向前滑了好远,这才都站住了。

"哟呵!"一个已经滑过海瑞身子的差役并未看出是海瑞,只当有人出来找死,大叫了一声转过身来便欲看这个找死的人是谁,可一看到那几个差役和牢卒都张皇地僵尸般站着,这才看出,这个人是海老爷。

远处,差役班头和王牢头也看清了突然出现的海瑞,二人一下子蒙了。

王牢头首先害怕了,望了望被抓在那里的十几个人,又望向差役班头低声说道:"把这些人都放了!"

差役班头:"不是说他待罪在家不理事了吗?待罪了便不是官,去,告诉他,这是二老爷奉赵中丞的命令叫我们干的。"

王牢头依然怵海瑞:"那我在这里看着这十几个人,你去跟他说。"

差役班头乜了他一眼:"我也没叫你来,来了你又这么怕?"

其他差役和牢卒都望向王牢头。

王牢头面子下不来了:"各干各的差使,我怕什么了?那你在这里看着,我过去。到底看是你怕还是我怕。"说着一个人向海瑞走去。

奔逃的百姓都不逃了，慢慢停了下来，有胆大的还走近了些，远远地围着看。

王牢头走近海瑞便堆出笑来，屈下一条腿行了个半礼："参见海老爷。"

"跪下。"海瑞声音不高威严不减。

王牢头那一条腿还没伸直便僵在那里，望着海瑞。

海瑞见他兀自不跪两眼闪出光来："衙门公干之员见堂尊行什么礼都不知道吗？"

王牢头嗫嚅着："不说海老爷在家里待、待……"

海瑞："待什么？"

"待罪吗？"王牢头咬着牙说完了这句话。

海瑞冷笑了："你听谁说我在家里待罪？"

王牢头有些发瘆了："二、二老爷……"

海瑞："二老爷叫大老爷在家里待罪，大明朝的王法什么时候改的？"

王牢头双腿一屈跪下了。

那些差役和牢卒都跟着跪下了。

"为什么抓百姓？抢百姓的生丝？"海瑞紧盯着他。

王牢头："回堂尊的话，二老爷说奉了赵中丞的命，淳安的百姓借了织造局的粮，现在要立刻拿生丝还粮。"

海瑞："你是个管大牢的，为什么也出来抓人？"

王牢头："回堂尊的话，赵班头那边人手不够，叫小的出来帮忙。"

海瑞又冷笑了一声："看样子你们是想把淳安的百姓都抓了！"

王牢头："堂、堂尊，这可不干小人的事，上有二老爷，下有赵班头，小人只是临时调来帮手的。"

海瑞盯着他："田县丞现在哪里？"

王牢头："禀堂尊，听说胡部堂的公子来了，二老爷去驿站侍候差使去了。"

海瑞眼中又闪出光来："侍候差使？胡部堂的儿子是朝廷什么官员？"

王牢头："好、好像没有什么官职。"

海瑞："立刻去驿站，把田有禄叫来，就说现任淳安知县海瑞不待罪了，只怕还要升官。现在在大堂等他。"

王牢头："大老爷……"

海瑞："去不去？你不去现在就免了你的牢头，叫别人去。"

王牢头："小人立刻就去。"爬起来飞奔而去。

海瑞又把目光扫向跪在地上的那些差役和牢卒："去告诉你们那个大落落的赵班头，

第二十六章

叫他立刻把百姓放了，东西还了，都到大堂来。"

"是！"那些差役和牢卒一齐磕了个头，慌忙爬起，向兀自大落落站在那边的差役班头和那群依然抓着百姓的差役跑去。

海瑞拿起搁在菜篮上的斗笠，提起菜篮，一个人回身走去。

街两旁围观的百姓都跪下了："海老爷！"

那个刚才卖茄子和辣椒给海瑞的老汉就跪在人群前，膝行了两步，双手捧起十枚铜钱："小民老花了眼，竟没认出是青天海老爷。这钱请海老爷拿回去。那点辣椒和茄子小民自己种的，海老爷要看得起，就算小民送给海老爷了。"

海瑞伸出一只手搀起了他："买东西付钱与看得起、看不起无关。老丈既有这片好意，就请帮我做点事。"

那老汉："海老爷只管吩咐，小民去做。"

海瑞又从袖里掏出一吊铜钱："烦你去南门口给我买两斤牛肉送到县衙后宅我的家里去。钱要是不够，家里人会补给你。"

那老汉双手捧接过那吊铜钱。

"拜托了。"海瑞又望向满地跪着的百姓，"父老们都起来，该干什么去干什么。你们也没犯王法，我也不在公堂上，不要见着就下跪。"

百姓们依然跪着。

海瑞便不再说什么，戴上斗笠提着菜篮大步向衙门方向走去。

无数双百姓的眼睛送着他前行的背影，鸦雀无声。

大堂衙前的堂鼓声敲响了，一阵阵传来。

海瑞打开了面前那个木箱上的铜锁，揭开了箱盖，他的那套七品官服官帽和那方淳安正堂的大印显了出来。

海瑞却停住了，静静地站在箱前，望着那套叠得整整齐齐的官服官帽，望着那颗用黄布包着的淳安正堂大印。

严党依然未倒，郑泌昌、何茂才虽被正法，赵贞吉推行的依然是前任的苛政，遭受重灾的淳安竟也未能幸免。决意辞官的海瑞又被激起了为民抗争的愤怒。全身而退既已不能，直接跟赵贞吉一争便势所必行。他要吼出自己的最后一声，上震朝廷！

堂鼓声越敲越响了，海瑞更不犹豫，倏地拿出官帽戴上，接着拿出官服抖开穿在身上，系上腰带，再捧起那颗用黄布包好的大印，向前面大堂走去。

堂鼓声把钱粮书吏、刑名书吏和三班衙役从各处都催来了，这时都在大堂上站好

大明王朝
—— 1566 ——

了班。

差役班头领着那群抓人的差役和牢卒这时也只得都奔来了,把个本不宽敞的淳安县衙大堂站得黑压压一片。

海瑞捧着印走到大案前坐下,静坐不语本是他的习惯,这时更是一脸的严霜,把堂上冷得一片死寂。大家都知道,这是在等,在等着王牢头把田有禄叫来。

跑到驿站,又领着田有禄的轿子跑回来,王牢头已是满脸满身的大汗,进了衙门口也不等田有禄,自己先奔上大堂向海瑞跪下:"禀大、大老爷,小人将二老爷请来了。"

海瑞也不接言,目光向堂外望去。

田有禄虽有些惊疑却仍作镇定向大堂走来了。

上了堂,二人的目光碰上了,海瑞毕竟尚未罢官,田有禄还只好以下属见堂官之礼向他一揖:"卑职见过堂尊。"

按规制,知县大堂的大案边摆有县丞的一把椅子,海瑞这时却并不叫他坐:"我问你件事。"

当着这么多衙门的公人,田有禄有些挂不住了,目光瞟向那把椅子,又抬头望了一眼海瑞。

海瑞依然不叫他坐:"我问你件事。"

田有禄只好站在那里:"堂尊请问。"

海瑞:"为什么派人抓百姓,抢百姓的生丝?"

田有禄挺直了腰,从怀里掏出一纸公文:"堂尊有所不知,我淳安县今年借了织造局那么多粮食,现在也到该还的时候了。这是巡抚衙门赵中丞的公文,堂尊是否一看?"

海瑞冷笑了一下:"你口口声声称我堂尊,省里的公文却揣在怀里,还问我看不看?"

田有禄怔了一下,接着又镇定地说道:"堂尊已经向赵中丞递了辞呈,赵中丞的公文自然便下给属下了。"

海瑞:"公文上直接写着下给你的吗?"

田有禄这回真的怔了,自己拿着那纸公文重新看了起来,不好说话了。

海瑞:"回话。"

田有禄:"公文当然是下给淳安县的……可巡抚衙门的上差却是亲手交给属下的。"

"咄咄怪事!"海瑞声音陡转严厉,"《大明会典》载有明文,现任官不管是调任还是辞任都必须见到吏部的回文。吏部现在并无回文免去我的淳安知县,巡抚衙门却把公文交给你,你竟也拿着公文擅自行知县事。淳安正堂的大印现在就在这里,你是不是也要拿

| 第二十六章 |

去？"

田有禄："堂、堂尊，你自己不也跟属下说，叫属下……"

"我跟你说了我是在待罪等候处置吗？"海瑞目光如刀紧盯着田有禄，"你跟衙门的公人到处散布，说我已经待罪了，请问，我待的什么罪？"

"待罪的话卑职可没有说！"田有禄一下子慌了，"谁敢如此挑拨县尊、县丞！"

海瑞望向了差役班头王牢头："田县丞的话你们都听到了，挑拨县尊、县丞可不是轻罪。"

这就不得不为自己洗刷了。王牢头立刻抬起了头："二老爷，你老可是说过海老爷在省里犯了错，正待罪在家。这话也不是一个两个人听见，怎么反说是小人们挑拨了。"说着望向了差役班头。

差役班头却比他油滑得多："或许是二老爷听信了误传。"

海瑞不看他，只盯着田有禄："是不是听信了误传？"

田有禄出汗了："也、也许是误传……"

海瑞："既是误传，那就是说我并没有待罪。省里的公文现在是不是应该给我看看了？"

田有禄连忙走过去将巡抚衙门那纸公文双手递给海瑞。

海瑞飞快地看了，接着将目光向堂上所有的人扫了一遍，大声说道："沈一石当时将粮运到淳安跟我说得明明白白，那些粮都是织造局奉了圣命赈济淳安灾民的粮。万民颂圣之声犹在，为何还要追讨皇上赈济灾民的粮？这纸公文于理不当、于事不合，不能听从。"说到这里他竟当着满堂的人将那纸公文一撕两半，接着又撕成碎片向案前扔去！

望着纸蝶般飞舞飘落的碎片，所有的人眼睛都睁大了，蒙在那里。

"堂尊。"田有禄终于省过神来，"擅自撕毁巡抚衙门的公文，这个罪我们可担不起。"

海瑞："有我在，还轮不到你担罪。你的罪，我正要问你。"

田有禄擦了一把汗："我、我有什么罪？"

"你的父亲接回家奉养了吗？"海瑞突然话锋一转，紧盯着田有禄。

田有禄哪想到他突然又会问这个事，立时怔在那里。

海瑞："我大明朝以孝治天下。身为朝廷命官，虐待老父，忤逆不孝，这就是你的罪。身为淳安正堂，下属犯此忤逆之罪，才是我份所当管。参你的公文我已经想好了，写完后我会立即上呈都察院。你还有何话说？"

田有禄这才真慌了，腿一软跪了下去："堂尊明鉴。卑职本已将家父接回家里奉养，无奈家父与儿媳不合,他、他老人家自己又搬出去了……"

海瑞:"与儿媳不合?你干什么的?"

田有禄:"堂尊明鉴。自从堂尊奉命去办钦案,淳安县的事都在卑职一人身上,忙得卑职焦头烂额,家里的事实在管不过来。"

海瑞一声冷笑:"自己的父亲管不过来,上司的儿子倒去孝敬。"

海瑞的厉害,田有禄早就如芒刺在背,自他当这个知县以来,自己也不知受了多少惊吓,郁闷、憋屈自不用说,担惊受怕更是度日如年,好不容易等到他要辞官了,原想终能伸直了腰拼命巴结一把上司,趁这个机会或许能接了淳安正堂。偏是几件事还没做完,就让他揪住了。现在竟然又追问胡部堂儿子这件事,牵涉到浙直总督也要追查,田有禄心里也有了气,心想在这件事上绝不能伏软。

田有禄抬起了头:"堂尊,卑职是县丞,礼敬堂尊是规矩,礼敬胡部堂更是规矩。大明朝各府州县都是这个例子,卑职去接待一下胡部堂的公子,哪就说得上孝敬。堂尊这个话卑职万难接受。"

海瑞:"你是怎么接待的?"

田有禄:"他从我淳安县过,我们是主人,他是客人,自然以主待客之礼接待。"

海瑞:"二百两银子的饭食费,四百两银子的赞敬,是你从自己家里拿出来的?"

田有禄又蒙在那里。

海瑞:"一毫一厘均是民脂民膏。一家农户全年穿衣吃饭也不过五两银子,你一次出手就送了六百两银子。张书吏,你管钱粮,你替我算算,六百两银子是庄户人家多少户一年的衣食钱?"

那钱粮吏首一直缩站在一边,这时问到了他,答也不是,不答也不是。

海瑞盯向了他:"算不过来是吗?"

那钱粮吏首只好答道:"回堂尊,是一百二十户百姓一年的衣食。"

海瑞:"好个以主待客之礼。一出手就送掉了一百二十户百姓一年的衣食银子,你这个主人当得真是大方。你说我大明朝各府州县都是这个例子,这个例子写在朝廷哪个条文上,你拿来我看。"

田有禄哪里还有话说,跪在那里不停地流汗。

海瑞紧盯着田有禄:"我再问你一句,胡部堂的儿子你以前见过吗?"

田有禄:"回堂尊,以前没、没见过。"

"这就是了。"海瑞站了起来,"我和胡部堂见过面,而且有过深谈。胡部堂本人就对搜刮民财、耗费官帑以肥私囊深恶痛绝。真是他的儿子,就不会接受你这样的赞敬。接

| 第二十六章 |

受你的赘敬，就一定不是胡部堂的儿子。拿我的签，带着差役把这个人抓起来，你亲自送到胡部堂那儿去。"说着从签筒里抽出一支红头签扔在田有禄面前。

田有禄知道自己这是又倒了血霉了，再也顾不得面子当堂磕起头来："堂、堂尊容禀，州里给卑职打的招呼，这个人确实是胡公子。再、再说，四百两赘敬的银票现在还在卑职身上，并没有给他。卑职怎么敢把胡公子押送到部堂大人那儿去。卑职万万不敢接这个差使。"

海瑞："不接这个差使也可以，你就脱下官服官帽，等着杖四十，流三千里吧。"

田有禄眼睛睁得好大："堂尊，卑职犯了什么罪，你要这般置卑职于死地？"

海瑞："我没有叫你去死，我也不能置你于死地。我治你是按的《大明律》的条文。为了巴结上司，拿官帑行贿朝廷大臣，置胡部堂以收受贿赂的恶名，其罪一。虐待亲生父亲忤逆不孝，其罪二。《大明律》你那里也有，翻翻看，犯了这二条，是不是杖四十，流三千里。"

田有禄知道这是来真的了，立刻说道："堂尊，念在这几个月卑职侍候的份儿上，容卑职先把家父接回家奉养，再把胡公子……或许不是胡公子，就是那个人送到胡部堂那里去……"

海瑞见他惊惶失魄的样子又好气又可怜："你的父亲我会安排人去接。你现在立刻把驿站那个人送到胡部堂那里去。"

"卑职就去，卑职这就去。"田有禄都快要哭了，"卑职立刻带人把、把那个人送到胡部堂那儿去。"

海瑞："去吧。"

田有禄站了起来，满脸的汗水把眼睛糊得都睁不开了，擦了擦眼睛，望向了差役班头："你带人跟我去。"

那差役班头这时竟假装没听见，眼睛望着别处。

海瑞历来深恶痛绝的就是赵班头这样的衙门差人。晚年他曾经用"贪恶欺滑顽"五个字概括这等衙门差人，称之五毒之人。此时见这赵班头兀自这副模样，动了真怒，猛地抓起惊堂木一拍："跪下！"

赵班头刚才还装模作样，这时竟像弹簧般立刻跪倒了："老、老爷有何吩咐？"

海瑞："县丞派你差使，你没听到？"

"什、什么差使？"赵班头兀自装傻，待看到海瑞刀子般的目光又连忙改口，"听、听到了，押送人。小的这就去。"磕了个头站起，立刻对几个差役："走吧。"

"不用你去了。"海瑞又喝住了他。

赵班头定在那里。

海瑞目光炯炯扫向堂上一干公人："这个姓赵的班头，在街市上以为我待罪在家便视若不见，现在见田县丞有了干系又翻脸不理，可见这个人平时对小民百姓何等凶恶！常言道'身在公门，手握人命'。要是你们都像他这样，淳安的百姓不知要遭多少罪孽！王牢头。"

王牢头连忙答道："小人在。"

海瑞："你不是抱怨牢里是空的吗？把这个姓赵的班头关进去，听候处置。"

"是。"王牢头哪敢犹豫，爬起来走到那个赵班头身边，"走吧。"

那赵班头："大老爷，小的有错也不致坐牢。"

海瑞："无视上命，凌虐百姓。你不坐牢，大明朝也不用设牢房了。带下去！"

王牢头向跪着的两个牢卒示了个眼色，两个牢卒爬起来，一边一个拉住赵班头的手臂把他扯了起来。

王牢头："走吧。"

三个人押着那赵班头走了出去。

海瑞望向另外几个差人："你们跟田县丞去驿站。"

几个差役大声齐应："是！"

田有禄在前，几个差役在后，慌忙走出了大堂。

钱粮吏首、刑名吏首，还有剩下的一班差役牢卒都低着头站在堂上。

海瑞："淳安今年全县被淹，家家百姓颗粒无存，好些人倒塌了房屋还住在窝棚里，全指着新产的那些生丝度过荒年，这些你们都不知道？居然四处抓人，夺民口中之食，各自互相看看，你们这样做还像个人吗？"

一干人等头低得更下了。

海瑞："巡抚衙门追税的公文我已经撕了，请求朝廷免税的公文我也已呈了上去。有人不想让淳安的百姓活，朝廷不会让淳安的百姓死。从今日起，任何人不得向百姓追讨税赋，尤其不许抓人。谁再敢抓人，就到牢里跟那个赵班头做伴去。都听到了吗？"

所有的人："是。"

这一句答得真是有气无力。

上百架织机发出的声音依然是那样轰鸣。还是那个织坊，还是那些织机，还是那些织工，织出来的还是那些上等的丝绸。

这时的赵贞吉身兼着织造局的差使，每日都要抽出时间来这里促织。最让人难以忍受

| 第二十六章 |

的是钦案明明结了，锦衣卫那头和另一个锦衣卫仍不回京，也每日在几个织坊里转悠，这就明显表示出了皇上一直在盯着杭州这五十万匹丝绸。今天又是这样，五个徽商就跟在赵贞吉和那两个锦衣卫的身后，在通道上看着一架架织机上一根根蚕丝织成一片片丝绸，五个人的脸却都比盖死尸的布还难看。

其实赵贞吉何尝想让治下的百姓去死？前方抗倭急需军饷，可沈一石织坊却因生丝日缺日减产。还有最让赵贞吉头疼，也最让几个徽商揪心的是，丝绸在一架一架织机上织，本钱从徽商身上一两一两往外掏，最后沈一石这片产业属谁，名分却仍然暧昧不明。赵贞吉签的约是卖给了五个徽商，皇上的旨意里却说这些织坊从来就是江南织造局的。徽商们急着要赵贞吉给个说法，赵贞吉身边日夜跟着皇上派来的人，哪里能向皇上去讨说法？

"现在每天的织量是多少？"赵贞吉提高着嗓子问。

"眼下每天还能织一百匹。"那个年轻的徽商答道，"过几天只怕要停机了。"

赵贞吉站住了，先向两个锦衣卫望了一眼。两个锦衣卫却像没有听见，背着手踱着步走向一架织着蝴蝶花纹的织机前，假装在那里看着。

赵贞吉这才把目光望向几个徽商，放大了声音尽量让两个锦衣卫听见："为什么停机？"

年老的徽商接言了，也尽量放开了嗓门："不瞒中丞大人，我们的本钱也有限，实在拿不出钱来买丝了。何况还有这么多人要开工钱。"

赵贞吉回以大声："半价买丝你们都拿不出本钱？当时为什么签约书？告诉你们，耽误了朝廷的事，胡部堂也保不了你们。"

年老那徽商立刻激动起来："做生意我们也不要谁保，只讲一个信用二字。赵中丞，你能担保按约书给我们兑现吗？"

"谁说不按约书兑现了！"赵贞吉脸一沉，又瞟了一眼两个锦衣卫，"织机一天也不能停，今年五十万匹丝绸一匹也不能少。你们谁敢停机，我不抓人，请你们的本家胡部堂派兵抓人。"说着大步向织坊外走去。

五个徽商被撂在那里，都想吐血了。

两个锦衣卫这才慢悠悠地跟着赵贞吉也向织坊门外走去。一行还没有走到织坊门口，巡抚衙门一个书吏迎上来了："禀中丞大人，淳安县丞田有禄来了，在衙门里急着候见中丞。"

赵贞吉的脸更难看了："一个县丞也要见我，你们的差使真是当得好呀！"

那书吏连忙躬下腰："中丞容禀，田有禄是带着胡部堂的公子来的。据说是那个海瑞叫他押送来的。"

赵贞吉这才一怔，不禁又望向了两个锦衣卫。两个锦衣卫这时不避他的目光了，也与他对望了一眼。三个人一同走了出去。

赵贞吉没有先见胡公子，而是把田有禄叫进来了。

田有禄探头探脑进来后，见赵贞吉站在案边，靠窗的椅子上还坐着镇抚司的两个钦差，更是慌神了，在门边就趴跪了下来，不断地磕着头。

赵贞吉："海知县已经递了辞呈，我说了淳安的事由你署理，又闹出什么了？"

田有禄头趴着回道："中丞大人把追讨淳安百姓欠粮的差使交给卑职去干，卑职好不容易派了些人下去收丝，却被海知县都叫回来了。"

赵贞吉："巡抚衙门的公文没给他看吗？"

田有禄有意喏嚅着不答。

赵贞吉转过了身子盯着他："我问的话你没听见？"

田有禄这才又吞吞吐吐地回道："卑、卑职实在不知道怎么跟中丞大人回话……"

赵贞吉："照实回话。"

田有禄："海、海知县把巡抚衙门的公文撕了。"

赵贞吉眼睛一下子大了。两个锦衣卫身子也动了一下，都望向趴在那里的田有禄。

田有禄："海知县说，织造局那些粮是皇上赈给淳安灾民的赈灾粮，谁要追讨便是玷污圣名。还说淳安今年是重灾县，他已经呈文朝廷请求免去全县的赋税。"

赵贞吉那个气在胸中沸腾翻滚，一时竟说不出话来。两个锦衣卫也都站起了。

锦衣卫那头："有这等事？"

田有禄："回钦差大人的话，千真万确，这都是海知县所说所为。"

另一个锦衣卫望着锦衣卫那头："这个人或许真是脑子有病？"

"什么病！"赵贞吉终于说出话了，声色俱厉，"就是对抗上司对抗朝廷的病！二位在这里都听到了，我要上疏参他，请二位也向宫里禀奏。"

锦衣卫那头："我们自然如实禀奏。"

赵贞吉又望向田有禄："把胡部堂的公子也扯了进来，这是怎么回事？"

田有禄觉着有了底气，这时更是百般委屈地说道："州里给卑职打了个招呼，说胡部堂公子到台州看望父亲，从淳安经过换船。卑职按照惯例，接待了一下，海知县却说卑职奉承上司，还说胡公子是假的，命卑职把他押送给胡部堂。卑职不按他说的做，他就要行文都察院参卑职的罪。中丞大人，卑职在淳安实在干不下去了，请中丞大人开恩，让卑职

第二十六章

调、调个地方吧。"说到这里,他抹开了眼泪。

赵贞吉这个时候突然又沉默了下来,治丝益棼,步步荆棘,田有禄的话突然提醒了他,头上还有个胡宗宪,送来的这个胡公子不正是一卸仔肩的契机?他的脸平静了,向门外叫了一声:"来人。"

当值的书吏连忙走了进来。

赵贞吉:"送给胡部堂军营的最后一批军需粮草什么时候起运?"

当值书吏:"回中丞,这一次是好几万人的军需,还有十几船今天下午才能到齐。到齐后立刻起运。"

赵贞吉:"剿灭倭寇这是最后一仗,一粒粮、一根草也不许短缺。再去催,到齐后三天必须运到。"

当值书吏:"是。小人这就去传令。"

"慢。"赵贞吉望了一眼趴跪在那里的田有禄,"把他还有海瑞抓的那个人一并带上,送到胡部堂那里去。"

当值书吏:"是。跟我走吧。"

田有禄还在那里发蒙,半抬着头:"中丞大人……"

赵贞吉:"滚!"

海雨白茫茫一片蔽接苍穹时,天风便收了。海浪惊涛此时都安静地偃伏着,把撼地的吼声让给了连天的雨幕。

中军大帐的帷口巨石般站着齐大柱,在雨幕中手把着剑柄一动不动,大帐的两侧和四周几十个亲兵也在雨幕中巨石般挺立一动不动。

大帐内只有一个小炭炉在吐着青色的火苗,催沸着药罐里的药汤,白气直冲搁在两根筷子上的药罐盖,发出微弱的叩动声。

胡宗宪的亲兵队长就守在药罐前,这时揭开了药罐盖,轻轻吹散了笼冒的白汽,接着用铁钳夹出了火炉中几块红炭,再将药罐盖搁在两根竹筷上,让小火慢慢煎着药罐中的药汤。再接着,他向中军大案前方向望去。

大案前的躺椅上一床被子拥着胡宗宪半躺半坐在那里,他的面前是一张矮几,矮几上是一局下到中盘的围棋,围棋的对面笔直地坐着戚继光。

轻轻地,胡宗宪将一枚黑子下在了棋盘上,戚继光望着那枚黑子苦苦地出神想着。

"这颗子不知道该怎么下了吧?"胡宗宪掩了掩半垫着躺椅半盖在身上的棉被,靠躺了下去:"好像我曾经跟你说过围棋的出典,还记得吗?"

戚继光本捏着一枚棋子望着棋盘在想，听胡宗宪这一问，抬起了头望向他："是。部堂曾经给属下说过，围棋是古人见了河图洛书，受到启示，想出来的。"

胡宗宪："那就从河图洛书中想想，这步棋该怎么下。"

戚继光："部堂这是取笑属下了。河图洛书，是上天出的题意，多少先圣贤哲都不能破解，属下一个军伍中人怎能从天书中找到想法。"

胡宗宪："只要肯用心找，就能找到。世间万事万物都只有一个理，各人站的位置不同，看法不同而已。譬若看一条河的对岸，站在河的南边，北边就是对岸；站在河的北边，南边就是对岸。记得我曾在王阳明一则手记中见过，他就认为河图洛书不过是三代先人观测天象，对何时降雨、何时天旱的记载，用以驱牛羊而逐水草，顺应天时以利游牧而已。这便是他从河图洛书中看到的理。大战在即，站在行兵布阵的位置，看看帐外这场大雨，再想想河图洛书，然后再想想这步棋该下在哪里？"

戚继光目光立刻亮了："据属下十几年与倭寇在沿海作战的阅历，每年这个时令这场大雨后都应该有一两天的大雾，有利于奇兵突袭。"

胡宗宪像是在赞也像是在叹，发出了好长一声："是呀，难得的战机呀。逐水草而居，应天时而动，这才是最大的理呀！"

戚继光："那属下是不是应该将这颗棋子放在这里？"说着啪的一声，将捏在食中二指间的那颗白棋布在了棋盘的一个棋眼上。

胡宗宪慢慢望了一眼戚继光那颗棋子所下的位置，脸上却没有任何表情，反而把身子全躺了下去，眼睛也慢慢闭上了。

戚继光却仿佛听到了他内心深处有金戈铮鸣，屏住了呼吸只静静地望瞪着他。

几天前严嵩的一封来信还在中军大案上一方镇纸下压着，胡宗宪仿佛听到严嵩那苍老的声音在自己的耳边萦绕："天下大局，有心腹之患，有肢体之疾。国库空虚，灾荒频仍，君父之宫室未修，百官之俸禄久欠，此朝廷眼下心腹之大患也。倭寇骚扰东南，赖吾弟统貔貅之师连战巨创，已不足为虑，此肢体之疾也。望吾弟体朝廷大局，暂休兵歇战，以解国库不继之难。待鄢懋卿南下巡盐，收有盐税后，朝廷再调拨军款，悉剿倭贼……"

"部堂。"戚继光的轻唤声叫开了胡宗宪的眼皮，"十年苦战，台州八捷，聚歼倭寇应该就在上天降下的这场大雾了。部堂是不是想告诉属下，不可违天！"

胡宗宪这时其实已经病得不轻了，扶着躺椅的扶手倏地坐起，却猛然一阵头晕。

"部堂！"戚继光一步跨了过来，扶住了他，望着也奔了过来的亲兵队长，"汤药。"

那亲兵队长又奔回到火炉边，用一块布包住了药罐的把手，慢慢将汤药氹到药碗里。

| 第二十六章 |

　　胡宗宪喘息了片刻，望向亲兵队长："将火炉搬过来。"
　　"是。"亲兵队长以为他畏寒，急忙走到火炉边，又加了几块木炭，吹起了明火，这才将火炉搬到了他的身边，又回身去端起了那碗汤药轻轻地吹着。
　　胡宗宪对还扶着他的戚继光："坐回去。"
　　戚继光慢慢松了手，坐回到对面的凳子上，期待地注视望着他。
　　胡宗宪的左手慢慢伸到了大案上，移开了压着信封的那方镇纸石，拿起了严嵩那封信，也不看，只是怔怔地出了会儿神，突然将信伸向火炉。
　　那信的一角点燃了，接着火焰慢慢吞噬了下来，直到将信封上"严嵩"两个字也烧成了白灰！
　　胡宗宪待到信封上的火苗燃到了手指边才将最后一角落入火炉，突然叫道："戚继光！"
　　"末将在！"戚继光倏地站起。
　　胡宗宪："立刻通令各路援军，雨停雾起，全线出击，一举聚歼倭寇！"
　　"遵令！"戚继光激动的回令声与帐外的暴雨声天人同应，在雨幕茫茫的苍穹向四际传去！
　　——明嘉靖四十年，第九次台州大战开始。这一战清剿了为患浙江十年的倭寇残部，东南沿海无数百姓饱经烧杀淫掳的苦难终于熬到了尽头。

　　庞大的恭迎凯旋的队列，把个偌大的杭运码头站得旌旗猎猎人头攒攒。
　　赵贞吉站在官员伫立的正中，谭纶站在他的身旁，两边是各司衙门的官员还有那两个锦衣卫。
　　运河上出现了大明将士的船队，所有的目光都望了过去。
　　"来了。"谭纶在赵贞吉耳边轻呼了一声。
　　赵贞吉："鸣炮，奏乐。"
　　司礼官大声传令："鸣炮！奏乐！"
　　几十杆列成两排的铳炮按照先后时序，喷出了一团团连续的火光！
　　十面大鼓同时擂动，长号齐鸣，唢呐笙笛奏响了《凯旋令》！
　　船队近了。在官府欢迎凯旋将士的阵列外，江岸上是自发箪食壶浆以迎百战归来将士的百姓，他们发出了一阵阵由衷的欢呼声！
　　船队靠向了码头，正靠码头的主船停住了。赵贞吉、谭纶领着一应官员走下了码头，迎了上去。

偌大的跳板架好了，赵贞吉、谭纶的目光紧盯向搭在大船上的跳板，一队亲兵走了出来，在岸边分两列排好。紧接着一个魁梧的身影出现了，是戚继光！

岸上的百姓发出了雷鸣般的呼声！

戚继光领着几员将领快步走过跳板，迎向赵贞吉和谭纶。

"万世之功！万世之功！"赵贞吉向戚继光大声拱手贺道。

"百战之身，万民之福！"谭纶也向戚继光拱手大声贺道。

戚继光侧过了身子，率所有的将领还揖。

戚继光："上托圣上洪福，胡部堂和诸位大人运筹有方！下赖将士用命，百姓拥戴援助！"

赵贞吉此时的笑容倒还灿烂，眼睛望向大船，嘴上是问戚继光："部堂大人呢？我们上船迎候吧。"

戚继光严肃了面容："回赵中丞，胡部堂没有随大队回来。"

赵贞吉一怔，谭纶也一怔，所有迎候的官员都一怔，望向戚继光。

戚继光："部堂其实病了有一两月了，仗打完才躺下。叫我转告诸位大人，实在耐不了舟船之苦了，要在台州歇息几天。"

赵贞吉和所有的人都动容了，岸上欢呼不断，这里却出现了片刻沉默。

"国之干城哪！两位钦差应该将这事直接呈奏皇上。"赵贞吉望向了身边的两个锦衣卫。

锦衣卫那头："大忠臣！难得！我们今天就上奏！"

赵贞吉又望向谭纶："子理，想法子找找李太医，请他去一趟台州，给部堂看看。"

谭纶："我立刻派人去找。"

赵贞吉这才转向戚继光："给各位将士设了庆功宴，戚将军，请吧。"

一行向码头上走去。

几十杆铳炮又连续响了起来！大鼓、长号、唢呐、箫、笛奏起了《将军令》！

赵贞吉的脚，戚继光的脚，谭纶和两个锦衣卫的脚在长长的码头拾级而上。

"戚将军，你军中那个齐大柱在哪里？"一边走赵贞吉一边突然问戚继光。

"中丞问他干什么？"戚继光从他的语气中听出了有些不对。

赵贞吉目光斜望了一眼锦衣卫那头。

一边走，锦衣卫那头一边答道："牵涉到倭寇头目井上十四郎的事，我们要找他。"

戚继光的脚步停了一下，望了一眼谭纶。

谭纶的目光有些黯淡。

第二十六章

戚继光继续迈开了脚步:"他现在跟着胡部堂。"

赵贞吉和两个锦衣卫对换了一下目光。

一行不再说话,登上了码头。

他们这才知道,此时胡宗宪已经向朝廷递了告病的奏疏,暗中乘了一条官船,逆流而上,已经到了淳安县。回老家绩溪前,他要见海瑞一面。

正门外廊檐下左侧一把竹圈椅上坐着海母,海瑞的小女儿靠在祖母膝前,两眼望着院子好是惊奇!

两只头号大木桶里装满了井水被两条肌腱隆起的手臂提着轻步疾走,向正屋走来。齐大柱光着上身笑望着恩公的小女儿。见她惊奇的模样,干脆两手往上一提,伸直了手臂两大桶水平与肩齐,走了过来。

"哇!"小女儿发出一声惊叫。

"好力气!"海母搂着孙女也笑了。

走到了门边,齐大柱身子一侧,依然平举着水桶走进了屋内。

小女儿挣开了祖母靠向门边向里面望去。

屋内,齐大柱一手提起桶把,一手端起桶底向恩公的小女儿笑着喊道:"躲开,水来了!"

小女儿身子一缩,一大片水花从屋内砖地上潮水般冲了出来!

这边的齐大柱逗着海瑞的小女儿,那边齐大柱的女人正和海瑞的妻子一起做饭。

淳安县山中产大木,家家用的砧板都是齐腰高的一根大圆木,木质好听说能用两三代人。砧板上摆放着一块好大的牛肉,足有四五斤,齐大柱的女人站在圆木边,菜刀飞快地上下闪动,一片片薄薄的牛肉整齐地摊在了砧板上。

"柱嫂,不是这样切。"海妻本坐在厨房门内的门边,这时站了起来。

"夫人不要起来。"齐大柱的女人放下了刀,走了过来,欲搀她坐下突然想起了手上有油,"有身孕的人,夫人快坐下。"

海妻笑着坐下了,望着齐大柱的女人。

齐大柱女人脸上那条疤痕已经淡得几乎看不出了,更因嫁了个好丈夫,相由心生,出落得更是风韵漂亮了。这时见海妻望着自己,也笑着望向海妻:"怎么不是这样切,夫人教我。"

海妻:"你们浙江的人平时不大吃牛肉吧?"

齐大柱女人:"牛比人还辛苦,耕田拉车全靠的它,我们平时都把牛当人看,没人杀牛吃。"

海妻："倒是我家破了你们的规矩了。"

齐大柱女人："夫人千万不要这样说。我们也就是不杀，遇上牛摔死了，老死了，有些人家还是要吃的。"

海妻："这就难怪。牛肉不像猪肉，比猪肉粗。切猪肉听说你们都是横着纹路切，切牛肉不能，要顺着纹路切，不然肉一下锅就碎了。"

"晓得了。"齐大柱女人又走回了砧板，将那块牛肉拿起换了个方位，顺着纹路切了起来。这下更好切些了，那刀也就更麻利了。

"柱嫂好能干！"海妻由衷地赞了一句。

齐大柱女人灿烂地笑了。

县衙签押房门外的走廊两头各站着两个精壮汉子，稍一辨认便能看出是胡宗宪的贴身亲兵，只是这时都换上了劲装便服。

走廊尽头的院子里便是胡宗宪那个亲兵队长，又蹲在一个木炭小火炉前，扇着扇，在熬着汤药。

签押房内，海瑞把母亲平时坐的那把竹躺椅搬到这里来了，上面还铺了一条薄薄的棉被，让胡宗宪躺坐在那里。

不只是职位悬殊，海瑞本人从心里对这位部堂也还是敬重的，这时便搬来一条中矮的凳子，坐在他的前方一侧。

胡宗宪的面颊更显黑瘦憔悴了，这时却露着微笑望着海瑞。

海瑞微低着头："卑职将公子送到部堂那里去，当时是不得不为，有损部堂清誉，望部堂能体谅卑职的苦衷。"

胡宗宪："你这是维护了我的清誉。"

海瑞抬起了头，望向胡宗宪，见他一脸诚意，心中不禁一动。

胡宗宪："我这次回乡养病，特地绕道淳安来见你，就是为了答谢你的。有几件事，这就是其中一件。"

海瑞反倒心中有些不安了："部堂不见罪卑职已是宏量，要是说一个'谢'字，卑职汗颜。"

"应该谢。"胡宗宪肯定地说道，"犬子来之前我给他写过信，叫他不要惊动官府，可进入浙境的第一站便骚扰了官府，这一路走去，更不知会有多大的动静。在你这里就堵了这个口子，我焉能不谢？"

| 第二十六章 |

海瑞站了起来:"我大明朝的大臣要都有部堂这般胸襟,中兴有望。"

"海笔架什么时候也学会奉承上司了?"胡宗宪疲倦地一笑。

海瑞严肃了面容:"海瑞从不说违心之言。"

胡宗宪也严肃了面容:"能得到海刚峰这句由衷之言,胡某心慰。请坐下。"

海瑞又端坐了下来。

胡宗宪接着慢慢说道:"更应该感谢你的是你给我送来了齐大柱那些淳安的义民。忠勇善战,胡某的命就是他们救下的。这个谢,你得受了。"说着手撑着躺椅的扶手,坐直了身子,向海瑞一揖。

海瑞连忙离开了凳子,跪了下去,双手还揖:"义民忠勇,是他们的功劳。部堂这个'谢'字卑职更不能受。"

胡宗宪:"没有好官就没有好百姓。你救了一县的百姓,自己母亲七十大寿却只能买两斤肉做寿……大明朝的府州县衙十成有一成你这样的官,风气便将为之一正。你为什么要辞官?"

这也许才是胡宗宪绕道淳安见海瑞的真正原因。海瑞跪在那里抬起了头。

胡宗宪紧望着他:"请起,告诉我。"

海瑞站了起来,却没有立刻回答。

胡宗宪两手撑着躺椅的扶手,紧紧地望着他。

海瑞没有看他,想了想,才答道:"部堂应该知道'沧浪之水'!"

胡宗宪显然也触动了衷肠,一时也沉默在那里,不再问他,撑着躺椅的扶手慢慢躺了下去,这一起一躺,脸色立刻不好了,微张开了嘴在那里喘气。

海瑞一惊:"部堂,是否不适了?"

胡宗宪闭上了眼,微摇了摇头,在那里自己竭力调匀呼吸。

海瑞慌忙站起:"来人!"

便衣亲兵立刻跑了进来。一个人在椅侧跪下一条腿轻轻地抚着他的前胸,一个人走到门边叫道:"药熬好了没有?"

"好了!就来!"亲兵队长端着药碗进来,服侍胡宗宪喝下了那碗汤药。接着在他耳边轻声道:"部堂,不能再说话了,回船上吧。"

胡宗宪却往后躺去,亲兵队长连忙顺着他把他安放在竹椅的靠背上。

胡宗宪轻挥了下手,亲兵队长只好退了出去。

屋子里又只剩下了他和海瑞。

胡宗宪又望向了海瑞,海瑞知他还有话要说,为了让他省些气力,搬张凳子靠近了他的头边，静待他说话。

胡宗宪显然气短，可话语虽慢而清晰："不论职务，论年纪，我说你几句。"

海瑞："部堂请讲。"

胡宗宪："读书是为了明理。你刚才提到'沧浪之水'，那是在东周战乱之时，七国纷争，天下没有共主，才有这一国的人投到那一国之事。我大明现在天下一统，何来的水清水浊？古语云：'圣人出，黄河清。'孔子也出了，孟子也出了，黄河清了吗？像你这样视百姓饥寒如自己饥寒的官都不愿意致君尧舜，稍不顺心便要辞官归隐，不说江山社稷，奈天下苍生何？"

这一番话说得海瑞震撼惊疑，不禁凝视着近在咫尺的这位浙直总督。一直以来，海瑞虽对此人为官做事颇为认可，但心中总存着一个"严党"的印象。上次初遇，二人简短交谈，多了些好感，毕竟未能尽释心中之碍。这次听他说出这番话来，意境之高，见识之深，历代名臣不过如此。这是此人的心里话吗？他为什么要挽留自己？抑或此人大奸似忠，别有所图！

海瑞单刀直入："有一句冒昧之言，卑职想问部堂。"

胡宗宪："请讲。"

海瑞："我海瑞不过一介举人出身，区区七品知县，部堂总不会为了我的去留专程来淳安劝说吧？"

胡宗宪："当然不是为了你，我也不说为了苍生百姓的大话。"说到这里他又歇了歇，提起气："我是为了自己来劝你留下。"

海瑞紧望着他。

胡宗宪："我在浙江当了五年巡抚，后来又兼浙直总督至今。屈指算来在浙江有七个年头了。所不能去者，倭患而已。现在，浙江的倭患总算肃清了。杜甫说过'名岂文章著，官因老病休'。我这个身子现在正是该休的时候了。告病休养的奏疏蒙皇上准了，回老家休养半年。半年后我会再上奏疏，继续告病，此生也不会再出来了。以前种种功过，让人评说去吧，我不在意，在意也无用。所在意者，想让浙江的百姓在我走后不要骂我。因此我不能在自己当浙直总督的时候让你辞官。"

这已无真伪可言，海瑞也涌出了一阵激动："部堂如此坦诚，卑职心中惭愧。如部堂真要挽留卑职，可否应允卑职两件事？"

胡宗宪："你说。"

海瑞："淳安今年全县被淹，三年内百姓都很难熬过灾情带来的困苦。部堂能否上疏为淳安百姓免去三年的赋税。尤其不能让赵中丞再来追讨所谓的欠粮。"

第二十六章

胡宗宪:"这一条我答应你。朝廷的奏疏我和赵中丞联名上呈。"

海瑞立刻站起,在躺椅边向胡宗宪深深一揖:"卑职代淳安百姓谢过部堂大人。"

胡宗宪轻摆了下手:"淳安百姓也是我的百姓。"

"是。"海瑞答着又坐了下来,第二件事却没有立刻说,又只是望着胡宗宪。

胡宗宪也不急着催他,静静地望着他。

海瑞觉得自己应该坦诚,不再犹豫,接着说道:"部堂告病回乡休养,赵中丞主浙,他也不会让卑职再留在浙江。卑职就算愿意继续留任,也会被调任他省。"

胡宗宪:"你不愿升任曹州知州的事我已经听说了。做官就怕跟上司不合,赵中丞那个人我比你知道得深些,是宰辅之才,只是容不得不听话的下属而已。我已经给他写了信,并寄去了我上的一道奏疏,请他联名,上呈吏部将你调到安徽去任知州。为我的家乡调去一个好官,也算一点私心吧。"说着淡淡一笑。

海瑞着实又被感动了,想接着说的话这时又觉着说不下去了。

胡宗宪:"你不愿意去?"

海瑞:"我想去一个地方,部堂能否答应?"

胡宗宪:"哪里?"

海瑞:"这个请求我跟赵中丞谭子理也提过,要想我留任,就将我调到江西分宜去仍任知县,要做官我就去做严家的父母官!"

胡宗宪果然脸上掠过一道惊疑,目光也满是疑问!

海瑞:"部堂是不是为难?"

胡宗宪的目光移开了海瑞的面孔,怔怔地望着窗外,好久才叹了一声:"我知道,天下人还都是信不过我。"

海瑞:"卑职就信得过部堂。天下人都说部堂是严阁老的人,卑职认为部堂是我大明朝的人。江西分宜是严阁老的老家,部堂只要推荐卑职到那里去,朝野就会认为部堂并不是严阁老的私人!"

胡宗宪沉默在那里,好久才又轻轻摇了摇头:"这一条,我无法答应你。"

海瑞:"部堂还是念着严阁老的知遇之恩?"

胡宗宪又轻轻摇了摇头:"刚峰,你把自己看得过重了。"

海瑞一怔。

胡宗宪:"你是个刚正的人,敢说话,敢抗上。可真要抗上,你这个七品能抗得过谁?在浙江你能做些事震动朝廷,那是因为你背后有人要震动朝廷。到了江西分宜,凭你一个人又能震动谁?皇上要用的人谁也推不倒,皇上不用的人谁也保不了。"

海瑞："部堂只说一句，愿否推荐卑职出任江西分宜。"

胡宗宪："我不做欺瞒世人的事，也不做违心的事。你真想调任分宜，我可以再跟赵中丞写信，那封奏疏上不了，让他一个人上疏举荐你去。"

海瑞深深一揖："那卑职就等吏部的调令！"

一条没有旗号也没有告牌灯笼的大官船停靠在码头靠上游的位置，几个便装亲兵守候在船上，这是胡宗宪的官船。

又有一条也没有旗号也没有告牌灯笼的小一号官船停在码头稍下游的位置，船板上站着臬司衙门两个队官和几个兵士。

其实互相都面熟，可这时胡宗宪的亲兵在这条船望着那条船的人，臬司衙门的队官兵士在那条船望着这条船的人，互相都不打招呼。

码头上田有禄带着两个差役气喘吁吁地来了，走下了码头，望着这两条船，低声问领他来的差役："是哪条船？"

一个差役指着停在稍下游的那条官船："那条。"

田有禄又瞟了一眼胡宗宪那条官船，这才犹犹豫豫向后面那条官船的跳板走去。

上了跳板，一个队官迎过来了："是田县丞吗？"

田有禄："卑职就是。"

那队官："跟我来吧。"

田有禄一进客舱便立刻跪下了。

客舱靠后部壁板前一张矮桌两旁，左边坐着锦衣卫那头，右边坐着另一个锦衣卫，两个人正在下着象棋，那棋子有杯口大。

"将！"锦衣卫那头把一枚大棋重重地"将"了过去。

田有禄打了个激灵。

"我输了。"右边那个锦衣卫掏出一锭小银放到对面锦衣卫那头的桌面上。

锦衣卫那头的目光转望向了田有禄："还认识我们吗？"

田有禄未答话先磕了个头："两位钦差大人在上，卑职挖了眼珠子也不敢不认识。"

锦衣卫那头一笑："废话。挖了眼珠子还要你何用。"

田有禄："是。卑职还要留着眼珠子替钦差大人当差呢。"

锦衣卫那头："胡部堂来了？"

田有禄："是。正在县衙跟海知县说话。"

锦衣卫那头："那个齐大柱也跟他来了？"

| 第二十六章 |

田有禄："是。正在县衙后宅帮海知县家里做事呢。"

锦衣卫那头和另一个锦衣卫碰了一下眼神。

锦衣卫那头："交你个差使。"

田有禄："钦差大人只管吩咐,卑职立刻去办。"

锦衣卫那头："你到县衙后宅直接找齐大柱,告诉他赵中丞有要紧的话嘱托他,是有关如何照看胡部堂的话。叫他不要惊动胡部堂。"

田有禄："这个好办,卑职立马把他叫来。"

锦衣卫那头："去吧。"

田有禄又在舱板上重重磕了个头,爬起来退着走了出去。

锦衣卫那头又拿起杯口大的棋子摆了起来:"再来!"

海母在上,海妻带着女儿在左,右边的位置空着,齐大柱却拉着女人在下位坐下了。

海母:"这边还空着,坐在那里干什么?坐这边来。"

齐大柱:"老夫人,能陪你老一桌吃饭已经是小人和小人媳妇的造化了,这就是小人和小人媳妇该坐的地方。"

海母把筷子往桌上一放,端严了脸:"坐到这边来。"

齐大柱和他女人自见到海母一家以来便其乐融融,这是第一次看到海母森严的面孔,二人都是一怔,互望了一眼,都想起了海瑞那张面孔,便都笑了一下,端着各自的碗筷,走到了右边的空位上坐下。

海母的脸这才又舒展了:"吃饭吧。"

各人都端起了碗。

"卑职淳安县丞田有禄求见老夫人!"都还没吃,门外院里便传来了田有禄的声音。

海母眉头一皱,望向媳妇:"不是叫汝贤跟衙门里的人都打过招呼吗?凡衙门的人都不许进来,他怎么进来了?"

齐大柱站起了:"让我去问问,或许是海大人叫他来吩咐什么话。"说着便走了出去。

"不理他,我们吃饭。"海母拿起了筷子向齐大柱女人示了下意。

齐大柱女人立刻夹起了一块烧得红红烂烂的牛肉敬到海母的碗里。

看到齐大柱和田有禄出现在码头上,胡宗宪官船上的亲兵都从跳板上迎了过来:"队官,部堂大人呢?"

齐大柱："部堂还跟海知县在说事。我是另外有事要见赵中丞派来的人。你们都回去守候吧。"

"是。"几个亲兵目送着田有禄将齐大柱领向后面那条官船，这才又都走回了自己的船上。

走进锦衣卫的船舱，锦衣卫那头的眼睛就亮了，从头到脚将齐大柱整个身子审视了一遍。

齐大柱被他望得有些不乐意了："请问二位是不是赵中丞派来传话的？"

锦衣卫那头依然盘腿坐着："把你的衣服脱下来，我看看。"

齐大柱的脸阴沉了："二位如果没有正经事我就失陪了。"

"站住。"锦衣卫那头从丹田中迸出两个字。

齐大柱感到了耳朵边余音震颤，这才有些惊警了，回头紧盯着锦衣卫那头。

锦衣卫那头的脸色又缓和了："男子汉脱件衣服也害羞？你脱给他看。"

坐在他对面的锦衣卫站起了，腰带一扯长衫一撩，任它顺着肩背落在船舱的木板上。

齐大柱又是一怔：光着上身的那个锦衣卫两肩较常人宽有数寸，从胸到腰呈倒三角削斜下来，那腰只有一束。胸肌臂肌一块块隆起坚硬如铁。

齐大柱起了好奇心，也将自己的衣衫脱了下来扔在船板上。

锦衣卫那头和那个锦衣卫的眼睛更亮了！

"虎臂蜂腰，上面很正。"锦衣卫那头莫名其妙地说着，"请将尊裤撩起。"

齐大柱抓住一只裤腿往上一提。

"螳螂腿！正宗身板！"锦衣卫那头满脸的赞赏，"请穿衣吧。"

齐大柱拾起衣服穿上，那个锦衣卫也穿上了衣服。

齐大柱："二位这下可以谈正经事了吧？"

锦衣卫那头慢慢站了起来，从腰间掏出腰牌对兀自跪在客舱门外的田有禄："你进来。"

田有禄连忙躬着腰趋了过去。

锦衣卫那头将腰牌递给田有禄："给他看看。"

田有禄双手捧着腰牌走到齐大柱面前："请看吧。"

齐大柱疑惑地接过腰牌，先望了一眼锦衣卫那头接着才望向那块腰牌，立时一怔。

——腰牌上赫然刻着"北镇抚司"几个烫金隶字！

齐大柱慢慢抬起了头又望向二人："是宫里的钦差？"

锦衣卫那头对田有禄："拿过来吧。"

| 第二十六章 |

　　田有禄又从齐大柱手里扯过腰牌趋到锦衣卫那头面前双手呈上。
　　"你说得不错。"锦衣卫那头一边系着腰牌一边说道,"奉密旨,你要跟我们走一趟。"
　　齐大柱:"为什么?"
　　锦衣卫那头:"为了倭首井上十四郎的事!"
　　齐大柱似乎明白自己陷入了罗网,沉默稍顷:"总得禀报一下胡部堂吧?"
　　锦衣卫那头:"胡部堂那里我们自会打招呼。从此刻起你立刻跟我们走!"
　　齐大柱又沉默了,看了锦衣卫那头一眼,抱着双手,在舱内的一张椅子上坐了下来。

第二十七章

"闪开!"一向待人做事不失温柔敦厚之旨的王用汲今天竟露出了金刚怒目的神态,向站在巡抚衙门后堂签押房门口挡住他的书办一声低吼,接着用手一拨,将那个书办拨在了一边,又对身后喊了一句,"跟我进来!"一阵风跨进了房门,身后还跟着一个女人,便是齐大柱的妻子。

正中椅子上空着,并无赵贞吉。只有谭纶一个人坐在案侧批阅案卷。

"怎么回事?"谭纶慢慢站起了,望了望王用汲,又望了一眼他身后那个自己并不认识的女人。

王用汲在签押房中站住了:"找你。"

谭纶:"找我怎么找到这里来了?什么事不能在按察使衙门等我回去再说?"

王用汲:"什么事你们都在这里密谋好了,然后躲着我,我在按察使衙门能等到你吗?"

谭纶的脸色也不好看了:"王润莲,这里可是一省处置公务的机密之地,你怎么能够随便带人闯进来!要是谈公务,你这就立刻出去,到按察使衙门等我。要闹意气,就脱了官服,再跟我闹。"

王用汲立刻取下了官帽走到他面前往案上一搁:"我现在不是官了,你还是浙江的按察使大人,我能跟你闹吗?"

相处多年,谭纶从来没有看到王用汲如此较真过,见他此时这般激动,竟有几分像那个海瑞的气势,也一下子怔住了。抬起头望着站在自己面前的这个故交,刚才突然冒上来的那口气慢慢平息了下去,站起来,走到签押房门口,对依然站在门外的那个书办:"去二堂门口守着。"

"是。"那书办应着走开了。

| 第二十七章 |

谭纶把门关了，回身时不再去案边，而是在南窗旁的一把椅子上坐下了："到底什么事，坐下来快点说了。这可是赵中丞的签押房。"

王用汲也转过了身，直盯着他："我知道赵中丞不会见我，我也不会去问他。可把我从昆山调来，把海刚峰从南平调来的是你谭纶。我现在只问你，毁堤淹田的事你们一汪水盖过去了，说是为了抗倭的大局，为了不牵连胡部堂。可井上十四郎的事一点也没牵着胡部堂，更无碍抗倭的大局。那么多供词在，那么多证词在，明明是严党干的事，为什么倒把齐大柱抓了？齐大柱是海刚峰从断头台上救下的，接着你们是不是要把海刚峰也抓了！"

谭纶沉默了。

王用汲更证实了抓齐大柱的事谭纶和赵贞吉事先知道，刚才还十分的义愤这时倒有七分化作了悲凉："官场无朋友，朝事无是非，只有'利害'二字。你们把事情办成这样，我也不再讲什么道义，论什么是非。就说利害，谭大人总得想想，海瑞和我王用汲都是裕王爷给吏部打招呼派到浙江来的，你们总不至于连裕王爷的处境也不想了吧？"

谭纶目光虚虚地望向了王用汲，依然沉默。

王用汲："那好。海瑞的辞呈上了，我也并未接受你们台州知州的荐任。我是你搬来的，你现在让我走，或是就地免职，或是让我到北京哪个衙门仍然任个七品。我也好带着这个齐大柱的妻子到北京去，此处伸不了冤，我到北京找徐阁老。徐阁老不见我，高大人、张大人总会给我一个说法。"

谭纶这才正眼望向了一直低头站在门边的齐妻："你是齐大柱的妻子？"

齐妻这时才提着裙裾跪下了："民女是齐大柱的妻子。民女的丈夫没有通倭。"

谭纶坐不住了，站起来在原地轻轻踱着，踱了几步面对南窗又站定了："话问到这个份儿上，我总得给你们一个说法。抓齐大柱前，镇抚司的上差是告诉了赵中丞，也告诉了我，可也就是告诉了一声。他们身上有上谕。奉旨办差，谁也挡不住。"

齐大柱的妻子那张脸唰地白了，呆呆地站在那里。

王用汲："挡不住还不能上个疏向皇上辩陈吗？"

谭纶又慢慢转过了身子，望了一眼王用汲，又望向跪在地上的齐妻："你先到门房去等着吧。"

齐妻怔怔地跪在那里，慢慢望向了王用汲。

王用汲知道谭纶有要紧的话跟自己说了，走到门边，慢慢开了门，转对齐妻："去吧。"

"民女的丈夫没有通倭。"齐妻喃喃地仍然是那句话，说着向二人磕了三个响头，默然站起，黯然走了出去。

王用汲又关了门，回头望着谭纶。

谭纶这时压低了声音，却几乎是一字一顿地说道："齐大柱背后牵着海刚峰，海刚峰背后牵着我谭纶，我谭纶背后牵着的就是裕王爷。这几层关系，任谁都看得明白。可皇上还是下旨抓了齐大柱，这是将自己的亲生儿子也捎带打了。为什么？严嵩亲自出手了，皇上也得让他三分哪。朝廷还在等着鄢懋卿巡盐的银子呢。"

王用汲一震，望谭纶的目光终于有了几分体谅，同时浮出了更深的忧虑。

谭纶："短兵相接了。我不能说话，裕王爷也不能说话，你更是没有说话的份儿。安排一下，让齐大柱这个老婆到京师去，直接找兵部，找张太岳，叫当事人喊冤去。"

王用汲："管用吗？"

谭纶："齐大柱毕竟是抗倭有军功的人，上次给兵部报军功，他的名字就在第一张名单上，兵部有存案。从这个口子把事情捅开了，便能揭了严嵩那张老脸！他们要还是想杀齐大柱，追究海刚峰，这一刀下去，伤不着严嵩也得捎带上严世蕃的血。郑泌昌、何茂才通倭，他脱不了干系！"

王用汲的眼中又出现了原来的谭纶，欣慰杂着歉疚，径直到书案边先把那顶官帽拿起戴了，没有看他："到浙江来我不悔，海刚峰也总有一天会明白你们的苦心。多余的话我也不说了，下面的事我去办。"说完这番话转身向谭纶深深一揖，便欲离去。

谭纶一把拽住了他："要密！你怎么把这个女人平安送去京师？"

王用汲："跟另外一个女人一起去。"

谭纶询望着他。

王用汲："这一向心里有气，这件事也就没跟你说。原来送高翰文去京师的那个芸娘前几天回杭州了，给我带来了高翰文的信。高墨卿在信中托我给他说媒，愿意娶芸娘为妻。明天芸娘就会进京，让齐大柱的老婆搭她的船走。"

谭纶："不妥。那个女人身上有太多的事，跟她一起走，只怕到不了京师，就会让宫里的人抓了。"

王用汲："没人敢抓。那个芸娘身上有司礼监的牒文！"

谭纶惊愕了："她身上有司礼监的牒文？"

王用汲："还是吕公公亲笔签署的。"

谭纶一时竟不敢相信："吕公公亲笔给她签署牒文……难道是皇上的意思……"

王用汲："我亲眼见过。"

"想不明白，那就不要再想了。"谭纶一挥手，"既然这样，就让她们一起走，明天

第二十七章

就走！"

　　嘉靖三十九年的北京一个冬季只是稀稀拉拉间或下了一些小雪，农历十二月一个月竟一片雪花也没有下过，当时打死了钦天监的监正周云逸，第二年夏秋北边好些省份果然都出现了灾情。

　　嘉靖四十年恰恰相反，冬至前五天，北京城里城外一早就突然纷纷扬扬下起了大雪。这于年成自然是天大的祥瑞，可让各漕运衙门慌了神，京杭大运河只有一条，当年运往北京的最后一批漕粮漕银尤其是供应宫里的贡物，都得抓紧在这几天抢运完毕，否则河道结冰，便是误了天大的差使。因此这一天运河通州一段满河是船，竟造成了蔽河拥塞的现象。

　　大雪漫天弥江，这条船到那条船一丈远便瞧不清对方的情形，又都抢着水深的河道急着往前走，于是到处都起了喝骂声，叫对方避开，有两条船上都是官差，甚至互相抄起了船篙打了起来。

　　"你狗日的瞎了眼，户部南直隶司押漕银的船也敢不让！"一条船上几根篙子向对方乱戳乱扑，大声喝骂。

　　"你狗日的才瞎了眼！老子是工部的船，装的都是为宫里修殿的料，你也敢争！"这条船上的人气焰更张，几根篙子也向对方反戳反扑过去。

　　这一处起了争斗，影影绰绰还有远处近处都起了各船的争斗声。

　　突然河面上响起了巨响的铳炮声，雪雾虽浓还是能看见好大一团的火光在河面上方闪亮。紧接着放铳炮的那个船队上又响起了大锣声！

　　好些争斗的官船都停止了争斗，白茫茫地向放炮响锣处望去。

　　那个船队好大，旗子上的字这时是看不见，可高高的桅杆上的灯笼还是隐约可见"都察院""总盐运使司""鄢"的名号！

　　这是奉旨南巡钦差大人鄢老爷的船队来了，争吵的官船自觉不自觉都开始往河道两边避让。

　　在河上行驶的那些民船、商船上的老板更是都慌了，各自吆喝着自己的船工：

　　"靠岸！靠岸！让官府的船先走！"

　　鄢懋卿的船队在大雪中占了运河正中的河道浩浩荡荡驶来了！

　　独有一条客船仍然不管不顾调整了风帆，辅之以桨继续行驶，可还是在大雪的河中被周遭的船逼住了，欲行难行，眼看着要跟两边的船碰上了，争斗在所难免。

　　船舱内一个高大的身影钻出来了，站到船板上，伸出那只蒲扇大的手掌去接天上飘下的雪，这人竟是押解齐大柱进京的锦衣卫那头。

　　船工其实都是浙江臬司衙门换了便服的官兵，一个队官见他出来立刻趋了过去："大人，跟不上了，我们是否要亮出名号？"

　　一片好大的雪飘然落在锦衣卫那头的掌心中，锦衣卫那头望着那片雪："'燕山雪花大如席'呀！"

　　那个队官睁大了眼，诧异地望着锦衣卫那头，有点不相信这句文绉绉的话是从这个大内高手嘴里说出的，伺候了一路，此人居然还会念诗？

　　"不要亮名号，往前走就是。"锦衣卫那头依然捧着那片雪花这才答道。

　　那队官："大人，这样走难免有碰撞，都是官船，争吵起来我们怎样说？"

　　"不要争吵嘛。"锦衣卫那头十分悠闲，"跟着前面鄢大人的船队，不要落了。"

　　那队官只好传令："挤出去！跟着前面的船队！"

　　毕竟都是官兵，背后又有锦衣卫的靠山，这些人趁各条船避让之际硬是竹篙齐出，撑着别人的船，听着四处的骂声，驶了出去，跟在鄢懋卿庞大船队的后面不远不近地驶去。

　　锦衣卫那头这才又钻进了船舱。

　　船舱内，齐大柱依然穿着上船时那件单衣长衫，脸上的胡子也长出来了，背靠着船舱的隔板，闭眼箕坐在那里。

　　另一个锦衣卫就坐在他身旁的不远处，正掀开一扇窗望着船外的雪花。

　　锦衣卫那头进来了，望了一眼齐大柱。

　　另一个锦衣卫放下了船窗页子，站了起来。

　　锦衣卫那头："天冷了，把你的袍子拿一件给他穿上。"

　　那个锦衣卫走到靠舱壁边一个木箱前，掀开了，提出了一件棉袍，走到齐大柱面前："穿上吧。"

　　齐大柱依然闭眼坐着："不冷。"

　　锦衣卫那头："不冷也穿上。"说着接过那件棉袍往齐大柱面前一递。

　　齐大柱睁开了眼，望向他。

　　锦衣卫那头："一路上我们也没有难为你，快进京了，刑具也得戴上。"

　　"戴上吧。"齐大柱这才站了起来，接过棉袍穿上。

　　那个锦衣卫将一面枷又拿过来了，齐大柱将两只大手一并伸到身前，那锦衣卫给他套上了枷，一把锁锁了。

　　齐大柱又靠着舱壁坐了下去，闭上了眼。

第二十七章

自元代修了通惠河，京杭大运河的终点便从通州接达京师什刹海。明朝正统三年，在东便门修建了大通闸桥，这里便已成了全国货物直达京师最大的集散码头。到嘉靖时，每年仅朝廷和官府在这里靠岸起航的漕船就有两万条。年近岁末，大雪早至，许多南来的船只都被迫在通州的张家湾码头下货，但各部衙门能驶进通惠河到达这里的船仍不在少数。河道上今天的拥堵自不用说，码头上前来接货的车担人流更是嚷成一片。但无论你是哪个衙门的，这时都被赶开了，挤靠在码头两边的岸上。码头被空了出来，戒备森严，井然有序。

官兵都戴上了大檐冬帽，挎刀执枪从河岸边沿石阶到码头顶端分两列直立在纷飞的雪花中。

码头上那条大道停着好几顶暖轿，还有二十辆户部押漕银的车。

码头顶端站着好几个官员，都披着大红面料出锋的斗篷大氅，每个人的后面都有一个随从举着偌大的油布雪伞罩在头顶，望着河道中鄢懋卿那支浩浩荡荡的船队慢慢靠向码头。

——严世蕃带着罗龙文还有好几个亲信官员亲自接鄢懋卿来了！

主船驶在全队的最前面，一把伞罩着，鄢懋卿披着斗篷大氅走出了船舱，站到了船头的甲板上，向码头上端遥遥可见的严世蕃几个人双手高拱。

就在这时，难以想象的情形出现了，一条客船众桨齐飞，越过了鄢懋卿的船队，越过了鄢懋卿那条主船，抢先划向了码头！

码头上的官兵，船队上的官兵都拿起了家伙，准备要拿这条船！

快靠岸时，这条船的桅杆上升起了两盏大大的灯笼，一盏灯笼上映着："北镇抚司"，一盏灯笼上映着"诏狱"。

码头上，船队上，拿着刀枪的手都软软地放下了。

"是不是押那个齐大柱的朱七回了？"反应最快还是严世蕃。

"是。"罗龙文瞪大了眼，已经望见从客船上走上码头的锦衣卫那头——原来此人姓朱名七。

浙江臬司衙门那些官兵也都换回了军服，一队人先跑上了码头。接着，背着枷锁的齐大柱出现了，他身后跟着已换上锦衣卫服饰的那个锦衣卫。

一行押着齐大柱飞快地登上了码头。

"小阁老！罗大人！"锦衣卫那头——朱七迎面向他们行了个半礼。

严世蕃立刻伸手阻住他，笑道："七爷也赶回来了？"

"小阁老这样称呼折杀了小人。"朱七谦笑答道，"司礼监已经骂人了，叫小的今天务必赶到，这一急，没想冲撞了小阁老。"

"你们的事要紧。"严世蕃望向了已经押至过来的齐大柱，"这就是通倭的那个人？"

"还要审。"朱七没有正面回答他，"小阁老还要迎鄢大人，小的先走了。立刻送诏狱！"

朱七向严世蕃和罗龙文又拱了下手，领着一行押着齐大柱走了过去。

这个插曲不但没有败了严世蕃的兴致，反而使他更兴奋了，脸上露出了硬硬的笑。

罗龙文："有他们好看的了。"

"回去再说。"严世蕃打断了他，"接景修吧。"

鄢懋卿那条主船这时才靠了岸，随从高举着那把油布雪伞，跟在鄢懋卿后面从架板上走上了码头。

被北镇抚司的船挡了一下，鄢懋卿的兴致败了不小，但这时透过雪花，看见了站在码头上的严世蕃和罗龙文，立刻又满脸堆出了笑，踩着雪，疾步拾级而上。

"雪滑，走慢点！"站在顶端的严世蕃望着逐渐登近的鄢懋卿大声喊道。

"爷！想死了！"鄢懋卿大声答着，步伐更快了，走到了严世蕃、罗龙文面前，冒着雪便要跪下去。

严世蕃两手有力地搀住了他："地上有雪！"

鄢懋卿双腿屈着，抬头望着严世蕃那张冻得红扑扑的大脸，眼睛一湿："小阁老好？阁老还好？"

严世蕃："好，都好。"

鄢懋卿站直了又笑望向罗龙文："大人们都好？"

罗龙文也笑着："你把银子运回来了大家便都好。"

鄢懋卿回头一指陆续靠岸的船队："二百三十万两，全运来了。皇上那里今年也能过个安稳年了。"

严世蕃："税银立刻押往户部，账册送进宫去！"

立刻有两个官员大声答道："是！"

严世蕃拉着鄢懋卿的手："阁老正等着呢，走吧。"

时近黄昏，天又下着雪，人不愿过，鸟不敢飞的北镇抚司诏狱这条大街便更显得阴森

| 第二十七章 |

幽长，载着齐大柱那辆暖篷马车飞快地驰过来了。

黑漆大门里，一个锦衣卫的千户领着好些锦衣卫迎了出来。

马车停下了，轿帘一掀，那个锦衣卫先跳了下来，手撩着轿帘，接着是叫朱七的锦衣卫那头跳了下来。

"太保爷，这一趟差出得不短。您辛苦了！"锦衣卫千户立刻领着众锦衣卫向他行了个礼。

原来自明太祖朱元璋设锦衣卫以来，队伍里便自己推选出功夫最高的十三个人号称"十三太保"。十三个位置一直沿袭下来，死了一个或是走了一个便挑出一个补上。这十三个人在上万的锦衣卫里不论职位高低，名头都是响的。办浙案的锦衣卫那头原来就是嘉靖朝这十三个人之一，排在第七。嘉靖喜欢这个人，又给他赐了国姓，改姓朱，姓名由此定了下来，叫作朱七。因此锦衣卫的人有时称他"太保爷"，有时称他"七爷"。

朱七见着自家人第一次露出了亲切的笑容："原来还打量着这个年要在浙江过，总算回来了。"

刚才还行礼的那些锦衣卫一下子围了上来，向朱七纷纷嚷道：

"七爷要是不回，咱们这个年过得都没劲了！"

"七爷这一回，牌桌上小的们的银子就没劲了！"

"闲事过后再聊。"朱七笑了一下，转向跟他的那一个锦衣卫："把人犯带出来吧。"

"老赵也辛苦了，我们来吧。"两个锦衣卫便走到轿帘边准备拿人。

那个锦衣卫原来姓赵，这时挡住了他们："这个人有许多隐情，兄弟们照顾着点。还是我叫他下来吧。到了，下来吧。"

戴着枷锁的齐大柱在轿车门口露出了头，接车的锦衣卫刚想扶他，只见他顶着枷锁轻身便跃了下来。

锦衣卫那个千户和所有迎出来的锦衣卫目光都是一碰，似乎明白了些此人为何该"照顾着点"了。

锦衣卫那千户向迎出来的众锦衣卫说道："安排牢房。然后给七爷接风！"

两条黑漆大门是不开的，只是左侧大门扇上还开着一条过人的小门，一些锦衣卫听了吩咐疾步先走了进去。

剩下锦衣卫那千户陪着朱七，两个锦衣卫陪着姓赵的那个锦衣卫押着齐大柱向开着的那条小门走去。

"爷！"一声女人的叫声把六个人的脚都叫停了，六个人的目光都循声望去。

雪花还在纷纷扬扬下着，一个女人拎着一个布包袱飞也似的跑过来了。

"你到这里来干什么！"朱七和四个锦衣卫还在愣神，背着枷锁的齐大柱对那女人一声大喝。

原来是柱嫂。这时已是满身的雪，任齐大柱横眉怒目，抓着他的衣便跪了下来："我是你的人，活着给你送饭，死了给你送灵。"

几个锦衣卫才知道这是齐大柱的婆娘，四个锦衣卫都望着朱七。

朱七不吭声，只是望着齐大柱和跪在他身前的那个女人。

柱嫂："我到京城已有半个月了，海老爷、王老爷都给我写了信，我住在翰林院高大人家里。爷，这是你的冬衣。"说着把那个包袱递了上去。

"这里不许送东西！"押齐大柱的一个锦衣卫伸出手便去抢那包袱。

朱七这时吭声了："让她送吧。"

那锦衣卫把手又缩了回来。

齐大柱原是担心自己的女人受连累，听她一番告白心里也酸了，接过那个包袱："京里不是你待的地方，我也已是个没下场的人了。想法子搭个便船回去吧。"

柱嫂还跪在那里："爷，我一个人你叫我回哪里去？"

齐大柱别过了脸："回浙江，找个老实人嫁了吧。"

那柱嫂慢慢站起了，深望着齐大柱，齐大柱却拿着包袱一个人向黑门走去。

朱七和几个锦衣卫跟着走去。

突然，朱七的目光一闪，猛地一回身跃了过去！

原来柱嫂低着头向那辆车的车轮猛撞过去，就在头要撞上车轮的瞬间被一只大手生生地拽住了。

几个锦衣卫都转了头，齐大柱也慢慢回转头来。

"大人，你现在不让我死，回去我还是个死。"柱嫂望着朱七。

"好刚烈的女人！"朱七赞了一句，"齐大柱，我说了算，这个女人不许休了她。"

齐大柱闭上了眼："你这是何苦。愿意待你就待在北京吧。"说完这句向诏狱那条小门走了进去。

到了严嵩书房门口，严世蕃、罗龙文和鄢懋卿都脱下了大氅，随从接了过去，三人走进了书房。

白头父子，白头师弟，严嵩掌枢二十多年，依靠的还是眼前这个儿子和这两个弟子最多。这时冬寒早至，室外飘雪，他坐在冒着青火的白云铜火盆前，蒙蒙地望着进来的三人跪在面前，尽管目视模糊，骨子里涌出的却是前所未有的温暖。

| 第二十七章 |

"船上冷吧？"严嵩望着鄢懋卿的身影问道。

"见到阁老早已温暖如春了。"鄢懋卿几月在外，一时间还没看出这时严嵩的变化，笑着答道。

"什么如春？"严嵩没有听清楚，复问一句。

鄢懋卿一愕。

严世蕃在他耳边说道："还不是三个月前那个事闹的。现在眼也花了，耳也背了，声音小便听不见。"说着他站了起来，走到严嵩的座椅前，在他耳边大声说道："他说见到你老就如沐春风，不冷了！"

严嵩孩子似的一笑："我能听见，这么大嗓门干什么？"

"阁老听见了。都起来坐吧。"严世蕃招呼罗龙文和鄢懋卿起来。

三个人都在严嵩的身边坐下了。

严世蕃望着鄢懋卿，依然大着嗓门："把这一次去两淮、两浙巡视替朝廷收了多少盐税银子跟阁老说一下吧。"

鄢懋卿依然怔怔地望着严嵩："才几个月，没想到阁老老得这么快……"

正高兴的时候，严世蕃不耐烦他这副伤感败兴的样子，手一挥打断了他："说高兴的事吧！把收了多少银子告诉阁老。"

鄢懋卿转出笑脸："小阁老还是那般性急。公事是谈不完的，阁老春秋高了，巡视盐务的事我详细写了个帖子，让阁老慢慢看。"说到这里从袖子里掏出了一本厚厚的帖子双手递给严嵩。

严嵩接过帖子却拿在手里："详细账册都给皇上送去了吗？"

鄢懋卿大声地回道："送了！银子送进了国库，账册呈给了皇上。"

"那就好。"严嵩这才就着灯光把那个帖子凑到眼前望了望封面，看不清，又望向鄢懋卿："看不清了。你告诉我，这一次一共收了多少税银。"

"阁老！"鄢懋卿大着嗓门，接着举起左掌伸出两根手指："二百！"接着又举起右掌伸出三根手指："三十万两？"

严嵩听清楚了，却没有立刻表态，在那里像是盘算着，好久才说了一句："二百三十万，补今年京官的俸禄和各部衙门的开支应该够了。宫里的呢？"

"放心吧！"严世蕃大声地说道，"宫里的埋伏早就打下了。这二百三十万是给国库的，还留了一百万我收到了工部。五十万年前送进宫去给皇上赏人。剩下的五十万两，过了年，就帮皇上把去年烧了的万寿宫修起来！"

几个人都满脸兴致地望着严嵩，等他高兴的回应。

严嵩的眉头却皱起了，又在那里费神地想着，接着摇了摇头："不应该这样做。授人以柄哪……"

严世蕃被冷水浇了一下，那张大脸一下子也冷了："你老也太胆小了。钱都到了国库再拨出来又不知要费多大的劲。这样做皇上只会高兴，谁敢拿皇上的把柄！"

严嵩："呈给皇上的账目上写了这一百万两吗？"

严世蕃："这是瞒那些人，怎么能瞒皇上，当然要写上。"

严嵩这才点了点头："写上了就好。"

严世蕃又兴奋了："有了这三百三十万两，让皇上看看，到底谁是大明朝的忠臣！徐阶、高拱、张居正那些人想倒我们，弄了个赵贞吉接管了织造局，怎么样？都快年底了，五十万匹丝绸还不到一半的数。现在好了，他们队伍里自己干上了。等着看戏吧！"

他的嗓门大，严嵩又听得认真，这回都听清了："他们自己干上了什么？"

严世蕃："高拱、张居正他们推举的那个海瑞有通倭的嫌疑，我叫人参了一本，逼赵贞吉下令抓的人。锦衣卫的朱七今天已经把人押回京里了。你老就等着看徐阶、高拱、张居正他们自己干仗吧！"

严嵩一惊："你们抓了那个海瑞？"

严世蕃："眼下还没动他。抓的是淳安的一个桑户头子，从改稻为桑开始就领着人造反。后来通倭，被何茂才抓了，竟让那个海瑞给放了。还送到了胡汝贞那儿去打仗，真是反了天了。抓了这个人，那个海瑞便跑不了，怂恿海瑞闹事的那些人也脱不了干系。"

严嵩又沉默了。抓齐大柱原是严嵩秘密奏陈嘉靖然后由北镇抚司暗中执行的事。可让严嵩没有想到的是儿子竟同时派人参了本，而且一直瞒着自己。父子同心，又如此不通声气，严嵩现在就是想说什么也无话可说了。

严嵩慢慢抬起了头，良久才说道："不要惹事了。毕竟背后牵着裕王。"

严世蕃："有些事你老不知道。一个举人出身的七品官竟把浙江闹得天翻地覆，郑泌昌、何茂才的命有一半是丧在他的手里。这一次鄢懋卿去江南他又公然叫板，跟老鄢过不去，还不是仗着他背后有人！老鄢也不争气，怕了他，连淳安都没敢去。你说气人不气人！"说到这里他斜盯着鄢懋卿。

鄢懋卿尴尬地一笑："也不是怕他，跟他干有什么劲？"

严世蕃嘴角一撇："我们越是退，人家越是上前。浙江的事，我们的人都被他们杀了，不办他几个，这个身就翻不过来。爹，这件事你老就别管了，让儿子收拾他们。"

严嵩气衰，烦这个儿子就烦在这些地方——盛气高涨，不由分说，他将手里拿着的鄢懋卿那个帖子往身边的茶几上一搁，躺了下去，干脆闭上眼不作声了。

第二十七章

严世蕃只好闭上了嘴。

罗龙文总是在这样的时候出来转圜:"阁老说得对,小阁老,有些事还是从长计议的好。"

"通倭也要从长计议!"严世蕃瞪了他一眼。

"小阁老,公事慢慢谈吧。"鄢懋卿目带乞求,脸带谄笑望了一眼严世蕃,然后转向严嵩,大声地说道:"阁老,儿子们还有件真能让你老欢喜的事,还没有说呢。"

严嵩这才又慢慢睁开了眼,望着他,轻叹了口气:"闹腾的事就不要跟我说了。"

鄢懋卿笑着大声道:"还真是闹腾的事,你老一定会欢喜。"

严嵩怔怔地望着他。

严世蕃当然也不想在这个时候太败老爷子的兴,勉强转了笑脸,也望向鄢懋卿:"耳朵都背了,你那个欢喜马屁拍得再响,他也未必能听见。"

鄢懋卿:"这小阁老就不明白了。不喜欢的事耳朵就背,喜欢的事耳朵准不背。"

严世蕃:"那就不谈公事了,拍你的马屁吧。"

鄢懋卿笑着走到窗边,开了一线,院内的灯光透了进来,他对外大声说道:"上些劲,比平时奏响亮些!"

窗外突然响起了一声清脆的檀板,接着小堂鼓敲响了,接着一阵悠扬的曲笛声传来了。

严嵩的耳朵这时似乎真不背了,躺着的身子也直了些,侧着头,眼中慢慢闪出了光亮。

窗外接着传来了一个坤伶正宗吴语的昆曲:

脸欺桃,腰怯柳,愁病两眉锁。

不是伤春,因甚闭门卧。

怕看窗外游蜂,檐前飞絮,想时候清明初过……

严嵩突然抬起了右手停在空中。

鄢懋卿在窗边连忙叫道:"暂停!"

檀板曲笛歌喉顿时停了。

严嵩手撑着躺椅扶手想坐起来,鄢懋卿和罗龙文一边一个搀着他坐直了身子。

严嵩眼中闪着光:"这是《浣纱记·捧心》的唱段,不像是原来的昆山腔。什么人改的曲子?"

鄢懋卿立刻谄笑着大声说道:"阁老确是法耳,这是昆山的魏良辅闭门十年调用水磨改出来的新昆腔,江南人叫它水磨腔。眼下也就这个班子能唱,是魏良辅亲手调教出来的。儿子花了二十万两银子买了这个班子,特为孝敬你老的。比原来的好听些吗?"

"这个魏良辅了不起!"严嵩依然沉醉在余音中,"亏他十年水磨,竟没了烟火气。"

鄢懋卿大喜,立刻走到窗前:"接着唱!"

窗外檀板曲笛又响了。

坤伶那歌喉又婉转飘了进来:

东风无奈,又送一春过。
好事蹉跎,赢得恹恹春病多……

玉熙宫的殿门紧闭,大殿的四角四个大白玉铜盆的银炭从里往外冒出青色的火苗。

左右两条紫檀木长案上又摆上了那两把各一丈长的紫檀算盘!十二名太监正飞快地在那里左手拨珠、右手挥毫计算着从江南送来的盐税账目。

大殿中央赫然摆着两个铜皮镶边的大木箱,盖子掀开着,木箱上剩下一半的封条还清晰地能看见"盐运使司"几个大字!

两个递送账目的太监穿梭般从大殿中央木箱中拿出账页送到长案上,又从长案上把已经算过的账页拿回到大殿中央另一个木箱中。

声耳之娱,在嘉靖这里截然不同,钟磬丝竹檀板歌喉之属,了无兴趣。他最喜欢听的只有三种声音:一为设坛拜醮时的钟鼓诵咒声,二为朗读青词时的四六平仄声,第三便是眼下外殿偌大的算盘发出的算珠噼啪声了。这三种声音有一种响起他便两眼放光,心驰神往。

灯火通明,窗外飘着大雪,窗户又都打开了。寒夜的雪风吹得嘉靖身上的丝绸大衫往后飘起。他站立的那张御案上便多了许多条玉石镇纸,压着一张张账单,以免被风吹走。

今年入冬后的精舍还有了一个改装,平时用来隔着大殿的纱幔不见了,精舍与大殿之间都装上了紫檀条幅门,条门上方的隔棂空间且都糊上了皮纸。在这里当值的太监们说这是万岁爷今年新的"德政"。往年冬日因皇上耐不了烟火气,外面大殿一般都不让生火盆,当值的人冻得要死。今年让在这里装了这一面紫檀条幅门,外殿便可以生火了,正好起到了一殿之间冷暖殊异的作用。其实这里面还有一层嘉靖不愿说与外人的原因,今年以来他突然觉得暴响的算珠声震得耳朵有些难受,隔了这一面条门响声正好合适。

| 第二十七章 |

　　这时他站在案前一任窗外的雪风吹着，眼望账单，耳听算珠，两眼闪光。
　　最苦的依然是吕芳，他是凡人，换季自然要换衣，可他此时穿厚了不行穿薄了也不行只得穿着一件夹袍，轻轻推开条门一线侧身进来，扑面便是寒风，他立刻将门闭上，一手拽紧了胸襟，一手拿着那张墨迹发亮的账单摆到御案上，压上玉石镇纸。嘉靖的目光立刻投向了那张账单。
　　吕芳裹紧了衣襟又向条门走去。
　　"过来。"嘉靖的目光从账单上移向了他。
　　吕芳连忙转身："主子。"
　　嘉靖走到了神坛前揭开了盒盖从里面二指拈出一颗鲜红的丹丸："吃了，就不冷了。"
　　吕芳连忙趋了过去跪下，双手朝上接过那颗丹丸："谢主子隆恩。"说着立刻将丹丸塞进嘴里，这才站起又退到条门边开了一线挤了出去，带上条门。
　　出门后，立刻转过了脸吐出了那颗丹丸，从袖中掏出一块手帕包了又塞进了衣襟里，这才向大殿中央走去。
　　他的目光望向了贴有"盐运使司"封条的那个木箱，木箱已经见底，吕芳知道这是最后一轮账目了，便不再一张一张传递，站在那里等着这一批账目算完。
　　算珠声慢慢稀疏下来，几乎同时，两条长案前十二名太监算完了所有的账目。
　　十二名太监同时拿起各自记下的最后一页账目捧到嘴边细细吹干。
　　两个递送账目的太监一个走到左边的案前将六张账页收拢了来，一个走到右边的案前将六张账页收拢了来，二人同时走向吕芳双手呈了上去。
　　吕芳接过这十二张账页："撤了。"
　　左边六个算账的太监抬起了左案上那把巨大的算盘轻声走了出去。
　　右边六个算账的太监抬起了右案上那把巨大的算盘跟着轻声走了出去。
　　一个递送账目的太监将装着原账册的那个宫中木箱套上铜锁咣当一声锁了，然后将那把偌长的铜钥匙递给站在身边的那个递送账目的太监，那个太监双手捧着钥匙走到吕芳面前呈了上去。
　　吕芳接过这把钥匙："挑了灯把火盆搬出去关好殿门。"
　　"是。"两个太监便趋到墙边的条几上各自拿起一个铜盘一把剪刀，一个走到左边，一个走到右边，各自将两盏高燃着明火的巨烛的烛芯剪了放向铜盘内，接着去剪第二盏。
　　吕芳这才捧着那叠账页和放在账页上的长铜钥匙走向精舍的条门。
　　御案上的账单嘉靖都已看完，这时已经坐回在蒲团上。

吕芳进来走到嘉靖身边，先将那把铜钥匙呈了过去，嘉靖接过那把钥匙挂在内衣的腰带上。

吕芳接着将手里那叠账单的第一页呈了过去。

嘉靖接过，飞快地看完了这页账单，吕芳接回这页账单，又呈上第二页账单。

接着是第三页，接着是第四页……十二页账单片刻间都看完了。

吕芳这个时候是绝对不去看嘉靖的脸色的，接过第十二页账单便走到御案前去收撂用镇纸压着的那些账单。

"去年朝廷派的巡盐御史去两淮两浙收了多少税银？"嘉靖问话了。

吕芳："回主子，好像是一百四十多万两。"

嘉靖："前年呢？"

吕芳："是一百七十多万两。"

嘉靖从蒲团上站起了，又开始大袖飘飘踱了起来："派别人去收税，是一年比一年少。鄢懋卿去，一次就收回了三百三十万两，比别人两年还多。你怎么看？"

吕芳想了想才答道："还是严阁老的人行哪！"

嘉靖突然站住了，慢慢盯着吕芳，那眼神似要把他倒过来看："朕赐你的那颗丹药为什么吐了？"

吕芳愣了一下，接着跪了下来："主子法眼。奴才是将仙丹藏起了。奴才有私心。"

嘉靖："你怕吃了会死？"

吕芳立刻磕了个头："回主子，仙丹吃了只会长寿怎会死人？奴才是想起了杨金水。"

"你想把那颗丹丸送去给杨金水吃？"嘉靖的眼神慢慢横了过来。

吕芳："主子圣明。下晌奴才听人说，这么大冷的天，杨金水还穿着一件单衣，夜里都在院子里走。"

嘉靖："蓝神仙那些人就不管他？"

吕芳："不是不管。蓝神仙说，这是他的冤孽，报应完了自然就好了。"

嘉靖沉默了，目光移向窗外："杨金水在杭州四年，功劳还是有的。他要是不疯，今年五十万匹丝绸就织出来了。朕何必还要靠向人家讨钱来过日子？没有可靠的人了，现在连你也没有真心了。"

吕芳抬起头凄凄地望着嘉靖："奴才哪些地方不真心，请主子明示。"

嘉靖："朕刚才问你鄢懋卿下去怎么就能收来这么多银子，你为什么不说实话？"

吕芳："乾坤都握在主子手里，主子的心比日月都明亮。"

第二十七章

嘉靖："朕明白是朕的事，朕现在要听你说。"

吕芳："是。两淮两浙的盐引，在太祖爷和成祖爷的时候每年都有上千万的税收。此后一年比一年减少，其中有些部分确是直接调给南京那边充做公用了，但怎么说也不会像前年去年一年只能收一百多万两。今年鄢懋卿一去就收回了三百三十万两，原因只有一个，那些管盐的衙门都是严阁老、小阁老的人，钱都被他们一层一层贪了。上下其手，铁板一块，派人去查那是一两也查不出来，可只要鄢懋卿去了，他们都会乖乖地献出来。说句伤心的话，大明国库的钥匙一多半都捏在他们手里。朝廷要用钱，这扇门只有他们才能打开。"

嘉靖："你现在明白朕为什么上回不追究严世蕃他们，反而派鄢懋卿南下巡盐了吧？"

吕芳大声地说道："主子圣明！奴才还有下情陈奏。"

嘉靖："说。"

吕芳："朱七他们一直跟着鄢懋卿的船队，今天也回来了。天黑前朱七来见过奴才。他说，鄢懋卿在把这些银子押回京里以前，还有三条船。"

嘉靖："什么三条船，干脆点说还运走了几百万两，是不是？"

吕芳："圣明无过主子。南直隶那边咱们的人也有呈报，说鄢懋卿今年巡盐至少收了五百多万两税银。除了报上来的三百三十万两，至少还私瞒了两百万两。两条船去了江西，一条驶往分宜严阁老的老家，一条驶往丰城鄢懋卿自己的家。还有一条船在一个月前装作商船驶回了北京。"

嘉靖："好嘛！两百万两银子三条船，游南游北，我大明朝这条运河倒是为他们修的了。"说到这里他拿起了御案那摞账单上鄢懋卿的奏疏："鄢懋卿这只老鼠，居然还在奏疏里说什么'为解君忧敢辞其劳'，又说跟严世蕃商量了，专留下一百万两给朕修万寿宫？朕的钱，他们拿两百万，分朕一百万，还要朕感谢他们！"说到这里他一把抄起了那摞账单狠狠地往地上摔去，脸色铁青，气喘加剧。

"主子！"吕芳慌忙爬了起来，奔过去一手挽着嘉靖的一条手臂，一手伸掌在他背后慢慢抚着，"主子千万不要伤了仙体。要不，奴才这就叫东厂和镇抚司的人把他们的家都围了！"

嘉靖毕竟是每天打坐练功的人，很快便调匀了呼吸，甩掉了吕芳的手，又走回蒲团前坐下："是该收网了！可还不到抄家的时候。"

"是。"吕芳又走了过去，"下面该怎么干，请主子示下。"

嘉靖："快过年了。让他们再大捞一把，过个快乐年。"

吕芳明确了嘉靖的意图，便不再讳言："'多行不义必自毙'。主子的圣意奴才明白，为防打草惊蛇，以免他们转移赃款，要先稳住他们。可要稳住他们，有些事奴才不太好办。"

嘉靖："什么事？"

吕芳："回主子，海瑞放的那个齐大柱，朱七今天押回京了。严世蕃那边揪住这个事，说是通倭大罪，要一查到底。奴才想，他们这是对着裕王爷他们来的。不查，他们便会生疑；查了，又会伤了裕王爷。"

嘉靖眼中露出了凶光："他严世蕃的意思，朕的儿子也会通倭？"

吕芳："那他还不敢。他们是想用这个人先打海瑞，再打裕王爷身边那几个人。天下便又都是他们的天下了。"

嘉靖想了想："那就让镇抚司先审，年前将这个人正法了，安他们的心，也断了他们的念想。"

吕芳略一犹豫，答道："是。奴才给北镇抚司打招呼。"

嘉靖对吕芳的慈爱又回来了："得罪朕儿子的事，你就不要出面了。镇抚司该陈洪管，叫陈洪去办。"

吕芳低下了头："是。"

嘉靖："严嵩现在应该在等朕传旨了。把他还有徐阶都叫来。"

吕芳："是。"

昆曲还在窗外唱着，严嵩像是突然感应到了什么，扬了扬手。

鄢懋卿立刻走到窗前："停！"

檀板曲笛歌喉齐扎扎地住了声。

严嵩望向鄢懋卿："该戌时了。景修也有几个月没回家了，回去吧。还有你们，都回去吧。"

严世蕃："老爷子也该歇着了，我们今天先散了。明天上午龙文以通政司的名义催促刑部行文北镇抚司，那个齐大柱通倭的案子要抓紧查。下午我们再来陪老爷子听昆曲。"

罗龙文："一部《浣纱记》都得听好几天呢，何况还有那么多部？快过年了，年前把该办的事都办了，正月里陪着老爷子慢慢听。"

"好！"鄢懋卿在窗前立刻向窗外说道，"今天就唱到这里。各人到暖房去都把澡洗了，吃个消夜，歇了。明天给阁老唱全本的《浣纱记》。"

窗外应声繁忙，显然各自在收拾东西。

第二十七章

严世蕃："爹，那我们走了。"

严嵩手一挥："走吧。"

三个人又向严嵩行了礼，罗龙文、鄢懋卿跟在严世蕃后面走了出去，一个随从领着两个婢女走了进来把门关上。

那随从对两个婢女吩咐道："暖床，伺候阁老歇息。"

"是。"两个婢女走进了侧面的卧室。

严嵩："歇不了哇。给我准备一个汤婆子，安排好暖轿。"

那随从："阁老爷，这么晚了还去哪里？"

严嵩："备着吧，或许要进宫。"

那随从还没反应过来，门外传来了禀报声："禀阁老，皇上召阁老进宫。"

那随从这才服了，大声答道："知道了！"接着又转对卧房那边："快来，伺候阁老进宫！"

两个婢女一边系着衣扣一边又从卧房匆匆走出来了，伺候严嵩更衣。

玉熙宫没有生火，还开着窗，寒风袭来，徐阶还挺得住，但严嵩毕竟老了，尽管身上的衣被加得厚厚的，他仍觉着骨头都冷得阵阵发疼。

"把窗户关了。"嘉靖坐在蒲团上招呼吕芳。

"是。"吕芳走过去把几扇窗户都关上了。

立刻便没有那么冷了，两个人站着，严嵩眼花，徐阶却早已发现平时他们来应该有的两个绣墩没有了。

"端进来吧！"吕芳向隔门外喊道。

两个当值太监一人端着一个约一尺半高、一尺见方、上面镂空着花纹的红木凳子进来了，摆在严嵩和徐阶的身后。

"坐吧。"嘉靖温和地说道。

"谢皇上。"严嵩和徐阶答着一齐坐了下去。

屁股一挨着那凳立刻有了反应，那凳里生了火盆，*滚滚烫烫*。

徐阶立刻站起了："皇上的精舍里不能有烟火气，臣等不能坏了天规。吕公公，还是搬出去吧。"

严嵩这时也慢慢站起了。

严嵩是江西人，徐阶是江苏人，望着各自坐的所谓凳子空格里面都显出了红红的火炭，如何不知皇上赐给他们坐的是南方一带老人在冬寒才坐的火桶。

吕芳笑道："皇上的天恩，这里面烧的不是木炭，都是檀香。"

严嵩也不得不说话了："皇上如此恩宠，臣等实难消受。"

嘉靖一笑："八十多了，这么晚从被窝里拽出来，朕也不忍心哪。坐吧。"

二人又一齐向嘉靖一躬，这才又坐下了。

"徐阁老。"嘉靖望向徐阶。

"臣在。"徐阶欠了欠身子。

嘉靖："你管着户部，鄢懋卿那二百三十万两银子收到了吗？"

徐阶："回皇上，臣刚从户部来，都清点了，入了库。"

嘉靖："还是严阁老调教出来的人能干哪。有了这笔钱，今年过年你也不会向朕哭穷了。"

徐阶："还是皇上庙筹有方，八月派了鄢懋卿南下巡盐。要不臣真不知道今年这个年怎么过了。"

严嵩耳背，但正如鄢懋卿在他书房所言，喜欢听的和该听的时候耳朵就不那么背了，这时他一直凝神细听着，那一君一臣几句问答大致都听清了，却依然装作没有听清的样子，安静地坐在那里，继续听着。

"朕的庙筹也不是都灵。"嘉靖提高了声音，"抓了杨金水，派了个赵贞吉去兼管江南织造局，快年底了，五十万匹丝绸还没有织出一半。徐阁老，朕看你这个学生本事也平常。"

徐阶只得又站起了："是臣督促不力。臣明日就发廷寄严催赵贞吉。"

嘉靖："丝绸是织出来的，不是催出来的。朕问你，江南织造局现在还挂在五个徽商的名下是怎么回事？听说这几个徽商还是胡宗宪的本家是怎么回事？"

徐阶："回皇上，当时沈一石死了，是郑泌昌、何茂才找来的这几个人……"

"郑泌昌、何茂才都死了，账总不能记在死人头上吧！"嘉靖打断了他。

徐阶跪了下去："是。这件事明天臣一并在廷寄里追问，叫赵贞吉明白回话。"

"胡宗宪的病养得怎么样了？"嘉靖问这句话时没有看徐阶，似是在问严嵩。

君臣奏对，声音传向何方，语气是在问谁，像徐阶这般老臣都已能闻风知向，这句话便没有回答，在等着让严嵩回话。

严嵩自从耳背以后，每次召对都倍感艰难，如果句句奏对都听不清楚，那便是该致仕了，这时便望向嘉靖："请问皇上，可是问臣？"

嘉靖："胡宗宪是你的学生，应该有信给你。"

严嵩："回皇上，胡宗宪自从告病前上了个奏疏，一直并未给臣写信。可他的病况臣

第二十七章

知道，南直隶巡抚最近去看过他一次，说是积劳成疾，只怕一年半载还养不过来。"

嘉靖有些黯然："胡宗宪是有大功劳的人。写个信给他，叫他一是好好养病，二是管管自己的本家，不要掺和江南织造局的事。弄出事来，面子上不好看。"

严嵩："臣明天就给他写信。"

嘉靖提高了声调："朕上次就跟你们说过，各人的儿子各人的弟子各人管好。比方淳安那个知县海瑞，这一次又给朕出了个难题，要朕将淳安百姓今年借织造局的粮债全免了，还要朕免去淳安全县三年的赋税。他爱民，叫朝廷出钱，朕也只得认了。现在有人出来替他说话了，还要升他为知州。可他自己却提出来愿意到江西分宜去当知县，赵贞吉还准了他的请，请朕准他去分宜。分宜是严阁老的老家，他们这样做是什么意思？徐阁老你知道是什么意思吗？"

严嵩一惊。徐阶跪在那里也是一惊，这时不得不抬起了头："回皇上，这件事臣并不知道。"

嘉靖便望向了严嵩："严阁老，把这个人调到你的老家去你有何看法？"

严嵩一时片刻哪里知道嘉靖此时突然拿起这把双刃剑是何用意！好在二十年来这样的应对也不知多少次了，便只得依然以不变应万变，顺着嘉靖的话答道："'率土之滨，莫非王臣。'皇上认为谁该到哪里任职就到哪里任职。这个海瑞真要是个清官，能到臣的老家去，也是臣老家百姓之福。"

嘉靖手一挥："真是清官倒也罢了。就怕有些人打着清官的名头，到处煽风点火，唯恐天下不乱。吕芳。"

吕芳："奴才在。"

嘉靖："朱七叫来了没有？"

吕芳："回皇上，已经在殿外候旨。"

嘉靖："叫他进来。"

吕芳走到那一面条门边向外面当值的太监："传朱七。"

"是。"外面应答着。

吕芳刚走回原位站好，朱七那高大的身影便在开着的条门外出现了，视线刚好能看着坐在蒲团上的嘉靖，他跪倒了，像一座山，"砰"地在门外磕了个头："奴才朱七叩见皇上万岁爷！"

"那个通倭的人押回来了？"嘉靖问道。

朱七："回万岁爷，押回来了，关在诏狱。"

嘉靖："朕这里有人上本，说这个人是海瑞放的。明知是通倭的人，海瑞为什么要放他？"

朱七："回万岁爷，据奴才等查问，海瑞当时认为这个人通倭没有证据，因此放了他。"

嘉靖："那个倭贼头子井上什么郎的都招认了，这还不是证据？"

朱七："回万岁爷，那个倭贼头子叫井上十四郎，确与奴才抓的这个齐大柱在新安江船上拿粮食换生丝，因此被官兵拿了。海瑞认为这件事不足以证明齐大柱通倭。"

嘉靖："那你们呢？你们查了吗？"

朱七："回万岁爷，奴才也曾去查过，但那个井上十四郎被何茂才臬司衙门的人带走后便不知去向，奴才们因此也查不下去了。"

嘉靖："那你认为这个人到底有没有通倭情事？海瑞和这件事到底有没有关节？"

朱七沉默了。

嘉靖："哑了喉了？"

吕芳接言了："该怎么说就怎么说，明白回话。"

"是。"朱七应了一声，提高了声调，"回万岁爷，以奴才多年办案的阅历，这个齐大柱不像通倭的人。还有海瑞，他是今年六月初三从福建到的杭州，六月初六到的淳安，从不认识齐大柱。纵算齐大柱有通倭情事，海瑞也不知道。"

"不知道就敢放人？"嘉靖逼问道。

朱七无法回答，沉默地趴跪在那里。

精舍内外都沉默了。

这一段时间虽是嘉靖和朱七在一问一答，严嵩和徐阶都一直紧张地听着，心里也一直在揣摩，等着嘉靖最后亮出底牌。

"吕芳。"嘉靖打破了沉默。

"奴才在。"吕芳连忙答道。

嘉靖："朕看镇抚司这个衙门你们也该好好整治整治了。这个朱七，人称七爷，你们一直在朕面前夸他何等了得，现在都看到了？一个这样的案子都弄不明白，还帮着通倭的人说情。"说到这里他盯向朱七声转严厉："锦衣卫是拿人的，案子审都没审，你凭什么倒先把案子定了？谁在你那里说了情了！"

朱七一下子蒙了，抬着头茫然望着嘉靖怔在那里。

严嵩和徐阶这时虽然头都微低着，但一切似乎都明白了，皇上这一次是准了严氏父子的本。

"回话！"吕芳见朱七蒙了，一声大喝。

第二十七章

"奴才该死！"朱七回了这一句，猛地把头磕向门外的砖地，铜头铁骨的人，一时情急失了分寸，这一头碰下去，立时便见砖地上有无数碎片迸溅起来！

吕芳大惊，连忙闪身挡到嘉靖面前，以防迸起的碎片溅到嘉靖。

严嵩和徐阶也惊了，一齐望向门外。

好在有门扇和门槛隔着，朱七那个头磕下去砸碎的砖片并没有一块飞进精舍。只是地上那块砖已经砸得破碎不堪，凹进一个大洞。

吕芳的脸煞白，知道这个祸闯大了，说话便都急促了："反、反了天了！来人！"

两个当值的太监很快出现在门外。

吕芳指着朱七："把他押到陈洪陈公公那里去，等候发落！"

"是。"两个当值太监便去拿朱七。

"用不着。"嘉靖一句话把两个太监的手定在半空中，"无非是把朕这座金銮殿拆了嘛。"

这话一出，吕芳急忙跪下了。门外两个当值太监也在朱七的身边跪下了。

既紧张又尴尬的是严嵩和徐阶，这时想跟着跪下又不干自己的事，不跪下嘉靖这时已然是龙颜震怒，二人都僵在那里。

嘉靖眼睛瞟向了他们："就拆了金銮殿，你们各人也分不了几片瓦去。"

这就不得不跪下了，严嵩和徐阶都跟着跪了下去。

这时反而是朱七抬起了头挺直了身子望着嘉靖："奴才无状，犯了天大的罪，奴才这就自行去提刑司听候处死！"

那五个人都趴着，这时只有嘉靖的目光接着朱七的目光。朱七立刻感到万岁爷的目光中并无怒意。嘉靖这时又把目光移望向他的额头，见那额头浑然无事，嘴角掠过一丝似笑非笑："砸碎一块砖，与天什么相干？朕也不要你死，这块砖朕也不换。朕还让你去审那个齐大柱，与海瑞有关就办海瑞，与别人有关就办别人。要是与任何人无关，就除了这个祸根，让他过了小年，腊月二十三朕等着你顶着块砖来把地补上。"

朱七似乎从嘉靖深邃的目光中看到了什么，这时心乱如麻，这个头只好磕在门槛上："奴才谢万岁爷隆恩！"接着站了起来向殿外走去。

嘉靖的目光望着朱七山一般的背影欣赏到消失以后，才转望向跪在地上的严嵩、徐阶和吕芳："朕都不惊，你们惊什么？都起来吧。"

严嵩、徐阶和吕芳都站起了，两个当值太监反而还跪在门外，吕芳："朱七都走了，你们还待在那里等着过年哪？"

两个当值太监慌忙爬起，躬着身子退了出去。

吕芳的这句话使嘉靖破颜一笑，望向已然坐下的严嵩和徐阶："你们家里的人是不是也这样淘气？"

严嵩和徐阶同时又欠了欠身子，几乎同时胡乱答道："是。"

嘉靖："浙江那个人通倭的事你们都听到了。让镇抚司去审，牵涉到任何人朕都绝不姑息。徐阶。"

又直呼其名了，徐阶连忙站起："臣在。"

嘉靖："奏请朕调海瑞去严阁老家乡的本章就是你的学生赵贞吉上的。你说，这个海瑞还能够用吗？"

徐阶："至少在审清通倭情事之前，此人要革职待查。"

"嗯。"嘉靖应了一声，又望向严嵩，"严阁老，这样办这个案子，严世蕃满意否？"

严嵩也站了起来："臣以为通倭这件事绝对与海瑞无关。臣同意赵贞吉的提议，让海瑞去江西分宜任知县。"

嘉靖："严阁老这是给朕的面子啊。吕芳。"

吕芳："奴才在。"

嘉靖："海瑞是朕的儿子向吏部推荐的。你向裕王传朕的口谕，严阁老给他面子，这个海瑞朕也就不追究了，叫他往后不要再向吏部胡乱荐人。"

吕芳："是。"

嘉靖："江浙是朝廷赋税重地，海瑞不能再待在浙江。调江西，但也不要去严阁老的老家，离严阁老老家二百里有个兴国县，那里的百姓苦，就让他去那里。徐阁老，你明天就把这个廷寄寄给赵贞吉。"

徐阶："是。"

"闷。朕也要打开窗户透透气了。"嘉靖也从蒲团上站了起来。

吕芳走到窗前将窗户一扇一扇又打开了，寒风立刻袭了进来。

嘉靖的丝绸袍子也立刻飘起来了，望着严嵩和徐阶："这里冷，你们还是都回自己的热窝里去吧。快过年了，别的事过了年再说。"

严嵩和徐阶慢慢跪下了，磕了个头："是。"

徐阶自己站起了，吕芳搀了严嵩一把也站起了，二人慢慢退了出去。

嘉靖用余光望向退出隔门的二人。

严嵩一脸茫然。

徐阶一脸黯然。

第二十八章

日月兴酒楼最旺的旺季还是每年的腊月。年底了，两京一十三省给严府送年敬的人都要提前好些日子到这里来订包间，一边在这里喝着酒，一边等候严府门房按顺序传唤。因此这一月间这座酒楼无论酒菜还是包间都比平时翻了一倍的价钱。大门外飘着纷纷扬扬的白雪，柜台内流进大锭小锭的白银。白天不见了日，夜晚不见了月，日月兴却"兴"得不行。老北京传道，大明朝这个"明"字都被这家酒楼给吃了。

一位披着大氅、依然罩着斗篷、只露出两眼的人被"日月兴"一个小二在前面引着，两个便服随从在后面跟着，穿过纷纷攘攘的酒客，挤到一间包间门前站住了。那包间门上方赫然贴着一张红色招贴，上面写着"兵部"二字。

那小二："禀这位大人，因兵部招呼打晚了些，这间包间还是费了好些口舌从贵州巡抚衙门早定的人那里调出来的，稍小了些，请大人见谅。"

"不打紧。你走吧。"披斗篷大氅那人开口了，听声音竟是张居正。

那小二当然不认识他，依然不走，半边身子躬挡在包间门口，满脸堆着笑："这位大人，你老约的人早到了，我替你老先进去禀报一声。"手一伸抓住了包间的门环却不推开。

张居正知道他这是讨小费了，眼中掠过一丝厌恶，向身后的随从望去。

一个随从从袖中掏出一颗碎银，也已是满脸的不悦："记着，你这回拿的可是兵部的银子。"

那小二居然毫不怯场，满脸滑笑伸手便接过了那颗碎银："小人祝兵部各位老爷年年打胜仗，次次凯歌还。"这才推开了包间的一扇门。

居然还有一套一套的应对，张居正见他身子还挡在包间门口，来了怒气："你盼着兵部年年打仗吗？"

那小二的笑容慢慢敛了，仍然不是太害怕："小人侍候老爷升座。"伸手又去抓住另一扇门的门环做欲推不推状，显然两扇门要两次小费。

"叫他滚！"张居正一掌推开了那小二抓住的另一扇门，已然走了进去。

那小二被推得差点跌倒，兀自站在门口，一副不解的样子。

"还不滚等着我们把你扔下去吗？"两个随从早就忍他不得了，有了堂官这句话，一个随从终于露出了凶相，伸手便去抓那小二的衣领。

其实许多人都知道，这座酒楼有罗龙文的份子，也有鄢懋卿的份子，因此连小二们都十分蛮横。那小二平时吃外省的官员惯了，就连京师五府六部各司官员等闲也不放在眼里，几曾被人这般吓过，这时也露出了横相，举手便也去抓那个随从的手腕，突然看见那随从抬起的便服袖子里露出了四品将官的绣花扣腕，这才猛然感到进去的人来头大了，那只手便不敢再伸过去，往后一退，躬腰转身急忙要走，肩头却被那随从的大手抓住了，动步不得。

这时又有好些客人在包间外陆续进出，那小二被那个随从的大手硬生生掰了转来。紧接着那随从另一只手掐住了他的后颈，把他的头也掰了过来，在他耳边轻声恶语道："爷们知道你这座酒楼有罗龙文、鄢懋卿的份子。你这就可以立刻去禀告罗龙文和鄢懋卿，要捞银子兵部还有些军饷在那里呢，干脆把大明朝的军饷都搬走如何？"

那小二这才怕了，又被他前揪着衣领，后掐着脖子，从嗓子里挤出的话已十分不利索了："小、小人怎敢……"

那随从依然揪掐着他："爷们还愁你不敢呢。离开这里你最好去嚼舌头，就说兵部的人砸招牌来了。这好不好？"

那小二："当然不……好，小人知错了……绝不敢多说半个字……"

"滚吧。"那随从这才使暗劲将那小二一推，那小二差点撞了另外几个客人，慌忙侧着身子让其他客人走过，一边歪着被掐硬了的脖子向楼梯口走去。

一个便服随从紧接着扯下了贴在门边那张写着"兵部"二字的红字招贴，二人便一边一个站定在包间的门外。

张居正在包间里约见的人竟是高翰文。此刻，高翰文将暖壶里的酒给张居正斟了，一边轻声说道："没想到大人会在这里约见卑职。"

张居正望着他："你没想到，他们便也想不到。坐吧，有话赶紧说了，此处毕竟不可久留。"

高翰文在他对面坐下了，压低了声音："严家已经派人盯着卑职的家宅了。昨日罗龙

第二十八章

文还派了人来打招呼，公然恐吓卑职，要将芸娘和齐大柱的妻子立刻遣走，不然他们立刻叫御史上奏疏，参卑职'纳妓为妻，暗通倭犯'。真正岂有此理！"说到这里高翰文已然有些激愤，平息了一下情绪，才接着说道："卑职今日是先去的翰林院，然后从翰林院直接到的这里。"

张居正望着他："你怎么想？"

高翰文往椅背上一靠："无非第二次进诏狱罢了。"

"能这样想便什么也不怕。"张居正端起了酒杯。

高翰文也端起了酒杯，二人饮了。

张居正："我奉命向你传一句话，是原话，你听清楚了，'高翰文是个有良知的人，皇上放了他，我们便要保他。'想知道这话是谁说的吗？"

高翰文已经有些激动了，只望着张居正。

张居正："告诉你，这是裕王爷亲口讲的话。我，还有高大人、徐阁老和裕王爷都不会让你第二次进诏狱。"

高翰文慢慢站了起来，再去拿那个酒壶时，手已经有些微微颤抖，便又加上了一只手，双手把着酒壶给张居正杯中又斟了酒，给自己也斟了酒，双手捧起："有裕王爷这句话，高某死而无憾。"说着一口将酒喝了。

张居正端起酒杯这次却只抿了一小口："没人能置你死地。今天已是腊月二十二了，我们现在担心的是那个齐大柱，镇抚司会在腊月二十三杀人。这人要是被杀了，今后便是一桩说不清的案子。"

高翰文这才似乎想起了什么，立刻从坐旁弯腰提起了一个包袱，那包袱四角棱棱，显然装着一个盒子。

高翰文将那个包袱双手郑重地放在桌子的一角："我今日请见张大人本不是想说刚才那些话，而是有一样至关重要的东西要交给张大人。"

张居正望了一眼那个包袱，神情依然平静地说道："什么东西？"

高翰文："是一件能扭转乾坤的东西！"

张居正的目光带着狐疑有些亮了，神情跟着也肃穆起来，直盯着那个包袱。

高翰文便去解包袱上的结，露出了一个铜锈斑斑的盒子，接着郑重地揭开了那个盒盖。

张居正低声问道："不忙拿出来，先告诉我，是什么？"

高翰文低声回道："血经！"

张居正："什么血经？谁的血经？"

高翰文已经十分激动地去拿盒子里一本发黄的纸上写着红字的抄本，声音压得更低了："张三丰张真人的血经！"

张居正倏地站起，拨开了高翰文的手，将盒盖猛地盖了！

张居正两眼直闪着光："是真是假？哪里得到的？"

高翰文："是芸娘和齐大柱的妻子从江南带来的。来此之前卑职已经找了些张真人留下的手迹仔细比对，这确是张真人一百二十岁时写的那两部血经！"

张居正一把端过那个盒子紧紧地搂在怀里："我先走了！稍后你再离开这里。"说完他一把取下衣架上的大氅也不披在身上，而是紧紧地裹住那个盒子疾步向包间外走去。

大雪纷纷，到处白茫茫一片，北镇抚司诏狱那两扇黑漆大门便衬得更黑了。

嘉靖四十年北京的冬季真是个大雪年，从阴历十一月初那场早雪后，又接连下了几场雪。这天是腊月二十二，明天就是小年，也就是民间送灶神的日子。镇抚司诏狱的规矩不同，奉恩旨，好些囚犯都让在腊月二十三吃了小年饭处决，为不让灶神爷看见，因此每年都提前一天，在腊月二十二送灶神爷上天。

右边那扇大门上的小门打开了，出来两个锦衣卫，各人手里拿着一挂好长的鞭炮，走到门边点着了，噼噼啪啪火光四射炸响了起来。

突然两个锦衣卫都睁大了眼，怔在那里。

原来有一挂鞭炮被一个锦衣卫点着后，随手扔在大门廊檐下一个雪堆上，鞭炮炸了一半，显出了那个雪堆原来是一个人跪在那里！

鞭炮在继续炸响着，那个"雪人"仍然跪在那里一动不动。

鞭炮燃完了，两个锦衣卫都走了过去。

这才看清，是一个女人，怀里抱着一个食篮，由于是蹲在廊檐下，身上只蒙着一层薄薄的飘雪，因此没有被冻僵，两眼还睁着，望着二人。

"是齐大柱的女人。"一个锦衣卫认出了她，"晌午就来了，还在这里。"

"没见过这样的媳妇。"另一个锦衣卫靠近了她，站在她面前，"都跟你说了，这是诏狱不许送东西。你就是跪到明年东西也送不进去。听话，回去吧。"

"我要见七爷。"齐大柱的女人开口了，说话已经不太利索。

一个锦衣卫："七爷都被你们家那口子的事害惨了，在万岁爷那里差点砍了头，你还找七爷？"

齐大柱的女人眼中露出了深深的失望，只好撑着地站了起来，从怀里掏出一壶酒："别的我都不送了，烦请二位军爷把这壶酒带给我丈夫。"

第二十八章

两个锦衣卫沉默在那里。

齐大柱的女人:"我丈夫也是为朝廷打过仗立过功的人,明天他就要走了,二位军爷替我送这壶酒去,他也知道我在陪着他。"

两个锦衣卫对望了一眼,一个锦衣卫飞快地从她手里接过了那壶酒:"回去吧。"说着,二人走进了那条小门,小门关上了。

齐大柱的女人站在那里,望着那两扇黑漆漆的大门,没有走,抱着那个食篮又在大门前蹲下了,望着黄昏时满天渐渐转黑的雪花。

腊月的雪天转眼就黑了,只有黑漆大门上方那两盏映着"北镇抚司"的灯笼亮在那里,昏昏地照着雪花从黑空飘了下来,飘向坐在那里的齐大柱女人。

这时竟传来了马蹄声和车轮压雪声。一盏灯在大雪中发出昏黄的光向这边飘过来了。

是一辆马车,在诏狱门前停下了,赶车的掸了掸身上的雪,插了马鞭,从轿厢前跳了下来,搬下他坐的那条矮凳放在车把边,撩开了厚厚的车轿帘:"到了,夫人。"

一个女子从轿厢出现了,那车夫搀着她踏着矮凳走下了马车。尽管马车上那盏灯不甚明亮,那女子也穿着斗篷大氅,依然能看出,她是芸娘!

芸娘一眼就看见了蹲坐在门前的齐大柱的女人,疾步走了过去:"没见到七爷?"

齐大柱的女人抬头望着她,只点了点头。

芸娘也蹲下了:"见不到七爷就回家吧,我们另想办法。"

齐大柱的女人摇了摇头:"夫人,你回去吧。"

芸娘:"你蹲在这里也救不了他,也见不着他。"

齐大柱的女人:"虽见不着,我坐在这里他就知道,我在陪他一起过最后这个小年。"

芸娘眼中闪出了泪花,握住了柱嫂的手:"只要还没行刑,我们就总有办法。"

柱嫂眼中闪过一道光:"夫人,谁能救他?"

芸娘:"回去,回去就知道,高大人正在想法子。"

"冷。"柱嫂又失望了,将手从芸娘的掌握中慢慢抽了出来,"夫人,你回家吧。"

芸娘有些生气了:"要怎样说你才肯跟我回家。"

柱嫂:"夫人,我知道你和高大人都是好人。高大人的职位救不了他。他是出不来了。我们人既不能见,变了鬼,我的魂总能见着他了。"

芸娘本就是性情中人,见这个柱嫂比自己还死心,这时既震惊又感动,贴到她的耳边低声地:"他一定能出来。这里不好说话,回家,你就会知道,我们另有办法。"

柱嫂眼睛又亮了一下,接着又暗了:"夫人的心我知道,没有办法的。"

芸娘："我要是骗你，你再坐到这里来。好不好？先跟我回家。"说着便费力拉起柱嫂。

柱嫂将信将疑地站起了。

"走吧。"芸娘拉着柱嫂的手走向马车。

芸娘先上了车，拉住柱嫂的手，柱嫂依然在车下站着，两眼望着那道黑门。

芸娘急了对那车夫吩咐道："把她抱上来。"

那车夫也顾不了许多了，从背后抱起柱嫂送上了车，芸娘将她一拉，拉进了轿厢。

车夫将车帘放好了，又将那条矮凳放了上去，抽出鞭杆，举起来刚要甩，立刻又停在空中，望了一眼诏狱的大门，将鞭杆在马臀上轻轻一拍，低声喝道："驾！"

那马拉着车在雪地上慢慢走去。

灯火照耀下，高翰文交给张居正的那个盒子这时已摆在裕王的书案上！

裕王疑惑地望向身边的张居正："什么东西？"

张居正："天物！王爷打开来看就知道了。"

裕王更疑惑了，手伸到盒子盖突然有些怕了，停了下来："什么天物，装神弄鬼的，告诉我。"

张居正微笑里带着肃穆："这样东西当初成祖爷就曾经派好多人找过，一直没有找着。老天有眼，今天让我们得到了。明天让王妃和世子带进宫去献给皇上，皇上一定龙颜大喜。"

裕王渐渐兴奋了，在那里想着，突然向寝宫那边喊道："李妃！"

李妃显然早在里面等着了，这时正装走了出来："张大人来了？"

张居正深深一揖："参见王妃。"

裕王："张师傅带来个罕见的东西，说是能让你明天呈给父皇的，一起来看看。"

"是。"李妃走了过去，靠在裕王身边。

裕王对张居正说道："打开吧。"

张居正先揭开了盒子上的铜扣，两手掀开了盒盖。

裕王和李妃的目光同时望了过去，盒子里竟是两本已经发黄的抄本！

裕王目光疑惑了，李妃目光也疑惑了，同时望向张居正。

张居正轻轻地拿起上面那本薄的抄本，又小心地掀开了第一页。

——抄页上第一行标题"老子太上道君道德真经"几个大字赫然醒目，那字不是墨写的，呈暗红色。底下便是一行行《道德经》的正文！

| 第二十八章 |

　　裕王和李妃仍然不解，在等着张居正解答。
　　张居正："一百多年前那个张三丰张真人，王爷和王妃应该知道。"
　　裕王立刻悟了："这是张真人的手迹！"
　　张居正："岂止手迹，这本《道德经》，还有那本《南华经》都是张真人在一百二十岁的时候发大愿心用手指的血写出来的。"
　　裕王的眼睛亮了，李妃的眼睛也亮了。
　　张居正："当时成祖爷知道了有这两本神物，便派了许多人去找张真人，想得到它！可几路人找了二十多年，张真人也不知道哪里去了，这两本神物自然没了踪迹。"
　　"张师傅怎么得到的？"李妃连忙问道。
　　张居正严肃了："上天佑我大明！是两个女人送来的。"
　　一听到女人，李妃更好奇了："什么女人？"
　　张居正："两个贞烈的奇女子，她们的丈夫王爷、王妃都知道，她们的事也都牵着我们的事，牵着我大明的事。"
　　裕王急得有些不耐烦了："不要起题承题了，快直说了吧。"
　　"是。"张居正立刻简要地说了起来，"这两个女人一个是高翰文的妻子，一个是明天镇抚司可能要杀的那个齐大柱的妻子。"
　　裕王和李妃立刻对视了一眼。
　　张居正："王爷、王妃都知道，严氏父子抓齐大柱，为的是打海瑞，打海瑞就是想打王爷。皇上现在虽不再追究下去，可杀了这个人，往后我们追究严世蕃便少了一个天大的罪证。"
　　裕王和李妃都望着他，等着他说下去。
　　张居正："浙江那个倭首井上十四郎明显是郑泌昌、何茂才买通了对付高翰文和海瑞的，为了他们贱买淳安、建德的土地。现在杀了齐大柱便变成了我们的人通倭，不杀齐大柱，这个账将来总要算到严世蕃头上。齐大柱的女人住在高翰文家，高翰文的妻子是江南的书香世家，这两本神物就是她献出来的。她们想拜求王爷、王妃，在王妃明天带世子朝拜皇上的时候将神物献上去，向皇上求情，留下齐大柱的命。"
　　裕王一听到这里眉头便锁起了，犹豫了一阵子，摇着头："这件事父皇已经给我传了口谕了，我们不能再去说。"
　　"王爷。"李妃望着裕王，"让我先见见这两个女人。"
　　裕王："见她们干什么？"
　　李妃："张师傅已经说得很透彻了。杀了这个齐大柱，这件事总是落在王爷头上。留下这个齐大柱,将来或许是倒严的铁证。我见见她们,把事情问明白了,明日见父皇的时候,有了张真人这个神物,还有臣妾给父皇绣的道袍,父皇高兴了,我就将这件事婉转提醒父皇。要是不能说,我就不说,绝不会让父皇不高兴。"

裕王有些动心了,望向张居正:"兹事体大,是不是请徐师傅和高师傅来商量一下。"

张居正:"回王爷,这件事要么不做,要做,知道的人越少越好。再说徐阁老自上回受了皇上的训斥,这一向都是闭门不出。还是不要叫他们的好。不管明天说不说这事,今晚都不妨让王妃见见那两个女子。"

裕王又想了想,好像下了好大的决心:"那就见吧。注意分寸,不要弄些犯忌讳的话传出去。"

李妃:"臣妾知道。"

裕王对张居正说道:"我们去书房吧。"

李妃连忙去开门:"取王爷和张师傅披风。"

两个婢女进来了,取下裕王和张居正的斗篷披风,替他们穿上。

隐隐约约还能看见外面在纷纷扬扬飘着大雪,立刻有太监提着两盏灯笼从院子那头奔过来了,照着裕王和张居正走了出去。

腊月二十三雪突然停了,而且晴空万里,太阳白得耀眼,西苑禁城满殿脊、满墙脊和满地厚厚的雪把太阳光又反射过来,这天气竟亮得人眼睛都有些睁不开了。

玉熙宫大殿的台阶前到大殿对方那条进宫院的门,中间这条跸道上的雪早被铲扫得干干净净,跸道两边三步一个,站满了太监和宫女,有些举着长条形的幡旗,有些举着串在一起的宫灯,鸦雀无声。

"我的世子爷,总算来了!"吕芳在殿门外笑着走下石阶。

陛道那端,一乘四人抬的暖轿立刻向这边加快了步伐。

暖轿在殿门外石阶下停了,两个宫女掀开了轿帘,李妃抱着世子出来了。

吕芳跪下了:"奴才叩见王妃,叩见世子爷!"

李妃慌忙笑道:"吕公公快请起。"

吕芳还是磕了个头,这才笑着站起,望向世子:"世子爷真是龙种,一岁倒像三岁的人。带得这么好,王妃娘娘您有功啊!"

李妃笑对世子道:"记得这个公公吗,满月的时候陪皇爷爷来看过你。他就是冯大伴的爹。"

| 第二十八章 |

世子本被日光、雪光映得眼睛有些睁不开，听了这话睁大了眼，望向吕芳，见吕芳那一脸笑容，便也笑了。

李妃："世子乖，让冯大伴的爹抱着，母妃要拿进献给皇爷爷的礼物。"

吕芳两手轻轻一拍，伸了过来，世子犹豫了一下竟然让他抱过去了。

李妃："将贡物请出来。"

两个宫女连忙从轿子里捧出那个铜锈斑斑的盒子，还有一个红木盒子，呈给李妃。

李妃捧着两个盒子，吕芳抱着世子在一侧引着，登上了石阶，走进了殿门。

大殿里破例用檀香木烧了四大盆明火，精舍里也添了两个香鼎，里面也用檀香烧着明火，而且窗户都关了。满殿飘香，温暖如春。吕芳在皇上身边这么多年了，从没见有人享受过嘉靖的这种恩遇。

隔着精舍和大殿的条门开了两扇，两个宫女一左一右搀着李妃，吕芳抱着世子走了进去。

嘉靖今日在丝绸长衫外套了一件明黄色的袍子，坐在蒲团上，脸上少有的微笑。

李妃进门后就跪下了，吕芳放下了世子，在家里不知让冯保教了多少遍，世子这时紧挨着李妃也跪下了。

李妃将手里那两个盒子放在身边，磕下头去："裕王侧妃臣妾李氏率世子朱翊钧叩见皇爷爷，敬祝皇爷爷万岁！万岁！万万岁！"

世子两只小手撑着地居然也磕下头去跟着说道："皇爷爷万岁！"

嘉靖笑了："平身吧。"

"是。"李妃答着却没有去扶世子，而是捧着那两个木盒站起了。

嘉靖脸上立刻阴了一下，吕芳连忙跪下一条腿扶起世子。

"你母亲不管你，到皇爷爷这里来。"嘉靖望着世子，一个这样的细节他便立刻发出了警示。

世子还是有些心怯，得亏冯保无数次的教练，这时还是一步步走向了嘉靖，嘉靖伸出手就把他抱到了膝上。

李妃何等聪明的人，这样做其实就是为了引起嘉靖的关注，这时离近了，并没有在嘉靖身侧的绣墩上坐下，而是又跪了下来，举起那两个木盒："臣妾受裕王敬托，有贡物进献父皇。"

嘉靖的语气没有刚才温和了，冷冷地问道："什么贡物，居然比朕的孙子还要紧？"

"父皇恕罪。"李妃十分肃穆，"有一件贡物是儿臣妾绣给父皇的道袍，上面有太上道君的五千言真经。"

嘉靖一听，脸色立刻缓和了不少，向吕芳望了一眼。

吕芳会意，便去接那盒子，李妃连忙说道："是下面那个。"

吕芳便捧着下面那个大些的盒子，李妃腾出了手依然抱着上面那个小些的盒子，吕芳抽出大木盒走到御案前打开了，然后提起那件道袍，走到嘉靖面前，拎着两肩，展给他看。

嘉靖注目望去。

《道德经》在他已是倒背如流，无论从中间哪一句都能看出前后，这时见那件道袍上用金线一线一线绣出的工楷的字，不禁心中温暖："都是你绣的？"

李妃："回父皇，字是裕王写的，儿臣妾的针线活。"

嘉靖："你们有这个心倒是难得。吕芳，收好了，朕敬天的时候穿。"

"是呢。"吕芳捧着那件道袍走到了一个衣架前，将道袍套在已经挂着一件长衫的那个衣架上。

嘉靖不禁又向衣架上的道袍望去，挂好后看得更清楚了，字字行行从领口到衣袖再到前襟横斜皆是一线，可见花了大工夫。

"那个盒子里又是什么宝物？"嘉靖这时已然温笑了。

李妃高举着那个铜盒："儿臣妾有言，先要请父皇恕罪。"

嘉靖："有什么都说，没有罪。"

李妃："这个铜盒中装的是天物，要请父皇亲自下座来接。"

嘉靖一听脸上露出了少有的惊讶，疑惑地盯向那个盒子。

吕芳也有些紧张了，望了一眼那个盒子，又望向嘉靖。

嘉靖犹豫了片刻，有了下座的意思，吕芳连忙趋过去，双手抱过了世子。

嘉靖走下蒲团，走到盒子面前，并没有立刻去接："什么天物？"

李妃低着头答道："回父皇，是张三丰张真人血写的两部真经！"

嘉靖的眼睛睁大了："是成祖文皇帝当年派人去找的那两部真经？"

李妃："回父皇，正是。"

嘉靖倏地捧过那个铜盒疾步走到御案前将木盒放下，又倏地揭开了盒盖，眼睛立刻直了！

上面发黄的抄本封面上赫然写着暗红色的两行字"太上道君道德真经"。

嘉靖的手有些抖了，双手伸进去捧起那个抄本，颤抖着翻开了第一页。

——血写的真经正文扑面而来！

第二十八章

　　嘉靖愣在那里。

　　吕芳手扶着世子立刻跪了下去，大声祝道："天降神经，佑我大明，佑我皇上！奴才给皇上恭贺天喜！"

　　嘉靖这才缓过神来，那笑好像是从天灵盖里面传出来的，笑得人头皮发麻！

　　"怎么得到的！"嘉靖眼睛还盯在抄本上。

　　李妃移动着跪姿，面向嘉靖："回父皇，儿臣妾不敢说。"

　　嘉靖的目光慢慢移望向了她。

　　吕芳立刻警惕了，向伺候在两边的宫女和门外的太监："你们都出去！"

　　"是。"宫女和太监都轻轻退了出去。

　　嘉靖也觉出了这件事来路极大，便将抄本放回盒内，走回到蒲团上坐下："只管说，不管怎么得到的，都是天大的功劳。"

　　李妃鼓起了勇气："父皇，这函神经是齐大柱的媳妇送到府里来的。"

　　"什么，谁的媳妇？"嘉靖一时没有听清。

　　李妃："回父皇，就是关在镇抚司诏狱浙江那个齐大柱的媳妇昨晚送到府里来的。"

　　这下听明白了，嘉靖的神情好奇怪，脸一下子变得阴晴不定了。

　　世子害怕了，往后一缩，吕芳连忙蹲下去搂住了他。

　　嘉靖觉到自己失态了，尽力缓和着语气："说下去。"

　　李妃："是。昨晚戌时，门差来报裕王，说是有个女人有天降的神物要呈现父皇。裕王和儿臣妾便见了她。她呈上了这函神经。"

　　"她怎么有这个东西……这函神经？"嘉靖急问之下把神经说成了"东西"，自己连忙改了。

　　李妃："回父皇，裕王和儿臣妾都问了。这个女子是个贞烈的人，自从她丈夫关进诏狱，一个月来便天天守在诏狱门口，大风大雪从未间断，说是丈夫在里面受难，她也要在外面陪着。昨天天黑时，她还守在那里，只等她丈夫受了刑，便在诏狱外殉节。这时候她说突然来了一个道人……"

　　"什么道人？什么样子？"嘉靖打断了她，急问道。

　　李妃："她说天黑看不太清楚，只能看见这道人的头发胡子比雪还白，身上穿的道袍也十分的脏，望着她便笑。"

　　"张真人！"嘉靖脱口轻呼。

　　李妃停下了。

　　"说、说下去。"嘉靖催道。

李妃："是。那女人说，那道人对她言道，明君在位，上应天命，上天便派了好些人来辅佐明君，她丈夫也是其中一个，不会死。说着就送给了她这个铜盒，叫她连夜到府里来，说第二日儿臣妾和世子会进宫，呈给皇上，皇上什么就都明白了。"

几十年修道，不说走火入魔，嘉靖在骨子里都是信的，这时听到李妃这番叙述，不禁心血如潮，坐在那里激动得说不出话来。

精舍里好安静，连世子都屏住了呼吸。

"吕芳。"嘉靖两眼茫然望着远方，这一声也像是从远方传出来的。

吕芳本就蹲在世子身边，顺势跪下："万岁爷，奴才在这里。"

嘉靖："张真人降世了，多派些人去找。"

吕芳也听得有些毛骨悚然了，颤声答道："是。"

"现在几时了？"嘉靖又问道，声音从法身回到了肉身。

吕芳："回主子，快午时了。"

嘉靖的目光倏地收了回来："立刻去诏狱，刀下留人！"

李妃表面上一片平静，一直提在嗓子眼上的那颗心终于慢慢放回了腔子里——齐大柱的一条命总算是留下来了。

按朝廷礼仪，每年正月初一，在京群臣都应该到太和殿外朝拜天子。但自嘉靖二十一年"壬寅宫变"，宫中发生了宫女集体谋弑皇帝的事件，嘉靖便搬出了紫禁城，住进了西苑。此后初一在太和殿朝拜天子的礼仪也废了。这一天反倒成了嘉靖在西苑设坛拜醮的日子。

嘉靖四十一年的正月初一，拜醮的仪式更加隆重。平时偶尔用作内阁和司礼监合议国是的玉熙宫大殿，今天改作了道场。朝天观职位在四品以上的大道士奉"灵霄上清统雷元阳妙一飞元真君""九天弘教普济生灵掌阴阳功过大道思仁紫极仙翁一阳真人元虚圆应开化伏魔忠孝帝君""太上大罗天仙紫极长生圣智昭灵统元征应玉虚总掌五雷大真人元都境万寿帝君"嘉靖皇帝诏命，带着钟鼓法器在卯时便来到了这里，位列两班，要做一场庆贺张真人降世，嘉靖帝喜得真人血经的罗天大醮！

神坛上方赫然挂着明黄锦缎镶玄色绸边的横幅，上面绣着"九天感应通微显化真人降世显身赠万世太平真经罗天大醮"一行大字；神坛前方偌大的宣德紫铜香炉香烟氤氲；只是北墙的神坛上现在还空着，既无牌位也无真像。

两班道士肃穆盘腿坐在大殿两侧的法器前，敬候飞元真君、忠孝帝君、万寿帝君嘉靖皇帝登坛主持拜醮。

| 第二十八章 |

大殿的大门开着，幡罗旗盖从殿门分作两行沿着跸道一直排到远方的宫门。

嘉靖头梳道髻，又戴上了香草冠，身穿李妃敬献的那件绣着老子五千言经的道袍，正在偌大的御案前挥毫敬绘张真人真像。

御案的左边站着吕芳，这时头上也戴着香草冠，手捧一个好大的钵盂，钵盂里还剩下半盂香墨。

御案的右边站着朝天观观主蓝道行，臂抱拂尘，手拈法指，微闭双目在那里念念有词。

嘉靖那支笔完成了最后一钩！

御案那张偌大的宣纸上，一个头戴破笠，身穿破衲，背披蓑衣的人像栩栩如生，呼之欲出！

这就是从宋朝经历元朝一直流传到明朝被明英宗封为"通微显化真人"，被民间称为张邋遢，嘉靖想象中一衲一蓑肉身成仙的张真人张三丰！

"真人降世了！"吕芳捧着钵盂就跪了下去。

蓝道行也停止了念咒，注目望去："恭迎真人降世！"也跪了下去。

嘉靖搁下了笔，双手一合竖起法指，站在那里低下头去。

"请神牌！朕要给张真人敬上封号！"嘉靖两眼炯炯闪光！

蓝道行向嘉靖长揖，踱到精舍的神坛前，双手捧过一块神主牌，又走到嘉靖面前，跪了下来，高擎牌位。

吕芳连忙放下钵盂，在银盆的清水里净了手，从神坛上捧起另一盂朱砂，走到嘉靖面前也跪了下来。

嘉靖从戴着香草冠的道髻上抽出了一根金簪，伸出左手中指，用金簪在中指上一刺——鲜血渗了出来，指尖的鲜血滴入到朱砂盂中。

嘉靖插上金簪，猛地拿起了御案上的朱砂笔，蘸饱了朱砂，在蓝道行手中的神主牌上写了起来。

——神主牌上逐个显出"清虚元妙真君"几个鲜红的楷书大字。张三丰又多了一个封号！

蓝道行手捧牌号站了起来，大声呼道："奏仙乐！恭迎清虚元妙真君！"

大殿那边钟鼓齐鸣，仙乐缥缈！

蓝道行捧着牌号走在前头，吕芳双手提起那幅半干未干的真人画像紧随其后，向外面大殿踱去。

嘉靖独自走到了精舍的神坛前，向着供在香火前的张三丰那函真经又拜了下去。三拜毕，双手捧起了经盒，站了起来，向大殿外走去。

这边早就准备妥帖，两个道士帮着吕芳已经将那幅张三丰的画像贴在了大殿横幅之下、紫檀神坛之上的正墙壁上。

蓝道行三跪拜，也已将牌号供在了张真人画像脚下的神坛上。

这个时候，嘉靖捧着经盒出来了，蓝道行、吕芳在神坛两侧跪下了。

嘉靖走到了神坛的拜垫前，供上了经盒，也跪拜下去。

钟鼓声，诵咒声大作！

嘉靖拜毕，站起来，转身在神坛下方的蒲团上盘腿坐下了。

钟鼓声诵咒声戛然而止。

嘉靖微闭双目，从丹田中提起那缕真气，从脑门中发出声来，诵念张三丰的《道情歌》："未炼还丹先炼性，未修大药且修心。心修自然丹信至，性情自然药材生！"

钟鼓声诵咒声又大作！

吕芳爬了起来，走到殿门外大声传旨："上群臣贺表！"

远远的跸道那头一行太监手捧托盘，上面都摆着群臣的贺表，鱼贯向玉熙宫大殿走来。

明史载，嘉靖皇帝朱厚熜晚年"求长生益急，遍访方士方书"。嘉靖四十年腊月二十三，裕王妃突然献上了谎称张真人降世亲赠的血经，使嘉靖深信真人降世了，赦免了严党用以打击政敌的齐大柱，并令群臣上表祝贺。这一与国事看来毫无关联的举动，微妙地加速了清流与严党的最后决战！

钟鼓声、诵咒声中，两个太监将一条紫檀矮几跪摆到嘉靖的蒲团前。吕芳将一份份贺表转呈到嘉靖眼前。贺表太多，嘉靖只看每份贺表的姓名，看一份往矮几上放一份。

矮几上的贺表越堆越高，吕芳转呈的贺表只剩下了最后一份。

嘉靖没有再接，厉声问道："谁的？"

蓝道行在一旁察言观色，拂尘一摆，两班道士立刻停止了奏乐、诵咒。大殿里一片沉寂。

吕芳奏道："启奏飞元真君忠孝帝君万寿帝君主子陛下。最后一道贺表是都察院御史邹应龙的。"

嘉靖的脸立刻露出了怪异的神色："严嵩、严世蕃父子，还有一半的官员都没有贺表？"

吕芳低眉应道："回主子，贺表都在这里了。"

嘉靖的目光向洞开的殿门外上空射去，像是确有天人感应，刚才还在云层中的太阳这

| 第二十八章 |

时脱云而出，一片光线恰从殿门正中也向嘉靖的脸上射来。太阳光照着嘉靖的两眼，反射出两点精光！

从严嵩掌枢内阁担任首辅那一年起，由于群臣无须到太和殿去朝拜，每年大年初一的清晨，严党在京的一批核心大臣便都到这里来给严嵩拜年。二十年烟云过目，早年能得此荣宠者有些外放了封疆，或是去了南京六部九卿任职，有些则因眷宠已衰被排挤出了核心，每年来此的人都有变换。年年初一年年拜，你方拜罢我登场。今年有资格能到这里来拜年的应该还有十来位，但好些人今天都被严世蕃婉辞了，只带来了通政使司的通政使罗龙文、总理天下盐政兼刑部侍郎鄢懋卿、刑部侍郎叶镗、大理寺卿万寀。这几个人的职位都掌着生杀之权。

吉日良辰，这一天严嵩身穿大红吉服，没有坐平时常坐的那把躺椅，而是坐在一把真正的太师圈椅上，适逢太阳光这时也正从书房前大院的上空透过户牖照在身上，使他比平时显得精神许多。仔细看去，他今天的精神里还透着一股平时从未显露的威煞之气，让人立刻联想到这时在玉熙宫正被阳光照射的嘉靖！

来拜年的也不像拜年，严世蕃在前，罗龙文、鄢懋卿、叶镗、万寀在后，五人十分肃穆地在严嵩的座椅前拜了三拜，又十分肃穆地站了起来。

严世蕃坐到了严嵩身侧的椅子上，那四个人分坐在左边的两把椅子上和右边的两把椅子上。

"今天正月初一，老夫八十二了。你们可正在壮年。"严嵩一开口便露出了风萧水寒之气，"为什么也不向皇上进献贺表？"

"上贺表是死，不上贺表或可一生！"严世蕃哪里还顾得上今天初一，出口便是死生！

"小阁老说得对。"罗龙文接言了，"他们弄出张真人降世的鬼话，要是皇上真信了，我们一个个便死无葬身之地。阁老放心，在京四品以上的官员，凡是我们的人都打了招呼，都没有上贺表。"

严嵩这时精神格外矍铄，眼睛也不昏花了，有神地一一望了一遍身前的这五个人，说道："世间事有可以忍者，有万不能忍者。老夫临渊履薄凡二十余年，刀枪剑戟都替皇上挡了。这一次皇上如果真要弃老臣如敝屣，之后只怕就没有人替皇上遮风挡雨了。悠悠我心，皇天可鉴！他徐阶、高拱、张居正想夺这个位置也不是一天两天了。真要杀了我，杀了你们，我们都没了，他们能替皇上遮风挡雨吗？"

严世蕃倏地站了起来："还不准谁杀谁呢！景修、叶镗、万寀。"

鄢懋卿、叶镗和万案同时站了起来："阁老、小阁老，卑职们在。"

严世蕃："禀告阁老，张三丰那函真经的来历都查清了吗？"

鄢懋卿望向叶镗："你回话。"

叶镗："回阁老，这几天卑职们派了好些人在查，那函真经的来历已经查出眉目了。"

严嵩："什么眉目？"

叶镗："那函真经压根就不是什么张真人送给齐大柱老婆的，而是来自高翰文娶的那个妓女之手。"

严嵩："那个妓女是何来历，她怎么会有这函真经？"

万案答道："阁老，杭州死了的那个织造商沈一石阁老还记得吗？"

"那妓女与沈一石有关？"严嵩一振。

万案："正是。那妓女本是沈一石买下来送给杨金水的，其实就是沈一石的侧室小妾。"

"好！"严嵩拍了一下圈椅的扶手，"不上贺表就对了！你们立刻彻查。还有，严密看守高翰文和那个妓女，不要让他们走了或是死了。"

严世蕃："放心吧，早看好了。高翰文那座宅子里一只苍蝇也飞不出去。"

严嵩望向了严世蕃："陈洪陈公公那里你见面了吗？"

严世蕃："还没有。"

严嵩："就在这几天一定要见着陈公公。这半个月皇上闭关清修，只有他和吕芳能见着皇上。这件事要让他想法子把风声透给皇上。告诉他，查出了那个妓女就查出了沈一石，事关沈一石就牵出了杨金水。彻查下去，吕芳那个位置就是他的。"

"老爹这步棋高！"严世蕃夸了父亲一句，"吕芳这个老狐狸早就靠不住了。听宫里的眼线说，裕王府那个冯保就经常找他，他是把宝都押到后两代人了。年前我见过陈公公，陈公公在杨金水那件事上已经得罪了他，正担心吕芳整他呢。这件事吕芳一定有牵连，捅出来司礼监掌印太监这个位置就是陈公公的。冲着这一点，这一回他也一定会跟我们联手。今天我就去找他。"

"叫他不要太早把底细露了。"严嵩交底了，"正月十五以前，债主不讨债，衙门不拿人。这半个月皇上闭关清修，我算了一下，正好陈公公是逢单日伺候皇上。你告诉他，最好在正月十五皇上出关的时候把真经的来历透露给皇上。正月十六的子时自然会见分晓。"

严世蕃："知道了。"

| 第二十八章 |

严嵩："好些人还提着心在那里不安呢。你们也不要在这里守着我了，去转告那些没有上贺表的诸位，不要怕，也不要说什么，过好这个年。"

严世蕃和那四个人都站了起来。

这里正月初一的拜年又是另外一番景象。裕王是储君，徐阶、高拱、张居正必先行君臣跪拜大礼。可徐、高、张同时又是裕王的师傅，在他们行了君臣之礼后，裕王也向他们行了半礼。一行坐下，却并无节庆该有的喜兴，个个都神情肃穆。

徐阶、高拱、张居正互望了一眼，默契之下，让徐阶进言。

徐阶："今日分宜父子还有在京一半的官员都没有给皇上进献贺表。裕王知道否？"

"我也是刚从宫里听到的消息。"裕王说这话时显然是已经经历了一番紧张，可这时依然显着紧张。

徐阶："二十多年了，凡皇上敬天拜醮，严分宜和严世蕃他们没有一次不是争上贺表工撰青词。这一次他们是向皇上摊牌了。"

高拱："有消息，从去年腊月二十三一直到年三十，严党的人便在四处侦查张真人真经的来历。看样子他们手里有了牌才敢这样。"

"他们知道了真经的来历！"裕王紧张得站了起来。

"是。"张居正接言了，"烟袋斜街高翰文的宅邸外这几天就有刑部和大理寺的好些人换了便服在轮班看守。"

"要是让父皇知道了真经的来历，我和李妃就只好去请罪了。"裕王脸色灰败，说话时也显得气促了。

"当然不能让他们知道真经的来历！"张居正大声接言，"我已经设法告诉了高翰文，死也不能露这个底。"

"让他们死？"裕王失神地望着张居正，接着摇了摇头，"不能够这样子做。有悖天理，也有悖人情，况且更有杀人灭口之嫌。"

"臣等绝无让高翰文他们死的意思。"张居正连忙解释，"只是说叫他们有所防范，万一落入他们手中，先要扛住。"

"这是下策。"高拱接言了，"高翰文和他那个女人万万不能落到严世蕃他们手里。"

"有什么法子？"裕王急问。

高拱："他们派人，我们也派人。第一在正月十五散节前不能让他们把人暗地抓走。第二要抢在十五散节后各部衙门开堂理事之前，把高翰文他们送出京去。"

裕王："什么理由？怎么送？"

高拱和徐阶、张居正又交换了一下眼神。

高拱："只有让高翰文委屈了。我们商议了一下，让御史上一道参高翰文的奏疏，罪名是'纳妓为妻，干犯《大明会典》条例'。犯此条例，在职官员应该立刻罢为庶民，永不叙用。这样就能够用我们的人把他遣送回原籍。"

裕王沉默了稍顷，望向徐阶："徐师傅，你老意下如何？"

徐阶没有立刻回答，想了想，十分严肃地说道："这一步棋当然该走。先由御史上疏参劾，我可以拟票，但还得吕公公批红。现在，最要紧的是吕公公！"

大家又都沉默了。

裕王似乎下了最后的决心："吕公公那里我写信，叫冯保送去。他是帮我，还是帮严氏父子，听天由命吧。"

转眼又是一个正月十五了。嘉靖自搬到西苑以来，每年正月的初一到十五都要闭关清修。嘉靖四十年打死了钦天监的监正周云逸以后，从正月初一到正月十五他闭关清修了半个月，祈来了那场大雪。今年除了初一设了那一坛罗天大醮，从初二才开始闭关。今天申时该是他出关的时候了。

正如严嵩所料，往年逢单日是吕芳在精舍里侍候他，逢双日是陈洪在精舍里侍候他。今年由于除掉了初一那天拜醮，初二是吕芳当值，初三是陈洪当值，轮下来到了十五又是陈洪当值了。这一天也就是最要紧的一天。出关后嘉靖的第一道旨意便成了决定无数人命运的关键。

陈洪守在精舍的那一副条门外，便显得格外的紧张也透着十分的兴奋。他面前一个紫铜鼎内檀香木在燃着明火，火上坐着一把偌大的紫铜水壶。只待里面铜磬声响，他便要提着热水，去给万岁爷温开手脚，熨热颜面。

"当"的一声，铜磬响了！

陈洪激灵了一下，连忙提起了那把紫铜壶，感觉到自己有些慌乱，又站在门口深吸了一口气慢慢吐了出来，这才高声祝道："奴才恭祝主子万岁爷出关！"祝罢，轻推开那扇门，拎着铜壶走了进去。

紫铜壶里的热水倒进了架上的金盆里，陈洪比吕芳年壮些，干这些活就显得更为麻利。只见他拿起一块纯白的淞江棉布面巾摊开浸到热水中，提起轻轻一拧，拎到面巾里的水恰好不滴下的程度，双手握着疾步趋到蒲团上的嘉靖面前，展开面巾包住了嘉靖那双干柴般的手，半松半紧地握着，这名之曰温手。如是这般，陈洪往来奔走，一共用了七块面

| 第二十八章 |

巾将嘉靖拈了十四天法指的手终于温得松软了。

他又提起了铜壶里的水倒进了另外一个金盆，拿起另外一块更大的纯白淞江棉布面巾浸到水中，轻轻一拧，走到嘉靖面前双手奉了过去。

嘉靖接过面巾，自己摊开了，蒙上了面部。此名之曰开面。

稍顷，嘉靖将面巾递给了他。陈洪接了，放回金盆中。把紫铜壶里剩下的热水倒入一个银盆，端到嘉靖蒲团前的地上，接着替他脱了袜，捧起他的脚放入热水里。

"正月初一，那么多人不给朕上贺表的事有说法了吗？"嘉靖双脚泡在热水里，金口开了。

"是。"陈洪从袖中掏出一折约二指宽的条陈，奉了上去。

"谁的条陈？"嘉靖手里拿着条陈，先问陈洪。

陈洪低下了头："回主子万岁爷，严阁老严嵩的奏陈。"

嘉靖又深望了他一眼，急忙打开了折着的条陈看了起来。

陈洪站在那里，浑身的骨架都开始收紧了。

果然，嘉靖将那个条陈狠狠地摔在地上："好哇！欺天了！"

陈洪扑地跪倒："主子万岁爷千万不要动了真气，伤了仙体。"

嘉靖紧盯着他："现在几时？"

陈洪："回主子万岁爷，现在申时末酉时不到。"

嘉靖："那离正月十六的子时也就三个时辰了。去，调集提刑司镇抚司的人，分作三路，过了正月十五散节，立刻拿人！"

"是！"陈洪这一声答得有些颤抖，紧接着他又试探地问道，"启奏主子万岁爷，都拿哪些人？"

嘉靖目光一闪："子时再说。"

陈洪："是。奴才再启奏主子万岁爷，这件事奴才是否应该禀告吕公公？"

嘉靖沉默稍顷，眯着眼望向陈洪："这件事还要让吕芳知道吗？"

"是！"陈洪这一声答得好是洪亮。接着他磕了个响头，退到门边，一转身大步走了出去。

嘉靖望着他精力弥散的背影，眼中的光慢慢收了。

京谚云："正月十五雪打灯，八月十五云遮月。"

因嘉靖四十年腊月的雪下过了头，嘉靖四十一年除了初七初八下了两场小雪，此后一直到正月十五都罕见地没有下雪。天上的云也薄了，时或还能看见月亮。这就使得京城多处的灯市比哪一年都红火。烟袋斜街是北京城少有的斜街之一,不远处什刹海便是京城最繁华的灯市,这里虽被拐弯处挡着,见不着灯火,但抬头便能看见被灯火照得通明的天空,和飞上天空五颜六色散落的焰花。

戌牌时分,多数人都观灯去了,斜街的街面上只有少数妇人、老人带着孩童,在处处挂着大红灯笼的门前燃鞭炮、放"起火"点"二踢脚"。地上点燃的"起火"在冒着焰花,不远处天空也在缤纷地落下焰花,间杂着砰的一声"二踢脚"呼啸着蹿到街面的空中再响一声,怎一个乐字了得!大人小孩都明白,疯了这一晚,明日就要"收放心"了。

突然,响起了一阵急促的脚步声,街面上放焰火爆竹的大人小孩还没缓过神来,便看见从街的两头拐弯处同时出现的两队官兵。

"进去!都进屋去!"

"官府有公干!所有人都回避了!"

毕竟没有散节,两头领兵的队官还算客气,只是大声吆喝。

那些妇人、老人吓得连忙抱的抱拉的拉把自己的孩子带进门去,一条条门都关上了。

两队官兵几步一个,把条烟袋斜街封锁了起来。接着一个队官带着一群兵奔向门口挂着"高宅"灯笼的宅门口站定了。

接着,一群官兵护着一顶八抬大轿从东面奔来了。

那顶轿在高府宅门口停住了,轿杆一倾,走出来的竟然是严世蕃!

半个时辰前他接到了陈洪的消息,知道子时要抓人,为防万一,他亲自出马带着刑部的官兵来捉拿高翰文和芸娘了!

把门的队官立刻猛叩着门环:"开门!开门!"

芸娘这时正端着一碗元宵刚走到前厅的门边,突然被震天乱响的门环声怔在那里。

前厅的书桌边坐着高翰文,听到了院门的敲击声慢慢放下了手里的书,向门外望去。经浙江那一番挫跌,在诏狱里又坐了几个月的天牢,这时的高翰文已不复当时的少年风采,颔下已经长出了好些胡须,眼里多了几分深沉,更多了几分淡然。

外面传来了呵斥声:"刑部和大理寺的!有钦案问你们高老爷,快开门!"接着门环又猛敲起来。

"来了!"芸娘竭力想控制内心的惊惧,端着碗走到书桌边,放下时,还是溅出了一些汤水。

"柴和油都备好了吗?"高翰文慢慢站起了,深望着芸娘。

芸娘点了点头。

高翰文:"我去见他们,你到后院屋里等我。"

第二十八章

芸娘抓住了他的手："墨卿，我当初真不该跟你来，我是个不祥之人……"

"你说什么！"高翰文的目光有些瘆人。

芸娘低下了头，眼中盈出了泪水。

高翰文移开了目光："吾之大患，因有吾身。去等着我，我来之前不许点火。"

"我等你。"芸娘擦了泪深望了望高翰文，转身走出了前厅后门。

就在这时，前院的大门被砰的一声撞开了！

一个队官领着一群兵蜂拥进来了，立刻散开站到了院子各处。

严世蕃走了进来，在院内站住了，他看见高翰文并没有迎出来，而是站在前厅的屋子中间，远远地望着他。

严世蕃："都出去，把好门。"

"是！"那队官一挥手，把那群兵又都带了出去，从外面拉上了院门。

严世蕃这才慢慢走进前厅，站在高翰文的面前，两只脚像铸铁般钉在砖地上一动不动，只是盯着他。

高翰文也静静地看着他。

"高老爷，'以怨报德'几个字怎么解？"严世蕃突然问道。

"君子有德，小人无德。"高翰文的回答十分简短。

"你就是小人！"严世蕃咆哮了，"一个翰林院七品检点，我保举你出任杭州知府，你却伙同旁人坏我的方略，以致朝廷改稻为桑国策功败垂成。年前居然还串通那些人暗中捣弄一本什么真经欺瞒皇上！端老子的碗砸老子的锅！你还有脸跟老子说君子小人！"

高翰文："严大人，我高翰文是两榜进士，出任杭州知府，供职翰林院，吃的都是朝廷的俸禄，不是你严家的饭食。"

严世蕃万没想到这个高翰文居然如此强悍，气得浑身都抖了："狗屁两榜进士！一个商人玩剩下的艺妓都当个宝贝娶到家里，你高家十八代祖宗的脸都让你丢尽了！你说，沈一石那个艺妓现在哪里？！"

严世蕃这几句话就像在高翰文的心窝猛地捣了一拳！

高翰文慢慢闭上了眼，眼前便倏地幻出了一片熊熊火光，似是沈一石琴房正在燃烧的熊熊大火！

高翰文立刻睁开了眼，那火光随之消失。可此时的高翰文脸色已然有些白了。

严世蕃以为自己这一招刺中了他心中的要害，缓和了语气："知道错了，回头有岸。我今天亲自来，就是念在当初是我举荐的你，皇上也是看我的面子把你从诏狱里放了出来。你说，张真人的那函真经是不是沈一石给那个艺妓的？你只要说了实话，我不保你也得保你。"

高翰文压下心中的一口气，淡淡地道："我这里没有什么艺妓，只有高某的妻子。至于严大人说的什么真经，高某不知道，更与我妻子无关。张真人降世，将真经转托王妃进献皇上，群臣都上了贺表。严大人要另说一套，可以去问裕王，去问王妃。"

"不要跟我说裕王！"严世蕃又咆哮了，"我告诉你，裕王和王妃也是受了你们的骗，欺君之罪查不到王爷和王妃身上去。你和你背后的那些人要打量着抬出裕王和王妃我们便不敢查，那就错了。司礼监那边提刑司、镇抚司的人都等好了，一到子时徐阶、高拱、张居正那些人一个也跑不了！"

高翰文仍然是不紧不慢地道："严大人忘了今天是什么日子。"

"正月十五不抓人？"严世蕃又紧紧地盯向高翰文，"正月初一老子还杀过人呢。来人！"

一个队官跑了进来。

严世蕃："搜！把那个女人给我搜出来！"

"慢。"那队官还没应声，高翰文立刻喊住了他。

严世蕃紧跟着手一举，止住那队官，望着高翰文："想明白了就好，把那个女人叫出来，说清楚了，我可以网开一面。"

"我的妻子现在就在后院正屋里，可已经叫不出来了。"高翰文平静地说道，"因那间屋子里都堆满了柴，也浇满了油。严大人，你的人一去，立刻便是一把大火。无需半个时辰，便是一堆灰烬。她死了，我跟你去都察院。也可以跟你去见皇上。"

这下轮到严世蕃的脸白了，好久他的牙咬得格格地响："好，你狠！"

那队官也怔在那里，可又不得不问："小阁老，后院还去不去？"

严世蕃一脚踹了过去："去放火吗？去统领衙门，立刻调几部水车来！"

"是！"那队官慌忙跑了出去。

前院传来了传令声，几个官兵立刻向前院门外奔去。

高翰文在椅子上平静地坐下了。

严世蕃那张脸满是狠毒，在上首火盆前的椅子上墩地坐下了，从袖子里倏地抽出了一把折扇，朝着火盆猛扇了几扇，火盆里的火苗还是不旺，严世蕃干脆将那把折扇往火盆里一扔，扇子燃了起来，他伸出了手，竟烤起火来。

第二十九章

离子时不到一个时辰了,时光飞逝得如此之快,裕王早坐不住了,在书房里来回走着。徐阶和张居正也坐不住了,都站在椅子前,眼望着开着的书房门。

"回了!"终于门外传来了当值太监一声呼声。

裕王立刻站住了,望向书房门。

徐阶和张居正的眼也凝固在书房门口。

冯保气喘吁吁地出现在书房门口,一只手扶着门框大口喘气。

"见到吕公公没有?"裕王急问。

冯保喘着气,手顺着门框软跪了下来:"奴、奴才等得好苦……"

"到底见到没有?"裕王更急了。

冯保:"一、一直到酉时,吕公公才肯见了奴才。说是陈洪抢先下了手,提刑司、镇抚司的人都叫到西苑了。过了十五,十六的子时就要拿人……"

裕王的脸白了,徐阶、高拱、张居正都愣在那里。

"到底抓谁,吕公公说了没有?"徐阶毕竟镇定些,尽力用缓和的语气问道。

几双目光又都望向了冯保。

冯保喘息定了些:"吕公公也不知道。但奴才来之前,皇上已经把吕公公召去了。"

"那张票拟吕公公批了红没有?"高拱这句话才落到了实处,眼下最要紧的是怎么将高翰文夫妻送出京去。

"批、批了……"冯保这才也想起票拟的事,从怀中掏出那张票拟,隔着门递了过去。

"晚了。现在就是去,也送不走高翰文他们了。"徐阶这一声轻叹,使所有的人都没去接那张票拟,冯保的手便一直伸在那里。

徐阶又说道："皇上既要追查这件事，高翰文他们送出了京城也会抓回来。"

"我不这样看！"高拱走过去一把抓过那张票拟，"张真人降世的事，已经朝野皆知。只要把人送走，谁也不敢大张旗鼓再去抓人。严党要我们的命，皇上还要自己的脸呢！"

一言中的，这句话又点燃了众人眼中的希望之火。

"你们在这里待着。我去送人！"高拱说着便要出门。

"高大人。"张居正走了过去，"我是兵部堂官，有兵部的勘合，我带兵部的人去，比你去要好。"说完又从高拱的手里拿过了那张票拟，再不犹疑，一步跨过冯保的身子，向门外走去。

屋子里就剩下了裕王、徐阶和高拱。

徐阶这时也拿出了老臣的气势："肃卿，你立刻去找邹应龙把他写的那份奏疏拿到，老夫这就去西苑等你。子时前，拼了命我也要把奏疏送到皇上手里。"

"徐师傅、高师傅！"裕王叫着二人，"不要去了，哪里都不要去了……就在这里待着。皇上要问罪，我来扛。"

徐阶和高拱心里一阵暖流带着辛酸涌了上来，两个人都跪下了。

高拱抢先大声说道："王爷，自古'汉贼不两立'！这个时候不拼，还要我们这些大臣干什么！"

徐阶："问谁的罪也不能问王爷的罪。大明的江山都在王爷身上了。"

说完了这两句，二人会心地同时磕下头去，高拱顺手搀着徐阶站了起来，两人又同时走了出去。

裕王怔怔地站在那里，突然一阵头晕目眩，便要倒下的样子。

"主子！"一直跪在门口的冯保这时候地弹起，蹿进门去，一把抱住了裕王，接着冲门外大喊，"来人！"

亥时末，各处的灯市都散了，观灯的百姓也都得在子时前回到家里，可家住斜街在外面看灯的人这时回不了了，都被严世蕃带来的官兵挡在街口，还不让走，一时间这里贴着墙根儿、挨着路口蹲了好些人，不许吭声，也不知犯了何罪。

又是一阵整队的跑步声传来了。紧接着又出现了一队官兵，后面跟着一顶大轿，还簇拥着两辆马车驰来了。

"是不是统领衙门的水车！"守街口的队官大声问着，带着两个兵迎了上去。

"什么水车，你们是哪个衙门的？"领队的队官已经走近了，大声反问道。

第二十九章

守街口的队官这才看清，那队兵也打着灯笼，拥着一顶轿子，后面只跟着两辆马车，哪有什么水车。

"站住了！"守街口的队官挡住了这队兵，"你们又是哪个衙门的？没看到这里禁夜了，绕道走！"

那队兵的队官："还反问起我们了。正月十五还不到子时禁什么夜！快闪开！"

"来人！"守街口的队官一声喝令。

许多兵跑过来了，挡在了街口。

蹲在那里的百姓都惊恐地望着这两队官兵。

"怎么回事？"轿帘掀开处，张居正从里面出来了。

"张大人！"守街口的队官当然认识他，这可不敢怠慢，连忙趋了过去，单腿行了个军礼，"不知是张大人大驾，小的先行请罪。"

张居正："大过节的，你们在这里干什么？"

守街口的队官犹豫了一下："小的实在不好回大人的话。请大人体谅小的们的难处，要去哪里绕个道吧。"

张居正笑了一下："我就是要进这条街，你叫我绕到哪里去？"

守街口的队官怔住了："敢问大人要去谁家？"

张居正收了笑容："凭你也敢查问我？整队进街。有敢挡道的，立刻拿下。"说着钻进了轿里。

"是！"跟他的那个队官答得十分响亮，"整队进街！"

这队官兵执枪的挺着枪，挎刀的拔出了刀，小跑着向斜街突进。

守街口的队官先就让开了，那些兵自然纷纷向两边避让。

这队官兵拥着张居正的轿子和那两辆马车来到高翰文的府门前，张居正下了轿，守在门口的士兵刚要阻拦，跟着张居正的队官手握刀柄呵斥道："瞎了眼的，没见着是张大人？让开！"

那士兵自是认识张居正，但自己又是严世蕃带来的，正在思考这里面的就里，被那队官扒拉开去。那队官在前面开路，把张居正引进了高府。

严世蕃两眼瞪得好圆，望着徐徐走进来的张居正。

高翰文看见此时出现的张居正，眼中闪出了亮光。

"小阁老也知道了？"张居正不看高翰文，只向严世蕃拱了拱手。

"我知道了什么？你来这里干什么？"严世蕃在来此之前已经派人悄悄地围了张居正

的府第，等到旨意一下便要拿他，这时张居正竟出现在这里？严世蕃一阵乱疑，竟忘了起码的礼数，也不还礼，直盯着张居正问道。

"当然是高翰文的事。"张居正答着，转望向高翰文，"内阁有批文，高翰文听好了。"

高翰文怔怔地望着张居正，慢慢跪了下来。

严世蕃也怔在那里，瞪大了眼望着张居正。

张居正从袖中掏出一张票拟，大声宣读道："有都察院御史上疏劾翰林院修撰高翰文，言高翰文身为文苑清流，朝廷命官，居然纳妓为妻，干犯《大明会典》条例，玷污官箴！现经吏部核实，报内阁拟票经司礼监批红，着即革去高翰文翰林院修撰，罢为庶民，永不叙用。着见票拟后立刻逐出京师，递送原籍。"宣读完，他又望向高翰文，"高翰文，马车已经给你备好了，你收拾一下，带着家人立刻离京。"

听完张居正的话，高翰文慢慢站了起来，望张居正的那双眼就像千年寒川的冰！

严世蕃突然省悟过来："你这是哪里的票拟！"

张居正："既是票拟，当然是内阁的。"

严世蕃："哪个内阁？严阁老看过吗？"

张居正："严大人，内阁的批文一定要严阁老看过吗？"

"假的！"严世蕃一声咆哮，"老爷子是内阁首辅，连他都没看过，内阁怎么能拟票？又是谁敢批红？"

张居正不急不躁："严大人这话有些不对吧。去年七月皇上就有旨意，内阁的日常事务着徐阁老操持。此后内阁都是徐阁老拟票，报司礼监批红。这份票拟就是徐阁老拟的票，吕公公批的红。难道不是严阁老拟的票，都是假的？"

严世蕃知道已经干上了："那好，你们拟你们的票，我们拟我们的票！高翰文身上有天大的案子，今晚不许走！"

"今晚必须走！"张居正严词相抗，"严大人如有别的案子，明天可以通过三法司立案，报内阁再行审理。来人！"

跟随张居正的那个队官应声走了进来。

张居正："你们帮忙清点革员的随身行李，拿兵部的勘合送革员及其家眷出城门。"

那队官："是！"

"谁敢！"那队官还没转身，严世蕃这一声便把他吼住了，接着盯住张居正，"我说呢，玩起连环套，杀人灭口来了！"

张居正一愣，接着也冷下脸来："严大人这话什么意思，什么杀人灭口？"

| 第二十九章 |

严世蕃冷笑着："暗中叫他们欺蒙皇上，现在见事情要败露了，又叫他们点火自焚！高翰文，这个时候你还不明白！"

张居正也弄蒙了，茫然望向高翰文。

"这不关张大人他们的事。"高翰文平静地答道，"小阁老要给我和拙荆强加欺君的罪名，拙荆已在后院屋里备好了干柴和油，你们要拿她，她只好玉石俱焚。"

张居正也震惊了，这才明白刚才进街时何以有人问水车的事，他慢慢望向了高翰文："不致如此。高翰文，你去把你的夫人叫出来，我送你们出京。"

"谁也走不了！来人！"严世蕃吼着。

他的一个队官跑进来了。

严世蕃："这座宅子、这条街都给我把住了，一个人也不许出去，更不许放一个人进后院！还有，统领衙门的水车怎么还不来！"

"是！"他的那个队官跑了出去，从院子里到院门外一路吆喝，院门里又跑进了好多兵，与张居正他们的兵对峙在那里。

那队官又对几个兵吼道："统领衙门干什么吃的？水车怎么还不来？去催！"

张居正知道了高翰文和芸娘有一死之心，这时心绪虽然复杂，但已经明白人证严世蕃是抓不走了，因此冷静了下来，也一声大喝："把院门守住！谁也不许再出入这座宅子！"

他的那个队官也在外面大声吼应，立刻带着兵把门堵住了。

严世蕃带来的兵和张居正带来的兵都堵在了院子里。

接着，张居正干脆坐下了："好一个嘉靖四十一年的正月十五。想不到会和小阁老在这里坐等散节。"

"张太岳！"严世蕃被他气得半死，冲过去对他吼道，"你也是嘉靖二十六年的进士，十五年了，你知道，对抗内阁、对抗朝廷，没有人会有好下场！"

张居正："现在还是正月十五的亥时，小阁老，不吉祥的话过了子时再说吧。"

"好、好，那我们就等到子时瞧！"严世蕃猛地一撩袍子也坐下了。

熊熊的火把和通明的灯笼，把个司礼监值房外的大院照得比灯市还亮！

提刑司和镇抚司千户以上的职官好几十人突然接到指令，有大狱，要拿好些人，这时都集结在院子里！

陈洪是司礼监首席秉笔太监，按规制提刑司和镇抚司就是归他分管。这时他和另外几个秉笔太监一字排开站在值房门前，森冷地望着院子里那些东厂太监和镇抚司锦衣卫头目。

远处隐隐约约有焰火爆竹声传来，这里却只有火把燃烧时偶尔发出的噼啪声。

陈洪咳了一声，开口了："各队的人马都备齐了吗？"

"回陈公公，都备齐了！"几个提刑司和镇抚司的头一齐答道。

陈洪抬头望了望天上偏西那个小小的月亮："亥时末了。都给咱家打点起精神，子时万岁爷旨意一到便分头出动。"

"是！"那几个头又一齐应道。

"干爹！"提刑司一个大太监望着陈洪，"都去哪里，拿哪些人？"

陈洪的目光阴冷地扫向他："到时候会告诉你们。现在谁也不许打听。听清楚没有！"

几个头同声答道："听清楚了！"

渐渐地，远处的爆竹声都息了，毕竟是正月，夜风寒冷，吹得火把都在抖着。

几个司礼监秉笔太监都披上了皮袍大氅，站在那里等着。只有陈洪显得亢奋，期待，似乎又带着几分焦急，一个人在那里来回走着。

眼看便子时了，陈洪也不来回走了，停在那里，望着大院的门，等待最后揭晓的旨意。

子时的更鼓终于响了，所有的人都是一振，所有的目光都望向了院门。

踏着更鼓声出现在院门口的竟是吕芳！他的身后还跟着朱七和一群锦衣卫。

"老祖宗安好！干爹安好！"几乎所有的人按该行的礼，单腿跪下去一片，双手长揖下去一排。

陈洪惊疑了，愣在那里，望着吕芳，竟不似平时，忘记了过去行礼。

吕芳却慢慢走向了他："都准备好了？"

"准、准备好了。"陈洪缓过神来，答了一句，又急切地问道，"早准备好了。三路人马，高拱那里一路，张居正那里一路，徐阁老那里去不去？"

原来是要拿裕王的师傅们！所有的人无论是跪在那里的还是低头站在那里的，闻言无不暗自心惊！

吕芳的眼神好怪，斜望着陈洪："谁告诉你是抓高拱、张居正和徐阁老了？"

这下轮到陈洪失惊了，张着嘴站在那里，半天没有缓过神来。

吕芳不再理他，走到了值房门口，站定了，慢慢说道："严世蕃、罗龙文、鄢懋卿干犯天条，奉旨即刻把三个人的府邸围了！一个人一样东西都不许放走！"

所有的头都抬起了，所有的目光都更惊了，严党倒了？！

第二十九章

　　吕芳："听说严世蕃、罗龙文、鄢懋卿现在居然还领着刑部和大理寺的人要去捉拿忠臣，提刑司、镇抚司各分一个小队去高拱和张居正的府第把罗龙文、鄢懋卿拿了，送回到他们自己家里去看押起来。"

　　"是！"全明白了，两路人一声吼应，倏地站起，奔了出去。

　　陈洪蒙在那里，司礼监几个秉笔太监都默在那里，还有朱七带的那群锦衣卫依然候在那里。

　　吕芳望着朱七："朱七。"

　　朱七大声应道："在！"

　　吕芳："你的人去烟袋斜街，把严世蕃送回他自己的家里去。"

　　朱七："是！走！"

　　朱七带着那群锦衣卫一阵风刮出了院门。

　　吕芳这时有意不看陈洪，只望向另几个秉笔太监："好些事要议，都进屋吧。"说完自己先走进了值房。

　　几个秉笔太监紧跟着走进了值房，陈洪一个人在院子里愣了好久，咬了咬牙，跟进了值房。

　　"七爷！"

　　"七爷！"

　　朱七的名头着实响亮！严世蕃带来的官兵和张居正带来的官兵本对峙在高翰文宅第前院里，这时看见了朱七和他身后那群锦衣卫，虽然惊疑，都散开了，列成两队，一齐行礼，口呼"七爷"。

　　朱七对这些人历来都是一脸的笑，任他们喊着，脚步如风带着那群锦衣卫径直进了前厅。

　　见朱七进屋，张居正与严世蕃几乎是同时站起来。

　　"严大人。"朱七先向严世蕃一拱手。

　　严世蕃立刻露出了一丝笑："老七亲自来了。"

　　朱七却不接他这句话，转望向张居正又一拱手："张大人。"

　　张居正目带疑询地望着他点了下头。

　　"这个就是高翰文。"严世蕃指了一下站在那里的高翰文，"沈一石那个艺妓在里面。老七，你来了好，跟我一道将人犯带走。"

　　朱七慢慢望向严世蕃："奉旨，着即将严世蕃押送回府，听旨发落。严大人，跟小的走吧。"

严世蕃何曾这般惊过？一下子蒙在那里，兀自望着朱七惊疑。张居正反倒身子一软，坐回到椅子上去了。

"什么？"朱七吐词清楚，严世蕃其实每个字都听真了，却不愿相信自己的耳朵，睁大了两眼直盯着朱七。

朱七："严大人，小的们是奉旨办差，请不要为难我们，跟我们走吧。"说着伸出那只蒲扇大的手掌向门外一让。

"我要见皇上！"严世蕃这才真醒了过来，一边向外面走着，一边嘟囔着，"有奸臣，我要见皇上！"

朱七紧跟着他，几个锦衣卫抢在前面开道，几个锦衣卫跟在他身后。本是随严世蕃来抓别人的，哪曾想小阁老突然被锦衣卫抓了。严世蕃带来的那些官兵，一下子找不着"营门"了。看着走出大门的锦衣卫押着严世蕃一行出来，带队的那个将官趋了过来，拱手紧跟着朱七："七、七爷，我们怎么办？"

朱七没有看他："是哪个衙门的就回哪个衙门去。大过节的瞎掺和什么。"

那将官慌忙传令："整队！整队！回衙门！"

严世蕃带来的那些官兵们轰的一声都挤出门口，散了。

走至街心，严世蕃突然停下脚步，看着朱七："就这么走回去？"

朱七淡淡地笑笑，伸手一指严世蕃的那顶轿子说道："请吧，严大人。"

飘走如风。不一会儿，押着严世蕃的那顶轿子就抬到了严世蕃的府门口。一个锦衣卫掀开了轿帘，严世蕃却坐在里面一动不动，他看见高大的门墙外满是火把灯笼，站满了锦衣卫，大门口却是东厂的提刑太监。

"到家了。严大人，下轿吧。"朱七在轿外喊着。

"拿圣旨我看。"严世蕃坐在轿内依然一动没动。

"圣旨不归我们宣读，严大人知道，我们只管拿人。"朱七伸出了那只大手，依然不失礼貌地一伸。

"没有圣旨，凭你们就敢围了我的家，还敢拿我！"严世蕃在轿内又咆哮了。

无数个锦衣卫眼中都喷着火，从四面围过来了。

"干什么！你们敢！"严世蕃依然咆哮。

朱七举了一下手，那些锦衣卫都停住了脚步。

朱七伸手抓住轿帘一扯，扔在地上，然后一跃，跃进了轿杆中，望着轿里的严世蕃：

| 第二十九章 |

"严世蕃，有个人你还记不记得？"

严世蕃第一次领略到了锦衣卫头目的面孔有如此瘆人："谁？"

朱七："咱们锦衣卫的经历官沈炼沈大人！"

严世蕃脸白了："你、你们想公报私仇！"

"没错。"朱七的脸冷得像石头，"沈大人当年就是我朱七的上司。也是今天来这里所有兄弟们的上司。沈大人上疏参你们狗爷儿俩，死得那样惨，你当我们都忘了！"

严世蕃："那好，你有种就杀了我，替他报仇！"说着闭上了眼。

朱七："狗爷儿俩的，你们狗奸党杀了那么多忠臣，现在杀了你，太痛快了吧。出来！"随着一声吼，朱七双掌齐发，击在轿子两侧的柱子上，那顶轿的轿顶和轿壁立刻四散飞了出去，只剩下轿座依然在原地居然丝毫未伤！严世蕃孤零零地坐在已没有轿顶也没有轿壁的轿座上。

"贱种！提溜进去！"朱七拍了拍手上的灰走开了。

两个锦衣卫扑了过来，一边一个拧住严世蕃的双臂提了起来，拖着走进了府门！

高翰文宅第的前院这时已一片肃静。

张居正仍然紧张地站在前厅紧望着前厅的后门。

终于，高翰文从前厅后门进来了，张居正连忙问道："尊夫人出来了吗？"

高翰文点了点头："正在收拾行李。"

张居正："来人！"

一个队官走进了厅门。

张居正："派些人把后院屋里的柴都搬出来，记住，屋里有油，不许点火，灯笼也不能进去。再派些人帮高大人收拾行李。"

"是！"那队官应着走到门边。

"将门带上。"背后又传来了张居正的声音。

"是。"那队官出门时将厅门从外面带上了。

张居正走到东侧的椅子边，先将下首那把椅子挪了挪，又走到上首把椅子挪向下首的椅子，对高翰文说道："坐吧。"自己在上首的椅子上坐下了。

高翰文也默默地在下首那把椅子上坐下了。

两把椅子斜对着，就有了些促膝交谈的味道。

"墨卿。"张居正这一声呼唤和他此时的眼神一样都充满了诚挚。

高翰文抬起了头，望向他。

张居正："你是嘉靖三十五年那一科的吧？"

高翰文："哪一科现在都是过眼烟云了。"

张居正："记得那一科，我也是考官，只不过你的卷子在严世蕃那一房而已。好些事原都是身不由己。"

高翰文："都过去了。有什么吩咐张大人直说。没有别的事，我们就此别过。"

张居正望着他："'行到水穷处，坐看云起时。'罢你的官我们也是迫不得已，回去待一段时间，包在我的身上，总会召你回来的。"

"我和拙荆的命都是张大人救的，能活着走出京城已是万幸。这里我是再不会回来了。"高翰文站了起来，"平生皆被读书误，做什么也比做官好。只是现在落得个有家难归，有国难投，这却是没有想到的。"

张居正也站了起来："怎么，家也回不去了？"

高翰文："一样的罪名，'纳妓为妻'。家父家母已经传过话来了，生不许进高家的门，死不许葬高家的坟。回不去了。"

张居正也黯然了，想了想，又望向他："这倒是我们也没想到的。墨卿，上意却是要将你遣返原籍。"

高翰文："张大人如果真愿意给晚生留一线生机，就请去掉这一句话，不要把我送回原籍。"

张居正立刻答道："我可以去掉这句话，但你到哪里去？"

高翰文："浪迹天涯吧。"

张居正的脸肃然了："那不行。张真人真经的那件事，有人还不会死心。你和尊夫人去到哪里都牵动着朝局。听我的安排，那就去浙江。赵贞吉、谭纶他们都在那里，你们去那里安全。"

说到这时，芸娘换上了行装，披着一件挡寒的斗篷，拎着一个包袱，怀里还抱着一张用布囊套着的琴，从前厅后门出来了。

芸娘放下包袱，又放下琴囊，向张居正深深一福："多谢张大人保全，我们愿意去浙江。"

张居正这已是第三次见到芸娘了，对这个女人他虽然也曾经暗自惊艳，但对她的经历却历来心存不屑，因此这时并不看她，只望向高翰文。

高翰文这时却出奇地冷漠："去哪里都可以，就是不能去浙江！"

芸娘一愕，碰了一下高翰文的眼神，又低下眼去，怔在那里。

张居正接言了，声音显出了强硬："去哪里都不行，只能去浙江！"

第二十九章

高翰文定定地望着他。

张居正掠了一眼芸娘，很快又望向高翰文，声音缓和了些："得失从来两难。桃源芳草，远离庙堂，墨卿，但愿这是你的福分。"

高翰文默在那里，芸娘怯怯地抬起目光望向他。

张居正："不能再耽搁了，我送你们走。"说着亲自走到前厅门边，替他们开了门。

芸娘连忙拎起了包袱，又抱起了那张琴囊。

高翰文的目光立刻望向那张琴囊，芸娘从他的瞳仁中似乎又望见了隐隐闪出的火苗，颤了一下，将那张琴囊慢慢放回到桌上，只拎着包袱走到高翰文身边。

高翰文却走到了桌边抱起了那张琴囊："走吧。"径自向门外走去。

芸娘眼里好感动，紧跟着他走了出去。

张居正轻叹了一声，跨出门去。

明代的三法司，真正管官的衙门还属都察院。无论每年对各级官员的考绩，还是监督各级衙门的官风，都察院都有直接的参劾权和纠察权。除了左右都御史、副都御史，一般的御史那也是见官大三级。

今天是明嘉靖四十一年正月十六，也就是真正的新年伊始，每年的这一天卯时，六部九卿的正副堂官和驻京的御史照例都要来到这里，发领都察院对各部衙门官员上一年的考绩评定。这时的大堂里已是纱帽攒攒，红袍耀眼。

与往年不同的是，今天来的人阵营都十分分明。叶镗、万寀领着一群官员站在左边，还有另一群官员站在右边，谁也不看谁，大堂里一片沉寂。

还有一点与往年截然不同的，今天第一个说话的并不是都察院的都御史，而是高拱。他站在都御史的身边，望着站在两侧的正副堂官们："诸位大人也许有些已经知道了，也许有些还不知道，都察院御史邹应龙参严嵩、严世蕃父子擅权误国的奏疏皇上批了！"

二十年严党冰山倾于一旦，尽管一早就有风闻，非严党者犹心存疑虑，附严党者则心存侥幸，现在听到高拱当堂宣示，不啻天恩浩荡，惊雷炸响！

站在右边那些官员的无数双目光立刻投了过来，兴奋激动！

叶镗、万寀领着站在左边的官员都垂下了头，一个个脸色灰败，惊惧茫然！

高拱："奉旨，高某特来向诸位大人宣读一段邹应龙的奏疏。"说到这里他从袖子里掏出了一本奏疏，翻到第二页朗声念道，"世蕃父子贪婪无度，搂克日棘，政以贿成，官以赂授。凡四方小大之吏，莫不竭民脂膏，剥民皮骨，外则欲应彼无厌之求，内则欲偿己买官之费，如此则民安得不贫？国安得不竭？天人灾警安得不迭至也？"宣读毕，高拱目光炯炯，"记得当年严氏父子杀杨公继盛和沈炼公时曾公然喧嚣：'任他燎原火，自有东海水！'今天东海的水终于将奸党父子淹了！'越中四谏''戊午三子'，还有无数忠良在天之灵可以告慰了！"说到这里，高拱两手高拱，目望上方，已然热泪盈眶。

突然，右边非严党官员队列里一个人放声大哭起来，接着他身边的人都跟着放声大哭起来，许多人哭倒在地。

叶镗、万寀那些严党中人更加惶然了，那哭声让他们觉得天都要塌下来了！

高拱又接着大声道："上谕！各御史和各部衙门所有官员，平时有察知严党罪行者都可以立刻上疏参劾！至于两京一十三省各部衙官员，平时依附严党者，也望尔等幡然悔悟，反戈一击，朝廷自会酌情恩宽！"

底下更是一片沉默。

突然有一个声音响了起来："请问高大人，严嵩和严世蕃现在所定何罪？皇上可有处置？"说这话的人就是叶镗。

高拱的目光倏地刺向了他："刚才已经说了，正在彻查。"

万寀的声音响了起来："请问高大人，严嵩任内阁首辅二十年，我大明两京一十三省官员的任职多数出于严嵩的票拟。高大人适才说依附严党者，不知这也算不算依附严党？"

此言一出，满堂轰然。右边非严党的官员已经围着左边严党的一些官员在堂上结成无数对争吵起来：

"'越中四谏''戊午三子'的冤狱，你就是审官之一！你不是严党谁还是严党！"右边一个官指着叶镗吼道。

叶镗朝地上吐了一口："严阁老八十大寿的时候，'一柱擎起大明天'那句诗不知是谁做的，不是阁下你的大作吧？凭你，也有脸指责我是严党！"

那个官被他这一顶，顶得涨红了脸，憋在那里。

另一个官站出来了，对着叶镗："严嵩老贼六十、七十、八十的生日我李某都从来没有给他贺过一次。凭我，有脸骂你这奸党吧！"

"打死他！为忠良报仇！"右边许多官吼了起来。

那个官一掌掴在叶镗的脸上，把他的纱帽打飞出去好远。立刻便有无数的人拥了上来将叶镗按倒在地，一顿乱打！

又一群官拥向了万寀，揪住了他，乱撕乱打！

人群分成了几拨，又有好些官员按倒了一些严党的官员在地上拳脚相加！

高拱默默地站在那里，紧盯着左边严党中一些没动的官员。

| 第二十九章 |

那些官员在高拱威严的目光下都缩到了墙边,站在那里,一动也不敢动。

尽管久居京师繁华之地,位极人臣,几十年严嵩有几个习惯一直没改:一是在府邸的院子里种有菜圃,夏秋两季自己偶尔还亲自到菜圃边浇浇水上上肥,而且自己的餐桌上都只吃府邸菜圃里的蔬菜;二是偌大一座相府养着好些鸡鸭,他每天晚上到清晨都要听到府里的公鸡啼晓。

也许正如古人所言,大祸大福皆有天兆。严府里的鸡从四更时分,自一只雄鸡发出了头一声长啼,接着府邸四处许多公鸡都跟着啼叫起来,此后便一直未停,天已大亮,仍此起彼伏。好像知道喜欢它们的主人明日便听不到它们的叫声了。

听着四处的鸡啼声,两个严府的管事在前面斜着身子恭领着,两个内阁的书办在后面两侧斜跟着,徐阶从石面路中走到了严嵩书房门外的台阶前不禁停了脚步。

书房门开着,一大盆炭火前,严嵩坐在躺椅上,膝盖上盖着一块狐皮毯子,凑近身侧的灯火,握着一卷书在那里看着。

领路的一个严府管事:"徐阁老请进吧。"

徐阶:"懂不懂规矩?先去通报。"

那管事:"严阁老已经知道您老来了……"

徐阶脸一沉:"通报!"

那管事这才慌忙登上台阶,在门边大声禀道:"阁老,徐阁老到了!"

严嵩放下了手里的书:"扶我起来。"

那管事走了进去,去扶严嵩。

"不用起了,阁老快坐着。"徐阶已经快步走了进来,在他身边轻轻扶住了他的手臂,接着在他身边的椅子上坐下,望着还站在那里的管事,"晓风这么寒,为什么开着门?出去,把门关上。"

"是。"那管事出去把门关上了。

徐阶转过头来,发现严嵩两眼茫茫正望着他。

"阁老应该都知道了吧?"徐阶两眼低垂着问道。

"都知道了。"严嵩仍然望着他答道。

徐阶从袖中掏出一本奏疏:"这是都察院御史邹应龙参东楼他们的奏疏,皇上叫我带来请阁老看一看。"

严嵩接过了那本奏疏,依然望着徐阶:"徐阁老看过了吗?"

徐阶:"也是刚才看到的。"

严嵩眼中露出一点含笑的光:"你看了我就不看了。"说到这里他突然将那只老手向徐阶伸了过去。

徐阶开始还愣了一下,见严嵩一直望着自己,又见那只长满了老人斑的手一直伸在那里,便将自己的手也伸了过去。

严嵩一把握住了他的手背:"一切都拜托阁老了。"

八十多的人这一握居然还如此有力,徐阶的手被他紧紧地握着,心里蓦地冒出一股恶心,面容却满是同情:"东楼他们有些事做得是太过了。二十年的宰相,阁老没有功劳也有苦劳,皇上不会忘记,我们也不会忘记。"

严嵩把手慢慢抽了回去:"徐阁老这句话让严某欣慰,更让严某愧疚呀。二十多年在我手里倒下去的人是太多了……做我的副手,能熬到我倒下,徐阁老你是个难得的厚道人哪。"

徐阶眼睑低垂。

严嵩:"我是怎么处置?是去诏狱,还是由徐阁老押送我出京?"

徐阶:"应该都不至于。皇上叫我来,是让我请阁老进宫的。"

严嵩耳朵本就背,这时一半是没有听清,一半是不相信自己的耳朵:"皇上还愿意见我?"

徐阶提高了声音:"是。皇上昨夜还一直惦记着阁老呢。"

严嵩眼睛里似要闪出泪花,却生生地忍住了,语气依然十分平静:"约了时辰吗?"

徐阶:"皇上说了,阁老什么时候去都可以。"

严嵩:"那就请徐阁老稍等等。"

徐阶望着他。

严嵩:"皇上喜欢吃六心居的酱菜。每季新出的酱菜老臣都要给皇上送去一坛。今儿正月十六,应该天一亮六心居就会把春季的酱菜送来。今年看样子是不敢来了。"

徐阶蓦地想起了什么,起身走到门边,开了一扇门:"来人!"

一个书办立刻从院子里趋到门边:"回阁老,小人在。"

徐阶:"到府门外看看,六心居送酱菜的人来了没有。如果没来,立刻去传我的话,催他们把新腌的酱菜即刻送进来。"

"是。"那书办答着奔了出去。

严嵩嘴唇动了动,看着徐阶似乎想说什么,但又什么都没说。

大约半个时辰,二十坛酱菜都被抬到了这里,占了好大一片院落。

| 第二十九章 |

六心居当家的老板是个中年人，被领到这里，却不敢进去，跪在院子里大声说道："小民拜见阁老。今年小铺腌制的各式酱菜一共二十坛，奉阁老之命，都送来了。"

正如严嵩所料，昨夜提刑司、镇抚司围了严世蕃几个人的府邸，不到天明已传遍了京城，如果徐阶不派人传话，这老板今天打死了也不会再送酱菜来。因徐阶传唤，此时不得不来。这时遥遥望见书房里既坐着严嵩也坐着徐阶，他口称"阁老"自然不错，而平时应该说的"敬献阁老"这时改成了"奉阁老之命，都送来了"，这个"阁老"自然指的就是徐阶了，更加没错。亏他这时竟能琢磨出这几句难说的话，总算说得滴水不漏。说完，他便低头跪在那里，再也不动。

这几句话严嵩也听到了，坐在那里茫茫地向门外的院子望去："是赵老板吗？进来吧。"

从这里可以看到，那赵姓老板依然跪在那里，一动不动。

严嵩望向了徐阶："他怕见我了。徐阁老，烦你叫他进来吧。"

徐阶只好望向门外："严阁老叫你，你没有听到吗？"

"是。"那赵老板这才应了一声，万般不情愿地爬了起来，走到了门边，再不肯进来，就在那里又跪下了。

"赵老板。"严嵩又叫了他一声。

"在。"那赵老板这个"在"字答得有如蚊蝇，头却依然低在那里。

徐阶："阁老叫你，抬头回话！"

"是。"那赵老板不得不抬头了，却只望向徐阶，不看严嵩。

严嵩依然唠叨着："二十多年了，难为你每年几次给我送酱菜。记得你多次说过，想请我为你的店面题块匾，今天我就给你写。"

那赵老板立刻伏下头去，慌忙答道："小民一间小店，做的都是平常百姓的生意，怎敢烦劳官家题匾。万万不敢。阁老若无别事，小民就此拜别。"说着磕下头去。

严嵩笑了，笑出了眼泪，转望向徐阶："徐阁老你都看见了，平时，多少人千金求老夫一字而不可得。现在，老夫的字白送人，都没人敢要了。回去吧，今后老夫也不会再烦你送酱菜了。好好做生意，皇上也喜欢吃你们的酱菜呢。"

那赵老板连忙磕了最后一个头，爬了起来，低头躬身退了出去。

"来人。"严嵩这一声竟然叫得中气十足。

他的一个管事进来了，望着他满脸黯然。

严嵩："挑一坛八宝酱菜，我要敬献皇上。"

今日嘉靖的蒲团前多了一张从里面透出红来的印度细叶紫檀小方桌，桌子上摆着三副碗筷：那碗是汝瓷官窑的极品，是为开片粉青瓷，薄得像纸，乍看一片青色，细看从青里又透出淡淡的粉红。据说这粉青瓷在汝瓷官窑里也只出过一窑，是天赐的神品，之后，汝窑虽也出过红青蓝青却再也没有出过粉青。碗里的三把勺也是定窑的变窑极品，外釉通体素白，从里面却透出淡淡的晕黄。这时三把勺搁在三只碗里，宛如三片椭圆的月亮浮在粉青的水中！那箸平常些，是象牙镶银的箸，箸尖上的包银擦得锃白闪亮，箸身的象牙从里面透出闪亮的黄来，主要是为了拿起来称手，又能防毒。

嘉靖依然坐在蒲团上，严嵩依然坐在东面上首，徐阶还是坐在西面下首，一如平时三人的座次。

嘉靖的目光带着复杂的眼神终于望向了严嵩。严嵩微低着头，徐阶是一直就低着头，二人都知道，这位主上要发感叹了。

"百姓苦哇。"一如往常天心难测，嘉靖发出的这句感叹说的却是百姓，"一年到头也就盼着过年，可一眨眼正月十五就过去了。到了今天，许多人家的锅里只怕连油星都见不着了。想着他们，我们这一顿也吃素吧。知道今天严阁老会给朕送来八宝酱菜，朕昨夜就告诉了御厨，叫他们熬了一锅八宝粥。吕芳，上膳吧。"

"是。"吕芳今日的声音比平时低沉，"上膳。"

两个太监在前，抬着一只已经没有丝毫烟气的红炭火炉，那锅粥便座在火炉上，被两个太监跪放在小方桌的前方。

接着是八个宫女每人擎着一只托盘进来了，进来后一边四个都在隔条门两边也跪了下来。每只托盘上竟然都只有一小碟酱菜，亏她们这么快就从坛子里把八宝酱菜都分了出来。

吕芳先走到那锅粥前，拿起勺搅了搅，然后舀起一勺。

两个抬粥的太监跪在那里，各人从怀里掏出了一只浅口小碟，双手捧起，吕芳将那勺粥倒了一半在左边太监的小碟里，又倒了一半在右边太监的小碟里。

两个太监捧着碟把粥送到嘴边喝了。

吕芳又望了他们片刻："出去吧。"

两个太监躬身退了出去。

吕芳接着走到宫女面前，从左首第一个托盘里拿起了一双筷子，在那个碟子里夹出一块酱菜放在托盘边，然后依次走去，从每个碟子里都夹出一块酱菜放在每个托盘边。

八个宫女都低下了头，吃掉了各自托盘边上那块酱菜。

吕芳这才将一碟碟酱菜端上小桌。

第二十九章

吕芳："都出去吧。"

八个宫女："是。"爬起来都躬身退了出去。

吕芳先捧起了嘉靖面前那只碗，两勺粥盛进碗里，离碗边恰好留出两分，捧到嘉靖面前双手放在桌上，接着去拿严嵩那只碗。

严嵩立刻站了起来："不敢消受，让我自己来吧。"

徐阶这时也站了起来："严阁老的和我的都让我来盛吧。"

"都坐下吧。"嘉靖开口了，"不要看那么多人叫他老祖宗，在这里他就是奴才。你们才是朕的大臣。让他盛。"

严嵩和徐阶这才又轻轻坐下了。

吕芳给严嵩和徐阶都盛上了粥。

嘉靖拿起了碗里的勺，舀了半勺送到嘴边。

"烫。主子慢点喝。"吕芳招呼着。

嘉靖将半勺粥送进去，却含在嘴里，慢慢含了好一阵子才咽了下去。

严嵩和徐阶这才拿起勺也舀了半勺粥送进嘴里。

嘉靖望着他们："养生无过津液。先在嘴里含含，把津液引出来，再咽下去，可以长生。"

两个人这时的粥都在嘴里，又不得不回话，那句"是"字便答得含糊不清，也模仿着嘉靖把那半勺粥在嘴里含了好一阵才咽了下去。

嘉靖也不再说话，三个人默默地喝粥。一阵子，嘉靖、严嵩、徐阶面前的那大半碗粥都见了底了。八碟酱菜也都各吃了些，每个碟子里还剩有大半。

吕芳给嘉靖那只碗又盛了半碗粥，接着拿起了严嵩那只碗。

"谢过吕公公，老夫已经够了。"严嵩伸出手盖住了碗，转望向嘉靖，"启奏圣上，罪臣有几句话想单独向圣上陈奏。"

嘉靖望了他好一阵子，从他的眼里似乎望出了他的心思，于是转望向徐阶和吕芳。

徐阶默默站起了，退了出去。

接着，吕芳也退了出去，还把门也带上了。

严嵩慢慢站起了，从袖中掏出了一块绢，那块绢上红红密密写满了人的姓名。

嘉靖却不去接那绢，而是望着严嵩。

严嵩："老臣有罪，罪在臣一身。诸臣有罪，罪在严世蕃、罗龙文、鄢懋卿，还有一些贪而无厌之人。有些人当遭天谴，有些人万望皇上保全！"说到这里他双手将那块绢递了过去。

嘉靖不得不接了，接过来默默看去——第一个名字便醒目地写着胡宗宪！接着底下还有许多名字。

严嵩继续说道："罪臣掌枢二十年，许多人不得不走罪臣的门路，可罪臣也没有这么多私党。有些人罪臣是为皇上当国士在用，他们肩上担着我大明的安危，担着我大明的重任。有些人身上现在还当着皇上的差使，许多事都要他们去办，也只有他们能办。"

"知道了。"嘉靖将那块绢塞进了衣襟里，接着拿起磬杵敲了一下铜磬。

徐阶和吕芳又进来了。两个人心中忐忑，面上却不露任何声色，进来后，都站在那里。

嘉靖也不再叫徐阶入座，而是望向严嵩："严嵩。"

严嵩："罪臣在。"

嘉靖望着他："听说你今儿早上想给六心居题块匾，那个老板不要，有没有这回事？"

什么事都瞒不过这位皇上，这是大家都知道的。但这件小事这么快他居然也知道了，而且在这个时候提起，徐阶、吕芳立刻料到又有乱石铺街了！

严嵩却立刻有了心灵感应，眼神也亮了许多，望向嘉靖："回皇上，确有此事。人之常情。"

"朕不喜欢这样的常情。"嘉靖飞快地接过话头，"吕芳，准备笔墨，让严阁老在这里写，然后盖上朕的宝章，送到那个酱菜铺去，限他们今天就刻出来，明早就挂上。"

这句话一出，不只是严嵩心潮激荡，徐阶大出意外，连吕芳都有些感到突然。

"都准备着呢。"吕芳总是能在第一时间顺应嘉靖的突变，立刻答道。

精舍里各种尺寸的上等宣纸都是常备，吕芳立刻从墙边的橱格里抽出了一张裁成条幅的宣纸摆到了御案上，砚盒里的墨也是用上等丝绵浸泡着，这时搁到香炉上略略一烤，也就熔化了。

做完这些，吕芳对严嵩说道："严阁老请吧。"

严嵩这时有些迈不开步，徐阶走了过去，搀着他走到了御案边。

吕芳将那支斗笔也已在温水中烫开了，递给了严嵩。

嘉靖也慢慢走到了御案边，看严嵩题字。

握住了笔，严嵩便凝聚了精力，在砚盒里蘸饱了墨，又望了望嘉靖。

嘉靖满眼鼓励的神色："写吧。"

"是。"严嵩左手扶着案边，右手凝聚了全身的心力，一笔下去，写下了"六"字那一点。

"宝刀不老。接着写。"嘉靖又鼓励道。

第二十九章

严嵩接着写了一横，又写了一撇，再写了一点——那个"六"字居然如此饱满有力！

"好！"这一声赞叹，徐阶叫出来时显得十分由衷。

嘉靖斜望了一眼徐阶，露出赞赏的眼神。

严嵩又蘸饱了墨，一气写出了"心"字。

心中再无旁骛，严嵩又蘸墨，写出了最后一个"居"字！

三个字笔饱墨亮，连嘉靖在内，徐阶、吕芳的目光都紧落在那幅字上，精舍里一片沉寂。

严嵩这才又抬起了头，望向嘉靖。

徐阶和吕芳也都悄悄地望向嘉靖。

嘉靖却依然望着那幅字，沉默无语。

"都好。"嘉靖终于开口了，"就是'心'字不好。"

严嵩："那罪臣重写。"

嘉靖："不是字不好，而是名不好。为什么要写成'六心居'？"

严嵩："回皇上，这个店是赵姓六兄弟开的，因此起名'六心居'。"

嘉靖："六个人便六条心，这就不好。人心似水，民动如烟。我大明现在是六千万人，照他们这样想，那便是六千万条心。朕替你出个主意，在'心'字上加一撇，把'心'字改成'必'字！六合一统，天下一心！"

"皇上圣明！"徐阶第一个在嘉靖的身边跪下了。

严嵩再也忍不住了，眼中终于渗出了浊泪，扶着御案也要跪下。

"不用跪了。"嘉靖阻住了他，"改吧。"

"是。"严嵩左手扶着御案，右手将笔又伸到墨盒里蘸饱了墨，探了探，憋足了那口气，在'心'字中间写下了浓浓的一撇！

"好！盖上朕的宝章！"嘉靖大声说道。

"是。"吕芳到神坛上把嘉靖自封的那三个仙号的御章都捧了过来，"启奏主子，用哪一枚宝印？"

"为臣要忠，为子要孝。就用'忠孝帝君'那枚宝印。"嘉靖说道。

"主子圣明。"吕芳把装着御印的盒放下，从里面双手捧出了"忠孝帝君御赏"那枚章，走到那幅字前，在朱砂印泥盒里重重地印了印，然后又伸到嘴边呵了一口大气，在条幅的右上方端端正正地盖了下去。

第三十章

明嘉靖四十一年，执掌朝政二十年的严嵩、严世蕃父子倒台。但出于种种复杂暧昧的政治关系，嘉靖倒严而不倒严嵩，"赐嵩致仕，年赏禄米一百石"，严世蕃等严党的核心人物也仅论罪流放，多数严党官员依然在位，奢靡贪墨搜刮之风"无稍遏减"。至嘉靖四十四年，多省灾情频发，国库益空，赋役益重，天怒人怨。徐阶、高拱、张居正策动御史再度上疏，该年五月嘉靖虽诛杀严世蕃等，但天下不耻嘉靖已甚。

是年七月，海瑞调任北京户部主事。

严嵩题写的那块"六必居"大匾依然高挂在这家三开间大门脸酱菜铺正中的门楣上，被日光照得熠熠生辉。

匾牌下却门庭冷落，一条门市繁华的大街，人群熙熙攘攘，来往的人走到这家酱菜铺门前却都避道而行，无数匆匆的目光对那块匾侧目而视。

有密旨，嘉靖不让这块匾取下，他到底要看天下人如何议论自己！

这天上午，载着海瑞一家上任的轿篷马车来了。

车辕前坐着执鞭的车夫。因是暑天，车篷窄小，海瑞便也坐在车辕前，头戴斗笠，身穿葛麻长衫，较三年前，胡须花白了些，两眼还是那般犀利有神，在斗笠下敏锐地望见了"六必居"那块牌匾。

"停车。"海瑞突然喊道。

车夫拉住了缰绳，马车在六必居对面街边一间茶馆门前停下了。

海瑞跳下了马车，定定地望向对面的六必居。

"是到了吗？"竹车帘挡住的轿篷内传来了海母的问声。

海瑞对车帘内答道："回母亲，还没到，儿子想在这里先买些酱菜，到家后给母亲和媳妇下粥。"

| 第三十章 |

"去吧。"海母在车帘内说道。

"请帮我家人买一壶凉茶。"海瑞从身上掏出两枚铜钱递给那车夫。

"老爷,你老要去哪里?"那车夫接过铜钱有些吃惊地问道。

"去六必居。"海瑞答着已向六必居门前走去。

那车夫手捧两枚铜钱惊在那里。

立刻,便有好些过往行人惊诧的目光也同时望向了海瑞。

海瑞走到六必居门前停住了,抬头望着那块牌匾。

过往行人更惊异了,目光虽望着他,脚步却更加快了。

六必居对面茶馆靠门口的一张桌子前,立刻也有几双鹰一样的眼投向了牌匾下海瑞的背影。这几个人虽然穿着便服长衫,但坐在正中那个人一眼便能看出是宫中的提刑司太监,打横坐着的两人宽肩长腿冷面冷眼,也能看出是锦衣卫的人!

捧着两枚铜钱的车夫这时已然看见了茶馆里的这三个人,哪里还敢进去买茶,两只脚像被钉子钉住了,站在车边,动也不敢动。

最尴尬的是六必居店铺内的掌柜和伙计,也都只望着门口这个客官,既不招呼他进来买东西,也不赶他走,只是茫然地望着。

海瑞的目光从那块牌匾上移下来了,四周扫了一眼,很快便明白了这家店铺眼下所处的困境,取下了斗笠负手拿在背后,一个人徐步踱进了店门。

对面茶馆门口那张桌前那个提刑司太监和两个锦衣卫立刻站了起来,走出茶馆,向对面的六必居走去。

那车夫这才敢动弹了,将手里的马杆往车辕前一插,将两枚铜钱也放回到车辕前的板子上,挪着步慢慢离开马车,走了几步便打起飞脚,一个人竟跑了。

过往的行人都不过往了,从东往西的折回东面,从西往东的折回西面,偏又不愿离去,远远地站着,等着看一场茶余饭后好在人前绘声绘色摆弄的故事。

海瑞进了店,走到了柜台前,又慢慢扫视了一眼那一坛坛、一缸缸陈列在店内的盛器。

几个伙计竟然还是懒洋洋地坐在那里,没有一个人起来招呼他。

海瑞站着的柜台里边就坐着那个赵姓的老板,这时淡淡地望着海瑞:"客官要买酱菜?"

海瑞:"一个老人,一个病人,要买些酱菜下粥。掌柜,什么酱菜合适?"

"什么酱菜都合适。"赵姓老板依然坐着淡淡地答道。

海瑞敏锐地感觉到坐在柜台其他地方的伙计们都把目光望向了他背后的门口，哈着腰站起来欠了一下身子，立刻又坐下了。

六必居的门口，那个太监和两个锦衣卫冷冷地出现在门边。那提刑司太监向两个锦衣卫示了个眼色，两个锦衣卫留在了门边，那太监悄悄走了进去，在店内左侧一张方桌前坐了下来。一个伙计连忙提起一把瓷壶、拿着一只杯子从侧面的柜门趋了过去，给那太监倒了一杯茶，将瓷壶留在桌上，又悄悄退回到柜台里。

海瑞不露声色，从身上掏出十枚铜钱放到柜台上："买十个钱的酱菜。"

赵姓老板站起了，从里面的货柜隔栏上，拿开一个罩子，在一叠晒干的荷叶上抽出一片大荷叶，贴在一个素白的大瓷碗里，端着，揭开一个坛盖，用一个漏眼的勺舀出一勺酱菜滗干了酱汁倒进荷叶，又揭开一个坛盖舀出一勺酱菜滗干酱汁倒进荷叶。如是，舀了满满一荷叶心的酱菜放到柜台上，然后又抽出一片更大的荷叶，将碗里那一荷叶酱菜提出来放到另一片大荷叶上，飞快地包好了，从柜台下一把撕成条的棕叶里抽出三条，在酱菜荷叶包上一横一竖一斜绕了一个六合同心结，一扎，提起来递给海瑞："客官，走好了。"

海瑞依然站在那里没动："听说贵店的酱菜原来比肉还贵，现在十个铜钱竟能买这么多？"

赵姓老板望了他一眼："客官是给病人买的，小店愿意多给些。请拿走吧。"

海瑞不再问了，提起那一荷叶包酱菜转了身，不出门，竟径直走到那张方桌前，在那太监对面的凳子上坐了下来："赶了半天路，掌柜，有杯子也请给我一只。"

柜台后的伙计哪个敢动，都望向了赵姓老板。

赵姓老板把目光望向了坐在那里的那提刑司太监。

那提刑司太监一直在假装着不看海瑞，这时却看到了赵姓老板的目光，立刻递给他一个眼色，示意他给水。

赵姓老板无声地叹息了一下，从柜台里拿起一只杯子，推开柜台门走到了方桌边，替海瑞倒了一杯水："客官，请喝。喝了就走吧。"说完便转身。

"掌柜。"海瑞叫住了那个赵姓老板。

赵老板只好又停住了脚。

海瑞："我听说了一件事，想要向你讨教。"

赵姓老板只好慢慢转了身，望着海瑞。

海瑞吐字十分清晰地问道："听说贵店原来叫六心居，为什么要改叫六必居？"

赵姓老板的脸色立刻变了。

对座那个提刑司太监望着别处的脸立刻转了过来，两眼透着冷光盯住了海瑞。

| 第三十章 |

门口的两个锦衣卫也转了身,望向方桌这边。

其他的伙计都把目光慌忙移望向别处,或望向地面。

海瑞依然是那副毫不在意的神态,紧望着那赵姓老板,等他回答。

赵姓老板立刻折回柜台,从柜台上扫起那十枚铜钱走回到方桌前:"客官,这是你的钱,还你。这包酱菜小店不卖了,你走吧。"说着将铜钱放在海瑞桌前,便去拿方桌上那包酱菜。

"这是什么规矩!"海瑞按住了那个老板伸过来的手推了开去,"我付了钱,你交了货,凭什么不卖了?"

赵姓老板僵在那里飞快地望了一眼那提刑司太监,又望向海瑞:"客官既是买东西,买了就请走。你我素不相识,给、给我添什么乱?"

海瑞:"我头一次进京,问些风俗掌故而已,什么叫添乱?"

赵姓老板急了:"客官,这是天子脚下,你一个外乡人,最好不要在这里惹事。"

"错了。"海瑞站了起来,"我从不惹事,只管自己该管的事。比方说贵店,这么好的东西却无人敢买,我便得帮你管管。"

"谁说我的东西没人敢买了?"赵姓老板更急了,又飞快地望了那提刑司太监一眼,"客官不买就走,不要耽误我做生意。"

"那就算是我自己的事,与你做生意无关。"海瑞干脆亮出了来意,"在外省我就听人说,贵店原来叫作六心居,生意一直很好。自从改成了六必居,就没人敢来买东西了。掌柜,你为什么要把'心'字改成'必'字!"

赵姓老板和柜台后所有的伙计脸都白了,谁敢接他这个言,全将目光望向了一直阴阴地看着海瑞的那提刑司太监和门口跃跃欲进的两个锦衣卫。

海瑞浑然不顾,徐徐说道:"一路来我又听了一些浮言,你在'心'字里面加一撇,如同在'心'上插了一把刀,生意自然不好了。掌柜的怎么看?"

那提刑司太监倏地站了起来。

两个锦衣卫也大步走了进来,站在海瑞面前。

所有的人都大惊失色,站在那里的赵姓老板蒙了,坐在柜台里的伙计也全蒙了。

那提刑司太监紧盯着海瑞:"说,说下去。"

海瑞竟像没有看见这三个人,又坐了下去,依然对着赵姓老板说道:"其实,把'心'字改成'必'字,这原意未必不好。只是无人把为什么要这样改说清楚,因此浮言四起。掌柜,有纸笔请给我拿来,我替你把这个'必'字做个注脚,正人心而靖浮言!你的生意便自然会好起来。"

赵姓老板已经僵在那里，哪里敢动。

那提刑司太监望向赵姓老板："取纸笔，让他写。"

赵姓老板慢慢望向了柜台里一个伙计："取、取纸笔……"

因随时记账，纸笔都是现成的，那个伙计从柜台上捧着纸笔墨砚，两腿打着哆嗦，从柜门里一直望着锦衣卫挪了过来，将东西放在方桌上，又慌忙走了回去。

"写吧。"那提刑司太监望向海瑞。

海瑞拿起了笔，在砚台里探了探，又转脸问赵姓老板："听人说，贵店的酱菜颇有讲究，一是讲究产地，二是讲究时令，三是讲究瓜菜，四是讲究甜酱，五是讲究盛器，六是讲究水泉。是否如此？"

赵姓老板这时虽仍在惊惧之中，但听他如此精到地说出了自己店中酱菜的六般好处，不禁心中一阵感动，却又不敢接言，便又望向那两个锦衣卫。

"回他的话。"那个提刑司太监望着他。

"是。"赵姓老板便答了这个字，既是回了那太监的话，也是回了海瑞刚才的问话。便不再开口。

"既是这样我就给你写了。"海瑞说着，蘸饱了墨便在那纸上写了起来。

两个锦衣卫鹰一样的目光盯向了纸上次第出现的字。

赵姓老板忍不住也悄悄望向了纸上次第出现的字。

那提刑司太监眼睛一亮，两个锦衣卫也眼睛一亮！三人虽然都不是读书人，因经常审问诏狱，都识字，那些逮拿诏狱问罪的科甲官员的供状没有少看。这时见这个人写出如此一手好字，竟是平时都不常见到的，不禁都露出了有些惊诧的目光，三个人都碰了一下眼神：此人有些来头！

最后一个字写完了，海瑞搁下了笔，抬起头望向了赵姓老板，同时用余光稍带望向那三个人："如何？"

那提刑司太监声调有了些分寸："你念一遍。"

海瑞站了起来，大声念道："产地必真，时令必合，瓜菜必鲜，甜酱必醇，盛器必洁，水泉必香！这才是将六心居改为六必居之真义！掌柜，将我写的这'六必'另做一块牌匾，挂起来。你的生意要再不好，找我就是。"说完，拎起桌上那一荷叶包酱菜，拿起斗笠，便向门外走去。

那提刑司太监立刻给一个锦衣卫飞去一个眼色。

"站了。"一个锦衣卫立刻用手搭在了海瑞的肩上，"也不留下姓名去向，叫人家到哪儿找你去？"

| 第三十章 |

　　海瑞站在那里："到户部来找我。"
　　"户部的？"那个锦衣卫望向了身边的那提刑司太监。
　　那提刑司太监："户部什么官？"
　　海瑞提高了声调："户部主事海瑞。"说完抬起手将那只搭在肩上的手掌推了下去，又向门边走去。
　　"慢着！"那提刑司太监喊住了他，"既是户部的主事，那就跟我们到户部去验明了身份。"
　　海瑞又站住了："可以。我正要去户部报到。几位不嫌麻烦，先跟我将家人安顿好，然后一起去。"
　　两个锦衣卫又望向了那提刑司太监。
　　那提刑司太监："跟着吧。"
　　海瑞在前，两个锦衣卫紧跟在身后，走出了店门。
　　赵姓老板终于缓过神来，目光望向了方桌上墨迹未干的那"六个必"。
　　柜台后的伙计们都站起了，踮着脚尖全望向方桌上墨迹未干的那"六个必"。
　　那提刑司太监背对着他们却还没出门，这时突然转过身来，对赵姓老板说道："再拿张纸。"
　　"拿张纸！拿张纸！"赵姓老板慌忙招呼柜台后原来那个伙计。
　　那个伙计慌忙又拿起一张空白的纸奔了出来。
　　那提刑司太监从伙计手里抄过那张纸轻轻贴在海瑞写的那幅字上，卷了，拿起来才又走出门去。
　　赵姓老板一屁股坐在方桌边的板凳上。
　　柜台后的伙计们都奔出来了："老板，你老没事吧？"
　　赵姓老板喃喃地说道："收拾铺盖，大家伙各奔前程吧……"

　　这边海瑞拎着那一荷叶包酱菜走向停靠在路边的马车，却只见那根长长的马鞭竖插在车辕前，那车夫已跑得不见踪影！
　　往四周一看，远远地躲着好些人，都望向自己这边。
　　"车夫也不见了。"海瑞走到马车前望着跟在身后的两个锦衣卫，"钱粮胡同怎么走，烦二位引下路吧。"
　　两个锦衣卫没有接他的言，在等着那提刑司太监。车帘内传来了海母的声音："干什么去这么久，车夫也走了？"

海瑞连忙对着车帘回道："回母亲，多买了几样酱菜耽误了时辰。车夫突然有些急事走了，另请了几个人带我们去住处。"

"知道了。"海母在车帘内说了一句，不再吭声。

那提刑司太监握着那卷纸走过来了，对那两个锦衣卫吩咐道："你们跟他走，先送到住处，再跟他去户部。"

一个锦衣卫："公公呢？"

那提刑司太监："我这就回宫，得把这个通天的东西呈给陈公公。"说到这里他望着不远处拉长了声音："来呀！"

那边有一个人牵着一匹马候着，听到这既高且尖的一声，慌忙牵着马小跑了过来。

那提刑司太监接过缰绳，翻身上马，两腿一夹，向前门外大街方向驰去。

海瑞也不会赶车，这时自己已走到马头边，拽住了缰绳："钱粮胡同，二位前面引路吧。"

已知他是户部的官员，甫进京却敢做这般捅天的事，两个锦衣卫虽然非究他不可，但已然感觉到此人有些来头。二人交换了一个目光，都客气了些："走吧。"

这便出现了奇异的场景，一条如此热闹繁华的大街，人群远远避让，路面前头都空了下来，只海瑞牵着马拉着马车，一边一个锦衣卫向街的那头走去。

明朝的北京九门以里行轿走马规制极严，尤其是通衢大街，非有品级的官员不能乘四抬以上的轿，除了步军统领衙门和巡街御史巡行街道，有马也不能骑，只能牵着走。像前门外大街这样的地方，敢于驰马者，不是持有兵部勘合的急递，那便是极有来头的要害人物了。刚才那提刑司太监驰马而去便已吓得好些人纷纷避让。这时，就在那太监驰去的方向，也就是海瑞那辆马车背后的方向，街面上又传来了急促的马蹄声。刚刚因避让而躲闪，现在准备拥过来的人群又闪开了，让出一条道，只见三骑马一路小跑着向这边奔了过来。

三骑马小跑着越来越近，三个人也都穿着便服，来头显然也不小。

"闹大发了！十三爷也来了！"六必居对面那个茶馆里有个茶客望着小跑过去的三骑马脱口叫道。

"哪个？哪个是十三爷？"另一茶客连忙问道。

那个茶客走到门边一指，许多茶客都拥到门边齐看。

那个茶客："最前边那位，就是万岁爷钦封的第十三太保爷。一准也是抓那个人来了。"

| 第三十章 |

众人惊诧间,那三骑马已经追到了海瑞的那辆马车边,放慢了步子。

"十三爷!"跟着海瑞的一个锦衣卫连忙行礼,"先停下。"又叫海瑞停了马车。

"十三爷安好!"跟着海瑞的另一个锦衣卫赶着行礼。

那十三爷勒着马缰,紧问道:"是不是刚才在六必居的那个户部主事老爷?"

"是。"一个锦衣卫连忙答道,"这么快十三爷就知道了?"

那十三爷的目光立刻向戴着斗笠的海瑞望去,虽看不见面容,身影还是熟的,立刻翻身下马,注目望去:"真是恩公!"说着当街便跪了下去。

他这突然一跪,把那两个锦衣卫惊住了。跟着他来的另两个锦衣卫也有些意外。按礼制,镇抚司的锦衣卫只能上跪皇上,下跪司礼监和镇抚司的长官,其他各品官员见了也只是举手行礼,一概不跪。

几个锦衣卫见自己上司竟对这个户部的小官下跪,又口称"恩公",自是私跪,与职份无关,几个人便不能跟着下跪,只好侧了身子低着头站在一边。

海瑞望着跪在身前的齐大柱——十三爷,眼神里也颇是感慨,但很快便恬淡了:"快起来。这里不是行礼处。"

齐大柱激动地站了起来:"太夫人和夫人呢,还有小姐呢,都在车上吗?"

"是谁呀?汝贤,怎么又停下了?"海母在车帘内问话了。

"太夫人!是儿子齐大柱接您老来了!"齐大柱听见了海母的声音,连忙走向车帘。

车帘掀开了一角,露出了海母满头白发的脸。

"儿子大柱给您老磕头。"齐大柱说着退了一步又要跪下去。

"说了不是行礼处。"海瑞挥手止住了齐大柱,连忙过去撩着车帘,扶着将要出来的母亲的手臂,"母亲,是大柱。"

"大柱啊?"海母两眼向齐大柱望去。

齐大柱一步便跨了过去,伸出那双大手搀着海母:"太夫人,是我。听说恩公和太夫人你们这几天到,儿子已给太夫人租了一所院子,地都洗干净了,然后这两天便一直在东便门码头等着。谁知你们走了陆路。"

海母笑了:"难得你这样挂牵着我们。媳妇呢?"

齐大柱:"在家等着呢。听说太夫人和夫人来北京,也是好几晚睡不着觉了。"

"母亲。"海瑞望着母亲,"大柱现在是镇抚司的官员,专为皇上当差的,我们不能耽搁他的公事。让他先走。"

海母从儿子的话里和眼神中明白了些意思:"我明白。让他走吧。"说着便放下了车帘。

海瑞望向齐大柱："以前的事都过去了。往后你在镇抚司当你的差，不要来找我，找我，我也不会见你。"

齐大柱被他说得蒙了："恩公……"

"我不是谁的恩公。"海瑞的脸更肃穆了，"你走吧。二位，我们走。"说着便去牵了马缰，拉着马车向前走去。

那两个锦衣卫有些为难了，望着马车又要跟去，又不知如何跟十三爷说。

齐大柱刚才是匆忙间听说六必居被锦衣卫带走了一个户部官员，便猜想可能正是自己在等的海瑞，却不明白为了何事，这时紧盯向那两个锦衣卫："什么大不了的事，你们小题大做的？"

两个锦衣卫对望了一眼，有些尴尬，其中一个低声禀道："回十三爷，这位老爷在六必居说了些犯忌讳的话，还写了一幅犯忌讳的字，提刑司黄公公叫我们先把他送回家，然后送到户部去等候处置。"

齐大柱这才失惊了："一幅什么字？黄公公呢？"

另一个锦衣卫："是给皇上改的那个'必'字另做了一番说法。说什么是为了'正人心而靖浮言'。黄公公已经拿着那幅字送司礼监陈公公那里去了。"

"糟了！"齐大柱跺了一下脚，"黄公公走了多久了，骑马了吗？"

一个锦衣卫："骑了马，要追也追不上了。"

齐大柱好一阵急想："你们还是跟着去，把海老爷好好送到家，不要去户部。"

两个锦衣卫："知道了。"二人连忙转身向那辆马车追去。

"回镇抚司！"齐大柱跨上自己的马向西边前门方向驰去。

两个锦衣卫连忙跟着上了马，追着驰去。

远处，许多躲着观瞧的人都拥了出来。

正是夏练三伏的天，北镇抚司这天正好是七爷当值，光着膀子露出一身铁疙瘩般的肌腱，顶着太阳正将一根粗竹竿串着的两只偌大的大石锁扛在肩上，一只脚提起，一只脚金鸡独立，在那里练"马桩功"。

齐大柱满头大汗从院门进来了，也不好打断他练功，在他身边站住了，默默地等着。

朱七双掌撑起竹竿，单腿依然未动，只是换了个肩，问道："什么事？"

"师父，弟子遇到难事了。"齐大柱说得显着焦心。

朱七依然扛着竹竿，乜了他一眼："死人的事吗？"

齐大柱："那倒没有。"

| 第三十章 |

"没死人急什么?"朱七扛着石锁换了一条腿。

齐大柱:"这件事说的是六必居。有人在皇上改的那个'必'字上做了文章。"

朱七怔了一下,两腿落了地,双掌将竹竿撑起抛在地上,立刻望向了齐大柱:"什么文章?是口说的还是墨吃纸?"

"落了墨了。已经被提刑司的人送到陈洪陈公公那里去了。"齐大柱说得很急,"师父,写这个字的人是弟子的恩公。"

朱七:"哪个恩公?"

齐大柱:"海老爷海瑞。"

"是他?他不是在江西吗?"朱七的面容也凝肃了。

齐大柱:"杀了严世蕃以后内阁调了一批人进京,海老爷也调了户部主事。"

朱七知道事情严重了:"都写了些什么,知道吗?"

齐大柱:"说是给六必居另做了一番说法。"

朱七默在那里想了起来。

"师傅。"齐大柱着急地望着朱七,"你老能不能去找一下陈公公,将这件事压下来?"

"糊涂。"朱七两眼闪着光,"通天的事,谁敢压?再说陈公公正巴不得有这个事呢。"

齐大柱:"那皇上见了,弟子的恩公可要担罪了。"

"不要再说什么恩公!"朱七的声色严厉了起来,"在这里当差只有皇上,没有什么恩公!"

齐大柱低下了头。

朱七缓和了些语气:"知道他为什么要写这个字吗?"

齐大柱:"弟子当时不在,下面的人听到,海老爷说写这几句话是为了'正人心而靖浮言'。"

朱七凝神望着前方仔细想了起来。

齐大柱更急了,满脸的汗流了下来。

朱七倏地转望向他:"听明白了。这个海瑞是裕王爷举荐的人,跟你一点关系没有。你只去做一件事,赶快把这事去告诉徐阁老,然后回到这里待着,不许再去见他。拿衣服给我。"

齐大柱立刻走到屋檐下拿起了朱七的衣服双手展开。

朱七后伸两臂穿了内衣,齐大柱又拿起了他的长衫展开,让他穿上。

"走吧。"朱七自己系着腰带一边向院门走去。

"师父去哪里？"齐大柱紧跟在他的背后。

"还能去哪里？事情捅到了陈洪那里，当然只有去见老祖宗了！"朱七说着已经跨出了院门。

有明一代，明太祖朱元璋出身赤贫，得了天下，给官员定的俸禄近乎苛刻，倘若家境贫寒中了科举进了官场，仅靠俸禄，实难以给付各项开支。地方官尚好，家居动用车轿马匹都是衙署供应。当了京官，尤其是四品以下的小官，年领俸禄不过数十两白银，倘遇国库拮据，甚至有以胡椒、布匹等折银抵发俸禄。长安米贵，宅居、车轿、长随皆需自备，养家更是艰难。

海瑞在福建南平当了几年教谕，在浙江淳安、江西兴国当了几年知县，"素丝不染"，在北京政治格局发生巨大变化时，突然接到奉调进京的公文，已是囊空如洗。车马费有限，乘不起船，只得走陆路，靠几十里一所驿站按七品官调任的等级赖以有食有宿，隔站换车。从兴国动身前，第一件事便是给前一年调任北京都察院御史的王用汲写了书信，请他代为物色一所小宅院，并言明月租铜钱不得超过五吊。这便有些难为了王用汲，就算在远离六部的靠东北城边找一所简陋的四合小院，最低月租也得八吊。王用汲动了个脑子，准备跟房东签两份契约、一份上写明实数八吊，自己每月暗中替海瑞贴补三吊；一份是海瑞必须自己跟房东签的，写着月租五吊，由海瑞按月给付。

就这样找的这所居宅，也只有一进三向有房的四合小院，空空荡荡，家具动用全无，且门窗破旧，内墙剥落。花了好些时日，王用汲自己掏钱请来了泥瓦木工，直到这天早上才算抢着修补完了。

"人快到了，那里不要钉了。"王用汲对两个尚在敲钉窗页的泥木工说着，又对北面正屋里喊道，"还有里面的，都赶紧收拾器具，你们走吧。"

那两个泥木工还是钉完了最后一扇窗，屋里也走出了几个泥木工，一个为头的走到王用汲面前行了个礼："王老爷，那我们就走了。"

"把剩下的工钱付给他们。"王用汲对站在院门外张望的一个长随说道。

那长随走了进来，从衣襟里掏出五吊铜钱递给那个为头的。

为头的："谢王老爷赏。"带着那群泥木工提着家伙走出了院门。

王用汲又对那长随吩咐道："叫外面的人把剩下的东西都搬进来！还有，赶快将北屋正房的地洗了！"

"是。"那长随连忙吩咐院门外的几个佣工，"立刻将剩下的动用家什搬进来！将北

第三十章

屋正房的地洗干净！"

立刻有几个佣工抬着箩筐将装着的锅碗瓢盆搬进东面的厨房，另两个佣工将最后一张桌子和放在桌子上的几把椅子搬进了北屋的正房，又连忙奔出来，走到院子右侧的一口井台边放下辘轳上的桶打水。

这所宅院的房东是个中年长衫人，一直站在王用汲身边，见王用汲自己掏钱将宅院修饰半新，这时满脸堆笑："托王老爷的福，小人这处祖屋跟着沾光，总算修了一遍。"

"用两只桶两个人洗。快点！"王用汲催着那一个取水、一个提桶的佣工。

两个佣工不再一人取水一人提桶，都提着水桶奔进北面正屋。

"多余的话都不用说了。"王用汲这才转对那房东，接着从身上掏出一份契约，"等一下海老爷到了，你按这份房租契约跟他再签一份。"

那房东："王老爷，房租契约昨日你老不就跟小人签了吗？"

王用汲："昨日那份是我跟你签的，你不要跟海老爷说。今日你跟海老爷把这份签了。"

那房东疑惑地接过那份契约，立刻变了脸色："王老爷，说好了是八吊铜钱的月租，这上面怎么写成五吊铜钱？"

王用汲："我这位同僚是个清官，家里也没有底子，每月八吊铜钱的房租他出不起，最多只能出五吊铜钱。"

"说好了八吊。五吊铜钱打死了小的也不租的。"王用汲还没说完，那个房东便急了。

"听我说完。"王用汲端严了面容，"八吊还是八吊，每月他给你五吊，我再给你三吊。"

"慢着，让小人想想。"那房东睁着眼琢磨了半天，似乎明白了，"王老爷是说，每月的房租按昨天我们签的八吊付钱，海老爷明里给小人付五吊，王老爷您再暗中给海老爷每月贴付三吊？"

王用汲："明白就好。不许让海老爷知道。还有，这些家具动用也说是你原来就有的。今后海老爷另搬了宅子，这些东西就都留给你。"

"小的明白，一切都按王老爷的吩咐办。"那房东又眉开眼笑了。

"老爷，有辆马车来了，像是海老爷一家。"那个长随在院门外隔着门向王用汲禀道。

王用汲大步走出了院门，一眼便望见了那辆徐徐辗来的马车，也望见了戴着斗笠、穿着葛布长衫那个熟悉的身影，便快步迎了过去。

海瑞当然也看到了快步迎来的王用汲，连忙取下斗笠，也快步向他迎去。

王用汲笑着,海瑞也笑着,两个人迎面走近了,相距一尺都站在那里。

你看着我,我看着你,竟然一时无语。

"我猜到了。是不是想说,我如今当京官了,不比在地方,一定要送我两套丝绸衣服?"海瑞收了笑容,假装严肃地说道。

"你猜到了,我就不送了。快接太夫人和嫂夫人去。"王用汲说着,几步抢到辗近的马车边。海母已掀开车帘,王用汲见海妻面色苍白地靠在车内,便一手搀着海母走进院门一面大声吩咐,"车内有病人,快抬把椅子来!"

"没有这个礼。"海母转对搀着她另一边的海瑞说道,"汝贤,你自己把媳妇背到屋里去吧。"

海瑞望了一眼王用汲,回答母亲道:"是。"

"不用了!"随着这一声,两个锦衣卫不知什么时候解开了马,一个在车前,一个在车后,愣生生地连人带马车从院门抬了进来。

院子里的人都看傻了!

两个锦衣卫抬着马车站在院子里,气定神闲,前面那一个望着海瑞问道:"放在哪里?"

海瑞:"请抬到西屋门边吧。"

两个锦衣卫毫不费力地将马车连人又抬到了西厢房门边轻轻放了下来,拍了拍手走到院门外,一边一个站在那里。

王用汲扶着海母已在北屋窗边的一把椅子上坐下,这才注意到了这两个人,走近海瑞,低声问道:"什么人?"

海瑞淡淡答道:"锦衣卫的。"

王用汲一怔:"刚进京,怎么惹上他们了?"

"书信里就跟你说了,总会惹上他们的。迟惹不如早惹。"海瑞依然淡淡地答道。

那房东看到这两个人便已十分紧张,这时在一旁听到了他们俩的对话,立刻变了脸色,蒙在那里。

王用汲找的这所小四合院甚合海瑞之心。北面当南三间房,正中一间客厅,客厅东面一扇门通海母卧房,西面一扇门通的那间房既可供海瑞做书房,也能让他时常夜卧于此,照料母亲。最难得的是院子里西边有一株槐树,甚是茂盛,夏季浓荫半院,一张小桌几把竹椅,吃饭纳凉两得其便;院子东边靠厨房不远便是那口井,不到一丈深便是清水,这在北京城可不易得,于每日都要提水洗地的海家尤其可心省力。

| 第三十章 |

王用汲雇来的那几个搬东西的佣工早已一哄而散了。午饭是王用汲那个长随叫的外卖，这时也吃了。那个长随从正屋客厅收拾了碗筷端着走了出来折向东面的厨房。海瑞安排了母亲在自己卧房里歇了，这时和王用汲从客厅正门走了出来，第一眼便看到院门大开却空荡荡的，两个锦衣卫已经不见了人，第二眼却看见从厨房里走出了那房东，苦着脸偏装着笑向两人走来。

"这位是？"海瑞望向王用汲。

王用汲："一直忙着忘记引见，这就是房东。正好，跟海老爷把契约签了。"说着便陪着海瑞向槐荫下小桌前走去，两人坐了下来。

那房东也跟了过去，却不坐。

王用汲抬头望向他："要签契约，也请坐吧。"

那房东好别扭，先望了一眼院门，又望向王用汲和海瑞，声音压得好低："禀两位老爷，没走呢，都在胡同里站着。"

海瑞和王用汲对视了一眼，接着都望向那房东。

那房东以为二人没听明白，便做了个抬车的手势，又伸出两根指头："那二位，胡同里待着呢。"

"这不干你的事。"王用汲打断了他，"跟海老爷签约吧。"

那房东又飞快地瞟了一眼院门，冷不丁地竟向二人跪下了，压着嗓子："两位老爷开恩，小人祖上打成祖爷那时就在北京城生计，从来安守本分，巡检老爷的衙门都没去过，请两位老爷抬抬手，保小人一家平安。"

他虽然说得七绕八拐，海、王二人还是明白了他的意思，二人又对望了一眼。

王用汲沉下了脸："你这话什么意思？谁让你一家不平安了？"

那房东还跪在那里："老爷是都察院的青天，如何不能明察小人的苦情？请老爷另外找一所宅子住，小人情愿将老爷这几日修补小人这所院子的钱补给老爷。"

王用汲急了："什么话！哪有租出的房子人家刚搬进来就叫搬走的！"

那房东哪里肯签，还是赖跪在那里。

海瑞反倒有些为难了："既尚未签约，你不肯租给我，我当然只好搬出去。可一个老人一个病人刚刚躺下，今天我也搬不了。"

"哪天都不搬。"王用汲无奈只好摊牌了，"刚峰兄放心，他的约我在昨日就签了。租期一年。你们只管住。"说到这里又望向那房东，"那份假约也不用签了，你立刻走。"

那房东要哭的样子："王老爷、海老爷，你们都是吃皇上俸禄的，文死谏武死战，都是效忠朝廷。小人可是平头百姓，惹不起这个祸。"

听他越说越不像话，一向性情温和的王用汲也动了气："你到底走不走？再不走，我把门外那二位请来，你跟他们说去。"说着便站了起来。

"别、别价！"那房东弹簧般站了起来，"小人走，这就走。"说着便向院门外走去，恰在此时槐树上的一只知了突然叫了，那房东又吓了一跳，如丧考妣地走出了院门。

王用汲也坐下了，低着头默在那里。

海瑞是心地何等明白的人，这时都知道了王用汲替他的安排，更知道这时他还陪自己坐在这里之不易，便也沉默着。

头上槐树的枝干间知了叫得更响了，院子里却更静了。

王用汲那个长随从厨房门口提着一壶茶拿着两个杯子走过来了，替两位老爷倒好了茶，将瓷壶放在小桌上。

"去院外等我，把院门带上。"王用汲没有抬头。

"是。"那长随也走出了院门，把两扇门从外面反手关上了。

"国事难，家事亦难。"王用汲端起了茶杯望向海瑞。

海瑞也端起了茶杯向王用汲一举，二人喝了一口，都放下了杯子。

海瑞这才望向他："朋友有通财之义。你替我用的钱，我反正也还不起，也不说谢你，我受了。我也不是一来就存心惹祸。国家病成这样，官员要都做了甘草，大明朝便亡国有日，天下皆苦，何以家为。朝廷既然把我们都调进了京，同赴时艰吧。"

"汗颜。"王用汲也望向了海瑞，"我调都察院也快一年了，参与了一些办案，也上了几道疏，说句自责的话，和甘草也差不多。倒是刚峰兄一到京便下了一剂对症的药。一石惊天，总算把宫里到各部衙门这潭死水搅起了波澜。"

"没有那么大的用。"海瑞挥了一下手，"我就是想说一句黑就是黑，白就是白，黑和白都没人敢说了，遑论其他。这几年在兴国我也想替百姓做些事，可每件事都做得艰难又都收效甚微，就因为朝纲不正，官场全无是非。"

王用汲："国事要干，家事也不能太疏忽。刚峰兄，不是我说你，在兴国这三年，你对不起这个家。小侄女遇难的时候你要是在身边她或许有救，嫂夫人也不至于夭折了胎儿自己也病成这样，毕竟不孝有三无后为大。"

"责备的是。"海瑞声音低沉但十分诚恳。

"进了京就好了。"王用汲本是极乐观的人，这时有意一扫各人心中沉闷的阴霾，"有个好消息没来得及告诉你和太夫人、嫂夫人，你猜猜。"

"李先生进京了！"海瑞居然一猜便中。

| 第三十章 |

"一个月前进的京！"王用汲显出了"故知"的快意，"明里是来给裕王爷看病，心底里还牵挂着想进宫救皇上的命。但愿徐阁老和吕公公能让皇上受谏，了了李太医这一点忠心，也不枉裕王爷请他来的一片孝心。"

"身在江湖，心存魏阙。知李太医的人不多。"海瑞也感叹起来，"记得在浙江时我跟你说过，这半生也就你和李太医是我海瑞的患难之交。"

"李太医当得起，我不算。"王用汲挥了下手，"估计你写那幅字的事朝廷要闹腾几天。过了这几天李太医自然会来看你和太夫人，正好给嫂夫人诊脉。"

听他说到这里，海瑞肃穆了，望着他低声说道："润莲兄，我说句心里话，你听真了。要是没有你在北京，今天六必居那幅字我也不敢写。说不准今天或是明天我就要到诏狱去。真那样，家人还得拜托给你。"

王用汲被他说得也肃穆了："第一我答应你，第二应该不至于此。我毕竟比你早一年来北京，朝局比你知道多些，对皇上也比你知道多些。你写的那幅字虽然是直指皇上去的，但耿耿此心，以皇上之睿智不会不明白。这就是我刚才说的，药对了症，便坏不到哪里去。"

这时海妻在西间卧房咳了起来，开始声音还不大，接着便咳得厉害了，还带着喘不过气来的声音。

海瑞立刻站了起来。

"快去看看。"王用汲也立刻站了起来。

海瑞慌忙向西间卧房奔去。

王用汲不好进去，站在那里，却看到北面正屋的客厅门口海母也出来了，便连忙走了过去："太夫人。"

海母："王大人，只怕得烦你请个大夫来。"

王用汲扶着海母向院子西边走过去："都安排了，太夫人放心。"

谨身精舍，这时一向坐着嘉靖的蒲团空着，嘉靖竟然躺在一把竹躺椅上！

徐阶坐的便是当年严嵩那个绣墩，摆在嘉靖的躺椅边，膝上放着一大摞公文，静静地望着微闭着双眼、眼圈发黑、额上满是汗珠的皇上。

嘉靖病了！

神坛边的金盆里镇着好大一块方冰，然后是一金盆的冰水，吕芳正拿着一块雪白的带绒棉布面巾浸泡了，绞干，叠成一条，捧在左掌里，右手又拿起一块干的雪绒面巾，悄悄走了过来，先用干面巾轻轻拭了嘉靖脸上的汗，然后将冰巾敷在嘉靖的额上。

嘉靖四十一年五月，严嵩致仕回籍，徐阶接任了内阁首辅，将两京一十三省各部衙门深藏的积弊理了一遍，这才发现国事已经比他们想象的还要糜烂。从那时候起，徐阶和高拱、张居正等人便开始拆东墙补西墙，更把好些原来被严党瞒着的事一点点透露给了嘉靖。嘉靖便觉着身子一日不如一日，丹药也吃得更多了。到了今年，根烂枝枯的几件大事同时发作了：北边陆防和东南海防军费都严重不足，蒙古俺答飘忽突袭，辽东好些部落也开始挑起战衅；东南浙江的倭寇平定了，又在福建、广东大举掠城灭地；两京以及好些省份许多官员的俸禄积欠日久已经怨声载道，在陕西甚至发生了韩王府一百五十多个宗室官员索要多年积欠，围攻巡抚衙门鼓噪殴打巡抚、布政使烧毁府衙的事；不得已想增加些赋税以解国库亏空，贪吏又从中加码盘剥，以致近在北京城边顺天府的宛平、大兴都出现了百姓不堪重赋，纷纷弃家逃生的惨景，有全里无一人丁者。五月，徐阶等策动御史林润等人上疏再劾严世蕃、罗龙文及其余党，嘉靖一怒杀了严世蕃等人，逮拿罢免了一批严党，抄没家财。到了六月，嘉靖的病情便连自己都瞒不住了，这年夏天便不停地流汗，却依然听从方士之言，反时令而行之，也不打开窗户通风，还是穿着厚厚的棉布大衫。只打坐的时间大大缩短了，平时能一坐几个时辰，这时最多只坐两刻便要躺下，躺下还流汗。

国事蜩螗如此，徐阶每日在内阁处理完政务，尽量还赶到这里，守着嘉靖，想方设法让嘉靖批准或默许他与高拱等人补救时弊的一些奏陈。尤其这一个月，要将抄没严党的家财逐一理清，补救国库的巨额亏空。今天就是前来奏陈这件大事的日子，本应下晌才来，突然接到了齐大柱报告的那件事，便改了主意，响午前就来到了玉熙宫精舍，捧着一大摞公文择要陈奏，再和吕芳配合着将海瑞捅的那个娄子尽力弥缝了，以免牵涉到裕王。

吕芳将那条冰巾敷上去后，嘉靖的烦热舒缓了些，眉目还是锁闭着，开口说话了，依然是乱石铺阶，却已无平时那份从容："无非是东边起火，西边刮风，天塌不下来。只要是烦心的事，尽管说，朕喜欢听。"

这自然是反话，吕芳不禁悄悄向徐阶递过来一个眼色。

"是。"徐阶这时已经练就了一眉目的春风一面孔的秋水，尽管嘉靖闭着眼睛，他还是欠了一下身子，然后拿起公文上那张纲目，用那带着吴音的官话煦煦说了起来："启奏圣上，抄没严世蕃、罗龙文、鄢懋卿等一干贪吏家财的单子户部都算出来了，一共有黄金三十七万余两，白银六百四十余万两，其余古货珍玩折价也有近三百万两。"

嘉靖的两眼倏地睁开了："说下去。"

徐阶："是。内阁召集各部商议了一下，奏请给兵部拨款三百六十万两，其中一百六十万两给俞大猷、戚继光部充作闽广抗倭军需，二百万两拨给蓟辽总督充作北边的防务军需。"

第三十章

"准奏。"嘉靖想了想,吐出了这两个字,又闭上了眼。

徐阶将两张票拟递给吕芳,吕芳接了过来走到御案前,站在那里开始批红。

徐阶接着奏道:"好些省份积欠官员俸禄,尤甚者如山西、陕西、北直隶、河南、云南、贵州都已拖欠一年以上,吏部奏请拨给二百七十万两先把这些省份的欠俸发了。"

嘉靖不吭声了。

吕芳那支红笔便停在那里,也不过来接徐阶的这纸票拟。

"分吧。"嘉靖好久才说道,"还有哪些省部欠了俸禄,都说出来,把这点钱都分完了了事。"

徐阶:"回圣上,其他省份,还有两京各部衙欠俸的情形要好些。臣等商议了,从其他口子想办法慢慢补还。"

嘉靖脸色好看了些:"那就你们说了算,将刚才说的那些省份所欠俸禄补发了。"

"不敢。臣等遵旨。"徐阶作如是答,轻轻抽出那张票拟递给吕芳。

吕芳批这纸票拟时,那支红笔便有意写得特别慢,好像特别沉重。

"换块冰巾。"嘉靖果然睁开了眼,望着吕芳突然说道。

吕芳的红由于批得很慢,这时尚未写完,连忙搁了笔,在铜盆里洗了手,去金盆里绞了另一条面巾,走过去替嘉靖换下了额上的那条面巾。

嘉靖又闭上了眼:"为军的分了钱,为官的也分了钱,该给朕的百姓分钱了吧?"

"皇上如天之仁!"徐阶连忙颂圣,"今年数江西灾情最重,三月发桃花汛四府州县都遭了大水,入夏以来七个府又都是旱情,江西奏请免了这些地方今年的赋税,另请朝廷拨款在他省买粮三百万石赈济……"说到这里徐阶停了下来。

"说完!"嘉靖手一挥。

"是。"徐阶接着奏道,"去年下半年以来,有些地方加重了百姓的赋税,譬如顺天府的宛平、大兴两县,去年一年征的赋税竟是往年的三倍,天子脚下,百姓逃亡,十室九空。"说到这里徐阶动了情,掏出袖中的丝巾印了印眼眶:"户部奏请拨二百万两银子还给加了赋税几个省的百姓,其中顺天府就要拨六十万两,让流亡在外的百姓好回乡耕种。"

"不用说了!"嘉靖拿开了额上的冰巾扔在一边,"顺天府和宛平、大兴两个县令都拿了没有!"

徐阶:"回圣上,已革职,正在审讯。"

嘉靖:"先把他们的家也抄了,还百姓的钱!"

"是。只是抄了他们的家也是杯水车薪。这二百万两其实也不够退还多征的赋税,安定人心而已。"徐阶答着，还是将那几纸奏请拨款的票拟抽了出来。

吕芳惘惘地望着嘉靖，没有立刻去拿徐阶手中的票拟。

"朕都舍得，你还装什么样子？"嘉靖阴望着他，"拨吧，都拨了。无非是朕住的地方破一些，宫里的人都穿着旧衣服上街讨饭去！"

吕芳不得不接言了，望向徐阶："徐阁老，皇上的万寿宫才修了不到一半，宫里十万张嘴也都等着吃饭呢。这笔钱内阁没有算进来？"

徐阶站起了："再苦也不能苦君父。臣等都议好了，剩下的二百多万两都上呈宫里，一部分修万寿宫，其余的供宫里各项开支。"

嘉靖闭上了眼，这时当然不会直接说叫吕芳批红的话。

徐阶和吕芳只好静候在那里，精舍里突然沉寂了。

"百姓们常说的一句话，破财消灾。"嘉靖知道这一笔好不容易抄没来的财物用在这些地方，内阁已经是尽了心了，却依然心臆难平，"朕把这些钱都分了，上天也应该让朕的病好了。吕芳，都批了红吧。"

徐阶立刻在他身边跪下了，吕芳这时哪能去批红，也连忙跟着跪下了。

徐阶："仁君天寿！可圣上也得将息龙体，以慰天下苍生之念！"

吕芳："奴才赞成徐阁老的话，天佑主子，主子也得将珍惜仙体。"

"你们真以为朕病了？"嘉靖突然又翻了脸，"朕会病吗？"

徐阶和吕芳自他生病这一段时光以来，都被他这种近乎狂悖的折磨弄得有些疲了，这时只好跪在那里深低着头，不敢接言。

嘉靖不再逼问他们，自己竟撑着从躺椅上站了起来。

"主子！"吕芳慌忙爬起，要去扶他。

嘉靖挥手甩开了他，脚步飘浮，还是强撑着自己走到蒲团前坐了下来，盘上了腿。

吕芳悄然紧站在他的身后，随时做好扶他的准备。徐阶这时也爬了起来，站在嘉靖的身侧，紧张地望着他，准备万一他要倒下也去帮着扶驾。

"人有病，天知否？"嘉靖没有倒，闭着眼又怪诞地喃喃说了这么一句，便开始运功练气，这一练，额上的汗反而涔涔而下，脸色也立时难看起来。

"皇上、主子！"徐阶和吕芳都跟着变了脸色，二人同时呼唤着便过去搀他。

"丹药！"嘉靖执拗地坐在那里，从牙缝中迸出这两个字。

"还是叫太医吧！"徐阶急喊道。

吕芳一时也没了主意，便想唤宫外的当值太监。

"你、你们想朕死吗……丹药！"嘉靖说这句话时大汗淋漓的脸已经发黑了。

| 第三十章 |

"搀住了!"吕芳急松开了手,让徐阶一个人搀着嘉靖,自己奔到神坛边揭开金盒拿出一颗鲜红的丹药,端了那杯盖碗奔了过来,"主子丹药来了!"

嘉靖费劲张开了嘴,吕芳将丹药送进他的嘴里,一手扶着他的后颈,一手将碗里的水喂他喝下。

嘉靖挣扎着用这口水咽下了丹药,接着便将身子上引,是想伸直腰。徐阶连忙使劲帮着他往上扶。嘉靖又开始运气,这丹药竟有如此神效,也就稍许时间,他见了精神,脸上的汗也慢慢收了,面容也透出了红色,却是那种血液上涌的红!

徐阶和吕芳虽暂时松了口气,面忧更重了。

"徐阶。"嘉靖这时的声调又平和了。

"臣在。"徐阶答得甚是沉重。

嘉靖:"你适才说什么来着,想叫太医院那些人来给朕瞧病?"

徐阶动了感情:"皇上圣明。"说完这句眼眶湿了。

嘉靖转望向吕芳:"吕芳,你也有这个意思?"

"主子!"吕芳比徐阶对嘉靖的感情自然更深些,这时也再不顾嘉靖是否震怒,声音有些哽咽,"只要吃五谷,就是大罗天仙也难免生病。奴才和徐阁老是一样的心思,斗胆请主子恩准太医给主子瞧瞧。如太医院那些人不行,便另访外省高明的大夫来给主子瞧瞧。"

嘉靖望了望吕芳,又望了望徐阶:"你们都过来些。"这一声唤得好是温情。

"臣、奴才在。"徐阶和吕芳都慌忙揩了眼,靠了近去。

嘉靖轻声地说道:"朕今年虚岁六十了,修了这么些年,六十是一关。过了这关,不定就能长生不老。太医院那些庸医帮不了朕,谁也帮不了朕,知道吗?"

这就是徐阶和严嵩之不同处,虽一样身居宰辅,毕竟儒学正宗,对嘉靖这句话没有表示赞同,只低头以沉默对之。

吕芳身份不同,心里好一阵难受,却只得答道:"奴才明白。"

"明白就好。"嘉靖仍然轻声地,却突然转了话题,"裕王的病怎么样了?你们请了哪个神医进京来给他看了?"

吕芳望向了徐阶。

"皇上圣明。"徐阶答道,"是原来在太医院当过差的那个李时珍进京了。裕王爷吃了他开的几剂药,病情已见好转。"

"给裕王看病的人进京了,给朕看病的人也进京了吧?"嘉靖服了丹药又有了底气,眼神又犀利了,"那个在六必居给朕开丹方的人是谁!"

这件事终于提出来了，徐阶和吕芳互相都不再看对方，默在那里。

嘉靖斜了一眼徐阶："该下午奏对的事，徐阁老巴巴地在上午赶来奏对，不就为了看那个人给朕开的丹方吗？吕芳，把陈洪呈来的那幅字拿给他看吧。"

吕芳只得走到装奏疏的壁柜边，从里面拿出了陈洪送来的那卷字，递给了徐阶。

徐阶展开凝神地看了起来。

"徐阁老。"嘉靖叫他。

徐阶："臣在。"

嘉靖："君臣佐使，这副丹方开得如何？"

徐阶慢慢抬起了头："回圣上，臣愚钝，看不出这幅字有什么君臣佐使。"

"是看不出还是不愿说？"嘉靖声音尖厉了，"你巴巴地赶来，不就为了给这个人说话，给裕王说话吗？"

这就是伺候这位皇上的极难处：极敏锐！极多疑！极猜忌！又极不留余地！

这话如何回答？徐阶只能低头不语。

"还有吕芳。"嘉靖的目光又犀向了吕芳，"朱七上晌找你说什么来了？"

"回主子的话。朱七上晌来正是给奴才禀报这件事。"吕芳任何时候都如实回话。

"镇抚司、提刑司都归陈洪管，报了陈洪还不够，还要来找你？"嘉靖的话越来越尖厉，"既找了你，你怎么看？"

吕芳："主子圣明。这不过是外地新上任的一个小官不知天高地厚在六必居胡诌的几句话。朱七来找奴才，也是担心主子这一向仙体违和，想让奴才先给主子奏明了，以免主子动了真气伤了仙体。"

嘉靖："朕问你怎么看？"

吕芳："回主子，这几句话奴才也看了，并没有犯十分要紧的忌讳，更和裕王爷没有半点关系。"

"跟裕王没有半点关系？"嘉靖一声冷笑，"这个人在哪个衙门任职，姓什名谁？"

吕芳："回主子，好像叫海瑞。"

嘉靖的目光倏地盯向了他，附带又扫了徐阶一眼："好像叫海瑞？官员里有几个叫海瑞的？"

吕芳："主子圣明。这个海瑞应该就是从兴国知县任上调来的那个海瑞。"

嘉靖："那不就是朕的儿子推举的那个海瑞？还说跟裕王无关！"

吕芳只得跪下了，徐阶也跟着又跪下了。

吕芳磕了个头："奴才哪里敢欺瞒主子，这个海瑞是今天早上进的京，路过六必居就

第三十章

写了这几句话，裕王爷都闭门养病一个月了，哪里会知道？"

嘉靖脸色平和了些："那你们说，他明知'六必居'的'必'字是朕叫严嵩改的，为什么要去题这几句话？"

徐阶这就不得不回话了："臣今天就把他叫到内阁，叫他明白回话。"

嘉靖："朕现在要你们明白回话。他为什么要在朕改的这个字上做这样的文章！"

吕芳刚才既解释了徐阶并不知道这件事，徐阶便只得沉默了，等吕芳回话。

吕芳紧张地想着，其实是早就想好的话："主子，奴才想不透彻。可奴才也向朱七问过，这个海瑞题这几句话时自己说，是为了什么'正人心而靖浮言'。"

"想替朕靖浮言？"嘉靖望着吕芳，又盯向徐阶，"看起来外面对朕的浮言还真不少！"

徐阶必须答话了："皇上圣明。文王制易，周公制礼，彼时天下皆有浮言。当时皇上让严嵩题写六必居，也是为了我大明天下之安定。愚民焉知圣心！今年五月严世蕃等伏诛，严嵩题写的匾额还挂在那里，有些浮言自是难免。臣以为海瑞题写这几句话，也许正如他自己所说，是为了'正人心而靖浮言'。"

这番奏对诚恳而且得体，嘉靖慢慢有些接受了，但心中的猜忌依然未去："一个举人出身的户部主事，那么多言官不来靖这个浮言，他倒来靖这个浮言。这个人本事倒大！"

徐阶无法回答，又低下头去。

嘉靖知道为了避嫌吕芳也不会答这句话，便又点名："吕芳，徐阶看样子是不会明白回话了，你回朕这句话。"

"回主子，一个六品的小官能有什么本事，难得他有这个心。"吕芳豁出来要说实话了。

"什么心！"嘉靖逼问。

吕芳："替主子说话的心。"

嘉靖又倒着目光看吕芳了："是他在替朕说话，还是你在替他说话，或是替朕的儿子说话？"

吕芳抬起了头，满眼凄然："主子，凡是真心替主子想的，奴才就认定他至少有点良心。这个海瑞写的这几句话确乎能替主子起些正人心的作用，只不过胆子忒大了些。不像有些人，今天上一道疏，明天上一道疏，只为了博个忠名。"

嘉靖的目光慢慢顺了过来，脸色依然阴沉："我大明朝有胆子的不少，有良心的不多。至于这个海瑞到底安的什么心，是不是良心，朕不知道，也许裕王知道。他既是裕王用的人，你们就把他写的这几句话送给裕王，让裕王亲自抄一遍，落上款，再刻块匾，送到六必居去挂上。看看还会有些什么浮言！"说到这里他将手里那卷纸提了起来。

吕芳双手去接那张纸。

"不用你去，叫陈洪进来。"嘉靖喝开了他。

吕芳缩回了手，这才知道陈洪早就候在殿外了，只好走到精舍门口："主子有旨，陈洪来了吗？"

陈洪欠着身子幽灵般从大殿外走了进来，走到精舍门口跪下了："回主子万岁爷的话，奴才陈洪候旨。"

嘉靖："跪在门口干什么？这里你就进不得？！"

陈洪磕了个头，站起来依然低着头小媳妇似的走了进来。

吕芳和徐阶都低着头不看他，也不看嘉靖。

嘉靖："三件事：先把那个海瑞写的这幅字送给裕王叫他抄了，落他的款刻块匾送到六必居去挂上。"

"是。"陈洪低声答着，挪步走了过来，双手接过那卷纸。

嘉靖："然后到镇抚司去，告诉那些奴才，提刑司、镇抚司都归你管，有事只能向你禀报。再有谁越过你向别人告状的，你知道该怎么办。"

"是。"陈洪这一声故意答得既慢且低。

"答响亮些。"嘉靖有意逼他。

"是！"陈洪有理由答得响亮了。

嘉靖："还有件事你明白，朕就不说了。"

"是。"陈洪这一声答得不高不低。

| 第三十一章 |

"哎哟！二祖宗你老来了！"冯保正背着已经虚岁五岁的世子，在前院走廊的柱子间捉迷藏，突然看见了带着两个太监大步进来的陈洪，慌忙放下世子，领着那几个王府的太监迎了过去，便跪下去磕头。

他身后那几个王府的太监紧跟着都跪了下去："奴才们给二祖宗磕头。"

"罢了。"陈洪望着冯保，"裕王爷安好？"

冯保："回二祖宗，好许多了，这会儿李太医又在请脉呢。"

陈洪："领我去。"

冯保和那几个王府太监都站起了，领着陈洪便向里边走去。

"大伴！哪里去！"走廊大柱后世子钻出来了，挡住了冯保。

"哎哟世子爷！"陈洪这才看到了世子，脚步刚踏在石阶上，便在那里跪下了，跟他来的两个太监也在石阶下跪下了。

"他是谁？"世子望着冯保指着陈洪。

冯保连忙过去蹲下来抱着世子："回世子爷，这是皇爷爷宫里的大伴陈公公，管着奴才呢。世子快请陈公公起来。"

世子这时已经露出了顽劣的习性："他凭什么管你？你却不陪我了。"

冯保急了："世子爷，快请陈公公起来吧。他老要见父王呢。"

世子这才望向陈洪："起来吧。可不许让冯大伴走。"

"不让冯大伴走。"陈洪笑着站了起来，转对冯保说道，"你陪着世子，让他们领我去。"

"是。"冯保连忙对另外两个太监说道，"你们领二祖宗去。"

"是。"两个太监哈着腰斜着身子将陈洪一行向里面引去。

七月的天，吃了李时珍两个疗程的药，培了元固了本，裕王的病已在将息阶段，听李时珍的话，这时当南的殿门和窗户都打开了，通风贯气。因此陈洪一行人还在后院里便远远地看见了裕王坐在北面的椅子上让李时珍在请脉。

名医诊脉都是一个惯例，闭目凝神，那是一点都不能干扰的。陈洪虽然是奉旨而来，远远地望着闭目正坐在那里请脉的李时珍和裕王便也停住了脚步。跟来的人更是懂得这个规矩，一个个屏住呼吸，站在院里。

倒是裕王望见了陈洪，便想站起。

"不动。"李时珍仍闭着眼轻声说道。

裕王又坐住了，却再也坐不安："李先生，宫里的陈公公来了。"

"不要动。"李时珍还是闭着眼。

那陈洪眼中掠过一丝不快，却不得不还站在院里。

"是传旨来的，李先生我得接旨。"裕王再也不敢耽延，自己站了起来。

李时珍睁开了眼，也站了起来，二话不说走了出去。

陈洪这时才一个人向寝宫走去。

李时珍走出寝宫，陈洪走进寝宫，二人在门口擦肩而过，陈洪倒是向李时珍笑了一下，李时珍却看也没看跨出了殿门。

陈洪的脸阴了一下，转望裕王时又连忙一笑，再肃穆了面容："圣上有口谕，裕王听旨。"走到了北面上方站定。

裕王转到南面跪了下去。

陈洪从怀里掏出了叠成方块的海瑞那幅字，说道："有个户部主事海瑞在六必居替朕写了几句话，裕王知否？"

裕王一怔，答道："回父皇的话，儿臣不知。"

陈洪接着说道："那个海瑞说写这几句话是为了替朕'正人心而靖浮言'，真欤假欤？"

裕王吃惊了，好久才答道："回父皇的话，儿臣更不知。"

陈洪："是真是假，知与不知，你都把这幅字抄写一遍，落你的款，刻块匾挂到六必居去。钦此！"

裕王一头雾水，只好磕下头去："儿臣领旨。"

宣完了旨陈洪便是奴才了，连忙过来双手扶起裕王，先将那幅字递给他，又扶他到北面正椅上坐下，自己跪了下来："奴才陈洪叩见裕王爷千岁！"

| 第三十一章 |

　　裕王正在急忙展开那幅字看："起来吧。"
　　陈洪磕了个头站起了，静静地等裕王把那幅字看完。
　　裕王看完了，依然不知就里，茫然地望着陈洪："这是怎么回事？我一点也不明白。"
　　陈洪："回裕王千岁的话，没有什么大不了的事，是那个新任户部主事的海瑞吃饱了撑的，刚进京就跑到六必居写了这几句话，还说什么是为了替皇上'正人心而靖浮言'。奴才揣摩皇上是认可了这几句话，这才叫裕王爷写了挂到六必居去。"
　　裕王终于明白了来龙去脉，却依然怔在那里："这个海瑞我连人都从来没见过，父皇为什么叫我写呢？"
　　陈洪低下了头："这个奴才就不敢妄自揣摩了。"
　　裕王只好说道："烦陈公公向皇上回旨，就说儿臣领旨，今天就写。"
　　陈洪："裕王爷放心，奴才知道怎么替王爷您回话。"
　　裕王站起了："那就多多拜托。"
　　陈洪慌忙过去扶着他："王爷这样说折杀奴才。"
　　裕王被他搀着其实心里不快，却还得温颜对之，想了想，从腰间玉带上解下那块系着金黄色丝套的和阗玉佩："这是我挂了多年的东西，赏你吧。"
　　陈洪立刻跪了下去："奴才没有功劳怎敢受王爷如此厚赏？"
　　裕王："难得你替本王伺候皇上，这便是天大的功劳，拿着吧。"
　　陈洪当然知道这是满天下都难得的珍宝，更知道这是裕王的笼络，心中窃喜，重重地磕了个头："奴才谢王爷的赏！"抬起头满脸的感恩双手合着接过了那块玉佩，站了起来。
　　裕王："你当着大差使我就不留你吃饭了，回宫复旨吧。"
　　陈洪却又露出了一脸的难色，站在那里故意踟蹰着，并没有举步的意思。
　　裕王历来敏感："还有什么事吗？"
　　陈洪更露出了伤心难过的样子："王爷，您正在病中，这句话奴才实在难以启齿，可是圣命又不得不说……"
　　裕王的脸色立刻紧张了："什么事？快说。"
　　陈洪低声地："万岁爷对王爷身边有个人十分不快，要奴才把他送到朝天观去扫地服役。"
　　"谁？"裕王变了脸色。
　　"冯保。"陈洪低声说出了这两个字。

裕王愣在那里。

陈洪也默在那里。

"父皇为什么有这样的旨意！"里边的寝宫里传来了李妃惊气的问话声，"谁在父皇那里进谗言了！"

"住口！"裕王立刻喝住了寝宫里说话的李妃。

"我不住口。"李妃竟然立刻顶了回来，声音特别气愤，"父皇就这一个孙子，也只有冯保能带好他，谁这么没心肝要坏我朱家的事！"

"住口！住口！住口！"裕王跺着脚一连气说了三个住口，紧接着脸便白了，大口喘起气来。

"王爷！"陈洪也惊了，一把半扶半抱把裕王挪到椅子上坐下。

"王爷！您怎么了！"李妃也再顾不了许多，慌忙从寝宫里奔了出来，奔向裕王，一手挽着他的后颈，一手轻抚着他的前胸，大声唤道，"李太医！快叫李太医！"

好几个太监宫女都奔进来了，又不知道该干什么，一个个睁着惊惶的眼，不知所措。

李妃脸上的汗都冒出来了："你们来干什么！快请李太医！"

那几个太监宫女又一窝蜂拥了出去。

李时珍快步走进来了！

裕王这时两眼闭着，牙关也紧咬着，那张脸白得像纸！

"请闪开！"李时珍紧盯着还扶着裕王右臂的陈洪。

陈洪连忙闪开了。

李妃依然在裕王左侧托着他的后颈，望李时珍那双眼已经闪出了泪花："李太医，快救救王爷！"

李时珍："不用急。"说着从腰间挂着的那个褡裢里掏出一块装着银针的小布袋，"火！"

李妃慌忙对外唤道："火！"

两个宫女奔进来，一个从侧面的茶几上端来烛台，一个拿起了桌子里边的火石火绒，两手颤着就是打不着。

陈洪："给我！"从那宫女手里抢过火石火绒一下就打着了，点亮了烛台上的蜡烛，向李时珍递去。

李时珍抽出一根银针在烛火上烧了烧，又从布袋里掏出一个蘸着白药的棉球擦拭了银针，对着裕王的人中扎了下去。

接着，李时珍又从褡裢里掏出一卷艾叶，在烛火上点燃了，吹熄了明火，一手扒开裕

| 第三十一章 |

王的衣襟，向裕王胸前的一个穴位灸去。

裕王的牙关松开了，慢慢吐出了一口长气。

"王爷！"李妃捧着他的头，流泪了。

裕王睁开了眼，望了她一下，满目凄然，第一句话却是："让冯保跟陈公公走……"

"让他走，臣妾让他走就是。"李妃抽泣着答道。

裕王这才又闭上了眼。

李时珍慢慢捋出了裕王人中上那根银针，一边说道："没事的人都请出去吧。"

李妃望向了陈洪，那目光显着恨意："把人带走就是，还在这里干什么？"

陈洪扑通跪倒了："王爷、王妃冤杀奴才了！奴才也不知道为什么有这个圣谕。千差万差来人不差，奴才真正里外不是人了！"说完便又磕了个响头。

裕王："不怪你，不怪你，回宫复旨吧……"

陈洪又磕了个头："王爷千万珍惜玉体，王妃也不要太急，奴才走了。"站了起来，低着头退了出去。

李妃这时心急如焚，望着李时珍："请李太医照看王爷，我要去管着世子。"

李时珍微低着头："王爷平安了，叫人抬到床上躺着就是。王妃请便吧。"

李妃慢慢松开了扶着裕王的手，急步走到门口："抬王爷到床上躺好！"

"是！"两个太监奔了进去。

李妃又回头望了一眼，急着提起了裙裾跨出门向前院走去。几个宫女连忙跟着走去。

冯保做梦也没想到自己这几年千辛万苦搭起的这个台阶被人一根小指头轻轻一戳便垮了。这时还陪着世子，正趴在一根柱子上用一块布蒙着两眼，一字一顿地大声喊道："天、地、元、黄、宇、宙、洪、荒！躲好了吗？我要捉了！"

世子和几个太监亢奋地笑着在院子里答道："躲好了，来捉吧！"

冯保便蒙着眼伸着两臂向世子的声音方向摸去。

世子憋着笑早已躲开了，却将一个太监推到他刚才站的地方。

冯保开始假装方向偏了些，两手东摸一下西摸一下，走到那个太监站的地方猛一转身扑了过去一把抓住："捉住了吧！"

"错了！大伴，您抓的是奴才。世子爷早就得胜回朝了！"那太监慌忙说道。

世子在院子的另一边咯咯直笑。

"我总能捉到你！"冯保假装心有不甘，转身又向世子笑声方向摸去。

两眼全被蒙着，是真的一物不见，但这所院子的一砖一柱早在冯保心中，再也不会磕着碰着，因此步伐十分轻灵，东扑西抓，这时突然听不见任何声音，便琢磨着是世子爷让大家伙都蹲到了墙根或者柱边，偏不向那些地方去摸，而是摸向石阶，准备假意让石阶绊一下摔倒在地结束这场游戏。

就在他摸向石阶的时候，听见了脚步声，显然是大人的脚步，同时听见世子忍不住的咯咯笑声，便向那人一把抓去！

世子大笑："抓得好！抓得好！"

"世子爷好！"被抓的那个人说话了，竟是陈洪的声音！

冯保一惊，慌忙松手，扯下了蒙眼的布："奴才该死！"立刻对着陈洪跪了下来。

陈洪冷冷地望向了他。

人有头颅四肢，主自身本体，称为五体。人有殖器，主后代繁衍，称为"宫"。汉时有去人殖器之刑，故称"宫刑"。太监为寄身皇室为奴，自去其殖器，故称"自宫"。至于尊称太监为"公公"者，因"公""宫"谐音，以慰之曾经有宫之意。

太监去了"宫"，也就是断了独自立身之根，只有寄身皇室，依主子而为根，方能安身立命。倘若一朝被皇室主子所弃，便如断根之树立刻枯烂而死。冯保自小家贫被父母请人宫了殖器，求亲托友，还算走运，直接进了宫，把根附在了皇上身上。嘉靖三十九年腊月三十作为提刑司主管提刑的太监，为了讨好嘉靖，他下重手杖死了钦天监周云逸，又因邀宠擅自去报祥瑞，犯了众怒，论处罚再轻也得逐到民间，险乎要成无根之木。得亏吕芳呵护，并授之"思危思退思变"心法，把他降遣到了裕王府，总算又把根附到了裕王身上。世子降生，他悟得了"退即是变"的法门，便千般心思将根转附到了世子身上，朝夕心身伴侍，黏得世子反把他当作了自己身子的一部分，须臾不肯稍离，冯保便也死了心把后半生全放在了这位小主子身上。熬以时日，只待这位小主子根干粗壮，自己也便枝繁叶茂了。

谁知人算有数天算无常。远远地避着，今日断自己根的人还是来了！

冯保跪在陈洪脚前，开始还装出儿孙跪在父祖前的神态，一副婉转依恋的笑容，可很快便被陈洪那张冷脸，尤其目光中透出的寒意把笑容凝固在那里，惊惧也从眼中露了出来。

其他几个小太监这时早已随着冯保跪在了院子里，就单单地落下了一个世子站着，看见陈洪和跟他来的两个太监望冯保的那副样子，世子也怯了，一时不知发生了何事。

这时从后院通往前院的廊道里传来了李妃和几个宫女急促的脚步声。

陈洪不再耽搁，大声说道："上谕，奴才冯保听了！"

冯保打了个冷战把头顶到了地面。

| 第三十一章 |

已经奔到前院廊檐下的李妃听到了这句话也愣生生地刹住了脚步，跟她的几个宫女都屏了呼吸紧站在她的身后。

陈洪知道李妃就站在背后，有意把声音说得柔和些："你这个奴才，在宫里当差便不守本分，飞扬跋扈！朕听了吕芳求情将你送给裕王，实指望你洗心革面老实当差，你竟秉性不改，多次潜返禁城王府之间暗递消息挑弄是非，尔之祸心朕忍有日也！姑念尔侍候世子不无微劳，朕也不杀尔，到朝天观服苦役去！三清上仙或可以无上法力化解尔之蛇蝎之心，便是尔的造化。着陈洪宣旨后即将这个奴才逐出王府，解往道观，不许稍有逗留。钦此！"

这一段上谕夹文夹白，但所有人还是都听懂了。冯保僵趴在那里，其他的太监也都僵跪在那里。只有世子没有完全听懂，但已经从陈洪和众人的神态中明白了些意思，毕竟不到五岁的孩童，一时便惊在那里。

"世子！"李妃见世子脸色白了，慌忙奔了过去，弯下腰便去抱他，"跟母亲到后宫去。"

世子这时见到了母妃一下子缓过神来，也不知细小的人哪来的力气，一下甩开了母亲的手，向冯保跑去。

"世子！"李妃也慌了，转身跟了过去。

陈洪这时恃有皇差在身，也只是向李妃和世子躬了躬腰："王妃，世子，奴才得奉旨行事了，请王妃将世子爷抱走吧。"

"不许把大伴带走！"世子一下子扑到了陈洪的身上小手抓住了他的腰带一阵乱扯，"来人！来人！把这个奴才赶出去！"

几个小太监都站起了，却又都不敢走过去。

李妃过来了，眼中虽闪着泪却喝道："不许胡闹！撒手！"说着便去扯世子。

世子那两只小手将陈洪的腰带紧紧拽住，全身的力也压在手上，李妃一下竟扯不开他。

陈洪也好是尴尬，只得还赔着笑蹲了下来："世子爷、世子爷，奴才是奉了皇爷爷的旨命办差的。世子爷乖，要听皇爷爷的话……"说着便去掰世子的手。

世子紧拽着不放，陈洪偏还去掰他的小手，世子紧咬着牙眼中有了泪花。

啪的一声，李妃一记耳光响亮地抽在陈洪脸上！

陈洪蹲在那里被这一下抽蒙了！

世子也被母妃这突如其来的一掌吓得松开了手，愣在那里。

李妃从来没有如此的厉色："狗奴才！竟敢伤世子！还敢说什么'世子爷乖'这般大

逆不道的话来！这样的话是皇上教你说的，还是你这奴才自己说的！"

陈洪本是蹲着这时双腿扑通跪了下来，却仍然高昂着头："王妃息怒。奴才没有伤世子。说'世子爷乖'的话也是传皇上万岁爷的口谕。王妃要饶不过奴才，这就责打奴才好了。"

竟敢如此顶嘴，却处处抬出皇上，李妃被他气得"哇"的一声哭了出来。

世子这才显出了有些懂事了，一下扑在母亲腿上："母妃！母妃不哭！母妃不要哭……"喊着自己也哭了起来。

这时心如刀绞的还是冯保，抬起了头满脸的泪望着世子："都是奴才惹的祸，世子爷、王妃千万别为奴才伤了身子，误解了陈公公！奴才求主子了！"说完便把头在地上不停地磕得山响。

"不让你走！就不让你走！"世子转过去拉扯冯保。

冯保不能再磕头，也不敢去碰世子，只趴在地上饮泣。

世子转过了身挡住冯保，两眼恨恨地望着也还跪在那里的陈洪，哭喊道："你滚！你立刻滚出去！"

李妃这时也不再去抱世子，站在那里心里一阵阵委屈难受，不断拭泪。

两个宫女这时才惊醒过来，奔过来扶住了揩泪的李妃。

陈洪没想到会弄成这个局面，这时也是既气且恨还无法发作，赌气说道："奴才做错了什么，王妃既不责罚，奴才自己责罚自己。"说着举起了手在自己脸上左右开弓抽起耳光来。

两个跟随陈洪而来的太监直到这时才恍若梦中醒了，扑通立马跪在陈洪身后，也跟着举起手掴起自己的耳光来。

冯保更惊了，绕过世子跪爬过去抓住陈洪的手："二祖宗！二祖宗！你老千万别这样！干脆杀了奴才好了！"

陈洪一掌扇开了他，还要打自己，冯保死死地拽住他的手，抱在怀里低头趴跪。

"冯保！"李妃这时又大喝了一声。

冯保一愣，又抬起了头。

李妃："他这不是打自己，是在打我！不许拦，让他打！他还不解气，就把裕王爷也请出来，我们朱家的人都让他收拾了，大明朝断了子绝了孙，让他一个人伺候皇上去！"

都知道裕王这位侧妃厉害，直到这时陈洪才真正知道她的厉害了。原来赌的那口气被这番惊天动地的话吓得随着魂魄齐飞，惊恐间颤抖着取下了头上的纱帽，把那头在院子的砖地上拼命磕了起来："皇天在上，奴才哪敢有这个心思！请王妃替奴才伸冤！"那头磕

第三十一章

得比冯保刚才还响。

可怜跟他来传旨的两个太监也只得跟着他磕头，磕得也是砰砰地响。

这时，除了站在那里的李妃、世子和扶着李妃的两个宫女，满院子的人又都跪下了。

陈洪还在磕头，跟他的两个太监也还在磕头，只是一下一下磕得越来越慢了。

李妃轻咬着银牙，冷冷地望着，一则心恨，一则话已经说出，这时也不阻止，眼见得这三个人就这样磕下去，不死不休了！

张居正恰从府门进来，见状惊了，立在那里朗声问道："怎么回事？"

李妃的头飞快地转望向他，刚揩去眼泪的眼眶中又盈出了泪花！

张居正手里握着一叠用绫绢包着的《四书讲义》，望着李妃那双如见亲人的眼睛，惊疑间心中一热，大步走了过去，见陈洪三人磕头已经磕得昏天黑地，大声向王府那些太监喝道："扶住了！"

王府里那几个太监这才慌忙爬起，两个人扶住了陈洪，两个人各拉住了陈洪身后那两个太监。

张居正满眼关切地望向李妃，见李妃低下了头泪眸频拭，这才慌忙低了头，拿着《四书讲义》双手深揖下去："臣参见王妃，参见世子。请问王妃，到底出了什么事情？"

李妃本想答话，喉间这时又哽咽了，终于泣着说出了一句："张师傅，世子全拜托你了！"说完这句掩着面向内院疾步走去，两个宫女连忙搀随着她疾步跟去。

张居正目送着李妃伤心离去的背影，心中一阵潮热，连忙回头扫望了一眼跪在那里的陈洪和冯保，又望向世子："世子，告诉师傅，到底有什么事了？"

世子这时也又哇地一声哭了，抓紧了跪在那里的冯保的衣领："那个奴才，要把大伴带走……"

张居正终于明白了些事因，这才猛然省悟跪在这里的是司礼监的首席秉笔太监，连忙对王府的两个太监吩咐道："快扶陈公公起来！"

两个拉着他的王府太监费好大的劲将已经半昏的陈洪搀了起来。

陈洪这时双颊已见红肿，额头更是又青又肿，正中还冒出了好大一个包。只看见眼前虚虚地站着一个人，好久才慢慢清晰了，是张居正。陈洪那张脸便如一块岩石，两眼也如岩石上的两个深洞！

司礼监首席秉笔太监如同内阁的次辅，如今在裕王府落得这副模样，又正让自己撞着，张居正已知道这件事情非同小可，走了过去对陈洪双手一拱："陈公公，怎么会弄成这个样子？有药吗？快取药来！"

"不必了！"陈洪这时恢复了首席秉笔太监的身份，"张大人既然看见了，在裕王爷那里和皇上那里也请替咱家说句公道话。皇上有旨意，叫咱家将冯保遣出王府送到朝天观去服役，王妃和世子竟责罚咱家。天下无不是的主子，冤死了咱家也没有话说。咱家这就到府门外候着，到底让不让冯保去朝天观，请张大人帮世子做个主，咱家好回宫复旨。"说完这番话此人竟毫无理由地带着两个太监出了府门，把这个难题撂给了张居正！

张居正也怔在那里，望着陈洪走出府门，眼中好一阵厌恶，但很快便镇定了下来，望向世子："世子，你先过来一下。"

那世子一直拽着冯保，这时望向张居正。

张居正除了仍在兵部兼职，此时已是钦授裕王府日侍讲官，既为裕王侍讲经书，也兼着替世子开蒙，两代师傅自有师傅的尊严，望着世子又说道："世子请过来。"

世子松开了冯保不得不走过来了："师傅，不让大伴走。"

"听师傅说。"张居正严肃了面容，"师傅跟你说过，我大明的天下谁最大？"

世子不情愿，又不得不低声答了一句："皇爷爷最大。"

张居正："皇爷爷最心疼谁？"

世子见他越来越严肃只好答道："心疼世子。"

张居正："明白就好。皇爷爷现在叫冯大伴去朝天观是为了让他多学些本事再回来陪伴世子，世子不能够不听皇爷爷的话。"

世子的嘴一咧，又要哭了："那、那他什么时候回来……"

张居正转对世子说道："世子让他走得快，他就回来得快。"

世子不作声了，泪花只在眼眶里转。

张居正当机立断，搂住了世子，将他的头按在自己身上，对着冯保吩咐道："冯大伴，你现在就走，你的衣物我会派人给你送去！"

冯保一直紧趴在地上，这时候地爬起来谁也不看转身低头就走。

世子将头从张居正的手中挣脱了，猛回头时府邸的大门已是空空荡荡！

不见了冯保，他竟没有再哭，只望着空空的大门，露出了呆痴的模样。

张居正慢慢蹲了下来："世子，咱们已经是读书知理的人了，有些事咱们今天做不到，明天也许能做到，明白师傅的话吗？"

世子的目光仍然有些呆滞，望向了张居正："师傅，你在兵部管兵吗？"

张居正愣了一下，还是答道："臣在兵部管兵。"

世子："替我杀了那个人！"

张居正一惊，一把抱起了世子，低声喝道："世子慎言！"

世子不说话了。

| 第三十一章 |

张居正的目光立刻像刀子般扫向了环侍在院子里的那些太监:"刚才世子说什么了?"

几个太监立刻全都跪下了:"奴才们什么也没听见。"

张居正说道:"没听见便是你们的福分!"说完这句抱住世子便向内院走去。

当徐阶的身影疲惫地出现在内阁值房门口,吏、户、兵、工四部的四个堂官便立刻站起了,四双眼睛磁铁般望向他手中的那摞票拟,忘记了那票拟里拟的都是银子而不是铁,恨不得立时吸了过去。

从门口到正中的案前也就几步路,徐阶每一步都迈得方寸漫长,像走了好久才走到了案前,默默坐下,沉重地将那摞票拟放到案上。

四个人这才注意到了徐阶的神态,不祥之兆很快被他们感觉到了,票拟没有批红!

"阁老,皇上没让司礼监批红?"高拱现在管着吏部,所有欠俸官员的积怨都在他的身上,他因此最为急迫,竟越过了次辅并兼任兵部尚书的李春芳第一个发问了。

李春芳是出了名的"甘草次相",在内阁从不以"次相"自居,大事一概让徐阶做主,建议也多让阁员高拱出主意。就是在兵部,兼着尚书他也尽量能推则推,让做侍郎的张居正去管实事,从来不求有功,但求无过。这时当然不会计较高拱抢先说话,只是望着徐阶。

另外两个人这时更是噤若寒蝉,望向徐阶那个方向。

一个是赵贞吉,为徐阶所荐从浙江巡抚任上升调户部尚书不到半年,身为入室弟子,平时看徐阶便只望眼部以下,执弟子之礼,这时虽极想从恩相眼中探询些信息,还是忍住了,只望着他颔以下襟以上那个部位。

另一个就是徐阶的儿子徐璠,被嘉靖钦点特意安排在他父亲兼尚书的工部任侍郎,用心就是叫他代父亲受过,好从户部调拨银子修建宫殿道观,这时和父亲同堂议事,自然连父亲的脸也不敢看,只是望着他身前那摞票拟。

其实这时四人心思都是一样,抄查了近两个月的家,四个部又夜以继日议了好几天才拟出了票,九州八方都等着这笔赃款救急,单等徐阶进宫奏请,批了红便可使钱,徐阶回来却是这副样子。高拱问后,徐阶又不答,值房内沉寂得像一潭死水。

好久,徐阶终于张开了嘴,却只是轻叹了一声。

高拱更急了:"徐相,那么多官员的欠俸,北边南边战事的军需,还有好几个省的灾荒流民都急等着用这笔钱。到底批了还是没批,总有句话。"

"吏部各官的欠俸,兵部所拟的军饷,还有遭灾和征税过重省份返还百姓赋税的奏呈都批了红。"徐阶轻轻说出了这句话。

四个人一振，眼睛亮了一下，可很快又黯了。因徐相说完这话两眼怔怔地望着门外，目光全是虚的。

高拱是最能感觉个中精微的人，立刻想到了那份最重要的票拟："工部给皇上修殿的票拟还有户部拨给宫里用款的票拟没有批红？"

徐阶慢慢把目光从门外收了回来，虚望向他："是呀！"

"皇上嫌给宫里拨的款少了？"高拱又急问。

徐阶既不答话也不点头，目光还是虚望着高拱，这也就是默认了。

李春芳总算接声了，先叹了口气："这两项没批红，前面三项批的红也等于没批。"

四个人立刻又气馁了。

"请问师相。"赵贞吉直望徐阶的目光了，"是不是有其他原因，比方是那个海瑞在六必居妄议圣意，引起了皇上不悦？"

赵贞吉的猜测也不尽是对海瑞夙无好感，而是以心度心，将海瑞当时多次引起自己的不快联想到了嘉靖此时的不快。

"不要妄自揣测。"徐阶对这个话题极为敏感，立刻止住了赵贞吉。

"说到底还是拨给宫里的钱确实太少了。"徐璠小心地站了起来，低着头，"父亲，可否让儿子将昨天的话说完？"

徐阶的脸色立刻沉了下来："议国事就议国事，什么父亲儿子！这里是内阁，说了多次，到这里来你只是工部侍郎！"

"是。"徐璠头更低了，"工部替皇上修的那几座殿都两年多了，才修了一半，朝天观、玄都观的扩建从去年打了地基到今年就一直无法动工。现在又七月了，急需的石材都必须抢在入冬前运到京里来。这次再不拨足了款，工程明年也完不了，工部交代不过去，内阁也交代不过去。昨日我就说了，近千万的银子给工部才一百六十万两，又要修宫，又要修观，石材又必须要用大理石花岗岩和红木檀木，怎么算至少也差一百五十万两，我的话没说完就被挡了回来。这样的账呈上去，不批红也是意料中事。就算真批了这个红，工部也完不了这个工。"

这才是一语中的，徐阶自然不会接儿子的言，便把目光望向了那三个人。

高拱一脸的阴沉，赵贞吉一脸的忧重，李春芳则没有表情。

徐阶只好点名了："李阁老，徐璠的话你怎么看？"

李春芳不得不表态了："要么再仔细算算，看能不能从那几项开支里再挤出一百五十万两给工部。"

第三十一章

　　事关皇上，差使又是老师和师弟在当，赵贞吉当然不会驳这个提议。几双眼睛便都望向了高拱。

　　高拱从来心里都瞧不起这位"甘草次相"，这时见他如此颟顸，再忍不住心中那股急火，直盯着李春芳："钱都在这里，那你出个主意，是砍掉百官的欠俸，砍掉兵部的军需，还是让灾区的百姓和多征赋税的流民饿死？"

　　李春芳："我说了，能不能再仔细算算。"

　　高拱不再看他，转望向徐璠："那你们工部说，砍哪一块给你。"

　　徐璠："回高大人的话，下官只管皇上宫里的工程，这些当然应该由内阁和户部斟酌商议。"

　　"怎么斟酌？怎么商议？"高拱再也不愿和他们这般无聊地周旋，倏地站了起来，"国事蜩螗如此，我们还在这里扯皮！我兼管着吏部，外省的不说，京官里就已经有好些人在米行里赊了半年的粮米，有些还拖欠着房租，六品与七品的朝廷命官天天被债主追着讨债，天天有好多官员跑到我家里抹眼泪，我不见不行，见了他们也只能沉默对之。更有兵部，俞大猷、戚继光他们在福建、广东天天和倭寇血战，蓟辽总督那边也是军情如火，催饷的奏疏全堆在张大人那里，李阁老你难道一份都没有看到？赵大人管户部，昨天也说过，受灾的省份和苛政赋税的州府再不救济，只怕要激起民变！现在好了，议来议去就只为了一个工部，只为了修那几座殿和那几个道观！"说到这里他干脆直视徐阶："徐相，你老身为首辅，总应该在皇上那里争一争。还有我们这些人，身为大臣总要对得起大明的江山社稷和天下苍生！"

　　"高阁老这话我不尽认同。"赵贞吉必须挺身为老师分辩了，"你怎么知道徐相就没有在皇上那里尽忠进言？说到争，高阁老也可以去争，我们都可以去争。春秋责备贤者，但徐相一个人也担不起大明的江山。"

　　"那就一起担！"高拱可不吃他这一套，"我这就上疏，你赵贞吉也这就上疏，六部九卿，还有那么多给事中和御史都可以上疏。还说海瑞妄议圣意，人家一个小小的户部主事，一进京就敢针砭朝弊，我们却一个个只图自保，真是满朝汗颜。笔墨现在这里，赵大人，我和你这就带头上疏，你敢不敢！"

　　赵贞吉一向理学自居，其实早就"权"多于"经"，偏又放不下理学的架子，这时被高拱一逼，那张脸立时红了："只要于事有补，高大人忧国，我跟上就是。"

　　"不是负气的时候。"徐阶面忧重重，立刻打断了他们的争执，"眼下谁都不能上疏，一句话也不能说。"

　　高拱已然热血沸腾："就为了自保，还是为了什么！"

"为了我大明的千秋万代！"徐阶的语气也加重了，"你们既然都说海瑞那件事，我就明说了吧，我离宫的时候，皇上已然下旨，命裕王将海瑞在六必居写的那几句话立刻抄写刻匾挂到六必居去，并且断言，海瑞是诚何心，我们这些人是诚何心只有裕王知道！"

所有人听了都是一怔，高拱也是一怔。

"同时，冯保也被逐出裕王府遣发朝天观了！"说到这里徐阶动了感情，"谁不知道冯保在裕王府是世子的大伴。世子才五岁，孩童何辜？肃卿，你我这样的朝廷大臣走了一个还有一个，可皇上现在只有一个儿子一个孙子！你我可以豁出去争，但总不能动摇大明的根基吧！"

高拱这才知道，嘉靖一竿子扫下来，竟不惜伤到自己的儿子和孙子身上了，立时变了脸色，怔默在那里。

"忝列首辅，我如何不想既为君父分忧，又为天下着想。"徐阶此时的语调已十分哀伤，"上午奏对也就一个时辰，皇上就发了两次病，后一次几乎昏厥，圣、圣体已经……堪忧了！"眶中的泪花随之闪了出来。

高拱本是性情中人，先是震惊，接着泪花跟着涌了出来。

李春芳无泪，只从袖中掏出手绢揩眼。赵贞吉和徐璠自然更能感同徐阶的身受，也跟着流了泪。

"那今天就不议了！"高拱直接用手抹掉了眼泪，"李时珍就在裕王爷府里，我这就去，立刻带他进宫，拼着龙颜震怒，也要奏请皇上让李先生给他施医！"

"今天不行。"徐阶摇了下头，"去了，也进不了宫。"

高拱："那就找吕公公，让他领李时珍进宫。这个时候他比我们更明白圣体堪忧。"

徐阶痛苦地又摇了摇头，语气更加沉重："肃卿呀，冯保为什么被逐出王府，你现在还没想明白吗？"

也不是想不明白，性情乱则心智蒙，高拱一直在激动之中，被徐阶这句话一点，才想到吕芳也受到皇上的猜忌了。立时闭紧了眼坐到了椅子上，再不吭声。

"忧君忧民，皆同此心。"徐阶做结论了，"这几天要通告各部，约束属吏，大家皆要以国事为重，不许上疏，更不许私下妄议朝事。孟静。"

赵贞吉立刻躬下身子："弟子在。"

徐阶："你管着户部，那个海瑞已被锦衣卫看着了，倘若明天他还能到户部报到，你跟他好好谈谈，不在其位不谋其政，才具要用到本分上。"

赵贞吉："师相放心，弟子明白。"

"那工部替皇上修宫修观的款项怎么办？都七月了……"徐璠依然惦记着他那份天大

第三十一章

的差使。

"这事不再各部合议！"徐阶对他就没有好颜色了，"你和孟静都回各自的部衙去。这笔款子如何再分配，由内阁来议，我和李阁老、高阁员重新拟票。"

徐璠和赵贞吉立刻答道："是。"

"我们今天也不议了！"闭目沉坐的高拱这时又站了起来，"我得去裕王府，还是要找李太医！"

阁员当面否定首辅的提议，显然失礼，但此时此境毕竟其心可谅，徐阶也便无奈地一叹："也罢。那我们就明天再议吧。"

李春芳这才冒出一句："也是，今天也议不出结果。"

高拱向徐阶一拱，径自先走了出去。

赵贞吉立刻露出了不满的神色："师相……"

"都退了吧。"徐阶立刻打断了他，站了起来已经走去。

徐阶在前，一行人都步伐滞涩地向值房门口走去。

王府之面南三门，亦如宫门，中门常年闭着，两旁的侧门却白日必须洞开，纳东南之紫气；日夜皆有八名禁兵把守，肃皇室之威仪。

高拱的轿子来到这里也才申时初，却发现，今天两旁的侧门也都关了。

高拱从轿门出来，登上廊檐："才申时，为什么把门都关了？"

裕王府的人自然都礼敬他，一个为首的禁兵答道："回高大人的话，王爷有谕，从今日起，养病期间一律不见外官。"

高拱黯然："这一向少见人也好。开门吧，我有事禀陈王爷。"

那禁兵头目："高大人，小人刚才说了，王爷有谕一律不见外官。"

"不见外官也不见我吗？"高拱既意外便有些生气，"我兼着王府的侍读讲官，不是外官。"

那禁兵头目："高大人，王爷说了，这一向除了张师傅是皇上钦定的日侍讲官可以进入，高师傅还有徐师傅都不必来了。"

身为储君，这就等于把自己圈禁在高墙之内，高拱知道事态严重，却没想到裕王把事态看得如此之重！委屈、难过随着灰心同时涌了上来，眼圈又湿了，愣在那里望着禁闭的府门，好久才说了一句："烦请代我向王爷问安！"说完这句转身便走。

走到轿门前，高拱又黯然回首一望，却看见左侧的门开了一缝，接着是张居正从里面出来了，接着门很快又从里面关上了。高拱连忙向张居正迎去，张居正也看见了他，快步向他走来。

二人相视了稍顷，高拱问道："王爷安否？世子安否？"

张居正："王爷安，世子也安。"

"不要骗我了。"高拱低声地说道，"国病难医，务必请王爷养好身病，只有他才是我大明朝的青山。"

张居正点了下头："有李先生在，这一点你我都不必担心。"

"听说圣上的病今日犯了两次。"高拱紧接着说道，"太岳，我们能不能想个法子让李先生进宫给皇上请脉！"

张居正神色已十分沉重："一切都无从谈起了。陈洪陈公公今天来这里传旨，挨了王妃的责打。皇上本就有疾，听了这件事，难免病中更易震怒，怒气又添病症！肃卿兄，雷雨将至，你我尤需冷静。"

这个消息又犹如当头一棒，将高拱震在那里，究是刚烈之人，此时哪里还谈得上冷静，那股血气又涌了上来："那就更得把李先生带进宫去，先给皇上请脉，稳住了病情。你这就去，把李先生请出来，我想法子带他进宫！"

张居正摇了摇头："王爷和我刚才也想过，可眼下连吕公公那条线都断了。陈洪那些人又正在推波助澜，李先生这时候进不了宫。"

高拱："请李先生出来，我见见他？"

张居正："给王爷服了药，李先生也已经出府了。"

"去哪里了？"高拱急问。

张居正："李先生的个性你也知道，他不愿说，我们也不好问。"

高拱长叹了一声："太岳，今晚能否来鄙舍一谈？"

张居正沉默了稍许："王爷再三叮嘱，我是每天都要进府的人，叫我最好不要跟旁人来往。肃卿兄，王爷所虑甚是，这个时候我们还是先静观其变的好。"

高拱胸口又是一憋，还想说什么，终于将手一挥，钻进了轿子："回府！"

张居正那顶轿子也被抬过来了，张居正却没有立刻上轿，望着孤零零远去的高拱那顶轿子在落日下如此黯然！

到嘉靖时，大明朝已传了第十一帝。奉帝命传旨太监却挨了打，何况是司礼监首席秉笔太监，这真是前所未闻的事。虽然皇子和王妃也算是太监的主子，毕竟此时奴才的身份变了，口衔天宪已是皇上的替身，"打狗欺主"那句话用在这里再恰当不过。

这件事闹大了很可能立时掀起一场宫廷剧变！再化小也会有一场雷霆暴雨，受天谴的

第三十一章

直接是李妃，牵连下来，裕王世子便首当其冲，一向靠裕王而受重用的大臣官员包括内廷宦官都难免池鱼之殃。这一切都要看陈洪如何复旨，如何在嘉靖面前回话了。

陈洪十岁进宫，在这座八卦炉里炼了三十几年，熬到这个年岁爬到这个位子，身上每根汗毛孔都已变成了心眼儿。与其说这件万不该发生的事是因世子和李妃情急之下做出来的，不如说在心底看不见处是陈洪有意无意激出来的。事情终于发生了，陈洪自己也知道这支箭到底是射出去了。如何只把箭射向吕芳，让皇上把账算到吕芳头上去，自己取司礼监大印而掌之，又不伤及裕王，这才是生死系于毫发的地方。倘若因此裕王遭谴，且不说得罪了将来的皇上自己将死无葬身之地，就眼下以徐阶、高拱等为首满朝那么多大臣也会让自己日日不得安宁。因此送冯保到了朝天观，在回宫的路上便将如何复旨这件事在心里权衡演练了不下百十来遍。盘算定了，先去太医院上了药，用白绢将高肿的额头重重包了，顶着个高高的纱帽，露着红肿的双颊这才到精舍来复旨。

"奴才给主子万岁爷复旨来了！"陈洪在精舍的隔门外便有意不露出身子，而是侧跪在里面看不见的地方。

嘉靖自上晌服了丹药，这时已又服了第二次丹药，端坐在蒲团上打坐运气，已感觉精神好了许多。闭目听见了陈洪的声音，便知他所跪的位置，左边长长的寿眉微微动了一下。

二十多年了，每遇嘉靖打坐吕芳便都是静侍在侧，给紫铜炉里添檀香，给神坛上换线香蜡烛，为神坛香案包括地面揩拭微尘，都能运步如猫，拈物如针，已经练就一身如在水面行走微风不起的功夫。只这一点，嘉靖便深惬其意。可今日吕芳突然功力大减，这时正在神坛前揭开紫檀香炉的炉盖刚添了香，听见不见人影但闻其声的陈洪这一声轻唤，合炉盖时竟前所未有地发出了当的一声脆响！

嘉靖的双眼倏地睁开了，斜向吕芳！

吕芳徐徐跪下了。

嘉靖："这一个月来你已经是第三次扰朕的清修了。吕芳，你心里在害怕什么？"

吕芳轻碰了下头："回主子，奴才在主子身边会害怕什么？……回主子的话，主子不要生气，奴才也老了。"

嘉靖的目光闪了一下，转向精舍门口："陈洪你又害怕什么？"

"回主子万岁爷，奴才害怕打扰了主子仙修。"陈洪依然隐身门外，轻声答道。

嘉靖："你打扰不了朕仙修，谁也打扰不了朕仙修。进来回话吧。"

陈洪依然不肯显身："为了主子万岁爷清静，奴才在这里复旨回话就是。"

嘉靖两眼望着地面，似在感觉什么，接着闭上了眼："回话吧。"

"是。"陈洪跪在侧门外,"回主子,奴才去了裕王府,裕王爷恭领了圣旨,正在抄写那六句话,还叫奴才代奏主子,他一定赶紧刻了匾送到六必居去。"

"裕王坦然否?"嘉靖闭目问道。

"回主子万岁爷。"陈洪立刻答道,"听奴才传旨的时候,裕王爷那真是诚惶诚恐。"

"对你还客气吗?"嘉靖又问道。

陈洪:"回主子万岁爷,裕王对奴才岂止客气,真是赏足了奴才的脸,当场解下了身上的玉佩赏给了奴才,还问了几遍主子仙体安否。"

嘉靖:"冯保呢?送去了吗?"

陈洪:"回主子万岁爷,冯保已经送到朝天观,交给了管事的太监。"

嘉靖沉默了。

陈洪在门外用耳朵在等着下面即将发生的变化。

吕芳这时爬了起来,从金盆里绞出一块雪白的面巾双手递给嘉靖:"主子,该净面了。"

嘉靖突然手一挥,把吕芳递过来的面巾挥落在地,望向门外:"挨了骂还是挨了打!露出你的原形,让朕看看,也让老祖宗看看!"

吕芳僵在那里。

陈洪一声不吭,依然躲跪在隔门外,有意磨蹭着不进去。

嘉靖望向了吕芳:"老祖宗,他这是怕你呢,你叫他进来吧。"

吕芳扑通一声又跪倒了,只是跪着,没有回话。

"主子千万不要委屈了老祖宗!"陈洪这时慌忙从门槛上爬了进去,爬到离嘉靖约一丈处,连磕了三个头,伏在那里,"奴才确实没有挨谁的打也没有挨谁的骂,当着主子奴才不敢说假话。"

亏得他想,那顶宫帽罩在满头的白绢上哪里戴得稳?他早就换了一根长带子从帽檐两侧紧紧地系在下颌上,高高地顶着却也不会掉下来。

这副样子却还说没有挨打没有挨骂,嘉靖都懒得问了,只望着他,目光里的火苗却隐隐闪了出来。

倒是吕芳问话了:"陈洪,是什么就说什么。是不是冯保那个奴才耍赖,激哭了世子,你不得已责罚自己?"

陈洪又碰了个头,却不回话。

"回话!"嘉靖从牙缝里迸出了两个字。

第三十一章

"是。"陈洪又磕了个头,回了一个模棱两可的字。

吕芳跪直了身子望向嘉靖:"奉天命传旨却伤成这样回来,这在我大明朝真是欺了天的罪!主子,冯保那个奴才是奴才一手带出来的,他闯了这般欺天的大祸,说到底罪根还在奴才身上。是杀是剐,奴才甘愿领罪。"

"陈洪!"嘉靖没有接吕芳的茬,紧盯着陈洪,"朕再问一遍,你的头你的脸是自己碰的打的还是别人打的?"

"主子是神仙,奴才不敢说假话。"陈洪十分惶恐的样子,"确如老祖宗所言,奴才见世子被激哭成那样,心里又惊又怕,只好责罚自己,也是担心世子那般小的年岁哭岔了气。"

"裕王呢?李妃呢?他们就不管?"嘉靖依然不依不饶。

"回主子的话。"陈洪急忙答道,"裕王爷是从病床上爬下来接的旨,奴才是在前院见的冯保,裕王爷当然不知道。多亏王妃在一旁拉着世子,奴才才得以将冯保拉出了王府。"

嘉靖的脸色慢慢从激怒转向了冷酷,沉默了稍顷:"真是'十步以内必有芳草'呀。宫里二十四衙门长满了芳草,锦衣卫不用说身上绣的就是芳草,现在连朕的儿子、孙子院子里都是芳草。我大明朝真是繁花似锦,绿草成茵哪!"

"芳"者,吕芳也;"草"者,吕芳之势力也;再也明白不过。吕芳趴在那里一动不动,陈洪也趴在那里一动不动。

"陈洪!"嘉靖喊了一声。

"奴才在。"陈洪心里激动得都发颤了。

嘉靖:"草多了必坏禾稼!朕的话你明白吗?"

陈洪当然明白,却慢慢抬起了头,满眼疑惑地望着嘉靖。

嘉靖:"朕上午还有一道旨叫你把提刑司、镇抚司那些奴才叫来打招呼,你传旨下去了吗?"

陈洪:"回主子万岁爷,奴才还没来得及,奴才这就去传旨。"

嘉靖:"一个小小的户部主事,刚到北京就在朕身上做起文章来,镇抚司十三太保倒有两个帮他说话,谁给的胆子?你干什么去了,立刻传旨,从提刑司、镇抚司开始,锄草去!"

"是。"陈洪磕下头去,这一声答得很轻。

北京城是大,但传起消息来又显得太小,海瑞早上在六必居题字,皇上命裕王抄写刻圃，钱粮胡同已被锦衣卫的人暗中守着，如此等等，上至六部九卿，下到茶楼酒肆，连贩夫走卒全知道了。

一辆马车走到海瑞租住的这个胡同的西口外，那个车夫便再也不愿意进这个胡同，把车停在这里。

李时珍肩上挎着前后两搭的医囊从马车里出来了，被车夫扶着只好在这里踏着凳下了车，给了那车夫五枚铜钱，徒步向胡同里走来。

暑天的落日黄昏正是京城胡同家家在门前泼水消暑纳凉之时，李时珍徐步走去却见这条胡同家家院门禁闭，目及处胡同这一头有两个便服锦衣卫在假装徜徉，那一头也有两个便服锦衣卫在假装徜徉，剩下的便只有偶尔从上空掠过的麻雀。

李时珍径自向这头的两个便服锦衣卫走去，那两个锦衣卫反倒有些诧异了，不再徜徉，站定了，望着他。

李时珍站住了："请问，今天搬来的户部海老爷住在哪一家？"

两个锦衣卫对望了一眼，一个年轻的锦衣卫："你是谁？叫什么名字？找他干什么？"

一连三问，李时珍答道："我是他的友人，叫李时珍，找他叙旧。二位可以告诉我他的家门了吧。"

那年轻锦衣卫上下打量着他还想盘问，另一个中年锦衣卫望着他的医囊似乎想起了什么："慢着。先生是不是正在给裕王爷看病的李太医？"

李时珍："我是在给裕王爷看病，却不是什么太医。"

那中年锦衣卫立刻露出了又惊又敬的神态，竟弯下一条腿给他行了个礼："真是李神医，失敬了。"紧接着兴奋地对那个年轻的锦衣卫说道，"这就是当年太医院的神医李先生！沈炼公那年在诏狱打断了双腿，便是他老人家去接上的，皇上知道后都是睁只眼闭只眼，不知救过多少人的命。"一番感慨讲述，这才又转身向李时珍拱手，"李神医，既是你老来了，小的们不敢挡驾，可我们这个差使你老也知道，恕小的不能领你老去。"说到这里伸手一指，低声地说道，"往前走左边第五个门就是。"

"有劳了。"李时珍见他如此恭敬也向他拱了一下手，徒步向他指的那家门走去。

胡同那头远远的两个锦衣卫早已向这边望来，这边这个中年锦衣卫举起手摆了一下，做了个放行的手势，那两个锦衣卫便转过了身，不再看向海门走近的李时珍。

李时珍走到海家院外门口便笑了。

整条胡同家家闭户，只有这里院门洞开，海瑞竟一个人正举起锄头在院子东面井边那块两丈见方的院坪上挖土。

| 第三十一章 |

李时珍站在门口咳了一声。

海瑞依然低头挖地。

李时珍又咳了一声。

海瑞还在低头挖地:"有公事我这就跟你们去,要喝水自己到井里打。"

李时珍徐徐走了进去,见西面槐树下有桌有凳,径直过去,放下医囊坐了下来,自己提起瓷壶倒了一碗水,慢慢喝了起来。

海瑞还在那里挖着土,声音却不太客气了:"家里有内眷,喝了水就请出去。"

"那就把内眷请出来让我看看。"李时珍这时才接言了。

海瑞停下了手中的锄,慢慢转过了身,目光一亮,一时愣在那里。

李时珍见他满头大汗的样子,提起小桌上的瓷壶在另一只碗里倒满了水端了起来,笑着向他慢慢走去:"'锄禾日当午,汗滴禾下土。'海老爷,太阳都落山了,你在锄什么?"

"李先生!"海瑞这才扔掉了锄头,激动地迎了过去,弯腰长揖,接着双手接过了李时珍递来的水:"'长安居大不易',见这块地空着,准备种点葱、蒜、白菜。原想明天和王润莲一起去拜望先生,没想到先生竟来了。"

"动若惊涛,不动如山。不愧叫海刚峰!"李时珍收了笑容,"太夫人呢?先领我拜见太夫人。"

"在。先生请到正屋坐。"答着便领李时珍向北面正屋走去,"母亲,李先生来了!"

海母从东面卧房走了出来,望见李时珍,立刻显出了百感交集:"我海门的贵人来了!汝贤,快请李太医进屋!"

李时珍笑着先向海母长长一揖,却依然站在门外:"刚峰兄,打桶水来。"

"不用了!李太医就穿着鞋进来吧。"海母连忙说道。

李时珍已经在脱鞋了:"旁人的规矩可以不讲,海太夫人的规矩可不能破。刚峰,快打水吧。"

海瑞急忙转身奔到井边,好在有一桶现成的水在,木勺也在桶中,一把提回到正屋门边,舀起了一勺水。

李时珍提起了右腿裤脚,伸着腿让海瑞将水淋了下来,将右腿迈进门槛,又提起了左腿裤脚,将腿伸在门外让海瑞淋了下来。

两条腿都洗了,李时珍面对海母:"太夫人请上座,受晚侄一礼。"

海母:"不用了,不用了。李太医请坐就是。"

李时珍扶着海母到上面椅子前坐下了，退了一步，端端正正跪了下去。

海母立刻站起来："汝贤，快还礼！"

海瑞已经来不及洗脚，跨进了门，在李时珍身旁对着他跪下了。

李时珍向海母磕了个头，海瑞向李时珍端端正正也磕了个头。

李时珍站起，又扶起了海瑞："太夫人请坐。"

海母这才在中间椅子上坐下了，李时珍在海母右侧的上首坐下了，海瑞这才也在李时珍对面的椅子上坐下。

海母的目光一直就没有离开过李时珍，这时更是怔怔地望着他，接着向他伸过去右手。

李时珍连忙伸过手让海母握着，也深深地望着老人。

海母："李太医，老身这一把年纪从来没有想求过谁，更没有想到有哪个人会让我望穿了眼。前年在江西兴国，老身真想李太医呀！"说到这里，性情如此刚烈的海母眼中滴出了老泪。

海瑞连忙低了头，眼睛也湿润了。

李时珍黯然沉默了稍顷，接言道："小侄女的不幸和嫂夫人的病，谭纶在信里给我提到过。为什么会这样？"

海母掏出布巾揩了揩眼："那年三月，兴国一个县都缺水。听说有个地方的大田主霸住了上面的水源，好些百姓的秧都插不下去。汝贤生着气便自己去了，一去就是半个月。替百姓争到了水，自己的女儿却掉到门口的河里淹了。还是好多百姓帮忙，才从下游四五里的地方捞上来，他媳妇看到阿囡当时就昏死了过去，动了胎气，请了个郎中来，不管用，肚子里的胎儿也跟着走了。那一夜老身守着一大两小三个人哪！心想要是李太医你在，怎么也能替我海门保住了肚子里那一个。都三年多了，他媳妇就这样病着，一年三十几两银子的俸禄，一多半给她吃了药，人还是下不了地。看到海门这个样子，老身真想眼一闭到地下去见汝贤的爹算了。可见到他爹我也没法交代呀。"说着眼泪便断线般流了下来。

海瑞一直低着头，这时跪了下去："千错万错都是儿子不孝，母亲若是这般想，儿子百死莫赎！"

海母拿着布巾又揩了眼泪："我不想再听这样的话。你是朝廷的人，家里人死绝了也不干你的事。"

海瑞哪里还敢答话，立刻磕下头去。

海母接着说道："李太医，有些话，我当着他那些做官的朋友一句也不会说，你是个

第三十一章

不想当官的人，我只跟你说。一个人如铁了心想当个好名声的官就不应该娶妻生子，更不应该有父母在。有父母也不会尽孝，海瑞就是这样，不孝的人！"

这话一出，李时珍都失惊了，望着跪趴在地上的海瑞，想了想，不得不接言了："太夫人，你老这句话晚侄可不敢认同。忠臣出于孝门。家里遇的那些不幸，刚峰兄当时也是为了百姓。"

海母望着李时珍："我何必当着李太医说自己的儿子。"说到这里她望向了跪在地上的海瑞："你问问他，当面百般孝顺的样子，什么时候把我这个阿母、把这个家放在心里？就说今天，一个多月的旅途，我也七十多的人了，媳妇还病在车里，他全然不顾，一进京就惹出了事，这也是为了百姓？刚搬到这个地方，我且不说，媳妇连床都下不了，门外就被锦衣卫的人围了，他当我这个老太婆瞎了眼什么都不知道！"说完这番话她闭上了眼，一声也不再吭。

"太夫人这话我看责备的是。"李时珍也不尽是为了安慰海母，望着海瑞，"刚峰兄，孔子说齐家然后治国平天下。毕竟高堂老母在，你又是这么个小官，有些事虽然食肉者鄙未能远谋，可你也谋不了许多。尽忠朝廷，还是先从'孝'字做起吧。"

海瑞诚恳地答道："李先生教诲的是。"

"朋友有规劝之义，谈不上什么教诲。"李时珍转望向海母，"太夫人也不要再难过，我来就是为嫂夫人看病的，天佑忠孝之门，我尽力再让海门添个嗣才好。"

海母这才又睁开了眼，感激地望着李时珍："或许是汝贤为百姓做了些事，上天才会派李太医这样的贵人来帮我海家，老身也不是说个'谢'字就能报答。汝贤，再给李太医磕个头吧。"

"不可！"李时珍连忙站起扶住了海瑞，"起来，领我给嫂夫人诊脉去。"

海瑞被他扶着，那头还是磕了下去，这才站起。

海母也扶着椅子站起了："李太医，汝贤陪你去，老身就不去了。"

李时珍："太夫人安坐就是，诊完脉我再来跟你老慢慢说。"

海母："快陪李太医去吧。"

"是。"海瑞低头答着，"李先生请。"

一旁领着，海瑞陪李时珍走出了正屋。

海母想了想，转身向东边卧房走去。一会儿，手里拿着一块小布包着的东西走出了宅门，向两边望去。

西口和东口的几个锦衣卫也都似看不看地望向了她。

海母历来中气便足，望向西边的锦衣卫："你们有谁过来一下。"

便是刚才跟李时珍答话的那个中年锦衣卫，对那年轻的锦衣卫说道："你守着，我去看看。"说着便向海母走来。

海母望着他："帮我买点东西，愿不愿意？"

那中年锦衣卫怔了一下："买什么，老人家请说。"

海母打开了那块小布帕露出了里面的一吊铜钱："家里来了大夫，这点钱看能不能买壶酒买点熟菜。"

那个中年锦衣卫犹豫了一下，还是接过了那吊铜钱："老人家回家等着，我替你买。"拿着钱转身向胡同口走去。

天已经黑了。

| 第三十二章 |

值房门外的屋檐下加挂了几盏巨烛灯笼,从头顶照着四个坐在门口椅子上的司礼监秉笔太监。陈洪坐在中间靠右上首的椅子上,依然红肿的面孔别人便看不清;依序排列第二秉笔太监坐在中间靠左下首的椅子上,第三、第四秉笔太监坐在两边的椅子上,也如陈洪一样,面影朦胧。

院子里站着的二十好几人的面孔却都被灯笼光照得须眉毕现。

提刑司的十几个头目站在院子的左边,镇抚司的十几个头目站在院子的右边,朱七和齐大柱都站在这边的第一排。

见官大三级便是这些人。除了双腿跪皇上,单腿下跪的便是这里。人到齐了,二十几人一齐右腿跪下左拳撑地:"属下参见陈公公、黄公公、石公公、孟公公!"

旨意只有陈洪一人知道,黄昏时一声令下把大家都叫了来,椅子上黄、石、孟三个秉笔太监也不知为了何事,此时便都望向他。

陈洪慢慢站起了:"有旨意,把那条腿也给我跪了!"

原来是传旨!唰的一下,原来还都是单腿跪着的二十几人立刻双腿跪地趴了下去。

黄、石、孟三人也是一怔,连忙站起,各在自己的椅子前对陈洪跪了下来。

陈洪一个人站着本就显得高,这时头上那顶宫帽被层层裹着的白绢顶着,便显得更加高了。

"提刑司、镇抚司你们这些奴才都听了!"想着明天就有可能掌了司礼监的大印,这时正是立威的时候,陈洪传旨时的声音便格外尖厉,"从成祖文皇帝设提刑司、镇抚司便有规矩,该两司统由司礼监首席秉笔太监直接掌管。有些奴才竟越过陈洪擅自向吕芳直接禀事!朕什么时候给你们改的规矩?或是吕芳给你们改的规矩?朕视尔等为手足,无奈尔等视朕为虚设!更有闻知讽谤朕躬之人不单不愤君父之慨且为其百般开脱者!朕白养了你们这些奴才！着陈洪向尔等再申祖宗之法，将有上述犯科者先予薄惩，以示警戒。"

陈洪宣完了旨有意停顿在那里，院子里黑压压一片安静。

凡能跪在这里的人，都有不用眼睛便能感觉他人反应的本事。这时所有人的第六感都能看到陈洪的目光在望向右边的两个人：一个是朱七，一个是齐大柱。

"带进来！"陈洪却并没有先动朱七或是齐大柱，而是向院外大喊了一声。

提刑司两个提刑太监一边一个从背后反掰着一个人的双腕押了进来——灯笼下能看出那人竟是在海瑞门前接了海母的钱替她去买酒菜的中年锦衣卫！

两个提刑太监掰按着他到陈洪的面前按跪在那里。

陈洪："这个奴才是谁的属下？你们自己认！"

左边的提刑司头目，右边的镇抚司头目这才都抬起了头向押来的那个中年锦衣卫望去。

"自己认！"陈洪又喝了一声。

"且慢！"跪在椅子前的黄锦跟着大喊了一声。

陈洪一怔。

黄锦这时高抬着头望着陈洪："请问陈公公，旨意宣读完了吗？"

就等着黄锦今日跟自己抬杠，这时这样问自然是在要跟自己叫板了，陈洪偏不答。

"到底宣读完了没有？"黄锦提高了声调。

"宣读完了怎样？没宣读完又怎样？"今日已不是往日，陈洪这句反问已露出了杀气。

那黄锦倏地站起："宣读完了还让我们跪着？我们现在跪的到底是皇上，还是你！自己不讲规矩，反叫别人讲规矩。起来，都站起来！"

"谁敢！"陈洪这一声就像枭鸟夜叫。

除了黄锦站在那里，其他的人果然没有一个敢站起，包括另外两个孟姓、石姓的司礼监秉笔太监。

枭叫声在空中慢慢消失了，院子里更显黑压压一片沉寂。

"上谕！"陈洪波谲云诡这时又突然宣旨了，声音却故意压得低低的，目光却斜向黄锦。

轮到黄锦一愣了，一口气憋在喉咙口却不得不愣生生地又跪下了。

嘉靖的口谕历来云遮雾罩，本意就是让那些官员们揣摩惊惧，无奈提刑司、镇抚司这些人都没有读什么书，因此曾有恩旨，司礼监对他们传旨时可以用自己的话附带解释，陈洪这时正好利用这个权力夹带着自己的话，模仿着嘉靖的口气借雷打人了："真是'十步

第三十二章

之内必有芳草！'"

陈洪有意把"芳"字拉得长些说得特重，说了这句偏又停住，让众人去揣摩。所有人果然都是一惊，尤其黄锦更是一惊。他明白，这个雷竟劈向了老祖宗！

陈洪接着模仿道："宫里二十四衙门长满了芳草，现在连镇抚司里都长满了芳草。锦衣卫你们这些奴才，先看看自己穿的衣，哪一件上面不是花团锦簇？却不知贵贱，偏要往上面添草！朕四季常服不过八套，朝廷那些三品以下的官也没有比你们穿得好的。朕何时亏待了你们？功夫练过了头，胳膊肘向外拐了！一个小小的户部主事，在你们眼皮子底下做起朕的文章来，十三太保倒有两个帮他说话！是哪两个，自己站出来！"

朱七和齐大柱几乎是同时站起了，走到中间那条石面路上面对陈洪跪在那个中年锦衣卫身前。

"原来是七爷和十三爷。"陈洪的语气装作特别亲和，"七爷好，十三爷好！"

"陈公公！"朱七挺起了山一般的身板，"属下们犯了哪条治哪条，领罪就是。"说完唰地把衣服扯开连里带外一把脱了下来放在地上，光出了身板。

齐大柱紧跟着一把脱下衣服放在地上，也光出了身板。

陈洪的目光飞快地笼罩了一遍院子里这些大内高手们，知道该收该放了，声音一下子柔和下来："刚才黄公公问我皇上的旨意宣读完了没有，现在告诉你们，圣意都传了。该跪的跪着，其他的有椅子请坐椅子，没椅子的委屈点在院子里坐下吧。"

黄锦领着另两个司礼监秉笔太监站起了。尤其黄锦，这一次爬起格外沉重，那两个太监都坐下了，他才在自己的椅子上慢慢坐下，坐下后便低头不语。

左边提刑司的头目们，右边镇抚司的头目们就地盘腿在院子里也都坐下了。

只有朱七、齐大柱，还有那个中年锦衣卫跪在中间那条石面路上。

"刘二。"陈洪叫那个中年锦衣卫。

那中年锦衣卫身上还穿着衣衫，抬起了头："回陈公公，奴才在。"

陈洪："你在镇抚司快二十年了吧？真没想到，你这样的老人也会当差当到替罪官家里去买东西。摸着你的胸口算一算，皇上喂你一家子的东西吐出来也能装上好几船了吧？竟这般没有天良，怎么治你呢？"

"陈公公！"齐大柱倏地抬起了头，"刘二是我的属下，那个户部主事海瑞曾经救过我的命，是我叫他们照看着点，所有的罪都应该我当。请陈公公不要追究刘二。"

"好汉！"陈洪立刻夸了一句，"知恩图报，你这一番话还真难倒了我。七爷，你是他的师父，你说怎么处治？"

朱七只好答话了："如果万岁爷没有说砍我们的头，按家法，刘二该廷杖二十，齐大柱该廷杖四十，我该领杖八十！"

"那就按家法行事吧。"陈洪的目光望向了左边前排的几个提刑司头目，"活该怎么做你们知道。把皮肉打烂些，再送给万岁爷看。让主子万岁爷消了气。明白吗？"

神坛前的烛火都点着了，精舍里该点的灯笼也都点亮了，一片通明。

嘉靖不知何时又穿上了那件绣满了《道德经》的袍子，在神坛的拜垫上跪了下去，拜了三拜，跪在那里，手拈法指，口中念念有词。

吕芳跪在他那尊蒲团边上，紧紧地趴着一动不动。

嘉靖念咒毕，站了起来，走到御案前，拿起了朱砂笔，在朱砂盒里蘸饱了朱砂，接着在一张黄表纸上疾画起来——一道奇形怪状的符画出来了！

嘉靖搁下了笔，望着那道符，好一阵沉默。

那符上的朱砂很快干了，嘉靖双手捧起："吕芳。"

"奴、奴才在。"吕芳依然趴着，声音哽咽。

嘉靖："跟了朕大半辈子，带着这个，可保你下半辈子的平安。"

"奴才……"说了这两个字吕芳哽住了，好久才咽下了那口眼泪，"能伺候主子这四十来年……奴才知足了……"

"拿去吧。"嘉靖不再看他，径自走到帷幔里的龙床上自己侧着身躺了下来。

吕芳转过了身，面对嘉靖躺着的背影磕了三个响头，这才站起，慢慢走到御案前双手捧起那道符，低头走出了精舍的门。

嘉靖面朝床里躺着，眼睛睁着，眼角边这时竟也滴着泪。突然他听到了精舍外大殿内的声音。

是吕芳的声音："陈公公，主子万岁爷全拜托你了。我给你磕头了。"

嘉靖翻身坐起。

外面立刻传来陈洪的声音："折杀奴才！伺候主子是奴才的天职，老祖宗千万别折了奴才的寿！"

接着是两个人磕头的声音。

再接着便沉寂了。显然吕芳已经走出了殿门。

嘉靖站起，慢慢走到蒲团前盘腿坐下。

精舍门口出现了陈洪的身影："启奏主子万岁爷，镇抚司那几个奴才都责罚了，现在他们自己来给主子万岁爷请罪了。"

嘉靖："进来，都进来。"

第三十二章

"进去吧。"陈洪在前面领着,第一个是光着上身的朱七,第二个是光着上身的齐大柱,最后是光着上身的刘二。

陈洪向嘉靖磕了个头站起在他身侧站定。

朱七领着齐大柱、刘二艰难地跪下了,双手撑着地磕了个头,又双手撑着地,跪着转过了身子,将背部亮向嘉靖。

三个人的后背都已血肉模糊!

"唉!"嘉靖这口气叹得好长,"'养不教父之过,教不严师之惰'。朕也有过啊!"

陈洪扑通跪下了:"主子万岁爷这样说,奴才这就自领廷杖。"

嘉靖:"你是该想想自己的过错了。朕叫你跟他们打个招呼,也没叫你把人打成这样。"

陈洪立刻举起手在自己依然红肿的脸上响亮地扇了一掌,接着还要扇。

"罢了。"嘉靖叫住了他。

陈洪趴了下去。

嘉靖:"朱熹说过,万事都有个理。老十三怎么就能到朕身前来当差?都因当初那个海瑞救了他。他要是今天连海瑞都不认了,往后也就不会认朕。这就是个理。十三。"

齐大柱背对着他趴下去了:"奴才在。"

嘉靖:"去那个海瑞家里吧,救命的恩人,应该去看看。"

齐大柱趴在那里:"是……"

嘉靖:"朕用天目看了,给裕王瞧病的那个李时珍现在正在海瑞家里,你去顺便让李时珍给你治了伤。有好药给你师父还有刘二也讨些来。"

"是……"齐大柱忍着泪答道。

嘉靖转对陈洪说道:"一个小小的户部主事,手里连一根针都没有,你派那么些锦衣卫守在他门口干什么?都叫回来。"

"奴才遵旨。"

陈洪答着,心里却默了一默。

古人之交,贵在对方身处逆境时能终日相陪毫无倦意。李时珍给海妻诊了脉开了药方又亲自去给她买了药回来,让海瑞熬上了,这时还陪着海母海瑞在这里坐着叙谈。

三人都在这里,那药罐便在这个屋子里一个白炭小火炉上熬着,咕嘟咕嘟正冒热气。

"退些炭火。"李时珍对海瑞说道。

"是。"海瑞站起来走到小火炉前,拿起火钳夹出了些炭火。

海母望着李时珍:"李太医,家里虽然窄,可这个时候门外站着那些人你也不好走了,就在书房里打个地铺,跟汝贤一起睡吧。"

李时珍一笑:"我可不跟他睡,他那个鼾打得我睡不好。门外那些人挡不了我,我再坐片刻就走。"

海瑞踅回来了:"母亲,你老也倦了,先去安歇,儿子陪李先生再说说话。药熬好了送他走。"

海母站起了,李时珍跟着站起了,可这时有人敲门了。

三个人都对视了一眼,接着望向院门。

"母亲先去安歇,儿子去看。"海瑞说着走出屋门,站在院门内问道:"谁?是公事,还是私事?"

敞开门的北面正屋里,李时珍和海母也注视着这里。

门外传来了齐大柱的声音:"恩公,是我。大柱看望太夫人、夫人和恩公来了。"

海瑞默了片刻:"我日间已经说了,过去的事都过去了,无须你来看我们。夜深了,太夫人和夫人都睡了,你走吧。"说着转身就要走。

"恩公!"门外齐大柱的声音有些激动,"我是奉旨来看恩公的!"

海瑞倏地停住了脚步,目光一闪。

北屋里海母发声了:"开门,让人家进来!"

海瑞走回门边,扒开门闩打开了院门。

一点灯笼光照了进来,一个锦衣卫的人打着灯笼站在门侧,齐妻搀着齐大柱站在门口。

齐妻看见海瑞眼里也是好激动:"你自己扶好了。"

齐大柱伸出一只手扶着门框,他女人在门外就向海瑞跪下了:"大柱的媳妇给恩公磕头了!"说着便磕了个头。

海瑞对她却很客气:"快起来。请进来吧。"说时目光已经关注到艰难地扶站在那里的齐大柱。

齐妻站起了又去搀好了齐大柱。

"受伤了?"海瑞望向齐大柱。

齐大柱强笑:"皮肉伤,恩公不要担心。"

海瑞:"扶他进来吧。"

齐妻扶着齐大柱迈过了门槛进了院门。

第三十二章

那打灯笼的锦衣卫便候在门外。

海瑞关上了门："慢慢走。跟我来吧。"

三人慢慢向北面正屋走去。

连夜，还是日间在内阁值房的那四个人都被紧急招来了。

四个人知道一定是有了大变故，虽在书房，却每个人比白天在内阁值房还紧张，站在各自的椅子前都没有坐下，全望着中间坐着的徐阶。

徐阶面容凝重，语调却依然平静："坐吧，先请都坐吧。"

李春芳在他右边上首，高拱在他左边上首，赵贞吉挨着李春芳，徐璠挨着高拱这才都坐下了。

那摞票拟还是摆在徐阶的膝上，他慢慢望向四人："刚接到的旨，皇上命我们明日巳时把这些票拟带到玉熙宫去批红。"

高拱立刻接言："皇上准了这些票拟？"

徐阶轻叹了一声："准了还要我们去玉熙宫干什么？"

四个人又都沉默了。

徐阶："再告诉你们一个消息。吕芳吕公公已经发配到南京给太祖高皇帝去守陵了！"

四个人都是一惊，睁大了眼望着徐阶，几乎不敢相信。

徐阶："陈洪陈公公接了司礼监掌印太监的位子，明天的红都该他批了。"

四个人全都默在那里。

徐阶："不能再犹疑了。今晚我们就把票拟重新算一遍，从另外几项里拨一百五十万给工部，立刻进料，立刻修那几座宫和那两座道观！"

李春芳这一次主动接言了："兵部可以分出去五十万两，俞大猷、戚继光那边兵部给他们发文，今年先不要主动出击了，守住了几个要塞，先防住倭寇。"

徐阶："准拟。肃卿，欠官员的欠俸这次能不能少补发些？"

高拱："还有什么能不能？在京各部堂官，外省巡抚、布政使、按察使一级的官员今年都先不领俸禄。四品以下的京官补发一半，四品以下的地方官全部补齐，要不然他们就会放开手去贪。"

徐阶："这样能分出多少银子？"

高拱："也该有四五十万两吧。"

"那就还差五六十万。"徐阶望向了赵贞吉，"这可牵涉到受灾地方的百姓和苛政赋税地方的百姓了。户部有办法吗？"

赵贞吉："我想办法。先从这块分出六十万两吧。"

徐阶："那就赶快重新拟票！"

玉熙宫大殿上，两张紫檀大案又一左一右摆好了。

左边还是站着司礼监，却已经没有了吕芳，陈洪身上的袍服也换了，是吕芳原来穿的那一级品服。紧挨着他的竟依然是黄锦，没有受牵连，身上的袍服反而换上了首席秉笔太监的品服。再就是原来两个秉笔太监，还增加了一个，是个生面孔。

右边还是站着内阁，第一个当然是徐阶，身边有一个绣墩，他却没坐。挨着下来依次是李春芳、高拱。再下来便是列席的赵贞吉和徐璠。

"徐阁老。"陈洪首次掌印，对徐阶十分尊礼，欠着腰说道，"把内阁的票拟分部报上来吧。"

"好。"徐阶先望向了李春芳，"李阁老，兵部先报吧。"

李春芳："是。"答着拿起了自己面前案上的票拟。

隔壁的精舍里，嘉靖又坐在了蒲团上，那只铜磬又摆在了他的身边。闭着眼，听到这里竖起了耳朵。

外面传来了李春芳的声音："兵部昨天一日一晚又重新细算了一遍，原来所算的银子眼下用不了那么多，可以减出五十万两，供工部修万寿宫与永寿宫用。"

嘉靖睁开了眼，左手慢慢伸到铜磬中拿起了那根磬杵，却停在那里。

大殿里，陈洪立刻向末位那个新来的秉笔太监示了个眼色，那太监急忙走到对面拿起了李春芳递过的票拟送到陈洪面前。

陈洪拿起了那支红笔，用眼睛听着那一声磬杵落下。

所有的人都在等着那一记铜磬声。

精舍那边铜磬声终于响了，陈洪运笔如飞，很快便在兵部那张票拟上批了红。

徐阶："吏部！高大人报吏部的票拟吧。"

高拱："两京的各部堂官都愿意暂不领欠俸，许多家境尚好的官员也可以暂不领欠俸，因此吏部也能减出四十万两，以解君父之忧，拨工部修宫观用。"

末位太监立刻走过来了，拿起那份票拟送给了陈洪。

这一次精舍那边的铜磬很快响了，而且特别脆响，传出了看不见却听得出的嘉靖此时

第三十二章

心中的欣慰!

陈洪飞快地批了红。

"该户部了。"徐阶望向赵贞吉,"赵贞吉,户部的钱牵涉到百姓,你想好了办法没有?"

赵贞吉立刻答道:"已经想好了。今年受灾的省份和征税过重的省府必须安抚,该拨的钱一文不少都要拨足。"

陈洪立刻望向了他。

所有的目光都望向了他。

蒲团上嘉靖的眼中犀出了一线光,那根磬杵慢慢放到了膝上。

赵贞吉朗朗的声音清晰地传来:"历来天之道是损有余补不足。我大明两京一十三省,也有富庶的省份。户部已经跟南直隶、浙江还有湖广行文,叫他们从各自的藩库里拿出一些余款,或从各自的官仓里拨出一些余粮,接济受灾和征税过重的省份。这样,户部也可拨出六十万两款项给工部。"

嘉靖的眼睛慢慢睁开了,一片祥和,却没有立刻去拿那根磬杵,而是更加专注地等听赵贞吉那清朗悦耳的声音。

接下来是徐阶的声音:"户部这样安排甚是妥当。只是南直隶、浙江和湖广有无异议?"

接下来才是赵贞吉那好听的声音:"回阁老,一个月前属下就已经跟这几个省份公文商量了。昨天他们的回文都来了,都愿意拨款拨粮接济,还都说了,上解君父之忧,下苏灾民之困,义不容辞。"

嘉靖立刻拿起了那根磬杵在铜磬上连敲了三下!

陈洪批这张红时便掩饰不住格外的激动,立刻在心里告诫自己,要稳住,于是放慢了笔法,工工整整地换用楷书在这张票拟上慢慢批红。

这张红批了,最后该报工部的用款了,陈洪竟不再让徐阶去问,直接望向徐璠:"徐侍郎,这样拟下来,原定为宫里修殿和修仙观的款项便有了四百万两。四百万两够了吗?"

徐璠大声答道:"回陈公公,天下一心都为的君父,工部一定将这四百万两好好用在工程上,保证在今年年底全部竣工,恭奉皇上居有定所!"

再也不用等里面的嘉靖敲磬,陈洪大声地说道:"那就把工部的票拟立刻拿来批红！"

徐璠不待对面的太监来拿，亲自将工部的票拟送了过去。

陈洪这回简单，饱蘸朱砂只在票拟上写了一个大大的"准"字！

尘埃落定了，所有的目光全都望向徐阶，等他如何结束会议。

徐阶："我大明自太祖高皇帝传至当今圣上已经十一世，福泽天下，圣德巍巍，直追尧舜！赵贞吉，你管着户部，昨日户部新上任的一个主事妄议圣意，你过问了吗？"

赵贞吉提高了声调，显然是为了让里面的嘉靖听得更清楚："回阁老，请阁老转奏圣上。今日户部点卯，那个海瑞来报到了。臣责问了他，他是个蛮夷之地出生的人，耿直过之，倒没有别的心思。听了臣的责罚，他也明白了自己的过错。臣暂拟罚他六个月的俸禄，以惩他妄书的那六句话，他也自愿受罚。不知这样责罚妥当否？"

所有的人都沉默在那里，所有的耳朵都在听着精舍的响动。

"该出手时便出手，得饶人处便饶人！"人未见，嘉靖的声音已经从精舍门口传来了。

两案十人全都走到案前跪了下去。

嘉靖又有了大袖飘飘的气概，挟着风走到了正中那把御椅前坐下了。

所有的人都磕下头去："臣等、奴才等叩见圣上万岁爷！"

嘉靖在椅子上盘好了腿径直望向赵贞吉："为父的要知道疼爱儿子，做上司的要知道宽恕下属。一句话便罚一个月俸，那个海瑞听说还算个清官，这半年你让他一家喝西北风去？"

赵贞吉又磕了个头："圣上如天之仁，臣未能上体圣上之仁心，臣惭愧。臣愿意从臣自己的俸禄里分出些钱来，补给海瑞六个月的罚俸。"

嘉靖难得地笑了："宋朝有个人曾经出了个绝对，叫作'三光日月星'，愣是没有人对上。苏东坡大才子，只有他对上了，徐阁老你应该记得他是怎么对的。"

徐阶："是。回圣上，苏轼连对了两对，第一对是'四诗风雅颂'，第二对更为高明，是'四德亨利元'，为避仁宗的尊讳，略去了亨利贞元的'贞'字。"

嘉靖："到底是大学士，说出来头头是道。你现在是内阁首辅，内阁眼下只有你、李春芳和高拱三个人，太辛苦了点。把苏轼省略去的那个字补上吧。"

所有的人都是一怔。尤其赵贞吉，趴跪在那里，额上已经渗出了汗珠。

徐阶："启奏圣上，臣愚钝，请问圣上，是不是在内阁添上一个'贞'字？这个'贞'字是否就在眼下几个人中？"

| 第三十二章 |

嘉靖:"贞者,吉也。徐阁老也是天纵聪明哪!"
"臣领旨。着户部尚书赵贞吉即日入阁!"徐阶大声传旨。
赵贞吉连忙磕了三个头:"臣谢圣上隆恩,肝脑涂地在所不辞!"

由于是七月,又由于是中午,烈日当头,驿道上此时竟只有这一辆马车在往离京的方向驰去。从元初到这时,这条驿道已经三百年了,两旁绿树浓荫,蝉鸣不已。
前边路旁流过来一条小溪,清澈见底。
"停一停,喝口水再走。"轿车内是吕芳的声音。
车夫勒住了马,轿车停了。
那车夫先跳下了车,摆好了踏凳,掀开车帘将吕芳扶了下来。
吕芳已经换上了平常百姓的蓝色长衫,头上也只束了发,脸面依然洁净,下车后纵目望去,但见满目浓绿,流水潺潺,他长长地舒了口气,转对轿车说道:"金儿,也下来喝口水。"
里面没有接言。那车夫也一旁看着,显然不愿或是不敢去掀帘子接那个人。
吕芳转对车夫吩咐道:"你先去喝水洗脸吧。"
那车夫:"是呢。"便独自向小溪方向走去。
吕芳到轿车边拍了拍车门:"下来吧。"
车帘这才慢慢被掀开了一条缝,露出了一头花白的乱发,露出了杨金水那张痴痴的脸。
吕芳十分慈祥地说道:"来,下来。"
杨金水这才半爬着从轿车里出来了,兀自四面张望。
吕芳向他伸过去一只手,杨金水搭着他的手踩着踏凳下到地面。
吕芳:"知道这在哪儿吗?"
杨金水摇了摇头,竟一个人小跑了起来,也不远去,就绕着轿车和那马一圈一圈地跑着。
吕芳在路边树下一块石头上坐下了:"甭跑了,过来。"
杨金水只当没听见,兀自绕着马车小跑。
"过来!"吕芳低声喝道。
杨金水唰地就停了,显出十分惊惧的样子,慢慢挪向吕芳。
吕芳又向他伸出了手,杨金水僵硬地将自己的手递了过去,吕芳拉着他的手,杨金水在他面前蹲了下来。

远处，那车夫正在脱下汗裳，用溪水在擦着身子。

吕芳轻声地说道："金儿，从这一刻起你不用装了，咱爷儿俩平安了。"

杨金水开始还怔怔地望着吕芳。

吕芳："三年多也真是苦了你了……现在好了！咱们爷儿俩去给太祖爷守陵了。太祖爷也不会说话，也不会生气。没有人再算计咱们了。到溪边去，把头发把脸还有咱们这只有半条的身子都洗干净了。从今往后，咱们爷儿俩干干净净做人。"

杨金水那痴痴的目光里先是有了泪花，接着眼珠子慢慢动了，突然张开了嘴，失声号啕痛哭起来，身子不停地抽动！

吕芳也慢慢流出了泪："哭吧，哭吧，把憋在心里那点委屈都哭出来。往后咱们就不用哭了，让他们哭去吧。"

说也奇怪，这时整条路上那么多大树上的蝉声都停了，只有杨金水越哭越小的声音。

"好了！"吕芳站了起来，"洗洗去！"

杨金水跟着站了起来，过去搀住了吕芳的胳膊，扶着他向小溪走去。

四十年一直以"思危、思退、思变"自警的吕芳全身而退，"内相"易人，换了铁腕的陈洪，内廷便安定了。至于外朝，抄了严党那一千多万两银子，正如嘉靖所言，为军的分了钱，为官的分了钱，为民的也分了钱，其实大头还是让宫里分了，这几月看似暂且无事，可转眼又是年底了——"年关"到矣！

好大雪，漫天纷纷扬扬，户部广盈库在影影绰绰中便显得格外高大。好多人，等着领俸禄过年的京官们密密麻麻在大雪中排着队，一双双渴望的眼，全望向广盈库此时尚未打开的大门，都想像着里面堆满了钱米。

通常所说的年关，多指贫苦百姓。一年到头，奔于饥寒，阖家老小望穿了眼等的也就是当家人到了过年这几天给口肉食，添件衣裳，当家的为了上老下小这几双渴望的眼睛便得拼命去忙碌，去求人，去看人眼色，听人冷语，此谓之一种年关。至于极贫人家的年关那就不是渴望而是恐慌了。一年下来已经满身债务，怕的就是债主都在这个时候追债上门，催逼如雷。这样人家的当家人早在腊月二十三过小年前就躲出去了，留下老小妇孺在四面透风的破屋里听债主叫骂，一直要催骂到除夕之夜，子时离去才算过了年关。当时流传一副对联："年难过，今年最难过，得过且过；账要还，是账都要还，有还就还。"道的就是这般苦情。

今年这副对联从贫苦百姓家要挂到大明朝许多六七品清流京官的家门口了。

户部积欠官员的俸禄从年初就一直拖着，五月抄了严党几个大贪的家，原指望能把上

第三十二章

半年的欠俸补发了,渠料工部为赶着给皇上万寿宫、永寿宫、朝天观和玄都观竣工,那欠俸便只补发了不到一半。七月后一十三省多处遭灾,秋收无收,漕银、漕粮又不能按数上缴户部,欠上加欠,到了年底,京里众多官员的欠俸已经多达全年俸禄的一半以上。这个年过不过得去,就全指着今天广盈库那几道大门打开了。因此雪再大,众人都一早就到这里排起了长队。

广盈库是户部唯一储藏钱粮实物的仓储。仓门共有三道,每道高两丈宽丈三,取纳储两京一十三省财物之意。每道仓门都是两扇,皆上下装有槽轮,开仓时往两边推,闭仓时往中间推,供漕钱、漕粮及各种财货进出仓储时开合;每道仓门的左扇又都开着一条小门,供户部人员查点仓储时出入。

可此时的广盈库广则广矣盈则不盈。偌大的仓储,一眼望去四壁皆空,只地面薄薄地分堆摊摆着一层布袋。每一堆都是大中小三袋:大袋装米两斗,中袋装胡椒两升,小袋装钱十吊。本部堂官赵贞吉说了,不患寡患不均,无论六部九卿堂官或是各部七品小吏,今日来者一律每人领取三袋。

灯笼点着,户部的官员们分派在三道仓门口的大案前坐着,各部官员的名册分别在三道仓门口的大案上摆着,库工们则散站在一堆堆袋子前候着。

离过年只有三天了,户部十三清吏司掌管大明天下两京一十三省财政的郎中主事,今天都派到这里来给京官们发过年的禄米了。大才如此小用,皆因为今天小财要派作大用。国库空虚如此,欠俸已拖了半年,此时每个官员却只能发两斗米、两升胡椒、十吊铜钱过年。门一旦打开,群情之失望愤怒可想而知。十三清吏司的官员们这时重任在肩,便是如何苦口婆心劝大家体谅朝廷的难处安贫守道,过一个心忧天下不改其乐的平安年。

一个郎中模样的官员喊话了:"诸位!"

坐在三道仓门前的主事们都望向了他,海瑞便坐在最左边那道仓门前。

那个郎中喊了这一声接着是叹了口气:"唉!清了仓底了,每人两斗米、两升胡椒、十吊铜钱,实话说哪一家这点东西都过不了这个年,可也就这么些东西了。真不知道发给他们时会要怎样的挨骂……"

三道门前的主事都望着他,海瑞也望着他。

"可丑媳妇总得见公婆面。"那郎中下了最后之决心喊了一声,"开仓发东西吧!"

三道仓门左扇的小门都开了,立刻库工们抬着沉重的案桌从里面紧挨着摆到了小门边,以防有人冲了进来。

立刻便见三个小门外挤满了人头。

海瑞左边的这道仓门,专司给都察院、翰林院、国子监、通政使司四个衙门的官员签发钱米。这四个衙门都是清流，平时弹劾官员、纠正时弊的都是他们，较之六部，最是清贫，也最是难惹。今天把海瑞派给他们发放钱米，就是赵贞吉的安排，让清官对付清官，也让海瑞知道大明朝并非他才是清官。当然这层意思只可意会不可言传。

海瑞望向他那道门前排在第一个的那个官员问道："请问哪个衙门供职，尊姓大名？"

那个官员答道："国子监司业李清源！烦请找找。"

海瑞："失敬，请稍候。"说着便对身边的书吏，"请找出国子监司业李清源李大人的名册。"

"是。"那书吏答着便在身前大案上那几本名册里找到了封面上写有"国子监"的那本，翻到第三页便看到了"李清源"三字，便将那本名册递给了海瑞。海瑞看了看，将名册倒了过去，摆在那人面前，又递给那人毛笔："请签名吧。"

那人飞快地接过笔，在上面写有自己名字的那一格下面的空格中端端正正地写下了"李清源"三字。

海瑞大声地说道："请给李司业李大人发禄米！"

他身后的一个库工立刻将一堆三袋提了起来放到了门前的大案上。

李清源睁大了眼望着一大一中一小三个袋子问海瑞："请问，都是什么？共有多少？"

海瑞答道："两斗米，两升胡椒，十吊铜钱。"

"全在这里了？"李清源立刻睁大了眼。

海瑞低声又答道："全在这里了。"

李清源立刻嚷了起来："我的欠俸都二十多两了，这才不到五两银子。我一家六口，还有两个仆人，甭说过年，还债也不够！"

"是不是我们六品一级就这些东西！"紧挨着李清源身边那个官员紧跟着嚷道。

海瑞望向他们："不是。今年二品的各部堂官都不发东西。"

"不要跟我们说各部堂官！"李清源吼了起来，"堂官们还需要这些东西过年吗？他们既有各省的年敬，又有皇上的恩赏，弄出这个由头来对付我们这些小官！你们户部这些人也靠这点东西过年吗？"

海瑞不语。

"怎么回事？"

"一共到底发多少？"

李清源背后无数人急着问了起来。

第三十二章

李清源调过头向身后的人激动地嚷道:"每个人今年就两斗米两升胡椒、十吊铜钱!"

他身后立刻炸了锅,无数颗头拥了过来,无数双愤怒的目光全从门外望向海瑞:

"你们户部也忒黑了吧!"

"你们自己难道也只有这么点东西吗?"

"大明朝的钱都被你们弄到哪里去了!"

海瑞依然坐在那里,望着那无数双愤怒的目光,以及那些纷纷责骂的嘴,不语,也不动气。

"回话!"

"回话!"

"不回话就把他拖出来!"

海瑞还是静静地坐着,目光深深地望着那些人。

突然有一个官员在几颗人头后踮起了脚将一团雪球向海瑞砸来!

那团雪砸在海瑞的乌纱上!

海瑞依然一动没动。

岂止这道仓门,中间和右边那两道仓门也已群情鼎沸,怒骂如潮了!

此刻,六部还有都察院、通政使司、大理寺、翰林院、国子监、詹事府各部衙掌部、掌院的正堂官这时都集聚在西苑内阁值房。虽说四个阁员本就兼着四个部衙,加上其他部衙的堂官也有好十几个人。值房不是太大,这时便都挤着,肩挨肩地在书案前写着青词。

皇上的万寿宫、永寿宫、朝天观、玄都观在后天也就是腊月二十九就要竣工了。天下第一大事,统领百官的内阁大臣和各部堂官都被叫到了这里,代表大明天下臣民向皇上各写一篇敬天颂圣的青词。说的都是一回事,篇篇还须写得不同,如何上合天心下惬圣意,这一篇四六骈文真比他们科考时那三场文章还难!

值房的门被厚厚的棉帘遮着,两个大火盆在屋子中间熊熊烧着,以徐阶为首,李春芳、高拱、赵贞吉等十几个大臣的书案围在大火四周烤着,拿着朱砂笔在用绿叶做成的青纸上字斟句酌。外面大雪飘寒,里面每个人脸上都淌着汗。至于户部那边官员们闹事,还有两京一十三省这时天塌下来,他们都无心顾及了。

两个守在棉帘外听差的内阁文员这时都穿得棉猴似的,正袖着手在那里不停地跺着脚避寒,却见雪地里一个人向这边踉跄奔来。

那人走近了,竟是在广盈库主持发放钱米的那个郎中。这时头上的帽翅只剩下了左边一根，身上的袍服也扯烂了，脸上还有好几道手指抓的血痕！

两个内阁文员依然袖手跺脚："怎么回事？出什么事了？"

那郎中喘着气："出大事了！好几百人在大闹户部……赵大人呢？我、我要立刻禀报赵大人……"

两个文员略停了一下脚步，接着又跺了起来："正写青词呢。再大的事这时辰也不能去打扰。"

那郎中急了："赵大人再不去，那些人可要闹到西苑来了！"

两个文员这才有些上心了，对望了一眼，其中一个掀开了棉帘一角："要禀报你自己去。"

那郎中已顾不了许多，从棉帘的缝里钻了进去。

都看见了那个狼狈不堪的郎中跪在门帘前，又都装着没有看见他似的，大家依然在写着青词。只有徐阶、高拱和赵贞吉对望了一眼。

赵贞吉目询了一眼那个正望着他的郎中，便不再理他，加快了速度，写完了他那篇青词的最后一个字，站起来走到徐阶身边双手递了过去，低声道："师相，一定是户部那边闹欠俸了，学生先去看看。学生这篇青词……"

徐阶接过他的青词："青词我帮你斟酌，你立刻去。这个时候千万不要闹出事来。"

"学生明白。"赵贞吉向他揖了一下，转身走出时望了跪在那里的郎中一眼，那郎中爬起来跟在他的身后走出了内阁值房。

徐阶望着他们出门，觉得事态严重，便站了起来，向高拱望去，高拱这时也正望向他。徐阶给他示了个眼色，自己先向门边慢慢走去。高拱搁下了笔，跟着起了身，向门边走去。

那些人都抬望眼，也就看了一下，立刻又埋头写各自的青词。

"肃卿，你的写完了吗？"徐阶望着漫天的大雪问道。

高拱："快了，还有几句话。"

"你也去吧。"徐阶转望向他，"赵孟静威望不够，你去才能平息众怨。"

高拱望向了纷纷扬扬的大雪："我也不知道如何平息众怨。"

徐阶："跟大家把道理说清楚，过了年我们想办法给大家补发欠俸。"

高拱："只有架起锅子煮白米，没有架起锅子煮道理。话我可以说，这次许了愿可得兑现，阁老给个实在的时限吧。"

徐阶："明年二月。明年二月我想办法把今年的欠俸给大家都发了。"

高拱："写完了那几句我去。"

| 第三十二章 |

徐阶："那就多辛苦你了。"

高拱："分内的事。外面冷，阁老进去吧。"

徐阶深望了他一眼，两人转身，两个门外的文员连忙打起了帘子，二人又走了进去。

还没等赵贞吉赶到，广盈库已乱成了一团……

三道大仓门都被推开了，那些装粮、装胡椒、装铜钱的袋子被扔得满地，原先在外面大雪中排队的官员们全都拥了进来，几十人一堆把户部清吏司那些发钱米的官员分别围着，大声指斥，拖来拉去！

左边那道仓门里，海瑞便被好些人围着，有些认识这是海瑞便只是在外围静静地站着，好些人并不认识海瑞，全挤在前面，露出同仇敌忾的面孔，口吐震耳的骂声，至于谁说的是什么，骂的是什么，那是根本听不清楚。

海瑞定定地站着，谁也不看，一句话也不回。

这时有一个人紧紧地站在海瑞身前，尽力将推搡的人群用身子挡着，那人便是王用汲。

那边两道仓门内的人群吼声突然暴起，好像是已经打起来了！原来是中间仓门和右边仓门清吏司的官员忍不住对骂了起来，更激起了众怒，有人动手了。寡不敌众，好几个户部的官员便挣脱了向仓门外跑去，许多官员怒吼着追着他们去打。

犹如水珠溅入滚油锅里，这边便也有人吼了起来："这个家伙不给回话，我们也打！"

"打他！"

"看他回不回话！"

于是挨近海瑞的两个人便开始动手，一个拽住了他的衣领，另一个挥手便打向他的头部。

"住手！"王用汲吼声比他们还大，同时一把抓住了打向海瑞头部的那条手臂。

这声吼管用，骂的人跳跳的人瞬间怔住了。

王用汲大声说道："不讲王法！也不分是非了吗？你们知道现在打骂的这个人是谁？"

那个被他抓住手的官员："王御史，你家境好，你过得了年，我们可没活路。管他是谁！"

立刻便有几个人跟着起哄：

"户部这般黑，是谁都一样！"

"不让我们活，谁也别想活！"

"打！打到赵贞吉出来为止！"

于是又有些人举起了拳头。

"谁敢！"王用汲从来没有这般生气过，吼过这一声，推开了面前几个人，大声说道，"你们过不了年，还能来讨欠俸。他过不了年，欠俸都没得讨，知不知道！你们还能领三袋钱米过年，他连三袋钱米都没的领，知不知道！六个月的俸禄都被赵贞吉罚了，你们竟还要打他，讲不讲天良了！"

这句话竟如此管用，那些不认识海瑞的人立刻安静了，面面相觑。

立刻便有认识海瑞的人接言了："这位就是在六必居题字被罚了俸的海主事，闹事也不该找他闹。"

另有人也接言了："也是！闹也得找对了人。"

最尴尬的是那个国子监司业李清源，此人也是个清官，心里倒还磊落，这时竟向海瑞一拱手："不知道是海笔架海主事，冒犯了。其实我们也不只是因为家里过不了年。"说到这里，他爬到了左仓门边那条书案上大声喊道："诸位！我有几句话说！"

那边两道仓门内本还在闹着，听他这一声大喊，都停了下来，无数目光都望向了他。

李清源站在书案上："严氏父子把持朝政二十年，上下其手贪墨无算！五月抄了他们一些人的家，折合白银有千万之巨！北边抗鞑靼、南边抗倭寇依然没有军饷，那么多灾民流民依然无钱安抚，现在连我们这些当官的欠俸也依然不能补发！徐阶、李春芳、高拱、赵贞吉这些内阁阁员在干什么？六部九卿的堂官都在干什么？在这里为了我们个人能不能过年闹事，这个官不当也罢！要争就要为我大明朝的国事争，为天下的百姓争！欠俸我们不争了，过不了年也死不了人！找内阁去，问问他们，还管不管大明社稷，管不管天下苍生！"

海瑞立刻向此人投去钦佩的目光！

紧接着许多人吼了起来：

"李大人说得对！国将不国何以家为？找内阁，跟他们论理！"

"光找他们也没用，大家都先去写奏疏，写完了一齐上疏，参他们！"

"上疏！上疏！参他们！"

真是一呼百应，立刻大部分官员朝三个仓门蜂拥奔去。

剩下一些官员都是相对温文怕事的人，踟蹰了片刻也跟着慢慢向仓门外走去。连那些发放粮米刚才还被围骂的户部官员也都向仓门外走去。

广盈库里那些库工没有了官员，都不知所措了，也不敢走，便开始收拾撒得满地的

第三十二章

袋子。

海瑞依然站在那里,王用汲也就没走,忧患的眼相互对视。

"我是都察院的御史,大家都上疏了,我也得去。你上不上疏?"王用汲问海瑞。

"我不去,你也不要去。"海瑞当即答道,"没有用的。"

王用汲有些不相信这话是海瑞说的:"这可不像你海刚峰该说的话。"

海瑞:"这就是我海瑞该说的话。大明朝两京一十三省数千里内几无一尺净土,根源不在内阁。病入膏肓,治标没用,除非治本。如李先生所言,医国如同医人,要么不医,要医就要医本!大明朝的病根在哪里,你知道,我知道,大家都知道。没人敢去触及而已。像他们这样上疏,我不会做,要做,我就会从病根上下手。"

"慎言!"王用汲一惊,四面望了望,低声对着海瑞,"刚峰兄,太夫人还在,嫂夫人又有了身孕,批龙鳞的事你现在万万想都不能想!"

海瑞黯然一叹:"这也正是我的顾忌所在,先过了这个年再说吧。"

王用汲舒了一口气:"这才是正经。我现在也不急着上疏了,陪你到街上买些年货,好歹让太夫人和嫂夫人过个年。"

海瑞:"心领了。你有你的家,我有我的家,不要再想着接济我,我有办法过年。"

王用汲:"什么办法,喝粥的办法?嫂夫人还有身孕呢,总得给胎里的孩子补一补吧,你我也不是别人,走吧。"

海瑞深深地望着王用汲:"润莲,总有一天我的家人都要拖累给你,现在你就不要管了。"

王用汲听懂了,一阵黯然。

"不能谋万世者不能谋一时,不能谋全局者不能谋一隅。"海瑞十分肃穆地又对他说道,"听我一句,这次不要跟他们上疏,过了年,我再跟你慢慢商量。"说完拱了一下手,向仓门外走去。

王用汲在那里沉默了好久,不见了海瑞的身影,才步履沉重地向仓门外走去。

第三十三章

　　走进胡同,离自家院门不远了,大雪中海瑞才看见紧闭的院门门槛上坐着一个人,身上飘着白雪,身旁摆着用布盖着的好大一只竹篮。

　　更近了些,海瑞认出了那是齐大柱的妻子。

　　齐大柱的妻子也看清了他,连忙站了起来:"恩公回府了?"

　　海瑞望了望她又望了望摆在门边的竹篮:"这么大雪你坐这里干什么?"

　　齐大柱的妻子:"恩公,大柱有差使来不了,也不便来,叫我给太夫人、嫂夫人送点年货。"

　　海瑞心里还是感激,脸上却十分严肃:"早说了,你们不要来,更不要给我家送东西。为什么不听?"

　　齐大柱的妻子:"平时我们想来也都没来,可过年了,恩公,你就让我们给太夫人尽点孝心吧。"

　　海瑞:"你们对太夫人的孝心领了,把东西拿回去,我绝不会要的。"

　　齐大柱的妻子还不死心:"那让我见一下太夫人和嫂夫人!"

　　海瑞:"不见了。你家也要过年呢,回去吧。"

　　齐大柱的妻子慢慢弯腰提起了那只竹篮,掀开了一边的布,露出了一只绑住了脚和翅膀的母鸡和好些鸡蛋还有一些纸包,望向海瑞:"大柱的东西恩公不要,这只鸡是我养的,鸡蛋都是这只鸡下的,给嫂夫人补补胎身总可以吧?"说着目光里满是乞求的神色。

　　海瑞沉默了,稍顷伸手从里面拿出了四只鸡蛋:"多谢你了。天冷,回家吧。"

　　齐大柱的妻子知道再说也没用了,把布盖上时眼里闪出了泪,提着篮子低着头快步走进了漫天的大雪。

　　海瑞目送着她消失在大雪中,低头望向左掌握着的那四个鸡蛋,也是好一阵黯然,抬

| 第三十三章 |

起了头这才敲门。

过了一会儿门内才传来海母的声音:"怎么还不回去?再不走我可真生气了。"

"母亲,是我。"海瑞把鸡蛋藏进了袖中,在门外大声答道。

院门这才开了,海母站在门内:"公事完了?"

"回母亲,公事完了。"答着海瑞进了门。

海母便关院门:"大柱的媳妇刚才来了,硬要送东西,我还当是她呢。"

"应该走了。"海瑞又答着,搀着母亲走进北屋。

"坐着,不要起来。"看见纺车前的海妻要站起,海母连忙喝住了她。

海妻身子又坐回到凳子上去。

海母在门外取下挂在门框上的一个笤帚,替海瑞掸去了头上和身上的雪,又掸了掸自身,脱下鞋竟仍然是赤着脚进了屋。

海瑞也脱了鞋,又脱了袜子,也和母亲一样赤着脚进了屋。

靠东面的墙,摆着一架织棉布的木机,机头上露出了刚织了约三寸的布头。

海瑞向桌上望去,也就半个上午母亲已经把昨晚那匹棉布织完,现在已经摆在桌上,他心里蓦地一阵难受,还装着笑脸望向母亲:"这天底下也就是我的阿母最能干了,早上儿子走的时候还以为这匹布要到下午才能织完呢,没想这么快便织出来了。"

海母又在织机前坐下了:"别的不说,织布还是我们海南人行。黄道婆也是在我们那里学了,才在内地各省传开。汝贤,厨房里给你温了粥,还有几个窝头。吃了,换了这身官服,把布拿到前门外去卖了,我们的年货也就有了。"

海瑞:"是。"

海妻这时已经站起了:"我去吧。"

"说了不起来,又起来。"海母转头沉下了脸。

海妻微低着头:"还不到三个月呢,李太医也说了,要多走走。阿母不要太担心,再说厨房也不是官人该去的地方。"

海瑞接言道:"母亲,让她走动走动吧。"

"去吧。"海母不再看他们,织机哐啷一声开始连响了起来。

海瑞待妻子走到身前,示意她站住,从怀里掏出了那四个鸡蛋,低声地说道:"都煮了,你吃两个,阿母吃两个。"

海妻望着他。

海瑞下意识地望了望妻子的肚子,又望向了她的眼:"院子里有雪,慢点走,去吧。"说着一边取下官帽,走向西面书房去换衣服。

701

再大的雪也挡不住过年，有钱的没钱的买年货卖年货，这时都挤满了一条街，铺面里便不用说了，街两旁也都搭着棚子撑着伞，鸡鸭鱼肉粉丝干果，年画对联鞭炮糖，人要买什么都有。

海瑞戴了一顶往后搭檐的布帽，换了一件粗布棉袍，左手举着伞，右手怀抱着那匹布，在人流中寻望着布店，透过雪花他终于看见了挂着"瑞兴布庄"招牌的一家布店。

柜台前都是买布的，只有海瑞是卖布的，收了伞抱着那匹布怔怔地站在那些买布人的后面，却不知道如何将这匹布卖给他们。

柜台内一个老年管事的眼尖，一眼便透过人群看出了海瑞和海瑞怀里抱着的那匹布，便向他招了招手。

海瑞连忙走了过去。

那老年管事："你这布要卖？"

海瑞："正是。请掌柜看看，能值多少钱。"

那老年管事拖过了那匹布，眼睛往上翻着，手指摸着布面，又把布拖出了一块，用掌心平着一路抚去，这才望向海瑞："这布织得还平整。客官要是早半个月来价钱便好谈些。这时来可卖不起价。"

海瑞："那又为何？"

那老年管事："早半个月我们可以送到染坊里染了，现在大过年的谁穿白布？"

海瑞："原来如此。那掌柜开个价吧。"

那老年管事："我看你这个客官也不是做生意的，我也不坑你。半月前我可以给你十五吊钱，眼下最多给你十二吊钱。"

海瑞："掌柜，织这匹布我们买棉花就得十吊钱。十二吊也太少了点。"

那老年管事："十三吊，不能再多了。"

从纺线到织布，母亲和媳妇织出这匹布足足费了半月光景，海瑞虽不知谈价，也知这个价太对不起家人的劳作，便不再说话，卷起了布便欲离去。

"十四吊。"那老年管事又叫住了他，"这还是看你这布织得不错。如何？"

海瑞："十五吊吧，不买我另找买家。"

"取十五吊铜钱来！"那老年管事立刻向身边一个小伙计喊道。

背着一布袋米，提着一只鸡和一条鱼，海瑞走到院门外时发现院门是开着的，疑了一下，立刻走了进去。这才看见，北屋正门的门口一个户部的书办正在等他。知道又有要紧

第三十三章

的差使了，他疾步走了过去。那书办也看见了他，连忙迎了过来，接过他肩上的米："叫小的好等。部里有急差，请海老爷立刻去。"

"什么急差？是不是百官还在户部闹事？"海瑞拎着鸡和那条鱼走向厨房那边。

那书办背着米跟在他背后："百官闹事都在其次了。是顺天府大兴、宛平两个县拨的粥米不够，倒卧了好些百姓，听说已经有白莲教的人在趁机煽动，搞不好激起民变要造反了。"

海瑞在厨房门口猛地站住了。

那书办紧接着说道："大喜的日子，这个事还不能让皇上知道。内阁和部里的大人们都急得冒烟了，商量着从通州的军粮库里先急调些粮米，由户部派人押送，赶快设粥棚，不能再饿死人。司里说了，大兴让海老爷去管。"

海瑞："我这就去！"

冬日本就短，大雪下着天更黑得早。两个当值太监在玉熙宫大殿通往精舍的几处点亮了烛灯，黄锦披着斗篷进来了。

两个当值太监连忙跪下："奴才叩见黄公公。"

黄锦："起来吧，陈公公还在里面？"

两个当值太监爬起了："在，正等着黄公公轮班伺候万岁爷呢。"

黄锦："这里用不着你们了，到殿门外候着吧。"

两个当值太监："是。"答着退出了殿门。

黄锦走到大殿通往精舍的第一道门外跪下了："奴才黄锦伺候主子万岁爷来了！"

不久，陈洪从里面出来了，黄锦便站了起来，那件斗篷还穿在身上，双手袖在斗篷里显得鼓鼓囊囊。

黄锦："主子万岁爷圣体安否？"

陈洪怪怪地看着他："圣体安。进了殿还披着个斗篷干什么？"

黄锦："今年格外冷，我倒忘了。"

陈洪："那还不脱下来。"

黄锦兀自不脱斗篷："知道了。陈公公出殿前别忘了穿上斗篷就是，当心着凉。"

"我现在就穿，你现在就脱。"陈洪一边取下挂在大殿进精舍通道衣架上的斗篷，往身上一披，依然紧紧地盯着黄锦。

"什么话，说这么久？"精舍里传来了嘉靖的声音。

黄锦立刻接言："回主子万岁爷，陈公公有几句话问奴才。"

嘉靖的声音："问完了没有？"

陈洪这才慌了："快进去！"

黄锦居然穿着斗篷就这样向精舍的第二道门走了进去。

陈洪满心疑窦地又望了望精舍那边这才向大殿门外走了出去。

大殿的门外两个当值太监接着了他，从外边把大殿门带上了。

精舍里今年所有当南面的窗户都没有开，故而满室弥漫着香烟，以致灯笼和烛光都透着晕黄。

嘉靖依然穿着那身丝绸大衫盘坐在蒲团上。

"叫主子久等了，奴才来了。"黄锦还披着斗篷飞快跪着磕了个头又连忙站起。双手往外端出了藏在斗篷里的一个紫砂药罐，还有一串包好的中药，小心地放到紫铜香炉的脚下。

嘉靖望着他："殿门关了吗？"

黄锦："奴才这就去关。"还是穿着斗篷又折出了精舍那道门。

嘉靖的目光在听着黄锦的脚步声，听见了外殿大门上闩的声音，这才下意识地将身上的丝绸大衫裹紧了，闭上了眼睛。

黄锦又进来了，看见皇上裹紧着衣服，知道他冷，疾步先走到挨御床边打开了衣柜，从里面小心翼翼地捧出了嘉靖在夏日才穿的那件淞江厚棉布大衫，轻步走到他的背后："主子伸手吧。"

嘉靖往后伸开了手。

黄锦提起了厚棉布大衫的两肩，让嘉靖将手伸进了袖筒，在后面替他扯抻了，绕到前面跪了下来，替他将腰带系好。系好了腰带，黄锦又去摸了摸嘉靖的手："好凉！不行，奴才还得给主子加件夹衣。"说着又奔到衣柜前，拿出了一件没有袖子的对襟厚棉布长袍，走到他的背后又给他加上，绕到前面给他系扣子时再忍不住，眼睛湿了。

嘉靖："朕没有病，这是过关的征兆，你流的哪门子泪？过了这七七四十九天，朕便百病不侵了，明白吗？"

黄锦："奴才明白。只望这四十九天主子一定要辅之以药，千万不能吃一天又不吃一天。"

嘉靖："你呀，同吕芳一样，啰唆。"

"是。"黄锦站起了，先揭开了紫铜香炉上那个盖子，朝里面吹了一丝气线，铜香炉里的沉香木燃起了明火，接着他将紫铜香炉下那个紫砂药罐捧起来，放到了明火上，一边

| 第三十三章 |

唠叨道:"这剂药奴才在自己房里已经熬好了,再温一温主子便可以喝了。"又去拿了一只钧窑的瓷碗,在金盆的清水里拭洗了,用雪绒布巾仔细擦了,放在御案上,折回去,伸手摸了摸铜香炉里的药罐,又自言自语道:"应该可以喝了。"拿起铜火钳拨弄着紫铜炉里的香灰盖了明火,放下火钳,又捧出了药罐。

"当心,别烫了手。"嘉靖叮嘱道。

黄锦:"主子放心,奴才皮粗肉厚烫不了。"放下药罐揭开罐上的盖子,又捧起药罐小心地将汤药滗进御案上那只钧窑瓷碗里。

端着那碗药走到嘉靖面前,黄锦自己先喝了一口,自言自语道:"正好,不凉也不烫。主子赶紧喝了。"

嘉靖双手接过了碗,飞快地一口便将那碗药喝了。

黄锦这才露出了一点笑容,双手接碗时又说道:"这就好,这样主子的病一定好得快。"

嘉靖非常奇怪,在这个黄锦面前一点气都生不起来,反而有些像老小孩,听他又说起"病"字,不高兴却说道:"刚说的,朕没有病。你是聋子?"

黄锦拿着空碗走到金盆边漾了,又拿起雪绒棉巾擦了,从地上一个火筒里拎出温着的铜壶倒了半碗温水,走回嘉靖身边:"奴才不是一定要说主子有病,至少这四十九天过关的时候就得说有病。"捧过温水让嘉靖含了一口吐回碗里。

嘉靖拿他有些无可奈何:"你说朕有病,朕就有病吧。"

黄锦捧走了碗,又倒热水绞面巾走回嘉靖身边替他慢慢温擦着面部,兀自唠叨:"今儿是第八天了,主子吃了前七剂药已经大有起色。再吃六个七剂药,河也开了,雁也来了,主子的龙体就全好了。"

"吕芳有书信来吗?"嘉靖的目光突然望向门外问道。

黄锦低垂了眼:"回主子,没有。"

嘉靖:"他把咱们全忘了。"

黄锦:"不是奴才替干爹说话,且不说这辈子在南京,就是下辈子转世投胎他也忘不了主子。不像有些人,整天人在主子身边,心里并没有主子。"

"这倒是。"嘉靖还是望着门外,"朕打一小皇考皇妣就龙驭上宾了,没有父母,也没有兄弟,没有贴心的人。要说有,也就一个吕芳,他走后又给朕留下了你。他还是对得起朕的。"

黄锦心里一酸,转过身径自撂下嘉靖,坐到精舍隔扇的门槛上,竟呜呜地哭了。

嘉靖望着他有些急了:"在那里哭什么?怕旁人听不见吗?"

黄锦慢慢收了声，哽咽着兀自坐在那里回道："奴才有件事瞒了主子，今天主子就是打死奴才，奴才也得说出来了……"

嘉靖："要说也过来说，坐到朕面前来，替朕搓搓脚心。"

"是。"黄锦站起了，拭着泪走到嘉靖面前拖过一条小虎凳，在他脚前坐下了，捧过他一条腿搁在自己膝上，替他搓着脚心："说到奴才的干爹，奴才不怕主子生气，他对主子那才叫一片忠心。奴才给主子请的这些药，其实都是奴才的干爹和裕王爷商量好了，叫李时珍李太医开的。离开北京时他嘱咐奴才，叫奴才撒了个谎，说是别人开的药。奴才现在向主子说了实话，主子可以责怪奴才，千万不要责怪裕王爷和奴才的干爹。"

嘉靖望着他，眼神里既有孤独又有了些慰藉："说出来你就没罪。凭你这点小心眼儿，撒个谎也不像。吃第一剂药时朕就知道是李时珍开的。看你那个自作聪明的傻样，朕不点破你而已。"

黄锦有些不相信，憨憨地望着嘉靖："主子是怎么知道的？"

嘉靖："叫李时珍给朕开药，是吕芳离开以前求的朕，朕准了他的奏，让他叫你去办。自己蒙在鼓里，什么也不知道，还以为心里有多明白。"

黄锦这才知道吕芳仍在嘉靖的心里，那一阵高兴，笑出来却是一副傻样："是。奴才是个笨人。"

嘉靖："笨人好，笨人靠得住，能跟朕贴心。"

黄锦："主子这话奴才可不敢都认同。裕王爷还有奴才的干爹吕芳都不笨，可都跟主子贴心。还有好些忠臣，都不是笨人，未必也就不跟主子贴心。就说那个李时珍吧，当初在太医院当差，顶撞过主子，离了宫。这么多年过去了心里还是牵挂着主子，千里迢迢专为赶到京里来给主子开药。要是跟主子不贴心，他们也不会这么做。"

嘉靖想了想："你这话也不能说没理。可说到底，这个世上，真靠得住的就两种人：一种是笨人，一种是直人。笨人没有心眼儿，直人不使心眼儿。对这两种人朕就不计较，也不跟这两种人使心眼儿。比方你，又直又笨，朕就放心。还有些人是只直不笨，朕有时虽也烦他们，可也不会跟他们过不去。知道朕说的这种人是谁吗？"

黄锦好一阵想："李时珍算不算一个？"

嘉靖："算一个。还有。"

黄锦又想着突然说道："户部那个海瑞？"

嘉靖笑了："看起来你也不算笨人嘛。"

黄锦也赔着憨笑："奴才再笨也笨不到那个份儿上。顶撞了主子，主子却不跟他计较，奴才能想起的也就这两个人。"

第三十三章

"李时珍这药好!"嘉靖不再跟他说这个话题,站了起来。

黄锦急忙跟着站了起来,搀着他一条手臂。

嘉靖摆开了他的手,长长的双臂往上一伸,深吸了一口气;抱了个圆将双臂收回到胸前,又将那口气长长的吐了出来,觉得此时神清气朗:"朕想出去走走,你可不许拦朕。"

黄锦一惊:"主子想去哪里?"

嘉靖:"两座宫和两道观后天都要竣工了。不要惊动别人,你陪朕去看看。"

"那可不行!"黄锦一听便急了,"外面好大的风雪,再冒了风寒可不得了。"

"穿厚点。"嘉靖手一挥,"再从箱底里将朕当年用过的皮袍大氅找出来。"

也不坐轿,也不带随从,就黄锦打着个灯笼在前引着,嘉靖披着一件玄色的皮袍大氅,把帽子罩了头,主仆二人沿着太液池边靠西苑禁墙那条路向远方灯光处走去。

好在这时雪停了,主仆踏着路面的积雪,发出咔哧咔哧的声音,在一片沉寂的夜间倒别有一番情致。

"这些奴才越来越懒了,路上的雪也不扫。"黄锦害怕嘉靖跌倒,停下了,来搀嘉靖。

"得亏他们没扫。"嘉靖此时透着少有的兴奋,"踏着雪可以去心火,你不懂的。走你的就是。"

"这奴才还真不懂。那主子可要走好了。"黄锦又打着灯笼在前面照着,关注着嘉靖向前走去。

"谁!干什么!"不远处是西苑的禁门,那边传来了大声的喝问。

"是我,来看看工程,嚷什么!"黄锦大声回道,"把别处看紧点就是!"

"是!奴才明白,黄公公走好了!"那边大声答道,声调已经十分礼敬。

嘉靖笑道:"看不出你这么笨的人还有人怕你。"

黄锦:"主子这话可说错了,这不叫怕,这叫规矩。"

"好大的规矩。"嘉靖又调侃了他一句。

说话间绕过一道弯墙,隔着太液池冰面那边,东面一片灯光照耀之下是万寿宫、永寿宫工程,北面一片灯光之下是朝天观、玄都观工程,两片灯光相距约有一里,都正在连夜修饰,依稀可见。

"主子,再往前走就要经过禁门了,就在这里看看吧。"黄锦停住了。

嘉靖也没有说可也没有说不可,倒是站住了,远远地先望向东面灯光下的万寿宫、永寿宫,后又望向西面灯光下的朝天观、玄都观,目光在夜色里显得那样深邃。

"黄锦。"嘉靖轻声唤道。

"主子。"黄锦在身边也轻声答道。

嘉靖："朕给你念首唐诗，你猜猜，朕说的是谁。"

黄锦见嘉靖这时病体见好心情也见好心中欢喜："奴才不一定能猜着，要猜不着主子可要告诉奴才。"

嘉靖目望夜空已经轻声吟了起来："秦时明月汉时关，万里长征人未还。但使龙城飞将在，不叫胡马度阴山。"

黄锦："主子也太小看奴才了，这个人说的是李广。"

嘉靖依然望着远处："笨奴才，李广还要你猜。"

黄锦从语气中听出了嘉靖的惆怅："主子想起胡宗宪了？"

嘉靖："严嵩父子不争气呀！弄得朕连胡宗宪这样的人才也不能用了。要是他还在，俞大猷和戚继光他们早就把福建和广东海面的倭寇剿了。今年那几百万两军饷也就省下了，丝绸瓷器还有茶叶早就可以卖到西洋去了……"

说到这里，主仆一阵黯然。

嘉靖："朕有个念头，等修好了这两宫两观，就让裕王接了位，朕一心玄修。你说，朝里这些大臣还有外边那些封疆大吏哪些能够辅佐裕王？"

"回主子，这话奴才不敢答。"黄锦答道。

"朕也不怪罪你，着实回答就是。"嘉靖十分温和。

黄锦有些急了："奴才着实想不明白，不是怕主子怪罪。"

"是呀！"嘉靖叹了一声，"连朕都迟迟下不了这个决心，你又怎么想得明白。我大明朝这么多文臣武将，可真能留给后人的又有几个。尤其有些人，现在就在裕王身上打主意，甚至把主意都打到朕的孙子身上了，这样的人朕不得不防。"说到这里他的目光望向了西边灯火处，"找条路绕过去，到朝天观看看，那个冯保在干什么。"说着不等黄锦回话，自己已经踏着雪向前面的左侧的一个小土山上走去。黄锦举着灯慌忙跟去。

这个位置找得好，小土山上长满了松柏，往前能看见朝天观左侧的观门和院子，往后能望见不远处宫墙外通往禁门的路，人站在树下还不易被别人发现。

"先吹熄了灯。"嘉靖说道。

黄锦便吹熄了灯笼，在身旁一根树枝上挂好了，又顺便折断了几根松枝，在嘉靖身后那条石凳上把雪扫了，解下了自己身上的斗篷折叠成几层垫在凳上："主子请坐吧。"

嘉靖在斗篷上坐下了，目光所及处，朝天观观门内的院子和观门外那座牌楼的灯光下一个个正在抢修的人和指挥着抢修的人都看得清清楚楚。

| 第三十三章 |

黄锦也在他身后站定了。

虽在病中，也许与常年服用丹药有关，嘉靖这时须发皆黑，目力也极好，其实这是丹药最迷惑人的地方。他目光炯炯，先在观门内刷油漆、磨阶石的人役中找着，没有看见冯保。目光移向了牌楼外，很快便发现了冯保。

牌楼是最后一道工程，修好后脚手架都拆了，这时都要一根一根用车运出宫去，两个工役正抬起一根长木架到冯保的肩上，冯保一手扶着肩上的木一手撑着大腿伸直了腰，扛着那根好大的长木踩着雪艰难地走到一辆车前，这里却没人帮他，只见他慢慢蹲了下来，将肩上的长木往车上一卸，还好，那根长木稳稳地架在车上已经堆好的木料上。

牌楼下还剩下三根长木，冯保吐了口气，又走了过去，那个披着斗篷的监工太监却突然对那两个抬木的工役喝道："不干你们的事了，都歇着去，这些让冯保一个人搬！"

那两个工役立刻拍了拍手，向牌楼对面的小屋工棚走去。

嘉靖定定地望着，黄锦也睁大了眼望着。

观门内还有好些漆工在刷几处最后一遍油漆。牌楼前搬木料就剩下了冯保一人。

冯保抹了一把汗，只得独自向牌楼下那几根长木走去，可走到长木前，他望着那些又粗又长还被雪水粘得滑滑的长木难住了，怎么把它们搬上肩，他一个人实在艰难。

那个披斗篷的太监："还不搬，站在这里等过年哪！"

冯保竟一声不吭，走到一根长木细一些的那头双手抬了起来，费力地搁到肩上，想着只有把肩移到长木正中的力点才可能将木料扛起来，于是身子一点一点慢慢往前移着，长木在肩上慢慢竖起了，冯保的身子也慢慢直了，该是力点了，冯保便双手去撑身前粗木的那头，可撑了几下撑不起来。突然鞭子抽过来了，冯保疼得一抽，兀自挺着不让那根木头掉下。

那监工太监："你不是有能耐吗？一根木头都搬不动，还打量着将来进司礼监做掌印太监？我再数三下，你要搬不动，就把这根木头啃了。一、二……"

"三"字还没出口，冯保双手猛地一撑，那根木头横在了肩上，紧接着他身子一摆，长木靠背后的那头重重地撞在那太监的头上，那太监立刻摔倒在地！

冯保扛着木头走到车前，腰都没弯肩一卸便卸在车上。

"好！"黄锦情不自禁低声喝了声彩。

嘉靖慢慢回头向他望去。

黄锦低了头。

嘉靖又调转头望向那边。

只见冯保又走到了还剩下两根其中一根长木前，还如搬前面那根长木一样，抬起了细的一头，搁到肩上往前移去。

那个监工太监已经站起了，咬着牙走到他背后猛地一鞭，抽完便闪身跳开，见冯保被鞭子抽得身子一紧接着又往前移步，那太监奔过去又猛地一鞭，抽完又闪身跳开。冯保忍着疼还在往前移步。

"主子，奴才可得去管管了。"黄锦显着气愤向嘉靖求道。

嘉靖："管什么？"

黄锦："冯保有天大的罪，毕竟伺候了几年世子爷。要责罚，也轮不到他们这些狗仗人势的奴才。"

嘉靖："那个奴才是陈洪的奴才吧？"

黄锦："回主子，正是。"

嘉靖："那就甭管。你斗不过陈洪。"

黄锦兀自不服气，也只得将那口气带着唾沫生生地咽了下去。

嘉靖望着又扛起了长木向车子走去的冯保，突然迸出一句话："今后能杀陈洪的大约便是此人！"

黄锦一惊。

嘉靖接着说道："往后你不要太直，不要再当面跟陈洪顶嘴，朕这是为你好。"

黄锦已经完全愣在那里，脑子里一片混沌。

"应该是那些人来了。"嘉靖面对着朝天观耳朵却听向了背后的禁门，突然又冒出这么一句话。

黄锦的脑子哪里跟得上这位主子，刚才那句话还没想明白，这时听他又突然说出这句话，只得问道："谁来了？主子说哪些人来了？"

嘉靖："你回头看看就是。"

黄锦这时依然什么也没听到，便转过头向宫墙禁门那边望去，立刻一惊。

——远远地离禁门还有半里地果然有好些灯笼照着好些人向禁门奔来！

"真有人来了！"黄锦又惊又疑，仔细再看，这回看得有些清楚了，"主子，好像都是官员，有百十号人奔禁门来了！"

嘉靖依然坐在那里没动："朕带你来就是让你看看，我大明都是些什么官员。再让你看看陈洪的厉害！"

禁门前就是李清源那些人，百十来号，这时每人手里都举着一本奏疏，黑压压全在禁门外跪下了。

第三十三章

在西苑禁门外当值的禁军都是些年轻的人,在他们的经历里从来就没有见过这样的场面,只听说过四十多年前当今皇上为了跟群臣争"大礼议",在左顺门外出现过二百多个官员集体上疏的事件,那一次皇上大怒当场便杖死了十几个人,杖伤好几十人,还抓了好几十人。那以后虽也有官员上疏,最多也就几个人,从没再出现这么多人集体上疏的事。现在严党倒了,是徐阶掌枢,而徐阁老一向对官员都不错,何以会突然闹出这么大事来,而且是在要过年的时候?他们都紧张了,列好了队,把着刀枪紧护着禁门。

今天领着禁军当值的是提刑司一个大太监,这时站在禁门外正中的台阶上:"你们这是要干什么?要谋反吗?"

李清源跪在第一排的正中,高举起奏疏:"我大明朝有死谏之臣,没有谋反之臣!我们有奏疏要直呈皇上!"

那大太监:"上疏有上疏的路,先交通政使司,再由通政使司交司礼监,这点规矩都不知道吗?"

另一个跪在李清源身边的官员大声回道:"我们参的就是通政使司,还有各部衙门的堂官,还有内阁!这个疏我们不能交给他们!"

李清源紧接着说道:"请公公将我们的奏疏立刻直呈皇上!"

所有的官员都是商量好的,这时众口同声:"请皇上纳谏!"

西苑是二十多年的禁宫,入夜后十分安静,这时突然被百多人齐声一吼,声震夜空,好些树上的宿鸟都惊了,扑簌簌飞了起来。就连这座小土山上也飞起了好些鸟!

黄锦担心了,连忙伸直手背弯着腰从一旁遮住还坐在斗篷上的嘉靖:"主子、主子,咱们先回宫吧。"

嘉靖坐在那里一动没动:"你今年多大了?"

黄锦正在焦急,又不得不答:"主子知道,奴才虚岁四十了。主子在这里惊了驾可不得了!奴才得立刻伺候主子回宫。"

嘉靖眼中闪出了光,声调里也透出了杀气:"惊驾?惊驾的事你还没见过呢。四十多年了,那一次跟朕闹的人比这一次多得多了,好些还是大学士。朕一个人对付二三百人,把他们全杀下去了!吕芳当时就在朕的身边,可惜你那时太小,没遇上。"

黄锦这才彻底明白了这位主子今晚单独带自己出来就是在等这一刻,那颗心顿时揪紧了,说不出是害怕是紧张还是难过,身为君父为什么要和自己的臣子这样斗呢?他蒙在那里。稍顷还是说道:"主子……"

"住嘴!"嘉靖立刻严厉了,"再说一句,你就下去跟冯保扛木头去!"

黄锦愣住了。

嘉靖又缓和了语调："该徐阶和陈洪他们出场了，仔细看着，往后给朕写《实录》时把今天看见的都写上。朕没有惹他们，是他们在惹朕。"

"是……"黄锦慢慢转过了身子，又向不远处禁门外望去。

徐阶是被赵贞吉搀着走在最前面，紧跟着便是李春芳和高拱，后面跟着两队禁军都打着火把，簇拥着四个阁员走到西苑禁门外廊檐下的石阶上站住了。

跪在那里的一百多人看见了他们，都不吭声，只是依然将手里的奏疏高高举着。

徐阶慢慢望着众人，慢慢说话了："国事艰难，我们没有做好。对不起列祖列宗，对不起皇上，对不起你们，也对不起天下的百姓。可事情总得一步一步去做。这个时候，大家不应该到这里来，惊动了圣驾，你我于心何忍？"

"徐阁老！"李清源代表百官答话了，"这样的话你们内阁已经说了不知多少回了。不知道阁老说的一步一步去做，要做到什么时候？圣上把大明的江山都交给了你们管，北边抵御鞑靼、南边抗击倭寇都没有军饷，那么多流民、灾民饿殍遍地，近在顺天府这两天就倒卧了一两千饿殍！我们这个时候还不到这里来，要等到什么时候才到这里来！"

赵贞吉接言了："你这是夸大其词危言耸听！谁说南北没有拨军饷？哪里就至于饿殍遍地了？一早户部接到大兴、宛平有饿死的百姓我们便立刻动用了通州的军粮派人去赈济了，这些你们难道不知道？户部是欠了你们的俸，不也是一点一点在补发吗？我们内阁几个人今年都没有领俸禄，还有什么对不起你们的？白天我就跟你们说了，高大人也给你们说了，欠你们的俸禄一定想办法在明年开春给你们补齐，为什么这个时候还要来闹？明知给皇上修的宫观立刻便要择吉竣工，大过年的吉日，你们一定要闹得皇上过不好年才肯甘休吗？"

"我们不是来闹欠俸的！"李清源身旁那个官员大声接道，"没有钱过年，喝碗粥吃口白菜我们也能过去。我们来就是要向皇上奏明实情，让皇上问问你们这些内阁大臣还有各部堂官，这两年到底在干些什么？过了年就是嘉靖四十五年了，你们有些什么方略能救我大明的江山社稷和百兆天下臣民！"

"回话！"

"回我们的话！"

百官一齐吼了起来。

"陈洪呢！"土山上嘉靖突然问道，"陈洪没来吗？"

| 第三十三章 |

　　黄锦向禁门内望去,一眼便看见禁门内已经站着好些提刑司和镇抚司的人,都举着火把,有些手里拿着廷杖,有些手里拿着长鞭,都列好了队,静静地在那里等着指令。
　　"回主子。"黄锦这才向依然面对朝天观坐着的嘉靖说道,"提刑司、镇抚司好些人都来了,只是不见陈洪。"
　　"知道他去哪里了吗?"嘉靖侧头望向黄锦。
　　黄锦:"奴才哪里知道。"
　　嘉靖:"他这是找朕去了。想要朕下旨,他好大开杀戒呢。"
　　黄锦:"奴才明白了。"
　　"我们要见皇上!"
　　"我们要将奏疏面呈皇上!"
　　不远处禁门外又传来了百官的吼闹声。
　　"皇上!"黄锦失惊地叫道,"徐阁老他们向百官们下跪了!"
　　嘉靖身子也动了一下。
　　黄锦接着叫道:"陈洪来了!"
　　嘉靖坐在那里又一动不动了。

　　列队静候在禁门内的提刑司、镇抚司那些提刑太监和锦衣卫见陈洪大步走来,都齐刷刷跪下了一条腿。
　　陈洪从大门向外望去,看见徐阶、李春芳、高拱和赵贞吉都面对百官跪在台阶上,那些百官还在吼闹着。
　　陈洪眼露凶光,满脸焦躁,在两行跪着的队列中来回踱着,突然站住了:"主子万岁爷在清修,请旨已经来不及了。都起来!"
　　左提刑右镇抚那些人唰地都站了起来。
　　陈洪把一只手举在空中,突然劈下:"冲出去,打!"
　　"是!"随着一声吼应,两支队伍像箭一般冲了出去。
　　灯影下,立见鞭杖齐挥,人倒如泥!

　　可怜那些文官,一个个跪在那里兀自没有省过神来,便有好些被打倒在地,有些人头上脸上流出了鲜血。
　　高拱是第一个惊醒过来的,立刻从石阶上站起:"谁叫你们打人的?住手!快住手!"

徐阶也已被赵贞吉扶起了，见状脸都白了："陈公公！陈公公！不能够这样子！快叫他们住手……"

李春芳也已爬了起来："出大事了，闹出大事了……"

陈洪就站在他们身旁的台阶正中，这时压根儿就不理他们，看着手下们在那里打人。

"孟静！扶我过去！"徐阶已经大急，在赵贞吉的搀扶下向打人处走去。

高拱紧挨在他的另一边，一起走了过去。

"住手！"徐阶喊着。

"住手！"高拱也喊着。

毕竟是内阁大员，他们所到之处，提刑司、镇抚司那些人便停止了打人，可围在百官周围的那些鞭杖依然挥舞着。

"陈洪！"徐阶猛地转过头来，"再不住手干脆连我一起打了！"

"罢了！"陈洪这才一声令下。

那些鞭、那些杖立刻停了。

除了跪在正中间的一些官员侥幸没有挨打，跪在四周的官员都已经被打得趴在地上，有些在呻吟，有些已经昏厥了过去。

土山上，嘉靖依然静静地坐在那里，甚至连这个时候都没有转身去看禁门前发生的这场惨剧。

黄锦面对他扑通地跪下了："奴才要参陈洪！主子容奏！"

嘉靖慢慢望向他："参他什么？"

黄锦："未曾请旨毒打百官，这是僭越！"

嘉靖："他为什么要毒打百官？"

黄锦："百官有错，也无非是对徐阁老他们不满，上个疏也不至于遭此毒手。"

"你太老实了。"嘉靖终于慢慢站起了，"他们这不是对徐阶不满，也不是对内阁不满，他们这全是冲着朕来的，无非是因为朕盖了几座屋子想养老。严嵩和严世蕃在他们敢这样？朕用陈洪，就用在他这个'狠'字。要是连个陈洪都没有，我大明朝立刻就要翻天了。"

黄锦也是司礼监的老人了，可平时只是分内当差从不琢磨这些事情，今天让嘉靖带到这里，当面看着这番场景，亲耳听到皇上这番话语，从不觉得这位主子可怕的老实人，这时只觉得一缕寒气从脚底升到了脑门！

嘉靖："朕也不想这样，可不得不这样。你现在应该明白朕为什么要让吕芳去南京了

第三十三章

吧?"

黄锦茫然地望着嘉靖:"奴、奴才不明白……"

嘉靖:"这样的事,吕芳不会干,朕也不想让他去干。"说着径自向山下走去。

黄锦的脑子哪里跟得上,这时灯笼也来不及取,甚至连自己的斗篷也没拿,追上去搀着嘉靖,只是借着远近透来的余光,认着脚下的路,扶着他向另一个方向走去。

已经看不见禁门那边了,却听见那边一片哭声大作。

"那个海瑞好像不在今天这些上疏的人里?"嘉靖突然又撂出了这么一句。

黄锦又是一怔,只好接道:"是奴才的过失,傍晚镇抚司有奏报,那个海瑞好像是被赵贞吉派往大兴赈抚灾民去了……"

"赵贞吉不派他的差,他也不会来。"嘉靖加快了步伐,"乾上乾下,盯住这个人。"

什么是"乾上乾下"?黄锦哪里知道这是嘉靖在当年浙案棘手时卜的一卦,那时也就对吕芳一个人说了。从此"海瑞"这个名字便时常在他心里浮出。六必居题字一事更使他感觉到海瑞这个"乾下"和自己这个"乾上"总有一天会君臣交卦。至于卦爻会生出什么变数,他在等。他一直认为,朝纲不振,万马齐喑,皆因为在自己御极的这四十四年中,在大明朝两京一十三省这么多臣子中,上天一直没有生出一个能跟自己这个"乾上"相交的"乾下"之卦,以致满朝柔顺,乾卦不生。屡次上天示警,也正因为自己乾纲独立只能跟上天对话。今天好不容易等来一群清流官员闹事,依然如此不堪一击。仗剑四顾,皆是朽兵。这种"独阳不生"带来的长期疲惫,又因常年疲惫生出的"孤阴不长"的极致失落,旁人如何能够理会?

包括黄锦,当然也无法领会,这时却不得不答道:"奴才明白。"

其实嘉靖本人也未曾明白,作为大明朝第十一世的天子,他的名位自然是至阳之"乾";但作为常年修道、性极阴沉的朱厚熜本人,他却并不是太极图阴阳鱼的那个太阳,而是那个太阴。

海瑞才是那个至阳至刚的太阳!

就在百官集聚西苑禁门上疏,时隔四十年"左顺门事件"再次重演的时候,海瑞冲风冒寒在当天就赶到了大兴县。

大兴县属顺天府,离京城也就五六十里,天子脚下居然有如此惨景,海瑞尽管有两任县令的阅历,也亲历过几场大灾,可眼下的事情还是让他不忍目睹,不敢置信。

十余座粥棚在他的厉声督责下已经搭好了,十几口大锅也正在大火上熬着粥,活着的人却并没有抢着来排队，而是到处散坐着或是躺在雪地上，这些人已经连站起的力气都没有了。

更有惨者，离活人不远处，雪地上躺着好些死人，这时正让大兴县衙招来的人从车上抽下竹席，在一具一具将他们裹起来。

海瑞满目凄然，回头向一个粥棚望去，目光立刻严厉了。

大兴县令也来了，这时披着厚厚的皮毛大氅，居然还有一个差役替他搬着把椅子摆在一口大锅的灶火前在那里烤火。

海瑞对身边那个户部的书办吩咐道："将大兴县令叫过来。"

"是。"那个书办走到了灶火前，"县爷，我们海主事请你过去。"

那个县令站了起来，走到海瑞身边："海主事。"

海瑞："这么多死了的人怎么掩埋？"

县令："眼下正在找人，准备挖一个大坑作义冢，一处埋了。"

海瑞："还有那么多活着的，就算有一碗粥喝，夜间睡哪里？"

县令叹了口气："我也犯愁。这么多人哪有地方让他们睡。"

海瑞："那就让他们冻死？"

大兴的县令也是六品，见海瑞声严色厉，便也不高兴了："谁想他们冻死了？"

"粥棚不设在城里，让这么多人大雪天都待在荒郊野外，不就是想让他们冻死吗？！"海瑞的目光倏地刺向那个县令。

"这么多人，都进了城，怎么安置？"那县令毫不示弱。

海瑞："你睡在哪里？你的家人睡在哪里？不是都住在城里吗？你有地方睡，就没有办法安置这些难民！"

县令一怔："海、海大人，你怎么能这样说话……"

海瑞："你要我怎样说话？朝廷将大兴县交给你管，大兴的百姓都是你的子民，你对自己的儿子、自己的女儿也这样吗？我告诉你，粮食我已经给你运来了，不够我还会向户部要。从今天起再饿死一个人、冻死一个人，我向朝廷参你！"

县令这才有些气馁了："那海大人给我出个主意，要是您来当我这个县令该怎么办？"

海瑞："把县衙腾出来，把县学腾出来，还有庙宇、道观，还有一些大户人家，县里所有能腾出来的地方都腾出来，让难民住进去！"

县令："有、有这个规矩吗？"

海瑞："我告诉你，我在淳安和兴国当知县都是这个规矩！施了这顿粥，把粥棚设到

| 第三十三章 |

城里去！"

　　说完这句，海瑞不再理他，大步向那些雪地上的百姓走去，大声说道："粥很快就熬好了！父老乡亲能坐的都请坐起来，能站的都请站起来，再躺着就会起不来了！喝完了粥我们都搬到城里去，你们县太爷给你们安排了屋子！听我的，都起来，起不来的，请别人帮一把！"说着他自己先走到一个老人身边蹲了下去，将那个奄奄一息的老人手臂拿到自己肩上，将他半抱半搀扶了起来。

　　扶起那位老人，海瑞的目光向县令和那些差役这边望来："你们还站着，要我一个一个请吗？"

　　那些差役人等都奔了过去。

　　就这样，海瑞在大兴县守着灾民过了嘉靖四十五年这个年节，回到家里已经是正月初五的黄昏了。这个年只有母亲和妻子两个人在家里度过。

　　海瑞的眼睛网着一层血丝，才几天脸上也瘦得颧骨暴露，身上那件官服已经脏得不像样子，面对母亲和妻子还装出一丝笑容："母亲，儿子不孝，没能在家里陪母亲过年。"说着转望向妻子，"快扶阿母坐好，我们给阿母拜年。"

　　海妻连忙过去扶着海母在正中椅子上坐下了，海母望着儿子满眼爱怜："不用了，你这个样子赶紧吃口热的，洗一洗先歇下来。"

　　海瑞已经跪下，海妻虽有身孕，也伴着他并肩跪下了："儿子和儿媳给母亲拜年了，祝母亲长寿百岁！"说罢，海瑞磕下头去。海妻将手贴在腹前弯了下腰。

　　海母："好，扶你媳妇起来。"

　　海瑞抬起了头，便去扶妻子，一条腿刚抬起准备站起时，眼前突然一黑，自己扑通一声倒了下去。

　　"汝贤！"

　　"官人！"

　　海母和海妻的呼唤声海瑞已经听不见了。

　　也就在这一天，这一夜，在西苑钦天监择了御驾迁居新宫的吉时——嘉靖四十五年正月初五酉时末刻，而吉时择得偏又不合天象——大雪下得天地混沌，玉熙宫外殿坪里那一百零八盏灯笼在大雪中昏昏黄黄，需仔细看才能看出：三十六盏在前，上符三十六天罡之数；七十二盏在后，上符七十二地煞之数。玉熙宫内外一片辉煌。

　　一百零八盏灯笼光的昏照下，大雪中隐约可见大殿石阶前正中跸道上摆着皇上那乘三十二抬龙舆，三十二名抬舆太监单腿跪候在各自的轿杆下。

龙舆的左侧，列着手执法器的朝天观观主和一应道众。

龙舆的右侧，列着手执法器的玄都观观主和一应道众。

徐阶率领六部九卿堂官跪候在大殿的石阶上，三品以下的官员便苦了，虽然有恩旨让他们站着，但毕竟都站在殿外的石阶和殿坪上，无一人身上不是落满了积雪，所有的目光都昏眊地望着洞开的玉熙宫殿门。

灯火通明的玉熙宫大殿的正中摆着一座好大的铜壶滴漏。

静寂中，大铜壶的滴漏声清晰可闻。

大殿的各个方位上都站着捧执御物，屏息静候的太监。

只有一个人这时在大殿里走动，虽然步伐极轻，气势依然逼人，这便是陈洪。但见他一会儿步到通精舍的那道大门口听一下里边的响动，一会儿步到那座大铜壶前看一眼慢慢上浮的刻木，如此往返，片刻不停。这就使得跪在门外那些内阁大员和六部九卿堂官身影矮锉，突兀得陈洪一人飞扬。

殿内殿外这时都在等着酉时末刻的到来，等着精舍里嘉靖敲响那一声铜磬。彼时，景阳钟便将敲响一百零八下，朝天观与玄都观的道众都将齐奏仙乐，然后铳炮齐鸣，整个北京城都将听到，当今圣上龙驾腾迁了。

精舍内也安放了一座铜壶滴漏，黄锦一个人静静地站在铜壶边紧盯着上浮的木刻，目光一刻也不敢移开。

嘉靖换上了那件绣有五千言《道德经》的道袍，头上依然束着发，只系着一根玄色的绸带，盘腿坐在蒲团上，正看着手中一道贺表。

一顶偌大的香草冠静静地摆在他身边左侧的茶几上，那口铜磬摆在他身边右侧的紫檀木架上。十几道已经看过的贺表叠摆在他身前矮几的右侧。

嘉靖看完了手中那道贺表，往矮几右侧那叠已看过的贺表上一扔，目光射向了矮几左侧剩下的最后一道贺表，却不再拿它，突然问道："贺表全在这里了？"

黄锦目光本盯着木刻，这时连忙转过头来答道："回主子，全在这里了。"

"再没有了？"嘉靖问这句时脸色已经十分难看。

黄锦其实也早就在等着他问这句话，也早就担心他问这句话，还是按照事先跟徐阶商量好的口径答道："奴才糊涂，惦记着吉时起驾，竟把这个事忘了。徐阁老送贺表来时便叫奴才转奏皇上，因担心每个官员都上一道贺表太过劳累圣上，因此只叫六部九卿部衙各上一道贺表，既不使主子太劳累，也转达了我大明所有臣民对主子的忠爱之心。"

嘉靖笑了，笑得好阴森："每个官员上一道奏疏不怕劳累了朕，每个官员上一道贺表

| 第三十三章 |

倒怕劳累了朕？无非是看朕盖了几座屋子，年前有些人挨了陈洪的责打，在心里骂朕，不愿意上贺表罢了。黄锦，徐阶用这个话来蒙朕，你也跟着蒙朕？"

黄锦立刻跪下了："主子！主子是天下的君父，君父有了安居之所，天下的臣民只有欢喜的道理，怎会如此没有天良。大吉大喜的日子，臣子和奴才们都欢喜着呢，主子是仙佛降世，应该生大欢喜心才是。"

嘉靖眼里哪有半点欢喜的神色，本想再驳斥他，见他满目乞求的神色，便不再看他，将目光转向精舍里面那道门，穿过正对着那道门洞开的南墙窗口，望向远方天际闪烁的星斗，突然喃喃地顾自念起了诗句："安得广厦千万间，大庇天下寒士俱欢颜。呜呼！何时眼前突兀现此屋，吾庐独破受冻死亦足！"

黄锦大惊失色："主子，大吉的日子，主子万万不可……"

"闭嘴！"嘉靖已经闭上了眼睛。

黄锦也只得闭上了嘴。

大铜壶的滴漏声越来越响！

低头紧盯着滴漏木刻的陈洪猛地抬起了头，快步走到大殿门口，做好了准备发令的手势。

徐阶那些官员都挺直了身子。

殿外大坪里两班道众都拿起了法器仙乐。

无数双眼睛都在看着陈洪那只高举着的手，只等那手往下一按，便山呼万岁，鸣钟奏乐。

陈洪高举着手，左耳简直竖得都拉长了，单等精舍里那铜磬一响。

黄锦两眼直着，铜壶木刻上"酉"字的最后那一道木刻已经浮出水面，"戌"字透过水面已经能看见了。

黄锦强堆出满脸笑容从铜磬中捧出那根磬杵高高举起双腿朝嘉靖跪了下来："天地吉时良辰，奴才启奏主子万岁爷起驾！"

嘉靖慢慢睁开了眼睛，望向黄锦捧在自己面前的那根磬杵，却一动没动。

铜壶的滴漏声更响了，嘉靖依然一动不动，黄锦感觉到铜壶里滴下的每一颗水珠都落在自己的脑门心上，那水珠又变成了汗珠从他的发际沿着脸流了下来。

嘉靖终于慢慢伸出了手，抓过了那根磬杵，瞟了一眼身侧的铜磬，突然举起磬杵往地上一摔！那根磬杵，立刻断成数节，好些碎片迸溅起来！

黄锦跪在那里眼睛都直了！

只听到里面有一声响，陈洪那只手刚要往下按，亏他立刻又停住了——面露惊愕之色！

那一声跪在门边的徐阶等人也听见了，不是铜磬在敲，而是砸碎东西的声音，所有人都惊愕住了！

所有的目光都望向精舍那个方向。

从大殿的大门可以看到，静候在大坪里那些人众也都惊愕在那里。

一切又都归于沉寂，漫天的大雪这时竟也小了，那上应天罡、下应地煞一百零八只灯笼在闪着亮光。

谁也不敢动，谁都在等着，等着下面发出的不知是什么声响。

嘉靖从袖中掏出一份不知何时早已写好的御旨朝跪在地上的黄锦扔去："出去宣旨！"

黄锦省过神来，连忙捧起那道御旨，磕了个头，爬了起来，踉跄着向精舍外走去。

陈洪终于听见了精舍传来的脚步声，接着看见黄锦走了出来。

陈洪立刻迎了过去，压低着声音："怎么回事？"

黄锦看也没看他，径直走向殿门，走出殿门外站在那里。

无数双目光都投向了站立在殿门口的黄锦。

黄锦何时有过如此大的气场，这时站在那里就像一座大山，压得所有人都屏住了呼吸。

黄锦展开了圣旨："上谕！"

"万岁！"所有人立刻有了反应，同声答了这一声，原本跪着的大臣都趴了下去，原本站在石阶和殿坪上的人都跪了下去。

陈洪本还在殿内门口生黄锦的气，这时也只好在殿内跪了下去。他身后满殿捧着御物的太监们都跟着跪了下去。

黄锦事先也不知道这道旨意里的内容，颤声读道："朕御极四十有五年矣！敬天修身，卧不过一榻，食不求五味，服不逾八套，紫禁城广厦千间避而不居，思天下尚有无立锥之民也。故迁居西苑，唯求一修身之所，以避风雨而已。奈何建一万寿宫、永寿宫竟遭天下诟病，百官竟无一人上贺表者？且以野有饿莩、官有欠俸迁怨于朕，朕之德薄一至于斯乎！朕将两京一十三省百兆臣民托诸尔内阁及各部有司，前因严嵩父子及其党羽天下为私贪墨而害民，今尔徐阶等大臣举止无措踟蹰而误国。万方有罪，罪在朕躬一人而已！"

读到这里黄锦已经满脸流汗，口舌干燥，已经读不下去了。

徐阶等一应大臣全都匍匐在地，无不惊惧莫名。

黄锦好不容易酝出了一口津液，润湿了舌头，接着读道："百官诟朕，朕其病也！民

第三十三章

有饿殍，朕其忧也！万寿宫、永寿宫朕尚忍居之乎？着尔徐阶等人会同裕王筹一良策，安我大明，救我百姓。天下一日不安，百姓一日不宁，朕一日不迁居万寿宫、永寿宫。钦此。"

为了给他修这两宫两观，徐阶等人绞尽脑汁不惜东墙西拆，挨了多少唾骂，误了多少大事。如今到了乔迁之时，他又突然不搬了，而且骂尽百官，罪及众人，原因只是挨了毒打之后在京诸官没有都上贺表而已。都道天有不测风云，毕竟础润知雨、月晕知风，有迹可寻。可这位皇上如此变幻莫测，岂止不润而雨、无晕而风，简直是旱天惊雷，冰雹打头！听完了旨，徐阶等人身心俱寒，都僵在那里。

众人都蒙了，身为首辅徐阶却必须表态，勉力双手撑在地上，抬起了头，大声说道："臣徐阶等尸位内阁，举止无措，踟蹰误国，上遗君父之忧，臣等愿受天谴！伏乞我圣上龙驾迁居万寿宫、永寿宫，以补臣等不可或恕之罪于万一。不然，臣等万死难安！"说到这里悲从中来，万般委屈化作了一声号啕，老泪纵横！

内阁其他三员，六部九卿各位堂官也是委屈万分，此时被徐阶这悲声一放牵动了衷肠，一齐号啕大哭起来！

站在他们面前宣旨的黄锦这时也转身跪了下来，跟着放声哭了出来。

站在大坪里那朝天观、玄都观两个观主这时另有应变之策，二人对视一眼，大声念起了符咒。紧接着他们身后的道众一齐跟着念起了符咒。

一时间大哭声、念咒声与深夜越来越大的寒风并作，玉熙宫大殿在灯光中摇曳，仿佛要被这潮浪般的声音浮了起来！

第三十四章

　　从大兴回来后，海瑞突然病倒，竟至人事不省，在海母近五十年的记忆中这还是第一次。一婆一媳家无三尺应门之童，可怜两个妇人一老一孕半拖半抬将海瑞就近搬到了海母的床上，替他盖上了海母平时盖的那床薄被。海妻情急之下求告对面那户近邻，那近邻知这海老爷是位清官，当即受托派人去告知了王用汲。王用汲闻讯带着一个长随先去了裕王府，叫出了李时珍，赶到海宅，已经戌牌时分。

　　海瑞躺在床上依然未醒，双目紧闭，牙关紧咬。李时珍默坐在床边的凳子上，三指搭上他的手腕。

　　海妻这时也顾不得避嫌，站在一旁不停地淌泪，海母就坐在儿子的床边，一手捏着儿子的手，一手不停地抹泪。

　　王用汲也是满脸忧急，紧盯着李时珍给海瑞诊脉。

　　李时珍松开了手："准备几样东西。"

　　"什么东西？"王用汲抢着问道。

　　海母、海妻都收了泪紧望着李时珍。

　　李时珍："把家里的棉被都搬来给他盖上，再搬个火盆来，生一盆大火。"

　　"我去拿被！"海妻连忙走去。

　　王用汲立刻对站在门外的长随："去厨房，搬火盆搬柴！"

　　那长随应着立刻朝客厅正门奔了出去。

　　"他今年都五十了，从来就没有这样。"海母说着又淌泪望向李时珍，"怎么会突然病成这个样子？"

　　李时珍："太夫人不要担心。刚峰兄原是个极阳之体，本身极能抗受风寒。可骤然到了极寒之地，由于几日几夜不食不睡，极阳尽而极阴生，风寒侵入了肌骨，因此这样。"

第三十四章

海母立刻变了脸色:"要紧吗?"

李时珍急忙接道:"有我在,不打紧。先发出一身大汗,再准备一碗热粥,喝下去我再慢慢给他调理。"

"厨房现就有粥,我去热。"海母立刻站了起来。

王用汲一把扶住她:"太夫人,我去吧。"

海母:"粥是我热的,我知道在哪里。拜托你帮我陪着李太医。"

"那太夫人走好了。"王用汲只好松开手让海母走了出去。

说话间海妻已经搬来了一床被子,王用汲连忙接过,盖在海瑞身上。

"不够。"李时珍说道,"有多少被褥都请拿来。"

海妻低头站在那里,眼里又淌下了泪:"家里也就这床被了……"

李时珍和王用汲碰了一下目光,二人心里都是一酸。

王用汲当即将搁在椅子上自己那件披风和李时珍那件披风都抄了起来盖在海瑞的被上。

那长随正搬着生燃了的一盆火进来了。

"把火生大些!"王用汲一边对那长随说道,一边又去解身上的棉袍。

那长随赶紧趴下身子吹火,那火熊熊燃了起来。

王用汲已将身上的棉袍又盖在海瑞身上。自己只穿了一件内布长衫和一件厚布夹衫。

"再搬些柴来,再烧大些。"李时珍大声说道。

那长随又奔了出去。

李时珍这时也解下了身上的棉袍,盖在王用汲那件棉袍上。

海妻眼泪唰唰地直淌,也去解身上的腰带。

"万万不可!"王用汲连忙阻住了海妻,"嫂夫人有身孕的人,可不能再感了风寒。也去厨房帮太夫人吧,这里有我。"

海妻依然要解掉身上的粗布棉衫。

"够了。"李时珍也出面阻止了,"嫂夫人要再病了,伤了胎儿,我也没有办法救你们了。听王大人的,去厨房帮太夫人吧。"

海妻这才淌着泪,低头走了出去。

王用汲的长随又进来了,怀里却只抱着几根劈柴。

王用汲:"柴也没了?"

那长随点了下头:"还剩了几根太夫人要热粥。"

王用汲望向了李时珍,李时珍也望向了王用汲。

忧眼相对，四目黯然。

"刚峰清寒如此，我这个朋友没有尽到心哪！"王用汲自责了一句，转对那长随，"赶车回去，油盐柴米还有被子多搬些来！"

"是。"那长随立刻又奔了出去。

李时珍带着感动，带着赏识望向王用汲。

"不会有大碍吧？"王用汲却避开了他这种目光，望向依然昏厥未醒的海瑞，低声问道。

李时珍："难说。身病好医，心病难愈。刚才跟太夫人我只说了一半的病因，刚峰这个病更多是因心病而起。"

王用汲："此话怎讲？"

李时珍："他醒来后，你问他就是。"

又过了约两刻时辰，海瑞依然未醒，但额上已沁出密密的汗珠。

海母坐在火盆边，双手捧着那碗粥伸在火边，海妻站在婆母身后双手扶着她的两腋，王用汲站在脚边的床头，三人看见躺在床上的海瑞额上见汗，不禁都眼睛亮了。

王用汲从袖中掏出了一块手帕便要去给他揩汗。

"莫动他。"李时珍说道。一边将手伸到被里，又拿住了海瑞的脉，稍顷，睁开了眼，从医囊里拿出一卷艾灸，走到火盆边点燃了艾灸，回到床边，抽下海瑞发髻上的发簪，拨开他脑顶上的头发，看准了天灵穴，一灸灸了下去，接着收回了艾灸。

海母倒吸了一口气。

所有的目光都望向了海瑞的脸。

海瑞的嘴慢慢张开了，像是从腹内极深处吐出了一口长气，那口长气还带着深深的一叹！接着，他的两眼慢慢睁开了，渐渐看清了站在身边的李时珍："李先生。"

大病醒来，他说话却中气依然不减。

"不要这么大声。"李时珍微笑了一下，转对王用汲说道："替他把汗揩了。"

海瑞这才又看见了王用汲："润莲兄也来了。"

海妻已经扶着海母急忙走到了床边。

"母亲！"海瑞看见了母亲，挣扎着便要坐起，抬起了头，身子却怎么也起不来了。

"躺着莫动！"海母急忙说道。

海瑞只好把头又贴回枕上，见母亲脸有泪痕，满眼关切，便强从嘴角露出笑容："儿子没事……阿母千万不要担心。"

第三十四章

海母双手捧着那碗粥望向李时珍："李太医，可以给他喝了吗？"

李时珍让开了坐的那把凳子，又移到了床的中间："太夫人请坐在这里，慢慢喂他。"

海母在凳子上坐下了，舀起一勺粥，向海瑞嘴边送去。

海瑞张嘴接了那勺粥，咽了下去，接着望向王用汲："润莲兄，帮我一把。"

王用汲连忙走到床头："帮你什么？"

海瑞："烦请扶我坐起。"

海母："不许坐起。"说着又将第二勺粥送到他嘴边。

海瑞不再接那勺粥，强笑道："儿子都五十的人了，母亲，让儿子坐起自己喝吧。"

李时珍接言了："太夫人，让他坐起自己喝。"

海母这才不阻止了，让王用汲把海瑞抱扶着坐了起来。

海瑞双手接过母亲手里的粥碗，捧碗时手还有些颤抖，王用汲连忙用一只手帮他托住了碗底。

海瑞将碗送到嘴边，张开嘴竟一口气将那碗粥喝了下去。

几双目光都紧望着他。

海瑞又伸过了一只手，海母连忙将手中的勺递给他，海瑞用勺将残留在碗底的粥刮到碗边，一口又吃了。接着将那只干干净净的空碗向母亲一递："阿母，儿子已经好了。"

海母眼中盈着泪接过了碗："好了就好，好了就好……"

海瑞紧接着对王用汲说道："润莲兄扶我下床吧。"

"躺下！"李时珍在一边喝道。

海母紧接着："快躺下！"

李时珍这时望向又已泪流满面的海妻，温言对她说道："嫂夫人，你过去，替他把被子捂紧点。"

海妻这才轮到自己能照顾一下丈夫了，连忙揩了揩眼泪，走了过去，替丈夫把被子细心地周边捂紧。

趁妻子的身子挡住了母亲，这时海瑞目光深深地向她望了一眼，头也微微点了一下。

妻子飞快地对望了一眼丈夫，眼眶中又盈出泪来。

"看好了车，东西一样一样搬！"这时院外门边隐约传来了声音，接着是好些人打招呼搬东西的声音，显然是王用汲那个长随领着人把东西搬来了。

"老爷，东西都搬来了！"果然，北房正屋门口传来了长随的禀报声。

"快搬进来！"王用汲大声说道。

海母与海妻不知就里，向屋门外望去。

王用汲原来的那个长随又带来了一个长随，一人捧着两床厚厚的棉被，一人提着一大捆劈柴走了进来。

"先把火添上！"王用汲大声吩咐。

提柴的那个长随放下了劈柴，连忙往火盆里添柴。

原来那个长随捧着两床厚被站到了床边。

王用汲从海瑞的被子上先提起李时珍那件棉袍对那长随吩咐道："替李先生把衣服穿上。"

捧被的那个长随，将两床被放在床脚，刚要接那件衣服。

"不用，我自己来。"李时珍接过了衣服，自己穿了起来。

王用汲只好又拿起了自己那件衣服一边穿着一边说道："把斗篷拿开，把被子盖上。"

那长随立刻拿开了李时珍和王用汲的斗篷搭在床边，抖开一床厚厚的棉被盖到了海瑞身上。

海瑞躺在床上默默地看着他们在忙着做这些事，这才知道自己昏睡后两个好友竟将自己的衣服都脱了盖在自己身上，一直装着笑脸的他眼睛再也止不住湿润了。平生读书，自以为精求甚解，这才知道什么叫作"解衣衣之，吐食食之"！

海母本是平生就不受人恩惠，这时被媳妇扶着又坐到了火盆边，也已经只是感动，一言不发。

海妻平时就从不多说一句话，从不多走一步路，今日此情此景，见丈夫和婆母都一言不发，再忍不住咽着泪向丈夫的这两个好友深深一福："李先生、王大人待我一家如此厚恩，我们怎么报答……"

"嫂夫人切莫说这样见外的话。"王用汲答了一句，转对那两个长随说道，"把这床被搬到海夫人房间去，其他东西都搬去厨房。"

跟他的那个长随抱起了剩下的一床被递给另一个长随，那长随抱着被子走了出去，这个长随依然站在屋里望着王用汲。

王用汲立刻知道他有事要说："还有什么事？"

那长随："回老爷，都察院来人了，通知老爷立刻去部院。"

王用汲："知道什么事吗？"

那长随："好像是说，除了出京当差的，凡是在京的官员都要连夜给皇上上贺表。"

王用汲黯然摇了摇头，不禁望向海瑞，又望向李时珍。

| 第三十四章 |

海瑞只回望着他，没有任何表示。

"你去吧。这里有我。"李时珍却叫他走。

王用汲轻叹了一声，又望了一眼海瑞："户部大概还不知道你回了。"说着转对海母双手一拱："太夫人，晚侄只好失陪了。"

海母立刻站起了："公事要紧，已经让你受累了。"

王用汲又向海母拱手一揖，接着向李时珍一揖："李先生受累了。"说着这才向门外走去，那长随紧跟着他走去，王用汲却边走边对那长随说道："你们两个不用跟着我了，今天都留在这里陪着李先生照看海老爷。"

海母和海妻都随着送了出去。

李时珍的话在海家已是言听必从，这天晚上，海母去了媳妇房间歇息，两个随从也被安排去了北面西屋，生着火在那里打盹听候差遣。

一盆火，一把椅子，一件斗篷大氅盖在身上，李时珍面对海瑞坐在床边的椅子上，拿着那把铁钳低着头不停地拨弄着火盆里的火，显然心情十分复杂又十分沉重。

海瑞依然被子盖着，人却已经半坐着靠在床头，紧紧地望着李时珍。

"人生不满百，常怀千岁忧。"李时珍终于说话了，"你既决心上疏，舍身成仁，我挡不住你，谁也挡不住你。"

"那先生是赞成我上疏了！"海瑞紧接着问道。

"我可没说赞成。"李时珍将火钳一搁，抬头望向海瑞，"上奏疏如同开医方。上医医国，中医医人，下医医病。大明朝已然病入膏肓，你这道奏疏是想医病，想医人，还是想医国？"

这是已经对上话了，海瑞两眼闪出了光："国因人病！医病便是医人，医人才能医国。"

"有些对症了。"李时珍眼中露出了赞许，"病根是什么？"

海瑞："视国为家，一人独治，予取予夺，置百官如虚设，置天下苍生于不顾。这就是病根！"

李时珍不禁在膝上拍了一掌："说得好！说下去。"

海瑞："一部华夏之史，夏朝和商朝便是只有君王没有百姓的天下。当时《尚书》有云：'时日曷丧？吾与汝俱亡！'可见民不聊生，天下百姓都有了与夏桀同归于尽的心。商革夏命，前数百年还顾及天下苍生，到了纣王，简直视百姓如草芥，顷刻而亡。天生孔子，教仁者爱人。继生孟子，道出了'民为重，社稷次之，君为轻'万古不变之至理。秦朝不尊孔孟，三世而亡。到了汉文帝真正明白了这个道理，恭行俭约，君臣共治，以民为本，我华夏才第一次真正有了清平盛世，史称文景之治。唐太宗效之，与贤臣共治天下，又有了贞观之治。之后，多少次改朝换代，凡是君臣共治、以民为本便天下太平，凡一君独治，弃用贤臣，不顾民生，便衰世而亡。到了大明朝，我太祖高皇帝出身贫寒马上得天下，犹知百姓之苦，惩贪治恶，轻徭薄赋，有德惠于天下。但也就是从太祖高皇帝种下了恶果，当时居然将孟子牌位搬出孔庙，便是不认同'民为重，社稷次之，君为轻'的治国至理。厉行一君独治，置内阁视同仆人，设百官视同仇寇，说打就打，要杀便杀。授权柄于宦官，以家奴治天下。将大明两京一十三省视同朱姓一家之私产。传至今日已历一十一帝，尤以当今皇上为甚！二十余年不上朝，名为玄修，暗操独治。外用严党，内用宦奴，一意搜刮天下民财。多少科甲出身的官员，有良知的拼了命去争，都丢了命。无良知的官员干脆逢君之恶，顺谀皇上。皇室大贪，他们小贪，上下一心刮尽天下民财，可怜我大明百姓苦上加苦，有多少死于苛政，有多少死于饥寒！"

说到这里海瑞的喉头哽住了。

李时珍望着他也已然义愤之色激动于表。

海瑞咽了一口泪水："这次去大兴，天子脚下，新年之时，饥寒而死的百姓倒满了大雪之中！地方官视若无睹，近在咫尺的京官也不闻不问，内阁和户部不得已拨去了一些军粮也是虚应故事，还一再嘱咐，千万不能让皇上知道，以免败了皇上乔迁的喜兴！皇城之下尚且如此，普天之下还不知有多少涂炭之生灵！在大兴这几天我所能做的也只是救一人算一人，当着那些没有心肝的人，哭都没地方去哭。先生一生治病救人，我们这些吃朝廷俸禄的人却只能看着百姓在眼前一个个死去……"说到这里，一向硬如铁石的海瑞已经泪流满面，吞咽起来。

李时珍也是个硬如铁石的人，这时也已经热泪盈眶。

两人相对伤感了一阵，各人又都揩去了眼泪。

李时珍："上疏吧！就算不能为天下苍生普降甘霖，也要在我大明朝万马齐喑的朝野响他一记惊雷！"

海瑞两眼闪出光来："如何上疏，我正要听先生的见解！"

李时珍："见解你自己已经有了。刚峰兄，真要上这道疏，就要直指病根！如果像以往那些大臣，虽然上疏，却心存顾忌，只论事不论人，只骂臣不骂君，就不如不上。要痛斥便痛斥一人独治，要谏言就谏言君臣共治！千古文章，纵然不能让当今皇上幡然悔悟，也能让另一人幡然心惊，我大明朝如再以天下奉一人，便亡国有日，天下必反！刚峰兄，能做到这一点你便有大功德于天下。知道我说的是谁吗？"

第三十四章

海瑞："裕王！"

李时珍："正是。因此你必要顾及两点：一是太夫人、嫂夫人。建文帝时，方孝孺为博一个忠名，牵连十族，八百余亲人、友人无辜而死，窃所不取。干这件事不能危及高堂老母和怀有身孕的妻子。不是我不想尽力，你知道我平生大愿便是要重修《本草纲目》，行程万里漂泊无定。因此我能做的也只是将太夫人和嫂夫人及早带离京城，今后能照看她们的只有拜托王用汲了。因此你上疏前一定要想个办法让他脱掉干系，不要把他牵连进来。"

海瑞重重地点了下头："还有哪一点必须顾及？"

李时珍："便是裕王。我和裕王相交多年，深知他是个本性仁厚、敬贤爱民之人，大明朝若想一改前非，君臣共治，只有裕王能够做得到。这道疏一上，皇上必然猜忌你是受人指使。你当初就是裕王举荐的人，倘若皇上猜忌到裕王便坏了根本大事！因此你在上这道奏疏前不能再跟任何人往来，在奏疏中更不能牵及裕王，也不能牵及任何人，要让皇上真正知道你是无党无私！"

海瑞肃然起敬，坐直了身子双手一拱："谨受教！"

群臣不上贺表，皇上不愿搬迁，君臣的关系虽不言已如仇雠，也已经近似水火。裕王得到这个消息端的忧心如焚，半夜里带着徐阶、李春芳、高拱、赵贞吉、张居正几人来到了给年前挨了毒打那些官员医治的御医堂。

那些躺在病榻上的官员们怎么也想不到裕王爷这时会亲身出现在这里，能够转动的人都挣扎着坐了起来，折断了腿脚的人不能坐起，也将头抬了起来，多数人显得神情十分激动，也有些人脸上依然木然。

"快躺下，都请躺下！"裕王眼睛湿了，没等这些人开口，站在大堂的中间环向大家按着手，望向一双双激动的眼大声说道。

"躺下吧，都请躺下吧！"徐阶帮着过去先扶着一个官员躺下了。

"请躺下。"

"请躺下。"

高拱、赵贞吉和张居正都分别走到一些官员的床前扶着他们躺了下来。

李春芳帮着接过御医端来的一把椅子放在裕王的身后："王爷请坐下。"

裕王挥了挥手。

张居正："搬开吧。"

御医又把椅子搬开了。

那些病榻上的官员虽然都躺下了，目光全都望向裕王。

"我是奉皇上的旨意来看大家的。"虽说善言无谎，裕王说出这句话时大家还是能听出他的满腔仁心，满腹忧愁，"皇上心里也惦记着大家。"

一个躺在最里边病榻上的翰林院官员忍不住呜呜地哭了起来。

接着有好些个官员都流了泪，可还是有些官员神情木然，其中那个李清源尤其突出，目光冷漠，一副灰心到了极点的样子。

裕王默然了。

徐阶那几个人站在他身后都沉默着。

张居正紧挨着裕王站着，这时在他身后暗中轻推了他一下。

裕王咽了那口含泪的唾液，清了一下嗓子："我要说几句话，望诸位静听。"这句话既是对着病榻上的官员们说的，也是对门外说的。

原来站在裕王身后的几个内阁大臣还有张居正连忙移开了身子，亮出了御医堂洞开的那道门——原来门外已经来了许多京官，夜色中似乎站满了整个院子。

裕王侧着身子，以便自己的话既能让病榻上的官员听到，也能让院子里的官员听到："圣人云，天下无不是的父母。推而论之，天下更无不是的君父。我太祖高皇帝当年教导百官判断讼案时也曾说过，父子诉讼，曲在子而不在父；兄弟诉讼，曲在弟而不在兄。也是这个道理。我大明庇护百兆臣民只有一个君父，而百兆臣民所供奉者亦只有一个君父。以天下四海为君父修建一居身之所，你们不应该在这个时候去闹事。"

这是大道理，是无可辩驳之理，听裕王说完这番话，那些病榻上的官员和那些站在院子里的官员都默然不语。

裕王接着说道："至于国库亏空，民有饥寒，这个过错首先是我的过错，是内阁的过错，是六部九卿堂官的过错。绝非君父之过。我今天把内阁的阁员都带来了，我向诸位，向天下臣民认过！"说到这里，他先向门外院中那些官员深深一揖，然后转身向病榻上的官员们深深地揖了下去。

徐阶等人随着他也先向院中百官一揖，然后向病榻上的官员都揖了下去。

院中的官员们纷纷都跪了下去。

病榻上那些原就感动的官员这时已然热泪盈眶，那几个神情一直木然的官员这时也终于放出了悲声，那李清源更是不顾伤痛从病榻上滚落下来，面对裕王跪在那里。那几个凡能挣扎下床的都滚摸着下了床向裕王跪下了。

裕王在徐阶和张居正的陪同下回到王府已是子牌正时。寒风夜号，呵气成冰，好些太

| 第三十四章 |

监都打着灯笼候在这里,见裕王出了轿门便立刻拥了过去,有人给他拥上裘皮大氅,有人给他递过去烧得滚热的白铜汤婆子,裕王抱在怀里依然寒冷,从前院向内院一路走去一路咳嗽。

徐阶和张居正也披上了厚厚的裘皮大氅,紧跟着他向内院走去。

裕王在太医院一番感人肺腑的劝说,将那些挨了打心如死灰的清流京官们都感动了,大家立刻表了态,愿意连夜赶写贺表,以慰君父之心。徐阶立刻命李春芳、高拱、赵贞吉纠集各部堂官火速通知在京官员各赴所属部衙连夜赶写贺表,务必在初六的卯时将贺表上呈玉熙宫。

书房里早早地就烧着两大盆冒着青火的白云铜银炭炭火,从极寒的外边一踏进书房,热气扑来,裕王正在咳着,立觉喉头窒息,便有些喘不过气来。

张居正连忙扶着他:"王爷先将脸转过去。"

裕王将脸转向了敞开的门,张居正替他抚着背,他才觉得那口气缓了过来。当值太监急忙替他解下了身上的斗篷,和张居正一道扶他在书案前坐下。

当值太监将一杯盖碗热茶捧给裕王,让裕王喝了几口,裕王觉得缓过了些,依然十分委顿,无奈事情未完,还得挺着跟徐阶和张居正商量,声音沙哑地说道:"两位师傅,都请坐吧。"

徐阶和张居正疼怜地望了望裕王,也坐了下来。

当值太监又给徐阶和张居正端过去了热茶。

"出去吧。"裕王对那当值太监,"把门关上。"

"是。"当值太监一条腿跨过门槛,先拉上了一扇门,又抽出另一条腿拉上了另一扇门。

"京官们的贺表天一亮准能呈上去吗?"裕王问徐阶。

徐阶欠了下身子:"王爷放心,各部堂官都打了招呼,哪个衙门的贺表没有上齐,就撤掉哪个衙门的堂官。天一亮在京官员的贺表都能呈给皇上。"

裕王黯然地望着地面:"难为大家了。开了春官员的欠俸一定要补齐,灾民和难民尽量不要再死人。淞江那个棉布商叫来了吗?"

张居正答道:"回王爷,出府的时候臣便和徐阁老安排了。刚才臣问了当值的太监,他们早来了,一个由徐侍郎陪着候在门房,一个在寝宫回李妃娘娘的问话。"

裕王先是一诧,脸色立刻难看起来:"谈淞江棉布的事李妃问的什么话?何况深更半夜,怎么能让一个商人到寝宫去!"

徐阶向张居正望了一眼。

张居正接言道："怪臣等没有说清楚。这两个人王爷都认识，便是高翰文夫妇。"

"是他们？"裕王有些意外，"你们请来的在南直隶做棉布生意的两个大商人是高翰文夫妇？"

张居正："回王爷，正是。高翰文罢了官后回不了家，亏得那个芸娘有些积蓄，在南直隶和浙江各商行也有些关系，两人便做起了生意。没有官运却有财运，不知他们是如何经营的，四年下来淞江的棉业有一半都是他们在做。现在在寝宫回李妃娘娘问话的便是高翰文的妻子。"

裕王那份不快消失了，接着便是有些好奇："你们又是怎么找到他们的？"

徐阶答话了："回王爷，臣的弟弟在淞江老家种的便是棉田，一直经营棉业，和高翰文常有往来。臣曾经向王爷禀报过，要想弥补国库的亏空，眼下最实在的办法便是在淞江扩展棉田多织棉布，由朝廷指派商家统一专营，既可平抑市价，又能把平时被那些商人偷瞒的税赋都收上来。这一笔利润每年应该都在五百万以上，一半归于商人、棉农，一半缴纳户部，国库一年便可增收两三百万两的税银。利国利民，确是当前一条切实可行的国策。"

"徐师傅。"裕王当即起了戒心，但也不乏诚恳，"这样的事情最好不要让你的家人来做。"

"王爷训诲极是。"徐阶立刻回道，"臣正是为了避嫌，才和太岳商量了，让高翰文夫妇来做这件事情。"

"还有。"张居正接着说道，"这个方略去年臣也曾跟王爷提起过。当时没有将详情禀告王爷，其实这个主意就是高翰文给臣写信的时候提出来的。"

裕王默思着，突然想起了什么："我记得嘉靖四十年在浙江推行改稻为桑，就是那个高翰文提了个'以改兼赈，两难自解'的方略，书生之见，当时就把事情弄得不可收拾。这一次该不会又重蹈覆辙吧？"

"此一时也，彼一时也。"张居正坚定地回道，"高翰文当时提的那个方略本身没有错，只是严党当政，各谋私利，才使得局面不可收拾。臣以为只要朝廷把住了关口，切实把该上缴国库的银子收到国库，把该给棉商棉农的利润还利于民，这个方略还是行得通的。"

裕王又望向了徐阶。

徐阶接着说道："商鞅立木之法，秦国立见富强。有了好的国策，又有了可靠的人去做，应该行得通。"

| 第三十四章 |

"那就叫他们进来。"裕王说道。

古人讲究三十而须。四年江湖，四年商海，高翰文已经蓄起了长须，黑软柔密飘拂在胸前，骨子里原有的书卷气配上五绺美髯，比做士大夫时，更添了几分风尘和飘逸，哪像一个商人。那两只四年来遍阅名山大川和江湖风浪的眼也比以前增添了许多光亮，更给人一种可成大事的气概。老谋深沉一如徐阶，精明睿智一如张居正都被他的相貌和气质所倾倒，何况裕王。

裕王这时望着他倦意也消去了不少，靠在书案前静静地听他说着。

高翰文便坐在裕王对面靠墙的椅子上，徐璠陪坐在他的身旁，徐阶和张居正依然坐在靠南窗的椅子上，都能清楚地一边听他述说，一边看他的表情。

"刚才晚生谈的是现在淞江一年棉布的产量，和推行了新的方略后淞江每年可以增加的棉布产量。"高翰文结束了前面的介绍，转到下一个话题，"假以十年之期，每年可以递产棉布五十万匹。下面晚生再向王爷和阁老、张大人、徐大人谈一谈增产后棉布如何销售。"说到这里，他显然喉头有些干渴，轻咽了一口津液。

"不急。先喝口茶。"裕王显然对他十分好感，关切地说道。

高翰文站起了，向裕王欠身拱了下手："谢王爷。"又坐下，端起身边茶几上的茶碗喝了一口，放下，接着说了起来。

这时，裕王府的寝宫里也生着好大一盆冒着青火的银炭。

两个女人，一个贵为王妃，另一个虽是商妇，却因出身歌妓身世离奇已经名动朝野，这时两人年岁也都相当，二十四五，又都属天生丽质，坐在这里竟有了些惺惺相惜。

"我出身也是贫家。"李妃显然已经向芸娘问了好些话，为了使她放下拘谨，更为了把自己想深谈的话说下去，先十分平易地说了这句，接着说道，"我问你一些事，你尽管告诉我，不用担心什么忌讳，更不要不好意思。好吗？"

芸娘："娘娘请问，民妇会如实禀告娘娘。"

"那就好。"李妃笑了一下，又露出了关切的神态，"你长得这般出众，也不像贫寒人家出身，为什么家里让你去当歌妓？"

芸娘沉默了稍顷，抬起了头："娘娘，这件事我能不能不说？"

李妃："为什么？"

芸娘："正如娘娘所言，民妇的身世说出来犯朝廷的忌讳。"

李妃更好奇了："在我这里没有什么忌讳，不用担心，说吧。"

芸娘望着李妃："民妇的父亲本也是我大明的官员，嘉靖三十一年在南京翰林院任职。"

李妃有些吃惊了："后来因病故世了？"

"不是因病。"芸娘眼中有了些泪星，掉头望向了别处，"就是当年'越中四谏'上疏的那件事，家父受了牵连，死在诏狱。当时家都被抄了，我和家母只好寄住在舅舅家。半年后家母也忧病死了，舅舅和舅母便把我卖到了应天的院子里。"

李妃站起了，定定地望着芸娘，立刻换了一副目光，充满了同情且有了几分敬意："想不到你还是忠良之后。"说着将自己的那块手绢递了过去。

芸娘也连忙站起了，双手接过手绢，印了印眼，赔笑道："让娘娘见笑了。"

"来，坐下，坐下慢慢说。"李妃这时已经没有了一丝矜持，拉着她的手便一同坐下了。

坐下后，李妃又重新打量起眼前这个女人来，突然说道："我明白了。像高翰文那样的世家子弟，好不容易两榜进士，为什么会舍了官不做，要娶你为妻。"

芸娘本就在强忍着，李妃这几句话就像一把锥子，锥到了她的最心疼处，也锥到了她的最担心处，流着泪向李妃跪下了："娘娘，民妇有个不情之请，要请娘娘做主。"

李妃："只管说，我能替你做主自会替你做主。起来，起来说。"

芸娘没有起来，而是抬起泪眼："娘娘，民妇这一辈子从心里舍不得的人就是我的丈夫。他本是官宦世家，又是个才情极高的人，为了我，现在仕途也丢了，家也不能回了。民妇知道，他这一次来是一心想着为朝廷干些大事，最后让高家能认他这个子孙，让他认祖归宗。"

"叫他来就是让他为朝廷干事，不用你求。"李妃误解了她的意思。

芸娘："娘娘，民妇不是这个意思，民妇求娘娘的意思正好相反。民妇恳请娘娘跟王爷说个情，不要让他跟官府跟朝廷经营棉商。朝廷和官府的水比海还深，浪比海还大，民妇的丈夫没有这个本事，他驾不了这条船，过不了这个海。求娘娘开恩，放民妇陪着他回去，他再也禁不起挫跌了。"说着向李妃磕下头去。

李妃万没想到她会有这个请求，一时怔在那里，接着深望着她："你怎么会有这个心思？"

芸娘一切都不顾了，直望着李妃："娘娘还记不记得四年前民妇进献给娘娘的那部张真人的血经？"

这可是个极敏感的话题，李妃不答，只望着她。

芸娘："见到娘娘之后，民妇就像见到了亲人，什么也不瞒娘娘。民妇在嫁给我丈夫

第三十四章

前，跟的就是当时应天和浙江一带最大的丝绸商。那个人就是为江南织造局经商的沈一石，那部血经就是他给民妇的。"

李妃神情一下子肃穆了，认真地看着她，等听她说下去。

芸娘："要论心机，论对付朝廷和官场的谋略，论通天的手段，民妇的丈夫都不及沈一石十分之一。沈一石到最后都被逼得一把火将自己烧死了，无数的家财也跟着顷刻间化作了灰烬。娘娘，您想想，民妇的丈夫要是来帮朝廷和官府经营棉业，他能做得比沈一石更好吗？他不但没有沈一石的手段，更没有沈一石的心狠。他只是个书生，是个心比天高却不知天高地厚的书生，自己却偏不知道自己没有这个才具。除了民妇，没有人更明白他这是在往深渊里跳。到时候既害了自己，也会误了朝廷的事。娘娘，民妇把心都掏出来了，望娘娘体谅，求娘娘成全！"说完便又深拜下去。

李妃怔了一下，不知如何答她。伸出手将芸娘扶起。芸娘坐回到椅子上，两眼乞求地望着李妃。

"你的心我体谅。"李妃显然是想清楚了，这时才开始答她，"可你的想法未必全对。"

芸娘眼中刚露出的一点光亮立刻被她后一句话黯淡了下去。

李妃："常言道'此一时彼一时'。又说道'事在人为'。你拿现在跟过去比本就不对。过去都是严党在江南以国谋私，他们干了那么多坏事，自然不会有好下场。你拿高翰文跟沈一石比更不对。沈一石一个商人，只知道唯利是图。高翰文是两榜进士出身，至少身在江湖心里还想着朝廷。他既想着替朝廷做事，朝廷便不会亏待他。怎会像你担心的那样，落一个沈一石的下场。"

这番话如此堂皇，李妃又说得如此决断，芸娘心底明知不对，却无话可回，那心也就一下子凉了，只好怔在那里。

李妃正颜说了刚才那番大道理，又露出了笑容，温言说道："嘉靖四十年你曾经帮过朝廷的忙，那时我就记下你了。于今高翰文要为朝廷、要为王爷做事，你又肯把心里的话都对我说了，往后我和王爷都会关照你和高翰文。王爷是储君，大明的天下总有一天让王爷来治理。好好干，干几年帮朝廷渡过了难关。到时候我替你做主，给你封个诰命，让高翰文也回朝廷重新任职。让你们夫妻风风光光地回高家去，看谁敢不认你这个媳妇，不让你们认祖归宗！"

再冰雪聪明，毕竟是女人，毕竟面对的是大明储君的妃子，听她说完这番话后，芸娘的眼睛慢慢亮了，似乎真看见了若干年后的希望。

李妃又拉起了她的手，笑着放低了声音："你刚才说要求我，我倒真有一件事要求你，就看你给不给我的情面了。"

芸娘惶恐了，被她拉着手连忙站了起来，便要下跪。

"不要跪了。"李妃拉住了她，"坐下听我说完。"

芸娘只好慢慢挨着椅子坐下了："娘娘有什么吩咐，但说就是，民妇一定从命。"

李妃又笑了一下："这件事说不上从命不从命，只是一件私事要你帮忙。"

芸娘见李妃如此贴心体己，立刻感动了："娘娘请说。"

李妃轻叹了一声："我已经跟你说过，我也是出身贫家。列祖列宗的规矩大，凡是后宫的娘家最多封个爵位，从不给实职，又不许经商，更不许过问朝廷的政事。你们外面人不知道，就是现在宫里的好些娘娘们，她们娘家都穷得不像样子。"

"民妇知道了。娘娘的娘家有什么难处，需要花费，民妇明天就可以敬送过去。"芸娘立刻表态了。

"你把我看成什么人了？"李妃脸一沉。

芸娘怔住了。

"你是好心，我没有怪你的意思。"李妃又缓和了脸色，"我有个弟弟，蒙皇上恩典封了个都骑尉，在朝廷不能任实职，我想让他去南直隶，兼个收税的闲差，这还是可以的。你们去了淞江替朝廷经营棉业，我这个弟弟就可以也帮你们做点事。一来让他历练历练，二来你们有了什么难处，他也可以直接写书信告诉我，我也好帮你们。"

芸娘倏地站起了，那颗一直悬着的心这时有一大半放到了腔子里，激动地答道："娘娘这哪是求我们，这是在着实关照民妇夫妻。娘娘放心，国舅爷跟我们在一起一天，我们便会悉心敬他一天。"

李妃也站起了，笑得灿烂起来："这下不会担心你丈夫又是什么海呀浪的了吧？"

芸娘也赔着笑了，但不知为什么，这一笑心里又突然冒出了一阵寒意。

昨夜圣驾不愿迁居，京城震动。玉熙宫精舍，当夜侍候圣驾的黄锦也是一夜都不敢合眼，子时好不容易跪求嘉靖到龙床上卧了，担心他怒火伤肝后又染了风寒，便捧出锦被给他盖上，却被嘉靖扔下床来。亏他仗着一点笨忠的身份，扔下来又盖上去，往返数次，嘉靖也只得受了。

黄锦便在几只香炉里添了一些檀香，又添了一些沉香，都吹燃了明火，使精舍温暖如春。

寅时了，天最黑的时候，黄锦知道卯时陈洪要来轮值，便赶紧把药煎了，滗进碗里，捧到床前："主子万岁爷，该进药了。"

| 第三十四章 |

"从今天起朕不吃了。"嘉靖面朝床内躺着,撂出来这句话。

"主子。"黄锦捧着药碗在床前跪下了,"他们跟咱们过不去,咱们可不能跟自己过不去。过了这四十九天,主子百病不侵了,再慢慢训导那些人。仙体不和,主子连跟他们生气的精力都没有了。"

嘉靖身子慢慢动了一下,却依然没有转身,突然唤道:"吕芳。"

黄锦一愣,接着答道:"主子,吕芳在南京呢。"

嘉靖也默了一下,知道自己脱口叫错了,却执拗地接着说道:"朕叫你吕芳你应着就是,哪有那么多啰唆!"

黄锦又是一愣,只好答道:"是。回主子,奴才吕芳在。"

嘉靖:"你说今儿天亮京官们的贺表都会呈上来吗?"

黄锦:"回主子万岁爷,一定会呈上来。"

嘉靖又沉默了片刻:"是呀,裕王亲自出马了,比朕管用啊。吕芳,你跟裕王那么多来往,你说是不是?"

黄锦要哭的心都有了,又不得不答:"主子,我们这些奴才都是断了根的人,心里既忠主子,便要忠主子的儿子,父子同体,忠裕王没有错。"

嘉靖翻身坐了起来,直勾勾地望着黄锦,皮笑了一下:"你毕竟不是吕芳哪,要是吕芳便说不出你这个话来。看你说了直话,朕进了这碗汤药。"

"主子万寿!"黄锦笑了,双手把药碗举了过去。

嘉靖接过药碗一口喝了,见黄锦又端来了温水,直接用口在他手中含了一口温水吐进药碗,递回给他,又接过呈来的面巾擦了擦嘴:"几时了?"

黄锦:"回主子万岁爷,快寅时末了,陈洪该会领着徐阁老将百官的贺表送来了。"

嘉靖:"赶紧把药罐子收拾了,开一扇窗,把药气散出去。"

"那主子得先披上衣。"黄锦答着,拿过早就备在一旁的棉布大衫给他披上,这才一边收拾药碗药罐到角落里一个柜子中藏了,锁上。然后去开了东面一扇窗。

最寒冷的时候,那夜风吹进来黄锦打了个冷战:"太冷,主子还得加件衣。"边唠叨着边又从衣柜中拿出那件皮袍大氅给嘉靖披上。

嘉靖也觉着冷,两手抓住衣襟往里面紧了紧。

"奴才陈洪侍候主子万岁爷来了!"陈洪的声音在大殿门外竟早了一刻响起了!

嘉靖眉头一皱。

"神出鬼没的!"黄锦忍不住骂了一句,无奈只好去关了那扇窗户,又去把几只香炉的火用铜管吹火筒吹大了,这才过去把嘉靖身上的皮袍大氅取下来慌忙叠了放进衣柜。走回床边替嘉靖穿了鞋，扶他站起走到蒲团前坐下。

嘉靖开始在脱棉布大衫。

"这件就不脱了吧？"黄锦想拦住嘉靖。

嘉靖已然脱下："收了。"

黄锦叹了口气，只得将那件棉布大衫又拿到柜边放了进去。

嘉靖身上又只剩下了两件丝绸大衫了，黄锦将两只铜香炉往蒲团前移了移。

"奴才陈洪伺候主子万岁爷来了！"陈洪的声音又在大殿门外叫唤了。

"开门吧。"嘉靖闭上了眼睛。

黄锦又拿了好些檀香与沉香添进香炉，看着燃了这才跪下磕了个头："主子，奴才去了。"

嘉靖依然闭着眼："去吧。"

黄锦从里面拔了闩，把一扇沉重的大门拉开了一线，陈洪早已不耐烦，从外面用脚往里面一顶，那门推得黄锦一个踉跄。

黄锦来了气，刚想跟他较劲，可一看又较不上劲了。

但见陈洪双手捧着一摞小山般高的贺表站在门口，一脸急着邀功的样子。

"百官的贺表都来了？"黄锦没了气，望着那摞贺表问道。

陈洪："不为了这个我这么急干什么？"

黄锦又望向门外："徐阁老没来？"

陈洪已然跨进了门："你管得太多了吧？走你的，把门带上。"

黄锦忍了那口气，出了门，把殿门带上了。

"真是！"陈洪又嘟哝了一句，捧着那摞贺表，就像捧着大明的江山向精舍门口走去。

陈洪把那摞贺表整整齐齐摆在了御案上。然后满脸堆笑地从一只香炉里提出铜壶，把热水倒入金盆，绞了一块热面巾，这才走到嘉靖面前跪了下来："主子大喜，先温温圣颜。"说着便抖开热面巾替嘉靖揩着脸，揩完了忍不住说道："主子睁开龙眼看看，京官们的贺表一个晚上都来了。"

嘉靖依然闭着眼："徐阶呢？"

陈洪早就想好的，这时低声答道："正要上奏主子，奴才没叫徐阁老一起来，先让他在值房候着，因有件事要先奏陈主子。"

"什么事？"嘉靖这才睁开了眼。

陈洪："昨夜内阁那些人奉着裕王爷去见了那些官员，那些官员全都哭了。"

第三十四章

嘉靖："就这个事？"

陈洪："还有件怪事。子牌时分徐阶、张居正陪着裕王爷回府见了两个人。"

嘉靖："说下去。"

陈洪："主子哪里知道，那个人是高翰文，和他那个当艺妓的老婆——就是曾经跟杨金水和沈一石都有一腿的那个艺妓。"

嘉靖："知道为什么见他们吗？"

陈洪："奴才正安排人在查。"

嘉靖乜了他一眼："慢慢查吧。"

"是。奴才一定查个水落石出！"陈洪大声答道，"可不能让他们那些人把裕王爷都牵到是非里去。"

嘉靖正眼盯向了他："难得你如此上心。"

陈洪："主子千万别这样说，主子的江山奴才应当替主子上心看着。"

嘉靖："上心好。现在替朕再上心去做件事。"

陈洪："主子吩咐。"

嘉靖："立刻去朝天观，把那个冯保送回裕王府去，照旧当差。"

"主子……"陈洪好不惊愕，有些不相信自己的耳朵。

嘉靖又闭上了眼："立刻去。"

"是……"陈洪提着心里那只吊桶七上八下爬了起来，再退出去时，脚便有些像踩在棉花上。

劳累了大半夜，裕王直到寅时初才上床歇息，刚刚将息好些的身子又觉着虚弱了。裕王府里面传出话来，今天早上必须安静，除了宫里的旨意，任何事都要候到午后才许禀告王爷。

这时也就是辰牌时分，前院那些早起当差的太监和宫女一个个便都蹑手蹑脚，互相以手示意，招呼着各自安静。就连铲雪和扫雪的太监都不敢用铲子和扫帚了，一个个蹲在地上，用手捧开正门通往里面那条石路上的雪。

偏在这时，大门外震天价响起了鞭炮声！

前院的太监和宫女们都吓蒙了，里院立刻跑出来一个管事太监："怎么回事！说好了王爷在安歇，谁放鞭炮！"

话音未落，门外守门的禁军头目急忙跑进来了："有旨意！快开中门！开中门！"

那管事太监省过神来，跟着喊道："快开中门，迎旨！"

几个太监慌忙跑到正中的大门抬下了那根粗粗的门杠，一边两人，拉开了那两扇沉沉的中门。

——陈洪带着几个太监出现在中门外！

王府管事太监带着一应太监慌忙跪下了："奴才们拜见陈公公！"

陈洪满脸堆笑："都起来，都起来。快禀告王爷、王妃和世子爷，有大喜事，我把冯大伴给世子爷送回来了！"

王府的太监们抬起了头站起来这才看见穿着一身簇新袍服的冯保果然站在陈洪的身后！

这一惊一喜非同小可，那管事太监："陈公公快请进来，奴才这就去禀报王爷！"

陈洪亲自挽着冯保的手臂走进了中门，后面跟着好几个太监一起走进了中门，在前院站定了。

裕王寝宫里，好几个宫女和太监一齐忙着给裕王穿袍服。李妃已经穿好了礼服抱着世子从寝宫卧房出来了。

裕王望向李妃："你和世子就在这儿等着，我去接旨。"

世子立刻嚷了起来："我要去接大伴！要去接大伴！"

裕王喝了一声："住口！在这里待着！"

世子还是怕父亲的，瘪着嘴不吭声了，泪花却闪了出来。

裕王大步走了出去。

李妃哄着世子："等着，大伴马上就来了。"

远远地望着陈洪领着冯保等人站在前院院中，裕王快步奔了过去，立刻便要跪下。

"王爷！"陈洪慌忙搀住了他，"没有旨意，万岁爷就是叫奴才将冯保送回来，王爷不必下跪。"说完自己跪了下来。

冯保看见裕王早已跪在那里，其他跟着陈洪来的太监这时也都随着陈洪跪了下来，一起向裕王磕了三个头。

裕王反过来扶起陈洪："请起。"

陈洪起来了，跟着他的太监们也都起来了，只有冯保还跪在那里。

裕王望向了他："这是皇上天大的恩典，谢过陈公公，去里面见世子吧。"

冯保就地移身向陈洪磕头，陈洪一把就拉起了他，挽着他的手臂，转望向裕王："奴才也是今天去朝天观接冯保的时候才知道，万岁爷也就是叫他到那里给三清上仙效效力，

| 第三十四章 |

积些功德好回来陪伴世子,竟有一些狗仗人势的奴才让冯大伴受了不少委屈,说来说去都是奴才的失职。王爷,奴才将那些委屈过冯大伴的狗奴才们都带来了,请王爷千万不要阻止奴才,奴才要当面惩罚他们,向王爷谢罪。"

裕王被他一阵急说还没缓过神,便又听见陈洪一声大吼:"跪下了!"

跟他来的有三个太监立刻跪了下来,其中就有嘉靖看见鞭打冯保的那个太监。

陈洪也不等裕王说话,立刻对另外几个太监吩咐道:"抽!给我狠狠地抽!"

另外几个太监显然早有准备,这时都从腰间解下了长长的皮鞭,向那三个跪着的太监劈头盖背猛抽起来。

冯保这时像变了个人,被陈洪挽着胳膊,在那里低垂着眼,既不劝止,也不说话。

裕王已经明白了陈洪这套把戏,便容他当着面抽了那三个太监有十几鞭子,这才说道:"罢了!"

陈洪:"王爷有命,罢了!"

鞭子停住了。

裕王装出温颜望向陈洪:"陈公公若是宫里没有急差,便请到里面坐坐?"

陈洪:"奴才谢过王爷了。宫里确实有急差,徐阁老他们都等着奴才向万岁爷奏陈昨夜王爷的功劳呢。"

裕王一笑:"我有什么功劳。那陈公公就赶快回宫吧。"

陈洪又跪了下来,随从太监都跪了下来,向裕王磕下头去:"奴才叩别王爷!"

目送陈洪走出去,裕王这才把眼睛望向冯保,目光中竟多了一丝关切。

"去面见世子吧。"

裕王的话音未落,李妃已抱着世子来到院中。世子朝冯保扬着手,欢快地叫着:"大伴!大伴!"

冯保朝李妃和世子跪了下去。

冯保的卧房里烧起了一大盆火,这时他已脱下了衣服趴在炕上,光着的后背上露出到处都是淤青的伤痕。

裕王没有来,李妃抱着世子站在炕边,望着这般模样的冯保,把银牙咬紧了。

世子却哭喊了起来:"大伴!谁打了你!大伴……"

李妃想起来了,转头问站了一屋子的太监:"李太医呢?还不请李太医来!"

那管事太监慌忙答道:"是!奴才这就去找!"

好灿烂的阳光!

七九河开,通惠河两岸的柳树都吐出了豆粒般大的绿芽。在这里候了一冬的漕船今天都准备好起航南下了。

这一天的起航主管河运的衙门有严密的安排,按照前几天各部送来的兵部勘合比照着哪一部的差使最急,哪一部派出去的官员级别最高,按先后顺序,陆续发船。

最先发的那条大船就靠在码头的船坞边,大船的前后两根大桅杆上飘着两片幡旗,前面一个幡旗上绣着"户部"两个大字,后面一片幡旗上绣着"工部"两个大字。码头上一直从石阶排下来站着好些步军统领衙门和河道衙门的官兵。以致其他船上的人都望着这条船,望着从码头上徐徐而来的两辆马车和几顶轿子。

马车停下了,轿子也停下了。第一顶轿子和第二顶轿子的轿帘几乎同时掀开了。第一顶轿子中走出来的是兵部侍郎并兼着裕王爷和世子日侍讲官的张居正,第二顶轿子走出来的是当今首辅徐阁老的大公子工部侍郎徐璠。那些目光明白了,这来头当然够大。

可从第三顶轿子中出来的人便没有谁认识了,那人穿着棉袍长衫,美髯飘胸,谁知他是当年那个高翰文。

第二辆马车的车帘也掀开了,跳下来一个穿着骑都尉官服的后生,官爵不高,也没有多少人认识他,那个人向走过来的张居正、徐璠和高翰文迎去。

张居正、徐璠和高翰文对他却也甚是客气,都笑着点着头,一行四人一齐向第一辆马车前走去,然后恭敬地站在那里。

第一辆马车的轿篷里竟坐着李妃和芸娘。

李妃伸过手又拉起了芸娘的手:"不用担心,帮着你丈夫好好替朝廷干事,也替当地百姓干些实事,我答应你的事总有一天会替你做到。"

芸娘在车轿里便又要跪下,李妃拉住了她,转头对车外唤了一声:"李奇在吗?"

"姐,臣弟在呢。"轿帘从外面掀开了一线,露出了那个穿着骑都尉官服的后生,原来他就是李妃的弟弟。

李妃在里面望着弟弟:"这位芸娘,你姐已把她当自己的妹妹看了,你也要把她当姐姐尊礼。还有高先生,一肚子的才学,跟着人家好好学,磨炼出个人样来,替咱们李家也争口气。"

李奇在轿帘边答道:"大姐放心,臣弟都记住了。"

李妃又转头对芸娘说道:"我这个弟弟就托付给你们夫妻了。"

芸娘眼中有了泪花:"娘娘放心,且不说李爵爷是我大明的国舅,冲着娘娘的恩典,

第三十四章

我们也会尽十分的心力。"

李妃："这我就放心了。我不好下车露面，你们登船吧。"

芸娘含着泪牵着李妃的手慢慢移到轿帘边，那个李奇果然乖巧，竟不惜降尊伸出手来搀住芸娘的手臂："大姐慢慢下。"把她搀下了马车。

马车下，张居正、徐璠、高翰文加上刚刚下车站定的芸娘和李奇一齐向马车内的李妃长揖下去。

李妃在车窗边掀开了一角望向他们："登船吧。"

众人长揖毕，由张居正和徐璠陪着高翰文、芸娘、李奇向码头下的大官船走去。

码头石阶两旁的官兵们一齐行礼！

其他船上岸上的人所有的目光都望向这一行走下码头的人。

码头上的一棵柳树下，也站着两个穿便服的人，其中一个就是在朝天观鞭打冯保又在裕王府挨了打的太监。那目光阴阴地望着张居正、徐璠把三人送上了船，又阴阴地望向停在码头上第一辆马车。

挨打的那个太监对另一个太监说道："马车里一准是李妃，她弟弟也跟着去了。走，禀报陈公公去。"两个人遛着河边的柳树慢慢走了。

张居正和徐璠从官船上又走回了岸上。

船板抽过去了，船帆拉起了，大橹一摇，那条船慢慢离开了码头。

河道衙门的官员远远地看着张居正、徐璠走上了码头，远远地看着马车轿子离开了码头，这才跑到了码头边高声喊道："第二条兵部的船靠过来！"

又一条官船这才靠向了码头船坞的泊位。

后面还排着大大小小好些船只。

离高翰文他们那条船的不远处，泊着一条小船。里面坐着的竟是李时珍、海母、海妻和海瑞。

几个人坐在船舱里竟相对无语，只听见外面远远近近的吆喝声摇桨声。

还是李时珍打破了沉默："刚峰兄，不是说未时户部还要议事？你就不要在这里等了，差使要紧。"

海母也望向了儿子："不过两个月你也就到南京任职了。我和你媳妇有李先生一路照看，你还担什么心？去衙门办事吧。"

海瑞："儿子再陪陪母亲。"说这句话时喉头一下子哽住了。

李时珍连忙将头望向船舱外，眼中已经湿了。

海母每在这个时候都是宽儿子的心："也不是头一回头两回了。既然出来当官，调来调去都是常事。这一次可比前几次好多了，你怎么反而像孩童了。"

海瑞强忍着赔出一丝笑："这次阿母也比往常更老了……再说媳妇也有了身孕。"

海母也动了情，望向儿媳："可见你丈夫还是牵挂你的，也过去跟他说几句话吧。"

海瑞连忙主动走向妻子，弯腰扶住了她，让她不要起身，然后握住了她的手："有了身孕，自己要知道保重。你是个贤德的人，侍奉婆婆是孝顺，保住我海门的香火也是大孝，我的话你要记住了。"

海妻猛地握紧了丈夫的手："官人放心，我会对得起海门。官人一个人在京里要保重，我和婆母在南京等着你。"

李时珍猛地将头从窗外转过来了，不知何时揩干了眼，站了起来："你该走了，我们的船马上也要起航了！"说时两眼深深地望着海瑞。

海瑞当然知道他是怕自己一时失态引起母亲怀疑便走不成了，便松开了妻子的手，走到母亲面前双腿跪下："母亲，儿子不孝，你老自己要保重了！"说着重重地在船板上磕了三个响头，站起后立刻转身走出船舱。

海母望着他飞快消失的背影，眼中莫名地浮出了一阵不安："汝贤！"

海妻也感到了一阵不安，走过来扶起婆母。

船舱外已经没有海瑞的回音。

李时珍大步走出船舱喊道："可以起船了！"

船身一晃，那船起动了。海母和海妻被摇着坐了下去。

这时，海瑞正踏着斜坡向码头上方走去，一任满脸的泪水淌向衣襟。

再登一步便是码头上那条车路了，海瑞停下脚步，回头望去。

——但见载着母亲、妻子的那条船的船头上站着李时珍，正远远地望着他。

海瑞远远地面对李时珍，长揖了下去。

第三十五章

八九雁来的好日子，内阁值房外的夜空又布满了星辰，值房内灯火通明，所有的阁员还有六部九卿的堂官又都聚集了。

徐阶的案前右侧堆满了青词，左侧堆着上百份出京当差回来后那些官员补写的贺表。

徐阶望了一眼所有的大臣："御驾乔迁，钦天监择的时辰是子时正。现在已经戌时。各部再清点一遍，是不是每个官员的贺表都收齐了。"

几乎所有的官员："回阁老，都收齐了。"

徐阶还是发现有一个人没有回话，便望向他："孟静，你没有回话。"

赵贞吉站起了："回阁老，户部还差一个人的贺表，弟子已经派人去催领了。"

"怎么搞的？"徐阶不高兴了，"这么长的时间，就你们户部还差一份贺表。谁的贺表？"

赵贞吉："回阁老，就是那个主事海瑞。弟子也不知催了多少次，他总是回答到时候会交。可到现在还没有交上来。"

徐阶站起了："你亲自去，现在就去。这一次所有在京的官员不能少一份贺表。何况是这个海瑞。"

赵贞吉："弟子这就去。"答着连忙走出了内阁值房。

徐阶站起身来："只有半个时辰了，都到玉熙宫外候驾吧。"

内阁阁员和六部九卿的堂官都跟着站起了。

御驾第二次迁居新宫的时辰定在嘉靖四十五年二月二十三日子时正。钦天监择的吉时这一回总算上合了天象：这一夜穹隆星光灿烂，殿坪里一百零八盏灯笼便明亮辉煌，交相辉映，呈现出一派吉象。更可喜的是，人事也被内阁调鼐好了——高翰文带来的棉商们预交的银票补发了所有官员的欠俸，在京一千多官员都向皇上上了贺表。只等着赵贞吉将海瑞的贺表送来，这一次龙驾腾迁便功德圆满普天同庆了！

和上一回的仪式相同：一百零八盏灯笼光的照耀下，大殿石阶前正中跸道上摆着皇上那乘三十二抬龙舆，三十二名抬舆太监单腿跪候在各自的轿杆下。

龙舆的左侧，列着手执法器的朝天观观主和一应道众。

龙舆的右侧，列着手执法器的玄都观观主和一应道众。

徐阶率领的阁员中除了赵贞吉都跪候在大殿石阶的第一排，六部九卿堂官则跪候在大殿石阶的第二排，所有的目光又都静静地望向了洞开的玉熙宫殿门。

玉熙宫大殿内依然灯火通明，大殿的正中依然摆着那座好大的铜壶滴漏。

大铜壶的滴漏声依然清晰可闻。

李时珍给嘉靖开的四十九剂药都吃完了，春也开了，天也暖了，群臣的忠心将嘉靖心中的气都抚平了，今天的嘉靖气色便格外地好，穿着那身绣着五千言《道德经》的道袍，早早地把香冠也戴在了头上，把那根新的磬杵也搁在了盘腿的膝上。但等吉时一到，便敲响铜磬，住到他想了好几年的万寿宫、永寿宫去。

黄锦今日也喜气洋洋，穿着一件簇新的大红礼服，头上也戴上了嘉靖赏他的香草冠，专注地看着精舍那座铜壶滴漏的木刻，一边报道："主子还差三刻呢。咱们不急。"

"谁急了？啰唆。"嘉靖责他的时候总是这种调侃的语气。

陈洪也穿着一件簇新的大红礼服，也戴着嘉靖赏他的香草冠，双手捧着内阁刚呈上来的贺表和青词满脸笑容走了进来："启奏主子，青词和贺表都呈上来了。"

嘉靖望向了他："都呈上来了？"那个"都"字说得特别地重。

陈洪稍愣了一下，只好回道："什么事都瞒不过主子的法眼。确实还差一份贺表，听说是那个官今天才当差回京，现在正在赶写，赵贞吉亲自去取了，马上就会送来。"

嘉靖听了脸上并无不悦之色："赵贞吉当差还是称职的。"

陈洪："回主子万岁爷，这一次从裕王爷开始，内阁和六部九卿当差都是称职的。"

"都称职就好。"嘉靖曼声说道。越是这个时候，嘉靖越是心细如发，一份一份地看着那些贺表上的名字，看完了最后一份，望向陈洪："你刚才跟朕说只有一个今天当差回京的官员在赶写贺表，海瑞去哪里当差了？"

陈洪一怔："主、主子，奴才也是听内阁的人讲的，并不知道是什么海瑞没有呈上贺表。"

嘉靖的目光刺向了他："六必居题字那个差使不是司礼监派人在盯吗？海瑞是谁你不

| 第三十五章 |

知道？"

陈洪跪下了，在自己脸上赏了一掌："奴才失职！奴才立刻去查，立刻去催。"说着慌忙爬起退了出去。

殿内铜壶的滴漏声似乎更响了！

跪在石阶上的徐阶已经露出了焦容，他身旁的李春芳也露出了着急的神色，只有高拱还是那副石头般的面孔，没有表情。

陈洪从精舍那边向殿门走过来了，又跨出了殿门，直望徐阶："阁老，怎么回事？怎么会是那个海瑞没有上贺表？赵贞吉的差使是怎么当的？吉时前他那份贺表没有来，你我就等着挨赏吧！"

徐阶知道他急了，自己也急，并不吭声。

高拱却抬起了头："陈公公，海瑞的贺表赵贞吉已经去催了。你似乎不应该这样子同阁老说话！"

陈洪跺了一下脚："这时候我不跟你抬杠！要真是今天还起不了驾，就不是我怎样说话了。"

"来了！"殿坪那头传来了一个太监又惊又喜的呼声！

陈洪倏地望去。

徐阶等人也都回头望去。

赵贞吉捧着海瑞那道"贺表"气喘吁吁地奔来了！

所有的人都长出了一口气。

"到齐了！"陈洪笑着奔进精舍，跪在嘉靖的蒲团前双手高举着那份贺表，"主子，普天同庆，海瑞的这份贺表也呈上来了！"

"无量寿佛！"一直看着铜壶木刻的黄锦高诵了一声，"离吉时还差半刻钟呢。"

嘉靖接过那份贺表拿在手中定定地看着，陈洪站了起来准备接回那份贺表放到御案那一堆贺表上去。

嘉靖却没有给他，唰地撕开了封口，抽出了里面厚厚的那叠纸注目看了过去。

"治安疏"三个标题大字唰地扎进了他的眼中——"户部云南清吏司主事臣海瑞谨奏：为直言天下第一事以正君道、明臣职，求万世治安事！"

谁也没有看到，谁也不会想到，海瑞上的并不是什么贺表，而是被后世称为"天下第一疏"的一道前无古人直斥君非的谏疏！

一个字一个字看下去，嘉靖的脸色陡地变了！《治安疏》上的那些工楷，一笔一画已经不是文字，而像一把一把锥子从他的眼中直刺向五脏六腑："……自陛下登极初年，亦有之而未甚也。今赋役增常，万方则效……天下因即陛下……曰：嘉靖者，言家家皆净而无财用也……"

嘉靖已然面色铁青，两眼充血，却咬着牙接着往下看去。终于，那句使他一直深埋在心底唯恐后世史书写他的那句话在他生前出现了："——天下之人不直陛下久矣！"

——海瑞将这个自以为帝身与道身已修炼合一的嘉靖一下子拉下了神坛，提前写进了历史！

他的脑袋轰的一声响了，满大殿都是那句嗡嗡作响的声音："天下之人不直陛下久矣……天下之人不直陛下久矣……"

"反了！"嘉靖终于发出了一声尖叫！脸色由青转白，目露绝望的凶光，拿着那叠奏疏的手在剧烈颤抖！

陈洪吓得跳了起来！

黄锦也吓得把头扭过来便僵在那里。

跪在石阶上的徐阶等人早已听到了嘉靖那一声尖叫，之后便没有了声音，也不见陈洪出来，一个个全惊愕在那里，望着深深的大殿，都预感到天崩地裂就在顷刻！

陈洪和黄锦都跪在了嘉靖身前，哆嗦地望着他浑身颤抖的身子。

"主子！您怎么了？主子……"黄锦带着哭声呼唤道。

嘉靖似乎醒了过来，但见他好像将一座山要摔碎一般把手里海瑞那份奏疏狠狠地摔在了地上："陈洪！"

"奴、奴才在！"陈洪颤抖地应道。

嘉靖疯了一般吼道："抓、抓住这个人，不要让他跑了！"

徐阶、李春芳都是嘉靖朝的老人了，前十年的"大礼议"之争，二十一年的"壬寅宫变"，三十一年以后的杀"越中四谏""绍兴七子"，四十年至四十四年的严党倒台和严世蕃等人伏诛，多少惊心动魄，也从未听见皇上像今天这样狮子般吼叫、疯子般狂怒！何况高拱以及比高拱年岁更轻、阅历更浅的那些大臣，直觉得玉熙宫都要垮下来了！

"陈公公！"大殿的精舍里又传来一声尖厉的叫声，是黄锦的声音。

陈洪已经迈到精舍门边的腿被黄锦这一声喊得倏地停住了，回头怒望着黄锦。

依然在气得发抖的嘉靖也被黄锦这一声尖叫僵住了，发直的眼冒着光慢慢刺向了他。

黄锦扑通一声在嘉靖面前跪下了，声调激动得发颤："主子！天大的事也比不过主子今天龙驾乔迁！主子今日再不迁居新宫，便会天下震动。一个小小的主事，他跑不了，也

| 第三十五章 |

不会跑。奴才求主子了,御驾腾迁吧!"

嘉靖已经说不出话来,眼睛只是直勾勾地望着黄锦。

陈洪立刻喝问:"你怎么知道那个海瑞跑不了,不会跑!"

"我知道!"黄锦回了他一声,又抬着头直望着嘉靖,"主子,户部那个海瑞在几天前就送走了家人,还买好了棺材。他这是死谏!"

"你怎么知道的!"嘉靖的惊疑带着杀气吼了出来。

"主子!"陈洪不容黄锦回话立刻转身跪倒了,大声说道,"有预谋!有人指使!"说到这里他直盯着黄锦,"回万岁爷的话,户部的事你怎么知道的!知道了为什么不陈奏!"

以徐阶为首,跪在石阶上的大臣们这时惊惧已经变成了恐慌,尤其是赵贞吉,他是户部尚书,海瑞是他的属下,有预谋首先就要查他,这时双手撑着地强跪在那里,脸都青了!

嘉靖被陈洪一番提醒,反倒没有刚才狂怒了,深吸了一口长气,告诉自己:"有预谋,有人指使,要查出来,查出来……"很快他变成了一副笑脸,好阴森的笑脸,轻轻地问黄锦:"告诉朕,是谁指使的海瑞,现在告诉朕也不迟……"

黄锦硬起了脖颈把那颗头抬得高高的:"回主子,没有人指使海瑞,奴才不知道有任何人指使海瑞。"

嘉靖的声音更柔和了,也更瘆人了:"朕不会追究你,你犯不着替别人挡着,告诉朕。"

黄锦:"奴才替谁挡着了?奴才有什么怕主子追究的?奴才只知道那个海瑞遣散了家人,买了一口棺材,今天才明白他是为了死谏。"

"你怎么知道他遣散了家人,知道他买了棺材?倒不知道他今天死谏?回话!"陈洪倒咆哮了。

黄锦不看他,依然硬着脖子抬头望着嘉靖:"主子的规矩,列祖列宗的规矩,提刑司、镇抚司归司礼监首席秉笔太监管,奴才现在就当着此职。日有日报,月有月报,京官们的事奴才那里都有呈报。那一天的呈报就写着好几十京官的情状,其中也写了海瑞送走家人买了棺材的事。奴才蠢笨,只以为那个海瑞是担心自己惹了重病,故此准备了棺材,万没想到他会是为干这个蠢事在做准备。这是奴才的失职,奴才的罪过,主子剐了奴才,奴才都没有怨言。只望主子不要让海瑞这样蠢直的人伤了仙体,误了乔迁。天下臣民都在等着这一刻呀……"说完便不停地把头在砖地上磕得砰砰直响。

殿门洞开着,对着玉熙宫的格窗也洞开着,黄锦的话一字字一句句都清楚地传了出来，跪满了殿阶的那些官员一个个都在惊惧恐慌中露出了从心底发出的感动，目光里似乎也等待着那一线或可挽回的希望。

嘉靖这时两眼已经翻了上去，黑色的瞳仁不见了，只露出了白色的眼珠："朕知道了，天下的臣民等了好些年了，就等着有这么一个人出来骂朕，接着逼朕退位……上下一心，内外勾结，朕居然被你们蒙在了鼓里。黄锦！"

黄锦本在不停地磕头，这时也僵住了，抬起红肿的头，憧懂地望着嘉靖。

陈洪更是两眼闪着精光，狠狠地盯着黄锦。

嘉靖："吕芳走的时候都跟你交代什么了？叫你跟外边哪些人商量了？背后的主谋是谁？告诉朕，朕恕你无罪。"

黄锦完全蒙了，哪里知道怎么回话。

"回话！回话！"陈洪厉声咆哮。

大殿精舍里嘉靖那一支支利箭不停地射了出来，全射在一直惊惧惶恐跪在石阶上的大臣们的心上！所有的人在这一刻都绝望了，背后是无底的深渊，没有了退路反而没有了惊惧，高拱率先挺直了身子站了起来，接着其他的大臣们跟着他都挺直了身子，站了起来，徐阶最后一个慢慢站了起来。众多的目光都望向了他。徐阶也一一望向他们，一道一道目光在交流中酝酿着如何同赴大难！

素性猜忌多疑的嘉靖其实心中早有预感，这个被他视作"乾下"的海瑞迟早会跟自己这个"乾上"卦爻相交。但怎么也想不到会是在这一刻，会在群臣皆上贺表的时候他竟然会以一道这样的奏疏，将自己几十年的作为批得体无完肤！震惊，狂怒，不敢置信！很快便联想到了这是一场集体预谋的逼宫，断言是背后有人"上下一心，内外勾结"逼他退位！把矛头指向了早已离京的吕芳和内阁，甚至指向了裕王！一场祸及大明根本的政潮眼看要变起肘腋之间！

一轮目光交流下来，徐阶看出了众人都准备拼死一谏的神态。身为首辅，他不能让局面恶化到不可收拾的地步，忧患如潮全从恳求的目光中涌了出来。他不能再迟疑，双手拱在胸前，向那些同僚绕了半圈，竭力止住了大家的激动，接着倏地转过了身子，提起了袍裾向大殿的殿门走去。

"启奏皇上！"赵贞吉这时突然在徐阶背后一声大呼，紧接着大步过去挡住了徐阶，又向里面大声说道，"臣户部尚书赵贞吉有本陈奏！"

这倒大出众人意料，所有的目光全都望向了赵贞吉。

徐阶也被他这意外的举动震住了，深深地望着他。

赵贞吉回头也深深地望了望自己的恩师，向他深深一揖，然后一人转身挺立迈进了

第三十五章

大殿。

"好！好！"嘉靖目光不再看黄锦，望向了精舍门外，"总算有人愿意认账了。陈洪。"

"奴才在。"陈洪大声应道。

嘉靖："叫他进来。"

"是。"陈洪转身对着门外喊道，"赵贞吉进来！"

赵贞吉的身影很快出现在精舍门外，跪了下来。

嘉靖紧望着他："'四德亨利元'。内阁四个人，朕就知道不能漏掉了一个'贞'字。赵贞吉，朕没有看错你，进来，把该说的话向朕说了。"

"是。"赵贞吉在门外磕了个头，站起来走进了精舍，在离嘉靖三尺开外的地上跪下了。

嘉靖："说吧。"

赵贞吉抬起了头："臣斗胆乞求陛下，能否将海瑞写的那个贺表先让臣看看。"

嘉靖刚才还满含怀柔的目光这时候地倒了过来，赵贞吉跪在他面前的身影这时也随着他的目光倒了过来，刚才还十分柔和的声音这时也立刻又变成了像深洞里刮出来的风："'贺表？'你现在还说海瑞写的是贺表？"

嘉靖这样的目光赵贞吉还是第一次看到，这样的声音也是第一次听到，他仿佛被一下子扔进了一个没有底的深渊，只觉得那颗心一直在往下沉。终于，他想起了自己进来时"置之死地而后生"与君王这局千古一赌！咬着牙定下了神，不看嘉靖，而是将目光望向了扔在自己身边到处散落的那些奏疏，干脆将恐惧全然抛掉，大声奏道："臣再次斗胆乞求陛下，将海瑞写的东西给臣看看。"

嘉靖见他居然没有被自己这屡屡能使所有魔怪降伏的目光和声音降住，反倒有些意外，那目光也便又顺了过来，盯着赵贞吉："你是想说，海瑞写的这个东西你事先一点不知道？"

赵贞吉："臣回奏陛下，臣确实不知道。"

嘉靖望着陈洪笑了，是那种寻找默契的阴森的笑："看见了吧？一个比一个厉害，先把自己洗刷干净了，再来跟朕斗法。赵贞吉，你岂不闻'魔高一尺道高一丈'？"

赵贞吉深低着头："臣愚钝，不知圣上所指，请圣上明示。"

嘉靖："好！那朕就明示，你是户部尚书，海瑞是哪个部的主事？"

赵贞吉："回奏陛下，海瑞是臣主管的户部主事。"

嘉靖："海瑞的这个东西是谁拿来的？"

赵贞吉："回奏陛下，是臣亲自去他家里拿来的。"

嘉靖："谁叫你去拿的？"

赵贞吉被这一问怔住了，没有立刻回话。

嘉靖："哑住了？不敢说出你背后的人了？"

赵贞吉："回奏陛下，是徐阁老叫臣去催拿贺表的。就是在大殿之外，当着众人叫臣去拿贺表的。"

"好一张利嘴，还说是贺表。"嘉靖又望向陈洪冷笑。

陈洪接言了："赵贞吉，是英雄，是好汉，就敢做敢认。你属下一个小小的户部主事都知道把棺材备好了，你这个堂官反而连他也不如？"

赵贞吉倏地望向了陈洪，陈洪正阴阴地紧盯着他，他也毫不示弱紧盯着陈洪。

嘉靖冷眼望着陈洪和赵贞吉那两双互相逼视的眼，知道今天这一仗已经上得满弓满弦，怒气慢慢压住，斗志更被激起，冷冷地说道："赵贞吉，你被陈洪问住了？"

赵贞吉倏地转望向嘉靖："回奏圣上，臣不是被陈公公问住，臣是不屑回答陈公公这样大逆不道之言。"

"主子！"陈洪差一点跳起来，"海瑞就是这个赵贞吉指使的，至于赵贞吉背后是谁，主子将他交给奴才，奴才有办法让他开口。"

这便是要拿人了！只待嘉靖答一句，大狱立刻兴起。

殿门外，大臣们依然全都硬硬地站在那里，却都闭上了眼。

陈洪憋足了劲在等着嘉靖一声旨下，嘉靖这时偏又沉默着，只是盯着趴跪在面前的赵贞吉。

赵贞吉这时竟显出了难得的定力，双手撑地，一动不动。

嘉靖越是这个时候越是阴沉，望了一眼陈洪："你不想听他如何反说你是大逆不道吗？"

"是。"陈洪咽了一口唾沫，转对赵贞吉喝道，"说！"

赵贞吉又抬起了头，深深地望着嘉靖："是！海瑞是臣的属下，他欺君，等同于臣欺君，此臣罪一。海瑞写的这个东西是臣亲自拿来呈奏圣上的，呈奏者与书写者同罪，此臣罪二。海瑞呈奏上来的是何等狂悖犯上之言，臣知与不知，有此二罪都已经难逃其咎。海瑞既然备下了棺材愿意伏诛，臣也无非备下一口棺材愿意伏诛罢了。陈公公问臣是不是英雄好汉，臣这就回陈公公的话，海瑞既然狂悖犯上，陈公公何以称他英雄好汉？海瑞既不是英雄好汉，陈公公何以把臣也叫作英雄好汉？陈公公这话本就是大逆不道之言。臣恳请

第三十五章

陛下命陈公公收回此言！臣方可有下言陈奏。"

一直低头趴在那里的黄锦这时猛地抬起了头，毫不掩饰赞赏的目光望向了赵贞吉。

嘉靖倏地望向了黄锦："佩服了？心里在想这才叫真正的英雄好汉是吗？"说完这句他又转望向陈洪："陈洪，你有眼力，那个海瑞是英雄好汉，这个赵贞吉也是英雄好汉。你这话不但没有说错，而且说得极对。极对！极对！极对！"

赵贞吉从进来到这时眼中才慢慢闪出了绝望，但依然望着嘉靖，一动不动。

嘉靖这才又望向他："你不知道吧，朕一生就喜欢英雄好汉！包括你的什么恩师，你的什么靠山，你的什么同党，是英雄是好汉都站出来。朕都喜欢！"

"臣不是英雄好汉！更不是谁的同党！"赵贞吉知道不只是自己的身家性命，而且还有更大更多的人的身家性命都悬于自己现在回话的这一线之中，咬着牙挺直了身子，"臣是嘉靖二十一年的进士，是天子门生，要说恩师陛下就是臣的恩师！二十四年前臣从翰林院任检点，之后升侍读，升巡抚，升户部尚书，一直到两月前升列台阁，每一步都是陛下的拔擢，要说靠山，陛下才是臣的靠山。要说同党，臣也只是陛下的臣党！君不密则失臣，陛下适才所言，非君论臣之道。臣恳请陛下收回！"

这一番话赵贞吉是拼着命说出来的，以至于朗朗之声在精舍在大殿久久回旋！

这声音也灌满了嘉靖的耳朵，他的脑子里突然出现了一片空白。今天是怎么了？他怔怔地坐在蒲团上，两眼望着精舍对面窗口外被殿坪无数盏灯笼照得通明的灯火发愣。而站在石阶上的大臣们显然也都被赵贞吉今天殿内的抗言震服了，所有的目光都闪出了激动，就连一向不甚看好赵贞吉的高拱也被大殿里传来的声音激动得热血沸腾！

徐阶又已然老泪盈眶，毕竟年事已高，听完了赵贞吉这一番激烈的奏对，身子便觉着软了，站在身边的高拱一把扶住了他，徐阶虽被他扶着，已然又带头跪了下去。

站在石阶上的大臣们都又跟着跪了下去。

所有的目光都带着希望仍然望向并望不见的精舍，所有的耳朵都竖在那里听着下面的赵贞吉能不能奏对出起死回生之语。

嘉靖慢慢收回了望向窗外的目光，那目光从来没有这样茫然，从来没有这样孤立无助，又慢慢移望向趴在面前的赵贞吉，然后转望向陈洪："陈洪。"

陈洪："回主子，奴才在。"

嘉靖："这个赵贞吉一定要你收回那句话，而且要朕收回那句话，你收不收回？"

陈洪："回主子，奴才绝不收回！今天这件事不只是我大明朝从太祖高皇帝以来所未有，历朝历代亦前所未有。这个赵贞吉分明是巧言令色，大奸似忠！恳请主子切勿被他欺瞒了，更不要被他背后的人欺瞒了。那个海瑞得立刻抓起来，这个赵贞吉也得立刻抓起来！平时同那个海瑞有往来的人都要抓起来！要彻查，彻查到底！"

嘉靖深深地望着陈洪："谁来查？都查谁？"

陈洪："奴才来查，牵涉到谁便查谁！"

嘉靖不看他了，又转盯向赵贞吉："赵贞吉，陈洪这句话该不是大逆不道吧？"

赵贞吉："圣上既然听信了陈公公之言，臣现在就去诏狱。"

"朕谁的话也不听！"嘉靖又莫名其妙地吼了起来，"你想去诏狱现在也还早了！你刚才不说是朕的门生吗？是朕的臣党吗？是与不是，朕现在不会认你也不会否你，朕就认你是英雄好汉，这句话朕也绝不收回！让英雄去查英雄，好汉去查好汉！"说到这里他一下子觉得气短了，脑子里也觉得有好些影子在晃动，嘴里兀自喃喃念叨："英雄去查英雄……好汉去查好汉……陈洪……"

陈洪有些发怔，这句话便应得有些踟蹰："奴才在。"

嘉靖："你一个，赵贞吉一个，刑部一个，都察院一个，大理寺一个，提刑司一个，镇抚司一个……"说着他眼睛发直在那里想着："朝天观一个……玄都观一个……去查那个海瑞，去查他的同党……"

朝天观和玄都观都说上了，这岂不是疯话？这次不只是陈洪，连赵贞吉和黄锦都看出了嘉靖的异样，三双眼睛也都跟着他直了。

"启、启奏主子万岁爷。"陈洪说话也不利索了，"奴才们从谁查起？先抓哪些人？"

嘉靖的眼睛一直还直在那里，像是在答陈洪的话，又像是自言自语："从谁查起……，抓哪些人……吕芳。"突然他望向了黄锦。

"主子！"黄锦哭出来了，膝行着靠了过去，扶住了嘉靖。

嘉靖眼睛依然直勾勾地望着他："你说，从谁查起……先抓哪些人……"

"主子！"陈洪看出了嘉靖已然有些疯魔，也连忙奔了过来，扶住了他，大声叫着提醒，"他不是吕芳！吕芳是奸党！主子快下旨意吧！"

嘉靖已然两眼紧闭，牙关紧咬，一副要倒下去的样子。

黄锦猛地站起，从背后一把抱住了嘉靖。

赵贞吉也已然站起，从一旁扶着嘉靖。

陈洪依然大声喊道："主子！主子！这个时候您得拿主意呀！"

"陈洪！"黄锦满脸是泪大声吼了出来，"你还是不是人！该查的你去查就是，还想逼死主子吗！来人！快来人！传太医，传太医呀！"

"传太医！快传太医！"大殿里当值的两个太监一边呼喊着一边奔了出来。

第三十五章

"李阁老、肃卿！"徐阶一声急喊，撑着站了起来。

高拱也立刻站了起来，李春芳爬着站了起来。

其他六部九卿的堂官心乱如麻地仍跪在那里望着他们三人。

徐阶："我们进去！"

高拱一手挽着徐阶率先进了殿门，李春芳跟跄着跟进了殿门。

"皇上！"徐阶喊了一声，再也顾不了许多，领着高拱和李春芳奔进了精舍。

黄锦在后面抱着嘉靖，陈洪和赵贞吉一边一个搡着嘉靖。

徐阶、李春芳和高拱都靠近了蒲团，在蒲团前跪下了，抬头望着嘉靖。

偏在这个时候嘉靖的眼睛睁开了，两眼通红，满脸也是通红，原来刚才一刻他用上了几十年的运气玄功，把那口气从丹田里又提了上来，感觉到三双手在扶着他，又看到了徐阶三人未奉旨便奔进了精舍，吼了一声："撒手！"

陈洪第一个松开了手，立刻对赵贞吉喝道："撒手！"

赵贞吉慌忙松开了手，在原地又跪了下来。

只有黄锦还在身后抱着嘉靖。

嘉靖："陈洪。"

"主子，奴才在。"陈洪急答。

嘉靖："先把朕背后这个吃里爬外的奴才抓了。"

"是！"陈洪大声答着，对外喊道，"来人！"

两个大殿里的当值太监立刻奔了进来。

陈洪："把黄锦拿了，先关到司礼监去！"

两个当值太监应了一声，向黄锦走去，站在他的身边。

黄锦这才慢慢松开了抱嘉靖的手，走到他的前面，跪下磕了个头，站起来走了出去。

两个当值太监紧跟在他身后走了出去。

"徐阶。"嘉靖的目光盯向了徐阶三人。

徐阶："皇上，臣在。"

嘉靖："谁叫你进来的？是想来逼宫吗？"

徐阶趴了下去，李春芳和高拱都趴了下去。赵贞吉在一侧也跟着趴了下去。

嘉靖："是海瑞的同党现在要跑还来得及，不是同党就都到内阁值房去。候查！"

徐阶慢慢站起了，李春芳、高拱慢慢站起了，赵贞吉犹豫着也跟着站了起来。

"站住。"嘉靖的目光倏地刺向赵贞吉，"做了一把英雄好汉，你也想走？"

赵贞吉又跪了回去："臣候旨。"

嘉靖:"朕没有旨再给你,听陈洪的。"说完这句他才不屑地又望向徐阶三人:"出去!"

徐阶、李春芳和高拱转过了身子,走了出去。

陈洪望向了嘉靖。

嘉靖:"拿着那个畜生写的这本东西,该查谁,该抓谁,该审谁,怎么审,你心里明白。"

"奴才明白!"陈洪跪了下去,拾起了被嘉靖扔在地上的那本海瑞的奏疏,磕了个头站了起来。接着望向赵贞吉:"英雄好汉,跟我走吧!"

赵贞吉这才也向嘉靖磕了个头,站了起来。

火把乱晃,已是半夜。来的人全是大内提刑司的提刑太监,镇抚司的锦衣卫没有来一个人。

一双双穿着钉靴的脚像一只只铁蹄,从海家洞开的宅门密集地踏了进去,小小的院子被那些脚踏得地都颤动了!

拥进院子,好些提刑太监便分作两路,一路奔向西厢房,一路奔向东边的厨房和柴屋!

提刑太监的头领着一群提刑太监直奔北面正屋。

提刑太监的头奔到北屋门外倏地站住了。

跟着他的那群提刑太监也猛地刹住了脚步。

正屋的门竟洞开着,一把椅子摆在方桌前,椅子上端坐着海瑞。他的背后摆着一具白木棺材!

提刑太监的头紧紧地盯着坐在北屋正中的海瑞:"户部清吏司主事海瑞是吗?"

海瑞站了起来:"我就是。"

"锁了!"提刑太监的头低喝了一声。

两个提着脚镣和手铐的提刑太监立刻奔了进去。

海瑞站在那里一动不动。

环形的铁链先套住了海瑞的脖子,接着一紧,一把铜锁紧扣着脖子咔嚓一声锁上了!铁链的下端便是手铐,飞快地铐住了海瑞的双手,也咔嚓一声锁上了!

另一个提刑太监蹲了下去,先将一只环形脚镣套住了海瑞的左脚,再将另一只环形脚镣套住了海瑞的右脚,两只脚镣间的铁链相距不到五寸,还被一把大锁咔嚓一声也锁上了。

| 第三十五章 |

这一套脚镣和手铐便是有名的"虎狼套",在刑部和各省府县衙门本是用来对付江洋大盗的,无论何人,本事再大,上了这一套刑具便寸步难逃。可在提刑司和镇抚司却用它专一锁拿皇上厌怒的官员,名称也改了,叫作"金步摇":一是因为从头到脚全身都披满了锁链,每走一步都锒铛发响;二是因为手脚全铐在了一起,两只脚镣间被锁链牵着只能一步一步挪动,走起路来就像女人的金莲碎步,因而取此雅名。用意十分阴损,就是要侮辱那些清流自居的文官,如当年的"越中四谏""绍兴七子",上的都是这套刑具。

"带走!"提刑太监的头一声令下。

两个提刑太监便去扯那锁链。

"慢着!"提刑太监的头连忙低喝,"一根汗毛也不要伤了他的,要查背景!"

"是。"两个提刑太监松下了锁链,只能让海瑞自己慢慢挪着向屋外走去。

"搜!细细地搜!"提刑太监的头又喝道。

其他太监蜂拥而入,几个奔入东卧房,几个奔入西书房,有几个直奔棺材,将棺材盖掀翻在地,竟连棺材都查了起来。

棺材内整齐地叠着海瑞那件六品官服和官服上摆着的那顶六品官帽。一个太监抓出了那顶官帽,另一个太监抓出了那件官服,两人同时一抖,什么也没有。再向棺材里看去,已是空空如也!

因为有吩咐,押海瑞的提刑太监们不好动粗,只得耐着烦,跟着他,看他披着锁链慢慢移了出来,走到院门口时被高高的门槛挡住了。

那些提刑太监既不动粗也不帮他,心里恨着本是宫里大喜的日子,每人都应得到皇上的恩赏,却因此人一锤子全给砸了,深更半夜还要来当此苦差,便一个个站在边上看着,要看他自己从门槛上爬过去。

海瑞从上锁那一刻起就没有正眼看一下这些人,这时站在门槛前低眼只见火把照耀下身前身后都是劲装钉鞋的脚,却没有一个人过来帮他迈过这道门槛。

"想过去吗?跪下来,爬过去!"一个提刑太监的声音在他身侧叫道。

海瑞浑若未闻,慢慢移转了身子,背向院门,抓住了铁链向门槛上坐了下去,然后抬起双脚移动身子把脚移向了门槛外,又抓住铁链自己慢慢站了起来。

那些提刑太监们对望了一眼,倒是对他这招露出了些赏识。

海瑞看到了门边的囚车,挪移着径自向囚车走了过去。

提刑司的囚车都是密封的,只在车尾装了一扇门,这时门打开着,海瑞走到了囚车车尾的门边,站在那里。

这时有两个提刑太监来帮忙了,一边一个提起了他,将他送进了囚车。

接着囚车门从外面哐当一声闭了，又咔嚓一声锁了。

灯笼火把又点满了司礼监值房外的大院，左提刑右镇抚，两司的头目们又都紧急召来了，单腿跪在院坪的两边。

陈洪昂首立在值房门口，赵贞吉低着头站在他的左边，司礼监另外三个秉笔太监分站在他们两边。奉上谕紧急召来协助办案的一个刑部侍郎、一个大理寺少卿、一个都察院左副都御史则比他们低了一等，低头站在值房门石阶的下面。

天将明未明，一片死寂，只有火把在夜风中发出噼啪的爆花声。

陈洪偏又一直不吭声，也不知他在等着什么。其他人站着的跪着的更觉得这夜不知何时天明。

一阵脚步声踏碎了沉寂，那个带头抓海瑞的提刑太监奔进来了，直奔到陈洪面前跪下："禀祖宗，海瑞抓到诏狱了！"

"好！"陈洪这才开声了，望着那个提刑太监的头，"陪着赵大人这位英雄好汉，立刻去审那个英雄好汉！问的话，答的话，一个字也不许落下，给我都记好了！"

"是！"那个提刑太监的头站了起来，望向赵贞吉，"赵大人，请吧。"

赵贞吉阴沉着脸，跟着那个提刑太监走了出去。

陈洪这才开始发配众人："听好了，朝廷出了谋逆大案！"

跪着的头都一惊中抬了起来，全望向了他。

陈洪："一个户部的主事上了本要逼皇上退位！至于他背后牵着哪些人，一个个都要查出来。常言道，没有内贼引不来外盗，有些人就在我们身边，在皇上身边。现在先从咱们身边查起。把那个姓黄的奴才押进来！"

院外立刻有了吼应，所有的目光都转了过去。

黄锦这时已被上了手铐，由两个提刑太监押了进来，押到了院中的石面路上，面对陈洪站在那里。

所有的人几乎都不敢相信自己的眼睛，这个黄公公怎么可能是内贼？他怎么会逼皇上退位？真是匪夷所思！

陈洪的目光唰地刺向了黄锦。

黄锦本就是个又笨又直十分倔强的人，这时锁链缠身，依然把头抬得高高的，偏不看陈洪。

陈洪笑了："还以为你是司礼监首席秉笔太监，站在那里，等着批红吗？打腿，让他跪下！"

| 第三十五章 |

押黄锦的自然是陈洪的心腹,这时二人同时踹向黄锦的腿腕,黄锦被踹得跪了下来,兀自撑着地又挺直了身子,还是把头高高地昂着。

陈洪怒了:"你那个头昂得好高啊,是想看天上的星星吗?赏嘴,让他多看些星星!"

押他的太监一边一个,一人抡起左掌,一人抡起右掌,向黄锦的脸猛抽起来!

黄锦开始还硬挺着,接着便看见满眼都是金星,再接着便是一片漆黑,终于倒了下去。

满院子跪着的人,还有站在屋檐下的三个司礼监秉笔太监有些低下了头,有些闭上了眼。

"扶起来!"陈洪又喝道。

两个提刑太监一边一个拉起了黄锦,黄锦的头软软地垂在胸前,被拽跪在那里。

"浇醒他,让他指认同党!"陈洪又喝道。

凉水是常备的,这时另一个提刑太监提着一桶水劈头向黄锦泼去。

黄锦浑身颤抖了一下,从黑暗中又醒了过来,竭力想睁开眼,却发现眼睛睁不开了,只有一线,模模糊糊只能看见若有若无的灯光,满脸都已经肿了。

陈洪凶狠地盯着他:"讲义气不讲义气现在都不管用了,要不想牵连更多的人,就指出几个同党!"

黄锦提起一口气,张嘴吐向陈洪:"呸!"

那口血水却只落在陈洪的脚前。

满院子的人都望向了陈洪,灯笼光火把光把那些眼睛照得也成了一点点火光。

陈洪默住了,闭上了眼,想了一阵子,然后又睁开了,慢慢扫视着满院子那些闪着光的眼睛:"我知道,你们早来的晚来的都有好些受过吕芳的恩惠,都还在心里念着那个老祖宗的好处。可有一点你们得想明白了,吕芳真要是那么个好人,就不会背叛主子万岁爷。我们这些人,第一要讲忠心,第二才讲义气。我陈洪在宫里这几十年,就这一点从不含糊。今天我还是这一点心,首先要忠主子,然后能保的我都会保。谁叫吕芳管你们管了几十年呢?你们这些人里,有许多都是身不由己,只要心里还揣着对主子万岁爷一个'忠'字,我都既往不咎。可像这个黄锦,把吕芳看得比主子万岁爷还高,比主子万岁爷还重,这便万不能饶!他装出的这一副讲义气的样子,我陈洪比他要强十倍、强百倍!在这里我说了,宫里二十四衙门,外加上一个镇抚司,以往跟吕芳有关联的,我只抓一个人,便是这个黄锦!其他的只要幡然悔悟不再念着那个吕芳,不再跟着这个黄锦跑,我都保!可还是有两个我保不了,因这两个人跟那个海瑞有关!朱七,齐大柱。"

朱七和齐大柱依然还跪在右边镇抚司人群的第一排，这时已然站起。

陈洪："海瑞是古往今来第一个大逆不道的人，你们怎么要跟他铆在一起？"

齐大柱想答话，朱七用手按住了他，大声答道："陈公公什么都不用问了，给我们上刑具吧！"

陈洪摆了一下头，又有两个心腹提刑太监提着手铐过来默默地将朱七、齐大柱都铐上了。

陈洪："钢筋铁骨的人，不要打他们，打了也没用。让他们自己天良发现，把事情都讲出来。"

朱七和齐大柱也被押出了院子。

"下面轮到你们的差使了。"陈洪望向了石阶下站着的刑部那个侍郎、大理寺那个少卿、都察院那个左副都御史，"皇上有旨，徐阁老和内阁那几个阁员，还有六部九卿的堂官们眼下都在内阁值房候着，你们去，叫他们各自写辩状，与海瑞有关的就写有关，与海瑞无关的就写没关。不要冤枉了一个好人，也不要放跑了一个逆贼。"

那三个人立刻面露难色，怔在那里。

陈洪："我知道这个差使让你们为难。一个刑部侍郎、一个大理寺少卿、一个副都御史，论官职他们都是你们的上司。可你们心里要琢磨明白了。现在，你们是奉旨办差，在查清楚以前，他们什么也不是。'忠'字当头，你们的前程谁也动不了。卖人情，留后路，那就什么后路也没有。听清楚了？"

三个人一齐拱手答道："卑职们明白。"

陈洪："去吧。"

那三个人脚下像踩着棉花向院门外走去。

"石公公，孟公公，卞公公！"陈洪望向另三个秉笔太监。

"属下在。"三人低头低声答道。

陈洪提高了声调："会集五城兵马司和顺天府九城戒严！那个海瑞招供之前，一个官都不许出门！"

北镇抚司诏狱当时号称天下第一狱！四面石墙，满地石面，顶上石板，都是一色的花岗岩铺砌而成。狱深地面一丈，常年不见日光，干燥如北京，都常见潮湿，人关在里面，就是不动刑，时日一久也必然身体虚弱，百病缠身。

提刑司的人看着，灯笼提着，赵贞吉被他们领着走下了诏狱的石阶，只见里面石道幽深，只有墙上的油灯微光昏黄。

| 第三十五章 |

赵贞吉的脸此时比这暗狱还要阴沉,转过了一条石道,又转向另一条石道,他的脸也越来越阴沉。

佛家有语云:"远者为缘,近者为因。"这个赵贞吉和海瑞可谓既有远缘又有近因。在浙江查办改稻为桑的案子,时任知县的海瑞便屡屡抗命,闹得身为巡抚的赵贞吉心里深恶却无可奈何。先后调京,海瑞偏又在赵贞吉任尚书的户部当主事,开始几个月还相安无事,孰料他一夜之间惊雷炸响,满朝震动!第一个受牵连的又是自己这个顶头上司,赵贞吉的恼恨可想而知!

提刑太监和锦衣卫的狱卒终于把赵贞吉领到极幽深的一个牢门前站住了。

牢里没有灯,牢门外的灯笼光洒进去,只影影绰绰能看见那个海瑞依然戴着脚镣和手铐,箕坐在地上散乱的稻草上,闭目养神。

赵贞吉的眼中立刻射出深恶的光:"提到刑房去,我要细细地审他。"

"那可不成。"陪他来的提刑太监的头阴阴地答道,"上边打了招呼,不能动刑,就在这里审他。"

赵贞吉动气了:"叫我在这样的地方审他?"

提刑太监的头:"我们也不愿意。可这是上边的意思,赵大人在里面审,我们在外面记录。"

赵贞吉把那口气咽了回去:"开牢门吧。"

牢门打开了,赵贞吉刚走了进去,只听见背后牢门立刻哐当一声关了,猛回头一看竟又被上了锁。

"干什么?"赵贞吉怒向门外那提刑太监,"连我也锁上吗?"

提刑太监的头:"上边的意思,问的话一个字也不能漏出去。赵大人问完了,我们自然会开锁让你老出来。"

赵贞吉这口气可憋到了家,紧闭了下眼,又睁开来向这座牢房扫了一遍,除了地上的乱草,凳子也没有一把,看样子自己只得站着问案了。

牢门外却立刻有人抬来了一把矮几,一只小虎凳,矮几上摆着纸笔墨砚,提刑太监的头在矮几前坐下了:"赵大人,问案吧。"

"海瑞!"赵贞吉这一声吼把怒气吼了出来。

海瑞听凭那些人刚才问答忙活,一直没有睁眼,这时才慢慢睁开了眼,望向赵贞吉。

海瑞:"卑职在。"

赵贞吉:"你干的好事!"

海瑞不语。

"回话！"赵贞吉怒吼了。

海瑞慢慢答话了："我的话在奏疏里都写了。赵大人可以去看奏疏。"

赵贞吉偏又没有看到过奏疏，更是又气又急："你在奏疏里都写了些什么？谁叫你写的！从实招来！"

海瑞望向了他："赵大人来审问卑职，皇上却没有将卑职的奏疏给赵大人看过？"

赵贞吉虽然气极，却立刻捕捉到这个话头正是洗刷自己的契机，声色俱厉地大声说道："谋逆之言，是我们这些做臣子的能看的吗？"说完他有意停在那里，等牢门外把他这句话记录下来。

牢门外提刑太监的头果然在那里飞快地记录着。

心思不同，用意却是一样，赵贞吉要竭力辩白自己还有朝中的大臣与海瑞无关，海瑞这时也正要让皇上明白自己的上疏与任何人无关。两个人便都沉默着在等牢门外记录完这句话。

海瑞这才又说道："赵大人既然连卑职的奏疏里写的什么都不知道，怎么知道卑职写的是谋逆之言？"

赵贞吉是真被问住了，而这次的沉默也就无须假装了，在这又一次沉默的片刻，在等着牢门外记录这句话的片刻，他才感觉到了这个海瑞也并不想将自己将别人牵连进来。有了这个感觉，聪明如赵贞吉立刻有了主意，那便是放开来穷追海瑞，反正他也不会供出任何人。

"海瑞！"赵贞吉等牢门外记录下了上面那句话，接着问道，"你为什么上这道疏？"

海瑞："上疏是为臣的天职。"

赵贞吉："你的奏疏里到底写了什么大逆不道之言？"

海瑞："有无大逆不道之言皇上知道，你可以去问皇上。"

"我现在问的是你！"赵贞吉提高了声调，"我现在是奉旨问你！"

海瑞："我的奏疏是写给皇上看的。皇上如果愿意公诸众大臣，自会给你们看。皇上不愿公诸众大臣，我对谁都不能说。"

赵贞吉慢慢转过了头，望向坐在牢门外做记录的提刑太监，目光里的神色十分明确，这个案子他无法审问下去了。

无奈那提刑太监低垂着眼看也不看他，只提着笔等着记录。

赵贞吉无法，又转对海瑞问道："那我再问你，是谁指使你写这道奏疏的？"

问完这句，赵贞吉自己先就紧张了，牢门外那个提刑太监也抬起了头，明显也有些紧

| 第三十五章 |

张了。

海瑞在这个时候偏不回话了，慢慢闭上了眼。

赵贞吉："回话！"

海瑞仍然闭着眼："赵大人平时上疏也要人指使吗？"

"什么意思，直言回话。"赵贞吉紧接着逼问。

海瑞："不用问了，卑职在给皇上的奏疏里写得很清楚，第一句就是'户部云南清吏司主事臣海瑞谨奏'。除了海瑞，这道奏疏与任何人无关。"

赵贞吉深深地望着这个自己平时就深恶的下级，见他镣铐缠身依然端坐如山，双眼微闭却气定神闲，这时也不禁从心底里浮出了一丝敬意。

话显然是问不下去了，赵贞吉又慢慢转过了身子，却发现牢门外那个提刑太监的头已经主动地将牢门的锁开了，一副恭候他出来的样子。

赵贞吉这倒有些意外，反而不敢急着出去了，望着那提刑太监的头："公公都听见了？"

那提刑太监的头："都记下了。"

赵贞吉："那今天就不审了？"

提刑太监的头："审不出来还审什么。"

赵贞吉惊疑不定地望着那提刑太监的头慢慢走出了牢门。

牢门又被哐当一声锁了。

海瑞的那道奏疏这时竟展开着赫然摆在裕王的书案上！

陈洪微低着头站在书案一侧悄然望着紧盯着奏疏的裕王。他也有些大出意外，今天面对这样一件天大的事，平时一直让人觉得孱弱的裕王却看不出一丝的惊慌失措，而是定定地站着，目光深沉。

"王爷。"陈洪低声试探地唤了一声。

裕王这才将目光慢慢瞟向了他。

陈洪低了头："万岁爷有旨叫奴才问王爷，看了这道奏疏王爷如何回话。"

裕王两眼虚望向上方："听清了如实回旨：此人竟敢如此狂悖辱骂父皇，作为儿子我必杀此人！"

陈洪抬起了头，满眼欣慰："奴才一定如实回旨……"

"我的话还没有完。"裕王截断了他，"可作为列祖列宗的子孙，我若能继承大统必重用此人！"

"王爷！"陈洪被这句话吓得一颤，双腿跪了下去，"奴才恳请王爷将这后一句话收回去！"

"不收回。我绝不收回。"裕王这时身上竟也出现了从父祖的血统里承继的固执，坚定地说道，"我知道，父皇是疑心上了是我在指使这个人上的这道疏，疑心我要逼父皇退位。我这就写本章，恳请父皇开去我的王爵，罢为庶民也好，赐我自尽也好，我一定立刻奉旨。"

说完这番话，裕王立刻操起了笔，摊开空白的本章疾书起来。

"王爷！王爷！"陈洪跪在那里疾呼了两声，见裕王依然运笔如飞，便膝行了过去，双手抓住了裕王的手腕，大喊了一声："王爷！"

裕王的手被抓住了，冷冷地望向了他。

陈洪依然抓住他的手，高抬着头："王爷想要亡了列祖列宗的江山吗？"

裕王："列祖列宗的江山已经要在你们这些人的手里亡了，还轮得上我去亡国吗？"

"王爷这话包括奴才？"陈洪睁着惊惶的眼直望着裕王。

裕王不答。

陈洪慢慢松开了裕王的手，转头望向了供在一座紫檀几上的剑，站起来走了过去，双手捧过那把剑又面对裕王跪下了："王爷如果这样看奴才，现在就赐奴才死了吧！"双手将剑高高一举。

裕王冷笑了一声："内阁大臣六部九卿的堂官都被你禁闭在西苑值房，大明朝都已经瘫了，除了皇上，就数你大，我哪能杀你！"

"王爷冤煞死奴才了……"陈洪举剑的手软了下来，趴在地上突然大声哭了。

裕王不再看他，也不再写奏本，两眼虚虚地望着前方。

陈洪哭了一阵，收了声，又望向裕王："王爷既这样认定奴才，奴才今天不死，明天不死，总有一天死无葬身之地。要死的人了，恳请王爷让奴才说几句话。"

裕王："你要说什么，谁能挡你。"

陈洪抹了一把泪："那奴才就说。王爷请想想，不要说皇上万岁爷那样刚烈的人，从古至今，摊上哪一个帝王看到海瑞这样的奏疏能够忍受得住？正如秦王所言，天子一怒流血千里，今夜突然出了这么一件捅天的事，王爷告诉奴才，奴才该怎么做？"

裕王慢慢望向了他。

陈洪："奴才能做的，第一件便是替皇上消气，一切事都要让皇上消了气，才不至于不可收拾。"

"把满朝大臣都关起来就能让皇上消气？"裕王的语气已经有些柔和了。

第三十五章

　　陈洪："消了气才能慢慢释去皇上的疑心。奴才伺候皇上三十年了，也算是知道皇上的人。皇上一旦起了疑心，岂止是大臣们中有许多人要受牵连，王爷也会受到牵连。奴才这样做也是为了慢慢消去皇上的疑心。王爷请想，奴才为什么要怂恿皇上让赵贞吉去审海瑞？赵贞吉是徐阁老的学生，徐阁老又是王爷的师傅，那海瑞偏又是赵贞吉的属下。赵贞吉不卸去嫌疑，所有的人便都有嫌疑。奴才这点苦心，王爷难道不能明察！"

　　这番话打动了裕王的心，他又开始重新审视跪在面前这个人来。

　　陈洪又抹了一把泪："王爷说奴才将满朝大臣禁闭在西苑，奴才算个什么东西，就有这个心也没这个胆，有这个胆也没这个本事敢跟我大明朝满朝的大臣为敌。这个时候只能让他们在值房坐着，同时奴才已经将海瑞进京后所有的行状从司礼监调了出来呈交皇上御览。海瑞进京后的情形奴才早就问过了，除了跟都察院御史王用汲还有镇抚司的齐大柱有些往来，跟朝中其他任何大臣都没有往来。皇上看了那些呈报，自然便释去了对群臣的疑心，明天一早也就会让徐阁老他们回部衙理事。王爷，您给奴才一个明示，奴才除了这样做，还能怎样做？奴才做的这些是想亡我大明的天下吗？"说完又趴了下去，大哭起来。

　　裕王看着陈洪，沉默了。

第三十六章

明朝帝王的驭臣之术，其中最为厉害的便是缇骑四出，暗探遍布，时刻侦知那些握有重权大臣的动向。偶有例外，便是对一些有异常举动的中下层官员，也派人布控。海瑞只是户部的一个六品主事，本不在侦控之范围，皆因他一进京便在六必居惹了事，引起了嘉靖的注意，因此几月来他的行状提刑司、镇抚司都有记录。现在正如陈洪所言，海瑞的记录已经火速调来一张张摆在了嘉靖的御案上，嘉靖这时一个人站在御案前，手擎着灯，眼映着光，在一张张仔细看着。

其中几页的记录将嘉靖的目光吸住了。

"嘉靖四十四年十二月二十二日未时，都察院御史王用汲派家人送年货至海瑞家被退回。"

"嘉靖四十四年十二月二十七日辰时，镇抚司千户齐大柱派妻送年货至海瑞家被闭门不纳。午时，海瑞归，遣走齐妻，接受鸡蛋四枚。未时，海瑞携家织布一匹至前门外大街瑞兴布庄卖得铜钱十五吊，买鸡一只，鱼一条，米十五斤返家。"

嘉靖眼中露出了茫然的神色，接着往下看去。

"申时，海瑞接户部急报，赴通州军粮库解粮。二十八日辰时押粮至大兴赈灾。"

"嘉靖四十四年十二月二十九日除夕至嘉靖四十五年正月初五海瑞家皆大门紧闭，其母其妻未出门一步。初五申时末海瑞自大兴回，突发大病。海瑞妻求邻家唤王用汲和李时珍至，医病至子时。子时，王用汲接都察院急报回部院写贺表。是夜，李时珍留宿海家。"

嘉靖抬起了头默默地想着，想了片刻又接着往下看去。

"嘉靖四十五年二月初七运河开航，海瑞送其母其妻搭乘李时珍客船南下。"

"自嘉靖四十四年七月至今，海瑞除赴吏部至大兴当差未到任何官员家造访；官员中

第三十六章

除王用汲、齐大柱外亦无任何他人至海瑞家造访。"

看完了最后一页，嘉靖的手擎着灯愣在那里，眼中的光也虚了。

远处传来了鸡鸣声，南窗已经有了一丝亮白。

"启奏主子万岁爷，提刑司奴才王五一奉旨陪户部尚书赵贞吉审海瑞回了。"大殿外传来了那个提刑太监的头的声音。

"过场走得快嘛！"嘉靖的目光想闪一下，却已经不亮了，"进来吧。"

提刑太监的头手捧着薄薄的一张审案记录低头哈腰碎步走了进来，赵贞吉跟着他走到了精舍门口。

赵贞吉跪下了，提刑太监的头捧着那一纸薄薄的审案记录进到精舍跪下双手高举上去。

赵贞吉头低着，却在感受着嘉靖的动态。

"扔在那里，朕不看。"嘉靖的声音既冷且虚。

"是。"提刑太监的头将审案记录摆在了御案上，低头哈腰又退了出去。

"内阁和六部九卿那些人的辩状也该敷衍完了吧？"嘉靖这话显然是在问赵贞吉。

赵贞吉深埋着头："圣上是否叫臣去催拿？"

嘉靖："来吧，都来吧，把他们都叫来吧。"

赵贞吉愣了一下，只好答道："臣遵旨。"磕了个头爬起来向殿门退去。

嘉靖这才拿起了提刑太监的头送来的那张薄薄的审案记录看了起来，看着目光更虚了，又望向了精舍外的南窗。

远远近近已经鸡鸣不已，朝曦满窗。

"奴才陈洪给主子万岁爷复旨来了！"殿外又传来了陈洪的声音！

嘉靖将手中那张纸往御案上一扔，闭上了眼："进来吧。"

陈洪带着风尘轻步进来了，嘉靖睁开眼望着他，却见他两手空空，立刻那目光便射出了疑询："裕王没有写什么东西来吗？"

陈洪："回主子，当然写了。"

嘉靖："在哪里？"

陈洪跪下了："主子万岁爷恕罪，裕王爷将写的请罪本章交给了李王妃和世子爷，让他们亲自带来了，要面呈主子。"

嘉靖的脸色立刻掠过了一道凄然，沉默了稍顷："叫他们进来吧。"

"是。"陈洪爬了起来飞快地走了出去。

嘉靖走回到蒲团前坐下了。

陈洪领着李妃和世子在精舍门外出现了。

李妃拉着世子在门外就跪了下来："臣妾李氏领世子朱翊钧叩见父皇皇爷爷！"

"进来。"嘉靖的目光望向了孙子。

"是。"李妃领着世子磕了个头，拉他站起来走进了精舍。

进来后李妃又要领着世子跪下，嘉靖立刻说道："罢了。陈洪，赐座。"

"是呢。"陈洪答着连忙搬过一只绣墩摆在蒲团前的左侧，李妃只好深福了福挨着绣墩的边沿低头坐下了。

世子就站在母亲的身前，嘉靖望向了他："过来。"

世子慢慢走了过去，嘉靖拉着他想把他抱到膝上，突然觉得没有了那个力气。

陈洪眼尖，几步跨了过去抱起了世子放在了嘉靖的膝上。

从昨夜震怒以来，嘉靖第一次有了慈容："几个月不见，朕的孙子竟重了许多。"

李妃眼中闪出了泪花，却强装着笑容，提着裙裾在绣墩前又跪下了："臣媳李氏带来了裕王的请罪本章，敬呈父皇御览。"

嘉靖只望着她，望着她手中的那道本章，没有吭声。

陈洪紧张地低头站在那里。

嘉靖："陈洪。"

"奴才在。"陈洪慌忙答道。

嘉靖："到门外看看朕的那些忠臣们都来了没有。"

陈洪："是。"

门外已经传来了徐阶的声音："罪臣徐阶等敬候圣命！"

陈洪："回主子，已经来了。"

嘉靖："有请！"

陈洪又怔了一下，对殿外呼道："徐阶诸臣见驾！"

折腾了一个晚上，徐阶的眼圈已经有些黑了，紧跟在后面的李春芳、高拱和六部九卿那些堂官一个个眼睛都是绿的，这时每个人手里都拿着连夜写好的辩状，双手捧着走到了精舍门外，跪了一地。

嘉靖望向了他们："都拿了些什么？"

徐阶："罪臣徐阶等奉旨写的辩状。"

嘉靖："辩的什么？"

徐阶："罪臣等与海瑞有无关联。"

嘉靖的目光望了一眼陈洪，示意他收上来。

| 第三十六章 |

陈洪连忙走到门口,将徐阶等人手中的辩状一一收了,走回到嘉靖面前,捧在那里。

嘉靖的目光这时望向了仍然跪在面前的李妃和他依然举着的裕王那道请罪本章。

世子这时还坐在他的腿上,被他搂在胸前,嘉靖竟对世子问道:"朱翊钧,你知道你父王还有门口那些大臣送来的都是什么吗?"

世子怯怯地答道:"回皇爷爷的话,都是让皇爷爷不高兴的东西。"

跪在精舍门外的徐阶等人这才微抬起了头,看见了世子竟坐在皇上的身上,一只只发绿的眼中似乎又见到了什么希望。

嘉靖依然问世子:"还是朕的孙子知道皇爷爷的心思。朕再问你,既然是皇爷爷不高兴的东西,咱们看还是不看?"

世子突然冒出一句惊人之语:"烧了它!"

"准旨!"嘉靖大声赞道,"陈洪,把他们写的这些东西还有裕王的请罪本章都给朕烧了。朕一个字也不看。"

"主子万岁爷圣明!"陈洪大声答道,紧接着从李妃手里把那道本章也拿了,然后走到一座香炉前,揭开了香炉盖,将那些本章和辩状一份份放了进去。

香炉里立刻燃起了明火。

"圣上如天之仁,臣等感愧莫名!"徐阶代表众臣呼出了这激动的一声。

所有的人都趴了下去。

李妃在精舍内也趴了下去。

嘉靖:"海瑞那个畜生在奏疏里将朕骂得一无是处,他想做比干,无奈朕不是纣王!他想青史留名,乱的却是朕的江山!朕也想清楚了,朕不上他的当!现在你们就把他写的那个东西拿去看了。看完了该怎么办你们去商量!陈洪。"

陈洪立刻将手中剩下的辩状都扔进火里,连忙回过头来:"主子,奴才在。"

嘉靖:"将那个畜生写的东西给徐阁老,发内阁六部九卿堂官通阅!"

由内阁阁员会同刑部、大理寺、都察院正副堂官会同审讯一个小小的六品主事,这在大明朝还没有先例。

辰时初阁员们和三法司的正副堂官们就都到齐了,徐阶、李春芳、高拱、赵贞吉四位阁员还是坐在正中的大案前,三法司的正堂官坐在左侧的大案前,副堂官则坐在右侧的大案前。

有旨意,三法司的正副堂官每人面前都摆着纸笔墨砚,同时记录,审完后六份记录要同时上呈皇上比对审看。

大明王朝
—— 1566 ——

　　由于依然戴着脚镣手铐，海瑞特许用囚车从诏狱直接送来以免耽误时辰。
　　囚车直接辗到了值房的门口停下了。
　　还是那个提刑太监的头，又加了镇抚司一个千户，两人走进了值房，在门口站定，向徐阶诸大臣一拱："禀徐阁老、众位大人，海瑞押到。"
　　众人都下意识地对望了一眼。
　　徐阶："押进来吧。"
　　囚车车尾的门开了锁，打开了，两个锦衣卫在车尾旁站着，两个提刑太监各伸进手去将海瑞从囚车内提了下来。
　　海瑞站在地上，先抬起头望了一眼从东边刚刚升起的太阳，日光照在他的脸上，满脸闪光。
　　一个提刑太监："进去吧！"
　　海瑞这才转过头又望向了值房门上那块斗方，斗方上写着两个颜体大字："内阁！"
　　值房大门是洞开着，里面的大臣们都望向了一步一步慢慢挪向石阶的海瑞。
　　海瑞走到值房门口的石阶前又站住了，石阶虽然不高，但仍然无法提腿登上去。
　　提刑司、镇抚司那些人都知道皇上这时痛恨着这个人，因此没有一个人敢给他解了锁链，也没有一个人伸出手帮他登上石阶。
　　以往被审的官员也有这样的难题，一个个都是跪下来一步步爬上石阶。这时所有的目光都望向海瑞，想像这个有泼天大胆的人是怎样跪下来，怎样爬上石阶。
　　所有的目光都紧盯着他。
　　但见海瑞身子费劲地往第一级石阶一坐，坐下了，双目微闭，坐在那里竟不动了。
　　大案前赵贞吉抓起惊堂木一拍："海瑞！到了这里你还是这般冥顽不灵吗？上堂来受审！"
　　海瑞依然坐在石阶上："请问各位大人，是否已经给我定罪？"
　　赵贞吉在案前大声答道："今天就是来给你定罪！"
　　海瑞："大人并没有回卑职的话，到底是定了罪还是没有定罪？"
　　赵贞吉又举起了惊堂木，高拱乜了赵贞吉一眼，接言了："海瑞，你问这话是什么意思？"
　　海瑞答道："据《大明律》，现任官员定罪之前审讯期间一律去掉刑具，接受审讯。"
　　高拱望了一眼所有的官员："这是《大明律》载有明文的，应该去掉刑具。"
　　所有的官员却没有一个人接他的言。

| 第三十六章 |

高拱站起来了,对提刑太监的头大声说道:"解了镣铐!"

提刑太监的头还没有接言,赵贞吉忍不住了,也望向了提刑太监的头:"给不给海瑞去掉刑具,上面打没打招呼?"

提刑太监的头立刻答话了:"回赵大人,上面打了招呼,这个海瑞的镣铐不能解。"

高拱:"谁打的招呼?"

提刑太监的头:"陈公公。"

高拱:"是陈公公自己的意思,还是他奉皇上的旨意?"

提刑太监的头:"这个属下不敢妄说。"

高拱:"既然皇上没有旨意,那就该按《大明律》办,官员在定罪以前,审讯时一律不戴镣铐,立刻解了。"

提刑太监的头依然不动,而且不看高拱只望向赵贞吉:"那属下得请示陈公公。"

赵贞吉望向了高拱:"海瑞的罪非以往任何罪官可比,在《大明律》中也无任何条文比对。高大人,今天这个案子就应该按司礼监的意思办。让他戴着镣铐受审。"

高拱昨夜对赵贞吉殿中那番奏对本还心存好感,这时蓦地明白了,此人貌似忠勇,内实奸猾,所有的心计都是在揣摩顺应圣意,不禁一阵深恶涌上心头:"赵大人,这可不像你昨天奏对时说的话。旨意是叫我们来论海瑞的罪,现在他的罪还没有论,赵大人就先意把罪定了,是不是我们可以不论了?"

赵贞吉脸一红:"我何时把他的罪定了?"

高拱:"你刚才说他的罪非以往任何罪官可比,现在就不认了?"

赵贞吉:"我这样说也不是定罪。"

高拱:"既未定罪,就得解开镣铐。"说到这里他又望向了提刑太监的头:"现在是我们在会审,我们得按《大明律》办,你立刻将镣铐解了!"

提刑太监的头望向了徐阶。

徐阶静坐不语。

高拱动气了:"你们既然不按《大明律》办,那我们退场,叫陈公公来审!"

徐阶这才开口了,望向了赵贞吉:"按《大明律》办总错不到哪儿去,孟静,不用争了,叫他们解下锁链吧。"

赵贞吉望着师相的眼,虽一时不能完全领会他的意思,反正自己的态度已经明确显示,还是露出那副对高拱不服的神态,转向提刑太监的头:"你都听见了,先解开镣铐,再向陈公公解释吧。"

"是。"提刑太监的头这时也才答应了,接着转过身去故意大声呼道:"按内阁的意思，解了罪官的镣铐！"

两个提刑太监这才走了过去，一个开了手铐上的锁，一个开了脚镣上的锁，两个人提起那一把锁链铐镣都显得沉甸甸的，往地上一扔发出好大一声哐当声！

海瑞揉了揉手腕，又从膝盖以下将脚推拿了几下，慢慢站了起来，转身登上石阶向值房大门走了进去。

按规矩，就是没有犯罪，以海瑞这样的六品小官面对内阁和六部九卿堂官也得行跪拜大礼，海瑞跪了下去，行了一礼，自己又站了起来。

赵贞吉这次自己不拿主意了，望向坐在左侧首位的刑部尚书申时行："申大人，你是刑部尚书，这样的罪官应该跪着受审还是站着受审？"

申时行回话了，像是在背条文："依《大明律》审讯官员条例，官员在定罪前未行革职三品以上可以坐着受审，三品以下可以站着受审。"

赵贞吉："那你们就开审吧。"

申时行站了起来，面对徐阶双手一拱："阁老，属下如果记得没错，昨夜在玉熙宫圣上已经有旨，是命赵大人亲自审讯海瑞。没有新的旨意，应该还是赵大人主审。"说完坐了下来。

其他一位大理寺正卿，一位都察院左督御史，还有坐在对面那三位也就是昨天晚上陈洪召来的刑部侍郎、大理寺少卿、都察院左副都御史自然赞同申时行的主意，一个个都禁闭了嘴，眼望鼻尖默坐在那里。

高拱径直望向了赵贞吉。

李春芳则望向了徐阶。

徐阶慢慢转望向赵贞吉："孟静，昨夜圣上的旨意是这样的，该怎么问，你主审吧。"

"我遵旨。"赵贞吉答着望向了海瑞，"海瑞，我昨夜就审过你了，可今天是内阁和三法司会审，我问你的话，你要一一如实回答。"

海瑞："请问。"

赵贞吉站了起来："你以贺表为名，暗藏祸心，写的这道狂犬吠日、詈骂君父的大逆之言，上至裕王下到内阁和六部九卿大臣看了，无不义愤填膺，万难理喻！我现在要问你，这样做，到底是有人在背后指使你，还是你自己丧心病狂以邀直名！"

"皇上既然将卑职的奏疏给诸位大人看了，我这就可以回答赵大人和诸大臣。"海瑞慢慢回话了，"我在奏疏里开篇明义说得很清楚，上这道疏是为了'正君道，明臣职，求万世治安事'。上这样的疏，进这样的言，是为臣的天职。天职所在，何须旁人指使？卑

| 第三十六章 |

职在奏疏里所言之事、所论之理有哪一件、哪一条不是实有其事，不是圣人之理？赵大人，还有诸位大人都是读圣贤书辅佐皇上治理天下的人，既看了我的疏会认为我的话是丧心病狂为邀直名吗？"

三法司六个正副堂官有事可做全都低着头在那里做着记录，这时可以掩饰自己的反应和神态，反倒是坐在中间大案前的内阁四员，听了他的话实在不知以何表情对之，只好一个个严肃了面孔。

赵贞吉更是躲不开，还必须接着问下去："狡辩！你说没有旁人指使，又不是为了邀名，难道我大明朝的君道臣职能够交给你一个小小的户部主事来正来管吗？"

海瑞摇了摇头："赵大人这话卑职听不明白。"

赵贞吉拍了一下大案："有什么不明白的！你又要正君道，又要明臣职，君道何不正，臣职有何不明，你又有什么职权来管？你是能管得了内阁，还是管得了六部九卿衙门！居然字字句句指斥詈骂圣上，从古至今有你这样的狂悖之徒吗？"

"赵大人的话我听明白了。"海瑞这次点了头，接着转向徐阶，"徐阁老。"

徐阶也只好望向他："有什么话说？"

海瑞："《大明律》载有明文，审案官与被审的人曾经有成见有过节者应该回避。卑职现在请徐阁老遵照《大明律》叫赵贞吉赵大人回避此案。倘若是他再审问，卑职将一字不答，一言不回！"说完他闭上了眼睛。

赵贞吉的脸一下子变了色："放肆！放肆！阁老，此人之狂悖嚣恶，与江洋大盗无异！属下请按治江洋大盗之法，动刑审讯。否则，钦案便无法审结，旨意万难回复！"

高拱一直在冷眼观瞧着赵贞吉和海瑞的问答，这时察觉了海瑞有要紧的话回了，就在赵贞吉勃然变色一味表现的时候接言了："海瑞。"

海瑞也望向了他："卑职在。"

高拱："且不论你昨夜上的那道疏是何等之犯上，只你今日的言行也着实难以理喻。到了这个时候你居然还要叫奉旨审案的赵大人回避，是何缘由？"

海瑞："嘉靖四十年卑职在浙江任淳安知县，赵大人任浙江巡抚。那一年卑职所管的淳安遭了大灾，全县被淹。五月，江南织造局奉旨意发放了赈灾粮。九月，赵大人为了一己之政绩，要在当年完成五十万匹丝绸，竟不顾灾民生计，要淳安百姓催还奉旨的赈粮，而且要以半价逼买百姓生丝。卑职抗了赵大人的命，赵大人上疏参劾卑职，那时便曾经说过卑职是为邀直名，收买民心。今日卑职在堂上又听到了赵大人同样的言辞，这便是卑职所说的成见过节。也是卑职在给皇上的奏疏里所说的臣职不明。赵大人，你就是我在奏疏里要参的大臣之一。有此两条，你不能审我。"

"动刑！"赵贞吉真被激怒了，抓起了惊堂木，啪地拍了下去。

"让他说完吧。"高拱乜了赵贞吉一眼，又望向徐阶。

动刑是万万不能动的，徐阶当然明白。作为自己的弟子，赵贞吉之聪明顺上，之心机深沉，徐阶也当然明白。只是没有想到这个海瑞会有如此颉颃，而裕王又已经打了招呼要尽量保这个人，他真是十分为难。这时只好望了下赵贞吉："何必同他计较，且听他把话说完。"

高拱立刻接言："你把话说完。"

海瑞："还有最为重要的一条，卑职现在既是同各位大人说的，也请各位大人转奏皇上。我海瑞一个举人出身，本意无心功名，但既食君禄，便有臣职。大明朝这些年来年年国库亏空，皇上一意玄修，大兴土木，各级官员面为顺谀，趁机搜刮。大殿一根栋梁，从云南从贵州深山运到北京，耗费官帑竟达五万两之巨，沿途死伤人命多达百余民工！赵大人，你管着户部几时算过，这一根梁木从云贵运来有多少县州府衙从中贪墨了国库的银两？还要死去这么多人命？身为户部尚书你臣职不亏吗？这仅是我所举之一端。你赵大人昨晚审过我，今天又这般审我，你的心思卑职明白。不就因为我是户部主事，你是户部尚书，担心皇上怀疑你在背后主使。我现在就坦言相告，你赵大人绝不会主使我上这道疏，还有所有的人都不会主使我上这道疏。我海瑞上这道疏只为了两条，一是我大明的江山社稷，二是我大明的天下苍生！"

赵贞吉蒙在了那里。

徐阶、高拱直望着海瑞，连一直不吭声的李春芳也望向了海瑞。

坐在两边记录的三法司正副堂官也都停下了手中的笔，望向了这个"不可理喻"却令人震撼的小小六品主事。

海瑞接着说道："赵大人，你现在的干系已经洗刷了，皇上绝不会疑心你是我背后的主使了，可你也无权审我必须回避。徐阁老，卑职重申一句，赵大人若不回避，卑职将不再回答一字！"

说完海瑞站在那里又闭上了眼。

赵贞吉一向理学自居，昨晚一番壮举本已博得满朝看好，没想到到了今天早上竟被这个海瑞把自己的皮扒得干干净净！牵连自然不会有了，可名声也被他扫地而尽！他那张脸涨得通红，站在那里已不知如何自处。

高拱心中大叫痛快，及时面向徐阶："阁老，下面该如何办，你老该拿主意了。"

徐阶仍是不温不火地道："这得请旨。"

第三十六章

说请旨就请旨。内阁值房离这里也就一箭之遥，稍顷，陈洪就将刚才的审案记录送到了嘉靖的手里。

嘉靖这时眼睛里已经网出了血丝，显然是刚刚服了丹药，盘坐在蒲团上拿着记录看了好久，默然不语。

陈洪悄声地说道："主子，内阁那边还在等主子的旨意呢。"

嘉靖将那张记录朝地上一扔："魔障！这是派了个魔障跟朕斗法来了！"

陈洪："干脆抓到诏狱，由奴才动刑，不愁降不伏他！"

"就凭你？"嘉靖不屑地乜向了他。

陈洪低下了头。

嘉靖："你不是他的对手，那个赵贞吉也根本不是他的对手。传旨，内阁和三法司都不要审了。要徐阶召集都察院、翰林院、国子监那些饱读圣人之书的废物，先商量好了，挑个日子，一起审他。要他把骂朕和骂群臣的那些话一个字一个字嚼碎了都吞回去！"

六朝古都，金陵自古繁华。明太祖朱元璋因部属多江南人，富贵不愿离乡，便定都于此，称为南京。成祖朱棣夺了侄子的帝位，迁都北京，称为京师。种种顾忌，种种需要，南京设为留都，仍沿旧称，仍设六部九卿衙门，品级等同于京师的六部九卿，分职监管黄河以南各省府州县，如此一来，京师的六部九卿衙门在一统之大明便削弱了一半的权限，而中央朝廷凡有大政方略亦发送南京六部九卿，名为合议，实为牵制。更有一项重要职责，便是由南京各部衙将南方富庶之地漕银、漕粮源源不断输送京师，供给中央朝廷。因此大明朝两京一十三省之封疆大吏有两个职位至关重要：一是胡宗宪曾经担任的浙直总督，一是赵贞吉曾经担任的南直隶巡抚。现在，南直隶巡抚一职由内阁保举裕王力荐让谭纶当上了。

阳春三月，繁星满天，秦淮河灯影桨声流光欸乃，最是迷人耳目之时，官道上却出现了大煞风景押解囚车的车骑马队。

骑在最前面马上的是风尘仆仆的王用汲，护在两侧的是南直隶巡抚衙门派的兵队，押在中间的是两驾囚车。

辕门在望，王用汲远远地望见一片灯笼光下，谭纶被亲兵护卫着已经站在巡抚衙门外等候他了。

王用汲一纵缰绳，整个马队的蹄声加急了，囚车的车轮也辗快了。

谭纶向辕门快步迎了过来。

王用汲翻身下了马，一扔缰绳，向谭纶走去。

整个马队的将官和士兵都翻身下了马，齐刷刷单腿跪在了辕门外跸道两旁。

王用汲深揖，谭纶拉住了他，目光望向囚车："两个贪官都押来了。"

王用汲："也只能抓这两个人了。其他的眼下还动不了。"

谭纶望向押囚车的队官："先关到臬司衙门大牢去！"

"是！"那队官大声应答，站起来指挥士兵，"押走！"

"里面去谈。"谭纶拉着王用汲进了签押房。进门便吩咐书办："出去把门关上，任何事任何人都不要来烦我。"

那书办答应着走出去，关上了门。

"坐。"谭纶伸了下手先坐下了。

王用汲喝了口茶："都查清了，完全是官逼民反！"接着将茶碗往茶几上重重一搁，"开化的煤矿一月前就开始漏气，矿民便知道要着火，不愿下矿，矿主买通了矿业司的太监，矿业司命开化知县派兵丁押着矿工下矿挖煤。嘴里衔着灯，不到一个时辰火气便爆了，整个煤道里一片火海，四百多矿民一个人也没能出来。德兴的铜矿已经挖了四年，矿主一直不愿运木料加固矿顶，整个矿塌了，三百多矿民逃出来的只有十几个。两个矿死了这么多人，矿主居然天良丧尽，连一点安抚孤儿寡母的钱也不肯出，苦主告到县衙，开化和德兴这两个贪官反把苦主抓了一百多人关在牢里。好些人又告到了州府，州府又抓了一百多人，这才引起了暴乱。原因只有一个，以宫里的矿业司为首，开化和德兴从县衙到州衙、府衙每年都在矿里拿分润银子，才酿此大祸，百姓怎能不反！现在暴乱的人抓了好几百，贪官却只能抓来两个知县。子理兄，朝廷有明谕，这件事叫我直接和你会同处置。从这两个人开始，地方官由我会同南京都察院方面严审严查，然后上报朝廷，查出一个就抓一个。宫里矿业司的太监可得你密奏皇上严参！"

谭纶只是听着，好久也没有接他一言。

王用汲紧望着他："又有谁打招呼了？难不成这么大的案子还要不了了之？"

"这个案子已经不算什么事了。"谭纶轻叹了一声，目光望向了窗外，"你也不能在南京待了，明天就得立刻回京师。"

王用汲站了起来："两个矿死那么多人，又引起了这么大的暴乱，案子才开始查，就叫我立刻去北京？"

谭纶这才望向他："北京那边出了更大的事。而且牵涉到你。内阁和北京都察院来了文，你必须立刻返京。"

王用汲脑子里立刻闪过一个念头："刚峰出事了！"

| 第三十六章 |

"是。"谭纶黯然答了一声,"海刚峰被抓了,关在诏狱。"

"他上疏了!"王用汲惊问。

谭纶望着他:"是。奏疏的抄件内阁已经急递给我,触目惊心哪!"

王用汲:"能否给我一看。"

谭纶:"不能给你看,你最好一个字不看,一个字都不知道才好。回到北京你也千万不要说事先知道他上奏疏的事。"

王用汲脑子轰的一声蒙在那里,良久才喃喃说道:"难怪他极力怂恿我向都察院讨了这个差使离开北京。我早就应该想到,他这是不愿意牵连我。太夫人呢?嫂夫人还正怀着身孕,她们怎么办?"

"你不要管了,你也管不了了。"谭纶慢慢走到窗前,望着外面的院子:"说到底是我误了他。嘉靖四十年要不是我力荐他出任淳安知县,他现在已在老家采菊东篱了……也不会惹来这场杀身之祸。"说着转过了身子,"太夫人、嫂夫人已被李太医送到南京了。天大的干系,我也会照看她们。你必须回京师,一是把自己说清楚,二是这边牵涉到宫里矿业司的事先一个字也不要说。这个时候再牵涉到宫里,陈洪更会怂恿皇上杀人。"

王用汲:"给我安排马,我现在就走!"

虽然有李时珍陪着,海母和海妻走进这座大院依然惊疑、好奇,而且感到有些亲切。

好大的前院大坪!

一匹匹被浸湿的白棉布被展开了铺在一块块三尺宽一丈长的大石上,好粗的圆木柱子压在白棉布的一端,柱子的两头各站着一个踹工,手抓着上面的木架,两双赤脚同时踹动圆木向前滚去,浸湿的棉布被圆木一辗立刻平整了。

"这是干什么?"海母立刻好奇地问道。

陪他们进来的一个管事:"回太夫人,这叫踹布,棉布经过这么一踹便紧密平实了,然后再染色。"

海母、海妻顺着他的手望向了别处,又看见了院子那边依序凿着好几个一色的整块青石砌成的大染槽,染槽旁还一溜摆着有好些个大染缸。更宽的院坪那边高矗着一排数丈高的搭染布的架子,好些染工在蓄着蓝靛、青靛的染池染缸里染布,好些染工接着用一根根偌长的竹竿又将一匹匹染出的布挑抛向高高的染架!

"先都停了!"陪着李时珍、海母、海妻进来的那个管事大声嚷道,"小心些,让贵客过去!"

染工们都停下了手中的活,望着一行站在院门口的四人。

大明王朝
—— 1566 ——

"雨青。"那管事又望向搀着海妻一同进来的一个婢女,"搀好了海夫人。"说到这里,自己满脸堆笑地搀住了海母,"李先生、太夫人、夫人里边请吧。"

那个叫雨青的婢女本长得一脸的天真喜兴,这时更显着高兴,啊啊地比画笑着,搀住海妻便要往里走。

这个叫雨青的婢女竟是个哑女,本是芸娘的贴身丫头,接到谭纶的信立刻把她派回了南京,伺候海母、海妻。用意很简单,她不会说话也不识字,便不会走漏任何消息。也就是从船上被车接着同了一段路,海妻显然已经十分喜欢这个哑女,这时她的肚子已经有些显形了,被那雨青搀着,另一只手仍撑着腰,便要往里走。

海母却不肯举步,望向李时珍:"李太医,你还没告诉我,这是什么地方?"

见海母没有动步,海妻又停下了,也站在那里望向李时珍。

李时珍笑道:"我的一个朋友家,也是刚峰的朋友,前院是染布踹布的工场,后院还有织布的织坊,再后面便是你们住的地方。挑这个地方让太夫人、嫂夫人住,为的就是不让你们寂寞,每天可以到前院来看看他们织布和染布,顺便也请太夫人、嫂夫人把海南织布的一些窍门指点指点他们。一就两便,你们也住着安心。"

海母有了笑容,海妻也露出了微笑,婆媳对望了一眼。

海母举步了,那管事立刻侧身引着他们向里面走去。

海母:"多承李太医想得这般周全。每天能帮人家织些布也不白住人家的屋子。李太医刚才说这家人也是汝贤的朋友,我怎么没有听说过?"

李时珍紧跟在她身侧:"一说太夫人就知道了。这个人就是刚峰兄任淳安知县时那个杭州知府。"

海母想起了:"高知府?后来被抓到京里又被罢了官的那个翰林?"

李时珍:"正是此人。"

海母:"这个人汝贤倒是常常称道他,说他有才。难为他,做起生意来了。"

李时珍:"士农工商,总得要干一行吧。这个人做官不俗,经商也还公道。太夫人、嫂夫人放心在这里住着就是。"

海母:"既然李太医和汝贤都看好他,我们还有什么可说的。只是不要给人家的家眷添麻烦才好。"

说话间已经穿过前院,便看见两边都是高大的织坊,只听见里面传来轰鸣的织机声。

那管事见海母又有想进去看的意思,连忙说:"太夫人、夫人先去安顿下来,回头小的陪你们来看。"

说着一行又穿过了后院,走进了一道回廊,转了个弯,便觉得豁然开朗,海母又停了

| 第三十六章 |

步，海妻也跟着停了。只见这里楼台亭榭，曲水回廊，竟是一座庭院。

海母望着这一片在画里都没见过的地方又不愿往前走了："这就是安排我们住的地方？"

那管事笑着："就是这里。"

海母的脸沉下了："这么贵气，可不是我们住的地方。"

李时珍又要解释了："江南的庭院都是这样。这里不同的就是前院染织，后院住人。我来南京就常住这里，我愿意住的地方，太夫人尽管住就是。"

那管事接言了，满脸堆笑："我们家老爷和夫人听说太夫人、夫人来高兴得不行，特地盼咐了一定请太夫人和夫人住这里。你老要是不住，小的们可得要受责了。"

海母又和媳妇对望了一眼。

那管事："我家老爷和夫人正从淞江往南京赶呢，今晚就能到。太夫人真不愿住这里，见了他们后可以商量再搬。"

海母又望向了李时珍："今天四月十四了，汝贤说他五月初就能到南京。李太医这一个月内不会走吧？"

李时珍连忙答道："不走。我等刚峰兄到南京后再走。"

海母骨子里其实也是豁达的人，便对媳妇说道："既然李太医也住这里，打搅人家也不过一个月，我们就住这里等你丈夫来再搬吧。"

海妻："但听婆母的。"

"这就是了。"管事高兴地附和着，"过桥了，来，我搀着您老走。"

管事搀着海母，雨青搀着海妻，四人往前几步登上了水池上的一座小石桥。

李时珍望着一老一孕慢慢登上石桥的背影，脸上的笑容消失了，黯然地抬头望向了北面的天空。

五十岁的儿子，在海母的记忆中，从来就没有对母亲说过一句谎话。可这一次儿子对母亲的承诺将成为永远不能相见的等待。转眼到了五月初五，朝廷的清流理学之臣已经聚集在都察院大堂，奉命在这一天驳斥海瑞在奏疏里攻击皇上的言辞，然后论罪。

都察院大堂从来没有像今天这样摆设过。没有大案，没有椅子，两侧只在地上摆满了一排排的坐垫，就连北墙平时摆大案的地方也只在地上摆了四个坐垫。

徐阶领着李春芳、高拱、赵贞吉率先进了大堂，在北墙上首的四个坐垫上坐下了。

都察院的御史，通政使司的给事中，翰林院国子监的文学之臣排成两行鱼贯步入大堂，分别在大堂两侧的坐垫上找到了自己的位子，都坐了下来。

左侧第一排的第一位就是那个曾经率领群臣上疏遭受过毒打的国子监司业李清源。
　　左侧第一排的末座上竟是昨夜赶到京师满脸风尘的王用汲。
　　陈洪带着一群太监也来了，却没有进入大堂，而是在大堂门口两个太监摆下的一把椅子上坐了下来。
　　定在辰时正驳审海瑞，辰时正显然到了。王用汲的目光望向了大门外。
　　两侧的官员们却把目光都望向了坐在北墙正中的内阁四员。
　　李春芳、高拱、赵贞吉都望向了坐在中间坐垫上的徐阶。
　　徐阶望了一眼大门外的太阳，望向了坐在大门口石墩上的陈洪："陈公公。"
　　陈洪依然定定地坐在那里："阁老。"
　　徐阶："辰时正了，是否应该催催，那个海瑞该押来了。"
　　陈洪："不急。海瑞什么时候押来还得候旨。"
　　又改成候旨了，众目相觑，只好等着。
　　陈洪的目光也望向了渐渐升高的太阳。

　　狱中不知日夜，只有通道石墙上的灯在泛着黄光。
　　大牢通道墙上油灯弱弱的光反照进海瑞的那间牢房，隐约可见四面石墙半地稻草，依稀可见镣铐锁着的海瑞的身影箕坐在那里。
　　海瑞在前一天便被告知，今日辰时要去都察院大堂接受驳审，这时已然早起，闭目在这里等候押解。
　　长期在黑暗中的人对光的反应都十分敏感，海瑞这时虽闭着眼却很快感觉到有一片光亮渐渐强了起来，接着听到好几个人的轻步声向这边走来。
　　"就是这里。"海瑞听到牢门口锦衣卫狱卒在悄声说话。
　　"怎么床和桌子凳子都没有？"另一个声音一听就知道是太监。
　　海瑞依然闭着眼。
　　"先搬张桌子和一把椅子来，我走后再安张床。"又是那太监的声音，"开门吧。"
　　接着便是牢门打开的声音，一个脚步声进来了。
　　海瑞依然没有睁眼，但已能感觉到那个人站在自己面前。
　　很快，便听见有人搬着桌子和凳子进来的声音。
　　他面前那个太监的声音："放在这里，你们都到外面看着。"
　　有两个人答道："是。"那两个人的脚步声出了牢门渐渐远了。
　　"我姓石，是新任司礼监首席秉笔太监。有话问海主事。"那人就是司礼监排在黄锦

| 第三十六章 |

后面的那个石姓秉笔太监，现在升了首席，说这句话时，声音十分公事。

海瑞这才睁开了眼，搬进来的桌子上灯笼光十分明亮，他看见了面前一件鲜红的袍子一双乌黑的靴子，慢慢抬起头，才看见了那是一张中年太监的脸。

那石姓秉笔太监也紧紧地望着海瑞："我是奉旨来问话的，皇上说了，你可以坐着回话，也可以站起来回话，要不要我帮你站起？"

"公公请坐就是。皇上既有特旨，我就坐在地上回话吧。"海瑞依然箕坐在地上。

那石姓秉笔太监只望了一眼方桌边那把圈椅，却并没有去坐，依然站在原地，望着海瑞："你是个清官。"

海瑞不禁又望向了他。

那石姓秉笔太监："这是皇上的原话。"

再心静似水，海瑞此时心中也不禁涌过一丝感动。

那石姓秉笔太监："皇上说，你想做比干，他却不是纣王。"

海瑞想了想，回话了："大明朝不是商朝，没有比干，也没有纣王。"

那石姓秉笔太监："你这句话回得好，我会如实回旨。我来有两番意思要告诉你。第一番意思是皇上的意思，你听清楚了。"

海瑞："请讲。"

那石姓秉笔太监："你就要在都察院大堂受审。审你的是都察院、通政使司、翰林院、国子监那些御史翰林和给事中。你的奏疏也都早发给他们了，他们要将你说的那些不通的话一句句驳了。皇上叫我问你，面对他们的驳斥，你有没有话回？"

海瑞："该回的便回。"

"哪些该回，哪些不该回！"那石姓秉笔太监突然生气了，忍不住在地面上跺了一脚，接着在他面前来回疾走起来！

海瑞乜了他一眼，见他一副又气又急的样子，便不回话了，又闭上了眼睛。

"要找死，通惠河跳下去就是。买根麻绳也不过两文钱。"那石姓秉笔太监依然来回地在他面前走着，"偏要搅得天下不安！海主事，什么'文死谏，武死战'，那都是狗屁。读书读到狗肚子里去的人才信那一套。自己找死还要牵连多少人你知不知道？"

海瑞依然闭着眼不答。

那石姓秉笔太监站住了："我今天来是来救你的。一句话，待会儿到都察院大堂只要你在那些人面前认个错，皇上便会放了你，也不会因你再牵连其他人。你听明白了没有？"

海瑞睁开了眼："我想听石公公的第二番意思。"

那石姓秉笔太监望着他，脸色慢慢又缓和了，回头看了一眼牢门外，在他面前蹲下了，压低了声音："你上的这道疏已经牵涉到了我大明朝的根本，我这句话你听不听得懂？"

海瑞："请说下去。"

那石姓秉笔太监："大了我不说，就说宫里，还有镇抚司就好些人受了你的连累。吕芳吕公公人都去了南京，有人借你这事想把他杀了。黄公公阿弥陀佛一个人，帮你说了几句话，现在关在提刑司每天受折磨。对你一直不错的那个齐大柱和朱七也都被抓起了。还有你的那个好朋友王用汲昨天也急调回京了，今日你要不认错，那些人一个个都得死，这些你知不知道？不管自己家人的死活，总不能也不管别人的死活吧？你难道就不想救救他们？"

海瑞："我怎么救他们？"

那石姓秉笔太监："就是我刚才那句话，待会儿只要你认一句错，所有的人都救了。"

海瑞脸上浮出了沉痛的神情，却依然不语。

那石姓秉笔太监也不说话了，只是静静地盯着他，等着，等他松口。

"我没有想牵连别人。"海瑞终于开口了。

"那就好！"那石姓秉笔太监紧接着赞了一句，"怎么认错皇上都替你想好了，也不要你太难为自己，就说自己读圣人的书没有读通，把孔圣人、孟圣人和黄老给弄混了，才说了那些疯话，然后自己请罪。你请了罪，皇上就不会给你降罪，还会破例将你调到国子监去，名义是让你去好好读圣人的书，实际都给你安排好了，让你参加贡考。你不还只是个举人吗？参加了贡考，拔贡九卷到都堂，科名也会有了。圣德巍巍，你的前程也有了仕途的底子。这可是有史以来没有的一段君臣佳话！"

那双期待的目光离海瑞不到一尺，海瑞望着这两只黑暗中闪着光的眼，真是一部《二十一史》不知从何说起。

海瑞不再看那双眼睛，闭上了眼："请公公转奏皇上，臣海瑞无话回奏，只能用圣人的话回奏，孟子曰：'民为重，社稷次之，君为轻。'老子曰：'圣人无恒心，以百姓之心为心。'请皇上多想想我大明的社稷江山，多想想天下的苍生百姓。我个人的死活不过如一片落叶，化为尘泥罢了。"

一声无奈的叹息，接着便是石姓秉笔太监站起时袍服的窸窣声，接着便是那双靴子离开牢房的步履声。

海瑞这才睁开了眼，灯笼依然亮在今天搬来的木桌上，牢门也依然洞开在那里，牢门

| 第三十六章 |

外不见了那个石姓秉笔太监，只两个锦衣卫还有两个提刑太监钉子般站在那里，这时牢房外通道里又传来了脚步声，牢门口两个提刑太监、两个锦衣卫竟对着通道那头都跪了下去。海瑞想应该是押他去都察院大堂的时候了。

海瑞又习惯地闭上了眼，等候吆喝着押他走出牢门登上囚车。

几个人的脚步声在牢门外停住了，却没有一个人说话，海瑞又听见了一群人的脚步声离开了牢门走向了通道的那端。牢门外突然又安静了下来，接着是一个人极轻的脚步声走进了牢房。海瑞眉头略抖了一下，感觉到这个人不是刚才那个石姓秉笔太监，只知他在方桌旁的椅子上坐下了。好久没有声音，显然在一直盯着自己。

"就要审你了。"终于出声了，果然是另外一个人的声音。

语调十分缓慢，十分阴沉，却有一股莫名的巨大气场压来，海瑞下意识地坐直了身子，定了定神，慢慢睁开了眼向那人望去。

那个人端坐在椅子上，那双眼像两只深洞果然正在盯着他。五月初已接近半夏，这个人里面却穿着厚厚的棉布大衫，外面还罩着一件青色的袍子，显不出他的官阶，也看不出他的身份。

从来没见过，海瑞当然不认识，这个人就是他在奏疏里痛斥奏谏的当今皇上，君临天下四十五年却二十多年不上朝的嘉靖皇帝！

嘉靖又望了一眼披着锁链箕坐在乱草上的海瑞："那么多人审你一人，量你也不会心服口服。皇上叫我事先将这些人驳你的话告诉你，想听你是怎么回他们的话。"

"既然有旨意，该回的话我都会回。"说到这里，海瑞突然对这个身形高瘦、长眉长须的人有一种说不出的预感，倏地问道："大人能否告诉我在哪个衙门任职？"

嘉靖的目光依然望在奏本上："和你一样，在大明朝任职。你回话就是。"

海瑞："那就请问吧。"

嘉靖看着李清源那道奏本："国子监司业李清源问你，'我华夏三代以下可称贤君者首推何人？'"

海瑞："当首推汉文帝。"

嘉靖依然看着奏本："'文帝之贤，文景之治，后世莫不颂之，你却在给皇上的奏疏里引用狂生贾谊之言，求全苛责，借讥评汉文帝以讥评当今圣上。如此贤明之君尚且如此攻击，你心目中的贤明之君是谁？"

海瑞："尧、舜、禹、汤！"

嘉靖目光一闪刺向了他："李清源问的是三代以下。"

海瑞："臣的奏疏里已经说了，三代以下汉文帝堪称贤君。"

嘉靖又把目光望向了奏本："李清源问：'你既认汉文帝为贤君，为何反责文帝优游退逊，多怠废之政，这话是不是影射当今皇上？'"

海瑞没有回答。

"为什么不回话？"嘉靖的目光依然在奏本上。

"此言不值一驳。"海瑞回道。

"不值一驳还是无言回驳？"嘉靖的目光终于又望向了海瑞。

海瑞："我的奏疏他们没有看懂，也看不懂，因此不值一驳。"

嘉靖："好大的学问。有旨意，你必须回驳。"

"那我就说。"海瑞提高了声调，"汉文帝不尊孔孟，崇尚黄老之道，无为而治，因此有优游退逊之短，怠废政务之弊。但臣仍认文帝为贤君，因文帝犹有亲民近民之美，慈恕恭俭之德，以百姓之心为心，与民休养生息。继之景帝，光大文帝之德，始有文景之治。当今皇上处处自以为效文景之举，二十余年不上朝美其名曰无为而治，修道设醮行，其实大兴土木，设百官如家奴，视国库如私产，以一人之心夺万民之心，无一举与民休养生息。以致上奢下贪，耗尽民财，天下不治，民生困苦。如要直言，以文帝之贤犹有废政之弊，何况当今皇上不如汉文帝远甚！"

嘉靖拿着奏本的手僵在那里，脸色也陡地变了。

海瑞依然大声说道："大明朝设官吏数万，竟无一人敢对皇上言之，唯我海瑞为皇上言之。我如不言，皇皇史册自有后人言之！请大人转问李清源，转问那些要驳斥我的百官，他们不言，我独言之，何为影射？我独言之，百官反而驳之，他们是不是想让皇上留骂名于千秋万代！"

嘉靖却两眼虚了，望着牢房上方的石顶，良久从腹腔里发出了幽深的声音："照你所言，我大明君是昏君，臣皆佞臣，独你一人是忠臣、贤臣、良臣？"

海瑞："我只是直臣。"

嘉靖："无父无君的直臣！"

海瑞看见了那人眼中寒光里闪出的杀气，依然镇定答道："大人能将我的话转奏皇上否？"

嘉靖："说！"

海瑞："我四岁便无了父亲，家母守节将我带大，出而为官，家母便谆谆诲之，'尔虽无父，既食君禄，君即尔父'。其实岂止我海瑞视皇上若父，天下苍生谁不视皇上若父？无奈当今皇上不将百姓视为子民，重用严党以来，从宫里二十四衙门派往各级的宦官，从朝廷到省府州县所设官员更是将百姓视为鱼肉。皇上深居西苑一意玄修，几时察民

| 第三十六章 |

生之疾苦，几时想过我大明朝数千万百姓虽有君而无父，虽有官而如盗！两京一十三省皆是饥寒待毙之婴儿，刀俎待割之鱼肉，君父知否？"

这番话海瑞说得心血潮涌，声若洪钟，将一座镇抚司诏狱震得嗡嗡直响！

但见那人的脸一下子白得像纸，牙关紧闭，坐在凳子上一副要倒下去的样子，偏用手抓紧了桌子。

海瑞也发现了，关注地望着那人。

就在这一刻，海瑞发现那人的脸由白渐渐转红，又看见他的鼻孔里慢慢流下了鲜血，紧接着嘴角边也流出了一缕鲜血。

海瑞也惊了，大声喊道："来人！"

立刻便是急促杂沓的脚步声，跑在最前面的是那个石姓秉笔太监，紧跟在后面的是几个提刑太监和锦衣卫。

"皇上！"石姓太监立刻扑了过去，掏出一块白绢掩住了嘉靖还在流血的鼻孔。

所有的太监和锦衣卫都环绕着跪了下去不知所措。

"抬椅子！抬着椅子立刻送太医院！"石姓太监大喊。

提刑太监和锦衣卫们一窝蜂拥了上去，连椅子带人抬了起来，向牢门外慌忙挤了出去。

一阵锁链银铛乱响，海瑞已经跪在了那里，眼中第一次露出了恐慌，直望着被抬出去的嘉靖。

"停了！"抬出牢门外的嘉靖憋着气又喊出了这两个字。

抬着椅子的脚立刻停在那里。

嘉靖的背影："海瑞！"

海瑞跪在地上："罪臣在！"

嘉靖的背影："朕送你八个字：'无父无君，弃国弃家！'"

海瑞趴在地上，一言不答。

嘉靖也无话了。

石姓秉笔太监："赶快抬走！"

一阵风，嘉靖被抬离了牢门。

海瑞慢慢抬起了头，望着空空的牢门外，眼眶中闪出了泪光。

第三十七章

"怎么回事，都已时了！"见石姓秉笔太监和另外两个秉笔太监带着一群太监疾步走进大堂，陈洪站起来大声责问，等到石姓太监走到面前又低声问道，"是不是另有旨意？"

大堂内无数的目光都望向了走到门口的石姓秉笔太监。

"是。"石姓秉笔太监对他十分谦恭也压低了声音回了这个字，接着提高了声调，"有旨意！"便向大堂内走去。

以徐阶为首，内阁四员立即站起拿起了自己的坐垫，让开了大堂的上首，走到堂中放下坐垫，在坐垫上跪下了。

坐在两侧的清流官员们反而省事，只是在各自的坐垫上改坐姿为跪姿，很快都就地跪下了。

陈洪和另外那些太监只得在门外跪下了。

石姓秉笔太监背负北墙南面而立："皇上口谕：'海瑞何许人，无父无君、弃国弃家之徒而已。自绝于君父，自绝于朝廷，毋庸和他理论。着徐阶、陈洪率内阁、司礼监会同百官论罪便是。钦此。'"

叫诸臣写辩疏，忙活了近一个月，又"毋庸和他理论"了。然诸臣听到这一次改旨，竟人人麻木如石，没有任何突然之感，像是船行至桥洞自然要放下桅杆一样。倘若皇上不改旨，或许他们反而惊讶。

徐阶和陈洪是点了名的，理应率先表态："臣、奴才领旨！"

所有跪着的官员："臣等领旨！"

陈洪站起了："搬椅子！"大步走了进去。

司礼监几个秉笔太监跟着走了进去。

| 第三十七章 |

徐阶等人都站起了，坐在两侧的官员都站起了。

立刻便有人搬来了八把椅子，在北墙上方呈半圆形摆毕。

陈洪和司礼监另外三个秉笔太监坐在左边的四把椅子上，徐阶和内阁另外三员坐在右边的四把椅子上。

徐阶望着跪在坐垫上的堂上其他官员："各位仍就地请坐吧。"

那些官员又改跪姿为坐姿，都坐回到各自的坐垫上。

"皇上怎么说来着？"陈洪望向了石姓秉笔太监，"是论罪，还是定罪？"

石姓秉笔太监："是论罪。"

"那就论吧。"陈洪望向了徐阶，"徐阁老，怎么论，内阁拿主意吧。"

徐阶举目向满堂的人一一望去。

陈洪明白，徐阶也明白，当今皇上所用的每一个字其实都暗含深意，必须体会精微。就眼下"论罪"二字而言，若落在一个"罪"字上，就必然要刑部、大理寺、都察院堂官会审，可今天三法司无一堂官在场，满堂官员皆是文苑理学之臣，可见只能从"论"字上立说了。圣意很明白，海瑞虽然没有押来，却仍然要让这些官员们驳他，让天下人都知道，群臣认为他有罪！

徐阶慢慢开口了："海瑞那道奏疏一月前就分发给了诸位，诸位也都写好了驳他的奏本。大家就照着自己的奏本论吧。"

可徐阶的话说完了，满堂却仍然像一潭死水，竟没有一个人开口说话。

徐阶、李春芳、高拱还有赵贞吉在这样的时候是都不会逼着大家说话的，事关清誉，一言不当，恶名便立刻传遍天下。因此四个人都沉默着。

这就轮着司礼监说话了，陈洪首先发难："怎么着，都想抗旨吗？从左边第一个开始，一个个说话。"

左边第一个便是李清源，见陈洪的目光盯向了自己，他拿起了膝上的奏本："陈公公，当初奉旨叫我们写驳斥海瑞的奏本，我们都写了。可海瑞本人未来，我们问的话谁来回答？无人回答，我们怎么论罪？"

"反问得好！"陈洪盯着他冷笑了一声，又挨个向满堂的官员扫了一眼，"你的意思，你们的意思，海瑞不来，你们便论不了他的罪了？那也好，我来挨个问，你们来答。李清源！"

李清源："下官在。"

陈洪："海瑞有罪无罪？"

李清源："有罪。"

陈洪："什么罪？"

李清源："不该在奏疏里用不敬之言詈骂君父。"

陈洪紧盯着他："没了？"

李清源："下官已经回答了。"

陈洪："我现在问你，他詈骂君父那些话对不对？"

李清源："詈骂君父便是不对。"

陈洪："绕圈子是不是？我要你回答他骂的那些话，骂的那些事对不对？"

李清源："天下无不是的父母，更无不是的君父。"

满堂的那些文苑清流一个个都露出了赞许的神色，显然大家都对李清源的答词十分认可。

陈洪恼了："你们想回答的都是这两句话是吗？"

李清源："回陈公公，这两句话，第一句是圣人说的，第二句是今年正月裕王爷对臣下等说的。陈公公若认为不当，我们收回就是。"

陈洪反被他问住了，一张脸立刻不是了模样，倏地转望向他下首的石姓秉笔太监："你们接着问！"

石姓秉笔太监清了一下嗓子："既然大家都写了驳海瑞的奏本，我看就把奏本里的话摘出来，纂成一本，然后由内阁用'邸报'发至各省，三法司也可以以此定海瑞的罪了。"

陈洪的眼睛斜成了一条线，望向那石姓秉笔太监。石姓秉笔太监偏笃定如常，陈洪便没了主意，因不知他这话是自己的主意还是刚才皇上的吩咐。

徐阶适时拍板了："我看石公公这是正论。要不然每个人把自己的奏本念一遍，几天也念不完。"

"那就将各人的奏本都收上来吧。"高拱立刻附和徐阶。

"慢着。"陈洪知道这些人都在走过场了，担心最后在皇上那里交不了差的还是自己，"有些人的奏本已经誊呈了一份交到了宫里，可有些人的奏本还没看呢。王用汲！"

他把目光终于盯向了昨天才赶回京师的王用汲。

坐在左侧第一排末座的王用汲应声了："下官在。"

陈洪："你的奏本好像就没有呈上来。"

王用汲："是。下官的奏本是昨夜赶写的，今早写完的。"

陈洪："你的奏本里是怎么论海瑞的罪的？"

王用汲拿起了奏本："回陈公公，并禀报徐阁老，下官的奏本写的是这一次奉旨钦查

| 第三十七章 |

开化、德兴两县因官员贪墨造成矿民暴乱一案的始末,请内阁司礼监转呈皇上。"

"露出尾巴了不是?"陈洪抓住了把柄,斜了一眼徐阶和高拱,又盯向王用汲,"二月十七群臣上贺表,海瑞上了那道辱骂君父的奏本。今日旨意叫大家上驳斥海瑞的奏本,你却上一道什么清查贪墨的奏疏。两个人配合得好嘛!王用汲,我问你,海瑞上那道奏本是如何跟你商量的?"

眼看着风波渐平,陈洪偏又要掀起大浪,群臣以及司礼监那几个人都心生腻恶,表面上还不能流露出来,一个个又都沉默在那里。

陈洪其实也不是要无风生浪,他实在是将皇上的心思揣摩到了极处。二十多年来皇上深居西苑玄修,将严嵩一党推在前面,就是要找个替身挡杀住那些企图君臣共治的理学群臣,严党一朝倒台,不得不起用徐阶等人,可徐阶等一味息事宁人,吕芳也是两面敷衍,因此每当群臣和朝廷起了争执,皇上便不得不披坚执锐亲自上阵,深以为苦。看准了这一点,他向皇上多次表现自己愿意做这个替身,以此取代了吕芳。去年腊月二十八群臣上疏他替皇上挡了一阵,皇上果然深自赞许。今年出了海瑞这件惊天动地的事,内阁以及六部九卿甚至满朝之臣竟无一人愤君父之慨,磨到了今日又想大事化小,这个结果报上去,天威雷霆可想而知。法不治众,何况牵涉到裕王,旁人都能一个个滑掉。唯独自己,倘若再不抓出几个人来使出霹雳手段为皇上灭此朝食,这个掌印太监也就当不久了。

王用汲也一直沉默在那里。他想过站出来承认海瑞的奏疏中许多言辞是自己的主张,分担他的罪名,可一则自己事先确实没有跟海瑞商量过上疏,不能欺心;二则自己倘若承认与海瑞同谋,反而会加重了海瑞的罪名,有党和无党,在朝廷论罪截然不同。但他决定要为海瑞说话,他不能让后世不知道海刚峰上疏赴难的赤诚之心。

王用汲慢慢站起了:"回陈公公,海瑞上这道疏并没有和我商量过。"

陈洪:"咱家瞧不起就是你这号人。司礼监接到的呈报,去年七月海瑞调到京师,就你与他频相往来,多次彻夜长谈。等到海瑞要上疏了,你倒是向都察院讨了个差使去南边查案。现在海瑞抓起了,你回来了,当然可以推得干干净净。可又觉着写个奏本来驳斥他实在又说不过去,便弄了个查案的奏本来蒙混过关。王用汲,你也忒小人了吧?"

王用汲本是个天性的古道热肠,只是平生做人不露锋芒,不能兼治便求独善而已,今日休说为了海瑞责无旁贷义不容辞,就陈洪这番侮辱,他也得奋然而起了,但语气仍然平和:"我做大明的官,无须陈公公看得起看不起。大明朝这么多官员,也不是陈公公说谁是小人谁就是小人。"

几乎满堂所有的官员,包括司礼监那几个秉笔太监都同时坐直了身子,看不见但能感觉到,每个人都在心里为他这几句话喝了一声彩。

陈洪毕竟是陈洪，这时心中羞恼脸上反笑："那你就回咱家刚才的那些问话，你怎么不是小人？"

王用汲："海瑞上那道奏疏，不是我曾经跟他商没商量，而是他做人做事从来无党无私，不愿跟任何人商量。正因为我和他有伯牙子期之交，他才在上疏之前，极力劝说我向都察院讨了那份差使，去南边查案，今天想来，他也是不愿牵连我而已。就此一点，海瑞不愧有古君子之风，与他相比我愿意承认自己是小人。但并不是陈公公说的那种小人。"

"你说什么！"陈洪的声音陡地尖厉了，"你说海瑞有古君子之风！"

王用汲："海瑞做事之敢作敢当，做人之不牵祸别人，古君子不过如此！"

陈洪："你们都听到了？"

多数人把目光望向了地面，内阁四员却不得不对望了一眼，用目光在交流着如何表态。

陈洪这时也已紧盯着徐阶，要他表态。

徐阶当然必须表态："王用汲，五伦之首第一便是君臣，今天论的是海瑞对君父大不敬之罪，你无须说什么朋友之道。"

陈洪又望向了赵贞吉："赵大人，这个王用汲当年好像就是你在当浙江巡抚的时候推举过的人，你说说，他刚才的话该怎么论？"

明朝由司礼监、内阁同时领政，司礼监要想不担责任就得将责任推到内阁，可现在内阁四员中，徐阶、高拱都是裕王的师傅，陈洪不愿得罪，李春芳从来就是老好人，陈洪找他不上，因此每次都抓住个赵贞吉来顶缸。赵贞吉心里窝火，也无可奈何，只得答道："徐阁老刚才说的就是正论。"

陈洪必须要内阁表态："怎么是正论？出而为仕，食君之禄，把君臣大义抛在一边，却大谈朋友之道。赵大人是泰州学派的理学名臣，王用汲和海瑞这个'朋'字在这里怎么解？"

赵贞吉被难住了，只得答道："在朝官员不论君父只论朋友便是朋党。"

"承认是朋党就好！"陈洪倏地站了起来，"按内阁的意思，先将这个朋党抓了！"

提刑司和镇抚司那些人就在大堂外，闻声立刻进来了两个人，一边一个扭住了王用汲："走吧！"

王用汲被两人一拉站了起来，搁在膝上那个奏本便掉在地上，他强撑着站住，望向徐阶大声说道："徐阁老，我的奏本里有参陈公公手下矿业司太监贪墨的情状，请内阁转呈皇上！"

这句话倒使陈洪有些意外，更加恼怒："押走！"

第三十七章

两个人扭住王用汲立刻押了出去。

那份奏本孤零零地摆在地上。

满堂的目光都望向了徐阶。

徐阶慢慢站起了，亲自走了过去，拾起了王用汲掉下的那道奏疏，又慢慢走了回去，递给了陈洪："他办的是钦案，这道奏疏就请司礼监呈交皇上吧。"

陈洪也没想到这个时候自己竟被王用汲摆了一道，望着徐阶递过来的奏本，接也不是，不接也不是。

堂下这时到处都起了一片低语的哗然。

"肃静！"陈洪吼了一声，接过了徐阶手中的奏本，堂上又安静下来。

陈洪对着徐阶："内阁既然说在这里无法论罪，就按你们的意思，将各人奏本里驳斥海瑞的话摘了出来，交三法司定他的罪。还有这个王用汲，还有宫里的黄锦，镇抚司的朱七、齐大柱，都是朋党，一起论了罪，拟个票报皇上！"说完径直走了出去，司礼监另外三位秉笔太监只好紧跟着他走了出去。

群臣都被撂在了这里，好些人目光望向了徐阶，也有好些人目光蔑望向赵贞吉。

陈洪没想到在最后被王用汲摆了一道，赵贞吉也没想到今天自己又这样被陈洪摆了一道。那个尴尬的人已经走了，这个尴尬的人只好红着脸深望着徐阶，希望恩师替自己辩白几句。

徐阶这时哪有缝隙还能替他解释什么，望了望李春芳和高拱："会同三法司，按司礼监的意思去办吧。"

从大殿到通道一直到精舍门口，都排站着好些太监和宫女，一个个紧闭着嘴，侧耳听着精舍里的太医在报着单方上的药名。

陈洪这时从殿外大步走进来了，太监和宫女不敢发出声响，悄然跪下了。

陈洪也在通道旁站住了，侧耳听着。

精舍内传来了太医的声音："高丽参五钱，党参十钱，白芷五钱，陈皮九钱……"

"十全大补吗？"突然嘉靖狂躁的声音打断了太医的奏报单方的声音，"黄锦！"

陈洪立刻提着袍子疾步走了进去，但见两个太医跪在御床前瑟瑟发抖。

嘉靖躺在床上，两眼闭着，又叫了一声："黄锦！"

陈洪急趋了过去在床前跪下了："主子，奴才在。"

嘉靖仍闭着眼："叫这两个废物滚出去！"

陈洪立刻示了个眼色，两个太医抖瑟着爬了起来慌忙退了出去。

嘉靖还是闭着眼："去找，将李时珍给朕开的单方找出来。"

陈洪蒙了，轻声问道："请问主子，什么李时珍？什么单方？"

嘉靖这才慢慢睁开了眼，在高垫着的枕上侧过了头看清了跪在床前的陈洪，眼中露出了怪怪的失望之色。

这样的眼神是陈洪最不愿意看到的，立刻颤声说道："这两个太医主子要是不满意，奴才立刻去另找。"

嘉靖不看他了，望着床顶在那里出着神。

陈洪屏住呼吸直望着他。

"怎么论的罪？"嘉靖仍望着床顶问道。

"回主子。"陈洪立刻答道，"百官写了奏本，都不愿再说话。更可气的是那个王用汲，连驳海瑞的奏本都没有写，反而呈上了说宫里矿业司贪墨的奏疏，摆明了是跟主子对着干。奴才已经将那个王用汲也抓了。"

"内阁徐阶他们是什么个意思？"嘉靖的目光倏地望向了陈洪。

陈洪："内阁的意思，将百官驳斥海瑞奏本里的话都摘集出来交三法司明日定罪。奴才有些担心，那些人会不会为了自己的名声，给海瑞定一个不明不白的罪，玷污了主子的圣名。"

嘉靖两眼又翻了上去，露出了那副怪怪的眼神："取纸笔来。"

"是。"陈洪立刻站起趋到御案边将纸笔砚盒放进一个托盘中，捧着又趸回到床边，先放到床几上，扶着嘉靖坐好了，然后又捧起托盘呈了过去。

嘉靖靠在床头，拿起了朱笔，想了想，在御笺上先写下了两个字"好雨"。接着，他的手有些颤抖拉开了这页御笺，又在另一页御笺上写下了两个字"明月"。搁下了笔："这里说的是两个人。送给裕王，叫他召徐阶他们一起看。"

"奴才立刻就去。"陈洪捧着托盘立刻应道，接着又轻声问嘉靖，"奴才再请问主子，徐阶他们都指哪些人？"

嘉靖又不看他了，望向了床顶："要是吕芳在，这句话就不会问。"

这个时候嘉靖突然提起了吕芳，而且那颗头一直仰着望向床顶一动不动，好像吕芳就趴在龙床那个床顶上！

陈洪身上立刻像被电麻了一下，回话时居然结巴起来："奴、奴才愚钝……奴、奴才明白……"

到底是愚钝还是明白，这时连陈洪自己也不知道了，将托盘放回御案，捧着那两张御笺梦游般走出了精舍。

| 第三十七章 |

两张御笺摆到了裕王的书案上，由于是密议旨意，陈洪遣走了裕王府当值的太监，自己临时充当起伺候裕王的差使。只见他绞了面巾捧给裕王擦了脸，又拿起了一把扇子站在书案后替坐在那里的裕王轻轻扇着。裕王竟也默坐在那里出神地琢磨着嘉靖写的那四个字，一任陈洪在身边悄然侍候。

自那回裕王性起对陈洪发了一阵雷霆之怒，陈洪跪着向裕王做了一番披肝沥胆的表白，这时裕王已不再像从前那样对他礼敬，其实是已经接受了他的投诚。如同山溪之水，虽然易涨易退，一旦流入河中，便再也回不了山中。裕王作如是想，陈洪当然也明白这个道理。

不一会儿，徐阶、高拱、张居正三人也来到了裕王府。

"臣等见过王爷。"三人同时向裕王行礼。

裕王也站了起来，侧了侧身子："师傅们请坐吧。"

"陈公公。"徐阶三人没想到陈洪也在这里，这时掩饰着内心的厌恶，只好都又向他拱了拱手。

"王爷说了，师傅们都请坐吧。"陈洪一脸的谦笑。一边在心里揣摩，这三人是否就是皇上说的"徐阶他们"。

徐阶三人在靠南窗的椅子上坐下了，陈洪却依然站在裕王的身边轻轻地给他扇扇。

徐阶、高拱、张居正都望向了裕王。

裕王："有旨意。"

三个人立刻又站起了，准备跪下去接旨。

"不必跪了。"这回是陈洪开口止住了他们，"没有明旨，是皇上写了几个字给王爷，并叫徐阁老和几位师傅一起参详。一起过来看吧。"

三人这才看见有两张御笺摆在裕王面前，便都走了过去。

每张御笺上都只写着两个字，字便很大，"好雨""明月"立刻扑入了众人的眼帘。

裕王见那三人疑惑的眼神便解释道："皇上说了，这四个字说的是两个人。"

三个师傅都是精读文史典籍之人，看了这四个字，听了裕王一句解释，立刻琢磨了起来，一是在想着答案，二是在想着陈洪在此如何说话？便一时都沉默在那里。

裕王看出了三个师傅的心思："师傅们不必担心。陈公公有陈公公的难处，有些事也是不得已而为之。他心里有皇上，自然也有我。当着他有什么尽管说就是。"

三个人有些意外，但看到裕王笃定的眼神，便也信了。

"我有几句话想先请问陈公公。"徐阶望向了陈洪。

陈洪："阁老请问。"

徐阶："皇上是什么时候写的这四个字，写的时候还说过什么？"

陈洪："两个太医开了单方，皇上不满意，把他们轰走了。接着问了都察院是怎么论海瑞的罪。"

徐阶、高拱碰了一下眼神，先望了一眼裕王，然后都望向了张居正。

张居正夙有神童之称，聪明颖悟当世无第二人可比，因此徐、高二人都想听他的见解。裕王这时也不禁望向了他："徐师傅、高师傅在内阁主持审海瑞的案子，张师傅是局外人，局外人看得更清楚些。张师傅，依你之见皇上说的是哪两个人？说这两个人是什么意思？"

张居正还是没有立刻接言，谦逊地先用目光等着徐阶和高拱叫他说话。

高拱手一挥："王爷都说了，旁观者清，你就直言吧。"

张居正这才又望向了那四个字开口了："那我就冒昧了。这四个字说的是李时珍和海瑞。"

所有的人都碰了下目光，又都一齐望着他，等他详解。

张居正："'好雨知时节，当春乃发生。''好雨'两字指的当是李时珍。因这两句话里既含着李时珍的时字，李时珍是湖北蕲春人，又含着蕲春的'春'字。时当春季便是'好雨'。龙体违和，皇上想召李时珍来请脉，可又不愿明旨召他，下面两句话是'随风潜入夜，润物细无声'，便暗含了这层意思。这是叫王爷立刻急召李时珍进京。"

"解得好！"陈洪立刻想起了自己在精舍时皇上曾经提起过李时珍的名字，由衷地赞了一声，转对裕王说道，"张师傅这一解奴才也想起了。王爷，皇上在精舍时确实提到过李时珍的名字。既然皇上想召李时珍来请脉，又不愿让外边知道，这件事奴才就立刻让镇抚司的人暗中去办，六百里加急，接李时珍进京。"

裕王："那就烦陈公公去办。张师傅接着说。"

张居正："既然'好雨'指的是李时珍，'明月'说的便是海瑞。'海上生明月'是祥瑞之象，其间便含着个'瑞'字。可皇上这时怎么会用这两个字来说海瑞？有些费解。"

高拱接言了："大明之月！皇上这应该是有赞许海瑞的意思，是不是暗示我们在论罪的时候网开一面？"

裕王眼睛慢慢亮了，张居正和陈洪也露出了首肯的神态。

只徐阶轻轻摇了摇头。

高拱望着他："那阁老做何解释？"

第三十七章

徐阶轻叹了一声："肃卿所解的这层意思自然也包含在这两个字里面。但如果我们按照这层意思去办便会误了大事。"

包括陈洪在内，所有的人都肃穆了。

徐阶："我的理解，'明月'两字另有两层意思。第一层是'大明无日'！"

众人都是一惊。

徐阶："明者大明也，后面的'月'字却缺了个'日'字。皇上这是在责备我们这些群臣心目中都没有他这个君父。今日没有叫海瑞到都察院来，皇上已经有了这个意思。"

裕王第一个黯然了，高拱、张居正也黯然了。

陈洪望向了裕王。

裕王："陈公公有话请讲就是。"

陈洪："那奴才就说了。徐阁老，你老的第二层意思是不是想说'明月'指的是'秋后处决'？"

徐阶只微微点了点头。

陈洪："王爷，各位师傅，你们要信得过我，我就把心里的话说出来。"

裕王："正要听公公的意思。"

陈洪："明日三法司定罪的时候，一定要判海瑞秋后处决。"

都不说话，也都不反对，所有人都沉默在那里。

陈洪："大明朝如今是皇上的天下，将来是王爷的天下，奴才把什么都说了吧。皇上为什么叫奴才拿这个来给王爷看，给各位师傅看，就是要看王爷和各位师傅是不是跟皇上一条心。海瑞如此辱骂君父，百官态度暧昧，尤其那个王用汲，连驳海瑞的奏疏都不愿写，皇上当时听了便有明旨，王用汲要和海瑞一同论罪。这时倘若王爷和各位师傅还不能愤君父之慨，那就真是'大明无日'了。人人都可以说不杀海瑞，唯独王爷一定要杀海瑞。还有那个王用汲也要重判。"

裕王仍然沉默，高拱、张居正也仍然沉默。

徐阶却朗声说道："陈公公说得极是！王爷，就把我们拟的这两层意思赶紧让陈公公回宫复旨吧。"

裕王仍默默地望着徐阶。

徐阶擅自做主了："龙体违和，召李时珍刻不容缓，陈公公赶紧回宫复旨吧。"

陈洪还是望着裕王，等他的意思。

裕王怔怔地坐在那里："那就去复旨吧。"

"那奴才便走了。"陈洪说着还不忘跪下来向裕王恭恭敬敬磕了个头，这才站起来疾步走了出去。

"可惜了一个忠臣。又搭上了一个王用汲。"说完这句，裕王便闭上了眼睛。

徐阶和高拱、张居正又对了一下眼神，三人同时显出了一样的默契。

徐阶望着张居正："太岳，你有何看法，不妨再跟王爷说说。"

张居正："我理解阁老的意思。这个时候给海瑞定罪，杀是不杀，不杀是杀。"

裕王倏地睁开了眼："怎么讲？"

张居正："适才陈公公在这里有些话臣等不好讲。其实皇上这四个字里都含着不杀海瑞的意思，可偏又要看看王爷和我们是什么想法。王爷和我们要是都替海瑞求情，海瑞便必死无疑。王爷和我们若都认为海瑞该死，恩出自上，皇上说不准便会不杀海瑞。"

裕王还是心中忐忑："何以见得？"

张居正："王爷请想想，海瑞重病是李时珍给他诊好的，海瑞上疏前，家眷是李时珍送走的。皇上这时非但没有任何责怪李时珍的意思，还想请他来诊脉，这便是爱屋及乌之义。'好雨'二字既说的是李时珍，自然也含有一个'海'字在内。徐阁老解得好，月字无日，皇上就怕王爷和群臣心中没有君父，现在王爷和群臣都曰海瑞该杀，这便是'月'字有了'日'字。明日三法司尽管将海瑞定为死刑，将王用汲判流刑。呈奏皇上。皇上不批，海瑞便能不死。海瑞不死，王用汲便也能减罪。"

裕王有些豁然开朗："徐师傅，是不是这个意思？"

徐阶："聪明无过太岳。"

高拱接言了："那我们就干脆在这里给海瑞把罪名定死了，以儿子辱骂父亲的罪名判他绞刑。杀不杀'儿子'，皆是'父亲'一句话而已。"

"这个罪名好，就用这个罪名！"裕王拍板了。

三法司会审，照例最后由刑部将结果写成罪案呈奏皇上。

陈洪捧着刑部的罪案从大殿的通道走过来了，进第一道门便看见通道那端一个太监的背影，跪在地上熬药，便不进精舍，问道："谁开的单方，主子验过了吗？"

那人依旧背对着他在那里熬药，陈洪见那人竟敢不回话，背影又好是眼熟，便欲过去。

"进来！"嘉靖的声音在精舍里传来，陈洪不敢再延误，又望了一眼那个熬药太监的背影，只得捧着罪案进了精舍。

嘉靖今天的气色好了些，已下了床，盘坐在蒲团上。陈洪进了门便笑着叫了一声："主子，刑部将罪案定了。"说着走了过来，双手向嘉靖呈去。

| 第三十七章 |

嘉靖不接，只是望着那道奏本。

陈洪翻开了封面："启奏主子，三法司定的罪名十分明确，那个海瑞以儿子辱骂父亲大不敬的罪名判了绞刑，秋后处决。王用汲目无君父，以朋党罪判杖八十流三千里，也在秋后发配。"

嘉靖望向了陈洪："你是不是觉得他们判得十分公正？"

陈洪怔了一下："主子要是觉得他们判得不对，奴才发回去叫他们重判。"

嘉靖："是叫他们再判重一些还是判轻一些？"

陈洪："雷霆雨露莫非天恩，主子怎么定就叫他们怎么判。"

嘉靖望着他又阴阴地笑了："你何不干脆说好人都让你们去做，恶人让朕来做！"

陈洪扑通一下跪倒了："奴才，还有群臣都不敢有这个心思。"

嘉靖："心思都用到天上海上去了，还说没有这个心思。朕问你，什么叫作'好雨知时节'，什么叫作'海上生明月'？这些话你昨天为什么不向朕陈奏？"

陈洪的脸色都变了，愣在那里像块石头。

嘉靖："走了个吕芳，来了个人又想学吕芳。陈洪，你这点德行要学吕芳，连影都没有。吕芳和朕的儿子说了什么、做了什么一点都不瞒朕，你却想瞒着朕。你以为吕芳那样做结果被朕赶走了，那是傻。那不叫傻，那叫'小杖受，大杖走'。吕芳临走了心里始终明白，不管多少人叫他老祖宗，他永远是个奴才。你以为自己是谁？'会做媳妇两头瞒'，裕王妃李氏才是我朱家的媳妇呢，她瞒瞒朕倒也罢了。凭你也想做我朱家的媳妇，摸摸你那张剥了壳的鸡蛋脸，够格吗？"

陈洪将捧在手里的罪案放到砖地上，举起手赏了自己一掌，接着又要打。

"不要做戏了！"嘉靖喝住了他，"真要掌嘴就到司礼监、提刑司去掌。"

"主子！"陈洪恐慌了，"奴才没有敢欺瞒主子，实在是瞧着主子龙体违和，不忍心让主子再生气……"

"拿朱笔来。"嘉靖不再听他说下去。

陈洪脑子里一片混沌，颤声答道："是。"不敢爬起来，膝行着到御案前拿起了御笔却不忘在朱盒里蘸了朱墨，双手擎着又膝行着回到嘉靖面前捧了上去。

"罪案！"嘉靖接过了御笔。

陈洪慌忙又捧起地上的罪案用手扶着顶在头上，靠了过去。

嘉靖提起御笔在罪案上画了一个好大的"×"！接着将御笔扔在地上。

皇上勾决人犯照例是在刑部的呈文上画一个钩，要是赦免人犯则将罪案发回重审，像这样画一个叉，却是从来没有过。

大明王朝
—— 1566 ——

陈洪虽没见着嘉靖的朱批，却知道他是在上面画了一个叉，怔忡不定，麻着胆子颤声问道："主子，这到底是勾决了还是没勾决，求主子明示，奴才也好给内阁和刑部传旨。"

嘉靖："他们不是会猜吗？让他们猜去！"

"是。"陈洪这一声答得如同蚊蚋。

嘉靖："你不是也会猜吗？猜一猜朕会派谁去看大牢，看着那个海瑞和王用汲。"

陈洪立刻在地上磕了个响头："奴才知道错了，主子的心比天还大，奴才哪里猜得着。恳求主子……"

"猜！"嘉靖喝道。

陈洪定在那里，只好做出一副猜的模样，好久才说道："回奏主子，主子万岁爷是不是叫奴才去看大牢……"

"再猜。"嘉靖的声音益发阴冷了。

陈洪额上开始滴汗，脑子在这一会儿已经用到了极致，终于想起了嘉靖刚才那句话"吕芳临走了心里始终明白，不管多少人叫他老祖宗，他自己永远是个奴才"，这才明白，一定是对自己打压吕芳的人，已经引起了嘉靖的雄猜，咬着牙抬头答道："回主子，镇抚司诏狱原来一直归朱七管，主子的意思是不是把那个朱七和齐大柱都放了。仍然让朱七去管诏狱，让齐大柱去看管海瑞和王用汲。"

嘉靖的脸色好看些了，声音便也柔和些了："你不是说朱七、齐大柱都和海瑞有勾连吗？"

陈洪："奴才该死。奴才当时也是急了，担心宫里宫外勾结了不忠主子。几个月下来奴才都问明白了，除了王用汲，没有人跟海瑞有往来。包括黄锦，不过蠢直了些，当时顶撞了主子，其实也并无吃里扒外的情事。奴才一并恳请主子，把黄锦也放了，让他依旧来伺候主子。"

嘉靖这才笑了："凭你这点道行都降伏不了，朕早不要做这个天子了。借着海瑞的事在宫里整吕芳的人用自己的人，朕告诉你，吕芳伺候朕四十多年，从来就没有自己的人。今天你能猜到这一点，就还有药可救。传旨去。"

陈洪："是。"满头的汗爬了起来退了出去。

嘉靖望向陈洪刚才跪的地方，见那一块都湿了，可冷汗这时也从自己额间流了下来，一阵眩晕："黄锦，拿药来……"

陈洪进殿时瞧见的那个背影果然是黄锦，不知何时已被嘉靖赦了，而且当即叫了回来，仍在玉熙宫当差。

| 第三十七章 |

这时黄锦捧着药从精舍门口进来了,一脸的淤青,走路时一条腿还跛着,看见嘉靖满脸冷汗,急忙瘸拐着奔了过去:"主子!"

"慢点走。"嘉靖强撑着兀自关注着他,"当心摔着。"

密召李时珍进京的旨意七天后就到了南京。李时珍要走,海母便不愿意再在高府留住了。何况此时海瑞承诺五月初会来南京的时日已过,也无有平安书信禀明来由,海母毕竟也是心地极明之人,并不向李时珍等人打探,决心带着儿媳回海南老家去。是福是祸,总得将海门的后嗣带回祖宗之地平安产了。

"太夫人!太夫人!"高翰文宅里的那个管事在后院进入前院的门口对着海母跪下了,"你老和夫人要这样就走了,小的这只饭碗也就丢了。等一天,最多等两天,小的这就派人请老爷和夫人回来。你老见过老爷、夫人再走!"

海母右手拄着杖,左肩上挎着一个包袱,左手还拿着一把雨伞,被那管事跪挡在那里。

海妻肚子已经大了,被那个哑女雨青搀着,左肩上也挎着一个包袱,站在婆母身边。

最为难的是李时珍,身上也挎着药囊,一个随从挑着一担木箱,站在他的身后。

作坊前院的踹工、染工们都停下了手里的活计,全都望着他们几个人。

那个管事跪在那里抬着头:"有哪些伺候不周到,或是有哪个下人给太夫人、夫人脸子看了,告诉小的就是。太夫人大人大量,千万不能这样就走。"说到这里他急着转过头向两个工头模样的人喊道:"还不过来帮忙劝住!"

一个踹工的头、一个染工的头连忙走了过去,也在那管事身边跪下了。

染工那头:"太夫人,几个月了,石头也伴热了。蒙太夫人、夫人看得起我们这些下人,大家伙都舍不得你们走,再住些时日等海老爷到南京上任了再走也不迟。"

踹工那头回望着满院子的工人大声喊道:"大家都跪了,把太夫人留住!"

都是些正在忙活的人,汗渍和染渍还满身满脸,这时听到招呼都在院子里跪下了。

海母这时显然也被感动了,望着这些终日劳作骨子里就亲的人,一时竟说不出话来,只慢慢转望向李时珍。

李时珍也不知如何说话,低垂了眼。

海母望着大家:"你们的好心老身都知道。可各人都有各人的家,你们都是要养家糊口的人,忙自己的吧。李太医,替我叫开他们,让我们走。"

李时珍只好望向那个管事和那两个工头:"太夫人要走谁也挡不住,也与你们无关,你家老爷和夫人那里我会去说清楚。准备车辆送太夫人、夫人去码头吧。"

那个管事望向李时珍:"就不能再留一两天?"

李时珍:"我有急事去北京,太夫人是不愿意再留的。准备车轿吧。"

那管事只好站起了,两个工头也只好跟着站起了。

那管事过去接过了海母手中的伞和肩上的包袱,搀着她走下了台阶:"都做自己的事吧。"

满院子的工人都站起了,目送着海母一行穿过中间的石道,向大门走去。

两条船,一条是李时珍的客船,一条是运货的大船,这时李时珍的那个随从挑着木箱走过跳板上了客船,李时珍却跟在海母、海妻的后面走上了那条运货的大船。

大船的老板立刻迎过来了:"李先生,给太夫人和夫人的客舱都安排好了,你老放心就是。"

李时珍:"先扶着夫人去客舱安歇。"

大船老板:"夫人请随我来。"

那老板在前面引着,哑女雨青搀着海妻走进了船舱。

那管事搀着海母,手里拿着伞和包袱依旧站在大船的甲板上。

李时珍对他说道:"你也回去吧,我有话要跟老夫人说。"

那管事将雨伞和包袱放在了甲板上,向海母又深深一揖:"那太夫人就一路保重了。那个哑女,老爷和夫人都说了,就一路伺候太夫人和夫人去海南。一路上的船费和饭食费我们都安排了,到了广州,那边的车船这家老板都会安排好的。"

海母默然了,稍顷才说道:"欠你们这么多情,怎么还哪?李太医,告诉汝贤,高家替我们花的钱,一文都要算清楚,还给人家。"

那管事还想说什么,李时珍立刻望向他:"你回吧。"

那管事又深深一揖,这才转身走向跳板,向岸上走去。

海母立刻握住了李时珍的手:"李太医,我也不再问你了,到了京师,汝贤是祸是福你都要给我捎个信来。"

李时珍黯然了稍顷:"现在是什么情形我也不清楚,以刚峰兄的为人,应该不会有什么祸事。倒是嫂夫人的身孕我有些担心。七个月了,只怕到不了海南在路上就会分娩。那个哑女我已经教了她一些接生的事,药我也备下了,万一路上临产,还要靠太夫人把着。"

海母:"上天总有眼的,不会让我海门绝后。"

李时珍:"太夫人这话说得对。可看天命还得尽人事,一路小心为是。晚侄也得拜别

| 第三十七章 |

你老了。"说着退了一步跪在了甲板上,向海母磕下头去。

海母拄着杖望着他跪下的身影,刚烈的人这时也滴出了老泪。

李时珍站起了:"老板!"

大船老板早就站在船舱门口,这时急忙走了过来,拿起了甲板上的雨伞和包袱。

李时珍:"扶老夫人进舱。我有话说在前头,一路上照顾不好,我可饶不了你们!"

那老板赔着笑:"李先生言重了,我们会尽心伺候的。"

李时珍又望向了海母,海母这时也深情地望着他。

李时珍:"太夫人请进去吧。"

海母:"你先走,老身只能站在这里送你一程了。"

李时珍不再说话,又深深一揖,转身向跳板走去。

明制处决人犯分为两种:一为"决不待时",朱笔一勾立刻处死,又称"斩立决""绞立决";一为"秋决",便是在立秋这一天处死人犯,又称"斩监候""绞监候"。刑部定了海瑞死刑属秋后处决,这一天便是立秋了。

诏狱大院里那棵梧桐树听说是成祖朱棣迁都北京将这里定为诏狱时就种下的,二百年了,已是长得干粗叶大,而且被诏狱的人奉为神树。这时在梧桐树下已经立好了绞架,粗粗的麻绳绞环已经高挂在绞架的横杆上,绞环下摆着一条踏凳。

立秋的日光特别刺眼,朱七、齐大柱还有几个行刑的锦衣卫这时都站在绞架下,全抬着头望着那棵叶子已经绿中带黄的梧桐树。

两个行刑的锦衣卫抬着一张条案,条案上摆着香炉、香烛和纸钱,抬到了大树的下面。

齐大柱满眼凄惶望向师父:"师父,你老问神吧?"

朱七依然抬着头望着树冠:"上香,问神吧!"

两个行刑的锦衣卫立刻点燃了香烛,将线香递给了朱七。

朱七擎着线香在香案前对着大树跪下了:"天佑忠良,该死的不该死的都请上神明示!"祝毕磕了三个头,将线香插入炉中。又拿起了香案上的纸钱,然后站起。

齐大柱还有几个人的目光都望向了他。

朱七却望着齐大柱:"海公是你的恩人,这个神你问吧。"说着将纸钱递给齐大柱。

齐大柱接过纸钱去香烛上点着了,手却有些颤抖,放到了地上,然后也跪了下去,磕了三个响头,猛地站起,走向树干。

所有的目光都望向了他。

齐大柱大声喊了一句："天佑忠良！"接着双掌向粗粗的树干猛地击去。

所有的目光都抬起了，望向从树上飘落的一片片梧桐叶！

无数片落叶都向绞架飘去，一片片都在绞架两边落下了，没有一片飘向绞环。

树上已经只剩下两三片叶子还在空中飘着，齐大柱的眼先就亮了，朱七还有那些人的目光都慢慢亮了。

又有两片树叶远离绞架落在了地上。

这时一阵微风吹来，最后一片树叶眼看已降到了绞环的下边却突然又被吹起了，升上了绞架之上，在那里飘着。

那片落叶竟在绞架上慢慢飘着不愿意落下来！

吹过的那阵风过去了，那片树叶终于慢慢落了下来，却挨着绞绳！

所有的目光都惊了。

那片落叶慢慢接近了绞环，慢慢从绞环这边飘进了圆圆的绞环绳圈，从绳圈中穿过才慢慢向地面落去——神明显示今天受刑的人已无生机！

齐大柱身子一软，跪了下去。

尽管又在吃李时珍开的药，嘉靖的沉疴已经难起，这时已然不能在蒲团上打坐了，靠在床头，大热的天身上还盖着棉被。

秋决人犯的名单摆了满满一御案，黄锦脸上和身上的伤已经好了，只是那条腿从此瘸了，这时他跛着站在御案前，从上面挑拣着待决人犯的名单，挨序排来，他的目光定在了写着"海瑞"名字的那份单子上。他的手跳过了那份单子，拿起了排在海瑞后面的几份单子，放在托盘上瘸着腿向床前走去。

在床边黄锦先拿起了床几上的朱笔递给嘉靖，然后伸过托盘。

嘉靖平时那两只精光四射的眼已经像蒙上了一层云翳，这时竭力望着托盘上的名字，认清了，才将朱笔勾了下去。

几张名单都勾完了，他望向黄锦。

黄锦也深望着他。

嘉靖："还有呢？都拿来。"

黄锦打了个激灵，捧着托盘好艰难地瘸向御案。

自从赦回，黄锦便没有再恢复司礼监首席秉笔太监的职位，专一在精舍嘉靖身边当差，几十年由两个大太监日夜轮值的制度一改为黄锦日夜十二个时辰陪着嘉靖，晚上也就在嘉靖的床边打地铺。因此，陈洪现在要到精舍见嘉靖一面也都难了，必须事先请奏，准

第三十七章

了奏才能进精舍。

这时陈洪就一直待在大殿的门口轻步来回疾走，另外几个当值的太监都低着头站在大殿的门里门外大气也不敢出，等着秋决的勾朱，急送内阁值房。

"到底杀还是不杀？"陈洪站在大殿门外，望着上空的太阳，"什么时辰了？"

大殿内，一个当值太监一直便在盯着滴漏的铜壶，这时轻声回道："都巳时二刻了。"

陈洪转身，走进大殿望向精舍的门。

突然，他听见了黄锦的声音，像是在读奏本，仔细一听，是在读海瑞那道奏疏。

黄锦的声调已经完全没有了往日那种憨直的生气，念得十分慢："户部云南清吏司主事臣海瑞谨奏：为直言天下第一事，以正君道，明臣职，求万世治安事……"

"拖时辰吗？"紧接着是嘉靖烦躁的声音，"拿过来，朕自己看。"

陈洪侧着头竖起了耳朵。稍顷他又听到了嘉靖的声音："先把那些该处决的名单叫陈洪送内阁。"

陈洪立刻疾步向精舍的门走了过去，走到门边便看见黄锦跛着脚捧着一个托盘也正向精舍门口走来，托盘上摆着一摞勾了红朱的名单。

黄锦走到了门边，陈洪慢慢伸手去接托盘，凭借黄锦的身子挡着，目光从他的肩上偷偷地向床上的嘉靖望去。

床边高高的立灯十分明亮，嘉靖的脸这时虽被海瑞那道奏疏挡住了一半，但仅从露出的眉梢眼角和紧咬的牙床依然能看出他此时心中透着杀气。

黄锦自经这番磨难，已不再与陈洪说话，这时见他利用接托盘这一瞬间都在偷窥嘉靖，便干脆将托盘往门槛上一搁，跛着脚径自转身向神龛走去，把个陈洪暴露在门口。

陈洪这就不能再待了，慌忙捧起了托盘准备悄悄离开精舍的门。

"陈洪。"嘉靖的目光虽然依旧停在海瑞的奏疏上，眼角却扫着了陈洪的身影。

"奴才在。"陈洪连忙跪了下来。

嘉靖还在看着海瑞的奏疏："徐阶不是说还有要紧的奏本给朕看吗？"

陈洪："回主子，好像是。"

嘉靖："好像是就叫他立刻送来。"

陈洪："奴才明白。"这才站起了，捧着托盘往内阁值房去了。

徐阶、李春芳、高拱、赵贞吉内阁四员会同刑部、都察院、大理寺三个堂官一早就候在这里，看见陈洪捧着托盘出现在门口，便一齐站了起来。

大明王朝
—— 1566 ——

"海瑞勾了吗？"一向沉稳的徐阶这时也沉不住气了，看见陈洪便问。

所有人都望着陈洪。

"都在这上头，我也不知道。"陈洪将托盘往大案上一放。

"一起看，有没有海瑞。"高拱说着便伸手拿过去一叠名单，飞快地一份一份看了起来。

赵贞吉也拿过去一叠，一份一份看着。

李春芳就挨在徐阶身边，把剩在托盘里的名单拿起一份交给徐阶，等他看完，又拿起一份交给徐阶。

刑部尚书申时行和都察院左督御史、大理寺正卿都坐在左侧的案前，这时都望着看名单的内阁四员。

高拱看得最快："我这里没有。"

赵贞吉那一叠也看完了："我这里也没有。"

李春芳将托盘里最后一份递给了徐阶，徐阶拿着那份名单停在眼前。

所有的目光都望向了他。

徐阶将那份名单慢慢放回托盘，转对申时行说道："申大人，立刻将这些勾决的名单送刑部，午时三刻行刑。"

"没有送镇抚司诏狱的？"陈洪急问。

"没有。"徐阶这才望向众人，"皇上没有勾决海瑞。"

所有的人目光都亮了，互相碰了一下。

申时行离开座位走了过来，将又已经摆好在托盘里的名单捧了起来，疾步走了出去。

看着从徐阶到另外几个大臣对名单里没有勾决海瑞都露出欣慰的神态，陈洪心里蓦地涌出一股说不出的味道。

"皇上可怜。"他在心里说着，眼里便露出要煞一煞他们兴头的目光，"阁老，勾决不勾决海瑞便都在您要呈送的奏本上了。皇上正等着呢，叫你这就送过去。"

这几句话说得阴森森的，众人从他的神态中似乎又看到了不祥。

徐阶等的也就是这一刻，警醒到这时离午时三刻还有近一个时辰，皇上会不会在这最后一刻勾决海瑞？全取决于自己如何上这几道奏本，能否奏效，如何说话，皇上此时的情绪至关重要。念想至此向陈洪问道："圣体眼下如何？"

陈洪："吃了这几天的药刚见些起色，今日又不好了。眼下正在床上又看海瑞那道奏疏呢。阁老，这个时候犯忌讳的东西最好不要给皇上看。"

众人都望向了徐阶。

第三十七章

"多承关照。"徐阶答了他一句，转对高拱和赵贞吉说道，"肃卿、孟静，把广东报来那份海瑞妻子死在雷州的奏本和谭纶报来的那份十万匹棉布的奏本给我。"

高拱和赵贞吉都从摆在自己案前的一摞奏本里挑出了一本同时递给了徐阶。

陈洪的眼直勾勾地望着高拱、赵贞吉递给徐阶的那两道奏本。

徐阶接过奏本离了座："陈公公，走吧。"说着径直走了出去。

陈洪只好跟着他走了出去。

第三十八章

徐阶被陈洪领着走进了精舍，在离龙床约六尺远便跪下了："臣徐阶叩见圣上。"

跪下后徐阶立时一惊，他看到了海瑞那道奏疏便扔在离自己不远的地上！

嘉靖靠在床头慢慢转望向他，见他已经看见了地上海瑞那道奏疏："朕又看了一遍那个畜物骂朕的奏本，你也再看一遍。"

徐阶磕了个头："请皇上恕罪。"

嘉靖："恕谁的罪？恕海瑞，还是恕你？"

徐阶："回皇上，请皇上恕臣之罪，臣不忍再看这道奏疏。"

嘉靖："说得好，是可忍，孰不可忍！"

徐阶碰了个头："是。"

嘉靖又看见了他摆在身边地上的两道奏疏："还有什么不忍的东西要呈给朕看吗？"

徐阶抬起了头："皇上圣明，有两道加急的奏本，今天送来的，正要呈奏圣上。"

嘉靖阴阴地盯着他："与海瑞有关吧？"

"一本有关，一本无关。"徐阶知道这时任何企图支吾都会更激起皇上的猜测和疑忌，答话时干脆十分明确。

嘉靖："按你心里想好的，先说那份与海瑞无关的吧。"

"是。"毋庸分辩，也不能分辩，徐阶捧起了放在一边地上的奏本，果然上面那本便是与海瑞无关的那道谭纶报上来的奏本，翻开了封面。

嘉靖冷笑了一声："说纲目就是。"

徐阶："是。这道奏本是应天巡抚谭纶于七月初七从南京递来的，由内宫尚衣监和应天布政使司督办的淞江棉业作坊第一批棉布织出来了，棉商、棉农公忠体国，第一次便上缴国库上等棉布五万匹，中平棉布五万匹，都已装了船，正在运往京师的路上。"

| 第三十八章 |

再矜持，嘉靖的脸上立时也浮出了欣慰，一直昏昏的眼睛也掠过了一道光。可那欣慰、那喜光也就一瞬间，很快又消失了："七月初七的奏本这么快就到了京师，上缴一些棉布也值得六百里加急？"

徐阶："启奏皇上，辽东那边和蒙古俺答停战和议的日期只剩下不到两个月了，有了这十万匹棉布，蒙古俺答便会很快撤兵，他们答应上贡天朝的两千匹马也会及时交割。这次和议谈成，不只是今年，往后几年北边的军费都有大幅的裁减。每年国库都可省出一百多万军费充作他用。军国大事，为解圣忧，这样的消息理应尽快奏呈皇上。"

嘉靖："你们要真这样想，朕也只好相信。该说与海瑞有关的那道奏疏了，说吧。"

徐阶慢慢拿起了底下那道奏本摞到了上边，翻开了封面："据广东巡抚奏报，海瑞的母亲和妻子是六月二十四到的雷州，准备渡海回海南琼山老家。可海妻正有身孕，在雷州突然提前临产，是难产。官府因海瑞是罪臣，按朝廷的规制不能给她派大夫，海妻在驿站三天，胎儿生不下来，母子都未能保住。"

嘉靖动了一下容，静默在那里。

黄锦这时正在神坛前打扫，听到这个消息，慢慢拈起了三支线香在火烛上点燃了，拜了一拜，插进了香炉。

嘉靖看在眼里，慢慢转望向徐阶："广东为什么要上这道奏本？"

徐阶："海瑞大不敬于君父，凡有关他的情状，地方官照例要急奏朝廷。"

嘉靖又默然了。这两道奏本，第一道是报喜，第二道是伤情。这样报上来显然是商量好了，在这个时候用这种手段来使他改变主意，要他赦免了海瑞的死罪。徐阶、内阁和南直隶、广东竟如此上下默契，人心向背昭然若见。嘉靖感到了从来没有过的孤立，这使他难受，也使他万难接受。

心里翻腾了好一阵子，嘉靖突然望向了陈洪："你怎么看？"

陈洪："回主子，据奴才所知，海瑞是三代单传。五十得子妻儿俱亡，皆因他无父无君，弃国弃家，这是上天对他的报应。"

嘉靖这才慢慢又望向了徐阶："徐阶，你起来吧。"

"是。"徐阶站起来。

嘉靖对陈洪吩咐道："赐座。"

"是。"陈洪搬过那只绣墩在嘉靖的床头放下了，徐阶挨着坐了下去。

嘉靖："黄锦。"

"奴才在。"黄锦跛着脚转过了身。

嘉靖："将海瑞的名单呈上来。"

黄锦跛着脚走到御案边将海瑞那张勾决名单放到了托盘上，捧起托盘，又拿起了朱笔，走到了床前，将托盘呈给嘉靖，又将朱笔擎了过去。

托盘就摆在嘉靖的被子上，他拿着笔望着那张勾决海瑞的名单。

三个人，徐阶、陈洪和黄锦都不再回避，一齐望着嘉靖手里那支笔。

嘉靖望向了陈洪："现在什么时辰了？"

陈洪："回主子，现在午时正了，离处决人犯还有三刻。"

嘉靖："你刚才说海瑞的妻子死在雷州是上天的报应。既然上天都给了他报应，朕也就听天命吧。"说完，突然朱笔一挥，竟在名单上重重地一勾！

一道鲜红的勾朱，海瑞被勾决了！

徐阶的脸白了。

陈洪的眼睛一亮。

反而只有黄锦这时依然是那副毫无表情的神态，接过了嘉靖手里的朱笔，又捧起了托盘。

陈洪便去接那托盘。

"这个差使交黄锦去办。"嘉靖喝住了陈洪，"黄锦，还有三刻时辰，你走着去能不能赶到诏狱？"

黄锦："主子刚才说了，赶得到赶不到一切都是天命。"

"主子……"陈洪接言了。

"闭上你的嘴！"嘉靖又喝住了他，"黄锦，你这就去，不要用轿马，平时怎么走这次就怎么走。"

黄锦："奴才遵旨。"答着他捧着托盘、拿着朱笔先走到御案前，搁好了笔，放下了托盘，才拿起了托盘里那张勾决海瑞的名单，吹了吹，吹干上面的朱迹，又慢慢卷成一筒，捧在手里，跛着脚一颠一颠地向精舍门口走去。

徐阶终于明白了嘉靖接受了自己一干人的深意。这个境界已经修炼到"浪打空城寂寞回"的人此时眼眶也立时湿了，低下了头。

嘉靖这时目光望向了精舍门外，望向了门外开着的南窗。深深的是那双眼，更深的是那一片望不到底的天空。是帝心难测，还是天心难测？

帝心天心，这时都在黄锦那条被打瘸了的腿上。当值的，不当值的，远远近近不知有多少双眼睛这时都在望着手捧勾朱跛着腿走向禁门的黄锦。

到西苑禁门了。尽管黄锦这时已不在司礼监，宫内二十四衙门也没有当着任何职位，

| 第三十八章 |

把门的禁军和当值的太监看见他一跛一跛地走来，还是一齐向他行礼。

照例应有四个太监护旨，早已在禁门口候着，见黄锦踏上出禁门的石阶，便有两个趋了过来搀他。

"有旨意。"黄锦停住了步，"我一个人去。"说完也不要他们搀扶，自己一步一瘸登上那石阶。到门槛了，黄锦又用一只手搬起自己那条瘸腿跨了过去，走出了禁门。

四个太监还是跟着他走出了禁门，立刻便有一顶轿子抬了过来。黄锦又停住了："有旨意，不用轿马，我一个人走着去。你们去一个人乘马先告诉镇抚司，等我的朱批到了再行刑。"

一个太监立刻奔向一匹马翻身骑了上去，先行驰去。

黄锦捧着朱批，一个人跛着脚不紧不慢地走去。

站在禁门的禁军和太监们望着黄锦的背影，一个个都露出了肃穆之色。

处决人犯选在立秋，定在午时三刻，皆与天象有关：秋风已起肃杀，日光依然蒸烁，极阳转阴之际，人命归于天谴，合于当死之义。因此日期时辰分毫都不能差错。当时海瑞在淳安就是利用了错过午时三刻时辰的手段救了齐大柱，平反了他们的冤案。至于京师的刑场，一是刑部公开处决人犯的西市牌楼，一是诏狱秘密处决人犯的大院，更是严格按照这个规制，在行刑的地方都摆着日晷，按钦天监算准的方位，将日晷照秋日太阳升起降落的轨道摆准了位置，等到日光将刻着时辰的石盘正中那根指针的阴影遮住了午时三刻的刻纹上，便即行刑。

诏狱大院的日晷就摆在远离那棵梧桐树的砖地上，从日起到日落，日光都能照着日晷上的指针。这时指针已经遮住了午时一刻的刻纹。

齐大柱还是跪在梧桐树下的香案前，朱七和其他行刑的锦衣卫则都远远地站在不挡太阳的日晷一边，所有的目光都望着日晷，焦急、紧张，又都透着侥幸和希望。

"过了午时一刻了！"一个行刑的锦衣卫站在朱七身后轻声呼道。

朱七的眼依然紧紧地盯着日晷，没有接言。

"是不是皇上赦了海瑞？"另一个行刑的锦衣卫紧接着低声说道。

朱七举了一下那只蒲扇大的手掌，示意他们闭嘴。

一直跪着的齐大柱也慢慢抬起了头，回头望向日晷这边，眼中也闪出了希望。

都静默着，这时梧桐树上部的密叶中秋蝉偏突然鸣了起来，特别响亮，特别刺耳。

朱七的耳朵动了一下，脸色微微一变，目光望向了大门。

其他人跟着也听到了，是从院墙外急速驰来的马蹄声，所有的目光又都紧张地望向了大门。

马蹄声在大门外停住了，紧接着那个奉命提前来传旨的太监满头大汗高昂着头大步走了进来。

朱七、齐大柱和所有行刑锦衣卫的目光都开始露出了绝望，望向那个大步走来的太监。

"有旨意。"那太监走到朱七等人面前，这一声拉得好长。

朱七带头跪了下去。

那太监偏不立刻传旨，过了好一阵子才拿捏着声调："海瑞已经勾决，午时三刻行刑。"

朱七跪在那里不动了，其他的人都跪在那里愣住了。

仍然跪在香案前的齐大柱将一只手慢慢伸进了衣襟里，他的手握住了一把短剑的剑柄。

"领旨。"朱七跪在那里沉重地吐出了这两个字，两只手掌并着向那太监伸了上去。

那太监："有旨意，我这里没有旨意。"

这是什么意思？

朱七慢慢抬起了头，望向那太监。

所有跪着的人都抬起了头望向那太监。

那太监又拿捏着声调："有旨意，勾决海瑞的旨意由黄公公送达。"

太监们久居大内，都有一个共同的德行，没有故事都能编出故事来耸人听闻，今天这出"皇上不杀忠良"的故事偏让这个太监扮上了"刀下留人"的先行官。一路上那匹马被他抽得尾巴都直了，到了这里犹自想着这出戏这一辈子且有的说了，因此进来传旨时一直都在角色之中，一会儿说海瑞被勾决了，一会儿又说没有带来勾朱，为的也就是将来说起的时候跌宕起伏、惊心动魄。可朱七他们不明白，都被他绕得愣跪在那里，一时脑子转不过弯来。

那太监戏演到这会儿，见七爷他们还跪在面前，人人惊愕，才猛地想起七爷们可是得罪不得的，终于从角色中出来了，向朱七示了个眼色："七爷，黄公公是午时正领的旨，皇上特意说了叫他走着将勾朱送来。他老人家那条腿你们也知道，估摸着一时半刻且到不了呢，大家伙都起来等着吧。"

朱七似乎明白了，却仍然有些不相信自己的耳朵："你说黄公公午时正领的旨一个人走着来的？"

那太监："是。我来的时候他老人家刚出的禁门。"

第三十八章

朱七:"黄公公那条腿……真的没有骑马也没有坐轿?"

那太监既要示好又要拿堂:"我说七爷您今儿怎么了?都说了,黄公公是走路来的,当然没有骑马也没有坐轿。且等呢,快请起来吧。"

朱七望向了那座日晷,离午时三刻已经不到一刻了!

"大柱!"朱七完全明白了,倏地站了起来大声唤道。

齐大柱握着剑柄的手立刻松开了,转望向朱七:"师父。"

朱七:"谢神!"

"是!"齐大柱立刻从衣襟中抽出那把短剑,在左手中指上一割,插回了剑,拿起香案上那片落叶,将涌出的血滴在上面,然后将那片沾了血的落叶伸向香案的火烛上点燃了。

那片血叶在地上燃烧。

齐大柱趴了下去。

朱七也领着其他的锦衣卫走到香案前朝着那棵大树跪下了。

这一出倒是那个传旨太监没有想到的,站在那里看到这般场景更加兴奋起来,这个段子加进来,今后说起便更加有声有色了!

牢里摆了两张木床,一把桌子两把凳子,海瑞和王用汲这时对面坐在桌子旁,身上去了锁链,望着桌子上的一碗肉和一碗鱼,还有一碗豆腐,两人却都没有去端酒杯。

"太夫人、嫂夫人应该已经到广东了吧。"王用汲打破了沉默,端起了酒杯,"愿她们一路平安。"

海瑞这也才端起了酒杯,两人却谁也不看谁,一口都将杯中的酒喝了。

海瑞拿起酒壶先给王用汲倒满了,又给自己的杯中倒满了,放下酒壶双手端起酒杯望向了王用汲:"圣旨一下,你便要去辽东了。我人送不了你,倘真有魂灵,我会一路先送你去。"说完自己一口喝干了酒。

王用汲却没有去端酒杯,怔怔地坐在那里。海瑞见王用汲不说话,也沉默了,和王用汲对面坐着。

正如常言所说,人死如灯灭,这时灯笼里的蜡烛燃得也只剩下不到半寸了,渐渐暗了下去。

王用汲黯然取下了灯笼罩,拿起了桌上另一支蜡烛在残火上点着了,接着将蜡烛的底部在残火上熔了熔接了上去,又罩上了灯笼。

牢房一时又亮了,王用汲这时已经不敢再看海瑞,目光怔怔地望着重新亮起的火烛："'天不生仲尼，万古长如夜。'刚峰兄，你这道疏代圣人立言，虽舍身而成仁，光明长在。"

"求仁不能，取义不得。遗骂名于君父，博直名于己身。皇上不让我死，哪里还谈得上代圣人立言。"海瑞说这句话时声音竟至哽咽了。

什么叫"皇上不让我死"？听到海瑞这番话，王用汲满是惊疑，猛望向他。

海瑞眼睛闭着已然泪流满面。

王用汲十分震惊："你是说皇上赦免你了？"

海瑞用袍袖擦了泪，睁开了眼望着桌上的烛光："午时三刻已经过了。"

王用汲的目光也猛地望向了烛光，一时间明白了。一支蜡烛燃完是一个时辰，齐大柱换前一支蜡烛时说了是午时初，现在这支蜡烛已经燃完，便应该是午时末了。

"午时初，午时末……"想到这里王用汲声音都颤抖了，"皇上赦免你了，皇上赦免你了……"这回王用汲的泪唰地流了下来，转身冲到牢门边，抓住铁栏，冲着牢门外的通道大声喊道："皇上圣明！"

喊声在大牢里回荡，接着脚步声从牢门外的通道那头传来了，有好些人，却走得很慢。

一片灯笼光在牢门外亮了，朱七、齐大柱搀着黄锦出现在门外。

朱七："开锁！"

跟在他们身后的一群锦衣卫走出那个管牢门的，早已将钥匙拿在手里，很快开了锁，推开了牢门。

黄锦手里还捧着那卷勾朱，跛着脚一个人走进了牢房："有旨意。"

海瑞和王用汲都跪了下来。

黄锦："勾决罪官海瑞一名。着黄锦传旨，不许骑马，不许乘坐车轿，午时步行至诏狱。若午时三刻旨意未能送达，是天命赦免海瑞。"

海瑞跪在地上："罪臣在。"

黄锦："谢天命吧。"

海瑞不愿抬头："按《大明律》，臣骂君系大不敬，罪在不赦。海瑞但求一死，以正法典。"

黄锦望着他："君要臣死不得不死，君要臣生不得不生。谢恩吧。"

海瑞还是不愿谢恩，只是朝着黄锦磕了一个头，依然跪在那里。

黄锦也不再强他："齐大柱。"

"下属在。"齐大柱激动地应着，走了进来。

第三十八章

黄锦:"将朱批烧了。有旨意,看管好海瑞。"

"是。"齐大柱大声应着,接过那道过时的朱批走到灯笼前点着时手都在颤抖。

黄锦又从衣襟里掏出另外一道旨意转望向王用汲:"王用汲听旨。"

"罪臣在。"王用汲朗声应道。

海瑞这时反而抬起了头,关注地望着黄锦。

黄锦展开了那道旨:"都察院御史王用汲呈奏江南矿业司及德兴、开化贪墨一案,朕览之不胜惊骇。着王用汲仍复原职,即赴南京会同应天巡抚谭纶彻查,一应人犯着速逮拿进京,所有赃款尽数抄没入库。死难矿民按官例一体抚恤。钦此。"

"皇上圣明!"这一声倒是海瑞说出来的。

黄锦还没有回,陈洪又被嘉靖支出去了,精舍里就剩下徐阶陪着嘉靖。

"徐阁老。"嘉靖靠在床头,这一声唤得十分伤情。

"臣在。"徐阶深情地连忙答着,站了起来。

嘉靖望着他,目光中全然没有了平时那种深寒,透出的是寻找理解的孤独:"朕御极这么多年,这么多错处,平时你们怎么就没有一个人敢于奏谏?"

徐阶:"皇上自有皇上的难处,天下无不是的君父,臣等但尽本分去做就是,怎能诿过于君上。"

嘉靖:"那么多委屈,那么多艰难,你们是怎么做过来的?"

徐阶的眼睛又湿了:"一个'敬'字,一个'诚'字,但凭这两个字做去。"

嘉靖:"这是大道理,有时候大道理并不管用。像那个海瑞一样,说些实在的心里话吧。"

徐阶已然感觉到嘉靖被海瑞这一次极谏,加上疾病缠身,开始露出了下世的光景前内心的自省,心里一阵悲凉,便不再说"大道理",恳切地回道:"皇上这样问臣,臣就只好说些不甚恰当的话了。"

嘉靖:"你说。"

徐阶:"国朝以孝治天下,天下便是一家。大明朝两京一十三省,百兆生民,就像这一家的子女,皇上就是这一家的父祖。臣等便是中间的媳妇,凡事但按着媳妇的职分去做,能忍则忍,该瞒则瞒,尽力顾着两头。实在顾不了,便只好屈了子孙也不能屈了公婆。除此以外,别无他法。"

嘉靖默然良久:"那个海瑞在疏里也说过,'夫天下者,陛下之家也,人未有不顾其家者。'他谏的是,朕没有顾好这个家,没有做好这个君父。可现在明白朕已然老了,重病缠身了，再想振作起来也管不好这个家了。徐阶，这几天朕一直在想，退了位，让裕王继位吧。"

"万万不可！"徐阶扑通跪了下去，"正如海瑞疏中所言'陛下天质英断，睿识绝人，可为尧、舜，可为禹、汤、文、武。''百废俱举，此则在陛下一振作间而已。'皇上之雄才伟略天下臣工皆慑服之，今贸然禅位，天下震惊，裕王必然举止失措，进退皆难。伏望我皇上善养龙体，然后回宫视朝，举百废而绝百弊，则我大明粲然中兴可望。千秋万世以后传之子孙，则宗社幸甚，天下幸甚。"

嘉靖动容了，振作着坐直了身子："徐阶。"

徐阶："臣在。"

嘉靖："李时珍给朕开的药就在那边的柜子里，黄锦不在，你替朕去熬了。"

"是。"

徐阶暗自惊奇自己这一声答得如此神清气爽。

过了重阳，北边的树叶便都黄了。

裕王府院墙内栽了好些大树，西风萧飒，许多树叶都被吹落到院墙之外、王府门前，落了一层扫了一层，不到一会儿又是满地落叶，贵客马上就要到了，不能再扫起灰尘，当值的太监们便只好聚集了人手去捡。人聚如蚁，有些在捡地上的落叶，有些在接空中的落叶，仅这番排场，便可见天家富贵。

"国舅爷他们到了！列队，列队！"当值太监的头大声嚷道。

捡落叶的太监们立刻在王府门前大道两旁排成了两行。

王府接客的亲兵骑着马在前面开道，后面是两辆坐人的马车和一辆载货的马车，跟着亲兵骑队向王府门前辗来。

为了赶在冬日前将十万匹棉布送到辽东与蒙古俺答签订和议，紧赶慢赶，高翰文和李奇押着漕船终于在寒露以后霜降以前赶到了京师。在码头上将棉布就交割了户部，便直奔裕王府。国事家事都要在这里先禀告裕王和王妃。

王府的两道侧门都开了，张居正、冯保领着一应职事人等都在前院等着，世子爱热闹，听说舅舅从江南来了，也黏着冯保等在这里，因张居正在旁，心里雀跃却不敢闹腾，被冯保牵着两只眼睁得大大的只望着开着的侧门，浑身零碎地动着，禁不住掐了冯保一把轻声问道："都听到马蹄声了，舅舅他们怎么还没进来？"

冯保抱起了他，轻声说道："世子爷，咱们闭上眼数十下，他们就进来了。"

"十下没进来，你就学狗叫。"世子忘了情，这一声说得便很大。

| 第三十八章 |

张居正的目光望过来了："世子守礼。"
世子就怕他，立刻闭了嘴，脸色也难看了，暗中又狠狠地掐了冯保一把。
冯保三分疼装出十分疼，龇牙咧嘴地装作要把那副面孔转给张居正看，世子立刻松了手。
"到了！国舅爷他们到了！"王府门外传来了惊喜的声音。
张居正率先迎去，冯保抱着世子跟着迎去。
走在前面的是李奇，紧跟着是高翰文，风尘在身，笑容在脸，二人首先向张居正见礼："见过张大人。"
张居正也笑着："一路辛苦。"
冯保抱着世子过来了，三人又一齐向世子见礼："参见世子爷。"
世子见到李奇已顾不了许多，嚷着："放我下来！"
冯保放下了世子，世子奔向李奇："舅舅，答应我的东西忘了没有？"
李奇笑得脸上绽花，蹲下来抱起世子："答应世子爷的东西怎么敢忘，装了十几箱呢。可有一样最好的东西世子爷不能留着，过天须到宫里去敬献给皇爷爷。"
世子："皇爷爷宫里什么最好的东西没有？你可别随便弄个东西让我送进去，皇爷爷又不喜欢。"
李奇贴在他耳边："舅舅送给你这样东西皇爷爷宫里一准没有，你敬献上去，皇爷爷一定龙心大喜。"
世子："到底是什么东西？"
李奇大声地："先把那缸祥瑞抬进来！"
立刻便见左侧门四个人抬着一口好大的镏金铜缸小心翼翼地走了进来，再小心迈过门槛时铜缸里的清水还是漾了些出来。
"慢些！慢些！"李奇显着紧张大声招呼着，"轻点放。"
铜缸抬进大院放下了，抬缸的力工立刻退了开去。
世子早就奇心雀跃了，李奇抱着他走近水缸，世子往水缸里看，果然一惊。
——水缸里趴着一只有两尺长，一尺还宽的大乌龟！
仔细望去，龟甲显然已被擦拭过了，金黄闪亮，上面显出几个隶书大字，依稀可辨，有些世子认得，有些世子认不得。
"好大！背上还有字！"世子惊喜地嚷道。
高翰文在一边也笑着，告诉世子："这上面的字可有大学问，世子爷快请张师傅给你讲讲。"

世子望向了张居正。

张居正好像事先就知道有这个东西，先和高翰文会意地交流了一个眼神，接着徐徐走到了铜缸边。

还有资格过去看的便是冯保，也走近了铜缸边。

冯保看见那只龟也觉惊奇，张居正的脸色却立刻兴奋肃穆起来。

那只金甲大龟背上的字显然是许多年前有人镌刻上去的，字随龟长，有方寸大小，仔细辨认，是"汉后元初年戊寅"七个隶书大字！

张居正出神地望着铜缸里的神龟，陷入了沉思。

他不说话，世子只好等着。这就有些馋煞那些站在院子里的太监、宫女和职事人等，不知里面是何物。便都望着张居正，等他说出里面的"大学问"。

这件事谭纶和高翰文已在几天前派急递告诉了张居正。张居正立刻敏锐到一件埋藏在心底多时的谋划有了一个最好的契机，汉文帝无为而治，史称贤君，嘉靖二十多年不上朝，常常况比文帝以自慰。这时让裕王将这只祥瑞敬献上去，对裕王继位后推行大政将起到未雨绸缪的妙用。

"难得！确是祥瑞。"张居正终于开口了，但深层的意思眼下都不能说，只好转对世子简单说道，"这只神龟是汉文帝在位时放生的。汉文帝是贤君，皇爷爷也是贤君，世子将这个祥瑞献上去皇爷爷一定欢喜。"

世子："师傅，那这只龟有多大了？"

张居正："看龟甲上的字就知道。后元是汉文帝七年立的年号，戊寅是后元初年。这只龟距今……"张居正略想了想，接着说道，"已经有一千七百三十年了！"

"活这么长了！"世子惊叹道。

"亏得国舅爷、高老爷你们。"冯保跟着叹道，"哪儿得来的？"

李奇："天降的祥瑞，早不出来晚不出来，就我们动身前十天有人从太湖里网到了它，不敢私留，送到了巡抚衙门，谭纶谭大人知我们进京，说好了献给世子爷，让世子爷再敬献给皇上。"

如何让皇爷爷欢喜，这是从一小就天天灌输的教程，世子当即嚷道："我立刻给皇爷爷送去！"

张居正："还得给王爷和娘娘看呢。"说到这里转对李奇和高翰文、芸娘夫妇说道："早就在里面等了。墨卿随我去见王爷，冯公公陪着国舅和高夫人去见娘娘吧。"

张居正在前，冯保侧着身子引着，李奇依然抱着世子和高翰文跟在后面向内院走去。

四个力工立刻抬起那只铜缸往后院送去，好些太监、宫女一窝蜂拥到了铜缸边挤着去

| 第三十八章 |

看那只金龟。

接着府门外又有好些人扛着抬着好些小笼大箱送进来了。

"亏得你。"裕王毫不掩饰赏识和感激的神情,望着刚坐下又要站起的高翰文,"坐下,先喝茶。"

高翰文刚欠起的身子又坐下了,端起了茶碗,却没有喝,注目望着裕王。

裕王感慨地说道:"这么短时间给朝廷弄来了十万匹棉布,辽东这次和议谈成,化干戈为玉帛,能使多少生灵免受涂炭。"

裕王的激赏并没使高翰文兴奋,反而忧郁地望向张居正。

张居正:"天下事从来两难。干戈一息,北边的生灵自然免受了涂炭,可玉帛却是江南百姓的身家换来的。"

裕王一怔:"这话怎么讲?"

张居正叹了一声:"'剜却心头肉,医得眼前疮!'墨卿,你把那边的事给王爷详细禀告吧。"

高翰文把棉布的产出情况大致地向裕王说了一遍。当裕王了解到棉布收入六成归田主和棉商,三成归朝廷,才一成给百姓的分配方案时,一下站了起来。

张居正与高翰文都看着裕王。

"什么六、三、一!"裕王突然生气了,"这样做和严嵩、严世蕃他们当年在浙江改稻为桑有什么两样!张师傅,这就给我把徐阁老叫来。"

"王爷!"高翰文立刻急了,"这件事与徐阁老无关。王爷就是把徐阁老叫来,他无非也就去封信将家里人训斥一顿。徐家撂了挑子不干了,淞江一带的棉纺业就再也没人敢干,朝廷要想凭靠扩种棉田充实国库的大计立刻便会付诸东流。"

裕王:"兼并小民的土地,田主还不要给朝廷纳税,棉布产得再多也归不了国库,反而苦了百姓,这样的大计不施也罢!高翰文,你是科甲出身,不要学沈一石!"

裕王嫉恶豪强兼并敛财,反对眼下淞江一带以徐家为主的豪绅提出的"六、三、一"的分财方案,这原在张居正、高翰文的意料之中,但他的最后一句话使高翰文既感动也委屈。想到国家,也关心替国家做事的人,这便是裕王和当今皇上最大的不同之处。可裕王将自己比作沈一石,分明已有了猜恶之嫌,这可是高翰文不得不辩白之处。

高翰文:"王爷圣明。当年朝廷在浙江改稻为桑,'以改兼赈,两难自解'的方略就是我提出的,本意就为了兼顾朝廷也兼顾了百姓。正因为严党和织造局利用沈一石一半想着宫里,一半想着自己,一分也不想朝廷,半分也不想百姓,误国害民,才使当时那个方略功败垂成。严党败了，杨公公疯了，沈一石一把火烧死了自己，这都是我亲历亲见的。我现在已经是个庶人，一杯酒、一卷书、一张琴便可度日。出而经商，就为了要亲自试一试，我那个兼顾朝廷也兼顾百姓的方略是否切实可行。王爷指责得对，我高翰文是在学沈一石，学的就是前车之鉴。"

高翰文突然如此慷慨激昂，说出这番振聋发聩的话，这倒是裕王没有想到的，一时竟愣在那里。

张居正立刻接言了："有件事本不想告诉王爷，跟蒙古俺答议和的十万匹棉布这么快能够凑齐，有一半就是墨卿他们夫妇从自己家拿出来的，王爷，食君之禄忠君之事。墨卿早已经革了职，一介布衣，大可不必为朝廷这样做。"

裕王这才明白了，慢慢又转望向高翰文，满眼歉疚："我错怪你了。可你也确实大可不必这样做。百万亩棉田，归本付息，纯利便有二十万匹，徐家和那些官绅为什么只愿意出五万匹？谭纶这个应天巡抚是怎么当的，就没有法子管管他们？"

"难也就难在这里。"张居正接道，"官绅家田地免税是祖制。他们的田里种稻麦也好种棉花也好，这一关就已经无税可收了。织成棉布，自己也不贩运，等着棉商到家里去收购，官府也就只能在厘卡上收到棉商的商税，十成抽一，二十万匹棉布朝廷也就只能收到两万匹的税赋。要不是应天巡抚衙门出面，又是李娘娘的弟弟兼着收税的差使，在淞江的棉产地一边购买一边就地收税，这一次连五万匹也收不到。王爷对'六、三、一'的分成方略不满，殊不知能给朝廷争到三成，牵涉到徐阁老家里，还有那么多官绅，谭纶也已经是扯下面子在干了。"

说到祖制，说到徐阶，裕王的眼中立刻没了神："那就拿他们没办法了？"

张居正："有办法，可眼下还做不到。"

裕王："什么办法？"

"改制！"张居正这两个字虽压低了声调却依然像一声闷雷。

裕王一惊，目光立刻望向了门外："慎言。"

张居正："我知道。王爷，有些话不是眼下当说的，可藩王不纳税，官绅也不纳税，朝廷的赋税全压在平民百姓身上，百姓不堪重负，就只能将田土卖给藩王或者官绅，如此兼并下去，总有一天国库一空如洗，百姓也一贫如洗！再不改制，便要改朝换代了！"

裕王："慎言！慎言！张居正，现在不是说这些话的时候。"

张居正压低了声音，却仍然坚持说道："有些话现在必须要说了。王爷，不能谋万世者不能谋一时，谋一时有时候就为了谋万世。听李太医说，皇上的病已经沉疴难起，天崩地裂也就几个月的事。王爷，您当下必须要有所谋划了。"

| 第三十八章 |

裕王神情立刻肃穆起来:"眼下该做的就是叫李时珍他们想尽一切办法治好皇上的病!身为儿臣,我不能谋划任何觊觎接位的事。张师傅,你们都不能有这样的想法。"

张居正的神情也肃穆起来,比裕王更加肃穆:"王爷,和列祖列宗的江山社稷比,和大明朝的天下苍生比,孰与轻重!"

裕王慢慢望向了他:"你到底要说什么?"

张居正:"比方说跟蒙古俺答的和议,他们身处荒漠要的就是我大明的棉布。今年的和议靠着高翰文他们送来的十万匹棉布总算谈成了。可明年的十万匹棉布在哪里?后年的,再后年的在哪里?明年没有,战事又起;年年没有,战事便永无宁日。我刚才说的改制还需假以时日,可江南棉田赋税的改制已刻不容缓。王爷,这能够不谋划吗?"

裕王听进去了,可也更黯然了:"可现在也不能跟皇上说,我更不能寄望于早日接位来推行这些方略。"

张居正:"臣没有叫王爷有这些想法,臣只提醒王爷为推行这些方略做好准备。"

裕王:"什么准备?怎么准备?"

张居正:"臣只说一件。王爷眼下可做的,就是力劝皇上留住一个人的性命,将来到江南改制,非此人不可。"

裕王也是心里明白的人,立刻想到了:"你是说海瑞?"

张居正:"王爷圣明。将来要在淞江一带继续扩种棉田,让那些官绅大户一体纳税,最要紧的一条便是要官绅将兼并的田土退还百姓。以一人敌万人,大明朝只有一个海瑞!"

谋国之深如此,裕王终于体会了张居正的苦心,可立刻又起了疑惑:"秋决皇上不是已经赦免了海瑞吗?"

"王爷。"张居正一定要让他明白,"皇上现在是病人,而且病症多因丹药而起,喜怒无常,雨露雷霆往往在一瞬之间。今日皇上可以不杀海瑞,明日皇上就可能突然杀了海瑞。王爷必须要让皇上明白,留下海瑞,就是为列祖列宗的江山社稷留下了国之利器。"

裕王更在深想了,望向张居正:"你刚才说将来到江南去改制非海瑞不可,可改制第一个伤及的便是徐阁老一家。徐阁老为救海瑞也是费尽了苦心,真让海瑞去了,如何面对阁老?"

张居正:"王爷想得深。江南改制既然势在必行,伤及徐家便在所难免。徐阁老有大功劳于社稷,有大德望于朝野,任何人去要么是无法推行新政,要么是置阁老于绝境。只有海瑞去了,才能既推行新政,又能妥善关顾阁老。王爷,为了徐阁老,也必须保住海瑞!"

裕王终于心血潮涌了:"替我拟一个奏本,我明天就去见父皇。受呵斥、被罢黜,我也认了。"

张居正和高翰文交流了一个眼神,接着转对裕王说道:"臣等已经替王爷做了准备,王爷此去绝不会引起皇上不快。墨卿,将你们带来的那个东西禀告王爷吧。"

裕王望向了高翰文。

高翰文:"也是天意。就在我们动身来京师前,有人在太湖捞上来一只汉文帝时期放生的神龟,甲背上还刻着汉文帝的年号。我们这次给王爷带来了。王爷明天只要以敬献祥瑞的名义,带上世子去见皇上,一切事情便都好陈奏。"

"真有这样的东西?"裕王听到这里不胜惊疑,"那该有多少年了?弄虚作假、装神弄鬼的东西我可绝不会呈献给皇上。"

高翰文答道:"千真万确!这只神龟是汉文帝后元初年放生的,距今已一千七百三十年。现就供在王爷府寝宫的后院,王爷可以亲自去验看。"

"带我去看!"

裕王立刻向书房门口走去,眼里仍是半信半疑的神情。

第三十九章

满满的一碗汤药，黄锦双手捧着，为了不让汤药漾出来，他那只跛脚便走得更小心了，慢慢捧到床边，又慢慢递到靠在床头的嘉靖嘴边，嘉靖凑过去先喝了一大口，接着伸出两只干柴般的手接过药碗，深吸了一口气，竟一口将那一大碗药喝了。

黄锦红着眼，接过药碗，连忙从床边的几上拿起那块湿棉巾替嘉靖揩了嘴揩了胡须。

"扶朕起来，替朕梳洗。"嘉靖望着黄锦。

"主子。"黄锦苦望着他，"见自己的儿孙，也不是外人，就在床上躺着吧。"

"他们就是你们将来的主子，朕得给他们一个好的模样。找一找，帮朕把那套朝服找出来。"嘉靖深望着黄锦。

"是呢。奴才明白呢。"黄锦声音喑咽了。说着背过身去，揩了揩眼泪，跛着脚走到墙边那几只大衣柜旁，想了想，揭开了最里边的柜盖，拿开了一块明黄色的缎锦，见到了摆在最底层那顶皇冠和那件龙袍。

黄锦身子埋了进去，双手抄着龙袍连着皇冠一起捧了出来，走到床边，放在了另一只床几上。

嘉靖："把蒲团拿开，叫他们将殿里那把椅子搬进来。"

黄锦走到精舍门边："将大殿里的御座抬到精舍来！"

立刻有两个殿内的当值太监应声先去抬了那把圈背龙椅，然后小心翼翼地向精舍方向抬来。

裕王和世子都穿着礼服，这时就跪在大殿外的跪垫上。陈洪躬着腰在一旁陪侍着，时刻等候传唤。

那口装着神龟的镏金铜缸摆在他们身后。

两个当值太监把龙椅摆在了原来蒲团的位置，立刻躬腰退了出去。

大明王朝
—— 1566 ——

黄锦这才靠过去，先在床上替嘉靖将朝靴穿了，然后跋到床头，将嘉靖的一只手臂挽放在自己的颈背上，半扛半扶地将他挪下了床，搀着他走到圈椅前坐下。

接着给他梳头，绾好了髻，又绞了一块面巾替他净了面，又拿起另外一把梳子在金盆里蘸了水替他梳好了胡须。

这才去捧起了那件龙袍，正犯愁怎样才能给他穿上，一转身发现嘉靖已经挺直了腰板，自己站在那里。

黄锦连忙跋着脚奔了过去，抖开龙袍在他背后半蹲了下去，将内袖口对准了他的双手往上提了上来，连忙又绕到他的身前替他系好扣子，系好玉带，扶着他坐了下去，又去捧了那顶皇冠在椅子背后替他戴上，将那根长长的玉簪从帽子左侧的孔眼里慢慢插了过去，从帽子右侧的孔眼里穿了过来。

一番梳洗穿戴完毕，黄锦的泪线穿珠般滴了下来。二十多年了，他望着眼前突然换上皇冠龙袍的主子，是那样陌生，恍若梦幻。

嘉靖："是不是很难看？"

黄锦："回主子，是天日之表。"

嘉靖："那你哭什么？"

黄锦："奴才是心里欢喜。"

嘉靖："拿镜子来。"

黄锦立刻跋着脚去案几上捧过来一面镜子，半蹲着照向嘉靖。

嘉靖在镜子里也看见了一个陌生的自己，一个恍若隔世又露出下世光景的自己，慢慢说道："'三花聚顶本是幻，脚下腾云亦非真。'传他们进来吧。"

黄锦先去放好了镜子，才跋到精舍门口："有旨，传裕王和世子觐见！"

裕王领着世子出现在精舍门外，一大一小在门槛外跪了下去。

裕王："儿臣朱载坖率世子朱翊钧叩见父皇！"

望着儿子，嘉靖神情凄然，看到孙子，眼睛亮了一下："进来。"

裕王："是。"立刻站起，又拉起世子走了进去。

一只绣墩已经摆在嘉靖的身侧，黄锦双手移了移绣墩："皇上赐裕王爷坐。"

裕王向父亲又长揖了一下，挨着绣墩坐了下去。

世子对这个人人惧怕的皇爷爷天生就骨子里亲，可今天乍然见到他皇冠龙袍端然高坐，一时便生了怯意，站在那里不敢过去。

嘉靖无力地笑了一下，又无力地拍了一下掌："朱翊钧过来。"

世子这才走了过去，嘉靖伸出手，世子也伸过去手让爷爷捏着。

第三十九章

嘉靖望着孙子："《礼记》上有一句话，说是君子抱什么不抱什么，师傅教过你没有？"

世子："回皇爷爷话，师傅教过，是'君子抱孙不抱子'。"

嘉靖又无力地笑了一下："看起来你那个师傅还称职。可皇爷爷现在病了，抱不动你了。黄锦，再搬个墩子，让你们的小主子坐在朕身边。"

黄锦赔着笑立刻又搬来一个绣墩挨着嘉靖的龙椅，便去抱世子。

世子："不用，我自己能上去。"说着一跳，便跳上了绣墩，挺着腰板，两条小腿悬在空中，坐在嘉靖身旁。

嘉靖这一次是真的笑了："还是朕的孙子更像朕。听说你给朕送来一样东西，是什么东西？"

"父皇。"裕王担心世子说错话，盯了他一眼，把话接了过去。

嘉靖："朕没有问你，让朱翊钧说。"

世子却不敢说话了，望着父亲。

裕王："回皇爷爷话吧。"

"是。"世子这才又转望向嘉靖，"回皇爷爷的话，父王和臣敬献给皇上的是天降的祥瑞，不是东西。"

嘉靖："好。那就敬献上来吧。"

黄锦立刻对外面传旨："将裕王爷和世子敬献给皇上的祥瑞请进来！"

陈洪自上回做了过头事，一直被嘉靖压着，现在竟连精舍都不能随便进去了，尤其今日，三代主子在位，自己却只能站在大殿门外候差，那张脸便一直阴沉着，愣在那里出神，这时竟连里面的传唤都没能反应过来。

四个抬铜缸的当值太监都望向了他，见他仍然没有反应，其中一个只好轻声唤道："祖宗，里边传旨了，叫将祥瑞抬进去。"

陈洪猛省过来："那还不抬进去！"

四个当值太监立刻抬起了铜缸，迈进精舍。知道嘉靖不能起身，便将那铜缸抬在离他面前只有一尺的地方。

其他人又都退了出去，精舍里只有嘉靖、裕王、世子和黄锦四个人。

嘉靖的目光望向了铜缸里那只神龟。

病中，目光昏眩，嘉靖费力地去看龟甲上那几个字，还是看不清楚，便转望向世子："朱翊钧，你告诉皇爷爷，龟甲上是什么字？"

世子有了显示的机会，大声答道："是。回皇爷爷的话，龟甲上刻的字是'汉文帝后元初年戊寅'，这是天降的祥瑞，距今已经有一千七百三十年了！"

"哦？"嘉靖目光亮了一下，又望向铜缸里的神龟。

世子在府里已被教了好些遍，这时也不知什么时候该说什么时候不该说，打开了话匣子，顾自说了起来："皇爷爷，史书上说汉文帝是贤君，天下人都说皇爷爷就像汉文帝。那个海瑞却说汉文帝和皇爷爷的坏话，上天便降下了这只神龟，就是要让他们明白，海瑞的话说得不对。"

裕王、世子和黄锦都望向了嘉靖，等着即将显出的龙颜一悦。

可他们没有等来嘉靖的喜悦，见到的只是他茫然的目光和沉思的神情。

他们听不到，嘉靖的耳边正响起一个声音，是海瑞在诏狱里那段话的声音："汉文帝不尊孔孟崇尚黄老之道，无为而治……犹有亲民近民之美，慈恕恭俭之德，以百姓之心为心，与民休养生息……当今皇上……以一人之心夺万民之心，无一举与民休养生息……不如汉文帝远甚！"

最失望的是世子，孩童心性，这时虽也有些害怕，还是忍不住脱口说了出来："皇爷爷，臣说得不对吗……"

嘉靖从沉思中省过来，发现几个人失望的神态，也不想扫他们的孝心，强笑了一下："朕的孙子说得对。朱翊钧，你给皇爷爷敬献了这么难得的祥瑞，皇爷爷该怎么赏你？"

世子："回皇爷爷话，皇爷爷不要赏臣，要赏就赏那个海瑞，把他放出来吧！"

谁都没想到世子突然说出这句不知天高地厚的话来，裕王的脸色立刻变了："休得妄言！"

这些天来一直宠辱不惊的黄锦也突然紧张起来。

嘉靖脸上这时却没有任何表情。

明明说好的，要想办法让皇爷爷赦免了海瑞，自己说了，怎么又错了？世子见到大人们的神色这才也害怕了，慢慢地从绣墩上滑了下来，在皇爷爷面前跪下了。

嘉靖慢慢望向了跪在自己脚旁的小孙子："'海上生明月，天涯共此时。'人人心里都想朕赦了那个海瑞，人人都不敢说，只有朕的孙子一个人敢说。朱翊钧。"

世子抬起了头："皇爷爷。"

嘉靖："皇爷爷跟你打个赌，你要是做到了，皇爷爷便赦免了那个海瑞。"

世子偷偷地望向了父亲。

嘉靖："不要看你父王，他没这个胆。"

世子又望向了嘉靖。

嘉靖："朕叫他们把这只龟抬到海子边去，你敢不敢亲手把它放了生？"

第三十九章

世子："回皇爷爷话，臣敢。"
嘉靖："黄锦。"
黄锦："奴才在。"
嘉靖："你陪着世子去。世子要是做到了，就把那个海瑞带到这里来。"
黄锦："奴才遵旨。世子爷，咱们走吧。"答着拉起了世子。
"听了。"嘉靖又叫住了他，"叫陈洪告诉朱七和齐大柱，海瑞由他们俩带来，不许让旁人知道。"
黄锦："奴才明白。"

突然传了旨意，所有人都回避了，偌大的殿外大坪空荡荡没有了一个人影。只有刚刚从海子边放了神龟回来的黄锦牵着世子站在大殿门外的石阶上，望着大坪远方的宫门。
"来了！"孩子眼尖，世子好远就看见宫门外陈洪在前面飞快地走着，后面紧跟着一顶被封得严严实实的抬舆，禁不住轻声叫了出来。
黄锦做了个噤声的手势，世子便不再吭声，直盯着渐渐抬近宫门的那顶抬舆。
明制，亲王或老病大臣有特旨可以赏紫禁城乘双人抬舆。所谓双人抬舆，不过一把特制的椅子，靠背和两侧用整块木板封实，只前方空着让人便于乘坐，雨雪天还允许在上面加一覆盖，前面加一挡帘，两根竹竿从椅子两侧穿过，由两人或手或肩抬扛而行。嘉靖二十一年嘉靖搬进了西苑，紫禁城赏乘双人抬舆便变成了西苑赏乘双人抬舆。严嵩任首辅，从七十到八十一就曾经十二年享有这种待遇。现在除了裕王，连徐阶都未赐乘抬舆。
破天荒，今天这顶封得严严实实的抬舆内，坐在里面的竟然是戴着脚镣手铐的海瑞！
又一个破天荒，今天前面抬轿杆的是朱七，后面抬轿杆的是齐大柱！
密旨急召，两条大汉抬着一个小小的海瑞几乎感觉不到肩上的重量，大步流星，将个空手在前面领路的陈洪都奔得气喘吁吁，穿过宫门很快就到了大殿的石阶前。
抬舆在石阶前放下了。
朱七和齐大柱见世子站在殿门外，一齐默默地向他单腿跪下行了个礼又默默地站起了。
世子却看也没看他们，眼睛直盯着抬舆的那个挡帘。
朱七掀开了挡帘，伸进一只手拉起海瑞把他慢慢扶了出来。
齐大柱在一侧抓住抬舆提了起来，绕过海瑞的头顶，搁在一边，以便他戴镣行走。
海瑞拖着脚镣走到了石阶前。
世子走到了殿前的石阶边，站在上面打量着站在石阶下的海瑞，见这个人一件葛麻长衫，梳了头洗了脸，虽显着精神却一副土头土脑的样子，既不像他想像中那个胆大包天的忠臣模样，也没有像张师傅那般儒雅清朗的气概，不禁有些失望："你就是海瑞？"

虽未见过，杏黄色的冠袍穿着，海瑞立刻猜出了这便是世子，镣铐在身，揖了下去："回世子，我就是海瑞。"

世子："你好大胆，竟敢骂皇上。"

海瑞眼中这时闪出希望的亮光："就为将来没有人再骂皇上。"

这样的回话倒是世子没想到的，听了一怔，又见他说这话时望着自己眼中闪着好亮好亮的光，不禁对这个人有了好感，悄悄走下了几级石阶，靠近了他，放低了声音："我向皇上求了情，赦免你，进去后你要好好回话。"

海瑞虽然死志已决，但听见几岁的世子这几句话还是不禁一片温情涌上心头，又揖了下去："臣谢过世子，臣知道如何回话。"

陈洪这时满脸堆笑望向世子："世子爷，皇上和王爷正等着呢，让他进去吧。"说完望向朱七和齐大柱："锁链不能解，提溜上去吧。"

朱七和齐大柱一边一个各伸出一只手插进海瑞的腋下，将他半举在空中，走上了石阶。

眼前的这景象看起来有些怪异——

嘉靖坐在圈椅上，裕王坐在左边绣墩上，世子悬腿坐在右边绣墩上。三个人一齐看着海瑞，眼神各不相同。

他们面前的地上竟赐了一个拜垫让脚镣手铐的海瑞跪在那里。

陈洪、朱七、齐大柱早已退到了殿外，黄锦这时也离开了精舍，蹲在精舍外通道靠东端的窗边吹燃了火坐上了药罐，一边熬药，一边听候传唤。

为了今天这次见面，嘉靖已经想了好些时日，卧床多日，几天前便密旨命黄锦叫李时珍开了几剂单药，旨意很明确，吃了以后要让自己能够坐两个时辰。李时珍是几百年一出的国医，自然明白这几剂单药该怎么开。今早嘉靖喝了那一大碗汤药，现在已经坐了一个时辰，却仍然有一股元气托着，稳稳地坐在那里。

"这个人有个外号你们听说过吗？"嘉靖开口了，是在问裕王和世子。

裕王自然知道，但这时也不能说知道："儿臣等未曾听说，请父皇赐教。"

嘉靖却望向了世子："他的外号叫'海笔架'。"

世子："臣请问皇爷爷，为什么叫'海笔架'？"

嘉靖："他在福建南平当教谕，上司来了，另外两个官都在他两边跪下了，他却站

| 第三十九章 |

着，不愿下跪，中间高两边低就像一个笔架，由此博得了这个美名，可见此人从来就爱犯上。"

海瑞："回陛下，臣要真能做一个笔架，也为让大明朝书写丹青，不为犯上。"

"你不是笔架，也做不了笔架。"嘉靖神态突然间又严厉了，"你现在抬头看看，坐在你前面的三个人像什么？"

海瑞慢慢抬起了头，但见嘉靖高坐在正中，裕王和世子低坐在两边，很快他就明白了嘉靖的意思，他们祖孙三人才是大明朝的笔架，一时沉默在那里。

嘉靖："看不出吗？世子，你说朕祖孙三人坐在这里像什么，告诉他。"

世子天生聪颖，何况话已说到这个分上当然明白，当即答道："回皇爷爷话，我们祖孙三人坐在这里才像个笔架。"

"听见了吗？"嘉靖立刻望向海瑞，"世子的话你以为然否？"

海瑞却答道："回陛下，臣眼里看见的不是笔架，而是我大明江山的一个'山'字。"

当着面，一句话就顶回了祖孙二人的意思，而这句话还如此正大堂皇，无法驳回。

心里暗急的是裕王，为了不激怒嘉靖，立刻接言了："海瑞！到这个时候你还如此自以为是！既说大明的江山，又说皇上与我们只是一个'山'字，那'江'是谁？江山也是可以分开来说的吗？读书不通，仅凭一个'直'字管什么用！"

海瑞低下了头，却依然执着地说道："回王爷，臣说的就是直言，皇上、王爷和世子就是我大明江山的'山'，群臣和百姓才是我大明江山的'江'。"

嘉靖平生就喜欢在文字上游戏群臣，谜底却永远捏在自己手里，几十年来从没有一个臣下不在他设定的谜底里绕室彷徨，也从来没有一个臣下不遵从他的谜底契合圣心，他自己也就一直在自己设定的谜底里游刃有余，其乐无穷。想好了今天一来就要将这个海瑞圈在谜底里，借此完成他这一生需要猜破的最后一谜。这时见海瑞跟自己过上招了，"乾上乾下"合成的乾卦就在今日，那股心气更是蓬勃起来，也不急于驳他，而是又慢慢望向儿子和孙子："你们以为他说得对吗？"

裕王当然以为他说得对，但这时只能微低着头："儿臣愚钝，只能请父皇训导。"

嘉靖不看他了，只望着世子："朱翊钧，你以为他说得对吗？如实回话。"

世子望着嘉靖："皇爷爷，臣觉着他说得好像有些道理。"

"似是而非！"嘉靖立刻断言了，"刘禹锡有诗云：'山桃红花满上头，蜀江春水拍山流。花红易衰是郎意，水流无限是侬愁。'你嘴上说朕和裕王、世子是大明朝的'山'，群臣百姓是大明朝的'江'，江水滔滔拍山而去，'江'和'山'又有什么关系？"

海瑞怔住了，想了想只好答道："是。臣的比方是不甚恰当。"

裕王见海瑞如此回答，心中暗觉一宽。

世子见皇爷爷一番话便把海瑞问住了，不觉也兴奋起来，满眼佩服地望着嘉靖。

嘉靖："'天下兴亡多少事，悠悠。不尽长江滚滚流。'就凭你，读了一些高头讲章，学了你家乡人丘浚一些理学讲义，就来妄谈天下大事，指点江山社稷！你岂止这个比方不恰当，在奏疏里妄谈尧、舜、禹、汤，妄谈汉文帝、汉宣帝、汉光武，还妄谈唐太宗、唐宪宗、宋仁宗、元世祖。朕问你，既然为君的是'山'，你说的这些圣君贤主，哪一座山还在？"

海瑞："回陛下，在。"

嘉靖："在哪里？"

海瑞："在史册里，在人心里。"

裕王和世子都震住了，屏住了呼吸。

嘉靖这回倒一点也没动怒，意外地说道："朱载垕、朱翊钧，这句话你们记住了。"

"是。"裕王和世子同时答道。

"所谓江山，是名江山，而非实指江山。这就是朕叫你们记住这句话的道理。"嘉靖知道自己靠药物托着的那股元气正在一点一点泻去，抓紧了时间，平和了语气，"君既不是'山'，臣民便不是'江'。古人称长江为江，黄河为河，长江水清，黄河水浊，长江在流，黄河也在流。古谚云'圣人出，黄河清'。可黄河什么时候清过？长江之水灌溉数省两岸之田地，黄河之水也灌溉两岸数省之田地，只能不因水清而偏用，也只能不因水浊而偏废，自古皆然。这个海瑞不懂这个道理，在奏疏里要朕只用长江而废黄河，朕其可乎？反之，黄河一旦泛滥，便需治理，这就是朕为什么罢黜严嵩、杀严世蕃等人的道理。再反之，长江一旦泛滥，朕也要治理，这就是朕为什么罢黜杨廷和夏言，杀杨继盛、沈炼等人的道理。"

这一番惊世骇俗的道理，不止裕王和世子听了蒙在那里，海瑞听了也睁大了眼，陷入沉思。

"比方这个海瑞。"嘉靖落到了实处，"自以为清流，将君父比喻为山，水却淹没了山头，这便是泛滥！朕知道，你一心想朕杀了你，然后你把自己的名字留在史册里，留在人心里，却置朕一个杀清流的罪名。这样的清流便不得不杀。"

裕王和世子的心都提到了嗓子眼儿。

嘉靖："本朝以孝治天下，朕不杀你，朕的儿子将来继位也必然杀你。不杀便是不

第三十九章

孝。为了不使朕的儿子为难,朕让你活过今年。"

裕王的脸色立刻变了,世子也惊在那里。

海瑞伏了下去:"臣甘愿伏诛,以全圣德。"

嘉靖:"来人。"

黄锦这时不知是因为一直蹲在火炉边还是听到了里边君臣四人这一番惊心动魄的谈话,心如止水的他听到传唤站起时也已满脸流着汗,先端开了火炉上的药罐搁在地上,又拿炉盖将火炉盖了,跛着脚艰难地走进来了。

黄锦:"奴才在。"

嘉靖:"叫陈洪、朱七、齐大柱将这个人押回诏狱。"

"是。"黄锦这一声答得好沉重,转过身跛着脚又走出了精舍。

这一瞬间,世子的眼眶里盈出了泪水,呆呆地望着嘉靖。

嘉靖也已经深深地在望着他:"朱翊钧,你是不是想说皇爷爷说话不算数?"

世子连忙抹了泪:"臣不敢。"

嘉靖:"知道不敢就好。朕告诉你,任何人答应你的事都不算数,只有你自己能做主的事才算数,明白吗?"

世子这时哪里能够悟得皇爷爷这话的深意,只觉得心里委屈,还不得不答道:"回皇爷爷话,臣明白。"

"启奏主子,奴才陈洪等候旨。"陈洪的声音在精舍门外传来了。

嘉靖:"押回去。"

"是。"陈洪立刻答了一声,对站在身边的朱七和齐大柱,"提溜出来!"

朱七和齐大柱慢慢走进了精舍,目光都望着地面,一边一个挽起了海瑞,又慢慢走了出去。

嘉靖这时已经觉得自己支撑不住了,强挺着:"黄锦,带世子到御用监去,喜欢什么就赏他什么。"

世子已经从绣墩上滑下来了,跪在嘉靖面前:"回皇爷爷话,臣不敢受赏。"

裕王立刻接言了:"妄言!皇上的赏怎敢不受。立刻去!"

黄锦已经弯下腰拉起了世子:"王爷的话说的是,世子爷,咱们去吧。"说着背过身背起了世子,接着望向裕王:"王爷,主子的药熬好了,就在通道里。"

裕王点了点头。

黄锦这才背着世子跛着脚也走出了精舍。

嘉靖的目光一下子黯淡了,直望着世子被黄锦背着的身影,那目光明显露出渴望世子回头再望望他的神色。

世子却一直没有回头，就连黄锦跨过精舍门槛侧过身子那一刻也有意将头扭向了窗外那边。

"朕的孙子也不认朕了。"嘉靖自言自语的这句话竟如此苍凉。

裕王一惊猛抬头望去，但见嘉靖脸色已经十分灰暗，刚才还挺着的身子也软了下来，眼见便要瘫滑下去。

裕王一步跨了过来，当胸抱住了父亲："父皇！父皇！"

嘉靖一只手也紧紧地抓住了儿子的后背，挺着不让自己倒下："背、背朕到床上去……背得动吗？"

裕王从小身子就羸弱多病，这时孝心振发了力量，一手托着父亲的后背，一手挽起父亲的腿将嘉靖抱了起来，一步一步走到了床边，慢慢弯下腰去，慢慢将父亲平放了下来。

裕王汗水、泪水已经满眼满脸："儿臣立刻去传李时珍……"

嘉靖抓住了裕王的手臂："不要走……"

裕王只得站住了，见父亲两眼虚虚怔怔地望着自己，知道这时万不能离开，便先去拔了父亲冠上的那根玉簪，小心地取下了他的皇帽，接着替他取下了朝靴，拉过薄被替他盖上。

嘉靖躺下后又缓过来些了，望着儿子："跪下。"

裕王挨着床边的踏凳跪下了，紧紧地望着父亲。

嘉靖："枕头下，拿出来。"

裕王将手伸进了嘉靖的枕头下，立刻感觉到是一块绫布包着的一叠旨意，慢慢拿了出来。

嘉靖："揭开，先看第一道。"

裕王含着泪，揭开了绫布，立刻露出了第一道旨意。

——封面上直接写着"着将楚王庄田退发百姓诏"！

裕王眼睛一亮。

嘉靖："楚王死了，没有后嗣。湖北周边好些藩王都想要他的庄田。我们朱家的人真是欠百姓的太多了。朕不会将楚王的田给他们，一共一百四十五万七千三百二十六亩，全退发给过去替楚王种田的百姓吧。明天就叫户部派人去办这件事，也算朕最后替百姓做了一回主。"

"父皇圣明。"裕王哭了。

嘉靖："第二道。"

| 第三十九章 |

裕王拭了泪,拿开上面一道旨,露出了第二道旨,立时眼泪又忍不住涌了出来。

——那道旨的封面上赫然写着"赦免户部主事海瑞诏"!

嘉靖:"张居正说过海瑞是'国之利器',这话说得平常。这个海瑞就是我大明朝一把神剑,唯有德者方可执之。朕躬德薄,你比朕仁厚,留给你。将来对付那些贪臣墨吏,或要推行新制,唯此人可一往无前,所向披靡。"

裕王此时已哭出声来,抽泣不已。

嘉靖:"不要哭,听朕说完。"

裕王竭力收了声,泪眼汪汪地望着父亲。

嘉靖:"海瑞给朕上的这道疏,朕看了不下百遍。他曾经说过,他的疏百官看不懂,也没人能够看懂,这话不错。海瑞的意思就是想我大明朝以民为本,君臣共治。朕御极四十五年,从来是一人独治。你太弱,没这个本事,让内阁和六部九卿多担些担子,用贤臣做首辅。"

裕王:"启奏父皇,我大明朝哪些是真正的贤臣?请父皇教诲。"

嘉靖:"没有真正的贤臣。贤与不贤有时候也由不得他们。看清楚了,贤时便用,不贤便黜。朕已经给你安排了,你看第三道旨吧。"

裕王连忙又拿开了第二道旨露出了第三道旨,却是一怔。

这道旨的封面上却没有任何字。

嘉靖:"翻开。"

裕王翻开了封面,这才看见里面只写着三个人的名字:徐阶　高拱　张居正!

嘉靖:"这三个人朕早就都派做了你的师傅。就按名字安排的先后顺序,次第用之吧。"

裕王哪里还忍得住,捧着那道名单哭着问道:"请父皇旨意,这三个人以后还有何人?"

嘉靖也茫然了,昏眊的目光转望向床顶,是那种想透过床顶仰望苍穹的神态:"那就只有天知道了……"

裕王趴在床槛边失声痛哭起来。

尽管生了两大盆好大的炭火,围坐在炭火边的李春芳、赵贞吉、张居正、申时行还有那些六部九卿的堂官们还是觉得寒冷,一个个都穿着出锋的袍子坐在那里,一个个都面带倦容。自从嘉靖病重以后,天崩地坼也就是顷刻间事,他们便一直守候在这里,显然好些时日了。

张居正有些忍不住了，站了起来走到门边掀开厚厚的棉布门帘。

一阵寒风立刻将好些雪花吹了进来。

群臣都被吹得一哆嗦，望向昏昏暗暗的门外纷纷扬扬的大雪。

张居正："徐阁老去了已经两个时辰了，我们干脆都到殿外去候着吧。"

赵贞吉接言了："阁老说了，如果出大事便会立刻召我们，还是在这里等吧。"

张居正慢慢放下了门帘，慢慢走向火盆边自己的座位，刚迈开两步，突然一震！

远远地，北风呼啸中传来了景阳钟声！

所有的人都倏地站起了！

景阳钟一声一声苍凉地传来！

"皇上！"这一声是好些人同时哭喊出来的。

张居正猛地转身掀开了门帘第一个奔了出去。

群臣一窝蜂向门外奔去。

景阳钟声越来越响了！

已是子牌时分，海瑞还坐在桌前就着烛光在翻看一本《大学衍义补》。

自农历十月嘉靖密诏海瑞，两个月来海瑞便不再梳理须发，头顶上只束着一根布带，任一把长发披在背后，脸上也是于思丛生，除了两眼和鼻梁，面部都被胡须遮住了。好在床上的牢被、身上的衣服都有齐大柱经常拿出去让妻子清洗，虽在冬日，地面也经常洗得纤尘不染，这时他依然衣着整洁，光着的脚穿着一双草鞋也显得干干净净。

脚步声从牢门外的通道里传来了，走得比平时急，也比平时沉重。

海瑞放下了书，慢慢望向门外，心里微微一动。

——牢门外的灯笼前齐大柱腰上系了一根白布孝带，手里提着一只好大的食篮，满脸惨容。

望着齐大柱身上的孝服，他明白了，今夜就是自己的大限，慢慢站了起来。

门锁开了，齐大柱默默走了进来，不像平时向自己行礼口呼恩公，只是低着头，揭开食篮盖，将里面的一壶酒和几碗菜端了出来摆在桌上。

齐大柱给海瑞斟满了酒，又给自己斟满了酒双手捧了起来。

海瑞也端起了酒杯："这几个月辛苦了你，更辛苦了你妻子，这杯酒我先敬她，你替她饮了。"说完一口干了杯中的酒。

齐大柱依然没有吭声，只默默地将酒也喝了。

海瑞自己拿起了酒壶先替齐大柱斟了，又给自己斟满，双手端起："还有七爷，和你

第三十九章

们镇抚司那些兄弟待我海瑞都不错，这杯酒我敬他们。"一口又喝了。

齐大柱依然默着陪他喝干了酒。

海瑞又要斟酒，齐大柱却罩住了酒壶："恩公，吃些菜吧。"

海瑞："也好。"

海瑞的家风，吃菜必然就饭，答着便端起了面前那碗"断头饭"，大口吃了起来。一大口饭，一小箸菜，竟然风卷残云，很快将那碗饭吃了，放下碗，又去拿酒壶。

这次齐大柱没有拦他，任他将两只酒杯斟满了。

海瑞再次端起酒杯："大柱，我救过你，你需帮我做件事。"

齐大柱直望着他。

海瑞："我这里有封书信是给王用汲王大人的。你想方设法要尽快送到他手里。家母和拙荆还有我那个还小的儿子今后都要拜托他了。"说着从怀里掏出了一封厚厚的书信，递了过去。

齐大柱却突然扑通跪在了地上，大声哭了起来。

海瑞反倒笑了："杀过倭寇身经百战的人还这样看不破生死。快起来，不要让你的属下笑话。"

齐大柱抬起了头："我瞒了恩公，对不起恩公。"

海瑞有些预感了："现在告诉我，不要让我遗憾终生便是。"

齐大柱："因担心恩公难过，我们便一直瞒着恩公，说是夫人生了个儿子。其实夫人今年七月在雷州已经故去了，儿子也没能保住……"

海瑞蒙住了，站在那里待了好久，眼中也慢慢盈出了泪水，接着一把抄过桌上的酒壶对着嘴便大口喝了起来。

齐大柱慌忙站起了，在一旁看着他把那壶酒喝完。

海瑞抹了一把眼泪："我不孝。那封书信你更要替我尽快送给王大人，家母只能靠他奉老送终了。"说到这里坐了下来在椅子上又怔怔地想了一阵子，转望向齐大柱："还有酒吗？"

齐大柱："没有了。"

海瑞："什么时候行刑？还能不能给我拿壶酒来？"

齐大柱这时又滴下了眼泪，慢慢说道："恩公，有旨意，皇上赦免你了，今夜大柱就是来接你出狱的。"

如一声雷，海瑞惊住了，两眼倏地望向齐大柱腰上的孝带："你给谁戴孝！"

齐大柱慢慢从衣襟里又掏出一条孝带双手捧给海瑞："皇上、皇上殡天了！"

海瑞的眼睛直了，脸也立刻变得惨白，接着身子一颤，手捂着胸口，慢慢弯下腰去。

"恩公！"齐大柱迈前一步要去搀他。

海瑞伸手推开了齐大柱，腰仍然弯着，身子在不停地抖着，终于发出了一声号啕恸哭，接着哇的一声，将刚才吃下去的酒饭和菜不住地呕吐出来！

齐大柱只好站在一旁随着落泪。

突然，海瑞止了呕吐，人却像干柴一般倒在地上。

——明嘉靖四十五年十二月十四日，嘉靖帝朱厚熜去世。《明史·海瑞传》载："海瑞闻讯大恸，尽呕出所饮食，陨绝于地。"

皇帝驾崩的国讣在一夜之间通告了在京各部衙官员。

嘉靖四十五年十二月十五日清晨，大雪纷纷扬扬，自嘉靖壬寅年搬离紫禁城距今已沉寂二十四年的午门，跪满了七品以上戴孝的京官，雪地上一片号啕！

辰时正，左掖门开了，徐阶、李春芳、陈以勤、高拱、赵贞吉戴着孝走了出来。

右掖门开了，陈洪领着司礼监几大太监戴着孝走了出来。

内阁一行，司礼监一行，从两门走到午门，一行恭立在正中午门的左侧，一行恭立在正中午门的右侧，都含着泪站成了两排。显然，这是在等午门大开，恭候新君颁读遗诏。

飘洒了一夜的大雪恰在此时停了，风也停了，官员们的目光都望向了即将打开的午门，哭声更大了！

陈洪将手一挥，两个司礼监太监各提着一条一丈余长的响鞭走到了午门前，手一抖，两条长鞭直直地躺在了雪地上。

陈洪又将手一挥，两个太监将响鞭倏地抡起，两条长鞭在空中抡成两道圆圈，紧接着是一声脆响！

哭声戛然而止。

长鞭又抡起两道圆圈，一声脆响！

长鞭最后抡起两道圆圈，一声脆响！

三声鞭响，午门嘎嘎地往两边徐徐开了。

无数双含泪的眼，都望向了渐渐打开的午门。

深深的门洞里是更深的内宫，却一片空寂，没有他们期盼的新君出现。

这样的沉寂也就一瞬间，徐阶领着内阁诸员突然面对午门外跪下了，陈洪领着司礼监几大太监也面对午门外跪下了。

很快所有的官员都听到了自己背后的跸道雪地上传来了车轮碾着积雪发出的声音，听

第三十九章

到了整齐沉重的步履踏着积雪发出的声音。

"百官恭迎新君圣驾！"跪着的徐阶这一声竟如此洪亮！

一直面对午门跪着的官员们这才明白即位的裕王来了！

很快，所有的人就地跪移了一百八十度，面对跸道趴了下去。

挂着孝布的御辇在朱七、齐大柱等锦衣卫和御林军的护卫下慢慢辗到百官的面前，离午门还有很长一段便停下了。

朱七在左边，齐大柱在右边拉开了御辇的车门，重孝的裕王从车门里出来了，朱七连忙伸手搀住了裕王的手臂，一个锦衣卫及时将踏凳摆在了车门左侧，裕王踩着踏凳下了车。

"万岁！万岁！万万岁！"诸臣这时不用任何人领呼，几乎同时发出了山呼声！

裕王却仍然站在御辇旁，一动没动。

所有的官员都抬起了头，所有的目光都露出了惊诧！

御辇里居然跟着出来了一个人，被齐大柱搀着踩着踏凳也下了车。

那人竟是海瑞！

在百官惊诧的目光中，裕王拉着海瑞的手慢慢踏着跸道的积雪向午门走去。

——公元1566年，明嘉靖四十五年十二月十五日，裕王朱载垕继位，改元隆庆。奉先帝世宗皇帝遗诏："存者召用，殁者恤录，见监者即先释放复职。"以海瑞为代表，赦免了所有谏言诸臣。从这一刻起，揭开了长达十六年隆万大改革的序幕。

后记

无中生有写大明

我写这本书的时候没有提纲，采用一种随物赋形的写法，同行们戏称为"太极结构"。首先从天象说起，也就是从"无极"说起，书的开头就写嘉靖三十九年整个腊月到四十年正月十五都不下雪；然后说到"太极"，太极先是生太阴，这个太阴就是嘉靖。由于只有太阴在发动，所以开始时的局面乱成一团，接着阴极阳生，太阳出来了，海瑞就是太阳。嘉靖、海瑞是故事的发动机，周围所有的人都是八卦，都围绕阴阳两极，也就是这两个人旋转。八卦是不断变爻的，怎么变，要变出来才知道，所以我不敢也不能事先列出提纲。

写书前，我只做两方面的具体准备：一方面是史料的准备，另一方面是"思"的准备。开始创作时，就把"思"丢掉，把"理"找出来，用大历史观来观照想要表现的那一段历史。剩下的就是"想"，进入想象空间。我口述，助手打字。这时刘和平已经不存在了，道家思想中"无中生有"的状态出现了，闭上眼睛，我是"无"的，而人物一一"附体"，于是就产生了作品中的"有"。这样很耗精力，我几乎有一半时间是打着点滴来写的。而为写这部书，我个人也已经准备了很久。我想我是准备了一辈子。

写完这本书，我自觉完成了"两个突围"：对于传统模式下小说叙事方式的一种突围；对于历史题材的文艺作品如何突破所谓史实约束的一次突围。司马迁的《史记》被鲁迅称为"史家之绝唱，无韵之《离骚》"，在说史以外，写历史的人还要用文学赋予历史以精神。传历史之神——正是我一直以来的追求。对我而言，最后只剩下一个真实，就是"心的真实"，这是终极真实，而不是所谓的历史真实和艺术真实。达到了这个真实，读者不会斤斤计较于历史而是宁愿相信，作者笔下的人物就是活生生的历史人物，就是嘉靖，就是海瑞。

在此我特别要说一下嘉靖与海瑞这两个人物，他们太值得用文学表现了。嘉靖和海瑞，一位是最高权力境界的孤独者，一位是最高道德境界的孤独者，我与这两位孤独者有着非常强烈的感情共鸣。他们都生活在困境之中，嘉靖不愿做最大的奴隶，却把自己变成了最大的囚徒，二十七年不上朝，足不出丹房，自己软禁了自己；海瑞在自己的精神中建盖了一座牢房，为原则可以牺牲一切，对自己制定的原则绝对不放弃。两个人都是精神的囚徒，但他们互相懂得。

我自认是最后一代汉人，在今天国家经济高速发展、中华民族几千年的大河文化（指农业文明）逐渐走向海洋文化（指商业文明）的时候，最可怕的事情就是否认自己原本是从大河文化，也就是从农耕文明中来的。克罗齐说："所有历史都是当代史。"在历史转型时期，我们这个民族在逐渐丢掉几千年来大河文化留给我们的历史精神遗产，包括优秀的传统文化。我对传统文化的热爱深入骨髓，这是我不愿意看到的，也是许多中华民族的传人不愿看到的。这就出现了近几年呼唤本民族优秀传统文化回归的思潮。

当一种新的思潮来临的时候，你进入其中，并且用作品来表现这种思潮的时候，它本身便承载了一种责任感、使命感，因此作品一出来，就一定会得到强烈的共鸣。我从2005年3月开始写《大明王朝1566》，电视剧2006年3月开机，2007年1月播出，运作速度之快在行业内被称为奇迹。我其实心里很明白，这是因为人们呼唤某种东西已经太久了。

最后我要谢谢我的父亲。我父亲解放前做过记者、主编，解放后是剧团的编剧；母亲是戏曲演员。我从小在剧场里长大，十三岁休学，从父读书，十五岁和父亲一起被下放到湖南农村，生活非常艰苦，每天我和父亲一前一后推车，两个人还比不上别人一个人。但对我来说那是一段幸运的时光。当时村中有农民抄家得来的很多书，经史子集，各种各样的书都有。我们白天出工，晚上一灯如豆，我和我父亲对坐读书。《古文观止》《唐诗三百首》都是那时候背诵下来的。我现在写书，古书上的话可以信手拈来，主要是因为有这份童子功。可惜我的父亲来不及看到《雍正王朝》就去世了。我把这本书献给他，也希望读者能喜爱这本书。